雍正前传

上

胡晶华◎著

中国出版集团
现代出版社

图书在版编目（CIP）数据

雍正前传：全2册 / 胡晶华著. —北京：现代出版社，2017.1

ISBN 978-7-5143-5263-4

Ⅰ. ①雍…　Ⅱ. ①胡…　Ⅲ. ①长篇历史小说—中国—当代
Ⅳ. ①I247.5

中国版本图书馆CIP数据核字（2016）第273645号

雍正前传（全2册）

作　　者：胡晶华
策划编辑：庞俭克
责任编辑：申　晶
出版发行：现代出版社
地　　址：北京市安定门外安华里504号
邮政编码：100011
电　　话：010-64267325　64245264（传真）
网　　址：www.1980xd.com
电子邮箱：xiandai@cnpitc.com.cn
印　　刷：三河市宏盛印务有限公司

开　　本：710mm×1000mm　1/16　　印　　张：39.25
版　　次：2017年1月第1版　　印　　次：2017年1月第1次印刷
书　　号：ISBN 978-7-5143-5263-4
定　　价：78.00元

目 录

上 卷

下 卷

楔　子

北京城的夏季闷热、燥旱，是一年之中最叫人不舒服的季节。而令故都子民们想不到的是，京城最酷热的地方不是别处，正是万民仰慕的皇宫大内——紫禁城。

其实往年这个时候，皇帝早就带着皇子后妃们移到城西北的畅春园居住，以避暑热。今年因为朝廷要与俄国签约谈判，康熙皇帝为了能更及时地了解中俄双方谈判使团在东北议谈的动向，想离六部近些，以便群臣不时奏事，就未带宫人移居。这可苦了宫中的皇室贵人们，除了皇子上书房和嫔妃有急事，均不敢走出自己的寝殿半步，内心都不停地盼着这遭罪的日子赶快过去。

午末时分是太阳最毒最烈的时刻。昔日巍峨壮丽的三大殿——太和殿、中和殿、保和殿，已失去往日高贵的神采。斑驳的红墙和惨白的汉白玉石栏在骄阳的暴晒下，如同一个贫血的病人。不植草木少引流水的布局，更增添了这片殿宇的枯燥灼热。靠着外墙的一排鎏金铜水缸热得冒油，像是要被火辣辣的太阳熔化掉了；连汉白玉石栏上的喷水龙兽头，也瞪着铜铃般的大眼睛，像是在祈求上苍降雨，又像是在诅咒这可恶的毒日……

同三大殿相比，内廷要稍好一些。因为内廷可以种植草木，面积不大的绿荫多少减缓了些毒日的摧残。当然，居住在这里的人们此时是想象不出前廷有多热，因为她们都在午憩。连平日叽叽喳喳的小鸟也不敢多在这片棋盘状的宫区前停留，仿佛它们也知道，吵了这些嫔妃的清梦将是多大罪过。

可偏偏有这么一位主子并不领情，后宫主位中地位最尊的皇贵妃佟佳氏，此时已然睡醒。佟贵妃居住的景仁宫与其他东西六宫没有什么区别，一样的红墙黄瓦，双檐歇山顶式的高大殿宇。走进这座高深的宫殿，顿感清凉。再看那陈设：门上挂着薄纱软帘，椅子上是米黄色的纱制坐垫，几案上的鹿头樽和各色花式瓷瓶都插着精制纨扇和几枝新采摘的尚含着露珠儿的娇嫩荷花，给人一种不扇自凉之感。其实室内凉爽的真正秘密是在屋中一个最不显眼的角落里，那儿备有一个硬木制冰桶，内衬锡里，外盖上打了四个铜钱形的排气孔，靠它便可排出冷气，调节室温。

看到皇贵妃已醒，那些身着绿色轻衫的宫女和裹着灰布长袍的太监都忙侍候贵妃更衣、净面、盥手，给贵妃掌扇、上茶、上瓜果点心。他们做这些事时都很轻，而且有条不紊，无声无息，只用目光进行着交流，简直像一群浮在空气中的幽灵，几乎让人觉察不到他们的存在！

佟贵妃见景仁宫主管太监捧着一个开了盖的剔彩龙凤图案的大圆食盒跪在地上，盒内摆了几碟用奶油、白糖精心调制的水乌他。这是夏日宫中必备的清凉消暑食品，厨下差役也是下了一番功夫，几碟水乌他做得颜色不一、各具意趣：那浅绿色的似一块光润的美玉，浅粉色的好比出水芙蓉般鲜灵，还有那如太阳之羽的金黄，那如寒冬冰雪的银白，摆在一起，在红漆雕花食盒的衬映下，煞是好看。

“难为饽饽房，回头赏他们每人五吊钱。”佟妃慵懒的脸上露出一丝细微的笑意，向主管太监摆摆手，吩咐道，“我现在没胃口，把它们冰起来留着，等四阿哥下书房后给他吃。”

“喳。”主管太监将食盒盖好，交给一个小太监，重又回到皇贵妃身旁立定。多年的当值经验使他发觉贵妃今天似乎与往日不同：眼圈发乌，面色苍白，精神很差。佟贵妃却对下人的察言观色毫不在意，拿过早晨那件尚未完成的活计细细缝制起来。

这是一个小孩穿的红肚兜，样式和质地都很平常，佟妃缝它完全是为了消遣解闷，并无实用。不过佟妃的女红在宫里是出了名的，她时常做些小孩衣裤、鞋垫、香囊、荷包等活计送给其他各宫主位，使得宫中上上下下更加敬重这位贵妃娘娘。

可是今天不知怎的，佟妃刚拿起针线，眼前就一阵发花，她咬牙缝做，可不是线走歪，就是让针扎了手。过了一会儿，她不得不放下那块红肚兜，黛眉微蹙，手不自觉地抚向胸口……

“娘娘！”主管太监声音不大，但很急。

“没事，大概是刚才起猛了，缓缓就好，你们下去吧。等等，别忘了把刚才那吃食给四阿哥冰好，回来就给他吃。”佟妃又把刚才的吩咐重复了一遍。

高大清凉的景仁宫暖阁内，佟妃独自一人静静地呆望着这块血样鲜红的布块，脑中浮现出一张胖胖的孩子脸，拳头大的脑袋，稀稀拉拉的黄毛发，葡萄似的黑瞳仁……呀，这不是自己的女儿吗，已经离开自己十一年的女儿！

“妞儿……妞儿……我的宝贝，我苦命的孩子……”佟妃用红布捂住脸，心中疾呼着自己的孩子。可她不敢落泪，连抽泣都不敢！她只能用这种方式追念自己的女儿——已经去了另一个世界的亲生骨肉！

如果不是回事太监传话，她大概会晕过去。太监奏禀：永和宫德妃拜见娘娘。

怎么是她？佟妃最不想见到的人！佟妃回避德妃的原因并不是两人之间有什么芥蒂隔阂，也不是德妃人缘不好，只因十一年前佟妃的亲生女儿夭折，她就领养了德妃的儿子，现在一直居住在景仁宫的皇子——四阿哥胤禛。

当德妃进到寝宫向皇贵妃行礼后，佟妃并没有先看她，而是一眼瞅见在德妃身旁站立的保姆怀抱的那个一岁多的男孩儿：“十四阿哥越长越像妹妹了，瞧这圆头大耳的，今后一定是个有福惠的。”

“托皇贵妃娘娘的吉言，皇太后、皇上也这么说过……”德妃抿嘴一笑。当母亲的都喜欢别人夸自己的孩子，德妃也不例外。

“快别叫我娘娘，在我这儿，咱们还是以姐妹相称为好。德妃妹妹，可我觉得，还是四阿哥长得更像妹妹。”佟妃依然用拉家常的语气缓缓说着，德妃听了心却一惊。她今天冒着酷暑来景仁宫，就是想看看自己的大儿子。本想让人不易察觉，自然而然水到渠成，却不料刚一进门就被聪明的皇贵妃一语道破。

“噢，这小妹倒没觉得。”德妃含糊地应着，不敢接触皇贵妃试探的眼光，将目光移到桌案上，“呀，这个红肚兜真漂亮！这么细的针法，这么新鲜的花样，姐姐的手真赛过织女……”

“瞧妹妹说的，哪有那么神奇。如果妹妹真喜欢，就给十四阿哥戴上吧。不过这活计还差一点没缝完，妹妹大约得等片刻。”佟妃看了一眼胖胖的十四阿哥，依旧温和地说着，手中拿起了针线。

德妃这时才注意到皇贵妃的面容：脸色苍白憔悴，眼睛似乎有点红肿，精气不足，神色不佳。她关切地问：“姐姐身上可好？是不是小妹来得不是时候，搅了姐姐的午休？”

“没事儿，我早就醒了，可能是刚才睡醒时起猛了些，不大得劲儿，一会儿就过去。”佟妃一边引线穿针做活一边问，“十四阿哥过周岁了吧，可曾抓周，都抓了什么？”

抓周这项民间风俗在清宫中称作“试儿”，也叫“试晬”。盛放试物的盘子称作“晬盘”。因是供皇子抓周用品，当然要比平民百姓所用的锄斧秤砣之类有讲究。单说那盛放试物的晬盘，就是民间根本不曾得见、饰有百子图案的长方形精雕红漆盘。盘中试摆物品更是玉贵珍奇。计有玉器二、玉扇器二、金匙一、银盒一、犀杯一、犀棒二、弧矢（弓箭）各一、文房四宝一份。抓周是皇子经历的第一次人生重大礼仪，所以事先一切都必须准备充分，一丝不苟。抓周的时辰方位必须先经钦天监推算择定。仪式开始后，皇子先抓何物，后抓何物，都要记录在案向皇帝禀报。佟妃想到十四阿哥不久前刚过了第一个生日，就顺口提及此事，可她没想到，就因为这不经意的一问，引出了自己后面一连串的尴尬……

“姐姐猜猜。”德妃嫣然一笑，笑容非常甜蜜。

佟妃摇摇头：“妹妹别卖关子了，你知道我的脾气。”

德妃笑了，带着幸福与满足，还有一丝自豪：“我们老十四抓了一张小弓箭，还是隔着好几个物件抓到的！”

“那将来一定是个领兵打仗的大将军啦，我说这孩子虎头虎脑的错不了嘛，难怪妹妹这么高兴！”

“谁知道，托娘娘的吉言，看老天爷的安排吧。”德妃回头望望已在保姆怀中睡着了的、越显娇憨可爱的小儿子，又想到另一个儿子，那个自己十分想念但现在已不属于她的长子。德妃突然红了脸，有些不好意思地小声问：“敢问姐姐还记得当初老四抓周的情形吗？那时他已不在永和宫了……”

佟妃听出德妃说这话时的颤音，她把红肚兜放下，轻叹了口气。这是个不好回答的问题。并不是佟妃忘记了当时的情景，相反，那情景她至今历历在目！当时四阿哥什么东西都没抓取，任凭保姆使出浑身解数哄劝诱导，他就是不伸出小手。康熙皇帝知道后颇为不快，他带着几分不解对佟妃说：“朕这里的东西他怎么一样儿也看不上，他究竟想要什么？！”从那时起，佟妃就觉得皇上不大喜欢这个孩子，后来发生的一些事也证明自己的感觉不错。

虽然佟妃不是四阿哥的亲生母亲，但从她一接手抚养胤禛，就对这孩子的一切尽心照料，对其爱怜之深甚至超过对自己的亲生女儿。这是为了弥补丧女之痛，还是为答谢德妃，或纯是为取悦皇上，博得个贤淑慈懿的美名，佟妃自己也说不清。反正一开始她就对这孩子有一种特殊的感情。当时四阿哥抓周后她曾悄悄问过几个老太监，皇子抓周丝毫不取究竟是怎么讲，回答令佟妃大吃一惊，也更加焦急难过。一个在前明就入宫当差的老宫监说：“若皇子抓周空手而止，要么是这皇子福寿不久，可能会幼年夭折，要么就是……”佟妃当时就否定了第二种说法！二阿哥胤礽早就被册立为皇太子，现在又长得那么健壮聪慧，就是今后真有什么意外，也轮不上普普通通的四阿哥去接替……由此佟妃料定这孩子即便长大成人，一生也将充满艰险与坎坷，绝不会从从容容一帆风顺！但佟妃不敢多想，更不敢对其他人说。只有在夜深人静时，望着睡梦中四阿哥那双紧闭了的、长得极像德妃的细长眼睛，佟妃才默默叹息，独自一人到佛龛前跪拜祷告，一掬清泪……

可是现在怎么答复这孩子的生母呢？佟妃想了想，突然冒出一句："四阿哥仁爱成性，礼让谦和，别的兄弟没有抓，他自己也不好出手。"说完佟妃竟被自己这话逗笑了，抓周又不是孔融让梨，哪里分什么先来后到。她看看德妃，对方瞪大眼睛，一脸恍惚，显然是被皇贵妃这奇怪的话语搞得莫名其妙，但仍矜持恭坐，不敢发问。佟妃定了定神，轻轻叹道："妹妹的心思我理解，妹妹放心，四阿哥在我这里生活得很好。他个子长得好快，都快到我的眼睛了。"说着，佟妃用手比画了一下。"这孩子也不像别的孩子小时候三灾八难的不断，他身子结实，很少闹病；平时课业也知道努力，读书习字从不用人提醒，可自觉啦……妹妹，有时我真羡慕你，真的，你生了一对好儿子！"佟妃很有些动情地说。

德妃急于想见到自己的"好儿子"，但又不敢表现出急态，只得继续耐心地陪皇贵妃长坐闲聊。过了一会儿，佟妃把红肚兜缝好交给德妃，让她回宫后给十四阿哥戴上。德妃觉得不宜再坐，欠了欠身说："实在抱歉，姐姐，我们娘儿俩扰了您的午休，让姐姐没得歇，改日小妹再来看望姐姐。"

"先别着急，"佟妃用她那如春水般温润动听的声音挽留道，"四阿哥马上就要下书房了，等他回来，你们娘儿仨见了面，在我这儿用了晚膳再走……听，他回来了！"

果然，外殿传来一阵脚步声。门帘一挑，两个头戴藤丝编织、饰着朱纬东珠凉帽的皇子进到屋内一同跪下："儿臣三阿哥胤祉、五阿哥胤祺请两位皇额娘万福金安！"

"免礼，免礼，都起来吧。四阿哥怎么没同你们一起回来？"佟妃问两个皇子，神色变得有些紧张。

老实的五阿哥胤祺瞅瞅两位母妃，小声说："四哥没背对书，让皇阿玛罚了。"说完脸一红，倒像他自己做错了什么事。

三阿哥胤祉已经十三岁，说话也有些成年人的味道。他清清嗓子道："也没五弟说得那么严重。今天午后，皇阿玛召几个侍读大臣，有张英、顾八代、徐元梦，要检查功课。皇阿玛令我们兄弟依序背诵师傅刚教完的柳宗元之《捕蛇者说》，四弟前一段都背得很熟，只是到了篇末，把孔子曰'苛政猛于虎'说成了孔子曰'苛政猛于鼠'……"大概胤祉觉得这话很可笑，忍不住"扑哧"笑出声来，又立即憋涨着脸止住，不敢再说下去。

佟妃对德妃抱歉地笑了笑，敛眉垂目，很是尴尬。刚在人家面前夸完功课好，就出了这么个事儿。她让下人赏了两位阿哥，看着他们出去后对德妃说：“妹妹再等一会儿吧，好不容易来了一趟……”

“不必了，”德妃怏怏不乐地站起身，眼中满是遗憾，“不扰姐姐了，请姐姐多保重身体，老四的事儿，还求娘娘费心！”说完她领着十四阿哥和十几名仆役，脚步错乱逃命似的离开了这座红墙碧瓦的景仁宫。

佟妃能理解德妃，这位善良的德妃妹妹是怕控制不住一个做母亲的感情，止不住那要喷涌而出的泪水。唉，可怜天下父母心啊！突然，佟妃想到自己那夭亡的女儿，忙用手帕捂住嘴，身子不住地抖着、抖着……

申末时分，四阿哥胤禛才回到景仁宫。

他目光暗淡，不知是被太阳晒的还是其他什么缘故，小脸蛋通红，神情十分沮丧。这使端详胤禛良久的皇贵妃佟佳氏内心十分不忍，想着刚才当着皇上和那么多大臣，还有好几个兄弟的面被罚，一定够他难堪的了。罢，我也先别提这不快之事！谁知胤禛不声不响给母妃请过安后，说的第一句话就是：“额娘，今天我在上书房背错了书，惹皇阿玛生气了。”

呵，没想他倒挺有勇气承认，敢做敢当。“哦，是柳宗元的《捕蛇者说》吗？可我记得今个儿早起你还把那篇文章背得烂熟，怎么隔了一上午就出岔子了，不会这么快就忘了吧？”佟妃口气十分平和，一点没有责怪的意思。

胤禛点点头，没说话。

“没关系，老虎还有打盹儿的时候，下回把书背对就是了。看，那儿有你最爱吃的水乌他，赶快去吃吧，过一会儿味道变了就不好吃了。”佟妃指了指对面那张乌木雕漆小方凳。

“唉……”胤禛像大人似的叹了口气，没有挪动身子。

“你怎么啦？”佟妃吃惊地问。

“额娘，我……我怕……”胤禛低下头，声音很小地说。

“怕什么，啊？你倒说啊?!”佟妃大为惊疑，把孩子拉到自己身前，询问地望着他。

胤禛头更低，脸更红，声音也更小了，嘴里吐出两个字：“怕热……”

“怕热?!”

过了一会儿，胤禛抬起头，向母妃解释这不着边际的话：“额娘，要不是今天天气太热，我才不会背错书呢！”

胤禛从小畏惧暑热，佟妃是知道的。这孩子好像比别人更易中暑，离夏天还远就得把人丹、清凉油等避暑药给他提早准备好，那样还常被热着。更要命的是，他这种体质，穿的衣服还总比别人多两层！在屋里也从不宽掉外衣，着短服小衫，让人看了更加难受。夏日对四阿哥来说是一个实实在在的“苦夏”！可是把背错书归罪于天气，未免有些强词夺理，且听他把话说完——

“……今天的太阳好毒啊，偏偏皇阿玛中午来查功课。那时我的脑袋又昏又沉，头上像顶着一盆火，一点精神也没有，都快睡着了。讨厌的天气！该死的太阳！结果我就把‘苛政猛于虎’说成‘苛政猛于暑’了……额娘，你说，这热天是不是比老虎更可怕？”

胤禛最后这句很孩子气的问话把佟妃逗笑了，既而恍然大悟：原来他说的是暑热之“暑”，不是老鼠之“鼠”。可天气再毒，也不该误了功课啊！佟妃敛住笑容，严肃地说：“老四，皇上像你这么大的时候，身子骨还没你壮实呢，可他当时读书特别用功，甚至念书累得吐了血也要接着把一章学完，从不叫苦。可你，只因为天气热了些就想偷懒，不用心读书，皇上怎么会不生气，额娘能不伤心吗？”

“额娘，我错了……”胤禛刚刚抬起的头又埋进胸前，“我怕……”

怎么又是怕？这孩子今天是怎么了？佟妃沉默了片刻，慢慢伸出苍白纤细的手，抚着四阿哥那滚烫的面颊，注视着他那双不大却十分黑亮明澈的眼睛，一字一句地说：“孩子，你有什么事可别憋在心里，跟额娘讲出来好吗？”

……

“说吧，老四，额娘听着呢，说错了，额娘不怪你。”

“额娘，我怕……我怕……怕……皇阿玛，他……他好像不喜欢我！”

佟妃像被针扎般猛地垂下了手，歪在了椅子上，心如刀割，五内俱焚。这心事重重的孩子啊，你还不到十二岁，就这么焦虑多疑，今后你将怎么面对那吉凶难卜的未来！怎么和你众多的兄弟、你那威严的父皇相处！怎么在这表面整肃内里险恶的皇宫中生活！如果说刚才佟妃思念自己亲生女儿只是悲伤的话，那么现在听了胤禛这话她简直是心痛，不，是心碎了！

“额娘，你怎么啦？你怎么啦？”胤禛拼命摇晃着一动不动的佟妃喊叫着，急得快落泪了。

好久，佟妃才慢慢坐直身子，目光泛寒，声音极微：“没事儿，额娘也是热的。”她颤抖着伸出双手，一把抓住胤禛脖颈上的金锁，翻来覆去不停地抚摸着，口中喃喃地说:“老四，再过三个月，你就十二岁了，是个大孩子了。瞧，这个旧锁该摘下来送到寺院里，求神佛保佑，保佑我们的四阿哥无病无灾，长命百岁……别像你那小姐姐，还没玩几天，就走了……”佟妃的声音又哽咽了，终于忍不住地松了手，低身伏在了椅背上。

“皇额娘！皇额娘！”胤禛急唤的声音中已带了哭腔。

佟妃觉得自己在孩子面前有些失态，忙用手帕拭拭眼角，理了理思路，沉静地说:“额娘虽然识字不多，可也知古人所讲‘修身，齐家，治国，平天下’的道理。你皇阿玛这么严格督促功课，就是希望你们兄弟将来都能成为国之栋梁，肩负起治理天下的重担。你想想，他怎么会喜欢一个平时功课懒惰、学业不精的儿子！”她停下来看看四阿哥，他眼睛瞪得很大，目光茫然，不知究竟听懂几分。唉，管他现在能不能理解，我也要跟他讲清楚。佟妃用手帕擦擦鬓角，径自端颜正色道:“你不是刚学完韩愈的那篇《劝学》吗，那文中怎么说来着?‘业精于勤而荒于嬉，行成于思而毁于随。’对照他这句话，再跟你皇阿玛小时候比比，看你差了多少！老四啊，不是额娘恼，额娘是真的盼你能早明事理，赶快长大，将来好像你皇阿玛那样睿智、英明！”

——像皇阿玛那样?！胤禛第一次听到长辈这么说。他眼前马上浮现出父皇那威严的、失望中透着几分无奈的阴沉面容，自己似乎从迷茫中惊醒，下意识地点头，又马上摇摇头，心怦怦怦怦跳得很快。

“胤禛！”佟妃坚定地叫着四阿哥的名字，目光亮得吓人，“知道吗，我的皇儿，你不是普通百姓家的孩子。你是大清皇子，我太祖太宗的子孙！谁让你生在皇家，长在这紫禁城。你就必须自强不息，事事勤勉，才能对得起列祖列宗，对得起爱新觉罗氏的血统，对得起你这高贵的身份！”

第一章　尼布楚约

一

康熙二十八年的农历七月，北京城末伏刚过，暑热未退。趴在树上的蝉还在不知疲倦地鸣着，吵得人心烦；东北边地尼布楚已迎来了漫长的冬季，另有一番惨淡寒朔的景象——

凄厉咆哮的北风，像一个披头散发的魔女，歇斯底里地怒吼，张牙舞爪地厮打，抓破了落日西沉时特有的肃穆庄严，使它还没来得及展示自己火红的姿容，就匆匆地消失隐没了。天与地依旧是灰蒙蒙一片，高大冰冷的尼布楚城，在这块灰色画布的衬托下，是那么古怪孤独、死气沉沉、阴森可怕。石勒喀河南岸，两座紧密相连的黑色帐篷与北岸的尼布楚城隔河相望。在狂风的摧残下，它们仿佛已经麻木了，懒得再挣扎一下，只是紧紧挨靠着，听凭那北风连续呐喊哭号，像是厉声宣告有一场大戏将在这片辽阔的东北平原上上演。

两个燃烧得很旺的火盆将黑帐篷内照个通红，仿佛刚才被狂风吓跑的夕阳余晖都聚到了这里。但帐篷里的人脸色却一点也不轻松，同外面的天气一样严寒冷峻。尤其是端坐正中的两位显贵人物：专为与俄国谈判划边而来的钦差大臣内阁大学士索额图和领侍卫内大臣一等公都统国舅佟国纲。

索额图两鬓均已斑白，瘦削的脸上，皱纹像刀刻一样又密又深，两腮的肉已经松垂，胡须稀疏，一派苍老之相。但他的眼睛并未浑浊，依然明亮如夜星闪烁，显得明亮又狡黠，不好轻易欺骗。佟国纲年岁与索额图相仿，但身材高大魁梧；脸上皱纹不多，而且总是那么红光满面；头发也不像索额图那样苍白如雪，只是零星地散了几点飞霜。不过他那张阔嘴总爱习惯性地向下吊着，时刻向人显示他的与众不同和高傲。今天，面对与自己地位不相上下的索额图也依然如此。

“国舅看此次会谈吉凶如何？”索额图声音不高，问出的话言简意赅。

佟国纲沉默了片刻，说："目下实难预料。罗刹人狡诈多端，什么问题都提得出，咱们可要先想好，到时别叫他们牵着鼻子走。"

索额图又环视着帐中另几位或坐或立的满洲大臣，面含暖意，声音温和地说："皇上圣明，增派了你们这些熟悉东北边境的大人。我和国舅久在京师，对东北地方知之甚少，若有疑难还要向诸位请教。"

副都统郎谈、班达尔善，护军统领马喇、温达，都是康熙二十四年收复被俄国侵占的雅克萨的前敌主将，这次被康熙皇帝委派为对俄谈判使团成员。郎谈在这几个人中资历最老，听首辅大人如此讲便谦逊地笑笑说："索相过奖了，这是卑职等分内之事。我等上受皇上赏识深恩，下蒙关东父老切切厚爱，怎敢不尽心竭力去办差？再者，我等均归萨布素将军和彭春将军节制，这二位大人才真正是钦差大人的左膀右臂。"

佟国纲点点头说："萨布素确是满洲巴图鲁，皇上没看错他。是他率人在雅克萨城周围筑垒挖壕，长期围城。诸位也曾经历其中，比我知道得更详细。当时俄人就因弹尽粮绝，危城指日可破，才接受我方停战谈判，这个功劳啊，要我看怎么奖赏也不为过！彭春……"他的话还没说完，索额图意味深长地接道："彭春也是好样的，只可惜是个汉人。"这让隶属汉军旗的佟国纲脸上有些挂不住，大嘴又吊起老高，直翻白眼。索额图假装没看见国舅异样的表情，依然不紧不慢地说："若论打仗，汉人到底文弱了些，关键时刻，还得靠我满洲八旗。"

索额图正说着，一股哨风入帐。一个身材魁梧彪悍、满脸络腮胡须、内着鱼鳞铁甲、外披藏青绣花斗篷的将军威风凛凛地走进大帐，他后面还跟着一个白面微须、相貌清秀的将军，这就是黑龙江将军萨布素和都统彭春。多年的军旅生活造就了萨布素豪爽的性格。他刚一进帐，就搓着手，跺着脚，扯着嗓子嚷："哎呀呀，真见鬼，这七月的天怎么跟腊月似的。我从小在东北长大，还从没见过这种天气！老天爷啊老天爷，你是脑瓜子出毛病了还是被谁欺侮了，这么跟老子过不去！"他的脸冻得又青又白，两只眼睛不知是因没睡好觉还是焦急烦躁，血红血红的，样子挺凶。索额图笑道："说曹操曹操到，刚才我们还念叨你呢。我看有你这包野火在，再冷的天儿也不敢张狂。"彭春则多少显得有些拘谨，不敢像萨布素那样大说大叫。他向钦差大臣行过礼后就借口巡察哨位又离开了大帐。

萨布素已经暖和过来了，他摘了铜盔，将粗黑的大辫盘绕在头顶，给火堆添了把木柴，说："再叫他狂几天，等咱们要回了尼布楚和雅克萨，什么风啊鬼啊，都他娘的给老子滚蛋！"众人听出这话的含意，都相视一笑，只有索额图表情平静，保持着他作为首辅应有的风度。别人对钦差大人，尤其是索额图，都毕恭毕敬，人家钦差大人不发话，大家也绝不先开口。唯有萨布素不管这些，仿佛专爱跟这个正襟危坐的瘦老头儿聊天。他也不管诸多礼仪，在索额图肩上拍了一下，问：“索相爷，愣着想什么呢？”索额图对萨布素说：“今晨刚得到消息，俄方定的谈判地点在河对岸。双方谈判时只能带二百士兵，除刀剑外不许携带其他任何武器，你尽快挑出二百精兵备用。”萨布素收了刚才的随便，想了想说：“现在河那边还是他们控制，只带二百人过去我可不放心。我同老毛子打了这么多年交道，还不知道他们，最是不讲信义的！对这帮家伙咱可得多留点心。”佟国纲皱皱眉说：“你说的何尝不是，不过我们还得遵守规定。萨将军，你可再率五百士兵过河在沿岸潜藏，时刻观望俄方动向，以防不测。索公，你看这样如何？”“很妥。”索额图对佟国纲谦和地一笑，又转向萨布素：“你就按国舅说的去办，郎谈、温达，你们也协助萨布素整理一下军务。谁还有新提议，趁现在大家都在，不妨一说。”其他人没开口，萨布素拍拍宽厚的肚子：“我都回来老半天了，你们也不给弄点吃的，最起码搞点水吧，人是铁饭是钢，没有柴火也烧不旺。”索额图指着萨布素对大伙说：“你们瞧，萨布素就这点好，到哪儿都挨不得饥。”萨布素说：“那是，怎么也不能让肚子亏空了。”郎谈突然一拍大腿，着急地叫道：“哎呀，你不说我还差点忘了，咱们的军粮不多了！”萨布素轻蔑地瞥了他一眼：“亏你还是满洲副都统，狩猎捕鱼是咱老祖宗传下的本事，郎谈，你现在就去给我点五百军兵，我给你们整好东西去！”索额图站起来说：“天太晚了，算了吧。萨布素，今晚咱们就将就一顿，明早我们一起去，那时不怕没有你的用武之地。”佟国纲也捋着胡须站起来：“言之有理，你还是先养精蓄锐吧。”

想出去狩猎没得到准许，一点也没影响萨布素的情绪，他还是那么活跃。他冲大家挤挤眼，挺神秘地说：“今天行军在半路我遇见个喇嘛，穿得破破烂烂的，说是从喀尔喀蒙古逃跑出来的。我请他给这次谈判算了一卦，你们猜他说什么？”温达嘴快，马上接道：“那还用说，当然是上上大吉。”“嘿，你怎么一下就猜着了。”萨布素很泄气地嘟囔着。索额图说：“那喇嘛一定还讲活佛保佑之类，就像外夷们总爱说什么上帝、天主保佑，可又有谁见过什么天主、天堂！”佟国纲依然撇着大嘴傲声道：“正是呢，喇嘛的话原不可信，他若真那么神通广大怎么就没算到喀尔喀地方会遭噶尔丹的洗劫？要我说，真正的天主活佛啊，是咱们万岁爷！”萨布素说：“噶尔丹也太胆大了，一个小小的蒙古外藩，竟敢悍然入侵科尔沁草原！对了，皇上不是派理藩院的阿喇尼去给噶尔丹下书劝止吗，要不今天阿喇尼也在这儿了，他可最能据理力争，不像我说话这么颠三倒四有头没尾的。”索额图嘴角动了一下，似乎要笑，却语气平和地说：“阿喇尼是国舅一手栽培出来的人，肯定错不了的。我也有点儿饥肠辘辘，国舅，你我现在去请那两位传教士过来，然后咱们用膳。”

在另一座帐篷内，担任此次谈判使团的翻译、耶稣会传教士张诚和徐日升为了赶译一封钦差大臣写给俄国全权大使的信，从早开始已忙了一天。木桌上两支原来又高又长的蜡烛已燃得变成了两个短粗的小红胖子。信翻译好，张诚和徐日升对这篇拉丁文长信进行了最后一遍校对。信首署名是：中国大皇帝钦差分界大臣领侍卫内大臣和议政大臣索额图、内大臣一等公都统佟国纲、理藩院尚书阿喇尼、黑龙江将军萨布素等致俄国全权大使库尼茨和勃斯克总督戈洛文及其僚属。信的大意是：

俄国边境居民进入属于我主皇上统治的雅克萨和尼布楚地区，掠夺、盗窃、虐待我方猎人，犯下种种暴行。他们将恒滚、牛满两江及其区域据为己有。我方曾就此对你方宫廷多次提出正式抗议，但均无答复。我主皇上于康熙二十五年派人前往这些地区会见俄官吏，提议友好和解。然而雅克萨总督阿列克塞无视这一和平提议，违背正义与理智，迅即采取武装行动。此举迫使我黑龙江将军围攻雅克萨，直至俄军投降而重占该地。但我皇帝陛下以为，你国沙皇不会同意该总督的行动，因而传旨，向俘虏和士兵供应马匹和口粮，并把他们平安送回。同时宣布，我皇帝陛下乃仁慈之君，绝无敌意，而是希望与邻国和平共处。阿列克塞对皇帝感激涕零。可是第二年秋，他又回到拆除的城堡，重新修复，后又拦抢我方猎人，夺走兽皮。不仅如此，他还侵略了呼玛尔地区，伏击我四十个臣民，掠走我一臣民。上述事实迫使我黑龙江将军二次包围雅克萨，目的是为捉拿此背信弃义、忘恩负义之徒。对此，皇帝陛下下令禁止再使你方士兵流血，派我等为和谈钦差，日夜兼程，妥善解除对雅克萨的包围，以示宽厚。我方所做一切亦为支持你国君主。按你使节请求，我们来此地仅带极少卫兵。现在北疆喀尔喀人正与厄鲁特人交战，胜负未分，关于处理作战两部之分歧，我们未取得皇上旨意，不便干涉。今请你方速到边界尼布楚，以如期举行和谈，消解双方疑问。如您有何建议可以书信告知我方，我们等待您的答复。

张诚是法国人，原名热彼拥，一年前受法国国王路易十四派遣，与白晋等传教士来中国传教。徐日升是葡萄牙人，也是传教士，来华时间比张诚要早一些。他们来中国学习了汉、满语言，非常喜爱这个历史悠久的文明古国。今年中俄两国进行边界谈判，他们被任命为代表团翻译。不过两个欧洲人并非就这么白给大清帝国出力，只是现在他们还没找到提出要求的最佳时机，不便言明罢了。

校对完译稿，两人同时松了口气。张诚站起来舒展活动着四肢，胸前那串银光闪闪的十字架跟着来回晃动。他对徐日升说："在帐篷里待了一天，不知索三老爷他们今天出去打猎没有。这几天我的胃真是糟透了，他们烤的肉足让人恶心欲吐，上帝保佑，千万别再让我吃到那些脏东西了！"听他这么说，本来性格开朗办事沉稳的徐日升也苦着脸皱起眉："确实没有任何食物比那种肉更恶心的了，它足以使人倒胃口而宁愿饿死！是的，这里没有黄油面包，没有上好的白米饭，更没有香浓的红葡萄酒。这里的老爷们也喝酒，可都是些烈性酒，味道很辣，我估计除了他们没人敢品尝。"张诚直摇头："世界上酗酒最凶的还是俄国人，难怪中国老爷们认为俄国人卑劣、举止粗鲁、没有教养……"徐日升点点头又摇摇头："对此我丝毫不怀疑，可另一方面，俄国人也以嘲笑中国汉族人、满洲人、蒙古人为乐。"他说话间站起身走出帐篷。外面傍晚的天空已然晴朗，凉爽的西北风把乌云都吹散了。突然，一支队伍由远而近走来，为首的一个大胡子冲徐日升招手。徐日升认出这是俄国的全权大使戈洛文。他便快步走到大胡子跟前，热情地同俄大使握手拥抱。戈洛文指着空旷广漠的原野狞笑着，声如巨雷响过："中国人逃跑了！这里均已被我大俄帝国占领。我们用不着和他们谈判，尼布楚和雅克萨本来就该属于我方。请阁下随我同回莫斯科克里姆林宫觐见沙皇陛下吧，您不是一直很仰慕我们伟大的沙皇陛下吗？有什么要求尽管向沙皇陛下讲，您定能发现，我们俄国待你们耶稣会教士要比中国皇帝待你们更好！"他说着就用蒲扇般的大手抓住徐日升，传教士像小鸡似的被他提着，双脚离了地。急得徐日升一边挣扎一边喊叫："不，不，放开我，去不去是我的自由，你真野蛮……"

"喂，醒醒，罗伯特！"耳边是张诚大声的呼唤。徐日升猛睁开眼，怔怔地望着四周，见索额图和佟国纲正在帐里，方知是做了一梦。索额图说："实在抱歉，吵了徐神甫的美梦，我们该用晚膳了。"徐日升想起刚才与张诚的议论，胸口一阵发堵，胃酸上涨，回头见张诚也是一副天主受难般痛苦万状的表情。两个欧洲人哭丧着脸，互相苦笑一下，不得不同钦差大臣们去享受那些"山珍野味"。

二

东方欲晓，晨曦初现，朝阳唤醒了沉睡的大地。萨布素、郎谈等将领率领五百清兵，顶盔披甲，腰挎箭壶，肩背硬弓，带着捕猎的猎犬、猎鹰，浩浩荡荡，向原始老林进发。满洲人很注重狩猎，甚至不会打猎的将军都不能被任命领兵打仗。看这些清军的装束装备，一点也不亚于一次战斗。佟国纲和索额图也骑马跟在队伍中，但他们不是去打猎，只为散散心，活动一下筋骨。

风早已住了，但天依然寒冷。索额图在马上整了整黑貂皮台冠，问萨布素："你今天能猎获多少猎物？"萨布素说："汉朝韩信用兵是多多益善，我萨布素行猎从不先说狩获的实数。索相爷，您若有兴致可跟末将比比，不然，好像我说大话似的。""倒退二十年，你不叫我，我也找你一同练呢，现在不行了，岁数不饶人啊。你也甭和我吹牛，你们谁见过皇上打猎啊？"除了佟国纲，大家都说没有这福气。索额图花白的眉毛扬了扬，眼睛眨了眨，神秘又感慨地说："若不是让我亲眼看见啊，谁能相信，皇上一天竟打了三百一十八只野兔，若是平常人，一生也未必能打这么多……"他的话音未落，周围就传来一阵"啧、啧"的赞叹声。萨布素高声说："所以咱们皇帝陛下乃当今第一英武圣明君主。偏就有些小鬼儿不自量力，螳臂当车，以卵击石，那还能有什么好果子吃！"佟国纲问郎谈："这里都有什么野兽，野兔多吗？""野兔不是很多，这山林中多是狍子和野鹿，没有狼，有虎，但不多，如果在春天，熊瞎子也常能看见。这种天气嘛，它们该钻进树洞睡大觉了。不过如果我们运气好，可能会遇到猞猁狲，那东西的皮毛可珍稀啦。"佟国纲点点头，又问："我以前随皇上在草原狩猎，都是采用围猎的方式，步兵在里，骑兵在外，将猎物层层围住，小到山鸡野兔，大到猛虎猎豹，都跑不了。这里林木茂盛，比不得平原，你们又怎样猎取野兽而不让其逃掉？""当然有办法，您就瞧好儿吧！——弟兄们，冲啊！"萨布素猛抖丝缰，紧催战马，如下山的猛虎向大森林中扑去。平时很少赞誉下属的佟国纲连声赞叹："真是员虎将，难得的将才！"

初升的太阳光辉强烈而不耀眼，染遍了整个树林。珍珠般的露珠儿闪着金光，撒在森林里的每一个角落。空气中散发着清新、纯净的气息，还有树脂的芳香。东北的森林虽不像南方的树林那样浓密，参天的古松也是枝叶如雕，亭亭如盖，长得十分茂盛，整个林子显得既疏朗又大方。只是地上撒落的被昨天狂暴的北风折断的纤弱枯枝和被践踏了的无数落叶，似乎还没完全消除惊恐。索额图和佟国纲下了马，把马交给了侍从，一前一后走在这如地毯般松软的林地上，边走边交谈。

索额图在一棵老松前面停了下来，手抚着它那笔直粗壮的树身，问佟国纲："国舅能猜出这株老松的树龄吗？"佟国纲仰头看了看，呵，好雄俊挺拔的古松！密密层层的树冠，直指云天，树身可四五人合抱。"如果我没猜错的话，这就是在东北被称为'林中之王'的红松。这株老松嘛，少说也有二百年树龄。""不止不止，我看至少长了四五百年。"索额图说着，转过身，抬头看见几只小松鼠从树枝间飞快地蹿过，有几只胆大的就在索额图头顶的枝头上嚼着松子，嘴里还发出咯吱咯吱的响声。他突然长叹一声：“唉，人生一世，草木一秋。草木能再生，人却不能重活一遍。”“你……”佟国纲转头惊讶地望着同僚。索额图忙摆摆手：“我没事，我只是想，人生如梦，二十年前，我还是名御前侍卫，护从万岁。那时皇上刚十六岁，除掉了奸臣鳌拜，这一眨眼我已须发皆白，皇上也都有十四个皇子了。”“长江后浪推前浪，一代新人换旧人。这是世间的定律，你也不必如此伤感！”佟国纲抱着双臂也靠在树上：“万岁将来也有老的一天，不过皇上子嗣兴旺，阿哥们都很让皇上欣慰。”“是啊，龙生九子，各不相同，阿哥们文才武功均为皇上亲授，将来必能青出于蓝。”索额图突然停下，换了一种口气小声问：“前一阵子，四阿哥没叫皇上操心吧？”他这是什么意思？明知故问。谁不知道这个长在景仁宫的皇子是有名的“天下第一难”！佟国纲正是景仁宫主位、皇贵妃佟佳氏的父亲。佟国纲犀利地盯了索额图一眼，又向后面望了望，见侍从都在远处牵马待命，跟得不很近。心想索额图是太子的外公，同样是皇亲，说说也无妨。“四阿哥……说句不敬的话，四阿哥的性子是有点怪。我听内宫总管太监讲，那年宫里闹耗子，景仁宫也抓了不少，按照一般的处置当然是灭掉，可四阿哥别出心裁，把老鼠分成两队，挑引它们互相撕咬。许多老鼠被咬死了，没死的再杀了。当时皇上知道此事后一整天都沉着脸。唉，若说小孩淘气也没这么玩的！皇上是仁慈之君，可怎么会有……”他只是摇头叹息，不敢再说下去了。“游戏也就罢了，课业还不用功！”同为皇亲，索额图可没佟国纲那么多顾忌，作为太子的外公，他常听太子胤礽用十分轻蔑的语气向外公谈起这位四弟。“我们走之前的一天，皇上上书房查功课，四阿哥把‘苛政猛于虎’背成‘苛政猛于鼠’……你听听，连我这不熟悉汉文的人都觉得可笑呢。我从没见皇上脸色像那天那么难看！”索额图满脸忧虑，又关切地问：“四阿哥这样，也够让贵妃焦心的吧？我听说娘娘最近偶染微恙，该不会是让四阿哥气的吧？”佟国纲心事重重地看了索额图一眼，垂下目光，用低沉的声音说：“承蒙关爱，她小时候身子就有些弱，贱内已入宫看过，说御医瞧过了，皇上也赐了药，现在已好转。”“那样就好，那样就好。”索额图赔笑着，拉起佟国纲的手说，“再往前走走，这林子迷不了路。”

“国舅，还记得临行前皇上叮嘱我们的话吗？”索额图问。怎么能忘，佟国纲回忆着，那时京城天气正热，皇上是在西郊畅春园召见他们的，还赏了冰水瓜果。康熙皇帝再一次对钦差大臣重申了大清的严正立场：“朕以为尼布楚、雅克萨、黑龙江上下及通此江及一河一溪，皆我属地，不可少弃之于俄国！如俄国遵谕而行，即归彼逃人及我大兵所俘获招抚者，与之划定疆界，准其通使贸易。否则尔等即还，不便与其议和！”康熙不能不急。此时，厄鲁特部噶尔丹铁骑已占领了喀尔喀，继续进犯蒙古诸部，清廷与噶尔丹之间的战争迫在眉睫。噶尔丹一贯依靠沙俄支持，紧迫时刻与俄国结成同盟也不是没有可能。为了避免清军同时与俄国、噶尔丹两方作战，约束俄国，至少使其不敢轻举妄动，公开支持他的盟友，是康熙皇帝力争尽早与俄方签约的一个重要原因。他甚至在与使团大臣们研究和谈方案时留了很大的余地。这方案清清楚楚地印在每一个钦差大臣的脑中。现在，索额图已扳着手指默背了出来：第一个方案，以勒拿河与贝加尔湖为界；第二个方案，以尼布楚为界；第三个方案，除了索额图和佟国纲外，其他使团成员谁也不知道。康熙在临行前召他二人密谈，考虑到如果以尼布楚为界，俄国遣使贸易没有栖息之所，双方势难相通。所以康熙曾暗示，在双方僵持不下的情况下，可以让出尼布楚。

“索相又在掐算什么？”佟国纲看着索额图小声嘀咕的样子，奇怪地问。

“我在想尼布楚最后究竟会属哪方。”

“那要看天意喽。”一贯自负的佟国纲隔着密林遥望那座冰冷的孤城，颇不自信地说。又追问道：“索相看呢？”

“难说。”索额图向前走了几步，“萨布素快回来了，咱们迎迎他。”

那边的林子中，萨布素正在向手下士兵展示他的硕硕战果。他果然猎获十分丰富，大约有二十多只狍子、十五只鹿、两只狐狸，数量大大超过其他将军。尤其稀罕的是，他还杀死一头十分珍贵的猞猁狲。萨布素掩饰不住满脸的兴奋，绘声绘色地对大家讲着猎获这只珍稀动物的经过：“刚开始，我还以为是只狼呢，灰白毛，个子也那么大，等离近了，才看清不是。这家伙耳朵特尖，眼睛贼亮，我当时放了狗，没想到这畜生极其凶猛，撕碎一条狗，咬伤两条狗。我放了一箭，射中它的腿，它竟拖着中箭的伤腿足足跑了两里地，后来渐渐慢了，才又被我追上补箭射中，你说厉害不厉害？”

“萨将军，您打算把这猞猁狲送给哪位钦差，索相爷还是佟国舅？”温达突然问道。“这里还有什么讲头吗？”“您不知道，这里头学问大了：索相是太子爷的外公，万岁身边第一红人；佟国舅呢，也是皇上至亲，他的女儿又是皇贵妃。您可仔细掂量掂量，别投错了门子。”“我听说皇贵妃马上就要进封皇后了，佟大人既是国舅又是国丈，我看还是应献给他。”班达尔善补充着。温达满不在乎地撇撇嘴：“皇贵妃现在得宠不假，可她没给万岁爷生下一个儿子。母以子贵，以后等到她人老珠黄，还不是失宠于皇上。而索相是太子外公，太子将来一定是要登基称帝的。哈哈，这兽皮……”“别说了，都给我住口！”萨布素突然暴躁地打断温达的话："老子谁也不送，以后进京就献给皇上。你们就他娘的婆婆妈妈，宫里的事，是咱们随便讲的吗！看看你们才打了多少猎物，你们这护军统领是怎么当的？就你们这熊样儿，别说遇见俄寇，就是来只熊瞎子，你们也得做了它的盘中餐！"一顿雷霆般的训斥，训得温达、班达尔善满面通红，低头不语。朗谈忙过来劝道："算了萨将军，你还不知道他们，从没个正经，常这么满嘴胡诌惯了。不过真打起仗来，他们还是很英勇的。"萨布素也缓和了下来："我刚才也是一时急躁，今后你们当中任何人不许在我面前讲宫里的事！咱们当兵的，干的就是把脑袋挂在裤腰带上的差事，不像坐高堂乘大轿的主儿，整天想着溜须拍马耍心眼子，哪那么啰唆！"他严肃地扫了扫众人，突然抬头发现远处林子中扬起一阵灰土，惊叫道："难道真是熊瞎子来了？""不像，熊瞎子不会有这么大动静，会不会是俄兵？""别啰唆了，全体隐蔽，快！"萨布素厉声喝着，自己快速闪到一棵树后紧握佩剑向远处观察着。一阵马蹄声伴着灰尘由远而近，几个黑乎乎的人影晃动着。"好像是我们的人……"有人小声说。"对，是咱们的人！"萨布素第一个跳起来迎了上去："哎，你们看，那不是阿喇尼吗！兄弟，你让我等得好苦！"这时索额图和佟国纲也到了。佟国纲盯着那个乌黑的汉子辨认了半晌，猛然清醒，喃喃地念了声："阿弥陀佛，老夫还以为再也见不着你了……"说着，一行老泪从眼中涌出。"老师！"阿喇尼扑上前跪倒在地，热泪翻涌："我也以为这次定是马革裹尸了……"他拭着泪水，把这次穿越喀尔喀草原的经过一五一十细细讲出——

"水！水！前面是水，前面有水了！"听到喊声，阿喇尼的精神不觉一振，他们进入蒙古境内迷了路，接连走了七八十里路，都是坎坷不平的沟壑和连绵不断的沙土地，没有碰到一滴水！后来连牧草都看不见了，马已死了十几匹，还有继续倒下的。如果再找不到水源，他们不但走不到尼布楚，连性命都要丢在这儿了。

阿喇尼带着这支疲惫不堪的人马向前冲，走近一看，原来是个脏水坑，四周牧草不多，都已被曾经在此露宿过的喀尔喀人消耗掉了。阿喇尼命士兵把马牵过来喂饮，他自己也蹲下身子，双手捧着浑浊的水喝。那水有点泥土味儿，倒还清爽。还没喝完，一个士兵突然大叫起来："我的妈呀，死人了！"原来他们发现在前面不远的水坑处躺着一个女人，那女子没有声息，不知是死是活。阿喇尼将湿手甩了甩，带着几个亲兵走到那人近前。那是个蒙古女人，目光紧闭，脸色灰白，幸而还未死，鼻腔微有气息，但昏迷不醒。她的旁边还躺着一匹死骆驼。看来她在这儿已病倒好几天了，没人照料还能活到现在也真是个奇迹。阿喇尼不知是将这可怜的女人带上一同走，还是丢在这儿不管，正犹豫间，远处突然黄尘滚滚，沙土飞扬——厄鲁特部的千人铁骑旋风般瞬间冲到眼前，将水坑周围的清军团团围住。老天，是噶尔丹的人！清兵们各抽刀枪，拉弓搭箭。阿喇尼迅速环视，见情况对本方不利，威严地喝令："都住手，没我的将令谁也不准动武！"他整整官袍，无所畏惧地向蒙古人走近，用熟练的蒙语说道："本官是欲往尼布楚与俄国谈判的大清使臣、理藩院尚书。不知尔部截于此地，是何公干？"厄鲁特部一个头领模样的人仔细打量着阿喇尼，见他顶戴花翎，气度不凡，猜想这个清朝官员大概品级不低，便冲对面喊道："我们厄鲁特汗不想伤害天朝官员，只是有话要向这位老爷请教。你们赶快放下武器，随我去见大汗。我向佛祖发誓，保证这位大人的安全。"

就这样，阿喇尼他们被半领半押着，步入噶尔丹的大营。如果不是成群的骆驼和圆阔的蒙古包，不知道的人也许会以为这儿是个山贼草寇的寨子。阿喇尼无心细看，他没想到半路上节外生枝遇到噶尔丹，一会儿见到这个杀人不眨眼的蒙古魔王，该怎么对答呢……

走到中军大帐外，陪同阿喇尼的蒙古首领突然脸色一变，喝令道："站住！"阿喇尼奇怪地瞅了他一眼，没有搭理，继续往里走。冷若冰霜的厄鲁特首领大手一拦："慢，不许再走！"他用手指指地，对阿喇尼生硬地说："跪下，我去禀报大汗，否则你休想见到我们大汗！"见鬼！阿喇尼乜斜那人一眼，鼻子"哼"了一声，扬手推开挡住他的手臂，昂首阔步地向里走去。这下可把蒙古首领激怒了，见这位清朝官员态度如此强硬，不禁气往上冲，"刷"地抽出腰刀，横在阿喇尼的脖子上，厉声喝道："我说的你没听到吗？马上跪下！再向前走一步，送你去西天！""跪下！跪下！"四周传来噶尔丹兵野兽般的吼叫，让人胆战心寒。可是沉着的阿喇尼谁也不看，挺身肃立，仰首向天，面对苍穹，傲然答道："我是大清康熙皇帝陛下的官员，不是博硕克图汗的属下，除了我主万岁，不跪任何人！你们要杀便杀，不必多言！"说完挺直胸，闭上眼，一副宁死不从的样子。蒙古首领倒不知所措了，正瞪着茫然的眼睛，前面的中军帐突然传来一阵暴雷般的大笑，震得大帐瑟瑟颤抖。"哈哈哈……真不愧是康熙大皇帝的官员，巴图鲁！好样的，是条汉子！别再吓唬人家了，请我的客人进来。"

见到阿喇尼，噶尔丹并不绕弯子，单刀直入地问道："你们为什么带这么多兵来到此地，是不是来援助喀尔喀人，帮助土谢图汗打我？"阿喇尼并不慌张，不卑不亢地说："大汗说的哪里话！我刚从北京来，是为了去尼布楚与俄人和谈，根本不知道你们与喀尔喀人之间的争斗，而且我大清与喀尔喀人并非同盟，也从未想干涉你们蒙古各部间的争执。”噶尔丹胖脸上的肉抖动了一下，怀疑地说：“你讲的这些能蒙别人可骗不了我，尼布楚远在东北边地，这儿是哪儿？去尼布楚也用不着绕这个弯儿啊。哈哈哈哈！”扬声大笑后，用一双乌溜乱转的鹰眼不客气地逼视着阿喇尼。阿喇尼则用眼角的余光轻轻扫了扫噶尔丹，心想这点儿雕虫小技就想来诈我，你还差得远呢！表面尚还平静地说：“大汗讲的也不错，但我是与索相、佟相分批前往尼布楚的，只因进到蒙古地界后遇到大风沙，又因地貌不熟迷了路，被风吹到这个地方。我们已经耽搁了数日，心里非常着急。大汗若不信可以看看我们的马匹，大部分都死了；所剩的也是瘦骨嶙峋，老弱病残，行路都困难，更不要说打仗了。我们的士兵也大多有病在身，都是忍着伤病前行，这样的队伍怎么可能再去作战？那不是白送死吗！”噶尔丹听完爽朗地笑了，拍拍阿喇尼的肩头：“别生气，老弟，刚才是跟你开个玩笑，我怎么敢怀疑康熙汗。好，我让你继续完成大皇帝授予你们的使命。你带的队伍还需要补给，我就送你们二百只羊，十五匹马和十头骆驼。不要嫌少，带上它们走吧！也请你捎去我对索老爷和佟老爷的问候，我们今后就是朋友了！你还有其他需要吗？”阿喇尼赶忙站起来躬身施礼：“感谢大汗的盛意，等我们回到京城后这些牲畜一定如数奉还，决不让大汗破费。”噶尔丹摇摇头：“这不是我借给你们的，是我送给你们的，提什么还，难道看不起我，嫌东西少吗？”他笑眯眯地送阿喇尼出了帐篷，边走边伸出大拇指称赞：“中国大皇帝能有你这样忠诚勇敢的官员在左右，一定强盛无比、威震八方，你是我所见到过的最棒的满洲巴图鲁！”身心俱疲的阿喇尼勉强笑着答礼，却只觉太阳穴突突狂跳，身子发软。他真想马上离开这儿，一步飞到尼布楚去！

其实在截虏阿喇尼之前，噶尔丹刚送走一位在他看来至关重要的客人——俄国使臣戈洛文派来的军官：格里戈里·基比列夫。早在春天，噶尔丹就写信给戈洛文，要求沙俄军队援助，从边地发兵，与自己同时攻打喀尔喀部领主土谢图汗。戈洛文的回信闪烁其词，大意是俄国可以根据噶尔丹的进攻形式，从沙俄边境城市发兵前往攻打蒙古人；至于俄军与噶尔丹兵力会合，因路途遥远，断不可行。到十一月，又送来一封信，仍是前面那些陈词滥调。在沙俄看来，与其派自己的军队与噶尔丹并肩作战，不如让准噶尔人与喀尔喀人自相残杀，然后自己可以坐收渔利——这是沙皇扩张领土的惯用法。偏偏噶尔丹是个牛脾气，不达目的不罢休的人。今年再派人到戈洛文处，要求俄国人与本部联合进攻满洲，还厚颜无耻地说：“雅克萨建寨地区原本是蒙古人的，不是清朝皇帝的。统辖蒙古人和这块土地的是我噶尔丹。倘若沙皇有意在那里建立城堡，我愿意将它让给沙皇。”戈洛文接到信时，已经答应同大清在尼布楚会谈，不便再提联合行动之事。但在复信中仍居心险恶地煽动噶尔丹去打色楞格和尼布楚附近敌对的蒙古人。他还不放心，派出基比列夫去到噶尔丹处阴谋活动：首先是继续鼓动噶尔丹，并探听清军动向和清廷的活动，期盼着噶尔丹彻底灭掉蒙古各部后再将炮口转向中国，转向清朝的康熙皇帝！

三

“万岁爷驾到——”随着一声细长的传报，一顶九龙曲柄黄华盖前导，后面是十面五色金龙小旗、四对双龙黄团扇左右分列开路，在手持豹尾枪、仪刀的御前侍卫的导护下，一支轻步辇被十名太监抬入景运门，转过门内元代的青溪影壁，停在黄琉璃瓦歇山顶式的景运门前。

康熙皇帝步下御辇，挺身站稳。他今年三十六岁，身材颀长，看去略瘦，但由于平时经常锻炼骑射，体态非常舒展挺拔，一点不觉孱弱；清瘦的脸庞，浓黑的弯眉下一双眼睛炯炯有神，射出的目光并不犀利灼烈却能使人立即肃然起敬！此时，这双眼睛由于顾虑亲人又蒙上了一层淡淡的忧伤；鼻梁细直，鼻尖稍圆略带鹰钩状。在他鼻子的周围散着几个细小的白点，这是幼年害天花留下的痕迹，当然，如果不细看是很难察觉到的，更没有影响他英俊的外貌！

康熙皇帝挺胸抬头，目不斜视，迈着稳健有力的步子向内走去。祖母孝庄太后早年严格的宫廷教育很有成效——这位统治世界最大帝国的君主无论在何时何地总保持着威严的帝王仪姿，就像今天这个样子。

“快躺好，”康熙伸手拦住要挣扎着起来见驾的皇贵妃佟佳氏，“你的病还没好，这次就免了吧。”

佟佳氏面容苍白憔悴，强打精神道：“皇上日理万机还来探望臣妾，臣妾这贱病扰了圣虑，请皇上治罪。”

康熙坐在炕边用手轻抚着佟妃消瘦的面颊，安慰道：“不要这么讲，人食五谷，怎能不害病。你现在可好受些了？太医院的人又开了新方子吗？”

“御医已来过了，开的还是些朱砂安神丸、清胃消糜散之类，不过臣妾已觉得好多了。”

“你不用说了，朕还不知道太医院那些庸医，除了捡拾几个古旧方子搪塞了事，还能有什么本事！去年宜妃闹头疼他们也是用的这几个方子，那次是叫宜妃自己闯过去了；如果这次你的病再不见好，朕绝轻饶不了这些白吃饭的家伙！”

“臣妾的病真的不碍事。而且这里还有四阿哥每天下书房后给臣妾端水喂药，细心照料。按说这种事真不该让孩子干，他还小，万一在我跟前染上什么不洁，我怎么对得起德妃妹妹……”

康熙默默听着，脑中闪现出四阿哥胤禛从出生到现在的一幕幕：抓周，挑斗老鼠打架，背功课……

“皇上，您——”

“啊？噢。”康熙这才回过神。他俯身给佟妃掖好被角，低声问：“你刚才说四阿哥懂事？”

“怎么，皇上觉得臣妾说得不对？”

康熙微微一笑：“也没什么不对，只是朕有时微觉四阿哥有些……有些……有些喜怒不定！”康熙见佟妃难受的样子，不忍再说出更不中听的话，只找了这么个近乎中性的词敷衍。

佟妃仿佛松了口气，也笑道：“民间常说六月的天孩子的脸，总不能老像大人似的成天规规矩矩一本正经。不怕皇上笑话，连臣妾小时候在家也爱撒个小性儿呢。”

“那还不是舅舅惯的！”康熙调笑道。他说的舅舅就是被派往尼布楚签约的钦差大臣佟国纲，他是康熙生母孝康章皇后的弟弟，皇贵妃佟佳氏的父亲。

佟妃青翠的眉峰蹙了一下，说：“入宫前，额娘和兄弟们都说臣妾这脾气不大随父亲，倒有点像孝康章皇后……”

听提到生母，康熙皇帝的眼睛有点发酸，他扭开脸，凝视着外殿那扇精工细雕的双交四碗棂花隔扇窗，说：“你们佟氏一门，从你祖父佟图赖始，就始终对我大清忠贞不贰。现在舅舅又是有岁数的人了，依然于国事尽心竭力。朕平时赏赐有限，委屈他了。”

“皇上这话让臣妾一家如何敢受。国家政事臣妾不敢问，但知道父亲办差乃分内之事，不劳皇上记挂。”

康熙重新转过身子，和蔼地说：“看，这话也只有从佟家出来的人才讲得出。朕今天来，除了看看你，还要告诉你一件喜事，孝昭皇后过逝多年，中宫不宜空悬太久，朕想来想去，现在宫人中只有你最适合这个位子。所以，朕打算下诏礼部择吉日正式册封你为皇后。爱妃的病久治不愈，这样或许还能冲一冲……”

“皇上……”佟妃不知是激动还是惊异，脸涨得通红，胸部起伏十分剧烈，抖着嘴唇说不出话。她咳出一口痰，气息才平稳了些，轻声对康熙说：“臣妾德薄才疏，哪有资格入主中宫做一朝国母。况且臣妾无能，不曾给皇上诞育一位皇子。瞧瞧人家德妃，一下给陛下生了两个阿哥，我真羡慕她啊，臣妾还领养了人家的孩子，人家做母亲的心里会怎么想啊……唉。”

“今天咱们不谈德妃，还是说说你的事。”

佟妃又想挣扎坐起，被康熙拦住。她无奈地躺倒，唇边露出一丝凄楚的微笑：“皇上既然这么顾念臣妾，臣妾现有一事不明，臣妾斗胆问一句——皇上好像不大稀罕四阿哥？”

康熙一愣，垂下眼睛，半晌才苦笑了一下，摇头道：“你这就想偏了，朕是觉得四阿哥有些与众不同……但不管怎样，他终究是朕的儿子。朕断不会嫌弃他，而且对他要比别的阿哥还要尽力教诲，直至他长大成人！”

“皇上这么说臣妾就放心了。四阿哥……四阿哥其实不笨……”

“谁说他笨了，唉，朕还不是恨铁不成钢！”

佟妃没有说话，眨眨眼睛表示理解。康熙的神情却很严肃，意味深长地说：“但若没经过千锤百炼，再好的铁又怎能铸成一块良材？”

听到这话佟妃怦然心动，脸上的表情却平静如水，很是安详。气话归气话，皇上其实还是很重视这孩子的……这么想着，她觉得眼角有点湿润，赶忙偏过脸去，不想让皇上发现自己过于激动的样子。所以当沉吟少顷的康熙发现佟妃许久无语，正吃惊地要问时，佟妃又扭过头，用她那一贯甜柔的微笑迎视着皇上，不慌不忙地温声说：“臣妾还有个想法，皇上听了权当一乐。皇上前面说四阿哥喜怒不定，臣妾也有同感，若长久如此对这孩子很不利。臣妾听说民间有替人出家的故事，就想能否找一个小沙弥来作四阿哥的替身。一来是用穷苦镇镇，可保佑他的福惠；二来也可用佛家戒律扳扳他的性子，让他遇事沉稳些。”康熙听了有些不以为然，君父都无可奈何的事，佛家就能有灵丹妙药吗？口中却说：“倒也不失为一计，可以试试。但找的人一定要可靠，否则非但无用还可能适得其反。”

“那四阿哥……”

佟妃推辞不受皇后之位是康熙意料之中的，但他搞不明白皇贵妃怎么老想提及四阿哥。他又看了看佟妃虚弱的身子，打断道：“你什么也别讲了，也不要想太多，好生歇着，朕过几天就有旨意。”

其实佟妃的担心不无道理，别看胤禛平时温顺听话，甚至有时还有几分胆怯害羞，但被惹急了的时候，则激烈倨傲不可驾驭。不幸的是，康熙和佟妃谈话的第二天，佟妃最为担心的事就发生了——

康熙对皇子们管束很紧，教导极严。凡饮食、动履、言语皆有矩度；平时一坐一卧、一停一行都不可随意。除了繁缛的礼仪外，还有繁重的功课。未分府封爵的皇子平时大部分时间是在宫里的上书房度过的。皇子们在上书房的课程包容极广，史词诗赋、书画历算、国语骑射……上书房的师傅绝大部分是翰林出身，他们不仅要博通经史、诗文俱佳，而且要品行端正，堪为师表。这几年由于种种原因，上书房的师傅，尤其是教授经义的师傅变动特别频繁，换得让人眼花缭乱。

这天，当翰林侍讲学士李光地慢条斯理地踱进上书房，就立即招来一阵新鲜怪异的目光。李光地是接替已故讲官陆其龙向皇子们授讲《易经》的。这位白净脸、细高挑儿、一副弱不禁风样子的新师傅，嘴里讲出的竟是一口很难懂的闽南话。《易经》本就十分艰涩难懂，经过李光地那半官话、半带闽南方言的怪诞腔调讲来，皇子们便全然不解其意，都像瞧一个怪物似的望着李光地。在皇子们眼中，这位新师傅不但声音特别，一举一动，也与其他师傅有所不同。比如他喝茶时，先竖起茶盖遮住多半张脸，停一停，等热气散散，还未见他有什么动作，就在无声无息中，他已放下茶杯，等你再瞅杯中，茶水已剩一层浅圆的水痕，你才相信他确实已优雅地完成了饮茶这个动作。然而还没完，他又从袖中掏出一块方帕，一丝不苟地捻着唇上修饰得很好的胡须，仿佛要将它捻得更黑、更亮……

胤禛可不大喜欢这个新来的什么李先生，他觉得李光地的每个动作像是临来之前经过千遍演万次设计，故意做给人看的！总之一个字——假！比如他拭胡须时每次都将手帕在唇上停那么久，哪儿是在擦嘴，倒像在一根一根数胡子！他说话的腔调尤其让人难以忍受，尽管能听出他讲话时声音尽量向官话上靠，实则还差着十万八千里。趁着先生不注意，实在忍不住的胤禛扭头用满语对兄弟们小声嘀咕了一句："南蛮子！"

满屋的孩子都笑了，连那些平日在上书房绝不敢乱说乱动的皇子陪读也捂着嘴偷笑。哪知那位李先生听见了这句话，而且他竟懂得满语。他放下书，用一双清澈又冷淡的眼睛轮番扫视了一遍皇子，目光停在胤禛身上，淡淡一笑，叫四阿哥将他前面讲过的章节回讲。胤禛哪里讲得出，于是那个被当作替罪羊的孩子——四阿哥的伴读，被叫起来罚站。自觉理亏的胤禛低下头用书挡住脸，心里却在不停地暗骂："南蛮子、臭汉官！哼，等着瞧吧……"

皇子们在上书房除了吃饭的时间，每天还有一两次课间休息，一般不超过一刻钟。师傅们就利用这段时间喝茶、吸烟、准备下一节的讲义；皇子们则可以上厕所、喝水，放松一下，但未经师傅准许，不准到院外闲走。

好不容易挨到间休，胤禛扔下书本撒腿就向景仁宫跑去，什么宫规宫仪都不顾了，只想马上见到皇额娘。然而此时，佟妃已被御医诊断患了绝症，不宜再见任何人，尤其是未成年的阿哥！所以胤禛刚到景仁宫门口，就被一大群厚如山墙的御医、太监、看妈们挡住，不许他进去。胤禛急了，像只疯狂的小牛犊对着下人又踢又打，左冲右突："你们这些奴才，给我滚开！滚开！"可根本没人给他闪路。好在胤禛的亲随太监小赵子这时急匆匆地来找胤禛，大概那边上书房的师傅也在催了。这个小太监跟随胤禛多年，知道小主子的脾气，就用惯用的法子，半哄半蒙地将胤禛带回上书房，这才靠在门外长出了一口气，擦去额上的冷汗。

书房早已开讲。四阿哥背着手，大模大样地走了进来，往椅背上一靠，脸上是一副无所谓的表情。李光地望望自鸣钟，冲胤禛伸出两根竹枝般纤长的手指，意思是已过了两个钟点。"阿哥下次早点进屋。"他不满地说了这一句就没再说什么，算是给四阿哥留了面子。可胤禛居然扬着脖、跷着腿，理直气壮地说："我屙屎去了，怎么出来？你让我屙一裤子呀！"四周又是一阵哄笑。李光地美白如玉的脸更加白了，嘴唇颤动了一下，用一把随身带的竹骨扇啪啪敲了几下书案，当真生气了。"看书！"他大声说。于是皇子们都不再理会羞愤咬牙的胤禛，全睁大眼，神情专注地盯着《周易》瞧，像是要将书里的文字看出花儿似的。但他们的两眼却都空洞又茫然，没有一点内容。那个已站了一堂课，本该回到座位去的倒霉伴读仍被责令继续在门口罚站，心里委屈极了。

在某一时期，皇子们会突然变得淘气而又不服管教，尤其是想方设法地找师傅们的麻烦。早些年，大阿哥曾想用剪刀将教授算学的西洋师傅南怀仁那丛美丽的大胡子剪下来；两年后，太子又因为一件芝麻大的事儿借题发挥，当着父皇的面将满人师傅徐元梦骂了个狗血喷头，叫徐元梦好长时间抬不起头，差点羞愤而死。现在，胤禛似乎也进到哥哥们当年那种奇怪的亢奋状态，看谁都不顺眼，心中总有一股无名之火在燃烧；想发脾气，最好和人昏天黑地地干一架，想打人骂人，大吵大闹一番！这时他会十分恶劣地将惩罚下人当作一种游戏，看别人受训受辱就有一种快意的满足。李光地依然咿咿哇哇云山雾罩地讲着，而阿哥们则捧着书，有几个用手托着下巴，勉强支撑着昏昏欲睡的脑袋。胤禛实在是听不下去了，青春韶华，大好时光，学点儿什么不好，干吗非耽搁在这稀奇古怪没有用的东西上！他真想拉出那个写《周易》的人抽他三百鞭子，问问他为什么发明这等难为人的鬼东西。哼，这个人也一定是个讨厌的汉蛮子！

又打了个哈欠，胤禛翻出蓝布书包，想找一本诗书或史书看看，但里面除了一本字帖什么也没有。字帖也成啊，他就在书桌上摊开这函字帖，从青玉笔架上取下一管狼毫，在雕满喜鹊报春图案的大方端砚中掭足了墨，铺平一张宣纸，颇为认真地临摹起来。可这堂课不是习字课啊……虽然胤禛临帖时很安静，还将《周易》挡在字帖上面，尽量不让人察觉，但那挡不住的松墨幽香却一丝丝地飘散开来，盈满书房，也飘到李光地的鼻子下。李光地立即抬眼巡视，发现四阿哥正明目张胆地做着与课堂内容完全无关的事情，便停了讲授，先盯了他一眼，以示警告，然而无济于事；又用扇子敲了两下桌角，以为胤禛可以停下来了，哪知他越这样，胤禛就更无所顾忌地写着，仿佛这堂课本就是习字课。李光地皱了皱眉，走到四阿哥跟前，先很有腔调地咳嗽了一声，拿出师傅的威严中气十足地说："别写了，收回去！"他以为这次定奏效了，可等来的却是四阿哥的一个轻蔑的白眼。李光地不由愣住了，正尴尬间，胤禛已写完了这一页的最后一个字，这才放下笔，双手交叉在胸前，歪着头，斜着眼睛，挑衅地盯着李光地。所有的皇子都目瞪口呆地瞅着这对峙的师生二人，书房里安静得就像月光下的寒潭……

"把它收回去！"李光地咽下一口气，再次沉声命令道。绵软的嗓音加上高低不平的声调很好听，也更加清晰有力了。但见四阿哥一动不动，仍是一副若无其事的样子，眼中似乎还带着几丝嘲笑。这令一贯沉稳的李光地大为恼火，他再也保持不住冷静，未加思索，伸手抓过胤禛桌案上那篇书法大作和那本字帖，没好气地塞进袖内。刚欲离去，这时一件意想不到的事发生了，胤禛争强好斗的情绪顿时被挑了起来，他猛地站起来，愤恨地用满语骂了一句什么，就"呼啦"一声将桌上的文具掀翻在地！

在没来上书房之前，李光地总听同僚们讲这里的差事多么清闲体面，皇阿哥们多么聪慧守礼有修养。没想到第一天教书，得到的竟是这种"礼遇"。四阿哥脾气也太大了，居然一点都说不得，今后他还怎么去教！他又羞又气，嘴唇都青了，身子飘摇，几乎晕倒。但想到学生不同寻常的身份，也只好强忍住气，默默回到讲案后，强作镇定地继续讲解。然而他再张口，那原本如溪水般流畅的话语却像在水中碰到暗礁，变得生硬起来，磕磕绊绊连贯不上了。

下书房后，胤禛回到景仁宫，迎面正碰上愤怒的父皇。他还没来得及向父皇请安，屁股上就被狠狠踹了一脚，被踹跪在地，紧接着耳边就是一阵如雷似箭的斥骂——

"你这忤逆不孝的东西，也配做朕的儿子！皇家的脸面都被你丢尽了。早知这样，朕就不该要你！你这样做对得起谁？对得起你病中的额娘吗！"

若是别的阿哥听了父皇这种严厉的责骂，早就吓破胆叩头求饶了。可胤禛面对父皇的斥责，只是拧着脖子，也斜着眼睛，紧闭双唇，冷冷听着。儿子这副叛逆的神态使康熙大为恼火，他过去一把扳过胤禛的肩头，高高扬起巴掌……可是康熙从没打过人，也不会打人，当他发现儿子既不缩身也不低头，连眼睛都不眨一眨像个义士似的傲然对抗时，有些犹豫，巴掌停在空中。之后，康熙颇不自然地放下手臂，长叹一声，那声音就像从无底的深渊里发出来的。“我怎么会有这么个儿子？”康熙像是在问自己，也像是在问佟妃，又像在问茫茫大地、悠悠苍天……后来，他突然觉得不能对儿子太客气了，一把揪住胤禛的前襟。

康熙真是气坏了，他并没有把胤禛今天的举动仅仅当成一般男孩子的淘气，他觉得儿子在外臣面前如此出丑，不但丢了皇家的脸面，更让他这做父皇的一国之君颜面无光！尤其不能宽恕的是，他在知道母妃娘娘病重的情况下还这么任性胡闹不知收敛，可谓顽劣成性，难以救药！所以他刚一见儿子面，并不讲什么道理，上来就是一阵风叱电吼，想不到儿子竟如此冥顽不化，不服管教，逼他不得不动粗。胤禛看到父皇恶虎一样上来抓自己，本能地想用手挡，可他怎能挡住久习弓马又正在气头上的康熙呢！这时，如果他肯服软认错，哪怕只说一句“阿玛，我错了”或“父皇，您别生气了”，事情也许会有转机。但倔强的胤禛只是徒劳地挣扎着却不出一声，尽管他也看到父皇发青的面容，听到父皇沉重的喘息……

“我让你拧，让你拧！”怒火中烧的康熙像拎小鸡般扯着儿子，脚步不停。前边是哪儿？奉先殿。对，让他在这儿清醒清醒！因为奉先殿是祭祖的地方，他要让儿子在这里面对祖宗圣像独自反省。他把胤禛按在冰冷的地面上，并命人撤去那个黄绫面的毡垫。黄毡，是只有皇帝才能用的跪垫，四阿哥怎能配？现在不配，今后永远也不配！

两扇沉重的红漆殿门“吱呀呀”关闭了，殿内的光线顿时暗了下来，像一块黑纱蒙住了大地的眼睛。宽敞的奉先殿只剩下胤禛一个人。他扬起脸，惊惧而又好奇地打量着这个思过反省的地方。这里有几案、方案、隔扇、幔帐，还有满汉合璧的神主牌位；神龛里，分别供着太祖高皇帝、太宗文皇帝和世祖章皇帝的圣像，极其肃穆幽静。静，太静了！怎么一点儿声响也没有！……不知跪了多久，胤禛脑袋一阵昏沉，觉得自己像在月黑风高的寒夜被人遗弃在一个冰冷漆黑的山谷里，心里酸酸的，凄惶又害怕，过了一会儿，竟不由自主地哭了……

此时，这个十二岁的大清皇子在幽暗的奉先殿里感到了一股深切的寂静和刻骨的孤独。也正是从这一刻起，胤禛开始变得比同龄少年早熟，也比同龄少年忧郁……这是康熙皇帝始料不及的！

四

作为欧洲国家的俄国，原来的疆界在乌拉尔山以西，本不和中国接壤。自十六世纪，俄军越过乌拉尔山东侵，一路征伐掠夺当地居民，向勒拿河推进。当时的明军正同李自成的农民军和新兴的满洲女真做困兽斗，无暇顾及这头闯入北方的雪狮。俄国督军彼得·戈洛文乘机组织起一支远征军，东进南下，入侵我黑龙江流域，侵占了喀尔喀蒙古管辖的色楞格，并窜犯雅克萨，建立了许多侵略据点。同这些土地肥沃、物产丰富的地区相比，尼布楚只能算个灰姑娘。但在今天，她却令两个最大帝国君主的目光都聚焦到这里，聚焦到尼布楚城外那座宽大、朴素的帐篷内。

清朝谈判使团率领二百士兵渡过石勒喀河，距河岸五百米处呈燕翅队形排开。在队伍的最前端，一支绣着五爪金龙的杏黄龙旗迎风猎猎飘扬；后面依次排列青龙、白虎、朱雀、玄武、天马、天鹿、犀牛、赤熊、黄鹄、孔雀、白雉各旗，呈红、黄、蓝、青、白五色，好像一片五彩云霞，将灰色的大地装点得光辉灿烂。人群中最显眼的是两个传教士，他们穿着行前康熙御赐的黑貂皮外套，项下戴着表明他们身份的十字架和圣牌。可张诚不知为什么两眼发直，望着这庞大的阵式有些心神不定。他悄悄对徐日升说："喂，你紧张吗？我现在怎么特别紧张……"徐日升右手画了个"十"字："冷静点，彼雍，即使是去刀山火海，上帝也与我们同在。上帝会赐福给我们的！"他朝同伴轻松地笑笑。这时，高大的尼布楚城门隆隆地打开了，一队身着鲜艳制服的俄国乐手持着鼓、号、铜管、簧等西洋乐器，吹吹打打正步行进。乐队的后面大模大样地走出了俄国全权谈判大使戈洛文和他的同僚。他们都穿着俄国传统服装：绣花衬衫，鲜艳的丝绸上衣，外罩皮领长袍，长袍的外面又罩了一件又长又大的天鹅绒无袖袍，袍子拖到脚下盖住皮靴；头上戴的是与衣着相配的高级天鹅绒帽。在两位欧洲传教士看来，俄国这种侉大的衣服还不如满洲的马褂利落。比起俄使团的炫耀奢华，清朝官员的穿戴就简单多了，顶戴花翎、朝袍朝冠。而穿着皇上赏赐黄马褂的只有三个人，他们是严肃谨慎的索额图、嘴又吊上去的佟国纲和满脸杀气的萨布素。

戈洛文具有多年的外交经验，尤其对中国，是个资历很深的谈判老手。他长得同传统俄国人一样高大魁梧，颏下那部"凯撒大公"式的浓密胡须更给他增添了不少威严。双方互相见礼之后步入大帐。落座后，戈洛文故作庄重地捋捋长髯，接着便叽里呱啦地甩出一大串俄语，先声夺人。说完神气地一扬脸，冲两个翻译点头示意。张诚口译，徐日升笔录。由于是第一次担任这种重要翻译，他俩十分谨慎。在正式译出前，两人先互相检查一遍，确认无误后，张诚方向大清钦差复述戈洛文的话："我属下人并未作恶滋事，中国皇帝不知何故，不顾祖先互相和好敦睦之谊，事先未通报原委即行出兵，侵犯我沙皇陛下国界，在边境骚扰寻衅、滋生事端，请贵国钦差大臣解释清楚！"

这真是无中生有，颠倒黑白，恶人先告状！如果是在外面听到，佟国纲、萨布素他们一定会破口大骂。但这是两国合谈，不管对方多么无礼、无耻也得忍着。于是索额图忍住气，先习惯又威严地轻咳了一声，严正说道："我至圣至明皇帝陛下一腔心血均灌注于经营自己的国家，对于外国领土、财物毫无夺取欲望，在边地也以守土自卫为宗旨，不知贵使所说侵犯尔国边界从何谈起？骚扰寻衅、滋生事端又意指何云？请贵使明白作答，好教我知！"张诚和徐日升交换了一下意见，马上又用俄文翻译了过去。

大概是觉得索额图的反驳软了些，戈洛文眼中闪过一道奸诈的光，他伸伸脖子，突然指了指坐在索额图身旁一脸肃杀之气的萨布素，又抛出一堆叽里咕噜的俄语。萨布素虽不懂俄语，但从对方面色表情中能看出他出语不善，便瞪大乌圆的眼睛死死盯着这个老毛子。戈洛文说完，他两边的俄使也跟着频频点头，还冷眼瞅着萨布素，一副同仇敌忾的样子。张诚为难地看看萨布素，张了张口，却没有说话。索额图马上意识到戈洛文的话一定很难听，以致让传教士难以启齿。他便起身绕过长长的谈判桌走到张诚近前，拉他背对众人小声询问戈洛文讲的是什么。可还没等张诚开口，萨布素不知什么时候跟了过来，他往两人中间一插，立着眉毛不满地说："你们别这么神神秘秘的，有什么话不能当着大家的面讲！"他生性急躁，对这种必须通过翻译的间接对话很不适应，心里早有几分不耐烦。戈洛文见此心中一阵冷笑，乘机故意催促道："我们的时间很紧，请你们抓紧点。你们到底有没有诚意和谈！"张诚只得用他那还不很熟练的中文说："俄使说这位萨将军就是曾两次侵占雅克萨的罪魁元凶，请中国朝廷惩办凶手，赔偿他们的损失。"

萨布素脸色由青变红，继而变紫，口中牙齿咬得咯咯响，仿佛要吃人。在场的另几位清将也瞪圆眼睛，怒火中烧……索额图生恐他被气逼发作，上了戈洛文的当，急忙向他使眼色。可萨布素却突然扬声大笑，如平空炸响的惊雷，震人心魄。帐内的人无不动容，惊惧又莫名其妙地望着他。终于，笑够了的萨布素一拍桌子，手指戈洛文身边那个体态肥硕、满脸横肉，长得像只狗熊似的俄国督军阿列克塞说："本将军可不敢夺人家'美名'，雅克萨自古为我满洲所有，不知从哪儿窜来的一帮匪人占了我们的城堡。你不就是他们的头儿吗？老毛子，你忘了当年被我们打败后你怎么对着我和我的弟兄们痛哭流涕，发誓永不来犯。我奉皇上旨意给你们送去食物、药品，可你这个忘恩负义的王八蛋还没滚，第二年又来了。哼，若不是我们万岁爷仁慈，留你狗命一条，你早玩儿完了，还敢在这儿胡说八道、满嘴喷粪！”佟国纲皱皱花白的眉毛：“萨将军这话扯远了，总而言之我们今天坐在这里是为了停止兵戈，以公理相论，将一些事情妥善了结。贵国大使刚才所言全属节外生枝，与议界毫无关联。你们如果想这样做我们可以奉陪到底，但我想你们的沙皇更急于知道谈判结果！”他扭脸对张诚说：“萨布素讲的先不要译出了。”张诚马上点头会意，其实他正发愁怎么用俄语解释萨布素的那些土语粗话呢。

戈洛文从衣内掏出一个圆形的放大镜，对着平摊在桌面上的东北边境图仔细分辨着。他的同僚们也把脑袋凑过来一边看一边指指点点，叽里呱啦地议论着，还时不时抬眼掠一眼清朝使团成员。一会儿戈洛文抬起头，傲慢地说：“遵我沙皇陛下之意，我们以为应以黑龙江为两国之边界，此江北属我沙俄，南归中国。”“什么？绝对不成！”听过汉语翻译的清朝使臣异口同声地说。专门负责记录的徐日升停下笔，看看那边神色狰狞的俄国大使，瞅瞅这边没有笑容的大清钦差，摇摇头，接着用鹅毛管笔沙沙地记录。索额图说：“贵国沙皇此意我们无论如何也不能接受。临行前我主圣上也曾向我等训谕：恒滚、牛满等江及精奇里江口俱合流于黑龙江。环江左右，均系我鄂伦春、奇勒尔、毕喇尔、赫哲等人民所居之地。若不尽取之，边民不获安宁。尼布楚、雅克萨、黑龙江上下及通此江之一河一溪皆我之属地，万不可少弃之于尔国……”张诚一边向俄使翻译一边想，索三老爷这段话怎么像在宣读皇帝旨意，俄国人难道还会在乎这“圣谕”？传教士的担心不无道理，戈洛文偷偷溜了一眼坐在他对面的这个瘦老头，心里暗喜：看来清朝官员本事也不过如此，并不难对付。他身子放松，毛茸茸的大手往桌上一摊：“黑龙江流域自古以来即为我沙皇陛下所有，钦差大臣刚才提到的尼布楚、雅克萨两地，也是我居民先去开拓居住的，理应划归我国。还有贝加尔湖附近的土地，均早属我管辖。”哪有这么信口雌黄的！索额图气得想都未想，厉声驳斥道：“敖母河还有尼布楚皆为我茂明安等部族原来栖居之地，雅克萨为我虞人阿尔巴西等居住的地方。他们都是手无寸铁的边民，正是因为实在难以忍受你们的偷袭侵入，掠夺抢劫，内迁到我嫩江等地，此地才被你们长期占据。贝加尔湖这边全部土地也完全属于中国，因为贝加尔湖是蒙古汗的领地，而所有蒙古人自古就是我大清的臣民！”

戈洛文嘿嘿冷笑两声，狡猾地乜斜着眼睛，继续胡搅蛮缠，漫天要价："据我所知，现在厄鲁特汗噶尔丹已获取了喀尔喀蒙古的大部分土地，噶尔丹并非中国之臣民。"佟国纲也早按捺不住心头的怒火，与索额图交换了一个气愤的眼色，针锋相对地说："你说噶尔丹不是我大清臣民，难道他还是俄国人？土谢图汗和他噶尔丹一直向我皇帝纳贡称臣，我不知你这无稽之谈从何而来？真真荒谬！""对！"索额图也据理力争道："我们决不同意以黑龙江为界，这除了我刚才讲的那些原因外，还有一点我一直没谈，就是猎取貂皮的大小山岭都在黑龙江北岸，而南岸却很少。因此我们建议你们将边界退到色楞格以上，把该处地方连同尼布楚、雅克萨及其他附属地方划归我方。"这次戈洛文将脑袋与庞大的身躯一起晃动，叠声说："不不不，雅克萨和尼布楚必须划给我国，别无选择！别无选择！"

一天下来，中方和俄方就雅克萨和尼布楚两城的归属问题展开激烈辩争，没有结果。第二天谈判继续。戈洛文一改昨日的桀骜不驯，见到中国使团赶忙笑脸相迎，并用蹩脚的中文打着招呼。索额图一边以礼相还，一边在心中盘算着这个俄国人今天还会作出什么表演。其实若论经验、心计，索额图还有佟国纲、萨布素他们都不是外交老手戈洛文的对手。他们对对方也缺乏知己知彼的了解，只盼着尽早签约划界，这就难免情绪浮躁而虑事不周。比如今天的谈判，索额图他们本应想得更多、更细些，然而昨日的疲劳加上今日的急切，使他们本该有所考虑的事情也未及深思，处理轻率。所以当戈洛文提出以牛满河为界，黑龙江中上游的北岸仍归俄国时，索额图没有同意，却暗自天真地以为俄使团已开始让步了！缺乏经验的大清钦差没有想到制订一个逐步退让的方案，索额图甚至没和另几位同僚商量，就自作主张地脱口而出道："我仁慈的皇帝陛下原意令我等以尼布楚为界，但想到若以该城为界，尔国商人贸易无栖托之处，所以以大局起见，我们可以让出尼布楚由你方管辖，以方便双方外贸交易。"坐在长木案尾端的张诚和徐日升飞快地对望了一眼，很是吃惊：怎么索三老爷这么早就将皇帝指示的、一定作为最后界线的意图和盘托出？难道他没看出戈洛文刚才的一番话完全是故作姿态的表演！张诚不自觉地叹了口气，徐日升忙制止地看了他一眼，张诚埋头记录，不再出声。

佟国纲听了也是一惊，觉得索额图操之过急了。但转念一想，或许俄国人会因此被"感化"而接受条件，提前结束会谈呢。他四下环顾，马喇温达舒眉展目，表情放松了许多；郎谈和班达尔善则暗自沉思，皱眉不语；只有坐在他身边的萨布素仍铁青着脸，怒目圆睁，瞪着戈洛文，而另一个都统彭春已不知什么时候出去了。

戈洛文知道索额图此言的分量，简直把他喜上眉梢，快乐疯了！他好不容易按捺住心中的激动，哈哈一笑："不，不，不是尼布楚一城，雅克萨和尼布楚，还有其他周边地区都应为我沙皇陛下所有，一溪一岭都不能少！"正心中庆幸的索额图以为自己听错了，失声问道："你、你说什么，你再说一遍！"戈洛文心里愈发冷笑，加重声音说道："尼布楚与雅克萨均属我沙皇陛下！"听清楚的索额图脸色苍白，额头鬓角汗水渍出，这才觉察到问题的严重性。他深深嘘了一口气，冷笑道："让出雅克萨，我主万岁坚决不准，我们更不能抗旨不遵！当年凭着我们的兵力拿下尼布楚是件轻而易举的事，唯因我皇帝素不喜兵戈，愿万邦均享太平安乐，为怜悯尔国边民免遭涂炭流离之苦，才罢兵休战并遣我等前来议和。孰料你方态度如此不恭，无有悔意，仍行抗拒。如此，我盛京、黑龙江兵必相机而动，后果你等自负！"待怒气消了消，又说，"请大使阁下将你方会议记录整理后抄录给我方一份，以便我们向朝廷汇报。至于何时再会谈另议，恕我等不再奉陪！"

怒气未消的清朝使团回到宿地的当天就立即命令守备在河对岸的八百名清军全部渡过石勒喀河，并占领石勒喀河上游的山岭和黑龙江与尼布楚间的空旷地段。清军擐甲持械，在据尼布楚城约二百里远的地方排成作战行列，将这座孤城全面封锁。与此同时，索额图又令一百清军向东去雅克萨与驻扎在那附近的四五百人会合，捣毁俄国人的田庄，严防死守，禁止任何人进入要塞。脾气暴躁的萨布素还带人拆除了俄使团在尼布楚外搭的几座帐篷，就差搭云梯攻城了！俄国人早把家眷牲畜转移到尼布楚城内，也在城池四周布满背火枪、带望远镜的哨兵还在城楼上安设了十五门铜炮和一门迫击炮。战争，一触即发！

五

阿喇尼由于虚弱的身体没有及时恢复，几天的谈判都没参加。晚上，佟国纲来看他，本是想听听他对陷入僵局的谈判有什么扭转改变的好办法，哪知学生也正要找他——

"老师认识陈梦雷这个人吗？"行过礼后，阿喇尼很有几分神秘地问。

"陈梦雷？没听说过……"佟国纲竭力想了想，还是摇摇头。

"老师再仔细想想，平三藩的时候……"

"哦，好像是有这么个人，是个福建人，听说是投敌被定为死罪，后来皇上从轻发落，改为流放，现在不知还在不在世。你怎么想起问他？"佟国纲略有不满地说。可不，这个时候除了谈判的事儿，谁还有心思扯闲篇。

阿喇尼知道老师误解了自己，并不理会，肯定地说："他还在世！老师您说怪不怪，这一路上的新鲜事儿都叫我碰上了。除了噶尔丹，我又遇见这个陈梦雷。本来我也不认识他，可他不知怎么打听到我是到此的钦差之一，非要见我。我当时不明真相，心下犹豫，但还是见了他，他就说他受人陷害，蒙冤于此……"

"等等，你说什么？他有冤？什么冤？"

"他不肯明说，只托我帮他往京里捎一封信，一切便知。"

"他要你给他捎信，难道他要告御状？"

"他倒也有这个意思，但并没提。这信是让我带给他的同乡李光地的。至于此中何意，他又不说。"

"李光地！"佟国纲脑中立即闪出那个刚升了侍读，颇受皇上赏识的官员。他就是因在三藩之乱期间在家乡福建给京里献密丸情报有功才被朝廷重视提升的。佟国纲平时和他接触不多，但感觉他斯文儒雅，说话温婉，给人的印象不错。"李光地……陈梦雷……同乡，难道是李光地……"佟国纲好像喃喃呓语着，蓦然抬起不胜惊骇的眼睛望着学生。

"陈梦雷非常谨慎，我问他时许多话他都不正面回答。但我想，可能是平三藩时他们都在福建想为朝廷立功，因他二人争功互不服让，李光地便用手段排挤朋友使陈梦雷无功反罪，不过这里也许还另有文章，总之学生觉得很可疑……"

"那么你答应他啦？"

"嗯，学生想这不过是举手之劳，若姓陈的真有显赫的一天，也会心存感激！"

"幼稚！"佟国纲对学生这个想法不客气地冷笑了一声，"你想过这会是封什么信吗？"

阿喇尼不知老师因何冷笑，头脑依然没转过来："这，无非是将姓李的臭骂一顿，发泄一番，也很正常嘛。"

佟国纲越听越气，心想我还当你有多精明，原来竟如此愚钝！他便用一种长辈教训人的口吻说："你以为这帮文人也像那些武将争功？武人胸无城府，虽然争得面红耳赤，甚至动手动刀子，可都在明面，且事过即忘。文人却常抱着君子报仇、十年不晚的决心，表面蛰息，只等时机一到，便行报复！这信说不准是封绝交书！"

"绝交书……那我、我该怎么办？"

"唉，你现在已然答应了他，就只有把信交给李光地。不过你可以不出面，信能让他看见就行了。"

“老师的意思我明白。”阿喇尼猛然醒悟，却又有些忧虑地问，“您觉得这次与俄谈判真能顺利谈成？”

“当然。怎么，你怎生如此悲观？”

“学生不是悲观，我在想，到时老师和索相谁在那和约上签字……”

尽管刚才嫌学生反应迟慢，可这会儿佟国纲又恨他心思太灵了，停一停，冲他笑道：“你想的也太多了……”

佟国纲与阿喇尼说话的时候，索额图也没闲着，他来到两个传教士休息的帐篷里。他刚接见了戈洛文派来的使节伊凡，好话说了一车，其意有所缓和，想继续谈判，索额图就立即来找这两个传教士。寒暄过后，他看见桌上摆的几个奇形怪状的西洋数学仪器和几张写满外国数字的天书般的算草字，诧异地问：“二位这是做什么？”张诚忙解释：“这是我和徐神甫在正午时分计算测定的太阳子午线高度，后面又测定了北极高度。”

“还是你们有闲啊，能坐下来琢磨学问。”索额图半真半假地说。其实他对西洋历法、数学、物理之类的知识一窍不通，表面上还装作不外行的样子赞叹道。两个传教士暗自交换了一个鄙视的眼色。在耶稣会教士的眼中，这位权势显赫的皇亲贵族同其他清朝官员一样，一心只想发家，对他们神圣的天主是那么愚昧无知，对宗教事务也毫无兴趣。好像除了银子和女人，这些中国老爷很难再对其他事物感兴趣了。一想到要在这样一个国家传教，张诚和徐日升就感到心中没底，有些心寒。

索额图正摆弄着那架小巧的铜制半圆仪，怎么也猜不透就凭这么个玩意儿就能量出方圆几里、山高水广来？见张诚给他端来了一杯水，连忙丢下半圆仪接过水杯，一再抱歉说这里饮食匮乏，天气寒冷多变，让两位神甫受苦了。徐日升的神色如睡梦初醒的圣婴，说：“这是应该的，《圣经》上说人生来就是受苦的。”索额图假痴假呆地耸耸眉，愁眉不展地说：“想必二位也看到了，我们现在的谈判遇到了麻烦。我们是希望和平，但又无法化解争议，现在真是处境尴尬、进退两难。”徐日升说：“索老爷，依我看各位还应继续留下，不要轻言放弃，俄国只不过是摆摆样子，我可以断言您和他们缔结和约仍大有希望！”“噢，为什么？”“他们白天派人来不是透露可以考虑放弃雅克萨吗，我们难道不能从这里看到一丝曙光？”张诚启发道。“噢——”索额图拍拍脑门，“看我，老糊涂了！不瞒二位，其实离京之前皇上对我说过，他并不反对俄国人来中国，在北京做生意。俄国产的各种皮毛确实货真价实，在我们京城肯定生意红火。那白花花的银子可就淌水似的往他们口袋里流啊……怎奈戈洛文死脑筋、牛脾气，非要坚持他们开出的价不可。唉，孰轻孰重，老毛子不该算错这笔账！”“如果是这样的话，”张诚说，“放心吧，索大人，跟他们讲和！让他们同意附和你的条件应无大碍。”“是啊，我们也是这么想的。但我和另几位将军实是不想再见戈洛文那张可恶的脸，想……想劳您二位辛苦一趟，帮我们到尼布楚捎个口信，如果二位神甫肯予代劳，我一定上奏皇上重谢你们，无论你们有何要求都可向我皇上提出。”

徐日升脑子反应较快，扯了扯张诚的袖子，张诚忙说：“索老爷客气了，我们是传教士，理应为皇帝陛下效劳，不论干什么都义无反顾，没想过答谢。”徐日升来中国的时间比张诚长一些，对中国人的脾气已然熟知，他对索额图说：“您索三老爷是在我们来中国后认识的最好的朋友。大清皇帝陛下更是世界罕见的英明君主，能为您和皇帝陛下效劳我们已深感荣幸，怎能再求答谢！”他这番恭维不但让索额图心花怒放，连张诚也佩服地看了他一眼，心想，葡萄牙人不但航海世界一流，脑子也是最聪明的，难怪能以租借为名那么长时间地占着澳门……

送走索额图后，徐日升在帐内踱来踱去，显得十分激动，张诚不解地望着他。徐日升突然停下，深褐色的眼睛光彩熠熠，非常兴奋地说：“彼雍，我们的机会来了！我们就要实现最伟大的理想！”张诚却仔细地端详着同伴，问：“你喝酒了吗？你休息会儿吧。”“噢，可怜的彼雍，你难道真不理解我的意思？我们不远万里来中国的目的是什么？是传播福音，拯救这世界上最大国家人们的灵魂！现在，是我们向中国朝廷提出这个伟大计划的时候了！”

“为什么是现在？”

“噢，我聪明的法兰西人，你今天是怎么啦？现在索三老爷有求于我们，这不正是提出我们要求的最佳时机！”

“可是、可是能成功吗？中国可是一个最傲慢、最排斥外邦、最迷信的国度！”

“为什么不行？”徐日升显然比张诚更有信心，“当今中国的康熙皇帝是一位非常开明的君主，与以往的中国皇帝不同，他博学、睿智、渴求学习，早被我们先进的科学技艺所吸引。白晋神甫不是已被留在皇宫中为皇帝服务了吗？你、我——上帝的仆人，现在都被委以重任。”他握着项下挂的水晶朝珠，说：“这一身贵重的绸缎服装还有这串水晶珠都是皇帝陛下赏赐的，我想他对我们相当信任。外，有索三老爷这样的好朋友来给我们宣传；内，有我们耶稣会自己的同事用几何、代数、化学、天文知识来浇灌中国皇帝的头脑。这样点点滴滴、逐渐渗透……看吧，用不了多久，康熙皇帝和他的子民一定会投入上帝的怀抱！”

张诚认真地听着，也被他激悦的情绪鼓舞起来，脸放红光，高兴地用法兰西语说：“啊，这真太伟大了！上帝啊，保佑我们的传教事业突飞猛进，让我这不称职的仆人看到有更多的人投入主的怀抱！”

“明天我们见到戈洛文时说话婉转些。这个人我以前没接触过，最好他也能给我们提供一些帮助。”徐日升的狂热劲儿已经过去，平静地回到现实世界。

张诚方才想起明天还要与俄国人周旋。他的神色又充满疑惑：“阁下，白天谈判时我就有个疑问，俄大使手中怎么会有绘制好的东北地图？”

上帝终于赐予我们一个晴朗的天气！徐日升和张诚来到尼布楚。太阳大概对它前几日的胆怯感到了羞耻，通红的脸蛋，光芒普照。俄国人重新建筑的尼布楚城虽只初具规模，但教堂、钟楼、官署、民宅等建筑物都还各具形貌，较好分辨。这些建筑物都有一个共同的特点，就是像俄国人一样粗粗大大、不事雕琢。既没有西方建筑的富丽堂皇，也没有东方建筑的典雅含蓄，若说优点只有一个——坚固。

对于这次来尼布楚谈判，俄全权大使戈洛文并非高枕无忧。他一面想多拖延些时日，以争取到更大的利益，一面又十分担心国内的局势。因为在俄国国内，名义上有伊凡和彼得兄弟两位沙皇共同执政，但真正的掌权者却是彼得同父异母的姐姐索菲娅公主。她是一个好摆权势、野心勃勃、聪明狡猾的女人，控制着射击军，与两位兄弟明争暗斗。伊凡智力低下，体质孱弱，完全是个傀儡；彼得生性活泼，灵敏好动，对事事都很关心，随着年龄的增长，他越来越不满姐姐的专横跋扈。戈洛文本人属“彼得帮”。在他看来，索菲娅再能干也不过是个女流之辈，根本不是年轻聪明好学的彼得王子的对手。但表面上戈洛文还必须服从公主的指令，比如这次同中国谈判。

张诚和徐日升的拜访使戈洛文多少有些惊讶。从谈判到现在他没与两位传教士作过直接交流。从掌握的情报看，他们除了担任中国使团翻译外并没有其他活动。戈洛文不知这两个人的底细，所以谈话也尽量加了几分小心。

还是张诚先开口，他的俄语讲得很正宗，还带着一种法兰西式的热情：“尊敬的大使先生，经过我和徐神甫给中国官员做了大量工作后，他们同意与贵国继续和谈！索额图大人让我转告大使先生，他们急切盼望谈判成功，故除答应让出尼布楚城外，又作了如下让步——中方已提出的中段边界即喀尔喀蒙古地区与你方划界问题，同意依你方要求暂搁置，以后再议……”议定中俄中段边界，也是戈洛文极力反对的，他怕影响了俄国向中国南面领土的扩张。戈洛文欣然点头，说："这一点我早与中方使团交涉过，关于中段划界，我们没有沙皇的旨意。现在喀尔喀蒙古已被厄鲁特汗占领，我们也不便再与喀尔喀人划界。"张诚比较单纯，冒失地问："听说噶尔丹曾写信要求与贵国联兵攻打喀尔喀蒙古？"戈洛文眼一瞪，生气地说："这是谣传，绝无此事！怎么，清国就作了这点儿让步？"望着同伴局促的样子，徐日升赶忙来救驾："再一个就是中方将黑龙江上游北岸的分界线从尼布楚后退五百里，以格尔必齐河、额尔古纳河为界，我想我该恭贺大使先生了吧？"他俄语讲得不如张诚流畅，但很会用词。戈洛文暗暗松了口气，心甚满意。额尔古纳河河口距尼布楚九百里，这一大片土地物产富饶，银矿、盐湖、耕地、牧场应有尽有，取之不竭，是俄国早已垂涎三尺的地方，他怎能不心花怒放！

"我们终于可以达成协议了！"戈洛文长长吐了一口气，一改谈判以来正襟危坐、煞有介事的样子，变得温和起来。他用平易近人的口气说："谢谢二位神甫，还有你们的教会。""还有仁慈的上帝！"两个传教士画着十字，也松了口气，心中无比欢喜。戈洛文吩咐人预备酒宴，他要好好招待两位信使。

酒席摆好，传教士泰然就座。一看，餐桌上的食物还真丰富：面包、香肠、烧鸡、烤肉，还有一大瓶伏特加酒。整个席面琳琅满目、热气腾腾、香气扑鼻。被满洲原始烤肉和白煮肉吃怕了的张诚和徐日升立刻胃口大开，不等主人让，马上动起了刀叉。戈洛文一边招呼着客人，一边像喝水似的大口大口地喝着伏特加。他那长大的袖子却不怎么听话，不是碰到酒杯就是沾上菜汁儿，好在他娴熟的礼仪掩盖了袍袖带来的尴尬。随着酒量的增多，他的话也多了起来："我们国家很早就与你们耶稣会有过联络。知道尼果赖吗？他是前年在午门前向中国皇帝跪呈信函的使臣。当时他拜会了北京耶稣会里的费迪南特神甫，如果我没记错，这位神甫的中国名字叫南怀仁。他对我们使臣说，耶稣会将竭尽所能为沙皇陛下效劳。""是，那时张诚神甫还没到中国来，对此并不知晓，我在澳门也是通过教友书信获悉的。只是，费迪南特神甫……已于去年八月升天了。"

"哦，我很遗憾。"戈洛文又提着脏袖子喝了一大杯伏特加，"当时费迪南特跟随中国皇帝左右，为中国人制定历法，设计火炮，但中国皇帝却不领情！"徐日升乖巧地笑笑说："也许中国人比较含蓄，不轻易表示出自己的好恶。但我同费迪南特神甫一样，十分愿意为沙皇陛下效劳。"

"好！好！"戈洛文一杯一杯地狂饮着酒水，眼珠子血红，嘴里喷着酒气，鲁拙的样子与谈判桌前那个机敏端庄的全俄第一议界大使判若两人。他大概真的喝多了，咬牙切齿地说："我们是朋友，中国人才是我们共同的敌人。费迪南特就说，中国皇帝——康熙皇帝，是个变幻无常的人……变幻无常。中国人……野蛮，中国是个野蛮的民族！”

传教士相视一笑。徐日升见时机已到，便轻轻试探着问：“阁下说费迪南特曾给沙皇效劳，可他人在中国，又见不到沙皇的面，怎么效劳？”

戈洛文哈哈大笑，醉醺醺地说：“这还不简单，他在中国认识那么多清朝官员，画一张东北地图还不是轻而易举的事！多亏有了他这张图，否则我们还两眼摸黑呢。不过我们也没白用他，五百金币，够他修教堂了。”

两个传教士惊讶地互望一眼，证实了他们的怀疑，又怕这惊疑之色落到那醉鬼眼中，让他起了疑心，便不再继续盘问，改口道：“原来我们的教会还与贵国的友谊源远流长。我们是宗教人员，不该染指财物，但现在我们只想恳请沙皇陛下给个方便。”

“什么？”已醉倒在桌边的戈洛文乜斜着眼睛。

“希望尊敬的沙皇陛下允许我们在俄境内找一条经俄国贯通欧亚大陆的交通道路，以便我们的传教士从欧洲来中国更方便，因为这将比海上航道节省许多路。”徐日升清楚地转述着罗马教廷的密信。

“总得有交换条件吧？”原来酗酒的戈洛文还很清醒。

“当然，我们现在就有阁下感兴趣的东西，但沙皇陛下如能保证我们将去东方的一批同事安全经过俄国，我们自己将礼物如数奉出，当然也少不了阁下您的好处！”

戈洛文心里暗骂了声狡猾，从桌上蠕动了一下笨重的身子，开始考虑交换的条件……

吃过午饭，急切等待两位信使归来的中国使团倾营出动。在将士们一声声的欢呼中，张诚、徐日升被簇拥进了中军大帐。一场眼看就要崩裂的谈判又有了希望，云开雾散。钦差们满脸敬佩感戴之意，纷纷答礼致谢。热闹过后，照例由索额图送他们回去休息。

在传教士下榻之地，索额图没有马上离去，他坐下来摘了黑貂皮台冠，托于掌上，捋着上边那根用孔雀羽毛制成的十分漂亮的三眼花翎，温声说：“老夫感谢二位先生使我们的使团摆脱了困境，你们今后有事尽管找我，老夫将尽己所能略表薄意。”张诚突然变得聪明起来，“您知道，索大人，”他这么对索额图说，“我们耶稣会教士离开欧洲来到这个陌生的国家的动机是什么？我们的一切愿望最终就是让大家认识上帝，遵守上帝戒规，投入上帝的怀抱。但令我们难过的是，以前皇帝下过几道诏书，都禁止中国人投入上帝的怀抱。现在您成了我们的朋友，我想这个问题离解决之期不远了。我们想求您哪天见到皇上时，请他开恩解除禁令，这比您给我们财物、荣誉还要让我们高兴！我们会更加感激您的恩典，唯一能让我们感动的是让众生的灵魂皈依上帝！”索额图认真听罢，似也被打动了，频频点头：“好，如果有机会我一定向皇上转达，请万岁取消禁令，在中国恢复天主教。”传教士没想到索额图会这么痛快地答应，高兴得差点跳起来欢呼。爽朗的张诚从衣袖中掏出一张纸说：“这是刚才在尼布楚城戈洛文草拟好的条约，本想等我们翻译好后再拿给您看，既然您来了，我们现在就翻译。”“不忙，不忙。”索额图虚让着，心里其实也急想知道这个草约。传教士逐条翻译，为节省时间，徐日升每写完一条中文就递给索额图。索额图逐条看去：严禁彼此越界入侵；不得收容逃亡者以减少边界争执；中俄两国民众持有护照者才可过界往来贸易、互市……每条拟定得都很详细很规范。下边是划界草约，也是索额图最为关注的。他迫不及待地看着，突然放下纸，站起来不安地踱着步，目光有些慌乱。俄方拟定的这条是以外兴安岭为界。外兴安岭与格尔必齐河的发源处形成两座高山峻岭。其中北峰自乌第河北岸绵延东去，直至鄂霍次克海，南峰则在接近东经一百三十二度时折了一个纬度，也就是说两峰间有五万平方里的土地被俄方划为己有。而此时索额图早已超过康熙皇帝规定的最后界限尼布楚城，又大胆后撤了五百公里，把边界定在了格尔必齐河，实在已无地可退！如果再把这块地方划给俄国，索额图绝无颜面回北京了。他沉重地叹了口气，无精打采地说：“这一条你们暂且记下，我们还得再行商议。”徐日升说：“索大人，俄国原来在乌第河有些屯居地，这个地方划归皇帝陛下似乎勉强了些。”张诚也帮腔道：“徐神甫的话有些道理，如果这个地方处置不当，您的使团与俄国又会引发新的争议，谈判也将无限期地拖延下去。”“你们不知道，”索额图焦急地解释，“该地出产最上品的貂皮、鼠皮、玄狐皮和其他皮毛；最要紧的是临海产有一种大鱼，它的牙齿比象牙还坚硬，我们满人就用这种鱼牙做指环，拉硬弓时可以保护手指，将军们都离不开它。看，就是我手上戴的这个。”他伸出自己右手的拇指，上边果然套着一个雪白圆润的大扳指。张诚惊叹：“太奇妙了，太不可思议了！如果您不介绍，我一点也看不出这是用鱼牙制成的，真是世界上最美丽、最坚固的饰物！”“所以这条界约我们不能答应，哪怕戈洛文再发脾气，再拖时间，这块土地也绝不能归其所有！”

六

正当中俄两国谈判使团在尼布楚唇枪舌剑、争执不下的时候，七月初九，册立皇贵妃佟佳氏为皇后的圣旨也正式降下。但这位新皇后的病情并未因此而好转，相反，她的呼吸越来越缓慢微弱，生命之光在她枯涩的眼中正一点点逝去。这天正午，眼瞅着皇后快不行了，偏偏皇上这时还在没完没了地接见大臣。景仁宫的首领太监急得直冒汗。终于，他一跺脚，叫过一个小太监："小梁子，你快去乾清宫奏皇上！"小梁子说："我刚听乾清宫的李公公说，皇上正在和诸位王公大臣议事，谁也不能打扰。""哎哟，可急死我啦，什么事儿这么要紧？"首领太监问完，飞快地朝四下望望。因为清朝吸取明朝的教训，规定宫中太监不得打听政务，违者立斩！今天这个太监也真急了，才出了这么个大娄子，幸而四下无人，两个太监相互吐吐舌头。小梁子用低低的声音对准首领太监的耳朵："就是国舅他们跟那个叫什么俄国的国家谈判……"

午后的乾清宫东暖阁，身着便服的康熙皇帝盘腿坐在暖炕上，正听着地上站的几位议政大臣奏报。索额图的奏折一个时辰前刚到。从折子报告的情况看出，谈判过程远比他们原先想的复杂、艰难得多！吏部尚书马齐首先开口："俄使戈洛文把在我大清边地杀人放火的滔天罪行轻描淡写为'小小纷争'，他们还胡搅蛮缠说黑龙江流域是他们沙皇的，又倒打一耙说咱们侵犯他们的疆界，真是无耻至极！""他们的目的就是想夺尼布楚。"即使在冬天被厚大的棉服裹着，李光地也是一副单薄瘦削、弱不禁风的样子，说话的语气也很轻飘："皇上原来也要以尼布楚为界，后来为顾全大局可以让步，但没想到这些夷寇竟是这等撒泼耍赖、无理取闹。索相和国舅已将边界退至格尔必齐河和额尔古纳河，他们还不罢休，索讨拖延，再这样下去索相他们也难以为继了。"

康熙的考虑，比几位大臣周到得多："索额图的奏折朕看过了，小丑们的表演朕也领教过。朕现在最担心的不是他们，而是西北。噶尔丹之所以那么肆无忌惮，正是有沙俄暗中支持。我大清东北、西北幅员辽阔，都要安定，都要有统一的治理！"

"皇上高瞻远瞩，臣等不及。"说话的是康熙的兄长，裕亲王福全。大概由于地位显贵，他讲话的底气很足，声音高过众人，"内外两蒙的事如同乱麻，总没个头绪。去年土谢图汗杀死札萨克图汗，本也是内部纷争，噶尔丹就以此为口实向喀尔喀蒙古全面进犯，若不是皇上亲自出面调停，噶尔丹还不肯收兵。土谢图汗也真是，自己惹出的祸又找朝廷庇护，他也不知朝廷的难处，倒教我们左右为难，唉，这算什么事儿啊！”

“噶尔丹是野心不死啊！”康熙皇帝目光炯炯，依次环视着每位大臣，“他上次撤兵停战是假，探听朝廷动向是真。现在他又蠢蠢欲动，就是倚仗了沙俄的支持，朕已下了一道敕谕给他，如果他还不知悔改，继续追杀喀尔喀部，犯上作乱，朕一定亲自迎敌讨之！”

“当——当——当——”挂在墙角的西洋自鸣钟叮叮当当地响了六下。从午后到现在，他们已经整整讨论了三个时辰。众人这时才觉得室内昏暗，太监点燃灯烛，康熙自己也下了炕，活动了一下僵直的腿脚，说：“好吧，时候不早了，今天先到此，你们跪安吧。”

大臣们刚刚退下，景仁宫首领太监就神色慌张地进来，跪在地上张着嘴喘了半天，才语不成句地禀报：“万岁——皇后，她……她……她不好……”康熙不等他说完，拔腿直奔景仁宫。

佟皇后知道自己的“大限”快到了，因为她现在突然有了一丝精神气力，身上的痛苦减轻了许多，这无疑是人们常说的“回光返照”。于是她立刻命首领太监去请康熙，争取在生命最后一刻再和皇上讲几句话。

康熙像一阵风般冲进皇后的寝宫，一眼看到昏黄的烛光下佟皇后那张灰白得没有半丝血色的脸，心头一阵撕心裂肺的痛。想到另两位早逝的皇后——皇太子生母孝诚皇后和两年前去世的孝昭皇后，都还不到三十就结束了年轻尊贵的生命。这是前世造的什么冤孽啊，让自己的每个皇后都这么短命！难道自己根本不该册立皇后吗？难道后宫正宫国母的位置就永远空缺下去吗！

“皇上……”佟皇后那仿佛睡梦中的召唤打断了康熙痛苦的追忆，她平静而略显忧伤地说，“臣妾如今真的不中用了……不能再服侍皇上了……”

“看你想到哪儿去了，会好的，就会好的。”康熙强装笑容，声音都有些变调。

佟皇后黯黑的眼中突然闪出一道亮光，仿佛要溢出清液，动了动嘴，声音像蚊子一样细弱：“臣妾有几句话想烦扰皇上……”

“有什么话你就讲吧！”康熙颤声说，同时伏下身子，将脑袋靠近皇后冰冷的唇边。

“谢……皇上。我是想说四阿哥……这孩子虽非我亲生，但臣妾也抚养了他十几年，也算了解他的脾气。……上次皇上说他有些……有些喜怒不定。臣妾是看他有时遇到急事……管不住自己，可能就会……行事不得体，又爱面子，怕被人说。这点我还真有点儿担心……不过四阿哥终究是个明晓事理的孩子，求皇上耐、耐心一点，多加教导。要是以后万一……万一四阿哥犯了什么不是，请皇上看在臣妾的薄面上，缓些处置……”嘱托完的佟皇后没有落泪，反将眼睛睁得很大，认真又显得紧张地望着皇上，等着他的回答。

康熙听佟皇后拼尽全身最后一点力气讲出的这一大段话，心头怦然震颤，既惊讶又感动。从这以后，康熙真的对四阿哥多了几分关注与呵护，虽然他本人并没察觉。他握住皇后那瘦骨嶙峋的手，叹息一声：“皇后放心，只要孺子可教……能包容的，朕尽量包容就是！”

但佟皇后并未放缓神情，费力地翕动了一下嘴，似乎还有话说。康熙心如刀绞，眼睛通红，几乎是哀求皇后：“你什么也不要说了，朕都明白，朕都答应！”

“臣妾代四阿哥谢万岁……”枕上传来皇后微若游丝的声音。

康熙皇帝的眼睛湿润了。

第二天宫中就传出皇后宾天的噩耗，伴着这噩耗，外面一个喜讯却也不择时机地传入宫中：由于尼布楚附近的喀尔喀蒙古人树起反抗俄国侵略的义旗，迫使俄使团不敢继续拖延，终于与中国使团签订了影响长达二百年之久的一个条约——《中俄尼布楚条约》！

一切都来得那么突然，又那么纷乱，简直就像一场梦，久久不能从人们心头挥去。皇后亡逝后，康熙最担心的还是四阿哥胤禛，怕他感情受不了而作出什么不寻常的举动，命一切宫人加紧看护。然而胤禛却出奇平静，平静得让人感到寒冷可怕！当人们看到他的眼睛，更是吓了一跳——那就是两个空荒幽寂的黑洞，所有光泽明慧都一扫而空，只剩下呆滞和冷漠，仿佛他的魂灵也随皇后一同远去了……

七月初十，宫中正式向全国颁布哀诏，也开始正式为皇后办理丧事。按照康熙前两位皇后的大丧之礼进行，治丧期为二十七天。

佟皇后的灵堂就设在坤宁宫，虽然她生前没在这里住过，但仁厚的康熙还想让自己在爱妃死后实现这一心愿。皇宫内所有的大红对联、宫灯、彩灯都被用白布遮住或摘下。坤宁宫内更是把一切饰物换成素色，殿内白幔低垂，青烟缭绕。八岁以上的皇子都停下书房功课，每日聚集在这里哭丧。

康熙皇帝辍朝三日。这一天正是初祭，他身着素色朝袍，腰间系一根玄色麻带，戴着一顶摘了红缨的镶白边台冠，在两个太监的搀扶下，一早来到坤宁宫。他望见院中地上白茫茫地跪了一片人，都是内宫的嫔妃、公主和皇子。这些皇宫内眷身着白色丧服，按“左男右女”的位置跪好，此起彼伏地哭号着，见皇上来了，哭得更凶了。连那些宫女太监，也声音嘶哑地抹着眼泪，如丧考妣。康熙看也不看他们，径直进了正殿，一眼看见遍身金黄地绣花袍，头戴镶猫眼石东珠凤冠的皇后神态安详地躺在里面。想到这位温良贤德的皇后几天前还在与自己剪烛谈心，而现在竟这么快地去了……康熙心头一阵难过，肃立良久，泪已在不知不觉中落下。他深吸了一口气，暗暗提醒自己不要因过于悲痛而忘了身份以致失态。他缓步上前，在礼部敬立的“孝懿皇后”的牌位前亲自为皇后焚点上一炷香，默拜片刻，庄敬地插在香炉上。他抬起头，看见自己为坤宁宫书写的横匾“无为”两个大字，猛然间想起皇后临终前说的话，于是转过身，朝跪在地上的皇子们扫视了一眼：咦，四阿哥怎么没在？

东西六宫空空荡荡，没有一点声息。康熙的銮轿就在景仁宫大门处停下。康熙下轿，没有让太监搀扶，自己慢步走进去，果然见殿的正前方跪着一个人。康熙没有惊动这个人，悄悄在他身后站定，默默地注视着他的背影，略作沉思。过了一会儿，跪在地上的人才转过身子——正是四阿哥胤禛。

胤禛的身材已经很高了，从发育上看很像一个十六七岁的小伙子，其实他只有十二岁。不过最让人吃惊的不是他的身材，而是那张脸——这张脸的轮廓还是个少年，高直的鼻梁和细长的眼眉一望而知是爱新觉罗家族的成员。由于伤心痛哭，眼圈红红的，周围还带着泪痕。只是那满脸悲伤、忧郁的神态叫人看了有一种说不出的难受，因为那简直不是十二岁孩子的表情，完全是一个饱经沧桑的成年人！

望着这张与年龄极不相称的幼小的脸，康熙想到自己十二岁那年受辅臣威压，也是这么一个忧郁的少年。但这张脸竟比二十多年前的自己还显得压抑和早熟，这对自己的这个儿子来说，对自己这位作父亲的来说，究竟是喜还是忧呢……

“给阿玛请安。”胤禛转身发现父亲，伏身叩头。康熙赶忙用手扶起，和蔼而不失威严地问：“你怎么没到坤宁宫去？”

胤禛以为父皇一定会训斥，满面通红，泪珠在眼眶里打着转转儿：“儿臣不想离开这儿，除非母后还回来……儿臣永远不离开这儿！”说着泪水又刷地滚落下来。康熙从袖中掏出一块手帕为儿子拭去泪水，叹了口气，道：“胤禛，你有此孝心，朕十分欣慰。但人死不能复生，你也不要太过悲痛，朕还有话要问你。”

“请皇阿玛训示。”胤禛止住泪，恭敬地站好，理理衣服又跪了下去。

“起来起来，这里除咱父子并无外人，用不着这般拘束。”

“你母后已经走了，这景仁宫不会再住其他人了，所以你也不能再继续住下去。朕想过，你也不小了，如果再让哪位大臣或母妃抚养又多有不便。现在西五所中的二所倒是空着没人住，你看你自己愿不愿意过去，若行，朕就先让人过去收拾，回头再跟你额娘说说，看她可否同意。”

原来紫禁城御花园的百子门和千婴门以北各有东五所和西五所十座院房，那是专供已完婚成家的皇子居住的。现在大阿哥和三阿哥胤祉就分别住在东头所和西头所。只是胤禛还没到成婚年龄，本不该住进去。皇帝这样安排除了表示对四阿哥的格外眷顾，更多的，是想让天上的皇后能瞑目安心——自己不会忘记她嘱托的话语。

“儿臣愿意，但凭皇阿玛做主。”

“好，”康熙满意地点点头，为自己的主张，也为儿子的答复，又用半命令的口气说，“你现在该去坤宁宫了吧。”

当胤禛来到坤宁宫，母妃和兄弟们都已离去，换上了一百零八名僧人做的水陆道场。铙钹喧天，经声悠长。那些身披土黄袈裟的僧人依次列坐，诵念《大悲心陀罗尼经》。胤禛茫然地望着眼前的一切，四周那宏大、辽远、悲怆的诵经声汇成一股巨大的力量，将自己推到很远很远的地方。他不禁闭上眼……等胤禛睁开眼，一段法事已经做完，念经的声浪渐渐远去，只有一股久久不散的神秘香气，在坤宁宫上空飘荡……

在这一百多名僧人之末，有一个比胤禛大不了多少的幼僧，引起了他的注意。胤禛走过去很好奇地瞧着他。小和尚开始有些不知所措，后来起身施礼：“小僧参见皇四子殿下。”

“你怎么知道我是皇四子？”胤禛诧异地问。

“阿弥陀佛，殿下项上的金锁曾放于敝寺中，故而识得。”小和尚指着胤禛项上亮光光的金璎珞规谨地答道，更显出了少年老成。

“你叫什么？”胤禛问，见和尚微微蹙眉，似有不解，忙改口：“噢，我说错了，应该说你的法号。”

“小僧弘素，挂单西山大觉寺。”

弘素……胤禛隐约记得皇额娘生前提起过，好像这个和尚还与自己有某种很重要的关联。胤禛又打量了一下弘素：个子还没自己高，瓦亮的光头上，几个戒疤十分明显，面目清秀，静如止水，倒像是有法术的样子。他顿时对对方起了兴致，问：“你们刚才这么大动静，是不是还能唤醒皇额娘？”

“阿弥陀佛，”弘素没有在意皇子这个孩气十足的问话，依然保持着与他年岁极不相符的平静和端庄，“刚才是做水陆道场，拜大悲忏，以超度皇后之亡魂，以免轮回之苦。”

胤禛半懂不懂地听着，忽然很认真地问：“能不能把你们念的也教给我念？”

眼看下一段法事就要开始，弘素为摆脱皇子的饶舌，快速地说：“殿下有此心甚善，但等今日水陆坛毕，小僧可赠送殿下经典，供殿下参阅。”

“那说好了，等你们做完了，你就到西二所找我，我等着你。”

康熙对胤禛所讲的“你额娘”是指胤禛的生母，不久前册封为德妃的乌雅氏。这乌雅氏出身门第不高贵，父亲威武只是个小小的护军参领，所以乌雅氏最初入宫时仅被封了个贵人。但她的温柔淑惠很快赢得了皇上的注意与好感，不久便成为康熙的宠妃之一。她自己也很争气，一连为皇帝生了三子三女，是所有嫔妃中生育子女最多的一位。虽然她生的第二个儿子皇六子胤祚已夭亡，但另两个儿子——四阿哥胤禛和十四阿哥胤禵都很健康，这在以多子为福的皇宫中是很令人羡慕的。

几天后的清早，胤禛就来到乌雅氏住的永和宫。或许是离开额娘独自居住的缘故，或许是这几天跟弘素交往的结果，胤禛这些天仿佛一下子长大了几岁，行事显得稳重了许多。他来到母亲的寝宫前，先停了一下，听到一阵笃笃的木鱼声从里面传出，这才轻轻地掀起门帘进了屋，果然见额娘正闭目打坐，身旁还放着一本经书。听见有人进来，乌雅氏睁开眼，一见是胤禛，便诧异地问：“你怎么没去上书房？”

“今天宫中无书房。”胤禛向母亲请安后就把来意说了一遍。德妃一笑：“既然是皇上的旨意，我还有什么说的！不过你一人搬过去住后也要小心些，好让我放心。”

接着母子间又互问了饮食起居的情况，这在宫里都是些形式化的但又必需的问答寒暄。然后母子俩就觉得无话可谈了，都沉默不语，屋内的气氛既沉闷又尴尬——严格而又残酷的宫规廷律造成了亲生母子间的冷漠与隔阂！

又过了一会儿，胤禛大概觉得这么闷坐实在不合适，方鼓足勇气问：“额娘刚才是在诵经吧，儿子听着好像是《法华经》。”

“呵，你也知道《法华经》？”德妃惊奇地问，她翻过那卷书，正是一卷《妙法莲华经》。

“是，前几天弘素进宫为孝懿皇后做法会，见到儿臣就送了一本《法华经》，儿臣粗念了几节，与额娘刚才所诵一般无二。”

“你背得好快呀，我念了一个多月也没记住它。”

“孩儿也只是粗翻个大概，没有额娘这般专心精细。”

此时的气氛才有了几分活跃。这时从窗外传来一阵男孩儿的笑闹声。“看我这记性，今儿个十三阿哥和你十四弟要来我这儿请安，我怎么给忘了！唉，他们哥俩一来，我这儿可就没个安静喽。你先不要急着走，再多坐会儿，哥哥弟弟好不容易凑到一块儿，跟他们玩会儿吧！”德妃对已站起身的胤禛挽留地说。

四岁的十三阿哥胤祥和只有两岁的十四阿哥胤禵由自己的保姆领着，蹦蹦跳跳地进了寝宫。“额娘！”“皇额娘！”他们一同扑向笑着的德妃。

“好，好，几天不见又都长个儿了，也胖了……”德妃正说着，小哥俩像想起什么似的挣脱了乌雅氏，一同跪下，口齿清脆得像两只小雏雀：“儿臣给皇额娘请安！祝皇额娘吉祥如意！”

“真懂事的孩子，也长规矩了！”德妃一手扶起一个揽进自己的怀里高兴得合不拢嘴，她转脸看见侍立一旁默不作声的胤禛，忙说：“你们还没有见过四哥呢。”

十三阿哥高兴地叫着四哥，给胤禛请了一个安，十四阿哥却不知是年岁太小还是有其他原因，显得非常害羞怕生，扭捏了半天，才在德妃的催促鼓励下叫了一声四哥，但并没有向他的亲哥哥请安，叫完就把小脑袋藏进母亲的怀里。十三阿哥胤祥则拉着胤禛的手不放，兴冲冲地说：“四哥，我又要长一岁了，皇阿玛说我明年就可以到上书房读书了！可我现在就想念书，四哥你教我好不好？”

“可你还没识字呀。”

“我早识字了，我现在认识好多字呢。告诉你吧，四哥，我都会写自己的名字了！”

看他这么庄重而自豪地说，好像宣布一件多么了不起的事，胤禛觉得好笑，却故意绷着面孔像个考问学生的教书先生，问：“你的名字是什么啊？”

“胤祥呀，四哥你怎么连这都不知道！”

“我是问你的全名。”

“全名，什么全名？”胤祥答不上来，那边一直蔫声不语的十四阿哥突然把头扬起来，很响亮地接道：“我知道我知道！我叫爱新觉罗·胤禵；十三哥叫爱新觉罗·胤祥；四哥叫……叫……”

“胤禛！”德妃突然插进来说，“你不知道，其实当初老十四可不叫这个名儿……”

“那叫什么？”胤禛觉得很奇怪，因为他还没听别人说过弟弟还有别的名字。

“老十四刚出生时万岁给他赐名也叫胤祯，只不过‘祯’字是示字旁一个贞洁的贞，与你那个示字旁一个真假的真只差了一点。可这两个字太容易混淆，所以万岁又给老十四赐了现在的这个名儿。”

两个小阿哥因为不识字都没听懂，胤禛却明白了。皇阿玛起名儿都这么反复推敲，可见对自己这个小弟弟的重视与疼爱。胤禛笑了笑，眼中却闪着奇怪的光影。他不愿再讨论这个话题，也不想在这里久坐，便起身向母亲请安告退。德妃也没再挽留，只是在胤禛出屋门的那一瞬间望着大儿子的背影轻轻地叹了口气……

胤禛搬到西二所后，原先负责养护服侍他的被称作“看妈”的精奇嬷嬷、负责生火烧水洗涮洒扫的水上嬷嬷和几个粗使小太监都跟过来当差。晚上睡觉之前，看妈跟平常一样给四阿哥洗脸、洗脚、洗下身，洗完后给他换上一套洁净的短服，并穿上袜子，这才准他上床。胤禛躺在炕上，脑中还想着白天发生的事情。他趁着看妈出去关照小太监下灯火的当儿，像条小鱼似的“哧溜”一下钻出被窝下了炕，趿了鞋子蹑手蹑脚摸到书柜前飞快地找出汉朝人许慎编的《说文解字》查找起来。他要查找的字就是自己名字中的那个“禛”字。“禛”字恰好在示字部第四个，释意曰：“以真受福”。胤禛又看其他几个也都是示字旁的兄弟之名：祉、祺、祥……都是福吉之意。真—禛，当以真受福……胤禛正在心中默默品味深思，看妈拿着新拆洗的被褥打外边进来，一看没穿衣服在地上看书的胤禛，惊叫道：“哎哟，我的小祖宗哟，大冬天的要什么单儿啊，看凉着！”一边飞快地给胤禛披了件外套将他送上炕。怕胤禛再偷着溜下来，看妈搬了个小木儿在炕边坐下，就着一根小红烛缝缀着每次要给胤禛换的浆洗好的领衬袖衬。见胤禛一时还睡不着，就同他闲聊了起来：“阿哥怎么刚才还翻书啊，是不是明天师傅查功课？”

“不是……”

“那阿哥就别苦读了，瞧你刚才穿那么点儿，万一着了凉奴才这差事可就当到头儿了。”

“嬷嬷别急，我今后再不了。”胤禛小声说。

看妈笑笑又说：“若说奴才进宫也不短了，听以前宫里老人讲万岁爷小时候庄太后督教可严呢，三天五日就派苏麻喇姑或亲自过来查看。万岁爷自己也勤学好问，要不怎么十四岁就亲政了呢！”

听谈到父皇胤禛来了精神，他翻了个身干脆坐起来，把被子拥在身上，问：“可皇阿玛得先成婚然后才能亲政啊。”

“这点孝庄太后早想到了，她老人家早在万岁十二岁时就给他张罗了婚事。咱们万岁爷天生就是多子多福的龙爷，现在有了这么多阿哥，这在前明可罕见啦！”

“嬷嬷家有几个孩子？”胤禛突然问。

“说来让哥儿笑话，奴才就两个料。”

“那他们都有名字吗？”

“哥儿这话问得真有意思，哪有孩子生下来爹妈不给起名字的！不过奴才和孩儿他爹都不识字，也不比富家子弟那么金贵，胡乱有个叫号就行了。像我那俩小子，一个叫德康，一个叫德寿，就图个平平安安呗。”

“德康、德寿……他们多大了，都念过书吗？”

嬷嬷不知道今夜四阿哥的话为什么这么多，打了个哈欠困倦地说：“他们能念什么书，顶多识几个字不当睁眼瞎就行了，可不像哥儿似的这么小就懂什么书啦画啦，湿啦干儿啦的。天太晚了，哥儿也早点睡吧。”

“嬷嬷……”

“还有事儿吗？”看妈奇怪地问。

“嬷嬷，”胤禛突然无端红了脸，躺下来说，“以后……你就别给我洗澡了，还有小太监服侍呢……”

看妈一愣，马上明白了，却假装问：“为什么，是奴才哪里侍候不周吗？”见胤禛不吭声，看妈笑着说：“小太监粗心大意，懂个什么？若换下奴才洗浴，除非等哥儿……”她还要说下去，见胤禛拉过被子蒙了头，默然一笑，就不再言语，心想：这一准儿是四阿哥长大了！难怪外面都说宫里皇子比民间孩子开智早，连那种事也明白得早。唉，我那两个小子还比四阿哥大一岁，现在就会满地乱滚、爬树上房呢！

七

从冰天雪地的尼布楚回到京师，张诚、徐日升都感到温暖了许多。尽管北京现在还是深秋季节，但对他们来说，湛蓝的天空、金黄的落叶还是显得那么美丽动人。想想吧，延续了多年的中俄边界之争现在已圆满解决，签订了一个使双方都受益的、非常符合国际惯例的平等条约——《中俄尼布楚条约》。他们两人的畅快心情是不言而喻的。当马车刚在位于宣武门的那座高大的天主教堂前停下，他们就跳下车，直奔后楼那间传教士休息的寝室，他们心里有许多话要对教友们说。

但房间里空无一人，跟一个侍者打听后才知道，教堂现在正在做弥撒，二人只得坐等一会儿。

张诚和徐日升在北京的住处不是这里，但他们一有空儿也经常来这里会见教友，所以对这里很熟悉，也较随便。听罢侍者的话，徐日升就走到那个装满各国图书资料的书橱前取书翻看着。张诚则来到办公桌前坐下，细览着摊在桌上用法文写就的但还未脱稿的文章。

这一笔潇洒飘逸的法文显然是住在这里的已来中国多年的法国传教士白晋的大作。内容是他写给法国国王的信，细一看都是介绍康熙皇帝的文字。

“哦，上帝，他要出书吗？写了这么多！啊，瞧他描写得多么精彩传神：炯炯双目、端正的五官、高雅的嗜好、渊博的学识、修明的治绩……除了我们伟大的路易国王，还有谁能比得上这么圣明的君主、伟大的帝王！”

“弗朗索瓦，等我写完你再评论好不好？还有你——徐，回来了也不先跟我打个招呼。”

“亲爱的布维，我们已经在此等你好久了，这些日子你过得愉快吗？愿上帝保佑你！”两个人同刚进门的白晋抱在一起，并用法语亲切热烈地问候着。

“布维，你写给国王陛下的奏折怎么这么长？”张诚拿起那沓稿纸问他的同胞。

白晋眉毛一扬，兴奋地说：“我要写一本书，一本让全世界都震惊的书！一本所有人看后都要赞美的书！我要让我们伟大的国王陛下，让世界各国的君主都知道：在东方，有一位我们法国人、西方人做梦也想不到的伟大人物——康熙皇帝。”

张诚由于一年来忙于中俄谈判，他本人面见康熙的次数便不如白晋多，所以对白晋此举多少感到有些不可思议、难以理解。他坦白地说：“我同中国皇帝没有多少接触，所以想在一年后再作出判断，但愿阁下不是言过其实！”

白晋耸耸肩，正要说话，徐日升也发出质疑：“而且这是给贵国国王陛下的奏折，阁下这么美化一个异国君主，合适吗？”

“为什么不行？尊敬的先生，正是因为上呈国王陛下御览，所以我才如此赞美康熙皇帝呀！……我坚信，我们伟大的法兰西永不落的太阳路易国王和康熙皇帝是当今世界上两位最伟大的君主！”

那边张诚又有了新发现，他指着一本书问：“你拿出这个做什么？”

张诚指的是一本羊皮装订的用拉丁文书写的《人体解剖学》。白晋狡黠地一笑，露出一副与庄严的传教士颇不相称的神态：“这个嘛，嘿嘿，我要把它译成汉文，也许是满文，反正要讲给皇帝和皇子，使他们能看得懂。哦，你们二位正可做我的助教。”

张诚和徐日升不相信地对视了一眼，竟不约而同摊开双手耸耸肩。他们实在难以相信，一个被封建礼教禁锢了上千年的国度能接受这个，而且还要传授给他们的最高统治者！

“二位不用惊讶，在你们离开北京之前康熙皇帝就召见了我，请我将这部书翻译成中文。为此他还特意下了一道旨意，说：‘身体上任何微小的部位也必须详加译注，不可有缺。朕所以不怕麻烦，命你等详译此书，乃因此书一出，必将大大造福于社会。人的生命，或可挽救不少。’”

“真是一位仁慈的君主！”徐日升赞道。

“可这毕竟有悖于中国礼教啊！”张诚思忖着提出疑问。

“我刚接到旨意时也有此疑惑，我估计陛下不一定会出版这本书，而是留给自己阅读研习，也许会传授给皇子们。以前我们翻译过的天文学、化学、几何学不就是这样吗。现在我还每天去宫里教皇太子和大阿哥欧几里得的《几何原本》。”

“康熙皇帝一直是很开明的，他的皇子们都很有修养。皇上很疼爱皇二子的，因为他是太子。——这位大阿哥是？”

“你们忘了，就是当年差点把费迪南特的胡子剪下来的那位皇子。”

比利时传教士南怀仁原名费迪南特，早在清顺治十四年就受欧洲天主教会派遣，来中国传教。因为他精通天文历法，所以到中国传教的第二年，就被推荐到宫中，协助当时的钦天监监正、德国传教士汤若望工作。他不仅熟知天文地理，还掌握几何、代数、机械等欧洲先进的科学，成为康熙接受西方科学文化的启蒙老师。从此他平步青云，被任命为钦天监监正，后又晋升工部右侍郎，官居二品。此间他曾制造出六套天文仪器，还在平定三藩之乱的战争中设计了一种新型火炮，帮助清军平定了叛乱。南怀仁成了大清的功臣，但在去年因病故去，现在接替他工作的是白晋。

三年前的一天，南怀仁教完皇子回到教堂，白晋就觉得他有些不同以往，神情很古怪，追问之下，南怀仁才说出这天在上书房发生的事情：

他认真又耐心地教着皇长子胤禔的功课，胤禔也像平常一样专心地听课，并不时提出一些问题。可是在课程的后半段，不知为什么，胤禔突然指着南怀仁颌下那部卷曲的大胡子，笑着说：“南师傅，你的胡子长得跟你的头发似的，又密又长，还打着卷儿，这么热的天你不难受吗？你怎么清理它呀？小心里面长虱子！要不我叫宫里按摩处的人帮您刮掉吧。哦，我想想，像您这么密的胡子还不好刮。得，也别另找人了，干脆我给您剪了这劳什子算了。”

南怀仁听了吓了一跳，忙又解释又作揖又央求，后来他越想越恐慌，一点也没有心思再继续教下去了，借说身上不大舒服，提前回去了。教友们听了都哈哈大笑。第二天这事传到康熙皇帝的耳朵中，康熙又好气又好笑，他严厉训斥了胤禔一番，然后又假装作出一副担心的样子对南怀仁说："此事很难办呀，大阿哥还要跟爱卿一块儿念书，朕也不可能时刻不离地看着他，爱卿看怎么办好呢？"此时南怀仁心情早已平静，他笑笑说，昨天大阿哥只不过和他开了个玩笑，不会真那样做，如果大阿哥真把胡子剪下来，他也不会介意的。

后来白晋把这段有趣的小插曲讲给张诚和徐日升，他俩那时刚来中国，对皇帝及其皇室家族都不十分了解。他们以为皇帝把他的孩子都惯坏了，以至于出了像大阿哥这么十分淘气的小顽童。

又过了一年，中俄两国在雅克萨城开战，俄国战败，被迫求和。皇帝派遣以领侍卫内大臣索额图、佟国纲为首的大清代表团出使对俄谈判，这也是中俄间的第一次正式谈判。张诚奉命在这次谈判中充当翻译。五月三十日，他与使团出京，在德胜门外第一次见到专门等候在那里为他们送行的皇长子胤禔。令张诚惊讶的是，这个他想象中的"小顽童"居然是个英姿勃勃的美少年！小伙子骑在一匹配着黄马鞍、黄丝缰的小白马上，满面笑容地同他们话别，然后打马回城。类似的礼仪性活动，胤禔还担任过不少。传教士们也明白了皇帝这样做的目的是想让皇长子早日成才。

这时，一名侍者推门而入，手中托着一个银色托盘，托盘上有一瓶葡萄酒和三只高脚玻璃杯。等侍者放下托盘无声地退出后，白晋把紫红色的酒倒入三个杯子中，三人同时举杯相碰，一饮而尽。白晋问："味道如何？"

"非常妙，与我们在法兰西庄园中饮的葡萄酒没什么区别。"张诚说。

"比俄国酿酒技术如何？听说俄国有许多大酒鬼。"

"俄国人是经常酗酒，我们在尼布楚总督府……"张诚突然感觉自己说漏了嘴，忙打住。

"这么说你们见到沙皇特使了？"

……

"怎么，跟我还保密吗？别忘了，先生们，以前俄尼果赖·斯帕法里使团到中国时，是我与费迪南特接待的。"

"在上帝面前我们无任何秘密可言。至于当初你们有没有秘密，我就不知道了。"徐日升把目光转向挂在墙上的那张世界全图，不再说话。

"这么说你们都知道了？不错，我们是给俄国人提供了一些东西，但这都是为了我主上帝！"白晋在胸前画了个十字。

“我们这次行动也是受了教皇的旨意，和戈洛文公爵进行了简短会晤，顺便请他转送给沙皇几件礼物。”

“什么礼物？”

“哈哈，当然是对俄国有用的，但不是东北边界图，价值嘛，也不值几个金币。”张诚觉得自己的话有几分幽默，忍不住笑了。

“很好，妙极了。”白晋也笑了，但笑得不大自然。然后竟顾不上掩饰，急切地问：“你们给了俄国人那么多方便，他——那个让戈洛文大番赞赏的彼得沙皇，又能给我们什么方便呢？”

站在窗前凝望着教堂主楼上那个巨大白色十字架的徐日升突然转过头，深蓝的眼睛闪着幽幽的光。他与张诚对望了一眼，并不作答，而是反问：“上次阁下与费迪南特先生的配合，俄国难道就没有一点表示吗？”

白晋脸微微一红，摊开双手：“那些金币都叫费迪南特私吞了，我可是一无所获。”

“收起你的金币吧先生，我们是传教士，上帝的仆人，怎能做这种玷污主的事情！您的行为让我感到羞耻！现在我可以清楚地告诉你，先生，我们已经寻找到一条经俄国贯穿欧亚的交通通道，以便更快捷地向东方、主要是向中国派遣传教士。怎么样，这不比您那些破烂金币更有用吗！”

“你们要报告教皇吗？”

望着一向庄重平和的白晋神甫如此窘态，徐日升觉得好笑，他走到白晋近前，低声而温和地说：“放心吧，布维，只要你不把今天的谈话内容泄露出去，我们也绝不会向教皇揭发你。我向上帝发誓！”

气氛又渐渐缓和了下来，张诚的活跃劲儿又来了，他添油加醋地讲着戈洛文进餐时的滑稽相儿，把白晋逗得捧腹大笑，将刚才不愉快的一幕掀了过去。白晋笑够了，说：“俄国人还算聪明，获得了与中国通商的贸易权，可我们法兰西商人却连中国的土地都没踏上过！”张诚说：“俄国在西方时常跟波兰、瑞典发生冲突，最近好像刚和土耳其打了一仗。战争频繁，他们的行政开支十分庞大，国库自然难以承受，所以他们需要通过贸易获得银钱，以填充他们那空虚的国库。和中国的贸易确实能给俄国带来可观的收益，我想这是连上帝都不会否认的。但是应当讲，我们在这两国条约签订的过程中获得的利益更多……对吗，先生们？”

“上帝保佑！”白晋又举起了酒杯，“为了仁慈的主，为了拯救人类共同的灵魂，为使更多的人免受地狱之苦，让我们祝福吧！”

八

北国深秋，一派荒凉。西北风呼啸着把裸露在地面上的一层沙粒卷向天空，天空被搅了个昏黄。一队人马就在这昏天黑地的大风沙下艰难地行进着。

八月初三，中国谈判使团处理完东北边界谈判的善后工作，就离开尼布楚返京。他们走了十多天，当刚抵达直隶境内时就接到皇帝的旨意。原来康熙已于八月初八出了古北口去蒙古了解民情、巡视边地去了。他下旨，让除了两位外国传教士的使团成员都不要回京，到蒙古见驾，然后君臣一道返京。

按照索额图的身份、地位和年岁，他本该乘轿的，但不知是因为他怕误了皇上旨意急于赶路，还是心里太兴奋了，他也像其他亲兵将校一样骑在马上。索额图紧了紧披在身上的红绒披风，朝四周望了望，见佟国纲骑在马上怕冷地缩着脖子，那样子活像一只大烧鹅。自从接到佟皇后薨逝的消息后，佟国纲的话比以前少多了，一直这么蔫头耷脑无精打采的，像个病人。萨布素在这群大臣中显得最精神。他到底是久经沙场的武将，行军打仗对他来讲如同家常便饭。他笔直地端坐在马背上，右手紧握腰间宝剑，脸色铁青，两眼直视前方，一副英姿勃发的气概。

索额图估计了一下路程，离行宫还有二十多里地，看来再加快些速度，今天就能见到皇上了。他刚想下令加速前进，前面来了皇上派出的几个官员，传皇上口谕说因天气不好不必着急赶路，命他们今日就地安歇，明天再到行宫面圣。

使团官员听了无不感动高兴，就在附近一个荒僻的村子里住了下来。晚上，大家用过饭，简单地洗漱了一下，都早早睡下了，只有索额图屋中的灯还亮着。

屋里面有三个人。索额图坐在桌边粗劣的木椅上，端着一杯刚沏好的茶，不时呷上两口。佟国纲盘腿坐在热炕上，一手攥着朝珠，头仰得很高，一双眼睛直直地盯着屋顶，不知道在想什么。萨布素则站在屋中央，粗声大气地冲两位钦差大臣唠叨："要说这差呀也算不上什么苦差，可就是太磨人了！都过去一个多月了，才跟那帮老毛子谈成。咱们做了那么大的让步，他们好像还不满意，就跟我们占了多大便宜似的。想当年我兵围雅克萨时哪儿有这么麻烦，一顿大炮，连他们的督军都打扫了，不也老实了一阵吗？要我看啊，他们就欠揍！如果一鼓作气端掉他们的狗窝，现在我们早到家了。"

索额图听了直摇头："你呀你呀，总没长进。要是打几仗就能解决问题，万岁何必派你我去呢。甭说你萨将军，就是随便派个副将，率领千百兵士，也能把他们那几百人收拾喽。但万岁乃仁君，不喜穷兵黩武，能和平解决争端就决不开战，免得伤及无辜，荼毒生灵。不过这次谈判拖的时间是长了些。”听着外面呼啸的北风，他不由缩了缩肩膀，呵了一口气，“嘀——这儿怎么比尼布楚还冷？”

萨布素环眼一瞪：“这儿冷？索相忘啦，咱们在尼布楚时那可是七月份，现在都快十一月了，尼布楚那边可真冻得死寒鸦儿了。不信，您现在再上那儿待几天试试！”

“嗯，是不能跟东北比。”索额图又喝了两口茶，放下杯子，说，“但我总觉得今年天气冷得早，也寒得厉害。往年呢，关外不消说，也是这个样子，但关内还不至于此，至少出门风不割面。可你看看咱们前几天路过直隶时那风刮的，跟东北没什么区别。今年老天实在是反常啊，不但把人冻得没法出门，还股战心寒的！你说呢，国舅？”

佟国纲垂下头，虽听出他的言外之意，也没心思计较，点点头，没有说话。

萨布素也听出索额图是话中有话，但他是个武将，对要心眼儿斗嘴皮子不大喜欢，只一笑说：“虽然天寒，可万岁体贴我们这些臣子，今天风大也没让赶路，就是家人也不过如此吧。”

“那你刚才干吗还急着说回不了家？”佟国纲慢吞吞地问。

没等萨布素开口，索额图竟抢着说：“他哪儿是想家呀，还不是惦记他那个长脚婆娘！”

身为内阁大学士的索额图一向不苟言笑，今天这是怎么了？连佟国纲也觉得奇怪。却听萨布素怪声怪气地说：“当然啦，都快两个月了，能不难受？做梦我都梦见她好儿回了。唉，今天还得一人睡这凉被窝。”几个听到这话的值夜亲兵都想笑，见萨布素大眼睛冲这边扫视过来，就忍住了。

索额图是有些反常。熄灯后，本已十分疲倦的他却怎么也睡不着，过去曾经历的那些往事在脑海中一幕幕闪过——

康熙八年，还是一名御前侍卫的索额图凭着自己是已故首辅大臣索尼之子、皇后之叔，更凭着自己出色的学识与才干，被刚智擒鳌拜、年仅十六岁的康熙皇帝封为内国史院大学士，成为权倾一时的朝臣。后来，皇后病故，她唯一的儿子二阿哥胤礽被立为皇太子，索额图自然成了储君的外祖父，更神气了。可物极必反，世上的事没有一帆风顺的。那个因为支持皇上撤藩而被提拔起来的明珠，与他向皇上推荐的原本是个穷秀才的高士奇，使索额图的位置受到不小的威胁。两人结成死党，一唱一和，当真把皇上蒙蔽了一阵。

我这是怎么了！索额图翻了一个身，暗笑自己老糊涂了。明珠已于去年被御史郭琇参本革职圈禁，高士奇也被罢官滚回浙江老家去了。如今朝中的大臣，熊赐履是自己人；太子师傅张英是个宿儒，一心一意辅导太子功课，从不过问政事；李光地一向为人谨慎，不多说一句话，对谁都是彬彬有礼不肯得罪，只有佟国纲是亲贵大臣，值得警惕。但这回佟皇后出事，给他的打击不小，根本不用分神去专门对付。啊，现在我真是一人之下万人之上了，想这些陈谷子烂芝麻做什么。反正太子最听我的话，将来继位为君后还得听我的！还有什么后顾可忧呢？放心地睡吧。

等等，不对！太子虽已十五岁，成人了，可皇上也才刚三十六七，正值壮年，并不老啊。自己却是须发皆白的人了，太子也许能等到他面南背北的那一天，可我老头子无论如何也等不到，等不到了啊……

第二天早上，刮了一夜大风的天空变成了一个万里无云的晴空。虽然天气依然干冷，但风已小多了。萨布素戎装依旧，佟国纲还是那副无精打采的样子。索额图不像昨天那么随便了，他仍骑在马上，威严地喝令一声："全体启程！"

只走了两个时辰，就看到了皇上的行宫。所谓行宫，其实就是在这片荒无人烟的地方搭了几个蒙古包似的大帐篷，而中间竖立着杏黄龙旗的那座最大的蒙古包，自然就是康熙的"行幄"，根本不能和北京郊区的沙河、南海子、西苑等行宫相比。

"本该为卿等接风，但宫里出了事，国丧期间，朕也只能遵祖制办，委屈尔等了。"

听了皇帝这话，已见过君臣大礼的索额图他们重又跪倒，齐声说："臣等不敢，为陛下效力乃臣等应尽之分，敬天法祖乃君臣共禀之德，恳请陛下收回前言。"

康熙走下御座，亲自把臣子一一从地上扶起，当他扶到佟国纲时，心里很难过，叹息一声："国舅为国节哀，忍痛为朕办成大事，真是我大清功臣。朕这厢向国舅致谢了。"

"奴才不敢，这都是万岁龙威洪福，还有索相和萨将军的精谨勤劳，奴才只不过做了自己应做的……"

还没等佟国纲说完，索额图就抢着说："万岁，这次功劳最大的可不是老奴。要不是萨将军率领八旗将士枕戈待旦，一直严密监视云集在尼布楚附近的俄军动向，恐怕俄国现在还在给我们施加压力。奴才汗颜，先给萨将军请功！"

"好啊，朕早有此意。马齐——"康熙双眼向前寻找着。

“奴才在！”吏部尚书马齐赶忙撩衣跪倒。

“回京后你会同兵部和内阁，一起将萨布素和这次所有靖边有功的将士按功论赏，从优擢升。”

看到皇上马上就给自己加官晋爵，萨布素连忙谢恩，还有点不好意思。他讲话惯用一种当下很少听到的老女真话，而且也不像其他大臣那样满口之乎者也，听起来别有一番味道。

“奴才最初不过是个披甲，极卑微的，幸遇万岁简拔，委以要职，现在忝列黑龙江将军。即使奴才现在还是一个披甲，也会尽职尽责守卫东北边陲。因为这里不仅是我大清的龙兴之地，也是奴才和弟兄们的故乡，决不容外夷侵占！奴才的阿玛额娘，还有不少旗下兄弟的父母妻儿就都埋在这片土地上了……”他说到这儿声音颤抖，但又随即笑叹一声，“奴才有时常恨自己生不逢时，没有赶上跟太祖太宗皇帝打天下，现在只好给万岁守江山了。”

“好，好一个守江山！但尔等要知，古人云创业难守业更难，绝非虚言。所以朕这江山可不是那么好守的。你们看噶尔丹，气焰多么嚣张，朕敢说，不出一年，他准会扯旗造反！”

“他要是胆敢造反，奴才就率兵平叛，先摘了他的狗头！”萨布素满怀豪情地说。

康熙回到御案后坐下，瞅了萨布素一眼，说：“光他一人造反并不足惧，只恐蒙古四十九旗也闻风而动，所谓‘一夫夜呼，乱者四应’，就像当年三藩之乱。只不过那次是在南方，这次却是北疆！”

“万岁不必忧虑，依奴才看，噶尔丹纵有不臣之心，他一条泥鳅也掀不起多大风浪。至于蒙古其他各旗，只要万岁恩威并用，奴才想他们也不会轻举妄动。况且这些旗主有的与噶尔丹素有仇怨，不可能一下全凭其摆布。”索额图道。

“索公剖析得有理，不过臣想，噶尔丹虽是一患，造成此孽者，其他旗主也有责任。比如土谢图汗，就是因他与噶尔丹争夺地盘才引起争端，后来打不过噶尔丹便要求朝廷庇护。其他各旗旗主呢，哪个不是欺软怕硬、见风使舵之辈！都为本旗牛羊、土地算计，今天跟你是‘盟友’，明日摇身一变成死敌；现在向朝廷纳贡称臣，将来难保没有异心，到时再防范则为时晚矣！”这个讲话的官员瞅着有点面生，康熙暗自想着。

“噶尔丹的势力范围在西北，不过，‘西’是外强中干，‘北’才是真。他还能倚仗谁？除了我们北边那个大邻居，再无第二个。”康熙吩咐一个太监去拿几个杯子。

“你们看，”康熙拿了三个茶杯摆在御案上，“这是我大清，西边是噶尔丹，这个最北边的是沙俄。俄国对我朝向有野心，这回他在东北没捞到多少便宜，决不会善罢甘休，可能会打中部和西部的主意。”说着他把“俄国”往西移动靠近“噶尔丹”，又将“噶尔丹”向南推进直逼“大清”。“噶尔丹有了沙俄的支持就会向东南进犯，而只要他稍一得手，俄国就会出兵支援，还要重新侵占东北大片土地。假如噶尔丹被咱们打败，他也很有可能北窜，逃往俄国。那时俄国肯定跟我们要条件，以坐收渔翁之利。”

众人听了无不义愤，萨布素最为激烈：“他想得美！俄国还要提什么混账条件，咱们就绝不答应！”

“那还用说，”索额图捋着银髯，“可是这样一来，正称了老毛子的心，他就可以站出来正大光明地支持噶尔丹，同我们撕破脸皮正是他求之不得的呢！”

康熙一抬手，正要说什么，突然看见佟国纲低头站在一边一言不发，便问：“舅舅，你有什么见解吗？”

佟国纲一拱手，可还没开口，帐篷外又发出那令人心战的，像千万只恶狼聚在一起齐声嗥叫的声音。在大风中，御帐发出一片嘎吱吱的响声，木支架猛烈地摇晃着，使人觉得整座帐篷马上就要被风卷走。

康熙仍面不改色地端坐案后，脸上没有任何惊慌恐惧的表情，声音仍旧那么和缓：“这种风是从俄国北部一个叫西伯利亚的地方刮过来的，朕这次巡视塞外，发现今年蒙古各部的饥荒就是由此寒流而发。唉，朕虽已派出户部的人去赈济，可还是冻饿死了二百多口。这是天灾，朕没办法。只是直隶自入秋以来滴雨未下，大片大片的庄稼颗粒无收，真是史所罕见。你们几个是从直隶过来的，那儿的情景都见到了吧？”

“是，万岁。我们路过直隶时也是风沙天，狂风大作，四野无人。奴才想这次空前的旱灾也跟西伯利亚寒流有关。且直隶靠近京师，不同于北部边地，是全国最重要的一省，还请万岁及早解救。”佟国纲这时才讲话。

“朕已免了被灾州县今年及明年上半年的钱粮，并下旨给直隶巡抚于成龙在重灾之地赈济粮米，勿要饿死一人，但这根本达不到！”说着，康熙的脸上掠过一片乌云，叹息一声，“户部的库存已经不多，跟噶尔丹开战是早晚的事，需要有足够的钱粮做后备，眼下直隶的旱灾又迫在眉睫，众卿看有何良策？”

“臣想先从户部提二十万两银子赈济直隶，另外陛下可在江南地区适当调整赋税，在百姓们能承受的情况下酌量增加一点，等平定了噶尔丹再减去，不知此法可行否？”一位也在上书房担任师傅，名叫徐元梦的官员说。

马齐先看了一下康熙的脸色，然后提出异议："徐大人提的不错，江南确是富饶之地，只是地方上一向不安定，风俗浇薄，人心险恶。去年就有湖北督标的叛乱，过去又曾是南明小朝廷旧地，人心很难降服，一下子增加他们的赋役，请陛下恕奴才个罪，那不就像在布满干柴的房顶上生一把火，一点就着吗？"

"二十万两银子救灾，杯水车薪，徐大人真会讲笑话！不过徐大人没干过地方行政，也没在户部待过，此言也还有情可原。倒是马齐的想法叫老奴奇怪——如今三藩平了，郑成功早死了，郑经也归降了，皇上又举了博学鸿词科，那帮江南读书人也早臣服了。即使有几个贼心不死，比如顾亭林那样的，也不过缩在老窝里发几句牢骚，写几首逆诗，已翻不起什么大浪。再者皇上前几次减免赋税都是从江南开始的，现在朝廷需要他们出力了就不成？真是杞人忧天，庸人自扰！"在没讲出自己观点之前先给别人挑一番毛病是索额图议政时的习惯，包括康熙在内的君臣对此早习以为常，只有萨布素第一次参加这种"御前会议"，没想到索额图在皇上面前说话竟也这么飞扬跋扈，心里就很不受用，又见马齐红了脸，便说了一句："马部堂这也是为江山社稷和万岁爷着想，即使所言有不当之处，也是一片衷心诚意，还请万岁和索相体察！"

"对，对，"索额图很快地转了一下眼珠，笑道，"马大人、徐大人还有萨将军都是一片耿耿忠心，令老臣可敬可佩。"他对康熙说："奴才见他们几个说的都有道理，但又都似未能概全，奴才愚钝，实难再进良策，还请万岁圣裁！"

一听这话康熙的目光又暗淡下来，他换了一个坐姿，重新抬头审视着众人。一会儿，他的目光停在徐元梦身上："就按徐爱卿说的办。不过二十万两是少些，这样吧，再从朕的内务府中支取十五万两，和那二十万两加在一起去赈灾，国库就不要动了。这十五万是朕平时节省下来的，虽不多，好歹也是个补给。众卿看呢？"

众臣忙齐声山呼："皇上圣明！皇上万岁！"

"既然没有异议，此事就这么定了。"康熙往椅背上一靠，对索额图说，"你们从尼布楚赶来还没休息，今儿就到这儿吧。"

"万岁且慢，奴才还有一事！"佟国纲突然跨出一步说。

"舅舅请讲。"康熙的脸色非常和悦。

佟国纲看了看帐内的大臣，咬咬牙说："奴才想跟万岁单独禀奏。"

"哦，"康熙坐直身子，心想许是佟国纲要跟自己说什么私事，便说，"那舅舅先歇一会儿，待会儿再来见朕。"

"万岁误会了，奴才要奏报的事与己无关，乃是国事。"佟国纲看出了皇上的想法，急着解释说。

“既是国事，他们都不是外人，舅舅缘何要避开众人呢？”

“奴才不是信不过各位大人，实是事关机密，请各位大人海涵，见谅！”佟国纲对众人连连作揖。

“那好吧，舅舅留下，你们都跪安吧。”康熙吩咐。

众大臣面面相觑，他们虽然相信佟国纲的话，可心里还是不太舒服，什么事这么神秘？但他们不敢抗旨，叩头跪安陆续退出。只有索额图临出去时狠狠地瞪了佟国纲一眼。

侍候的太监也出去了，帐内就剩下君臣二人。“你说吧，”康熙催促道，“尽量简短些。”

“是，皇上。奴才觉得这次奉旨谈判，虽然事先与索相的准备不可谓不充分，可总觉进展缓慢，处处受阻。俄国对我们的情况好像了如指掌。所以奴才很是疑惑，不知是不是使团中有人向他们提供了什么。”

康熙并没感到意外，说：“用小恩小惠拉拢人是他们一贯的做法。使团中的人多而杂，出个把奸细也在所难免。现在谈判已毕，此事无须再提了。”

“不过从沙俄掌握我方的材料来看，提供情报者绝非一般兵丁奴役之辈。因为俄国人知道的东西太详细了，就连我们几个主要谈判成员的性格、嗜好好像都很清楚……”

“啊？”康熙大吃一惊，问，“难道是使团官员，我大清朝臣？”

“不，万岁，奴才绝非怀疑这些大人！他们是万岁精心挑选的人，受恩深重，怎敢有差。”

“那你疑的是……”

佟国纲压低嗓音道：“启奏万岁，奴才是觉得那两个西洋传教士靠不住，他们可不是咱大清之人啊！”

“哦——”康熙长嘘一口气，也轻声说，“你得拿出真凭实据，否则只能算臆测。纵有纰漏，人家老远从欧洲来中国，只这份辛苦，咱们就该包容一些。”

佟国纲觉得皇上有些过于宽纵，没有说话。聪明的康熙从他脸上读到这层含义，一笑说：“你可以秘密查访一下，但不要惊动其他人，尤其是夷人。朕看让索额图等一起查证，如何？”

佟国纲想了想，说：“索相在朝中政务繁忙，他年岁大了，这次对沙俄谈判消耗了不少精力，奴才怕他力不从心。萨布素精力充沛，且久与沙俄作战，可与奴才一起协查。”

“萨布素？也好，他很忠诚，而且办事粗中有细，确实合适。”康熙很满意，又叮嘱了一句，“此事一定要秘密进行，勿让他人知晓，切记，切记！”

“喳！”

十天后，康熙皇帝返京。

九

中午，宫里的嫔妃和皇子们都在午休，太监和宫女们也停止了干活走动，紫禁城里就显得越发冷清。胤禛没有惊动自己的保姆和太监，一个人拿了本《大悲经》悄悄溜出西二所，往东经过百子门，来到御花园。他进了御花园内的千秋亭，坐在冰冷的石头凳上，轻轻打开一卷《大悲经》默念。

虽然是中午，可太阳还像捉迷藏似的躲在云层中不肯向人展示它的身影。天空苍黄昏暗，不时刮过一阵凉风，摇曳着御花园里的枯藤残枝微微摆动，只有几只落在松树枝上的麻雀，偶尔扑扇两下翅膀，兜个小圈儿，给这死气沉沉的园子平添一点生气。

胤禛出生的那一年，也就是康熙十七年，正是平定三藩之乱战役中最艰苦、最惨烈的一年。当时，吴三桂已在湖南衡阳称帝，清军和叛军都在湖南摆开阵势，准备进行一场大会战。这是决定双方成败的最关键一役。所以十月份，皇十一子胤禛的出生，也并没有使忧心忡忡的康熙皇帝感觉到什么特别的惊喜。不过清宫有个规矩，早殇皇子不载入宗室玉牒内。因为胤禛出生时他上边只有三个哥哥还健在，这样一来，出生并不算早的胤禛倒成了“四阿哥”，捡了一个不大不小的便宜。偏巧胤禛出生几天后，皇贵妃佟佳氏的女儿死了，就这样，还没断奶的胤禛被抱到景仁宫，接受这位陌生的养母抚养。

而当时包括康熙在内的人们都没注意这些，他们只将目光紧紧盯着在湖南苟延残喘的吴三桂和另两个藩王。可是他们谁也没有料到，就是这个普通宫人乌雅氏生的这个孩子，将来在中国历史上的影响远远要比那个吴三桂多很多！

这些都是后话，可胤禛这十二年是怎么过的啊！那年，襁褓中的四阿哥同其他小皇子一样，“有奶便是娘”，并不懂得什么身份贵贱。况且在等级森严、礼数繁多的皇家，受各种宫规所限，生母想与自己的孩子见上一面是多么不易的一件事！所以在胤禛幼小的头脑中，除了那位穿着龙袍、高高在上的父皇，这个时常陪自己玩耍嬉戏、温和可亲的皇贵妃，就是他在宫中唯一的亲人了！而生母呢？诞育儿子的当年，她只被封为德嫔，在宫中几个有头脸的主位娘娘中地位最低！

她算什么，她不过是一个空洞的名字，一个虚无的符号。及至胤禛渐渐长大，他更知道了，这位尊贵的养母是一等公佟国纲的女儿，孝康章皇后的亲侄女！也正因为此，才能由贵妃进皇贵妃，再进皇后，而且还能领养别人之子做自己的孩子……

于是，胤禛心甘情愿地做佟贵妃的儿子，有时他甚至想，自己如果有这样一位出身高贵的母亲该多好！要是那样，自己还会像现在这样被人瞧不起，只是个不引人注目的四阿哥吗？随着年龄的增长，他这种出人头地的想法越发膨胀、强烈。但——

但是，佟皇后死了！

这件事给胤禛的打击，实在不可估量！

他那颗原本争强好胜的心，一下变得寂寞、苍凉，甚至脆弱了……

这大概就是他长大成人后依然落落寡合、烦躁易怒的原因之一吧……

这童年留下的创伤啊，竟伴随了爱新觉罗·胤禛的一生！……

“看什么书呢？这么专心……”

听到声音，胤禛急忙合上书，站起来四下张望。

这时康熙有点后悔，自己应事先和胤禛打个招呼，哪怕咳嗽一声也好。瞧他那惊慌的样子，就像一个在森林里听到危险信号的小动物。望着儿子惊惧的目光，康熙心头泛起一片怜爱，又见他只穿了一件长夹袍，便解下自己穿的一袭深蓝色长毛貂皮大氅，亲手给儿子披上，半嗔半爱地说：“这种天气，穿这么少要着凉的。你嬷嬷怎么也不管你？西二所还住得惯吗？”

胤禛当然不敢说自己是偷着跑出西二所的，只向父皇请了个安。或许是由于紧张，就在他起身的那一刹那，揣在怀里的那本书“啪嗒”一声掉在地上。康熙先是一愣，然后抢先一步，赶在儿子俯身之前把那本书拾了起来。他掸了掸书上的浮尘，翻到正面，几个烫金大字在灰色封面上十分醒目——《大悲心陀罗尼经》。康熙暗吃一惊，一边不动声色地慢慢翻看着，一边问：“这个，你看得懂？”

“今天是皇额娘的‘七七’，儿臣到这儿给母后超度亡灵。”

康熙听了心头泛酸，赶忙将身子扭过去，不看儿子。他今天上这里来也是为缅怀哀思的，但并不是为佟皇后一个人。前年，养育康熙长大成人，并将他培养成一名合格帝王的皇祖母孝庄太后，就是这个月份去的。孝庄太后为大清江山忍辱负重、呕心沥血五十余载，辅佐了三代帝王，教养护佑了两位冲龄幼主——顺治皇帝和康熙皇帝。尤其是康熙的成长，更饱含了皇祖母的心血和汗水。他处理的每一项政事，无一不是皇祖母在背后给予着鼓励和支持。作为一位大国之君应有的风范，也是祖母严格训练要求的结果。康熙父母早逝，幼时没有从父母身上得到的关爱却在祖母身上充分享受到了。千言万语，也难以尽述这种感戴。

康熙转过身，望定面前这个儿子。四阿哥的母亲毕竟还健在啊，而且也是个地位不低的皇妃。四阿哥这种悲痛正常吗？像他这种年龄，本不该这么忧郁沉重啊！

康熙重新由头到脚将儿子打量一番，见胤禛穿着月白色长袍，腰上只系了根杏黄大带。带子上光秃秃的，没有佩戴香囊、荷包、玉佩等任何一件饰物，简朴中显出几分板滞。胤禛在父皇明澈的目光的射视下有些紧张，本来就低垂的头更沉了下去，眼睛拼命盯着脚下那由各色鹅卵石铺成的花型路面。康熙刚才想对儿子说的一句什么话不知怎么忘掉了，他噤了一会儿，手下意识地摸到自己腰部，突然碰到一个软绵绵的东西，掀起来一瞧，原来是自己儿时就一直随身携带的一个绣花荷包。康熙解下荷包，上前扳过儿子的肩膀说："胤禛，抬起头来！你看这是什么——"胤禛忧郁地抬起头，顺着父亲的手望去，原来是个小巧玲珑的绣花荷包，粉红色的荷包中央绣着一匹扬蹄奔驰的小白马——胤禛与康熙皇帝一样，都属马！

康熙手擎荷包，动情地说："小马驹离开老马后仍要跨越高山峻岭、草原险滩，不能总待在马槽里悲叫嘶鸣。如果你真想让你在天有灵的皇额娘放心，就要像这马儿一样，不畏艰险，勇往直前！好，胤禛，打起精神来！这个荷包，阿玛就送给你了！"

听了父亲语重心长的教诲，胤禛心里热乎乎的。他跪下来，双手恭恭敬敬接过荷包叩头谢恩。然后起身，把荷包系在腰间。由于紧张和激动，他满面潮红，手也不大听使唤，动作显得很笨拙。他想再说几句感恩的话，却怎么也张不开口，着急和激动又使他差点落泪。一直默默观察着儿子的康熙见强忍着内心的悲喜哀乐，紧绷着的面颊不让感情流露，既感慨又有些疑惑，继而隐隐升起一丝不快，觉得这个孩子有点太……想到佟皇后临终时的遗言，康熙只是叹了口气，没再说什么。他从衣内掏出怀表看了一眼，哎呀，差点忘了，裕王和索额图他们现在大概正在乾清宫候着呢。他便不想再在这里停留，意欲离开。可看到儿子那双红肿的眼睛中流露出一种可怜的依恋之色，又有些不忍。他上前轻轻拍了拍四阿哥的肩膀，尽量用一种温和随意的口气说："初六太子和大阿哥要去南海子狩猎，你也跟他们一起去吧。别在乎射中多少猎物，开开眼界也是好的。去瞧瞧热闹嘛。这么一个人闷在深宫里，时间久了会生病的。"

“咚——咚——咚——”高高的神武门上传来五声深远悠长的更鼓声，笼绕着夜深人静的紫禁城。这时，一盏白纱灯轻悄悄地闪出西二所，像大海中的一束渔火。在漆黑寂寥的皇城宫街上流动，一直拐进隆宗门。第一位皇子已经来到上书房读书了！

顾八代在执事太监的引导下，一脚踏进上书房，眼前的情景很令他感慨。六年了，每次授课，四阿哥总是到得最早的一个！其他皇子虽然也很聪明，却没有四阿哥这么坚持刻苦。就是宫外民间的读书人经常起这么早的也不多见。刚才自己入宫时还看见有的值夜小太监还靠在廊下柱子边打瞌睡呢，四阿哥毕竟是皇家骨肉、金玉之身啊！

顾八代的先祖早在清朝还未创建时就已经在关外跟随努尔哈赤争战了。因此顾八代年轻时被特招入太学，与国子监的太学生们一起读圣贤文章。后来三藩叛乱，顾八代又跟随西征大将军图海夺取了被吴三桂占领的江南数省市，参赞军务。一次大战过后，许多将军都因掠夺民间财物、调戏妇女等违纪行为受到处罚，只有顾八代因廉洁奉公受到褒奖，被提升为皇帝的侍读学士，后又奉旨教授皇子功课。不过顾八代生性耿直，不喜权变，为此得罪了不少同僚，索额图也不大喜欢他。所以尽管他是皇子的老师，但地位远不如另几位皇子师傅，像张英、李光地、徐元梦等。其实以他的才华、人品、资历，早就该登堂拜相，授大学士了。

在上书房的所有先生中，胤禛最敬重的就是这位顾先生。记得有一次皇上来上书房检查功课，一时兴起，讲了段《易经》，但中间一节出现了一个口误，当时几位上书房大臣都在，但没人敢提出，只有顾八代当众指出并纠正了皇上的话语之误。自此以后，胤禛便折服了这位身材不高、相貌平平的顾师傅！

在太监们摆放文房四宝、端上香茶点心、安置好烧炭火盆的当儿，三阿哥胤祉、五阿哥胤祺、七阿哥胤祐都陆续进了书房。只差八阿哥胤禩还未到。顾八代正要遣人去问，外面进来一个太监，给顾八代请安道：“大人不用等八爷了，刚才里头传过话来，说八爷染了风寒，今天不能来了，可能这几天都要调养。最近日子的功课就由八爷的伴读代做。”

“知道了。”顾八代略一摆手，让那人退下。那太监刚一出门就肆无忌惮地嘟囔着：“呸，穷酸！这么冷的天巴巴儿跑来送信，也没个赏头！”

屋里的人自然不会听到。今天的课是讲诗文。诗文不像经史那么枯燥，老师有发挥的空间，学生听着也有兴趣。顾八代微笑着打开一本《唐诗汇编》，让七阿哥胤祐先来读一首唐代诗人李颀的《送魏万之京》。胤祐是阿哥们中胆子最小的一个，一听要自己朗读，还没张口，脸就红到了耳根。他踌躇了一下，怯生生地小声念道——

朝闻游子唱离歌，昨夜微霜初渡河。
鸿雁不堪愁里听，云山况是客中过。
关城曙色催寒近，御苑砧声向晚多。
莫见长安行乐处，空令岁月易蹉跎。

“好，七爷读得很好，比以前有长进，声音再大点就更好了。”顾八代称赞了几句，转向学生们，“李颀的诗后世评价一向很高，像这首七律，虽是写送别，却与他以往写惯了的边塞诗不同，但在风格上与其他众多同题材诗作相比，亦有其独特之处。阿哥们已经读过不少唐诗，谁能试着剖析一下此诗啊？”

五阿哥学的是满文，自然讲不出什么，正当胤禛凝神思索的时候，三哥胤祉已朝先生点头示意。

胤祉比胤禛大一岁，已经娶妻成家。他平时最好读书，精通诗词歌赋，人看上去十分儒雅清明。康熙为此也很喜欢皇三子。胤祉清了清嗓子，朗声说道：“我以为李颀此诗所以被历朝誉为佳作，主要是以炼句和情景交融见长。至于风格，独特之处甚多。在唐送别之作中，与王勃《送杜少府之任蜀州》比，他显得持重深沉；与李白《赠汪伦》比，它显得古朴典雅；与王维《送元二使安西》比，他显得含蓄委婉，可谓独具一格，不同凡响！”说完，他得意地望了望兄弟们，等着师傅的评赞。

“三爷这段至评，可谓别开生面，令人叹服。哦，四爷也有什么高见吗？”

“刚才听师傅和三哥讲的都很在理。我是在想，李颀以边塞诗见长，这首送别诗写得极其工整自不待言，抒发的也是悲秋之情，但若同他的那些边塞诗相比，却并非上乘之作。”

“啪！”胤祉把书重重地往桌上一摔，很不高兴地撇着嘴。同太子一样，他也很瞧不起四弟，他气呼呼地说：“那你倒是说说，这首诗怎么不好？”顾八代治学多年，也是头一次听到有人对此诗提出异议，他不动声色地说：“四爷请讲，老臣愿闻其详。”

若在以往，胤禛可能会同三哥闹气，但是今天他竟忍住了。胤禛不像胤祉说话那么铺陈排设，旁征博引，他开门见山地说道：“此诗有雕琢痕迹，像‘催’字和‘向’字就很明显……”胤祉马上反驳道：“唐代诗人哪个作诗不仔细推敲！老杜就说‘语不惊人死不休’，可见炼句的重要。我倒以为这两个字正是李颀此诗的妙处所在。它有理有警，意味隽永。”接着又开始引经据典，什么“声调最远，品格最高”，什么“风骨高华”，还有什么“发调既清，修辞皆秀”……

胤祉终于滔滔不绝地说完了。顾八代本想总结一下前边的讨论，然后转入下节。但见胤禛直看自己，好像还有话说。顾八代知道，在诗文辞赋方面，四阿哥根本不是三阿哥的对手，这次是怎么了？难道真“语不惊人死不休”，偏要争个你死我活吗？

其实顾八代想错了，胤禛并没有接着阐述他原来的那个观点，而是问了个同这首诗不大相关的问题：“请教先生，李颀隐居东川多年，对学佛参禅、求仙炼丹颇为沉醉。像他这样一个佛道兼修的衣冠居士，怎么会做出这么多首边塞诗呢？”

皇四子新近喜好上佛学，顾八代是知道的。但今天这个问题却令他有些意外。怎么回答这个与众不同的阿哥呢？顾八代想了想，笑道：“阿哥这一问可难为老臣了，以老臣浅见，其实不光李颀，像王维王摩诘，也是个正宗的佛门居士。潇洒放荡，不拘一格，这正是盛唐气象啊！盛世兴文教，唐诗集历朝诗作之大成，盛世诗文又为唐诗顶峰之顶峰。除我大清盛世，再无其他朝可望其项背了。”

一直没言语的五阿哥突然说：“皇阿玛平三藩、复台湾、抗沙俄，只差西北未定，那时咱大清版图定能超越盛唐，使中华一统！”听提到西北，顾八代的心头一沉。他是经历过平三藩的人，知道战争的残酷和难以预料。当年平三藩靠的是图海老将军。如今老将军和许多名将都已作古，西北的噶尔丹比三藩更难征服。如果皇上决意与噶尔丹开战，那么这次会任命谁为征讨大将军呢？……

胤禛很喜欢顾先生的课，当然也有他不太想上的课。自从那次顶撞李光地后，再见到这位先生，胤禛心里总觉得疙疙瘩瘩的，十分别扭。那天他在奉先殿跪了大半夜，后来实在坚持不住，终于低头认错，请求父皇宽恕。得到的答复是：“去给李先生赔礼，看他原谅不原谅你！”胤禛不敢再违拗父命，第二天就噘着嘴，绷着脸，向那个他不喜欢的人赔了一个并不庄重的礼。

虽然这件事的结局还算差强人意，但康熙并不指望这孩子短期内能有什么长进。然而佟皇后过世后，几乎是在一夜之间，胤禛突然改变了淘气好动的小男孩儿心性，一下子安静了许多。不但每日来上书房仍是最早的一个，修文习武也十分认真刻苦，从不偷懒懈怠。康熙暗暗观察了好一阵儿，发现四阿哥在私下倒也遵规守矩，再没做什么越轨之事，确比以前大有长进，心里略觉踏实。当然，若说他对皇四子已十分放心，那又言过其实。毕竟，这“喜怒不定”四个字在皇帝心中还很难挥去。

其实胤禛倒不是不爱念书，他受不了的是宫里黯淡冷清的气氛、死气沉沉的生活。他只想冲出重重深宫，像一匹自由自在的小马驹，放任无羁地奔向自己心中向往的浩荡大地。可是，这可能吗?

今天，皇上又驾临上书房。行礼已毕，皇上对阿哥们训谕了几句，就翻出他们的功课，一一查看。也许是儿子们那些幼稚拙劣的字体难以入眼的缘故，皇上似乎不太满意，便命李光地当众运笔以为示范。本来李光地的书法在汉大臣中是不错的，可众目睽睽之下，又有皇帝在前，受宠若惊的他十分紧张，连长长的袍袖甩进砚中沾了墨汁都没发觉。多亏康熙发现，马上让他停了笔，否则李光地会更加狼狈。

康熙亲切地走上前，本想对他的宠臣安抚几句，突然发现四阿哥胤禛正在暗自偷笑，一副幸灾乐祸的神情，不禁气上心头，但没有立刻发作，思量了片刻，突然打下主意，沉声吩咐道：“四阿哥，去，帮李先生把袖子挽起来，以便运笔。”

胤禛吃惊地望了望父皇，撇撇嘴，犹犹豫豫地站起来，心里老大不乐意。

“快去！”父皇的声音是那样严厉，又是那样不容置疑。

等胤禛真的走过来，要给李光地挽袖子，李光地倒不知所措了，愣了一会儿，突然跪下，泪流满面，声音颤抖地说：“皇上，臣不敢！臣不敢！”他连连叩头，感动得几乎说不出话来。

康熙示意这位臣子起来，又用严厉的目光制止住想返身离去的胤禛。他又看了看其他同样目瞪口呆、浑然无知的阿哥们，回到座位，语重心长地说：“书法乃六艺之一，古人所谓心正气和，指实掌虚，得之于心而应之于手。所以练笔也是洗心。朕看你们堂上所书之字大多不佳，皆为心中毛躁，不能专一所致。李爱卿，你继续吧。”

李光地感到一股麻热从脚底涌上头顶。他长长吸了口气，推开刚才写的字，重新提起笔。胤禛也跟了过来，敬畏又有些好奇地托起李先生的袖子。可不知是自己的手不听使唤，还是李光地的身子仍在抖，胤禛觉得那袖子像活了似的在不停地动着。他不由向李光地投去匆匆一瞥，这才发现，他的额角都是汗，可他的神情十分宁静，甚至带着几丝忧伤，有一种令人神往的气韵在他脸上流动，让观看的人也不免心生感叹，仿佛也随着他的气息运腕行笔。胤禛垂下眼睛，心里好像明白了什么，手也不感到晃动了。

大约在这节课快结束的时候，康熙又趁热打铁，对皇子们说了一段意味深长的话："凡人孰能无过？即以朕而言，所言所行也常有所误。但人有过，多不能自己承认，更不要说改之。所以圣人言，过而不改，是谓过矣；若过而改之，即有自新牵善之机。所以人以改过为贵，希望朕之此言，对尔等有所醒悟！"

胤禛早就听出来了，父皇这似是对兄弟们的训教其实全是对自己一人讲的。可是现在我该怎么办？是当着众兄弟再给李光地道一次歉表示悔过吗？也许皇阿玛正是此意，但这绝不可能！不要说眼下自己并无过错，就是那时在书房里无理取闹后，他又何曾当着众人的面对李光地赔礼，对父皇认错！他那极高极强、有些古怪的自尊不允许！胤禛使劲抿了抿嘴，低下头，桌上摊开的《易经》还未合上，他正瞥见了书里的这句话——天行健，君子以自强不息！

"看来今天皇上此举不但巩固了自己目前在朝中的位置，也为日后的升迁提供了一个有力的砝码。就是四阿哥那副样子挺可笑，不过今后对他也要注意些方法，不要再和他直接冲突了。"出了上书房，李光地一边走一边兴奋又有些得意地想着，快走到金水桥时，突然听见身后有个小跑的声音，像是有人在追自己。他转过身，居然是四阿哥微喘着跟了过来。皇四子看李光地停下，并不多说什么，拿出一封信笺直冲冲地往李光地面前一递："你落的东西。"感觉奇怪的李光地接过信，心想这会不会又是这个皇子搞的恶作剧。"多谢阿哥，是谁让你……"他请着安说，可再直起身子，四阿哥早就没影了。李光地笑着摇摇头，抽出信来，展开一看，笑容马上消失了，惊得一激灵。怎么，他还活着？那个姓陈的居然还活着！他强忍惊慌，咬牙看下去——

不孝学识庸浅。稚名得谬通籍，性复刚愎寡合，不能与俗俯仰。老年兄以桑梓巨望，道貌冲和，折节下交，谬以远大相许。不孝亦不自量其瞀暗，思托附骥尾，相与有成。每探赜析微，穷极理性，罔问晨夕。自谓针芥之投，庶几终始也。岂意彝章易探，初终殊态，狡忮其心，险幻其术，几陷不孝丧身覆巢而不悔也，呜呼痛哉！不孝释系之日，不胜愤懑，号于有司。然粗述想负大略尔，其余不可告人之隐，犹未忍宣于众也。而老年兄怙终迷复，善于饰非文过，不稍自加咎省。窃恐不孝虽钳口结舌于绝域，而乡里愤悱，朝绅公论，从此而起，九皋闻天，或至对簿指摘，则交谊瓦裂，厚道陵替。由后追昔，岂不怆然？

是以修书谢绝，兼布腹心，或年兄戒迷复之凶，敦报德之火，溯泉荫之本源，悔下石之机智，补牍详陈，无所隐讳。免冠引咎，积诚动天。圣必加其逊让，朝野亦颂其义声。失之东隅，收之桑榆，则改过不咎，有光古人。不孝虽已割席，敢不恃在下风，以承嘉誉。

李光地早已一阵眩晕，又羞又恨，再也看不下去了。他把这信攥成一团，想丢进河中，突然想起这是御河，他又感到一阵心悸，强忍了耻恨，跌跌撞撞，丧魂落魄地向南走去。

冬日的河水，就要封冻了……

第二章　绝域苍茫

一

转过年关，到了春天，噶尔丹终于不想再同大清继续绕圈子了。五月，他借口追击仇人喀尔喀蒙古，率军二万，举兵南下，深入蒙古乌珠穆沁地区，大肆杀戮抢掠牧民人畜物资。促使噶尔丹这次行动的直接原因是俄使戈洛文写给他的一封信。信很短，但极富煽动性——

> 博硕克图汗，根据我至尊的大君主沙皇陛下谕旨，现令汝集结所部全体官兵，武装进攻喀尔喀蒙古。俟自战事一起，我沙皇陛下方面也将发动同样的武装进攻，并给予军队、枪炮之援助。彼时众蒙古领主将被我方官兵击溃，汝亦将如愿矣。

这封信正中噶尔丹的心怀，他高兴得心花怒放。他想投靠沙俄、倚仗俄国支持已非一天两天了。如果真能同俄国订立军事同盟求得援助，是再好不过的事了。俄国人还真够朋友，想必出手也十分大方。尽管直到现在噶尔丹还没看见俄国的一兵一卒，一枪一炮！

另一个鼓动着噶尔丹不断膨胀的野心的是他那强悍祖先的一段辉煌的历史。噶尔丹的祖先，北方蒙古的瓦剌部落，在明正统年间进攻大同。明英宗皇帝亲征，结果大败，还被瓦剌部追到土木堡生擒活捉，成了俘虏。在这更早的元代，他的祖先的铁蹄甚至跨过了小亚细亚，直踏进中欧的土地。作为铁木真的后代，噶尔丹当然有他祖先那股勇猛无畏的气概，喜欢冒险，欣赏血流成河的生杀场面。但他似乎忘了，现在的清朝并不是过去的明朝，而今天统治万邦的康熙皇帝更不是那个昏聩的明英宗。历史，永远是运动着的。

今天又是一个大朝之日。辰正时分，康熙已坐在乾清宫“正大光明”匾下的盘龙御座上，手里拿着那张刚从乌尔会河以六百里加急递上来的战报。康熙刚才正在乾清宫里间的东暖阁里给皇子们讲授西洋算法，又是举例又是测量计算，正在兴头上，这份十分扫兴的战报就很不是时候地呈了进来。驻守在乌尔会河的理藩院尚书阿喇尼本来是奉命于河的上游负责跟踪侦察之职，但被噶尔丹的掠夺挑衅行为所激怒，竟只率六千军兵违令轻战，去偷袭噶尔丹的兵营，结果失利。噶尔丹不但毫发未损，气焰反而更加嚣张了。

“亲征！亲征！朕一定要荡平噶尔丹，肃清朔漠！”沉默了良久的康熙霍地站起身，说出了他早就想说的已憋在心中很久的话。群臣还没见皇上在朝堂上这么激动过，刚一愣，又立刻“啊”地清醒过来，扑通扑通在丹陛下跪满了。

康熙的情绪还未平息下去，坐下来微微喘息着说：“都先平身吧，朕知道你们想说什么！不错，平三藩，收台湾，御沙俄，朕都没有亲征，但那都是边荒之地啊。可这次，噶尔丹的军队已距我京师不足七百里！七天前顺天府就有奏报，称京城米价暴涨，人心惶惶。朕若再按兵不动，只怕会出更大的乱子。到那时，即使朕不流亡，怕也难以保全诸位爱卿，朕岂能坐以待毙！”

索额图毕竟是首辅，他冷静地想了想，出班向上叩拜道：“万岁此言过于危言耸听。噶尔丹尽管猖狂，却骄横浮躁，又疏于谋略，不过是一介武夫，何劳万岁深入不毛，大驾亲征。”

康熙显然不满索额图的表述，用眼角瞟了他一眼，哼了一声，半恼不恼地说：“噶尔丹可不像你想的那么简单。几年了，他一直向朝廷索要哲卜尊巴活佛和土谢图汗。一会儿要我朝调停争端，一会儿又要我朝‘拒而不纳，擒以付之’，却从来没有真心投诚过！土谢图汗想来也算一方诸侯吧，都被噶尔丹逼得走投无路。所以朕也只好牛刀小试一回，压压他的气焰，以长我大清威名！”

“臣以为万岁说的固然不错，噶尔丹看去似像亡命之徒，实则十分狡诈，诡计多端。正因其狡猾多变，还请万岁慎言亲征。”另一名大臣也出班跪奏。

“为什么？你讲清楚！”

“这很明了。皇上您一亲征，声势过于浩大，容易将噶尔丹吓跑。我们又要徒耗多少人力、物力、财力去与他在沙漠瀚海捉迷藏。与其那样劳师动众，不如利用噶尔丹人马骄纵的弱点，诱敌深入，然后毕其功于一役，一举全歼！既省我国家财力，又扬我天朝国威，岂不两全其美！”

康熙低头想了想，心里已基本赞同这位大臣的建议，但又不肯轻易就范而降低自己帝王的尊严。他走下御座，在殿内踱了几步，又给群臣出了新的难题：“他说的有些道理。不过朕不亲征，朝廷必得派将迎敌，你们想想，这前军主帅，该任命谁较为适宜呢？舅舅，你说说看？”

佟国纲正听刚才那位大臣抑扬顿挫，猛不丁皇上点到了自己，忙跪下说：“奴才愚钝，尚未想及这点。若说领兵打仗，黑龙江将军萨布素就非常英勇善战，堪当此任。但北部俄国狡诈不定，东北地方的防务一时还离不开萨将军……”

“你说的这是外省，朝内就没有人吗？”

“哦……有，也有。”

“等等，让朕来猜一猜，你说的是不是他啊？”康熙说着已踱到一名身着麒麟补服的武将面前。众臣一看，原来是领侍卫内大臣费扬古，都不禁相互会心一笑。费扬古自幼从军，在康熙十三年就参与了平定三藩之乱，曾转战江西、湖南数省，确是位帅才。看来这次战役主帅的人选已经快定了。

“万岁且慢，奴才不配率兵讨寇！”谁知，费扬古的大嗓门使刚刚平静下来的君臣又是一惊。

“怎么，到了这个境地你还谦虚什么？”

“不，奴才不是谦虚。”费扬古叩了个头，扬着脸大胆地说，“而是此番战事关系重大，关乎朝廷声誉体面，非奴才之辈可以统御。所以刚才万岁才要亲征御敌，但亲征亦有诸多不便之处。奴才是想，以往万岁平三藩，收复台湾，挂帅的都是我朝王公，如安亲王岳乐、简亲王喇布。故此奴才以为万岁可遵以往成例，从宗室中选派一人，不劳万岁圣体，也可壮朝廷雄威！”见皇上面色平静，费扬古又说：“如果万岁以为可行，奴才已为万岁想好一位。”

“讲——”

“裕亲王。”

“好你个费扬古，胆子不小，居然向朕举荐起亲王来了。”康熙笑着说，大概意识到这话有些随便，在庄正的朝堂上显得不太合适，马上改颜严肃地问，“费扬古此议，卿等以为如何？”

“臣以为可行，裕亲王确是最佳统兵人选。”

“奴才赞同。裕亲王深孚众望，贤明朝野，为我大清柱石，最当挂帅出征！”

“臣以为再无一人比裕亲王统兵御敌更为适宜，请万岁早作裁选。”

听到满朝都是附和的声音，康熙笑道：“看来是朕脑子慢了，怎么就没想到皇兄呢！现成的统兵元帅嘛。朕决意，就请皇兄代朕亲征！”

“皇上且慢。”好不容易才插上一句话的裕亲王福全走出朝列，朝康熙一揖拜下，说，“刚才诸位大人言过了，臣以前从未涉习军务，自幼弓马生疏，根本不是领兵打仗之材。还是由费扬古这样深谙军务的人统兵为好。其实朝中也并非乏人，说到战事，两位舅舅也曾有亲身经历，还有侍读学士顾八代，以前在平三藩时也有不俗战功，都是臣这样的井底之蛙所望尘莫及的。请皇上三思。”

康熙听他说完坐回到御案后，端起案上的茶杯，叹了口气又放下，沉下脸来，颇为不快地说：“唉，朕要亲征，卿等阻劝，选派将帅，又都推来让去，不肯为国宣力。奈何我朝中众卿，就无一人敢在困境之时站出来支撑大局，奋勇当先？”

有道是请将不如激将，这几句话还真管用，康熙说完，果然有不少人脸上现出惭愧的表情，福全脸上表情更是讪讪的。他知道此时国家的危急和皇上的不易，但他确实没打过仗，要担当这么重大的责任，使他不能不有所顾虑。然而，当康熙刚说完，他就毫不犹豫地跨前一大步长跪下去：“皇上，您不要说了，刚才是臣不好，辜负了您对为臣的厚望。为臣不才，愿为国尽忠！为皇上讨逆！”

“好，到底是二哥，谅朕之苦心！那么既然内举不避亲，朕还要向你这大元帅推荐一员小将，做你的副手——你的侄儿，大阿哥胤禔。”

福全听了很是意外，他不太想让这个侄子当自己的副手，但是他刚才把话说得那么满，现在也只有叩下头去，答应了皇上提出的这个附加条件。

古往今来，北京城总是一个空气最敏感的地方。这次噶尔丹在蒙古东扩西杀，更把北京推到战事的前沿。于是平时那些闲谈好事者不停地往京师百姓的耳朵里煽风点火：什么噶尔丹是魔王转世，带了几十万妖兵，怎么烧杀抢掠，吃人宰人；罗刹国又支援了他多少火枪大炮，来了多少大鼻子洋鬼子；阿喇尼的兵被噶尔丹打败后又怎么丢盔弃甲地逃了多少里……搞得人心惶惶，米价暴涨，不法商人乘机牟取暴利。盗贼草寇趁火打劫，更增添了局势的混乱不安，大有山雨欲来风满楼之势。

听到顺天府的这些奏报，康熙知道不能再拖延了，得马上出兵。他任命皇兄和硕裕亲王福全为抚远大将军，皇长子胤禔副之，皇弟恭亲王常宁、简亲王喇布、信郡王鄂札会同舅舅佟国纲、佟国维随军参赞军务。十月初六，太阳从东方升起的时候，康熙皇帝身着明黄缎地、上绣五彩云纹，前后各绣五爪金龙，配以紫貂披领，专用于参加重大典礼的朝服，亲临太和门。臣公们已整齐安静地排列好位置，诸皇子王公左侧站立，各部朝臣居右。福全已顶盔贯甲，收拾整束。在他身边站的，就是大阿哥胤禔。胤禔今年十八岁，却高福全一头。他长得肩宽膀厚，十分高大威猛。他的嘴唇边已长了一层细软的绒毛，还算不上胡须。正因为是皇长子，他才受到康熙的另眼看待，被委以重任，派作福全副手随二伯出征。他们的身后，密密层层地排列着精神饱满、整装待发的八旗将士。只听太和门外钦天监官员朗声高唱:“吉时已到——”顿时午门上鼓乐齐奏，响彻云霄。福全整整甲胄，大步拾级而上，至皇帝近前，双膝跪下，叩了三个头。康熙从一名礼部官员捧着的托盘上取过那个用黄绫包裹的“抚远大将军”印，端详良久，然后轻轻俯下身，庄重而激动地将这颗象征此次战役最高指挥权的金印授予跪在脚下的裕亲王，同时和蔼地说:“朕就等皇兄的捷报了！”已接印在手的福全觉得手中这颗印的分量太重，简直压得他要站不起身，讲不出话。还是康熙扶了他一把他才立起身，大声宣誓道:“臣定不辱使命！不平灭逆贼，决不还朝！”接着大阿哥也跪了下去，康熙同样俯身把另一颗“副元帅”印交给胤禔。此时康熙比刚才授印给福全时少了几分温存，多了几丝严厉。在递交帅印的时候，他用极轻微而严厉的声音告诫皇长子:“裕亲王是你伯父，你需时刻听他调遣，如稍有不协，坏朕大事，休怪朕不念父子之情，大义灭亲！”胤禔看着父皇的眼睛，哆嗦了一下，点点头，接过大印。

最后，在太和门左右，各有一名满汉赞礼郎用两种语言高声朗诵皇帝写给抚远大将军及出征将士的赠诗，题为《命裕亲王帅师征厄鲁特锡之以诗》。这些礼部赞礼郎平时不干别的，就是终日朗读祝文，练音发声。只见他们运足丹田，声音洪亮，精气十足，把这篇御赐诗诵得抑扬顿挫、朗朗上口，以至于下边的文武群臣和讨伐大军都摩拳擦掌、跃跃欲试，群情十分激昂。

> 万国勤怀保，三阶愿治平。寰中皆赤子，域外尽苍生。小蠢忘帡冒，天心解斗争。执迷思梗化，伐罪事专征。武略期无敌，王师出有名。亲藩分鈇钺，长子拥麾旌……

在铿锵有力的诵唱声中，福全率八旗大军出了太和门，踏上了奔往乌兰布通的征程。康熙也登上卤簿大驾，带领众皇子朝臣一直将福全大军送出东直门，方才止步回转。喧腾的东北城也随之安静了下来。

二

胤禛随父皇兄弟送走了伯父、大哥，返回西二所。可他刚走到西华门，被原来在景仁宫当差，现已提升为康熙亲随太监的梁九功拦住，传皇上口谕：

“皇上有旨，皇四子胤禛立即往乾清宫见驾，不得迟误，钦此！”

胤禛从地上站起身，问道:“梁公公，皇上是只传我一个人，还是别的阿哥都传？”

“好像只召四爷您过去，没有听见传别的阿哥。请随奴才来。”

胤禛跟着传旨太监一路走来，心里很是惶惑，乾清宫是行重大典礼、朝会和进士殿试的地方。平常皇上召见众兄弟都在乾清宫东暖阁、上书房或养心殿等小殿室，根本不用乾清宫正殿。今天既非父皇母妃圣寿，也不是自己的生日，一个极普通的日子啊，皇阿玛却为什么要在乾清宫单独召见自己？啊，这一去真不知道会发生什么，是福是祸……

一路上脑子不停转动的胤禛来到乾清宫，雕龙御座上却是空着的，不见父皇。胤禛照例撩起衣袍跪下，等着太监进里间禀报。跪在漫着黑亮亮的金砖的地面上，胤禛不安分地抬头仰望。他以往入乾清宫，也不过是随众人上朝叩头行礼走过场，从没像今天这样仔细端详这座内廷最大的宫殿——两只金饰太平有象身上各驮一只景泰蓝宝瓶，稳如泰山般立于皇帝宝座两旁；一对亭亭玉立的仙鹤高傲地扬起头，仰天长鸣；金黄色的香亭里燃着檀香，升起的袅袅青烟恰如一层云雾，衬绕着金漆屏风前的盘龙宝座，仿佛天宫一般。什么雍容、华贵、富丽、庄严，一切词汇在这里都被挤压了，显得那么笨拙粗劣。胤禛凝望着御座，一个以前从没有过的大胆臆想竟从内心深处悄悄钻了出来，坐在那上面会是什么感觉？……

一阵清脆的脚步声打断了胤禛胆大妄为的胡思乱想，康熙升座了。胤禛用极标准的仪姿利落地向上请了一个安，又伏身叩拜：“儿臣胤禛叩见皇阿玛万岁万岁万万岁！”

康熙没有更衣，仍穿着那件崭新的明黄色五爪金龙朝袍。他向下望了望，吩咐梁九功：“给四阿哥赐座，赐茶。”

胤禛谢恩，侧身坐在绣墩上，轻轻抿了一口茶，心情略有平静。

御案后的康熙慢慢翻着上书房呈上来的四阿哥的窗课本子，说：“前日顾八代对朕讲你现在已学会作诗了，课业也大有长进，朕就特意取来看看。不错，这里有首诗写得确实很有味道。朕最喜爱的就是这首《春园读书》，‘声韵流畅，沉稳工巧’，你师傅评得不差。刚学作诗就能写出这样的习作，很不容易！”康熙今天兴致很高，讲到高兴处，竟情不自禁地把儿子写的诗吟诵了出来，“一片芳菲上苑东，昼长人坐落花风。蒙茸细草侵阶绿，浓艳夭桃映阁红。香惹游蜂窥几席，晴薰舞蝶傍帘栊。韶光脉脉春如海，讽咏芸编兴不穷。”

康熙诵读时，胤禛已恭敬地站起身，等父皇吟罢，才侧身落座。康熙放下本子说：“既然是讽咏芸编兴不穷，朕今天倒要考考你，看看你诗文的真功夫！”胤禛一听父皇突然要考他，心里立刻像撞进一头小鹿“咚咚”乱跳，目光慌张，两只手不由自主地紧紧握在一起。康熙吸取以前查考功课的教训，温声安慰儿子：“你不用紧张，朕其实只想同你一道切磋诗文，将你平时在上书房学过的功课再运用一遍就是了。诗的题目……”他向四周巡视一番，目光落到墙角挂的一个八棱花面旋转的自鸣钟上。对，就用它。“来，老四，”康熙亲切地叫过儿子，“你看，这架自鸣钟设计十分精美，每到正点时刻，它会自动发出悦耳的声响，如鸟儿啼鸣，朕很喜欢。现就命你以此钟为题，赋一首五律，先不限韵。你可要仔细推敲，不必着急。朕还有几份折子要看，等这钟的长针转过半周，朕再出来欣赏你的大作。”康熙温和的话语一点不像一位高贵的帝王，倒像一个普通百姓家的父亲在与儿子拉家常儿。胤禛看不懂钟表盘上的拉丁数字，也不知大针过半周后是什么时候。他见钟盘上还有一个比大针短而粗的小针，两个针似乎都静止不动，看不出有什么区别。这怎么就能分出时辰？小针比大针短，那么小针转的时间大概也比大针短喽。他这么胡乱猜测，于是鼓了鼓勇气，问：“皇阿玛，若这短针过半周后儿臣就将诗做完呢？”“傻孩子，那就要到第二天了，你要在这儿过夜吗？哈哈哈。”康熙开心地笑了，他跟四阿哥在一起还从没有这么开心的时候。胤禛也不好意思地笑了。“好了，此钟构造以后让白晋给你讲。现在你不要再想其他，好好构思。朕相信你一定会为朕献出佳作！不过父皇也不让你白费脑筋，若为好诗，朕必赏！”康熙鼓励道，并把最后几个字说得很重。说完他习惯性地拍拍胤禛的肩膀，对儿子点点头，就进了里面的暖阁。偌大的乾清宫，又只剩下胤禛一个人。

不知过了多久，当胤禛再次抬头的时候，康熙已换上一件胡蓝色的苏锦缎夹袍微笑着坐在上面，这使他看上去更像一位慈蔼的父亲。当胤禛要呈上做好的诗时，康熙摆摆手，示意儿子自己念给他听。胤禛忙定定神，调整了气息，可还是用了一种自己都感觉奇怪陌生的腔调拘谨地读道——

八万里殊域，恩威悉咸通。珍奇争贡献，钟表极精工。
应律符天健，闻声得日中。莲花空制漏，奚必老僧功。

“噢？”康熙听完后问了一个与考题不相关的问题，“朕并没有讲此钟之由来，你怎么知道它是异邦贡品？”

“回皇阿玛，儿臣见此钟精工巧制，华美异常，鸣声清脆，不同凡响，又带有异域风貌，似非我中华产造。故儿臣猜想此钟为外邦朝臣进贡之物。”胤禛恢复了平常的声音，流畅恭顺地答道。

“啊，算你有眼力，此钟正是法兰西国王路易十四赠朕的礼物。唉，说来可叹，法兰西蕞尔小国，制造工艺竟如此精良；而我堂堂大清，竟无一人能打造此物，连仿制也没有，还不如一个红毛夷狄！不过我东土文明终究博大精深，非外邦蛮夷所能比拟……朕看你这首诗就写得很好，不但对仗工整，喻义也很深刻。尤其是最后的两句，尤有趣味。难为你小小年岁，能联想至此，确是下了一番功夫！”

和所有少年一样，胤禛渴望得到长辈的夸奖与垂青，况且这夸赞来自自己威严的父皇，更令他受宠若惊，有种意想不到的激动和兴奋。但他那喜悦的心情只停留了片刻，就被皇帝的另一句话冲跑了：“此诗虽佳，但其多写贡献，而对器物本身未细刻画，似与原题不甚相符。若想补救，朕看你只有再作一首了。”

怎么会这样，这不是成心难为人嘛！胤禛垂下脸，不吭声。然而他很快意识到这是在乾清宫，不可放肆，就又马上装作无所谓的样子，恭敬地答：“是。”但不满的表情没完全收住，遗下的一小部分还是被康熙发现了。康熙笑了笑说：“不是朕要故意为难你，你若要精熟诗律，必得下此苦功不可！朕想你已做出的第一首并不太费力，那么这第二首对你来说更应是轻车熟路、水到渠成了。”

热忱的话语果然很奏效，顷刻间胤禛又在雪白的宣纸上洒落下一篇水墨淋漓的行草。康熙走下御座，抚平纸卷观看。胤禛平时练就的一笔书法颇见功力，而且不知是父子血脉相通还是他有意临摹，那一笔一画间隐隐还有康熙自己字迹的影子。诗曰——

巧制符天律，阴阳一弹包。弦轮旋密运，针表恰相交。
晷刻毫无爽，晨昏定不淆。应时清响报，疑是有人敲。

“好！此诗以钟声报时为主，深得要旨，这才是真正的‘咏自鸣钟’。老四，你这笔字练得漂亮，朕看比朕当年的书写都耐看。朕还有一问，你作此诗后，可有何感触？”

胤禛几乎不假思索，从容答道：“禀皇阿玛，年前顾师傅在书房讲授唐李颀诗《送魏万之京》，其中诗末二句为‘莫见长安行乐处，空令岁月易蹉跎’。儿虽不才，也知此二句的警策之深。今父皇令儿臣做咏自鸣钟诗，题虽不同，意却相近。儿臣必将上面警言永存于心，时刻鞭策自己勿近声色犬马，少行嬉戏游乐，以至荒废学业，是为不孝！”

听四阿哥第一次这么完整、镇定、懂事地答出这一大段话，康熙先是惊奇地瞪大眼睛，后来又将这惊喜的目光转到宫内正中的最高处“正大光明”匾上，沉默片刻，突然高声称赞：“好，这才是朕的儿子，我爱新觉罗的后代！这是朕迄今为止所听到的最满意的回答！”胤禛也没料到父皇会这么褒奖自己，这也是他听到过父皇对他的最好、最高的夸奖。他眼睛发热，差点落泪，声音也变得极不平稳：“儿臣无能，万不敢当，只想……只想今后再不给皇阿玛丢脸了。”“给朕丢脸？”康熙反而奇怪了，他转过身，双手扳过胤禛的肩头问，“老四，你说什么呢？你又没做什么不妥之事，哪里想出此话？”“有的，皇阿玛。”胤禛低了头，脸很红，声音小得像蚊子，“那年在上书房，当着众位师傅和朝臣，儿臣把‘苛政猛于虎’，错背成‘苛政猛于暑’了……”

康熙松开手，一句话也没说，默默回到御案后，呆坐着，脑中闪出了佟皇后临死时的病弱身影。其实这件过去一年多的小事康熙早把它忘了。可这心事沉重的孩子居然还要提！那可是他最无颜面的一件事啊！可见这孩子心太重，说得严厉些，就是心太窄！他的心像是水晶玻璃做的，落不得一点灰尘，受不得一点刺激；心头一旦出现伤痕，便很难愈合。这不就是佟皇后临终前最忧虑和放心不下的吗？作为父亲，康熙有责任让儿子脆弱的心变得坚强，狭隘的性子变得宽阔！尽管这也许很难、很难……

胤禛见父亲表情忧虑不定，目光凝固了似的，很是惊惧，以为自己又讲错了什么，忙跪下叩头：“儿臣该死，儿臣该死，儿臣多嘴了。请父皇息怒，保重圣体。”

一种带着苦涩的怜爱从康熙心头轻轻泛起，他换了一个口气，平静地摆摆手，和缓的声音里透着沉重：“起来吧，胤禛，你……你长大啦——朕高兴还来不及，怎么会恼呢。朕刚才说有物赏赐，那就言出必行，决不失信于吾儿。梁九功，你把东次间那几件东西取来给四阿哥。”

“喳！”

看着小太监进去了，胤禛又叩头道：“儿臣愚笨，课业都是仰仗皇阿玛训谕和顾师傅的点拨。今觍颜受赏，内心甚愧。如果皇阿玛要赏，就将赏物赐予顾师傅吧。”

“上不忘君父，下念及师长，果然是长大了！顾八代朕另有安排，今天这几样物件只能赐你一人。”这时梁九功从里面捧出一个蒙着黄布的托盘，在四阿哥对面肃然而立。康熙又开口了，声音比刚才显得庄重严肃：

“这里有一尊‘欢喜佛’，你要将此佛供于你寝室之内，到时自会得到神佛保佑。还有一本法国传教士带到中国的《人体解剖学》，太子、大阿哥和三阿哥都已听白晋神甫讲过了，你自己回去后先翻阅一遍，看不懂的地方先记下，到时朕会再请白晋给你讲的。就这样，你可以跪安了。”

胤禛再一次伏地叩头，接过赏物，起身时才感到头昏脑涨，刚才那一刻仿佛是梦境，可他不知为何又朝高高的“正大光明”匾望了一眼，才轻步退出乾清宫。而后面，是康熙皇帝久久凝注的忧思的目光……

胤禛端着托盘出了乾清门，沿西一长街返回西二所。长长的宫街寂寥无人，一眼望不到头。胤禛心中既紧张又兴奋，就像请着一位真佛，脑子也随着脚步在不停运动。虽然自己平时迷爱佛经，外面的寺庙也访过不少，可这“欢喜佛”还是头一次听说，不知是何方神灵，皇阿玛还非要自己供在寝室内。《人体解剖学》又算什么珍本？以前好像有所耳闻，似乎是西方一本与医科有关的书。然而为什么要自己和兄长们都去读，难道它比《论语》《诗经》还珍奇？他百思不得其解，越想越好奇，就忍不住掀开黄布盖——

这座佛像好奇怪！其他佛像都雕一位释者，可这尊佛像却有两个身型，一大一小两位紧紧贴靠在一起，脸上表情也没有一般佛像的慈祥，而是显得那么狰狞和惨烈。胤禛又拿过那本书，只随便翻了一页就吓得“叭”地合上了，上面画的人的身体怎么都给切开了?!

夏末的紫禁城比起北京城来略显凉爽，可胤禛已经觉得后背有点微潮了。他是个很修边幅的孩子，于是加快脚步，想赶回西二所让保姆给换身衣服，免得让汗渍留在身上。当他踏进百子门的一霎间，仿佛得到什么心灵感应似的，一下子明白了父皇刚才招见赐物的意图，脸刷地红了，心怦怦怦怦几乎要蹦出来！

又过了五天，还是在乾清门的汉白玉石阶下，身着石青五爪龙褂的四阿哥胤禛面北背南，向着内廷东西六宫的方向跪下，恭谨而又有些害羞地听内务府大臣朗声宣读皇帝圣谕：“今令皇四子胤禛纳内大臣费扬古之女那拉氏为皇子福晋，择吉日完婚，钦此！”

三

福全领大军出发后，康熙左思右想，非常担心噶尔丹闻风而逃，再与清军玩一个“神龙见首不见尾”，便派遣御前侍卫马武追赶上已经出了古北口的福全，指示他遣使与噶尔丹假意和谈，以将其稳住。第二天，康熙又以“巡视边塞”为名启程北上，试图接近前方战场。因为总的说来康熙对没有打过仗的福全还不十分放心，还是想自己亲自指挥这场即将开始的大战。

十五日，领侍卫内大臣阿密达带了十几名护甲和一封福全写给噶尔丹的信，渡过萨里克河，来到了屯扎于巴尔台的噶尔丹行辕。噶尔丹大营正磨刀霍霍，战前准备得热火朝天。一群群身着生铁甲、皮肤粗黑的蒙古兵有的在调试大炮，有的在搬运弹药，还有的擦拭鸟枪，磨刀磨剑。行营里，大捆大捆的弓箭钩矛各自分类捆扎在一起，挤挤扎扎小山般地堆在兵营各处。还有数不清的弹药、粮草也都堆在外面，使得宽阔的军营变得十分拥挤。向大营西北望去，好像立着一堵厚密的黄色的墙。再仔细一看，原来是成千上万只高大的骆驼，有立有卧，有趴有跪。骆驼是西北各民族在沙漠中必不可少的行路工具。但这乌兰布通地界山险水急，林密谷深，不是这些大家伙的用武之地。噶尔丹带这么多骆驼来有什么用？阿密达默默想着，向里面的中军大帐走去。

噶尔丹的中军大帐在营房最深处。通禀后，阿密达被请进大帐。帐里的人还不少，坐在正中的噶尔丹似乎没有想象中那么凶，未戴盔冠的头上扎着十几条小辫子，圆胖脸，一对小眼睛永远半眯着，遮住里面阴险的目光。倒是坐在噶尔丹右下首的那个人更引人注目一些。她是一个三十来岁的蒙古女人，头戴一顶红色的姑姑冠，身着绿色镶黄边蒙古袍，眉目清秀，面色红活，安安静静坐在那儿，与彪悍的噶尔丹形成鲜明的对照。这个与周围环境气氛极不协调的女人就是噶尔丹的妻子阿奴。但是且慢，如果你再仔细观察，就不难发现阿奴纤细的腰间竟也配着一把蒙古战刀，她那双美丽的杏核眼也并非平静如水，而是时不时闪出一股股冰冷的杀气，令人不敢久视。还有一个四十多岁焦黄脸的汉子立在噶尔丹左侧，他只穿了一件宝蓝色的蒙古高领长袍，身上没带任何兵器，显得比他本民族的人文静儒弱一些，这个人就是噶尔丹最喜爱、最信任的大臣，谋士丹济拉。另有八九个体格健壮、膀大腰圆的蒙古少年环立四周，他们是噶尔丹的孩子。

噶尔丹接过福全写给他的信，一眼没看就交给丹济拉，因为他根本不识汉文，只用生硬的汉语问阿密达：“康熙大皇帝的圣训吗？裕王什么意思，是向我下战书吗？”

不管噶尔丹这蹩脚的汉话是不是客气，阿密达还是以礼答复道：“皇帝陛下因闻博硕克图汗素与土谢图汗等七旗喀尔喀兄弟不睦，竟闯入汛界，扰乱地方，出言不逊。今命博硕克图汗速退回原属地，不要再轻举妄动。至于土谢图汗，自食其言，内相构怨，托征厄鲁特部起兵而使喀尔喀百姓流离皆其之过。皇帝陛下已责令其改过。我皇上统御天下，顾念苍生，所以对于土谢图汗，其部内穷困之民赈以米粮，而严责其兴戎之罪！”阿密达说完，目光直视噶尔丹，看他作何反应。

噶尔丹却面无表情，猜不出他心里到底想些什么。终于，他瓮声瓮气很傲慢地开口了：“既是这样，就烦劳贵使转奏大皇帝，喀尔喀人是我仇人，因为追他们我才闯入汛界。这是我们蒙古草原内部纷争，请大皇帝不要插手，还是把土谢图汗交给我们，由我厄鲁特部自己处置！”

果然是桀骜不驯，口出狂言。阿密达针锋相对地说：“普天之下，莫非王土；率土之滨，莫非王臣。九州万邦的百姓俱为国家赤子，皇上不会抛弃任何臣民。博硕克图汗如能思皇上夙昔爱养之恩，来求归附，皇帝陛下也仍会一体恩养。但若继续犯境作乱，荼毒生灵，我陛下也决不手软！”

“这么说来此番你们朝廷诸路大军云集，而且内大臣们也到了，都是冲我噶尔丹来的了？我听说土谢图汗的儿子噶尔旦台吉也在军中。好，很好！来吧，都来吧！请你给我转告裕王爷和大皇帝本人——你们应该听说过，当人抓住一只老鼠的尾巴时，那老鼠尚且咬人的手指。我噶尔丹并非老鼠，现在统领十万大军，我有什么可怕的！”噶尔丹改用蒙语狂恶地叫嚣着。

阿密达想不到这么快话就讲到尽头，无奈地站起身，正色告诫道：“我陛下对你已是仁至义尽，你既这么说，就不要怪我朝弃尔不顾，而是你噶尔丹自绝于大清，自绝于万民！我会捎去你的话，但你最后必将后悔的，请你好自为之！”

“随便，悉听尊便。”噶尔丹狞笑着，还是依礼将阿密达一行送出营盘，回来后大声吩咐，“请胡土克图活佛！”

几日来带领僧人为噶尔丹诵经祈祷的西藏喇嘛、大活佛胡土克图进到帐内，双手合十，对噶尔丹行礼道：“再需十日，经文诵毕，佛祖显灵，士气大作，博硕克图汗必将功垂边域。”

“好，佛爷连日辛苦，等我大败清军后，一定重谢活佛。”噶尔丹安抚寒暄着，亲自为大喇嘛敬上一盏酥油茶，又问丹济拉：“沙皇陛下那边有什么音信吗？”

丹济拉摇摇头，缄口不语。

奇怪，噶尔丹疑惑地心中自语：戈洛文信上写得明明白白，沙皇陛下要调集俄国军队与我一同进攻，怎么现在一点动静也没有？难道堂堂大国还会骗人不成！阿奴看出丈夫的心思，说：“俄国虽然强大，可汗也不能死指望他们。即使老毛子没诓咱们，也难保他们那里闹出什么乱子，顾不上咱们。我看大汗应该计划周全，甚至要作好最坏的打算。”

噶尔丹爱惜地瞅了阿奴一眼，平时只知她骑马挥刀、张弓放箭不亚于男子，没想到胸中竟有如此谋略。他向前探身亲热地拉住妻子的小手想表示什么，见胡土克图在座，便又有些不自然地松开手，正襟危坐地说道：“哈哈，夫人说得在理，那么你看我们应几日进攻？”

阿奴嫣然一笑：“大汗若择良辰吉日为何不问活佛？”胡土克图忙攥紧手中念珠，低眉垂目道：“阿弥陀佛。出家人不沾刀兵，请大汗夫人体谅。”

“那好吧，”阿奴快言快语地说，“既然佛爷不好说，我来讲，若要取胜破敌，今日当攻！”

“今日，是不是有些仓促？”

阿奴用清脆悦耳的声音娓娓说道：“大汗不要忘了，满洲八旗军历来能征惯战。不要说当年女真的努尔哈赤、皇太极两位大汗，就是今日在位的康熙皇帝，也深晓兵法，用兵如神。他这次派遣的武将费扬古，就是一员不好对付的猛将。我们以往在大沙漠、大草原上跑惯了，而据探子侦得，这乌兰布通地形复杂，不比平川。所以我们应趁现在清军未到之时抢先占据有利地形，不要被清军咬住尾巴撵上，那可就大大不妙了，用那些汉人的话讲这叫兵贵神速。我讲的可对，丹济拉？”

“是，夫人。”丹济拉没有血色的嘴唇张了张，像一个久患未愈的病人。他向噶尔丹建议：“大汗，我们那上万头骆驼也该及早行动，这十多日它们已适应了环境，不日就可应战。”

“其他需用东西都准备好了吗？”

“禀大汗，毛毡、箱垛、钩矛、矢枪均已备齐，军士们也训练得更加精熟。那些清兵就是有三头六臂，也决闯不过咱们这个新阵。对，这个新阵法也该有个名字才好，请大汗起一个阵名。”

“嗯……骆驼是这阵式的主角儿，我看就叫‘骆驼阵’吧。”

“‘骆驼阵’听着不太雅，干脆简短点，就叫‘驼城’岂不更好？”

“好，还是夫人的叫法雅致。其实什么称呼倒是次要，此役定叫清军困死驼城，有来无还，哈哈哈哈！”仿佛马上就要看到清军战败的惨相，噶尔丹拍着粗壮的大腿，狂妄地大笑。

胡土克图活佛手里还在飞快地转着佛珠，面无表情，终于停下沉声问：“若清军支撑不住，与大汗讲和，大汗当如何行事？”

噶尔丹又是一阵大笑：“哈哈哈哈，到底是活佛，出家人，慈悲心肠！想讲和？也成！除了让康熙汗割让半壁江山给我，再无二话可言！既然他们爱新觉罗可以以一个小小的女真部落从李自成手中夺过明朝的江山，我们为什么不能坐上金銮殿！哈哈哈哈……”

胡土克图看了噶尔丹一眼，仍平静地说：“大汗之雄心固令人振奋，但目前坐掌天朝的康熙汗聪明英睿，连其对手俄国人都赞其英明，非以往历朝入主中原之君可比。”

噶尔丹收了狂傲，目光阴沉，说：“我本不想与康熙汗为敌，可这都是他们逼的！”他又开始咬牙切齿，圆脸上的肉扭曲着，变得十分狰狞。“本来嘛，我在外蒙清扫部落并没碍他的事，他们却收留我的仇人，专门跟我作对！我噶尔丹是个直性子，谁对我好，我就向着谁，管他是中国皇帝还是俄国沙皇。谁要想找我的麻烦，让我不痛快——”他抓起一盏奶茶狠狠向地上砸去，杯子“啪”地摔个粉碎。“我叫他有如此杯！”

“啪！”费扬古向自己坐下的马胯狠抽一鞭，那匹矮小却矫健的蒙古马飞跑了几步，追上前面的裕亲王福全。

“王爷！”费扬古在马上横鞭一揖，“依奴才看咱们这种速度可不行。”他扬起马鞭朝前方指了指：“都走了十天了，我们还没走出直隶，说不定噶尔丹现在又窜到哪儿去了。”

福全勒住缰绳，让马慢步走着，说：“你说得自有道理，其实我也早想过。可我们这数万大军，粮草、辎重、兵械、火药，陆陆续续全跟在后面呢，走快了粮草供给难以接济。如今这个脚程已经不慢了。”

“臣知道，王爷。可臣听派出去的探子报，位于萨克里河沿岸的乌兰布通主峰非常险要。奴才是担心此兵家必争之地被噶尔丹抢先占据，那时他就可以反客为主，跟咱们叫板了。臣想大队人马不好提速就暂且断后，臣先率五千兵马做先锋，提前抢占了乌兰布通主峰。”

“不可不可，万万不可。”福全连声说，“上次阿喇尼败北就因噶尔丹所激才造次轻战，结果匹马无还！噶尔丹奸恶狡猾，我们不能轻举妄动。”

“臣看费扬古所提可以试试。”佟国纲加了进来说，他声音低沉，脸上多了许多皱纹，显得比以前苍老了许多，再也没有了原来那种精气十足、高傲冷硬的模样。他的兄弟佟国维也在一旁附和道：“王爷不必担心，费扬古将军并非阿喇尼，他提出此议就肯定有把握。我看可行。”

福全本想坚持，见两位舅舅都表了态支持费扬古，一贯忠厚的他也就不再专断，说：“好吧，就依你们。不过大队人马尚离不得费扬古，你还是随大军行动吧。传我将令，以参领格斯泰和统领迈图为正副先锋，率五千甲士，以六百里速星夜急行，抢占乌兰布通主峰，以候大军。但万不得先同噶尔丹交手开战！”福全传令之后掉转马头，向队伍后面走去。

"王爷您去？"

"我去看看大阿哥。"

胤禔坐在一辆青顶马车里，摇摇晃晃地跟在队尾。他正昏昏沉沉，似睡非睡之际，隐隐听外面有人叫他，他打了个哈欠，命马夫停车。仆人将车帘撩起，他看见裕亲王和两位国舅都站在车外。本来刚出发那几天胤禔也是骑马的，过了三四天胤禔最初的新鲜劲儿渐渐变淡了。几日来满目都是漫漫黄土和低矮稀疏的灌木，颜色除了黄就是灰，连一点草原上的绿影子都没见着。不但路途乏味透顶，吃的也是缺油少肉、寡淡无味的军粮，连茶水都没有。自幼在紫禁城长大的胤禔哪里受过这个！他以前也曾跟随康熙骑马射猎，但那不过是消遣娱乐，至多就是锻炼一下筋骨，艰辛度比这种真正的行军差远了。他并没有病，只因受不了这个罪，才借口马不听驾驭，改乘了马车。好在这次物资供给比较充裕，马车倒也准备了几辆。想必是福全临行时特意给大阿哥预备的，他知道胤禔大概坚持不了多久。

胤禔跳下马车，装出一副轻松之态，向伯父和两位舅爷答礼。福全见他两颊潮红，眼睑低垂，知道他一定在车中打盹了，关切地说："这车里到底还是透风，阿哥要是困了就下来走走，这么就睡了易受风寒，若因此有个闪失我等无法向皇上交代。"

"我只是在车里养神，并没睡着。"胤禔揉揉眼睛，深深地吸了一口清冽的空气，果然觉得比在车里晃荡着精神了许多，口气也变大了，"二伯，您是打小看我长大的，自我记事起好像还没闹过什么病，身子骨挺结实。您的厚爱我谢领了，我这就换马骑。"

"三军现在要加速前进，这些军马不比宫中养的那些御马老实，都是些生驹子，脾气大，性子暴。你骑不了就别勉强，我再派人护卫你慢慢走。"福全不放心地说。他跟侄子说话较直，也不讲究什么措辞。

胤禔听了果然把脸拉长了："二伯这话侄儿不爱听，我是皇阿玛的儿子，爱新觉罗的后代，哪能这么没刚骨！要是我再坐马车，该有人以为我这个皇子受不了苦，在偷闲躲懒呢。你们大家听着，从现在起我再不坐马车了，就和大家一样骑马奔驰到乌兰布通。两位舅爷爷可以作个见证，我胤禔再坐马车走一步，就不是皇阿哥！"

"大阿哥，这可不是闹着玩儿的！"福全的脸沉了下来。

"谁跟你闹着玩儿啦，我胤禔说到做到！对了，二伯，我前一段坐车是因一直没有良马可骑。我看您骑的这匹'草上飞'像是匹良马，您要心疼我就借侄儿骑一段吧。”胤禔似乎没注意伯父的表情，嬉笑着说。

“大阿哥果然好眼力，一眼就能相出良马。可是阿哥骑了此马，王爷临时难以配到合适的坐骑，也无法指挥三军。王爷的意思是，阿哥是金枝玉叶，此番随军行动已属不易，再不好出半点差池。万岁爷和皇太后还盼着王爷、阿哥早日得胜还朝呢。”说话的是佟国维，他见胤禔太过分了，而福全又不好当众同侄子争执，就不失时机地出面解劝。

“还朝？还没到战场，就想着回家，你真是越老越有出息！”佟国纲说话还是那么倔，好在大家都习惯了，佟国维更是习以为常，他悄悄对哥哥朝胤禔努努嘴。“这么着吧，殿下，你若真想骑马，就先骑老臣这匹‘雪花青’吧。”佟国纲爱抚地捋了捋马的鬃毛，说：“这马虽然老了点儿，但性情温和，行路平稳，比较适合阿哥骑坐。”见胤禔不言语，他又问福全：“王爷您看呢？”“你们瞧着办吧。”福全只是冷冰冰地搁下这一句话，就跨上马转回到队伍的前方。

此时，在直隶省滦平境内的官道上，黄土飞扬，一队人马急匆匆地飞驰而过。马上的人衣冠鲜明，行色匆忙。为首的是两个十五六岁的少年，他们就是从京城来的太子胤礽和三阿哥胤祉。因为在京城接到邸报，康熙为督促福全大军随后也紧跟其北上，却不料走到隆化患病滞留于城中，两个皇子是特来探望父皇的。

胤礽圆圆的脸庞，尖下颏，肤色细腻红润，一望便知是在绮罗丛中长大的。在所有皇子中，胤礽的容貌最像康熙。尤其是他那蝌蚪一样黑亮亮的眼睛，几乎同康熙一模一样，显得比他家族人的眼睛大而有神。再加上那细密的长睫毛，一双弯弯的新月眉，更加清秀俊美。不过细看他的目光中缺少康熙皇帝的那种庄重平和，倒是多了几分娇贵与傲慢。

“今天这天儿瞅着真净亮，天高云淡，风和日暖，难为老天爷长眼啊。”胤礽显得十分欢快，坐在马上对胤祉说，“老三，你的诗文在咱们兄弟中是数第一的，连皇阿玛都时常夸赞。现在能不能赐我一篇大作，也让哥哥在这路上一饱耳福啊，哈哈哈。”

略显文弱的三阿哥胤祉苦笑了一下，道：“我文章再好，也难逾越二哥。何况现在尚不知皇阿玛御体如何，谁还有心思作诗！”

“这么说是我造次了，真瞧不出咱老三还是个大孝子呢！”胤礽撇了撇嘴，漂亮的面孔有些扭曲，“那你怎么刚出京城就直嘀咕，说什么老四在家娶媳妇办喜事，倒叫我们来这荒郊野外受罪。还说见了父皇就马上返京，一刻也不留。这话可是有的？”

尽管胤祉平时讲话出口成章，回答父皇师傅查考时对答如流，口才极好的一个皇子，眼下却不敢和太子辩解。他骑在马上默然不语，只管走路，脸上的表情不大自然。

见胤祉无语，胤礽心中暗笑，也不瞧他，漠然看着前方的路，说："其实我也没别的意思。临走前两天张英师傅在上书房跟我说，近一段四阿哥的诗写得很下了一番功夫，有几首万岁爷都瞧上了。我一听就为兄弟你急，谁不知道你皇三子是饱读诗书的阿哥，难道这个诗词状元还让他老四夺去不成？"

听太子这么说，好像是在为自己打抱不平，胤祉也只好搭讪着说："多谢二哥关爱。天外有天，本不稀奇。况小弟学识原本粗疏，怎么好意思在兄弟中争第一，当状元。"

"说到底你还是谦虚，大哥就不像你这样，人家可知道争先不落后，结果当了副元帅，现在比咱们都风光！要是都像你这么瞻前顾后的，再好的事情也轮不到头上！"

大阿哥胤禔的副元帅明明是皇上亲自任命的，胤礽却说是争来的，这显然是对这一位置的安排不满。大概是太子自己想坐这个位子，瞅大哥得到了眼红而生妒，没准还做过大元帅的美梦。胤祉不动声色地想着，故意把这个敏感的话题转到别处："二哥你说今天咱们能不能到隆化？我看可够呛。"

胤礽从怀里掏出一块镶金缀玉的西洋怀表看了看，又抬头望望天色："如果能赶到的话怕也已是夜半时分了。但我的意思最好是趁今天天气晴和快些赶路，再迟些皇阿玛更心焦，你我也要挨骂了。"

康熙皇帝病了，病得很重。白天躺着昏昏沉沉地做梦，总梦见头上有一片浓墨似的乌云飘飘下坠，突然变成一块厚硬的铁板压在身上，压得自己透不过气；一会儿又化成一团黑雾，丝丝缕缕地缠绕在身体四周，渐渐渗入体内，如幽灵般撕扯吞蚀着五脏六腑，直到醒来时冷汗淋漓，浑身打战。到了晚间便又睡不着，想着就要同噶尔丹交锋，不知福全有几多胜券在手，能不能大获全胜，一举歼灭西北叛乱，还草原以安宁？又挂记着自己不在京师，皇城是否安宁，会不会有恶人乘机闹动暴乱……经常是这么身躁心烦，焦灼不安，彻夜难眠。

淅淅沥沥，窗外好像下起了雨。康熙睁开眼睛，见室内烛光闪动，午时的迷梦又做到了夜间。太监梁九功和魏珠赶忙将皇帝头上那块早已焐热的手巾取下，另换了一条新浸了凉水的手巾搭在皇上额头。跪下请示："万岁爷可要传膳？"

康熙不答，命传马齐和李光地。候在旁屋正打盹的两位大臣听皇上醒了，忙进到寝室内请安。

“京里可有要紧的折子？大将军现在走到哪儿了？”康熙用微弱的声音问，听得出，他讲这两句话也已十分费力。

掌管文牍的李光地忙趋前几步跪奏道：“京中一切安好，各地送来的折子臣和马大人已粗览过，有一部分臣已拟好条陈，只等皇上朱批御览。”

“朕这一病，国事耽误不少……不过太子快到了，等他来了你们将这些折子转给太子，让他替朕批复。”康熙喘了口气，调整了一下呼吸，又急切地问，“征西大军，征西大军怎么样了？”

“裕亲王已派迈图和格斯泰为前部先锋，率五千精兵急速赶赴乌兰布通，以率先抢占其主峰。大军全部抵达战地尚需时日。”已被改调为兵部尚书的马齐奏道。

康熙还要问什么，长着一张像烧红的砖一样紫红脸膛的御前首领侍卫、马齐的弟弟马武挎刀入内，俯身向皇上打千道：“万岁，太子和三阿哥由京师来了，现正候着陛下宣召。”

“啊，快、快传！”康熙脸上一下映出喜悦的红光，眸子闪动着，有了几分精神。他仍只能躺着，连坐起的力气都没有，只用力侧过身子，将脸对着门口。

胤礽和胤祉小心轻步地走进屋，请了安，问候了父皇的病情。康熙开始还兴奋和蔼地听着，可目光渐渐暗淡下去，面色转阴，仅有的一点精神也从灰暗的脸上消失了。他好像不认识面前跪的这两个人——这不是皇太子、两岁就立为储君、自己最疼爱的儿子吗？他嘴上问着父亲的病体，神态却是那么焦躁和慌张，掩饰不住的厌烦与做作都一丝不漏地映入康熙的眼中。甚至这位太子的目光中带有一种阴险的窥视和企盼，很急切的企盼，但不是盼父皇早日康复，而是……

康熙不忍，也不敢再往下想了，掠了一眼三阿哥，胤祉也是一副言不由衷、逢场作戏的样子。那生硬的笑容和不自然的眼神，好像来这儿只不过是应个卯，报个到，然后交差走人！康熙一阵目眩，转过身子躺平，双眼望着天花板，用极其轻弱的声音说：“你们回去吧。京中无人，四阿哥还不顶事，朕放心不下……”

胤礽大概巴不得父皇说这句话，眨巴了一下眼睛，假装探问：“儿臣还是留下来陪皇阿玛吧，以照顾父皇御体。然后儿臣好陪皇阿玛一道回京。”

“不，今夜，你们马上走！”康熙斩钉截铁地说，说完觉得心猛地一颤，身上像有无数根针扎般难受。周围的声音渐渐远去，康熙再次跌入昏睡之中。

第二天，康熙醒来的时候，床前跪满了侍卫和大臣。这些人因一夜没合眼的缘故，都是眼圈乌黑，脸色苍白，愁容满面。李光地和马齐强忍悲声，一同奏道：“皇上龙体偶染微恙是臣等失职。但请圣驾回銮调息，以免京都内外臣民如幼子失怙惶惶不安，更增臣罪。”

康熙环视着众人叹息道：“朕也觉此地寒燠无常，难以调摄。你们有你们的道理，朕也不想在这里徒耗下去，暂且回銮吧。”他说着停了停，默默望了一眼昨晚太子跪过的地方，心里一阵痛苦，两行清泪顺着他瘦削的面颊淌了下来。他伤心地对众人说：“朕来此地，本欲克期剿灭噶尔丹，以肃朔漠。今以朕躬抱疾，实难支撑，不能亲灭此贼，甚为可恨！……”说着康熙的眼泪又落了下来，将头下的布枕打湿了一片。索额图算是跟随皇帝时间最长的老臣了，亲眼看见康熙十六岁除鳌拜时没有害怕，二十岁平三藩，在死伤那么多八旗将士、局势相当危急的情况下也没动摇、没落一滴泪，后来收台湾、抗沙俄，经历了多少惊涛恶浪，皇上也都不胆怯，从容应对。这次却不知为什么，一个小小的噶尔丹竟使正在英年、意志坚强的康熙皇帝洒下悲泪，而且哭得那么悲痛，那么伤感……

四

仿佛是受了塞外凄清气氛的感染，本该欢喜热闹的紫禁城此时也是冷冷清清。经过择良辰吉日指婚、拜嫁、下放大小定礼、送妆迎娶，直至新人进入洞房这一系列繁而有序的宫廷仪式后，胤禛终于正式与那拉氏结为夫妻，完成了自己的，也是每个人都必然要经历的终身大事，有了自己的家。因为父皇和三个哥哥都不在，所以喜宴的规模虽然是按原有之例制：四十只羊、六十坛酒、四十张饽饽桌、六十席酒宴，很是庄重排场，但也不过是依旧俗摆摆样子而已，根本不能像民间婚宴那样热闹张扬，能尽欢而散。从头至尾一直是默默无声地进行，最后也在壮而无声中结束，削弱冲淡了不少喜庆气氛。

胤禛成婚后的这几天很不自在。娶妻成家的羞涩使他很少出西二所在公开场合抛头露面，仿佛是做了什么见不得人的事。多亏三个已经成家的哥哥都不在家，少了许多调侃取笑的难堪。对于那个已永远属于自己的姑娘，自己的福晋，胤禛话也不多，同样觉得别扭。然而这时他惊喜地发现，自己的身体正在不易察觉地发生着前所未有的奇妙变化：以前轻细的嗓音变得浑厚低沉了，骨骼像被什么东西抽拉着越长越结实。照镜子的时候，发现原先惹人喜爱的小圆脸变长了，上面还隐约长着一些小红点，眼睛也更细长了，颏下毛茸茸的，喉结突出，整个面孔可没有以前好看了。但跟白晋学了一些西方生理知识的胤禛知道，这些变化表明自己正从一个男孩子长成一个真正的男子汉了！今后做事便不可像小时候那样率性而为，而要慎重，三思而后行。最可笑的是他经常模仿父皇的样子故意皱起眉头，摆出一副高深莫测的样子，使得本来就不苟言笑的他显得更加沉默寡言，仿佛不这样就不足以证明他是一个大丈夫！

清早，暖融融的太阳射进油漆一新的西二所。乾东五所和乾西五所都是自成院落。礼成后西二所室内粉刷，室外藻绘，使整个院落焕然一新，越发敞亮。披红挂彩的喜轿，还停在新人洞房的廊下。院落各处都悬挂着“囍”字的牛角灯和“喜”字宫灯。新安的玻璃窗上贴着大红“囍”字，仿佛也含春带笑，情义浓浓。室内摆放的是由花梨、紫檀、红木镶钿制作的全堂家具，以及座钟、古玩、白玉如意、珐琅花瓶、瓷器盆景等精美典雅的陈设。西边靠墙一座龙凤床榻上挂着五彩纳纱百子帐，床口有大红纹绣双喜被，被子上压着装有金、银、珠宝和各色谷米的宝瓶，象征着新人白头偕老，早生贵子。可这间装饰漂亮的新房里不见新郎，只有新娘一人坐在床头，已经褪下了洞房花烛夜中红衣红裙红花的艳服，换上了一套雍容华贵的朝服盛装：头戴青绒二层金顶朝冠，上饰东珠十颗，内嵌红宝石，冠顶的红缨结上缀金孔雀五只，一摆头还微微地颤动。镶貂皮的石青朝袍上，前后胸各绣一条团龙，两角和下摆绣行龙，外面套着金丝线绣的行龙和“万福”“万寿”图案的朝褂，与宫中皇子朝服相协调，展现出皇族贵妇的风韵。

“菊儿，东西都准备好了吗？”终于，那拉氏开口问一个随同自己入宫的丫头。

“回主子，衣物九套，荷包六个，都已打包，您还需过目吗？”跪在地上的小丫头手里捧着一个玉色绸里哆罗呢包袱，这里装的都是那拉氏婚前缝制的衣饰。按照清宫惯例，今日行“开箱”之礼，要把它们进献给公婆。

“我不看了，收起来吧。你这会儿上四爷书房看看，问他课业还得用多长时间做完？罢了，还是我自己去吧。”

那拉氏起身，款款走出起居的新房，来到院东头的胤禛书房前。执事太监见福晋来了，高高掀起酱黄色的棉布门帘，那拉氏没有马上进屋，站在门外默默望着她年少的丈夫在书案上忙碌着。成婚几天来，胤禛像平常一样，不是看书就是习字，或叫首领太监赵狗子同他下棋，要么就闭眼打坐，很少同她讲话。所以福晋对这位皇子丈夫感到有几许神秘，好奇心胜过爱恋。以她现在的身份不便随意打听皇子殿下的性情，但她也隐约听到宫人们闲谈时议论，说这个四阿哥脾气有点怪，高兴和生气时都让人受不了……

那拉氏进屋给胤禛蹲了个万福，问他现在好不好去永和宫看德妃娘娘。“知道了，就去。”胤禛简短地应了一句，仍是头也不抬地奋笔疾书。那拉氏只好吞声，小心地瞥了一眼书案，见桌上放着一张算盘，几本册子。其中翻开的一本册子里竟密密麻麻列满了自己所用衣料缎匹的宫中开支，什么蟒缎、妆缎、杭缎、平缎、绫、纺丝、锦绸、高丽布、棉线、貂皮……它旁边的另一册，列的都是吃食用度，有猪肉、老米、红小豆、白面、白糖、香油、鸡蛋、酱、醋、盐等。来之前福晋还以为胤禛在赶作上书房师傅布置的功课，现在一见完全不是，她不知殿下写这些做什么。又看胤禛正写着的都是内务府按制拨给新婚皇子福晋、称作“铺宫”的日杂用品，也开列了不少：铜蜡签八只、铜盆两只、锡壶六把、铁坐更灯二盏、香几灯二架、漆盒六个……还是没看明白！那拉氏不禁奇怪地问：“这些物件都是给下人用的，殿下记它们做什么，是怕他们偷拿吗？”

胤禛停下笔揉揉发酸的右手，这才抬起头，看到容光焕发的妻子，愣了愣，好像第一次相见。刚满十四岁、稚气未脱的福晋被他瞅得脸红了，娇羞地扭过身子，眉目低垂，更增添了几分妩媚。就听四阿哥似乎笑着说：“啊，真鲜亮！就你今天这装扮把宫里的姐妹、嫂子们都比下去了，待会儿额娘瞅见一定高兴！……”声音静默了片刻，再响起已变得沉稳平静，很像一个成熟的男人：“让你说中了一半，我记这些一来自己心中有数，不至出漏洞。最主要我想，现在大哥随伯父出征，军费钱粮所耗非小，我不能像大哥那样弯弓跃马报国安邦，就先算算自己的家底，看看哪些支用可以俭省下来，留给父皇办大事用。”

福晋听了一阵激动，因为这是丈夫第一次跟自己讲这么长的话。不过这四阿哥确实有些与众不同，哪个皇子大婚后会考虑这些呀。刚成家，小九九就算到福晋头上了，真有意思！

“赵狗子，傻戳在那儿干什么，还不去备轿！”

“喳，喳，奴才该死，奴才该死。”一个年轻的太监直勾勾地退了出去。福晋笑着问胤禛：“怎么叫这么个名儿？真逗。”胤禛看看妻子，面容严冷地说：“他姓赵，不过原名不是这个，这名儿是我让他改的。你别笑，就算我多心吧，反正我一见到他总想起秦朝的赵高和前明的阉党。现在这个名儿虽说听着不雅，可总能时刻提醒我们兄弟别忘了前朝的教训，放纵了这些奴才！”在胤禛冷冰冰威慑的声音下，屋内的太监原本低垂的头更加低地埋入胸前，个个如同屋内的木柱木家具，没有丝毫生气。四福晋听罢心里一喜，复又惊惧：难道自己真嫁了一个刻薄皇子吗？若这样，自己今后的日子恐怕要……

德妃乌雅氏今天起了个大早，净面更衣后，同往日一样先到永和宫的小佛堂里焚香礼佛，然后传膳。大概是人逢喜事精神爽的缘故，她把每样宫点汤羹都尝了尝，然后闭目打坐。母子俩早起这一时段的做派大体相仿，只不过胤禛将打坐放在了用膳之前。

胤禛同妻子来到永和宫正殿，在德妃端坐的紫檀雕花龙凤椅前双双跪倒。皇子二跪六叩首、福晋四肃二跪二拜，向母妃娘娘行了大礼。满面春风的德妃连声叫赐座，夫妻俩便一左一右地坐在她身旁。接着四福晋让侍女拿来包裹，起身亲手取出衣物进献给婆婆。德妃照例夸了几句，拉过儿媳的手和悦地说："说来你可能不信，其实我最爱这些咱们自己家常做的衣服，又轻省又舒坦。宫里供应的那些衣料加上年节皇上赏的一年四季也穿不完，尤其是那些皮料，什么水獭皮、狐皮、紫貂皮啊，几乎都没上身就搁旧了。早年间孝庄太皇太后就在宫里提倡'黜华崇实'，如今我看这些缎匹闲置不穿挺可惜。虽说是宫里的定制吧，可眼睁睁看着东西一直放着变旧总是于心不忍，有时想想还不如将那些多余的东西赏了下人。"

"这么说皇额娘可是和殿下想到一块儿了。"那拉氏带着天真冲胤禛一笑，"今儿个早起，四爷在书房老也不过来，儿臣还以为是殿下在复习功课，过来一瞧，原来殿下正在记账，记的是儿臣一年的用度开销，殿下也说内府要节省些以便国库更充实，还说了好多，儿臣这木脑袋都记不大清了。"

德妃这才看了看矜持正坐的儿子，笑着说："嗨，我们娘俩聊天倒把你给忘了！"又转过脸笑着对儿媳说："他打小是个精细人，平日用度从没靡费过，这点皇上和我，还有殁了的孝懿皇后都还顺心。唉，就是言语太冷僻，话不多。你看刚才还坐了半天冷板凳。来，老四，到额娘跟前来坐着，也照应一下你福晋。一大早就埋头干自己的事，也不搭理你福晋。知道的说你节俭，不知道的还以为这阿哥所里来了个开杂货铺的掌柜的，哪儿这么热闹。"德妃善意调侃着，逗得四福晋紧抿起小嘴。可胤禛丝毫未笑，只向前搬移过绣墩，坐在了母亲面前。

德妃凝视着胤禛……十四年了，好像是第一次认真端详面前这个儿子。毕竟是她的头胎骨肉，眉眼间藏着不少自己的影子。面部肌肉却紧绷着，不像别的孩子见了母亲那么活泼亲热。十四年前，还是普通宫人的德妃第一次被皇上召来侍寝就生了个龙子，那高兴劲儿就别提了。哪知只过了几天就被佟贵妃宫中抱走了，她还偷着哭了一场，悲叹自己命运不济，生的儿子被别人夺了去。好在自那次后，皇帝仍很宠爱她，使她在几年内又有了三个公主和另一个儿子——皇十四子胤禵。由于十四阿哥的降生，把德妃和胤禛间本就不甚亲密的母子关系更冲淡了。所以现在母子俩在一起就像毫无关系的陌生人一样。今天这段感情裂痕是很难弥补的，只能在今后慢慢相互调合，这对母子俩都是一种不小的伤害！

胤禛见母亲呆呆地望着自己，一副似喜似悲、似爱似怨、百感交集的样子，也立时愣住了。他好像有点愧疚，不知该说什么，想避开母亲那复杂的目光，却没有成功。还是四福晋见他们母子四目相望，无语相对，不知发生了什么，只想赶快打破这奇怪尴尬的僵局。她环顾四周，发现窗外有乘轿子，就问：“额娘，您这廊下停着轿子，是不是您待会儿还想出去？”

“啊？噢，是啊，十三阿哥的母亲章娘娘病了，我该过去看看。算来她是与我同年入的宫，我们俩又前后脚儿生了老十三和你十四弟。”

四福晋的本意是想打破这不自然的沉默，将活跃的空气引进来，可她没想到，这正好为早就不想再待下去的胤禛提供了一个回去的借口。“既然额娘有事，我们是不是先……”

“怎么，你们也有事？”

“噢，孩儿没事，殿下和我都想跟额娘这儿多坐会儿，我们也想随额娘去看看章娘娘。”那拉氏提示地看了丈夫一眼，乖巧地说。

胤禛方才觉得自己刚才有些失礼，便亡羊补牢地说：“这事还劳动额娘干什么，儿臣就代额娘去吧。”

“不，你们都别去。”德妃疑惑地看了儿子一眼，说，“四阿哥现已完婚，算是成年皇子了，再见其他母妃多有不便，福晋呢新过门的媳妇，更不宜探视病人。你们的心意我捎带去就是了。”

“还是额娘想得周到。”那拉氏说。心想，怪不得娘娘被封为“德妃”，这么体贴入微，关爱同宫，脾气也温和。能有这么一位通情达理的皇额娘真是殿下和十四弟的福气，只是殿下好像老有些别扭……

胤禛半侧着身子，眼睛不知是望着母亲还是望着妻子，又似乎谁也没看地说：“今后儿臣晨昏定省倘有不周之处，请额娘恕罪。她没有事儿可时常来您这边坐坐，陪陪额娘，也可补儿臣承欢膝下之情，以尽孝心。”

虽然胤禛这么说，可并没有掩盖他的漠然之态。把这一切看在眼里的德妃心里很不是滋味，却只有强作欢笑道：“啊，那敢情好！咱帝王之家锦衣玉食，吃尽穿绝，可就这一点远不如平民百姓。老百姓妻儿老小一家人平时住在一起亲亲热热、和和美美，日子过得虽不宽裕，可感情深！我进宫这么多年，除了年节生日，你和老十四过来叩个头、说说话，身边竟再没个可讲话的人！平日里除了礼佛，就是看院子中的花鸟虫蝶、红墙树影，听屋子里西洋自鸣钟响。实在闷得慌了，想找其他宫中的主位们斗斗牌，打儿圈麻将，偏生今儿这个病了，明儿那个懒了，总不凑巧，还得一个人孤零零地待着……”说到这儿，德妃的话语已透出几分酸楚凄凉。突然想到当着儿媳不该说这些话，便打住了。她又瞅了瞅呆愣不语的儿子，笑问道：“皇上赏你的那尊欢喜佛在内寝供上了吗？”

胤禛点点头，没说话，将有些羞窘的眼睛悄悄扫向妻子，却正碰到那拉氏投向他的目光，两道目光一碰又都慌忙闪开，都垂下头。四福晋的手不停地扯弄着一块小手帕，以掩盖心中的不平静。年轻人的心思哪能瞒过长辈的眼睛，德妃哈哈笑道："这没什么难为情的，当年我在家还是个姑娘时太太就送给我这尊佛像，也没说什么。那时只当自家礼多，后来进了宫才知道这是咱们满洲老辈儿传下的规矩。这欢喜佛一般汉人是不信的，可它却是咱们满人的命根子，只要一定婚就都伴着它。皇上大概也对你们讲过。今儿额娘就不啰唆了，就祝愿你们吉祥如意、白头偕老，早让我抱上孙子！哈哈。"那拉氏的脸上早升起两片红云，又同四阿哥一道跪下给母妃娘娘谢恩……

两乘便轿一前一后从永和宫出来，顺着原来的路返回西二所。到了百子门，福晋看见前边丈夫的轿子没停下，而是奔东去了，诧异的她正要差人去问，只见跟随胤禛的那个赵狗子跑到轿前跪禀："四爷往东五所去看望今天种痘的十三阿哥，请娘娘先回去吧。"

中医称为痘疮的天花，在当时是一种非常可怕的烈性传染病。从市巷村落到深宫大内，许多人都丧命在它的魔爪下，人们无不谈"痘"色变。尤其使清宫恐惧心悸的是，天花不但夺走了许多小皇子小公主的性命，还直接威胁到皇帝的宝座——顺治皇帝就死于天花；康熙皇帝虽侥幸捡回了性命，却在脸上留下了点点痕迹。入关伊始，清宫就十分重视对天花的防治。太医院专门下设痘疹科，常派人在京师九城寻查旗汉民人有无痘疹，凡出痘者，赶出城外四十里，实行隔离"避痘"。后来中原民间传统的种痘法传入清宫，并逐渐形成了一种制度，还夹杂了许多烦琐的礼仪……

眼下，乾东五所内，十三阿哥胤祥居住的正殿、后殿、配殿，乃至东西游廊，各处挂锦搭坊，结彩装点，喜庆的气氛一点不亚于胤禛居住的西二所。负责照管十三阿哥种痘事宜的内务府总管桂田和痘疹科医士王平安已命首领太监安排杂役将布种喜痘仪式行礼所用的供桌、围屏、青毡、红毡等一应陈设用品布置停当，只等时辰一到，布种喜痘。胤禛进了五所，看见正殿前铺着红绒布的供桌上请来的诸圣依次排列：正中是慈眉善目的天仙娘娘，左为痘儿哥哥、药王、城隍，右为痘儿姐姐、药圣和土地。水果、干果、清茶、玉露霜等供品摆放在神座上。胤禛点燃线香，依次朝诸圣参拜了一番，默默祷告众仙保佑十三弟平安接种痘苗。众人也忙给这位如从天而降般的皇子请安。因为皇子种痘，皇帝和后妃都应过来于供前拈香行礼。当下皇帝不在，十三阿哥的母亲又正重病在床，胤禛便是以长辈身份过来查看的。焚香行礼之后他惊异地发现请安的人群中竟有一个高鼻梁、深眼窝的夷人。当他认出这是白晋神甫，就笑着走过去。白晋来中国时间已经不短，对于许多宫廷礼节都已娴熟。他今天来是想看看中国种痘之法的操作过程，如确有实效，他打算把它传之于欧洲，去造福正同样受着天花之害的同胞们。白晋见过皇子，用怪声怪调的汉语说："恭喜殿下喜结良缘。皇帝临行前命我给殿下讲《几何原理》，可近一段时间臣实在太忙，新建的教堂地基还没挖好，我还要修改图纸，教区还有许多事情等着我去处理，所以耽误了殿下的课，请殿下包涵。"胤禛忙说："神甫太客气了，您是父皇从外番请到我大清的客人，照顾不周的只能是我们。这几天我也忙于个人事情，四书五经都很少温习。今天又是十三弟种喜痘，我身为兄长理应照看。神甫也是来帮忙的吗？""噢不，我是想看看古老中华的痘疹疗法，学习取经。"对中国掌故早已运用自如的白晋活泼地说。听到这话，胤禛漆黑的剑眉不经意地皱了皱，一时没说话。

辰初时刻，布种喜痘的仪式正式开始。四名医士捧着装有天花疫苗的器皿置于诸圣供前。天花疫苗是取天花患者之痘痂研成细粉，加以樟脑及冰片调治而成。御医们也照例于供前拈香行礼祷告，香烟缭绕，赞礼官礼声高唱，仪式达到高潮。只有白晋好奇地张望着这一切，感觉很古怪。真是学无止境啊，没想到植疫苗防病还有这一大套礼俗。我一定要把它写入书中传给欧洲人看，白晋暗想。

一阵热闹之后，四位御医郑重地捧着装疫苗的器皿来到十三阿哥居住的后殿，刚要入内室，见四阿哥也趋步跟来，吓得急忙跪倒，慌乱地叩头阻拦道："请四爷留步，请四爷留步，下面的事由臣等来办。"胤禛见此两眼一瞪，厉声道："我是十三阿哥的兄长，看看弟弟有何不可？你们凭什么阻拦！""不不不，不是这样的，"王平安连连摆手，"天花是恶疾，四爷金枝玉叶，误入此地，一旦沾染不洁，臣等吃罪不起，请四爷体谅。"胤禛撇撇嘴，毫不在意地说："诸位不也是肉体凡胎，都能入内，我幼时曾接种过痘苗，已具免疫，怎么就不能靠近？我倒不信！"说完他抬腿就想往里闯。"那不一样啊，"王平安头上冒出汗珠，气色不平地说，"其一是臣等乃拿朝廷俸禄的医官，防疾去病乃臣等之职；再者四爷虽已接种痘苗，但年未满十六，一旦感染仍有不测，请四爷开恩！""请四爷开恩，请四爷开恩！"四名御医、内务府总管还有平日看护十三阿哥的保姆、乳母、太监们跪了满满一地，不停地叩头如鸡啄米。这些人深知，不论是躺在内室的五岁的十三阿哥，还是面前这个面容冷峻、自认为已成人的四阿哥，一旦稍有闪失，就难保他们的项上人头，他们怎能不急！还好，平常任性负气的四阿哥不再坚持，但也并不回西二所，只在西配殿等候。

平日活泼好动的十三阿哥今天倒挺听话，不哭不闹，安安静静地躺在床上，好奇地望着御医们忙碌。一个御医小心翼翼地打开一个小瓷瓶送到胤祥面前，对准他的鼻孔轻轻一吹——感觉有点痒的胤祥吸吸鼻子，就要伸手去抠。吓得那御医忙拦住："快别动，十三爷，等过了五天，你再活动，那时将大功告成。"胤祥根本听不懂他的话，而是在人群中找他的保姆："嬷嬷，嬷嬷，我想下炕，我不要躺着，我要找十四弟玩，我要找额娘。"他挥着小手有些急躁地喊着。一个三十多岁看去十分忠厚老实的保姆过来，一手轻轻拍哄着他说："十三阿哥真乖，听大夫话，五天后，你上哪儿玩都成。可现在得好好躺着，不然过了五天，你想出去也去不成。来，听嬷嬷给你讲个故事……"胤祥真的不闹了。过了一会儿，他就在保姆的温声细语中安静地睡着了。

第一关总算过了，御医们稍稍松了口气，回到偏殿一边喝茶休息，一边等候里边的消息。白晋显得意犹未尽，问几位御医："这么快就结束了吗？小皇子出痘了吗？"为首御医王平安一咧嘴，苦笑道："唉，白神甫，哪儿那么简单！疫苗刚植，过一时该要做一次检查，等阿哥的喜痘真出了，还得服汤药调理，以防止沉疴中毒。这些都做完了还得'送圣'。你们夷人不懂什么叫'送圣'吧，就是把刚才请的几位神仙都送走……罢，罢，说了你也不懂，跟你们夷人讲不明白！"他管自点燃水烟袋闭上二目，"咕噜咕噜"地吸起来，不再理会外国人。白晋却在桌上铺平他早准备好的一张纸，完全是一副准备详细记录的样子，还追问着人家："请问接种痘苗的孩子有什么限制？""哪种情况不能接种？"

御医们可不像白晋，不在宫里当差，来这儿只图看个新奇。他们现在差事还没办完，一个个心中提心吊胆，谁还有心思回答他的问题。有人出于礼节，简单地解释了几句，可白晋依然黏糊糊地追着御医东问西问：

"那么一点痘苗，怎么会使小皇子发出痘痂来？"

"用棉花浸水塞入鼻孔，与吹粉进入鼻子有何区别？"

早就不耐烦的御医们"嗯、啊"胡乱应付着，全没有心绪，爱答不理。这时突然一声尖叫传入大家耳中："了不得啦，快去看啊，四阿哥进去了！"

"怎么不拦着？""哪儿来得及呀！""怎么搞的，快叫四爷出来！"人群中一阵骚乱，一窝蜂地冲进寝殿。

胤祥本来在内殿睡得挺好的，不知怎么突然惊醒，吵着闹着要去找他的额娘，任保姆百般哄劝、打岔、吓唬都不管用。小家伙仿佛受了什么惊吓，又像受了极大的委屈，在床上翻来滚去，越哭越凶。哭闹声正好传入在外殿的胤禛耳中，他不顾一切地闯了进来。

"四哥——"胤祥看见胤禛仿佛是见到救星，张开小手，向哥哥扑去，扁扁嘴，又要啼泣。胤禛张开双臂，一把抱住弟弟，全然不顾他是一个刚接种完痘苗的尚在危险期的病儿！“怎么了，十三弟？有四哥在，不害怕！”

“四哥……”胤祥的眼泪少了，他断断续续、抽抽搭搭地说，“我、我梦见额娘死了，我再也见不着她了，呜——我想额娘，我要额娘，呜——”

胤禛搂着十三弟，像一个母亲似的轻声安慰：“好弟弟，人的梦都是反的。皇额娘在景阳宫好好的，刚才我路过还瞧见了。乖乖等着吧，五天后，四哥带你去那儿玩。”

胤祥平时最喜欢四哥，立刻听话地点点头：“嗯，我等着，到时四哥可一定要带我去，也带上十四弟，我可想和他玩了。”说着他又笑了，脸上还挂着晶莹的泪珠。

这时几个御医慌里慌张地进来了。他们脸色惨白，不知所措。胤禛放下弟弟，平静地看了看他们，从容道：“噢，你们来得正好，该给十三弟检查了。我刚才是跟十三弟说几句话，不与你们相干！你们谁要敢出去后乱嚼舌头，传到太后她老人家那儿，哼，你们自己想吧！”听到皇子这威胁的声音，几个御医面面相觑，都不敢作声。胤祥看着气氛不对，仿佛也知道自己闯祸了，害羞地躲进四哥的背后。

等把弟弟安顿好，胤禛这才走出内寝室。众人躬身相送。胤禛摆手止住，正要离开时，不经意地瞥到跟在人群后的白晋。他转回身子，沉吟片刻，走过来，目光犀利地望着传教士，一字一句地说：“白神甫，请向我保证，你今天在这里看到听到的一切，不要对你们欧罗巴人讲，好吗？”“啊？”刚才还兴致勃勃的传教士马上愣住了，一手画着十字，心里暗暗求告：“万能的主啊，请告诉我这无知的奴仆，这是为什么，为什么啊？”

终于在当晚的酉初二刻，侍候十三阿哥的太监兴冲冲地赶来向御医们报告说十三阿哥打了个嚏喷。王平安他们才稍稍舒了口气，悬着的一颗心放下了大半。可同他们相比，在景阳宫中诊治十三阿哥生母章佳氏的御医心情就差多了，因为章娘娘的病眼瞅着越来越重，治愈的希望已相当渺茫……

五

在蒙古语中，“乌兰”的意思是红色，“布通”的意思是坛子。乌兰布通就是位于今内蒙古克什克腾旗红山乡那座坛子形状的大红山。关于它，当地一直流传着许多动人的传说。有人说，元太祖成吉思汗打完一场关键性的大胜仗后喝酒庆功时用的就是它，豪饮后的铁木真将那酒坛一扔，不知怎么就落到克什克腾旗，变成一座巍峨的大山；也有人说这不是铁木真的坛子，是王母娘娘开蟠桃盛会时为神仙们盛仙酒的仙坛，被孙猴子大闹天宫时一棒扫到了下界，正巧落在这儿；还有人说这山很久以前是青色的，后来因为山上发生了一场可怕的鏖战，双方死伤士兵所流的血竟将一整座大山染成了红色！有善观风水吉凶的阴阳先生称：此山有刀兵气，主凶杀，兼引山虫虎豹，乃至险至恶之所在。不过传说可以夸张，这座山的凶险却不是凭空而来的，今天，它又要引来一场血雨腥风了！

清军的前锋军虽竭尽全力连夜急速进发，但还是晚了一步，噶尔丹于清军抵达主战地的前三天就已抢占了乌兰布通的主峰。快，也是噶尔丹所部的一个显著特点。别看那些蒙古兵表面上长得五大三粗、不大灵活的样子，一旦真打起仗来，什么行军转移、抢攻撤退都十分迅速，一点也不亚于训练有素的八旗兵。噶尔丹也正是利用了他手下的这个特长，才敢悍然出兵，出其不意地偷袭喀尔喀部，大败土谢图汗，称雄一时，称霸一方！

太阳又一次从乌兰布通顶峰露出笑脸，射出一道道金色的阳光，藐视着那片不堪一击的淡淡薄雾。在霞光的映照下，整个山体又呈现出殷血般的红色，使人联想起关于此山来历的种种传说。高耸入云的山峰似一柄锐利的剑，直刺苍穹。站在半山腰的噶尔丹，铁盔铁甲，腰挎俄国刀，举目向四下眺望。他神态从容，目光中有一种志在必得的坚定。感觉自己像是威力无比的金刚大力士，能击碎一切！他刚接到探报，说清军已经到了，屯于山下萨里克河沿岸，有十万之众。噶尔丹听了兴奋至极，他盼望的要与清军短兵相接、一决雌雄的这一天终于来了！……啊，如果我噶尔丹此役能胜，不要说策妄阿拉布坦、土谢图汗、蒙古四十九旗统归我节制，任我调令，就是清朝康熙皇帝也要让我三分！到那时，老朋友俄国绝不会袖手旁观，与我一道合兵南下，直捣京师……康熙汗啊康熙汗，到时你就乖乖地分给我一半土地吧！

噶尔丹怎么敢这么想？他有什么把握断定此役一定能胜？他就不怕身败名裂命丧九泉？其实这些他早考虑过了。别看噶尔丹不懂什么天时地利，可他先抢占了主峰的有利地形，又在山林深处倚险结营，就使自己有了取胜过半的信心。加上那个出其不意、清军从未领教过的“骆驼阵”，又给噶尔丹增添了一份取胜的自信；还有大小喇嘛在军中诵经念佛、鼓舞士气。所以噶尔丹自信地认为，这场大战不取胜才见鬼呢！朝廷算什么，王爷算什么，大将军又算什么，还不都是些肉体凡胎，一打就完吗！

在乌兰布通主峰对面不过四五百米远的宽广平原上，很突兀地冒出一片小树林，虽不很浓密，也足以做侦察的掩护。现在，福全、费扬古、佟国纲正潜伏在林子里，透过西洋望远镜向对面的山上瞭望。这柄长得像鸟铳似的玩意儿还真不赖，刚还朦胧模糊的大山在它的掩映下如变戏法般立刻清晰明朗了，仿佛触手可及。山坡上长满了茂密的植被，像一层青绿色的毛毯，披在红霭霭的山间。不用说，噶尔丹的营盘也被这匹绿毯子覆盖住了。而在另一侧的山冈上，数不清的土黄色骆驼晃来晃去，看来噶尔丹的防御工事已经布置好。不过这些骆驼到打仗时究竟能起多大作用，福全他们表示怀疑，因为他们还没见过真正的“骆驼阵”。其实所谓的“骆驼阵”并没什么稀奇之处，噶尔丹的兵士是这么部署的——他们先缚住骆驼的四足，使之跪卧于地，在两个突出的驼峰之间背上箱垛，再盖上渍了水的毛毡。排列好后看上去如同栅栏，士兵们就躲在栅栏的缝隙向外射箭、打枪，兼使钩矛，进可攻，退可守，只是有个弱点，不易分散。山脚下奔腾咆哮的萨里克河波涛汹涌，浪峰波谷不断变幻，急湍似箭，涛声如雷，更助长了乌兰布通峰的险要。真是一块易守难攻之地啊！

中午，太阳当头，燥热难耐，直到傍晚变得阴冷寒峭。刚才还是晴空万里，一会又雨暴风狂，蒙古草原的天气就是这么让人捉摸不定。申末时分，清军将帅们回到宿营地，西北方狂风大作。福全和费扬古都没休息，在军营巡视。他们选择扎营的这个地方四周有足够的水和牧草，基本能满足士兵与马匹饮取。只是将士们对于这里的气候了解不多，自身携带的御寒衣袍很少，冻坏病倒了不少人，这让福全多少有些懊恼。军粮还在源源不断却极为有限地供应着。他们临行前户部已向皇上交了底，库存的钱粮并不多，战事应速战速决，若拖得时间太长，户部司堂官和各省粮道都吃不消。

整整探看了一天，福全显得忧心忡忡，也明白了当初皇上为什么一定要执意亲征。他正要回中军帐与将佐们商议攻克方案，突然一阵马嘶，将福全的视线引到远处。只见前方大营卷起一阵黄尘，伴着杂乱的马蹄声，离他所站的地方越来越近。是谁如此大胆，敢擅自违令在军中骑马？他还未及派人责察大胆的骑马人，十几匹被尘沙笼罩的战马转瞬间已驰到他面前。为首一员高大的战将跳下马来，他穿着崭新的绵盔甲，只是由于狂奔猛跑，战袍上沾满尘土，原本鲜亮的颜色已变得乌灰不清。啊，他竟是大阿哥胤禔。他今天的精神真好，满面春风，目光朗朗。他一点没在意此时四周有些异样的气氛，笑盈盈地朝福全请了个安，得意地说：“二伯您看我今天运气多好，猎了二十几只黄羊、十多只兔子，还有狐狸、山鸡。待会儿待他们烹了咱爷俩下酒，侄儿也陪您喝几盅。”在场的将官们都明白了，原来大阿哥是打猎去了，这可是严重违犯军纪的啊！大家都不安地注视着大将军，看他怎么处置。本来福全对胤禔也早已不满，只因碍于侄儿的身份不得不违心地维护，不忍同他撕破脸皮，而且大敌当前，他作为三军统帅不能让属下看到叔侄不和而动摇军心。可大阿哥还是这么我行我素，不听劝告，完全没有一点约束收敛。唉，当初皇上向我推荐他时我怎么就没狠心谢绝呢！懊悔的福全怒目扫视了一下众人，将军们都垂下眼睛，不敢接触主帅的目光。福全却知道他们的心理活动，这是一种表示不满的无声抗议，他们对福全护着大阿哥的做法已有腹诽，这次正等着看他究竟敢不敢处罚皇子，给全军将士一个交代！

福全还在为难地思忖，费扬古却开口了，他可不管什么王爷皇子，他气鼓鼓地瞅了大阿哥一眼，铁青着脸，对胤禔身后那十几个亲兵侍卫厉声喝道：

“你们这差是怎么当的？不守护殿下安静待在大营，居然撺掇着阿哥上外面狩猎。现在是什么时候？还敢犯纪，你们的脑袋长多了吧！王爷，”他冲福全一拱手，“这几个奴才违抗军纪，引诱殿下无状，请王爷依律处置！”

还没等福全开口，胤禔的十几个亲兵面色大变，他们知道费扬古此言意味着什么结果，扑通扑通全跪倒，叩头如捣蒜，哭喊着：“饶命！”“开恩！”胤禔先只想轻松一下，未料事情如此严重，见费扬古要拿他的人下手，他又羞又气，也不管那么多了，先救人要紧。他抛下皇子的威仪，跨一大步，对福全跪倒，声音悲戚地说：“此事全是侄儿的主意，与他们无关。侄儿糊涂，下次再不敢犯了。恳请伯父看在小侄的薄面上，暂先饶过他们这一回吧。”

他居然还有脸来求情。福全心里一阵腻烦，他伸出胳膊拽起胤禔，又将询问的目光投向费扬古。费扬古却冷着脸，假装没有瞧见的样子，其实心里早对王爷这么犹豫不决十分不满。是啊，再放过这一次，回头怎么面对三军？严肃的军令不就等同儿戏了吗！福全不再犹豫，终于咬咬牙，冷冷说道：“什么都别说了，阿哥是皇长子，书读得比我多。既为皇亲贵胄，更当以身作则，岂能宽纵下属！”他说完转过身，向早已等在一旁的一群金甲武士们一挥手：“来啊，将这十四个违令者全部推出辕门，斩首示众，以警全军！”

金甲武士呼啦啦冲上来，不容分说，架起那十几个侍卫就往外拖。胤禔真急了，对各营的副将、参将、统领们作揖行礼，请求他们为自己的亲兵说情。

“这些人跟了我十几年，今天他们是瞧我这些天吃东西没胃口才冒险陪我出去打猎的。今番出征若不能平安回去，我怎么向他们的家人交代！列位将军，你们也有妻儿老小，就忍心看人家丧夫失怙，家破人亡？我胤禔求诸位将军了，费扬古将军，求求您了……”

费扬古见胤禔又急又吓，话说得这么不伦不类、语无伦次，厌恶地皱了皱蚕眉，沉声说：“殿下应知主忧臣辱、主辱臣死之理。他们既想为主分忧，就该将好事做到底，现在后悔太晚了！”他说着仰起头，傲声道：“咱八旗男儿，铁血钢骨，当马革裹尸，誓死效忠圣朝。男子汉大丈夫敢作敢当，再这么屈膝求饶，连臣都替他们脸红！你们说——”他扬起马鞭在空中画了个半圆，点着各营的将校，“是应为主分忧、战死沙场，还是当懦夫、胆小鬼？说！——”

“马革裹尸，战死疆场！”

“剿灭漠匪，得胜还朝！”

“八旗将士没有懦夫，怕死的不是我满洲男儿！”

“对，我们是天神的后代，神勇无敌，神勇无敌！”

这阵阵喊声直冲九霄，震得大地颤抖、山河动摇！也许是被这气势镇住，胤禔彻底死了心，难堪、委屈、羞愧一股脑儿向他袭来，而窘急、惊惧加上气恼使他满脸通红，嘴唇抖着说不出话，还得强忍着那屈辱的泪水。福全见胤禔这个样子，怕他受不了后面更大的惊吓，命自己的护卫送大阿哥回去休息。失魂落魄的胤禔踉跄着没走出几步，就听辕门外大炮怒吼了三声，刚才跟着皇长子的十四名矫健的侍卫转眼间已变成了十四具血淋淋的尸首！

入夜，一轮银盆似的圆月亮晶晶地挂在空中，俯视着下面的莽莽群山和广阔平原。强劲的西北风已经变小，不再张牙舞爪，而是躲躲闪闪、低声细气，仿佛怕惊扰了这寂寥的寒夜。山虫野兽入洞回窝，战马卧槽，将士枕戈。只有巡逻哨兵那威严的口令声意味着在这漆黑的旷野里埋伏着千军万马。

胤禔还没睡，正坐在帐子里的火堆旁烤火取暖。他并不冷，只想挨着这红彤彤的火焰，好像只有挨着它心里才暖和些。几个随大阿哥同来的谙达（满语“伙伴”之意，实为教授皇子弓马骑射的师傅）。站在胤禔两侧不时互相担心地对望一眼，胤禔不睡他们也不敢回帐休息。火渐渐小了，一个过来添柴草的小侍卫见胤禔双目微阖，像是要睡着的样子，怯生生地叫他：“千岁爷，时辰不早了，让奴才侍候您安歇吧。”

“啪！”胤禔睁开眼，狠狠扇了小侍卫一记耳光，对着那个莫名其妙被打的人骂道：“狗奴才，管起主子来了！再多啰唆，叫你跟那十四个人一样！我坏事就坏在你们这些混账东西身上，平时叫嚷得一个比一个凶，到关键时放不出一个屁！喂条狗都比你们强！将来我要是完蛋了，看谁去喂你们！”

谙达们见胤禔怒火中烧地发泄着对属从们的不满，心里十分紧张，谁也不敢答话。他们虽说也是教授皇子的师傅，但地位远不如汉人师傅，对皇子而言他们的身份永远是“奴才”，一生的生死荣辱都在小主子手心里攥着，就必须百分之百地效忠皇子，甚至比对皇帝更忠心。

抖动的火苗映在胤禔棱角分明的脸上，使他更显得怒气滔滔，等了等，见无人作声，他又骂道："怎么都不说话，哑了吗？难道真让我喂你们点东西再开口，一群无用的蠢材！"

谙达们被他骂得耷拉下脑袋，可又必须对答，谁来率先打破这沉闷呢？左边最年长的一位谙达觉得此种场面，这先锋非己莫属，便掸了掸马蹄袖跪下道："千岁，奴才看这十四人殒命虽在意料之外，却也在情理之中。"

"噢？"见有人开口了，胤禔的怒气消了消，说，"罢罢，你别跪了，就坐下说吧。"

老谙达谢坐后像许多老女真人那样盘腿席地而坐，咳嗽了一声，说："奴才斗胆问一句，这次出征裕亲王真愿意千岁当他的副手吗？"

"那还用问！只要不是瞎子都看得清，他眼里什么时候有我这个侄子！圣命他自然不敢违，但在军中只不过把我当个摆设，现在我的权限还不如一个副将。就说今早他去探察前敌，总该带我一同去吧，可他只说了一句'山川路险，阿哥自重'就甩下我带别人去了。说到底，他就是欺我不是皇后生的皇子！假如这次来的是太子，他早就跑前跑后地巴结了。"

"哦，怪不得老鄂说那十四个人死得不怪。"另一个谙达信口开河，"他们这是杀鸡吓猴，是杀给千岁爷看的啊！奴才该死，说句实话，裕王爷平时看着忠厚老实，原来他心里这么歹毒！"

"别胡说，你不要脑袋啦！王爷也就罢了，最可气的是那个费扬古！"刚才第一个讲话的老谙达开口说的并不比他的同伴语气和婉，"瞧他当时作威作福那德行，好像要把千岁爷吃了似的，他有什么可狂的，不就是仗着自己是皇亲国戚吗。哼，装腔作势，狐假虎威！"

这话点到胤禔的兴头上，他恨费扬古更甚于裕亲王。他咬咬牙，愤恨地说："我当时真懒得搭理他。皇亲国戚也没有他这号的！他们董鄂氏都不是什么好东西。说来都恶心！他姐姐就是那个迷了世祖章皇帝的狐狸精，害得世祖英年早逝！为这孝庄太皇太后和孝康章太后恨死她了。不知皇阿玛为什么这么信任费扬古，我真担心早晚有一天这家伙跟他姐姐似的将我们皇家搅乱……"胤禔突然停住，意识到自己将话题扯得太远了。他站起来掸了掸衣服，傲慢地说："我是皇长子，大阿哥，料他们也不敢将我如何！他们不是嫌我多余吗，那以后的差事也别再找我，我还不伺候呢！"他嘴里正骂骂咧咧，一个中军官风风火火地从外而入，跪地禀道："大将军与各营将军于中军帐议事，请殿下立刻过去。"胤禔冷冷地“哼”了一声，背过身，不理睬来人。那中军也不敢催促，老老实实地跪在地上候着。一个谙达感到这么冷然相对不太合适，过来拽了拽胤禔的袍角，意思是应该给个答复。胤禔只得转过身子，伸了个懒腰，懒洋洋地说：“我今儿乏透了，请你回去告诉王爷，说我告罪不去了。再说王爷身边有的是谋臣良将，哪里用得着我这种笨人。难为你三更半夜过来送信。来人，给这位将军取十两银子打酒喝。”

中军心里一惊，入伍多年，这还是头一回遇到有人抗命，可又不能拿这个人怎么样。他连忙说：“银子奴才万万不敢要，还请殿下体谅奴才，随奴才去见王爷，否则，奴才难以交差就要受罚了！”

“看你说的，哪儿那么邪乎。”胤禔对他身边的人笑道，“谁不知道，裕亲王最是宽厚待下的，从不轻易责罚下属。你们看这位兄弟也太胆小了吧。”

中军看着不慌不忙的胤禔，真想拉起他就跑，但他怎么敢呢，无奈之下也只有不停地叩头再叩头，恳求道：“赶快走吧，殿下，奴才求您了，再晚奴才真要受罚了！奴才此生不能为您效劳，来世变牛变马变猪变狗也不忘千岁的大恩！”

一脑门子官司的胤禔被他这急不择语的话逗乐了。一个谙达心比较软，趁机进言：“这位兄弟倒是个实诚人，主子，我看我们也不要太难为人家了。”

“好吧，”胤禔走到案子后拿起一张纸，说，“我写张便函，请你给王爷带去，王爷要怪罪就来罚我，与你无关，这成了吧。”说话间他已提笔写了起来。

失望的中军不好再说什么，只得拿着胤禔的手书擦着冷汗去了。

这以后的几天，每次军中将帅议事，胤禔都称病不到。福全尽管心中不悦，但为了就要开始的大战，只得暂且忍下，不作计较。

福全大军经过三天的认真准备，八月初一日黎明，以左翼佟国纲、佟国维为指挥的和以右翼费扬古为主将的两部人马按序向乌兰布通峰挺进。日中发现敌人，但没有贸然交火。至下午未时许，已到了萨里克河前沿。事先已约定好，费扬古领右翼军从侧路进攻。佟氏兄弟则率左翼军列阵于河前。清军的红衣大炮、神威将军炮、臼炮、火炮等各种火器架在阵地最前，作为进攻的中坚，一齐对准乌兰布通山上的敌人，怒吼着喷出火舌。

隐藏在“驼城”里的噶尔丹其实早已发现了清军，抢先放出排枪，乒乒乓乓，流弹乱飞。清军的火炮呼啸着还击，双方交了火。霎时间乌兰布通山上木断枝折，山石乱飞，硝烟四起，百兽惊逃，一片血光。连太阳也被吓破了胆，寻找着它以前一向藐视的云彩躲藏，可云彩也早没了踪影，只有震颤的高山和平原上腾起的一层层血红血红的烟雾直逼苍穹，将蓝天搅得发紫，将太阳染得更红，湿淋淋的像一个血球儿挂在长空。萨里克河激起的无数冲天巨浪，又映着一道道火光泼洒下去。炮火声、水涛声、马嘶声还有喊杀声混在一起，激荡又狞乱，赛过最凶恶的野兽的嚎叫，像是要把这个地方的一切都化为齑粉！

清军的大炮远比噶尔丹手下那些由鸟枪和为数不多的火炮组成的火力猛烈得多。但也不知为什么，打了老半天，噶尔丹的“驼城”连一个小口子也没打开。当清军的炮弹愤怒地飞落时，黑烟腾起，击是击中了，可人家大骆驼倒下一排，又上来一列，死了一队，又补了一片，就像滔滔不绝的河水总也打不完。而对方的枪炮声一直也没有停，甚至越打越欢，当然他们想突破清军的火网也很难。清军这边的阵地已开始松动，有不少士兵受了伤，还有的已永远地倒在了这片焦土上。佟国纲见大炮没有将敌军奈何，也没能击垮骆驼阵，一直不断叫喊指挥的他早已口干舌燥、心急如焚。看那边乌兰布通的右峰却平静如故，一点交战的迹象都没有，更多了一层担心。怕费扬古那边出了什么意外，比如中了对方的埋伏。他急召各营将领于阵前聚议如何破敌。佟国维、阿喇尼、前锋参将格斯泰和统领迈图都建议率军沿萨里克河冲锋，佟国纲没有答应。因为他看到噶尔丹军居高临下，又隐藏在林中，清军前方却面临着一大片沼泽泥潭，还有大河相阻，若隔河仰攻，本方队伍将在广大的旷野平川上暴露无遗，成了人家的活靶子任人攻打，伤亡将难以计数！即使真的攻下主峰，代价太大，所余的人马也禁不住敌人的反击。当他把这番意思说出来的时候，竟遭到大家的一致反对，特别是迈图和格斯泰，最为激烈。“国舅，不入虎穴，焉得虎子！现在正是朝廷需要我们这些武将建功之时，我等岂能退却自保！万岁爷和王爷还等着咱们的捷报呢。”迈图抹了一把被烟火熏得乌黑的脸说，从一张一合的嘴中，露出两排白而坚的牙齿。“就是，这几天弟兄们都憋足了劲，等的就是这一天，跟噶尔丹一拼到底！也叫他看看咱八旗将士的雄风！”格斯泰不知什么时候把盔甲都卸了，光着肌肉发达的背膀，一副要与顽敌拼死一搏的架势。“这……让我想想。”“哎呀，我的国舅爷，来不及了，你看现在天已不早，再这样拖下去，错过战机，对我军更不利！”说话间格斯泰一横战刀，大叫道，“您就给末将这个立功的机会吧！”佟国维帮腔道：“大哥，格斯泰说得对，您就下令吧，全军将士都等着呢！”“那费扬古怎么办，我们事先约好的……”佟国纲还在犹豫，再也等不及的格斯泰已经提刀跳出了本阵，大声叫喊着：“弟兄们，报效皇上、为国立功的时候到了！不怕死的跟我上！杀啊！——”就带着一哨人马向对岸冲去。

“火枪火炮掩护，弓箭手都给我瞄准！”佟国纲高声喝令，与佟国维一起举起望远镜朝对面望去。在过第一道关沼泽地时，就有许多清军被阴魅的泥潭吞没了。另一部分清军顽强地冲到河对岸，还没泅渡，又有许多中箭倒下。剩下的一小部分清军奋然跳入湍急的河水中奋力向对岸游去。起先还能在河上看见他们头盔上的红缨，后来红缨却越来越少，最后竟一个也找不到，都消失在萨里克河内。格斯泰他们全部阵亡！迈图率领清军第二次进攻，比上次稍好的是这回进攻已有一小部分清军游到了河对岸，可他们刚一到山脚，就被敌人砸下的滚木和乱射的弹丸飞箭击中而亡。迈图身上中了三箭，他踉跄着转过身子，仿佛向本阵的人喊了些什么，就冲着自己阵地的方向倒下了。这次冲锋也没有成功。

清军又组织了几次同样的进攻，都失败了。太阳一点一点往下降，天空渐渐变暗。阵亡的将士越来越多，受伤者更是不计其数。萨里克河的河水被染成了红色，许多清军的尸体漂浮在河上顺着水流缓缓向下游流去。原野上、山脚下，也堆积着无数清兵的遗骸，有的还保持着进攻的样子，有的遗体已然缺损，甚至腹破肠流，景象惨不忍睹。人啊——这个星球上最伟大又最卑微的生命，主宰控制着一切的同时又毁灭残害着一切，包括自己可怜的同类！

清军阵地上所剩的人已经不多，天也快黑了，正当佟国纲焦头烂额时，费扬古率右翼军撤回到阵地。原来他们在侧峰山脚下被河崖烂泥所阻，试了几次都无法进攻，根本无法前进，只得撤回待命。这不正是一只生力军吗！佟国纲十分激动，要亲自带兵冲杀。

“且慢！”费扬古一抬大手，拦住了佟国纲，刚才清军进攻的过程他已看到了一部分，如果还按前几回的老样子进攻，清军还可能凶多吉少，徒劳消耗，而对敌军一点威胁都没有。

“那你说怎么办？”佟国纲并非没想到这点，只是由于本部伤亡太大，他也急红了眼，一心想冲杀雪恨，现在讲话都像一副吵架的样子。

费扬古一副胸有成竹的样子，用他那粗重的男低音说：“您别急，国舅，刚才我回来之时顺便观察了一下，发现噶尔丹并非无懈可击。他们后山的防守就比较薄弱，我想在正面佯攻，另派一队精锐绕道疾行于山后击贼之后方，定可破敌！只是这需要一段时间，前方阵地的压力就更大了。”

“好，我看此计可行！”佟国维兴奋地对佟国纲说，“大哥，费扬古这个主意不错，攻其不备，使其腹背受敌，获胜便有了几分把握。请您下令让我带兵去包抄后山吧。”

佟国纲看看弟弟，正要说话，费扬古抢着说：“二位国舅，我对那儿的地形熟，还是我去吧。”

“不，你刚领兵回来，体力消耗甚于我等，不可再御敌。”然后，佟国纲又转过身，望着弟弟那酱紫色的脸膛儿，胸中千言万语，只化成一句简短的话：“去吧，见机行事，多保重！”

“大哥，你也要保重！”佟国维正正甲胄，向兄长深施一礼，又瞅瞅满脸不忍之色的费扬古，故作轻松地笑笑说：“老弟，我去了，阵地这边就交给你了。”说完他咬咬牙，跨上马，带着集合好的队伍向东奔去了。

佟国纲目送弟弟的身影远去了，才转过头，对费扬古说：“董鄂将军，请你压住阵脚，我要带人上去了。”

费扬古一听就急了：“国舅，你不能去，你是这个阵地的主帅啊！要上我上……”

“别说了，董鄂将军，”佟国纲握住费扬古粗厚的大手，坦然一笑，语重心长地说，“你比我年轻，正当有为之年，今后的日子还长着呢。其实在咱们这次剿逆的臣公中你是最懂用兵之道的，将来皇上一定还有大用……”说罢他静静地望了望血紫色的乌兰布通峰，毅然地说：“如果过一会儿我没回来，你一定要守好阵地，攻克此峰，为死去的将士们报仇！”费扬古这个经历过无数大战、铁打般的汉子也不禁动容，眼睛一红，失声说：“国舅定能马到成功，到时我们在乌兰布通峰顶会合。”

佟国纲松了手，“唰”地抽出战刀，向空中一挥，对着阵地上的军校们高声呼道：“弟兄们，今日正是男儿报国扬名之时，我平日与大家相处亲如父子兄弟，在此岌岌之时怎能怜惜自身性命以求苟全！你们如果想同我一样就随我杀敌去吧！”本已有些沉闷的清军又被他这高昂的话语鼓舞起士气，都抽刀举剑，大声呼喊着随着他们的主帅向前冲去……

枪声不断，炮声不断，喊杀声不绝。噶尔丹看着清军一次次进攻，又一次次败亡，既高兴又震惊。没想到天朝的兵这么顽强，前仆后继踏着同伴的尸首向前冲，一点也不退缩。看，又一哨清军要冲过来了，谁是他们的将领？噶尔丹举起俄国望远镜向山下瞭望，一面镶红大旗迎风猎猎飘扬，旗上的汉字他不认识，可有一行金线绣的满文他却识得——内大臣一等公佟国纲！什么，大清的国舅亲自率兵打来了！噶尔丹握紧望远镜仔细看去，军旗下果然有一个银盔银甲、须发斑白的清军老将，正督促手下奋力向山上攻打。哼，老家伙，我叫你有来无还！他命令手下所有火枪手、弓弩手集合在一处，对准山下那个白胡子老头，传令射死清军主帅的有重赏。于是无数的箭锋都向佟国纲飞来。

可佟国纲还未意识到此时的危险，他正率领将士们进攻，突然发现那个给自己掌旗的小校后退着要放倒战旗。他拨转马头，用刀点指着小校的胸膛喝问：

"你，你要干什么？"

小校没有害怕，只是有点委屈又很激烈地说："公爷，您没看见他们的箭都是冲您来的啊！"

果然，敌人的乱箭像密集的雨点飞蝗，全向这一块地方扑来。佟国纲随身带的几个亲兵一边用刀枪拨挡飞箭，保护着主将，一边喊："公爷，您把旗子放下先避避吧，这太危险了！"

"放屁！"佟国纲大怒，"将士们都在用命，我岂可一人偷生！怕死的给我滚开！"他一把夺过小校手中的大旗，蹬在马镫上挺起腰几乎站立起来，呼呼挥舞着大旗喊道："弟兄们，大丈夫报国，即在此时！既以身许国，又何顾七尺之躯！给我杀！""杀！——"受了鼓舞的清军将士冒着炮火浓烟，高叫着向山上冲去。

佟国纲身旁的几个亲兵都负伤多处，一个个地倒下了。现在除了四下拼杀的步兵，只有他一个人还骑在马上，因此也就更加显眼。敌人的箭一齐冲他飞来，他的左肩已中了一箭，但他仍咬牙忍痛擎着大旗督战，也忘了危险。他看到一队清兵已杀开一条血路就要冲到山上了，高兴得他又单臂摇起大旗，可就在这时，一支飞翎射进他的胸口，痛得他大叫一声，想拔出箭来，稍稍一动，却换来身体更大的疼痛。顷刻间他又中了数箭，鲜血染红了盔甲战袍。当他拼尽全身最后一点力气喊完"杀敌"这两个字后，就仰面倒下，未曾合上的大大的眼睛正对着乌兰布通高耸的顶峰！

可是噶尔丹还没来得及高兴，"驼城"就被密集的炮火轰开了，眼瞅着清军怒吼着冲了上来，噶尔丹惊得张大嘴巴，一点反应都没有。这些杀红了眼的八旗兵像一只只恶虎在山腰上大砍大杀，与噶尔丹的人展开肉搏。只见漫山遍野处处流血、处处死人、处处喊叫、处处哀号，真是一座人间活地狱啊！当噶尔丹终于反应过来，正要调兵截杀冲上来的清军时，一个血人似的蒙古兵跑到他面前，断断续续地说："后山……清军来了……我们的人全部……"话还没说完就"咕咚"一声倒地死了。哎呀不好，被包抄了，好狡猾的满人！噶尔丹惊叫一声，紧张得被脚下一块石头绊了一下，差点摔倒，被硝烟熏黑的大胖脸上冒出一层豆大的汗珠——如果真被清军包围可就太惨了。他遥望四周，自己的士兵死伤过半，士气大减，待会儿后边的清军冲上来可如何是好……不能再和他们纠缠了，跑吧，马上撤退，趁着现在还来得及！他下令撤兵。可他手下的兵士好像已经被打晕了，急不择路地向着山顶峰最险要处攀爬，到了悬崖才发现他们走错了。而守在"驼城"里的噶尔丹兵就更惨了，骆驼被密集的炮火打得死的死，伤的伤，不死不伤的也因绑着腿跑不动，"驼城"里的人就更没法出去。结果，噶尔丹精心设置的这座“驼城”不但没有阻止清军的进攻，反而成了自己人逃跑的障碍！

天已完全黑下来了，一轮惨白的圆月取代了吓人的血太阳钉在暮紫色的天空中。佟国维率兵在后山猛冲，他现在还不知道兄长阵亡的消息。部将中有听说的，但谁也不敢告诉他，怕这紧要关头他们的主将受不了这么重的刺激。将士们都只鼓足了劲儿追杀逃窜的残敌。突然，从山下的清军阵地方向传来一阵“呜呜”的海螺声，这是在命令追击的部队撤回。佟国维心里暗气，费扬古这家伙搞的什么鬼，怎么打得好好的却冷不丁叫撤兵？还没捉到噶尔丹呢！但军令如山，他只得率兵一边冲山上鸣枪造成敲山震虎之势，一边缓慢而整齐地向山下撤去。福全已率护卫营兵丁从大营赶到前方阵地，见清军伤亡如此惨重，难过得几乎晕倒。当他得知两个舅舅已亲自率兵冲上去了，更是放心不下。他和费扬古商量了一下，觉得天色已晚，本部人马对山上地形不甚熟悉，且噶尔丹已撤至山顶最险处，如再强攻恐自己的人遭敌伏击，遂传令收兵。福全又下令，派护军统领扬岱，副都统扑木素、海兰，公苏努、彭春等率本部队伍驻兵于乌兰布通山周围，以对穷途末路的噶尔丹采取警戒围困之势，严防其逃窜！

六

这是一段极其普通的长城，不高也不厚，而且许多地方已经坍塌，其中一部分甚至仅剩下泥土了，只能从几个残存的破陋的塔楼上看出它是一段长城。它既无人把守也无人修缮，与居庸关、慕田峪那些沿北部山峦蜿蜒起伏、城墙上每隔一段就有一座炮台并配有大批士兵把守的长城相比，这段长城越发显得简陋寒酸了。现在康熙就站在这段长城上，静静地望着这段早已失去军事防御意义的建筑工事，默默地思索着什么。他的病还没完全好，虽然高烧已退，但还时常伴有咳嗽痰涌，脸又瘦了一圈。康熙身披一件藏青色的风雪大氅默默伫立，更显得身材瘦高，表情坚毅。跟在他身后的官员和一大群侍卫太监也都像石人似的无声无息侍立着，不敢打扰沉思的皇帝。只有风儿不时刮过，掀起人们的衣袍丝带，又飘然而去。

几个黑点，沿着山路由远而近飞奔了过来，到了长城近处聚成几个骑马的人形。马上的人翻身下马，小跑着上了长城，然后停了停，表情郑重地走近寂静无语的康熙君臣。康熙转过头，认出走在最前面的一个是阿密达，不用说他这时赶来肯定带来了前方战报。阿密达在皇上面前双膝跪倒，以头触地，过了一会儿才扬起头，双手托着一卷战报高举过头顶，声音嘶哑地奏道：“奴才领侍卫内大臣阿密达奉裕亲王军令启奏陛下，我军于八月初一黎明与噶尔丹交锋于乌兰布通，攻陷敌‘驼阵’，杀敌甚众。我方大臣而下至军士阵亡被创者皆众。”他停顿了一下，担心地撩起眼睛向康熙望去，见皇上神色依然从容平静，才继续说道，“……前锋参领格斯泰及前锋统领迈图先后阵亡；左翼军统领、内大臣一等公佟国纲中箭阵亡。”“舅舅……”康熙喊了一声，身子晃了两晃，只觉胸口发热，两眼发花，忙将两手扶住长城的垛口用力站稳。泪水终于还是止不住小溪般地从眼中流了下来。佟国纲既是已故皇后佟佳氏的父亲，又是康熙母亲孝康皇后的长兄，所谓亲上加亲。作为皇帝的舅舅和岳丈，他的阵亡对众君臣尤其是病体未愈的康熙真是一个雪上加霜的打击。索额图怕皇上因悲痛过度身子不支，走上前扶住康熙劝道："请万岁保重御体，善自珍重！一切事情等臣等安营后再计议为是。您看今天是不是就不赶路了，在此安营休整一日，明早再动身不迟。"

康熙点头，推开索额图的手，从袖中掏出一块绢帕拭了拭眼睛，然后理理衣服，围紧大氅，庄重得像什么也没发生似的一步一步走下长城，只是步履非常沉重缓慢。快到御辇前时，康熙突然转过身子，回首遥望着那段破败的长城，沉吟片刻，才入了御辇，后边的旗、扇、伞、鞭各种仪仗紧紧跟随。大臣也上了马，侍卫护住车驾，这群无声的人们凄清地离开了这段光秃秃的长城。

安营后，李光地在自己的帐篷里胡乱吃了几口干粮就准备入睡。长长的塞外行程对他这个自幼生长在南方的文臣真是一种考验。去年正当李光地仕途顺畅、春风得意的时候却突然收到陈梦雷来信，受到这个意外打击，又惊又羞，意气消沉了好久。他请了一段长假，闭门谢客，不出家门，不过竟也因祸得福。那阵儿正值佟皇后丧期，几个国子监学生因在此时看新排演的戏剧《长生殿》被人告发罢了官。李光地与他们时有往来，若不是因为他那时心情不好，闭门家中，恐怕现在也同那几个人一样被罢官回老家了。这时，就在他宽衣解带正要就寝的时候，一个御前侍卫来传皇上口谕宣召他。天色已晚，皇上此时召见必有急情，李光地不敢怠慢，匆忙穿好衣服整冠出了帐。

康熙的御帐烛火通明，空气中还弥漫着一股浓浓的中药香，临时搭置的粗木御案上堆满了从京师转来的各地奏折。这些折子有的已批完等待发出，有的虽阅却未作批示，还有一部分最新的折子康熙还没来得及看。李光地进帐行罢大礼后，康熙像在宫中那样平静自然地吩咐给李光地赐茶。就见一个太监端过一个成窑粉彩茶盅，李光地谢恩接过，见那器物是细瓷精制而成，可能是从宫里带出来的。杯内茶水清盈碧洁，在红亮的烛光照映下更显得玉润晶莹。李光地小饮了一口，立刻觉得满口清香，神清气爽，精神顿觉一振。他笑着说："皇上赐臣的是君山银针吧，清香无比，恐仙露也不过如此。”

“算你有眼力，这茶是从宫里带出来的，原本不值什么，可在这儿倒真成了稀罕物了。朕这几日身子不爽，连带嗅味不灵，未能饮品。这茶放着也是可惜，朕知道你喝不惯羊奶，所以特赏你来品。就是这里的水没有京师玉泉山的水甘甜，不知可还中喝？”康熙如同老友聊天似的对李光地娓娓叙道。这使李光地不禁想起在宫里的南书房他和张英、高士奇、熊赐履几位文臣侍读陪同皇上一起吟诗作画、观鱼赏花的情景。作为朝中一位新进的理学大臣，李光地的许多理学思想和治学主张与当今的康熙皇帝不谋而合，很得康熙赏识。更难得的是在朝廷官员中他既不巴结索额图，也不结交同索额图对立已被罢相的明珠，无党无派，超脱于政治纷争之外，永远保持中立，使得康熙对他更加信任，可称得上是康熙南书房中一位名副其实的“书房师友”。

李光地复又跪下，用略带闽南口音的嗓子说：“皇上不顾行途劳顿，又正身染贵恙，尚顾念微臣，真令臣没齿难忘，万死不足以报陛下深恩！”“哎哟哟，喝口茶就让朕的爱卿死一万次，看来朕真要成孤家寡人喽！”康熙诙谐而略带嘲笑地说。李光地知道皇上平时不爱听这种奉承话，他自己虽也觉得挺肉麻，可不这么说又似乎不合适。“起来起来，不过这茶可不是让你白喝的。”说着康熙用手指敲敲自己的额头笑问道，“现在这里清明了吧？过会儿朕可要你拟旨的。”李光地躬身道：“此臣应尽之责。请问陛下欲拟何旨？”康熙收敛了笑容，表情变得有些沉重，说：“其他都没什么，只是刚才费扬古上了个密折，你先看看吧。”他指了指桌上一张摊开的奏折说。

“既是费扬古密奏，臣切不敢窥之。”

“唉，朕要是信不过你怎么会让你看呢，放心吧，这里只有你我君臣二人。因朕实是有些事拿不定主意，特叫你来替朕参谋一二。”

“皇上如此信任微臣，臣只有肝脑涂地以报圣恩！”李光地照例谦谢着，小心地拿起那份奏折来，果然是费扬古写的，因为上面都是些龙飞凤舞勾画纵横的满文，现在大臣中能用满文书写奏折的人已经不多了。看着看着，李光地竟制止不住自己瘦削肩膀的颤抖。他没料到前方军营竟发生这种事——大阿哥胤禔听信小人谗言与裕亲王“不协”，处处掣肘，这正副元帅叔侄二人同床异梦、貌合神离，给前军作战带来很大的隐忧。这种事完全是皇家的内部家务啊，让自己这个外臣如何说？康熙看出了李光地的心思，温声说：“有什么尽管直言，费扬古此举皆是为江山社稷着想，朕尚且不疑，你就更不必担惊顾虑了。”尽管皇上这么说，李光地还是不得不小心谨慎，因为作为汉臣的他，与身为皇亲的费扬古毕竟不同。他斟酌着词句小心翼翼地说："大阿哥或许一时有欠明智，意见与裕亲王相左。陛下可致信于他耐心规劝。臣以为阿哥和王爷都是明理之人，自知轻重缓急，总会以军国大事为重！"

康熙摇摇头，叹了口气，说："朕知道你还是有难言之隐，不便出口啊，那朕来替你说。此折大意已十分明确，大阿哥再留于军前必至坏事！朕不想看到大军还朝后出现让朕难以收拾的局面，想将其调回，现在也只有这一条路了。"

"可是陛下突然从军中调回大阿哥，总得找个理由，以免群臣和将士们猜疑。"李光地脑子飞快地转着说。

"这正是朕所思虑的，所以才半夜找你来商议一下，听听你的主张。"

李光地想了片刻说："依臣意就写陛下病体未愈滞于京外，太子留守京师不便复出，因令大阿哥急速赶来照看圣躬。"康熙点头："好，你就照此拟旨，措辞再自然些。"他猛然想起几天前太子探望时那幸灾乐祸的表情和三阿哥那无动于衷的神态，心里暗暗酸痛，对正走笔疾书的李光地说："朕此番得病身体实是消耗艰难，若不是平时经常练习骑射，恐怕再也回不到北京了……"李光地已把谕旨拟好，见皇上又沉浸在悲痛中，也不由哑然失声，哽咽着安慰道："陛下不过偶染小恙，何出此危言！今我大军已传捷报，前方有裕亲王、费扬古、苏努等重臣坐镇指挥，不劳圣心分忧，定能斩灭敌寇以悦龙颜。"

"但愿如你所说吧。"康熙感叹着，又与李光地草议了几份外省的折子，李光地均依皇上口谕顺次拟好各道旨意，并分类归整，以便遣发各官府衙门。其中发给前方乌兰布通的谕旨除了大阿哥那份外还有一份传与裕亲王。因担心他们不能乘胜追击使噶尔丹获喘息之机而逃窜，康熙谕令福全："……实其根诛，平其余党，熟筹始末，一举永清，勿留遗孽！"差事已大都办完，李光地稍稍松了口气，仿佛不经意地对康熙说了一句："今天陛下路过的那段长城太破陋了，臣看应着人修缮一下。"康熙一愣，不置可否，勉强笑了一下，说："天太晚了，你跪安吧，明早还要赶路，如果顺利的话我们明天应能进入古北口了。"

乌兰布通的战场已大致打扫了一遍，死人、死马、死骆驼堆在一处，还没来得及掩埋。散落下来的刀枪箭炮能捡的都捡走，以充军备。清军将乌兰布通峰团团围住，严密监视。噶尔丹还和他的那些残兵败将龟缩在山顶，乒乒乓乓乱放着鸟枪，虚张声势地迷惑清军，也给自己壮胆。后来见清军并没有继续进攻的迹象，才停了下来。山上山下顿时变得一片死寂，空气中浓重的血腥气久久不散。林木乱石在月光的照射下都变得影影绰绰，仿佛藏着什么鬼魅妖魔。月亮像个白色的幽灵在乌蒙蒙的云彩中穿来穿去，一副战战兢兢、惊魂不定的样子，也全没了往日的飘逸柔和。

噶尔丹坐在一块战鼓状的怪石上，又气又怕，惊魂不定。他真是倒霉透了！精心准备布置了一年多的骆驼阵还不到两个时辰就被清军冲了个稀烂，畜死人亡，损失的兵器火药更是难以计数，气得他差点拔剑自尽！明早清军肯定还要猛攻，可自己能往哪儿逃呢？清军围得那么严，铁桶般纹丝不漏，就是身生双翅怕也难逃啊！……正在这时，那边嘤嘤嗡嗡，传来一阵女人的哭声，噶尔丹抬头一看，是自己的几个女儿在哭，儿子们虽没落泪，可也垂着头唉声叹气。噶尔丹大怒，腾地跃起来走到他们面前吼道："该死的小畜生，还没死绝呢，都号他娘的什么丧！你们哪像我噶尔丹的孩子，蒙古人的后代！草原上的黄羊也比你们强！还哭，都给我住口！"他抽出刀暴叫道："谁再出声我先宰了谁！"

阿奴闻声从后面走过来，挥退吓傻了的孩子们，又用温软的手抚着噶尔丹气得颤抖的肩膀，温声说："大汗别着急，消消气，有什么话坐下来慢慢说，孩子们不懂事，可随大汗拼杀这么久也怪不容易的，大汗别跟他们一般见识。"噶尔丹看了看阿奴，在夜色中，阿奴的一双眼睛乌黑闪亮，像天上晶莹的星星，使噶尔丹感到几分安定。他收了刀，静了气，同阿奴在刚才那块石头上并排坐下。阿奴吩咐使女端来一个简陋的罐子，那里面盛了几块刚宰杀的马肉以供噶尔丹充饥。开始噶尔丹无心下咽，后来在阿奴哄孩子般轻声软语的劝说下才吃了。他确实也饿了，将那几块又干又凉的马肉食了个干净。吃完一抹大嘴，问阿奴："你吃了吗？"阿奴不答，却将身子一斜，歪倒在噶尔丹宽厚的怀中。噶尔丹先是一愣，后来就紧紧抱住这个原本是他掠获来的妻子。两人谁也不看谁，却都能感觉到对方心脏的猛烈跳动。此时月亮悄悄躲进了云中，天更黑了，夜浓如墨，遮罩住沉睡的大地。不知过了多久，依偎在噶尔丹怀里的阿奴轻声问："大汗打算怎么办？"

"不知道。"噶尔丹用手抚着阿奴的秀发茫然地说。

"大汗就这么认输啦？"

"让我服输？做梦！我死也不降！"

"大汗真是个大英雄，天下最棒的巴图鲁！苍天啊，我没看错人！我与大汗死也要死在一起！"阿奴将头贴在噶尔丹厚如城砖的胸部，深情地说。噶尔丹心里一动，将爱妻搂得更紧了，又扳过她的脸，有些气息不平地说："明天清军就要总攻了，咱们就只有这最后一夜了。我的宝贝，我的美人儿……"说着将厚嘴凑了过去。

阿奴美丽的大眼睛深情地望着噶尔丹，却用手轻轻一挡，声音如一阵夜风飘过:“清军明天不会进攻。”

“你说什么？”噶尔丹放下阿奴，用手摸摸她的额头，“你没生病吧，我的美人儿？”

阿奴却挣脱了噶尔丹，坐直身子，正色道:“我当然是醒着的。大汗想一想，清军有十万之众，粮草接济困难。他们虽算取胜，可也损失巨大，需要补给休整。何况他们联合的各路援军像土谢图汗、达尔汉亲王、盛京兵都迟迟未到。况且此山险要，他们至多在山下围堵，不敢贸然逼近山顶，这一点大汗尽可放心。”

噶尔丹说:“听你说得有些道理。可我们还是不能脱险啊！”

阿奴趴在噶尔丹耳边耳语了几句，噶尔丹黑脸上的表情不断变幻，一会儿高兴一会儿沮丧，一会儿振奋一会儿失望，最后只听他嗡嗡地说:“你看他成吗？”

阿奴笑道:“大汗可以叫他过来问问，反正我看他是最合适不过的了。”

大喇嘛济隆胡土克图被请了来，他低着光头显得无精打采，默默冲噶尔丹夫妇行礼后，就矜持地垂目不语，保持着他作为僧人的高贵。带领众喇嘛诵颂佛经、择选良辰吉日的结果竟是这样，他现在很担心噶尔丹把他和他的徒弟当作骗子赶走。

噶尔丹的态度十分恭敬，起身相迎并见礼后，对济隆道:“我噶尔丹是个粗人，说话不会绕弯子。目下这种地步除了与清军议和再没第二条路可行。本来我噶尔丹是不怕死的，但考虑活佛安危和我手下人的性命才出此下策。只是这将去议和之人既要精通满汉两文，又能随机应变，关键是能被清军所接受，不起疑心……”

济隆一听就明白了:“大汗的意思是让小僧出使清营吗？”

“啊，聪慧无过于活佛。活佛请想，清军对我已有不少误会，如果由我亲自贸然前往，结果肯定不妙。夫人是一女子，不便抛头露面。丹济拉的满语也不行。而活佛您智慧无穷，道法无边，此去定能逢凶化吉，使清军与我重新修好！”噶尔丹一个劲儿地给济隆灌米汤，大吹大夸，百般相求。可喇嘛深知，此一去关系重大，难保不会发生意外，是趟可怕的行程。济隆看了看阿奴，阿奴冲他鼓励地点点头。望着夫妇俩期待的目光，济隆神色平静如水，默然一笑，推却道:“我不熟悉道路，也不认识满洲官员，去恐无益。我想最好还是大汗亲自前往，也好让清军知晓大汗的一片诚心。”

阿奴觉得此时自己应该开口了，她启动朱唇，说着早已准备好了的话:“佛爷是怕此行艰险吧？其实我和大汗早就想过了，若无必胜的把握也不忍让活佛替我们冒险。同我们相比您是出家人，料清军也不会对您如何，两国交兵还不斩来使呢，况且清廷又一向自称礼仪之邦，不会连这些都不懂！据说这次率兵的大将军王是个脾气和善的人，不会干出太过分的事。您若觉得一人前往势单力孤，可以带您那些徒弟一起随行，加在一起也有七十多人吧，还有什么可顾虑的呢？谈成之后我和大汗一定为佛爷和您的弟子出资修庙、筑造金身。”她莞尔一笑，“我的话已经不少，行动与否还得随您自便。”

好啊，不但将我驱至敌前，连自己的徒弟也捎上。但这已是人家在婉转地下令了。济隆虽不愿意，也不得不遵从。

收兵安顿后，清军营中哀声大作，从大将军王到普通士卒，个个悲痛欲绝，哭着死去的将士们。天光见亮，哭声渐渐小去。人们的神情依然悲痛惨切，谁也不肯多说一句话，更没有吵闹嬉笑。有的默默收殓起死难战友的遗体；有的擦拭着刀枪上残留的血迹；有的给伤者包扎伤口，喂水喂药……

费扬古是曾经历过大战的将军，知道此时自己的队伍尤其是统帅必须要从这悲痛中尽快解脱出来，以协商大事。可将帅们的状况令人担忧。佟国维已昏死过好几次，还是费扬古派几名精细侍卫将他紧紧看护住才没出什么新的意外。福全的眼泪已经哭干了，傻子似的呆坐在帅帐中不吃不喝，更发不出指令。见到这种情况，费扬古的心里也很乱。他巡视了一遍大营，发现军营中粮草已经不多，这种状况继续进攻绝对不行。噶尔丹又那么滑头，怎么可能乖乖俯首就范！阿密达急送的战报估计明天才能呈皇上御览，再等他回来传达圣命又得过两天时间。唉，如果这时大阿哥能振作起来帮着办事就好了，可他不但不能协助，还常常……其实费扬古本不想上那道奏折，实在是看不下去善良淳厚的裕亲王对处处掣肘的侄儿无奈、忍让与迁就以及由此而生的新的事端。作为主将，费扬古所忧的是几万大军的安危和一场大战的成败，同这些相比，一个皇子的脸面也许就算不了什么了。这次出征真不该把大阿哥带出来！但他并没有把上密折的事情告诉福全。

一张张乌黑憔悴、挂满硝烟的面孔从费扬古面前闪过。帅帐中，福全正凝视着西北作战图。在微明的晨曦中，这位王爷的面孔与士兵们没有什么区别，苍白憔悴，目光暗淡。不过从他观看地图的举动上分析他的理智应比刚才平静多了。等他慢慢抬起头，发现费扬古站在帐内，便用哭得沙哑的嗓子问：“你说各路大军何时可到指定地点？”

费扬古俯下疲惫的身子，瞅了瞅平铺在地上的作战地图，用手画着图上的标线对福全说：“王爷，盛京兵马距此太远，等他们到来怕要费些时日；科尔沁部要穿越沙漠瀚海；土谢图汗虽答应出兵，可心中实际的打算我们又不得而知；只有乌喇部的苏尔达，估计最晚可于初四、五日至达尔漱，这是截断噶尔丹北逃的唯一关口。如果噶尔丹一旦出了这里，进入刚阿漱，咱们再怎么拼命追击也白费。所以王爷还应派人促令苏尔达急早进入御点严防死守，截堵住逃窜的噶尔丹！”

“汝言甚是，这样可保万无一失了。”福全站起身走到帐门口，费扬古跟了过去说道，“王爷此言不全，我们并不能真正确保万无一失，噶尔丹花招很多，如果他有别的策划呢？比方派个喇嘛来什么的！”

“什么？”福全还没弄明白费扬古所言的意思，正在这时，一个巡守把总进来跪禀道：“王爷，噶尔丹派济隆胡土克图喇嘛前来求见。”恍然大悟的福全与费扬古交换了一个会意的目光。“请他入帐答话。”福全吩咐道。费扬古对福全笑道：“真快啊，说到就到，说客大概长了四条腿吧，哈哈。”福全冷眼瞅了他一眼，不明白对方怎么此时还有心开玩笑，叹了口气：“唉，他长几条腿没关系，只要噶尔丹没飞就行！”

济隆被传进帐内，先环视了四周，稳定一下心神。双方行礼落座后，济隆故作镇静，问福全：“小僧闻得此次王爷统兵而来，皇长子为王爷副手，参赞军前，怎么不见殿下？”福全这才想起胤禔，刚才营里乱糟糟的，也没顾及他的行踪。福全警觉地看了济隆一眼，含糊地答道：“大阿哥初到边地水土不服，偶染小疾，现在正在调养之中……”他说了半截突然瞪大眼睛呆住了，只见胤禔金盔金甲、腰悬配剑，威风凛凛地走了进来。他非常潇洒地冲福全行了个军礼，然后假装没看到费扬古，径直向客座的济隆一抱拳：“贵客前来不曾远迎，恕罪恕罪！”济隆只听过胤禔的名字，未见过本人，今见其如此豪爽开朗，心便一动，还礼道：“阿弥陀佛，我佛慈悲，保佑殿下贵体康复，小僧之心甚安。阿弥陀佛！”“什么，康复？哈哈，对、对，我早就康复了，用你们出家人的话讲就是神佛保佑。啊哈，高僧此来，想必也是要求佛祖保佑你们博硕克图汗的吧！”他说完不客气地坐在福全身旁，俨然一副军中副主帅的模样。

胤禔这么开门见山地点出主题也好，福全心想。费扬古心里对胤禔这种率意的行为很不受用，但又不便多言，只是警惕地注视着大腹便便、貌似高贵的喇嘛。济隆似乎面有愧色，躬下腰说：“博硕克图汗委托小僧来向大将军王和皇子殿下致歉，表达他最深刻、最诚挚的歉意。汗王说只因当初他听信多尔济之言，深入汛界。部下虽并无人抢掠人畜，也皆非大理。他保证此种事情今后不再发生！况英明的中国圣上乃一统寰宇之主，博硕克图汗不过是小部头目，何敢妄行？只因索要其世仇土谢图汗和泽卜尊丹巴，致有此误会。现在博硕克图汗亦无意再索要土谢图汗，但祈圣上应允，请泽卜尊丹巴遣送他的师爷达赖回来，对我辈真荣幸莫大矣！”福全一听噶尔丹已走到这地步还揪住土谢图汗和达赖念念不忘，跟朝廷要人，大有不达目的誓不罢休之意，遂气愤地说：“你让噶尔丹收了妄想吧！土谢图汗和泽卜尊丹巴即使有罪，唯圣上责罚处置，岂因噶尔丹之言就遣还达赖？而且你往来游说，能保证噶尔丹不趁此期间逃跑、不掠我境内民人吗？”

“能保证！”济隆见福全虽面有愠色，但口风并不严厉，表明和谈还有一线希望，便假装赌咒发誓道，“天军如能罢战休兵，噶尔丹又焉敢妄动？也断不会远去。小僧可对佛祖盟誓，如贫僧有意袒护噶尔丹欺蒙天军，就让我下十八层地狱，万劫不获超生！”福全到底是老实人，见济隆指天发誓，模样庄诚，自己倒有些不忍，忙改口道：“佛爷不必下此毒咒，本帅只希望活佛能提醒噶尔丹，不要再做出什么招人怨的事情，以减其罪孽。”“当然，当然，一定，一定。”

费扬古根本不信济隆的这些鬼话，又觉得王爷的心太软，不但不能给对方以威慑，反而快入了对方的圈套，实在忍不住的他不由“嘿嘿”冷笑了两声，问：“我们知道噶尔丹没跑，可我听说噶尔丹还要请俄国出兵援助，他现在不动是在等老毛子吧？”

济隆看了一眼对面这位正襟危坐、刚毅严肃的将军，刚才他虽没说话，但自己一直处于此人察言观色的冷冰冰的凝视中，知道他比裕亲王更老练，也更不易对付，便赔了小心地说：“将军说的这些话小僧从没听说过，且博硕克图汗与俄国向无往来，彼此并不相熟。也许是别的两蒙部落有结交俄国之举，将军张冠李戴了。”听济隆这么当面扯谎且面无愧色，费扬古忍无可忍，义愤填膺。他一拍坐椅站了起来，怒目圆睁，仿佛要将济隆撕碎了似的。济隆胆怯地蜷缩进椅中，手不自觉地握紧念珠，不知这位大将军会怎么发威，可等来的不是费扬古的咆哮怒骂，而是福全义正词严的声音：“你虽保证噶尔丹不敢妄行，但我各路兵马仍要分行进剿，直至其彻底解除武装！”见马上要成的希望又化为乌有，像快输光了的赌徒准备孤注一掷一样，济隆也要拼死一搏了。他一咬牙，加大声音说：“王爷是领兵大将，理应为国宣力。然圣上是仁义之主，王爷所统大军诚为仁义之师，怎能对穷困战败、无路可退之数万生灵动以干戈！小僧想刀光血影之象非圣上及王爷所愿见得。王爷如仍对我前之所言心存疑虑，小僧情愿留于军中，直至噶尔丹将请罪文书送至，小僧甘愿领受圣上处置！”

谁也没料到他还有这么一手，敢提出自己在这里作人质，这是福全和费扬古所没想到的，他们一时沉默了。胤禔见济隆与伯父、费扬古三人你来我往、唇枪舌剑，心想这么喋喋不休的争执哪儿是个头儿。他做事一贯莽撞浮躁，自己却从不在意，还以为自己处事高明。也许是为了尽早结束这场舌战，也许是想在众人面前显示自己的才华风度，他就趁着这众人沉默的片刻竟说了他自己事后都后悔不已的一段话。但他当时仿佛未经大脑思量就脱口而出，话语还非常流畅干脆："今我等将帅仰皇上好生圣德，许你所请。我们即刻发印文牍，檄文各路领军王大臣暂停进攻。不过你可别跟我们耍花活儿噢……"

完了！全完了！费扬古觉得自己的心像是浸在冰水里，凉透了。胤禔又说了些什么，他都没听见。最后只听福全说："那就请活佛弟子将此信驰报噶尔丹，以安其心。"王爷竟也跟着迷糊。唉，这次又让噶尔丹逃脱了……

"荒唐！糊涂！可笑！"索额图连叫三声，将福全派人送来的第二封战报重重甩在了桌案上。康熙刚到古北口又病倒了，眼看京师就在前面而不能前行。这封战报议政大臣们刚刚看过，还没进呈康熙御览。此时也只有索额图敢发出这种声音表示不满。他的高声叫嚷使正在抄发奏章的李光地停了笔，站起身小心地问："近来转于下官之处的京中奏折有所减少。光地跟随圣上五载有余，深悉万岁不烦连篇累牍之繁巨，最怕者乃几日未见一份奏议。这几天京里好像没有什么折子，索相可知其中缘故？"

"我怎么知道！"索额图不耐烦地说，又撇撇嘴，"其实皇上也太过操心了，京里还有太子嘛，太子马上就到十八岁生日了，难道还不能理政？眼下最迫切的是前敌怎么收拾！王爷也真是，费扬古谋略不浅，可你看看他们这行事！罢，不说了……大事还得皇上拿主意！"

战报终于呈到康熙手中。康熙斜着身子倚在靠枕上，慢慢地将奏报展开，福全粗放不拘的字体霎时像钉子一样刺目——"臣思噶尔丹狡诈之人，虽不可全信，但战之次日，屡遣人来，必多窘迫。臣等欲往进剿，则噶尔丹据险坚守，伺其往来讲解，以待盛京、科尔沁诸军之至，齐行夹击。如有可除之机，断不误也。"

康熙抬手扬了扬那份战报，问："你们都看过了？"李光地默一点头，垂目不语。索额图急不可耐地说："是，万岁。奴才以为王爷既已大败噶尔丹，却不立即进剿，明知济隆来说是故意误我大军，却听其诈言按兵不动，这岂不又要坐失良机！"

"费扬古可另有陈奏？"康熙并不理会索额图，将脸转向李光地问。

"回万岁，臣尚未见其奏报。"

"京中可有转来的折子？"

"也没有。"

"那太子呢，他也没有只言片语？"

李光地望了望索额图，为难地点点头，垂下眼睛。

索额图听了心里一惊，才明白刚才李光地为什么跟自己说京里没折子，原来是有这么一层含意。自从太子离开皇帝先行回京后，就再没派人过来请安，更没上过请安折子，连一句安慰的话语都不曾见过。这在以仁孝治天下的康熙看来真是大大的不孝，他极其失望。自从那次太子和三阿哥向皇帝问安后，索额图已隐约觉察到皇上对太子有些不满，只是没有说出。现在作为太子外祖父的他不得不为这个外孙着想，于是他开口说："太子宽温仁孝，大概是上书房课业繁重，还要忙于京师内外事务，以至问安迟误。可见殿下一心想将京中政务处理好，以安圣心。"

"朕不要听这些。"康熙目光十分阴郁，摇着头喃喃地说，"都不让人放心，不让人放心啊……也怪朕平日骄纵了他们！李光地，你立即拟旨：上谕大将军王，'王与皇子失误机宜，众大臣不正言抗阻，归时断不姑息！此役所关甚重，此患不除，终将为害一方。今科尔沁、乌喇、盛京之兵初四、五日可至达尔濑，若又失机会不进逼之，王与大臣等此行何所事耶？'"他愤怒地一口气念完，看李光地飞快地书写着，想了想，马上又说："再拟一旨，谕皇长子胤禔立刻护卫佟国纲灵柩先期回京，不得拖延，否则以抗旨论处！"

这一夜，康熙皇帝又失眠了……

七

去乌兰布通传皇帝谕旨的驿卒马不停蹄，噶尔丹的败兵溜得更快。他正是趁清军停止战斗的间隙从西喇木伦河涉水，横越大碛山，连夜遁逃。因伊犁已被他的侄子策妄阿拉布坦袭击占据，他只好向北逃回科布多。为了阻止清军的追击，噶尔丹刚一进入达尔濑就在沿途点火焚烧草地。原本繁茂的牧草被烧了个精光，绿色的草原顿时成了贫瘠的沙土地。内大臣苏尔达与科尔沁亲王土谢图汗所率的科尔沁、乌喇联军已如康熙预料的那样如期到达尔濑，正好截击噶尔丹，但因执行福全"暂止勿击"的命令，致使顽敌逍遥逃窜。

等福全接到康熙的谕旨，一切都已无济于事，胤禔奉旨护着佟国纲的灵柩先行一步返回京师。福全知道等待自己的将是什么，心里沉重的包袱反倒卸了下来，只是觉得有些对不住费扬古。许多事情多亏人家出谋划策，可如今反倒要受自己的连累，他于心不忍。他理正思路，详细地写了一份从进军至噶尔丹逃跑的始末经过，以备进京面见皇上时陈奏，好争取给费扬古，也给自己减轻罪责，减小处罚。

八月初七，康熙返京，入宫后的第一件事就是直奔慈宁宫，给皇太后博尔济吉特氏请安。

这位博尔济吉特氏是顺治皇帝的第二位皇后，只因是孝庄太后家族的缘故才得入主中宫，实则同顺治并无感情可言，也未给顺治留下儿女。尽管她才德平庸，也不是康熙的亲额娘，但仁孝的康熙仍对这位长辈如其亲生母亲一般孝敬。

“皇帝，看你瘦多了。”太后打量着已请过安的康熙，问，“听说你生病了，现在可好些了？唉，我在宫里天天烧香念佛，求菩萨保佑，就盼着你和二阿哥平平安安地到京。二阿哥和老大他们都还好吧？”

太后所说的二阿哥指的就是福全。“儿臣没什么事。二哥那里还有些战事没处理完，尚需耽搁些时日。胤禔——我已令他先回来了，过几天就到京。只是舅舅佟国纲，已为国捐躯了……”康熙不能再说下去了。

太后掏出手帕擦擦眼睛，悲叹道：“国舅可是个好人啊，同孝康皇后一样仁善，怎么突然就……老天啊老天，你真不公平，该死的不死，不该死的倒先走了，让我这没有用的老太婆白白活在世上有什么意思……”她的眼泪又滚珠儿般地落了下来。

康熙忙劝道：“母后千万别如此想，保重圣体要紧，您福寿正长呢。后宫宫人都好吗？她们可曾往您这里请安？”

“好，阿哥、格格和各宫妃嫔们都好，每天也都过来请安。只是十三阿哥的母亲章贵人身子不大好，永和宫的德妃经常去看她……这宫里数太子最仁孝，天天来我这儿请安问候，还得处理京内外的政务。你不在京这些日子可把人家孩子忙坏了。我看太子真是长大了，可以为你分忧了。”

“太子这几天在京办了什么我并不知道，也没见到过他的请安折子……”待了好久，康熙终于低声说。

“怎么，他没派人去向你问安？”太后细长的凤眼瞪大了。

康熙沉重地点点头，不语。

太后沉默半晌，说：“我说句话皇帝可别多心，其实太子也已成人了，我看他的聪慧似不在你当年之下。年轻人礼数不周慢慢就会好的，只要大事儿没耽误就行！”

后宫不得干预政事，这是清太祖努尔哈赤立下的宫规。见太后话语好像庇护太子，又要涉及朝政，康熙听了不太高兴，忙把话题岔开：“母后，儿臣临走之前给四阿哥订了婚，您看这孩子成婚后可有变化，比原先如何？”

太后听了一怔，想想道："我真没看出四阿哥成家后有什么变化，还是那么蔫不唧的少言寡语……不过听说功课学业上还算认真，据说教他的那个姓顾的先生很中意——我看皇帝对他倒挺上心，该不是你这当爹的偏心吧，哈哈。"

偏心？——康熙最怕人这么说！做父亲的他也许会对某个儿子有些偏疼，但却绝不能让外人察觉。再说康熙并不认为自己偏疼过四阿哥。自然，他也爱这个与众不同的儿子，但这种爱掺杂着怜悯，亦不无遗憾，偏心又从何说起！但聪明的康熙在面容上绝不表示出半点不畅，还顺着太后的意思赔笑道："儿臣不过是随便问问。在他们兄弟中太子才是最要下大力气栽培的！"

"阿弥陀佛，皇帝这么说就对了，我老太婆也放心了！"

由于持续的低烧，康熙总觉听政的体力不支，便索性将朝中一切事务都交给太子去办，让索额图、李光地还有太子的师傅张英协助，自己则不出乾清宫，接受太医的针灸治疗，没有大事不见任何人。

到了二十日，胤禔护卫乌兰布通之战中阵亡大臣佟国纲的灵柩抵京，康熙因病未痊愈不能亲自前去迎灵。他特派四阿哥胤禛前往朝阳门迎候，而没有派太子和三阿哥。接下来康熙的行动有点令大臣们不知所措。虽然众臣已劝阻皇上不宜进行伤悼活动，但他仍抱病坚持参加了一系列繁缛的葬礼。而且他的脸色再也不像平常那般晴朗，仿佛换了个人似的，面色阴冷难看，十分可怕。大臣们不敢再多说什么，老老实实地任凭皇帝行礼表孝，但私下里总觉得皇上像是在给什么人做示范表演。不过，沉浸在悲痛中的康熙在参加奠礼时还是非常认真诚敬、一丝不苟，有好几次都哭倒在地。

国舅佟国纲的繁缛葬礼可把顾八代这个礼部侍郎忙坏了。他又任皇子的老师，每天还要到上书房去给阿哥们授课，浑身就像一个上足了发条的自鸣钟一刻不停地转动着，几天下来便觉得有些吃不消。那一日他给皇子们上课，讲到中间竟然迷迷糊糊地伏在案上睡着了，书掉在地上自己也不知道。正当其他皇子们窃窃私语不知如何之时，胤禛忙冲自己的兄弟们使眼色，不让他们把劳累的师傅吵醒。他们安静地看了一会儿书，见顾八代还没有醒的意思，就悄悄地退出上书房。

等顾八代醒来，已是下午申初时刻，上书房该散学了。一个执事太监忙不迭地进来请安："哎呀，顾大人，您可醒了！您老可真能睡，各位爷已把做好的窗课交与奴才收了，您现在看吗？"

顾八代有点不好意思，站起身深吸了几口气，踱着步活动了一下手脚，吩咐差役端过冷水净面后，精神方觉清爽了许多。他再回到讲案后，才发现案上放着一碗暗红色的汤，诧异地问下人：“这是什么？”

当班太监抱过来几本临帖，放到案上拍拍手说：“奴才刚才没跟您说完，这是四爷见您困倦，怕您体力不支，特意吩咐奴才给您预备的参汤，说喝了特别养神解乏。奴才就赶快给您上了，您瞧，现在还没凉呢。噢，今后每天早上奴才都给您上一碗。”

顾八代知道每天书房里的灯烛等用度及师傅们所用的茶点都是由宫里统一安排管事太监拿取备办的。这碗参汤并不在用度之内，一定是四阿哥自己掏的月例银子。他一时感动得说不出话，心想：平时总听人说四阿哥性情乖张脾气不好，谁能想到他会对人这么细致关爱，可又怎么会有那么多无稽之谈？……真奇怪！

其实皇子们不知道顾八代现在并没居住在九城之内，他城内的府第只是装装样子，偶尔会客才用，以他每月那点俸禄在北京城里根本住不起。他将家安在了西山，每天上下朝的路途就需花两个多时辰，常常披着星星出家门，踏着月光归去。五十开外的人了，怎么能不劳乏！有了这件事后，于是从这天起顾八代就不回家了，晚上住在礼部衙门，想等忙过去这一段再说。

忙得团团转的不止顾八代一人，新任的兵部尚书马齐，这些天也恨不得多生出几只手来才好！这天他接到上谕，马上到内阁处传旨。现在已到内阁的他看了一眼恭敬地伏在地上的大学士索额图，清清嗓子，尽量使自己的声音不带出疲劳之音，一字一句地宣道：

“今闻有噶尔丹向俄国请兵、冬季复来之说。现令索额图以其名义派人向尼布楚长官问此情况，以取信息。派人去时行文应写：‘今有噶尔丹势处危急向尔国请兵之说，尔国既已与我盟誓和好，当不会以兵援助噶尔丹；倘若尔国畏惧其势，不可不援，则尽随尔国之便。’特谕！”

索额图伸手接过圣旨，站起来交给身后的从人，然后掸了掸官袍，对马齐客套着：“派个堂官来就行了嘛，还劳你这大忙人亲自跑一趟。”

马齐也满脸堆笑地说：“您是谁啊，我差事再多也不敢随便打发个小吏来给您传旨。真没想到噶尔丹降得这么快，刚来科布多，济隆喇嘛就带来了他的请降誓书到了裕亲王的营中，这下王爷总算放心了。”

“可是皇上不放心啊，知道噶尔丹为人狡诈难信，觉得他背誓妄行亦未可定，所以已经在大同、宣化府、古北口、张家口各处增兵，整装待命。”

“这个下官知道。”马齐点点头，“皇上还传谕令噶尔丹出界而居，不得擅犯我属部喀尔喀一人一畜，不得有一人与蒙古诸部往来通使！这前一条谁都能料到，后一条却足显万岁之英睿——令他断绝与各部的往来，即是使其孤立无援。”

索额图捋了捋花白的胡子，又看了看刚才那道旨意，说：“难怪他向俄国请兵，原来他也知道自己在蒙古各部中已众叛亲离。只是这俄人一贯诡诈，从其处捕获信息谈何容易！此去尼布楚天寒路远，倒要找个合适的人……”

马齐一直站在索额图身后，现在听他喃喃自语，就转到他的面前讨好地出了个主意：“这也不难，索相，下官听说俄国有一批商队即将抵华，好像冬季就到京，索相何不去向他们打探一二，也好节省时耗。”

索额图一咧嘴，一副哭笑不得的怪样子：“商人就是商人，不是军人也不是外交使臣，来华只为做生意赚银子，他们知道什么！说来他们这也是沾了《尼布楚条约》的光，别的国家像什么法兰西、英吉利的商人早就瞅着眼红却还没这份运气呢！看你这几天没睡好吧？”索额图突然指了指马齐乌黑的眼圈。

“唉，没法子，谁让现在正值多事之秋呢。不瞒索相，我每天拼命地喝浓茶、吸旱烟地熬油，可您看看，还是闲的闲死，忙的忙死！哼，我也认了，等挨过这一段，我就向万岁爷告假，回家好好歇些日子。”马齐似乎可有了向首辅发泄的机会，牢骚满腹地说。

而索额图只是眯着眼冷冷地听着，听后又用他那一贯训导人的口吻说：“告诉你，我的大司马，这才刚刚开始，这兵部的差可不是好当的，不比你干户部尚书时那么清闲。”

马齐点点头又摇摇头说：“都差不多。户部筹的是钱粮，兵部缴的是军饷。至于令章繁多我还能应付，可最怕的是手续烦琐重复。像兵部如要为某将议叙军功，还得先请示吏部，吏部并无查核之处，转给礼部，礼部写些官样儿文章再送达内阁，内阁搁了数日又回到我这儿。一件事这个部那个部地转来转去，重复启奏，以致事务延迟。”

索额图望了望一点一点向西挪移的太阳，说：“放心吧，老弟，这次战后就没那么多麻烦了，军功他们肯定不会有了，只怕还要获罪呢。唉，可惜皇上病体未愈，若在以往许多本章都会当日送进当日阅批，没有这么多积压。”他突然记起在古北口时康熙说过的话，也就又想到自己的外孙。唉，看来太子到底还是稚嫩，关键之时起不了什么作用。

北京朝阳门外沿城墙边有茅屋数楹，都在门前立一竹竿，竹竿上挑着红红绿绿三角形的酒幌茶幌，是供过路及出入城的客商行人们打尖歇脚的地方。这些茶肆酒肆虽算不上华丽，倒也显得朴质干净，整日南来北往的客人络绎不绝，店店生意兴隆，在京城东边是出了名的热闹所在。而今天当人们行到这儿时却惊奇地发现朝阳门外一夜间驻扎了大批官兵。这些队伍也不入城，只在城外巡逻操练。

虽然他们的活动井然有序，也没有扰民，可是各种猜测议论还是在小店里和着酒气茶香流传交换着——

“知道吗，老兄，这都是从乌兰布通前线回来的官军。”

“那这帮军爷咋不进城呢？”

“咳，打败仗了呗，没有皇上旨意，哪儿敢进城！”

“可我咋听说是打胜了？”

“嘁——你懂什么，死了国舅佟老爷，还放跑了贼首噶尔丹，这叫什么胜仗！搞不定皇上还要治罪呢。”

“是吗，治谁的罪呀？”

“当然是那些领兵的大将军啦，什么裕亲王、费扬古，还有统领参领，一个都跑不了！”

“我还听人说这次担任副元帅的是万岁爷的一个皇子，就是几天前护着佟老爷灵柩先回京来的那位太子爷，他没事儿吧？”

“他不是太子，他是皇长子，万岁爷跟前头大的儿子。太子爷行二，是他弟弟。”

“那有什么差别？”

“哎哟哟，差别可大了去了。你想啊，太子是将来要登基继位的诸君，皇上若不心疼他，怎么没让他去那拼命送死的前敌，而派了他的大哥……”

两个身着土黄粗布袈裟，足蹬云袜芒鞋的和尚也在旁边喝茶歇坐并侧颈倾听。其中一位对他的同伴——一个看上去年龄不出二十、相当年轻英俊的僧人说：“原想京城清静平和，哪知还有这些争执龃龉！”

“师兄云游四方，尽走深山幽谷，入此集大成繁华之地或有不惯。但天子脚下，终归市风整肃，非他方可比。”年轻和尚说话的声音如同他的相貌一样清爽动听。

那个略显老成持重的声音再次响起：“如果不是大觉寺长老执意相邀，文觉将继续游历名山大川，于天涯海角持法修行。”

“还是师兄悟道深远，修行历久。不瞒师兄，素本想将师兄此来引荐于皇四子殿下，因深知师兄为人，恐师兄不悦，未敢造次。”

“阿弥陀佛，师弟可还在给四殿下当替僧？”文觉和尚闪动了一下深如潭水的眼睛，问。

年轻的和尚剑眉一挑，说：“殿下业已成家，素俗缘已终。只是殿下性喜佛学，谙熟经文典作，很想同师兄这样的高僧大德参悟禅机。”

“阿弥陀佛，善哉善哉，以皇子之尊而能礼敬我佛，实令文觉感动……”年长的和尚正说着，那边坐上突然有一个声音高出周围喝茶的客人，而且越来越响，几乎压住店里一切谈话的声音，直逼人们的耳朵：“万能的上帝无时不在主持正义和公道。父老乡亲们，我们生来平等，都是上帝要拯救的迷途的羔羊。唯有信奉我主上帝，博爱众生，才能洗刷掉我们身上的罪恶，升入天堂，永享幸福……”寻声望去，只见一个身着长衫的中年男子手持一本羊皮外封的书对着众人大声宣讲，那人项下挂的一串银光闪闪的十字架十分醒目。但在座的客人们却目光茫然呆滞，从神态上看他们都听得似懂非懂，云山雾罩，但又都好奇地不愿离去。中年男子偏偏还越说越起劲儿，上帝圣母地讲个不休。文觉和尚将询问的目光转向迎他进京的皇家替身僧——弘素。弘素多次目睹此景，略一摇头，见怪不怪地说：“这就是从西洋外藩传入我东土的天主教。据说教徒发展已有数千，连皇亲国戚中都已有人入教受洗。只是此西洋教法视我佛如来和道家天尊为欺人之谈，恶语中伤，同我佛教义更是水火不容，长此以往，恐难相安处……”

夜，像一个深不见底的隧洞，吞噬了白天所有的喧嚣和吵闹，只剩下深沉的静谧与安详。康熙躺在寝宫宽大的暖炕上，翻来覆去地睡不着。脑子里像一个杂乱的客栈，一些事情刚出去，另一些事情又马上挤进来，总也不能安息。不准福全大军入城的旨意是康熙下的，仿的是清入关前太宗皇帝对阿敏弃永平和代善出使朝鲜不遵旨而行的处理。而且福全还将受到议政王大臣的审查取供。但种种迹象表明，这次放跑噶尔丹跟大阿哥胤禔有直接关系，难保福全不在供词中陈述出来。何况胤禔在军中人缘也不好，一旦获罪大概没人为他求情。康熙翻了一个身，听外殿的自鸣钟“滴答、滴答”，像清脆的水滴。点点滴水汇成小河，康熙顺着时间的流水逆流而上，回到了十五年前。那时三藩叛乱刚刚爆发，南国数省狼烟四起。恰恰在那时刚四岁的胤禔突然出了天花，年轻的康熙为了照看这个儿子，竟在那种非常时期一连九天不上朝，不批一份奏折，精心看护着胤禔。康熙又翻了一个身，想起更早的儿时，他与二哥福全拜见父皇顺治帝。顺治询问起两人的志向，憨厚的福全回答“愿为贤王”。后来他也一直是这么做的，对人十分宽厚谦和，从不借自己的权位搬弄是非、以权压人。

一个是自己的亲哥哥，一个是自己的亲儿子……康熙再也睡不下了，一把掀起滑软温香的绸缎被子坐起身。一个值夜的小太监闻声夜猫般轻轻地过来，伏身问：“万岁爷可是起夜？”康熙一摆手：“睡不着，下床走走。”小太监忙帮康熙蹬上千层底的布鞋，披好外套。康熙一语不发地下了炕，径直走进西次间的小阁内，也不叫太监掌灯，完全凭感觉走到那张硬木龙椅上坐定。这是康熙八岁刚登基的时候居住的地方，祖母孝庄太后经常来探看。祖母去世以后，每当遇到什么难题或者什么不顺心的事，他就来此默坐一会儿，以期于沉思中获得某种启发灵感。而今夜浓黑的夜色又仿佛让康熙和天国之中的祖母拉近了距离。记不得祖母什么时候说过的一段话，但那温和慈爱、娓娓道来的声音仍能很清晰地在康熙耳边响过："孩子，天地人间，万事万物，最重要的就是均衡。天地和，万物生，人际和，致太平……故为君者之要，就是眼观全局，保持均衡，使之各得其所，方致天下太平，是为大治……"

真是为政治国之精华！黑暗中的康熙已打定了主意，却蓦地感到，两行冰凉的东西，正顺着面颊缓缓淌落……

自从胤禔从乌兰布通先期返京后，康熙还从没单独召见过他。今天午后胤禔从景山狩猎归来，康熙在乾清宫西暖阁——平时批阅本章的地方传见了他。

胤禔报名进去，迎面正碰上两位传教士白晋和张诚。他们刚给皇上讲完西洋算术课，还帮皇上复习了几道几何习题。康熙近一时期对西洋算法十分着迷，一有时间就进行演算，有时甚至为解一道几何证明题整整半天不吃不喝不动，被那些玄妙的图形数字深深地吸引了。

胤禔请了安，跪在地上不敢抬头。康熙伫立在窗前默默地看着窗外的景致，久久不语，空气像凝固了似的。越是这样，心虚的胤禔就越感到紧张，这对心事重重的他来讲真是一种折磨！但胤禔了解父皇的脾气，从小到大哪个儿子做错了事，康熙很少劈头盖脸、急风暴雨地斥责，可今天会不会例外呢……

康熙的思想斗争也很激烈，沉吟良久终于缓缓开口问道："你去景山了？"

"是。禀皇阿玛，儿臣这是遵皇阿玛不忘祖宗创业艰难，以骑射为本的训谕，于每日午时三刻到景山练习骑射，不敢荒疏。"跪在地上的胤禔听父皇从这儿开的头，稍稍舒了一口气，小心地答复着。

"朕此谕无非是想让你们兄弟能早日长成，帮助朕肩负起治国安邦这副重任。这次朕在关外生了病，就很有一些传言，好像是说朕贪恋权位，不敢放手让太子锻炼……"康熙的声音有些怅惘，"其实说这话的人太不了解宫中内情，也太不了解朕！对于权位，朕并无恋栈。如果你们都能把该办的事处置好，朕将很高兴。这次朕倒让你随裕亲王出征，可再瞧瞧你干的，又怎么能让朕放心！"

胤禔打了个战，说："儿臣这次协助二伯出征，因年幼无知历练不多，至有许多疏漏之处，请皇阿玛处分。"

听他明是请罪实却是为自己开脱，康熙非常反感，语气也变得严厉了："这次乌兰布通一役放跑噶尔丹，你身为副帅难辞其咎。但处罚当由议政王大臣们查核后议定，非朕一人可以决断，这是其一。”

“皇阿玛。”大概猜出父皇下面讲的是什么，胤禔的额头冒出了冷汗。

“二，”康熙不让胤禔打断自己的话，“你在军中种种行事举动，朕早有耳闻，对于那些规劝过你过失的王和大臣你需心怀感激，如想趁机泄私愤，打击报复，胡说乱咬，到时休怪朕不讲情面！”

“是，是。”胤禔低声应着。

“最后朕特别要说的，裕亲王身为统帅其责最重。但裕王是你伯父，你向议政王大臣提供证词时，若与裕王稍有异同，朕必置汝于法，断不姑容！”这正是康熙昨日思考了一夜最想说也最担心的，他怕他们伯侄二人互相攻讦，不但让外臣们看了笑话，也有损自己的威望。但作出这个决议他心中仍十分不忍，知道这下要委屈了二哥福全。但权衡利害，也只得如此。

康熙的精心安排果然使本该引起轩然大波的场面出现了一个没有戏剧性的平静结局。当议政王大臣问及大阿哥有关征战的一切事项，胤禔遵父命而行，被询问时只说：“我与伯父裕亲王所供相同。”福全本已将胤禔在军中所行的“恶事”条条记录请楚，准备在问及时陈示出来，其中很多内容与自己可能认定的罪名有关，但当他听到胤禔竟是这么说的，感到身为伯父，不宜再像原来想的那样直陈其过。他沉思良久，终于垂泪道：“我复何言。”将所有罪责都揽到自己身上。诸王大臣们听了也不客气，议将福全革去王爵。但康熙还是鉴于福全此次出兵“功过参半”，只同意削去皇兄的议政王资格，并罚俸三年，撤去所属的三个佐领。——这便是福全率军出征近四个月的最后结局。很多人虽明白这其中的计较，暗自想想还是忍不住地为福全感慨、叹息……

八

又是一个新的黎明。

繁星悄悄隐退，浅灰色的天空渐渐变白，东方出现了一片柔和的浅紫色，第一缕晨光穿透晓雾，慢慢变亮扩散开来。紫禁城内高大巍峨的宫殿从混沌变得清晰，仿佛也像主宰天下万民的君主一般威严伫立，令人敬畏。

议政诸王、内阁大学士、六部九卿、科道御史等众多臣工早已于午门齐集，各自按序敬慎无声地进入中左门，恭候于乾清门外的空场上。康熙升座，下面黑压压的群臣行三跪九叩礼，动作整齐一丝不苟，然后又按序入列站好。这正是康熙每日接见臣下、处理日常政务的主要方式——御门听政。

康熙的病已治愈，看上去精神还好，只是面孔好像又瘦了些。他向下环视了群臣一周，见大家因自己病愈表情都很畅快，正兴奋地等着皇上议政理事。不过现在列于议政王之首的已不是皇兄裕亲王福全，而换成了皇弟恭亲王常宁。

第一位出班奏事的不是六部大臣，是一位四品御史。御史的官级虽不很高，却有监察参疏百官的职权。这名御史康熙并不很熟，只见他跪下朗声奏道："臣，四品监察御史何金兰参礼部侍郎、侍讲学士顾八代。顾八代身为侍讲学士，食皇家俸禄，教授皇子本应恪尽职守，尽心教辅，其却懒惰失职，深负圣恩，竟于进讲之时昏睡不醒，贻误皇子，皆非人臣之礼。臣请旨将其拿问！"

康熙面容不改，看不出他有丝毫恼怒不满，他问吏部尚书："果有此事？"吏部尚书忙出班答道："回万岁，臣亦有耳闻。臣以为顾八代此举应交部议处，请皇上圣裁。"被参劾的顾八代此时同往常一样正在上书房给皇子们上课，没有参加此时的朝会。康熙想了想，平缓说道："顾八代理应处分，但念其在上书房行走多年，不无辛劳，又事出无心，暂免交部议。着即罚俸半年，所部记过一次，以示薄惩。"吏部尚书答应着退下，何金兰却仍跪在那儿不动。众大臣都很吃惊，以为这个微末小吏还要参哪一位大员。何金兰却用比刚才小得多的声音轻声言道："臣见陛下御门听政每日辛劳，接见臣工，批览奏章，分辨正误，无一刻休憩。故臣恳请陛下今后或三日或五日为御门听政之期，或隔日而行，以减圣体劳乏，为臣等之大幸。"康熙向下瞥了瞥，见何金兰进言时面容端正，神情诚恳，并无做作之态，于是和声说："卿之进言固是出于一片爱君之心。朕三十年来，每晨听政，面见诸臣，咨询得失，习以为常。今若行更改，非励精图治之意，还是始终如一为好。"然后挥手令何金兰退下，目光又转向兵部尚书马齐："马爱卿，噶尔丹近日尚安否？"马齐本想先奏，却没想让一个御史先插了一大段，听皇上终于发问，忙跪下奏道："回万岁，噶尔丹业已逃入科布多，向我疏请恩赐白银，以育众庶。现理藩院及议政王大臣同臣议向无此例，未许。""此议不妥。"康熙略沉思了一下说，"朕以为噶尔丹誓言已出，应资济以安其心，户部尚书——""奴才在。"一个沙哑的声音颤巍巍地响起，户部尚书希福纳出班。他长得很胖，所以跪时比较吃力，看上去没有一点满洲大臣的威武，更可疑的是长得肥头大耳的他怎么看怎么也不像个廉吏，不知皇上为何任他为掌管国库钱粮的户部尚书。康熙见希福纳终于艰难地行过了礼，说："朕赐银千两、米五百石与噶尔丹。另外朕闻喀尔喀蒙古亦多穷苦，着令你会同户部属员于张家口外设立饭场，以赈济该部。""喳、喳，奴才遵旨。"希福纳叩了个头，又气喘吁吁地站起来入列。

谈到噶尔丹，使康熙不由自主地想到这次并不很成功的战役以及与这次战役有关的许多事情、许多人。他巡视了一遍众臣，总结似的讲了一段本应由领兵将军上报的话：“朕以前一向闻蒙古人临阵时，初虽骁勇，一旦败北，即奔窜四方，首尾不顾，惴怯殊甚。然而这次噶尔丹则不然，他战败后并未首尾不顾，胡乱奔窜，而是奔至高山顶，隐于险恶处，有计划地转移了新阵地。以前我们总以为噶尔丹军是多么不堪一击，现在看来甚是轻敌！还有，我大清兵马也并非无懈可击。朕以为此一役暴露我军弱点不少，好在亡羊补牢，未为迟晚。费扬古，你是前敌将军，你有什么想法吗？”

费扬古本该交部议处，但康熙宽免了他，对其仍信任重用如故，令费扬古十分感戴。再者他本也无罪，如果处罚了他，会更教众臣心寒，精明的康熙怎么能干这种事呢！费扬古见皇上问他，或许是由于激动，脸像饮了酒似的红红的，更显得忠心耿耿。他的声音真洪亮，即使是距离很远都听得十分真切，一口流利的满语铿锵有力、掷地有声：“奴才以为我军排列过密，以至被伤者多。且由于奴才指挥不力，进退之际海螺久久未鸣，皆是奴才难辞之责。”说到这儿他脸更红了，好像真为自己当初的指挥失误感到愧疚。“所以奴才以为我军应增设火器营，以公侯大臣为统帅，专理营务，训练军士。平时集于平原地带，鸣锣进退，演练阵式，熟以操练，以备急用。”

康熙听后良久未言，待了好一阵才说：“火器营是要设的，但现在不成。噶尔丹素为我朝之大患，如果这次或擒或毙，一战永成，朕也可与众卿筹划漕运河工等其他诸务。但噶尔丹逃往北部边地，又如一颗悬而未爆的炮弹。唉——”因触到心中痛处，康熙说不下去了，面色却依然端庄平静，保持着他一贯的威仪。

索额图出列叩头道：“奴才以为皇上不必为此等小寇忧虑过甚，我们还可以派兵再战，剿灭残匪。”

“你说得真轻松，可钱呢？粮呢？往哪儿去找——你说？说啊！”康熙高声喝问。谁也没料到，更没见过一向平和宽厚的康熙皇帝突然发起了脾气，都惊得跪下，索额图更是感到惶恐和难堪，不知自己刚才说错了什么，竟使皇上大发雷霆。康熙扫了扫地下的文武百官：“此一役战罢，想要再伐噶尔丹，积聚钱粮起码需五六年光景。可这五六年中，噶尔丹又能屯粮操兵，恢复元气，同我对峙。”费扬古不知是从哪儿来的勇气，突然挺身发问：“那刚才万岁为什么不准马部堂所奏，还供给噶尔丹银两粮米？”康熙瞅了瞅这个忠直的武将，心里又爱又急，他还是挨个巡视了一遍百官，方道：“你问得好，也许很多人还想问。朕可以告诉尔等，朕不能授他人以柄，落个不仁不义的口实。所以，朕对内宁可咬碎门牙往肚里咽，对外，不论是喀尔喀的土谢图汗、达赖喇嘛，还是噶尔丹，朕都要做出真心诚抚的姿态，以收其心，泯其志，使其顺服我大清！”文武百官虽不敢抬头看皇上，但心里都在不住地感叹：看来皇上也很难，很难……

“如今若想增加库银存粮，无非两种，开源和节流。”康熙已将目光转开，射向了很远的地方，仿佛要穿透层层宫墙望遍九州。“开源为主，但节流亦不可忽视。朕于今年正月命内阁查明明代皇宫费用与今之比较，并九卿、詹事、科道等官共知之。今日朝会，不妨再当众重申。李光地，众卿之中你记性最佳，现由你将本朝与明之耗费比较告与众卿。”

“臣遵旨。”于是李光地清清嗓子，声若高山流水，清晰而响亮，还带着一种江南水乡特有的韵味，“据查，明代宫内每年用金花银共九十六万九千四百余两，今均已充饷；明代光禄寺每年送宫内所用各项银共二十四万余两，今只用三万余两；明代每年宫用木柴二千六百八十六万余斤，细螺炭一千二百万余斤，今分别为七百万斤及百余万斤；明代各宫床帐、舆、花轿等项，每年共用银二万八千二百余两，今俱不用；明代宫殿楼亭门敞共七百八十六座，今不及十分之一；又乾清宫妃嫔以下使令洒扫老妪、宫女等仅一百三十四人，较明代已少数倍。”他一口气说完，又随群臣齐声颂道：“皇上节俭盛德，超迈千古，超迈千古！”

“愿我君臣共同奉行此道，尚俭爱民，使我国库充足，有备无患。”说到此，康熙停了停，轻轻一笑，说，“讲到奉俭，朕再向尔等推举一人。皇四子成婚之时，一切用度，概多俭省，朕观其平日用度，也多朴素，绝少珍奇。四阿哥虽为朕之皇子，但其尚俭之德朕亦当嘉勉。”众臣听了立时哑然无声，想到那个冷峻孤傲的四阿哥在大家心中一直是印象最差的一个皇子，又听皇上在朝堂之上当着众人如此褒奖，心里不只是惊奇、不解，还另有一番滋味，反正索额图已将不满之情溢于脸上了。哼，这有什么，不就是省了些银子吗，又不见他在军国大事上有什么能为！比起太子，四阿哥给他二哥当侍卫都不配！可太子怎么就没得过这么大的面子？太奇怪了！太不可思议了！

风尘仆仆的顾八代顶着瑟瑟的秋风骑马回到位于西山脚下的自家小院。还没到院门口，“嘚嘚”的马蹄声早就惊动了院里的人。柴门开了，从里面冲出两个十四五岁的男孩子，猴子似的蹿到顾八代马前，一边高兴地叫着：“爹、爹回来了！”一边搀他下了马。这正是顾八代的两个儿子顾俨和顾廷锡。走在前面的廷锡与父亲见过礼，又转过身子冲院里高喊：“娘，娘，您快出来呀，我爹回来了。”

正在屋里做针线的顾八代的妻子王氏听了又惊又喜，拖着两个小脚一颠一扭地从屋里出来，正迎上进院的父子三人，便一同进了屋。王氏手脚麻利地擦了擦桌子，用刚烧好的水给丈夫沏了一壶茶。现在她一边涮着茶杯一边絮絮地说着：“老爷总算回来了，那天您让小厮秋兴送信，说公务繁忙不能归家，我和孩子还以为也就两三天的工夫，没想到这一下就过去了八天。老爷不在这几天可把孩子们想坏了，每天太阳落山时哥儿俩总在村子口等您。尤其是廷锡，连饭都吃得少了。哟，老爷，您这是怎么呢？是不是病了？”她把涮净的茶杯放在案上关切地望着丈夫。只见他满面愁容，仿佛变老了十几岁，连眼角的皱纹也增了许多。丈夫一定是遇到不顺心的事了，要不他回来怎么会这样。果然，入屋后的顾八代并没有马上坐下，而是先环视了一遍屋中陈设。虽然屋里的摆设并未改变，可他还是像初次来的客人似的打量着自己住的这个家：粗木书案、粗木座椅、蹩脚的书柜、裂开了木纹的春凳——一件值钱的东西都没有！再看妻子装束，短袄罗裙，蓝布裤已洗得发白，头上更没有一件金银饰物，寒素得让人看了伤心，一点不像三品官员的夫人，完全是个老妈子的打扮。两个儿子的衣着更是简单，一人一身粗布长棉袍，而且都是儿时穿过后来改大的，可还是跟不上正在成长的男孩的身体增长速度，袍子紧绷绷地裹在身上，像一条绳索束缚住青春的体态。顾八代再也看不下去了，双手捂住脸跌坐在椅子上。老天啊，半年的俸禄没了，半年的俸禄啊！以后这一家老小吃什么？喝什么？靠什么过活？儿子连一件像样的衣服都没有……往后的日子可怎么过！

“爹、爹，您怎么不说话，您怎么了？”耳边传来儿子们的急切呼唤。顾八代抬起头，两眼红红的，用低沉得不能再低沉的声音对家人说：“想不到我还能回来，原以为再也见不到你们了……”“为什么？老爷，你可别吓唬我们娘儿仨。”胆小的王氏用快哭出来的颤抖声音说。“唉，我、我给阿哥们讲课时打了个盹儿，被御史参了。本该交部议处，幸赖皇上宽恩，只罚俸半年……”

这真是一个晴天霹雳，母子三人被这突如其来的坏消息惊得呆住了。过了一会儿，王氏和顾俨已忍不住失声痛哭。他们很清楚失去半年的俸银对他们这个不贪不捞、廉洁奉公的清官家庭意味着什么。只有廷锡，虽也伤心，但还是强忍住悲伤，安慰低头叹气的父亲：“爹，事已至此，您老也就别再悔恨了，当心伤了身子。一切还得从长计议。”顾八代抬起头惊讶地望着廷锡，没想到一个孩子居然能在这时说出这种大人都没讲出的话。他又是一阵伤心，皱眉沉思片刻，突然对妻子说：“你将我那把青锋剑找出来。”

“老爷要它干什么？”妻子用手帕擦着眼角不解地问。

“找出来，看看保存得怎么样，能不能卖个好价钱。如今也只能靠它了……”

王氏略一琢磨，突然明白了，惊呼道：“别，老爷，这可是咱家祖传的啊，你不能……”

“快去找！饭都快吃不上了，还提什么祖传的话，祖宗现在也不能救咱们啊！”顾八代的口气又倔又横，好像马上要发脾气。

当王氏小心地从书柜的顶层摸出这把尘封多年的宝剑，把它捧于顾八代眼前时，两个孩子都睁大眼睛望着这件家传古物，以前哥儿俩只是听父亲说过，这是他们第一次亲眼见到。此剑果然不俗，木质剑鞘，黄绒包面上刻着精美的纹饰，四周白银包边，鞘首尾两端装饰的银花叶片内各镶有红珊瑚二枚，蓝青金石一枚，造型精美而深沉，巧夺天工。顾八代握住莲花座的剑柄，慢慢抽剑出鞘，三尺长的剑身两侧各有一道两尺多长的血槽，锋利的刃口微微射出青幽幽的寒光，与剑柄下轻轻飘摆的黄丝剑穗相互映衬，夺人眼目，令人称绝。

顾八代望着这把曾祖从明朝开始佩带的宝剑，对家人说：“这把剑是当初祖宗跟太祖太宗皇帝打天下时使用的宝物，后来又跟随我戎马生涯近二十年，还真难割舍啊！现在我已离开军营弃武多年，不会再用什么兵器。与其让这把宝剑闲置变旧，不如卖了折换些银钱，以解燃眉之急。除此而外，我、我实在想不出别的法子了……”他说着声音又有些变调。

廷锡问父亲：“可是，爹，如果这把宝剑卖给了不识货的庸人；孩儿是说万一商人们有眼无珠，给价太低，不就糟践了咱家这祖传之宝，那也太不划算了。”顾八代听着这有些孩子气的话，打量了一下廷锡，不知为何皱皱黑眉，目光有些凌乱。他低头收剑入鞘说：“兵器的市价我也打听过，若说这把剑在几年前要五六百两银子都不多，今日咱们当钱救急，他们能出三百两就不错了。再低嘛我想怎么也低不过二百两。俨儿，”他叫过大儿子，“天还不晚，你和弟弟现在就进城去把它当了吧，要价我都说过了，不可再低。”王氏对丈夫说：“孩子们没进过城，让他们去我可不大放心，老爷还是叫秋兴跑一趟吧，那小子蛮精的，不会误事。”顾八代叹道：“都十几岁的小伙子了，有什么放心不下的。宫里的四阿哥不比他们大多少，可人家殿下现在都练着独立办差了。孩子嘛，不可太娇惯……还愣着干什么，你们快走吧，趁现在铺子还没关门。路上直去直回，不要耽搁。”

“放心吧，爹。娘，我们走了。”望着儿子们携剑出了屋，王氏对顾八代说：“老爷回来这半天还没歇歇，您且先卧一会儿，我去给老爷备饭。”顾八代家中是请不起专门用人的，家里除了几个未成年的小厮就没有别的内仆。所以一切家务都由妻子亲自收拾，这在京城官居三品的官员家中是绝无仅有的！顾八代却拦住了夫人：“你等等，我有事同你商量。”

王氏沿炕沿儿坐下，默默收捡着刚才拿出做活儿的针线笸箩。顾八代这才喝了一口早已放凉的茶，闭目沉思了一会儿，睁开眼说：“我想，我想今天等廷锡回来就把事情都跟他挑明。”王氏不觉放下手里的针线，叹息一声，说道：“老爷您在今天这个时候与他讲明，廷锡会认为咱们是在赶他走，还是缓些日子，等过了这段再说吧。”“不，我已想好，就是今天。你想想，廷锡都十四岁了，我们不能再这么瞒下去了。廷锡是个懂事的孩子，不会不晓事理，更不会忘恩负义！自然咱们也不图他报答什么，我想他听后能承受的。”王氏唏嘘着说：“孩子虽不是我亲生的，可我也养了他十几年，你今天跟他讲明，往后我们娘儿几个还怎么在这一个屋里住啊，我更舍不得他离开咱家啊……”顾八代的眼睛也湿了，说：“不是我心狠，当初我冒险将他捡回家，难道对这孩子没感情？可廷锡今后要成家，要科考，要立业，不能跟咱们一辈子啊，这也对不起他的父母。对他言明也不会失去什么父情母义，咱们既然养他一场，就要对他负责到底。咱们以后还要像对俨儿一样悉心照顾他，直到他长大。”

王氏点点头，止了抽泣，又像想起什么似的站起身说：“老爷请随我来。”她领顾八代来到孩子们住的屋子，指了指大方桌上一堆堆摊着的字画说：“这些都是廷锡在您没在家时自己画的。我也说不出什么名堂，只觉得都挺好的，还是老爷自己看看吧。”

顾八代先瞅着离自己最近的一幅写意花卉，捋捋胡子点了点头：“我看廷锡在这上面还真有些许天分，得赶快给他请个好先生，不然耽误了这孩子，岂非咱们的罪过。”“我也是这么想，可请师傅要花很多银子吧？”王氏虽然不出家门，可也知道没钱办不成事的道理。顾八代刚刚舒展的眉头又皱了起来，摇了摇头，轻声说：“银子当然要花，但也不是百通百灵，那还要看你请什么样的师傅。”他看了妻子一眼，沉吟着说：“比如当下有些书画名家，像‘四僧’之一的八大山人，隐居山林，性情怪异，不要说请他，平时连影子都寻不着。其他三僧非病即亡，都请不得；还有些所谓名家，黑眼珠只盯着白银子，比商贾之人干净不了多少，甚至比他们更势利，更庸俗！把廷锡交给他们无异于明珠暗投。请哪位高人指点孩子还得容我细细斟酌……”

十多里的路程对两个从小在山村长大的男孩子来说算不了什么。顾俨和廷锡一路跑跑跳跳没半个时辰就到了海淀镇。他们的住家虽离此不远，可平常很少进城，根本不知当铺在哪儿，就向路人打听。一位慈祥的老人告诉他们，镇中的东横头街上有一家汇源当，是这儿方圆几里创办最早、最大的一家当铺。于是小哥儿俩谢过老人，打听着寻到东横头街，果然看见街当中一垛青灰粉刷的墙上写着一个四五尺见方的大大的“当”字。后面，就是一座二层楼高的建筑。漆黑色的当铺门前立有一支九尺高的竹竿，竿顶的铁钩下系着两串铜黄大钱，挂钱下又悬着红布飘带和一个红底黑字的幌子旗，旗中也是一个“当”字，“当”字下两个小楷，正是这铺子的字号：汇源。当铺的大门上还贴着一副对联，大概是贴的时间太久了，纸已辨不出原色，墨黑的字迹却还清晰可见——

以其所有，易其所无，四海之内，万物皆备于我；
或曰取之，或曰勿取，三年无改，一介不以与人。

顾俨根本没注意这些，廷锡冲那副对联苦笑了一下。兄弟俩进了当铺。因为今天天气晴朗，阳光充裕，所以一层的厅堂显得挺黑。两人猛从外面进来，待了一会儿才看清铺内的陈设：迎面是一座漆黑的照壁，从地面直通天花板；照壁顶上有一个神龛，龛内供着彩塑的财神。照壁前设有一张条案，案上置放着赎单登录本册及笔、墨、纸、砚，那是账房先生记账、开当票、签小号的管账桌。靠近账桌的地方另立有一个朱红木柜橱式的桌子，这是存放当日营业进钱的钱柜。绕过照壁往里走，就是高大的接受当物的拦柜。柜台高有一米五六，个儿矮的人眼睛都望不到里面，更别说伸手去拿了。

这会儿，柜台后面探出一个黑脑袋，一个学徒模样的小伙计站在一米高的梯凳上懒洋洋地往柜外张望，见是两个孩子，装模作样地拉长调门问：“二位来当什么呀——”顾俨个头没有弟弟高，胆子也小，不敢张口。廷锡已高举起宝剑，仰头对上面的人说：“就当这个！”小伙计一看，显然吃了一惊，他接过剑来，看了看，过了一会儿才说：“我们这儿没收过兵器，二位小爷先在这儿稍候片刻，我上里面请我们头柜出来跟你们说。”他“噔噔”几步下了梯子，约莫一刻钟后又高高在上，还带来一个四十多岁的瘦男人。他指着顾氏兄弟说：“申爷，就是这两位小爷要当宝剑。”

申爷薄薄的嘴唇，八字须，一双滴溜乱转的眼睛闪烁不定，一看就是个老于世故、圆滑精敏的人物。他先扫了扫下面的客人，说：“东西我看看。”宝剑到了这位头柜手里，他眯着眼睛仔细端详，又抽出剑身，竖立平伸，瞄来瞄去折腾个遍，脸上却是不动声色。最后他把剑收入鞘，眨眨眼睛，看来已打定了主意。然而他却不慌不忙地先问了一个似乎与生意无关的问题：“这剑你们是哪儿弄的？”廷锡急着换钱回家，便想都不想，脱口而出：“这剑是我家祖传之宝，只因家父已从军中退伍多年，现家中生计艰难，才万不得已取出变卖，你们到底要不要？”

头柜皱着眉似乎很为难地说："这个嘛，真不太好办。头一条我们铺子打开张那天起几十年了，还从没收过刀、剑之类的凶杀器物，现在又逢太平盛世，国泰民安，这剑再好也无用武之地，不值钱的，也就只能折成废铜烂铁作价。"他口虽抱歉地说着，手却依然紧紧握着宝剑不放。廷锡生怕他不收，还是仰着头，很费力地央求道："好大爷，多少给个价吧，我们一家老小不忘您的大恩大德。"头柜的脸色转瞬间变得温和，微笑着说："得，谁让我天生就是一副菩萨心肠，最怜悯你们这样的人家。看在你们两个小孩辛苦跑来一趟的分儿上，这把剑我收了。"他伸出两个指头："多少就这个数了，算你们运气遇上了我，换个旁人可没这么照顾喽……"老实巴交的顾俨看了惊喜地小声问，"您，您给二百两吗？"申爷摇摇尖尖的脑袋，半笑不笑地说："这位小爷真会说笑话，平时没出过门吧？告诉你，我给你们二十两银子，已经是天价了，要不是瞧你们是孩子，哼，十两都没有！怎么着，想好没有？不想当就请出，我可没工夫奉陪！"二十两是顾八代所讲的二百两银子的十分之一，怎么能答应！廷锡急得满脸通红，抑制不住地嚷道："二十两银子实在太少，爷再行行好添一些吧。""那你说多少啊？"一句话却问得两个孩子都闷了。廷锡的脖子早已酸痛，他痛苦地垂下头，一股屈辱感袭遍全身，他真想立刻和哥哥离开这儿，但是不行。见他们不说话，上面那个尖厉的声音带着一股冷笑又传了下来："看你们年岁小，我再加五两，若再多可不成！"若在以往，廷锡也许拔脚就走，可是今天迫于生活的压力，他似乎舍下了颜面，重又抬头望着那个该死的头柜说："求求您了大爷，再加点儿吧，起码能让我们和爹、娘渡过年关……"申爷已经不耐烦了，骄横地说："就这个数儿，一文不加，要是不当就请你们少留！"那个跟在他旁边一直没说话的小伙计像睡着了似的，迷迷糊糊地听着，这时突然瞪大眼，愣着愣脑地对头柜说："申爷，我看他们怪可怜的，要不再给他们加点儿？"申爷狠狠地瞪了自己徒弟一眼，骂道："瞎啰唆什么，蠢东西，你可怜他们，谁可怜咱爷们！我早就知道你不是这块料儿，当初还不如把本事教给你弟弟……快给我滚一边去，看我待会儿怎么收拾你！"他又转身俯视着顾俨和廷锡，狡黠地笑道："怎么样，想好没有，到底当不当？现在不愿意还来得及。"

兄弟俩相互望望，都从目光中透出几分无奈和辛酸……半晌，廷锡暗暗攥紧拳头，把升起的怒火往下压了又压，从牙缝间迸出一个字："当！"

"栓子，给他们开当票。"小伙计耷拉着脑袋磨磨蹭蹭地过来，满脸的不情愿。他们下梯转到前厅。瘦瘦的头柜弯着腰，活像一只大虾，他的动作倒蛮麻利，从账桌上扯过一张当票拍到徒弟面前："学着点，废物，这最上边是咱们汇源号的招牌和地址，都已印好，省得你写了。左为年月日，当中空处填当本数目，右行最重要，需写押品名目件数，最右行是字号，每日按序排列，明白了吗？好，写吧，你可给我仔细了，错漏了一点小心你的皮！”栓子拿笔战战兢兢填写当票的时候，头柜已从铁柜中开锁取出二十五两纹银。他让廷锡过了数，又拿过填好的当票说：“二位看好，这上边利息、押期清清楚楚，虫蛀霉烂各安天命，以三月为满，到期不取变卖。没疑问吧？”

出了当铺，天已交酉时，街上行人渐渐稀少，大小店铺不少都打烊关门。正当人们结束了一天的辛劳，要回家休息的时候，突然从东面来了几匹高头大马，马上挎刀的差官挥舞着鞭子没头没脑像驱赶牲畜似的驱逐着路人，还高声吆喝着：“闲杂人等一律回避，不许抬头窥视，违者格杀勿论！滚，快滚！”街上的人们惊恐万状，纷纷退避躲闪。两个孩子不知怎么回事儿，闪避不及，顾俨身上就已重重地挨了一鞭，疼得他不知所措，正要哭时，廷锡突然清醒过来，不再拉着哥哥乱跑乱撞，而是学着一些大人那样跪在路旁，俯下身去，不敢抬头。片刻之后，乱哄哄的街上变得鸦雀无声。这时从街口处闪出一柄五金龙图案的红罗伞，后面依次排列着绣四季花卉图案的红罗伞二柄，金瑞草图案的纱罗伞二柄，豹尾枪四杆，旗枪十杆，杏黄大旗一对，条旗一对，立瓜、卧瓜、吾仗、仪刀金光耀耀，银光闪闪，一排四个，顺列于后。在这些仪仗的后面，十名头戴红缨、红翎、黑绒毡帽，身着绣团金狮图案彩色缎袍，腰系红布大带的差役抬着一乘银顶盖金檐，下挂毛毡的暖轿徐步稳稳走来。等这支旗幡招展、伞盖鲜明、刀枪耀眼、前呼后拥的队伍浩浩荡荡从苍凉安静的街上走过后，跪在地上的百姓才陆续站起身，继续干活或赶路。兄弟俩也起了身，就听有人在街上议论：

“呵，好大的气派，今儿我算开眼了！这真格儿是皇上出行？”

“不像是皇上，皇上出巡要清水泼街黄土垫道，路上一个闲人都不准有。要不今天净街，你我哪有福气见到。看今天这样子好像是太子出行。”

“是太子爷，我瞧这路线是往畅春园去的。”

廷锡对这种议论丝毫没有兴趣，也无从猜想刚才那威武气派的场面。太子出行除了耽误了他回家的时间，别的就与他这个穷京官的孩子没有半点关系了。皇太子对于他这个还在为温饱而发愁的男孩来讲距离太遥远了……

顾八代没料到当铺这么黑，明摆着是欺负孩子年幼，想再找他们理论也没有这份精力。他叫王氏把这可怜巴巴的二十五两银子收好，心里盘算这些银子再加上家里剩的零散吊钱，将就着还能过了春节。而每年逢年过节皇上照例会赏些钱物，终究是天无绝人之路，如果安排计划好了，这段艰难的日子也能过去。

“廷锡，你先别走。”顾八代叫住吃过晚饭要回屋的儿子。“是，爹爹。”廷锡恭敬地垂手侍立，等着父亲吩咐。“爹，那我先去厨下刷洗碗具。”顾八代点头看着老大出去了，转过脸让廷锡挨着自己坐下。他有些犹豫，轻轻叹息了一下才开口道：“廷锡，今天爹来给你讲个故事，不，是很久以前的一件真事……”廷锡睁大眼睛望定父亲，不知老人究竟要说什么。正在炕桌边的油灯下为儿子缝补旧衣服的王氏听了眼睛眨了眨，继续一声不吭地做她的针线。

“那还是几十年前，辽东有个世代习武的军官，生的儿子个个高大威猛，武艺高强。偏偏有个最小的儿子从生下来就七灾八病不断。军官见他体质瘦弱，将来难以适应军旅艰苦，就请先生教他习文。小儿子头脑不笨，不久四书五经都已背熟，长到十八岁竟考上了礼部衙门的笔贴士，专管文书抄录。可是好景不长，几年后三藩旧部作乱，他也被派往南下随军平叛。同一营的将士都瞧不起这个文弱书生，嘲笑他手无缚鸡之力还敢上战场找死，只有一个姓蒋的副将与他谈得来，渐渐两人互相熟识。原来这蒋副将是江苏常熟人，早年间家里也是书香门第，不想仗打到家门口，这才弃文从武，投身军旅。于是在军营中，文士和蒋副将越谈越投机，便结为金兰之好。康熙十七年，吴三桂在衡阳匆忙称帝病死后，战局形式对朝廷越来越有利，不少叛军首领都投诚朝廷接受改编。他们所在的队伍也接收了一个姓马的叛将和他带来的几千人马。人们估计仗快打完了，用不了多久就能回到家乡。蒋副将那随军而来的妻子已然身怀六甲……”顾八代偷眼朝廷锡望去，毕竟是个孩子，儿子显然已被这紧张的情节吸引住了，听得入了神。顾八代继续说：“却说这一天黑夜，突然从寂静的军营里传来几声震耳欲聋的炮声，那个姓马的叛将原来是诈降！他带着自己带来的那些人马趁人不防在军营里杀将起来，一直杀到中军大帐。朝廷的将士死伤无数，蒋副将也带着自己部下与叛军交了手。霎时间喊杀震天，军营里一片混乱。最惨的要算那个文士，在营里随着人群胡乱撞着，不知朝哪个方向突围。正在这时，他听见混乱的军营里传来一阵婴儿的啼哭。文士感到惊奇，他循声觅去，发现一个小帐篷里躺着个妇人，已经被惊吓得昏死过去，地下还有一大摊血，旁边有个出生的男孩儿大哭。文士认出这个妇人不是别人，正是蒋副将的妻子，他也顾不得多想，扯下一块妇人的裙布将婴儿包裹了抱起往外跑。好不容易出了混乱的军营，天还没亮，他跌跌撞撞摸着黑向前走。可小孩一口奶水也没吃，哭声渐渐小了，再照这样走下去，小孩也活不下来……”

王氏停了手中的针线。虽然她已从丈夫那里听过多次了，但还是情不自禁地吸吸鼻子，脑中也浮现出那段惊心动魄的日子：

“文士跑到一个村子，已累得筋疲力尽了。他挨家挨户地敲门，恳求家中有妇人的行行好喂喂这可怜的孩子。或许是上天发了慈悲，这孩子命不该绝，他们就这样一步一讨食乞丐似的回到了京城。文士把小孩放在家里由妻子抚养，他自己则不停地往南方写信，也找以前的旧部同僚打听蒋副将的下落，但都没有一点儿音信，好长时间过去了，他们也不知道这孩子父母的死活……”

顾八代低下头，不想叫廷锡发现自己眼眶中的泪水。王氏背过身子，从背影也能看出她的身子在不停地抖动。“后来呢？”廷锡追问着父亲。顾八代没作声，泪水已扑簌簌地落下。王氏再也忍不住，泪如雨下地哭出了声说：“孩子，那文士不是别人，就是你爹。你、你就是那个被捡得一条性命的婴儿……”

“不、不，你们骗人！你们哄我！”廷锡歇斯底里地嚷着，像被人突然刺了一刀。

“孩子，我们没骗你，你确实不是爹娘亲生。你的亲生父亲姓蒋，你也不姓顾，而是姓蒋。你应该叫蒋廷锡！”顾八代这几句话讲得比妻子清楚许多。

廷锡愣住了，呆傻了，脑中一片空白。他不认识似的望着双亲。这时，顾俨从屋外进来，看见哥哥，廷锡停滞的思维被启动了，激活了。怪不得每当在小溪边看到自己和哥哥的身影总觉得两人的相貌一点都不像。同样是吃粗粮谷米，哥哥长得那么结实粗壮，一望就知是个北方男儿；自己却生得白净细挑，带有江南水乡的润泽。原来自己是一个被捡来的孤儿！

廷锡的眼泪终于流了下来，不像顾八代那么强忍悲泪，也不像王氏那么号啕痛哭，而是无声无息地潸然泪下，涔涔泪水不停淌落，将衣服的前襟打湿了一片。他直愣愣地走上前，冲两位老人跪下：“爹、娘，你们、你们瞒了我这么久……你们好……”他突然眼前一黑，栽倒在地，什么也不知道了。

九

张诚和徐日升披着康熙赏赐的猞猁狲皮袍，顶风冒雪骑马西行。虽然天气寒凉，但街上行人来来往往，忙着置备年货，显得十分热闹。从明朝末年的利玛窦算起，西洋传教士来京已有近百个年头，人数也从当初的十几人发展到现在的数百人，所以老百姓对这些洋教士也有些习以为常了，加之京城人向来见多识广，路人们不过偶尔抬眼望望，也就匆忙赶路去了，不像早些年那样对他们围观议论个不停。

前面一队长长的车马挡住了往西行人的道路，再仔细看，马车上也都是金发碧眼的夷人。只不过他们的下巴都留着浓密的大胡子，身上的衣着是同蒙古人有些相似的宽大皮长袍，与欧洲人的窄袖西装不同。张诚对徐日升说："这是俄国人，来华做生意的。今后我们可不愁没处买皮货啦！"徐日升羡慕地说："真快啊，《尼布楚条约》签署不到一年，他们就来了。唉，我们的商人就没有他们这种运气。"张诚突然像想起了什么，眼睛一亮，对同伴说："既然皇帝陛下允许俄国人在他的帝国做生意，为什么就不能准许我们耶稣教会在中国传播福音呢？""对啊，彼雍！"徐日升说，"应该向皇帝陛下提出我们正当的，不、是神圣的要求！""别急呀，罗伯特，这件事由我们直接出面不太方便。你忘了，上次在尼布楚，索三老爷答应过我们的话。"经他这么一提醒，徐日升想起来了，当时和谈已近结束，索额图为答谢两位传教士所做的工作，问他们有什么要求。张诚和他的回答是希望康熙皇帝准许他们西方传教士到中国各地去传播福音。索额图爽快地答应说等有了机会一定代他们向皇帝表明。现在时机正好！"先和布维商量一下。"徐日升说，"他这几天一直没出门，神神秘秘的不知又在搞什么，不会又在写书作传吧？"张诚一笑说："据说这位先生又对中国的天花免疫法起了兴趣，现在他的实验报告应该起草得差不多了。"

"上帝保佑，我终于完成了一项巨大的工程。"白晋指着大书写台上新手稿《种痘概法》，对刚从外面进来的张诚和徐日升说，"这是我花了很大力气搞到的药方。在中国，天花预防接种很普遍，水平也比我们欧洲先进，但中国人并不喜欢向外人透露他们的秘密。我作为一个西洋人，他们称的夷人，要丝毫不差地收集有关情况真是很不容易，太难、太难！为此我送了礼，说了许多好话，并答应不把我在中国学到的方法告诉别人，他们才讲了出来。"然后白晋把接种过程和用药检查的事项大略讲述了一遍。张诚听完，深蓝色的眼睛闪了闪，问："可我还有疑问，那么一丁点疫苗，怎么会使小孩子发出痘疹来？第一次发作后取下的痘苗怎么能在任何条件下第二次还会让人发出痘疹？还有种痘后，孩子发了高烧，理应改变血液成分，但很长时间内疫苗的效力竟没有减弱，也没被驱散，这又是怎么回事？"

"你应该仔细看看我写的这本书，那上面写得更清楚些，不过有些问题我在中国医书上也始终没找到一点答案。但至少有一点可以肯定，中国人给孩子种痘的方法比英国人切开皮肤种痘法好受些，少了很多风险，比较温和。"白晋把大手一摊，接着说，"在欧洲，有的人认为中国医生是无知的冒险家。我介绍中国人给孩子种痘的方法正是说明中国人并不像欧洲人想象的那样忽视疾病防治和医药。”

徐日升摇摇头说：“我不认为他们的医学水平比我们欧洲强。想想今年入秋时皇帝陛下生的那场重病，竟持续了三个月才好，如果让我们欧洲医生给陛下治疗，他就不会忍受这么长的痛苦！”

“我现在还够不上来判断他们医学水平的优劣。”白晋皱皱眉道，“他们的医术用语深奥难懂，一般中国人也难以理解。我有机会读过几本中国医书，我相信，如果把它们译成我们的文字，他们那些关于各种疾病的诊断、症状、药方、药性等论述会使我们欧洲医生感到高兴的。虽然我们对他们是通过何种化学方法获得这么大量的知识一无所知……”

“好了，这些留着以后再研究吧，现在我们有件紧要的事要商量。”徐日升见这个法国人一提起医学就像着了魔似的，说个没完，不得不打断他的兴致。

“什么，让索三老爷给我们耶稣教会当说客？”听了两位朋友的叙述，白晋问。

张诚反问：“怎么，阁下以为这个主意不妥吗？”白晋一摆手：“不，我只是想提醒先生们注意，我们去见索三老爷时不能两手空空。虽然索三老爷是我们在中国遇到的最友好的官员、朋友，但在这个国度不送礼是办不成事的……”“那依阁下之意我们应该准备什么礼物送给索三老爷？”

白晋显得胸有成竹地说：“前日东印度公司给我们教会捐赠了一批数学仪器和几架天文望远镜。数学仪器索三老爷是不会喜欢的，我想挑两个望远镜，再加上澳门朋友带来的法兰西水晶石和咱们教会里的五十枚金币——这些足够让咱们的老朋友去帮教会说话了。”

“你太伟大了，若阿基姆·布维先生！”张诚兴奋地叫出了白晋的法文全名，并上前热烈地拥抱他。

“不，不，亲爱的彼雍，真正伟大的是我主上帝，我们都只是上帝的仆人，所做的一切是为给上帝更好的服务。”

礼物很顺利地送到了索额图手中，他痛快地答应了传教士的要求。这其中除了有物质的利欲，更有索额图那不为人知的想法。其实索额图根本不相信世上真有什么天主上帝，只是在朝内，皇上虽早已罢免了明珠、高士奇等同自己对立的官员，但仍然对李光地、张英等汉族文臣恩宠有加，经常同他们谈经论道，讲着索额图十分不屑一听的什么程朱理学、儒家思想，这不能不使索额图感到威胁与压力。自从接触了西洋传教士，他发现皇上对西洋算法、天文地理乃至西方的艺术、宗教都很感兴趣，于是他便不遗余力想通过这些西洋人转移皇上的注意力，现在看来还真有效！再说西洋人终究是外夷，他们怎么讨皇上喜欢也不会影响索额图的仕途。这种做法不知算不算借刀杀人……

正当索额图自告奋勇地要向皇上启奏洋教士的请求时，浙江却突然发生了震惊中外的杭州教案。挑起杭州教案的是新任的浙江巡抚张鹏翮。他刚一到杭州，就发出指责天主教的通告，要求杭州城内和浙江省内的中国天主教徒退出西洋教。他下令封了该省所有教堂，把他发的通告抄件就贴在教堂门口。这还不算，他竟将教堂里的几个传教士传到衙门，严刑拷打，审问他们是如何获准在城内居留传教的。

张鹏翮这个名字索额图比较耳熟。此人曾在康熙二十七年随索额图第一次赶赴尼布楚同俄使谈判，后因故谈判改期就再也没见过面。他在地方任上察刑名，济灾荒，平冤狱，治理漕运、水利都很有成效。到了康熙二十九年，皇上以他居官颇优，升补浙江巡抚，管理一省臣民。万没想到，这位皇上提拔的新宠臣走马上任的第一件事竟是拿洋人开刀，给传教士一个下马威！

北京的神甫们收到张鹏翮文件的副本一个一个都惊恐不已，愤怒不已。他们向直接管辖此事的礼部提起诉状，要求浙江巡抚停止迫害并释放浙江的传教士和所有天主教徒。礼部审阅完案卷向皇上奏报。康熙却不动声色地将这纸诉状及其他奏章一起交给议政王大臣会议，让他们议定好后再上奏。索额图原以为议政王大臣们一定会顺水推舟，准许诉状上提出的要求。但他想错了，王公大臣们像是商量好了似的众口一词地向皇上奏启先皇有关天主教来华初期时的谕旨，认为事情早有定论，那就是，不应让天主教在中国传播！康熙在折子上的批语是："再议！"

"臣，内务府广储司郎中、苏州织造兼江宁织造曹寅，叩请皇上万福金安，万岁万岁万万岁！"

"阿寅！"康熙望着地上跪着的身着云雀补服、曾陪自己度过愉快而艰险的童年的官员，眼睛放光，马上就要从龙椅上站起来，却在欠身的那一刹那，又觉得这样不妥。他平定了一下神情，环顾四周左右，沉静地吩咐一声："你们都下去吧。"

近侍们退出暖阁。康熙疾步走下御座，一把将曹寅拉起，眉眼间已浸满了笑容，激动地拍了他一下："你这家伙怎么才到？可把朕想苦了！快让朕瞧瞧变样了没有？"说着就上一眼下一眼地打量起儿时的伙伴。

"奴才走的是水路，又赶上漕运督粮，路上就耽搁了几日，让主子惦记了。"

说着曹寅又跪下了。

“不是请过安了吗？”康熙诧异地问。

“刚才是奴才给万岁请安，这次是奴才代娘和全家向主子请安。”

“好，朕受了。孙嬷嬷她老人家还好吗？”康熙关切地问。

“托主子福，奴才娘的身子大体还康健，只是腿脚不如先前灵便了，牙齿也有些松动。刚到苏州那会儿还不太适应，现在好多了。”曹寅站起来躬身答道。

“江南原比北方湿热，嬷嬷更应比在京时注意保养。药还有吗？服完了朕再赐。”

“谢主子惦念，主子上次赏的药还没吃完。娘还说，这些贵重药非她一老妪可服的，还是留给宫里各位主子娘娘用吧，她平时不大服药，糟蹋了怪可惜的。”

“唉，嬷嬷还是老样子。”康熙叹道，又笑着对曹寅道：“你如今也是四品大员了，让朕瞧瞧……嗯，比离京前白了，也胖了，难怪人们说江南水土好，瞧你这面皮倒比原先细嫩了不少。哦，朕忘了，咱们都别站着说话，你把那把椅子搬过来坐吧，离朕近些。”

“……快点啊，你同别人不一样，在朕跟前没那么多虚礼。若是旁的外臣，朕断不会的！”康熙先坐下，笑着催道。

曹寅这才谢坐，眼睛望着皇上，这也是别人所不敢为的。他说：“主子御颜比先前清减了不少，您为国操劳也该注意御体！”

“朕本来就瘦。唐玄宗曾说‘吾貌虽瘦，天下必肥’！只要国家富足，朕甘愿体减。朕问你，你在苏州这两年任上还好？可曾遇到什么麻烦？”

“回主子，奴才差事办得还顺手，他们都知道奴才是从宫里出来的，一应事务还算照顾。只是奴才怕自己年轻不服众，有些积弊不好深究。现在主子又把江宁织造府交给奴才管，奴才诚恐顾全不周，有负圣恩。”

“这两个差事表面上看没有什么，实则是极重要的，所以朕才没派别人。江南必得你这样的亲近之人监守朕才放心。谁让江南那么富庶，文士又多，是非也多。你看朕平日在北京，其实一半心思想的都是江南。”

“奴才明白，江南是国家财税重地，老百姓每年一半的口粮也都出自江南。民谚有云：湖广熟，天下足……”

“湖广不用你管，”康熙打断曹寅的话，“你只给朕看好江浙两省，不论有什么事情，风闻也好，民谚也罢，只要你觉得有内容的，都写入密折详细奏给朕。放心，朕不会让第三个人知道的。文士之中，有贤能者，可留心探访，不论他是满汉、有无功名，只要有才有德，告与朕知，朕自会试用。”

“主子这么说，江南倒像个聚宝盆，万岁又要钱又要人。”曹寅随意地向皇上开起了玩笑。

“你这猴精，竟编派起朕了，离京两年规矩都忘了？找揍啊！”康熙笑骂道，又说：“唉，朕这还不是为了我大清子民。朕知道江南流弊很多，你刚才说以你之职不好校正，朕有体谅你的难处，故特许你密折奏报。以后朕再仔细斟酌，设法扭转！”康熙手抚朝珠，突然想起了什么，问：“苏州城中有传教士、西洋人吗？”

“有，但不是很多。”

“以你看来，他们在地方可还安静？”

“回万岁，据说他们刚到吴地也曾与地方官民，尤其是官宦士绅之家有些许摩擦，现在彼此已熟，倒也相安无事。奴才看这些夷人都遵礼守法，并无过分妄行之处。”

康熙点点头：“朕相信你说的。朕身边的一些西洋人看上去也还良善。只是这张鹏翮并非孟浪之人，奈何如此行事！”

曹寅说：“张大人平日居官清廉，浙省百姓奉为青天。可他不喜欢外夷，说他们是来扰乱中国的。”

“荒谬之人，纯属荒谬！”康熙连连摇头，“朕许他们留居国中，是想用其西洋之技艺为我大清做事。至于他们信仰不同，礼仪之争，自前明早已有之，只要他们不非法妄行，何必强迫其入乡随俗，同我东土臣民一样。”康熙轻叹一声：“唉，张鹏翮做的事让朕丢了脸面，议政王大臣又不能体朕苦衷，明白之人何其少矣！阿寅，你回南方后一定悉心探访，为朕访得些才俊之士，朕当大用！”

曹寅微笑道：“皇上求贤之心奴才知道，其实万岁也不必总将目光投于南方，也许万岁要找的国之栋梁正远在天边，近在眼前呢！”

“你——？”康熙疑惑地盯着曹寅。

“皇上误会了，”曹寅笑着连连摆手，“奴才的意思是诸位阿哥现在已长大成人，万岁何不去锻炼殿下们署理朝政，为国分忧呢？”

“他们……”康熙的目光暗淡了，冷冷说道，“朕之诸子大多才具平庸，难堪大任。比起朕当年来，他们差远了！”

辰正二刻，康熙始进早膳，索额图就在这个时候递牌子请见。犯了牛劲的议政王大臣几次三番地不准诉状，使索额图痛下决心今天亲自面见皇上陈以利害，一定要促使皇上作出最后的结论。

索额图进去的时候康熙用膳已毕。太监们将金杯、金碗、金碟、金匙、象牙筷子一一撤下，重新给摆好香热的代茶饮。当索额图行罢大礼，惊异地发现在皇上左侧的绣墩上坐着一个三十多岁、头带水晶顶子的年轻官员。在索额图的印象里，除了裕亲王福全，还没有人能坐在这个位置上。那人起身向索额图深施一礼道："卑职给索大人请安。"索额图忙谦和地用手相扶，连声说："不敢当，不敢当，你是——"坐在黄龙宝座上的康熙莞尔一笑："你猜猜。"索额图看了半天，无可奈何地说："请万岁恕奴才老眼昏花，记性减退，实在认不出这位小兄弟。"康熙哈哈大笑："你真不记得啦？再好好看看，他就是当年陪朕读书的阿寅呀！哈哈，想起来了吧——""哎哟！"索额图大惊，仔细辨认，果然认出是早年皇上的伴读、在擒鳌拜时立了大功的小侍卫，皇上童年最好的伙伴——曹寅。索额图不住地感叹："原来你是阿寅呀，当年还是个哈哈珠子（男孩子），老缠着我练布库，一晃都长这么大了！唉，我是老喽，我也该老喽……"他又絮絮地客套道："孙嬷嬷好吗？你什么时候成的家？现在有几个孩子？家人都好吗？"曹寅恭敬地一一回复："多谢索相惦记。卑职母亲很好，现家有一子。皇上派我去江宁任织造，今天是来向万岁辞行的。"

索额图知道，曹寅的父亲曹玺，也就是康熙保姆孙氏的丈夫，曾任过苏州织造。官制典章规定，要任织造必须有内务府郎中的资格才可掌印。康熙为了自己这个从小一同长大、情同手足的好友，竟然打破这个规定。看来皇上对曹家真是情深意长，恩泽延续。曹寅又陪着康熙坐了一会儿，就跪安出去了。康熙亲自将他送至殿外，望着他的背影消失在长长的宫街上，才怅叹一声，回转过来。回到暖阁，康熙吩咐给索额图赐坐。太监抱过一个蒙着绣花图案的青布棉垫，索额图谢了恩，依着满洲人的习俗盘腿坐下。

"他也是朕跟前的旧人了，又要去了。朕这些旧臣走了这么多，现在在身边的已所剩无几……"康熙仿佛还沉浸在对往昔的回忆中，目光有些惆怅。他长长叹息一声说："今年舅舅不幸殉国，朕心中十分悲痛，五内俱焚。朕没能保全好舅舅，朕对不起他啊……你呢，索额图，为国事操劳大半生，如今也须发皆白，朕着实很怜惜你！"几句话说得索额图差点落泪。他顺势跪下说："奴才如何敢当！老奴只盼着佛祖保佑我朝江山永固，万岁万寿无疆！"

康熙坐直身子，嘴角溢出一丝苦笑："这话荒唐！人生七十古来稀，朕还从没听说过世上有谁活过一万岁的，只求死时不叫人戳脊梁骨，得以善终，就善莫大焉了！"他顿了一下，又说："礼部的奏报朕看过了，张鹏翮做得是有点过分。他也是熟读圣贤书的人，怎么就忘了圣人教导的仁恕之道呢？如此横冲直撞，蛮不讲理，迟早是要吃大亏的！”索额图心里一动，试探着问：“皇上的意思是？”康熙直言道：“朕看礼部第一次的判决没什么错，应该让西洋传教士在杭州居留，当然，他们只能在他们自己的教堂中行使赞美上帝天主的神职工作，不可引导中国人入教……至于张鹏翮，朕看他也是一片忠心，只是办事不得法，处置不当，其他方面尚无可挑剔之处。朕发他一份密诏，训诫几句也就是了，处分就不必了，他还可以接着当他的浙江巡抚。”

这不是等于确认了以前的诏书吗？索额图咬咬牙，仿佛要舍生取义似的叩了个头，抗声道：“对于礼部的这个判决，奴才还有话说。礼部和议政王大臣都不同意天主教在中国传播。奴才因为办差的缘故与洋教士常有往来。通过与他们的接触，奴才发现天主教教理主要也是劝人向善，并非惑人之邪教。一百年来到华的传教士一直遵守利玛窦的规定，过着并不破坏我东土传统的生活。尤其是陛下登基以来，西洋教士更是为我大清付出不少辛劳。南怀仁神甫在平定三藩叛乱时曾为我大清设计了一种火炮，皇上亲自赐名‘神威将军’；白晋神甫学识渊博，给皇子讲授西洋各门学科技艺细致入微；张诚和徐日升两位神甫随奴才去尼布楚谈判，尽职尽责，出色地完成了翻译工作，并使险些陷入僵局的谈判得以继续。他们这些传教士不图名，不图利，只求允许他们在中国公开传教！前几天议政王大臣通过礼部那个决定后给他们的打击很大，奴才见他们时他们都面无人色，说他们比死了父母还难受。奴才竭力安慰，但他们的痛苦非但没有减轻反而与日俱增，好像对什么事情都失去了兴趣，其情形令人可叹！皇上圣明，对此应有英明决断！”索额图还从没向皇上讲过这么长的话，说完后累得他趴在地上直喘，更显得老态龙钟。

康熙望着虚汗淋漓的索额图，语气中仿佛含着笑意，和声道：“起来起来，难为你这么苦口婆心地劝说朕，若是现在议政王大臣们都在场，怕也不再坚持他们原来的理论了。只是朕有一点不明白，为什么礼部和所有大臣都反感天主教，就你一人支持他们？”

索额图听了心里一惊，偷眼向皇上望去。康熙依然保持着平日的安详与和蔼，看不出一丝不悦。他便说：“议政王大臣为社稷着想，奴才也是为主分忧。奴才原本对天主教也一无所知，更谈不上喜好厌恶，实是通过他们的西洋书籍，才明白了他们的教理是惩恶扬善，非常神圣。虽然议政王大臣会议坚持不赞同他们的教理，但皇上您是一国之君，只要您降下旨意，由奴才去对王大臣们说，奴才想没有人再敢反对万岁爷的决议！”

见索额图这么偷梁换柱地说成自己已经同意，康熙心里非常反感，可也确实有些动容。索额图之言虽然有夸大其词的成分，但也并非虚妄和凭空捏造。想来他是在入宫之前已把要说的话准备过了。但康熙还是不动声色地说："那好吧，你先按你的意思代朕草拟一道旨意，朕再斟酌一二。"

见皇上又把球儿扔给了自己，索额图心里暗暗叫苦，但转念一想，写就写，反正最后还得由你裁定通过！于是他接过太监捧来的纸笔，跪伏于地，思忖片刻，拟了一张草诏，然后轻轻吹干了上面的墨湿，屈膝递与皇上。

康熙将草诏从头看到尾，又看了第二遍、第三遍……然后提起朱笔，将文中称颂天主教教理的几句赞语毫不犹豫地删掉了。然后又看了一遍，掷给下面的索额图。仍跪在地上的索额图已头昏目眩，呼吸沉重。他颤抖着摸过草诏不敢向上看，不知皇上究竟是何打算。康熙却悠闲地拨弄着身旁乌木案上那架洋教士刚进献不久的地球仪，那声音仿佛不是在对索额图说话："你将此诏抄录好后传谕礼部，明诏发往全国。"康熙边说边将那个圆圆的小地球仪搅着飞快，口中也愉快地说："朕想让那个法兰西传教士白晋回他们国家招募一些掌握特殊技艺的西洋人，带回来为我大清效力，不知他肯不肯来？法兰西，这个外邦离我大清太遥远了，在地球的另一侧。他们的国王，叫什么路易十四的，不知是个什么样的君主……"索额图半懂不懂地听着，用干哑的嗓子回道："万岁圣明，西洋外夷视万岁为古今罕见之英主，外夷国王常常遣使纳贡，他们必将视能为万岁效劳为荣。"康熙见索额图业已口干舌燥，发音都很费力，急命赐茶，叫他坐下慢用。等索额图饮了几口茶润过喉咙，康熙才又问："朕派你向尼布楚长官打听噶尔丹向沙俄请兵一事，可有消息？"见索额图又要跪下，止道："坐着说吧，这里就你我君臣二人，没那么大的规矩。"落座后的索额图体力渐已恢复，缓声道："启奏皇上，奴才派人致信询问此事，尼布楚长官复函给奴才，称噶尔丹确曾于去年三、四月两次派人持书致尼布楚，向俄国皇帝请求援兵，共战喀尔喀。但俄人称并未拨兵给噶尔丹。"

"哼，"康熙轻蔑地笑笑，"果然不出朕之所料，前一阵儿你还对朕讲过俄国内很乱，又换了什么新沙皇，现在他们那儿的情形怎样？"

"启奏皇上，俄国确实已更换新沙皇。王子彼得发动政变，率游戏兵将其姐姐索菲亚公主软禁，今年执掌全俄政权，为新一代沙皇，年十七。"

"十七岁，还是个孩子啊……"索额图听康熙自言自语，就又端起茶杯小饮了一口，却听康熙似乎漫不经心地问道："这些日子你去看过太子了吗？"索额图身子一震，手哆嗦了一下，差点把茶杯摔掉，一小部分茶水泼了出来，吓得索额图身子发紧，手脚冰凉。好在康熙眼睛根本没瞅他，并未注意到他的失仪。索额图轻轻放下茶杯，小心地回答：“奴才近来公务繁忙，没来得及过去给太子请安，有失臣礼。听詹事府的人讲，太子已驾临畅春园小住几日，臣想马上去见太子。”

康熙站起身在屋内轻踱了几步，说：“是朕下旨令太子往畅春园移居的。因为近日新春佳节将至，宫里难得清静，太子去畅春园可以静心读书。朕没在京这几天他的功课落下不少。若是换了别的阿哥，慢慢补上，朕不着急。但太子不同一般皇子，他是储君，朕对他的教诲理应比他的兄弟们严格！也许现在他一时还难以理解，将来他自会明白朕这一片苦心的……你是太子的外叔祖，也该时常多敦促他些。”

索额图正在琢磨皇上这几句话的含义，康熙已踱到他近前，听皇上吩咐道：“你今天就去畅春园见过太子，问问他还需要什么衣食用物，适应不适应那儿的环境，回来都告诉朕。如果他不愿住在园子里，可以让他回来，朕不勉强。就这些，你可以跪安了。”

在北京城西直门外十二里的万泉庄，平地里涌出一股股清澈的泉水，泉水日夜不停地向前奔流，汇流于几百顷的丹凌。在春夏两季，放眼望去，碧绿的湖泊和远处苍青的山峦交错着，一片沃野平川中堆秀出海淀这个美丽的小镇。康熙皇帝的避暑行宫畅春园就建在这里。畅春园原是明朝后戚武清侯李伟的别墅，后来经改朝换代逐渐败落。在一个偶然的机会，年轻的康熙出京巡游，路过此地发现了它。他看到这座方圆十几里的园子虽因年代久远而残破，但那高峻的楼阁殿宇、蜿蜒曲折的栏杆和苍天古树、缠绕的苍藤都还保留着，不难找出原来旧园的痕迹。于是康熙降旨内务府和工部，对园子旧址稍加规划测量，依照地势地貌，堆土成山，掘水为池，石砖加固，粉刷彩绘，重新建成一座禁苑行宫。因康熙崇尚节俭，所以这座行宫修得质朴简洁，并不奢华。一些主要建筑如积芳亭、瑞尔轩、式石斋、绮榭等都造得质朴无华，看不出些许奢丽的迹象。

太子的书斋在园子中部的东南，取名无逸斋。这个名字是康熙起的，包含着他对太子的无限期望。为了让太子时刻不忘民间疾苦，康熙还令人在无逸斋的四周种上许多庄稼，真可谓用心良苦！

索额图去时已是午后申末时分，临近无逸斋，就能望见四周那片面积不小的田地。只可惜现在是冬天，田里光秃秃的，只有水沟里几株枯黄的残草在无力地挣扎着，望去十分荒凉。索额图不知今秋这里能收获多少五谷，也不知明年春天会播种下哪些粮种。他沿着田间小路迤逦行去，心中陡然升起一种空落落的凄凉……

索额图刚进斋内，一股呛人的烟味迎面扑来，他本能地挥手扇开，透过灰蒙蒙的烟雾，看见太子胤礽正半卧在暖炕上，双手托着一只尺把长的乌木杆旱烟吸得正欢，那样子慵懒、安逸、满足、委顿，却没有半点皇位继承人的精勤振作！他怎么瞒着我学会了这个？索额图十分惊怒，但还是按照礼仪给太子请了安。见是索额图来了，胤礽立即坐直了，手中却还举着烟杆，笑道："叔姥爷来了，难为今儿这么冷的天您还老远地过来看我，快赐座，上茶。"索额图没有马上坐下，对胤礽一躬身说："老奴有几句话想劝谏太子。太子正值青春韶华，不可过早染指此物，此物不仅对身体无益，更能消磨人的性情，最是要不得的！"胤礽却只是无所谓地笑笑："就这些吗？那我听您老的话，往后不吸就是了。"可话刚说了半句，又把旱烟衔在嘴上，吸了一口，说："其实我也听人说过，皇阿玛小时候养在福佑寺，几岁年纪就跟着保姆学会了吸烟，算来父皇那时可比我小多了……"索额图眉头立时拧了一个结，怒然说："那是皇上年幼无知，后来登基后皇上马上将烟戒了！直到现在三十年了，我都没见他吸过一口烟！太子如能有皇上这种毅力，将来准保能成就一番大业！"

索额图是胤礽生母赫舍里氏的叔叔，对于太子兼有臣下、长辈、师傅等多种身份，所以在王公大臣中他同太子的关系算是最为亲密的，说话也不像别人那么有所顾忌，言语较直。他冷着脸将康熙的话向胤礽复述了一遍，又向四周瞅了瞅。胤礽见索额图这副神情，知道他必有密语相告，便冲左右挥了挥手，几名服侍太子的太监哈腰低头退了出去。

屋中地砖下纵横交置的旺盛火笼和地面上冒着香烟的铜熏笼使索额图感到暖和，呛人的烟气却使索额图的嗓子涩痒难耐。他在胤礽对面的黄花梨透雕璃纹玫瑰椅上坐下，大口地喝下半杯茶水，抵挡住就要发作的咳嗽。心里又气又急，恨不得将太子那杆旱烟扔出去。胤礽却依然在叔姥爷面前吞云吐雾，仿佛比刚才吸得更卖力了，样子还很得意。见屋中没有外人，索额图也就不那么客气了，他放下茶杯，说："奴才现在要说的话可不怕太子不爱听，咳、咳，依奴才观察，万岁近来对太子的行止十分不满。殿下不但落下许多功课，起居生活也比过去懒散了许多。所以一些本该交由殿下去办的差事皇上都没放手，像迎佟国纲灵柩进京，皇上就没派殿下，而是派了四阿哥。"胤礽不屑地撇撇嘴，心想这老头儿怎么把我跟老四比？他算什么，又笨又倔，兄弟里最提不上的一个！他又吸了一口烟，嘴微微一合，冲索额图吐出一口浊气，把老头呛得又咳嗽了半天。这个效忠太子的老臣好不容易直起身，眼睛鼓得乌圆，用手指着胤礽责道："唉，我竟不知平时张英徐元梦他们这些人是怎么教你的！还有那个李光地，在皇上面前讲起话来一套一套，没他不行似的，他也是奉旨督教之人，这会儿也正事不理，都是干什么吃的！我的太子殿下呀，人家这会儿都对你有议论了，你倒在这儿……咳、咳，你怎么还抽！”

胤礽的脸也挂不住了，“啪”地扔了旱烟，像小孩似的把嘴噘起老高，气鼓鼓地说：“我知道我笨，是皇阿玛不争气的儿子，打小儿不招人待见，又不会像大哥那么会来事，明明受了人欺骗，自己还像傻子似的看不出来。现在居然落得连个老四也不如！老四，哼，四阿哥……”

看着他的样子，索额图又鄙视又可怜，他将火气向下压了压，为了不再伤太子的面子，他尽量用一种和缓的语气说：“太子不要这么讲，奴才这也都是为太子着想，所言或有不当，尚请太子海涵。谁都知道太子天性聪颖，皇上督责虽严，终究还是一片爱子之心，望子成龙！奴才记得几年前，太子在书斋写了副对联：‘楼上饮兴因明月，江上诗情为晚霞’，当时奴才就在场，记得清清楚楚，太子这副对联把皇上喜欢得不行，高兴地对奴才说了很多，不但夸这副对子裁对工稳，用古入化，还跟奴才说，殿下的骑射、言辞、文学，无不及人之处，乃可造之才！奴才以为太子现在缺的就是个‘勤’字，如果稍加努力并且持之以恒，太子将来一定不比万岁爷差！”

胤礽一听这话，脸上的模样才有些缓和，他抽了一下身子，歪着脑袋似笑不笑地问：“为什么？愿闻其详。”

见太子情绪已经好了，索额图当然不会放过这个进谏的大好机会，说：“你父皇当年亲政时才十四岁，除鳌拜那年也只有十六岁，比你现在尚小一岁。但他当时表现出的那种沉稳果敢，心胸胆识，就是一般大人也难做到！这都是皇上平时注重自己修身养性的结果。还有今年刚继位的俄国彼得沙皇与你同龄，现在都掌管一个幅员辽阔的帝国了。据说这小毛子很不简单，很有些魄力，太子将来继位，想想是不是人家的对手！”

索额图说了不少，但只有最后半句话在胤礽脑中激起微微的波澜。他面又动容，但却很不快地说：“皇阿玛同那外夷小沙皇都是君主，可我现在只不过是个皇太子，有什么资格同他们比！当年父皇八岁就登基为帝，可现在我都快十八了，连一件小事也不能独立决断，整日这么提心吊胆、缩手缩脚，日久天长，又同别的兄弟有什么两样！”

索额图望着这个不争气的外孙，真有点泄气。他严厉地说：“太子以为这样别人就会可怜你吗？你不比你父皇当年，只有兄弟三人。皇上如今就有十几个阿哥。太小的现在还看不出什么，从八阿哥往上数，有几个是省油的灯？将来谁肯真心臣服你！如果你自己不能自强不息，只是怪这个怨那个，就是现在让你当了皇帝也不顶用！”索额图说着又朝门口望了一眼，低声告诫道：“汉人的儒家思想想来有他一定的道理。修身，齐家，治国，平天下。修身乃万事之基，望太子时刻牢记。”他继而用更低的几近耳语的声音说：“八月份你同三阿哥去看望皇上病情时怎么那么高兴？别当我什么都不知道！不要再胡思乱想，打你父皇身体的主意。告诉你，你看他表面好像没有你二伯健壮，其实身子结实着呢！耐心等着吧，总有一天，天下迟早是你的！”

第三章　初现裂痕

一

从腊月二十三过“小年”开始，京城的百姓就为过年忙活开了。祭灶，扫房子，蒸馒头，贴挂春联福字，置备年货。商家们早把各种年货码放在摊铺前最显眼的位置上。从过年必备的各色饮食：花生瓜子、南糖蜜贡、江米、冰核，到特别吸引孩子们的风筝、风车、泥人儿、陀螺、炮仗、面具，还有各色珠宝漆器、衣裳绫罗。汇到一起，林林总总，五光十色，驱赶着阴沉寒冷的冬日，喜迎新春的降临。到了大年初一，京师各处，无论满汉聚集地、东西南北城，家家户户祭神祭祖，人人新衣新帽。一家人按长幼次序拜贺新春，吃年糕、团圆饭。连最穷的人家也要倾家所有，包一顿素馅饺子。鞭炮声更是噼噼啪啪不绝于耳，在天空中爆响，将节日的盛景引向高潮。

初三清晨，因上书房停课而放假的胤禛，在外祖父卫武、亲随太监赵狗子，还有几个护军侍卫的陪同下，出正阳门西行不远，来到这个他心仪已久的热闹集市——琉璃厂。胤禛头戴一顶黑狐皮缎帽，衣着紫貂皮翻毛外套，腰间别着一把防身用的小神锋刀，下摆露出黄色的穗子。并列其旁的就是父皇赏给他的那个小白马图案的荷包。荷包里鼓鼓囊囊装满了皇上、太后、母妃们赏的小如意、小金元宝。胤禛的这身打扮使他显得比实际年龄大，俨然是一位高贵阔绰的富家公子。侍卫太监们都是一般仆从装束，他们不能、也不敢修饰得过于显眼。

登上琉璃厂南北方向那座汉白玉石桥，东西街道便尽收眼底。桥东街道较窄，店铺也不多，主要是些补牙的医铺和中药铺，以及一些大大小小做装裱、雕印、刻版、镌碑的作坊。桥西逐渐宽阔，一些主要的书铺、笔铺、南纸铺均集于此。各种临时搭制的书画摊棚数不胜数。绘着“西游”“水浒”“封神”等人物故事的绢制小灯、各式各样的琉璃罩灯千万盏汇在一起，挂在摊棚顶上，形成一条晶莹璀璨的彩链。人山人海蜂拥蚁聚，香车宝马络绎不绝。胤禛眼睛都不够用了，东停停，西看看。游玩男女的欢声笑语与各种叫卖年货的声音交织着传入耳中。卫武和随行侍卫可没有心思观赏这人间美景。他们将小主子紧紧夹裹在中间，眼睛警惕地向四周扫视着，生怕川流不息的人群挤碰了这位微服出行的皇子。

琉璃厂里文房四宝、碑帖字画真多，真全！那些经营古书画册的店铺一家挨一家，鳞次栉比，要想把这些店铺都看一遍，只怕三天也逛不完。胤禛只在那些卖墨壶、镇尺、试笔的零散摊子周围转看。他不想买什么，宫里的文房四宝要比这儿卖的精美华贵得多。但看着近旁士子与摊主交流砍价，探讨着什么白折子质量的好次、元宝纸的粗细、松烟墨与油烟墨的区别，也觉得十分新奇有趣。因为宫里面的师傅从没讲过这些。看，那边一位老先生正在挑选毛笔。他先将笔尖点入唇内，轻轻一嗑，拖出后等了会儿，再用拇指和食指把笔锋捻成扁平状。他为什么要这么做？判断毛峰优劣的标准究竟是什么？胤禛看了半天也没搞明白。环顾左右，随从中除了卫武外都大字不识。望着街上来来往往、搭朋结伴的人流，胤禛真有些羡慕。现在自己身边虽然有这么多人陪着，但总觉得缺了点什么……唉，要是能有个学识渊博的同伴陪着就好了，跟这些太监侍卫有什么好说的！善于察言观色的赵狗子见小主子步履变缓，目光也有些心不在焉，以为他走累了，试探着问："四爷乏不乏？前边有个酒楼，咱们去那儿歇会儿？"

胤禛厌恶地斜了他一眼："你以为我是纨绔子弟、酒肉之徒吗？去那种地方，亏你想得出！你不嫌脏，我还怕不干净呢！"对这种责骂，赵狗子早习惯了，知趣地闭上嘴，不敢再多说一句。卫武说："奴才以前来过这里，隐约记得桥东头一溜摆着不少书画摊子，四爷过去瞧瞧？"胤禛点点头，移步向东行去。

东面不远街面豁然开朗，一个小广场就藏在里面。这里果然是别有洞天，不但比外边街面上人少清净，摊棚也搭得疏阔有序。有卖春联福字的，卖门神桃符的，更多的是书画摊子。胤禛六岁入上书房读书，宫中各殿内的墙壁上均挂有各朝名人字画，案头陈设也尽是古籍文玩。在这耳濡目染之下，他对书画鉴赏也略知一二。看摊上所列挂的画轴，大都为仿各朝名门之作，其中又以宋元时人为多。什么米芾的云山烟雨、刘松年的仙山楼阁。这些画的笔法谈不上精湛，用墨也很一般。因是临摹之作，大多显得有些呆板，没什么创意，更不要说生动。但因正值年节，还是有不少富家阔少在摊子前纷纷掏银子争相购买，以附庸风雅。

就在胤禛无聊得正欲离去之际，一个小侍卫突然在身后惊怪地叫道："嘿，那是谁家的驴？赶车的还是拉粪的？怎么跑到这儿来了！"循声望去，可不是，在不远处一棵杨树下拴着头毛驴。这驴可够老的，稀疏的毛，低垂着长大的驴脸，脏乎乎的尾巴，地上还稀稀拉拉撒了好多黑驴粪，真挺脏的。就在这个拴驴树的旁边，有个用草棍歪歪斜斜支起的画摊。这破陋的小画摊与那些张灯结彩、幡带高飘的大铺棚相比太不显眼，也太不协调了。就像在一片珠光宝气的人群中突然混进一个乡下人。胤禛心里一动，往那边走去。等走近才看清，摊子后面站着一个少年。他的脸冻得发青，站在那儿又搓手又跺脚，从脸上焦急的表情看好像还未开张。他也不像别的摊主那样大声吆喝，嘴偶尔翕动一下，又赶快把头低下，很害羞的样子。就连看到胤禛他们来到他摊子前，也是愣了片刻，只从脸上勉强挤出一丝并不开心的笑容，算是和客人打过招呼。胤禛粗略地览过摊子上的几幅画，问那少年："这画可是你家大人画的？"

"不，公子，都是小人所绘。您瞧瞧——这里还有我草书的中堂、条幅、对子，公子不挑几幅回去吗？"原来少年会说话，还是一口纯粹的京腔。

"你画的？"胤禛重新将少年打量一番。见他穿一件很旧的很不合身的布棉袍。清秀的、带着局促与羞涩的脸上，有一种文人特有的书卷气。目光朗朗，不像是一般贫寒百姓家的孩子。他为何要到此卖画？是家中出了变故急等钱用吗？看他的手都冻开裂了，嘴唇冻得青白，单薄的身子像一片飘零的树叶。以前没有见人以这种样子出现在自己面前的胤禛一时心里突然有些发软，对这个与自己年龄相仿的少年产生了一种既新奇又怜悯之情。然而他没有直接答复这个也正在一直观察他的摊主，脑筋一转，却问对方："你这里有笔吗？"

"有，公子要用？"

"不，我要你现在给我书几个字，行吗？"其实这是胤禛想测试一下少年摊主，看看这些书画是否真是他作的。如果他骗人，我就走我的路，才不管他呢！"哎，等等，"胤禛把自己握着的银丝小手炉递给少年，"你先暖暖手吧。"

少年的双手渐渐恢复了原有的红润。他提笔在手，问客人："请问公子欲书哪几个字？"

嗯，看他这架势，倒不像蒙事的。胤禛暗想，道："好，我念，你来书。听好：潇洒松年画，丰神迥不群。松杉相间秀，风水自成文。柔橹轻随浪，苍山半入云。超然三岛境，何处得尘氛？"

少年将这首诗写好，放下笔，脸上第一次露出欢欣的笑容："这种题画诗只有与画相配，才有意趣。"

"不错。不过我这诗中虽有画，却难配画，尤其是与刘松年这种大家山水匹配。来，我看看你写的。"胤禛低头凝神静观之际，卖画少年又飞快地将他打量一番：好阔绰的装束，还跟了那么多健仆，一定不是寻常人家的后生。但这个少年买主既没有商家子弟的油滑，也没有官宦子弟的骄矜，举手投足间显得文雅有礼，大方而端庄，他是谁呢？

“有句话恐要得罪，你这字……似不如你的画精熟。”

“公子果然眼力不凡，家父也曾这么说。”少年抬起右手，“况且这笔也并非上乘，实属胡乱涂鸦，让公子见笑了。”

“我并没说你是涂鸦之作，只是觉得你的丹青技艺稍长于书法，你怎么反怨起笔来？我看你用的这支笔锋紧毛细，怎么就非上品？”胤禛忘了这是在宫外，跟小摊主较上了真儿。

少年却笑了，“公子请看，”他也像刚才那老者那样嗑笔入唇，抽出之后把笔捻成扁平状，细心地介绍，“这是我们常用来品评笔锋的办法。从此处看毛锋平齐者为上品，而我用的这支笔毛锋参差不齐，系书家所不取，绝非上品。”

“怎么不去换一支？”

一句话触动了少年的心事，他脸一红，没吱声。看他神色不对，胤禛意识到自己说话有些唐突，忙说：“我不要条幅和对联，就把你画过的画都摆出来我挑挑。”

“好。”少年转身从后面那头老驴的背上搬下一个旧柳条箱，打开，小心地抱出一卷卷水墨丹青。那些纸都很粗糙，有的已经泛黄，还有的上边已起了毛边，一律都没经过装裱，怪不得无人光顾。胤禛把每卷画都展开细赏，最后挑出几幅他认为精妙的花鸟短张说：“这几幅六尺小幅倒还新趣，我要了。”

“这几幅山水您不再瞧瞧？”少年完全没了刚才的局促，向客人推荐起自己的画作。

胤禛一笑，说：“我不懂画技，所言不当，请勿笑话。我看这几幅山水，似乎是你临摹他人之作。刚才我在别的摊上也曾见过。恕我直言，大凡模拟之作，形似虽易，神似却难。师其意而不师其迹，乃真临摹。若拘泥食人残羹，入了窠臼，再好的画作也成了愚俗之物了。如何？”

“哎呀！”少年惊叹一声，恭敬地冲胤禛深施一礼，“小人今日可算遇到知音了。小人平日虽在书中也读到过类似之说，却未有公子这般简洁精辟，一语中的！让公子见笑。小人本无宗无派，也未曾拜师，刚才您挑的那几幅花鸟小品，倒是我信笔涂画而没有临写前人的图章。”

“这就算好的。无师无派，不刻意雕琢，少了拘束，将来若能在画坛自创一条新径，成一大家也未可知！”

少年见这买主如此赏识他，激动得睫毛瑟瑟发抖，眼睛闪闪发亮，口中却不知道该说什么。跟随胤禛的侍卫们还是头一次见四阿哥这么赞赏身份低贱的人，互相望望，都露出不可理喻的神色。赵狗子凑到胤禛近前小声说："四爷，时辰不早了，咱们该回了。"

"讨厌！"胤禛皱起黑眉狠狠瞪了他一眼，不高兴地说，"要走你们先走。我要了人家这几幅画，还没付钱呢。哎，卖画的，你说个价吧。"

少年又愣住了，搓着手嗫嚅了半天才吞吞吐吐地说："我，我第一次入市，不懂行事，蒙公子错爱。您若真有中意的，就随便赏几个小钱吧。"

胤禛听了想笑，却故意将脸沉下。他默默从荷包里掏出两个梅花形的小金锞子，掂了掂，和悦而爽朗地说："我同你一样，买东西也是大姑娘上花轿——头一遭。这个你且拿去，值与不值你自己斟酌。若少，我再补。"

少年还是头一回见到这明晃晃的金子，他惊喜地颤抖着从胤禛手中接过金子，摸看了半天，却又老老实实地将金锭递了回去，说："小人今天可是遇到好人了。不过这些画就是都取走也不值这么多啊。我不敢贪利，请公子赏几个散碎银钱吧。"

胤禛面色一沉："刚才你还说你不懂行，这会儿怎么又自定画价？我没有铜子儿。不过我可以再挑你几幅画，省得你心不安。"旁边的赵狗子一边收拾画卷一边对小摊主说："你就识趣点儿吧，我家小爷从不接收回头物。今天算你造化，可碰上贵人喽！"

"你每天都在这儿摆吗？"胤禛问。少年摇摇头："偶尔吧。公子如果信任小人，可否告知尊府地址？我可将画送去，以免您劳步。"胤禛一听就笑了，自得而又半开玩笑地说："我住的地方你可找不到，找到了也进不去，除非……对了，你家住哪儿？我可以派人去你家取。"少年扭过头默默看了那头毛驴一眼，清亮的眸子上蒙了一层伤心的雾，仿佛一下变大了几岁，心事重重地说："我……我没有家，隐于山林，寄人篱下……"说完这几句，他就匆匆收拾了散画，解下老驴的缰绳，冲胤禛抱歉地笑笑，"我还有事，请公子见谅，少陪了。"说完就牵着毛驴大步向西，很快隐没在人丛中。胤禛向着少年远去的方向伫立了良久，失望地叹了口气："我们也走吧。"

卫武是胤禛的外祖父，平时看四阿哥对其他皇子兄弟都没如此深谈过，今天却对一个卖画的这么看重，大加赞赏。他提醒说："奴才看刚才除了殿下并没人买那小孩的画，他会不会是骗子？尤其是他最后那几句话，怎么听着不大对劲儿，像江湖大盗的口锋。"

胤禛停了脚步，冷冷地盯了卫武一眼，口气酸刻地说："您老可真不愧是护军参领，把谁都看得这么厉害。他的画没装裱，纸又糙，却能无师自通，画很有情趣，也算个人才。可惜只谋此一面……回头我叫如意馆的师傅们给鉴定一下。对了，赵狗子，我叫你打听的事你都打听清楚了吗？""回四爷，"赵狗子用难听的公鸭嗓说，"奴才已打听好，顾大人家住西山丰草村，离城有二百里。""西山，骑马去不算远。"胤禛抬头看了看天空，说，"明天，不，还是后天吧，让他们这拨人歇歇，再换几个人，跟我去一趟。"卫武听了不禁劝道："天寒路远，转过年顾大人还会入朝，殿下何苦受那个累。""看顾师傅这样的人，就是再远的路也要去！"胤禛头也不回，直步向前走着，固执地说。

卖画少年蒋廷锡，牵着老驴，骑一段走一段，走到海淀镇时已过了晌午。他从衣襟里摸出一个大钱，买了口饼子胡乱充饥，就直奔东横头条的汇源当铺。可是两扇黑漆大门紧闭。廷锡不管不顾，找着大门就用力拍打，可拍了半天也没回应，没人出来。他停歇片刻，还待敲时，背后一个苍老的声音叫住了他："别敲了，没有人。"廷锡回头一看，是个过路的老者，忙问缘故。"你没瞅见这条街的商号店铺都关门了呀，要到初五才开门迎客。这是规矩。快回家吧，年轻人。初五你再过来，就有人了。"老头热心地讲着，闪烁不定的目光却在廷锡身上不住地扫来扫去，廷锡居然没觉得可疑。他毫无戒备，从怀里掏出那两个沉甸甸的小金锞子，问："老伯，您老见多识广，能帮我看看这东西是真货吗？"老头眯眼瞅了半天，抱歉地笑笑："哎呀，这我可不好说，看样子倒挺光亮的，谁知是不是真货。赶明儿你去这镇子北边的那家银庄问问，他们专管银钱兑换的事，可以给你分辨真伪，称斤两，定成色。""谢谢老人家。"廷锡收好金锞谢过老头，牵驴去了。走出好远，老头突然又追喊了一句："你可把它藏好啊！"廷锡下意识地摸了摸放金锞的地方，方放心而去。

廷锡毕竟太年轻，他听不出老头那关切的问话里隐含的探问，也没看出那慈祥面孔背后隐藏的奸恶的目光。他不知道，这个老头竟是附近地界上的一个强盗头子！因为过年，他们的"买卖"已经好几天没开张了。今天居然碰到了目标，还是个孩子。所以老家伙亲自出马打探，以便瞅准时机下手。

再翻过前面那座山，就能望见自家的小院了。廷锡气喘吁吁地爬上山，却不知道危险已向他慢慢逼近。他松懈又疲惫地坐在一块大石头上休息，起身时吓了一跳！脖子上不知什么时候被一个冰凉的东西顶住了，是刀！天啊，不知打哪儿冒出几个黑衣黑靴、黑布蒙面的家伙，都身高体壮、手持钢刀，像一群恶狼围住了猎物。这些家伙连"此山是我开，此树是我栽……"几句惯语都不说，上来就恶狠狠地说：“要想活命就快把东西交出来，快点！别耍滑头！”廷锡哪儿见过这阵势，浑身颤抖，连自己答了句什么都没听清。

“什么，不知道？别他妈跟老子装傻，爷爷早就跟了你半天了！”另一个长着络腮胡子、好像小头目的强盗心急，吩咐手下，“少跟他啰唆，搜搜他身上，我就不信他还能藏哪儿去。”一个强盗过来，在廷锡身上胡乱翻摸起来。

“找到了，妈的，就这两块，老蝎子跟我们说时还以为他有多少呢，就他娘的这点货还不够咱们兄弟塞牙缝的！大哥，”那人一把揪住廷锡，叫过络腮胡子，“我看这小子也没什么用了，废了他算了。”络腮胡子又凑近廷锡，鬼模鬼样地瞧了瞧：“行啊，瞅这小子瘦里吧唧的，卖了也没个好价，还不如处理掉……”他话音未落，就听：“阿弥陀佛！”头顶炸雷般一声大喝，但见一个土黄色的身影从天而降，将众匪和廷锡都吓了一跳。此人竟是个身披袈裟、头脑瓦亮的高大和尚。这和尚粗眉大眼，长得很像鲁智深，却没有鲁达那般鲁莽。他抬起蒲扇般的大手向众匪合十道：“阿弥陀佛，欺负幼童，逼虐生灵，仁者不取。今贫僧痛见，奉劝诸位悬崖勒马，早停罪孽，否则大劫不远！”那伙匪人先也吃了一惊，后见他只说不动，以为他技不过此，大概没什么功夫，纷纷狂妄地嚷道：“管闲事的秃驴，活腻歪了吧！既是你自己来找死，爷爷就把你一块儿捎上！”于是有几个强盗抽刀就要上。“阿弥陀佛，罪过罪过。”和尚念了一声佛，运足丹田气，大吼一声，就见人影飞动，刀光闪闪，“嗖、嗖、嗖”好几把刀都飞出老远，接着就是几个强盗“哎哟、妈呀”的惨叫，他们还没看清楚怎么回事，都已被打得屁滚尿流，方知遇到高人，慌乱地丢下金子，连滚带爬地逃走了。

和尚把两块金锞交给廷锡，叮嘱道：“小施主，收好吧，下次出门可要当心啊。哦，起来起来，不要如此。”他把满面是泪、拜倒在地的蒋廷锡从地上搀扶起来，说：“你家离此可远？要不要贫僧再陪你走一程？”“多谢师傅，我家不远，翻过这座山就是了。”和尚听了展眉一笑：“如此说你我还是同路，看来咱们有缘啊。”“您是哪个寺的，师傅？您功夫真棒，能教我几招吗？”危险过后，廷锡又恢复了少年的活跃。和尚咧开大嘴笑了，那样子如同一尊慈眉善目的弥勒佛：“山门离此不远，跟小施主也算邻居吧。贫僧可没什么功夫，不会教也懒得练，只要能吃饱喝足当个游方僧就是一大造化了。哈哈哈。”和尚很快乐，又正色告诫：“记住，小施主，以后一人出门一定要当心，万不可轻信陌生人啊！”听了这话，廷锡心中酸甜苦辣，百感交集，一颗年少的心竟生出几许苍然。是啊，路有千条万条，平坦泥泞；人也有善恶忠奸，形形色色。那么今天，用金子买我画的人又是谁呢……

二

大年初五，顾八代在自己的书房里翻阅着史书笔记，准备开学后的新课。夫人在厨下咣咣咣咣地剁馅儿，听着怪闹心的。突然，一阵雨点似的敲门声又重又急地响起。大过年的，谁会在这个时候来呢？顾八代疑惑地出屋打开院门，就见两名穿戴齐整、挎着佩刀的戈什哈肃立在门外，一齐向他打千道：“顾大人吉祥，奴才奉命禀报大人，四爷立刻就到，请大人赶快准备相迎。”“啊？殿下！”顾八代惊呼了一声，忙问，“二位可知四爷是如何找寻到我这儿的？”两名戈什哈互相望望一笑：“四爷何等人也，想到大人这儿来还不容易！今儿是四爷学假的最后一天，特意一大早出宫看望大人，大人赶快预备预备吧。”“好，好。”顾八代应答着，却不知怎么“预备”。进屋去叫了夫人儿子，从柜内胡乱翻出几件衣服换了，出到院外，十几匹马已从小路飞驰了过来。为首的那个骑白马、身披雪青大氅的气宇轩昂的少年正是四阿哥胤禛。胤禛跳下马，将鞭子扔给下人，大步走到一排跪迎的人前，先扶起师傅。他显然有些过意不去，说：“先生何必行如此大礼，学生今日来就是给您拜年的，只是事先未曾与您打招呼，让先生受惊了，我还应给您赔罪呢。”顾八代激动得气息不平地说：“臣如何敢当……”胤禛又走到王氏面前，亲切地叫了声：“师母。”却没有用手相搀，虚抬了一下手说：“快快请起，师母，您这么大年岁，外面风寒，当心着凉。”王氏颤悠悠地站起身来，冲胤禛福了几福，看这个相貌端庄、举止凝重的年轻人——丈夫时常提起的四阿哥，心里也暗暗赞叹。

胤禛又把顾俨扶起来，笑着说：“令郎长得可真像师傅啊。是大公子吧，这位二公子……”当他扶起蒋廷锡时，四目相对，都大吃一惊，二人同时呆住了。不过胤禛很快恢复了平静。他转身对后面的侍卫吩咐：“我在这里歇坐一会儿，你们不要进院，也不用在此守候。现在你们先去海淀镇上吃饭，两个时辰后我若不来，你们再到这里接我。路上不要惹祸，听明白了吗？”赵狗子问：“主子不留他们，奴才一人进来侍候？”“不用，你随他们一起去吧，把我的马拴好就成了。”“殿下，”顾八代不放心地说，“还是留下几个人护驾吧，他们都走了，恐与殿下不便……”“不妨事，先生。”胤禛和悦地说，又冲赵狗子喝道，“怎么还不走，想挨鞭子吗？”他不想在身边留一个从人，尤其是这个赵狗子。因为宫中有制，若皇子在宫外一言不谨、一事不当，这个无品的“监察御史”就会向皇上和太后汇报，那就绝没有皇阿哥的好果子吃。现在赵狗子就是这么个角色，所以胤禛很烦他，今天执意要甩掉这个讨厌的跟屁虫。他连声催促道：“你们都马上给我离开这儿，快走！不然别怪我不客气！”赵狗子不敢再别扭，把四阿哥的马牵进院子，在一棵树下系好，乖乖地离开了。

被请进大屋后，刚才还满面春风、有说有笑的胤禛心头猛地一沉，霎时变了色。这就是官居三品的礼部侍郎的家吗！会客的明堂与寝室合二为一，正中悬挂的中堂福字已褪色，右墙是炕儿，还有灰黑的大柜、暗红的扣箱，都很陈旧；左墙的书柜木头已经糟朽了，很危险地紧贴在墙壁边，仿佛再也不堪重负似的。官宦人家里常摆设的隔扇、博古架一概没有，连最常见的几凳也是无任何雕饰的粗木，同乡下的农民没什么区别。

“想不到先生竟清贫如此……”沉默良久，胤禛叹道，脸色深沉，仿佛一下长大了几岁。

“四爷请坐，臣给四爷沏茶去。”顾八代打断胤禛的感叹，叫过两个儿子，“俨儿、廷锡，你们先陪四爷说话。”

那卖画少年就是廷锡喽，怎么容貌与师傅、师娘不大相像？胤禛在一张太师椅上坐下，又好奇地将二位公子仔细打量了一番。本来廷锡平时比哥哥大方，今日却显得怯生生的。顾俨更是个羞怯的男孩子，平时话就很少，现在更是低着头，瞅也不敢瞅皇子一眼。一时间屋里有些冷场。这时顾八代端上一杯茶水呈与胤禛，说：“这茶是去年元日皇上赏赐老臣的西湖龙井。老臣无颜享用，一直珍藏至今。这茶杯虽旧，却无人用过，四爷将就着使吧，都是粗拙物件，怠慢四爷了。”

胤禛接过茶来：“先生怎么如此客套，我又不是生人，您再这么多礼我可待不住了。”说着他拿起盖碗试着饮了一口，冲顾八代一笑，“先生这茶保存得真好，味道一点没变，水也正好。”

“四爷茶用得香，再尝尝这个，年里头讨个吉利。”王氏捧着一个大食盒笑盈盈地进了屋。她打开盒盖，里面盛着柿饼、核桃、花生、枣儿、栗子等几样干果。胤禛随意地尝了几样。王氏见皇子这么随和，十分高兴，又热情地邀道：“今儿破五,四爷若不嫌弃，就在臣婢家吃顿饺子吧。”“好啊，就只怕我留下后师傅全家该吃不饱了。”胤禛说了句玩笑。他现在已渐渐淡忘了自己的身份，愉快地融入这个家庭中。“对，我怎么把这个忘了。”胤禛拍了一下脑袋，从腰间的荷包中掏出两个“岁岁平安”的小金锞子，叫过顾俨和廷锡，说给两个公子拿着玩，还直说来得仓促，没预备什么，礼太薄了。又问他们都多大了，读过什么书，兄弟两个望着父亲的脸色，叩头谢恩，老老实实地作了答复。

“他们生性腼腆，没见过大阵式，让四爷见笑了。”顾八代对胤禛说，又眨眼示意夫人出去。见两个孩子还在左右垂首侍立，喝道：“好不懂规矩，还不退下！”

“不必，先生，就让他们在这儿吧，我还没怎么跟这哥儿俩说话呢。”

“殿下之意老臣理会，臣是说贱内一人在厨下人手不够，让他们过去帮把手。”

“怎么，先生家连下人也没有？”问完这句话，胤禛马上在心里责备起自己，“你怎么这么没眼力，师傅家这样子哪里雇得起下人！”

“倒有几个小厮，可都是小孩子家，干不了什么事。廷锡，你们去吧。”

望着两个衣着朴素的少年出门的背影，胤禛咬了咬嘴唇，沉默半晌，缓缓地问：“先生也是望五的人了，两位公子将来的路，师傅可曾想过……”

顾八代听出四阿哥这话的深意，抚着已经半秃的前额，说：“按说老臣将来的荫封应该让老大授袭，可若以才华论，老二更出色些。唉，保不准廷锡将来比他哥哥更有出息、有造化！”

看来我没看错他，他果然可值一交！胤禛暗暗寻思，又对顾八代说：“既然令郎才华如此出众，先生就应早给他请位高师，这样也不误他今后的前程。”

“四爷说的是，四爷说的是。”顾八代含糊地应着，将眼睛转闪开，不好意思说他根本没钱给儿子请先生。但胤禛不是小孩子了，望着师傅那忧闷的眼睛，再看看四周简陋的陈设，还有什么不清楚的！他两眼凝视着老师，诚恳地说：“先生有什么难处不妨说说，看我能不能助一微薄之力。”

顾八代勉强笑笑，摇摇头。并非他不相信四阿哥，只是清宫的规矩太严了。一般年节上书房师傅同皇子之间只能以书帖文玩、题画折扇互赠，连一般稍有些价值的玉器都不能相送，以免师生间掺入金钱色彩而徇私依附。再说尚未分府受封的皇子权力十分有限，平时只能在宫内活动，根本不像外面的皇亲国戚那样有那么庞杂的党羽势力，说到底殿下实在也帮不上什么……

“吃饺子喽——”随着外面师母的一声喊，几盘升腾着热气、瓷白色的饺子被端了上来。看到那些元宝一样的饺子，胤禛不禁脱口道：“原来这就是饺子啊，在宫里我们管它叫‘煮饽饽’。”

王氏慈祥地笑了：“其实民间也这么称呼，殿下讲的是旗人的叫法，我们汉人还是习惯叫它饺子。”说着她手脚麻利地在八仙桌上置好碗、筷、杯碟。顾俨和廷锡也忙着搬椅子、端菜、抬酒，摆好一桌酒菜。

这桌席比宫里的要简陋得多，可胤禛知道师傅为准备这个席面一定又破费了不少家内开销。他想说什么，还未开口，顾八代已立起身说："粗食劣蔬，不敢称席，有屈尊驾，尚请海涵。殿下，请！"

"先生怎么又来了，您老这么客气我可真吃不下了。"见师傅全家都因自己的到来而战战兢兢、忙碌不停，胤禛心里很过意不去，也有点尴尬。他来此本是好意，却未曾考虑人家的承受力，这不是反给人家添麻烦吗！他伸手扶过师傅一同入席，王氏早已默然退出，顾俨和廷锡还在距八仙桌较远的地方垂手侍立。胤禛又热情地招呼他们一同入席："自个儿家里没那么多讲究，你们也过来坐吧，否则我心不安。"

"殿下但请安坐。"顾八代陪坐在下首对胤禛道，"殿下之意老臣明白，但他们都是小孩子，现在正是立规矩的时候，不可过于放纵，一如殿下在宫中遵礼守制。"胤禛知道老师的脾气，随意推让了几句，就被这桌特意为他准备的席面吸引了。在这张年代久远、色泽暗黄的八仙桌上，除了那几盘圆鼓鼓的煮饽饽，还摆着几个七寸碟盛的炸芝麻条、香菇焖面筋、甜酱黄瓜丝、肉丁炒芽豆等荤素菜肴。两个雯红的中碗里盛的是烧鱼和猪头肉。还有一坛黄泥封的老酒。冷菜热菜、酒水面食满满当当地摆了一桌子。没想到师傅家里搞得还这么丰富，想到以他们现在的生活水平来置备这桌酒席，胤禛心情又不安起来。

顾八代是师长，又是主人，先打开酒坛泥封斟满两盅，然后举起一盅酒，对还呆呆望着桌面出神的胤禛道："来，殿下，老臣敬殿下一杯薄酒。""不，先生，应该我敬您。"胤禛举起另一杯酒，"先生知我不善此杯中物，但今日先生高兴，我就陪先生一醉方休！"说着竟仰起脖子，面不改色地将酒一饮而尽！他掏出方帕擦擦嘴，望着惊呆的顾八代一笑："怎么，先生不信我的酒量？"他又"哗"地自斟了一杯："请，先生！"

顾八代反倒有些慌，抬起酒杯的手又放下："四爷的诚意老臣心领，但四爷万不可过量。此酒为陈酿，后劲很足，请殿下自重。来，殿下尝尝菜吧，都是荆妻做的，不知合不合殿下口味。请——"

两杯酒下肚，使平日少言寡语的胤禛容光焕发，话也多了起来。他微微一笑，放下酒杯，却没有马上动筷子，问："想必先生平日膳食绝不如此破费吧？""四爷是客，又有皇子之尊，理应如此。此番已是有慢殿下了。"顾八代没喝酒，脸却先红了，低声说。那边顾俨突然冒失地问了一句："听说宫里每次吃饭都摆下好几十桌，数不清的珍馐佳肴，是真的吗？""放肆，多嘴！还不退下！"顾八代对儿子怒声斥责，却也为儿子帮他暂时摆脱了尴尬而轻松。胤禛爽朗地笑了："哈哈，民间都这么传说。其实宫里的规矩可多啦！我们皇子用餐也不是想吃什么就吃什么。

一般膳食都由宫里专管的妇差们先定好，总不出那几样儿，若想换换口味还得自己掏月例银。哎，先生，你怎么不动筷子？快吃吧，菜凉了岂不可惜。”胤禛反倒像主人般地让起了师傅。

其实顾八代的矜持却也不全是拘谨。食不言，寝不语，是他这样的汉族文人一贯遵循的。但今天皇子下顾探访，他不能一言不发，倒让殿下反客为主，便也让道：“请殿下恕老臣牙齿松动，不便多陪，殿下慢用。”胤禛夹了几口菜，说：“师母的手艺真好，比宫里做得都香。先生你也尝尝，少吃几口嘛。先生不是常说不要暴殄天物嘛，我一个人哪儿吃得了这么多……”说着他亲自用羹匙给老师布菜，又是斟酒。望着忙碌张罗的、与平日那个冷峻刻板的四阿哥判若两人的学生，顾八代惊喜交集，心里不知是什么滋味。

顾八代慢慢举起酒杯，冲胤禛略一示意，皱着眉头喝药似的将那汤水用力咽下，却因心事太重，呛了一下，憋红了脸不停地咳嗽。一阵咳嗽过后，他不好意思地冲胤禛歉意笑笑，口中还微微喘息：“老臣失态了，惊吓了殿下，请殿下恕罪。”“不，是我不好，让先生着急了。”胤禛不自觉地又饮了一杯，提出的问题更直露：“先生月俸可够花销？”

顾八代用手擦擦因咳嗽而溢出来的眼泪，慢慢地说：“老臣不敢瞒殿下，若只是凭月俸，老臣一家断难维系！不知殿下刚才入庄时看见没有，老臣于村边辟有一亩薄田。隆冬时节，可以接济。家中食用虽不宽裕，但尚能维系，也算靠天吃饭了。”

“四爷不用急，今春耕种再光临不迟。等今秋收割时老臣赠四爷些时鲜菜蔬，与城里面卖的菜不一样。”

“太好了！”胤禛高兴得大叫，脸色更好，目光跳动不定。

看四阿哥神态变化得这么快，顾八代突然明白，皇上所说的“喜怒不定”大概就是指这个！皇子平日应稳重从容，不可过于言行外露。殿下是不是喝多了？顾八代想，他忙把酒坛悄悄挪到自己这边，笑着让道：“殿下吃菜啊，尝尝内人的手艺，多吃点——以后这种机会，只怕难得！”

“怎么，先生要致仕？”已喝了好几杯酒的胤禛面颊红扑扑的，目光灼人，头脑却很清醒。

“唉，老臣年事已高，不能再愧食君俸。等殿下分府出宫之时，老臣便可躬耕南亩，醉卧东山了。哈哈哈哈哈……”并没喝多少酒的顾八代突然也现出一副醉态，大呼大笑着。

“哦，”胤禛低下眼睛，自语道，“原来师傅想学陶渊明，五斗县令……”他慢慢嚼着大白菜、胡萝卜配以芝麻香油包的素馅饺子，暗想，分府出宫，又能怎样？是像太子二哥那样作威作福，一呼百应吗？还是在花天酒地、绮罗丛中了此一生？可那又有什么意思？那就是我今后要走的路吗？

“四爷，吃菜呀。”顾八代还在让。

胤禛却心事沉重地放下筷子，道：“先生此隐退之言，我能理解。其实有时想来，当个皇子也没什么意思，还不如像师傅这样，素衣简食，安贫乐道，心淡身闲的好。”

“啊，刚才老臣所说纯属戏言，戏言。四爷说的也是笑话吧，啊？呵呵。”顾八代脸上笑着，心里却十分惶惑：他这话是真是假，抑或是酒后戏言？可瞅那认真的表情又不像。难怪人们说四阿哥性子怪异，现在自己觉得这个学生的心深不可测，很让人迷茫、费解……

当餐毕，粗略洗漱过的胤禛来到蒋廷锡的房中，像又换了一个人。他徐步进屋，笑着招呼：“老朋友，别来无恙！”

听四阿哥这么称呼，廷锡红了脸，小声叫道：“殿下……”

“廷锡，”胤禛拉过一把旧罗圈椅，坐在小友对面，认真地说，“你要跟我说实话，否则我即使想帮你，怕也爱莫能助！”

“殿下，”廷锡低了头，几乎要落泪，终于咬咬牙，用与他的年龄极不相称的深沉缓慢的语调把自己的身世详细道出，一直讲到想用卖画挣的钱赎回父亲的宝剑。胤禛默默听着，原来廷锡竟是先生的养子，一个没有任何血缘关系的人！不知为何，胤禛突然从朋友想到自己，自己那已然仙逝、胜过亲生额娘的养母——“你是大清皇子、太祖太宗的子孙……”皇额娘那温润期待的声音又如丝般萦绕在耳边……“天下父母都盼着自己的孩子有出息，长成人杰，成就一番功业！”胤禛这话不知是对友人还是对自己讲的。见廷锡依然愁苦着脸不出声，胤禛踱到窗前，学着父皇的样子，抱着双臂，凝神窗外，眺望着远方灰淡迷蒙的村庄、云树、山峦、飞鸟……默默伫立，久久不言。过了好一会儿，才轻声道：“多美的乡郊景色，要是能临写入画，该是何等意蕴啊！”他轻轻转过身子，突然问：“廷锡，你会骑马吗？”

蒋廷锡不知这没头没脑的一句问从何说起，茫然地摇摇头。胤禛却大笑起来，然后略带自嘲地说：“瞧瞧，廷锡，我是八旗贵胄，不谙弓马；你是武将之后，未习骑射。看来我们都不是贤孝儿孙！”胤禛边说边笑边摇头，心里却是惺惺相惜，很想帮这个与自己同龄的少年解脱困苦，帮师傅一家渡过难关。对，一定要让这家善良的人过上安定无忧的生活！

“廷锡，我是这么想的……”胤禛将自己的打算对朋友和盘托出。廷锡听后连连摆手：“不、不可，父亲决不会答应的。”

“不惊动先生嘛，就你我二人去办，天知地知，你知我知，有何不可？”胤禛说。

廷锡还是摇头：“让殿下跟着受累，我于心不安，只怕父亲知道了也要责怪我的。”

“别说了，”胤禛沉下脸，严肃地说，“廷锡，我这么做可并不光是为你一人，为了蒋将军，还有顾先生。唉，师傅他老人家这半生实在不易啊！”胤禛环顾着土墙粗案的室内陈设，心中又深重感叹——堂堂三品大员、侍读学士、皇子之师，就住这样的屋子，生活在这么个家……父皇，你为什么不多给师傅一些恩赏？老天，你对这家人太不公道了！

此时，顾八代和夫人正在大屋收拾碗筷，见小东屋里的人久久不出来，顾八代叹道：“唉，看来殿下跟咱家廷锡还挺投缘。”王氏用布抹着桌子，看了丈夫一眼，不解地问：“投缘自然好，可老爷又叹个什么气？”顾八代喝了一口茶，徐徐道：“你不知道，现在廷锡最重要的不是结识多少皇亲国戚，要紧的是得给他赶快请一个德才俱高的师傅。”王氏笑道：“这还不容易？瞅四爷这么抬举他，没准殿下就能给他请一个高人，不用咱们操心。”顾八代摇摇头，心事重重地说：“只怕廷锡越跟殿下接近，画师大家就离他越远呢……”

“驾——驾——”骑在马前的胤禛紧抖缰绳，听耳畔风声呼呼响过，心中十分惬意。没想到出门会这么顺利，师傅没有过分拦阻，只叮嘱路上当心，就叫廷锡随自己出了门。

“怕不怕，廷锡？”胤禛大声问。

“不，不怕，有殿下在……”骑在马后的蒋廷锡紧紧搂住胤禛的腰，一动不动，十分紧张。

“哈哈，连声调都变了，还说不怕！你是武将之后，不该如此。”胤禛说着把速度稍稍放慢了些，回头望望身后的同伴。好嘛，他正缩着头，闭着眼，一副胆战心惊的模样。胤禛不由大笑：“哈哈哈，没想到你比我还胆小！”

“我怎么敢同殿下比。”听到前边的笑声，廷锡这才睁开眼。马儿踏着碎步小跑着，比刚才平稳多了。

“可有些事你就比我知道得多，比如我就没进过当铺。”

廷锡听了差点从马上掀下去，可又不敢大笑，觉得殿下这话也太离谱了，便也半开玩笑地说："殿下何出此言，当年明朝正德皇帝还不知道买东西呢。"说完实在撑不住，一个皇子去当铺……哎呀，可笑，哈哈……皇子去当铺，当真想不出，传出去，有多……不，不能传出去，人家是皇子，去那种地方……啊，这件事除了自己不能再让任何人知道！

如果不是廷锡指引，胤禛真不知世上还有这种地方！这是什么地方啊，厅堂那么昏暗、冷寂，像一个张着大口的无底洞，吞噬着每一个进去的人。蒋廷锡领四阿哥来到高高的柜台前，胤禛一向俯视惯了的高傲目光不得不变成仰视，抬头向上望去——

一个披着破棉袄的小伙计坐在上面蜷着身子打瞌睡，还不时咂咂嘴，很惬意的样子。廷锡可显得比第一次老练多了，他从怀里掏出当票，向上叫道："小哥，醒醒，有买卖了。"

伙计被叫醒，眼睛睁开一条缝，就再也睁不大了，仿佛从来没睡醒过似的。胤禛瞅了他一眼，心想，就这模样也知道什么估价算利？瞧他那德行，大概点钱都点不清。廷锡可没心思想这些，忙把当票递上去："我要赎当，烦劳你查验一下。"

伙计打了个哈欠，不以为然地接过当票，瞧瞧廷锡，又瞅瞅站在他侧后的胤禛。原来这小伙计天生长着一副笑模样，嘴角永远向上弯着，加上一双细眯眼，即使不说话，也好像对谁都在笑。只是这种笑是什么含义，就只有你自己去体会了。当他上一眼下一眼打量胤禛时，胤禛很不高兴，因为从没有哪个下人敢这么探视自己，不禁吼道："看我干吗？你不认识字吗？快把我们的东西取出来！"

小伙计一点不生气，依旧笑眯眯的，仿佛要把下面两个客人招笑似的。他把当票往前一推，不慌不忙地说："这把宝剑确是在鄙店，但对不住二位，现在不能赎。"

"为什么？"胤禛和蒋廷锡异口同声地问。

"这是掌柜的吩咐的，恕小的不敢做主。"

"把你们掌柜的叫出来！"由于惊怒，胤禛的声音很高，气势比真正的赎主还大几分。

"对不起，我家掌柜的出远门了，十天半月回不来。"

"那你们这儿谁主事？有能管事的也行，让他出来。"有四阿哥撑腰，廷锡的胆子也大了起来。

"头柜、账房、大伙计都不在，现在就我一人盯着。"小伙计像是故意气人似的说。

廷锡和胤禛正无可奈何时，里边一个呜噜噜的声音叫："柱子，有事吗？我来替你……"

胤禛立刻问："你刚才不是说就你一个人，他又是谁？"

"我哥，可他不管事，怎么着？"小伙计还没说完，蒋廷锡就看见一张熟悉的面孔出现在柜台上。没错，就是他，第一次过来接当的伙计。原来两人是兄弟啊。

"哟，是你呀，小爷。"

"不错，我今天来赎我的宝剑。赎单给他了。"

哥哥接过赎单仔细地看了看："没错，是我写的。可是，可是真对不住二位，东西现在赎不了。"然后就把赎单往外一推："对不住，让二位白来一趟，请回吧。"弟弟这时显出得意的神色，好像在说，看，我没骗你们吧。廷锡没接赎单，茫然地呆呆站着，很是伤心。笑模样的弟弟可没哥哥那么温和，见两人不动，抓住赎单往下一扔，同时抛下一句冷冰冰的话："快拿走，反正现在赎不了。二位若没别的事就请便吧。"说着就要进去。

"等等！"胤禛脖子发酸，心里又憋闷又生气，沉声道，"我且问你，宝剑现在可在你店？"

"在呀，"笑脸扭过脸来，"可你们就是赎不了！"

胤禛冷笑两声："话不要说得这么绝吧，你现在把宝剑拿来，后面的事情我来办！"

"呵，好大的口气。你是谁，敢这么说？"笑脸问，细眼也随即瞪大。

"他是当今……"廷锡一着急，差点把皇四子的身份暴露出来，又赶忙改口道，"他是当今朝廷最高官员的公子，你们还不赶快照办！"

"什么大官小官，老子不懂！"多亏小伙计对官员品级不太熟悉，否则他能听出这话的破绽。他又笑了，那神态与廷锡他们第一次来的刁滑刻薄的头柜很有几分相似："我们买卖人，就认识财神老爷，你们能有多少钱？又不是我们掌柜的，还想管着我们？新鲜！"

"不管你是干什么的，做人总要讲良心！"胤禛见威吓不成，又将在上书房学的那些道理搬了出来。他就不信这两个人的心肠是铁做的，一点化不开。他指着廷锡很激动地说："这是我的好友，因家中艰难，被迫变卖祖传宝剑。现在其父母年事已高，为不使老人伤心，他自己想方设法挣钱赎回这祖传之宝，就想让二位高堂过一个好年。你们难道对这样一个孝子之请也忍心不予成全吗？你们难道就不是父母生养，就没一丝善心吗！"蒋廷锡被触动了心事，扭过身子，眼圈红了。

老大仿佛被胤禛说动了心，他叹息一声道："不瞒二位小爷，非是我们兄弟铁石心肠，不通人情，实在是我们师傅、掌柜的早传下话来，不许赎当。这也是师命难违，在人家手下干活，不由自己。唉，要是不听师傅的话，我们的饭碗可就砸了。"

"我还当什么，原来是为这个。"胤禛不屑地瞅了他一眼，傲然说，"我刚才已经说了，只要你们把宝剑拿出来，有什么事我顶着！钱，自然不会亏与你们！"

哥哥听罢真的转身要进去，却被弟弟伸手拦住，他歪头笑道："看这位公子还真是个神道，可我们并不缺一两顿饭，要是我们违了师傅之命，被驱逐出店，那我们哥儿俩一辈子的吃、穿、用、住，你能供得起吗？"哥哥也在一旁不住地点头："是这话啊，是这话啊。"

"能！"胤禛斩钉截铁地说。可说完他又马上后悔了，觉得自己太鲁莽，怎么能轻易地答应两个毫不知道底细的人呢？万一不是良善之辈，摊上了，可怎么甩得开！廷锡也不住地冲四阿哥皱眉、摇头、使眼色，一副很着急的样子。

弟弟还在笑，他进一步激问道："有何为证，让我们相信你的话？"

胤禛自幼说话办事即使明知前途难卜，也决不走回头路。他从自己荷包中取出一块金锞冲上面的人晃了晃："少废话，快把宝剑拿来！我的耐心可是有限的！"他说的是实话，如果不是照顾朋友情绪，他早就找侍卫来把这个铺子砸了。哼，两个草民敢跟皇子叫板，自胤禛出世以来还没遇见过！

这一下还真管用，小伙计被黄澄澄的金子晃得目光迷乱，尘封已久的心中透出一丝光亮。只见弟弟趴在哥哥耳边说了些什么，就径自进去，一会儿取出一个用棕布包裹的长包。廷锡看见真想扑上去夺过来。胤禛却大模大样地转到外面账桌旁的椅子前坐下，用皇子很有气度的口吻吩咐："里面太黑，你们把东西拿出来。"

当两个已经开始心怀敬畏的伙计出来后恭恭敬敬地站在胤禛面前时，胤禛并不抬眼皮，漠然翻看着桌上的一个账簿，拖长声调问："都叫什么呀？多大啦？来这儿几年了？"

两人被这贵公子不怒而威的气势慑住了。哥哥老老实实地说："我叫栓子，这是我兄弟柱子，他刚出生那年，爹娘就把我跟弟弟卖了，我们也不知现在多大，已在这里干了五年了。"

廷锡听了于心不忍，原来也是一对苦命儿，这世上的苦孩子真多！胤禛却"扑哧"一声笑了："好个古怪的名字，我今天倒真差点叫你们'拴住'了。"他抬起头，语气变得温和了许多，“你们就没有正经的名字吗？”

“只听人说我爹好像姓戴，其他就不知道了。”弟弟回答，脸已不再笑。

胤禛见同伴还在一旁发愣，说：“廷锡，你快看看是不是师傅的宝剑，可瞅仔细了，我还有话跟这哥儿俩说。”

“公子有话请吩咐。”两个小伙计凭观察觉得这少年的来头一定不小，已有些动心。

“你们既然肯投于我，我就要你们舒坦地过活，至少要比在这里体面。首先你们这名字就得改，跟着我不能没有大名。你们姓戴，我想哥哥不妨叫戴锦，弟弟叫戴铎，又好记又上口。”说着，胤禛从账桌上扯过纸笔，把他给兄弟俩起的名字用正楷工工整整地写好，拿给他们看。

从小给人卖苦力，当牛做马，还没有谁对他们这么关照，叫大名。兄弟俩感动得热泪盈眶，一起扑通跪下，几乎泣不成声地说：“公子大恩大德，小的永世不忘。来世变牛变马，也要报答公子的大恩！”那边廷锡已验过宝剑，正是父亲的祖传之宝，便过来问胤禛：“四爷打算怎么安置这哥儿俩？”

这倒是个问题。胤禛默想片刻，从怀中掏出一块父皇赏赐的金表，并同那两个金灿灿的小金锞子置于掌中，说：“你们把这两个东西带到西山大觉寺，交给那里的主持文觉长老，他见后自会安排。你们暂时先住在寺里，等不了多日，我会给你们找新差事。但这一时期，也保你们的衣食温饱。”他又笑着把手中几个沉甸甸的东西掂了掂，碰出清脆的响声：“当然，你们也可以不去大觉寺，比如把它们变卖花掉，也足够你们两年吃用，但以后你们的生计，就听天由命了！”这正是胤禛的精细之处，他想借此考验一下两个新收的奴仆。如果他们贪财，花掉了金子，那以后就不与自己相关了，甚至还可以诈骗财物为名除掉他们灭口，那都是易如反掌的事；如果他们真是按自己的吩咐去做了，则尚有可用之处，不妨恩养一时。只是这么一来，自己春节得到的父皇母妃的赏赐一点没剩！

戴氏兄弟哪儿知道这位看上去平和安详的年轻公子心里还有如此转数，又一同跪下谢恩。弟弟脑快嘴甜，说：“敢问公子高名？我们在寺里烧香，求菩萨保佑大恩人。”胤禛淡淡一笑：“若今后有缘再见，一切自然便知；若今后无缘相见，又何必相识！”他又扭头，问在一旁专注的同伴：“廷锡，师傅除了给你起这个名，就没有台甫吗？”廷锡默然一笑：“父亲曾起过一别号，但我是山野草民，不常用的，叫扬孙。”“好，那我今后就叫你扬孙吧。”

三

冬去春来，四阿哥胤禛又长大了一岁。他现在长得已经和父皇兄长一般高了，总感觉浑身像被什么东西抽拉着慢慢撑开，两臂的肌肉越来越硬，说话的声音越来越粗。练武功的时候，他能举起上百斤的石锁，拉得开最紧的硬弓，长成一个身强力壮的男子汉了。可尽管胤禛身体健壮，不弱于任何兄弟，但他的弓马骑射、武打格斗却很一般。练布库的时候，他不太愿与人直接碰触，怕伤了自己也怕误伤别人，让那些满洲谙达、侍卫们看了直摇头；外出狩猎，他总是捕获很少，有时甚至拿一两只松鼠勉强充数。他没有能力猎获猛兽，看小动物被射杀，他又于心不忍，觉得有违佛法，是种罪孽。最令胤禛难受的是，他至今还不会游泳！去年不知父皇听了哪个洋教士的建议，让一个身材修长的法兰西水手教皇子们游泳。这是一堂新的武技课，大家兴致很高。只有胤禛，一见兄弟们都脱了衣服下水，觉得很羞涩难堪。而且跟那个皮肤棕红、满身长毛的西洋怪物同在一个池子中游来荡去，像什么样子！他坚持不脱衣服不下水，一时让宫中的皇子后妃们引为笑谈。康熙知道后倒没十分强迫，只是在私下没有外臣在场时开玩笑地对几个皇子们说："我们的马驹不蹚水！"说得胤禛很窘，可一到游泳课时还是在水边徘徊……

虽然胤禛的武功平平，远没有后世史家传说的那么神奇，但他的文辞书法，在兄弟之中十分出众，大概仅次于三阿哥胤祉。为此，这年朝廷拨库银重修的孔庙落成时，康熙命三阿哥胤祉带着四阿哥胤禛前往曲阜参加祭祀大典。这是胤禛第一次出宫远行。虽说不是独立办差，一切要听三哥的吩咐，但那飞檐斗拱、雕梁画栋、金碧辉煌的孔庙；那气派宏大、收藏了无数字画珍玩的孔府；那有着长长的甬道、古木参天、肃穆庄严的孔林，都给十六岁的胤禛留下了深刻的印象。他也进一步体会到了尊师重道，倡导仁义礼智信等儒家思想的重大意义。所以每每援笔写文章，更加蕴含精深，康熙见了也少不得一番勉励褒奖。

渐渐长大的胤禛无从猜想父皇对自己的印象有多少改变，但他总觉得不顺心的事老像影子般紧紧追随着自己。回京后，十三阿哥的生母章娘娘已经谢世，看着与自己最亲密友爱的十三弟还不到七岁就失去了额娘，胤禛心里也很难过。而自己的福晋，一贯温和贤淑的那拉氏不知为何，近一段身子总不好，神困体乏，精气不足，可又不知是什么病，给本来就少言寡语的胤禛更增添了一丝忧闷。西二所的太监们可遭了殃，三天两头被掌嘴挨鞭子，都在私下哀叹自己怎么侍候上这么一个主子！

午膳后，胤禛又独自一人来到御花园散步。那些奇花异葩，正争奇斗艳，像一群千姿百态的仙子迎春怒放，流光溢彩。连那些古木苍藤，仿佛也被感染得年轻了，舒枝展叶，吐出阵阵幽香。胤禛闭上眼，深深地呼吸着园子中新鲜甘美的空气，心中的烦闷也被一阵阵温和的春风吹散融化了……

突然，一阵孩子的哭叫声把胤禛从似真似幻的享受中拉了回来。他睁开眼睛，向传来哭声的地方走了过去，前面的情景顿时令刚才那阵舒畅愉快都飞得无影无踪，霎时变得怒不可遏！只见胖乎乎的九阿哥胤禟骑在比他瘦小许多的十三阿哥胤祥的背上，嘴里起劲地吆喝着：“驾，驾！快走，快走啊！”不时用巴掌拍打几下身下不听话的“坐骑”，站在后面的十阿哥胤䄉兴奋地帮着九哥用一根小树枝一边笑一边抽打着十三弟的屁股。可怜的十三阿哥被两个淘气的哥哥压在身下，不管怎么手刨脚蹬也无济于事，弄得浑身是土，脸上也都是泥，只得用哭声抗议求援。

“住手！”胤禛高喝一声，大步走去，在离他们十多米远的地方站定。老九老十毕竟不是亲兄弟，他不能说得太重。他只冲着对面大声道：“好啊，大的欺负小的，两个欺负一个，你们这是什么玩法？来，十三弟，跟四哥玩去，以后别理他们了！”

尘土涕泪蹭了满脸满手的胤祥看见四哥，就像抓到一根救命稻草，“四哥——”他仿佛获得一股生力，一使劲儿，把胤禟从身上“啪”地甩了下去，哭着扑向胤禛。胤䄉见四哥来了，有些慌，想要躲避。胤禟猛不丁掉下去，犯了急，虽然他也看见了胤禛，却熟视无睹，仍跳着脚地又叫又骂：“老十三，有种你别跑，你给我回来！着标——”他从地上抓起一把东西，冲着胤祥背后扔了过去。“噗——”一团湿漉漉的泥块飞了过来，没打着胤祥，却正打在胤禛新换的素缎长袍上，把洁净的外衣弄脏了一片。这一下胤禛可火了，冲上前指着他们怒叫道：“太不像话了，太过分了！你们的看妈都死哪儿去了？不看着主子，由着你们胡闹！”胤禟和胤䄉这才知道闯了祸，互相吐吐舌头，冲四哥扮了个鬼脸，撒腿跑得无影无踪。

胤禛的心还在急速地跳着，怒气未消。正在这时，呱嗒呱嗒，一阵花盆底宫鞋叩击石子地面的声音从西边传来，一位年轻俊俏的宫妃在一队宫女、太监的簇拥下，从钦安殿出来，来到两个阿哥面前。胤禛认得，这位浑身珠光宝气、打扮得花枝招展的皇妃，正是九阿哥的生母，现在宫中最受父皇宠幸的翊坤宫宜妃。

想必刚才那一幕她已看到，现在是来兴师问罪，给自己儿子鸣不平来了。果然，宜妃斜着凤眼，朱唇微启，拉长了声音道：“哟——我还当是谁呢，这不是四阿哥吗！老四啊，我可听说你在阿哥们中是最守规矩的一个，今天这是怎么的啦？也这么大呼小叫，张口闭口不干不净的！这要是让皇上知道了，啧啧啧，可就好说不好听啦！”

不管宜妃如何蛮不讲理，人家毕竟是母妃，身份地位都在那儿。胤禛将怒气往下压了压，给宜妃请了个安，说：“母妃娘娘容禀，刚才儿臣在园中散步，见九弟十弟对十三弟又踢又打，九弟还骑在十三弟的身上……儿臣看他们这样，就是劝了几句……”

“别说了！”宜妃蛮横地打断胤禛的话，撇了撇嘴，恨恨地说，“老九他们纵有不是之处，有皇上、太后管着呢，最不济，还有我这个当额娘的教训他，也用不着你在这儿摇唇鼓舌，狗拿耗子——多管闲事！哼，我们老九有时是淘了点，可该做的课业都完成了，该背的书也读背熟了……”

“母妃娘娘，您说什么？”宜妃的最后一句话胤禛没听明白，他茫然地仰着脸问。

宜妃瞪了胤禛一眼，冷笑两声，尖刻而恶毒地说：“我是说啊，当初在万岁爷和王公大臣们跟前背错书的——可不是我们家老九！”

唰——胤禛从头到脖颈一片通红，青筋暴起，脑袋像炸开了一样；怒气沸腾，一腔烈火在胸中燃烧！但他只低着头，拼命攥紧拳头，暗暗咬牙，控制着不让自己发作。此时他真希望脚下的这块土地立刻塌陷下去，将自己层层捂住。胤禛，胤禛，你凭什么要在光天化日之下受这种屈辱！

可宜妃似乎还没有尽兴，又抬起右手，将漂亮的兰花指指向躲在胤禛身后的胤祥，斥骂的话像沉石利剑般砸了下来：“好你个有娘养无娘教的小子，敢在我眼皮底下放刁！你以为你是谁？这紫禁城容不下你了吗？该干吗干吗去，再让老娘撞见，看我怎么让万岁爷收拾你！”

这表面指向胤祥，实是句句都冲着胤禛而来的恶语，像一把无情的匕首，深深刺着胤禛那本就脆弱、孤独的心，把它撕裂，把它捅出血，还撒上盐！……胤禛面色惨白，浑身冰冷，身上的血仿佛被抽光了。宜妃过足了口舌，傲慢地一扬脸，带着仆从们神气地走了。

“四哥——”胤祥突然抱住木然不动的胤禛，放声大哭，“呜——呜——他们，他们为什么都欺负我？为什么啊？就因为我是没娘的孩子……呜呜——”

胤禛将马上就要落下来的眼泪硬顶了回去，但嘴角还在不停地颤抖。他俯下身子掏出手帕，默默给十三弟擦脸，擦手，擦眼睛，一言不发。这时，那个负责十三阿哥起居的太监才悄没声儿地蹭了过来，像一只没长脚的老猫，趴在地上请安道：“十三爷受惊了，奴才……”他的话还未落，就被一张冰冷的脸吓呆了，后面的话像被风吹跑了。胤禛立起身，面无表情地盯视了他半晌，慢慢走过来，突然抡圆了双臂，左右开弓，狠狠地扇他的耳光，直打到自己感觉两手胀痛才停了下来。没等那两腮紫胀、嘴角淌血、惊魂未定的太监喘息片刻，又对准他当胸狠踹了一脚，一个跟头踹出老远。那太监连滚带爬地回来重又跪下，嘴里含混不清地说：“谢主子赏，奴才下次再也不敢……”“下次！”胤禛过去对着他噼里啪啦又是几巴掌，怒吼道：“若十三弟掉下一根寒毛，我让你蜕一层皮！”

当浑身乱抖的太监陪着胤祥回到阿哥所，胤禛才感到一阵舒缓松弛，胸中的恶气总算出了一些，理智也渐渐恢复起来。如果刚才那太监不来，那么这园中花木大概要遭殃！反正胤禛总要发泄掉怒火，不能让自己憋死。也恰恰就是这个时候，他又把父皇对他那“喜怒不定”的评语丢到九霄云外去了！

“哈哈哈哈！”身后突然传来一阵清亮的笑声，胤禛急忙回头，见太子胤礽从花丛中闪出，背着手，慢悠悠地迈着四方步，踱到面前。胤禛不知这又是什么把戏，呆站在原地，连给太子请安也忘了。胤礽却毫不在意，笑着说：“刚才的事儿我都瞧见了，宜妃是螳螂捕蝉，却不知我黄雀在后……哈哈哈。”胤禛这才给太子请了个安，低声说：“是噤若寒蝉罢了。”

“算了老四，宜妃那人你还不知道，口中最是不让人的，当年孝懿皇后在世时都要让她几分。得啦得啦，你打也打了，训也训了，这口气我看也出得差不多了吧，啊？哈哈。”胤礽半开玩笑地劝道。

胤禛不能释怀地摇摇头：“只我自己受点委屈也就罢了，只是十三弟……老九老十他们太过分了！”

“嗨，都是小孩子家，有什么正经？你看他们现在闹，过会儿自个儿就好了。我十岁那年跟老三在养心殿玩捉迷藏，我追他躲。当我追他时他没看清路，一不留神把这么大个足有一人高的外邦进贡的瓷瓶碰到，摔个粉碎。当时气得皇阿玛要动家法，还是咱们曾祖母孝庄太后劝住了……”胤礽连说带比画，样子很是欢悦。

胤禛知道，这位太子二哥平时除了跟三阿哥胤祉还能说上几句，对其他兄弟从没用正眼瞧过，今天这是怎么了？于是他谨慎地问：“二哥来这儿有事吗？”

“当然，我就是来找你啊。要跟你借些书。”

“二哥借书怎么不找三哥，他的书最多最全，还全是珍版。”

“嗨，老三那种嗜书如命的人，哪儿舍得把他那些宝贝书借给我。老四，我知道你在咱们兄弟中最是崇佛敬僧，想从你那儿借几卷佛经，不知四弟肯否玉成？”

太子想要，还有什么不成的。胤禛忙说：“二哥何时用？我给二哥送去。”

“有劳有劳，我也不急，着下人去你那儿取就行。”胤礽见胤禛仍耷拉着脸，笑着问，“怎么，还为刚才的事生气啊？”

“……”

“哈，那就是不愿把书借给我，瞧你这愁眉苦脸的样子！”

“二哥取笑了。……福晋这几天身子不大好，浑身乏力，没胃口，还老犯困。我还没找御医诊脉。”胤禛忙把话题转开。

“哦？”胤礽想了想，突然眼睛一亮，“我看弟妹这病症不像是病，八成，她有了？”

“什么有了？有什么了？”胤禛诧异地问。

看着四弟迷茫的神情，胤礽突然大笑了起来，笑得上气不接下气，揉着肚子乐弯了腰：“哎哟哟，我平时总说老三是书呆子，原来、原来你比他还呆！哈哈，我的好四弟哟，你就真的不懂？告诉你吧，你快有儿子了，你要当阿玛啦！”

“哦！——”胤禛恍然大悟，不知自己该哭还是该笑。其实他现在既哭不出来也笑不出来。啊，过不了多久，又将有一个小生命降临在这无时无刻不上演着一幕幕悲喜剧的紫禁城中！……

由于近来国家政事不多，索额图等几位大臣以天下太平、政务清简为由，请皇上隔三四日听政一次，以免劳乏。康熙不准，谕臣下：“朕听政三十余年，已成常规，不日日御门理事，即觉不安。若隔三四日，恐渐渐至倦怠，不能始终如一。”所以他每日照常上朝听政，但让大学士可以将本章汇齐，二三日各奏一次。

政务处理如常，每次的经筵日讲也依旧举行。这使得一些从翰林学士中挑选出的日讲官有更多的时间侍于皇帝身旁。日讲场所位于乾清宫之西弘德殿。这里的陈设与乾清宫大体相仿，南向的御座是为康熙而设，北向设官席，黄色绸幕，垂于两侧。正中巨大的铜炉中燃着檀香，烟气缭绕，更为讲堂增添了几分庄重气氛。殿中左右依次陈列着各种古籍善本、图书文玩，俨然又是一个小乾清宫。

康熙每日听讲，绝非附庸风雅，也不全为取悦汉臣。他少时读书就十分刻苦。经筵日讲之初，康熙不过十七八岁，就每日五更起床咏读，晚间温习一天的讲论，竟因过劳而痰中带血。所以每位日讲官都在讲前预讲多日，以备皇上提出各种疑难问题。

这一天，李光地给皇上讲完《中庸》二章后，皇上马上很有针对性地问："知、行二者，哪个更为重要？"李光地一向以理学名臣自诩，对这个问题却回答得模棱两可，似是而非："依宋臣朱熹之说，以次序言，则先知而后行；以功夫言，则知轻而行重。"

"卿等以为呢？"康熙问另几个讲官。

张玉书、叶方蔼、张英等几位侍讲学士频频点头，没有一个人表示反对，大概让他们回答还不如李光地呢。康熙略一哂笑，十分肯定地说："毕竟行重！若不行行，则知亦为空知！古往今来，学问无穷。不在空言，唯当躬行实践，方有益于所学。"康熙又看看李光地，"适才卿所讲，朕也曾听过。只是朕总有一事不明，早年汤斌、熊赐履皆为讲道之人，但你们三人所讲又各不相同，却是何故？"

李光地忙一躬身，第一次听到皇上这种略带不满的质问使他十分紧张，言语也不像平时那么流畅了："臣之所讲与汤、熊二人之讲虽所论观点各不相同，但实出自理门一体，啊，非务理学之名，还有……"

"你不要说了。"康熙一摆手，"朕早看出来了，你们当中一些人终日讲理学，而所行之事全与其言悖谬，岂可谓之理学！"说得众人都低下了头。自觉扪心无愧的李光地，不知为何也心中打鼓，难置一言，汗然退下。

"朕以尔等理学之故习甚恶。如尔等主张夫死妇殉，照例旌表一事，朕甚觉迂腐！现在不论王府民间，夫死妇殉之风甚盛，京城及各省从死者尚多，此难道为良策美法？尔等见此当作何感？"康熙声音更大了。李光地倒松了一口气，原来皇上不是针对自己一人。这时候可千万不能讲什么拂逆之语，先保住乌纱再说。

康熙这时也觉出谈论过于严重了，便放缓了声调道："朕并非难为卿等，实是见一些所谓论道讲学之人大多空谈废业，坐而论道，与实情相脱。道学者必身体力行，见诸于实事，非徒托空言。今朕视汉官内，务道学之名者甚多，考其究竟，言行皆背！"康熙的声音又严厉了，说得在场的汉官惶悚不已：皇上今天这是怎么了？这么瞧汉官不顺眼？

众人叩辞时，康熙留下李光地。这时一个奏事太监入殿跪禀，索额图有紧要事求见皇上。

"让他等会儿，朕只和李爱卿讲几句。"康熙饮了一口茶，示意李光地上前来。李光地诚惶诚恐，轻步趋前。

"朕并非有意难为爱卿，也不只对尔一人。朕只是观理学若长久以此，则徒成空谈！好了，这里有份折子，你先看看。朕想听听你的意见。”康熙从袖中抽出一封奏折，递给李光地。

原来这是古北口总兵官的上疏，言古北口一带长城倾塌的地方很多，请行修筑。工部已议如所请。看似不大的一件事，怎么……啊，李光地猛然想起那年在塞外，自己无意间提及修筑一段破旧的长城，皇上并未作答。他又想了想，似乎明白了八九分，便答道：“臣以为此奏未谙事宜。秦筑长城以来，汉唐宋亦常修筑，但也常有边患。臣以为自古帝王治天下当以仁德为本，不可专恃险隘，正所谓仁者无敌。”

“哈，你这满装了理学的脑袋瓜也终于开窍了，也算朕没白费一番口舌。”康熙一高兴，说起了俗语，“你回去后以朕的名义给其拟旨，其中务必有以下几句：守国之道唯在修德安民，民心悦则邦本得，而边境自固，所谓‘众志成城’是也。”

“是。臣以为还应加上：今欲修之，兴工劳役，岂能无害百姓？且长城延袤数千里，养兵几时方能分守？”

“好，你这一补加，更能增加此言的分量。秦筑长城，随即灭亡，朕每想至此，甚为愧恨。今朕再修补，岂不成了东施效颦！”

“臣恭请陛下圣论。”

“谈不上什么圣论，只是偶尔口占了一首小诗。梁九功，把今晨朕在乾清宫写的那张便笺拿来，给李大人看。”

诗写在一张素面碎花的纸上，字迹较草，看样子是急促而就的——“万里经营到海涯，纷纷调发逐浮夸。当时用尽民生力，天下何曾属尔家！”

看完了诗，李光地跪下道：“臣请陛下将此诗赐予微臣。”

“这是朕匆急之中信笔草就的，词句不雅，笔法不佳，爱卿何必讨要？”

“臣想将此诗供于臣家，时刻谨记皇上所训，今后当以实心为本，实政为务。”

“好吧好吧，你要喜欢就拿去。今天先到这儿，索额图大概早等急了。”

李光地从弘德殿出来后，嘘了一口气，刚要回家，却正迎面碰见手捧一摞文书匆匆而来的索额图。两人擦肩而过的一瞬间，索额图叫住了他，从眼中射出探询的光：“光地，皇上找你什么事啊，用了这么久？”李光地微微一笑，向对方施了一揖：“让索相久等，光地告罪，改日再叙。失陪，失陪。”然后，一句多余话不讲，抽身离去。索额图自觉无趣，望着李光地的背影狠狠地“呸”了一声，心里暗骂：假道学，假正经，不过一个腐儒罢了，有什么好狂的！

李光地家在珠市口板章胡同。要不是皇上特降恩诏于皇城中赏他一所宅第，他即使有力置产业，也无权在这个只准满洲臣民居住的内城安家落户。他一到家，先命妻妾子女换上新衣，收拾齐整，到单檐歇山顶的正厅内，将皇上御笔亲书的小诗放在搭着大红缎子的托盘中，置于紫檀雕案上，净手焚香，向上叩拜。礼毕，方更衣歇坐。夫人命人端上果品点心，又细细打量丈夫，笑问道："老爷精神可比前几日好多了，像是有什么喜事，不妨说说让我们也高兴高兴。"李光地往椅背一靠，松弛地闭上眼，长出了一口气："啊，不过是虚惊一场。"便把今日在弘德殿侍读的经过讲述了一遍。夫人听后待了片刻，犹豫地说："万岁真是仁主……我有一言，不知当讲不当讲。"李光地睁开眼偏过头："夫人但讲无妨。""我看天气越来越暖和，老爷是不是把太夫人从福州接来，一家共叙天伦之乐。"李光地淡淡地说："母亲年事已高，未曾远离故土，来恐无益。"心中颇感意外的夫人看了表情淡漠的丈夫一眼，慢声细气地说："天将入夏，南方雨季将至。与其让老人家在闽南忍受湿潮，不如来京住着，又暖和又温适，颐养天年，老爷以为如何？""嗯，夫人虽是善意，只是从福州至京，路途遥远，一路车马颠簸，母亲如何消受得了？""那老爷可向万岁告假些时日回乡探望。自您离开家乡十年有余，还从未回原籍探过亲。"夫人的语气中已带出了明显的不满。"唉，为官身不由己，你哪里知道我的难处！前日皇上曾降旨，言翰林系文学亲近之臣，著将翰林院詹事府国子监官员每日轮四员入值南书房，所撰章辞归入档案，待来年京察时分鉴优劣，升降赏罚。你说，我怎能在此紧要时刻先行告假呢？"夫人闻听不觉气短，无话可说，立起身，又慢慢扶着桌子坐下，忧心忡忡地说："老爷此言自是正理，只是今上以孝治天下，一旦闻听老爷……"

"自古忠孝不能两全，我既为圣朝忠臣，岂可因自家安乐置国事于不顾，耽误圣命！再者我若不如此为国尽忠，报效皇上，夫人如今又怎么能被封诰命、赐品级！啊，哈哈……"李光地堂而皇之的一席话，说得夫人不能相强，只得低眉垂目，缄口不语，没敢露出一丝异议。半晌，她用闲聊似的口气对正扬扬自得、自我沉醉的李光地说："唉，若不是那年梦雷回乡省亲，也不会遭那番罪了……"

夫人的声音其实很轻，却如一声惊雷震撼着李光地那根最敏感的神经。他失态地瞪大眼珠，几乎崩裂出眶，目光仿佛喷着血火。突然，他抓起案上一个茶杯，没头没脑地向地下摔去，吓得夫人离了座；那些仆人更是慌得屏息静气，大气不敢出。他们很少见老爷发这么大的脾气，更不知道这陈梦雷是什么人，因何老爷一听他的名字，就像换了个人似的怒气冲天？其实他们哪里知道，李光地是用这种类似疯狂的状态掩饰内心的不安与愧疚。他真想永远忘掉那个人，忘掉那段可怕的记忆！……

千山鸟飞绝，万径人踪灭……李光地不知怎的，独自一人来到这个凄寒荒凉的地方。他穿得很单薄，狂啸的北风从辽阔浩茫的旷野刮过，浑身冰冷，不但脸和四肢冻得僵硬，连心，仿佛也被冻得停止了搏动。突然，前面出现一个人，披枷戴锁，胡子拉碴，被乱蓬蓬的散发遮住的多半边脸上划着一道道血痕。李光地像被雷劈了一般，面无人色，哆哆嗦嗦地问：“你，你是人还是鬼？”

那张可怕的面容咯咯咯咯地怪笑着，比鬼哭狼嚎更令人毛骨悚然。他举起那戴着镣铐的瘦如枯枝的双手，在空中疯狂地哗啦啦挥舞着，咆哮道：“你居然还有脸活在世上，你这个卖友求荣、人面兽心的无耻小人！我陈梦雷就是变成厉鬼，也定要找你雪恨！”

李光地一边后退一边胆怯地辩解道：“梦雷兄此言差了。兄遭此不幸，弟心中十分悲痛，也很同情。但此乃天意，非外力所能转变。常言说：‘木秀于林，风必摧之。’想是兄才华太露，不知收敛，以至获罪于天，招此责罚，以为警示……”

“呸！你胡说！要不是你嫉贤妒能，恨我才学高于你，就背信弃义，暗下毒手，构陷于我，我又怎能落到这步田地！”陈梦雷唾骂道。

李光地连连摆手：“梦雷兄此言可是冤枉了好人，谬误千里！兄难道未闻，兄被狱后，若不是弟在皇上面前苦苦哀求，又于同僚之中百般周旋，兄恐怕早已身首异处！现在兄处境虽苦恶，焉知不是天将降大任于斯人，先苦其心志，以委兄以济世安邦之大任！”

“李光地，你好能辩。一会儿说我受难是天意，一会儿又说天将降大任于我。我现在不怨天，不怨地，只恨自己迷糊了双眼，竟认不出你这条披着人皮的狼！如果当初我不是像东郭先生那样轻信了你的鬼话，现在究竟是谁获罪还难说呢！”

李光地轻蔑地笑笑，不愿再同一个罪人继续争下去，徒费唇舌。陈梦雷爱骂就叫他骂去，反正这里杳无人烟，他骂的声音再大也没人听到，更无法从这儿逃脱！

李光地转过身，可前面的路却越走越窄，四周山水景物像变戏法似的纷纷涌出。这不是自己的家乡，那个山清水秀的地方吗？李光地加快脚步，想回到自己的祖屋，立刻见到慈祥的老母。啊，望见了，前面、前面那个青砖灰瓦的房子，正是自己少时读书习字、吟诗作赋的地方啊！

在一层惨薄的雾色中，隐隐望见一个老婆婆拄着一根龙头拐杖，颤巍巍地立在屋前。老人白如冬雪的银发，青铜色的脸庞，龙钟疲惫的身躯，一切都显得那么苍老消瘦、孤苦伶仃。她神态焦急，坐立不安，像是等着一件既幸福又痛苦的大事。

“母亲！”李光地扑倒在地，流着泪向前跪爬了过去，老婆婆见了却忙把身子向后挪，破口大骂道：“不，不。你不是我的儿子，我怎么会生出你这贪念功名、见利忘义、官迷心窍的东西！滚，你给我滚！”说着提起拐杖冲李光地扫去。

李光地慌忙躲闪，正要解释，抬头一看，前面一柄黄罗伞下，立着一位身着龙袍、气宇轩昂的中年人。皇上！他怎么到这儿来了？皇上四周还侍立着很多人，有裕亲王、索额图、张英、马齐。他们都面无表情，用无比蔑视的目光瞪着他。皇上的目光更像结了一层冰，他张开口，声如巨雷滚过：“李光地，朕待你不薄，未料你竟欺君卖友，还假冒道学，真是一个十足的伪君子、恶小人！来人，摘掉他的顶戴花翎，交部议处！”

“啊！……”李光地大叫一声，猛地坐起身，冷汗淋漓，浑身像从水中刚捞出来似的，神情恍惚，还没完全从那可怕的梦境中清醒。夫人早被惊醒了，见丈夫这模样，吓得说：“哎哟这是怎么了？老爷怎么连内衣都湿透了，刚才还直叫唤，想是被什么东西魔怔了吧？”

“叫？我刚才叫了什么？”

“哼哼唧唧的也听不清楚，反正挺吓人的。要不要找太医院的人来瞧瞧？我记得您原来可没这毛病。”夫人说着，又是端茶，又是递毛巾。

李光地胡乱擦擦汗，顾不上穿衣，下了炕直扑桌案。“出这么多汗，看凉着！”夫人追下床，给他披上一件大氅。“去，你少多事。”李光地粗暴地喝退夫人，只顾抓起笔来飞笔疾书，边写边说：“我要向皇上告假，许我回乡省亲。今天咱们就回福州。”

“啊？”夫人大吃一惊，望着与昨日判若两人的丈夫，奇怪地问：“老爷是睡迷糊了吧？皇上就是准奏，还得有几天时日，怎能说走就走？”李光地停住笔，说了一句更让夫人莫名其妙的话：“忠孝难两全。现在我若不尽孝家慈，恐也不能尽忠于国。到头来忠孝两空，让人耻笑！”

正说着，门外发出轻轻的敲门声和窸窣的衣服响声。

“谁？”李光地紧张地问。

“禀老爷，二爷从福州来了。”这是管家，困倦勉强的声音中还带着睡意。

光坡，他怎么来京了？李光地与夫人紧张地对视了一眼，门外响起“嘭嘭”的敲门声。这猛烈急促的叩击声给宁静的晨曦平添了一份不祥的躁动。一个沙哑暗涩的男人声音分明还在颤抖：“大哥，快开门，家里出大事了。”

李光地扔下笔，光着脚几步奔过去，把门打开，一眼看见弟弟浑身裹素，披麻戴孝，脑中“唰”地一片空白，腿一软，几乎瘫倒在地。李光坡进屋后放声大哭，边哭边埋怨：“哥，你这一走也不给家来个音信，不回家看看……娘她老人家临去时只想见你一面，就是闭不上眼啊！”

李光地愧疚地捂住脸，扑倒在地，将脑袋发疯地撞击着地板，放声吼哭：“我原想今天就走，未料如此不幸。母亲竟不再等我一等……娘——儿不是存心啊，儿是真想看看您老，奈何天不遂人愿啊！”他撕心裂肺地哭着，被夫人搀扶起时，额头已撞得青紫一块。夫人一边陪着落泪，一边用低低的声音怨叹道：“造孽，造孽啊……”

李光地挣扎着回到案旁，想据丧情把奏折继续写完，却见刚才写的那几个字早被笔肚中淌出来的墨汁慢慢洇透，成了一团黑乎乎的东西……

四

如果再让白晋做一次穿越欧亚大陆之旅，他决不敢再乘船走海路了。白晋神甫带着从法兰西新招募来的十几个有技艺的西洋人和一大批路易十四赠送给康熙皇帝的礼物，乘“安菲特利特”号航船一直航行到位于澳门附近的万山群岛。这艘船已经是第二次远航中国了。船长是一个葡萄牙人，自诩非常熟悉这里的水路。大概是上帝故意考验这些担负着特殊使命的人们，快到目的地时，临近傍晚，天空中燃起红彤彤的火烧云，把大海映得霞光万丈，像一块巨大的美丽绸缎上下升浮。突然，东方的海面上掀起大浪，这海浪十分反常，汹涌澎湃的波涛，一会儿蹿起万丈，一会儿又劈下一道深渊。四周越来越晦暗溟蒙，整个海上显得杀机四伏，十分骇人。

夜晚十一点钟，从北方刮来一阵可怕的风暴。天空一片漆黑，暴雨如注，巨大的风浪将“安菲特利特”号的船帆撕成蜘蛛网般的破布。船上桅杆断裂了，船桅、船桁、索具都散了架。这里漏水，那里失灵。一个地方没抢救过来，另一个地方又出了险情。船上的水手听到敲响的信号钟，顿时慌了神，在甲板上你冲我撞，又挤又推，乱哄哄的没了章法。突然，有人尖叫一声：“不好，左船舱漏水啦！”大家急忙奔向左船舱，抢救的抢救，淘水的淘水，搬运的搬运。人人脸上既惊慌又恐惧，行动更加错乱无序。

在一片混乱之中，葡萄牙船长帕尔梅罗顶风登上危险的舷梯，扶着栏杆，用力稳住身子，朝天空鸣了一枪——砰！船上的人立刻安静了，船长用力图压过风浪的声音大声喊:“不要慌，不要乱跑。先把船帆换下来，抛下锚，堵住出水口……”

狂风还在猛烈地刮着，水手们用尽一切力气，却始终没能将船帆重新张起。子夜时分，人们抛下最后一个铁锚。“安菲特利特”号在风浪中激烈地摇晃着，就像一只想挣脱锁链的狂怒的雄狮。天仍是一片漆黑，再加上急风暴雨，什么都看不见。海面上一片恐怖，在这可怕又壮观的一幕中，人们心中既害怕又惊奇，不由从心中敬畏创造这一切的造物主。

破旧的“安菲特利特”号，不知要被风浪刮向何方，从海面上又找不出一个准确的方位。焦急、疲惫和绝望写在每一个人的脸上。连一向沉稳的船长，也不再发号指令，默默叼着根本没有烟叶的圆木烟斗，失神地望着海面。看来只有听天由命了。

隐隐约约，人们看到一块黑森森的陆地，然而再近一点才看清，原来那是一些突兀鬼怪的礁石，对这艘船无济于事。船上的人们彻底绝望了，好几个人在做着最后的忏悔，白晋和另几位神甫忙着为水手们作临终祈祷，准备把自己交给万能的上帝。

这排岩礁像一堵墙，船若撞上，非得支离破碎不可。可就在这危急的一瞬间，船长却突然下令加足马力尽力向前冲过去！事后他告诉大家，这些所谓的礁石只是由于海浪天气造成的错觉。要不是船长经验丰富，人们真过不去这道鬼门关!

船上的人们在海上漂泊了许久之后，终于找到一个避风的地方——一座小岛，尽管不知是否已经脱离危险。船长和白晋带着巴多明等几个略懂中文的传教士去找岛上的中国居民来援助，可找了半天也没看见一个人影儿，都很失望。船长说，中国人大概是出海捕鱼去了。他带大家回到船上，果断地下令水手们向空中开炮，以此惊动附近的中国人。

炮声轰轰，惊天动地，却久久没有回应。难道这是一座荒岛？大家不甘心，又放了一阵炮。一会儿，几个光头赤脚、发辫缠头、皮肤黝黑的渔民从一片礁石后探出头，又马上缩了回去，半天没了动静。

“喂，老乡，别怕，我们是从欧罗巴来的。我们的船遭了风浪，在这里暂避。你们知道这是什么地方吗？”白晋和船长冲着对面大声喊话。

躲在礁石后的渔民中有沉不住气的，悄悄探出身子，却始终不肯过来。他们也在观察对方。他们看见那大船帆破桅断，十分狼狈。许多黄头发的人在向他们摇晃着破帆布和脱下来的衣服，喊着一些古怪的话，神情焦急冲动。

见中国人立在远处犹犹豫豫，踌躇不决，白晋和帕尔梅罗船长只好走上前去。白晋用十分标准的中国官话对渔民们清晰地讲道：“我们是从法兰西来的传教士，船上带有我们国王陛下献给康熙皇帝的礼物，不巧遇到了风暴。你们能不能帮帮忙？我们将十分感谢。”

渔民们互相望望，惊异地小声议论：“这个夷人会讲我们的话。”“讲得还真棒！”“他说的是真的吗？要是给皇上的礼物，该是贡品了。”“贡品怎么没有官军押送？”

一个老渔民分开众人，上前一抱拳，道：“这个岛叫放鸡岛，你们要登陆，应该从珠江三角洲驶向广州。”

船长很笨拙地照着老渔夫的样子拱拱手，说：“我们本希望船能顺着海浪漂到广州，它第一次来中国时就是这么走的。但现在这艘船比上次破损严重，需要修理。你们这儿有渔船吗？”

一个年轻的渔民说：“当然有，可我们把渔船给了你们，我们还拿什么下海捕鱼，养一家老小？再说你们的船多大呀，我们的小船舱也装不下你们那么多货物啊。”

船长无奈地耸耸肩摊摊手。白晋双手比画着，焦急地说：“你们能不能先在这里帮我们建一个简易仓库，能放下东西就行。我们好把货物从舱中搬出来，再找救援。请放心，我们会付你们工钱的。”

“你这夷人，汉话怎么说得这么好？若不近瞧，简直跟我们这里的人一样。”一个渔夫说。

“我曾在皇宫中为皇帝陛下效劳。”

“啊！”渔夫中有人发出一声惊叹。“原来是个洋老爷。”有人小声说。大伙都笑了。中国百姓对与皇帝有关的事物都很敬畏，听他这么一说，不敢怠慢，立即着手准备建仓库的物料去了。

白晋又叫住那老渔夫：“老乡，请问这里为什么叫放鸡岛？”

老渔夫捋捋胡须，颇有些自得地说：“啊，这可说来话长啊。那还是从我太爷爷的时候留下来的掌故。俺们渔人出海时经过此岛总要放几只母鸡，祈求天上的尊神保佑我们一帆风顺，平安回来。真的很灵验啊！”

帕尔梅罗船长对白晋耸耸肩，自以为幽默地说：“我们什么都预备了，就是没带母鸡。”然后他问那渔夫：“你知道离这里最近的市镇是哪一个吗？”

渔夫想了想，说：“最近的地方大概要属电白了。”

船长忙取出地图，展开查找，又问：“那里的长官是哪一位呢？”

“嗨，洋老爷，您真逗。我一个小百姓，怎么晓得那里的大老爷！我只听说他们那儿最近新换了一个驻守营官，从澳门来的，姓蔡。”

白晋忙问船长听说过这个人吗，船长摇摇头：“驻守澳门的清军很多，可我只认识葡萄牙人。”

仓库很快建造好了，船长命水手们把货物从船舱中取出，并一再叮嘱要千万小心，不可损坏。

天终于亮了，风渐渐弱去，湿漉漉的太阳跃出海面，溅得海水万点金光。船长将船中已经为数不多的一点面包、腊肉和淡水慷慨地拿出来分给渔民们。早已饿得饥肠辘辘的水手们看着这些中国人风卷残云，狼吞虎咽，只能使劲抿住嘴，把口水往肚子里咽，不敢说什么。款待完救援者，船长对他们说：“谢谢你们，可敬的中国朋友。本已麻烦大家了，但现在我还恳请大家再多留一宿，因为我们的船还没修好，风浪来了依然危险，再帮帮我们，好不好？”

渔夫们答应了，可是等到夜晚，他们全一声不响地悄悄溜走了。“这些卑鄙的不守信用的中国人，让上帝惩罚他们吧！”一个年轻的水手攥着拳头愤恨地骂道。“不，罗杰，不能怨他们。他们都以打鱼为生，他们不回去，他们的家人就会挨饿。”“可是船长先生，他们还吃了我们的食物和所剩无几的淡水！”“不要那么吝啬，先生。难道你没看见，他们还为我们搭建了一座仓库。他们付出了他们的劳动，理应获得报酬！”“大清国倒是个勤苦耐劳的民族，只是人很愚昧，穷人教养更差，全都陷在偶像崇拜的泥潭中，远离了上帝。”白晋也加入讨论中来。“哎，他们说这里好像有一座什么庙，我们也去找找看。我想知道他们究竟是什么偶像崇拜？”首次来中国的洪约翰不顾饥饿，兴冲冲地提议。“约翰先生兴致很高啊，这是你来中国的第一课吗？”船长问。“大概是吧，不过我已从刚才那些渔民口中了解了许多东西……”

岛不大，几个人一会儿就看见了渔夫们讲的所谓神庙。它其实根本称不上庙，只是用石头搭成的简陋的祭坛，上边有一尊盘腿而坐的粗陋佛像。祭坛四角还有四个用整石雕成的神像。洪约翰边看边自言自语：“啊，他的模样真可怕，拿着斧子好像要砍谁。咦，他怎么抱着一个吉他？”

“那不是吉他，中国人叫琵琶，是他们民族的一种乐器。”学识渊博的巴多明神甫说。

白晋突然小声嘀咕了一句中国话，搞得不大会讲中文的洪约翰莫名其妙：“你在讲什么，神甫？”

“神甫说中国有许多和尚，这里是魔鬼最能背天主之道而行的地方！”帕尔梅罗船长翻译道。

过了两天，就在船上的食物就要吃光的时候，船长正用望远镜向大海深处巡视，突然发现了一个白点。他的心跳立刻加快，兴奋地招呼大家："你们快看，用望远镜看那里，约五十海里处，像是条船！"真的，白点近了，渐渐变成黄色，是一面旗子，最后大家终于看清了旗子上的两个黑色的中国字"大清"。大家激动地欢呼亲吻拥抱，把衣服高高抛向天空，喜极而泣，庆祝着上帝保佑他们绝处逢生！

船上的清军带队军官是个很年轻的小个子，黑皮肤，颧骨突出，眼眶突出，长得很像本地人，开口却是一口流利的京腔："你们这儿谁主事？有没有我们的批文？"

白晋上前道："我等是奉法兰西路易十四国王之命来中国为皇帝陛下服务的耶稣会传教士。这里有国王陛下亲自签署的任命书，请将军过目。"

小个子随便扫了几眼，摇摇头："我可不认识你们西洋字，我也不是将军，只是个千总，你们就叫我千总老爷吧。"

"你是不是姓蔡？"

"呀，你怎么知道我的姓？哦，一定是老黄他们告诉你的。你们这些夷人啊，不让人家回家，害得人家跟逃犯似的偷偷溜掉，要不是恰被我碰到，他们把你们的情况禀报本千总，你们就老待在这儿吧！"

白晋焦急地说："我们的船坏了，请你找一些新的帆桅，把船修好，尽快将国王的赠品送抵京城。"

"什么，你们还带着给皇帝的贡品！"蔡千总大吃一惊，埋怨道，"你们怎么不早说！快让我看看东西在哪儿。这要在我的地界上出了事，我和兄弟们的脑袋都得搬家！"

白晋带着蔡千总登上"安菲特利特"号船舱。千总不看则已，一看竟吓了一跳："我的天呀，这么多货！你们的船修不好，我的船又装不下，这可怎么弄？唉，看来我还得派人回去找船……"

帕尔梅罗船长以为他要跟那些渔民一样故技重演，一下冲到他面前，大手一伸，挡住其去路："你不能走，不能丢下我们不管！"

"哎呀洋大人，我留下，我总得负责贡品的安全呀！这批货物稍有闪失，第一个掉脑袋的就是我！"蔡千总边说边瞪眼做了一个刀切脖子的手势。

"还得向你的上级报告！"

"那还用说，我马上就给总督大人发文。"

“你赶快找工具来把我们的船修了！”船长像对自己水手似的命令催促道。

蔡千总双手叉腰，仰头望了望巨大的“安菲特利特”号，问：“你们这船吃水多少？”

“十七法尺，不知能否进港？”

蔡千总皱起眉：“很不巧，我们港的进水口位只有十五尺，要过十天才能涨大潮。”

“那就不要浪费时间了，”白晋说，“就用你们的船，尽快把这些物品运到安全地带。”

等传教士们登上中国驶来的大船，发现这些船上的舱位对于从欧洲运来的货物显得太狭小了，必须彻底清舱。大家又忙了大半天，才将货物一件一件地安置好，向广州驶去。

繁忙的广州码头上，一对对带着草帽、赤着脚的挑夫来来往往，络绎不绝。他们或挑着担子，或弯腰背负，脚步艰难地移动着。汗珠从他们赤裸的脊背上淋浴似的淌下。可即使他们用尽全身之力卖力地搬运，身上也免不了挨监工不时抽来的皮鞭。他们甚至来不及歇歇脚、喘口气，又被辱骂和鞭打催赶着，像草虫一样被践踏摧残，用汗水血泪挣几个少得可怜的活命钱。

几个第一次来中国的西方人见此情景，都呆住了。沉默了好久，一个声音感慨地说：“太不可思议了，中国穷人！”白晋听那人用一种奇怪的法文说着，回头一看，是从意大利来的一位年轻画家，新起的中文名字叫郎世宁。其实白晋知道，这些码头苦力在大清还不算最苦的，至少他们还有份事做，还有一点收入。但他还是忍不住说：“啊，郎世宁先生，看到这些中国穷人，你还会像指责欧洲穷人那样指责他们是因游手好闲而贫困的吗？”“真是不幸！”洪约翰叹道，“这就是这些不幸的中国人的日常生活啊，我想要是我们欧洲人迁到这里，又有多少人能养活自己？”“悲惨的人都有自己的愿望，我相信他们不想这样，但是没有办法。”帕尔梅罗仍叼着那个乌黑的大烟斗，吐出的一圈圈青烟像一个个无边的问号，飘向空中。“风俗，是淳朴的风俗使这些中国人能够承受贫穷和繁重的劳动。”巴多明向来讲话不多，但每次讲话总能发人深思。白晋听过巴多明的话，想说什么，却未张口，越发觉得拯救这个世界上人口最多的帝国有多么必要，又是多么神圣的事业！

正当传教士们闲聊的时候，码头边已挤满了看热闹的人。广州百姓还从没见过这么多夷人，这回可开了眼。看前面的几个夷人不是黑色长袍，项带十字架；

就是军装笔挺，长靴佩剑。尤其是那些身着短衣，露出棕红、黑、白各种肤色的水手，更令岸上的人们惊愕。世上竟有这种人，卷曲的头发，碧蓝的眼睛，一身长毛，连胸口都是毛茸茸的，这是什么怪物？到底是人还是鬼啊？

船就要驶入港口了，可就在这时，像退潮一样，人群突然“哄”地散开，不再追随大船。从船上眺望，镇里来了一支足有四五百人的队伍。若通过望远镜，就更清楚地看到，穿着镶蓝边号衣的衙役们高举着回避牌、水火棍、旗扇戟等各种仪仗，神气地走在队伍最前面，大声吆喝着驱散百姓清道。另有几百名挎刀护军，护卫着一个六人抬的红顶大轿，很是威仪。是谁在这个小地方摆官谱儿、抖威风呢？

第一艘大船上的清军也早发现了，一个当兵的对蔡珽——就是那个小个子蔡千总禀报：“总爷快看，张大人来了。”“看见了，抽油的来了。”蔡珽冷笑一声，心想，张大头这狗鼻子还挺灵，这么快就闻着味儿了。他命人放下踏板，整理官服，腾腾几步跨上岸。

一个身着四品鹭鸶补服的官员慢腾腾地出了大轿。他身材中等，只是脑袋比别人大着一圈，脸像被人狠狠抽过几巴掌似的肿着，观去颇觉不雅。蔡珽来到他面前请安道：“小的见过张大人。”

“行了吧小菜籽，少跟老子来这套。”姓张的官员显然跟蔡挺熟，问，“这几天差事还顺手吧？要不是我在提督大人跟前保举，你能混到这儿来？”

“是。多谢大人栽培。小的永不忘大人提携之恩。”

“拜年话说得倒快，可你小子怎么口上一套，做的又是一套？”张大头收敛笑容，瞪眼逼问，头好像又胀大了一圈。

“大人这话从何说起？”

张大头指了指蔡珽身后：“呃，那船上都是些什么人？要不是我的人禀报，本官还被你蒙在鼓里呢！”

蔡珽微笑了一下，一拱手：“回张大人，他们是从西洋来的传教使团，还带了法兰西国王献给万岁的贡品。下官已发文给总督，因事出紧急，还没来得及告知大人，请大人恕罪。”

“哼，不管他们是打哪儿来的，只要经过我这儿，只要船上有货，就得给我上税！哦不，是给朝廷上税。”

蔡珽立直身子，脸变得严肃了，道：“大人，小的虽是粗人，这些道理又岂能不知。不过您可听仔细了，他们带的是贡品，论理，不该收人家税！”

张大头一撇嘴：“贡品？怎么没有朝廷钦差守护，宫中侍卫押运？焉知他们不是走私、贩毒！你瞧瞧他们的德行，一个个神头鬼脸，妖妖怪怪的，没有半点人样。我看没准是一伙外夷海盗，跑到咱大清撒野来了！”

“张大……大人，”蔡珽眉毛立起，一着急，差点把长官的外号叫了出来，“下官作保，他们不是海盗，他们有法兰西国王给他们的任命状为证，我都见过了。”

“你说他们不是坏人，可你看看，他们船上装有大炮，听说还在放鸡岛开了火。正经商人能有这东西？”

“这样吧，大人既然不信，就烦劳大人跟随卑职到那船上看看，请您亲自查验一下他们带的物品是否违禁。”

“不用看！浙江巡抚张鹏翮大人早就有话，夷人不远万里带这些军火来，最是居心叵测，没安好心。实是想扰乱中国，最要厉防严查！”

“我不知道张鹏翮是谁，这儿是广东，不是浙江。浙江巡抚管不着广东的事！”蔡珽毫不客气地把上官硬邦邦地顶了回去。

“你——”张大头指着蔡珽，喘着粗气，半天说不出话，那张胖脸气得像紫猪肝，更像挨过巴掌似的。这时，他身旁站的一个没着官服、文质彬彬的书吏模样的人说：“蔡珽，不许胡说。张鹏翮大人是张大人的同宗叔父。还不快给大人赔罪！”

“啊！卑职该死，不知张巡抚是张大人的叔父，请大人恕罪。”蔡珽给张大头下跪叩了个头，又感激地冲那书吏笑笑，对张大头说：“卑职听说年先生认得西洋文字。要不我取来他们的西洋文书请年先生给鉴证一下，到时是真是假，一看便知。”

可张大头极不耐烦地一摆手：“蔡珽，我没工夫跟你在这儿磨牙，赶快让他们交银子。交了钱，本官可以照我大清商人之例一体保护；不交关税，即使走的是正道，这官盐也变成私盐了……”

“张大人，我再说一遍，这些夷人带的可是贡品，要是真在咱们这地界上出了事，你我可都吃不了兜着走！”面对蛮横的上司，蔡珽一点也不软弱。

见姓张的气得呼哧呼哧就要发作，那位年先生忙劝道：“大人，刚才蔡珽说他已给总督大人发文，我们何不等总督大人批文下来再作处置？这么无休止地争论，事关大人体面，对大人不便。”他指了指船上的、岸上的衙役和尚未散去的百姓，低声说。

……

等蔡珽按照总督指示将传教士在驿馆安顿好，派人守护了贡品，回到自己的营中，一位客人早在他营内等候多时了。

这位客人正是刚才在张大头身旁替蔡珽解危的那名书吏。他叫年希尧，字允恭，世家子弟，父亲现任湖北巡抚。他平时好读书，喜欢数学、医学，还专爱收集一些民间偏方。不过，这在以“经世致用”为根本的大清来说，这些东西不过是巫医占卜之类的旁门左道，难登大雅。许多对此不理解的朋友都很替他惋惜，以他的才智和家世，如果将精力用于文辞诗赋，也许早就做了知府，而不是现在这么一个文牍小吏！蔡珽跟年希尧的弟弟年羹尧从小拜同一位私塾先生学习，感情十分深厚，所以同年希尧的关系也很亲密，绝非一般泛泛之交。

“兄弟啊，今天愚兄可得说说你，你这又何苦呢？跟他那么一个人理论！”

“哼，我就看不惯他那德行！”

“再看不惯，他也是咱们长官。再说，今天这事也全是为公务，你竟一点面子不给他留。唉，要不是我在场，你呀……”

“什么公务，还不是为他自己多捞些银子。哼，别以为我来这儿时间短，什么都不知道！去年他在海关任上，除征商船额税四万两外，又以耗羡为名，多得十一万两；夷商们带来的银两，他每两抽银三分九厘，共得银两万余两。更可气的是，他以敬上为名，从外夷商船上挑选奇珍异宝，由洋行商人代付货款，这一下又进银两万两。他妈的，一年下来，他不捞个十万八万的，就让我这个蔡字倒着写！”

“哎呀小声点，我的好兄弟！”年希尧快步过来掩住他的口，“你当官也有几年了，怎么脾气一点没变！”

“怕什么！”蔡珽气呼呼地推开年希尧的手臂，“要想人不知，除非己莫为！我也真奇怪，张鹏翮在浙江也算个受百姓拥戴的清官，可怎么有这么个侄儿！”

“嗨，龙生九种，尚且各不相同，况是叔侄，又远隔千里，岂可等而视之！再说，换一个人来，不见得比他捞得少！”年希尧又笑笑，“倒是你这种口气，没准儿今后被哪个王公瞧上，还能攀龙附凤，一步登天呢！”

“年大哥又取笑我了。”蔡珽说，“跟你说实话吧，大哥，我早想离开这儿，去北方。我家原本在直隶，回原籍不论做什么，哪怕找个戈什哈呢，我也情愿！”

“只怕没人敢要你这个戈什哈。愚兄以为，贤弟还是留在此地为好……”

“年大哥一向是明白人，怎么也绕不过弯儿呢。我若不走，姓张的今后少不了给我小鞋穿，还是速速离开为妙。”

“这么说我也待不久了，人人都知道我与贤弟素来相善。”

“大哥跟小弟不同，您是世家子弟，令尊大人现在还在任上，他不敢对您如何。”

“那我也不想做了。”年希尧叹道，“一来入幕本非我之初衷，再者我也得给自己积点阴德，不能眼睁睁地看着他把银子都捞足了，自己还在一边袖手旁观。就是人家背后不骂我为虎作伥，一旦他真出了事，我也脱不了干系。”

“大哥这话说得真切，小弟常想，我们要是随了个正经主事，也算一生造化呢。”

年希尧沉思道：“京城显贵倒多，天子脚下，名臣良将云集，是个兴隆去处。只是你若进京，别的不说，就是你这汉人身份，大概连个‘二等虾’也排不上，谈何报效！”

“我也没说一定上京师啊。我想去内蒙，投费扬古将军麾下。听说费扬古将军最是体恤部下，羹尧不是就在那儿入的伍吗？”

“哈，闹了半天，你是想二弟啦。可也是，你们哥儿俩从小就在一块儿读书习武，羹尧和你在一起的时间倒比同我这个哥哥相处的时间还长。”

“我的书没有羹尧念得好。”蔡珽回忆着往事，“那时家父，还有好几位教过我们的先生都说，亮工是个将才，今后一定文武双全，为国之栋梁。”

“你也不简单嘛，就冲这敢与上司顶牛的劲儿。”年希尧善意地开着玩笑说，“换了二弟，可闹不来。”

蔡珽装没听出来，道：“大哥最是博学，那西洋文书，我瞅着跟天书似的，你怎么一下就破译了！我听爹说，要是再早几年，像大哥这样的，可以跟索相、佟相他们去东北谈判了。哎哟……哎……哟……”他突然用手捂住肚子，弯下腰，眉毛拧在了一起。

“你怎么了？”年希尧吓了一跳，过去扶他。

“没，没什么，大哥，刚才我要驿馆的人给夷人上了四十道菜，我作陪，大概，大概吃多了……失礼了大哥，我要方便一下。少陪，少陪。”说着捂着肚子一溜烟儿地跑了出去。

天啊，四十道菜！就是皇上南巡也用不了这么多啊！年希尧又是笑又是摇头，想象着那热闹有趣又混乱不堪的场面。最后由心底发出一声感慨：“真是个难得的实诚人，我和二弟没白交这个朋友！”

五

索额图早晨来到慈宁宫花园，在远处就望见那群正漫步游园、有说有笑的群臣。他们都身着便服，有宁绸的夹袍、仿绸的长衫、青绿的纱衫，手持湘妃、棕竹、玉竹的古人写画真迹墨扇，很是清闲洒脱。如果不是四周金碧辉煌的殿宇，外人会把他们当成一群游春的文人雅士。索额图很快从人群中找到皇上，他也穿着一件半旧的月白长衫，腰系一条酱色丝带，手持一柄湘竹扇，与群臣并无二致。但无论隔着多远，还是背身而立，皇上那优雅的仪姿、非凡的风度和身上所焕发出的一股巨大的感召力，都那么与众不同，既让人恭敬肃然，又使人倍感温暖亲切。索额图见皇上游兴正浓，没敢打扰，只是不远不近地跟在他们身后悄悄观察注视着。

康熙今日约了一干汉族文臣赏花观鱼。只见碧清的水池中，一条条金玉晶莹、圆头鼓眼的金鱼舞身摆尾，游于池中。或独自静游，或追逐嬉戏，或上下觅食。优雅轻盈，仪态万方，好像盛开在御池中的朵朵金莲。太阳照在鱼鳞上，映出点点金光，像给鱼儿裹了一层金黄的甲衣，更显高贵华美。大臣们难得有这种恩赏，也都争着凑趣。一位容长脸的大臣躬身道："昔日尧帝时，圣乐一起，百兽率舞。今日圣上临园，池中鱼儿争相欢悦朝君，可见皇上乃尧舜之君，实我国家万民之幸！"

康熙平时最不爱听这种奉承话，但因今日高兴，未予申斥，只是笑道："朕听爱卿这话很是耳熟，似曾从何人口中道过。"

另一位大臣接过康熙的话说："数年前高士奇侍圣驾游北海，万岁见池中鱼儿不出，不乐，高士奇说这是鱼儿畏圣上神威，故不敢仰视，当时博得天颜一笑。今日何大人之言皆出于此，只是意同而语异，请皇上明鉴。"

"啊，这么一说朕倒想起来了，确有此事。高士奇才智是好的，也好学能文，可惜聪明反被聪明误。若不是一时糊涂，干了不该干的事，则朕必当为其保全。"

高士奇何人不知，若是倒退五年，那也是个在皇上面前能讲上话、群臣挤破门槛都巴结不上的人物！他思维敏捷，黠智多才，又善滑稽逗笑。有一段时间，凡是皇上出巡、狩猎，必令其与亲近侍卫并马扈从，竟一刻也离不开他。连索额图、明珠、佟国纲这些重臣都一概疏远了。这样才高受宠，难免遭人所妒，又因他投靠明珠，最终被人参奏结党营私，落了个罢官逐回原籍的结果。康熙现在想起他还不免有些留恋与伤感，因为他走后，除了曹寅，就再没有一个像朋友一样互相嬉笑娱乐的人了。

这时索额图才轻步走到近前，向皇帝行礼道："万岁观鱼为何不邀西洋人来，奴才听说他们国中尚未见过金鱼，可见我中华物产丰盛，万国来朝。"

康熙哈哈笑了："亏你还惦记着他们，朕倒是下旨相邀，可人家忙，说没工夫游玩。朕不是于皇城中赏了一处地供他们建教堂嘛，去年因同噶尔丹交兵，延误了下来。今年他们要抓紧时间建造，到时朕也好去观赏他们的教堂。”

听索额图一张口就是夷人洋教什么的，那些正统的汉族大臣心里都很不受用，表面还得毕恭毕敬地听着，却无人接话。

康熙的兴致却被提了上来，对大臣们道：“西洋之学与中国多有不同，工匠技艺自不必说，就是建筑和作画，也大相径庭。朕本想今日请意大利画师热亚尼来园中试笔调色，看看西洋画布上的园林鸟兽与我们东方帛绢上的哪一个更好，更像！”

索额图拱手道：“奴才倒是有幸见过几幅西洋画，他们笔多写实，笔触细腻，类同实物，但又不同于我之工笔绘法，尚缺我丹青之神韵。”说着，他一指御池，“比如画这群金鱼，如意馆的画师绘时，当用黑色轻点，几笔之后鱼已跃然纸上。然西洋概多用硬碳素笔细致临摹，上色时更与东土不同。奴才于水墨丹青也是外行，说不大准，到时请他们来示范一下就是了。”

康熙点点头，心里暗想，若是高士奇在此，便能当众调色泼墨，挥洒一番了。嗯，得找个理由，让他回来，回到朕身边……

康熙慢慢溜达着，继续观赏园中的景物，突然，他看见一块太湖石后面有个人影，隐隐闪闪不敢出来的样子，便冲那边喊道：“是张英吗？怎么躲在那儿，还不快给朕出来！”

见皇上发现了，张英正冠理袍，急走几步，跪下请安。“朕要你辰时来园侍奉，你为何来迟，还畏缩不出，该当何罪？”康熙故作严厉地说道，脸上却是笑着。

“回万岁，臣因家中有点私事被拖绊了，以致迟到，请皇上恕罪。”

“哟，张大人还会有私事，是抱上孙子了还是又娶了一房姨太太？啊，哈哈！”高士奇不在，索额图只能被迫充当这个插科打诨的角色。众人“哄”的一声都笑了，连康熙也笑了。再看张英，别人受此嬉弄，少不得辩解一番或回敬几句，可被朝臣们称为“老蔫”的张英，却默立一旁，不哼不哈，只是眨眨眼，仿佛索额图刚才谈笑的不是他自己，而是别的什么人。康熙对众人摆摆手：“罢了罢了，不要难为老实人。张英，你既已来迟，就该受罚。众卿说当怎么处置啊？”

这一下群臣气氛又活跃了，有的说：“叫张大人作首诗。”有的说：“张英书法是一绝，应让他泼墨。”甚至还有让张英学驴叫的！一时又是一片哄笑。康熙对众臣说：“朕看还是作诗好，既文雅又简断，且不失大臣体面。”他温和地对依然沉静不语的张英说：“爱卿以为如何？”

“臣遵旨。”张英略一抬头，马上又垂下眼睑，平静斯文地说：“适才臣说有家事缠身。臣为解决此贱事，写了一首顺口溜，也算不上诗，既然皇上问起，臣只好有污圣听了……”

原来张英本是安徽桐城人。近日居于原籍的家人要修治府第，因地界不清，与对街一方姓邻居发生争执，告到官府。这方家也是本地的名门望族，因双方在当地都十分显赫，县令不敢贸然决断。家人就写信给张英诉说此事，以期借张英在朝为官的名望争得一二。张英今早读罢此信，知道事情原委后，便赋诗一首，回复家人，表明己意。要家人将府墙退后三尺。诗是这么写的：千里修书只为墙，让他三尺又何妨。万里长城今犹在，不见当年秦始皇！

康熙听张英讲完。拊掌赞道：“好，好！爱卿此举之谦忍风范，不失为宰辅风度。常听人说张爱卿有古大臣遗风，今日闻之果然如是，连朕都觉得可敬可佩！”

张英听了慌忙跪下，脸一红，又讲不出话了，样子又羞又窘，让人看了，既替他着急，又想发笑。

“万岁，”索额图说，“奴才听张英这首诗与皇上几天前的一首御作十分相似，类同于和诗。”

“哦，是朕胡诌了一首，可没有张爱卿这首好。”

“万岁可别这么说，若万岁再谦逊，张大人该往这水池里扎了。”索额图指着神态窘迫、手足无措的张英笑着说。康熙“扑哧”一声笑了，“瞧你说的，哪会如此。他若真下去了，朕去捞。”

有个大臣问：“臣还不知皇上新作御翰，求皇上金口玉言赏奴才个耳福。”众臣也纷纷请求。康熙很爽快地说：“好，不过卿等不要笑话。嗯，朕依稀记得那四句是‘万里经营到海涯，纷纷调发逐浮夸。当时用尽生民力，天下何曾属尔家！’朕已将此诗赠予李光地了……”

刚才还满脸恭敬、面带微笑的众臣一下都哑然无声了，都木着脸不言语。索额图这时才发现陪侍的大臣中没有李光地，若是平时这种场合，断断少他不得。刚才索额图只顾陪皇上开心，以至这个重要情况都没发现！

“你们这是怎么啦？”康熙见众人面容冷淡，缄口不语，诧异地问。

索额图虽对汉臣们听到“李光地”这三个字后奇怪的沉默也不知实情，但心中也猜出了八九分，心里冷笑一声，故作轻松地笑道：“皇上，奴才猜测大家是想多亏李光地今儿没来，否则他在万岁跟前又该程子朱子不离口，扫了大伙的兴，万岁爷能有现在这么欢欣吗？”

“难道他讲程朱不对？”康熙也知道索额图有点看不起汉臣，但当着这么多汉臣的面，怎能激起众怒呢！皇上忙以诘问的口气提醒这位满洲亲贵注意自己的言语。

索额图却毫不在意，傲然面向皇上，一眼不睬那些表情不断变化的汉大臣："程朱自然当讲，可皇上也知道，光地总是不分场合地奢谈理学，坐而论道，为此皇上也批评过他。比如今日他若伴驾，又该把游春赏景搞得跟个论道场似的，谁受得了！"

索额图话虽直，可也不无道理。康熙点点头说："这确是光地的一个弱点，朕也常对其进行训诲。但如今妄论理学之臣又何止李光地一人。张英，你且记下，朕初四将召试翰林官员，题目就定为'理学真伪论'！"

群臣面面相觑，彼此交换着意味不同的目光，心照不宣。他们各怀心事、惴惴不安地又陪皇上逛了一会儿，就跪安了。照例，索额图留在最后。

康熙走了半日有些累了，命太监搬过一把填漆木椅坐了下来，又命人拿过一个猩红的绣花毡垫，给索额图赐坐。康熙问："听你刚才论光地之言，似乎还有话没讲完。"索额图坐在地上探探身子："奴才不知李光地今日怎么没来伴驾？"

"怎么你还不知道？"康熙说，"他刚报过母丧，请假九个月，回乡守制。"

索额图嘴角泛起一丝阴笑，起身跪奏道："恕奴才直言，皇上被李光地蒙蔽了！"

"嗯？你起来讲！"

索额图眼睛雪亮，兴奋得就像一只突然觅捉到对手最弱部分的狼："万岁明鉴，依古礼，常人为家慈守制应为三年，李光地却只向万岁请了九个月假，其态患得患失，其意若即若离，这难道不是贪位而忘亲吗？请万岁洞识其奸，明察是非！"

"是这样！"康熙腾地站起来，脸拉长，面有愠色，却忍了忍，随即又慢慢坐下，用略带失望的口气说："朕向来以孝治天下，没想到朕身旁的近臣竟如此行事。此事你会同九卿察议后再奏与朕，若真如你言，不但福建同乡为其蒙羞，即朕亦为其汗颜！"

"是，然则皇上如何处置？"索额图心花怒放，迫不及待地问，觉得查办李光地已十拿九稳。

康熙脸色十分难看，恶狠狠盯视了索额图半晌，又慢悠悠地说："若其果贪位忘亲，文饰而丧行，朕非但不准其回乡之奏请，还必将其解职，诏之于天下。好了，说说俄国近来有何动向？"

"奴才还听说李光地……"

“李光地的事先不要说了，朕自会裁断！”康熙烦躁地打断索额图的话，又半讥讽半不悦地说，“请爱卿顺着朕的思路奏答，行吗？”

“喳，喳。奴才该死。禀万岁，俄国使者伊兹勃兰特已携贡品抵京。”

“哦，不就是那个移居到俄国的荷兰商人，朕猜他准是为商务而来的，又要同咱们做买卖吧？”

“回万岁，伊兹勃兰特抵京不全为商务，他还有个请求，是在京建立东正教堂。”

“呵，有意思，法兰西国要建天主教堂，现在老毛子又冒出个东正教，还要行商贸易，真可谓众口难调啊。朕不知道中国对他们这些外夷就有这么大的吸引力！”

“万国来朝，正是我大清兴盛之象！”索额图笑着说。

康熙神情庄重地凝思片刻，道：“外藩朝贡虽属盛事，恐传至后世，未必不因此反生事端……总之，国家安宁则外衅不作，故当以培养元气为根本要务！哎，朕怎么现在还没见到俄使国书？”

索额图马上离座，俯身赔罪道：“这是奴才的疏忽。此事本该早奏万岁。奴才原同议政王大臣议后即将国书翻译呈进，只因沙皇文书将其名置于万岁之前，且不写奏体而称朋友，甚不合外国奏表之例。故奴才以为应将此文书退回，以彼不谙体例之处明白晓谕该使。今后有事来奏，则须将奏书交我边界大臣阅看，验明合例后，方准入奏。”

康熙慢慢摇着折扇，口气却很严厉：“这种事礼部就应先把关！难道礼部尚书没有查验文书，没有将礼律谕明该使吗？”

礼部尚书沙穆哈是索额图的门生，一切行动唯索额图授意行事。索额图只顾洋洋自得地报奏表功，没想皇上寻到自己头上，额上顿时冒了一层细密的汗珠，叩头道：“奴才今后一定严加督察，再不敢出此差误。奴才另请万岁下旨，俄使将如何处置？”

“俄国使臣由远地携货而来，不无辛劳，用意颇诚，可准其照常贸易，但其必须遵守我大清法度经营纳税。你下去后好生款待伊兹勃兰特和该使团成员。至于他们那个文书，待朕拟好一道敕书后，一并交其带回俄国。”

“喳！”索额图又拱拱手，“奴才斗胆问，万岁以为俄国人如何？”

康熙笑笑，站起身，沿着御池慢慢散步。他从一个太监手中接过一小袋鱼食，向碧池中轻轻抛撒着，看着金鱼的嘴一张一合，吐着水泡，聚在一处争抢食吃，十分开心。随口说：“俄国人才颇健，其要事之精密不让法兰西、葡萄牙、荷兰诸国。只是其性偏执，论理亦多谬误，有些实为狂悖非礼。不过那个彼得沙皇，倒不可小视！”

“是。奴才以为在外藩诸国中，皇上对俄国恩赏最厚。如准许其在京通商贸易，而法兰西、荷兰等来华商队就只能在广东贸易。”

康熙不看索额图，沉思地望着清澈池水中活泼灵动的金鱼，过了一会儿，说：“朕听说近来海关税吏强拉商船货物，概行征税，以至商船稀少，关税减额。且海关中多有自外国来者，如此琐屑，甚觉非体！”

“那皇上的意思是将此项税赋豁免？”

“不，倒也不必矫枉过正，朕想只将税银减之一半即可。”

“老臣驽钝，皇上刚才说关税已有缺额，现在减去这些，会不会影响国赋呢？”

康熙冷静的目光缓缓流连着园里的花草、树木，“农桑才是正理，国之根本，财赋之源。至于商贾贸易本属末流。朕如何在乎这些许小钱？不过是叫中外商人遵守法度，方不失我大清国威。”说着，康熙又抓了一把鱼饵，一点一点地抛向池中。

索额图看皇上这种神情，不好再说下去，又笑道：“奴才斗胆进一言，万岁对这池中鱼儿不可喂食过饱。”

“哦，怎么讲？”康熙停了手，将鱼饵袋交给太监。马上又有一个太监手捧一金盆跪在地上，请皇上净手。

索额图别有意味地说：“若鱼儿吃食过饱，遇到钓饵就不肯上钩了。”

“你说什么？”听索额图这话大有深意，康熙侧过身，目光霍霍地望着他，却没注意下边，手一滑，将洗手盆打落，把那正跪地服侍的太监淋成了个落汤鸡。那太监吓得不住地叩头。康熙略显尴尬，但他急于想知道索额图的本意，只皱眉挥手令那服侍的人退下，诧异地问道：“难道有人敢在朕御池内垂钓？”平时一贯讲满语的索额图竟用汉语煞有介事、拖腔拖调地吟了两句唐诗作答：“坐观垂钓者，徒有羡鱼情。”

“哈哈哈……”恍然而悟的康熙仰面大笑，灿烂的阳光把他那尊傲的面容映照得越发丰神俊朗、光彩照人，“索额图，你什么时候也学会了春秋笔法，跟朕玩这个！”

“奴才头次运用，不得要领，恐还需请教张英他们。”

康熙又是一笑，神色慢慢变得严肃，开始倒背着手沉稳地踱步，悠悠地说：“国家养育人才最为重要。朕近见国子监教习官学生等甚属萎靡，大不及前。八旗教习亦皆懈怠。故朕考虑务宜于满汉诸臣中选择良师勤加训诲！前日翰林院考试庶吉士，均所学甚劣，较从前庶吉士迥然不及。此皆教习怠弛，不专心负责所致。现在庶吉士教习，只有傅继祖一人担任，朕觉人手不足。所以朕想重新启用高士奇、熊赐履、王鸿绪三人。”

这三人都是以前在党争中被人参告，贬官罢任的，现在皇上又要启用，用意何在？今后怎么同他们相处呢？这几个人若合在一处，可比那个假道学的李光地更麻烦！索额图心里“咯噔”一下，如同掉下一大块冰疙瘩，哑然失色。好家伙，刚轰走一只虎，又来了三条狼！

“朕知道你的心思。”康熙不动声色地说，“其实朕想招他们入宫还有另一层想法。如今阿哥们也都大了，书越读越多，心也大了，不比小时候好管束。这三人都是原来上书房的老人，其中熊赐履还曾做过太子的师傅，跟你关系也不错，让他们来助教太子，朕还是放心的。”

“喳。”索额图低下头，怕皇上发现他抵触的表情。

“唉，近几日朕不常往上书房走动，也不知道这些孩子们的功课学得怎么样了。”这时索额图紧张、疑惧的心情渐渐淡化了，康熙的心情却一点一点沉重起来，他忧虑地望着那一圈圈缠绕着松柏的藤萝，说：“人总要长大，不能老靠着别人过活。他们是皇阿哥，更应早日晓是非，明事理！”

索额图正要说些什么毓华崇实、天资聪慧之类的奉承话，康熙又有了新的打算：“朕想于近日在乾清宫，当着众臣之面考查诸阿哥的功课，凡已入学的皇子都要参加，不得以任何理由推诿不来。”

“皇上此意适才为何没向张英明示？”张英现在是上书房的总师傅，此种事他理应最先知晓。

康熙仍盯着那株挤靠着大树的紫色藤萝，目光含忧地说：“你这是明知故问！朕若刚才当众说了，有人就会为保自己官爵，当然，也许为了皇家体面，保不准临阵磨枪，在最近的课业中抓紧督教阿哥们，那样，朕之测验还有何意义？朕就是想知道他们平时念书都吸收了几分。哦，你不用担心，太子不必参加这次考试，朕另有安排。”转过身来康熙又问：“你最近去毓庆宫了吗？太子近来都读的什么书？”

“回万岁，近日太子常与法兰西新遣来的传教士一起研究西洋诸学，机械算法，还有欧里吧唧几何原理，奴才不敢有隐。”

听鹦鹉学舌的索额图把欧几里得几何学说错了，康熙忍不住笑了，却又皱起黑眉，道：“你过去对太子说，这些都是末务，朕虽有所涉及，也是暇余游戏而已。四书五经、程朱理学才是正统正务！太子务必将《春秋》《中庸》中诸圣之论烂熟于胸，朕是要查的！”然后，康熙脸上现出笑意，抛下刚才沉重的话题，用随便的、愉快的语气说：“算来朕也有些日子没见二阿哥了，听说他长胖了，是吗？”

索额图也笑了：“皇上这么说，倒像亲眼瞅见太子似的。奴才看太子是比以前丰满了些。”

“哈，那是好事嘛。”康熙笑着用手指点点自己骨棱棱的面颊，“朕想丰满而不成。希望二阿哥可别像朕这么有骨无肌的，瘦削得不像样子，让那些外夷们看了也不成体统。”

索额图何等乖巧，赶紧接道：“皇上这都是为国家操劳，才清减如此。奴才看了也觉心酸。但奴才记得皇上曾当着臣等说，昔日唐玄宗照镜自览，见其面容变瘦，对群臣坦然笑曰：‘吾貌虽瘦，天下必肥！’皇上正是以此自砥，实我国家万民之福！”

康熙沉默不语，心潮却澎湃起伏，只觉一股浩然之气在胸中荡漾，高高上升……当他眼睛越过层层金黄色的殿宇，将目光移向湛蓝的天空时，不由满怀深情地说：“但愿青出于蓝……”

在索额图到东宫看望太子的第二天，胤禛来到毓庆宫，他向太子请安后，起身抬头时，猛然看到自己曾在乾清宫见过的贡品——那架精致的八面转花西洋自鸣钟被“开膛破肚”。各种形状的齿轮、发条、小螺丝、小零件，乱七八糟地散了一桌子。太子胤礽正拿着一个铁家伙往钟腹里使劲地捅着，不知是拆还是装，干得热火朝天，满头大汗。不明就里的胤禛不由惊呼：“你，你怎么敢毁父皇的贡品！”

胤礽哈哈大笑：“老四，青天白日，别这么大惊小怪的！这是皇阿玛赏给我的，现在我把它当了模型向巴多明神甫学习机械制造。你没搞清楚就瞎咋呼，倒吓了我一跳！”胤禛这才注意到，太子身边还站着一个高大丰壮的西洋人。“新来的这批传教士里，就他讲的中国话我能听懂，其余根本没法交谈。老四，你坐啊，我马上就好。”胤礽扬首示意。胤禛在一个梨花木椅上坐下，从随从太监手中取过一个黄绫缎的包裹，正要说话，见太子突然朝他身后正低头检查零件的传教士努努嘴，使了个制止的眼色，便没作声，悄悄把东西放在一旁不显眼的案上。

过了一会儿，像变戏法儿似的，杂乱分散的零件又装聚在一起，组成了一架完整漂亮的自鸣钟。胤礽给钟上上发条，那小针开始一圈圈转动起来，像屋檐下的残雪滴落，滴答滴答，不快不慢。胤礽兴奋得顾不上擦汗，拍着巴掌像个孩子一样高兴："太好了，我终于大功告成了！老四，你可不知道，这已是我第三次鼓弄这玩意儿了，前两次都没装好。不是装上又散了架就是装好后表针不走。啊，今天总算皇天不负苦心人！得，老四，算你来得巧，我就把这钟送给你吧。"

胤禛心里嘀咕，前两次你都没装好，这次装上，谁又能保它以后不再出毛病。送钟……听着多难听！口中却说："既是皇阿玛御赐，又凝聚了二哥的心血，小弟实不敢愧领。"

"怎么，你是怕我摆弄不好？"

"不、不，二哥的才艺学识无人能及，心灵手巧，无师自通，就是鲁班再世，也不及万一。"胤禛不知为何，说了一句他以前从未说过，甚至十分鄙夷的违心话奉承道。

胤礽脑子转得倒挺快："咦？"他诧异地，后又笑眯眯地打量着胤禛，"老四，你什么时候也学乖了？我以前还没听你这么讲话，这可不符合你平日的行止啊，哈哈。"

胤禛脸"刷"地红了，难为情地笑笑，赶快低下头。

钟已安好，巴多明的差事也算完成了，他直愣愣地跪下对两位皇子说："臣该回教堂做弥撒了，请二位殿下恕臣先行告退。"

望着巴多明离去的背影，胤禛说："他汉话说得果然不错。二哥，刚才你为什么不让我展示经卷？"

胤礽擦着汗，在另一把椅子上坐下，道："他们耶稣会传教士最反感其他教义。前几天一个喇嘛想请他们的画师给自己画像，皇阿玛顾及夷人的信仰，一口回绝了。今天若让他看到这个，以此生出事端来，反倒不美。"

"这么说二哥也算考虑周详，尽了人主之谊。"

胤礽不答，重新打量着胤禛，突然笑道："我说老四，难怪连皇阿玛都夸你节俭。瞅你这身穿戴，不是黑就是灰，我就没见你穿过什么鲜亮袍服，整日跟个苦行僧似的，你这又何苦呢！"

"二哥有所不知，先前孝懿皇后在世时，说我出生之际时令不正，有违天时，所以必得早年受些清苦，来日方可减些罪孽。我倒觉得自己现在没有什么不适，也习惯了。"

第一次听到这番奇论的胤礽不相信地晃晃脑袋："嗨，依我看孝懿皇后断断想不出这话，必又是哪个和尚道士编出的鬼话！你听他的呢！能降临于皇家是常人千万辈子也修不来的福分，有何罪孽！老四啊，想开点儿。人生在世，只不过是吃喝玩乐，开心一场。以后缺什么吃穿用度，只管跟哥哥说。现在不趁着年轻乐和乐和，将来老了想嬉戏都来不及了！”

胤禛不自然地笑笑，觉得太子这话与他在皇上、在上书房师傅前面背讲的道理竟差了十万八千里！他惶然望着太子那丰满圆润、保养得很好的面容，清淡地说：“小弟怎能同二哥相比。二哥是生就的福分，享不尽的荣华富贵。”

听到这话，胤礽的脑瓜往后一扬，舒坦而得意地笑了：“人都说少年不识愁滋味，今日看来，你的年岁竟比我大！若说富贵皇家，还有新鲜的呢。我听索额图说，俄国那个彼得国王，放着好好的沙皇不当，非要下到各处去跟一帮匠人、兵卒、杂役厮混，还不许别人称他皇帝，只叫军职，什么彼得中士，彼得炮手。你说奇也不奇？”

胤禛听了也很惊讶，想了想说：“这也许是他微服私访、探察民情吧。”

“起先我也这么想，可听索额图说竟完全不是！若说微服私访吧，他去的又都是别的国家，什么英吉利、荷兰、法兰西，西洋那些个国家他差不多都转遍了。到了异邦也只与那些下三烂混在一处，干力气活，做苦工，不知尊重，一点儿没有个主子样儿。就这么个皇帝，夷人还愣说他是有道之君！什么有道之君，叫我看啊，他跟明朝的天启倒像亲哥儿俩似的。朱由校不也爱做木匠活儿吗，只不过那死鬼是躲在深宫里劈斧子罢了。老四，你说呢？”见胤禛只是默默听着，沉吟不语，仿佛一尊泥雕佛像，胤礽偏过头，暗自好笑地问。

“他这么做，大概也有他的道理。我东土本与西人习俗不同，倒不好妄加评判。”胤禛缓缓说道，年少的眼中透出几分深沉。

大概是没想到这个外表木讷的四弟还会这么讲，胤礽愣了愣，干笑了一下：“可也是，连皇阿玛都说这小毛子不可小看。哎，四弟你说，我跟彼得同龄，可现在还整天圈在这闷葫芦罐里听张英、徐元梦、李光地他们瞎唠叨。唉，什么时候我也像那小毛子一样，想上哪儿就上哪儿，想做什么就做什么该多好啊！”

胤禛忙低下头，不敢作答，跳动的黑眉皱了一下，觉得太子这话越发远了。他又马上改容，抬头笑问道：“二哥还有事吗？小弟着实有扰了。”说着就要起身。胤礽伸手将他按住：“坐下，老四，我这儿又没有吃人的老虎，你怕什么！说正经的，老四，我可有一件绝密的信儿告诉你，你可不要再对别人讲！……皇阿玛说了，要于下月中旬选一日在乾清宫考查兄弟们的课业，你可事先准备好了，别像那年似的……”

他怎么也提这事！胤禛不明白为什么这么多人都专爱揭自己这块伤疤，真想拔脚就走，不听太子饶舌。但他还是尽量将心绪平静下来，料定这准是索额图向太子透露的消息。他向胤礽拱手道：“多谢二哥挂记，小弟才疏学浅，如果用功也是不成器的，非比三哥那样过目成诵，下笔成文。”

“谁说你不行？我今儿个告诉你就是想让你此试一举夺魁。哼，谁让老三这几天老也不来见我，我就是不告诉他，气气他！”

“三哥可是身上不好？”

“嗨，哪儿啊，他又娶了个侧福晋，就变得这么没出息，把我这个哥哥给忘了。哎，老四，我怎么听说你也把你福晋带进宫的那个小丫头收了房，还不快从实招来。”胤礽指着胤禛笑嘻嘻地问。

“是，这都是奉皇阿玛、皇额娘之命。小弟断不敢擅自迎娶的。”胤禛脸一红，小声说。

“嗨，这有什么可难为情的！别说咱们皇家，就是外面那些达官显贵，哪个没有七八房姨太太？我就不信你无情无欲，心如木石，难道你还真当和尚去不成！”

胤禛平时话不多，但应答叙事都很得体，论述问题也清晰明了。只是在这种事上，他一个字也不敢想，更讲不出。他脸更红，心突突突突像有一只小兔子藏在里面乱跳。

还是胤礽一句家常问话打破了空气的沉闷与胤禛的尴尬：“四弟，弟妹现在身子怎么样了？保养如何？”

“多谢二哥关照，御医说下月大概就差不多了。”

“呦，那不正赶上皇阿玛测验兄弟们的时候吗。那我就祝四弟到时夺魁添子，双喜临门！”

“谢二哥吉言。”胤禛朝太子躬身一揖，脸上的红潮尚未退去。

黄昏时分，胤禛独自一人来到太和殿前宽阔的广场上孤零零地散步。他慢慢地走着，西落的太阳将他那映在石砖上的踽踽独行的身影拉得很瘦、很长。望着被暮色染得更显神秘沉重的宫殿和蹲踞在太和门前浑身闪烁金光的巨大铜狮，胤禛愈发觉得自己的渺小与孤独！他每日黄昏时都要来这里散步，目送夕阳远去，迎望月亮初升。今天，当他看到那金黄色的幕帐慢慢合拢，四周的天空从鲜艳的橘红色变得绛紫斑斓时，心里感到空落落的，一种难以名状的伤感惆怅从心底悄悄泛起，一种想摆脱而摆脱不掉的苦闷与一种想寻求却寻求不着的渺茫交织在一起，在心头不停地翻滚着，久久挥之不去……突然，胤禛想到今天在毓庆宫对太子所说的那些阿谀之言，羞愧地闭上眼，脸上滚过一阵火辣辣的热浪。见鬼，自己怎么也会讲这么多让人恶心的话，真该死！可是不这么说又能怎样，人家是太子啊！

前面就是太和门，一大排侍卫在那里钉子一样地站着持刀守卫，都一言不发地望着四阿哥在空旷的广场上踽踽独行。胤禛止住步子，不敢再往前走了。虽然在暮色中他看不清他们的面容，但胤禛想象得出，那是一张张见怪不怪、好笑，也许还略带鄙夷的脸！胤禛回转身，见午门上已升起了一弯银钩儿样的瘦削残月，与那渐渐远去的夕阳遥遥相望，依依不舍，一样的冷清寂寞，一样的落落寡合……最后胤禛还是目送夕阳悄然离去。天边只剩下一抹紫红色的晚霞——那是四阿哥胤禛永远也无法读懂的，写在苍穹上的神秘卷册！

六

清晨，当午门悠扬的晨钟唤醒沉睡的皇城的时候，十几名皇子已在乾清门外齐集。他们身着金黄色的蟒袍，外罩绣四团正龙纹饰的补服，头戴由玉草、藤茎、竹篾编织，外蒙衬纱，前嵌金佛的朝冠凉帽。十颗珍贵的东珠镶嵌在二层金龙座的冠顶上，在阳光的照耀下熠熠生辉。他们鱼贯进入乾清宫，一干王公大臣紧随其后，同向皇上行过大礼。乾清宫还是那么庄重森严，只是今天在大殿正中疏疏拉拉地摆了几套乌木桌椅。桌上各置笔墨纸砚。看到这种陈设，皇子们才知道，今天父皇又要考查功课了，一个个原本开朗生动的面容顿时像被霜打了似的变了样，垂头耷脑，目瞪口呆。康熙在御座上看到下面这情形，又气又笑："你们这是怎么了？都给朕抬起头来！就这么害怕考功课吗？咦……"康熙突然发现在阿哥们的末尾跟着一个身量还没有桌子高的小皇子，站在那儿不安分地左顾右盼，亮晶晶的眼珠儿滴溜溜转个不停，满脸的好奇与陌生，与其他一脸严肃、身形僵直的皇子不同。

"十四阿哥！"听到皇上点叫，大家的目光都转向了那个"小尾巴"。康熙沉下脸来，故作生气地问："胤禵，你不跟在你嬷嬷身边，来这儿做什么？你知道这是什么地方吗？这可不是你玩耍的地方！"

六岁的胤禵出班居中跪下，扬着头，小脸绷得紧紧的，一本正经地说："孩儿胤禵，请父皇准许我早朝随哥哥们站班，侍御乾清宫。"

朝臣中有人发出轻声的赞叹和笑声。康熙胳膊向御案前一搭，稍探出身子，不动声色地说："你才六岁，懂什么朝仪？快回阿哥所找你嬷嬷去吧，别在这里添乱了。"

在宽阔高深的乾清宫中，跪在地上的十四阿哥像一只可爱的小猫，又像一株刚从地里冒出的嫩芽，显得那么玲珑可爱。他一点也不害怕，挺直了小腰板大胆地说：“皇阿玛五岁就入上书房，随朝站班。我已经六岁了，比皇阿玛当年还大一岁，为什么不能出列早朝？”

“哄——”大臣们再也顾不上什么朝廷礼法，都忍不住笑了。康熙略一颔首，面色含笑地对众臣说：“民间俗语说七岁八岁讨人嫌，可你们看看，十四阿哥才六岁，就这么磨人！”群臣们都听出皇上这是正话反说，又笑了，等一片笑赞声过后，康熙道：“不过虽属稚子之言，也不无道理。这样吧，胤禵，你今日不必回阿哥所，就站在后面看哥哥们怎么持礼，就当试练实习一天吧。”

十四阿哥很天真地眨着水汪汪的黑眼睛，迷茫地望着父皇，心里正琢磨“实习”这个他从没听过的词是什么意思。离他位置最近的裕亲王福全小声提醒：“快谢恩呀，阿哥，皇上已准你随朝站班了。”十四阿哥马上露出天使般的笑容，恭敬地叩了三个头，然后起身，像大人似的昂首挺胸，神气地站到了十三阿哥身后。

康熙端坐金銮，声音朗朗，在宽大的殿宇中嗡嗡回响：“朕宫中从无不读书之子，向来皇子读书外人不知，所以今日特招诸皇子前来讲诵。不过阿哥们年龄不一，所以命题难易不可等同。朕与上书房皇子诸师商议，今日考测，十四岁以上的阿哥在乾清宫作文，其余阿哥，随朕及众臣先去弘德殿背诵经书讲义，然后来这里观看试卷，最后评出伯仲优劣。”康熙又笑笑，道：“平常文人考中进士后才有保和殿殿试这最后一搏，今日朕在乾清宫殿试皇子，看看能不能选取出一名状元阿哥！”说完，康熙起身离座。皇子朝臣们先跪送皇上出宫，接着殿中的大多数人也鱼贯出至殿外。乾清宫内只几名年长皇子和张英、顾八代、徐元梦三位上书房师傅。

今日殿试皇子，皇上不但按年龄分别考查，连给每名皇子出的题目也不一样，而且为了公正起见，作文题要自己抽取。先由张英小心地捧出一个早已准备好的黑色题匣，揭开外面黄色的御封，请皇子们依序抽取放在匣内折成纸笺的题目。胤禛见匣中不多不少，刚好有六个折纸，正与奉命作文的皇子数相同。突然，他想到年龄最小的八阿哥只能最后一个抽题，且无法选择，似乎有些不公。所以轮到他自己抽题时，他没动，让后面的五阿哥先取，七阿哥也拿过了……八阿哥胤禩还不到十四岁，却显得非常知书达理。当他看到匣中仅剩两个题笺时，很懂事地对胤禛说：“四哥，你先选吧。按长幼之序，我是最后一个。”“八弟，还是你先取吧。”胤禛谦让着。胤禩只是微笑着伫立不语，执意要四哥先取考题。这情景，让负责监考的张英他们心中暗暗赞叹称奇。最后还是胤禛怕耽误大家的时间，先取了考题。展开瞥了一眼题目，有些得意地对胤禩笑道：“八弟可不要后悔啊，我可抽了一个好题。”胤禩仍是面带恭谦，笑颜不改，口气却十分老成：“结果未出，四哥焉知优胜劣败！”胤禛听了暗吃一惊，没料到还是个孩子的八弟会说出这种话。他隐约觉得这话好像有些别扭，可又一时找不出什么毛病，表情有些闷然不乐。那边三阿哥胤祉也凑了过来好奇地问：“四弟抽了什么好题目？让我看看！”顾八代不禁皱皱眉，走过来冷冷地制止道：“阿哥们取完题目就请入座，不要再交头接耳！”皇子们只好散开，各自归座，开始构思作文。

大约多半个时辰后，皇子们陆续收了笔。胤禛是倒数第二个交的卷。他本早已写好，因将诗作于心中反复默诵推敲了数次，又在卷子上添改涂抹了几处，因字迹变得不太清晰，就重新将卷子誊抄了一遍，才看着先生把卷子收去。这时弘德殿那边的群臣还没过来，皇子们就利用恭候皇上的这一小段时间在各自的座位上喝茶、休息，小声闲谈。最早交卷的三阿哥胤祉此时还想着四弟那个题目，急切地问：“老四，你究竟取了什么好题，快跟大家说说。”胤禛因刚才用力构思，现在还面带红光，眸子不停地闪动，样子既紧张又兴奋。他呷了一口茶，微微调整了一下气息，道：“其实不过是碰上个熟题——四时咏应制。”“限韵吗？”“不限韵，长短亦不限。”“哈，怪不得四弟这么开心，要知道我也晚点抽就好了。”大阿哥胤禔边说边摇头：“你们每次总以为我占了多大便宜，其实第一个取的题总是不好，待会儿父皇又要第一个点评。阿弥陀佛，可千万别来个倒数的‘第一’！”

八阿哥胤禩轻轻摇着一柄湘妃扇，微笑不语地听哥哥们谈论，过了一会儿将如秋水般清亮流动的目光停在胤禛的身上，娓娓说道：“四哥此题自是简易了些。但这种熟题，写出虽易，作好却难，尤其要道出新意、不落窠臼，更须有精熟的功力才成。”说着，他歉然一笑，向胤禛擎扇拱手道：“小弟造次了，还要谢四哥逊让。我初习诗律，今后有不明之处，还望哥哥们多加指教。”在殿内另一侧整理试卷的顾八代等三人听到这话，都不约而同地停了手，彼此望望，互相点点头。连一向讲话不多的张英也禁不住轻叹着：“难得难得，八爷果然少年老成，有儒者之风。”徐元梦话更直，对两个同僚小声说：“瞅八爷这做派，活脱脱一个万岁爷少年时的影子！只可惜投错了娘胎，母亲只是个贱奴……”顾八代本也要开口，可听罢此言，瞪了徐元梦一眼，“啪”地放下手中的卷子，转身愤愤走开了。另两个人都知道这位老兄的脾气，便不再作声。张英仍是面无表情，默默浏览着皇子们的作文。突然他用胳膊捅了捅窘立的徐元梦，向他展开一张卷子，并用目光示意着。徐元梦不知何意，惊疑地接过卷子，略览后，先是笑笑，还不住地点头，后又突然皱皱黑眉，脸上的表情不大好看，终于摇一摇头，叹了口气，放下卷子，回头用遗憾的目光悄然望了一眼正与哥哥们谈笑风生的八阿哥，再没说什么……

“万岁爷升座——”随着赞礼官一声长呼，康熙又入乾清宫。皇子们都伏身恭迎，后面入殿的几位年幼的阿哥也依序跪倒请安，在起身的一刹那，胤禛关照地向十四弟扫了一眼，却正碰上十三弟胤祥向他顽皮地挤眼睛，样子很欢快，大概刚才在弘德殿里书背得不错。胤禛回报以一微笑，也就没来得及在意自己那个小弟弟的表情。

康熙将卷子一一览过，便按长幼之序开始评议，这是今天殿试最紧张的时刻。谁不想在父皇和众位王公大臣面前成为第一名、佼佼者？谁又想在众人面前出丑丢人啊！皇子们屏息静气，连呼吸都变得轻柔了许多，没有人敢出大气。连墙上的自鸣钟，也仿佛比平时走得紧了，嘀嗒嘀嗒的声音在肃静的乾清宫中愈发显得尖利而急促，像在催促着皇上赶快评议。

别看康熙平时待人温和，可是对儿子们的功课抓得特别紧，要求也很严。当众讲评时，对文章的不足之处批评起来一点不留情面。他先用手指弹着第一张卷子：“胤禔此文大体通顺，但文字不雅，若以平日闲娱写来，倒也差强人意，只是当作文辞论，未免牵强，今后还要再下功夫！”放到一边，又拿起第二张来，点点头，似乎比较满意，但点评起来却并非如此：“三阿哥此作倒是词句雅致，立意也好，却又失之用典过多，读之不免晦涩枯燥；且有的地方用力过猛，似有斧凿之痕。你们记住，文章不可过于挑拣造作，应浑然天成。今后作文当以此为戒，为人亦应如此！”

马上就要轮到自己了！胤禛的心跳陡然加快，乱作一团，闭上眼，几乎不敢再听下去！听口气，父皇对前面两位兄长的文章都不甚满意，对自己这组诗又会挑出多少毛病呢？过了好一会儿，才听父皇不紧不慢地说：“五阿哥这篇满文嘛……”咦，怎么把自己隔过去了？胤禛十分惊奇，又一想，也许是刚才师傅们看卷子时搞乱了顺序。他咬咬嘴唇，耐着性子继续听下去……

“八阿哥这篇习作，朕很喜欢。不但立意新颖，文笔流畅，文气隽永，且节奏明快，音声铿锵。刚学作文就能写出此等丰神隽美、典雅雍容的文章，甚为不易。”胤禩低头抿住带笑的嘴角，遏制住内心的激动，浑身有些飘飘然……“但，”康熙突然加重语气，严厉地说，“胤禩从今日起，必须每日练一篇书法！不把字练好，今后就不要再入宫应制！”刚才还春风得意、顾盼自豪的八阿哥，脸一下变成了一块红布，无地自容地叩头领旨谢恩。

这时，胤禛的心简直要在胸膛里炸开了！老八都评完了，怎么还没讲到自己的文章？莫非父皇也要学外面考状元的样子，来个倒填五魁？可也不像啊，刚才分明是按长幼之序讲评的。到底什么意思呢？

御座上的康熙命太监将皇子们的卷纸搬下去，总评道："此次殿前之试，年长的阿哥中，八阿哥的文章最佳，今后若能将字练好，就算十全十美了。小阿哥中，十三阿哥背诵文章流畅清晰，论讲也明白深刻，应算最佳！他俩都是应试兄弟中的幼弟，看来倒不可轻看了幼子……"

见皇上已端起茶杯，表明此次测试即将结束。胤禛真急了，他刚想出列叫一声："父皇，我的文章你还没讲呢！"可正在这时，"呜——"一个孩子的哭声突然在胤禛之前打破金殿的静穆，从殿角清楚地传来。康熙向下望了望，不禁皱了皱眉，放下茶盅："胤禵，你怎么了？谁欺负你了？"

十四阿哥使劲吸吸鼻子，抹抹眼睛，抽抽搭搭地跪下道："皇阿玛说要考所有上了书房的阿哥，可、可为什么偏偏不考我？儿子难道没上过学，难道不是皇阿玛的阿哥吗？"说着一撇嘴，又要落泪。

康熙听明白了，倒笑了："哦，就为这事啊。堂堂男子汉、皇阿哥还掉金豆子，朕可从没见过哟！别哭，快别哭了。听朕跟你讲，你是已入学，可你才识几个字啊？你能背《大学》《论语》吗？你能写诗作文吗？老十四，你连《三字经》还没学完，你让朕怎么考呢？"康熙故意歪着头，双手一摊，做出无能为力的表情。群臣都笑了。

下边的十四阿哥仍紧皱着小眉头，嘟着嘴，很冲很亮地说："儿子是不如哥哥们识字多，可儿子也会背诗，世上顶好的诗！"

这下倒真把皇上搞糊涂了："你说什么？什么是世上顶好的诗？"

"皇阿玛作的诗啊，不就是世上最好最好的诗吗！"十四阿哥挺直身子，扬着小脸很认真地答道。

群臣又是一阵骚动，相互间频频点头，赞叹不止。裕亲王上前躬身道："天家金玉，自比普通人家子弟聪灵早慧。请皇上准了十四阿哥所请吧。"

康熙点点头："看在你伯父的面上，老十四，朕就让你在这宫里诵诗一首。你且站起来，仔细想好再开口，不要给朕出丑！"

十四阿哥马上破涕为笑，答应一声，立起身，小大人似的咳嗽一声，清清嗓子，悠悠地背诵起来。众人仔细一听，原来他背的是皇上于康熙二十一年去盛京祭祖时，途中作的《松花江放船歌》。这首诗对一个六岁的孩子来说无疑是显得长了些。可十四阿哥竟一点磕绊也不打，一气背下来，声音清脆悦耳，还带着一股孩子特有的热情，把这首诗响亮地传遍乾清宫的每一个角落——

松花江，江水清，
夜来雨过春涛生，
浪花叠锦绣縠明。

采帆画鹢随风轻，
箫韶小奏中流鸣，
苍岩翠壁两岸横。

浮云耀日何晶晶？
乘流直下蛟龙惊，
连樯接舰屯江城。

貔貅健甲皆锐精，
旌旄映水翻朱缨，
我来问俗非观兵。

松花江，江水清，
浩浩瀚瀚冲波行，
云霞万里开澄泓。

一首诗背完，群臣都热烈地叫好称赞，声浪直冲殿顶的藻井。索额图笑着对身旁的裕亲王说：“王爷，看来您这爵位后继有人了，我大清又出了一位大将军王。”憨直的福全早被小侄儿这不凡的气度吸引了，只顾高兴，连索额图语含的讥讽也没听出来：“那是。你没听说吗，十四阿哥出生抓周时就抓到一张弓，将来可不是要领兵打仗吗！”他说着出班，摘下自己拇指上戴的一颗翡翠扳指，蹲身套在十四阿哥白嫩的小手上，粗声粗气地说：“阿哥，戴上它，好好练弓马骑射！别忘了，咱们祖先就是以弓马打下的天下，将来十四阿哥也要做个最会用兵的大将军王！”他抬起头，发现群臣惊诧的和略有不满的目光。突然他一拍脑门，愧声说：“嗨，臣糊涂了，应由皇上赏阿哥儿才是！”说着，忙向上躬身行礼：“请皇上恕臣一时高兴，忘了礼法，越俎代庖，该死该死。”

康熙笑着摆摆手：“皇兄不必如此，只是不要宠坏了小孩子。十四阿哥，看来背诗对你来说并不难，那朕还要考考你。朕在这首诗前面既已写‘貔貅健甲皆锐精’，后面为何又写‘我来问俗非观兵’？这岂不是自相矛盾，你知道此中的缘故吗？”

听皇上问完，王公大臣们互相望望，都暗自为十四阿哥捏了一把汗。他毕竟才六岁，怎么能回答出这个连大人都要思索一阵的艰深问题？十四阿哥答不上来是小，皇家体面若是因此丢了，可就……

果然，十四阿哥听了父皇发问后，眨眨黑亮亮的眼睛，搔搔后脑勺，小眉毛又蹙了起来，好半天没有说话。但他并不慌乱害怕，只顾滴溜溜转着眼珠想问题。突然，他那双又黑又圆又好看的大眼睛猛地一闪，透出一片机灵聪颖，清亮亮地答道：“皇阿玛所说的健甲不是真的，啊，就是……就是他们其实都在皇阿玛心里；因为皇阿玛以、以德治天下，不喜欢打仗，嗯……不喜欢穷兵黩武！”

虽然答得不很流畅，但意思大体都讲清楚了，也符合皇上的原意。毕竟是只有六岁的小皇子啊！索额图出班道：“奴才恭喜万岁，皇家出此灵童。刚才奴才跟裕王还只认为十四阿哥将来是领兵打仗的帅才，现在看来，今后必定文武全才！”康熙没理睬他，问裕亲王：“皇兄，刚才朕看你们伯侄俩好像亲热地在干什么？”

“臣见十四阿哥年少聪慧，气象英发，心里喜欢得不行，就把一个扳指给了阿哥，权当玩意儿，让皇上见笑了。”

“一个扳指，是少了点。今天十四阿哥第一次在殿中应试，不慌不乱，对答最佳，应得最高奖赏。朕以为应赏赐一件黄马褂！”

望着幼小的十四弟兴高采烈地披上金殿考试的最高奖赏——那件如袈裟般肥大的黄马褂后，胤禛的心一下扎到冰水里——凉透了！完了，完了，看来自己的文章，真的落第了……

群臣冲天震耳的笑声、赞美声、惊叹声，康熙一概不睬。因为他发现了站在前排的几位年长皇子那一双双喷火的眼睛。他们不敢面向皇上，只是恶狠狠地盯着得意扬扬的十四阿哥，像要把小弟弟看焚化了似的！康熙不由皱起了眉。

四阿哥胤禛低头垂目。由于头垂得太低，就是在御座下，也看不清他的面容。但他那金缎子蟒袍在不停地闪动。尴尬、嫉妒、羞愤一股脑儿地涌上心头。如果是在外面，或者自己不在这里，他当然为弟弟的夺魁高兴。但是今天，父皇竟当着自己这个亲哥哥的面，赏了小弟弟，却对自己作的文章讲都不讲，似有若无，真让人伤痛至极！这难道不是对自己这个皇子的最大蔑视！这怎么受得了！胤禛，他可以忍受别人的讥讽、嘲笑，甚至谩骂，却唯独不能忍受别人对他的轻视。而今天，他看到这“轻视”恰恰来自他最亲最爱的父皇！胤禛紧紧咬着下嘴唇，口中呼呼喘着粗气，脑中嗡嗡乱响，像装进了只吃人的恶虎在里面扑腾。多亏众臣都赶着向皇上凑趣，没有注意下面这些微妙的变化。只有当皇子们跪安出宫的时候，胤禛身边的五阿哥胤祺发觉四阿哥的声息不对，回过头，惊讶地瞅了瞅胤禛，指着他的脸，好心地问：“四哥，你的脸好难看啊，你是不是生病了？”胤禛勉强摇摇头，没有说话，平日稳健的脚步像灌了铅一样沉重。

西二所里，四福晋那拉氏的反应已越来越剧烈，面白如纸，不停地呕吐，快没了力气。可一到黄昏，胤禛竟又撇下妻子，一人来到太和门广场，去送那如血的残阳，去会那孤清的冷月。六月仲夏，天已炎热，望着一座座都变成紫黑色的巨大宫殿剪影，胤禛竟觉心如冰天雪地，周围一切都是那么空空茫茫、冷冷清清！没有人关注自己，没有人理解自己，只有残月、夜空、旷地、孤影……

第二天，一个令人震惊的消息如同霹雳，使宫中发生强烈的震颤——四阿哥胤禛失踪了！

侍卫们查遍了宫里的每一个角落，还是没发现皇四子的踪影，由此推断四阿哥已出了皇宫。于是，守卫太和门、神武门、东华门、西华门侍卫领班都自请处分，可又都说不清四阿哥是从哪个门出去的。负责照顾四阿哥饮食起居的太监宫女已被暂时关押，分别盘问，也没问出什么线索。偏巧这时四福晋又要临盆，声嘶力竭的吼声更增添了内廷的混乱。那些自觉与此事无关的嫔妃皇子们，却都在私下兴味盎然地偷偷议论着，欣喜他们百无聊赖的生活里可算有了一个可以百说不厌的谈资笑料！

在宫中的所有人中，只有一个人不慌不乱，那就是康熙。康熙知道这个消息后并没说什么，既不命九城提督去京城各处查找，对宫里仆役的内部盘查也不阻止，仍像往常一样向皇太后问安，接见臣公，经筵日讲，批阅奏折……所以很多外臣并不知道皇家出了此等大事，仍按部就班地去属衙办公上差，避免了更大的骚乱。

穿着一身蓝色苏拉服饰的胤禛只骑马出宫走了一小会儿，刚才还以为自己主意高明的他立刻变得懊悔了。今天真像下了火，太阳张着血盆大口，像是要吞下整个大地。街道上出奇地宁静，烫开了的沙土地泛着白光。举目望去，暴亮的白昼比阴寒的黑夜更有一种说不清的古怪狰狞。胤禛不敢抬头看太阳，可他觉得太阳无处不在，化成无数火球，舔着空荡荡的街道，舔着病人似的树木和那些半死不活的牲畜，舔着自己原本细润白净、现在却黏糊糊的手、脸。他嘴唇发焦，嗓子像刚引着的火炉冒着烟，裸露在外的皮肤灼伤般难受。胤禛几乎有些胆怯了，害怕自己骑不到目的地就被这毒日化成了烟。他真希望自己有后羿的本领，雕弓射下那个目空一切的太阳。胯下那匹白马的鼻孔张得老大，无精打采地垂着头，漂亮的马鬃沾在脖子后一绺儿一绺儿的，散发出一股难闻的怪味。胤禛心中更加烦躁焦急，但他并不掉转马头，仍旧固执地向西行去。他不想再回紫禁城，不想再见父皇、额娘、太后、兄弟……宫中所有的人都不想见！他只想找一个清静去处，一个能抛去心中一切烦恼愁闷的幽静地方……

快到大觉寺了。胤禛只觉得头越来越沉，胸口越来越闷，嗓子像堵着一块厚厚的棉花，眼前视野也是白花花的一片，变得模糊不清，就要支撑不住了！突然，随着一阵奇怪嘈杂的喧叫，许多衣着褴褛、蓬头垢面的乞丐野兽似的从山路上乱纷纷地冲了下来，争着挤着扑到胤禛马前，参差不齐地伸出枯柴似的黑手，捧着破瓷瓶、黑瓦罐，含混不清地乞讨着。被热浪袭得痛苦难耐的四阿哥，又被这突如其来的龌龊气息包围，只觉得胸中一阵恶心作呕，身子绵软，眼冒金星。他奋力扬起马鞭，想驱开这些乞丐，却听远处似乎有人喊他“四爷——”。他两眼模糊，耳边的声音越来越弱，手一软，就什么也不知道了……

香烟缭绕，钟磬齐鸣，莲花宝座，佛像庄严。胤禛真的来到了一座清净的寺院。他虔诚地向一个须发皆白的老僧跪倒，合掌道：“大德高僧，我爱新觉罗·胤禛，从今起愿皈依佛，皈依法，皈依僧，大德证知。”寺内古钟长鸣，声震云天。老僧并不回答，而是转身，向寺中众僧发问道：

“大德僧众！今有当今皇帝之皇四子希求出家，愿削落须发，披染色衣，起证信心，众僧是否许其出家？”

然而众僧却金刚怒目，声若洪雷，齐声道：“此人假拜佛、伪出家，搅我佛门清净，请长老将其逐出，以肃清法门！”说着竟齐声念起了咒语。胤禛脑袋像套了一个紧箍，头痛剧烈、眩晕，只觉天地不分、方向不辨，四周又是一片漆黑的混沌……

“啊——”当胤禛吐出一口气，终于睁开眼睛的时候，就看到一个丰颊广额、修眉长目、双耳半垂的中年和尚正双手合十，密切地观望着自己。难道真是佛祖显灵了不成！胤禛一骨碌爬起身，向和尚拜倒：“求大师收下弟子。”

那和尚后退半步，双掌合十：“阿弥陀佛，请殿下明见，小刹大觉寺，贫僧文觉。”

过了一会儿，胤禛发木的脑袋才开始转动，站起来，慢慢地巡看四周——圆圆的蒲团、精细的佛龛、素洁的垂幔、一尘不染的几案——还有两个青布衣袍、俗家打扮的年轻人，一同面带惊喜地望着自己，是戴铎、戴锦兄弟。不用说，这里一定是文觉法师的禅房。刚才自己可能是中暑昏迷，被送到这里救治。胤禛不觉面露愧色，歉疚地说：“本想早日拜访高僧，未想却于今日寺中出丑，污了大师的净室，请大师勿怪。”

“阿弥陀佛，酷热天气，殿下来此何故？”见皇子确已清醒过来，文觉也松了一口气，镇静地问。

“心中郁闷，想找一清净所在。”胤禛面容惨淡，向他一向敬重的高僧道出了心声。他又望望戴氏兄弟：“刚才在山门外是你们叫的我吧？”两人不安地望着皇子，点点头。戴铎说：“大师本在殿内早课，得知四爷到此中暑，命我俩先将四爷安置在这里，又亲自过来探看，还亲给四爷擦拭、喂水、把脉。”

“阿弥陀佛，大师真不愧为一代高僧大德，令人钦敬，让我如何报答！”

“阿弥陀佛，善哉善哉，此乃文觉应行之事，只求殿下珍重。”

胤禛望着文觉那清癯慈悲的面容，突然冲口问道：“请大师告诉弟子，人为何总有无数烦恼缠身？”

两个小厮听了，惊慌地对望了一眼，怎么也不敢相信这话竟是出自一个皇子之口。

文觉依旧面容宁静，岔开胤禛提问，道：“殿下贵体尚未恢复，现斋堂中粗备茶蔬，请殿下先去用斋饭。”然后闪开身子，戴氏兄弟会意，一左一右搀起胤禛，扶他慢慢出去。文觉也随后跟出。

斋饭后，胤禛又回到文觉的禅房，分宾主坐定。戴氏兄弟仍在胤禛身后侍立。胤禛喝着由流绕着寺院的泉水烹煮的清茶，问：“请问高僧，佛门清净之地，却缘何山门外聚了众多乞丐？”

“阿弥陀佛，阿弥陀佛。”文觉连声念佛，告诉皇子，这些人原来并非乞丐，而是因为今年旱灾，从山西、直隶各省流亡逃难的灾民。寺中开仓舍米，煮粥救济，但因灾民太多，杯水车薪，每日寺外仍有许多生灵归西……

胤禛不觉皱起眉头，问：“寺中粮米有限，总有用完的一日，法师此后当如何打算？”

文觉手握佛珠，二目微阖，淡淡说道：“文觉已与寺中僧众议定，小寺天王殿内尚有金佛一尊，到时接济不上时，唯有将其熔化，换成粮米，再行周济。”

“不可，万万不可，这是宝刹的镇寺之宝啊！”胤禛惊得放下茶盏，又有些不好意思地说，“我今日行得匆忙，身上分文未带。回去后我必尽力为宝刹筹集善款，以资施善。”

“阿弥陀佛，善哉善哉。然只靠殿下一人之力，终难行得久远，还请殿下念及众生，善施大德。”

“高僧之意我懂。回宫后我一定禀报父皇，广施赈济，使仁惠遍及所有灾民！”

“阿弥陀佛，此乃至仁至善之言。所以释者常言，若大乘菩萨只图清静无为，自私自利，任凭万劫修行，也到不了诸天佛地。至于心中毒龙狂猛，均由此而生。望殿下能以此为戒，常自警之。”文觉规劝道。

胤禛红了脸，为自己因一时心中不顺的冲动之举而感到羞愧。他手指着自己的胸部道：“法师所言极是。弟子平日常感诸事不顺，心烦气躁。想是自己修持浅薄，请高僧指教。”

文觉面色稍戚，手捋须髯，谆谆告诫：“若遇不佳境，当作退一步想。试思世胜我者固多，而不如我者亦复不少。乐天知命，随遇而安，如是，则能斩烦恼成菩提，岂不能转忧苦作安乐耶！殿下应知，古德所谓‘不经一番寒彻骨，怎得梅花扑鼻香’。况殿下乃万金之尊，领天地精华，受百神护佑，更当能忍人所不能忍，百折不挠，志心念佛以消旧业。断不可起烦躁心，怨天尤人，谓因果佛法不灵。”

“阿弥陀佛。”胤禛冲文觉揖手道，“听大师一席话，真使弟子如久旱逢甘霖，俗尘尽洗，心内顿觉空明广亮。无奈弟子生于皇家，受制颇多，今生今世恐已无缘再入寺庙修行。恳请高僧赐我一法号，以为圆满。”

“这……这如何使得？”一向宁静平和的文觉和尚也不禁变了颜色。

“请高僧勿以皇子视我。当初玉琳琇国师收度世祖章皇帝。今法师赐号，弟子也好在内廷修行，随时谨持佛法，以成正果！法师就不要再推辞了。”

文觉想想，这事虽有些奇异，倒也并非什么恶事丑闻，就是真传出去，也不会像当年顺治出家那样闹得沸沸扬扬、天下哗然。于是他命人取了纸笔，在纸上书写了十多个法号，请胤禛自己挑选。胤禛选了一个“破尘”作为自己的法号，他向文觉合掌前胸：“破尘居士谢法师赐号。”他身后的两个小厮瞪大了眼睛，很是惊异，没想到堂堂一个皇子痴迷佛法如此。他们哪能体会胤禛此时的心情！

有了法号，胤禛觉得心中郁气消了大半，渐渐恢复了那种从容不迫的皇子气度。他问文觉：“今年元夕，高僧可曾在西山路上救过一个被山匪围困的少年行路人？”

“殿下如何提得此事？”

“不瞒大师，那人是我一友人，听他谈及此事，心中甚是感谢，总想寻见恩人以答谢。听他所述，弟子想救他的长老应在这大觉寺中……”

“阿弥陀佛，文觉素不习武，此事恐是贫僧师弟性音所为。”

“性音大师？怎么不见他面？”

“师弟外出云游，故将寺中诸务托文觉临时主持。”

“近日我也未见弘素，大师可知他修行何处？”

“此乃机缘，非人力所能聚之。大千世界，芸芸众生，悲欢离合，分逢聚散，俱不离一‘缘’字。”文觉没有正面回答他，却讲得很有深意。

胤禛又转过头望望戴铎、戴锦：“我这两个下人在这里给大师添了不少麻烦，待弟子腾出工夫，一定将他们妥善安置，不再打扰佛门。”胤禛说的是实话，他想这哥儿俩既不是受戒沙弥，也不是修持居士，老住在人家寺里总不是个办法。文觉抬目瞥了瞥兄弟二人，道：“殿下不必多虑，他二人在寺中倒也安静。特别是近来，协助小寺办了不少善事，今后归去，或也免遭几分轮回之苦。”

胤禛摆摆手，站起身，眼中又现出一片愁绪，很是不舍地说：“言无不尽，弟子……该告辞了。改日我一定再拜访法师！”

“阿弥陀佛，请殿下一定善自珍重，勿再思虑过甚，劳损心神。”

但要胤禛彻底轻松是不可能的。在回紫禁城的路上，离皇宫越近，胤禛的心情就越沉重。这是多大的纵行妄礼啊，不知父皇将怎样处罚自己。是当众斥骂、罚俸粮？还是交刑部鞭责？交宗人府圈禁？照自己今日之行，哪样处罚都不为过呀！但这些处罚无疑都很丑陋，很难堪。那我今后该怎么办？别人会更加瞧不起我！兄弟们都会鄙视我！父皇也会永远地不喜欢我！唉，或许是上苍安排，自己命中该当此劫！但也许正应了文觉大师所言，不经一番寒彻骨，怎得梅花扑鼻香！

胤禛进到午门，太阳已经偏西。蹲踞在太和门前的那两个金光闪烁的大铜狮，正龇牙咧嘴地望着缓步路过的四阿哥，也不知是嘲笑他，还是可怜他。正在这时，一个蓝顶子官员急匆匆走来向胤禛跪下请安。这不是太医院医正王平安吗？他怎么还没回家，难道宫里出了什么事？王平安先是像给人诊病那样望望胤禛的面色，然后仿佛松了口气，赔笑地解释：“皇上因殿下一贯有畏暑之疾，恐殿下归来身有不适，特遣臣在此迎候。现在看来，殿下身子尚好，只是过于疲劳，还要好生将歇才是。”

“皇阿玛！”胤禛心里翻过一阵酸热，几乎坠泪。他把御医从地上拉起来，问：“父皇在哪儿？我现在就去请安。”这时，一个胤禛未曾见过的年轻太监过来向他打千儿，用特有的尖细嗓子说："万岁口谕，四爷归后不必马上入殿见驾，待奴才侍候四爷沐浴用膳后，再去乾清宫。"胤禛这才觉得身上早被汗渍沤得又酸又黏，难受极了。这副尊容怎么去见父皇呢？唉，还是先修整好了，再凭父皇发落吧。

浅黄色的葛纱门帘一挑，沐浴更衣后的胤禛来到乾清宫西暖阁，见父皇正身着家常便服在里面来回踱步。室内很暗，看不清他的面容，但那熟悉的、不断转动的高大身影更显冷峻威严。胤禛请过安，没有起身，不敢抬头去碰父皇那精光四射的眼睛，只望着父皇夏日里常穿的一双青缎子千层底布鞋，在月白长衫下闪来闪去，踱个不停。觉得父皇仿佛离自己很近，又仿佛很远。他静静地等着，准备着那一阵雷鸣般的怒斥、责骂，甚至是脸上重重一巴掌，身上狠狠的一脚！可哪知，一样都没发生，他听到的只是淡淡的一问："你去哪儿了？"

"西山大觉寺。"胤禛发现父皇已停了步，小心答道，并不敢多说什么。康熙心里已然有数，还是平淡地问："去干什么？"

"心中郁闷，找一僧人做指导禅师。"

康熙脸上的肌肉不觉抽动了一下，看来自己的判断不错，他是赌气出宫的。可又为了什么？是因为殿试吗？在昨天考试将结束时，康熙已发现气氛有些不对，因为他看到好几个儿子的神色都不太高兴，却唯独疏忽了这个本该最为注意的"宝贵儿子"，结果真就出了事！可话说回来，就真因为考得不好，也不至于闹这么大的气啊。如果连这么点挫折都受不了，他今后可怎么办？康熙用眼角扫了儿子一眼，停了停，接着问："在那里看见了什么？"

"佛、法、僧和山门外逃荒的灾民。"胤禛心里一横，自己来结束这近似折磨的无边盘问，便不等父皇再问什么，叩头请罪道，"儿臣该死。未经皇阿玛准许私自外出，坏了规矩，请皇阿玛治罪！"

康熙竭力压住心头的怒火，在一张雕花歇螺红木几旁坐下，呆望胤禛良久，竟恼恨无言。自从有了第一个皇子起，康熙从没有第二个像胤禛这样让他头疼的阿哥！真的，对这个儿子，做父亲的康熙总要使尽一切办法和努力让他听从。因为你说轻了，他听不进去，仍我行我素；说重了，怕伤了他极强的自尊心，更是麻烦！康熙有时甚至觉得，培养教导四阿哥，竟比自己当年除鳌拜、平三藩还劳神！难就难在，这孩子虽有潜质可挖，也并非蛮混无理之人，可总爱使小性，小小年纪就喜怒无常。平时讲话不多，却更有他的蔫主意，稍不如意就任性使气、我行我素，错漏百出又自以为是！他若不趁年少改掉这些毛病，将来前景堪忧！康熙眉头紧锁，脑中又浮现出佟皇后临终时那哀求、祈盼的苍白面容，不由低下头，用前肘撑案，团紧拳头，抵住额头，痛心疾首地说："朕平日观你并非孟浪轻浮之人，奈何总是意气行事，错乱章法！”他边说边闭目摇头，声音显得悲戚又无奈：“子不教，父之过，都怪朕凉德，平日未能及时警查，久而久之以至你铸成此习。唉，奈何！奈何！朕教子无方，辱没祖宗，唯有去太庙向列祖列宗请罪……”他放下胳膊，换了一个姿势，又道：“二是教不严，师之惰！张英、徐元梦、顾八代这三人必须降一级，罚俸一月，以责其督教不严之过；还有你身边的太监、侍卫，平时不知劝谏你，你今日外出他们竟一点不知，也都难辞其咎！这些人一概逐出宫去，另换一批懂规矩的侍你左右！”

康熙这几条处罚没有一条是直接针对胤禛的，但无论哪一条，都比处罚他自己更严厉，更令他愧疚。胤禛红着脸，哑声说：“请皇阿玛明鉴，要打要罚，都在儿臣一人，与，与他人无关。求皇阿玛处分儿臣！”

“啪！”康熙重重一拍几案，怒光在眼中闪动着，声音骤然增高：“处分？怎么处分?！你还嫌这‘彩儿’出得不大，给朕捅的娄子不大，丢人丢得不够吗？”

胤禛面红耳赤，羞惧交加，唯有叩头。其实他不知道，父皇康熙的心中也非常矛盾。处分事小，但若真向外宣布四阿哥是因为这点芝麻大的事儿闹别扭出走，那这孩子的前途可就彻底毁了，他将在别人面前永远抬不起头！沉吟了一会儿，康熙无可奈何地长叹一声：“算了，你也不要逼朕行不美之事。你既已成修行之人，自与一般俗人不同，朕又怎么敢再难为你！……回头对外，就说你上大觉寺是为福晋妊娠敬佛上香，祈佑平安去了；因为心急，没有请示。别的，就不必提了……”

胤禛惊得涨红了脸，哑然望着父皇。对外界，这是一个最自然、最合适不过的解释了，连他自己都没想到！父皇保住了他的面子，他不必担心那些可怕的白眼与嘲笑，又可以在宫中安然地生活了！他又羞愧又感动，泪水“唰”地落了下来。

康熙面容如寒霜般冰冷，望着这个使他耗尽心神的儿子，声音不高，语气却更加严厉：“前日朕本想将早年记的‘皇四子喜怒不定’这几个字从宫中档中删去，现在看来——还不是时候！”平静片刻，又正色告诫：“以后行事，要三思而行。若再凭一时冲动，率性而为，可就要对自己的行为负责了！身为皇子，更要严持礼法，岂可怠慢！”

“儿臣再也不敢了。”

“你口说如此，朕不敢保你他日不再犯。不过朕就再信你一次，但这是最后一次！你知道该怎么做……何况，你也不是小孩子了，你现在已为人父了！……”

“皇阿玛，您、您说什么？”胤禛猛地抬起头，错愕地望着父皇，如痴如呆。

望着儿子，康熙的目光也很复杂，既有责备、悲伤、失望，又有期盼、等待、鼓励，为了不使儿子刚收敛一点的心情太过激动，他静了静，方轻声说："胤禛，忘了告诉你一个喜事。朕的新皇孙今早出生了。你有儿子了，你也做阿玛了。"

天啊，这是真的吗，我有儿子了！我也当阿玛了！胤禛那如一潭死水般空冷的心"哗"地掀起一道巨大的波澜，表面还得装作平静的样子向父皇谢恩。但他那颤抖的嘴唇，不知伸向何处、抖个不停的双手，都被康熙看得一清二楚。康熙扭开脸，背向他挥挥手，声音略显疲倦地说："这里没别的事了，你跪安吧……啊，等等！你刚才说西山逃难的灾民是哪个省的？"

胤禛忙又跪下，怪自己只顾悲喜交集，差点把这头等大事忘了！"回父皇，他们分别来自直隶、山西、山东、蒙古好像也有。因旱灾，他们种的庄稼颗粒无收。求皇阿玛促令户部筹集粮米，赈济灾民，以保数万生灵平安无恙。"

康熙点点头，不再说什么。听着儿子渐远的脚步声，他还在不住地摇头、叹息，感觉一下苍老了许多……又想想，心里竟生出几分庆幸。阿弥陀佛，幸亏四阿哥不是太子！否则就他这个脾气，将来怎么治国！太子呢？唉，太子现在也不是让人十分满意……

披着一身玫瑰色的晚霞，胤禛回到充满温情暖意的西二所。迎接他的，是眼中含泪的母亲德妃和已升为格格的陪房丫头李氏。当他从笑眯眯的保姆手中接过裹着黄色缎被刚出生的儿子，一向硬朗的身形变得小心翼翼，轻手轻脚，连呼吸都变得轻细了，仿佛怕自己出大了气，吹化了这个正在熟睡的雪人儿般的小生命。望着这个浑身散发着奶香气的小家伙，仔细分辨他的面容五官，哪里像自己，哪里又像他母亲——胤禛突然感到一股以前从没有过的又酸又热的气体向上涌，越过胸口，直冲嗓喉。他第一次觉得鼻子发酸，眼睛发热，不觉把儿子贴在自己宽厚的胸前紧紧抱着，久久不松手，仿佛怕被人夺了似的……保姆见着情形不敢作声，只用征询的目光焦急地望了望德妃。德妃会意，心中叹息一声，轻步过来笑道："老四，我们都等你老半天了，就等你这做父亲的回来给孩子起名了。"

"哦。"胤禛这才将孩子轻轻送回保姆的怀中，抬头望了望天边最后一抹即将逝去的夕阳余晖，沉思了一会儿，轻声说："就叫他弘晖吧……"

七

白晋没想到，新建的教堂刚一落成，就不断有大清的王公大臣怀着极大的兴趣来参观。今天，皇太子又大驾光临。胤礽被侍卫、太监们簇拥着进了北堂花厅。这是一座中西合璧的建筑：歇山式琉璃瓦的屋顶，苏式彩绘的梁枋，楠木贴雕花卉的方井天花板和紫檀雕刻的落地罩，开着横波窗的落地明隔扇，无一不显示出华夏古建筑高贵典雅的神韵；而室内放置的铜镀金象限仪、四游千里镜半圆仪、钢琴、壁画，还有数尊洁白无瑕的石膏像，又仿佛使人置身于法兰西王宫。胤礽指着西墙上挂的一排欧洲君主画像，问："这些夷人都是哪国的？有你们法国人吗？"

白晋毕恭毕敬，逐一介绍道："殿下请看，中间这一位，便是我们尊敬的国王陛下。左边这位是西班牙国王，右边这位是英国国王。这位戴着美丽的孔雀翎帽子的是荷兰国王；这位面带忧郁的英俊少年是瑞典国王。他们都是欧洲各国的君主。"

"你们夷人真有意思，把国王御像在大庭广众下张挂出来炫耀。要是在我们这里，从来都是把圣上影像供在太庙或历代帝王庙，可不轻易让人窥视。"

"我们怀念我们的国家，敬爱欧美尊贵的国王陛下，就像中国臣民永远敬爱皇帝陛下一样。"洪约翰神甫突然激动地说。

"哟，你的中国话长进真快，都说得这么好啦！你刚来那会儿我怎么使劲听也听不明白你嘴里到底嘟囔些什么。"胤礽笑嘻嘻地说。

"中国话，难；汉语，太不好讲。你，听懂没有？"像是对比着洪约翰汉语的进步，郎世宁讲话还结结巴巴，口中的词一点点地往外蹦。

"对对对，就像他这个样子。洪约翰刚来的时候，说话比你还费劲，我听着这个急呀……"胤礽又劝勉地对郎世宁说，"你比他们都年轻，汉话应该学得快才是。要给皇上效力，现在这种汉语水平可不行。"

白晋忙解释道："殿下不知，我们几个人来中国前都学过一点汉语。但郎世宁是意大利人，那里以前还没来过传教士，对东方的情况一点都不熟悉，现在他能把官话说成这个样子已经很不错了。我刚来中国时，每次公开布道之前，先得对着我的仆人至少反复练习五十遍，但有时他还是听不懂我的话。有一次我说要看书，结果我的仆人跑出去给我拿来一把斧子……"

"哟，这是什么意思？"

"他以为我要砍树！"

胤礽笑得差点从椅子上滑溜到地上，张着大嘴喘不过气："哎呀，可怜可怜，也真难为你们了！谁让你们距我大清那么遥远，习俗又怪异。"他背着手继续浏览那几幅欧洲国王的画像，口中议论不停："你们法国国王原来是个大嘴巴，长得可不怎么体面……西班牙国王的长胡子也不刮刮，多邋遢呀……"传教士互相望望，虽然都出于礼貌，恭敬地沉默着，心里却很不平衡。在这位大清皇太子眼里，外国君主都不如中国皇帝，都是大清皇帝的臣仆。这种无意间的贬损，不正暴露出他本人的狂妄无知吗！突然，胤礽在一幅画像前停了脚步，指着上边最年轻的瑞典国王问：“神甫，他为什么那样忧愁？他已是一国之君了，看样子比我还年轻，还有什么不开心的？”

“俄国彼得沙皇正致力于组建海军，以谋求波罗的海的出海口。瑞典，就是他首要打算攻克的国家。”白晋回答得很有分寸。

“什么，那个小毛子又要建水师，打海仗？他可真能折腾！”其实胤礽对这个与自己同龄的外夷君主还是很感兴趣的，但每次一谈起他，又不免带上轻浮的口气，仿佛自己比人家强多少。

白晋怕太子这么毫不顾忌地说下去还会吐出什么让传教士难堪的话来，忙转开话题说：“徐日升神甫近日指导工匠制造了许多西洋乐器，还新编了几篇曲谱，殿下不想听听吗？”

胤礽虽没学过西洋乐，但觉得红墙黄瓦、殿宇重重的紫禁城中飘出西洋乐声总不大协调。“那有什么，”他头一歪，不以为然地说，“你们那些西洋管子奏出的调子肯定没有我们在丹陛上奏的中和韶乐听着幽雅古朴。不信我禀明父皇，等大典时叫你们去听听。”又伸手敲敲一座石膏像，“倒是这个石头像刻画逼真，透着功夫。可，可他们都是男是女？是人是神？”

学识渊博的巴多明神甫细致地介绍着人像的来历，他们都是西方神话传说中的人物，还有些是莎士比亚戏剧中的角色……

“哦，原来你们欧罗巴也有戏子，他们也分生旦净末丑吗？抖搂过绝活儿吗？有我们宫里演的戏热闹吗？”

巴多明倒是很耐心，他快步走到宽大的书架前，从上面取出一本新译成满文的莎士比亚的《哈姆雷特》给胤礽讲，又从这部巨著讲到西方的戏剧、音乐、文化、艺术，遗憾的是他费尽心力的讲解让大清的皇太子从兴趣盎然到心不在焉，再到哈欠连天再也听不下去了。“好了，神甫，”胤礽打断正讲在兴头上的传教士，脸一扬，傲慢地吩咐，“我今天来不是听你讲这个的，我要看看你们做祈祷的地方，快带我去你们的新教堂！”

没有宫里上书房师傅的絮叨督促和父皇不时抽查功课的提心吊胆，胤礽感觉像一只出了笼的小鸟，轻松愉快极了。他可不想再听夷人继续讲什么莎士比亚，那些戏光人名就一大堆，什么哈姆雷特。这姓哈的也够缺心眼儿的，不赶紧找杀父夺位的仇人报仇，却一个人躲在个僻静地方长吁短叹，浮想联翩，整个儿一个有病！最后结局不是死就是疯，没劲，真没劲！简直比四书五经还乏味……可当胤礽无所用心地踏进这座高大的教堂时，不禁被它内部装饰的精美绝伦惊得目瞪口呆。别看这教堂外表看着普普通通，似乎还没有中国建筑华丽，可内部的装饰竟一点不比中国的庙坛殿堂逊色，甚至更显金碧辉煌。教堂顶部是个华丽的拱窗，使整个教堂敞亮而幽深。穹顶凹凸不平的装饰画，借着色彩和光线，都呈现出非常强的立体感；聪明的设计者又利用透视技法，在两侧的墙壁上分别装挂着两块与穹顶相同的椭圆形镀金欧式壁画，使整个教堂显得高深宽广又肃穆凝重。铺在金色地毯上的阶梯长凳，整齐地排列到祭坛前。在一尘不染的祭坛上，十字架、烛台、花瓶、香炉，都设置得典雅得体，每件金银器物被从穹顶斜射进来的阳光照得熠熠生辉。供奉在正中的耶稣像，手捧地球，被一群天使簇拥着高高坐在云彩之上，俯视众生，神态安详和美。由于身形勾勒得自然巧妙，耶稣身上有一种说不出的栩栩如生的气韵在流动，使人观后有脱凡出尘之感，仿佛也长了一双翅膀，随他飞到了圣洁神秘的苍穹中……

“这就是你们参拜的神吧，看样子倒真有几分仙风道骨。”胤礽望着高高飘在空中的耶稣称叹道。别人听到这种出自皇太子的称赞，即便不谦让，也要应谢两句。白晋听了却变了色，很不客气地说：“请殿下不要将中国偶像与万能的上帝混淆，那不一样！”胤礽马上侧转过身，双目圆瞪，盯着白晋，似要发作，但呆了片刻，又故意很大度地一笑：“我是不太懂你们的上帝，但你们更不明白我们尊奉的佛祖是怎么回事。咱们还是井水不犯河水，互不相扰嘛。神甫，我有件小事想请你相助。”

“殿下太客气了，你的命令就是旨意。请殿下吩咐。”白晋自觉刚才讲话有点过头，歉然低头道。

“只怕你们不会答应我的请求。”胤礽眼中闪着狡黠的光芒，突然，他表情严肃，手指着白晋说，“神甫，你要对十字架起誓，保证服从我的指令！”

白晋涨红了脸，却又摸不着头脑，右手在额前画了个十字：“我以耶稣会传教士的名义起誓，在没有违背天主教义的情况下，我将永远听命于太子殿下的派遣，为太子殿下效劳。”

当几天的兴奋、抑郁、羞赧、激越都趋于平淡后，四阿哥胤禛依旧肃然如常地居住在宫中。紫禁城里的生活，单调而刻板，尤其对一群正值朝气蓬勃、生龙活虎年龄段的皇子来讲，更有一种说不出的枯燥。这样每年的几个年节就是他们最向往的日子。今年皇太后的千秋节恰巧与夏至同日。作为赏赐，皇上特下诏旨，所有上书房阿哥停学一日，可以在宫内自由活动，但未经特许不准出宫！

清早，胤禛照例到永和宫给母亲请安。刚走进明间，里面就传出一阵欢声笑语。透过镂空雕花隔断，他望见，次间内母亲在半卧的凉榻上，笑眯眯地望着地上活蹦乱跳的小哥儿俩——十三阿哥和十四阿哥，嘻嘻哈哈地在一起说笑玩闹着。胤禛向母亲请安，问过寒温后，两个幼弟也依礼过来，给哥哥请安。胤禛一一扶起，这才瞅见十四阿哥的一身打扮，不禁笑了，第一次伸出手来亲切地拍拍弟弟稚嫩的肩膀，笑着说："怎么在屋里还背着弓箭，一身戎装，这可没地让你比画。"可胤禵身子直往后躲，小脸变颜变色，眼里充满恐惧与陌生，仿佛面前站的不是自己的亲哥哥，而是一个青面獠牙的怪物！这也不能怪十四阿哥。因为平日，这位哥哥总是沉着脸，面容阴郁，没有一丝笑容，跟个怪物也差不多！所以今天哥哥稍微表示出一点亲切，倒把小胤禵吓了一跳！好在十三阿哥的小嘴决不甘心闲着，他手中也举着一张小木弓，兴冲冲地说："四哥，我和十四弟早上练射箭，我们都中了。现在我们在比谁的弓好呢。""我的好我的好，我的弓是八哥给的！"十四阿哥这才恢复小孩儿的天性，从四哥身边扭过身子，抢着嚷道。"是吗？我瞧瞧——"不知胤禛今天心情怎么这么好，对弟弟显出一种超乎寻常的亲热。他蹲下身子，拉过弟弟背后背的那张很旧的小硬木弓仔细看了看，发现弓背隐隐刻着一个"禔"字，不禁笑了："这是大哥小时候用过的弓，难怪看着这么旧。我说八弟再不会留这种东西嘛。老八，他倒挺会借花献佛！"

"四哥，什么叫借花献佛？"胤祥第一次听到这个词很好奇，扬着小脸天真地问。

"借花献佛啊，就是拿着别人的东西做人情，讨好……"胤禛还认真地解释着，却没觉出有什么不妥。

"哟，是这样啊，八哥他可真滑头！""讨厌！"胤祥还没说完，胤禵已愤愤地冲了过来，推了胤祥一把，叉着腰鼓着嘴气呼呼地尖声叫："不许你说八哥坏话！不许你诬蔑八哥！""不是我，是四哥说的。"胤祥一指胤禛，也伸脖子瞪眼，理直气壮地冲胤禵嚷："四哥的话最对，四哥说的绝对没错！"双方都不甘示弱，眼看两个孩子就要扭在一起。胤禛这才感到自己刚才那话有些冒失了，忙把两个弟弟拉开："别吵了别吵了，谁的弓好有什么要紧，关键是你们刚才都射中了没有？中了几箭？"十四阿哥一听这话立刻一挺胸，扬着脸像个得胜的将军似的神态傲然。十三阿哥脸一红，老实地小声说："我没有十四弟射得好，十四弟五箭都中了，我只中了三箭。"他抬头看看得意扬扬的弟弟，瞅瞅四哥，又很不服气地说："可还是我的弓比你好，我的弓是四哥给的，因为四哥喜欢我！四哥怎么不把弓给你？”“别胡说，老十三！”胤禛忙喝住胤祥，但这次小胤禵倒没有争闹，他冷着眼望了四哥一下，那双原本纯洁清澈的眸子中露出一种异样的目光，没说什么，默默回到母亲身旁。德妃就怕胤禵受委屈，一把揽过幼子，忙不迭地给他取下小木弓、擦汗、宽衣，心疼地说：“老十四，你四哥说得对，你套的衣服太多了，可别把身子捂坏了。”边说边用目光制止住胤祥：“老十三，你是哥哥，应该让着弟弟几分才是，不要和他过分理论。”“嗯。”胤祥不好意思地点头答应。胤禛却觉得母亲这话像是说给自己听的，脸上就不大好看。德妃望望胤禛，口气依然和蔼：“老四，你倒是坐啊，站着干吗。福晋身子还好吗？这阵子天太热，你可多看着她点，怎么不把晖哥儿抱来让我瞧瞧？”胤禛叹了口气，侧身坐下：“多谢额娘惦念，她们都好。就是、就是李氏……”

“菊儿又怎么了？”德妃叫着侧福晋的小名问。胤禛脸一红，看看两个好奇地望着他的弟弟，支吾了半天，才吞吞吐吐地说：“她、她也有了……”“哈哈。”德妃拍着巴掌笑了，“是好事啊，人丁兴旺嘛。嗯，怪不得那日她给我请安，起身时瞅着挺费劲的，原来是有喜了。胤禛，你可要照看好你这两个福晋，我还盼着多抱几个大胖孙子呢！”靠坐在德妃腿边的胤禵又不高兴了，一扭身子，嘟着嘴说：“不嘛，额娘，我不要你抱那么多孙子。”“啊，为什么？”“你抱那么多孙子，还怎么抱我啊！”“啊？哈哈哈哈！”德妃乐得前仰后合，把胤禵从身上抱下来，“好了好了，别在我这儿腻了。傻小子，你以后长大了，长得像你四哥这么高，额娘还怎么抱你？到时只怕你要背额娘喽。”说到这儿，德妃自觉碰到心中的隐痛，不再作声。四阿哥小时候不要说抱，她连见都没见过几次……机灵的十四阿哥见母亲变了脸，以为她不高兴了，蜜糖似的黏在母亲身上，用手搂着德妃的脖子，娇声娇气地说：“额娘，你怎么啦，又生我气啦？那我以后也给额娘生好多好多的孙子还不行吗。”绷着脸的德妃不禁“扑哧”一声笑了，漆黑的眉毛不住地颤抖：“哎呀小东西，你就少说几句吧，额娘下巴都快飞出去了。额娘就盼着你啊，长大以后能封个亲王或当个旗主什么的，至少身子板结实，无灾无病，平平安安。额娘老了，也好有个依靠……哎，老十三，你上哪儿去？”不知为什么，十三阿哥突然低着头，抹着眼睛跑了出去。

“十三弟！十三弟！”胤禛追喊着出殿，几步赶上胤祥，将他拦住，“怎么了，十三弟？”胤祥泪水涔涔，哽咽不止：“皇额娘那么疼十四弟，我……我心里难受，我就没有额娘疼……”说着又要挣脱胤禛的手离开。刚才见母亲与弟弟母子间的亲密温情，胤禛也觉心里别扭，没想到这竟无意勾起了十三弟的伤心事。“十三弟，”胤禛叹了一口气，吐字沉重地说，“别难过了，十三弟。其实，四哥……跟你也差不多！四哥统共就这一个亲弟弟，不也是……唉，不过，十三弟，只要有四哥在，决不许别人欺负你！今后我们在宫里，都要挺起腰板走路，看谁还敢说三道四！我们是大清皇子，皇阿玛的儿子，堂堂正正的人！……”

当胤禛领着十三阿哥回到阴凉幽静的永和宫东次间，十四阿哥已经不在了，小凳上只剩下一碟吃残了的水乌他。胤禛问起弟弟，德妃笑道：“嗨，你说说，这小东西不来吧，我整日价想啊盼啊的；等来了呢，我又觉得太闹腾！这不，刚才吵着非要去庆乐园找八阿哥他们看戏，我还怎么拦这小祖宗。哎，老四，你怎么不去看戏？听说今儿的戏文怪热闹的。”胤禛似笑非笑，淡淡地说：“额娘是知道的，儿臣向来怕热，又素爱清静，最怕暑天焦躁。十三弟，你去吧，跟十四弟他们玩一会儿，别老跟着我，四哥这儿可没什么好玩的。”“不，我不去。”胤祥固执地摇摇头，坚定地说，“我不找他们，我就要跟你玩，我喜欢和你在一起！”德妃扬扬手，招呼胤祥过来，也把他揽在怀里，很温存又很感慨地用母亲轻柔的话语抚慰道：“好十三阿哥，小小年纪就懂得仁德，知恩必报。额娘就喜欢你这么懂事的孩子！”德妃顿了一下，笑着望望胤禛，一句在口中藏了许久的话还是忍不住吐了出来：“老四，我看你和老十三倒像是亲哥儿俩！”胤祥扬着小脸嘻嘻地笑了，习惯地冲胤禛挤挤眼睛。胤禛却视而不见，沉吟着，欲言又止。他在想母亲说的是正话还是反话？究竟什么意思呢？

胤禛没来看戏算是对了。烈日炎炎，风像被金阳之箭射死了，整个紫禁城变成一个大火炉，一座埋葬清风的坟墓。但再毒的日头，也挡不住多数阿哥们的戏瘾。皇子们一水儿的薄纱轻衫，坐在正对着戏台的粉画长廊内，挥扇擦汗，吃果子喝凉饮，等着大戏的开演。此时他们正兴致勃勃地谈论着外面一些戏楼上的对联。这是三阿哥的拿手强项。即使在这么热的天气里，三阿哥胤祉也依然保持着他一贯的儒雅风度，连说出的话也温雅如菊，令人心清。现在他正吟诗似的背诵着一副对子，微闭二目，摇头晃脑，神态很是自我陶醉：

大千春色在眉头，寻遍翠暖珠香，重游瞻部；
五万莺花如梦里，记得丁歌甲舞，曾醉昆仑。

“不好不好。”大阿哥胤禔擦着鼻边鬓角溢出的汗珠儿，将手中折扇扇得呼呼带响，像在舞一把大刀，“老三，这副对子词也太文了点，我都听不懂。再说节气也不对啊，什么春色在眉头，你没瞧见，是骄阳在头顶吗！还是听我给你说一个。嗯，我那次在西郊园子中的戏台上瞅见这么个对子，你们听听。”他站起身，大步兜了几圈，然后望定戏台，声如洪钟：

尧舜净，汤武生，桓文丑末，古今来几多角色；
日月灯，云霞彩，风雷鼓板，宇宙间一大戏场。

“好！”八阿哥胤禩第一个击节叫好。他因从小被胤禔的母亲惠妃抚养，所以跟大阿哥关系比较亲密。不过，从他内心来讲，并不十分看得上这个生性粗直的大哥。但他那似乎天生就有的，成年人都达不到的机敏圆达与灵秀的心计，使他在众阿哥中脱颖而出，成了所有母妃兄弟乃至朝臣中人缘最好的一位皇子。宫内外只要一提到八阿哥，无人不竖指称赞。现在，他不失时机地总结道：“依小弟看，若论文辞细腻，大哥之联逊于三哥；但若论气度雄浑、气韵宏大，三哥终不如大哥！三哥，你说呢？”

“言之有理。我这对子是从庆和园戏楼上摘抄的，勾栏瓦舍的东西，怎能比御苑行宫的大作！”

“真是民间的手笔，就算难得了。大哥，你讲的对子真可谓构思奇妙。你们想，连尧、舜、商汤、周武王这些人都入了戏，成了角儿，日月风雷操琴击鼓，我们这些俗人倒成了台下的看客，还大言不惭地指点江山，绝哉绝哉！”胤禩潇洒地轻摇竹扇，侃侃而谈，把兄弟们的目光都吸引了过来。连一向不爱读书的九阿哥，也用手托着下巴，带着几分崇敬的目光望着八哥，听得十分认真。

胤祉用扇子一指对面的戏台：“宫中的对联，不但有文采，有神韵，寓理深刻，当好好品味……”他还没说完，九阿哥胤禟就像为显示自己识字多似的，抢着说：“我认识我认识，我来念。”

执掌宏图，讲孝说忠，借衣冠演出世态炎凉；
明心宝鉴，尚廉崇节，凭面目戏作古今人情。

胤祉一笑：“行啊老九，有长进，字都念对了。可你知道上面写的是什么意思吗？”胤禟淘气地把头一歪，说：“这有什么，不就是讲戏台上演的都是忠孝廉节什么的吗？”他用手背抹抹额头上的汗，突然笑了：“今天这么热的天儿，那帮戏子画的小彩还不跟下雨似的往下流，到时都成了一团大浆子，分不清谁是谁了，还怎么凭面目做戏？”胤祉直摇头：“老九真不禁夸，还是这么贫嘴逞能。你就不能跟你八哥学学，稳重点。还不如十四弟呢！哎，我怎么一直没听见老十四的动静？”

小胤禵低头独自一人坐在一个角落里，噘着嘴，脸通红，像是在和谁怄气。九阿哥跑过来冒失地拍了他一下：“嗨，老十四，你的脸怎么跟关老爷似的？是不是偷着灌黄汤了？”说完自己哈哈一笑，扭头冲兄弟们喊：“你们快来瞧啊，十四弟还没桃园三结义呢，倒先给咱们温酒斩华雄了。”其他阿哥围过来，好奇地打量着胤禵，问他怎么了。胤禵脸更红，皱着小眉头，厌烦地扫了众人一眼，突然把目光落在胤禩脸上，霍地站起来就嚷：“八哥你怎么骗我？那弓明明是大哥用过的，你偏说是你给我的。哼，以后我再也不跟你好了！”

“噢，谁告诉你的？”胤禩倒没太显慌窘，只是有些惊讶地问。

“四哥说的。四哥说八哥这么做叫、叫什么……对，叫借花献佛！”

这叫什么话！……阿哥们表情暧昧地撇撇嘴，相视无言。过了一会儿，大阿哥胤禔翻翻眼睛，第一个表示不满：“十四弟，若你四哥平时多照看着你这弟弟些，我们又何必越俎代庖，招人不待见呢！”八阿哥胤禩却豁达地笑笑，很大度地说：“我跟四哥一样，平日都不善武功，也不在意刀枪弓箭这些玩意儿。我想四哥若留着早年的弓箭，论情分他定早给十四弟了，可他不是此中人……”“他留着呢，他把弓给十三阿哥了！”胤禵不满地嘟囔了一句。又是一阵沉默……胤禩不笑了，脸微微泛白，温静的目光中第一次流露出一丝冷意，使他看上去威沉了许多。这时，顽皮的九阿哥不管不顾地蹦到胤禵面前，摇头摆尾、火上浇油地起着哄：“哦哦哦，你哥不认你喽，不管你这小弟喽，你哥讨厌你喽……哦——”

“安静点，老九！”三阿哥胤祉见老大老八都回到座位上，面色阴沉，低头喝着闷茶，忙转开话题，可是没转利落，“十四弟，你跟你四哥也少见，怎么一下子就扯到弓箭上去了？”

“我和十三哥比谁的弓好，四哥来了，就说我的弓是……”他用眼睛瞥了八阿哥一眼，竟把后面的话咽了下去。

“听三哥告诉你咱们兄弟中谁的弓最好——是二哥。太子的短弓是皇阿玛儿时御用的，无人能及！”一听老三谈到太子，大阿哥马上把头扭到一边，满脸的不屑。八阿哥此时已平静多了，小口喝着茶，不动声色地听兄弟中唯一跟太子相友善的三哥如何吹嘘。

“二哥八岁就能开弓，言辞骑射无一不精。就是唱戏演武也拿得起来，有时高兴了，能一口气翻上好几个跟头，比当红武生练得都棒！……”胤禔悄悄捅了胤禩一下，一脸幸灾乐祸的表情，倒没忘把声音压低，“你听老三想是糊涂了，竟把太子贱比戏子。这要让太子知道了，又得一场同室操戈！”胤禩不语，文雅地用方帕轻轻拭着嘴角，也挡住了唇边的一丝冷笑。他招手叫过一个太监：“你去看看，戏怎么还不开锣？都什么时候了！让我们白晒了这大半天！”太监赔笑地说：“八爷消消气，再劳坐会儿。您没瞅见，太子爷还没到，奴才们哪儿敢开锣。请八爷见谅，请诸位爷见谅！”

“那不是太子吗！”不爱讲话的五阿哥胤祺突然向远处指了指，随后又补充了一句，“还跟着好多夷人呢。”

胤礽第二次再访教堂完全是气势汹汹兴师问罪的。他要求白晋将他用过的一个瓷瓶、一个小剑鞘和一个铁环涂成蓝色。这本是极平常的一件小事，哪知传教士却怀疑这些器物是太子供奉外教用的“偶像崇拜物”，拒绝加工。胤礽当时勃然大怒，带着一帮人闯进教堂，质问白晋为何抗命。白晋也不甘示弱，讲了他的理由。双方各执一词，越说越僵，最后把胤礽气得跳起来大喊一声：“来人，把他们都给我带走！”神甫们还以为暴怒的太子要将他们投入监狱，没想到竟把他们带进了宫中的戏园。

原来胤礽早把今天的戏码定好，第一出就是热闹的《大闹天宫》。胤礽知道夷人虽对中国的东西不甚了解，但对戏曲昆韵，却同自己一样痴情着迷，好看个热闹。到时只要太上老君的水火圈、炼丹瓶，二郎神的青锋剑一出场，真情自然大白于天下。胤礽自可以理直气壮地向夷人宣布，那是中国人演戏用的道具，根本不是什么宗教器物！看他们还有什么话可说！

“什么，不演《大闹天宫》，改了《哪吒闹海》？去把班主给我找来！”

班主来了，胤礽不问青红皂白，扬手就是一巴掌：“反了你们，敢改我定的戏！不想演就给我滚！今后你这破戏班再别想混进宫里。滚！”

“热闹的好戏在后头，太子爷不想瞧瞧吗？”一个媚声媚气的声音娇滴滴地挽留着。胤礽一扭头，仔细端详那张抹了许多脂粉、半男不女的脸，看着那半睁半闭、像醉眼般极具挑逗意味的眼睛，半天才想起来：“……呵，这不是张供奉吗，哪阵风把你吹来了？”被称作张供奉的人请了个安，媚笑着说：“是暖风、喜风。今儿是太后老佛爷的千秋，奴才就来凑个热闹，引老佛爷个开心。亏太子还记得奴才，要不怎么太后她老人家老说，宫内的哥儿里数太子最仁义！这不，奴才在外面奔了这三四载，可太子还记着奴才……”

这个长得不男不女、行止轻薄的张供奉，就是几年前在京里臭名昭著的张凤阳。他原是康亲王杰叔府内的一个包衣奴才，后来王府设立戏班，他自愿请缨，苦练数载，学了一身梨园绝技。加之他肤色白，身段好，一时成了王府世家争请的梨园名角。后来连宫里最爱看戏的皇太后也听说了他，召其入宫演戏。久而久之，张凤阳竟成了太后的心腹。有一时期，京城到处流传这样一首民歌，把他与索额图、明珠相提并论，连小孩都会唱——

要做官，问索三，
要讲情，问老明，
究其任期暂与长，去问张凤阳。

后因张凤阳胆大包天，对国家政事都想干涉，康熙下旨将其处死，却被太后一旨赦免了。这些年张凤阳在外面都干了什么，不得而知。但从他今日这一身装束、包括说话的声调、装腔作势的媚态也能看出，他一定重操旧业，重返梨园了，没准还收了徒弟，把许多良家子弟拉下水。张凤阳就像一堆陈年狗屎，不管到哪儿都会污一块地，散一片臭！

“您要是不瞅今儿的戏，那可就太可惜了。今天这出《哪吒闹海》啊，是奴才特意为孝敬太子爷花了一年多时间排练出来的，里边全是地道的绝活儿、真玩意儿。要是换了别人，奴才还舍不得抖搂呢。怎么着你也得赏奴才个面子不是？而且这出戏是由奴才新收的徒弟挂头牌，那可是货真价实的莲花童子哟。”张凤阳眉飞色舞地说着，丰富的谄笑都快从脸上淌出来了。他拉过一个不过十岁左右，身着戏装，扮作哪吒模样的小童伶，按着他给胤礽叩头。那孩子果然生得面若莲花，细腰袅袅，一身娇嫩。只是他现在跪在地上，身子如羔羊面对恶狼般瑟瑟发抖，牙齿轻轻打战，因为太子的一只手正像蛇一样慢慢地伸过来凑近孩子粉扑扑的脸蛋，但太子突然想到身旁的兄弟，就垂下胳膊，讪笑了几声，阴阳怪气地说：“好俊的小模样，可怜见的，还怕着呢……我看这莲花童子就别走了，今日就留在宫里。我倒要看看，你这个三尺小人儿怎么翻江倒海，就怕你师傅舍不得吧！”说完狂笑不止。面对周围鄙夷厌恶的目光，张凤阳非但不脸红，还跟着猥亵地笑笑，使他看上去更令人恶心了：“瞧太子说的，这是奴才求之不得的，更是小徒求之不得的，别人还没修得他这福分呢！”“机灵鬼，嘴倒甜！好花儿早被你采了，还说没有！”

“二哥！”三阿哥胤祉实在看不下去了，当着兄弟出丑也就罢了，当着这些夷人还如此，真替他羞得慌！他指指几位早瞅得发呆的传教士，问：“二哥哪里带来这么多客人，怎么也不给兄弟们介绍介绍。”

胤礽的脸立时像掉落的门帘子，“啪”地摔了下来，怒视白晋，急赤白脸地说：“老三，你给评评这个理：我让他们给我涂个瓶子，他们非说是什么宗教器物！现在当着我这些兄弟，我可以向你们宣布——这些物件是供我使用的，与你们担心的佛和其他神灵都无关！我们谁也不会对这种普通瓷器给予任何特别含义。像刚才那小戏子手里就拿着与我要你们加工相似的东西，他并不知道什么教义吧？还要我对你们那不必要的担忧作解释吗？”

胤礽的回答很有分寸，也算礼貌，可说服传教士却不那么容易。白晋略一躬身，道：“太子殿下容禀，这个瓶子确实可以派做不同用途，臣也不止一次在各处见过这东西。比如我在一本中国史籍上就读到过，在史籍里它被用于我们教会所反对的事情上。所以我们耶稣会的所有同事均有理由担心，此瓶也属同类东西。至于中国百姓，更会错误地理解这些东西的意义，进而误解我们的教会。”

然而，白晋的陈述大大激怒了皇太子，他眉清目秀的面孔立刻变得十分狰狞，提高嗓门喝道：“你，你只不过是个外国人，竟然声称比我、比所有读书知礼的人更了解中国习俗！你们认为凡是超出你们宗教范围之内的教义都是偶像崇拜，都是伪教，这就大无道理，狂悖至极！我问你，因为佛和其他偶像都穿衣服，这样就能阻止你们自己也穿衣服吗？”胤祉见二哥讲的话不伦不类，急忙扯了扯他的袖子。胤礽住了声，没好气地瞅瞅夷人，拖过胤祉：“我这弟弟最是博学多才，让他跟你们讲！”

胤祉苦笑了一下，无奈地解释道：“正像太子殿下刚才说的，和尚是有他们的庙宇，你们不是为你们的上帝建造了教堂？为了帮你们建造教堂，皇上、太子和我们几个阿哥都捐了款。我们并不埋怨你和你们教会的密切关系，但你们对你们不了解的事情太固执己见了，这就很不对。尤其你们不该违抗太子的旨意，还傲慢无礼地与太子顶撞，你们知道这将给你们带来什么后果吗？”

“据我所知，只有皇上的话才能称旨，阿哥讲错了吧？”白晋讲话越发大胆起来，对胤祉也挑起了毛病。

“唉，你们夷人怎么这么死心眼，一根筋！反正你们惹恼了最好的殿下！还不快给太子殿下赔礼？难道真要太子追究你们的不敬之罪！”

可人家根本不理这位皇子递来的台阶，巴多明说：“如果皇帝陛下下令我们认错，我们照办。”

“什么，要我父皇亲自传话才作数？你们也太狂了！”胤礽红头涨脸，暴跳如雷，指着面容依然平静的传教士破口大骂，“你们这些目中无人的红毛夷鬼，不通人事的洋和尚！你们对我的不尊重，就是对我父皇的大不敬，就是蔑视我大清！居然还敢口口声声用皇上作挡箭牌。好，都给我等着，我这就去禀奏父皇，叫你们都滚，滚回你们的法兰西、荷兰、葡萄牙去，滚回有你们参拜的光着身子的怪物的地方去！”

“请太子殿下不要出口伤人，污辱我主！”白晋脸色雪白，浑身颤抖，两眼花乱，不停地在胸前画着十字，“主啊，请饶恕这些无知的人吧。”

“呵，我这一句话你就受不了，刚才你们那么出言不逊地顶撞我，伤我颜面，就不怕我恼吗！哼，我说的还算好听的呢，若换了我四弟，他讲出的话才真够你们喝一壶的！哎？”胤礽顾盼四周，问兄弟们，“老四怎么没来？”

八阿哥胤禩似笑非笑，酸溜溜地说：“四哥从不爱看戏，也不爱跟人凑热闹，二哥怎么忘了……”

“苦行僧！”在场的所有洋教士都听见胤礽嘀咕出的这句话，一时全愣了。

八

乾清宫御座旁的平台空处，是除了太子胤礽可以侍立外，任何人都不准趋就的地方。可是今天，皇上竟将这份殊荣给了几个西洋传教士，一定要他们坐在御座两旁。这样一来，紫檀花雕金漆屏风、金漆盘龙椅、珐琅铜像、仙鹤、各种形状的香亭、熏笼都近在咫尺。这些宫中的陈设精细华美，巧夺天工，使洋教士惊叹不已。而他们又是第一次如此近的距离看到康熙皇帝。他已人到中年，身体似乎不很强壮，但面色红润，十分健康；他并不特别注重修饰，但简朴的装束掩盖不住全身焕发的勃勃英气。尤其是他的仪态：笔直的腰身，端稳的坐姿，永不旁顾斜视的眼睛，无一不优雅潇洒，又不失帝王的庄重，威严中透出一种亲和。传教士不知道这种气质是康熙皇帝生来就有的，还是他经过长期的自律修炼而成的？大概白晋在他的大作《康熙皇帝》中的一句话最能概括此时传教士们的共同感受：“这位东方君主是欧洲人连做梦也未曾见过的伟大人物！”

面对经过自己的调节已经缓和了态度，度过了惶惶不安五天的传教士，康熙少不得一番抚慰劝导。他说话的声音无论高低，总是那么沉着平静，娓娓道来：“跟朕多年的大臣都知道，朕平生最反对迷信诸说，什么吉日良辰、凶兆祥瑞，不但无用，而且虚假，于国于民甚属无益！你们还记得汤若望汤神甫吗？那时辅臣以亲王下葬时辰不当为由，将其判罪入狱。后来是朕给汤神甫平反昭雪的。朕那时年岁还小，不懂天文历法，差一点被辅臣蒙蔽了！大臣一时失职，兴许还有法挽救，若一国之君也是非不辨，将是多么可怕！朕常听有些人总爱说一句俗语：‘一切星辰只统率中华帝国，与别国无关。’朕就觉得此言大无道理，至少要留几颗星星照管邻国嘛！你们说是不是？”“皇上圣明。”传教士忙站起来，毕恭毕敬，笑着答道。“坐，坐嘛。”康熙亲切地让着，摆出一副要与西洋人促膝长谈的样子，继续温声慢语地说：“其实朕一点也不反对你们的教义，你们的教理很好，劝人自省、向善。而你们不远万里，离别亲友故国，来到我大清，朕心中为尔等这种坚执之心感动。朕怎么会要你们做违背你们教理的事呢？至于你们中的有些人担心疑虑，是因为对中国不太了解，甚至捕风捉影，看到奇怪事物，就无中生有地指称其发现了其他宗教的东西……”白晋脸一红，再也坐不住了，离座跪倒，诚惶诚恐地说：“请陛下恕臣的无知与狂妄，惩罚臣的无理。”

“爱卿请起，”康熙满意地点点头，面露几许豁达的笑意，“请爱卿放心，你既已知错，朕就不再责备，还请爱卿继续为朕服务。作为一点小小的惩罚嘛，你只需不再任太子的翻译就是了。”讲到此，康熙还怕白晋接受不了，又解释说：“尔国国王派来的三十个耶稣会教士中，现已有十二个人不再需要先生教他们识汉字了，而且他们的阅读能力也进步很快。今后白晋神甫、张诚神甫还有巴多明神甫就留在朕身旁。请相信，朕不会难为你们。不但你们，朕对每一位从外邦来朝的客人都尽量照顾。对于尔等受法王特遣的传教士，朕处理问题更是小心谨慎，有时甚至考虑再三……”

白晋端着青花茶碗，看几片翠绿的茶叶在茶水中轻轻漂浮，拖着长长的带子悠悠地转动。白晋来中国多年，可他仍叫不出这种茶的名字。他只觉得皇上不紧不慢的话语也如这淡淡清茶，味道并不浓烈，却能令人久久回味……“朕宫中有一妇人能弹一手好竖琴。徐日升神甫懂乐器，朕想请他入宫判断此宫人的琴艺。但朕想到他的信仰，怕徐爱卿拒绝，想在他二人之间挂一道帘子，又担心徐神甫不喜欢这种做法：于是几个内侍给朕出主意说让那宫人女扮男装，但朕觉得这种欺骗徐神甫的做法是很不敬的，为了不让徐神甫为难，朕打消了这个念头……还有一位西藏喇嘛，与朕关系很好。他请朕命热拉第尼先生为其画像，朕拒绝了。因为朕知道画师也是位耶稣教徒，让他为外教教主作画会使他反感。看，朕说了这么多，就是请大家消除顾虑，安心为朕服务。”

传教士们一同跪下磕头，重复着他们曾说过的誓言：“我等愿为皇帝陛下效劳终生，以不辜负国王陛下之任命！”

放下这段话题，康熙急忙将谈话内容转到他最感兴趣的部分——法王路易十四上去了。每当这时他都满面红光、神采奕奕，明亮的二目更加炯炯有神。传教士知道，这是皇上最喜欢听的，同时，也是他们向中国皇帝展示一种与中华文明迴异却于清廷无碍文明的大好机会。这时他们就会不厌其烦、十分详尽地为康熙描述路易十四的军事、政治、治国经验，还见缝插针、不失时机地赞美一番他们国王的宏图伟业，连一些细节都不肯遗漏：“……我主路易国王，不但战功赫赫，称雄欧洲；辛勤治国，使国家富庶，而且还不忘关爱他的臣民。宫廷御医曾研制了一种新药——金鸡纳霜。国王陛下为使他的臣民们都能用这种药，健康安泰地生活，就将这种秘方推广普及，治愈了好多百姓。”

“路易国王真不愧是一代明君啊，想得如此周到，尔国百姓好福气啊。”康熙出于礼貌地赞道，又不失一位东方君主的尊严。他低眉沉思了一会儿，道出了他真正传召几位神甫来的本意：“朕同尔国国王一样，最关注朕治御下的百姓。不知你们听说没有，今年入春后，山东发了大水，直隶以北又闹旱灾，饥荒严重，大批难民涌入京城。既然你们出于仁慈动机来到中国，朕想根据耶稣教会扶危济困的精神，只有派你们去拯救这些饥民朕才放心。”

康熙找了个很堂皇的理由，使传教士充满敬意地遵从了。其实这里也有康熙的难言之处，他是不太相信自己派去放赈的朝臣，因为他很清楚，这些人即便不贪不取，其能量也救不了这么多灾民。所以他宁可派西洋传教士们去赈灾，也不召自己的臣子。“朕会赐你们两千两银子买米，在你们教区内分发，大概还有八百两银子的缺口，就只好你们自己筹集了。不是朕小气，国库一直艰难，还有许多大事未办，都等着花费开销。朕也学不了你们国王，去别国‘借银子’……”

外面不知何时侵过一块乌云，遮住光明四射的太阳。深阔的大殿顿时昏暗下来，乾清宫里显得有几分阴冷。康熙摆摆手，这个话题就此打住。白晋分明看到皇上的眼中蒙了一层乌云。他在心中默默祷告：“万能的主啊，请保佑伟大的中国皇帝和他的臣民渡过难关吧。”

“哗啦啦——”粥场外的铁栅栏门打开了，场外东、西、南、北四角高高升起了青、白、红、绿四色彩旗。蜷卧在各处的饥民看到这醒目的信号，纷纷捧着碗罐等盛粥的器皿扶儿拖女，搀老携幼，从四面八方拥向粥厂。他们从一个狭窄的隔栏过道鱼贯而入，每人领到一碗粥和一块咸菜后，就依序走到指定的地方，或蹲或坐，安静地吃起来。虽然场子里只有几位夷人分发赈济粮，却秩序井然，没有任何人喧哗吵闹。这使许多前来看热闹的达官贵人也不由得暗暗称奇，甚至连一些和尚也加入队伍，和饥民一起来求施舍。

一位浑身缟素、连辫梢上也系着白丝线的清瘦文士静静地望着眼前一幕。他年约四十，面容沉静凝重，目光清澈，一身戴孝的素白装束更使他平添了几分俊朗。虽然唇上已有了些黑须，但仍可从外貌上观出，他早年不失为一位翩翩佳公子。他的同伴年岁可大得多，看样子已是花甲开外，长髯垂胸，面色微黄，净中透亮；虽然只穿了一件灰布长衫，但气度不凡，面容舒朗宁和，很是悠然飘逸。这位如同仙翁的老者像是对同伴，又像是自语地感叹着："真想不到夷人竟有如此决断，五天前我路过时，这里饥民还面无人形，蔽衣幔布，秩序混乱以及。没想到几天后就景象大变了！"

"这都是皇上体恤小民疾苦，深仁厚泽，连西洋传教士都以效力今上为荣！"白衣文士说。老者听后笑笑，不置可否，又像老顽童似的对同伴眨眨眼说："榕村，咱们也去讨要一碗如何？"文士惊异地瞪大眼睛，频频摇头："石翁又喝高了吧，何苦去与那些灾民争食！""哎，谁要你白吃的，你身上就没带着重物？"文士这次恍然大悟，红脸一笑，同老者一起进了粥厂，在灾民和夷人惊奇的目光下领了两碗粥，然后丢下十两纹银，飘然离去。

不大一会儿，两人已进了一家酒楼。他们直奔雅间，坐定后正要叫上茶，着孝的文士突然一拍额头，苦笑了一下，叫过伙计，只要了清水两杯。善于察言观色的店伙计看出这两人身上没带钱，可居然还敢占着雅座。要不是这会儿还没到吃饭的钟点和见他们二人气度不凡，早把他们轰出去了。

店小二的眼睛还真精，这二人确有来头。白衣裹素的那位，正是因母丧已赋闲在家多日的李光地。而那位长髯老者，更是声誉贯响九州，他就是当今画坛领袖，号称"四王"之一的王翚王石谷。王翚早年因画风景小扇被画坛前辈王鉴所赏识，收之为徒，亲授丹青技法，后又把他推荐给另一位画坛名家王时敏。当时他的画功就使王时敏大惊，有相见恨晚之感。王时敏带新弟子游历大江南北，采风写生。自此王翚拔超先师，在画坛独树一帜，成为"四王"中名气最大、造诣最高的一位。李光地与王翚本不相识，只因一次他闲逛琉璃厂，遇见画摊上有许多仿王石谷的赝品，也是看不下去，一时兴起，上前尽陈王石谷所作之神韵气魄，揭露赝品的陋处与不及，恰被正路经此地的王翚一眼相中，引为知己。像王石谷这种画坛大家虽然平日待人颇为孤傲不群，然一旦结交便义无反顾，决不会背弃。及至他知道了李光地朝中宠臣的身份后，一向清高的他也不鄙弃，依然相交如故。李光地很想将王翚推荐入宫，可是几次侧击旁敲、投石问路却均未果。王翚已过了近五十年的闲云野鹤的生活，习惯了散淡安闲，不愿跻身宦途，入朝为官。他也很赏惜李光地的学识，所以也很给这个忘年交面子，若换个人这么死缠烂磨，他早恼了。他并不知道李光地因"夺情"一事已被皇上停职，今天在街上偶然相遇，还亲热地打招呼。李光地正为如何官复原职而发愁，不想敲门砖竟自己送上门，而且还是这么一份大礼，李光地决不能让他溜掉……

雅间里窗明几净，水仙飘香。四壁雪白的墙上挂了几幅名人字画，很是幽雅清静，确是个倾心交谈的好地方。李光地举起甜白瓷的茶杯示意道："有薄了，石翁，今日只能以水代茶请你了。"

"是以水代酒，记住了，你可欠我一醉！哈哈哈哈！"王翚仰头大笑，尽显千年前魏晋名士的风范。王石谷极好饮酒，且每饮必醉，每醉必画，每画必成神品。人们常把他比作唐朝的草圣张癫。

"要不是学生热孝在身，今日当真陪石翁多饮几杯。"

"唉，我就知你几日未访寒舍定有缘故，哪知是……今日见到榕村，竟比以前憔悴许多！"

李光地慢慢放下杯子，惨然一笑："我已不孝，未能亲送家慈，如今只有一心效忠陛下，以慰先妣……石翁，现内务府正缺一位能鉴定书画古迹真伪的人，皇上也想于民间访一丹青大师入宫绘制《南巡图》。石翁如肯……"

王翚听罢一摆手，断然回绝："榕村何其太躁！你怎么就不为老夫想想？'四王''四僧'中唯我一人步入仕途，岂不为同人所耻笑。就连弟子儿孙，也当颜面无光，为我难过。你这个念头趁早打消吧！"

李光地遭到一顿数落，却仍笑颜不改，款款说道："光地以不才幸得石翁垂目，结为知己，深感惶愧。因知石翁明于鉴人，但……亦应明于观己。恕学生直言，那八大山人与苦瓜和尚等辈都姓朱，乃明室后裔，自然不肯入仕。石翁在前朝原本布衣，未取功名，驭事向来特立独行，何苦去另附他枝，拘于物议，迂腐不堪呢！"

"我倒不是耻食周粟，石谷不过一介布衣，明亡清盛，与我何干！"说着，王翚举起杯来晃了晃，悠悠地吟道："且乐杯中物，谁论世上名……"

李光地不再笑了，叹了口气："唉，想是石翁久居山野，对世事多有不知。以我观之，今日国力之强盛堪与汉文景之治，唐贞观、开元年间比肩。当今天子更是古往今来海内未有的明主！现在连李顒之子李慎，黄宗羲之子黄百家都已替父出山、入宫侍圣了。皇上还命徐元文、万斯同、张玉书、张英、王鸿绪等人据明实录编写明史，并令如实编纂，勿讥讽前朝。试问前代各朝可有如此修明之主！"

"榕村之言我也有所耳闻。但我一向散漫惯了，平日不过找几个酒朋诗友放纵一番，自娱自乐，无拘无束，怕是再也受不了辖制。"

"可……"

“况我年已花甲，即使有心应招，只怕也力不从心。”

“姜子牙八十尚拜元帅，瞅石翁这样子，活他百岁以上不成问题！”

“哈哈哈哈，榕村过夸了。你要真想让我多享几年清福，就舍了这份心思吧。唉，人常说寿长辱多，岁数越大，见的污秽越多。我今身虽已老，还想守一片冰心，洁身自好呢……”

“你！”李光地从口中蹦出一个字，又马上忍住。他一向被人誉为含蓄和谨言慎行的典范，从不轻易与人撕破脸皮，但还是觉得对方太狂妄，使他一代名儒的颜面受了侮辱。他的脸红一阵白一阵，顶住气，呆了呆，道：“照石翁此话，官场竟成了藏污纳垢的地方，我们置身其中的人，就没个干净的了？”

“榕村，你误会了……”王翚声音低婉，也觉得刚才那句话有些不恰，似想解释，又像请求宽谅。

李光地装作没听见，不中断地说：“那么请问石翁，官场如此，朝外就干净吗？白雪化后尚流污露，碧玉焚后还有瑕斑，哪里都像石翁笔触所及，尽是高山流水！”

“榕村！”也许是被李光地这种过于夸张的蒙羞震怒的模样打动，王翚的声音高不上去了。

李光地已察觉出王石谷目光有些游移，他深知此时绝不能软下去，否则将前功尽弃。他要接着演下去，面容悲戚地说：“光地不能替主上解忧求贤，是不忠；未能回家奔丧，是不孝；眼见朋友隐于山中而不能荐之于圣朝，是不义。似我这种不忠不孝不仁不义之人复有何颜面苟活于世间！”说着他后退半步，猛一低头，脖子一伸，就要向雪白的南墙上撞去！

“李光地！”须发皆白的王翚却还腰身灵活，他大喝一声，一把将要“自裁”的朋友拉住，把他拖回到原位。但这突然发生的事情也使历尽沧桑的老人好久心神难平，吞下杯里剩下的凉水为自己压惊。他看看座位上的朋友，眼中流露的不知是敬畏、感叹，还是恐惧、惶惑或者别的一些什么。稳了稳，轻声安慰道：“榕村，我知道你最近心情不好，遇了烦事。唉，只因我近日也是琐事缠身，不然早来探望榕村了。”

“石翁不是闲人吗，怎么会有琐事？”李光地以为自己的表演被对方识破，所以满脸的懊丧，话也开始变了味。

“嗨，不是。我近日收了个徒弟。你也知道，我已多年不收弟子，若不是听其养父讲这孩子祖籍江苏常州，与我同乡，又早年失亲，身世坎坷，我决不肯答应。”

“贵高足有福啊，比我有造化……”李光地话中带刺，掩饰不住失望的神色。

不料王翚竟来了精神，耸耸灰白的眉毛，欣慰地笑笑：“我可不是在榕村面前自夸，据老朽观察，在石谷多年收的徒弟中，还未见一人有他这般聪明灵秀、悟性极佳的，且举止凝庄，一表人才。其父甚至断言，如肯坚持刻苦、勤勉不怠，将来入朝拜相也未可知！”

“这正是后生可畏啊，只是将来贵高足考取功名，旁人询问其业师……”

“你怎么又来了？”王翚沉下脸。

“石翁，看在你我相交多年的情面上，石翁还不肯成全学生吗？”想想自己若不网住王石谷，或许将永不被朝廷起复，李光地真的是在哀求了。

王翚叹了口气：“唉，这样吧，榕村，你也不要逼我太甚。五天后，我给你答复。”

“好，一言为定！”

傍晚，王翚回到他现在的住所，南城一家简陋的小客店，正在厅堂的柜台后面噼里啪啦打算盘的店掌柜从金黄银白中抬起头，瞧客人脸色仍是黄澄澄的，而没有变成痛饮后的酡红，先是一愣，随即打了声招呼：“老先生回来了。今儿您没喝两盅？”

“怕我撒酒疯吧？”王翚说着哈哈大笑，一点没有难为情的意思，好像他每晚归来或被人抬来满身酒气、烂醉如泥；要么大说大唱，要么鼾声如雷，是多么平常不过的事。

掌柜的眨眨眼，又把算盘珠子拨了几拨，似笑非笑地说：“是没钱打酒了吧？”

“呵，店家居然未卜先知？”

店主扬扬手中的账本：“老先生，您可有三个月没交房租了，我说的不是醉话吧？”

“怎么，要撵我走？”王翚听出他的意思，眉毛马上立了起来。

“不敢，不敢。”掌柜的赔着笑脸，“老先生，我知道您是谁，当今的丹青名家，要不我也不会让您赊账这么长时间。”

“看来店家是成竹在胸喽。”

“哈哈，讲不上，讲不上。您老要是手头紧就算了，这好说。不过只要您老随便划拉两笔，就顶小店半年数月的花销。要不画个扇面，或写个条幅也行。我知道您是大家，不肯轻易动笔……”

“那你还啰嗦什么！”王翚冷冷地回绝，“账你暂时先记着，其他就不要说。”

店掌柜继续不死心地说："您老先生不出手，也行，让您那小徒弟泼洒几笔，总该不难吧。小店本小利薄，总不能老做赔本买卖呀……"

"店家错了，我那徒儿是刚收下的，老夫至今并未传授他什么丹青技法，怎么可以为你濡笔。"

"哎，那就怪了。刚才我去你们屋送水，还看见他正在那儿画呢，画的那花啊草啊的可鲜亮呢，跟真的似的。"

"你说什么，他动笔了？"王翚骤然变色，又嚷道，"你胡说！"

掌柜的不知是哪句话惹得老爷子这么肝火大发，委屈地眨巴着眼："您老不信去问贵高足啊，可这账……"

"现在暂时没钱，我和徒儿也不会给你作画！"

"那好，您可别怪我翻脸无情，咱们明儿衙门公堂见！"

"悉听尊便！"王翚一跺脚，头也不回地进去了。

"这倔老头！"掌柜的在柜台后还不住地咂嘴嘟囔。

看到师傅进来后，廷锡停了笔，既紧张又羞涩，小姑娘似的满面绯红，心扑通扑通直跳，暗暗攥紧拳头，看师傅如何评论。

王翚拿起徒弟刚照古帖临摹的大作，微微一笑，一句话也不说，两手轻轻一动，刺啦啦毫不留情地把这幅画撕了个粉碎，甩到地上。细碎的纸屑像被风吹落的秋天的枯叶，无力地趴在地上。看着自己费尽几天心力，刚才还精细完整，现在却粉身碎骨的大作，廷锡可怜地垂下头，使劲咬住嘴唇，不让泪水从眼中滑落。而他的师傅已几步踏过那画的残骸，背手踱到窗前，不住地摇头叹息："孺子如此心浮气躁，不听为师之言，不可教也，不可教也。"灰头土脸的廷锡虽然满腹委屈，还是知趣地轻轻来到师傅身后跪下低声求告："徒儿知错了，愿受先生责罚，请先生别再为徒儿生气，伤了身子。"

"唉，"王翚黑着脸长叹一声，"入门之初我即已告诫过你，学法古人应先练书法后临古帖。早年为师跟圆照先生就是这样学的。可你的书法还未圆熟就急忙濡墨试笔，此为学画大忌。一旦误入歧途，难以校正，你却对为师之言置若罔闻，岂非愚顽之辈！"

"还有你的篆刻也远未纯熟。记得那一日你曾就此请教为师，现在为师就告诉你：你去挑一担础石回来，刻了磨，磨了刻，等把这一担石头都刻完了变成泥浆，你的印刻就练好了。"

"多谢师傅教训。"廷锡叩了个头，眼睛放出颖悟的光，转身走到门口取了扫帚细心地把地上那堆碎纸全部扫了出去，觉得胸中敞亮了许多。当他回屋，师傅已卧床睡下了，他轻手轻脚地给师傅盖好被子，好奇地吸吸鼻子，却没闻到酒味。难道师傅也脱胎换骨了？他心里纳闷，不敢再出声，回到桌案旁，就着一支昏黄如豆的残烛，平心静气地打开一本古帖翻看起来，如入禅境。

九

胤禛跟十三弟说要堂堂正正做人，但在帝王之家，除了对父皇要俯首帖耳，小心恭顺；对兄弟要不卑不亢，不露胸臆；对下人要厉颜厉色，使他们惧怕，他就不知道堂堂正正是个什么样子了。直到有一天，他才感到做一个真正堂堂正正的人要付出多大的代价！

静鞭山响，腰挎短刀、身着黄马褂的御前侍卫笔直警肃地侍立于乾清宫的丹陛之上。乾清宫各扇朱漆门窗缓缓开敞，仲夏明媚的阳光像一支支金色的箭，射入一向空旷阴暗的大殿，挑破里面的神秘，使它变得明朗起来，也更显伟丽森严。端身稳坐的康熙着一身石青朝袍，串串珍贵绚烂的朝珠在胸前交相辉映，一束束光点在上面跳跃着。他目光凝重，俯视群臣，朗朗说道：

“自明成祖迁都北京营建紫禁城起，其享祚二百四十年，历经十四帝，不可谓国祚不久。朕近日观明洪武、永乐所行之事，远迈前王。我朝现行事例皆多以明朝为例。且明代无女后预政，以臣凌君之事。但其末季，坏于宦官。朕思我朝当以明亡为鉴，则修纂明史已为当务之急。自顺治二年，世祖皇帝即已命地方官吏博采遗书，修纂明史，只是中间因各种缘故时断时续，至今未见全书概括。朕今日朝上，特晓谕尔等公卿：不可不成，公论不可不采，是非不可不明，人心不可不服！”

因为皇上讲得十分郑重，群臣都耳无旁听，聚精会神“……作史之道，首在秉公持平，不应执私见，为一偏论。”平日熟读史书的康熙一谈到治史，话如潺潺流水般奔畅而出。他并非在群臣前卖弄，而是想对群臣阐明自己的思路，以史为镜。不过作为一国之君，康熙对修著明史的思考确实也深谋远虑、高人一筹，连史官最憷的敏感问题也没回避：“前代修史，元人讥宋，明复讥元。今日史官呢，或执一己之见，或据传闻道听，或用某家野史任意妄作，此书何能尽善！朕不想似前人那样讥论亡朝，唯有俯从公论！”

顾八代就在这时出班了！胤禛清楚地记得，当时老师神态静静的，身行稳稳的，跪在大殿当中若止水寒冰，正肃至极！可他讲的话，却如一枚呼啸而过的炮弹，引得朝堂上烽烟四起，地动山摇！

“臣听万岁所言固是，但臣以为有时公论亦不足为凭！”顾八代就是用这种极不中听的逆龙鳞的话语开始的。下面朝臣面面相觑，有知道他脾气的，暗暗摇头；有不知道他秉性的，偷偷冷笑。胤禛早为师傅捏了一把汗，真不知他后面还要说出什么难听的话！却只能暗中观察，一动也不敢动。

康熙对下面跪着的这个清瘦严肃的臣子，心情也比较复杂。他敬重顾八代的为人，但又看不惯他的作风，尤其是他那副耿直狷介、至死不软的刚硬和执拗，不分场合、不留情面的直言，经常把包括康熙在内的君臣搞得十分尴尬狼狈。康熙自然知道忠言逆耳的道理，但顾八代送上的丸药，太苦，太硬，太难下咽！这也是康熙十多年来一直未褒奖提升顾八代的原因。顾八代的不合时宜已使他自己吃了不少苦，偏偏还总不改秉性。想到这儿，康熙苦笑了一下，示意他把话讲下去。

顾八代可不管那么多，仿佛自己置身在空旷的大地上，只面对皇上一个人，泰然自若地说：“臣以为一些未证之公论相隔日久，一旦谬误更难纠正。陛下当记得，明末崇祯时辽东统帅袁崇焕含冤惨死一案……”

“你说什么！”康熙“霍”地站起来，浑身仿佛被火点燃，连眼白都红得吓人。但天子的怒火并没吓退顾八代的进言，他迎着皇上喷射着烈焰的眼睛，义无反顾地慷慨陈词：“臣祖籍辽东，常听家中老人言，袁崇焕本前朝名将，一代忠臣，因崇祯轻信谗言，受冤而死。望吾皇趁此重修明史之际，将真相告白于天下，还袁将军忠义之名，以慰英灵！”

“胡说！袁崇焕明明是降将、贰臣，背叛君主，何忠之有！处决之日，京城人争食其血，啖其肉，这还有误？”不等皇上开口，索额图就大声喝道，“顾八代，你妄读诗书，居然为这等汉奸鸣冤，是何居心！还敢咆哮朝堂、胡言乱语，如此越礼犯上，你不要命了吗！”说着他将目光转向皇上，只等皇上一开口，就以领侍卫内大臣的身份，命侍卫将这个吞了豹子胆的家伙拖走。可不知为什么康熙却呆呆地坐着，根本没看索额图。

顾八代冷冷地看了一眼这个说话调门比谁都高的首辅大臣，脸上居然露出一丝不同寻常的笑，平静地说：“袁将军忠与不忠，是否被冤，下官与索相皆未亲历，辩论皆无意义。但皇上洞烛万事万物，理应明鉴！”

这一声不甚响亮的话语，却如重锤洪钟般叩击着康熙此时那颗起伏难平、矛盾异常的心。袁崇焕——这个令太祖皇帝忧愤而死，令太宗皇帝伤透脑筋的可怕对手；这个英勇不屈，不为金钱、美色所动的倔强汉子！多少八旗将士，丧身其手；多少满洲勇士，谈其色变！太宗皇帝迫不得已，用反间计，诬他已降清，借崇祯皇帝之手才费力地将爱新觉罗入主中原这最大的一个障碍除掉了。当时不论明人还是满洲，都对袁崇焕降清一事深信不疑，都以为其死有余辜，被凌迟碎尸是大快人心。今天，这个几乎同袁崇焕一样难缠的顾八代居然要我当着这么多王公大臣推翻这早已成定论的“史实”，九泉之下太宗皇帝威望何在！朕颜面何在！

和兄弟们一样，胤禛对那段历史也是一知半解，知道得不多。但先生在朝堂上因此事而首先发难，又如此冲撞皇上，是他始料未及的。他也惊得心跳变速，目瞪口呆。他真想出班替先生求情，奇怪的是浑身像被一张网罩住了，动弹不得，嘴也仿佛被什么东西粘住张不开了。那一刻，胤禛才知道什么叫胆怯，后来想想，跟先生一比自己差得太远了！

康熙手握十八子朝珠，一级一级从铺着红绒地毯的台阶上庄重缓慢地走下来，绕过直挺挺跪在前面的顾八代，灼灼的目光掠过殿内的每一个皇子、朝臣。在离大门只一尺的地方突然停住，蓦地转身，又折返向御座走去。乾清宫最上方，高高悬挂的“正大光明”巨匾金光闪烁，四个遒劲有力的大字如同四只虎视眈眈的眼睛，逼视着康熙。康熙心头猛地一缩，一个寒战顺着脊梁滑下来，脑中出现了一个血淋淋的身躯，尽管被绑缚、被刀劈、被唾骂、被殴辱，却始终瞪着凛凛的眼睛，扬着不屈的头颅，浩气如虹，视死如归！袁崇焕、史可法、郑成功、张煌言……所有抗清义士，所有大明忠臣！不知过了多久，康熙终于鼓起勇气，艰难地开口了，声音却极沉抑，没了往日指点江山、激扬文字的潇洒风采：“袁崇焕，是冤屈死的，新史应为其正名立传，以昭示人！……粤南蛮荒之地，竟能出此一英雄义士，真乃粤省之荣，明臣之荣，华夏汉人之荣！袁崇焕，是你们汉人的英雄，一个堂堂正正的大丈夫，真汉子！唉……”本该放松下来的康熙情绪突然又拐了个弯儿，叹了口气，有些怅然失落地说：“若在朕的满洲诸臣里，也多几个像袁崇焕这样忠直的臣子，何愁四海不定、天下不平呢！”说完，康熙方长长地吐了一口气，感觉像从心里搬走一块大石头一样轻松痛快。

康熙的通达使顾八代眼酸心热了好几天，激荡的新潮久久未能平息。这是他入朝取得的最光彩的一次胜利。不，是忠臣志士的胜利！

许多年前，年轻气盛的顾八代弃文从武，完全是跟家人赌气。他这个辽东将门之后生来就羸弱多病，不爱拿刀动棒，平常总是独自一人捧着本书看，被兄弟们笑为书呆子。连父母也不大喜欢这个懦弱少言的儿子，及至成人后只在衙门给他谋了个文书小吏了事。可顾八代虽然身子瘦弱，脾气却倔强如牛。三藩之乱的烽火刚起，他就背着父母和新婚的妻子只身南下，投身军中，跟那些粗莽彪悍的军士为伍。他想争立军功，好让家人看看自己绝非怯懦之辈。历经数年战火硝烟的锤炼，身体果然比先前结实多了，胆子也大了数倍。可他胸怀的一腔报国热血却随着时间推移渐渐变冷了。他亲眼看到，军中那些地位显赫的将军，平日忠君报国叫得最响，却在军中暗暗吃空饷，扣军粮，想着法子挤压下面的兵丁。有时当兵的被逼得没办法了，也和三藩叛军一样去偷、去抢老百姓的财物。那些当官的乐得睁一只眼闭一只眼，有时偶尔发落一两个违纪兵卒，倒落个爱民如子的美名。反正饷钱总是他们多，美名总是他们得。而那些穷苦的百姓、卑微的士兵，只有去卖命、送死的份儿。仗一打完，就什么也得不到了。真是一将功成万骨枯啊！顾八代看不上这些将帅，所以战争还没结束，他就回来了，还不明不白地抱回一个男孩儿。那些日子，亲友的讥讽、辱骂、嘲笑声简直快把他淹没了。好在善良的妻子通情达理，一如既往地信任他，并未嫌弃这孩子。不久，顾八代因功入翰林院为编修，这可是一个能接近皇上，向上擢升的好位置，许多人求还求不到。可顾八代根本不懂为官之道，不善圆通，只是一味说直话，得罪人，所以按序做到三品侍郎就再也升不上去了。几年来的为官经历，使他更看清了那些道貌岸然的丑恶嘴脸以及他们私下干的龌龊勾当。有一段时间，顾八代真想辞官不做了，可一来孩子太小，父母又没给自己留下什么私产，他也没有什么别的谋生技艺。为了养活家人，他只能像一叶孤舟，继续在险恶的宦海中沉浮漂泊。康熙二十四年，他被指派到上书房教授皇子，从此开始了另一种生活。这在朝内虽是个无钱无权的清水衙门，但他很快就喜欢上此职，觉得这里至少比外面清净些。渐渐地他对这些学生、天真年少的皇子们有了感情，尤其是那个不太爱讲话、行止有些古怪的四阿哥胤禛。他发现四阿哥在众多皇子中功课只能算中等，但每遇问题，见解多与众不同，决不人云亦云！顾八代有时甚至大不敬地觉得四阿哥很像当年的自己。尤其是殿下那种一上来就不顾后果的冲动率性，简直同自己少时一模一样，也都使他们各自吃了不少亏。平心而论，四阿哥并没给他这做老师的带来多少好处，相反，由于学生的不冷静，还常使顾八代停薪罚俸，一家人陷入窘境。每当这时，顾八代不但不怨四阿哥，反而陷入深深的自责当中，怪自己未能尽到为师之责，使殿下走了弯路。可有时他又想，一帆风顺对一个少年人，尤其是四阿哥这样的凤子龙孙又有多少好处呢？连皇上当年不也是在磕磕绊绊、跌跌撞撞中长大的吗！

“先生，我、我又做了不应该的事，连累了你……”胤禛第二次来到老师家，几乎不好意思进门，红着脸愧疚地向师傅赔礼。

“殿下快别如此。都怪老臣一时疏忽，未能尽职尽责，今后我们都当吸取教训，引以为戒，在此只当共勉吧。”

“可先生这一月之内以何为计？”胤禛对老师绝不做虚假客套，一下就提出了最实际的问题。

顾八代笑了，四阿哥没有变，还是以前那个对自己敬重、信任、情谊最深的小皇子，一个可以推心置腹的学生。为了安抚焦急歉疚的学生，他尽量用平和的口吻说：“夫人已经被我打发回了娘家，老大俨儿才干平平，托人在内务府当了个笔贴士，也算有了差事，能为家分担些了。廷锡拜师后也离家随他师傅游历去了。现在家中就剩老臣一人，正是俗语说的，一人吃饱，全家不饿。圣人曰‘不忮不求，何用不臧’？我还有俸禄俸米，已经很知足了。山重水复疑无路，终究还会柳暗花明又一村的。哈哈。”

“是啊，廷锡拜王石谷为师确是一大喜事。石谷先生真不愧一代墨界名家，连万岁都称其作品为逸品，将其留于内廷。廷锡跟了王石谷，也不愁今后的荣华富贵了。”

“怎么，王石谷入宫了？”

“先生你还不知道呀，王石谷现在在内廷画馆正准备绘皇上的南巡图，是李光地将他推荐给皇上的。”

李光地！顾八代心中更觉不畅。他把廷锡送于王石谷门下就是为孩子跟他能了脱凡尘，静心学画。没想到王石谷六十开外的人也未能免俗，竟又遁入仕途，还是李光地引荐的！顾八代一向鄙视此公为人，哪知他活动量这么大，赋闲在家还蠢蠢欲动，终于被起复。要是我，有何颜面复出！“哼！”他轻蔑地哼了一声。

“先生别担心，石谷先生虽已入朝，只是作画，并不涉及朝政，空闲之时仍很多，有功夫传授廷锡衣钵。”胤禛发现师傅有点不高兴，忙试着解释，又自然而然地说到自己，“廷锡总算有师指正。我那日去大觉寺拜文觉长老为师，也算了却了多年心愿，今后再阅佛经，就不会如盲人摸象、管中窥豹了。”

对于四阿哥拜佛寻僧，顾八代口中虽不说什么，心里对此却多少有点保留。他一贯将儒家先贤的典籍视为正宗，而皇子不管出于何故，如此笃信释迦，总觉不妥。也许殿下是以佛洗心，砥砺心性。他只好这么为自己的疑惑寻找解释。

“我最欣赏先生这样，乐天知命，随境养和。若平生真能以淡泊为怀，恬静自好，也不失为人生一大乐事。”胤禛笑望着师傅，点点头，突然站起身，面容变得开朗活泼，兴奋地说，“先生，带我去看看你那块菜地吧，上次你不是说要请我品尝时鲜蔬菜吗？”

“啊，这……”顾八代略一犹豫，叹了口气，“好吧，请殿下随我来。”

跨出院子，绕到房后，半亩小园展现眼前，但胤禛闪着兴奋目光的眼睛立刻变得疑惑和失望了——他既没看到金黄的谷穗，也没看到绿油油的青菜，只有几片打着卷儿的枯叶零落地在东一簇西一簇的衰草边无力地挣扎着，像是在述说着那场可怕的灾难……

“这，这是怎么回事？”胤禛睁大细长的眼睛惊问道。

“唉，本已撒种，春天小苗长得也很好，整个阡陌就像一块绿色的毡毯，谁见了都会想来年准是个大收之年。未料今夏北方酷旱，滴雨未降。臣已想了许多法子，可那些秧苗还是……”说着，顾八代慢慢蹲下，用手轻轻拍着荒田，像是在安慰那些夭折的小苗，喃喃地说：“阴晴旱涝，天数无常，这些蔬菜庄稼不知什么时候会突遭天祸，但偶有个别结实饱满的种苗，还可留在下一年继续播种。良田决不会一直荒废下去的！”

胤禛只觉心中一震，身上仿佛又多了点什么。他扶起老师，问：“那别的人家也是这样吗？”

“嗯，这个村子这个县的几万亩地都遭了殃。我有俸银，还不算太难过，可那些靠天吃饭的庄稼人，眼瞅着自己忙活了一年就要丰收的庄稼颗粒无收，他们、他们那才叫惨呢！”

“啊，这里也闹饥荒啦！”胤禛还以为国中只有大觉寺山门外的那几百人是吃不上饭的。

顾八代抬眼望了望这个久居皇宫、锦衣玉食、养尊处优的皇阿哥，真不知该说什么好。想了想，还是用诗文来启发吧：“唉，殿下当会背诵唐末杜荀鹤那首七律《山中寡妇》吧。现在这儿的村民正是像诗里写的那样‘时挑野菜和根煮，旋斫生柴带叶烧’啊！幸而这里是天子脚下，还算好的，外省都有饿死人的了。好在皇上圣明，免除灾地三年赋役，不再征苗、纳捐。否则，这么多灾民，没有饭吃，被逼无奈，就难免要铤而走险……后果不堪设想，不堪设想啊！”

胤禛从入门到现在第一次沉默了。他平日在宫中，读了不少描写田园风光的小诗，也按自己的想象自撰了许多描写渔、耕、樵、牧之类抒发恬静闲适的诗，很向往那种悠闲安适、自由自在的田园生活。可现在，活生生的事实就冷酷地摆在面前，真正的村居生活竟跟自己以前想象的全然不同！这是他一个生活在重重宫墙中的皇子永远也无法想见得到的！

当师徒俩重新回屋就座时，顾八代要张罗备饭，胤禛忙拦住师傅，却又没有走的意思。他望望老师那张粗黑清瘦、略带倦容的脸，心中肃然起敬，用真诚而严肃的眼睛望着老师，郑重地请求道："先生，袁崇焕袁大将军殉国的经过，我知道得不多，你再给我讲讲好吗？"

顾八代轻应了一声，还未张口，泪水已盈满眼眶，勉强控制着感情，把这位抗清名将从任辽东督师起直到遇害含冤而死逐一述出。讲到最后，他悲情难抑，再也把持不住，放开喉咙，悲声恸哭："袁将军冤啊……他鞠躬尽瘁，却不能名垂青史；忠肝义胆，却遭千刀万剐，万众唾骂。倒叫我这苟且偷生之辈苟活于人世。老天，你太不公，你不公啊！"他的哭声一阵比一阵酸楚，一阵比一阵凄厉，像一阵咆哮的北风从茅屋刮向旷野荒原……

"先生，你、你要珍重……"第一次见师傅这样倾泻的胤禛，只觉头皮发麻，浑身发凉，勉强坐正劝慰，"其实先生在朝上敢于直言，也同袁大将军一样，是位正直忠义之士。可见人心向善，正气永存！"

"什么，忠义之士？哈，哈哈。"顾八代又像哭又像笑，鼻翼翕动，泪水迸出，悲怆地言道，"殿下这话，真羞煞老臣喽。但有一言，老臣至死笃信不疑：是明珠，就绝不被淤泥所污，青史上，总为丹心留取一席！只是时间有长有短，袁大将军为了这一天，等的时间太长、太长了！……"

胤禛看着师傅伏在几案上胡须颤抖，任泪水肆意，一时也觉感慨良多。但这位没经历过那阵动乱岁月的年轻皇子，此时还不能完全理解老师的心情，心里自有他的一番思绪，与耿直的先生不同——太宗皇帝的这个计谋是恶毒了些，袁将军在当时也确实忠勇无双，可太宗皇帝若不如此，天下还能姓爱新觉罗吗！于是他只按着自己的思路，以一个胜利者后代的姿态说："我以前读《明实录》等史书，还觉得崇祯皇帝励精图治，勤政爱民，不算坏皇帝。未想竟如此刚愎自用，忠奸不辨。最可气的是至死仍执迷不悟，说什么君非亡国之君，臣实亡国之臣。崇祯之前，从正德始，就已现衰相，经嘉靖、万历、天启诸帝，就益发昏庸不堪了。正是他们这些昏君，贪婪昏暴，不理朝政，视国事如儿戏，才弄得明季流贼四起，民不聊生。我仁圣英明的太祖、太宗皇帝正是顺应天时，兴兵讨寇，灭了闯贼，不但为明报了仇，还解救万民于倒悬。可见我圣朝得国之正，于中国有再造之功！"

顾八代慢慢直起身，止了哭声，看着四阿哥，半天没有说话，实则对学生这段长篇大论不敢苟同。不错，明末诸君是昏庸残暴，让老百姓受了不少苦。可大清在建国之初，不论是江南的"扬州十日"、"嘉定三屠"，还是后来的"明史"、"逃人"诸案，还有什么留发不留头，留头不留发，不也都是在屠掠，在杀戮，在用血与火去洗涤这片多灾多难的土地吗！不也给前朝无辜的百姓带来无数血腥和灾难吗！苍天啊，为什么！——生息在这片辽阔疆域上的芸芸众生，这个古老民族的善良百姓，总是在兵戈、暴动、饥荒、祸乱中苦苦挣扎？而他们热切祈盼的真正的太平盛世，却显得那么缥缈迷茫，无比遥远！……想到这儿，顾八代的眼圈又红了。

十

因为阴天，索额图迷迷瞪瞪地睡过了时辰。入宫后，只赶上最后一个递牌子请见。暖阁里，康熙正盘坐在炕上捧着那只青花莲瓣纹鸡心碗喝粥，大概就是他的早膳。索额图请安后诧异地问："怎么，万岁才进早膳？"

康熙放下碗筷擦了嘴，正过身子，亲切地说："这是福建总兵刚进贡的新稻米，名胭脂米。此米色红味香，煮粥最美。福建的稻田多以山泉灌溉，泉水寒凉，使得禾苗靡盛早熟。朕想照此法用玉泉山泉水在御苑试着灌溉，如禾苗果能早熟，可推广至全国。来，你也尝尝吧。"

"谢万岁，刚才在毓庆宫太子已赏过奴才了。"

"哦，你见到太子了。这几天事多，朕也没得闲照应那边。朕听说近来毓庆宫常有外间僧人出入，你可曾见过？怎么回事？"

索额图心里十分清楚，知道这些被太子称作"玉蛹"的所谓"和尚"去毓庆宫的真正勾当是什么。那是让人恶心的、脸红的、极难启齿的。他低头避开皇上追问的目光，若无其事地敷衍道："回万岁，太子近来痴迷佛经。这些僧人正是应太子之请进宫给太子讲经说法的。"

"太子那里怎么会有佛经？"

"佛经是四阿哥借给太子的，万岁若不信可把四阿哥叫来问问。"

"哦，那倒不必了。"康熙放了心，慢慢地说，"朕没有别的意思，不过是叫太子勿忘通熟四书五经，以圣人之论为根本。"

"听说万岁要召李光地回来修书？"

康熙抬眼飞快打量了一下索额图，有些惊愕。他的消息竟如此之快！在这样的臣子面前，自己也没有多少秘密可以隐瞒了。但康熙脸上并未出现半点不悦，面带自然的微笑，点点头，如实地说："前明有治丧期间修书之例。朕所以下令召他回宫，也是循前朝典故。爱卿若以为有不妥之处，不妨直言。"

"奴才不敢，万岁一言九鼎，何人不从！只是万岁前已黜退李光地，今又复用，奴才恐有些不明事理之辈于背后传闲话，说万岁是朝令夕改！"

笑容依然浮在康熙的脸上，他款款说道："谁爱说就让他说去吧。皇帝背后骂昏君，当皇上的若是怕人讲，干脆别坐这把龙椅。"康熙今天的心情十分好，对索额图步步紧逼的事态非但不恼，反而觉得有些好笑。是啊，他虽了解我的行动，却摸不透我真正的用意，可他脑中盘算的这点儿东西却一点也不出我所料。已经历了帝位三十多年风风雨雨的康熙还有什么可怕的呢。但他突然想捉弄索额图一下，于是促狭地说："你先别跪安，随朕去弘德殿待会儿。李光地也在那侍候。到时你也好给朕指指，究竟是谁背后口无遮拦，底下的私语就入了你耳。"

"这……我……"索额图脸一红，躬身说，"奴才不谙汉儒经义，还是不去了吧。"

看着索额图被召集稍稍一点就马上现出狼狈相，康熙心里鄙夷地冷笑了一声，却仍不肯轻易便宜了这个自作聪明的老家伙，仍平静地说："今日不是经筵日讲。朕不过是和几个阿哥说笑一回，与他们讲些笑话罢了。你不必紧张。"

"喳。"脱身未成的索额图茫然地望望皇上，翻翻眼睛，越发猜不出皇上的葫芦里究竟卖的什么药。

天太昏暗，弘德殿已掌上了灯。几支细瘦的蜡烛吐着似有若无的青烟，散发出一股淡淡的香气。康熙果然如他对索额图讲的那样，坐在御座上同皇子们谈笑风生，畅所欲言，却把几位请去的臣子撂在了一边。索额图一眼看见泰然侍立、安之若素的李光地，心里十分别扭。又发现早年时的死敌高士奇也陪侍在侧，居然还恬不知耻地冲自己挤挤眼睛，一副嬉皮笑脸的无赖相儿，心里像被蝎子蜇了一下似的，尴尬又气愤，恨不得马上离去！而当他看到太子仍坐在皇帝右侧，比其他皇子地位都高贵时，才略感平静，不再看两个同僚，听皇上都说什么笑话。

"晋惠帝刚继位时，天下大乱，灾难繁多，无数百姓饿死荒野。一天惠帝接到大臣奏报，奇怪地问臣子：'百姓没饭吃，怎么不吃肉粥？'还有一次，惠帝游华林园，突然听到园里有蛤蟆叫，问左右侍从：'是官蛙还是私蛙？'下人们想笑又不敢笑，只得随口胡诌说，生在官地的叫官蛙，生在私地叫私蛙。其蒙蔽皆若此，却还被武帝立为太子。"

听讲的皇子们有的还是第一次听到这个故事，自然笑了，还有曾读过《晋书》的皇子也附和地笑笑。只有四阿哥胤禛呆若木鸡地坐在原处，脸上不见一丝笑容。康熙瞅见，心中稍有不悦，但忍住没有唤问。又从晋惠帝讲到八王之乱以及汉代的七国之乱。这些史事可没有刚才那个傻皇帝的故事听着生动逗笑，年幼的小皇子中便有人开始坐不安稳，有的抓耳挠腮，有的四下乱看。年岁最小的十四阿哥胤禵更是不停地将身子在座椅上扭来扭去，好像屁股下长了刺。

“胤禵，朕讲的你懂了吗？”康熙突然问幼子。

十四阿哥搔搔后脑勺，眨眨乌溜溜的大眼睛，那可爱的样子不但不让人恼，反而让人忍俊不禁。偏他讲话最是童言无忌，想都不想，就天真地说：“儿子没听懂，皇阿玛讲的都是什么啊，乱七八糟的。”

“哄——”大家都笑了。连康熙也开怀大笑，带着微微作喘的笑音说：“确是‘乱七八糟’，确是‘乱七八糟’。朕没讲出来的话，老十四倒能一言以蔽之。”他又望望四阿哥，可胤禛还是面无表情，过了一会儿，竟将头扭向殿外，仿佛对里面的热闹全然不感兴趣，不想再听下去。

“胤禛！”康熙再也忍不住了，威严地喝了一声，吓得胤禛悚然转过头，方起身向父皇拜了拜。康熙放低声音，道：“谈谈你对八王之乱的看法。”

“外面下雪了……”胤禛所答非所问。

皇子们互相交换着轻蔑的目光，发出一阵轻轻的嗤笑。大阿哥胤禔又拿出长兄的派头起身斥问：“老四，皇阿玛刚才讲史书，你怎么往外面瞅？你的心都飞哪儿去了？”

八阿哥胤禩似乎咳嗽了一下，没人注意。只有高士奇飞快地眨眨眼睛，怪声怪调地说：“大概四爷是在构思一首咏雪诗吧。哎呀这撒盐太拙；飞絮又太俗，四爷作的肯定不凡，不知可否赐臣一赏啊？哈哈。”

“老天刺破面口袋！”胤禛竟真说了一句。

“喻得妙，喻得妙！”高士奇夸张地挑起拇指，揶揄道，“四爷真是想人所未想，言人所未言啊！”康熙不由皱起黑眉，原本开朗的面容又笼上一层乌云，心中十分不快。垂下眼睑，闷叹一声，对这个儿子失望极了。

胤禛却未在意父皇的表情和四周的嘲笑，他面容似铁如冰，显得坚刚又冷峻，双眉紧锁，沉抑地道：“可惜只是比喻，要是这雪真能变成白面，能解多少饥民的温饱啊！”他一挺身，撩衣跪倒，仰头忧郁又激烈地大声道：“回皇阿玛，关于八王之乱，儿臣以为此四句可为概括——帝不修德，天灾人祸。民不聊生，国之不国！”

康熙心中猛然一惊，望定胤禛，仿佛不认识他似的，沉吟良久，轻叹一声，慢慢出了弘德殿，来到廊下。殿外晶莹剔透的小雪花又快又急地飘落，地上的雪已越来越厚，昏黄的天宇在茫茫白雪的映衬下显得清净而纯洁。望着这银白色的世界，康熙舒展眉头，心中发热，面迎着纷纷扑下的白雪，自言自语地说：“瑞雪兆丰年，但愿今年是个好年景……”

每当康熙私下面对皇子，尤其是太子胤礽时，不用再像对臣下那样审慎缄默，做出一副高深莫测的样子，而会用通俗的语言直截了当地说出他的心思，现在他就对太子说："国以民为本，民以食为天。要是老百姓总饿肚子，这个国家怎能挨得长久！"

"是。儿臣曾听熊赐履言，明末就因饥荒遍野，民不聊生，以至流贼盗寇四起，风雨飘摇，终至亡国。皇阿玛以仁为本，关心民。今岁偶有旱情即恩旨赈济，使百姓得以安生。"胤礽的回答中规中矩，还不忘对父皇的称颂。说完自己对这个答复也很满意。

"可人终究不是牛马羊彘，光让他们有饭吃还不行，还要教化他们彻底顺服。"康熙慢慢踱到窗前，几丝浅淡的阳光透过三交六碗的菱花窗照在他瘦削的脸上，使他的面孔变得有些模糊不清，若明若暗。"圣人言，'君子学道则爱人，小人学道则易使'；又言，'民可使由之，不可使知之'，诚为治政之要！朕以为小民虽愚，终不可欺。百姓如此，士人更甚！那些读书人的眼睛尖得很，专挑君主的毛病与误处，对他们，更要小心防范！所以古人讲为君难，那还是说汉人君主，而我朝以外族入主中原，治理这九州万邦之难度更艰。这就好比一匹蒙古马，不会心甘情愿地被一个南国骑手驾驭，而人数占了国人十之有九的汉人，又怎么肯轻易接受一个胡人的统治！"

"那皇阿玛命人修明史、开博学鸿词科授汉人学士官爵，都是为了笼络他们啦。"因为找不到书中的文字和先生的讲述做"范本"，胤礽的回答就不像刚才背书似的那么流畅工稳了，带出了几分不成熟。

见太子能悟出自己的苦心，康熙还算比较满意，但儿子的回答太过直露，他又不得不进行一番纠正："历朝历代对士人都有怀柔之术，本不为奇。朕苦心孤诣，为谋求国家兴盛之道，尊孔崇儒，编订群书，并非只为笼络。圣人之论博大精深，为统承尧舜之学。所以朕每日于弘德殿内听讲义，又命你熟读四书五经。你一定要精熟儒家典章，每日多加温习，不可生懈怠之情。"

"是。"胤礽规规矩矩地伏地免冠叩头。

康熙把儿子从地上拉起来，从头至脚细细地打量，心潮起伏，胸中一股隐压了许久的激动的热流滚滚涌出。"成哥儿，"他突然叫起胤礽儿时的乳名，声音异常激动又温存，"你今年二十岁了。古人讲的正值弱冠之年，当行加冠之礼，以示成人。朕就是像你这么大的时候有的你，可惜你额娘福寿不永，给朕留下你这一个嫡子后，就抛下咱爷俩走了……"说着，康熙的眼圈也红了，停了停，回忆起更遥远的往事："朕继位之初，孝庄太后问朕打算怎样当这皇帝，朕回答说只愿天下平安、生民乐业，共享太平之福。现在朕已登基三十余年，而天下并未真正太平，生民乐业更是遥遥无期。可见朕之凉德未能感动天地，赐福我万民。若朕在位时不能见到天下太平、生民乐业，你将来一定要替阿玛完成！"

"皇阿玛，您这是、这是干吗……好端端的您怎么说这个！"胤礽又跪下，声音似乎有点哽咽，用手抹着眼睛中并不存在的眼泪。

"唉，朕也忒儿女情长了，是吧？"康熙也扭过脸去擦擦眼睛，叹息一声，"朕讲这些，无非是希望天下官民各安其位，各守其责，遵循礼制，谨循纲常，勿要犯礼越分，以期天下政通人和，共享太平！孩子，你、你听懂了吗？"

望着父皇那发自肺腑的话语和火一样深情期待的目光，胤礽也不由为之动容。他心里发热，咬咬嘴唇，面孔变得非常严肃，像一位即将接替大位统治天下的君主般，郑重坚定地答道："儿臣记住了！请皇阿玛放心，儿臣虽驽钝，但决不辜负皇阿玛的一片殷殷厚望，时刻不忘修身养性，将来做个好皇帝！"

康熙似乎信心不足地点了一下头，不置一言。平静了一会儿，重又将儿子审视良久，像是要从儿子身上找什么东西，后来才挪开眼睛，轻声问："你福晋近来身子好吗？"——若说康熙对儿子未来还显得把握不足的话，那么对他亲自给儿子挑选的那位温静端淑的太子福晋，则十分放心，认为儿媳的德貌堪入主中宫，母仪天下，为一朝国母。

哪料这平平常常的一声关问竟使胤礽颜色大变，张皇失措，以为父皇从内宫中知道了什么，吓得伏地叩头不止，口齿也不大灵便了，回答得更令人不知所以，啼笑皆非。"回皇阿玛，她、她近日身子……身上不好，儿臣就没、没有那个……不过御医说了，她这身子还会有的，保证皇家子嗣兴旺。"

康熙听了先是一愣，后来羞恶地扭过脸，面颊红热："谁问那个！……成哥儿，你给朕记着，那可是个好孩子，你可要好好待她，不许无礼！"

原是怕自己在毓庆宫干的那些见不得人的勾当露了馅，现在看来，是自己杯弓蛇影了，不过那也要万分小心。今天就让人把那小戏子"打发了"，两相平安。胤礽脑子转得飞快，躬身站起时，主意已定。康熙却绝没想到他所殷切期望的继承人此时心中竟想的是这等污秽恶毒之事，还找着事物启发："朕见你前日写的那两篇读四书有感的文章很好。意思通达，文辞俱佳，书写也好，朕心甚喜。照这样下去，可望青出于蓝，朕就是不在了，也放心了。"

胤礽心不在焉地笑笑："那是儿臣信笔写来，涂鸦之作，有污圣目。"

涂鸦之作……康熙不禁想起外貌英俊的八阿哥那一笔张牙舞爪、不堪入目的字体，便摇摇头，苦笑着说："裕王和上书房大臣都说朕这些儿子中，八阿哥的做派最像朕。可你看看老八的书写，怎么就不能字如其人呢！……朕当时就对王公们说，这话朕可不敢领受。我们爷俩呀，朕是字比人长得体面，八阿哥是人比字精神，怎么会相同呢！"

胤礽被父皇这幽默的话逗笑了，唇边露出一个漂亮的酒窝。他自得地晃晃圆脑袋，带出几分儿时的顽皮，半撒娇似的说："儿臣觉得皇阿玛的字为古今天下绝伦，无人可及。所以儿臣每日临摹御笔，以图练出个模样，要不皇阿玛也说儿臣字不如人了，或者画虎不成反类犬。嘻嘻，现在看来，还不至于吧？"

康熙也笑着，半庄半谐地说："哼，别得意得太早，若论临摹朕的笔体，你兄弟中有一人比你临得更像！"

"谁？"胤礽敛住笑容，莫名其妙地望着父皇，还有些紧张。

"四阿哥！……"

等索额图得知康熙父子的谈话后，竟误以为皇上的意思是即将禅位归政于太子！这毫无根据自作多情的臆测，却让天真的胤礽欣喜若狂，激动得好多天都没睡好觉，脑中一遍又一遍地美美设想着那将要出现的动人时刻。可随着时间的推移，太子的心情也如落叶秋风的天气，越来越凉。皇上并没有任何归政的迹象，连一些极细小的政事折子也亲自批示，根本不让太子参议过什么。就这样过了秋分、冬至、元月，到了第二年的初春，仍无任何禅位的表示。到了这时，索额图才发觉自己判断错了，但他仍坚持自己的观点，觉得皇上就应在这时将皇位禅让给太子！既然皇上如此不自觉，恋政不归，他觉得应该提醒皇上一下了，这样做当然很危险，甚至弄不好会家破人亡、人头落地。但为了帮外孙当上皇上，也为了自己今后的命运，他决定去冒冒这个险！

时至清明，依照惯例，皇帝将率皇亲宗室去被称为宫中内太庙的奉先殿祭祖。这是宫中一项十分重要的祭礼，所以宫中差役早就作好准备。殿中的龙凤神宝座、宝椅都擦拭得黑中透亮，笾豆案、香帛案、祝案、尊案等各种贡案都于前殿摆放周整；燃香、灯檠、蜡签等物置备齐全。内务府主官将列圣列后神位从后殿捧出，安放于前殿的神龛内，专等皇上祭祖之时。

正日清早，康熙换上吉服，升舆往奉先殿。他今天换的这身穿戴是他在宫中所有的龙袍朝褂中最华美、最尊贵，只于大典时才穿的一套袍服：四开裾的石青色领袖，明黄外衬，组绣金龙及五色云十二章龙袍；腰系明黄丝带，上嵌四片纯玉方版，与衔杂的红、蓝宝石，水晶紫晶，金银制燧，觿，珐琅刀鞘交相生辉。

康熙穿好吉服后，也自觉高大了许多，风光无限，顾盼生辉，如同一道绚丽的彩虹，使得穿杏黄吉服的太子、穿金黄龙褂的皇子、穿石青补子的王公大臣都黯然失色如木石草泥，哪有皇上这么精神！

当康熙昂首阔步，从跪着的人群中走过，一级一级登上奉先殿的台阶，跪在最前面的太子胤礽只觉得心“扑通、扑通”，一颗心悬到了嗓子眼儿！他知道今天这个马蜂窝是非捅不可，再想改也来不及了！很清楚接下来即将发生什么的他害怕地垂下头，不敢再看。今天这一切，都是索额图事先安排的呀！胤礽自己本来也很犹豫，不想跟父皇闹得太僵，可索额图的话又是那么坚定：“就得刺激他一下，也好让他重视你这个太子——你是他唯一的嫡亲儿子。现在他眼里根本就没有你这个皇储，这样以后你就是坐了天下，谁还服你！这是你的头等大事啊！怕什么，一切有我兜着呢……”

康熙那高贵华美的身影来到大殿门口，突然停住，不再往里走。门槛之内，在皇帝明黄色拜褥的侧后方，竟突兀地新添了一个稍小的杏黄色拜褥。这不是太子用的拜褥吗，怎么也放了进来？按规定，皇家祭祖，只有皇帝一人可以进入殿内跪拜，其他任何人都不得入内！可现在……康熙面如霜打，脸白得吓人，后悔自己在来之前怎么就没仔细看礼部奏报的今年祭祖仪注安排。大概看了也无用，也挡不住那些聪明人的“借题发挥”！康熙回身扫视了一眼台上廊下跪着的蓝花花的人丛，可众臣公都低头垂目，躲闪回避着皇上犀利的目光，也看不出究竟谁心里有鬼。高明！康熙心中暗叹，居然能想出这个办法。这是在提醒，在暗示，在隐谏！让我放权让我归政让我退位！这是在将我的军，套我的话，逼我现在就把金龙宝座交给他——太子！岂有此理！

拱手让位，承认这种事实吗？那怎么成！正当着好好的天子，况且天下未安、噶尔丹未靖、平生之志未遂，凭什么去安享清福？自古又有哪个太上皇能落个好结果！

不同意？那就等于把自己与太子之间原本隐隐约约、似有若无的矛盾显现出来，公开化、扩大化了，更会引起群臣的猜疑和朝野震动。——今后，谁敢说这不是一颗悬而未爆的哑雷！

不！不！不！——这两个结果都非自己所愿见到的，尤其是前者，但现在二者只能必择其一，否则别无选择，别无选择……

想到这儿，康熙真的恼怒了，是谁这么阴险恶毒，非要把自己逼到一个进退维谷的死巷，把这情深意切、血乳交融的父子亲情上残酷地划上一道裂痕，一道永远难以愈合的裂痕！是谁？是谁！

若不是在奉先殿，康熙真想跳起脚来骂这个该千刀万剐的东西。但祖宗神明在前，他不能因此获罪于众圣。干脆！康熙狠狠心，一咬牙，毅然命人把太子的拜褥挪出殿去！然后才躬身入殿上香行礼。奠帛献爵、三跪六叩、兴跪朝拜。他将这一切繁文缛节演示得比以往更认真、更标准、更一丝不苟。丹陛上，中和韶乐:《肇平之章》《兴平之章》《崇平之章》《恬平之章》《淳平之章》《臣平之章》《和佑之章》依次庄严徐缓地奏响，悠长低回，在奉先殿、在紫禁城、在京城上空久久飘荡……礼成乐止，殿宇之上依然余音袅袅，众人还沉浸在这悠扬的古乐余音中。康熙却已快步走下台阶，绕过人群。他想先离开这里，回去静下心来好好想想刚才的一切。没想到，一个身着孔雀补服的二品大员比他行动还快，活像一只被火烧着了尾巴的猢狲，“腾”地蹿了出来，拦住皇上的去路。索额图的门生、礼部尚书沙穆哈哆哆嗦嗦，话不成句，句不成文，说话结巴得像把自己舌头咬掉似的，但康熙已明白了大意:“求……求皇、皇上，把、把刚才之事……记入、记入宫中档。”

“混账！”康熙胸膛剧烈起伏，怒发冲冠。他急欲淡化此事唯恐不及，偏偏这厮还步步紧逼，去挑自己这根最隐蔽、最脆弱的神经！那个倒霉的沙穆哈看见皇上恶虎似的向他扑上来伸出巴掌，吓得把眼睛一闭，完了！……就觉头顶一凉……

要不是顾及自己一向仁德的美誉，康熙差点打破自己从不殴辱大臣的先例！不过这也够礼部尚书受的了。只见愤怒的皇上猛地掠下他的官帽，噼里啪啦揪下帽子上的顶戴花翎，连同台冠一起狠狠摔在地上，同时口中也摔出一个字：“滚！”说完一扭身，脚下生风，大步流星地出了奉先门。

此时的康熙，就像一头在山中迷路的愤怒雄狮，在宫中漫无边际地急行紧走，方位不辨。他走得是那样快，无数相同的朱门宫灯、金水缸和一张张来不及避退的惊慌面孔从眼前闪过。康熙惊恐地觉得，不管自己走到哪儿，身后总有一双冰冷的眼睛正在暗处阴森森地窥视着自己，使他如芒在背！眼瞅皇上的影子越来越远，后面那些抬着肩舆的太监都慌得不知所措，他们要赶上万岁爷，可又不敢跑得动静太大，就这么小心翼翼、十分费力地紧追慢赶，总算气喘吁吁地在景运门将皇帝追上。

康熙像乘舟似的坐在微微颠簸的黄色便轿上，一颗心也忽高忽低，起伏难平。他默默思索着，下一步，将带领这艘巨大的家国航船，驶向何方……

第四章　煌煌北疆

一

噶尔丹在乌兰布通败逃之时，曾跪于佛前发誓永不侵犯中华皇帝之喀尔喀地方及百姓，但处境稍安，旋将他的誓言置于脑后。康熙三十一年，就又上疏向清廷索要土谢图汗及归附于他的外蒙古诸台吉与牧民，未果后仅隔了两年，在康熙三十三年，心怀叵测的噶尔丹又率骑兵三万，在外蒙古地区忽东忽西，到处骚扰。他们就像一群神出鬼没、防不胜防又繁衍力极强的蝗虫，为害不小，却又难以尽灭。六月，康熙刚闻报噶尔丹将西窜，七月，又有人发现他东侵克鲁伦河流域，欲进犯科尔沁牧地，又与清军玩起了捉迷藏。搞得康熙首尾难顾，刚部署完西部的防御，又着手组织东部的阻击，却总是摸不着噶尔丹的准确动向。直到十一月，才确知噶尔丹正屯驻在巴彦乌兰过冬，活动范围在克鲁伦河流域，遂决定分三路出兵进剿：东路，派盛京兵、宁古塔兵、黑龙江兵五千，由萨布素统辖，以防其东侵；西路，调右卫兵、大同绿营兵和京城增兵，共计二万四千二百余名，总辖于费扬古，由归化城进剿；中路，有汉军火器营、炮兵、绵甲兵、宣化绿营兵，合计也有二万余人，由京师进剿。三路大军中，中路和西路是主力，西路已任命费扬古为抚远大将军，而中路却迟迟未任命主帅，人们猜测可能是皇上有意亲征。可就在这时，皇上病了。

已经到了第二年的初春。京城特有的风沙天又开始肆虐。从西北刮来的大风飞沙走石、扬尘洒灰，天地间像罩着一层黄色的幔帐。太阳也不甚明亮了，黄蒙蒙灰乎乎的，像染了病。君主日，太阳失去光芒，皇上的御体恐也有恙。人们越发不安，盼着狂风早日散去，还京城以和煦的春光。

康熙得的是疟疾，而且病得不轻，持续高烧了许多天，总不退热。这种病本来治疗得当应好得较快，但御医不知是出于何种顾虑，竟没有及时给皇上服药。

病急乱投医，一向英睿的康熙也没了主张，还以为自己真得了不治之症，听信大臣之言向全城招募能治好病的奇人异士。这给不少骗子提供了可乘之机，每天都有许多人入宫推荐自己的什么“偏方良药”，但他们在医治患同种病人的试验中一次也没成功，都被轰走或抓了起来。

早晨，风又来了，呼啸低号，使人感到眩晕。天地、房屋、树木，连整个紫禁城似乎都在颤抖。乾清宫外宽阔的月台上，一个和尚正在施法术。只见他盛了一杯井水，趺坐在地上念念有词地嘀咕了一会儿，又起身抬头对太阳举起双手，朝四个方向转了一圈。两手的十个手指交叉变幻，做了一百个令人神秘莫测的姿势，然后双手伸展，抖开宽大的袈裟，像一个巨大的蝙蝠，继续在月台前舞动身躯，不时低声祷告，使人感到有几分恐怖，却还心怀敬畏地祈盼着，也许他真有使皇上康复的“神功”？

现在，梁九功小心翼翼地端着这杯由高僧施了法术的“神水”进到乾清宫西暖阁，请浑身火烫、一丝力气也没有的皇上赶快服下。康熙迟疑地打量了那杯水片刻，一口气喝下，咳嗽了一阵，而高烧丝毫未退。感到上当的他气愤地将那杯子打落在地，在半昏迷中口中含混不清地念叨着：“药，药……”

四阿哥胤禛来到月台上，叹了口气，上前对那和尚说了些什么，十分客气地请他下去了。这个和尚是弘素推荐给胤禛的，言其身怀绝技，道行最高，可妙手回春、起死回生，结果却如此！胤禛心急如焚，却又想不出更好的办法。可令他感到困惑不解的是，自己那些兄弟，包括太子，现在都对皇阿玛躲得远远的，不但不过来请安问候，在上书房见了自己也阴阳怪气，语含讥讽，仿佛他四阿哥是引起父皇疾病的元凶！

康熙又出了许多汗，连里衣都湿透了。他在两个太监的服侍下费了不少劲才换好衣服，就感觉头一阵昏沉，两眼发花，浑身冷得发抖。不行，再这么烧下去脑子恐怕也要烧坏了，军国大事不能耽误！今日必须服药！

巴多明和张诚正是这时进宫的，他们带来了一包金鸡纳霜。这包专治疟疾的药粉是巴多明的忏悔神甫、一位法国主教从法兰西给他们寄来的。他们进到西暖阁，见里面跪着一个身着便服的皇子，隔着帘子，皇上好像正向他问话——

“胤禛，听说你这三天都没吃东西，真有此事？”这是高烧的皇上用极其微弱的声音问。

“是，”那皇子叩了个头，抬起脸，已是眼中含泪，“儿臣见父皇病笃，心中焦灼，茶饭难咽，每日空腹向诸圣作祷告，求神佛保佑圣躬康泰，以安人心。”

“你、你有此孝心，朕已知之，但饭还是要吃的，不要因为朕，再将你累倒……”康熙半嗔半爱，有气无力地说。

“皇上！皇上！”暖阁外面的张诚见康熙皇帝竟病成这样，忍不住不顾礼法，也不等通禀就从外殿进到暖阁，他手捧药粉，跪伏在地凄声说，“臣来迟了，让陛下多受了痛苦，臣给陛下带来了我国王陛下亲自监制的奎宁。此药在我们法兰西专治疟疾，极其有效。为了人民的健康，我们尊敬的国王陛下已在法国向百姓普及了这种药。”

“啊，你们、你们来得正好。”康熙灰暗的脸上露出一丝开朗的光芒，“朕、朕就是想服用这种药粉试试……好，来得好……”

“慢，”胤禛竟大胆地打断皇上的话，他扭过头冷冷地打量着两个西洋人，又转回身子说，“恕儿臣失礼。皇上乃万乘之体，以前从未用过此药，岂可听他们一面之词轻易服用。若父皇想服此药，请允许儿臣先行尝试，以验药效。不然父皇不宜服用！”

两个传教士面面相觑，想不到他们给皇上治病的最大阻力竟来自这个貌似精干的皇子。愚昧的中国人！巴多明心里暗骂了一句。

康熙一听很不高兴，面色又灰暗下来，连想教训几句都张口无力。气愤焦急的他喘了半天气，才低声对儿子喝道：“胡闹，你又没病，服它干吗！药也有混吃的吗？出去！”

面对父皇已然发怒的喝令，胤禛竟是固执地叩了一个头，眼睛朝下，语气坚决：“为父皇安危，儿臣恳请皇上准儿臣亲尝此药。这毕竟不是我中华方剂，没有试过，儿臣不放心！”

大概没想到在这种时候四阿哥居然还敢顶撞自己，康熙面色发青，嘴唇发紫，冰冷的身躯更加战栗，当他抬起怒容望了一眼这个倔强的儿子，发现四阿哥那副坚执严肃可比花岗岩的面孔上有一种沉郁的愁容，本想发作的怒气立刻变成一声深长的叹息。康熙知道四阿哥是好意，但你心思再好，也不能这么不给人家传教士留面子！唉，儿子都十八了，怎么这脾气一点没变！康熙又叹了一声。

巴多明深蓝色的眼睛带着几丝怜悯与无奈，望着被病痛折磨得几乎脱了形的皇上，急声道：“臣启皇帝陛下，皇子殿下若尝服此药也可，此药对健康人亦无大碍。只是金鸡纳霜调制十分不易，殿下若服下，倘有人再患疟疾需用药救治时，恐药剂稀缺。”

“我中华物产丰富，何物没有！区区一点药粉，有何稀奇！”胤禛板起面孔，瘦长的脸上现出一种傲慢的神情。

“住口，你不要说了！”康熙不得不用一种严厉的声音打断四阿哥。浑身又一阵发冷，头晕目眩，汗水湿透衣衫。唉，这孩子，连表示一点孝心，也那么让人接受不了。可是再想想，在其他皇子都如避瘟疫般纷纷退缩躲闪开的时候，只有这个皇子在自己身边，四阿哥这片心思，不就是一种很难得的雪中送炭吗！老四啊！……

“梁九功，”康熙叫过已升为御前首领的太监，喉中不易察觉地微叹一声，吩咐道，“你带人去把东次间收拾一下，今晚就让四阿哥在那里住下。等他服用过金鸡纳霜后，细细观察，遇有情况，及时禀告朕。再去传四名御医随时监守，留心照看！”

傍晚，卷着黄沙的寒风暂时远去了，天空难得地寂静下来。紫禁城内一些空街广场的青砖地上都均匀地铺了一层极细的黄土。在那些墙角和窗台上，也堆着一层浅黄的沙土，一派寥落之相。将逝的太阳像一只被风吹得红肿的眼睛，含泪落下。今天胤禛却不能再到太和门前目送夕阳了，他在父亲的亲自监督下服了一杯搅了西洋药粉的白酒，就被太监搀扶进东次间，沉沉地睡去了。

也许是酒力的作用，这一夜，胤禛睡得很香。康熙却从儿子走后非常不安，在炕上辗转反侧，心里像悬着一根极细极细的弦子。刚到凌晨三点，他就传召御医和一直未曾出宫的传教士。得知皇四子安然无恙，还在熟睡，他悬着的一颗心总算放下，毫不犹豫地喝下了金鸡纳霜。等到第二天中午，康熙滚烫的身体渐渐退烧，热灶一样的前额也开始平凉了。一天一宿，康熙都平安地度过了，高烧没有反复，宫中一片欢腾。康熙奖赏了传教士，感谢他们治好了自己的病。传教士却说这一切都归功于上帝，是上帝保佑皇帝陛下。康熙听了只是一笑置之，并未说什么。

因为康熙这次病的时间很长，所以病体虽愈，还要静心调理一段。胤禛就继续留住在乾清宫，每日上午照常去上书房读书，午后等父皇第一次早膳见过王公大臣后又回到这里，陪父皇下棋、读书、谈天。康熙最关心儿子的功课，有时取出书来亲自给四阿哥讲上一段。只有这时，暂且丢开那些军国大事的康熙烦闷的心绪才稍有慰藉。每日这父子俩在一起的时间比其他皇子后妃都长。

洋教士把按照法国国王之命印制好的制药和服药方法都毫无保留地交给了康熙皇帝。当好学的康熙仔细询问了这种叫金鸡纳霜的治疗疟疾的特效药的原料、药理与疗效后，很想亲自将它研制出来，胤禛自告奋勇做父皇的助手。可这制药原料却不是本地产的，多亏传教士留了不少从广州带来的金鸡纳树树皮，作为制药原料。在宫中一间安静的小屋里，面对着许多线装的中医古书和写满西洋文分子式的西洋书，康熙一会儿翻阅书籍，查找制法；一会儿命儿子洗刷烧杯，燃火，后又亲自动手实验。但也许是金鸡纳霜的配置比较新奇复杂，父子俩忙了一整天，也没炼出一丁点药粉。康熙不甘心，第二天又跟儿子闷在小屋里在瓶瓶罐罐汤汤水水的包围中做实验，不一会就累了个满头大汗。胤禛很乖巧，父皇怎么吩咐，他就怎么做，从不多问。他干了不少粗活，但衣袍仍保持得十分干净整洁，没有忘记皇子举止的尊贵从容。康熙虽没配制出药粉，但见儿子这个样子，心中也很高兴。他终于停下来坐在一个小桌旁喘了一口气，无奈地笑笑说："唉，看来朕还真不如那个路易十四，就搞不出这么个海上方儿！"

胤禛垂手而立，躬身说："请父皇宽心。神农氏曾遍尝百草。我中华又是最早引用火石的，想那葛洪子当年炼丹时，夷人的先民大概还在吃生肉。"

"是吗？"康熙说，"夷人所研制药剂本与我东土不同。至于道家药石金丹之类，朕平生最为不许。明末诸帝，皆因不善摄养，误服丹石以致殒命。人之康健，岂可托于丹石！可见明末诸帝之愚！"

这段话说过后，有好长一阵，父子二人谁也没再开口。其实康熙很想和四阿哥聊点什么，但这个儿子与其他皇子不同，陪侍在侧，老半天也不说一句话，不会像其他人那样主动打破沉默陪父亲闲聊解闷。也不知他到底在想什么，很是令人猜不透。

"你——最近可见过太子？"还是康熙先打破沉默。

"儿臣每日在上书房遇到二哥，给二哥请安。"胤禛的回答照例很短，绝不多讲什么。

"嗯，那么，他、他近来可好？"

胤禛愣了一下，不知父皇这含义不明的问话指的是什么，过了一会儿，他小心地说："父皇若问二哥饮食起居，可传詹事府官员；若了解二哥课业进展，可询问上书房诸师傅。其他恕儿臣实有不便复言之处。"

听到他用这种冷淡推避的口气谈太子，简直跟没说一样，康熙显得有点失望，不过口气依然和悦："你们虽然名分不同，可也是兄弟。太子平日所行若有不当之处，你身为臣弟，也当规劝于他，知道吗？"

胤禛想起太子对自己那种不冷不热、含讥带讽的样子，迅速地望了父皇一眼，不自然地点点头，又闭上嘴巴，一言不发。

康熙又轻轻望了儿子一眼，他多么想跟儿子倾讲出自己此时此刻的一番心里话，希望得到儿子的理解，支持。可是，一种无形却强悍的压力的限制使有关这方面的谈话只能进行到此，就不能再谈下去了。康熙突然觉得，自己这一国之君有的时候也很孤独、很脆弱……他意味索然地转开身。

"皇阿玛！"一直未讲话的胤禛突然在这时主动开口了，他跪了下来，用一种敬重、企盼和深表理解的坚定目光望着闷闷不乐的父皇，说，"请皇阿玛珍重御体，以江山社稷为重！"

虽然四阿哥的眉宇间还是那种一成不变的严肃阴郁的神情，康熙却感到心内暖融融的，有种说不出的欣然开朗。他慈爱地扶起儿子，久久地望着他，第一次觉得四阿哥身上有一种其他皇子所没有的东西。啊，原来自己也是很欣赏这个讲话不多、不爱言笑的孩子的！唉，如果他身上要是再多点什么就更好了……康熙既高兴又不无抱憾地想。

当康熙来到外面，注视着高大的殿宇上那一只突出在夕阳中、变得血红的螭吻时，欢欣振奋的心情转瞬被一种忧心取代了。唉，太子将来真能替自己守好这片祖宗拼命流血打下的江山吗？……

等康熙父子回到乾清宫西暖阁，太子胤礽带着一群兄弟已在此等候多时了。胤禛也回到皇子的行列里与兄弟们一同跪下贺父皇御体康复。

康熙的眼睛一直望着胤禛，对其他皇子似乎视而不见，慢悠悠地说："这几天朕躬不愈，多亏四阿哥在朕身边服侍看护，朕才得又见着你们。胤禛，你今天就回西二所住吧，晖哥儿好几天见不着阿玛，大概早哭鼻子了，就像你小时候似的。"

皇上竟同一向生性冷峻的四阿哥开起了玩笑，皇子们对此都感到有些不可思议，也从皇上对他们的冷淡态度上觉察到父皇对他们这些未曾过来请安看望之人的不满。跪在最前面的胤礽叩了一个头说："儿臣今天就搬过来照料皇阿玛，换下四弟。"

"不用，"康熙非常平淡地说，"托祖宗的福，朕已康愈，不用再令专人侍于身边，你们都下去吧。胤禛，你回去好好休息，等朕的口谕。"

"是！"皇子们参差不齐地应着，交换了一下不同的表情，躬身退了出去。

狂风真的住了。蓝天如水洗般清凉，仿佛有一股神力，将清澈的太液池水挪到了天上。和煦的暖风吹来，使人感到全身舒服自在。这才像春天的样子！出了乾清宫，皇子们就三三两两散开了。

康熙着急打发走皇子是有重要事情与朝臣商议。等被召的大臣进殿见礼罢，皇上就急不可耐地做了个平身的手势，对他们说："朕昨日做了个梦，甚是古怪，今日说与卿等听听。朕在一片荒野之地闲步，突然后面一只恶狗追至朕前，等朕猛然转身逼视，它却夹着尾巴灰溜溜地离去了；一会儿复又追来，朕举刃欲屠之，它又仓皇遁去，如是者数次，甚是可恶！这就是朕昨日之梦，哪位爱卿会圆梦，可否替朕释析之？”

高士奇躬身道：“回万岁，此梦寓意再明白不过，这色厉内荏的畜生非别，正是噶尔丹。他不断挑衅，又不敢直接与我交手，就这样不断滋扰纠缠，扰乱圣心。”

“朕也觉噶尔丹很似这条恶犬，其奔突叫嚣虽无大碍，也殊为讨厌。朕势必将其根除，以保耳根清净，天下太平。”

原来皇上果然要亲征，群臣在下面骚动了一下，马上就有反对的声音出现了。索额图道：“奴才以为皇上为百神凭依，四海苍生之所赖，似不必为诛此小寇躬临壁垒，深入不毛。”

见他们所说的与几年前阻挠自己第一次要亲征时一样，康熙皱起眉头，声音沉重地说：“你们还记得那年的乌兰布通之役吗，那时即因朕躬违和，未能亲至前敌，错失良机，至今想起犹以为憾！唉，朕躬不欲时，御医不要朕服药；朕想灭寇靖边，尔等又阻朕亲征。难道我们君臣什么都不想，什么事都不用做，就可使病体自愈，边境自安吗！”

大臣们都跪下了。索额图知皇上亲征之意已决，再阻挠只会给自己招来麻烦，却耸耸灰白的眉毛，单刀直入地问：“若陛下离京，何人留京代陛下处理政务？”

“自然是太子。”康熙目光灼灼地扫视了众臣一眼，肯定地说，“朕已想过，此次朕出京御敌，各部院衙门本章停止驰奏，凡事具由太子听理。若有重大紧要事，着留守诸王大臣会同议定，启奏太子。”

裕亲王福全似有所忧虑地说：“臣请陛下慎思，京内还当留可靠大臣值守。”

“多谢皇兄提醒。兵部尚书马齐忠于职守，大学士阿兰泰、佛伦居官皆优，朕想让他们留于太子身边，足以应对一时。”

“皇上圣明，那么其他阿哥，是否也、也侍驾出征？”福全有些迟疑地问。

康熙并未细想裕王说的其他阿哥指的是谁，只是按着自己想的照直说道：“朕想令大阿哥居京内会同太子署理政事。三阿哥、四阿哥、五阿哥、七阿哥各掌一旗，随朕同往前敌，历练一番。”

“那么，八阿哥不去吗？”福全终于吞吞吐吐道出了他所想的。在所有皇子中福全最喜欢的就是这个侄儿，可皇上的这种安排显然使八阿哥失去了一个立功扬名的机会，福全当然要替侄儿争一争。索额图听了暗暗咬牙，却不能表示什么，只能斜着脖子气囊囊地听着。

“朕本是想叫八阿哥去的，但八阿哥气体清弱，自幼身体不佳，朕怕到蒙古后他受不了边地的风寒，就不勉为其难了。”康熙这种有点勉强的解释并不能使众臣信服。因为大家都知道，其实在所有的阿哥里面七阿哥才是体质最弱的。而三阿哥、四阿哥、五阿哥身体虽好，却均武功平平，更没打过仗。没有让精于骑射的大阿哥和聪敏的八阿哥去，确实有些出人意料。其实康熙是有意这么安排的，他故意将两个与太子关系不甚和睦的儿子留在京中，好互相牵制，以防太子为所欲为。现在的康熙已开始不大喜欢太子了，但这一点除了心中有鬼、老奸巨猾的索额图，别人还没有觉察到。

议定之后大臣们叩辞出宫，快出乾清门时，后面来了一个传谕太监又叫回了索额图。一路上索额图满腹狐疑，不自觉地预感到皇上叫回自己可能又与太子有关，心怦怦乱跳。

暖阁内的康熙把所有太监都打发出去了，只有索额图一人跪在他的面前。气氛既紧张又神秘。索额图可怜巴巴地眨着眼，跪在红毡上，身子不自觉地有点战栗。就听皇上声音不高地问："朕适才见太子领阿哥们过来请安，太子满面倦容，神思不瞩，看去甚是疲乏，不知何故？"

尽管索额图一直跪在地上低着头，也可以想象得出皇上此刻那尖锐如锥的目光。太子啊太子，你可让老夫说你什么好！他心里一边暗自埋怨外孙，一边故意摆出一副年老体衰精力不支的样子挨挨蹭蹭拖延着时间。皇上又问了一句，听口气已有点不高兴了。索额图便不敢再多想，硬着头皮答道："回万岁，太子天性最孝。万岁圣躬有恙，太子必也食饭不香，寝卧不宁，大概就这样吧。"

"嗯，这么说他也要学四阿哥，空腹为朕祈祷吗？"

"这，奴才不知……"

"哼哼！"康熙好像用鼻子发出两个似笑非笑的声音，把虚弱的索额图吓得心惊肉跳，而皇上下面的话仍令人迷惑不解，感觉很别扭，"心到则诚，心诚则灵。朕见太子神情郁郁，所言皆不似以往，方是起疑，未想竟是因朕而发，真是一个孝子啊！朕身边有如此孝子，也是上天赐朕之福！"

"是。"到了这时，索额图一点也不敢再把这个题目想下去。为换一个题目，他慌忙从袖内抽住一张折子道："请皇上恕奴才年老昏聩记忆不佳，奴才刚才有一事未奏陛下。刑部会同九卿部议，拟将王平安等三名未与皇上及时服药的御医监后绞，请万岁裁夺。"

康熙一惊，打开折子匆忙看了一遍，沉吟了一会儿，说："算了，朕病已好了，就不要牵连他们了，只将他们逐出御医院即可。还有礼部尚书一职，自前年沙穆哈去职后至今空缺，你也会同王大臣议一下，看由谁接任为好。"

"是，奴才这就会同九卿草拟一份名单，请皇上裁夺。"

"不用，你同阁臣指定一人即可。"康熙知道，相对于兵部、吏部、户部这些内阁部院，礼部尚书的重要性稍逊一筹。所以他才肯放手要下面的臣子自定，同时也想以此暗示被这次谒见吓得不轻的索额图，自己还是信任他这个老臣的。

果然，领谕后的索额图心花怒放，步出大殿时，望着外面晴朗的天空，浑身有一种说不出的轻松与解脱。但他并未马上离开皇宫，而是摇着四方步，向位于月华门之南的内阁廷臣值庐——南书房踱去。

南书房里好不热闹，小小的值庐里坐满了人。几个高鼻深目的洋教士也在这里。大概他们也是在等皇上召见，暂在这里休息等候。互相见礼后，索额图对自己的老朋友白晋和张诚说："老夫代各部同人感谢诸位神甫献出神药，调治有方，一剂根除皇上病患，使人心安定。"

白晋一手画了一个十字，平静地说："这应归功于万能的主，这是上帝对陛下的恩赐。"

那些汉臣们一听这话，有的轻蔑地撇撇嘴，相顾无语，各自很不舒服地散开了。索额图咕噜着眼珠，突然拦住一个像要离开这里的身材不高、面容白皙的大臣："张大人，能否借一步说话。"

被他叫住的张英愣了愣，回身巡视了一下屋中的众人，没有说话，略点点头，默默随着索额图转过影壁来到后殿。这里是值庐大臣午休的地方，十分安静。前面还不时有嘈杂的声音飞过来，但在这里讲话外殿的人是绝对听不到的。索额图冲影壁那边笑了笑，回过头来摆出一副庆贺的笑脸对张英说："敦复，老夫要给你道喜了！"

张英却仍不说话，一双似睁似闭的眼睛安静淡漠地望着神秘兮兮的首辅，就像望着庭院中的一棵树。对于这么一个用锥子扎也不哼哼一声的张英，索额图也同其他人一样，总感觉有劲没处使，巧舌如簧的口才也变得木钝迟缓了。过了一会儿，他见对方仍没反应，只好咳嗽一声，自己说道："是这样，敦复，刚才皇上提到礼部尚书一缺应尽快着人补上。我考虑了几个够条件的人选，最后思来想去，论学识、人品、资历你最为合适。待老夫上奏皇上，敦复升迁便指日可待了。啊，哈哈。"

张英这时才慢吞吞地开口了："索相错爱，敦复不敢。文起现为礼部侍郎，在礼部任职多年，尚书一缺理应由顾大人补任，而非下官。"

"他？"索额图暧昧地撇撇嘴，在他心中这个礼部尚书由谁任都没关系，就是不能让顾八代接任！他用一种不胜惋惜的口吻向张英解释："文起是个好人，可惜不善圆通；对下面又爱颐指气使、专断粗暴，用人行事远不如敦复。所以敦复也勿再谦。老夫每次去毓庆宫请安，太子总对我讲，说上书房这几个师傅中，数张先生学识优深，人品持重。”然后他打量了一眼被他夸赞的同人，见张英垂着眼睛，仍是一副无动于衷的表情，索额图有点泄气。但对张英这种人也只能耐住性子，不能着急。所以索额图又进一步说：“太子真是这么讲的。他还说在皇上信任的南书房大臣中，张先生比高士奇端稳，比李光地诚厚，比顾八代平易。唉，我看着太子长这么大，除了熊赐履，他还没这么敬重一位上书房先生呢！”

熊赐履？哦，张英明白了。原来索额图讲了这么多就是想拉拢自己呀。因为现在熊赐履已罢官回家，南书房行走里面的高士奇、徐元梦等人都是他的死对头。李光地平时的态度倒是不偏不倚，不过他已去任直隶学政，不在朝内，而且索额图也很不喜欢这个圆滑如珠的人。他现在在朝廷感到势单力孤，想找个左膀右臂，所以就瞄上了自己。索额图可不知道外表木讷的张英已把什么都想到了，还在用追问的目光很是焦急地注视着他。

“唉，”终于张英叹了口气，面容愁惨地说，“早年下官入境赶考时曾有一异人为学生算命，说我若官居二品以上，必有祸事随至。”

“敦复乃皇子师，怎么也相信这等江湖术士之言？他们多是奸恶之人，向来疯言疯语，恫吓于人，正是以此骗钱为生。”索额图不以为然地说。

“这是一位茅山仙长，用《易》占卜，似乎有些异术。听说李光地在赴直隶学政前也曾用《易》给陛下卜过一卦。”

“再不要提，再不要提。”索额图还没觉出不动声色的张英已将自己原来跟他说的话题渐渐扯远了，他略显鄙夷地说，“那是万岁偶尔读《易》，偶有疑惑之处，命李光地进讲，实则试其所学。结果李光地讲得云山雾罩，万岁越听越是荒唐，越听越眩晕，如堕五里雾中。万岁又故意命他以《易》占此次征剿噶尔丹之凶吉，以测试之。你猜他是如何说的？”

张英轻轻摇摇头，侧耳恭听。

“是大败，岂非胡言乱语！”

张英“哦”了一声，又似有所思地细声说：“光地却并未说哪方大败呀，他……”

索额图阴森森地冷笑了几声：“哼，这正是李光地的奸猾之处，他对奏时往往用语含糊，指向不明，可见其心之险！这种人不再留于朝中，真是皇上英明！敦复，你……”他还没说完，正在这时，一阵哄堂大笑声像水泻似的从前边冲进后殿，张英就趁机站起身：“大概是士奇又在说笑话了，咱们也过去听听。”说完拂袖就要走。索额图还未把最重要的意思道出来，焉能不急，他几步赶上来一把拽住张英的袖子，用低低的声音追说道：“太子学业，还请敦复在陛下面前多加美言。”

张英轻轻扯过衣袖，并没有瞅索额图，淡淡地说：“张英理当尽师职臣义，决不负圣恩。”

而前殿里，却是另一番喧闹的景象。高士奇正扯着一个传教士非要给他算命，也不管人家愿意不愿意。许多朝臣都好奇地围拢过来观看。那个被强行按住算命的传教士正是白晋，不过现在他好像已平静下来，不似刚才初被高士奇缠住时那么生气了。就听高士奇用他那一贯滑稽的声调说：“先说你这个名字起得就不好，‘白晋’，所有作为都前功尽弃了。得改，一定得改！”其实高士奇根本不会算命，只想逗逗这些夷人，就索性胡诌起来。

白晋似乎也没当真，不在意地笑笑说：“我这‘晋’乃晋升、加官晋爵之晋，不是竭尽之尽，该是个好名啊。”他边说边在桌子上用手指画着，那认真的样子就像一个老先生在给一个初入学的童子上课。

于是四周有人笑了，有人乱哄哄地起哄。几位传教士相互望望，哭笑不得，感觉十分古怪。

“别闹别闹，我再给你看看相，我可是白看，不要卜费哦。”高士奇又滑稽地皱皱鼻子，随后凝神静气很像那么回事地盯着白晋的脸，突然叫道：“哎呀，恕我直言，你印堂发暗，面有晦色，目中之光浮浅飘忽，近几日内，恐有小祸，可要留神啊。”

白晋并不慌张，他早看透了这个中国官员的把戏，只是不便当场戳穿他。既然大家都是闹着玩，没有别的意思，索性就把戏演到底，看他最后还有何名堂可编。白晋像个很信风相之术的占卜问卦人似的问：“是吗，那么请问，可有破解之法？”

高士奇这才知道这个夷人可不是随意戏弄的，要不他怎么连太子都敢顶撞！但当着这么多人，自己怎么也得把话说得圆满，不能让这夷人给现了。“这也不难，从即日起，若非皇上特召，神甫不可走出居所，五日之后，祸害自消。”亏他脑子转得快，立刻编了一套瞎话。

“真有这么灵吗？”“他是骗人吧？”“我看他就是胡说八道，别理他！”站在白晋身后的几位传教士不相信地小声议论着。

这时，索额图见高士奇样子窘促，有些招架不住，唯恐白晋他们还要再缠问下去，再生事端，将张英推到前面，说：“哎，你也给敦复相看相看，好多人都说他今后可是大富大贵呢。”

高士奇明白索额图的意思，赶快虚张声势地请张英坐下，依然是装模作样地眯起眼睛，煞有介事地看视了一番，笑着道：“恭喜敦复，果然是好面相。”

“怎么样，我说得没错吧。”索额图得意地拍了拍张英的肩膀。

“不，”高士奇想了想，很严肃地说，“敦复这后半生当属风平浪静，既无灾祸也难显赫至登峰造极。也就是说敦复生前已难再领福，但待百年之后，家中必有贤后生，使你张家家道中兴，敦复那时沾子孙之光，能追加封爵，入贤良祠。”

一旁静听的张英始终是面平如水，等高士奇讲完才默然一揖，并不理会。见高士奇说得这么热闹，原本不信的索额图兴致却被他挑了起来，也凑上前道：“老弟啊，烦你也给我相看相看吧。”

而高士奇不知是累了还是怎么着，懒洋洋地瞥了他一眼，说：“索相如今位极人臣，又得高寿，还用相看什么？”

“那你就算算我还能蹦跶多少年？什么时候蹬腿？”可等了许久，一贯活跃的高士奇还罕见地沉吟着并未开口，索额图冷笑着问：“怎么，高大人就这点技艺吗？方才老夫之言焉何无言以对？”

原以为索额图插过来是为自己解围，现在才看出他是上屋抽梯，想让自己跌个更大的跟头，高士奇转着眼珠子，突然哈哈一笑：“索相之言差矣。岂不闻尺有所短，寸有所长，物有所不足，知有所不明，教有所不逮，神有所不通？我的相法卜术只适辨吉凶、明祸福。至于索相所询之定数，就是文王六十四卦亦不能定，宋元君七十二占也难以判，岂是我所得知！”

“可也是，圣人都说：‘未知生，焉知死？’老朽都这般年岁，还虑他什么生死，若得善终，即是造化。”索额图自我解嘲地说着几句不关痛痒的话给自己找台阶下，奇怪的是当他说完最后这句话，偌大的南书房里喧闹的声音戛然而止，竟无人再理睬他，都若无其事地各干各的，刚才还热闹的气氛一下冷清了许多。索额图对这突如其来的冷淡多少感到有点惊恐，回想着刚才皇上话中有话的询问，张英始终不冷不热的态度，一种不祥的预感从索额图心头压了过来。可是想想几天后皇上就要亲征，自己也将伴驾出京，那时又会发生什么事呢？唉，看来是自己犯了上岁数人常有的毛病——太多虑了！

二

一年十二月，一月一花卉：一月水仙二月玉兰，三月桃花四月牡丹，石榴携子荷吐珠，兰花飘香桂摇月，月季红妆梅裹素，菊与芙蓉共清香。若是一年四季的花卉都能集中于一时开放，该有多美妙啊！不过这种奇景也只能在画中见到。

蒋廷锡奉师命带着十二幅花卉图谱去广渠门外送交年先生，结果家主人不在，听家人说去了西安门的教堂，这下又得向回返。走路廷锡不憷，但他怕进了内城，离皇宫又那么近，要是赶上官员们下朝，少不得回避，时间又得耽搁。幸运的是今天他在街上并未碰见什么高头大马和大轿，挺顺利地找到北堂。当路人指给他这座教堂时，他一下子愣住了。呵，好高的楼子，好尖的顶子，这么气派的建筑，竟还建在皇帝的眼皮底下！不但把咱们这边以前修的关帝庙、财神庙、寺观什么的比下去了，就连那些新建的王府宅第，也没它堂皇。廷锡想不通，这些夷人是怎么讨好皇上的，能领这么大的恩宠，看来人家远来的和尚就是会念经！其实新奇还远不止此，当他说明来意，被一个外貌和善的中国老仆十分客气地带进大教堂里时，立刻惊得目瞪口呆，嘴巴张得老大，傻了一样。而那个仆人对此只是淡淡一笑，早已见怪不怪。因为每个第一次来教堂的中国人刚进门的神态都与廷锡大同小异，都用这种惊愕的表情显示着他们的无知少闻。廷锡跟随王石谷这一段时间，画技提高不小，已显出不俗的功力。可他仍不明白，夷人怎么把那耶稣、圣母玛利亚画得那么逼真！无论肤色、表情、神态，都活生生的，不像这里庙中供奉的菩萨佛祖那么冰冷呆板。还有那些光着身子的小天使，胖乎乎的，那么可爱，真想过去抱抱他们！最惊奇的是教堂穹顶，图画明明都是画在一个平面上，经过夷人一番设计构图，竟像浮雕似的有了层次，把本就深阔的教堂更撑高扩深了许多。夷人真神了！

仆人把来客引到花厅，献茶后，告诉他年先生一早是来过，可是他把本堂神甫们都叫走了，说有事情，什么时候回来还不知道。“先生若有事，就先把东西放在这里，反正年先生是我们教堂的常客，还会来的。”老仆发现了年轻客人神态的沮丧，帮他想了个安慰的办法。

廷锡笑笑，向人家道了谢，说：“我还是等会儿吧。”他并非不信任这位老仆，但临走前师傅交代过，除了这十二帧花卉图，还有一封信请他务必交给年先生，还说那信与廷锡自己有关。师傅的脾气廷锡知道，师傅之命不敢不从，只是今天太不凑巧，这年先生竟比朝廷官员还忙。他到底去哪儿呢？

“大概又有人要入教，年先生介绍神甫去做洗礼了。”老仆看出了廷锡的心思，介绍说。

“请问贵堂的神甫平日除了在堂内修习，还有别的事情吗？”

“哦，那可多了。别看这些夷人也是修行之人，可不同咱们这里的高僧，终日打坐，不问尘俗。人家上到皇上，下到灾民，没有不管的。每礼拜在教堂率教众做弥撒就不说了，要是遇上哪个新人入教，或哪位教友升天，还得为他们施洗，祈祷。他们还修书、做实验、配药、作画，哎呀一天到晚可忙了……”

“这些差事是皇上交办的吗？”

“有的是，也有的是人家自己揽的，他们可闲不住，而且越是麻烦的事越爱管。”仆人边说边摇头，不知是惊奇还是佩服。

“咱们这儿的教友一般都是哪儿的人？”

仆人打量了他一眼，说：“瞅先生也是明礼之人，实不相瞒，现在入教的竟是贵官显宦，旗人特多，不像刚开始尽是普通百姓。现在什么儒生士绅，甚至有的和尚也想入教，你说神不神！”仆人笑着比比画画，眉飞色舞，说的越发令廷锡瞠目，“尤其是官家那些有头脸的夫人们，虔诚得很，她们自己不便抛头露面，就把神甫请到家中。有位夫人是南方人，不会讲官话，只得先将忏悔词说给她儿子，再由其子转告神甫，神甫又把告诫夫人的话和主的旨意由她的儿子转述给她。啧啧，您瞧瞧，就是在他们欧罗巴也找不出这么虔诚笃信的人啊。噢，我想起来了，刚才年先生风风火火地请神甫去，就是给一位要升天国的夫人洗礼去了，那夫人还没入教，但她很向往上帝，她不愿带着满身罪孽离去……”

“年先生也入教了吗？”廷锡只和这位年先生在师傅家见过一面，印象中他也是位文质彬彬的读书人，但想不明白像他这么有身份有地位的儒生也会与耶稣修会关系这么亲密。

“这倒没有，不过他常与这里的神甫走动，一起讨论画技工艺、瓷器玉雕之类，也算神甫的一位常客故友吧。”

老仆陪着客人聊了一会儿，知道他要等的人一时半会儿还回不来，就礼貌地退身而出，忙自己的事情去了。廷锡喝过茶，百无聊赖，向四周张望，当他一眼瞥见前面墙上陈设的画，脸腾地红了，慌乱害臊地垂下了头。画上那个女夷人是谁？怎么就这么玉体横陈，一丝不挂！过了一会儿，廷锡又禁不住像做贼一样飞快地瞥了那画像一眼。这次他看清楚了——他不得不承认，这幅“有伤风化”的画像画得确实很好，凝如玉脂的肌肤，丰满浑圆的身躯都有一种说不出的美妙。这位被供奉的圣母神态安详宁静，高贵温雅，使人望去可感到灵魂经受洗涤，心生圣洁，而绝不会生出邪念。如果不是这时木楼梯上响起一阵“咚咚”的脚步声，他还会继续好奇惶惑地观赏下去。下楼来的人边走边说话，其中一个声音很古怪，那是一种中国官话与异邦发音的混合腔调，但决不是外地方言：“啊，中国话，多么难，只有上帝才有工夫学它！”

“我们的官话真的那么难吗？其实你要掌握了它的一定之规也就不难了，就像学生过去学拉丁文和俄文。”这个中国人的声音听去舒缓安详，可能是个读书人。

“你们中国人说同一个词可以当名词、形容词、动词、副词、单数、复数……这太复杂，太难了。”那个古怪的声音还在抱怨不停。

两个人下了楼，廷锡先看见那个穿湖色纺绸夹袍的中国人正是年先生。咦，他不是在这儿吗，那仆人怎么说他不在？其实仆人并没说谎，年希尧刚才是带传教士去了他介绍的那个官员家，但他马上又回到教堂，因为意大利画家郎世宁有些关于中国绘画的问题一定要找他，他们谈得很尽兴。现在，已同蒋廷锡相互见过礼的年希尧见客人正好奇地打量着自己身旁这个一头波浪的栗色卷发、蓝眼睛的意大利人，忙笑着介绍：“扬孙，这就是我曾跟你提到过的郎世宁先生，来自意大利。那里人杰地灵，出过许多绘画巨匠，郎先生就是其中之一。”廷锡说了几句“久仰，相见恨晚”之类的话，冲外国人拱拱手，也不知这个夷人听懂了没有。而郎世宁一听年希尧称他为巨匠，开怀大笑，又突然摇头咧嘴，愁眉苦脸地说：“唉，为了学中文，我现在几乎没时间给上帝作画，再这样，仁慈的主也要怪罪的。”

“我想主是不会怪罪时刻忠于他的孩子的。而且郎先生现在学习中文，观中国绘画，不也为了捕捉灵感神韵，以备为陛下效力吗？”

“……我不大喜欢斐鲁基诺，他的作品过于纤弱妩媚，沉于幻想，不坚实可靠。”刚与新客人见过礼的郎世宁又不由自主地同年希尧谈起了绘画。

“斐鲁基诺，他不是拉斐尔的老师吗？其实以我看来在表现神甫家乡那优美山川、宁静的平原，斐鲁基诺的作品还是令人心旷神怡、诗意盎然的。”

“他是翁布里亚人，表现的并不是我的家乡米兰，应算费兰齐科风格。不过作为异乡人，要改绘另一种风格的画也许比新开创一派风格更艰难……”

他们的话廷锡一点也不懂。好在郎世宁很快发现这个被冷落在一边的年轻客人，他一把拉过蒋廷锡的手，热情地提议：“还是去我的房间吧，那儿有许多画，讲得更清楚些。来吧，朋友，我想你知道得比我更多。”

被他那毛茸茸的大手拉着，廷锡很不舒服，但又挣脱不掉，他不由自主地跟他们来到郎世宁的卧室。这是一间收拾得十分整洁的小屋，一个神龛上供有圣母像，案上细长的白瓷瓶中插着一天一换的鲜花。那张铺着雪白铺褥的大铜床非常与众不同，是欧洲的工艺。在这整洁雅静的小屋内，只有卧室的一角，画板、彩笔、颜料桶零放在一旁，显得有点杂乱。

落座之后，廷锡把十二帧花卉图交给年希尧。年希尧同郎世宁饶有兴致地看了起来。年希尧先看完，笑着对廷锡说：“恕我孟浪，这些卷作中有几幅好像是扬孙的手笔。”廷锡没想到年先生的眼睛这么尖，自以为临摹师傅的卷轴已炉火纯青，可人家一下就看了出来。他不好意思地点点头。年先生却不介意，豁然一笑，“哈哈，早就听说，石谷先生的小徒甚是不凡，今日一见，果非虚誉，这几张小品生动隽逸，可谓青出于蓝。”

“年先生言过了。”廷锡说，“师傅本钟情于山水之作，一向疏于写画花鸟，但年先生之请，不敢不从，便命学生恭题一二。学生自知技艺拙劣，有污清目，心甚不安。”

当他们谈话的时候，郎世宁乐得静下心来独自一人慢慢观赏。他看得很认真，不放过每一个细节，看完后就问他们这是谁绘的，说太美妙了，他从没见过。

年希尧笑着指指蒋廷锡：“后生可畏啊，神甫以为如何？”郎世宁的蓝眼睛里立刻现出惊叹的光芒，仔细审视着蒋廷锡，口中像牙疼似的发出一种“嘶嘶”的怪声，把对方看得都不好意思了。他合上画帧，友好地伸出手，吓得廷锡本能地将身子往后一挪，以为他又要过来抓自己的手。夷人这种礼节真怪，也真让人受不了！但郎世宁只是将画帧交还给他，用不太流利的汉话说：“你，可以做我先生了，你好不好收下我这个徒弟，学生？”

廷锡和年先生对视了一眼，都笑了。廷锡半红着脸，谦逊地说：“这我怎么敢当，还是神甫收我为徒吧，请您教我西洋焦点透视法。”

“怎么，你也知道焦点透视？啊，准是年先生对你说的吧。很好，很好，我很愿意为阁下效劳。你要是理解了它，画出的花草会更立体、形象、逼真。”面对同样的请求，西洋人却不推辞，爽快地答应了。

“其实神甫可以编一本书，许多中国画工还不知道什么是焦点透视，如果有一本专门介绍的书就好了。”年希尧思索着提出建议。

郎世宁也觉得这个主意不错，刚要称好，又马上愁上眉梢，自嘲地说：“什么，我？你要我写！就我会的那点可怜的中文，写书？你们中国人谁看得懂！对，除非你来帮我，我们一起干！”最后他又燃起希望地邀请最初的建议者。

年希尧没有推辞，又转身对廷锡说：“扬孙，你也算一个吧。咱们三人各有所精，编写时可以互补短长，相协相助，定会搞出些名堂！”

“教会里有那么多博学的西儒大师，学生只是拙笔涂鸦，照猫画虎，何敢乱来。不行，不行。”廷锡一个劲儿地摆手。

郎世宁对中国人这种面对邀请赞誉表现出的几乎一样的客套推让颇为不解，耸耸肩，想说什么，但他中国话的水平还没达到说服一个人的程度，只好焦急地看着年希尧。年希尧心中有数，并不对王石谷的高足相强，已将目光转到墙上。他望望壁上的自鸣钟，已经十二点了，白神甫他们怎么还没回来？这都一上午了，平常也没这么慢啊。他不放心地踱到窗前，担心他们是不是出了什么意外。

又过了一会儿，去的人还没回来。几个人终于忍不住，不约而同地出了郎世宁的卧室，刚到院中，恰巧正迎面碰上早晨出去的那些传教士。他们一个个竟是鼻青脸肿，互相搀扶着跌跌撞撞进到教堂。

“哟，这是怎么了？”年希尧惊慌地问，另两个人也相顾失色。

白晋一手捂着头上青肿得像鼓起一座小山似的额角，一边神色复杂地瞅了一眼年希尧。这从未有过的羞辱与殴打已让这位法王御授的来华皇家科学家气急败坏，但传教士的身份还是让他一忍再忍，把火气往下压了又压，尽量用平稳的声音讲出遭遇始末。

从广东来京的年希尧曾慕名谒见王石谷，而王石谷这时已入了天主教。通过这位画坛名家的介绍，年希尧很快就与在京的耶稣会教士熟识了，经常往来，并也对天主教有了一些好感。年希尧认识一位京官，他的夫人也是经人介绍迷上了天主教，但因其家人阻挠、一直未能正式受洗入教。因这个官员与年希尧相识，在一些同僚的劝说下，对夫人的行动渐渐放松了管束。不幸的是今年入春后，这位夫人突然身染沉疴，经医生多方调治未见好转，大有离世之态。她临终前唯一的愿望就是入教受洗，皈依天主。年希尧得知此事后也非常激动，尽管他并不是天主教徒，还是把这件事告诉了教堂神甫。所以一早传教士们就捧着十字架、圣牌、圣水根据年希尧所说的地址去了。只是他们事先没有征得夫人家人的同意，这一下就出了事。她的丈夫，那个愚蠢可恶的京官知道教堂里来了人，就派数十名家丁手持棍棒挡在门外，不许传教士靠近，更别说进去了。他自己还挺激动，边哭边骂：“我知道你们夷人的花招，你们要挖下病人的眼睛做望远镜，还要、还要在我夫人身上做实验，让她变成你们的模样，对不对？快给我滚！你们这些妖人！身体发肤，受之父母，你们夷鬼哪里懂！我要让我的夫人带着眼睛入土，完整地西行。夫人啊、夫人……呜……”传教士望着这个因悲伤过度而有些说话迷乱、神志不清的人，让人既可气，又可悲。他们耐心地向那官员解释，希望他清醒后让他们进去，等到的却是一片雨点似的巴掌和拳头。这其中最惨的是一个葡萄牙人，脸上被一根尖硬的木棒扫中，当时就血流满面。他本人曾学过医，当时给自己的伤口作了一下简单的处理。可那伤口离眼睛很近，就是将来好了，也会在脸上留下一块难看的大疤。这个叫安多的倒霉的传教士怎么也没想到，刚来中国没几天就给自己脸上留下这么一个永远的“纪念”！

“唉，都怪我，当时我陪你们去就好了。明天我就去找他评理，一定要他来给神甫们道歉！”

“不，”用一根带子吊着一只胳膊的张诚拦住年希尧道，“他也是被那些和尚所欺骗的。中国僧侣是最反对天主教的。自从我们治好皇帝陛下的病以来，他们更是心生妒意，一刻不停地恶意造谣中伤，企图触怒所有中国人与我耶稣会为敌。”

“难怪白晋神甫管他们叫魔鬼，他们是真正的妖魔！”郎世宁气愤地说。

蒋廷锡垂下眼睛，想起那年新春的遭遇，小声地说：“和尚，和尚也不全是坏人嘛……”当他发现在场的所有人，包括年先生都气愤而不解地斜望着他，他脸一红，又慌张地掠了一眼受伤的传教士，只好吞声不语。

当年希尧送走蒋廷锡随神甫回到宽敞的教堂，看到他们跪在长凳上，满面悲寂地向上帝祈祷时，他听见他们用法语说了这么几句话：

“你们的仇敌要爱他，恨你们的人要待他好，诅咒你们的要为他祝福，凌辱你们的要为他祷告。有人打你这边的脸，连那边的脸也由他打……”

年希尧听后怦然心动，胸中油然生出一种强烈的感动。他这个饱读圣贤书的汉族文人，突然也想入教了。

三

康熙三十五年四月一日，康熙皇帝率诸王、贝勒、贝子、公、文武百官诣堂子行礼，祭旗纛，亲统大军浩浩荡荡地由京城启程了。这支一眼望不到头，几乎不见边际的队伍，前锋兵行在最前，次为绿营和察哈尔兵，中间夹着康熙的御营；正白、正红、镶白、镶红、镶蓝、正蓝分列在后，经怀来、赤城，出独石口，向西北进发。刚走到蒙古境内，天气骤变，先是刮起被北方人唤作“白毛风”的恶风，猛烈的北风狂扫过来，在旷野上奔突、呼号，暴戾而雄壮。直刮得天昏地暗，日月无光。人们的眼中一片灰暗，流着鼻涕，红着眼圈，还有的直淌眼泪。大家屈身俯首，瑟瑟缩缩，很艰难地赶路。顺风还好，一遇逆风，便一步一歇，仿佛负重一般。快到滚诺尔地方时，风雪交加，泥、水、沙土裹在一起，广阔漂亮的草原成了泥潭，道路变得更加难走。无论马匹人畜，每一抬腿举足，都十分艰难费力。雪花也跟着凑热闹，这种雪与平原上下的白雪不同，中间夹着黄尘，落在人、马的身上，顿时化作污浊的泥水，脏极了。

安营是队伍休整放松的时刻。这天康熙五鼓时起身，就在要撤营起程时，发现许多士兵还东倒西歪地躺在营地上，呼呼睡着大觉；又瞧见有些士兵鬼鬼祟祟地点燃一小堆火，开始不知他们要做什么，后来他们摸索着从身后掏出几个陶罐，才知道这些人是刚吃饭。

“怎么回事？”康熙威严地问身边一个内大臣。这些事在昨晚都应办好，岂有临出发前现做的道理。

情况很快查明，这些士兵因后面行李迟到不能及时宿营影响了歇息，以至到早上要出发时才安歇。于是从这日起，康熙每日均在五鼓即起，亲自视看行李先出发后才启程，等宿营时，日方当午，行李即至，人马都得到了休息。

军士得到休整补给，雨雪却非人力所能控制的，它们好像成心跟清军作对似的，一直未停。太阳偶尔出来，也是灰黄色，悠悠的白云更是不知去向；以前这里曾有过的沙柳、棕竹都无影无踪，只剩下泥泞的土地。大草原被风刮得苍凉而明净，湿黑泥泞的地与铅灰色的天相接，地平线几乎看不见，天地间更显得茫无际涯、荒凉悲怆。

这日，大军终于到了滚诺尔，雨雪交加，人们身上披的那些沉重的甲胄，不但不能防雨雪，反而发挥它生铁的本性，把人体内仅有的一点热量都吸去了。大家被冻得面色苍白，唯有耳朵和鼻尖通红。这时将士们都盼着尽快安营扎寨，点起一堆温暖的篝火，喝一碗烧酒，驱走一天的寒气与疲惫。

而头戴赤金盔，身着鱼鳞软甲的皇帝也与普通士兵一样不让人打伞，不披雨服，一身戎装地立在雨里。他自己不肯先入行营，等所有将士结营已毕，才浑身湿透地进入御帐休息。用膳，也是等营内皆炊饭后，才进膳，而且吃的也与士兵们一样。当将士们得知四十多岁的皇帝还与士兵同甘共苦时，许多人都感动得哭了。天气虽依然恶劣，可大家的士气一点未受影响，反而更高涨了。

皇子们可保持不了他们父皇这种吃苦耐劳的作风。不说风霜雪露的洗涤，也不说朝发夜宿的紧张行军，单是一天的餐饮，就很成问题。刚过怀来时，他们还能吃到脆滑的奶子皮、鲜美的牛羊肉、白生生的馒头米饭，可是越往北走，饮食就越差。不但肉奶没了，渐渐地连白面也成了稀罕的“珍馐”，吃饭次数则由过去的一日三餐减成现在的一日一餐，可吃的东西与普通士兵没什么两样，也是黑乎乎的荞麦面和野菜。水就更糟，奶茶清茶一概没有，喝的都是从现挖的井里摇上来的还带着小虫、泥土的浊水。于是每日吃饭时，便成了这些金枝玉叶们最尴尬、最难过的时刻。这天傍晚开饭的时候，一位军士给七阿哥胤祐端过一碗黑乎乎、稠嘟嘟的也不知里面放了什么的糊糊。胤祐刚吃了一口，就“哇”的一声吐了出来，然后涨红了脸不停地咳嗽，总算止住，委屈又痛苦地看看还没用饭的哥哥们，嘴一撇，差点落下泪来。不过今天的饭就是这个，不吃就得挨饿。所以三阿哥、五阿哥也步履沉重地走到桌子前，那愁眉苦脸的样子仿佛要上断头台。他们的吃法与七弟不同，与其说是吃，不如说是挑。他们多数时间是用竹筷子在木碗里搅来搅去，偶尔小心翼翼地用筷子沾沾唇，就马上用手帕文雅地抹抹嘴，接着将筷子放在碗里拨动，仿佛在里面寻找什么珍宝。这种奇特的食相不禁让那些长期驻防于塞外，喝惯了风沙的八旗兵们偷偷发笑，心想，哼，到底是凤子龙孙，就是吃不了这种苦！

真丢人，胤禛心想，自然他也躲不了这一关。瞧，那个军汉又来了，仿佛不怀好意似的给自己盛了满满一大海碗，然后垂下眼睛恭敬等候，实则脸上是一副等着看笑话的表情。不就是一碗军粮吗，难道比药还难下咽？还能让它难倒我！胤禛霍地站起来，对着那军汉轻蔑地瞥了一眼，然后不慌不忙地端起那个给他盛的尚冒着热气的粗碗，也不说话，一仰脖，如长鲸吸川，“咕嘟咕嘟”，几大口竟吞下一大半。一旁侍候的几个侍卫都看呆了，表情立刻由最初的轻视变成了敬畏。原来这粥食里掺了不少野菜之类的东西，还有一些没挑净的枯叶草根，味道自然可想而知。胤禛定定神，尽量不去体味舌头的感觉，又一仰脖在众人惊讶的目光注视下将大碗里的东西吃尽，然后“咣”地撂下碗，高喊道：“再添一碗！”

“谁这么能吃啊？”帐篷外突然有人发问，接着从外面慢慢踱进一个人——皇上！众人慌忙跪倒请安。刚才那一幕康熙已经一丝不漏地看在眼里了，他很不满意皇子们的表现。他觉得自己带出来的这几个皇子都是文静有余而威猛不足，哪里像是爱新觉罗的后代！若是遇到敌兵，真不知那时他们将如何自卫？是不是自己平日在宫中时太强调诗词歌赋了？对他们的弓马骑射重视得不够，以致如今儿子们都如娇花嫩柳一般弱不禁风、身虚体软，这怎么行！

康熙走过来用不满的表情扫视了皇子们一眼，又瞟了瞟胤禛，说：“你饭量倒不小，可军中有制，一人每餐只能进食一碗，你用多了，别人就会不够，这你没想过吗？军中粮草有限，现在一日一餐已属不易，谁要是觉得不够，可以自己狩猎去，但军中的规定对任何人都不准特殊，包括朕！”

自己狩猎，这倒是胤禛他们没有想过的，但他马上明白父皇的良苦用心。第二天一早，胤禛穿戴整齐，背上弓箭，骑上自己的马出了大营，向草原深处驰去。

在辽阔的大草原骑马扬鞭，在风天雪地里独自奔驰，胤禛没有丝毫寒意，反倒觉得周身热血沸腾，一种在天地间独来独往的悲壮感油然而生。他在马上昂首挺胸，觉得豪迈万状。想象着当年太祖太宗皇帝也是这样在东北大地、在白山黑水间纵横驰骋，冲杀御敌的。胤禛的血管里，毕竟也流淌着爱新觉罗家族的汩汩热血。霎时间，他觉得自己像个英武的勇士，要征服这片荒寒的大地！

尽管胤禛摩拳擦掌，豪情万丈，想大干一番，可狩猎很不成功。草原上的那些动物机警得很，从老远的地方发现有人侵犯它们的领地，都如惊弓之鸟逃之夭夭，躲藏起来。好不容易，一只因疲劳掉了队的大雁使胤禛有了第一个猎取的目标。他在马背上取下弓插上箭，闭起一只眼睛瞄准天上的孤雁，“噗”的一声，箭离了弦，而大雁却呼扇了一下翅膀，若无其事地飘然远去，箭也不知飞哪儿去了。第二个目标是一个受了惊吓的兔子，拖着短撅撅的尾巴在前面一蹦一蹿地，发现后面有人追，突然很机灵地一矮身，钻进草窠不见了。

这时太阳才无精打采地露出半张脸，懒洋洋地瞟了一眼下面那个不成功的狩猎者，又姗姗地显出整个身子。胤禛没理睬那个神出鬼没的太阳，继续在旷野执着地寻找。积雪已将草地全部覆盖住了，白花花的一片雪野亮得刺眼。突然，一只狐狸不知从哪儿钻了出来，被胤禛一眼看见，他兴奋地大吼一声，催马紧追。狐狸那身橙红色的皮毛在银色的原野上闪着金光，十分好看。胤禛高声叫喊着，猛冲猛追，一会儿就呼哧带喘。骑士、狐狸、雪野、圆日，组成了一幅壮丽而奇妙的景象。

这时，胤禛骑着的那匹马不知为何，突然前腿像中了一箭似的，哆嗦了一下，跪卧下去，把一点没有准备的主人从高高的背上“啪”地朝前面甩了下去。这一下把胤禛摔得很重，很狼狈。他脑袋栽在地上，贴了一脸雪泥，狐狸早没影了。胤禛愤恨地胡撸下脸上和身上的泥雪，正要爬起来时，突然又飞快地缩下身子。他发现在前面离自己不远的地方有一个黄绒绒的东西正轻轻颤动。他揉揉眼睛，俯下身子以肘撑地，悄悄爬了过去：呀，是一只猫儿一样熟睡着的好像才出生不久的小鹿。瞧它那黑亮的小鼻子、粉红的小唇、紧闭的眼睛形成一个小圆弧，浅黑的花纹印在淡黄的皮毛上闪着美丽的光泽，前额还有一绺红毛。团身卧在那儿，气息轻柔，可爱极了。啊，这真是踏破铁鞋无觅处，得来全不费功夫——可怜的小家伙，你就要成为我的盘中餐了！能在睡梦中驾鹤西行、飞往西天极乐之境，也算圆满。愿你来生投得人胎，去个殷实人家。胤禛想着，慢慢地靠近这个丝毫没有觉察的小动物，一把将它抱起来，准备捆在马上。尽管他的动作很轻很慢，小鹿还是被惊醒了，发现自己躺在一个陌生的环境，害怕得直叫，吐出粉润的小舌头抗议着。胤禛一愣，冲它眨眼努嘴示意。可小鹿不是小孩，不懂他的意思，开始挣扎哀鸣。对这个弱小无助的生命，胤禛反倒没了主意，松手也不是，杀掉也不是。这时从雪野深处传来一阵母鹿焦急忧伤的嘶鸣，那只小鹿马上瞪大眼睛，向四周张望，呦呦地回应着母鹿的呼唤。胤禛的手颤了一下，周身激流般的热血不知流到哪儿去了，豪情一落千丈，英雄气顿消。他低头望望这个孩子似的小动物，又望望那个很圆很大很朦胧的太阳，垂下胳膊，手一软，把猎物放了。重获自由的小鹿兴奋地晃晃脑袋，叫了一声，三蹿两蹿地跑开，找妈妈去了。它的背后留下一串梅花形的玲珑脚印。只剩下胤禛一个人傻子似的呆呆地站在斑驳的雪地上。

三月十八是康熙皇帝的生日，皇上命军中停止一切寿庆活动。将士们可以不表示，皇子们却不能不行动。况且今天太阳难得地用尽全身力气，给了一个大晴天。皇子们一早就都出营狩猎了，回来后尽管所获猎物数量不等，也都有所斩获，没有一无所获空手而归的。看见儿子们经过这些天塞外风霜的洗礼，已渐渐变得身体强健，能吃苦耐劳了，康熙十分高兴。恰在这时，太子也命人从京中捎来一个包裹，打开一看，里面竟是太子儿时穿过的小衣裤，这是皇上上次给太子写信时要的。捧着这些小衣服，康熙的眼睛湿润了。他破例宣布，今天他要亲自烹饪，同儿子们聚一聚。

到了晚上，康熙脱去盔甲，系上一条油布围裙，点燃一堆柴火，像一个厨下的庖夫，真的亲自动手操作起来。感觉新奇的皇子们都过来给父皇帮忙。可当胤禛看见被父皇一刀划开肚子的那只母鹿旁边，还软绵绵地躺着一只中了两箭的、额上还带着一绺红毛的小鹿时，身上顿时也像被人射中一箭似的，晃悠了一下，心惊眼花，如痴如呆，蓦地扭过脸去。没错，正是自己放走的那只小鹿啊！前面的熊熊火光和兄弟们轻松的笑语都渐渐模糊不清了，仿佛幻境……

胤禛默默离开兄弟们，颓然地跌坐在一块地上，孤独地抱着膝，两眼直直的，像一只呆头呆脑的鹅，不知在想什么。这情景一会儿就被康熙发现了，他不禁心头一沉，感觉有点扫兴。他不明白越是在这种热闹的时候，四阿哥的表情就越木讷，令人费解。难道这孩子真的有病？真和别人不一样？康熙本想自己过去，后来一想，悄悄叫过三阿哥胤祉耳语了几句。

三阿哥胤祉端着一个小木碗走了过来，亲切地招呼着胤禛："老四，干吗一个人在这儿闷着，也不过去跟大伙热闹热闹！你快过去尝尝，皇阿玛烧的鹿肝鹿肉味道可香啦。还有这鹿血，听说喝了大补，而且还能……"他笑着凑近胤禛耳边说了一句悄悄话。

尝尝？胤禛嗓子发紧，几乎要吐！他摇摇头，不抬脸，声音像雾气蒸发似的说："我不想吃……"

“怎么，你身子不舒服吗？”胤祉俯下身，奇怪地观察着四弟的面容。

“没有。”胤禛眉宇间阴沉极了。

“那干吗不去，走吧——”三阿哥过来伸手拉他。

“不用你管！”胤禛粗暴地推开胤祉的手，背过身子。

真是不可理喻！胤祉撇撇嘴，要离开时有意无意地说了一句：“老四，你知道这鹿是谁打的吗？”

“谁？”胤禛猛地转过身，两只眼像两把尖刀向胤祉脸上捅去，把胤祉吓了一跳，忙打了个哈哈，摆摆手：“好，好，你别急，我告诉你。”他紧张地望着四弟，边说边往后退，“是我和五弟同时发现这两只鹿的，五弟先拔头筹，射死幼鹿，我又上前补了一箭。本来那母鹿可以跑的，偏是不走，围着我们的马哀叫不停，也被我们猎获。”

五阿哥胤祺，就是那个看上去同样文质彬彬、少言寡语、弱不禁风的五弟吗？他居然懂得先下手为强，能射杀小鹿，而我……

燃着枯枝、干草的篝火正哔剥作响，烈烈燃烧，像一片盛开在荒原上的血色红花，点缀着苍凉的大地。天上无数颗闪亮的星斗像一颗颗美丽的宝石，晶莹闪烁。“呦呦鹿鸣，食野之苹。我有嘉宾，鼓瑟吹笙……”那边传来一阵悠长的吟咏，在夜色的营地上显得凄深悠远。是父皇，执剑挺立在火堆旁，吟咏着魏武帝那篇著名的《短歌行》。我这是怎么了，野兽本来就是供人猎取搏杀的，我怎么像书生一样迂腐？真是妇人之仁！胤禛开始责备自己，为自己刚才的表现而羞愧、懊悔不已。他终于站起身子，在离父皇他们围坐的那堆火的不远处停住，犹豫了一下，不知该不该过去。

“胤禛，”康熙看见了踟蹰不前的儿子，起身迎前几步叫道，“快过来吧，老四，大家都等着你呢。我们还给你留了一块鹿肉。”

火堆旁，差不多已酒肉阑珊。大鹿和小鹿早都不见了，只剩下碗中的一块烧得焦黄的肉干。康熙小心地观察着儿子的面色，唯恐他再出现刚才那种令人费解的呆滞的表情，急忙说：“老四，大伙聚餐偏你躲开，可该罚你啊！”

“儿臣认罚。”胤禛躬身道，当他抬起头时，脸上像被用冷水洗过似的换了一种清净、肃然的表情，使康熙心里愈发诧异。

“作首诗吧，朕好久没听你们作诗了。”为了不给这个刚缓过神的儿子更大的压力，康熙和蔼地望着他说。

“是。”胤禛收摄心神，默然沉思了片刻，心里已有了一首，张口咏道，“一人临塞北，万里熄边烽……”

这首诗是歌颂皇帝此次御驾亲征的，胤禛自认构思还可以，哪知他刚念了一句，就被父皇摆手打断。康熙不但不高兴，而且很不满意："不堪不堪，还未见敌影，怎么就熄边烽了？牵强夸饰，怎能如此作诗！再说此一役皆赖兵士效力、将士争先，岂可只凭朕一人！"康熙说着转过身子抱住肩膀，望着远方凄冷、黑暗的草原，说："朕平生最厌恶穷兵黩武，然此贼不除，日后设防，兵益多忧累。若既灭此贼，则中外宁谧，可无他虞。朕也好将更多的精力转向于察吏安民诸务上来，以期天下粗安……"

"吾皇万岁万岁万万岁——"众人跪下齐声高呼。这一浪高过一浪的钦佩欢呼声在漆黑的草原上空久久回荡。

四

入夜的荒漠，是宁静恬谧的。暴虐的风沙已悄然退去，一轮亮如银盘的圆月，孤悬于中天，洒下一片清辉，四野仿佛变得透明了。广袤的沙漠上，平整地列序着千万座帐篷，似云屯浪叠，隐伏着千军万马。万籁俱寂，天地皆眠，连笳鼓声都沉默了。

噶尔丹好像还不知道，康熙已亲率大军深入瀚海，对康熙遣使传来的敕谕："今大军已出汛界，与尔逼近，西路兵俱已到土喇，东路兵已溯克鲁伦河而来。""朕不忍生灵横被锋镝，是以抒诚遣使。朕与尔等当面定议，指示地界，尔照旧贡献贸易。""尔妄动而去，则虚朕美意，而生灵多有不便矣……"一概置之不理，拒不答复，还扣留了使者的马驼，令使者步行而回。后来传来消息，噶尔丹这么有恃无恐是因为又有俄国派兵相助。这本是噶尔丹一贯的大话诈言，偏偏一些扈从大臣就相信了。大军的情绪稍微有些波动。

如今，康熙率领的中路军已至科图，很接近敌人了。而东、西两路大军，东路军因道远未至；费扬古率领的西路军与汉将孙思克部之陕西兵合兵一处，横穿戈壁，载水急行，但在途中遇到了大风雨，马匹倒毙许多，一时行军进度慢了下来。这也是康熙向噶尔丹处频繁遣使的主要原因，他想拖住敌军，等费扬古的西路军到后两面夹击，一举全歼！

过了几天，情况又发生了变化，据费扬古奏报，他俘获了噶尔丹的一员部将向他交代，曾有一日，准噶尔兵探明消息，回报噶尔丹，中国皇帝已深入大漠。一时打草惊蛇，厄鲁特部作鸟兽散。噶尔丹一头扎进大漠，又无影无踪了。

半夜三更，军营中都已熄了灯，只有皇帝御帐里数支粗大的蜡烛还在燃烧。

今天这次夜里紧急召开的御前军事会议所召集的人员最多，不但有索额图、佟国维、伊桑阿等扈从大臣及裕亲王福全、恭亲王常宁、简亲王雅布几个王公，连一向号称掌管一旗，只在营中坐镇，并不参与行军议事，更没有指挥统兵经验的皇子们也被召集到御帐，一起商议大军下一步的行动。

现在，康熙沉着脸听完探马的侦报，在御帐中踱着步子，思忖着对策。

“万岁，”索额图很突兀地打断康熙的思路，抬手行礼道，“奴才以为噶尔丹既已远遁，况其仅有五六千众，只以西路军前进既可扫平。皇上还是以四海为重，班师回朝吧。”

“是啊，索相言之有理。”“请陛下率众班师吧。”大臣们一齐奏请。

忍无可忍的康熙停下走动，他突然抽出腰间的佩刀，拉出一半时又按住，“啪”地弹了回去。他挺直身子，咬着青灰的嘴唇，瞳仁雪亮，脸色变得非常严厉，深沉地说：

“此次进兵，朕与众卿曲尽筹划，无时不想斩灭敌人。现我军既至此地，噶尔丹可擒可灭，焉何怯懦退缩？况尔等大臣俱系情愿效力告请从军之人，竟不如一兵卒踊跃愿战，奋勇当先！朕观尔等甚无意效力，并一再动摇士气，阻碍朕行，真可气可恼！”

大臣们都垂下了头，过了一会儿，裕亲王上前一步，不无忧虑地说：“皇上前已与费扬古约定两路夹击，现我中路军距敌仅五日之程，却尚不知西路军在何处。皇上是先主动出击，还是等费扬古到达一并灭敌？”

康熙抬脸望望阿哥们，叫道：“胤祉，说说你的意思？”

三阿哥骄傲地一扬脸，目光直线向上，仿佛自己高出众人许多。他似乎把这军营当成了上书房，晃晃脑袋慢悠悠地说：“儿臣以为应一面移文催西路之兵，一面趁贼不备时前往击之。”

“这么说你是主张出击喽。胤禛，你的想法呢？”

胤禛已想到父皇问完三哥可能就该点到自己了，于是说：“儿臣以为应缓行以待费扬古，等西路军至时两面夹击。”其实胤禛对于军务兵法知道得很少，他之所以这么讲只是不想同三哥一样，怕人笑话他是鹦鹉学舌。而他自己也不知道这种主张究竟有几分胜算。

到五阿哥七阿哥回答得就更简单了：“儿臣以为兄长所言极是。”——也不知他们说的是哪位兄长“所言极是”。

听过儿子们的发言，康熙无奈地苦笑了一下，叹了口气，说：“朕既与费扬古约期夹击，今若朕所率之军失约即还，弃西路之兵，待还至京城，何以昭告天地祖宗社稷！所以朕以为现在中路军当且待且行，如万不得已，再相机行事。”

见皇上定的这个方案还是想待费扬古的西路军至时合歼噶尔丹，众臣也无话可说，但噶尔丹狡猾多变，为皇上安全着想，大臣们仍有顾虑。佟国维说：“奴才以为皇上仍可遣使往说，使其惊逃，然后中路猛追，西路阻击。”

“朕难以确定噶尔丹逃遁之所在，如何追击？”康熙绕过御案，盯着一边的沙盘，“哦，东路军现在何处？”

福全说：“萨布素已于本月六日启程。”

康熙想了想，不无自责地说：“此次出兵不该让东路军从行，他们来亦无益，兵马徒增劳顿。”

“那么是不是撤回东路军？”索额图问。

“现在不必，等费扬古大捷后，朕与东路军俱班师还朝。”

众臣不无忧虑地想了想，费扬古的兵尚在戈壁上艰难地蚁动，噶尔丹却早跑得连影子都没有了，如何能一举歼敌？

几天后，当中路大军的君臣还一筹莫展，不知该如何行动时，遣往侦探的护军参领报告了一个令人兴奋的准确消息，噶尔丹并未远遁，仍在马鲁伦。这个地方离康熙驻扎的西巴尔台真是太近了。康熙马上下令各营哨口、牧马处夜间不许张灯举火，不要惊动噶尔丹，同时继续耐心等候西路军，静观敌动向。

因为不用再行军，又未进攻，营里便有了许多闲暇时间。胤禛从牧马处新领了一匹枣红马，换了以前那匹像得了软骨病似的走路歪斜，中看不中骑的白马。这匹枣红马身体长，步子大，每次巡营、狩猎都很方便。谁知这竟也招来一些人的眼红。一天三阿哥胤祉就似有意又似无意地对兄弟们说：“哎，我给你们讲个故事。话说有位牧马老汉，养了一大群马，他有两个儿子。一天，他叫过两个儿子，要他们赛马，却是谁的马最后到谁为胜。号令响后，骑在马上的两个兄弟谁也不动，不肯先行。这可怎么比？结果老汉灵机一动，说了两个字，兄弟俩就飞快地跑了起来。”他停下来看了看几个听得入神的弟弟，又特意地瞧瞧胤禛，问道：“你们知道他说的是哪两个字吗？”

五阿哥七阿哥都低头沉思，胤禛稍想了想，抬起头，淡淡一笑说：“是‘换马’吧？”

“行啊四弟，真有你的。”大概没想到胤禛这么快就把答案想了出来，胤祉嘴上夸着，脸上却是一副讪讪的表情。还没反应过来的老五和老七再想想，哦，换马后骑上别人的马先到，将自己的坐骑甩在后面，可不就是胜者吗。他们也笑了。

“老四，不是我说，现在要照老汉这种赛法，我们即便不换马，你也不能获胜。”三阿哥绕来绕去，终于说到胤禛刚领的这匹新马上，他不无羡慕地又瞅了胤禛的马一眼，说：“我看四弟这枣红马骨瘦蹄轻，身长步大，就是给主人争气，真是匹良驹！”

胤祉的心思胤禛焉能听不出，不过他不想跟三哥斗气，说：“老汉赛马只是故事，可谁也没有那么比过。要比咱们就真正像样地赛一回，如何？”

“好，咱们现在就出去赛一回！”

于是他们各自牵马来到外面。男孩天性爱骑马打仗，即使他身子再娇弱，这无边的旷野苍天对他们也是一种无比巨大的诱惑。况且赛马本身就很刺激。想想吧，辽阔的大漠中几匹战马追风逐日、挟雷腾雾的身姿将是多么令人震撼、激动、遐想、赞美！

很快，四匹毛色不一、壮弱不等的马儿一字排开，它们好像也知道把它们牵到这里要干什么，都咴咴叫着，摇头甩尾，想挣脱缰绳，向远方奔去。其中数那匹枣红马最兴奋，它踢着蹄子，打着响鼻，不时地昂头长嘶，似乎在催主人快走。

胤祉又妒忌地望了一眼啪哒啪哒在原地转着圈子、很不安分的枣红马，问：“四弟，你说我们怎么比？”

胤禛使劲勒住枣红马的缰绳，说：“你们先走，等出此百丈后，我再追你们，若追赶不上，就算你们赢。”

胤祉不信任地摇摇头，说：“我们怎么知道百丈之遥后你追来，要是你在我们出来后跟着骑出来呢？”

胤禛的脸腾地一红，但他没有反驳，望望胤祐说：“七弟身子弱，就别比了。请七弟留下监督，看我是否食言。”

可是七阿哥还不答应，非要和哥哥们同去赛马不可。最后胤祉终于无奈地叹息一声，与几个弟弟达成一致，他和胤祺胤祐就骑马先走一步。当胤禛看着兄弟们甩开缰绳在前面飞快地跑远时，觉得他们就像几只被猎人追赶的逃命的动物，可怜又可笑……过了一会儿，他估计他们已经跑得不近了，吹了声哨子。听到命令的枣红马扬头一抖鬃毛长嘶一声，跃起前蹄，一溜烟地俯冲下去。枣红马不负主望，跑得像闪电一样，蹄下沙屑飞溅，尾后黄尘飞扬，不一会儿就赶上并超过前面的同伴。它好像还不过瘾，把另几匹马甩到后面以后，速度仍未减。看样子若有向上的梯子，它就能直上青天了。胤祉不服，又比了几次，结果都一样。他们不知走出了多远，反正人和马都已经很累了。要不是看七阿哥胤祐在他的马上歪歪斜斜，大口喘着气，一副体力不支的样子，胤祉才不甘心认输呢。这时，太阳已经开始往西行，兄弟四个并排骑在马上，缓缓地走着，调整着气息，谁也没说话。突然，嘴巴反应迟钝，眼睛却非常尖锐的五阿哥胤祺叫了一声："你们瞧，那儿有一个鞑靼帐篷！"

在莽莽荒漠中，这种突然出现的蒙古人的破烂帐篷本来如沙子、丘砾一样平常。可现在它出现在荒漠中走了许久、目中已空落得干涩难忍的皇子们的眼中，就变得奇妙而神秘了。有帐篷一定有人，他们谁也没跟谁商量，就自动地骑马同向那座帐篷走了过去。

进到这座羊毡覆盖的、鸽子窝似的帐篷内，皇子们又都不约而同地悚然向后退着。帐篷里黑咕隆咚，很是幽暗。借着燃烧着牲畜干粪便的微弱火光，可以看到，这里面有一个用三四块板子拼搭成的简陋的床，上面铺着一块旧得看不清颜色的羊毛毡，权当被褥。再走近一看，就立时惊呆了。上面竟躺着一个人，脑袋已完全干枯了，鼻子窄如刀刃，嘴巴几乎看不见，那双眼睛已然生气全无。从额下露出的几绺头发才能看出这是个女人。这个干尸般的女人没有断气，还在微弱、缓慢地呻吟着，枯枝般的手在身上慢慢地摸索着，像一只垂死挣扎的野鸭。在她的身边，蜷缩着几个光着身子、一丝不挂的小孩，哆哆嗦嗦很害怕地挤在一起，面色黑瘦，十分可怜。

望着这几个瑟瑟颤抖的孩子，胤禛眼中又出现了那只曾被自己捉住的小鹿，耳边仿佛又传来小鹿呦呦的哀鸣。他怕那几个兄弟看出他这种儿女情长的样子嘲笑他，赶紧装作若无其事的样子低下头，不知该怎么办。帐篷里静得像坟墓，过了好一会儿，三阿哥胤祉突然僵直地动了一下手臂，在身上掏摸起来，掏了半天，摸出一块银锭。胤祺和胤祐也忙学着他的样子从身上掏出几块金元宝、银锭子。放在那妇人身边……一股焦煳味，不知不觉地飘了过来。胤禛捏着鼻子往四周看看，走到那堆火旁，把盖在火面上的一块东西扒拉开，看到火上还烤着三四块不知是什么动物的肉，散发着一股难闻的气味，这大概就是他们这几天的食物了。而给他们金银，不是同给饥饿的小鹿肉骨头一样可笑吗？胤禛往火堆中添了几把枯草，使火烧得旺一点，站起身，不屑地扫视了兄弟们一眼，对几个仗义解囊的兄弟说了一句很泄气的话："这荒天野地的，他们根本花不着这东西，他们现在最缺的是粮食和衣被。"

"那你有本事，你救他们好了。"胤祉盯着胤禛冷冰冰地说了一句，说完就甩脸出了帐篷。老五老七看看四哥，也无可奈何地随三哥出去了。胤禛叹了口气，朝帐篷里望了一眼，最后一个人来到外面。在他即将跨上马的时候，他突然停住，一咬牙，解下马后那个口袋——这是他早上刚领到的供这几日食用的唯一一袋军粮，回去扔给了那几个孩子，才到外面跨上了马。那几个看到这情景的阿哥都吃惊地望着他，七阿哥问："四哥，你的粮食给了他们，那你这几天吃什么呀？"

"老七别啰唆，"胤祉从马上转过头，不知为何满怀敌意地说，"你四哥有的是办法，何用咱们操心！我们可没人家主意多，本事大！"说完朝着马胯猛抽了一鞭，先行一步了。

在回去的路上，胤禛走得很慢，一个人在路上慢慢地溜达着。他总是这么有意无意地离群索居，有别于众，让人猜疑、费解，就像天空中雁群之上的一只冷峻的苍鹰，永远在群禽之上孤独地盘旋、翱翔……

落日将天边的云彩烧得一片火红，就像一颗跳动的、喷薄着鲜血的心脏，圣洁博大，又充满坚韧与悲壮。原来沙漠中的落日这么美丽，望着此刻这轮简直无法用语言形容的落日，胤禛心里有种沉甸甸的醉意和一种痛快的悲怆。但面对落日以前就早已有的这种感觉，他自己一直说不清楚；也没人知道，没人解释得清……

在第二天的同一时刻，"呜呜"的号角声响起，这是熄灯号。于是清军的营辕内灯火全无，人声沉寂。沉伏在漫漫夜色中的大漠显得更加广漠无边，似乎与暗下来的天空融为一体。今夜负债值守营盘的巡营官开始顺各营巡查，查哨，查口令，查有无人违反军纪。

大约过了一刻，皇帝御帐里刚刚熄灭的灯又亮了，而片刻之后，几名皇子被召进御帐。跪安后，康熙没有让他们马上起来，他手里提着一个骇人的马鞭，对跪在地上有些惊恐又莫名其妙的皇子威严地扫视了一眼，沉着嗓子道："据报你们之中有人刚才夜间燃火做炊，违反军纪。说！谁干的？"

也许被父皇的暴怒和他手中摆弄的鞭子吓住了，几个皇子互相望望，蜷紧身子，齐低下头，没有作声。

"怎么，你们聋了吗？朕问你们话，是谁燃的火？还不快给朕站出来！"

胤禛的脸有点变色，一只手不由自主地攥着绵甲的丝绦。终于，他直起身子，双膝向前挪了挪，挺身道："父皇，火是我燃的，请父皇治罪！"

"你！"康熙睁大眼睛呆了呆，随后，由于焦急、气愤，他的血唰地冲上头顶，一张疲劳灰暗的脸涨得血红。老四，怎么又是你！这可怎么办？这是军营啊，绝不可能再像在宫内那样维护他，宽赦他，只有……唉！康熙胸如沸水，心乱如麻，心里忍不住地埋怨，为什么偏偏在这种关键时候，总是老四给我出纰漏，惹麻烦！早知这样，还不如不带他，让大阿哥或八阿哥来，他们绝不会出这种事的！也许是过去自己太迁就、太宽纵他了，才至此。这样想下去，气愤压倒了怜惜。康熙目光如电，很是着恼地说："因此次出兵不同以往，朕出征前，屡次要求统兵将领申明军纪，严加约束！违者从重治罪！可你还明知故犯，擅自点火做炊！这一旦被噶尔丹侦到，朕和全军将士所有努力岂不前功尽弃！这个责任你担得起吗！"

这时五阿哥胤祺突然抬起神情慌乱的脸，焦急地看了四阿哥一眼，嗫嚅着张了一下口，似乎想说什么，但胤禛马上斜射过一道刚坚的目光制止了他，随即以头触地，叩首请罪道："父皇，儿臣自知已违反父皇御制军纪中的第九条，'与敌相近时，严饬营中无燃火'。儿臣犯律，无可辩答，唯请父皇依律治罪！"

"请父皇从严惩治儿臣！"见皇上没出声，胤禛又说了一句，声音冷静而坦然。

正在发呆伫立着的康熙身子哆嗦了一下，仿佛突然惊醒似的，眼中冒着严酷、果决的光，冷森森地瞅着四阿哥。"来人！"他咬紧牙，厉喝一声，于是便有两名虎背熊腰的高大侍卫叉手而入，凶恶地站在胤禛身后，等候御令。哎呀，看来父皇这次是要动真的了，要把、要把四阿哥像普通违纪军士那样掩出去插箭游营，起码也是鞭责！另几名皇子惊恐地张大嘴，替四阿哥着急，可看到父皇那吓人的样子，谁还敢说什么！连刚才想为胤禛说几句的五阿哥胤祺也木着脸低下头，不敢去想、去看。说也奇怪，康熙用尽底气高喝了一声后，竟没再接着下命令。而是用手强撑着木案，急速地喘着气。胤禛见父皇这种表情痛苦喘息的样子，想到他是于心不忍，不由替父皇难过起来。他这时才突然感悟到，原来父皇为了自己，有时真是很难啊！尽管在擅自燃火这件事上胤禛事出有因，有个情况尚未向父皇言明，但他也不由负愧地低下头，眼里涌满了感动的泪水……

正在这时，裕王从外面风风火火地进来了，一看到御帐中的情景，大吃一惊："皇上，这是怎么了？"他没来得及行礼，就大步走过去问道。

康熙负气地朝一张椅子上一坐，把鞭子杵在木案上，气色不平地说："有人夜间燃火，违反军纪，坏朕大事，皇兄看该如何处置？"

"啊，有这等事，谁，谁干的？"裕王其实早猜出八九，却仍故作不解地问。他倒不是故弄玄虚，而是深知自己此时闯进来对此事下一步进展影响微妙，所以没有表态，只是小心地询问着。

康熙无奈地咽下一口气，狠狠地冲跪在靠前一点的四阿哥掠了一眼，愤然不语。

“四阿哥？”裕王走到胤禛面前，低下头，疑惑地望了望他，甚是不解地问，“四阿哥，真是你吗？”

胤禛已然收起眼泪，紧抿住嘴，一声不吭地点了点头。

呀！裕王捋着胡须，皱起眉头，显然他也觉得这件事很难处理。同许多人一样，福全对这个沉默阴郁的侄儿说不上喜欢。不过他心地憨厚，对子侄辈从来都是非常疼爱。他走到康熙身边，低头思忖了一下，手拉着皇上半转过身，背冲几个皇子，小声说：“臣观四阿哥平日守礼慎行，不似孟浪之人。这燃火一事是不是其中另有隐情，当待查明，否则恐冤枉了四阿哥。”

康熙哼了一声，老四是真人不露相，平日看着老实，其实什么事他做不出！他幽幽地想。但他并未把他想的这话对裕王道出。不过……他又想了想，觉得胤禛这次没有像他以往犯错误时的羞愧不安和凶顽对抗，表情很坦然，甚至对自己刚才大声斥责的样子并不震悚，反而有几分似有若无的同情。这是有些奇怪……

“皇兄，你深夜找朕来，却是何事？”康熙扭过幽暗烛光下一张黯然愁锁的脸问。

“这，”福全扭开略显紧张焦灼的脸，声音有些隐隐作抖，“营里、营里已经断粮了！”

“断粮！”康熙的心陡然一惊，他脑中飞快地转了起来，突然急转过身，对皇子们大声道，“把你们的干粮袋子都拿出来给朕看看。”

几个正不安等待的皇子愣怔了一下，不知父皇是何意，便纷纷解下腰中的粮袋，敞开口摊放在地上，只有胤禛惶然地朝身后的兄弟们望望，没有动。

“胤禛，你的粮袋呢？”康熙见四阿哥不动，瞪大严厉的眼睛怀疑地问。

“父皇，您别怪四哥，我知道。”五阿哥胤祺再也忍不住，膝行了一步同胤禛并排跪着，说，“我们昨天出去骑马时发现一个蒙古人的帐篷，里面有一个病重的妇人和几个嗷嗷待哺的小孩，四哥、四哥就把他的粮袋留在那里了。从昨天到现在他一口东西都没吃，所以才……”他说完就脸红地低下头，为自己晚讲了事情原委而愧疚。

康熙听后心里又气又爱，久久地望着四阿哥，心底长出了一口气。然而他的面孔又马上如寒霜般严厉，怒目注视着另几个皇子，高声斥责道：“你们今天让朕很失望！你们是手足兄弟，理应互帮互敬。可刚才四阿哥遇有急难，你们却坐视不管，不发一言。在朕跟前尚且如此，若真要到了疆场上，遇到敌人还不各自顾命！你们在上书房读的那些书都读到哪儿去了！听着，除了四阿哥，你们几个从今儿起不准出营一步，就在帐内给朕闭门思过，一切膳食就用你们粮袋内的所余之粮，不许再添！”

胤禛见父皇赦免了自己却要罚兄弟们，忙说：“是儿臣未与父皇言明，与兄弟们无关，请父皇不要再罚兄弟们。”

“行了，你也给朕闭嘴！”康熙故意冷然说道，使胤禛觉得父皇这话是说给别人听的。而后康熙又仔细询问了皇子们见到的那幅凄惨景象。是啊，如今为使蒙古草原早日复归太平，苍生得脱苦海，唯一的办法就是尽快消灭噶尔丹！可奇怪的是噶尔丹显然对抗不过朝廷大军，终究要败亡，可为什么他每次败走后还能纠集一些人继续与朝廷作着愚蠢徒劳的对抗和无谓的牺牲呢？这么想着，在粮草不济的艰难条件下，康熙攥紧拳头，克敌的信心又变得坚定起来。

五

当噶尔丹的手下向他报告康熙皇帝已率军亲征时，噶尔丹还不大相信，他疑惑地对下面的众人说：“康熙汗不在中国安居逸乐，过此无水瀚海之地做什么？难道他长了一对苍鹰的翅膀，还想飞渡过来吗！”直到有一天，他登上地势平缓却足以瞭望远方的北孟纳尔山，望见清军大营如云屯浪叠，一眼望不到头：正中的御营黄幄龙旗，环以缦城，外为网立，气势极盛，比乌兰布通的清军更显精炼时，惊得几乎从山冈上跌倒，大叫道：“真是神兵天降！”当即传令手下弃了军械，连夜逃走。

康熙率领的前锋兵在前，猛追噶尔丹，一路捡了不少敌人丢弃的兵器帐篷。后面的诸军依次分作两翼，像一只张开翅膀的大鸟，一路逼扫过来。

中路军平稳进发，西路军的境遇却差得多。此时，费扬古已与从宁夏率兵出发的振武将军孙思克和西安将军博霁会合在一处。孙思克所率的宁夏绿营兵此前已经行军了近两个月，他们遭遇了十几天的大风暴，横渡戈壁时，因乏水草辎重，马畜倒毙了大半。随着粮草接济不上，有的士兵掉了队，还有人开始逃跑，如此绿营与费扬古所统大军会合时，军容十分不整。

也就是这时，噶尔丹使出了最后一招撒手锏——燃牧草。浓烟裹着烈焰，在无边无际的草原上空升腾，如一条吐着火舌的巨龙，又像一片沸腾的红浪。清军们一边被烟熏得咳嗽着、流着眼泪，一边用刀、枪、枯木枝等一切可以用上的东西抽打火苗，以阻止火势蔓延。渐渐地，大火被扑灭了，一些零星的小火苗却还在微弱地燃着。那些烧尽的牧草的黑灰，被风吹着扬向四空，又悠悠飘下，草原上像下了一场黑雪。大火之后的灰烟扑在人的脸上，将人的面孔熏得黧黑，从将军到士兵每个人的脸上都像结了一层厚厚的黑锅底，又像戏里面的包公。大家互相望望，都忍不住笑了。但笑过后又开始怨恨地骂人，骂噶尔丹，骂部署这种行军战略的将领，以解身体的疲乏和心中的愤懑。偷着逃跑的人更多了，费扬古遣人一统计，汉军占了大半。振武将军孙思克的脸上就有些挂不住，年近古稀的老将军每日亲自到队伍后面督察，以确保队伍士气旺盛。

西安将军、满人博霁，因被皇上指定位列于孙思克之下，一直对此耿耿于怀。这天，日将西斜，每日这个时候是军士们最容易开小差的时候。费扬古和孙思克、博霁来到后军，见落在队尾那些歪歪斜斜、吭哧带喘、互相搀扶着要掉队的士兵竟是些绿营兵。博霁就很傲慢地对费扬古说：“瞧，将军，我说什么来着，这还没到战场呢，就都这副熊样了。汉人就是不行，关键时候还得靠咱们满洲八旗！”

费扬古比先前瘦了些，因为焦急赶路，也受了烟火的熏染，他的脸显得更黑，胡子又长又乱，眼睛里满是疲惫与愁思。他将目光从博霁身上转开，宽慰地叹了口气，说：“老将军领疲兵远道而来，已很不容易，你就不要再说别的了，咱们还得风雨同舟，共歼敌寇！”

因为两人说的都是满语，另一边的孙思克听不懂，也没在意。他只顾挥着手里的鞭子赶着一些步伐缓慢或想懈怠偷懒的士兵，嘴里骂骂咧咧地催促：“混账，都给我麻利点！”“再走快点，别磨磨蹭蹭跟个姑娘家似的！”“他妈的，不许停，这点道儿还歇息，老鳖养的呀！”

“哄——”一些汉军轻快地笑了，于是加快了脚步。费扬古看见也微微一笑，他突然扬鞭朝前面的某个队伍一指，对博霁说：“绿营兵也不全是孬种，一样有给劲的，你瞧那队当兵的走得多好！”博霁一瞧，真的，前面有大约一哨士兵，精神抖擞，健步如飞，你追我赶，行动迅捷得令人惊喜，而他们背负的行囊武器还比别队的士兵多出一些。“不知这是谁率的兵，竟如此神勇！”博霁表面赞叹，实则有几分不服气，觉得这里面是不是有鬼。费扬古也想见见这支小队的率兵之人，对一名传令中军吩咐道：“立刻将这哨人马的带兵之人传来见我。”

很快，一匹洁如月光的白马飞驰到费扬古他们的近前，马上的人跳下坐骑，拱手当胸施礼道：“不知将军相招有何吩咐？标下甲胄在身，不能为礼，尚祈恕罪。”费扬古打量了一下来人：呵，好一个银将军。这位年龄很轻、大概不会超过二十的下级军官，一身银盔、银甲、素白战袍，身材挺拔，面貌英武，简直就是赵子龙的化身。最奇的是他那温柔的下巴和薄薄的嘴唇，使人感到他像一位儒生，而不是一个武将。但他那双凛若寒星、雪豹般精亮的眼睛中闪着一种野性的光芒，足以使人改变最初的印象。

“嗯，你是——”费扬古问。

“标下绿旗前营右哨哨统年羹尧，现归宁夏总兵殷化行将军辖制。”

“年……”费扬古并不精通汉语，但他知道这个姓在汉人的姓氏中很罕见，他又将年羹尧打量了一番，问：“湖广巡抚年遐龄，不知您可认识？”

“回将军，正是家父。”年羹尧平静地说。

“哦！”几位将军同时应了一声，但神态各不相同。孙思克是在意料之中，他早听人说过年遐龄的儿子也在军中效力，却不知具体是哪个营；博霁惊讶中还有几分鄙夷；费扬古心中却释然，难怪他见到我不卑不亢，沉静得与他这个年龄很不相符。于是他将马靠前一步，神色严肃又和蔼地问：“我和几位将军见其他各营士卒走不多时便体弱力竭，行动缓慢，独你哨下军士步履依然矫健，精神饱满。你是如何训练得他们有如此耐力？”

年羹尧在地上道：“将军，昔者曹刿论战有一鼓作气、再而衰、三而竭之论。我的军士也是羸弱之躯，未经特殊操练选拔，要使其常保昂扬之气，唯有常备赏罚，督察严格。我为本哨军士规定，每日行军第一位抵目的地者赏；最末抵达者罚。然，这赏即日兑现，罚却不立即执行。其若后日行军先前到达则所罚取消，若连续两日末位到达则责罚加倍。故而军士人人奋起争先，不甘落后，亦无须再用标下督促。”

“呵呵，好啊，你还真有办法！此法可向所有绿营、旗营推广！你是哨长，管多少人呀？”

“回将军，标下现辖百人。”

“哦，说了半天，原来你才是个百夫长啊。真是屈才，太屈才了！”费扬古面容和悦，不胜叹息地说。

振武将军孙思克面露笑容对费扬古说：“听将军之意莫非想抬举抬举他？其实像羹尧这种机敏练达的军士在我绿营还有很多。”年羹尧虽不是他的部下，但见他为汉家将士争了光，老将军也很高兴。

另一匹马上的博霁撇撇嘴，说：“将军，噶尔丹距咱们还有多远？”他显然对孙思克这种含有夸饰成分的得意表白很是反感，有意将话题转到别处。

博霁的问询使费扬古几天来心里一直感到烦恼的一件事又浮现了。费扬古觉得先前约定，同皇上亲率的中路军两路夹击的想法本是好的，可在千里无垠的沙漠，两路军相助作战却变成了互相牵制、担心，倒让噶尔丹捡了便宜。如今数日过去，劳师千里却未见敌人一兵一卒，自己这边徒耗粮草、兵马疲惫，让费扬古好不着恼。皇上还不如先率部班师，自己倒可以放开手脚，也比现在这样互相牵制担忧的好。但这话只能心里想，不便对下属讲。于是，他在马上问："前方将到何处？"

一个幕佐回答："昭莫多。"

确实像费扬古所想的那样，噶尔丹一直觉得自己像一只耗子，有这么多清军同他玩"猫捉老鼠"的游戏，却总逮不着他，他就不禁沾沾自喜起来。与几年前在乌兰布通时相比，这时的噶尔丹也有了不少长进——不仅能奔跑数百里不停歇，还知道了声东击西和避实就虚。通过探察，他知道康熙亲率的中路军兵强马壮、装备精良，不好招惹；而费扬古所率的西路军却是疲兵远伐，粮草不济，正是士气大减之时。他以为有利可图，便迅速移军向西，想先击败清之西路军。

在这紧要关头，统率西路军的费扬古却处乱不惊，根据本军长途奔袭、人困马乏的状况，他决定采取反客为主、以逸待劳的战略。同属下各将领商议后，大家均没异议，费扬古随即命令本部人马在距昭莫多西三十多公里的多山的树林处扎营，依山距河列阵，并于山林深处埋设伏兵；然后派四百前锋兵至昭莫多东迎敌，他命令他们且战且退，引诱敌人进入清军的埋伏圈。

经过一天的准备部署，现在，天已渐亮，费扬古手下的将校们按惯例来到中军大帐。他们报名行礼后，费扬古正要下达进一步御敌的命令，谁知还没等他开口，就先有一名将佐出列朗声道："将军，末将有一事不明，为何诱敌之前锋兵专挑绿营兵士充任？"

大家被这突然的一声闹得一怔，不约而同循声望去，这个身材高大、出口鲁莽的将领原来是汉将潘育龙，现在孙思克麾下。这些曾经历过无数次恶仗的将领都知道，挑四百前锋兵说是诱敌，其实说白了也就是把这四百人当作诱饵，引噶尔丹中计围歼。为了引诱得像，使敌人相信，通常这些兵都挑选一些残弱之兵，他们一去就很难生还。而潘育龙质问的意思，正是为什么这送死的差事只让汉兵去当？这让主帅怎么回答！

端坐在虎皮椅上的费扬古皱皱眉，如果是个满将这么说，费扬古早就将他斥退下去了，但潘育龙是个汉将，且又是孙思克的部下，他不得不审慎待之。

"哼，皆因汉军平日娇弱，训练松懈，疲于行军，奔袭数日往往怨声载道，既不能与敌正面对峙，也只有以此为国效忠！怎么，难道潘将军也怕了吗？"没等费扬古解释，博霁昂起头瞥了潘育龙一眼，傲慢地说。

潘育龙没有理睬这个与自己平级的满洲将军，挺挺脖子，对费扬古说："为将不拼死，何以令士卒？这个道理我还懂！将军，非是末将贪生怕死，唯是我手下的弟兄，自中原而来，一路忍饥冒雨，目不交睫，已难再消耗，还望将军体察！"

费扬古微微抬起眼睛望了望潘育龙，不动声色地说："那么潘将军以为这前锋兵应由谁统领？"

"这末将不知，反正请将军派前锋时别再找我手下的弟兄！"

"放肆，你这是对谁说话？还不快向将军赔礼！"孙思克走过来劈头对部将吼道，将他喝退后方转身红着脸对费扬古一拱手，"潘育龙冒犯将军，还请将军海涵。不过他也有难处，他手下兵士本是内地人，不习边塞水土，自征伐以来连伤带病已残损许多，至今尚未增补。所以前锋诱敌一事，还望将军三思。"

听罢这话，费扬古的脸色一下变得很难看。孙思克这话无疑是在婉转地反对自己亲自设计的这个破敌谋略。当初下令时，他们并未反对，现在真选了绿营兵，他们又这样。而选派兵士这种庶务本非身为大军统帅的费扬古所亲自过问的，哪知却就在这个细节上出了问题。现在令已发出，岂有收回之理。费扬古沉下脸，咬咬牙，严厉地说："十万雄兵，抵不过一个'忍'字，敌强我弱，敌精我疲，事已至此，我军唯有坚忍到底，誓以死拼。今既遇敌，若不乘势进攻，延缓了进退，锐挫而意怠，我军形势势必更坏！刚才潘将军为怜惜士卒已陈明，可将其士兵撤换，但不知有哪位将军敢带部下领这前锋一职？"

诸将起先见费扬古说话坚毅，也开始热血沸腾，有些理解了将军的用心之苦，积虑之深。但一听费扬古竟让他们中的某位充任这个九死一生的前锋官，一下都沉默了。一时间，谁也不说话，大帐里面现出难堪的寂静。正在这时，一位下级军士腾腾腾从外面大步走进大帐，单膝跪下，拱手当胸，朗声道：

"标下愿任前部先锋，以诱敌兵。"

正在默默沉思的将领惊愕地抬头一看，原来是已被提升了一级的年羹尧。同样感到惊愕的费扬古用一双犀利的眼睛将已站直了身子的年羹尧上下打量了半晌，威严地说："年羹尧，你可知道，军前无戏言！"

"标下知道，标下愿立军令状作保。不过标下此去尚有条件。"

"嗯，尚有条件——你是何意？"费扬古又皱起浓黑的蚕眉问。

"将军莫误会，标下非是为自己打算，将军一听便知。标下想这次，这次前锋诱敌的将士若阵亡，当以原例三倍之数抚恤。还有此次征战的所有绿营伤亡将士当与旗营按同等标准抚恤！"

“年羹尧，你胡说什么，这是你一个未入流的小军所妄言的吗？”博霁喝道。确实，这种定议抚恤银之事应由兵部会同各部共同制定，将军总兵都无权私定，现在一个小小的哨长居然想更改它，这不是开玩笑吗！

可是费扬古抬起一只手把博霁制止住。他没有强横地把年羹尧喝退下去，因为他知道军营中有此想法的将士不是少数，而且他现在就听见汉军将领中好像有轻轻的赞同声。但为示持重，费扬古并未表态，也不能跟一个小小的百长作出什么承诺。他沉静地说：“此事本督可上疏朝廷，然前锋诱敌一事事关此次战役成败，年羹尧，你可想好了？”

年羹尧叉手道：“标下想好，愿为国尽忠，以成所愿。”

“好！”费扬古并不再问什么，从帅案上提起一支大令，高声道，“年羹尧听令！……”

诸将走后，孙思克留了下来，他和费扬古商议了下一步的部署，接着话锋一转，说：“论理，年羹尧不是我的部下，我本不该多嘴。但千军易得，一将难求。羹尧正当少年血气用事之时，虽不若老成宿将稳妥，然秉性忠义、意气端重，实乃可造之才。任其为前锋一事，还望将军三思。”

费扬古皱眉看了看孙思克，并未说话。

当费扬古布阵完不久，噶尔丹的数千精骑先锋已经到来。此时，年羹尧所率的四百名前锋骑兵已退至阵前，他们被噶尔丹的人马团团包围，费扬古也不遣兵救援。眼看敌人越来越近，直逼到清军的阵营前。紧急的军报连连由传令官报到清军将领面前。可费扬古只是手持令旗安然不动，双目直视着渐渐逼近的敌人，面色威沉，并不发令。敌人据此已数十步之遥，再不下令还击自己这方会吃大亏的，将军怎么还不下令？……立在费扬古四周、心中无比焦急的将领暗自想着，有几个沉不住气、上前请求进攻的将领，都被费扬古愤怒地斥退了。于是大家不敢再多言。在这焦急沉寂的等待中，突然，费扬古手中那面小红令旗一挥，刹那间还击的号角响起，喊声雷动。清军箭炮齐发，矢如雨下，冲在最前面的一排噶尔丹兵像被刀砍断的竹子般倒了大片。后面跟上来的鞑靼兵被这猝不及防的埋伏打蒙了，停下愣怔了片刻，又骤然清醒，奋起前冲，同跃出来的清军拼杀起来。两股力量交织在一起，恰似两股要混合在一起的水流，杂错地挤、压、冲、推、搅、缠，进而将对方吞噬，分不清谁更强些。憋着一股劲儿的清军固然奋力搏杀，而师出不义、战起无名，不知这总也没有完结的仗要打到何时的噶尔丹兵也抱着杀一个够本、杀俩赚一个的原始而残酷的念头，也在拼命。刀光剑影疯狂地缠绕着人和马匹。活生生的身体变成鲜红喷射的血和破碎迸裂的肉，再经过马蹄战靴的践踏踩压变成一堆模糊不清的血肉，成了泥土的一部分。如果离这触目惊心的地方远一些再望过去，能望见昭莫多方向卷起的一片尘雾，闻到空气中渐渐变化的气味，也能想象出战场上的惨烈。

很快，战斗就进行到白热化状态，战场上的尸体从零零散散到开始堆积叠摞，浓重的血腥气扩散得很远。时近傍晚，双方仍相持不下。大帐内的费扬古无比焦急。被召集商议的几位主将见他浓眉紧锁、一反常态地在帐内焦躁不安地踱着大步，就知道情况十分不妙，但他们也没什么破敌之策。大家只是焦急地对望着，时间在一点一点地过去。

“将军，末将总有一事尚疑，敌后人马为何至今不来助战？这里是否有诈？”终于，向来讲话不多的宁夏总兵殷化行，这时却首先打破沉默，施礼问道。

“这还用问，噶尔丹就这点人马，拼完了完，就像在乌兰布通那时候。可恨我数万大军，竟不能破敌几千骑兵。”博霁不以为然地解释着，又愤恨地攥拳感叹。

“不，据报噶尔丹此次聚两万精骑，准备十分充裕。不过以噶尔丹一贯的秉性，我想他出奇兵的可能性倒也不大。末将推测会不会他的后阵是妇女驼畜辎重所在，所以不便接济。”

“嗯，有道理，殷将军，你且说下去。”费扬古微微点头。得到主将的鼓励，殷化行微含的胸膛稍稍挺起一些，提高声音说道：“末将建议我军可沿河设伏骑一路，冲其侧翼，另派精兵一支，从右侧扑其后阵，两翼出击，上下夹攻，敌军立时可破。”

“好！”费扬古紫黑色的脸上露出一丝赞许的微笑，“常听人说殷将军有小诸葛之美誉，虽生性腼腆却最有谋算！那么这扑敌后阵一支人马，就由殷将军率领！”

“末将遵令！”

“哦，等一等。”

“将军还有何事吩咐？”手持令箭的“小诸葛”转回身，瞪大眼睛，甚是不解地望着主帅。

“殷将军，请你想想，”费扬古走过来，拍着殷化行的肩膀，语气凝重地说，“你刚才讲得不错，敌后阵多为粮草辎重，其护军也必为老弱妇幼。你带着弟兄们冲过去后，将其制服即可，能活擒的尽量活擒，不要杀戮过甚，荼毒无辜，懂吗？”

“呀！”殷化行惊愕地张圆嘴巴，露出难以理解的神色。他想不通，刚才为诱敌深入，作为前锋的自己手下那四百多个弟兄无一归还，年羹尧至今生死不明，很多汉军对此已多有微言。现在你又让我尽量保全敌军的性命，难道我军将士的性命就不用维护吗？这个仗还怎么打？你这道命令我又怎么去执行！

费扬古好像看出了殷化行的心思，瞅瞅其他诸将，微叹一声，说：“若殷将军难以承命，本将军只好亲率人马前往侧击！”

“不，将军，你不要去，你说得对！”帐口突然有人高喊了一声，只见一个受伤的军士由一个士兵搀扶着一瘸一拐进到大帐，其中一条胳膊上缠着绷带，面色苍白，看来伤得不轻。

“啊，羹尧，你、你怎么了？受伤了？”惊喜交集的殷化行赶快过来扶住自己手下这员年轻的爱将，他真没想到年羹尧还能活着回来。

“没事，这点伤算不了什么。总爷，标下刚才在帐外听到将军讲的了，以为极是。兵乃凶器，圣人不得已而用之。今噶尔丹多行不义，自取败亡。然其辖下牧人多受其愚使，穷迫已极。皇上曾说天下当以仁感，不可徒以威服。若我军将士能对其示以宽抚，令噶尔丹军心瓦解，则可不战而胜，干戈自消。不知标下妄论可当否？”说到最后年羹尧突然蹙眉咬牙，可能是伤痛发作了。

殷化行的脸有些发烫，面露愧怍：“别说了，羹尧，我懂你的意思，快回营好生休养，等战后我再过去看你。”待年羹尧被搀扶出去后，殷化行对费扬古一拱手，可开口却打了个磕绊：“将军，我，我懂你的苦心，只是末将恐噶尔丹也混迹其中，一旦趁乱逃跑，难以向皇上、百官交代！”

“哼，师出不义，作恶多端，难逃天谴，他的下场好不了！”费扬古意味深长地说，又忧郁地耸起浓眉，语气坚定地说，“若有闪失，我为统帅者必当一人承担首责，决不拖累下属！”

入夜，敌军后营崩溃。清军且射且逐，披星戴月追杀三十余里，斩杀数千人，俘获女子、驼马、牛羊无数。噶尔丹的妻子阿奴死于阵中，只有噶尔丹率残部数十骑逃跑了，又一次把遗憾懊恼留给了清军和他们的统帅。

为了证实噶尔丹确实逃窜而不是死在乱军之中，费扬古亲自来到尚未打扫的战场察看。尽管费扬古心存宽仁，但这次战斗的惨烈程度并不比费扬古所经历过的其他大战轻。山冈上，那大片大片起初胭脂般鲜红的血迹透过暗淡的夜雾，呈现出一片暗紫色。燃烧的战旗、扭曲变形的兵刃、破碎的战车纵横错杂，山冈上到处是死尸。在柔和的月光下，那些眼睛暴突、面目狰狞、肢断躯残、血肉模糊的尸体是那么骇人心魄、惨不忍睹。成群的秃鹰，急不可耐地在上空盘旋嘶鸣着，贪婪地盯着下面的尸体。费扬古一个尸体一个尸体地辨认，正查到一半，突然，一只迫不及待的秃鹰由高空俯冲下来，从一个尸体翻敞开的肚子里叼出一个湿漉漉的东西飞开了。还有两只秃鹰在空中争夺着一条细长的东西，好像是人的肠子。后来那东西被它们抢断，半截掉下来正挂到了一棵树上，还在那儿晃悠……虽然还有许多尸体没有查找完，可费扬古已经不想再找下去了。他这个从少年时起就参军，至今已身经百战的将军，第一次感到胸中恶心，直想吐。他面色惨白，头晕目眩，几乎要疯狂地离开这个让他记忆深刻、脑子中永远洗抹不去的地方。

六

天还未亮，群星都在瑟瑟地颤抖着。只有启明星，在大漠中悄悄地升起，遥望着天际，为即将升起、统领长空的太阳加油鼓劲。在每日这昼与夜的单调而重复的交战中，它，是寂静的天宇间唯一的观众。

帐篷里和衣而卧的四阿哥胤禛昏昏沉沉、迷迷蒙蒙。突然，一片兵刃的撞击声、两军对峙的喊杀声、战马的嘶鸣声、火炮的呼啸声、千万弓弩的骤发声、被砍伤射中者的惨叫哀号声，似崩雷惊浪，乱糟糟地一齐涌进耳朵。这究竟是真，是假，是梦，是幻？胤禛翻了一个身，那嚣杂的声音似乎还在耳边响着。他揉揉眼睛，还未及仔细分辨，有个人靠近他，轻轻把一件衣服盖在他的身上。胤禛这才醒来，将半张半阖的眼睛张大，见父皇正关切地注视着他。“做梦了吧？衣服都掉了，夜里一定要盖好，可别着凉。”康熙望着尚睡眼惺忪的儿子疼爱地说。大约在昭莫多大战的时候，康熙率领的中路军已经开始向回班师。现在他们正驻于克勒河北，还未启程返京。康熙每天清晨都要到每个儿子住的寝帐里巡看。胤禛急忙穿好衣服给父皇请了安，说：“儿臣刚才真做梦了，梦见两军交锋，杀得难解难分。”“噢，你这梦如此灵验。朕凌晨刚接到平北大将军马思喀急传来的捷报，费扬古的西路军十三日在昭莫多击败噶尔丹，朕正要告诉你这个好消息。”

“真的，那擒住噶尔丹了吗？”

“奏报上没说。不过昭莫多的战报大概一会儿就到，裕王他们和朕自知道这个消息后就没再睡，都一直等着，可能也快到了。”

这么说父皇是大半夜都没阖眼。想想自己每天睡得那么踏实，而父皇却无时无刻不在密切关注着前方的军情，觉都不敢深睡。胤禛感动而惭愧，他正想说几句敬佩的话语，恰这时，裕王、索额图等一干大臣进到帐内向皇上请安，从昭莫多来传战报的大臣也到了。

康熙没回御帐，就在这座帐篷里召见了从昭莫多赶来的持费扬古奏报的副都统阿南达。帐里的君臣对费扬古取胜的消息基本都已知道，他们现在最关心的就是噶尔丹到底被捉住没有。康熙看过这张尚带有战场灰尘的奏报，没有说话，默默地交给了立在身边的裕亲王福全。福全看了一遍，也没说话，又把它递给了索额图。这张战报静静地在君臣手中都传递了一遍，只有还没有参议军国大事资格的胤禛没看到，但他从皇上和大臣们沉郁的表情上就可看出噶尔丹可能又溜了。

康熙无奈地低叹一声，证明了胤禛的猜测。接着他抬起疲惫沉重的脸，说："你们所奏固应庆贺，但朕唯一不解之处，费扬古既已败敌，焉何又放走噶尔丹？且未及时追击，难道还要像……"康熙看了一眼身旁的裕亲王，怅怅地重叹一声，把要说出来的"乌兰布通"四个字又咽了回去。他望望面露羞愧的阿南达，知道此时不是责怪这位送信大臣的时候，暂放下遗憾，对阿南达安抚了几句，又向他详细询问了关于双方交战的情形。据这位副都统说，费扬古恐涉夸张，故于疏内约略言之，有意少报，只称斩首两千余级，实则交战中杀敌三千余级，其余被创逃窜死于山谷者尸骸无数，生获数百人，杀噶尔丹之妻阿奴及敌军将领甚多，唯噶尔丹引数骑逃走。讲到最后，阿南达又愧疚地低下头。但他还补充说，当费扬古在疏中有意少报杀敌人数时，其手下将官幕佐多不理解，费扬古平静地对他们解释说："今天子亲御六师，如见策勋，此易启穷兵黩武之渐，恐非国家之福……"

听阿南达惴惴不安地讲述完，康熙皇帝感慨万千。费扬古啊费扬古，你既然知道朕也痛恨穷兵黩武，不想让生灵喋血，可你为什么偏偏放走噶尔丹呢？你难道不知道有他在一天，草原就永不宁静，苍生就还可能继续在战乱中煎熬！

"那生擒的数百人，你们是怎么处置的？"康熙问。

"奴才已将他们全部押送至此，只等陛下处置。"阿南达回答。其实这是他未经费扬古同意私自这么干的，有点表功的意味。不过，瞅皇上这不满的样子，他也不敢称这为"御前献福"了。

"好，带朕看看去！"

辽阔无垠的沙漠如一个硕大的沙盘，辽阔的天宇像个灰蒙蒙的蒙古包。几声沉郁凄楚的歌声，伴着胡笳奏出的幽远凄凉的曲子传来，令走近来的康熙君臣心里很是震惊。这歌声是用蒙古语唱出的，是那些战俘！

跟随同来的几个皇子都不懂蒙古语，侧耳细听，也听不明白。大家问兄弟们中学问最好的三阿哥胤祉，他们唱的是什么。胤祉虽涉猎广博，可对蒙古语也只会那么几句，他摇摇头说："我也没听太清楚，好像有骆驼什么的……"当他看见走在前面的父皇回头瞪了他们一眼，赶紧闭了嘴，向兄弟们丢了一个不要再说的眼色。几个兄弟紧走几步跟上父皇。

望着眼前这些战俘，康熙知道他们不同于一般的俘虏。他们虽然衣着褴褛、盔甲不整，还有不少人裹着绷带、四肢伤残，但眉宇间仍有一股不服输的强悍；一双乌黑的眼睛里，仍聚敛着万里征途中所向披靡、无所畏缩的胆气。他们似乎在用自己的神态证明，即使在屈辱、灾难、战败时，他们也无愧是一代天骄成吉思汗的后代。

夕阳下，姿态各异、静止不动呈暗灰色色调的战俘们如一座座巨大的泥塑雕像，而那悲凉的胡笳声，把塞外的天地渲染得更加肃杀与苍凉。康熙抬眼仔细巡看了一遍战俘群，凭着他敏锐的观察力很快找到了那个吹笳的人。他缓步走到一个身材枯瘦、鬓发斑白的老年战俘面前，低声用蒙古语温和地说："刚才那一曲胡笳吹得很感人，你能不能再吹一遍？"

老战俘抬起浑浊湿润的眼睛，惊愕地打量着面前这个"敌方将领"。他一身金闪闪的盔甲，外罩红袍，四十四五岁的年纪，面如冠玉，鼻梁高直，凤眼含威，炯炯有神，又说得一口那么流利的蒙古语，敌人中怎么可能有这么威武的将官？天啊，难道这是金刚显圣、天神下凡不成？出于几分疑惑的敬畏，老战俘没有抗命，顺服地叫过他身边一个十七八岁的黑小子："塔锡，再吹一遍。"那个叫塔锡的黑小子虽然从眼中流露出困惑与抗拒，但还是将胡笳凑到嘴边，寂寥的胡笳伴着苍凉的歌声，飘向远方——

雪花如血扑战袍，
欲取黄河兮为马槽。
灭我名王兮虏我使歌，
我欲走兮无骆驼。
呜呼，黄河以北兮若何，
呜呼，北斗以南兮若何。

这如泣如吟、如怨如诉的歌声，仿佛一位慈母对远方儿女的呼唤，又像一位妻子对即将出征的丈夫不放心的叮嘱泣别，更像一个战败的将军面对绝路无奈的仰天长叹。刚才还如石刻般凛然不动的蒙古战俘们，一听这歌声，都低下头，"呜呜"地哽咽起来。久经沙场的猛将看到这悲戚的情景也会为之动容，为之断肠。

肃立着的康熙面容沉静，气度依然不凡。其实他的内心也极为感慨，这真是一群难以屈服的对手！从歌词中听出他们虽已认输，但内心还没完全服气。康熙现在并不急于让他们顺服，而是决不能让这种悲凉的气氛传染到自己军中而影响到清军将士的士气！等那些蒙古俘虏的呜咽声渐渐小了，康熙对那老战俘说："曲子很好，只是词太凄凉了……哦，你会讲汉语吗？"

老战俘点点头，瞪大泛着泪光的眼睛，愈发不解地望着面前这位气度不凡的中年人。

"那就好，"康熙点点头，大步踱了几个来回，又回到老战俘近前，"我这里想出几句词，你看能不能用汉语唱出来？"说着慢慢吟道：

战马初闲甲士欢，挥戈早已破楼兰。
弥天星斗销兵器，照彻边关五月寒。

老头虽不识字，可康熙念的这几句诗的意思他已听明白了。他黯然垂下了头，面色悲痛、绝望。过了一会儿，他如梦初醒般地抬起脸，想再看看同他说话的这个人，可康熙已带人离开了。

其实康熙很想和这祖孙俩再谈谈，不辞而别是因为他们又接到禀报，有部分被擒获的噶尔丹随军女眷正在绝食对抗，所以急匆匆地带着臣子们向营东赶去。

挑起这紧张对抗情绪的是一个老太太，正坐在地上对清军又喊又骂，地上撒了许多因她刚才在抗拒饮食中打破的碗碟和食物。她周围还有许多清军，都手持兵刃横眉立目地逼视着她，对她呵斥着、警告着，但只动口不动手，并没把她怎么样。老太太大概也知道他们没有主将的命令不敢对自己怎么着，更高声地骂着："快杀了我吧，你们这群废物！我老婆子这把年纪，活也活够了，快让我死！"她的声音嘶哑疯狂，脸上更是一副豁出去拼命的架势，如果不是她上了年纪，行动迟缓，大概她早就夺过对面清军的一个兵刃自裁了。

"这个老太太是丹济拉的母亲。"佟皇后的弟弟，一等侍卫、正蓝旗副都统隆科多向停下了脚步、正皱眉注视的康熙轻声禀报。

康熙沉思着点点头，走了过去。清军们见皇上来了，自动地让开一条路，将刀剑入鞘，恭敬侍立。此时他们正在执行军务，所以不必向皇帝行礼。

"老人家，塞外风寒，这地上凉，你偌大年纪，可要注意添衣保暖，别冻坏了身子。"康熙微俯下身，用异常温和的语气说。侍从们见皇上弯着腰，忙拿来一个坐墩，但康熙并没有坐的意思。

老太太先是一愣，然后十分警惕敌视地将康熙上下打量个遍，突然揉揉眼睛，收了傲慢，疑惑地问：“你——莫非你是康熙汗？”

“老贱婆，知道圣驾在此，还不下拜！”隆科多是侍从官员中少数几个能听懂并会讲蒙古语的人之一，见老太太有所松动，便用蒙古语厉喝道。

老太太的脸上马上又恢复了戒备与敌意，康熙回过头制止地瞪了隆科多一眼，对老太太赔笑道：“你老别介意，他刚学了几句蒙古语，还不大会讲，其实他是想问，你并未见过朕，怎么能一下把朕认出来呢？”

果然是清朝皇帝，老太太并未感到惊慌与意外，傲然仰起脸，慢慢地说：“我部虽与满洲一直相拒，交锋数载，可草原上的人们早都传遍了，说中华皇帝生得容貌出众，仪表堂堂，威风凛凛，气度不凡，却又满脸书卷气，举止言谈如南省士子般斯文。我那在厄鲁特汗身边的大儿子曾说，我们大汗也很敬服中华皇帝的……”说到这儿老太太声音渐低，有些不好意思。

康熙没想到他的敌人竟是这样描述自己的，还真有几分像……他轻轻一笑，道：“你老今日已识得朕，也算与朕有缘，能不能听朕一句劝，不要再让你的儿子随噶尔丹胡闹了！”

“胡闹？是我们先闹的吗？”老太太昂着头，挑着眉，极力在敌方大汗面前摆出一副高傲的姿态，不高兴地说，“大汗这话太不公平了。你难道不知道，最初是那喀尔喀人先打的准噶尔部，但他们如绵羊般不堪一击，被我英勇无畏的厄鲁特汗击败赶跑。现在你康熙汗却反怪我们多事！难道我们就应当受喀尔喀人欺负？我们守护自己的部落也不对吗？”

康熙静静听罢，深有感触地点点头，声音低重地说：“尔部与喀尔喀交恶，初之过确实不在尔部。但噶尔丹打败土谢图汗后，又假借伐喀尔喀为名，入朕境内，扰我人民，被我师所败后又违反誓言，屡次侵扰喀尔喀，犯我边汛，这又怎么解释？……想当年，你们草原上的英雄，也是朕同样深情敬仰的成吉思汗，用他那战无不胜的铁骑和强弓结束了蒙古草原数百年的战乱与相互残杀，使广大蒙古各部的兄弟过上了和平安定的生活。可是如今，噶尔丹却为一己之私利，贪得无厌，不但屡次侵袭别的部民，犯朕属地，还将数十万草原百姓推入战火之中，令夫妻离散、骨肉难聚。你们再跟着他这么走下去，决不会有幸福安宁的日子，只有死路一条啊！”

也许是触到了心中的痛处，老太太一屁股跌坐在地，眼圈泛红，低头不语，过了一会儿，竟悄悄黯然地抹起了眼泪。康熙继续平心静气地说道：“如果你们还相信，跟着噶尔丹——他现在还是你们的厄鲁特汗，会过上幸福、安康的生活，朕可以让你们走，俘获的所有牛马、兵器，朕一概不扣，由你们带走。若想好了，你就将朕此意转给你们其他的人，如何？”

老太太呆呆听完，半晌才叹了口气，凄然道：“我们草原上有句话，一头狮子带领的一群羊可以战胜由一头羊率领的一群狮子。唉，可惜厄鲁特汗不是狮子……大皇帝，我们现在已被天军擒获，也没打算回去。你就下旨成全了我们这些老弱妇孺吧！”

康熙叹息地摇摇头：“朕已说过，朕平生最忌恨穷兵黩武、荼毒无辜。朕对放下武器的噶尔丹叛军尚不惩治，何况是你们这些手无寸铁的百姓？西征以来，朕收取了许多地方，俘获叛军万余人，你们见朕杀过一个降卒，血洗过百姓吗？”

“可是……”老太太沉默片刻，又厉声质问，“那大汗为什么将昭莫多一役中所获的我部三千多个强壮男人交给你手下的领主，任他们随意鞭扑奴役，这还不如让他们战死的好！”

“啊，竟有这事？”康熙真的不知道，他脸色骤变，转过身子，正要喝问，阿南达连忙抢先跪倒禀奏：“请陛下息怒，怪奴才刚才没说清楚。此次随我大军出征的，还有喀尔喀郡王色冷阿海台吉及青海的策妄阿拉布坦。原本费扬古将军把这些俘虏交给他们，是想同是蒙古人，策妄阿拉布坦又是噶尔丹的侄子，不会有事。谁知……奴才这就派人去让他们把人放了。”

“罢了。蒙古征战，向有掠夺人马牛羊斯役之例，这是他们草原的习俗。今日这事既已如此，也不能全怪他们。”康熙指了指对面的人，“你现在带上白银万两，牛羊千匹，将准噶尔部的这三千人赎出来，使其父子、夫妻、兄弟团聚。你立即去办，不得有误！”

“喳！”阿南达领旨匆匆去了。

康熙又转过身把自己刚才对副都统指示的话用蒙古语对丹济拉的母亲和那些妇女温和简短地讲述了一遍。在康熙讲话的时候，丹济拉的母亲始终固执地瞪大眼睛，疑惑地注视着清朝皇帝。“活佛！——”当她听明白后，泣声颤抖地呼叫一声，终于跪倒，低头哽咽，泪流满面。她颤巍巍地转过头去招呼其他同样惊喜交集的女人们：“大家快点跪下。我们一直供奉佛祖，今天竟是遇上真的活佛了。大清皇帝——是真正的活佛啊！”

女人们感激涕零的哭泣声还在时断时续地传过来，那似有若无的满含愧疚的抽泣声让人听了很有些不忍。康熙早离开了她们，立身仰望着草原上的万里云天，思绪飘得更远、更远……成吉思汗和他彪悍的子孙虽然能从蒙古草原越过黄河，打过长江，征服万水千山，却来也匆匆，去也匆匆，统治中原还不足百年。

唉，这位叱咤风云的英雄也许不明白，这一片有着千年灿烂文明的土地是仅仅只凭铁蹄、强弓所不能征服的，是他手上的皮鞭、屠刀永远不能毁灭的！现在，与元朝有着类似之处的大清王朝，真要以史为鉴，再不能重蹈覆辙了！

噶尔丹迟早要覆灭，北方边境也将很快平静下来。可争取人心，比打天下、巩固江山更显得迫切，也更难！熟读史书的康熙，可以以仁德感化这些蒙古牧民，却还没有更好的办法和更大的把握，让那些拥有着满族难以企及的悠久历史和古老文化的中原汉人也真心臣服！想到此，康熙的心里泛起一股怅郁，感到肩上的担子仍很重。他在夕阳斜照中转过身，看到自己那几个儿子却没有他这么沉重的感觉，正轻松兴奋地交谈着什么。啊，毕竟是年轻人，少年不识愁滋味啊。此时康熙甚至有些羡慕儿子们，这些年轻人现在还可以无忧无虑、尽情地欣赏这如诗如画的草原美景，却不用负担什么。他略感忧伤地摇摇头，冲皇子们一招手，招呼他们过来有话要说。正在这时，背后有人叫他。康熙转身，见一名内大臣带着两个衣袍破旧的蒙古人过来，让这两人跪下。康熙仔细一瞧，原来正是刚才被他下令吹笳唱诵的祖孙俩。

“怎么，这么快就将曲子谱好了？”康熙问，同时略伸出一只手，让他们平身。那老头伏在地上，用敬慕的声音说：“小的眼拙，不知您就是英勇无敌的中华皇帝康熙大汗，刚才说话放肆，请大皇帝宽恕我们这些无知的人吧。”

康熙心中松畅，亲手把两个俘虏扶起来，温声说：“不知者不怪。再说你们本也无罪，不必如此。起来说话！”

“我们有罪，我们跟着噶尔丹对抗了天军。”

“朕西征初就说过，两军对峙非朕本意，罪也全在噶尔丹一人，与你们这些百姓无关。现在噶尔丹抛下你们不管，朕却决不会这么做，更不想再让你们做无谓的牺牲。你们也是国家赤子，应该与我中原百姓一样受朝廷恩养保护。”

“皇上……”老者忍不住落下了老泪。

“好，不要哭了。你是厄鲁特部的？叫什么？”

老头用脏乎乎的战袍擦了一把眼泪，张开颤抖的嘴唇：“小的察图，原本是策妄阿拉布坦手下，后被噶尔丹掠去成了他的农奴。这次跟天军交锋，我们全家都被征调去打仗。我原来有五个儿子，还有儿媳，都在争战中战死了。这孩子，是我唯一还活着的孙子。”他垂目说不下去了，只指了指身边那个肩宽背阔的黑小子。

“叫塔锡吧，看样子蛮有力气的。”康熙笑着说。望着皇上，腰身匀称、四肢健壮、结实得像个铁柱子似的塔锡面露惊奇，不好意思地憨憨一笑，低下了头。察图见皇上记性这么好，只不经意地见过一面就记住了自己的孙子，这是孩子多大的造化啊！他拍拍孙子的后背："还不快给皇上磕头！" 自己嘴里却并不闲着："皇上，塔锡是我最喜欢的一个孙子，您别看他生得傻大黑粗，可刀枪弓马样样精通。不是小的吹夸，真练起来，上百人也休想靠近他。"

"哦，是吗？" 康熙很感兴趣地打量着塔锡。小伙子长方脸膛、棕红色的皮肤，鼻直口阔，眉毛短粗，一双黑如蝌蚪的眼睛虽显得不大灵活，却流露出一种忠勇与无畏。

也就是在皇上打量塔锡，对他渐生好感的时候，老察图又跪下了，可这次他讲话有些扭捏，挨延了一阵，才说："皇上，小的刚才说的都是实打实的，不杂半句假。要不，皇上可以找几个人跟塔锡过几招试试，看我是不是吹牛！"

"好，好。你先起来，朕还有话说。" 见察图啰里啰唆讲了许多，康熙猜出了他的意图，但并未动声色。

但老察图好像没听见，仍跪着继续说："我老了，今后怎么办都成，可不能让孙子跟着我受委屈。这孩子最是老实听话，如果皇上不嫌弃，就把他留在您身边吧，当牛当马，怎么使唤都成。"

"那，你得问问他们。" 康熙侧身指了指侍从在后的隆科多和马武。这两位内大臣相互望了望，都觉得老察图好不懂规矩，不自量力。御前侍卫，是你想当就能当的吗？主管侍卫的马武不客气地道："禀皇上，这恐怕不成。当侍卫，第一出身一定是我满洲上三旗，第二还要经过层层考核与筛选，武功高强者方可任用。当年我跟隆科多都没有例外。像他这样，一个蒙古人，且身处下贱，大概是没有先例的。"

塔锡还不大懂满语，只是傻乎乎地望着爷爷发愣。察图的心一下子凉了，脸上一阵灰暗。康熙却没有立即作出表示，他盯着另一名一等侍卫："隆科多，你的意思呢？"

"回万岁，奴才以为马大人所说极是，这么做确实有违成例。" 隆科多也是一副公事公办的样子。

一直在和兄弟们在旁闲看的胤禛从父亲不以为然的笑容里和不发话的神态中感觉到皇上可能真看上这个黑小子了。如果现在他们皇子说一句话，事情也许会有转机。于是他轻咳一声，插话道："舅舅，俗话说，将相出寒门。礼部开科取士，尚且不论门第，况且我大清自太宗皇帝起，便历来与蒙古修好，现在在编的蒙八旗即为当时所创建。我觉得应该给他一个效忠的机会，父皇，不知儿臣说的可当？"

康熙果然满意地微微点了一下头，对马武和隆科多说："你们都听见了吧，四阿哥这话，其实也正是朕想说的。侍卫非忠勇之人不取，原该如此。但若真忠勇可嘉，而因门第稍逊，不能为朕所用，岂不遗憾？要让朕看，就给他一次机会吧。”

皇上这话分明有几分强辩，可圣言一出，就是旨意。两位大臣不能不答应下来。心里还有些想不通的马武瓮声瓮气地说：“皇上，审取出身可变，筛选程序却不能减。若塔锡真像其他侍卫一样通过武功测验诸关，奴才自是无话可说。”

康熙笑了：“当然，这个是决不能免的，朕也想见识一下他的本事。”

见事情已基本成了，老察图泪流满面，拉着孙子叩头，感激地连声说：“谢谢大皇帝，谢谢二位大人。”

“还有四阿哥呢。”康熙轻松的口气中带出几许满意的赞许。

七

康熙皇帝广阔的行营吓跑了噶尔丹，也使从昭莫多赶来见驾的费扬古感到震撼。费扬古快马轻骑疾驰而来，他看到广阔的草原上，整齐的行营延绵数十里，各座大小帐篷密密层层列在一起，像一座比紫禁城更宽阔的宫院。皇帝的黄幄如众星捧月般被环护在最中央。走进去可以看到，这是一个长方形的院子，由木桩和长绳支起一周的黄布围墙，显示着皇帝的高贵与气派。院中央有皇帝的两座黄幄，其中一个较大，是用来召集臣下们议事的地方；另一个，就是费扬古即将入见的，覆盖着厚毛毡，镶着黑色刺绣，红漆木棍支撑得牢固而精致的皇帝御帐。一个面无表情的太监把费扬古带到这里，要他自己进去。临行前很想马上见到皇上的费扬古不知怎么现在却有些犹豫紧张。御帐顶端那个闪闪发光的金黄色铜顶，使他想到皇帝那双锐利智慧的眼睛。他深吸一口气，最后一次整理了一下冠袍，向内走去……

望着入帐行礼的西路军统帅，康熙大吃一惊。天啊，这还是那个横刀跃马、羽箭雕弓、气宇轩昂的费扬古吗？他曾是那么身材魁梧、体型健美，加上被浓黑卷曲的钢髯遮住一半的刚毅严肃的面孔，就是一个标准英武的满洲巴图鲁，是令多少清军将士敬仰崇拜的英雄啊！可现在，他那原本黑红的脸膛已变得黎黄，腰弯背驼，身子竟还有些佝偻。由于身材高大，憔悴的身躯更格外触目。一双大手青筋暴起，瘦骨嶙峋。浑身唯一没有变的，是两道连成“一”字的浓阔眉毛下那双仍闪着忠诚坚毅光芒的黑眼睛。原本想等费扬古进来对他责问一通的康熙，见到他这副模样，竟一时无话可说，气恼埋怨都悄悄溜走了，只剩下深深的震惊与怜惜。他连忙赐坐，轻轻唤了声：“爱卿辛苦了……”

听到皇上这简短却发自内心的问候，费扬古心头一热，眼睛也不由得湿润了。这些日子，因没擒到噶尔丹，他经历了来自方方面面的指责与误解，想到皇上也可能会对他不满、猜疑。没想到刚见面皇上给自己的不是指责与埋怨，却是这么一声发自肺腑的感慨声音，费扬古不禁低下头哽咽起来。

康熙走下座位，拍拍激动不已的费扬古的肩膀，似在安慰，又像在责怪地说：“朕不知你竟病成这样，还当你是懈于军务……唉，你身子不好怎么也不向朕讨药呢？”

“奴才不敢。”费扬古洪亮的嗓子变成了暗哑的男低音，还有些颤抖。

“你与别人不同，没有药，只管讨。为大臣者，宜节劳省体，也可以为朕效力多年啊。朕也常看医书，对医道粗通一点，来，让朕探探你的脉息。”说着，康熙将右手搭在费扬古的手腕上，仔细号了下脉，摇摇头，叹道：“爱卿的脉息轻弱，脉象不稳，劳耗太大，气血两亏。等回京后，朕叫太医院的人再好好给你看看，可别耽误了诊治。”

费扬古叩头道：“奴才贱体不敢劳陛下牵挂。此次奴才率师途中延误，又绝粮草，装备不足，都是奴才失算之处。幸赖主上威福，侥幸成功。此是奴才难以企料的。四月间因粮困马乏，未能如皇上所约如期抵达巴彦乌兰，夹击全歼噶尔丹，也未能生擒敌首以献陛下，实奴才之罪过，请皇上惩处。”

在费扬古陈述的时候，康熙又回到御座上端然坐好。他锁紧眉头默默瞅着御案上堆了一摞的明折暗奏，那都是弹劾费扬古的折子。有参他贻误战机，放走首恶的；有参他有意少报擒敌数量，欺蒙圣上、有失大臣之体的；还有的竟告他苦役下属，视士兵性命如草芥。而康熙这些日子也听到了不少近旁大臣的议论。有的说费扬古像宋襄公一样迂腐，有的说费扬古精力大不如前，若西路军换个统兵的将军也许要好些。幸而康熙并不糊涂，知道费扬古在军队长途远伐、粮草不济的情况下能取得这种大捷已十分难得了，现在招致这么多怨恨也并不全是费扬古的过错。可无论如何，放跑了噶尔丹，仍是康熙心中难以释怀的。现在看到费扬古难看的面色和虚弱的身体，康熙有些不忍，不好再责备他。他对面露悔色的大臣柔声说：“费扬古，你这些日子太累了，该好好休息几日。营里的军务，就先别劳神了，让昭武将军马思喀给你协理一下，其他的事，等返京后再议吧。”说完他又怕费扬古心生误解，用褒奖的口吻说：“西路军以疲困之众而遇敌，势如破竹，实可嘉奖。回京后朕对有功诸将定行封赏，尤其是你，爱卿。”

费扬古黄瘦的脸上泛起一圈潮红，不知是羞愧还是心存疑虑。一向朴直的他诚挚地仰望着御座上的皇帝，道：“奴才实无可嘉奖之处，只请皇上对那些浴血奋战的将士们，尤其是那些阵亡的将士，多行抚恤，以安人心。”

“是啊，一将功成万骨枯！可惜有些鏖战万骨已枯，却还没有换得一将功成！”康熙似乎很感慨，摆了一下手，好像要挥走这个沉重的题目。不过接下来康熙讲的却也并不轻松，他向费扬古讲起他路经川陕的见闻：“朕巡行至此地，见沿边地方地瘠民贫，但兵丁甚是精锐。故，对部下兵士应善于体恤，其每月应得钱粮、饷银必须如数发放。可朕近日听闻绿营中有虚报兵数、冒领钱粮的事。陕甘官员各有俸禄，衣食无缺，若再克扣虚冒，岂不是犯罪！”他又看了费扬古一眼，声音似乎显出几许失落：“唉，现在大部分武将中，果敢勇毅出力者多，而操守清廉者很少。就是有操守不错的，也慎于履任之初而懈于后。你在营中，可听见过什么？”

费扬古涨红了脸，皇上的询问使他想起了憋在心里许久，却始终不敢对人提及的一件事。他直直地叩头道：“圣躬面前，奴才不敢隐瞒。奴才操守虽不敢说清如水，可奴才绝没扣过一文军饷。只是有一件事，奴才一直没敢禀奏。上一次乌兰布通之战，户部某官将本应发给前敌苦战将士的三十万两饷银雁过拔毛，私扣了五千。因事紧急，奴才当时没有上奏，自己先筹措了一些发了下去。奴才提此旧事，希望此役后，陛下当对此严加查处，不要再让贪墨者趁机捞取不义之财，寒了我边陲将士的心！”说完他又重重地叩了一个头。

“朕知道！”康熙重重地提了一口气，十分坚定地说，“此番消灭噶尔丹回京后，朕将把政务转以察吏安民为主，断不许那些贪官污吏再蚀银害民了！可噶尔丹……”康熙又皱眉不语，眼中蒙上了一片乌云。

在那次父皇处置夜营燃火事件后，胤禛与兄弟们的关系还算融洽，尚属相安无事。但胤禛生性孤僻，不喜交游却是改不了的。他平时不大和其他叔伯兄弟往来，即使是在这喧闹的军营中，他也喜欢一个人独处，尤其是夕阳斜照时出来散步，观望落日，这点与他在宫里的时候也没多少区别。但营地终归是营地，巡逻士兵的口令声、震天动地的操练声、杂乱的争斗打闹声时不时地钻入好静的胤禛的耳内，让他避也避不开，难得片刻清静。没办法，胤禛只好放弃了那世外桃源般的奢望。

在胤禛建议留下塔锡的七天后的一个傍晚，胤禛散步回营时，突然看见一帮人围着一个圈子嘻嘻哈哈地笑着。胤禛没出声，悄悄走过去，往圈子里一看，就冒了火。只见塔锡袒着肩膀，正背着一袋子火砂围着一个红衣大炮呼哧呼哧地转着圈子，胸背上全是汗珠子，胤禛就知道这帮坏家伙在耍塔锡。塔锡人很实在，武功也好，就是心思不多，脾气还挺犟。前几天有个营官说某块石头曾在当年汉将军李广夜间狩猎时误认为老虎，张弓一箭嵌入石内，数千年后，就再无一人可以将箭射入这块虎形的石头。塔锡听后就当了真，回去就拿出一张硬弓对着那石头一阵噼噼啪啪地乱射，直射得石头火星飞溅，弓弦都快折了，还不肯停。招得一大帮将士来看，最后还是叫巡视的马武发现，把他制止了。

胤禛心头蹿火，走过去揪住塔锡。塔锡一见是四阿哥，便停下来，张着大嘴，喘着粗气，对胤禛傻呵呵地一笑。那些当兵的知道情况不妙，假意请着安向后退去，不敢再出声。

“明天皇上大阅兵，你们怎么还不回去休息？闲着没事儿也别把人当傻子耍啊。今后再让我看见谁这么干，可决不轻饶！都回去吧！”

那些当兵的哄笑着散去了，胤禛对塔锡说：“你也早点回去休息吧。明天皇上还要亲临，观看你和人练布库（满语：摔跤）。今日你要养精蓄锐，否则明日御前败北，前功尽弃，我可没法再帮你了。”

“那四爷再帮我跟皇上说说……”塔锡一本正经地说。

胤禛没想到塔锡还会冒出这么一句话，心想，在关键时候，你倒一点也不傻！他微微一笑：“那，要看你自己的本事！”

第二天，风清日朗，天气晴好。一望无际的草原视野开阔，正适宜阅兵。平野上，搭起一座高六七丈、长十七丈、周围长一百二十余丈的巨大演兵台。但见战旗猎猎，盔甲闪亮，刀枪如林，将士如虎。连数百门被马车牵着的红衣大炮，也被擦拭得一尘不染，黑森森的炮口、红彤彤的炮身，在阳光下发出冷冽的寒光。演练的号角高亢洪亮地响起，军队井然有序地列队整齐，开始演习队列，变幻着阵形。他们步伐整齐一致，不疾不徐，令人赏心悦目。接下来，一千名藤牌手组成一个巨大的方阵，都手握短刀，以铁盾护身，一边齐刷刷地操练着，一边高声吼着：“杀，杀，杀！”动作矫健，虎虎生风，招来看台上下一片喝彩。

看过声势浩大的操练，康熙十分满意，对侍从观看的王公大臣说：“千军易得，一将难求。此全乃抚远大将军治军有方，勤于操练。否则再精锐的队伍，没有良将统御，群龙无首，到头来岂不是一群乌合之众！”

陪同在侧的费扬古连忙躬身行礼，谦逊答道：“大军能练至此，功不在奴才一人，更赖奴才手下众将士同心协力，众志成城！还望皇上不要忘记他们。”

康熙轻轻点头，众大臣也互相微笑着交换着敬佩的目光。这正是费扬古的可敬之处，每次胜战后他从不为自己邀功请赏，却时刻不忘自己的属下，尽量为他们向上请功、举荐。正可见费扬古爱兵如子，有名将之风。

“皇上用不用召见他们？”费扬古的急性子倒没怎么变，见皇上高兴，他热切地问。

“不忙，不忙，朕是会召见他们的。”康熙亲切地说，“朕知道你军中人才济济，藏龙卧虎。朕这里还有件事，尚需爱卿相助。朕近日得一归附之人。此人布库极佳，与数百人较量无敌手，马上功夫也十分了得，只是出身未免卑贱了些……朕有意将其收于御前，可几位大臣都有异议，觉得似此掠获下贱，不该当此要差。朕的看法与他们不同。只要他为人忠诚，又确有本事，出身又算得了什么！你们大概还不知道，当年萨布素也是披甲出身，现在却已是黑龙江将军，朕又何曾因其出身卑微而辱没了他！”见大臣们都领会地频频点头，康熙又对费扬古说：“你是知道的，要领侍卫职者必须通过测试，过关后方可试用，但此事至今未定。你今日能否从你军中挑几个勇武劲健之人，与其角力，以试身手。”

“皇上……”费扬古对此好像还有自己的顾虑。

“不要推却嘛，人家特意点的你们。他说他就是想看看，究竟是些什么样的英勇武士，能把他们这些百里挑一选出来的蒙古铁骑打败。你就帮朕这个忙嘛。”说着康熙像个顽皮的孩子似的，冲费扬古眨眨眼睛。

费扬古觉得此事比较棘手。再说皇上身旁有那么多武艺高强的侍卫，他们就不能同这个人比试一番呢？可能是这些侍卫觉得，跟这么个掠获下贱交手，万一真输了，今后还怎么好意思在皇上身边当差？即便赢了也不算光彩。在军中找个把武艺高强的人当然不费力，可是自己人真胜了，对那个人不利，不能让他当侍卫，有违皇上本意；而若自己这边就那么随随便便稀里糊涂地败下来，不但有损朝廷体面，自己也颜面无光。于是他斟酌再三，问：“请示皇上，奴才能不能在绿营中找一个人与其对峙？”

“随你，哪怕他是伙夫、马夫、更夫，只要功夫过硬就成！”康熙很爽快地说，心里却想，费扬古可别误解了自己的意思，找个饭桶上来，那样大家就都没意思了……

然而费扬古挑选出的这个人最终还是使皇上很感意外。大臣们也暗自在下面嘀咕，哟，费扬古挑谁不好，怎么单挑了个小白脸，他能行吗？

两人在红色的方毯上站定，一眼望去，黑白分明，十分好辨，力量却是那么悬殊。塔锡四肢粗壮，力大身沉，结实得像块石碾子；而那位面貌英俊、肤色白净的小将，虽然文文静静，不慌不忙，看上去挺沉着。可他那两条细瘦的腿还没有塔锡的一只胳膊粗，在虎背熊腰的塔锡面前显得那么身单力薄，好似一只小山羊面对一头大老虎。人们猜想这一定是一场没有什么悬念的乏味的角斗。

角斗在人们漫不经心的观望中开始了。双方行了个礼，然后摆开架势。塔锡不愧是训练有素的蒙古勇士，他的动作矫捷有力，步步紧逼，恨不得一跤就把对方撂倒。而那员小将的功夫也非常了得，他静若秋水，动若蛟龙，一进一退，看上去比较慢，实则疾如旋风，动作干净利落。他不但灵敏地躲开了塔锡的拳掌，并伺机进攻。在他进攻的时候，一招一式，是那么有力，又恰到好处。双方战了几十个回合，竟未分出胜负，令刚才还漫不经心观看的人们无不受到深深吸引，露出一片惊异的神色。这时费扬古已经把同塔锡角斗的那员勇猛小将的名字告诉了皇上，他叫年羹尧。

塔锡见久攻不下，有些恼火，又一次暴叫着冲上去，揪住对方的大带和一条胳膊，猛一用力，把年羹尧抡向空中，举着他疯狂地旋转起来，把看台下的人都看晕了，吓得大气不敢出。因为他们知道，上面的人稍有不慎，掉了下去，不但败北，大概会摔得骨断筋折，甚至今后再也不能起来了。

其实不用人们担心，年羹尧早防着对方这一手。果然，当塔锡自觉转得差不多了，“哇”的一声怪叫，狠命把举着的人扔出去时，年羹尧就势身子绷紧，向上用力，腾空跃起数丈，用了一招最出色的“鹞子翻身”，在空中翻了一个跟头，像片树叶似的悄然无声地落下。当他潇洒地在红毡上站稳，看得惊呆的人们才想起欢呼。连皇上都站起身子，带头叫好，还一边自语地说：“没想到他轻功这么好，若非高人指点，断难练到此。”

“他少时曾到少林寺拜师学艺，跟少林武僧苦练五载，轻功自然扎实。”见属下表现出色，费扬古不禁有些得意，眉飞色舞地介绍。

大家重又坐下，目不转睛地盯着红地毯上的两个人，要看这场比赛最后的输赢。

这场角斗对塔锡太重要了。他知道，要是他赢不了对面这个小白脸，将永远和爷爷在草原上过颠沛流离的生活。他突然一矮身，使出看家的一招，做了个扑摔的假象，对方一般以为这是个“大背跨”，把注意力都集中到上方，再乘其不备，偷袭对方的两腿，等他清醒过来想改招式防备，已来不及了。

胤禛几天前曾看塔锡练过这招，知道这是他的看家宝。他心弦绷紧，很替那员小将担心，看着塔锡虎视眈眈的样子，胤禛想，如果这一下真让他摔中了肯定轻不了。虽然那天他是帮助塔锡说话，给他争取的这个机会，可今天不知什么思想作怪，他反而怕那员小将真被塔锡摔中。正当人们屏息静气的时候，仿佛没有经过大脑，胤禛用变了调的嗓子冲那边喊了一句："注意下面！"

由于大家都太紧张了，精力十分集中，谁也没注意是哪个"冒失鬼"喊的。几乎就在同时，年羹尧不等塔锡抱住他的腿，迅速向后撤，轻巧地跳出圈外，又让运足了劲的大力士扑了个空。

正当红头涨脑、气急败坏的塔锡勒紧腰带，摩拳擦掌，气势汹汹地准备再上时，康熙命他们二人都住手。

康熙将他们二人招上台来，让御前侍卫用银盘托出赏物：白银十两，银丝荷包一对，分赏了两个人。虽然两人的赏赐相同，不过从皇上目不转睛地打量年羹尧的神态看，他对这员小将更为欣赏。果然，二人叩头谢恩后，皇上留下了年羹尧，和他交谈了起来。

"年羹尧，朕听费扬古说你率四百前锋兵诱敌，为昭莫多一役之胜立了大功。当时孙老将军和费扬古都担心你只为立功才贸然请战，你当时真是立功心切，而图一时血气之勇吗？"

"回万岁，奴才乃庶出子，虽不能袭荫封，但也可以习文，像兄长那样谋个闲散差事。奴才来此军中，非为谋优差、博糊口之计，实为国家之事，匹夫共责。今既已入伍，唯愿马革裹尸，舍死报效！家父对奴才也寄望至厚，奴才今日之行已不负家父之望。再说无论殷将军、孙将军还是我们抚远大将军，从前也都是从一个普通军士历经数次恶仗大战才有今日。万岁为早日破贼尚不辞艰辛，率大军亲征，我年羹尧一个区区小士又何惜此微躯！"他说的时候很动情，康熙也不住地点头，而后对两旁的皇子王公、侍卫大臣们说："你们都看到了吧，功业要自己争取，不能依靠任何人！年羹尧深晓此理，塔锡虽未说出来，但也一定明白。他们两个都是好样的！马武，塔锡今后就是你的手下了。"然后他又亲切地叫着年羹尧的字："亮工（年羹尧的表字），昭莫多之役已成过去，来日方长，今后还有你立功的时候，朕讲的你明白吗？"

"奴才明白！"

八

塔锡终于如愿以偿，被破格擢升为御前侍卫。他高兴极了，营中每天都飘荡着他的胡笳声，但现在苍凉的乐器吹出的是欢快的调子。

唯一小有遗憾的是给塔锡骑的那匹马也是个新入伍的生驹。这匹三岁的小公马脾气极暴，动不动就使性子，给骑他的人来个"下马威"。草原上长大的塔锡可不怵这牲口。经过一番训练磨合，感情培养，他觉得自己已将这小家伙调教得差不多，可以放心地骑着它当差护驾了。这匹马却给他闯了一个天大的祸！

那天皇上与侍卫们出去狩猎。就在塔锡发现了一只黄羊，正张弓搭箭屏息瞄准时，不知是什么声音或景象的刺激，他胯下这匹马突然惊得蹿了起来，让塔锡瞄准的箭一下子偏了方向，再想收弓已来不及，那支该死的箭竟冲着皇上飞了过去！

“父皇——”随着惊心动魄的一声喊，一匹枣红马像一颗腾起的火星横冲了过去，直插向早已惊得目瞪口呆的皇上面前。老天，这是谁，竟然用自己的身子去挡这支猝不及防的冷箭！许多人吓得闭了眼，不敢想象即将出现的惨剧。就听“扑通”一声巨响，紧跟着是一声马儿凄惨的嘶鸣。完了，完了，不是皇上，就是那位救驾的骑士中箭了。睁眼看时，谢天谢地，皇上还安然无恙地坐在马上。可有不少人都看见，斜插过来的马上那位舍身护驾的英雄已跌落马下，他的坐骑也晃了几晃，慢慢横卧倒地，似乎已经没了生气。

“胤禛！——老四！——”康熙几乎是从御马上摔滚下来，发狂地扑过去，蹲身一把抱起脸色雪白、嘴唇发青、紧闭牙关、不省人事的儿子，拼命地摇晃着，大声呼叫，泪水奔流。又是摸脉，又是掐人中，竟慌乱得动作颠三倒四。在场的人们还从没见过一向端庄沉稳的皇上这么惊慌失态的，竟都愣住，不知该做什么。慢慢地，胤禛的脸色恢复了原有的生气，在一片模糊迷离中睁开眼。当他一眼看见嘴唇颤抖、胡须颤抖、浑身都在颤抖，眼睛像烧红的木炭似的悲痛至极的皇上，吓了一跳，停滞的大脑方想起刚才发生的事情。“皇阿玛，你、你没事吧？”胤禛动了一下发僵的嘴唇，哆哆嗦嗦地问。“没事，没事……”康熙再也说不下去了，只觉心中有一股滚滚发烫的东西在往外翻涌、燃烧。他紧紧搂住儿子，泪水不知不觉地淌了下来。第一次像孩子似的被父皇搂抱的胤禛又高兴又酸楚，还有点不好意思，突然觉得自己的面颊湿乎乎的，是父皇的泪水洒落到自己的脸上。在场的人们，从王公大臣到普通士卒，都被这感人的一幕感动得热泪盈眶，呆呆地站在远处，把自己的职责都忘了……

军医赶来，仔细检查了四阿哥的伤势。幸运的是胤禛只是手背蹭破点儿皮，上点儿药就成了。可那匹可爱的枣红马，却永远不能起来了。——刚才胤禛挺身冲出，要用自己的身体挡住飞箭的时候，这个有灵性的动物似乎了解主人的心思，用霹雳般的速度奔过去后突然奋力扬起前蹄，将主人掀落在地，它自己却没能躲过那一箭，正中它两条前腿间的致命部位，卧地嘶叫了几声就死了。化险为夷的胤禛则由于过度紧张与惊吓晕了过去。这就是刚才瞬间发生的一切。

震惊过后，首先清醒过来的裕王福全鼓着血红的眼睛走过来，给负责护卫圣驾的侍卫首领隆科多和苏努一人一记重重的耳光，又扯过鞭子没头没脑地朝那些侍卫乱抽：“一群废物！怎么护的驾？都愣怔着干吗，还不快去追那小子！”

一句话提醒了众人。他们刚才都只顾紧张地关注皇帝的安危，谁也没有注意到那个“肇事犯”。现在再瞧，人跟马早没影儿了！这还了得？要是抓不住这个有行刺嫌疑的人，他们这些人谁也别想活命！隆科多和苏努便率一干侍卫飞快地上了马。

“且慢。”康熙走了过来，叫住侍卫，对福全轻轻一笑，说，“二哥消消气，朕这不是好好的？四阿哥也没什么事。事出意外，不怪他们。”他又转向侍卫：“你们不用去追。那个塔锡，他会自己回来的。”

侍卫们都不相信地互相望了望，脸上火辣辣的鞭伤提醒他们纷纷下了马，向皇上请罪，对皇上不让他们再承担罪责而感激涕零。这时，站在另一边的胤禛又觉得一阵天旋地转，脚下像踩了一团棉花，一屁股坐在地上，晕了过去。

回到营地，康熙命人把四阿哥的东西搬过来，要儿子住在自己的大帐中。也许是心神体力都消耗太大了，胤禛身子一挨那张矮榻，就像死人似的睡着了。第二天醒来，已是午后。身边没有人，胤禛也没有叫侍候的人。躺在床上他又耗了一会儿，想到昨天发生的事情，突然有一点后怕。如果万一自己真被箭射中……那、那福晋、李氏，还有自己的儿子晖哥儿可怎么办？她们今后靠谁生活？这时胤禛猛然觉得，他这个在外人眼中无足轻重的皇子，对自己的家人却是如此重要！意识到这点，他不再像从前那样鄙薄自己、轻视自己了，心中多了一种作为一个丈夫、一个父亲的责任。哼，这都是因为那小子，也许当初我就不该为他说话！他回来了吗？父皇会怎么处置他？正在这时，他听见外面父皇好像对什么人说话。

“你知道吗，以你昨日的所作所为是该处死的。”这是父皇的声音，听去十分威严。胤禛心头一惊，塔锡真回来了！父皇要治他的罪吗？

如果胤禛来到帐外就能看到，塔锡不但回来了，还追回了那匹马，并叫人将自己双手反绑在背后，低头来到皇上的御帐前，跪地请罪。他对自己作的自我处罚使康熙很满意。康熙并不想惩办他，但要叫他吸取教训，所以训斥了几句后，康熙说：“但念你年少无知，又初来投奔，还不懂规矩，这次就免了。不过，今后一定要小心，注意职守，再不许出现此等事情！去吧！”

不用问，塔锡一定是感激涕零，誓死效忠。

“噢，你醒了。”康熙走进帐篷，看到已经更衣坐起的胤禛。胤禛已从里面听到对塔锡的处理，更加佩服父皇的用人行事，在请安时也超乎常规地多叩了三个头。

康熙并没在意。他将下人们浆洗好的衣服亲自整理好，放进自己带来的简陋的衣柜中。尚未转身，很随意地问了一句：“昨天你可把父皇吓得不轻啊，老四，你当时就一点不怕吗？”

胤禛重又跪倒，恭敬地叩了个头，突然感到眼睛有点发烫。他很动情又很坚定地说：“儿子算什么。只要皇阿玛平安无恙，儿子就是真……也在所不惜！天下人可以没有儿臣，却不能没有父皇！”

出乎意料，眼睛已经泛潮的胤禛却没有见到昨天那个心神激动、热泪盈眶的父皇。康熙只是摇着头，仿佛自言自语，又仿佛开玩笑似的半带揶揄、半自嘲地说：“不至于，也不至于吧……还有太子，还有你们兄弟呢，就是朕有不测，哪里就会天下大乱呢？哈哈……”

胤禛涨红了郁愤的脸，惊愤地望着父皇，泪水突然毫无遮挡地滚落下来。昨天那么危险的情景他都坚持没有掉泪。可是今天，父皇就这么一句轻飘飘的半玩笑的话，让他像孩子似的哭了起来。伤心、委屈，还有点愤然。不管有意无意，父皇怎么能这么说，同他开这种玩笑呢！

这下倒把康熙弄了个措手不及，觉得自己的戏言是有些过。他忙上前抚住四阿哥的后背，有些负疚地低声而急促地安慰：“好了好了，刚才是朕说的不对，快别哭了，让外人瞅见笑话。”说着，他掏出自己的黄绫手帕，递给儿子。他真怕有外臣突然进来看到这一幕。可胤禛却转过身子，背冲着他，用袖子蹭着脸，根本不理他。

望着儿子赌气倔强的样子，康熙非常后悔，又觉得好笑。他坐下来，让自己冷静片刻，也是在给胤禛调整情绪、自动向父皇请罪认错的时间。然而，当他又抬起头，心平气静地望着儿子：呵，他还背着身子负气地站着呢。还没想好要说什么，康熙自己先忍不住“扑哧”一声笑了：“怎么，老四，还生朕气啊？就算阿玛这厢给你赔礼了。行了行了，听朕讲，若照你刚才所说，那么你也是同意群臣的上表喽？”

“什么上表？”胤禛这才意识到，自己刚才又犯了性。皇家父子毕竟不同于普通百姓人家的父子，哭归哭，闹归闹，在父皇面前，切不可忘乎所以。刚才父皇已经是很宽和了，于是他用在宫中标准的仪姿肃立好：“请皇阿玛示训。”

“好，只要我们的四阿哥不生气了，朕再说。”康熙的话像逗儿子。胤禛却面容肃静，不敢再笑。实际上康熙讲这话时，面容也已变得严肃起来。他悄悄看了一眼胤禛，发现儿子已是模样冷淡，面无表情。凭着自己对儿子多年的观察，康熙知道，四阿哥越是在面容冷峻、表情木讷的时候，就越是这个儿子脑子反应最快、思索问题最细密敏锐的时候。这一点，无论在上书房还是在弘德殿及其他场合，康熙已体会过多次了。他便把这件事原原本本地讲给了四阿哥：自康熙二十年平定三藩以来，就有许多大臣请为康熙加尊号。今年皇上亲自平定了噶尔丹，上尊号的呼声更高。不但文臣武将，大学士们也再三恳请，列举了康熙一系列丰功伟绩，希望他不要再拒绝。他们说："皇上永清四海，手致太平，收台湾，歼灭察哈尔，定俄国，收喀尔喀，从古未经服属疆土，悉隶版图。今噶尔丹复又剿灭，其同族之青海台吉，皆克期来朝；又素臣服于厄鲁特之哈密诸回人，亦皆输诚效命。治化之隆，蔑以加矣。"

胤禛沉思地听着父亲讲完，心里已想好如何对答，但出口还显得很谨慎："儿臣见识浅薄，于此事之思未成熟，所言有不当之处，请父皇莫怪。"

"没关系，你讲吧。"康熙点头鼓励。

"儿臣以为，父皇之功固璀璨辉煌。但皇阿玛常说，治天下，原本为天下生民计，非为一己之名。父皇非好大喜功之君，若按诸王大臣之请，父皇功德反显黯然浅俗。父皇之功岂是区区尊号所能彰示的！所以拒上尊号，更向天下人示以父皇为江山社稷、为天下百姓的苦心，还可给后世子孙垂范。"

"嗯，说得不错，还有吗？"

"儿臣想会不会有地方官吏以此强迫百姓在地方树龙亭、立石碑，搞什么功德殿。明是昭显父皇的伟绩，实却借机搜刮民财，中饱私囊！父皇不可不查！"

"这个朕也想到了。好，你接着讲。"

"嗯……"胤禛有些犹豫，但他咬咬牙，低声而克制地说，"此番安边靖寇，大功告成后，父皇照例当向天下颁布赦诏，这原本应该。只是儿臣以为，皇阿玛所行仁政也当施于当施之人。儿臣阅览史书，以为古之明君不以频赦为善政。若经常如此，却是便宜了恶人而于善人无益，望父皇慎行之！儿臣想说的就是这些。"

康熙几乎不相信四阿哥竟能说出这么多，而且条理分明、阐述清晰。不知是塞外烽烟的熏染，让以往学识平平的四阿哥的见识一下突飞猛进、出口成章了？

或者，是自己以往根本不了解这个儿子……康熙望了胤禛一眼，默默地想。

九

经过古北口的一段长城时，道路变得越来越窄，仅能容两匹马并排走，且十分勉强。马儿偏偏爱踩沙土，都紧贴着悬崖走。所以骑在马上的人谁也不敢往外侧看。只听马蹄敲打地面的“嘚嘚”声像细密的雨点儿在幽静的山谷间回响。皇上已经过去了。后面的护卫因押护着辎重行李，走得很慢，而他们的心比谁都着急，恨不得一步到京。正在这时，最担心的事情就发生了。有人发现前边的山道上隐约站着一个人，正挡住马儿下山的去路。走在最前面的一个侍卫慌得高喝：“闪开闪开，圣驾在此！”他以为这一声能把那人吓退了，可那人非但不退避，却运足了力气大喊一声：“冤枉啊——”竟扬着双手，冲着马队奔扑过来——

最前面的侍卫连忙勒住马，由于情况突然，这段又是下坡，马儿向前蹿了好几米才转了个圈停住，差点连人带马滚下山坡！惊出一身冷汗的侍卫大怒，扬起他马鞭冲着那个不顾死活冲撞御驾的人抽去：“哪儿来的疯子，不想活啦！先吃老子一百鞭……”

“前边出了什么事？”负责后队警卫的苏努听到声音，拨转马头来查看。他是努尔哈赤长子褚英的后代，因先祖获罪被杀，后人虽是皇室宗亲，却一直备受冷落。苏努这次随圣驾亲征，因其英勇善战、杀敌有功，被皇上特准晋爵为贝子，回京后就等礼部颁诏。这正是他春风得意、势焰高涨的时候，哪料快到京了却途中出事。听了侍卫的禀报，他上下打量着那个早已被侍卫按住的喊冤之人：衣冠十分寒陋，身体单薄，面孔清瘦。岁月的沧桑使他脸上布满了细密的皱纹，这样就看不出他真实的年龄。但从他的神态上能看出这是个读书人。他的脸上已挂了几道很明显的红色鞭痕，却不知是哪儿来的一股力气，毫无畏缩的疯狂地挣脱了要捆绑他的侍卫，双手高举着一纸诉状跪在路中。他并不惊恐，好像早已做好了准备，但说话的声音低沉乏力，像是好几天没吃过饭：“犯官含冤数十载，今幸遇圣驾，求大人网开一面，容罪臣向皇上面陈冤情……”

苏努见他说话的样子不像神志不清的人，心中起疑，可又不想因为这个人毁了自己的前程。他在马上皱眉，居高临下地瞅着那个人，用一种威吓的口气说：“混账！你知不知道，喊冤也得找当申之处。州、府、县、道、顺天府、大理寺，实在不成再到京师登闻院击鼓告御状。能申冤的地方多了，还没听说有人敢拦挡圣驾的！看你倒像个读书人，怎么这么没王法？冲击御驾，该当何罪？”他厉声吩咐左右：“来呀，把他那状子收了，先给我鞭一百，让这个无法无天的狂徒记住！哼，简直是反了！”

苏努因不识字，对这件事自然不敢擅自做主，也不想在事情还没弄清之前就贸然惊动皇上。等队伍行到平地，他催马赶到前面，把状子交给了仍任领侍卫内大臣的索额图。索额图看完状子，不以为然地一笑，很镇定地对苏努说：“这是个疯子，上边写的都是些疯言疯语。你们将他轰走就是了……以后再遇到这种事，果断点，别跟他多啰唆。皇上归京还能因为他误了行程？真是笑话！”他把骇异的宗室莫名其妙地训了一顿后，又仿佛很气恼地说：“瞧瞧李光地这直隶学政是怎么调教的？堂堂京畿之地，竟有这等癫疯之人肆意妄行，也没人看管，成何体统，成何体统！”索额图趁着发火的时候，把那纸状子悄悄塞进衣袖，嘴上闪过一丝不易察觉的微笑……

康熙决定班师回京是因为接到了噶尔丹喝药自尽的消息。自噶尔丹在昭莫多一役大败后，仅领残部在阿尔泰四周流窜，不久就将那里附近的野兽猎尽，属下或降或逃，几近绝路。这时他又听说策妄阿拉布坦将进驻阿尔泰，噶尔丹很怕被侄子擒住向清朝献俘，每日惊骇异常，进退无地，自知朝夕被俘，于五月三日自杀。当然还有一种说法是，噶尔丹在察阿木塔台得暴病死的。不管怎样，康熙总算搬掉了江山一统路上的最后一道障碍，今后可将精力集中转到察吏安民治河修书等内政上来。回师途中，他作《凯旋言怀》诗，以纪念此事。他自豪地对群臣坦言：朕几出沙漠，栉风沐雨，并日而餐；深入不毛之地、黄沙无人之境，可谓苦而不言苦，人皆避而朕不避，千辛万苦之中立此大功。朕之一生，可谓乐矣，可谓至矣，可谓尽矣！

大约也在归途中，胤禛作了一首《早起寄都中诸弟》，抒发想念留在京城里的兄弟之情。康熙看后没说什么，但行进的速度更快了。大家都知道皇上也早已想念京中的太子和其他皇子，热切地盼着平安见到诸阿哥。

经过密云，大约又走了八十里路，到通州时，康熙乘船走了一段水路。但因行李是同他们分开的，还没到达，所以康熙就带着几个皇子在通州的一个农民家里暂时住了下来，等行李到时再走。

这天下午，按照宫里的习惯，康熙和皇子们练习完射箭，就开始进午膳。这是他们自离京以来吃的第一顿比较像样的饭：香喷喷的粳米粥、热腾腾的馒头，各种荤素菜肴，还有各色烤制的糕饼、点心。虽然看上去还是同宫里没法比，可这些由通州官员备办的食物已让皇上相当满意了。饭间康熙很高兴，他在吃得差不多的时候问皇子们：“这次你们随朕出来的时间不短，回去后可有什么打算？不妨说说。”

三阿哥胤祉正拣着一块方糕要往口里送，听父皇问话，忙把糕放下。他神气地看了一眼在座的兄弟们，颇为自豪地说：“儿臣在西征前就想召集天下学士，广览群籍，编一部分门别类、汇聚古今的大书。现在父皇平定四海，天下归心。盛世修书，儿臣想归京后即着手准备此事。”

“好，三阿哥心存高远，志向可嘉！你们几个呢？”

五阿哥胤祺说话向来比较实在，他说：“儿臣没有三哥的博学强闻、精进渊博。儿臣只想回京后好好孝敬皇太后老祖宗。明年十月是太后的六十圣寿，儿臣自幼养于太后宫中，蒙太后慈护，到时自当为太后尽孝。”

谁都知道康熙平日最倡孝道，他听到五阿哥这话，默默地点点头，然后将询问的目光转向七阿哥。腼腆的七阿哥照例未语先羞，还没张口，脸先红了大半。终于开口说话也是慢声细语，像个怕羞的小姑娘：“出征以来，数儿臣体质最差，让父皇和哥哥们没少照料。儿臣想回京后勤练弓马骑射，让身子更强壮！”

康熙同样笑着冲七阿哥点点头，见胤禛还在低眉沉思，说：“老四，就差你了。”

一直未语的胤禛到现在还没想好怎么回答父皇这个看似简单的询问，又想了想也没想出更好的打算，只好如实地说：“回皇阿玛，儿臣见兄弟们说的都挺好的，可是儿臣……实在还没想好回京要做什么。儿臣现在也说不出有什么打算。”

“哟，那不成闲人了吗？”胤祉笑着取笑道，看到父皇严肃的神色，便把后面更讥嘲的话咽了下去。

“没关系没关系，现在没想好，等回到京肯定就有事干了。”康熙看了看哑然不语的胤禛，并不在意地说。

在他们父子谈话的时候，不知从哪儿跑来几个当地农家的孩子，在远处好奇地瞅着这些衣着举止都与他们不同的“外乡人”。饭桌上琳琅满目、酒肉飘香的饭菜，把乡下孩子都看呆了。小家伙们一个个咬着手指头，瞪着黑眼珠，馋涎欲滴，不肯走开。但大人们似乎已经对他们叮嘱过什么了，他们虽然馋得要命，可都耐着性子在远处贪婪地看着，不敢走近。可跟着他们来的一大群大大小小的鸡却没这么老实。这帮馋嘴的家伙先是探头探脑朝康熙父子用饭的这边张望了一下，当发现没有危险后，就在一只雄赳赳的花尾巴公鸡的带领下，大摇大摆地进来觅食。它们大概从没见过自己的主人“赏”过它们这等美味，四处撒欢儿地跑着，觅食、追逐、嬉戏，“咕咕咕、咯咯咯”发出高兴的啼叫，仿佛进了天堂。久居深宫的皇子们第一次见到这情景，都觉得很有趣，甚至没心思吃饭了，就在地上随意地撒些米粒、肉末，丢给这些大胆闯入的不速之客。这时康熙也发现了站在远处的孩子们。他命令主管太监将孩子带到近前，从自己的饭桌上取了一些馒头、肉和点心给他们吃。孩子毕竟是孩子，不懂什么，见人家给他们东西，就毫无顾忌地在皇上面前一阵狼吞虎咽，吃完，都一窝蜂地跑了。这么快就回家了？正当皇上与侍从们诧异的时候，孩子们又回来了，而且这次他们每人都带来一个篮子，看样子真成了“吃不了兜着走”。这些可爱的小家伙！康熙自己也笑了，他已经吃饱，就吩咐人把他那桌上所有吃剩下的食物都分给孩子们。不过这时主管太监犯了一个小错误——大概是嫌麻烦，他并没有像第一次那样将食物分好发给他们，而是让几个太监把这些吃的一股脑儿都堆到孩子们的跟前。小家伙们先犹豫了一下，接着就像那些叽叽喳喳争食的小鸡，你争我夺，互不相让。几个身量高些的小男孩仗着力气大，拿得最多，小竹篮差不多都装不下了。而最惨的就数一个又矮又瘦的小女孩，看着那些不知礼让的小哥哥们把食物都抢走了，她却被男孩子挤到一边，什么也没拿着。最后，孩子们都走了，只剩她一个人提着空篮子泪汪汪地站着，不甘心就这么回去。

胤禛吃饭一向比较慢，他桌上的饭基本还没怎么动。他笑着冲那个沮丧的小姑娘招招手，把她叫到自己跟前，看了看女孩，轻轻地拿过她手上的篮子，将自己桌上的饭菜一样一样都装了进去。小姑娘马上破涕为笑，又惊喜又有点羞涩地望着面前这个衣着华丽而神情和蔼的大哥哥，不知说什么，只是天真地冲胤禛一笑，就扭身走了。

“给四阿哥再添一桌，和朕那桌一模一样的！”康熙早把刚才的情景都看在眼里，便吩咐侍从。

胤禛忙恭敬地站起身：“不用了，皇阿玛，我都吃饱了！”

“别哄朕，你能吃几碗朕还不知道！”康熙笑着说，又问那几个皇子：“你们都用够了吗？”

“我们都饱了！”

“那好，咱们出去溜达溜达，化化食，饭后蜷着对身体可不好。”康熙说完站起身，带着儿子们向外走去。他知道，当着众人的面，四阿哥是不好意思一个人大吃大嚼的！

胤禛饭后见父皇和兄弟们还没回来，自己也出来散步。他没有带随从，一个人走在散发着泥土气味的乡间小路上，感觉十分惬意。此时正当午时，村子家家户户升起淡灰色的炊烟，母亲唤着孩子回家去吃饭。老牛被放牛娃牵回家。在宫里听过父皇和师傅讲历代明君关心百姓疾苦、与民同乐的故事，让胤禛突发奇想，想到一个农户家里坐坐，看看这些普通百姓是怎么生活的。正这么想着，“汪汪汪”几声狂躁的犬吠蓦地冲向他的耳朵，胤禛急忙回头，一条足有五六尺长的凶恶大黑狗突然从后面蹿出来追上他，黑脑袋挑衅地晃着，喘着粗气，吐出长长的红舌头，龇牙咧嘴地盯着这个陌生人。胤禛胆子并不小，但他对某些动物有一种说不出的厌恶。他抽出腰间的护身匕首想防卫，却又不知该怎么动作，正在慌窘之时，一个甜细的声音叫着：“大黑，回来，不许淘气！”随着声音，从远处跑来了个小姑娘。那狗马上舍了胤禛，奔到女孩身旁，耷拉下耳朵，乖乖地卧在地上。胤禛看见女孩一愣，哟，这不是刚才自己送给她吃的东西的那个小女孩吗。女孩也认出了这个好心人，一改刚才的羞涩腼腆，跑过来扬起小脸欢快地说：“是你呀，大哥哥！这狗没吓着你吧？没关系，不用怕，它只叫唤，不咬人……”

大哥哥？胤禛心里好笑，还从没有人这么称呼过他呢。望着这个憨态可掬又伶俐的小女孩，胤禛知道自己想做的事情有眉目了。他俯下身很和气地对女孩说：“你是这个村的吧？怎么不回家？家远吗？用不用我送你？”

“不远。大哥哥，你来我家坐坐吧。我刚才跟爹妈说了，他们可想见见你了！”

胤禛暗自笑笑，问：“你们家是做什么的？”

“大哥哥，你叫什么名字？”女孩没回答，却这么问他。

“我叫‘闲人’。”胤禛自嘲地笑笑，马上又敛住笑，轻叹一声，仰头望着净蓝的天空。

“这名可真怪……”小姑娘自言自语地嘟囔着，不一会儿就把他领进自己家的院子。

这是一个典型的农户。院内牛棚、猪圈、羊舍、鸡窝一应俱全，院中还有一口摇着辘轳的水井。靠门的墙上挂着几串小灯笼似的红辣椒，鲜艳耀眼，非常喜人。还有许多胤禛叫不出名字的农具随意地摆放在地上，说明她家里的大人上午刚干完农活。

看样子是个中等人家，要是没有天灾旱涝，一家人满可过个温饱太平……胤禛想。屋里还没人出来，小姑娘很着急地冲里面喊：“爹，快出来呀，那个给我馒头果子的大哥哥来了！”

“来了来了。你也不早说一声，现在家里还没收拾利落，可怎么招待人家。”一个面色黑亮的庄稼汉一边提着布鞋一边从屋内应声而出。他上身穿了件灰不溜秋的褂子，下边的裤腿卷过膝盖，露出毛茸茸的、布满蚯蚓似的青筋的小腿；后腰上插个旱烟袋，烟荷包耷拉在屁股后面，随着他走到一摆一摆地，像是要开口说话。

就在胤禛注视主人的时候，这个农家汉子也在用自己的目光观察着他：面如冠玉，双唇红润，梳得整齐黑亮的大辫垂于脑后，一看就是殷实人家的公子。身上是一件绿色“寿”字巴图鲁坎肩，虽不很新，却是一尘不染，这身衣着与他的气质非常相称，他白净脸上的一双不大的丹凤眼总是忧郁而矜持地低垂着，让人见了有些迷茫、有些不安、有些猜不透……不知为什么，当胤禛终于抬起眼睛，瞧着他那沉静似水的目光，庄稼汉立刻感到自己被一种局促不安的情绪笼罩住，脸孔蓦地涨红了，向客人又作揖又请安，比见了本县县太爷还有几分惊慌：“小的不知贵客大驾光临寒舍，怠慢之处，还望公子恕罪！请公子屋里边坐吧！”

看着他那副为了讨好而慌乱不安的样子，胤禛立刻一阵腻烦。他不知道大人为什么就不能像孩子一样自然坦诚地相待，也许他们阅历沧桑，对外人总有所求、有所防……于是胤禛又垂下眼睛，勉强道：“不必了，院子里宽敞，就在这儿说话吧。你、你怎么称呼？”

“周万宝，村里人都习惯叫我周老万，偏偏将我那个‘宝’去掉。”这时，过于紧张的主人才有些放松，自我打趣地说。

胤禛淡漠地笑笑，冷淡的口气仿佛略有几分挖苦地说：“要是名字真能引来万贯家财，他们是不该乱叫，要不你家也许早就发达了。”

周万宝不好意思地笑笑：“乡下人不识字，胡乱叫的。人的命是老天爷定的，哪能因个名就走了大运呢！公子和那外乡的商队是一起的吧？好大的船，好大的气派。那么多东西，还有那么多保镖押送，这得是多大的买卖啊！”他眨巴着小眼睛，试探地问。

胤禛点点头没作声。这次皇上为了不惊扰当地百姓，和皇子们穿的都是便服，几近微服私访。所以许多不知底细的百姓都把他们当成富商了。

“大哥哥吃杏儿——”小姑娘从屋里拿出一个装着满满鲜杏儿的竹篮子递给胤禛。

“小孩子家不懂事。什么大哥哥！要叫公子，叫爷，怎么能乱叫！”周万宝知道读书人的规矩大，怕女儿这么胡乱攀扯再让人家误会了，便训诫道。

“公子？那也是像张君瑞、侯朝宗那样的公子吗？”女孩抬起脸，天真地问了一句让胤禛感到莫名其妙的话。这两个人都是戏中的人物，她一个女孩子家是怎么知道的？

当着客人，周万宝的脸上略显不自在，尴尬地瞪了女儿一眼：“别瞎说，再多嘴看我不打你！”他又忙不迭地把笑脸转向胤禛，接着问：“公子，你家一定是个大户吧？要么家大人就是县尊大老爷？普通人家哪儿有这么大的排场，我这奔四十的人还是头一次见到着！”

见他这么东问西问地瞎打听，胤禛脸上有些不高兴，正想说句什么话警告他一下，那小姑娘突然插话道：“公子是好人，不像他们那么欺负人！”胤禛一愣，忙低下头，瞅着篮子中黄澄澄的圆杏儿，眼睫毛微微颤动着，有些面红心热。他连忙掩饰地拿起一个杏儿塞入口中，飞快地嚼着。

周万宝却没理会客人，顾自教训着自己的孩子：“跟你说不要理他们。他们家大人都不正眼瞧咱们，你又何必去讨那个没趣！”

小姑娘倔强地噘起小嘴，不服气地说：“我怎么啦，是他们不对嘛。不就是仗着人多块头大吗。哼，有本事比真功夫，我才不怕他们呢！”

“又嘴硬！我问你，今天给我练功了吗？”周万宝竟突然带着几分威严的声音问。

“爹忘了，一早儿我就蹲马步压腿。您还说我这回走场子比上回耐看多了。爹，春天的神会您让姐姐去演，秋天的赛神会您就让我去扮观音跟前的那个小童吧，我准能演好！”

似听非听的胤禛嘴里嚼着杏儿，心里好生奇怪。他们说的什么意思？怎么庄稼人还练功、演戏？难道他们不是正经农户？

“大……不，公子，我家杏儿好吃吧？”小姑娘又蹦蹦跳跳地过来问。胤禛仔细端详那张活泼的小脸，方才发现，女孩一双圆溜溜的眼睛十分有神，仿佛含着一汪春水；眉毛纤长，没怎么尽心梳理的头发像蓬松的黑云。长大或许是个美人胚……他放下篮子，微笑着问：“告诉我，你们家除了种庄稼、栽果树、养牲畜，还有其他什么营生吗？”

小姑娘不知是没听懂还是有什么顾虑，看看爹，没出声。周万宝脸上漫起一层潮红，他捉摸不定地瞅了胤禛一眼，但是又急速移开眼睛，低了头，看着地。过了一会儿，终于抬起头，有几分尴尬而无奈地说：“公子，大概刚才我们爷儿俩说的您也听见了，那、那俺也不隐瞒了。俺家祖上在百年前，确实不是跟泥腿子打交道的。几百年前，俺家先人也是大人物！哼，别看他们瞧不起俺家，俺还不稀罕他们呢！又不是真正的东家，没田没地，不也是给人帮工，神气个球！公子，你不知道，其实他们真遇上个旱涝蝗灾啥的，屁辙也没有。俺就不一样，俺老周有祖传的技艺，加上俺的两个闺女身段好，模样也不赖，怎么也能混口饭吃。”

听他啰里啰唆、绕来绕去也没说出个所以，胤禛反觉越听越糊涂，他怀疑地问：“你们到底是干什么的？”

周万宝又垂下眼睛，低叹一声，又像下定决心似的说：“俺家在前明是……是乐户，不过现在早就不干了。平时顶多让孩子弯弯腰、压压腿，逢年过节有个神会什么的就让孩子串个角儿，不过可不指望这吃饭。”

“什么，你家是乐户！”胤禛惊愕了，口中又甜又脆的杏儿立刻变得苦涩难咽，胃液直往上翻涌，几乎要把刚才吃进去的东西吐出来。乐户的先人本是明朝建文帝的官员，因忠于建文帝，在明成祖发动靖难之役后，他们的妻女被罚入教坊司充宫妓，大多散居在山陕，习歌舞，从事下贱营生。虽然康熙曾下令裁割乐户，但至今他们仍是所有贱民中最卑贱、最让人不齿的一类贱民！数量还不少。一般的平民百姓尚且耻与这些人交往，一个堂堂皇子，却与这种最下贱的下九流混在一处，让人知道了，岂不天下大哗，物议沸腾，成了天大的笑话！胤禛脾气再怪、再独，这种事也避之不及。何况父皇早有庭训，至今尤皇皇在耳：

> 汝等系皇子王阿哥，富贵之人，当思各自保重身体。诸凡宜忌之处，心当忌之，凡移恶之处，勿得身临；譬如外出，倘遇不祥不吉之物，即当遮掩躲避。古人云：千金之子，坐不垂堂。况于尔等身为皇子乎！

想到这儿，胤禛的眼睛变得冷漠了。他站起来，矜持地掸了掸身上的灰尘，一言不发，默默向外走去。

“哎，公子怎么这就走啊，不再多坐会儿……”周万宝可怜巴巴地，紧张又期望地说。

“不了，待会儿我们的船就该开了。有扰了。”胤禛头都不回，大步流星地出了院子。

然而胤禛来到外面还没走出几步，后面就有一个清亮的声音喊他，是那个女孩。怎么，讨钱竟讨出门来了？不理她！胤禛低着头，脚步不停，走得更快。

“公子——等等，等等我……”

该死，还没甩开！胤禛疾步如飞，几乎跑起来。然而那个呼哧带喘的声音还在后面锲而不舍紧紧相随。胤禛真有点恨自己无能，连个丫头片子都应付不了！哼，她胆敢再追上来，我就……他用手碰了碰腰间的匕首，咬着牙，恶狠狠地想。

“哎哟——”小姑娘突然痛叫一声，接着“扑通”一声响，像是摔倒了。哼，想骗我？我才不上当呢！胤禛稍一犹豫，又冷笑着走开去。

“大哥哥，你的东西……”小姑娘的声音很软、很轻，但还是被和风送了过来。

胤禛这才停下，有些微微喘息地矜持默立着，并不回头。

后面那个浑身是土的小姑娘挣扎着从地上站起来，一瘸一拐地走到胤禛面前，顾不得擦脸上的灰，伸出一只手："给你，大……不，公子。刚才你把它落在我家了，爹让我赶快追上还你。可你走得那么急，一点不等我……"孩子的声音有点委屈，但总算把人追上，还是很高兴。

啊，原来她手上托的，是自己随身带着的一个玉佩。大概是刚才吃杏儿时顺手摘下给忘了。胤禛拿起玉佩，一语不发、面无表情地把它在腰间系好，就要走。

"大哥哥，下回路过还上俺家来玩啊。俺叫秋燕，就住村东。那儿有棵大枣树，特别好找……"小姑娘又叫住胤禛。这声音又轻又细，真像秋天燕子的呢喃。胤禛愣了一下，还是一咬牙，头也不回地走了。

十

康熙喜好打猎。回京后，为了弥补他在这次西征途中没能尽兴打猎的缺憾，他刚一到京就迫不及待地带领皇子王公前往位于南郊的晾鹰台狩猎。此处山峦起伏，山谷、平原散布其间。山间布满林木，经常有熊、虎出没，是一处绝佳的狩猎之地。伴驾而来的，除了有费扬古、孙思克等在此次西征中立功的将领，蒙古各部台吉、喇嘛，还有一个西洋人——法国传教士张诚。此时正站在皇帝身边的他，身着一件传统的西洋传教士黑色法衣，头不低，身不抖，昂然肃立，在侍驾的人群中特别显眼。自从《尼布楚条约》签订后，康熙就对张诚颇为器重，不时叫他侍驾，参加各种活动。今天狩猎依然如此。待到狩猎的队伍开始演练，他被安排在费扬古身边坐定。高台之上，下面壮观的场景看得一清二楚：先是大约百余名喀尔喀人表演骑射。这是他们这些草原骑士一显身手的大好机会。弓箭手们个个集中精神，箭无虚发。骑手的表演更精彩。他们灵巧地蹿上马，不扶缰绳，只抓马鬃，时而倒骑在马上，时而侧身离开马背，甚至在马鞍上倒立，做出一个又一个惊险的动作，令观看的人们发出一阵阵刺激的惊呼。一会儿，这些身手不凡的蒙古人又同满洲兵丁比起了摔跤。在这些娱乐性的表演过后，步兵开始操练。第一次观赏到这种操练的张诚，觉得清兵的攻防很一般，刀攻盾防的动作也并不出众。他甚至颇为自负地觉得，欧洲一支训练精良的骑兵中队，就能毫不费力地将这自恃勇猛的千人队伍打败！但正是这些士兵，在几近绝粮的状况下，打败了不可一世的噶尔丹！而指挥那场大战的将军现在正陪坐在他身旁。令人难以想象的是，这位将军的脸又黄又瘦，高大的身躯难以掩饰地佝偻着，说话的声音又低又慢，看上去十分虚弱。所以当费扬古问起张诚对他手下军士操练的观感时，张诚不好扫他的兴，便用善意的谎言夸奖了几句。接着他们又随意地聊起清军的火器营和当年南怀仁神甫为清军设计的红衣大炮。但很快张诚就发现，这位清军统帅的身子实在是太糟了。每说句话，就要咳嗽，然后红着脸、喘息一阵，像是刚做了多大的运动，谈话几乎不能再进行下去。当感觉到传教士的一双蓝眼睛在关切地注视着自己，咳过一阵后的费扬古对张诚歉意地笑笑，吃力地说："看来我真是不中用了……"

"愿上帝保佑你。"张诚怜悯又担忧地看着费扬古并向他画了个十字。费扬古漫不经意地一笑，又咳了一声，别有用心地眨眨他的大眼睛，促狭地笑问："上帝对不信奉他的人也保佑吗？"

"这……当然保佑！不过将军，我很抱歉，你确实应该好好休息，不该再参加类似这一类的活动了。"

费扬古只是苦笑着摇摇头："就像你们传教士每天必须祈祷一样，我这领兵之人如果不操持军务，还算什么将军！"

张诚轻叹一声，又好奇地问："将军也信奉释迦佛吗？"他到中国以来，感到满人中无人不信奉这个与他们对立的偶像。

"那倒也其次。就我本人而言，我最崇敬的是汉人的关羽关老爷。关圣人是忠义的化身，不但汉人敬重他，我们满人也很崇敬他。"费扬古虽然声音依旧低缓，却不失爽快地说。

"嗨，彼雍神甫，你也在这儿！"张诚突然听见后面有人用法语热情地跟他打招呼。他忙转脸一看，啊，原来是上次随徐日升去了澳门的葡萄牙人露西。他是位外科医生，一直在澳门，怎么现在他也在这儿？

两个西方人虽属不同国度，但在东方的土地上见到，也互相拥抱，以他们特有的方式见了礼。然后露西对张诚说明，他和另一个新从澳门过来的外科医生来京，正好皇九子害耳后脓肿，病了很长时间，中医治疗效果不明显，他们来后很快就治好了皇九子的病。这位皇子今天也来了。张诚朝露西示意的方向望去，果然看见一个胖乎乎的、长着两个大招风耳朵挺招人喜欢的男孩子坐在那儿，很不安分地扭来扭去，仿佛椅子上长了刺。他瞅见张诚，淘气地冲他做了个怪样子，又继续重复他的"摇摆运动"。

"这个皇子好像挺顽皮。"张诚说。

"确实，这小殿下可真费了我不少工夫。"露西在讲起他和助手在实施治疗过程中如何费尽心思让这个高贵的少年安静下来。因为他像一颗玻璃珠似的没有一刻不乱跑乱跳，眼睛稍不盯紧就没了踪影。不过虽然治疗时如此耗神，露西还挺喜欢这孩子的。作为一个西方人，他不太喜欢中国人欣赏的那种死死板板、和小老头一样所谓的"听话的孩子"，倒觉得越是淘气的孩子没准越聪明！他听了张诚的介绍，用一个医生的职业目光打量了一下费扬古，用他那蹩脚的中文面容严肃地告诫："将军，从现在开始你不可以饮酒，不可以活动。如果你相信我，我可以让你比现在好受些。愿上帝保佑你。"

"对，将军，你应该看看西医。露西他们会有更好的办法帮你康复。"张诚热切而焦急地说。

费扬古却带着几分固执苦笑道："多谢二位了。我这是慢性病，恐怕还是服用中药好些……咳，咳……"他怅然地望着下面那一对对金光耀眼的仪仗和一面面迎风飘展的旗帜，有些失神地说："这或许是我最后一次侍从圣驾了……"

两个西洋人互相望望，都略显悲伤地沉默着。正在这时，康熙一身猎装走了过来。他招呼费扬古："怎么样，费扬古，能陪朕去狩猎吗？"

几个人连忙跪下行礼。费扬古表情黯然地说："请陛下恕奴才贱疾未愈，现在肩膀仍肿痛，行动不便。若去，恐人前出丑。"

康熙的脸上现出一种异样的表情，低下眉毛："哦，是朕疏忽了，你……"他的话还没说完，九阿哥胤禟跑过来嬉笑着说："皇阿玛，带儿臣去吧。我保证听话，不惹祸。"康熙看了看他，说："那得听听医生的意见。"露西忙说："皇子殿下的身体已痊愈，适量的活动对他还是有好处的。"

"哈，太好了！"胤禟高兴得直拍手。如果不是父皇在场，他真会兴奋地蹦起来。然而在不远处一直注视着这边的胤禛却阴着脸，心想：老九什么都不会，跟着去捣什么乱？真烦人！

康熙要离开时，又转回身对费扬古说："你好生歇着吧，回来朕再同你说话。"

费扬古感到眼睛火辣辣的，仿佛立刻就有眼泪要涌出。他重重地叩了一个头，伏身两手撑地，久久没有起来，最后还是张诚和露西一左一右把他从地上架了起来。几个人回到各自的座位后，张诚问："如果我猜得不错的话，将军其实很想随陛下同去的？""是呀，我看皇上对将军不能前往好像也很遗憾。如果将军身体再强健些，一定不肯放过这项活动的。"

费扬古闭着眼睛，像老年人似的沉默了半晌，睁开眼道："还是不去的好。我乃抚远大将军，西路军统帅。今日演习，蒙古诸部台吉、喇嘛都在场，我若万一失手，岂不为外藩耻笑，有损朝廷威望！”

两个西洋人听了都相对无语，感慨万千。——这位大将军原来想的并不是他自己的身体，而是国家的荣誉。在他们西方的将领中也很少见到他这种胸怀的！

休息了一会儿，费扬古的心已平静下来。他便问一个使传教士颇感尴尬的问题：“听说你们欧罗巴小邦之间年年征战，闹得鸡犬不宁，是何道理？”

张诚是法国人，他知道这一切大多缘于他的国王，那个目空一切、妄自尊大、幻想着称霸世界的路易十四。他野心勃勃，接连对英国、荷兰开战，且屡战屡胜。这更助长了他的穷兵黩武。但作为一个惯于冷静思考问题的传教士，张诚已敏感地觉得，现在的欧洲各国，不管是已同法国开战还是没有交手的，都已很反感这个太阳王了。说不定哪一天，他们这些受尽法国欺负的国家会联起手来，一同对付法兰西。若那样，刚从中世纪的阴影中摆脱出来的欧洲各国又会陷入战火中，重新回到暗无天日的世界。唉，如果国王陛下能够像康熙皇帝一样知道顾念民生，体恤百姓，少一些虚妄的占有欲就好了。想到这儿，张诚不禁百感交集，悲从中来，沉默不语，只在心中祈祷着上帝保佑他那遥远的祖国……

费扬古仿佛替张诚回答似的：“昭莫多一役后，我首次见驾，即有所忧。曾对陛下言，今天子亲御六师，如见策勋；易启穷兵黩武之渐，非国家之福也。幸陛下英明，当即首肯。自闻噶尔丹亡后，即速收兵。而你西洋诸国地小人稀，却仍持武对峙，狂狠好斗，我真是不明白，不明白……”

“皇帝陛下丰功伟绩，令我等十分景仰。”张诚恭敬地说，他显然想抛开这个沉重的话题，向费扬古讲了一个轻松的事情。那还是在两年前，法国宫廷中突然闯进一个女人，她用磕磕绊绊的法文讲述她的身世，登时语惊四座。她说她是中国人，并且是康熙皇帝之女——是位公主！她自述她被皇帝嫁给了日本王子，但不幸走海路时被强盗所虏，仆人均死光，她则被海盗携往欧洲，途中又为法国船只所执。此时法国与荷兰正在交战，这位中国公主也就辗转来到了巴黎……

张诚正讲到关键时候，不料全神贯注的费扬古突然站起来叫了一声：“不好！”被吓了一跳的张诚顺着他的目光望去——呀，远处一只花斑猛虎正向皇上扑去！然后这只虎却又转身扑到另一侧。费扬古瞪眼观望了好一会儿，确认皇上没什么危险了，这才重回到台上坐下，但他们谁也没心思再想刚才那个故事了。连对费扬古并未认真听他故事、有些扫兴的张诚，也没心再讲下去，手举望远镜，屏息静观这场危险的狩猎。

其实在所有狩猎者中，皇上是最安全的，因为他被五十名手持刺虎长矛的虎枪兵团团围住。皇帝开始用火枪向猛虎射击，以激起虎的愤怒。这时，另有数百名身着短衣的虎枪兵将猛虎围住，瞅准时机，你刺我戳。被围攻的猛虎左奔右突，与勇猛的虎枪兵战在一处。一时间，人喊声、虎吼声，以及猎犬的狂吠声响成一片，震天动地。这是一场真正的人虎大战！当然，虎枪兵们也并不蛮干，如果老虎一旦突围成功，冲出一条血路，这些人就暂时避开，另有一些虎枪兵组成新的包围圈聚拢过去。人们试图用这种人海战术将猛虎制服，然而今天的这只虎骁勇异常。它已扑倒了好几个注意力稍有闪失的士兵，还将一个骑在马上的蒙古猎人扫掀在地。这时，一群被放出来的猎犬狂叫着无畏地冲了上去，缠住老虎，以给那落地的骑手以逃跑的机会。一个骑着马没着盔甲的皇子不知为什么离开他的守护圈。他看见老虎又跑到另一侧，就大声命令前边的人闪开道路让虎过去，免得造成更大的伤亡。同时，他又派人察看是否有人受伤，样子焦急而忙碌，虽然他并未参与进攻。

“真是一位仁慈的太子！”第一次见到这场面的露西禁不住赞叹道。费扬古仔细望了望，纠正道：“那是四阿哥，今天太子没来。”露西并不介意，张诚却突然想到什么似的自语道：“四阿哥，我好像在哪儿见过……”

那只受伤的虎终于被乱枪打死了。皇上又发现了一只熊。与虎相比，熊给人的感觉显得很笨。它跑不快，不能长时间坚持。不过你一旦射击，就必须一枪或一箭将他打死，否则受伤的熊比一只老虎危险百倍！这是长期捕猎的老猎人总结的一条经验。今天，这条经验不幸被言中。当这只熊被赶到一个易于射杀的小山坡时，猎手们还未到全，个子最小、谁也没注意的九阿哥胤禟突然冒冒失失地冲熊放了一箭，箭穿进了熊的腹部。剧痛让受伤的熊发出一阵阵可怕的嚎叫，转过头疯狂地咬那箭杆，震得四周的草木纷纷落下。九阿哥人小力薄，箭射得很浅，眼看那箭就要被熊用牙咬出来了。“快跑！”有人惊呼一声，猎手们四散逃去。胤禛跑了几步，回头一看，哎呀，胤禟还骑马呆在原地，一动不动，好像被吓傻了。他又飞快地回去，向胤禟的马的后胯猛抽了一鞭：“还不快跑，老九！”这时如梦初醒的胤禟才“妈呀”叫了一声，猛抖丝缰向远处跑去。

回到刚才的晾鹰台，生怕父亲责骂的胤禟痛哭流涕，声泪俱下地向众人讲着自己遭遇的险情。也许是被儿子丰富的表情打动了，康熙只瞪了他一眼，一时也没理他。当他的目光转到气色平静的胤禛身上，感慨地说：“今天四阿哥又立功了。”

“不，皇阿玛，儿臣未能猎得一物，岂敢言功，功当归父皇和所有猎虎降熊的满洲勇士。”

“说得好！来人，将刺虎头枪、二枪的猎手带到台前，朕要见见。”

“喳！”一个侍卫飞跑下去，一会儿就带来两个人。其中一个似乎非常紧张，身子微微打战；另一个却显得很平静，步态从容，并不慌张。当看清那个沉稳的人，胤禛心头猛地一惊：怎么又是他！

同时，皇上也认出了那个人，虽然他们现在已叩头行了大礼，依旧跪着不敢往上瞧。康熙温和又不失威严地问：“年亮工，你究竟是满人还是汉人？”

“回万岁，奴才不是旗下人，是汉军。这次能随驾狩猎，亲睹圣容，是费扬古将军特许的。”

一般皇上狩猎只有满洲八旗可以伴驾，汉人和汉军都没有这种资格。看来这又是费扬古的主意，康熙早就觉察出费扬古对这个年轻将官有种特别的偏爱。康熙自己其实也挺喜欢这个显得沉静、儒雅，非常与众不同的小将。他向两个人赐了赏物：一对漂亮的银丝荷包，两坨光闪闪的金锭，然后命那个异常紧张的人先退下，留下了年羹尧。“胤禛，”康熙叫着在一旁默默肃立的四阿哥，“听说你粗通面术，能识人骨相，帮朕瞧瞧，这个年羹尧可是有福之人？”胤禛一愣，瞥了下面的人一眼，突然明白皇上也想把他收为御前侍卫。说实话，自从第一次见到年羹尧，他就对这个小人物有种莫名其妙的好感，尤其是当得知他还曾在少林寺学过武艺，有着一番近乎神奇的经历，更想了解接近。他便没有顺着父皇的意思说，而是别有用心地道：“儿臣观此人神采俊秀，骨秀神清，今后必将大贵。然若早擢贵位，则秀而不实，有花无果。还是在下面历练一番，方可大用。”说完低下头，不知为什么脸有点烧。

康熙笑着点点头，对年羹尧说：“你先下去吧。”年羹尧虽一直低着头未往上看，可基本听到了皇上与皇子间的对话，猜不出皇子说的是什么意思。他向上叩了个头，起身瞅了胤禛一眼，满腹狐疑地走下晾鹰台。

张诚可不管这么多，他要把他刚才只说了一个开头的故事接着讲完。此时听众又多了不少人，有皇上、皇子和许多王公。看样子他们也对这个传奇饶有兴趣，不像费扬古那样有一搭无一搭地闲听。所以张诚也显得格外认真，尽量用自己所掌握的中国语言绘声绘色地将故事讲得引人入胜——

“……中国皇帝之女来到法国巴黎，立刻掀起轩然大波。许多宫廷贵族与贵妇们争着一睹‘中国公主’的芳容，并都对其供奉华衣丽服，珍馐美肴，良加照料。除日常生活，宫廷贵人们甚至劝这个中国女人皈依天主教。太妙了，不费吹灰之力，那中国公主竟答应了！”

“哪知正在这时，一位在大清生活了近二十年的谙熟中文的耶稣会神甫回巴黎述职。他就是给我写信附带提起这件事的神甫。我的这位好友闻知此事，大吃一惊。他极其怀疑，一定要亲自会会这个中国公主。一见面，神甫就用中文跟她搭话，公主却一句不懂，但坚持说她的语言就是‘中文’。神甫几乎晕倒！这哪里是中文，天知道她说的是什么！然而在当时，巴黎并没有第三个人有资格作判断。人们自然相信那个一口咬定自己是‘中国公主’的女人。神甫为此讨了个大没趣，冤枉极了。”

“又过了若干年，随着回法国说中文人士的增多和真正的中国人登场，‘康熙之女’的谎言已不攻自破。尽管那女人仍坚持她是中国人，但已无人再相信她的鬼话了。”

张诚讲完，见康熙笑笑，松了口气，还没说话，那个“仁慈”的皇子却突然挺身站出，白净脸上现出一团怒气：“何方妖妇竟敢冒充我天朝公主？真气煞人也！你们法兰西宫廷竟容得此辈招摇撞骗、横行不法，为何不将她治罪！”

张诚吓了一跳，觉得自己讨了个大没趣！他暗自不快地想，你难道没听出，正是因为那个女人仰慕中国的富庶与繁华、文明与美好，才冒充中国公主的吗？中国，在我们欧洲人眼中，是一块多么令人向往的神奇土地啊！他不再说话，用眼睛别有意味地瞅着这个东方最大帝国的君主——康熙皇帝。

康熙感到了洋教士的不满，不过他没有申斥四阿哥。当他发现张诚手中还拎着一个小箱子，那是他随身不离、装各种测量仪器的工具箱，立刻沉下脸来，借题发挥地冲一个太监吼道：“今后张神甫的东西全由你拿着，不许躲懒。若再让朕看到神甫动劳，定拿你治罪！”不知所措的太监惶恐地接过箱子，退到一旁。

此举果然打消了张诚的不满，他脸上也立刻浮现出一种“外交官”似的笑容，友好地说：“臣非常高兴看到陛下如此强健，为了祝愿陛下健康，在我余生中的每一天都要向上帝祈祷，祝福万岁！”

“哈哈哈哈！”康熙愉快地笑了，对左右可能曾对他说过什么的臣公们说，“你们看，这位神甫多么会说话，欧洲人并不骄傲嘛……哦，张诚，据说你们欧洲的火器制造术比我中华先进。既然欧洲能造出这么好的枪，为什么没有把一些好火枪运到中国来？”张诚行了一个礼，平静地回答：“回陛下，商人通常除了运输货物外不运别的东西。至于我们宗教人员，我们的职责是不允许我们研究和携带武器的。”

“唉，真遗憾呀，朕真想见识一下你们欧洲的火器，用它去打猎……”

“不过陛下，臣已经写信给法国，我的一些朋友知道皇上的爱好，可能下次来时会当作礼物送给皇上一些。”

“那下次再狩猎时朕一定要带上爱卿。难道你自己没觉出，你是一个多么优秀的猎手！”

“这，陛下……”张诚脸一红，“还是免了吧，臣只求陛下赐臣看看那只大虎。”

“呵呵，早惦记上那对虎爪了吧？”康熙笑眯眯的眼睛掠过从澳门来的外科医生。他曾听人说，虎爪对治疗小儿害的一种疾病十分有效。至于用虎爪制成药膏，在中国也早被许多大夫临床应用。康熙没怎么犹豫就把虎爪赐给了西洋人。

要起驾还宫时，康熙想起了费扬古，扭过身，准备叫他。可他猛地惊呆了。他看见，刚才还微笑着的费扬古，口中突然喷出一股鲜血，摇晃着向下倒去！

时近黄昏，夕阳再次给沉寂的皇宫涂上了一层忧郁的色彩。一群鸽子扇着被晚霞染红的翅膀，掠过金黄的殿顶。这本是宫中常见的景象。可是今天，胤禛还是在午门前的广场上庄重地目送它们远去。这时，疲惫的太阳已静悄悄地燃烧了早晨和中午，就要被地平线无情地埋葬了。它那忧愁的、含晕的红光，就像被疾病缠身的人临终前颊上最后的一点红晕。啊，有谁能读懂它，又有谁能理解它呢？不知怎的，胤禛脑中突然出现费扬古昨天沉重倒下的庞大身躯，深感人生如梦，命运无常。也不知费扬古怎么样了，恐怕情况不会太妙。他在广场上心情沉重地踱了一圈，准备回宫。这时，他看见隆科多领着一对侍卫从远处来到这边，不由一愣。隆科多的脸也像被燃烧似的红彤彤的。他先请了个安，然后就压低声音，很快地说:“四爷快回宫吧，今天再不要出内廷寝殿。”“出了什么事，舅舅？”可不容胤禛细问，隆科多又说:“宫中近日发现常有外间歹人出入，秽乱宫闱。陛下震怒，命奴才严查。所以也望殿下约束好手下人，无事不要随意走动！”

胤禛迟疑地点点头，但他并没听明白。歹人？外人出入？莫非这事与皇子有关……可谁敢这么大胆呢？哎呀，别是太子吧！

自从康熙从外蒙古回来后，只同太子见过一面。那天皇上将所有下人都打发了出去，父子两个就在一间幽暗的小次间内谈了好长时间，里面半天也不见一丝动静，让外面侍候的人担心父子俩会不会有什么危险。后来皇上才目光暗淡、步履沉重地出来了，太子也没像往常那样出来恭送。以后几天，皇上根本不再见太子，像是忘了还有这么个储君；而太子也成日藏在毓庆宫不见任何人。有人说太子在背书，有人说太子闭门思过，一时议论纷纷，然而皇上与太子的日渐疏远却是一个不争的事实。

第二天，在高大威严的神武门城楼上，挂出一个面目狰狞、满是血污的人头。许多人认出了这个人，也立刻醒悟了。被杀之人正是此前与太子过往密切，常到宫里来的张凤阳！

雍正前传

下

胡晶华◎著

中国出版集团
现代出版社

第五章　河湖水寒

一

在内廷读书的皇子，除奉旨差遣外，一般不得随意离开宫苑外出交游，更不许结交宫外闲散之人。这规矩四阿哥胤禛并非不知，但他仍与蒋廷锡鱼雁传书，联络不断。虽然他每次让宫中的亲信太监替他送出一封信给戴氏兄弟再由他们转交给蒋廷锡，心里总惴惴不安许多日子，对自己瞒着父皇与外人交往感到负疚。但皇家定此宫规之意无外乎有两点考虑，一是为皇家骨肉的安全着想；二是防止他们结交心术不正之人以致失德丧道。而这两条对顾先生的义子蒋廷锡来说完全不必担心。所以每想到这儿，胤禛又不禁原谅了自己。但不能出宫，怎么再见到自己的朋友呢？像几年前那样偷偷跑出去是绝对不行了，他只好耐心地等着父皇派他外出的差事，比如祭祀皇陵、巡视河工这类差遣。但这种差事现在还很难落到他这个还未分府授爵，没有任何资历可言的普通皇子身上。

当胤禛可怜地盼望着父皇命他外出办事，等得几乎绝望的时候，这年春天，机会终于来了！康熙因平定噶尔丹的叛乱，照例要告天祭祖，感谢祖宗天地保佑。因归京后政务繁多，他命四阿哥胤禛代他去昭东陵暂安奉殿，向自己最敬爱的祖母孝庄文太后行礼。胤禛对此次差遣表现出出人意料的兴奋积极。康熙还当是儿子长大懂事了，想为父皇分担些，心里也很高兴。他哪知道儿子是醉翁之意不在酒，另有自己的打算。去遵化礼拜后，胤禛对那位遥远可敬的太祖母的追怀已飘然远去，取而代之的是一种急不可耐的离归之意。他一刻不停，连夜策马疾驰，直奔友人的新宅。

风和日丽，天色湛蓝。由戴氏兄弟带路，胤禛找到这个幽静的地方。同他想象的一样，这个地方果然竹木葱茏，山环水抱，清溪绕流，杨柳弯垂，颇具江南风韵。转过山抱，便隐约露出几楹茅屋草舍。舍外依山势水流曲曲折折地编出两溜青篱，篱笆外的山坡分畦列亩，种着各种蔬菜。大概陶渊明到此也会流连忘返吧！

胤禛进到院子，见茅舍紧闭，本想叩门的他又突然改变了主意，暗想，既然刚才进院时柴门分明还敞着，说明主人在家。也许他现在正要构思画作，不想见客。我若贸然而入，岂不搅了他的思绪，还是在外面等一会儿吧。于是他开始在院子里悠然又有点心焦地踱起步来。过了一会儿，里面还没有动静，胤禛沉不住气，掏出怀表看了看，不知他这画画完要多长时间，自己的时间可不多。要不要现在就进去，还是再等一会儿？

正在胤禛犹豫不决间，两个十四五岁、小厮模样的男孩挑着两桶水晃晃悠悠地进到院子。见家里来了生人，不由愣了片刻，就见前面一个稍瘦些的放下扁担将胤禛打量了一番，扯着嗓门挺冲地问："你找谁啊？"正在这时，从屋子里传来一个文雅、清亮的声音："青溪、白石，把水倒进缸里就不用管了，歇着去吧。"

胤禛听到这熟悉的声音二话不说，不等人让，直接走到草房前唰地掀起竹帘，正迎上要出来的主人。"殿下……"蒋廷锡愣住了，一动不动地呆了半天，方才回过神地跪地请安。

"你这是干吗？这么多礼我可不再来了。"胤禛一手把他拉起来，脸上却露出自得、欣慰的笑容，"本该事先告知你一声，无奈差途之上，身不由己，只好不请自来。刚才瞧见你这外面的柴门未闩，就知你准在家。要不我还真怕大老远来吃你的闭门羹呢。怎么样，没扰你的画思吧？"

蒋廷锡兴奋得脸颊红光闪闪，愉快地道："四爷来得太巧了。数日前我外出访友，昨日方归。今早起时还见外面柳絮飘飞，落红满径，也没管它。哪知四爷今日竟枉顾寒舍。这可真是'花径不曾缘客扫，蓬门今始为君开'。""那还是咱俩的缘分。"胤禛说，随后两人一同放声大笑，携手向里走去。

步入茆堂，胤禛将屋内细细打量。虽是纸窗木榻素屏，无一丝富贵气象，却也窗明几净，一尘不染。胤禛喜欢这里简素，随意地在一把简易而古雅的竹椅上坐下，四下张望着，说："戴铎他们说你已搬出半月堂移居他处，独立门户。起初我还不信，又遣他们多方打听，今日一见你连书童都有了。这茆堂依山傍水，气象清幽，全是一派高士风范、隐者胸怀啊。"

"殿下见笑，非是廷锡故作潇洒，也实为迫不得已。石谷师见我总临古人旧作，残山剩水，曾令我自出题目，独自构思。可不知何故，我一离范帖，就笔墨生疏，常对着一张白纸发呆，不知从何处下笔。勉强运笔，也画似涂鸦。无奈只得重摹古人。师傅说我泥古不化，十分不满。后又见我于花鸟虫鱼之作尚见灵性，比之山水似有可造就之处，就建议我改换师门，另寻出路。”

“怎么，他不要你了吗？”

“师傅没这么说，只说人各有所长，又言师不必贤于弟子。他荐我去求学于江南恽寿平，还亲口对我说，恽阁老早年也曾与他同研山水技法，但后来见师傅技高一筹，知再努力也难望其项背，耻为天下第二，便毅然改弦更张，弃山水而专攻花鸟，遂也声名远扬，成为本朝一大家。”

“哦，那可真不容易！那么恽寿平收你了吗？”

“唉，恽老前辈一贯闲云独步，不问世事，听说已隐居山林多年。后来我好不容易找到他的一个弟子，方知老前辈已作古有年……再回半月堂，师傅说画需五分天赋五分勤苦，我勤奋有余而天赋难定，至于今后能否有所造诣，他也说不好。所以他执意要我出门自己领悟。除去那里，家是不可再回了。我已届弱冠之年，既然不能赡养父母，也不能拖累二老，再依靠他们。幸蒙友人相助，寻得此地，就地取材，依地势搭盖草庐，暂为栖息。只是我悟性太差，来此数日，虽每日也未曾断笔，却觉路越走越窄，很是焦恼。前些时经石谷师援引，招我与京中诸门派大家相聚切磋，以期有悟。今日早起突觉灵感天降，便融墨运笔，不知有无长进……”

胤禛听完含蓄地一笑，理理衣服，娓娓说道：“扬孙，依我愚见，所谓悟性，可遇而不可求。即如参禅，全凭自身彻悟，非旁人点化所成。或许你已有悟，尚未觉察。有道是当局者迷，旁观者清。我虽不大懂画，也在宫内赏览过历朝名画。来，让我看看。”

当蒋廷锡从侧室里抱出数卷画轴时，还未及放置案上，“啪嗒”一声，不知怎么，一个被夹带出来的羊皮小册子翻开扣在了地上。廷锡顿时低下眼睛，面红耳赤，羞窘难耐，局促不安起来。那册子正是他那回在蚕市口天主教堂时郎世宁送给他的，里面尽为西洋绘画。因其中有不少外夷女子寸缕不着、玉体横陈之图，廷锡觉得有伤风化，拒不敢要。可人家说这些都是名家名画，是很高雅的艺术珍品。连年先生也说，看看那些异邦绘画，可增闻博识，对习画大有裨益。廷锡就很不自然地收下了。现在，这不可见人的东西偏偏让一贯庄正严肃的四阿哥碰了个正着，会怎么样呢？他不安地低下头，恨不得找个地缝钻进去。

胤禛好奇地捡起地上那副册子，随意地翻了几页，并不说什么，又默不作声地把它放在一个角落里。蒋廷锡偷眼快速地瞥了四阿哥一眼，从他那平静的表情看他似乎对此并不觉怪异，难道他以前也见过？或者根本没有观赏的兴趣？胤禛管自来到画案前，一声不响地将一幅幅散发着淡淡松香的墨迹打开，默默展读着。过了一会儿，他转过身，两眼平视着友人，直言不讳地说：“嘿，扬孙，你倒是把头抬起来呀，我看这画虽还未有惊人之笔，不过字可练得比以前潇洒多了，确乎大有长进，比我现在的字也要强上几分。你是怎么练的？也教教我。”

一场尴尬没有发生，蒋廷锡方抬起头，脸上现出一种轻松的表情，笑着答道：“廷锡自幼临池数年，书法虽未窥一工，但遍考诸家，未得融会贯通，自愧执而不化，徒费数年。后来……”他突然停下来，看了胤禛一眼，低下眼睛。

“后来怎么样了？”

“后来想是自己心志不坚，用功不到家所致。便每日临写数幅，方始见效，未半途而废。”

“刚才我看你缸里分明有水，可你的两个小厮还在担水。莫非你也要学王献之，要将缸中的水都写完，练就为一代书圣！”

廷锡脸微微转红，摇摇头：“其实书画一技也不是光靠苦练能有所成的。不过殿下观察得着实细致。”他又拱手道，“早听父亲说过殿下笔势洞精，字体遒美，不知可否赐小人开开眼界？”

“你开什么玩笑，在你面前运笔不是成了班门弄斧。哎，你今天作的新作呢？”

廷锡把案上杂堆的笔砚挪开，将那画展平并用镇纸仔细地压好，又长施一揖说：“请殿下雅正。”

胤禛看到那画吃惊地问：“你画的是什么呀？一团黑乎乎的东西，好生古怪！”

“这是牡丹。”肃立的蒋廷锡安静地说。

“什么，牡丹？你别哄我了，牡丹哪儿有黑色的？”

“真是牡丹。菜市口外崇效寺三绝之一，就是墨牡丹。这种牡丹除了此刹别地均无，极其罕见。数日前我有幸见到，惊叹无比，就想移之入册，永为记之。”

“噢，看来是我孤陋寡闻了。不过此幅墨牡丹虽不同一般花王之雍容华贵，也没有桃李的俗艳，却有一种天然韵致卓尔不群的风流，也算是花中君子。”

蒋廷锡听了表面没作声，心里却很高兴很激动，他在构思此画时要的就是这种效果，如今见四阿哥将它一语道出，看来自己这幅墨牡丹算是成功了一半。他正想再请皇子为他这幅画提一些不足，突听胤禛轻声喃喃念叨：“菜市口、菜市口……不知离悯忠寺远不远？”

“不太远，距崇效寺约一箭之地。那儿的牡丹也很有名，还有丁香……”廷锡不知皇子在想什么，自动地接过话答道。

“这么说你也去过悯忠寺了。”胤禛突然奔过去一下紧紧攥住廷锡的手，表情变得异常激动地说，“袁崇焕袁大将军的忠骨，是否还安葬在那儿？”

“这、这倒没听说，只知这座寺是京华最早兴建的寺院之一，比潭柘寺尚早四百余年。过去说‘先有潭柘寺，后有北京城’，只恐也是后人杜撰的传说。”廷锡一边说一边好奇地望着皇子问，“殿下是想到那里上香吗？”他记得父亲曾说过，四阿哥是一个崇佛的皇子。

胤禛悻悻地松了手，脸上的表情开始沉郁暗淡。他扭过头去，望着窗外高远的蓝天，幽幽地说：“不是上香，是去瞻仰袁大将军。袁大将军实乃前朝栋梁，可惜白璧蒙污，他死得真冤！……幸赖皇上治事英明，胸怀宽广，使这前朝冤案得以昭雪。菜市口百年前即是忠烈热血抛洒之地，只是未知忠骨竟葬于何方。若真是英灵安息于悯忠寺，也算可以告慰忠魂，欣慰后人了。”

廷锡似乎对皇子讲的这位前朝忠臣的归宿不大感兴趣。他刚才只是一时应酬，随口说出，并没想太多。现在见四阿哥仍在这个题目上大做文章，长吁短叹，非常不解，但还不得不耐着性子听下去。

“顾先生近来可好？”胤禛讲了许多，终于说到与朋友有关的事情上。自从噶尔丹被灭后，皇上重新调选六部官员，退下一批年老体衰之人。顾八代因年岁偏老，也在此列。但胤禛觉得像师傅这样的人不应过早致仕，还应继续留用。然而官员的去留不是他一个皇子能决定的。他不愿师傅走，但一点办法也没有。

“父亲……”廷锡刚说了半句，突然眼圈一红，似乎触到什么伤心事。但他忍住悲声，将情绪尽量调整平静，用平和的声音讲起先前家中发生的一些事……

顾八代的长子顾俨所在的吏部收发处，是个专门办理部内文牍庶务的衙门。照理这本该是个不沾风惹草的清水衙门，顾八代将儿子放在这里也是根据他的才能求一微职，也好不预人事，远离是非。顾俨受父亲督策，每日到部内办事，早出晚归，也还小心谨慎，恪尽职守。只是他的同事在此处一两年混熟后就利用方便之机广结官员为己钻营。顾俨也曾受人请托要求予以方便，但都被他客气而婉转地拒绝了。久而久之，他在同伴眼中被视作“怪人”。吏部衙门里的人都知道这里有个年轻的书吏安于淡泊、廉洁克己。虽有些讥笑非议，但大多数人对他多有敬畏。后来有一谋求实缺的官员，几次想向掌管官员任免大权的吏部文选清吏司某员行贿，无奈众目之下，怕引人怀疑。与顾俨在一起的吏部某员也与此人眉目传情过几次，皆因事露，未得其所需。眼看今年的部内铨选名单就要呈皇上批复，此人急得抓耳挠腮，央求那书吏快想办法。急迫之下，书吏突生一计，写信向那欲谋实缺之人授以机宜，此人便将贿赂之银财藏在一不起眼的巷子内，找到收发处的顾俨，称其是吏部某员的老乡，经商路过京师，给同乡带来一些土特产，因突接家书，家中有变故要赶快离京，不能亲自见这位老乡，请顾俨代他转交某吏。顾俨先是起疑，后见那人说得恳切，而文选清吏司那位老胥吏，因平时接触中在顾俨的心中还是个操守不错的前辈，便一口应允，替那人转交了东西。顾俨是部中出了名的廉吏，他一出面说解此事，自然谁也不会怀疑。就这样，老胥吏得了好处，行贿的人也受了实缺。偏偏这个新选用的外任官并没有马上离京。他还挺义气，没有忘了那个帮他牵线搭桥的小兄弟，也想给他点酬谢。他就打听到顾俨的住处，派人将二百两纹银和一封简略说明的短信送到顾家。那天顾俨正上着差，顾八代也不在家，待回到家中得知此事，勃然大怒，也不问缘由，就叫家人捆了儿子大行鞭挞。拜师访友回来的蒋廷锡到家，就看到父亲两眼血红，正咬着牙拿着打板狠命地往哥哥身上抡，一边打一边骂，什么鬼迷心窍、自甘堕落、玷污家门等语。廷锡忙过去拼命抱住板子，拦住父亲，劝老人家息怒，保重身子。又向家人询问。下人们知道这位二公子与家主的特殊关系和在家中说话的分量，便一齐道出事情原委。廷锡知道大哥不是那种人，就为大哥向老人解劝请求……

廷锡还没说完，胤禛已忍不住打断问道："你刚才说的那老胥吏，不过一个小小的书办，隶仆而已，怎能左右官员任免？"说完拧紧眉毛，大惑不解地望着蒋廷锡。

廷锡叹了口气，并不隐瞒，把自己知道的一切和盘托出："唉，我只听兄长说，各部书吏虽身份微贱，却实权不小。比如刑部，他们主案牍。每办一案，堂官委司官，司官委书吏，书吏检阅原有成案比照律条，呈之司官，司官加以润色，呈堂官，堂官若不驳斥则此案乃定。在吏部，外官通声气，求升擢，不能直接接近大员，自然千方百计巴结讨好胥吏。户部更甚。因其掌各部款项核销，每日报销数多达百万两以上，所以索贿数最大。于是便有'阔书办者，必首户部''户部书吏之富，可埒王侯'的说法。其他几部虽不如吏户二部油水大，但也总有利可图。比如工部遇大兴作，兵部遇大战事，都可趁机捞取一把，没个例外！"他说完紧盯着胤禛，想看看这位皇子会作何反应。

胤禛听后木然呆住，良久无语。真想不到，如此骇人听闻的事就发生在京师，发生在皇上的眼皮底下！这些人竟敢明目张胆、肆无忌惮地贪赃枉法，损公肥私，哪里还把朝廷王法放在眼里！清平世界，朗朗乾坤，断不能容这种丑恶嚣张蔓延！胤禛心里暗暗咬牙，但他现在不想与自己这个目前只是一介平民的友人过多地谈及朝政，于是他打住了话头，只是敷衍地说："你说的这些毕竟只是少数，官吏大多数还是清廉的。皇上消灭噶尔丹后，自会把查吏安民放在首务，断不许此辈再猖狂下去！嗯，后来师傅可曾消气？没气坏身子吧？”

廷锡一时没吭声，他很不满意皇子这种轻描淡写的表白。哼，到底是住在宫里锦衣玉食的皇阿哥，事不关己，哪里会为这种事操心！大概是这么想的缘故，他脸上原来宁和恭敬的表情渐渐淡去，垂下眼睛，淡淡地说：“父亲听说哥哥讲出事情原委，又急又痛，伤心不已。后来他托人把兄长调离吏部，转到礼部。礼部向称穷吏，素无油水可捞，役吏多不乐往。独父亲为兄长清廉计将其转去。只是父亲原也是在礼部任上，怕有任人唯亲之嫌，好在他老人家不久也致仕退职了。我已成年，再在家中累及父母实有不忍，就借此之机自请独立门户，不再依靠二老。”

胤禛也已看见朋友颜色有变，似乎心中不快，便自动地将目光移开，并不去看他。但他耐心地听对方讲完后突然心中一动，暗自琢磨起来：师傅到底为何致仕的？也许年老体衰只是托词，朝中比师傅年纪大还继续留任的大有人在，为何偏将师傅斥退？想那朝中官员多是互相排挤、倾轧、钩心斗角，表面恭敬背后使绊儿。在此场合下，若一语出言不慎便会惹人嫌怨，给自己招来意外之灾。何况师傅平时一向喜放言高谈，臧否人物且从无顾忌，这样哪有不得罪人的道理！没准师傅离职还另有隐情。只是不管为何，如此一来今后朝中少了一位耿介之士，只剩大批唯唯诺诺、阿谀奉承之辈。这对国家又有什么好处呢？

廷锡见四阿哥沉着脸只是发呆，不禁由恼转惊，甚至有点愧疚。刚才他的言语偏重，可人家殿下并未生气，自己倒有几分过意不去。他轻轻地叫了一声：“殿下。”

胤禛从沉思中慢慢抬起头，问：“扬孙，你看先生归田之后还有继任之意吗？”

廷锡摇摇头：“父亲向来淡于仕路，早有归隐之意，对此正求之不得。我看就是朝廷以后有重新起复之意，他老人家也断不会再回朝掌印了。”

胤禛听罢伤心地望了朋友一眼，虽然他心中很难过，可有些话还是不便对这位朋友讲出。他觉得心中像压了一块石头，很是郁闷压抑，长久的对话又使他有些口干舌燥，于是他摆了一下手，暂时丢下那些不愉快的思绪，用一种玩笑的口吻说：“扬孙，我来你这儿老半天，嗓子都快冒烟了，你连杯水也不给我倒，真小气！”

廷锡脸略微一红，给胤禛倒了杯水。胤禛饮过后，蒋廷锡突然笑眯眯、探询地盯着他：“殿下是不是马上就要分府授爵，做王爷了？”

“咦，你听谁说的？”胤禛诧异地望了望他，并没有否认。

廷锡嘿嘿一笑，道："那日父亲与石谷师在家中小叙，谈及此事，他们的话恰被我在外面听到了。"

"你耳朵倒灵！这事有是有，不过可不是什么王爷，能封什么要看圣意，现在我也不知道，也许顶多是个贝勒吧。"这是胤禛根据自己的实际能力和他在父皇心目中的地位推测的，他现在可不敢奢望当什么亲王郡王。

"哟，我这厢先给殿下道喜了。"廷锡说着跪下叩了一个头。胤禛受人抬赏也不免有些得意，刚要笑却灵机一动，心中冒出一个怪异的想法。他促狭地一笑，说："扬孙，只口中庆贺可不成，得拿出点实在的。现在我要请你润笔，不为劳吧？"

蒋廷锡方知四阿哥已有计算，不便推辞，只好说："请殿下吩咐。"

"给我画个像，如何？"

"啊？"廷锡浑身打了个激灵，惊愕地对四阿哥望了半晌，有些慌乱地道，"这可使不得，殿下，我作画不过是雕虫小技，游戏而已，又因生性疏懒，久无起色，怎敢拙笔损污殿下尊容。"

"看你说的，我也是玩娱而已，谁个认真！"

"我从未给人画过像，于生肖之笔过于生疏，再说，再说时间怕也不够……"

"离暮时尚远，你不必着急。一生二熟，今日我权当给你练笔！"

哪有这么练笔的？蒋廷锡真有些哭笑不得。但他知道，四阿哥决定了的事是很难更改的。既然他刚才这么说了，那么若真画得不成功也是你自己逼迫的结果，可不要怪我。于是他在铜盆中净了手，请自愿当作摹画对象的胤禛坐在一个便榻上。四阿哥的右手还装模作样地拿着一册书，照对方所要求的一动不动地坐着，想笑又不敢笑，感觉既新奇又古怪。

廷锡将纸笔备好，已不再作声。他屏住呼吸，将四阿哥仔细观察了一阵，就在纸上慢慢勾画起来。他可比四阿哥紧张得多，开始手还有点颤，后来好多了。他一刻不停地调色、上色、渲染、醒提，不大一会儿就热汗淋漓，仿佛打了场大仗似的。

"好！"廷锡终于放下笔，用袖子擦了一把额头上的细汗。早就迫不及待的胤禛扔下书，疾步奔去抓过纸，一瞧，愣了一下，就忍不住笑了。他笑着扬了扬脸："这是我吗？扬孙，你看你画的，我可没你画的这么漂亮！"

"我本就不善画人物，可殿下偏要……"廷锡轻声说了一句，很羞怯地低下头。

"哦，我没有责备的意思。这张小像挺好的，就是你画的眼睛，稍大了些，其他都还挺像的。唉，好吧，我该走了。"

"殿下要走？"蒋廷锡的眼中明显露出依依不舍之情，呆了呆，才又说，"那请殿下临行前可否赐一墨宝，以为不时之念。"

胤禛听他说得凄凉，其实他自己又何尝想回到那高墙闭锁、闷笼般的皇宫中。他望了望一身布衣的蒋廷锡，至少他还可以在这青山绿水的环抱中悠闲自得，干自己想干的事情，可我却不能随心所欲，连外出行动都受到限制。一想到此胤禛不免心中沮丧，又羡慕地匆匆望了蒋廷锡一眼，沉默了一阵，欣然答应了他的请求。他取出一张白纸折扇，用蒋廷锡刚才用过的笔在上面题了一首小诗：

山翁避暑在山中，竹籁松涛面面风。
三乐启期何所事，朝阳睡到夕阳红。

最后落款是"天下第一闲人"。蒋廷锡接过这把折扇，反复看了不下四五次，好像有什么地方不理解似的，突然拱手问道："请教殿下，何为'三乐'？"

"语出《孟子》：父母俱存，兄弟无故，一乐也；仰不愧于天，俯不怍于人，二乐也；得天下英才而教育之，三乐也。"

他们一边说着，廷锡一边把四阿哥往外送。一朵白云，不知什么时候飘了过来，悄悄地停在天空中，沉吟片刻，挥挥袖子，又悠悠地远去了。只有柔细的和风，像一个孩子软软的小手，轻轻拂过柳条竹枝、绿草野花，最后和小溪水快乐地嬉戏……

胤禛看到这山野景色，不禁又诗兴勃发，随口口占了一首小诗，他吟得很清晰，抑扬顿挫，仿佛故意在给友人听——

羡君潇洒致如仙，心远何妨地更偏。
雨洗岚光青入牖，风摇竹影绿当筵。

廷锡听了这首充满羡慕意味的小诗，心里却只有苦笑。心想，真是坐享富贵的皇阿哥啊，你若知道我这些日子的用度花销都靠赊账借钱，大概就不会这么潇洒了吧！对于这些困窘，廷锡是宁可咬碎钢牙往肚子里咽，也绝不肯厚着脸皮乞丐似的向别人乞怜求助。他毕竟跟顾八代生活了近二十年，身上继承了养父傲岸的钢骨。然而就在他向胤禛拱手作别时，胤禛突然用一种犀利的目光盯了他片刻，出其不意地从袖中掏出一张盖着大红印戳的五百两银票。他凝视好友，半晌，语气热烈而坚决："扬孙，我知道你手头不宽裕，这一点你先拿着，以后有什么难处，只管说！”廷锡很是惊愕，连连摇头，不敢领受。胤禛走近一步，仿佛轻叹了一声：“扬孙，你若还把我当朋友就拿着它，算我借你的还不行！等你今后两榜题名，要找我，我还不借了呢！”

蒋廷锡胸部一起一伏剧烈波动，浑身血液急剧地奔流，激动得说不出一句话。不知为什么，在他接过那银票时，手像被烫了一下似的往回缩了一下，心头滚过一个炸雷：不，四阿哥的钱不是好拿的，现在你用了，今后这债，是一定要还的，一定要还的……

二

自从那日送走了四阿哥，蒋廷锡的心情就久久不能平静。近一段时间为了生存，他不得不舍下脸来为那些官宦人家作画。那些达官贵人只是图一时新奇，附庸风雅而已，很少有懂得真正的绘画技艺的。更可气的是，他们只把他当作一个供他们闲谈取笑的清客相公。在他们的眼里，他与那些以卖笑为生的戏子娼人并无区别！这让他后来对那些经人介绍前来这里向他求画的主顾也有了选择，举止粗俗、不通文墨者，就是出再高的价钱，也休想从他手中得到一幅画、一个字！这天他又进城为几个主顾送画，路过东城的成贤街时，看见从国子监出来的生员一个个都志得意满、昂首阔步，神气得不行，他们的脸上却都是一副愚蠢庸俗之相，那趾高气扬的样子着实令人作呕。这引发了蒋廷锡的满腹悲酸：浮生若梦，人生不过数十载光阴，我不过才二十岁，凭什么就永远白屋素壁，隐于蓬蒿呢！若有机会，也博他个腰金衣紫，方可扬眉吐气，也不用再仰人鼻息，看人脸色了！他便生出了参加科考的念头。不过这件事父亲和师傅若不赞同怎么办？他们会不会说自己急功近利，耐不住清苦呢？想到这儿，廷锡心中不禁有些烦乱了。

廷锡要去的最后一家是住在西城的一个商人。此公虽为商人，却自幼饱读诗书，喜欢文墨，与一般的买卖人不同。他经营着一个小饭铺，规模虽不大，在西城一带却也小有名气。据说店名就是由这位店主起的，因其院内有一株大柳树和甜水井，就取号曰“柳泉居”。他还亲赋小诗一首，以彰其店：

刘伶不比渴相如，豪饮唯求酒满壶。
去去且寻谋一醉，城西道有柳泉居。

将上次订下的画交给主人并跟人家谈好下一个买卖后，廷锡就被伙计侍候着让到楼上的雅座。这会儿还不到吃饭的时候，楼上除了他空无一人。伙计给他沏好茶也下去了。他茫然地从怀里掏出四阿哥题赠给他的折扇，对着那首小诗反复地看了一遍又一遍。殿下为何要题这么一首诗呢？用意何在？他不解地摇摇头。也许是他想得太专注了，以至有人上了楼，在他桌子对面的椅子上坐下，他都没感觉到……

当他从沉思中抬起头，发现对面坐着一个正默默地凝视着他的客人，不由得放下扇子，从位子上慢慢站了起来。他并不认识这个人，但脑中突然有一种奇特的遏制不住的意识，使他觉得在这位客人跟前坐着很不合适。此人年不到五十，衣着比较讲究，身材适中，面色端庄，神态安详。蒋廷锡也曾接触过不少达官显宦与文臣雅士，但没有一位像他这样将雍容不迫的贵族气质与温文尔雅的学者风度结合得如此完美、自然的。廷锡心中暗暗称奇，也有些惶惑，向那座位上的客人恭敬地深施一礼："学生见过老先生。"

"老先生"笑了，轻轻点了下头，似乎对这个年轻人的礼貌感到满意。他抬手招呼廷锡重新坐下，像老友闲谈似的关切地问："能让我看看你这把扇子吗？我看你刚才瞅它半天了。"

原来人家早把自己观察了半天。廷锡匆忙抬眼不安地瞥了客人一眼，见陌生人神态平和，并无恶意，但他那双锐利有神的眼睛仿佛能看透一切，什么都瞒不过他似的。廷锡心中反复掂量了一下，却还是把扇子从桌子上挪开，低下头，没有说话。

"既然舍不得你的宝贝，我就不看了。"客人反倒像给蒋廷锡解围似的理解地淡淡一笑，并不生气，仍目光灼灼地望着他，问："听伙计说，这四壁书画均出自阁下之手。以阁下之龄能有此等技艺已殊为难得，可我看你并不得意，对吧？"

廷锡愣了一下，又飞快地向客人瞅了一眼。这位举止尊贵的客人不知何时已打开一把水墨扇，一边安闲地轻轻扇着，一边微笑地望着他。那扇子下面，有块晶莹碧绿的玉扇坠儿随着扇子的摇摆也悠悠晃动。若在平日，廷锡会警觉逊谢。可是今天，他要作一个极其重要的人生抉择，而父母师友都不在身旁，去找四阿哥又不现实，他突然想把这一肚子心里话讲给这位他并不认识的陌生人，也许他能给自己以启发和帮助。于是他叹了一口气，说出了自己满腹的矛盾与苦恼。

对面客人听完他的陈述，很不以为然地笑了笑，道："我说你真是杞人忧天，这点事也值得这么长吁短叹！想是你大概蜗居室久，听闻不畅。你难道没听说，今上最重选贤任能，想罗尽天下人才以尽其所长。像梅文鼎、王石谷、姜宸英，皆各有所长，现在都在朝供奉，为国宣力。今上之意，乃使此等才俊，共包含于化育之中，既利于朝，又不废其业。如此也可称两全其美。”

廷锡听后，眼睛中闪耀着热切激动的光芒。但后来他又笑笑，还是摇了摇头：“这些前辈有幸遇到伯乐，方得大展宏图。我无权无门，焉能与之比攀。”

客人不满意地皱皱眉，又真诚而恳切地鼓励道：“年轻人，岂不闻苏东坡所言：‘古之立大事者，不唯有超世之才，亦必有坚忍不拔之志！’只要你锲而不舍，勤以求之，何愁不为世人赏识，永远明珠暗投呢！你我虽萍水相逢，但我见你也是个有抱负的人。如信任在下，可否将你的尊名告之，我有一些仕路上的朋友，也许对你今后的举业能有所助。”

廷锡眼中闪过一道惊愕的光，在桌子下暗暗抓紧自己的手腕，心跳剧烈，却说不出一句话。自己的挚诚真的感动上天了吗？这个人莫不是天上派下人间的神仙？这时，天已薄暮，楼上又来了许多吃饭的客人，刚才还空荡安静的厅堂一下变得喧闹起来。始终站在与廷锡对话客人身后的两个中年汉子，本就没有笑容的紧绷的脸上都露出紧张警惕的神色，并不停地用眼角向四周巡视着。见廷锡的神态有些犹疑，对面那客人却也不催促，也不再用眼睛盯着他，将精敏的目光转到墙上，很悠闲地欣赏起四壁的墨画来。

“三位里边请——”跑堂的又领上三位客人，把他们安置在离廷锡他们隔了一桌的位置上。

“大哥，今儿兄弟做东，你们都别管！”三位客人中的一个很豪爽地边说边解下缠在腰间的一个布褡裢，“哗啦啦”撒出几串穿着红线的大钱，还带出几个亮晶晶的小铜子儿，在桌上不安分地滚蹦着。

“蔡珽，你什么时候发财了？你别笑啊，没发财，那是想把这个月开的饷都搁这儿？”另一个人有几分嘲弄地问了一句，却并无恶意。

“说什么也不能让贤弟破费。快收起来，此处人多手杂，可别大意。”第三个声音听来比前两个显得老成持重。这个人正是年希尧。他说完这话，下意识地向四下瞟了几眼，突然发现前面那张桌子后一个背对着他的身影很眼熟，那不是蒋扬孙吗，他怎么上这儿来了？看到那桌上还另有客人，好像正在与他交谈，就稳了稳，没有立刻过去。这时，一定要做东的蔡珽已跟伙计叫了几个菜。他的性格还是那么朴直热情，只要想起什么，说做就做，虽从广东转进京快一年了，可热心肠的性子一点没变。相比较而言，弟弟年羹尧自从在西北打完仗从军中回来后话却变得少了，身上少了一些活泼开朗，多了几分不正常的深沉。年希尧还没来得及探询弟弟发生这种变化的原因，今天蔡珽在他新上差的五城兵马司第一次领饷，就叫了两个朋友来这里畅饮小聚。不过他看弟弟一直显得心事重重，对这次出来吃饭也提不起精神，他的心也有些沉重。为了不扫人家蔡珽的兴，他在席上尽可能地多说笑，吃酒，以补弟弟神情冷淡的尴尬。几杯酒下肚，本就爱唠叨的蔡珽话多了起来，对年羹尧眄起一只眼："我说亮工，你倒吃菜呀，是嫌这儿的菜不香吗？要不咱们再换家馆子。"

年羹尧默默地夹了一箸菜，看了蔡珽一眼，皱眉闷闷地把口中的菜咽了下去。

蔡珽也瞅出年羹尧有心事，放下酒杯，哈了一口气，说："我说亮工，你从西北军中回来后怎么变成了个姑娘家？这么跟我下闷棋，急死人！有事就说，有屁就放，别藏着捂着！"

年羹尧这才笑着轻轻捶了他一下："你这狗嘴吐不出象牙，在大哥面前还借酒撒疯。告诉你，今后你什么时候找我喝酒都成，我，自在了！"

"啊？你说什么？"年希尧问。

"怎么，没听懂？"年羹尧见两个人都不解地望着他，不高兴地道。随后，他抓起蔡珽刚才斟满的还未来得及喝的那杯酒，猛地灌下，然后将酒杯"啪"地往桌上一蹾，挑衅地望了哥哥一眼，快意地说："我辞了军中的差事，现在自由了！"

"你没开玩笑吧？"蔡珽不安又困惑地看着他。年希尧却没说话，从弟弟这几日不正常的表现他早料到可能会有什么事情。他慢慢抿了一口酒，并不惊慌地问道："然则，你今后何以处之？"

年羹尧没想到哥哥的神色这么平静，说："要想还走仕途之路，只有来年参加科考。除此之外嘛，还有一条路，就是……"他左右看看，压低声音将与四阿哥的邂逅交往讲了出来。年希尧依然是不动声色地听着，蔡珽却像在听什么天书奇谭似的吃惊地瞪大眼睛，疑惑地望着朋友。等年羹尧讲完，他才回过神似的问："那你是想投四阿哥门下？"

"这只能算出路之一，不过，不过得看大哥的意思。"年羹尧停了停，没有瞅哥哥，又接着道，"请恕小弟直言，大哥若想成全小弟，必须先退出天主教。"

年希尧心中怦然一动，没想到羹尧这些日子的不痛快竟是因自己而起。其实他与那些洋教士交往只是互相探讨学艺，虽然他也确曾动过加入天主教的念头，可据他看来，天主教并不是什么人随便想入就可以入的。虽然洋教士在中国发展教徒很不顺利，困难重重，可人家对要入教的人还严格把关、考察。要年希尧放弃二十几年一直信奉的儒家先贤改而相信耶稣基督，恐怕他一时半会儿还真转变不了。可能是父亲见他总去教堂，而且每次回来还带回许多西洋书籍，就以为他受洗入教了，并且背着自己给弟弟写了一封信，求助他来说服自己。这完全是场误会嘛。不过回头再看弟弟这件事，他从没与王公有过任何交往，不了解四阿哥的为人，不知弟弟选择的这条路将来对他利多还是弊多……他抬眼瞥了瞥，见弟弟还在用期望的目光望着自己，忙默默地将目光移开，沉吟不语。而这时候，年羹尧突然站了起来，什么话都不说就下了楼往外走。出来柳泉居大步流星，走得飞快，仿佛有人在后面追他。年希尧和蔡珽被他这莫名其妙的举动搞得没头没脑，也稀里糊涂地跟了出来，连钱都没付。直到进了一个幽静的小巷，年羹尧才停下。

“怎么回事？你遇见鬼啦？就是大哥不同意你也别这样嘛！”蔡珽喘着气不快地说。

“你说什么呀！我瞅见……”年羹尧说着又紧张地向四下瞧了一瞧，见无人，才压低了兴奋的声音，急速地说，“我瞅见皇上了！”

听着的两个人立刻愕然。蔡珽大概怕自己喊出来，慌忙将一只手塞进口中，两眼圆瞪，瞠目结舌。

“你没看错？”年希尧镇静又诧异地望着弟弟，问。

“我要是没看清怎么敢胡说！我亲眼见过皇上好几次，怎么会错！皇上身后还站着隆科多大人和另一位大人在陪侍护驾。不过皇上对面坐着的那个人，我没看清，好像不认识……”

“你是说咱们前面的正数第二张桌子？”

“对，就那张。”

啊，就是蒋扬孙坐的那张桌子！如果羹尧看到的真是皇上……可扬孙怎么会同皇上同桌共席呢？年希尧心慌意乱地琢磨着，皱起眉背着手在原地不安地踱来踱去。

年羹尧只当是哥哥被这突如其来的事情震惊了，笑着说：“皇上并没看见我。咱们现在已离开那个是非之地。只要你我三人不声张，不会有事的。”

年希尧停下，仿佛心有余悸地看了他一眼，问：“那么你是想好了，投四阿哥门下？”

年羹尧却苦笑了一下：“这只是我一厢情愿，还不知殿下肯不肯收呢。再说大哥……”

蔡珽不理解年羹尧非要投这四阿哥，他直率地说：“我看你还不如先参加科考，到时不行也好有个回转的余地，也省得人家以为你落魄才向他讨差的。”

年羹尧的脸腾地涨红了，想到自己被迫离开军中的情景，一股羞辱感啮咬着他的心，他低下头，但没说什么。

年希尧没有再看弟弟，而是很有几分不放心地对蔡珽叮嘱道：“唉，贤弟还是这么心性正直。不过愚兄有一言相劝，这里是京师重地，不是广东，虽说今上宽仁，不似前明苛察，可贤弟的一言一行，也需小心谨慎，不可鲁莽。有些话，最好还是少说为佳。”说罢又转向年羹尧，平静地说：“我并没有入天主教，对你的事也不想干涉，望二弟三思后早作决断，勿使高堂挂念。”

饭没吃成，三个人又各自怀着不同的心情同走了一程，在一个岔路口拱手道别，朝着三个不同的方向走去……

三

“叫噶礼——”当值太监特殊的嗓音喊出的怪异腔调在一片空旷的殿宇间显得特别尖厉刺耳。望着山西巡抚噶礼晃着肥大的身躯被太监领了进去，李光地心中不免焦躁起来。阳光明媚，天空一片碧蓝。艳阳天下，只剩下他一个人还在茫然不安地等待传见。康熙三十三年李光地被调离京师任直隶学政，自觉渐为皇上所疏，已难东山再起。可去年他突然接到吏部发文，要他兼任工部侍郎。他马上敏感地猜到这是皇上将重新起用他的一个信号，却又紧张了好久。他非常怕皇上命他接管河工。谁都知道，河工历来浩繁难治。现在的河督于成龙已年老体衰，力不从心；另一位河督王新命为人庸劣，只知一味靡费搜求，没有半点建树，令皇上十分心烦。最后当擢升他为直隶巡抚的谕命下达，李光地心中一块石头才落了地。直隶巡抚也是个万众瞩目的位子，历来非皇帝亲信之臣不用。李光地只觉受宠若惊，也深刻地感觉到一种前所未有的压力。今日赴任陛辞前还特意进行了好一番准备，皇上到时会叮嘱询问些什么，自己又将如何作答，都在头一天的晚上思量好。见另几个陛辞的大臣，湖广总督、河南巡抚、云贵总督还有刚走的这位山西巡抚都进去了，李光地那本来兴奋激越的心不免变得烦躁不安起来。想那噶礼是皇帝乳母之子，陛辞时间一定不短。可出乎意料，只片刻工夫，太监就出来叫他。他忙习惯地理好朝袍，振作精神，小心地跟着太监进了乾清门。

在乾清宫幽静的小次间，李光地行过礼后，很快地打量了一眼端坐在炕沿上的皇上。皇上还是那么瘦，加上一身布衣布袜的家常打扮，使他看上去竟像一个清贫的乡村教书先生。不知为什么，一见皇上这种装束，李光地就觉得浑身被一种什么东西所震撼，心中有的不仅是敬畏之情，还有几分亲切、几分伤感。若是摒除君臣身份，他们二人也许是一对难得的知音好友。想到过去在上书房时，自己比其他的侍读文臣有更多的机会与皇上接近，谈天说地，评书论画，或纵谈时局，品鉴人伦；或剖析玄理，密诉衷肠，无话不谈，十分投机。有时聊上一天都不觉时光消逝。所以在这种没有旁人的场合，他们的交谈理应比较随意自然。

果然，皇上免去了照例的一番训谕，劈头就问："听说你还未赴任，就想辞职离开工部，因何如此怯懦？你即便在学政任上，难道就永远不会沾惹是非吗？"

李光地悄悄皱皱眉，皇上的神态虽并不严厉，可口气很有些咄咄逼人。他怀着万分小心应对道："事先万岁擢臣为工部侍郎已属勉强。臣于河道、海塘、江防、水利诸务未曾接管，所知甚陋。到工部一年来，殊觉难以应付。时至今日，尚无半丝建树。现陛下不计臣愚，擢臣为直隶巡抚，倘再加工部一职，臣实难招架。诚想到时有负陛下托付之重，徒招物议！"

"直隶境内虽未流经黄淮二河，却有大清河子牙河，运河一段也流经于此，京师无定河水更是年年有汛，此皆事关漕运民生。你任直隶巡抚，总不能将这些事都绕过去吧。"康熙忧心忡忡地望着李光地，声音却还平和。

"臣敬闻陛下圣训。"李光地恭敬地低头道。

"工部的事你可以先放一放，但巡抚掌一省之民务，有封疆之责。凡察吏安民、转漕裕饷，皆统摄于巡抚，万不可草率！你到任后，有三件事务必给朕做好：一、运河与其他河流交汇之地，常有水患，须严防不怠；二、直隶藩库近日亏空竟至数十万两，若遇荒年，茫无赈贷，你到任后务及早弥补，严加查防；还有就是漕运。朕亲政之初，就以三藩、河务、漕运为三大事，夙夜念想，曾书而悬于乾清宫柱上，至今尚存。倘若河务不得人，一时漕运有误，所系非浅啊！"康熙说着使劲挥了一下手臂，想要加重这话语的分量，却又突然垂下眼睛，神色黯然下来："无奈于成龙年迈老病，行事多有乖张，任总河以来，唯知援引私人，甚不称职。所以在河工上，你还是尽量多协助吧。"

李光地从容道："于成龙确已老迈，只是臣即将赴任直隶，一身难以兼顾。现奉天府府尹徐廷玺，原在顺天府时曾助前河督靳辅协理河务。臣觉此人虽不能将从前废弛一并清理，但为人还老成，有些经验。陛下可仍用于成龙为河道总督，并遣徐廷玺协助。臣也可在直抚任上从容办事，待直隶之事理顺，腾出手来，再一并助之。"

康熙点点头，又直截了当地问："那以你看来，朕亲理河工数年均未见成效，根弊在何处呢？"

"臣无治理河务之行，不敢妄言。不过据臣私下观察，各部相互掣肘之事，现在似乎有增无减，且愈发严重。故臣请辞工部之职，也实有此因。"

见他绕了这么大一个圈才把不想继任工部侍郎的原因讲明，康熙用眉毛下一双清湛的眼睛古怪地打量了一下李光地，目光冷冷闪烁，声音似乎带着几许嘲弄，说出的话颇有些莫名其妙，令人费解：“有些事啊，关上门来，怎么说也无妨；但有些事，一旦被外人打听去，便如黄河之水，难以清淤……”

李光地在康熙寒澈的目光注视下很不自在，心中猜想皇上此语绝不会无端而发。他有些惶恐，但竭力摆出一副坦然的样子，待了片刻，道：“臣知外人因一些无稽谣传疑臣已久，众口铄金，三人成虎，实是有人未了解臣。但来日方长，日久见人心，臣不在乎！另有一等人，行止与臣相背，道不同，也只好不相与谋。臣虽愚，但自认耿耿此忠，天日可鉴！”他说完悄悄抬起眼皮，见皇上默然无语，似在沉思。此时君臣二人都闷不作声，小间内的气氛说不清是和谐宁静还是尴尬。

康熙转动着手中那个粉彩红釉的茶杯盖，心中矛盾而疑惑。李光地毕竟不是这个被自己玩弄于手中的器物，所以他向人展示的也总是那洁白光彩的一面；而另一面呢，是不是也像这杯盖内侧一样有坑斑瑕渍，羞于示人呢？索额图秘呈上的那封信所诉告的是真是假？李光地真的那么卑鄙吗？……算了，眼下正是用人之际，现在先不揭穿他。再说金无足赤人无完人，他纵真有此事，那也许是他年轻时一时糊涂，偶然失节。我若能扬长避短，悉心教谕，也许会是另一番情景。也罢——康熙在心中不平地长叹了一声，放下杯盖，目光复杂地瞥了一眼李光地，将思绪转回到直隶巡抚陛辞请训上来，接着谆谆告诫道：“居官以实心爱民为主。小民虽愚，终不能欺。能实心爱民，民自感念。否则竭力矫饰，也终难掩人耳目。一省之事全在督抚。上官若偏私则下属善于逢迎。若真能朴直向好，洁身自爱，正己率属，整饬励精，干出一番业绩，就是偶有偏失，朕也必当礼优大臣以全其始终！”

李光地忙叩头谢恩，想必这些话皇上已对前几位同人讲过了。

“每次巡抚赴任，朕都有训谕，但遵谕而行者少之又少。”康熙用期望的目光凝视着李光地，态度比刚才温和了许多，“光地，朕讲这些，并无他意，你也不要多想。刚才那四位督抚陛辞，朕也有同样的话。有则改之，无则加勉。不过朕也把丑话讲在先，你若负恩旷职，自取罪戾，则朕也绝不徇私枉法！”

“是，臣谨记圣训！”李光地又叩了个头，以为皇帝可以让他跪安了，没想到皇上突然又补了一句：“圣人曾曰：‘事君勿欺。’朕用人，能为心性尚在其次，首取忠正。宋之司马光也以忠、公、能三字作为臣范……”

李光地愣住了，皇上这话是什么意思，怀疑我不忠吗？那又何必苦口婆心地劝谕这么一大段？他不敢作声，心怀忐忑地听着。

“目下朝中，能当得起此三字之臣，屈指寥寥。有一人大概真正当之无愧，不过他已经……”康熙说着已缓缓地站起来，背过身子，不想让李光地发现他此时伤痛的面容，可他的声音却难以掩饰地凄恻沉痛，“今晨接到费扬古病故的噩耗。大臣病故，没有辍朝的先例，但对费扬古，朕心实不忍，今日起居一切从简，权当缅怀忠卿……”李光地方才明白皇上今天为何穿得如此寒素。虽然李光地与费扬古交往不多，可也感到国失此人，着实可惜。望着皇上悲哀的样子，他也不由得低下头去，以示悲痛。康熙却早已是悲不自禁，他回忆着往事，无限感慨地说：“朕西征讨伐噶尔丹时，众臣一致反对，只有费扬古深明大义，并谏朕当抚则抚，勿过猛苛，以防起穷兵黩武之意。其忠诚正直之心，沉毅坚刚之志，宽仁豁达之量，精敏明辨之才，除其谁为？辅翼朕躬，体恤兵卒，安抚百姓……以前闻得费扬古出归化城时，城中百姓夹道持香匍匐呼号，不忍其离去。朕当时尚有存疑，现在看来，是朕太过私隘！费扬古只知有君不知有身，施恩于下却从不谄媚于上，真是国家柱石，大臣的楷模。唉，朕失费扬古，与那曹孟德失郭嘉，孙仲谋失周公瑾何异！”两颗巨大的泪珠在康熙的眼中旋转了好久，终于没能藏住，顺着他的腮边沉重地滚落。见皇上说得这么动情，又这么痛楚欲绝，李光地那原本做作的悲伤样子就有一刻变得极不自然，幸而这时被眼泪模糊了眼睛的康熙没有瞅他。事后李光地每当回想起此事，想起皇上那双流泪的眼睛，心里就很不是滋味，好像谁在他心头扎了一针似的……

下午，内务府广储司的官员送来江宁织造府新赶制的将要赐予授爵皇子的朝服朝冠，请皇上查验。

摸着这些做工精细、像水一样光滑柔软的衣料，还有那一套套金光闪耀的朝冠、朝珠、玉带，康熙心中温馨地想象着儿子们穿上去后将是何等神气得意、顾盼自豪。作为父皇，他不但要给他们到一定年龄时分府封爵，还要尽可能地给他们创造一些能崭露头角、建功立业的机会。现在这几个皇子也都表现不俗。大阿哥胤禔，仍像以前那样协助诸王、将军管理一些旗务与军务。三阿哥胤祉，正领着一批贤达文人，进行着一个卷帙浩繁的庞大工程——编一部前无古人的最全面系统的类书。虽然他们要编的这部书书名暂时还没有定，但他们现在就开始披阅历朝古书，质疑问难，订正谬误，删繁补缺，踏访民间，工作十分周密细致。康熙相信，此书编成之后定会震惊天下，流传后世。而戏称自己为“闲人”的四阿哥也并非无事可做，几次的朝太庙、日月、山神等名目的祭祀，都是由他代皇上去行的礼。这种差事不比大阿哥三阿哥他们干的事情显赫郑重，一般也没有人跟他争。但对这个别人多不愿往的鞍马劳顿的苦差，胤禛竟是自告奋勇，乐此不疲。康熙见此当然也很高兴，很满意。只有皇太子胤礽，对兄弟们授爵一事似乎表现得不大高兴，态度非常冷淡。康熙也觉察出来了，却没表示什么。他觉得太子的心思有点窄，不管其他兄弟现在得到什么爵位，将来还不都是他的臣子，有什么想不通呢？

长子、三子封为郡王，另四个皇子从四阿哥到八阿哥都封为贝勒。康熙对此差别的解释是，几个未封王爵的皇子因未到弱冠之年，怕幼年显贵，以致骄矜肆意而行。其实这解释有点不通，四阿哥胤禛已年满二十，他的心智难道还不成熟，还令皇上不放心吗？康熙呆呆地望着华彩锦绣的袍服出了会儿神，吩咐当值太监传四阿哥到乾清宫来见。

父皇突然召见，大约不会是什么好事。胤禛心中忐忑，一路走来，额头上竟不知不觉地出了不少汗。他在还没进乾清门前掏出一块手帕揾净了额上的汗，略静了静，在心中默默祷告了几句，才轻轻走了进去。

可是西暖阁里没有人，想是父皇临时有事又出去了。胤禛一面等候，一面用眼睛不安地在屋中巡视。南窗下设炕，炕上的花梨炕桌上摆着一方印，似乎刚刻好。另一边的楠木紫云石桌面上又换了几件书画文玩，有玛瑙海螺、冬青釉耳三足炉、青托白地玉壶瓶、汉太蓍草瓶。显然都是父皇的心爱之物。然而屋中最显眼的却是靠墙的一溜蒙着蓝色绒布的书柜。其中一个书柜遮布被敞开，里面图书森列，卷帙浩繁，这么多书，一般人毕其一生也读不完啊。可父皇从少年时起就左图右史，坐拥书城，常一人夜半独对黄卷青灯，秉烛苦读。所以父皇看上去永远是那么雍容文雅，不怒自威。反观自己，他就越发觉得自己的粗驽钝拙笨。在这种突如其来的奇怪对比产生的自惭形秽后又勾起四阿哥心中那可怕的、几近绝望的自卑。几天前他还为父皇将大哥三哥他们封为郡王的同时未封于他感到委屈与不满，现在他咬咬嘴唇，竟冷笑着这样对自己说：你就知足吧，就凭你那点可怜的能耐，封为贝勒已经是皇恩浩荡了，还做什么美梦！父皇是不会喜欢你这种不会逢迎、笨嘴拙舌的阿哥的。有本事你自己争取啊！

若再这么想下去，胤禛不知自己将登上自我砥砺的台阶还是坠入自暴自弃的泥潭。康熙已从外面进来了。胤禛略显机械地行过礼后，见父皇款款走到方桌前，那是他平日练书画的地方。康熙在桌上的松花石砚上掭足墨道：“人常说乘兴挥毫。不知怎么朕今日突发此兴，你在阿哥中书法尚佳，就召你来此鉴之。”“谢皇阿玛赐赏天章。”胤禛照例说过这句谢恩的话后，又觉得不够恭谨，忙又追加了几句“儿臣不敏”“儿臣乏才”之类的谦辞。康熙并没有理会。他已提腕运笔了，在纸上潇洒地挥毫写出了三个大字——“戒、急、用”，他未写完，却突然停了下来，目光如锥般望着儿子，指着纸上余出的最后一个字的位置说：“朕刚才修篆了一方新印，现在已觉腕力难支，再写下去，恐要出丑。这最后一个字，你来替朕补上吧！”

胤禛惊奇地看了看上面那几个字，立刻心中豁然，明白了父皇让自己前来的一片良苦用心。但他只是虔敬又沮丧地傍立在旁，并没有接过笔。少顷，他低头恭敬又冷淡地说：“儿臣睹圣藻昭垂，目夺神移，甚为愧悚。儿臣驽笔何敢玷污寰翰。”

康熙温和的目光中仿佛闪过一道电光，在心底深深叹了一声，并未发作，只是柔和而亲切地催促道：“快点吧，老四，你知道，朕的时间很紧。太子要见朕，也得提早安排。朕还有许多折子等着批呢。”

胤禛听到这话，马上接过笔，调匀气息，冷静片刻，参照着父皇的笔体，心沉气定地在那纸的最后位置上写了一个大大的“忍”字！——戒急用忍！

康熙颇觉欣慰地点点头，回坐到一侧的椅子上。他热烈期待地凝望着儿子，谆谆说道：“朕观你平日娴静少言，自奉简约，办事认真，这都很好；只是早年微觉喜怒不定，有时遇事尚欠冷静……你看，古人造字，在这‘忍’字头上悬设了一把刀，意指若一时冲动，意气用事，后果不堪。天下没有过不去的事，隐忍一时，自会柳暗花明、海阔天空。孔子曰‘小不忍则乱大谋’，圣人之言实乃至理。好，这字，朕就赐你了！”

胤禛跪地谢恩。但他并未感觉轻松，反而觉得一颗本已负载很重的心又往下坠了许多。今后为了这个字，他大概要付出很多、很多……在人面前要小心谨慎，温良恭谦，那才是父皇心目中的“好儿子”。很显然，父皇喜欢的是温顺听话的小绵羊，不是暴躁炽烈的小马驹。他现在想说什么，但又说不出，似乎有一种非常沉重的东西压在他的胸口。胤禛的脸上现出一种略带伤心的微笑，似乎表示理解地抬起眼皮对父皇望了一眼，随后，又默默垂下了眼睛。

其实康熙为了劝说儿子，也着实动了一番脑筋。儿子已经不是小孩子了，再讲些古老的掌故或空大的道理他不一定能听下去，也很难奏效。所以他以此书法为契机，显得既文雅又很妥当。仿佛在不经意中，就给那暴躁的小马的脖子上套了一根无形的缰绳，也许会妨碍他一些自由，可那也是为他好啊！康熙又欣赏地望了望他跟儿子合作的这幅书法，感觉上面似乎还缺了点什么。噢，还没给这幅字用印呢。“胤禛，你随身可带着闲章没有？朕现在身边没有合适的图方。”

胤禛一眼望见方才炕桌上的一方玺，不管不顾地道：“那方宝玺父皇还没用过吧？”

康熙扭转身子一看，面孔立刻严厉起来，沉脸低声道：“那可不是随便用的！”唉，刚写完“戒急用忍”，他这急脾气就又来了！四阿哥从小就性格很怪，喜怒无常，一触即发，现在虽然仿佛比以前好些了，可有时还显得很任性。在自己所有的皇子中，这个初观仿佛并不起眼的孩子有时却像一个不和谐的音符，破坏着皇宫中庄严肃穆的旋律。比如刚才一问，就完全唐突多余！康熙眼中含着一种深沉的、神秘的忧郁，走过去，极其庄正、严肃地抬起炕桌上那方交龙钮的方玺，默视良久，在一张纸上郑重地按了下去。白纸上立刻现出四个笔画粗重的朱红色的篆字“敬天勤民”。胤禛这时才发现，那方玺既不是玉雕，也不是石雕，而是用檀木刻制的。胤禛不解，如此蕴含深意的宝玺怎么选用了一块木材刻造呢，或者至少也该有个锦匣装护吧。不过这次胤禛不敢再贸然开口了，心想父皇大概也不会为此向他作什么解释。然而，不知是康熙看出了儿子的心思还是他确实有感要发，他用一种低低的、深沉的口气说：“取何质料并不重要，所谓盛饰于外不如修诚于内。关键是要将此四字牢记于心，以珍其义。天听皆自民听，天视皆自民视。而为君者，上不能失敬于天，下不能简慢于民。若一事不谨，即贻四海之忧；一时不谨，即贻百世之患！不矜细行，终累大德。故朕每事必思想再三、详加斟酌……”胤禛深感敬重而震撼地洗耳恭听，若有所思，可就在他听得最认真、最激动的时候，康熙突然把尚未讲完的话停下了。他想自己这是怎么了，跟四阿哥说这些干什么，他又不是太子！发现父皇已停了下来，不再解释，胤禛的脸蓦地抖了一下，呆呆地望着那幅横批——戒急用忍，唇边渐渐露出了一种茫然、苦涩、游移不定的嘲笑。

四

和一贯板着面孔，正襟危坐的熊赐履、李光地他们不同，高士奇这个人最大的特点就是敢于舍下脸来，放下矜持、酸溜溜的文臣架子，在侍奉皇上时常常瞅准时机，像戏中的丑角一样插科打诨，嬉笑调侃，用自己的诙谐和机智博得圣颜一悦。同时他也确实才智敏捷、颇具文采。曾有好几次在侍从康熙出游时用自己的机智将皇上因文字疏漏即将出丑的尴尬一一遮掩化解了过去。这些康熙无疑都记在了心中，所以这次驾幸潭柘寺他又带上了高士奇，还有四阿哥胤禛和一干护驾侍卫。这已是康熙第三次驾临潭柘寺了。

潭柘寺是民间的名字，因寺后有龙潭，山上有柘树，就一直这么称呼。寺所在之山自然就是潭柘山。潭柘山背后靠着一个浑圆的小山，名曰“宝珠峰”。这座小山的周围，有九座高大的山峰拱卫环护，恰似九条巨龙围绕着一颗宝珠在争抢、嬉戏，于是便有了潭柘寺十景之一的“九龙戏珠”。春游潭柘寺最有情趣，但见群山起伏，层峦叠嶂，满目青翠，令游者赏心悦目。康熙在第二次游潭柘寺时，被眼前清丽的自然美景所吸引，十分高兴，就应寺中僧人之请，亲赐寺名为“岫云禅寺”，还亲笔题写了匾额。“岫云”即山中的云彩，现在上到山来的一行君臣，就望见朵朵白云飘荡在青绿色的山间，群臣都觉得皇上起的这个名字意境清幽，很富诗意。而这时披着红罗紫线袈裟的寺庙住持震寰和尚与寺内众僧已在山门前那座金碧辉煌的楼牌边持礼相迎了。

康熙与这位震寰和尚私交极厚，首次临幸，他就被这座依山而建、规模宏大的古刹所震撼，当即钦命广济寺的住持、著名律宗大师震寰为潭柘寺住持。后来，他又赐库银万两，在震寰的亲自主持下，从康熙三十一年至康熙三十三年，历时二年，将全部殿堂三百余间屋舍全部整修了一遍，除此之外，他还赏给寺中许多用物，供僧人们使用。

现在，在老方丈的陪同下，康熙顺着石砌的甬道，步入这座修饰得焕然一新的古刹。但见翠竹绿树掩映的红墙碧瓦、汉白玉石栏十分光彩夺目，金黄色的殿顶在绚烂的阳光下熠熠生辉。高士奇已经是第三次来潭柘寺了，跟震寰和尚非常熟识，加上他为人风趣活泼，所以一见面就快活地说：“老神仙气色越发好了，像是比当初还精神健旺，不知是得了什么神方奇术，也让学生见识见识，哈哈。”第一次来潭柘寺的胤禛在一旁默不作声地观察了老和尚半天，却觉得他跟自己来时所想象的样子相差太远了。他心目中的高僧即便不是性音那样的宽肩阔背，武艺高强，也应像文觉那样疏眉朗目，相貌清癯，保养有方。可面前这个老和尚身材矮小，面黄肌瘦，显得十分羸弱体虚。高士奇却如此吹捧，不知是他故意奉承，还是老和尚原就如此。胤禛很不喜欢高士奇这个人，尤其讨厌他溜须拍马的样子和油嘴滑舌的腔调。他蔑视地看了高士奇一眼，并不说话，作壁上观。老和尚听得此语也很诧异，合掌道：“大人如此称呼老衲不知何意？”

见众人都惊奇地望着自己，高士奇越发得意起来，他向皇上请示地说：“早就听说老和尚道行高深，讲经说法时可使铁人落泪，顽石点头。陛下若不嫌臣饶舌，臣可给大家讲一奇事。”康熙深知高士奇的把戏，笑着点点头。于是高士奇神气地清清嗓子，发挥他伶牙俐齿、讲话诙谐的特点，简洁而不失生动地讲道：“那还是在前年吧，老和尚带领僧徒二十人到畅春园给陛下问安讲法。当时御苑之内养有一只猛虎。大概是老和尚没送门礼，那看门的太监将老虎放了出去，挡在路上，以此难为宝刹。众僧一见老虎当道，十分害怕，谁也不敢前行。只有震寰大师一人昂然向前……”他讲到这儿，故意停了下来，望着大家紧张、急于听下去的表情，十分满意，接着道：“但见老和尚一不着慌，二不害怕，沉稳地移步上前，合掌对老虎说：只因你上世行凶作恶，今生才成为兽类，若你从今以后改恶从善，来世就可转生为人。我现在为你念《金刚经》一段，助你早脱兽类，转世为人。只见刚才还凶猛的老虎，此时竟像小猫一样温顺地伏于地上，静听高僧诵经。待老和尚诵经毕，用手轻抚老虎的头，那虎就顺服地走开了。自此后，人们都说潭柘寺的方丈是得道的高僧，修得半仙之体，法术高深。老和尚，不知我说的对也不对？”

老和尚对高士奇讲的这段传奇并未认同，低下花白的眉毛，轻声道：“出家人不打妄语，大人这篇杜撰不知由何听得，此谬赞老僧实不敢领。罪过罪过！”康熙知道高士奇这是为自己开心才临时编讲的，便亲自出面替他打圆场：“大师不要见怪，此人在朕身边一向诙谐惯了，说话多有戏言，老和尚就左耳入右耳出，只当一阵风儿吹过便是，无须和他计较。”“此处非谈话之所，请陛下方丈待茶。”老和尚神色平静地让道。“不，还是先礼佛敬香。”说着，康熙向高士奇丢了个眼色，率先跨进山门。胤禛见高士奇垂头丧气的样子心中十分快意，他们也依次进入山门。

寺内第一重殿宇是天王殿。殿内正中供奉的是一座铜镀金的弥勒佛像。弥勒又被称为“未来佛”，据载是释迦牟尼的继承人。只见这个光着脑袋、肥头大耳的和尚，袒胸露腹，大肚凸出，喜眉乐目，自在地受着信者的香火。他坐像两侧的楹柱上撰的一副对联非常有趣，也是这大肚弥勒的精彩写照——

大肚能容，容天下难容之事。
开口便笑，笑世上可笑之人。

君臣依序拈香行礼后，高士奇又不甘寂寞起来，他对康熙说：“陛下，臣以为这副对联其实缩减为八字即可，曰‘宽宏大度，笑口常开’。不知陛下以为然否？”康熙拈须不语，似在沉思。这时从入寺一直未语的胤禛上前一步，轻轻地道：“父皇，儿臣以为这副对联描绘生动，蕴含深刻，高大人这一缩虽简明，却也使联中之精华失去，未免可惜。儿臣倒想起一联：大着肚皮，容物；立定脚跟，做人。”说完不觉得意地瞅了一眼高士奇，想看看他那如霜打的面容，可高士奇只是不以为然地淡漠地笑了笑，那样子就像一个老顽童在听一个幼童讲事，那表情仿佛在告诉四阿哥，不用你讲，他早就知道，早就明白。气得胤禛把脸扭到一边，又望望笑容可掬的弥勒佛，再不发一言。

这时老方丈才注意到这个讲话的人，因为此人刚才虽好像在皇上身旁，却一直闷声不语，让人未感到他的存在。康熙见方丈在打量四阿哥，忙为老和尚介绍："这是四阿哥，在朕的皇子中最爱斋僧敬道，参禅悟玄，只是讲话不多。今后朕若无暇，可让他替朕入宝刹进香礼佛，听高僧讲法。"

"阿弥陀佛，"老和尚抬起细薄的眼皮将胤禛上下打量了一眼，立刻对这个面容平寂、闲静少言的皇子生出几分好感，对众人赞道，"有作用者，气宇定是不凡；有智慧者，才情决然不露。贫衲观殿下秀外慧中，空谷幽然，大音希声，不俗不群，真不愧是王脉所系，凤子龙孙！"虽然这话不无恭维之嫌，可胤禛心里仍很激动受用，但还要竭力作出平静不以为然的样子。高士奇在一旁转了转他那机警的眼珠子，好像想说什么，但终于还是没有说。只有康熙以一个父亲的身份笑着向老僧客气了几句。一行人步下石阶，又来到天王殿东侧的铜锅院内。

铜锅院灶间的那口熬粥铁锅真大，深有六尺，壁厚达六寸，像平地陷下的一个大坑。听震寰讲，平时僧人们刷锅时都要用梯子下到锅内去刷。这口大锅熬一锅粥要煮一石二斗小米，由七八个和尚烧火，担数担干柴，需文火熬上十几个小时。一锅粥可供全寺僧人吃一天的。有时若有挂单云游的和尚来到寺内，也无须另起锅做饭，只需往锅内添一注水就行了。

"这正应了京西那句民谚：潭柘寺的粥，加水不加米。"康熙随意说笑着，又十分关切地问，"大师，你这粮米可还够用些时日？"

"阿弥陀佛，蒙陛下过问。前次陛下赏给小寺修缮改建的万金尚余银千两。平时常有附近士绅农人布施米粮，今寺中尚有储粮百余石，即遇荒年也足以应付。""寺中僧众还是日唯一食吗？"康熙问。震寰合掌默认。康熙知道这位高僧所遵的南山律宗是佛教中持戒最严的。数年前老和尚还当壮年时，曾一肩梵籍，两袖月霞，芒鞋藜杖，云游南北。望着老和尚袈裟里露出的那件补了数块补丁的海青色僧衣，康熙心中甚觉不忍，正待发话，高士奇却突然嬉笑道："方丈平日也要多食些蔬粮才好，不然身羸心悬，意虑无固，于修行不利。嘻，莫不是让那大肚弥勒把大师的那一份米粮都偷吃去了不成？"

"谢大人提示。出家人用餐，其量要适中，不可过饱。老衲身衰齿退，更不敢贪多。否则气急身满，百脉不通。"说到这儿，震寰灰色的脸上现出一层薄薄的红亮，显得庄正又脱俗。然后他又说起在每年冬春之交、青黄不接的时候，潭柘寺就用这口大锅熬得粥后，向附近的贫农舍粥接济。老和尚这时提起此事，使康熙一下想到了百姓生计，游性骤减，心不觉往下沉了许多。他说：“朕听人说德胜门外的功德林养济院还是在高僧的过问下得以恢复的。”

“阿弥陀佛。贫僧辗转筹得一笔千两之数的善款，拨入功德林，实是替人行善。”

“噢，那位善人是谁？能出得如此数目，可见家底不小。”

“老衲也是经数人辗转领到的，并未见到那位施主。听说他也没有留下尊名，后经老衲的多方打听，得知他是位居士，自号破尘。”

听到这里康熙突然转过头，两道如炬的目光直射向身后的四阿哥。胤禛竟像被人当场捉住的窃贼一样满脸通红，一语不发，低下头去。康熙便笑了，很有把握地说：“老和尚不必再说，其实今日你已见到此人。”震寰看到这情景马上心领神会，忙过去对胤禛双手合十，很有些感动地说：“阿弥陀佛，殿下身居高位仍心存恻隐之念，所行善事，实令我等修行之人惭愧弗如。”胤禛一边向老和尚还礼，一边谦逊地对众人、主要是向面色威沉的父皇解释道：“皇阿玛常教诲我们，人不独亲其亲，不独子其子。国家升平日久，丁口渐繁，却有不能自养者。儿臣闻功德林辟有一区，专收残障生计无着者。只是其设置未周备，所养济者尚少，就捐些许薄银以资助之。”

一千两银子，相当于一个贝勒半年的俸禄，何况胤禛周济功德林时尚未授爵，他却能倾资相助，也实属不易。这么看来四阿哥这几年谈经悟道、参禅礼佛的功夫算是没白费。不过他却太过沉默，这么大的事，自己竟丝毫不知。像对外面的臣子一样，康熙也怕自己的儿子怀私藏暗，对自己隐瞒行事，哪怕所行之事是善事，也是他绝对不能容忍的！所以康熙沉默少顷，正颜厉色地对脸上红晕还未散去的儿子道：“谦，美德也，默，懿行也，但过之则谬矣。岂不闻‘过谦者怀诈，过默者藏奸’之语！今后若有此等事，需先向朕禀明！”

胤禛只当父皇即使不便在众人面前褒奖，也会对此会心一笑，暗自称赞。哪知却遭了一顿严厉的呵斥。他满腹委屈，懊丧地垂下头，两眼呆呆瞅着地面的青砖。连高士奇都觉得皇上对四阿哥太过严厉了。他平时也听人讲过不少四阿哥行事乖觉的传闻，这时倒有些为这个确实与众不同的皇子抱屈，怎么做了好事反遭训斥呢？他连忙出来用一种息事宁人的劝慰口吻和解地说：“陛下，京师乃四方之表，各项善举亦应趋前。臣想九州之内，凡市郡大邑人口稠密之所，均仿此而行之，使人人以仁心为善，则老安少乐，风俗益淳。此不但为陛下所厚望，到时老和尚也可静心摄养，不必为此过于操碌了。”他说完悄悄望了望四阿哥，奇怪的是，刚才还垂头丧气耷拉着脸的皇子，现在嘴角竟扯起一丝淡淡的笑，不知他是在笑自己这番话还是在自嘲。唉，这个让人捉摸不透的四阿哥！

这时老和尚已接过话道："蒙高大人谬爱，贫衲实不敢当。只是大人有所不知，修道之人非同善人，需鹤立鸡群，劲挺自持，不须人情，超群脱俗，方能心如止水，处乱不惊。"说着他大有深意地试探地望了望四阿哥，恰巧碰上皇子那惊喜触动的目光。胤禛问："我有一事不明，需向高僧请教——功德林内不但收养饥贫之人，对亡者皆置棺发送，且每次安葬时，总陪葬四个大碗和一把蝇甩，不知这里有何深意？"

老和尚面色平和而严峻，道："确有此事。四碗置于棺内四角，表示四个马蹄，蝇甩示马尾。老衲是想这些百姓生前未及报答圣恩，就让他们来世托生成马，以谢皇上。"

他说过这话后，大家都令人费解地沉默了。如果一个臣子如此恭维还能让人勉强接受，而一个年高德韶修炼精深的高僧、著名的律宗大师居然也这么说话，就不免让人心中有点那个……康熙身后一干搭着马蹄袖的满汉大臣竟不约而同地将哈着的腰又往下躬了几分，低眉顺目，不敢显示出任何异样的神色。这倒让康熙很开心，挺直的腰身又往上拔了拔，眼中流露出镇定的笑意和某种令人难以想象的傲然。当他在众人的簇拥下来到大雄宝殿前，这种志得意满的神色还留在他那微笑着的脸上。他突然发现了什么，指着大雄宝殿中脊上两个巨大的琉璃鸱吻，用一种洪亮自信的声音问："那上面怎么还拴了四条铁链，难道怕它们飞了不成？"

"阿弥陀佛，陛下忘了，圣驾初游小刹时，正遇雷雨。陛下当时眼见这殿顶的鸱吻跃跃欲动，有破云凌空之势，十分惊骇，恐其飞去。贫僧便依圣意着人打造了这四条镀金锁链，以保寺中风水。"

康熙听后笑了，其实他知道，那不过是因为当时风掣电闪、大雨磅沱使自己眼睛产生的错觉。可笑老和尚竟信以为真。他便不以为然地笑着道："这是戏言而已，高僧怎也当真？你要不说朕都不记得了……"哪知和尚却冷冰冰地正色道："陛下不当作此说，天子无戏言！"康熙的脸上掠过一丝短暂的窘色，沉默少顷，说："哦，朕想起来了。朕第一次来，本是驾行戒台寺，听得山中还有此一宝刹，遂寻迹而来。人皆说潭柘寺以泉胜，戒台寺以松名。大师以为此言可确？"

和尚依然面色如秋，道："请陛下恕罪，老衲要为小寺说几句公道话。戒台寺的白皮松固然有名，本寺内的松竹亦非凡品。以松树言，则以'清、奇、古、怪'为四绝，古有盛名，至今饮誉京城。陛下最该记得，您曾在寺中亲手植一松苗，现在小松已长成，就在行宫院南房前。”

“啊，谢高僧提醒，烦请高僧带朕观之。”康熙全想起来了，那也是他第一次来寺内时栽植的。一行人在老和尚的带领下来到行宫院内。果见有一株小松，亭亭而立。这种树一般都长得极慢。康熙栽的这棵树，虽已经历数十载，树身也只是小碗般粗，高不足丈，长得却还茁壮。浑圆的树冠，如同伞盖，向东倾斜，恰给东角映出一小片绿荫。当初弱不禁风的树苗已长成小树，而当初来寺中游玩的少年天子，已成了大清帝国一代雄才大略的君主了。追忆往昔，震寰和尚也不禁感慨，他满怀敬意地对康熙道：“自古以冲龄而继大统者，不是幼年早殇，享祚不永；就是被权臣宦官逼压，形同傀儡，毫无主见。似陛下这样统一区夏，创一代盛世者，实所罕见，前无古人！”

康熙激悦的心情现在已渐趋平静。他目光深情地凝望着小松，过了一会儿，谦和地对老方丈说：“朕年轻时也曾行事孟浪，走过不少弯路。现在想来，还觉可笑。可谓不经一事不长一智。至于后来得以处乱不惊，庶几有成，全仗太皇太后严加督教，经多年修养所致，非天赐神授，更无半点灵异奇迹……”康熙突然停住，不再继续讲下去。不知怎么，想到日后自己将把这副治理天下的重担交到宫中那个只知花天酒地、寻欢作乐的儿子身上，康熙心中就升起一股莫名其妙的悲怆，感觉一下苍老衰弱了许多。太子现在行事是那么让人不放心，可是除了太子，在所有皇子中，康熙惊恐地发觉，他竟再也找不出一个能让自己完全满意的儿子！他沉默了少顷，又无端地望了望身旁的四阿哥，这个儿子还在那儿蹙着眉，仰头探究地看着那棵树呢。唉，一个明明未经世事、阅世不深的年轻人，却偏要摆出一种郁郁寡欢的忧闷样子，不也是很可笑吗？康熙不愉快地摇摇头，心中轻叹了一声。

已经到了行宫院内，就不得不入内室歇坐。况且一路上顺次向依山而建、层层上砌的殿宇拈香行礼，大家也早都累了，需要休息一下。进入方丈室后，僧人为康熙奉上清茶。康熙环顾着室内，见这方丈室内只有一张由四片木板搭铺的陋床，床上缀满补丁的破旧蚊帐依然如故。康熙不无震触地说：“大师清苦若此，真不忘出家人本色！”

震寰和尚在一块蒲团上坐好，双手合十，两眼半合，似入禅定。过了一会儿，方慢慢开口道：“贫僧尚有一事，未与陛下讲，特此先相告罪。”

“大师有何难事只管道来，与朕还须客气什么。”

“此事倒非与贫衲有关……那日贫衲在郊外，偶见路旁倒卧一衣衫褴褛、气色衰败之人，只剩一缕游丝之气，其状甚是可怜。待我与他喂水服食唤醒之后，他竟向贫僧打听皇宫如何走。老衲见此人来历不详，疑处颇多，便先将他带于寺中。经数日调养疏导，他方对老衲讲，他有数十载沉冤在身，只有面见陛下告御状，方可雪洗深冤。再细问他时，却只缄口不言。今日恰逢圣驾亲临山门，陛下若能召见此人问个清楚，老衲心中疑问即可去除；陛下若不想见，老衲也可将他交于他处，以为安置。”

康熙听罢，心中颇有几分不快，觉得一贯恬静超然的老和尚不该插手这种事。但他还是宽宏豁达地对和尚含笑点点头：“大师既肯代之请，转呈其意，朕又何不周全呢？朕今日尚有闲余，姑且传他来吧。”康熙说完，震寰就冲一个年轻的知客僧点了点头，年轻僧人会意地出去了。

这究竟是个什么人？在等知客僧带那人来的时候，君臣都好奇地盯着门口。门外的脚步声渐渐近了，布帘一挑，进来的却还是刚才那个年轻僧人。只见他走到老方丈身边俯身对师父耳语了几句，又转过身，冲着门外“啪、啪、啪”清脆地击掌三声，既让外面的人有一个心理准备，也让还品着茶的皇上放下杯子，端身坐正。大约和尚早已对那人关照过了，那人进来后，并不慌张地找寻，低头前行几步，就在距皇上正前五尺开外的地方跪下，行了三跪九叩的大礼，并用他那没怎么改变的闽南口音道：“罪臣陈梦雷，叩见吾皇万岁万岁万万岁。”

康熙猛地一惊，这声音何其耳熟，在以前的某一时候几乎是时常萦绕在耳畔。他不由得细细地端详此人。只见他穿的是寺中僧人的青布僧衣，梳理得纹丝不乱的头发已有些花白。虽然经过寺中一段时间的调养，但消瘦的面庞仍带着某种掩饰不住的衰弱憔悴。从他不觉露出的文人气质看，他以前本该是一副文质彬彬、平和温静的样子，但此时，他那一双眼睛射出的却是悲愤与仇怨相交的目光。康熙一时愣住了，陈梦雷、陈梦雷……他竭力回想着，却怎么也想不起这个人，不由将询问的目光转向侍立在侧的高士奇。可这位康熙十六年就入值南书房的老翰林也是一脸迷茫，抱歉地冲皇上笑笑，表示脑中没有印象。见君臣都把自己淡忘了，这个叫陈梦雷的人脸色顿时灰暗下来，悲伤地垂下头，慢慢从袖筒中抽出一张很简陋的毛边纸高举过头，那折起的纸上露出点点猩红，似乎是用血写就的。他用一种压抑沉顿的声音自我介绍，以唤起皇帝的记忆：“罪臣陈梦雷，福建侯官人。康熙十二年被授编修。三藩之耿逆叛乱时，罪臣正居乡省亲，贼以武力胁迫臣附逆，臣当时并未屈从，且曾为朝廷献蜡丸密书，告以贼情报。但却于康熙十七年被控‘附逆’。更有一等小人，时也与臣同乡，知臣行事，不但不立证作保，反落井下石以诬陷之。后蒙皇上恩旨，将臣从宽免死，发往盛京给披甲人为奴，从此沦落异乡。那无耻小人现在却擢高科、登显宦，居朝为官，春风得意。今在御前冒死陈告，实望圣主铲除小人，雪臣之冤。罪臣不敢奢望闾里之荣、邦家之光，只求陛下还臣一个清白，清白！——”说到此，已是匍匐在地，泣不成声。

侍卫将状纸呈给皇上。康熙展开一看，大吃一惊，上面的内容竟与他在征讨噶尔丹回京途中索额图密呈给他的那纸诉状一般无二，只是那张纸未曾署名，那么当时不惜冒死要告御状的也是他喽。真难以想象，他这么一个身单力薄的文弱书生当初是怎么在悬崖边疯狂地拼死冲仪仗、拦车马的！群臣见皇上呆呆看着信，不发一言，不解缘由，又不便动问，都期待地沉默着。只有离康熙最近的胤禛出于好奇，飞快地向那纸上溜了一眼，竟然瞧见“李光地”三个暗红色的字，惊讶的他迅速地望了一眼地上跪着的那个人，待想再多看些内容时，皇上已把那张纸放到了一边。

康熙抬起头，沉静地瞅了瞅陈梦雷，不动声色地说：“你所举告的这件事时隔日久，待朕回去后再行细查。人生在世，苦乐祸福本无一定。西伯拘而演周易；孔子厄而作《春秋》。可见境由天造，损益在人。你虽身受牢狱之苦，当以先贤为范，万不可因此而意气消沉，自怨自艾。朕看你的文墨，还算精工，似有些功底。若埋于蓬蒿，难展所学，岂非朕之过……现在朕的三阿哥正招募一批饱学之士编书著述，尚缺人手。你若有意，可先到他那里做一些誊录校对之事，待朕与部阁诸臣商议后，看再把你安排到何处去合适。你看这样行吗？”

陈梦雷眼中闪着感动的泪花，看来他是个不善辞令的人，久久无语，好一会儿才对康熙叩头示谢。而后他又突然冲胤禛叩下头去，激动地说道：“臣愿追随三阿哥，以布衣侍内廷。”胤禛慌窘地后退了一步，不知所措地望了望父皇，又垂下头，心中暗自责怪这个人怎么没搞清楚就乱叫人。康熙赶忙笑着纠正道：“这是四阿哥，三阿哥今天没随同朕来。你可记好了，下次可别再叩错头了。”

“啊——”陈梦雷抬起恍惚湿润的眼睛，仔细望望胤禛，也有些羞涩地低下了头。

“啊哈，头倒是没叩错，都是皇子嘛。回头陈兄在宫中见了三爷，也不用再多叩一个头嘛。”高士奇已感到皇上对这个看似呆滞的人深表赏识，便故意亲近地调侃。可他的话却深深地刺痛了敏感的胤禛。他觉得这意味暧昧的话是对他的一种嘲讽伤害。谁不知道，父皇这次封爵，三哥被授为郡王，比他四阿哥的贝勒爵位整整高出一级。外间小吏，对这种爵位问题一般都十分敏感，何况是外表清淡、内心却十分强傲自负的胤禛！

俗话说，言多语失。高士奇今天也有点忘乎所以，根本没有注意他的话已无意间刺伤了一个人，还在兴致勃勃地说笑着："这身缁衣穿在陈兄身上好像还蛮合身嘛。我若是陈兄就剃掉这一头烦恼丝，随了老和尚去脱度苦海。"

陈梦雷没说话。震寰和尚正色道："万事机缘而已，强求不得。以儒家而言，天下之本在国，国之本在家，家之本在身。天下之治，匹夫有责。果能依儒释圣教而行，未有不群趋而应者。若陈檀越能记下'心有容，德乃大；心有忍，事乃济'，则善矣。"

"谢大师点化。学生在寺中打扰多日，蒙大师衣食资助，实无以为报。"陈梦雷用感动的声音对震寰说，看得出，他因终于有了出头之日很激动，却一时找不出合适的话来表达，只是好长时间眼睛湿湿地沉默着。

"阿弥陀佛，出家人不求报答，但只行善。"

陈梦雷眼中闪着悲喜交集的泪光，他努力平静心怀，对老僧道："学生将去，蹭蹬多年，依然不谙世事，尚祈高僧不吝赐教！"

"不敢。老衲只想赠施主'六然'，望陈檀越笑纳为幸。"说着震寰缓缓走到案前，取出笔墨在一张纸上写了起来，大家凑上去一看，见那纸上写的是：自处超然，处人蔼然；无事澄然，有事斩然；得意淡然，失意泰然。那疏浅纤雅的笔画和方丈本人一样平淡、恬静、冲逸、清冷，仿佛散发着一股幽兰之气、清荷之香。陈梦雷忙谢过方丈，神色郑重地把题词接过收好。喝过茶，见了人，把事情处理过，康熙领着众人来到寺院中部的最后一座殿宇——毗卢阁。

登上这座高大的双层楼阁，但见眼前殿宇嵯峨，烟雾缭绕。每座殿前的铜香炉里升腾起的香火弥漫着全寺。透过氤氲的青烟，只听钟磬声悠，幡幢微荡，仿佛使人置身于西天佛地的祥云慈雾中，有一种出凡入圣之感。康熙又动了诗兴，正要赋诗一首，突然想起又一直没讲话的四阿哥。啊，何不令他应制一首？可他转过身子，却见四阿哥默默地垂着头，无精打采、步履沉重地跟在后面，不禁奇怪地问："你怎么啦，还没歇够？"

"没有，父皇。"胤禛淡淡地答道，又突然恳切地请求道，"皇阿玛，儿臣平日深居简出，身子瘦弱。这寺院空气清幽，儿臣想在这寺里小住几日，以养身心。"

胤禛这话康熙倒没太觉意外，只是他说话时，目光中现出某种神秘和不寻常的东西，令康熙感到茫然和有些隐隐的不安。"怎么，刚来了半日就乐不思蜀啦？"康熙用玩笑的口气问道，但他没有答应儿子这个小小的请求，却另有安排，"看来你还真想当闲人。不行，朕还有差事要你做！汛期将至，今夏你随大阿哥代朕去察验桑干河南岸堤工。办妥了差事，再去做你的闲人！"

胤禛听到这话既高兴又难过。高兴的是父皇终于还是给自己派了一份差事；难过的是自己仍不过只是别人的“帮衬”，仍然不能独立办差！

五

这是一条源出山西马邑县，东奔直隶，经怀来入宛平进京，对京师影响巨大的河流。但它却有好几个名字：桑干河、浑河、无定河。光从这些名字就可得知，它是一条水流险恶、极难驯服的河流。历史上此河经常改道，自清入关后，更加频繁，几乎每十年就改道一次。河水泛滥之时，浊涛所过的良田荡为巨津，沿途村落片瓦不存。特别是在康熙七年的时候，这条河决口，洪水竟涌入内城正阳、崇文、宣武诸门，直接威胁着京师的安全。数十年来，这条河成了京师百姓心中一个挥抹不去的噩梦，也让历任河督、直隶巡抚、顺天府府尹等与此有直接干系的官员伤透了脑筋，治理多年，到汛期来时却仍拿它没办法。

宛平是无定河的入京地，属京中流域的上游。因为这里有一座金代建成的卢沟桥，如玉虹高卧其上，所以这里的一段河流也叫卢沟河。目下，这条河在阳光的照耀下波光粼粼，静若处子，像一条美丽的银链缓缓向东流去，使人很难想象每到汛期，它就会在一夜之间胀圆腰身，像喝醉酒的醉汉一样奔涌而出，作威作福。

这次奉命同大哥来巡视无定河的南岸工程，胤禛本不想随意指摘什么，毕竟有长兄在前。可是当那个长得像个酒坛子似的河督王新命陈述的时候，话语全是一些表示自己殚精竭虑，为治河如何寝食不安、坐立不宁的自美之辞，却无一句于治河防汛、加固筑防方面有实效的发言。待大哥问他河防工程时，也只是泛泛而谈，空而无物。越听越觉不顺耳的胤禛实在忍不住，从胤禔身后踱了出来，打断他的话插问道：“这么说你是敢保证此筑堤坚固喽？”

王新命频频赔笑着小心地点点头，很从容地回答：“臣率河工诸官员及河丁民役昼夜不歇连日赶筑，绝保此堤固若金汤、万无一失，彻底除灭水患！”

听他信誓旦旦的口气倒像一个让人放心的干吏。胤禛没再继续问什么，却用两只光芒逼人的眼睛默默地打量着王新命。只见这位身材矮胖、年过半百的官员面带红光，脸上几乎看不见皱纹，可见身体保养得很好，并不像他自己所说的昼夜操劳、寝食俱废的样子；他又转身扫视了一下那群精壮的河丁。这些身材魁梧、穿着簇新号衣的汉子沿河肃立着，乍看去倒也整齐威风。可他们的脸上都是一副昏昏然漫不经心的样子，连一般军士的精神风貌都没有，更不要说是一支在风吹雨淋下连夜修筑的队伍了。胤禛的心猛地拧了一下，哼，想说几句话就瞒天过海，蒙混过关，也不看看你们糊弄的是谁！他没有立刻质疑，只提高了嗓子问："你这里有多少兵役？"

"此处效力军士一千，外加民夫八百。"

"如此夫役云集一处，开销巨大。"胤禛扭过脸问陪同的宛平县令——一个身体干瘦、模样木讷呆滞的小老头，"这么多人在贵县，你能否接济得上？"

"小小宛平自然难以筹集如许资食。陛下已遣户部司官二员，截山东、河南漕米二万石，会同地方调派。"还是王新命替那个根本没见过这阵势、不知所措的宛平县令作了回答。

"现已修筑几许？"

"南岸从大兴至此，北岸自良乡张庙场至永清县卢家庄上游，共筑堤一百八十余里。"

"石堤还是土堤？"

"土堤。"

"土堤焉能坚固，为何不筑石堤？"

"回四贝勒，这无定河水性浑浊，内积淤泥，每挟沙而下，至秋汛发。尤可恨者，此河一带全无泥土，皆系浮沙。筑堤非夯碱，难期坚固。遇风则堤随沙失，遇水则堤与沙化。臣以为去浊流之法，以不治而治为上策。"

"什么叫不治而治？你的意思是放弃筑堤吗？"

"当然不是，当然不是……"

"那你是何意？石堤不筑，土堤沙化，那就等着汛期到来时让洪水冲了京城！"

胤禛这一番连珠炮似的诘问让王新命有点招架不住，脸变灰，汗珠子大把大把地往下淌。他原以为以自己多年的官场经验，随便介绍几句，敷衍搪塞一阵儿也就过去了，未想这位年轻的皇子却如此刨根问底，比年初皇上亲临时问得还细。一边的大阿哥胤禔却知道这个四弟的脾气，忙对显出慌乱神色的王新命使眼色，说："四贝勒是急性子，查验心切，你还不快带我们去看看堤坝。"

"是。"王新命巴不得这解脱的一声，冲手下一个官员招了招手。不一会儿，一对差役拥着两乘装饰得十分华丽的马车来到近前。王新命躬身道："请大千岁、四贝勒上舆。"

"什么？乘上马车巡堤？你以为我们到这儿是游山玩水来了吗？"胤禛终于发火了，文雅客套的辞令也全变成了粗直的大白话。

王新命被这一声断喝吓得心跳加剧，乱作一团。不过他反应还算快，惊慌之中又立刻改口道：“不敢，不敢。下官之意无非是二位殿下一路鞍马劳顿，从皇城内到此尚未歇息，就立刻置身公务。然此河延绵数十里，臣焉忍见二位殿下一路巡行以至劳乏。宛平小县除一卢沟桥外无甚景色可观。若殿下不急，在此屈尊小住几日，等到夜半月中轮满时，尚可观赏到京中有名的燕京八景之卢沟晓月。那时臣再找伶人乐女笙箫助兴……”

胤禛心里冷笑，这个昏官，把我当成什么人了！“多谢你的盛情。圣命在身，时日所限，不敢多留！”他用冷冷的声音打断河督的啰唆。王新命这才知道，自己今天确实碰上了一个软硬不吃的主儿。他有些心虚地垂下头，一对失望的小眼珠不知所措地望望左右官员，最后将求助的目光转向大阿哥。可还未等胤禔说话，人们就见四阿哥已出了人群，独自一人向河堤那边走去。

“四弟，你干什么去？”胤禔困惑不安地问。

“不是要查河工嘛，不亲自下去看看怎么知道这堤是否牢固。我不想观赏什么卢沟晓月，就想好好欣赏欣赏王大人这份勤劳王事的心血之筑！”

“你……”胤禔还没来得及说第二句，就见胤禛已提起自己的袍角，向堤上走去。他没再解释什么，大步跨上河督吹嘘的这座堤坝，从一个士兵的腰间抽出一把刀，朝一个立在土中的木桩用力地挖了起来。大概这么挖使不上力，他放下刀，竟用两只手挖了起来。跟随他来的几个贴身小厮想过来帮忙，都被他粗暴地喝退了。河岸上所有的人都惊得目瞪口呆，呆呆望着，不知所措。这个平时最重修洁的皇子此时竟全然不顾满手泥土，干净的衣袍也沾了脏泥，像个粗使工匠。胤禛费了好大力气终于把一段桩木从埋着的泥中挖了出来。他没管全身汗水淋淋，将这段木头细加端详，桩木的上半截虽粗壮结实，可它的下半部分都被湿泥沤烂了，用手轻轻一碰，就会断掉。这种桩木怎能用来构筑堤防呢！胤禛震怒了，就站在这个已被他挖出一个坑的河堤上，转过身子，向着惊慌不已的众人，目光红赤，眉毛竖起，脸上的肌肉因气急咬牙而不停地抽动，愤怒地嚷道：“皇上轸念民艰，曾亲临阅视，是为了治好此河，泽被万民。你们，你们竟敢肆意欺妄，还口出狂言，说什么固若金汤、万无一失。看看这块木头，谁能信你的话！好，现在还看不出什么，若一旦入汛水涨，这河流下游的数万人家将上哪儿逃生！你们非但不为国分忧，为民除患，还把圣谕当成一纸空话，把民命当儿戏，把我当成瞎子、傻子！”胤禛越说越气，越说越急，他声色俱厉的表情和激烈骇人的言语让下面的人心虚胆战地低下头，不敢看他。可能是胤禛太气愤，也太投入了，咆哮怒斥的时候连挥拳带跺脚，却忘了自己是站在一座名不副实、根本不结实的堤上。就听“哗啦”一声，他脚下的那段土堤突然松塌，人们还没弄清发生了什么，堤上已不见了四阿哥的影子。

“四阿哥呢，啊？四阿哥？”和所有人一样，胤禔先愣了片刻，仿佛才从梦中惊醒。第一个反应就是老四落水了，吓得他腿发软，用失了魂儿的嗓子叫着：“快，快去救人，他不会水！”几个会水的侍卫顾不上脱衣服就扑通扑通跳入那冰冷的河中。

在最初失足的那一刹，胤禛自己也吓了一跳，脑中一片空白。不过这堤坝筑得虽糙可坡度很大，胤禛就顺着湿滑的泥沙滚下，最后落在一个较为宽平的河溜子上，身上并没受伤。这简直是个奇迹。不过他并没有立刻上来，因为他的一身鲜亮衣袍现在全是泥水，他整个变成了个泥人儿。胤禛可不想以这副尊荣出现在众人面前，可也不能总在这儿蜷着啊。正当他进退犹豫、一筹莫展的时候，突然隐约发现东边的石桥下有几个人影朝这边走来。可能是正寻找自己的侍卫。胤禛本想避开，但是那其中的两个人很快地奔了过来，原来是戴氏兄弟。大概没想到胤禛摔下去后竟还安然无恙，戴氏兄弟惊喜得说不出话来，两个人跪下来后，眼睛已情不自禁地湿润了。而后戴铎将身后背着的一个包袱解了下来，向胤禛跪呈道：“请四爷更衣。”

啊，真是雪中送炭，他们怎么想到的？但胤禛脸上没有现出任何喜悦之色，只虎着脸冷淡生硬地问：“你们这是搞的什么鬼？”

戴铎笑着说：“奴才想四爷平日最重衣着，所穿衣着均无尘、无皱、无汗。今日巡堤，亲临恶地，只一身冠袍大概不便，就带了一套干净的，以备不时之需。”

“猴精，我就知道是你搞的鬼！”胤禛笑骂了一句，在两人的帮助下换了衣服，穿戴齐整，才向东顺着石桥从容地走上岸。这时候桥上边已乱得开了锅：工部户部随同来的官员冲着河务官员大发脾气，又骂又埋怨；下河救人的侍卫上来报说没找着四贝勒；王新命一听吓得犯了心脏病，脸雪白，手不停地颤抖，虚汗直冒，终于没有支撑住，昏了过去，被人抬回宛平县城抢救。那些被王新命当作招牌展示的河丁更是乱糟糟地惊慌失措，他们知道一旦贝勒出了事将会是什么后果，怕河督大人为推脱己责拿他们这些人顶缸，有的甚至急得大哭了起来……

“别吵了！”胤禔暴躁地吼了一声，突然发现，让他们惊急慌乱的四弟正站在一块较高的地方，面带讥笑地瞅着这群混乱的人们。新换的一身四团龙补服，使他在这一片纷乱无序的气氛中，更显出一种非凡的气度与尊严。其他人发现了，都哑然失色，不相信地呆望着，喧闹的河岸一下静了下来。胤禔晃晃悠悠地走上前，不大自然地笑了笑，迷糊地问了一句：“四弟，你、你没事？”不知是由于激动、紧张，还是别的什么原因，这位郡王说话的声音很是颤抖。望着他同那些官员兵役们一样僵滞愕然的神态，胤禛心里冷笑着，似笑非笑地点点头：“多蒙大哥关照，小弟万幸，还没有葬身鱼腹，喂了王八。哈哈。”

“行，老四，有你的！刚才还一身泥尘，不顾威仪，在堤上冲我们下面这些人指手画脚、大吼大嚷；等现在我们正张皇失措、焦头烂额的时候，你倒来了个衣冠楚楚、气定神闲，还跟我这儿阴阳怪气！”胤禔心中如同翻了五味瓶，不知是什么滋味。还未及细细体味自己的心情，就听身旁那个熟悉的声音坚定地说：“这堤要返工！”

返工？胤禔就觉得自己的脑袋“嗡——”的一声，几乎栽倒。对于这个沾惹是非甚多的差事，胤禔其实很不想接。今日来此，名义上是督察巡视，实则也不过例行公事，走走过场。偏偏父皇也不知道是怎么想的，把个认死理儿的老四安插在身边。现在，他最担心的事终于发生了。若真返工，不但会牵扯各部、河工上的大小官员，所需料、工、费等开销得从新筹集、运作。如此大事，他怎么好贸然做主！于是他试着说道：“四弟啊，刚才有件事王新命忘了说，我这也是才听他的一个幕僚说的。皇上元月曾来过一次。此处几个士绅代表当地百姓向皇上跪奏，因此地堤崖正当水势冲泄，请于堤外另筑一堤，以解水情。上谕说此堤外若另筑，田亩岂不废毁，又云因两涝将至，今岁已不及修筑，暂立木桩，坚护堤岸，另开小河，以杀水势。待到明春，雨水前另筑重堤。可见这个土堤只是临时而建，重修尚要等到明年。”

“既是应急，更应坚固。可是此堤如此卑矮可虞，若不立即修筑，今岁水发时，难以堵御。大哥，非是我凭空心血来潮，妄生闲端，实是数万人安危所关，非一时之利害可比。我们应马上禀报父皇，请旨返工。大哥意下如何？”

胤禛这话有理有据，胤禔不好驳回。可此奏一上，那些河工官员的乌纱帽，恐怕就都保不住了。而你又怎么知道这些被人称作“泥鳅”的河工中谁与哪位宗室是故交？哪个又是别个兄弟或皇叔的门人？一下开罪这么多人，胤禔岂能这么鲁莽！应该让四阿哥回心转意。不过四弟这个人禀性太强，不好轻易劝说，这可怎么办呢？

见胤禔眉头微蹙，犹豫的目光躲着自己，难下决心。胤禛心一横，用清晰响亮的声音又逼问了一句：“大哥，这个奏折你上不上？”

胤禔没作声，心里老大不高兴。要碰钉子你自己去碰好了，干吗非拽上我？他毫无表情地看了胤禛一眼，又从脸上挤出一丝极难看的笑容，正想把话题转到别处，突然看见王新命被几个亲随从宛平城那边搀了过来。王新命手下一个伶俐的幕佐怕两个带着钦差身份的阿哥还要对本官逼问，快速地招呼差役们在地上支起一个凉棚，搬来些桌椅，在桌子上摆了瓜果茶点，请两位殿下进去休息。

若把侍奉上边这点心思用在差事上，还有什么事情办不好？胤禛心里默默地想。进了凉棚，胤禛也不管王新命手下的人如何端茶送水掌扇切瓜地忙活着献殷勤，沉脸盯着跟进来的面色土灰的总河道：“河督大人，你还有何话可说？”

王新命两腿一软，扑通跪下，自己摘下台冠，凄声道：“罪臣实无言可辩，甘凭二位殿下发落。夏汛将至，河工刻不容缓，还请钦差立奏圣上另委贤能，就算罪臣的最后一点进言。”

这时像怕胤禛再开口似的，胤禔抢着接过话头，安抚地说：“王新命，事还没完，你先别撂挑子。依你看这土堤塌落，是什么缘故啊？”

王新命咕噜着小眼睛，脸上的表情喜忧参半。他是个聪明人，虽然他惧怕在座的四阿哥，但他觉得至少从大千岁没有立刻表示的态度里看到了一线生机，便忙叩头道：“回王爷，皇上命趁水调无雨时十日完工，可是这无定河河工所需的椿木却要由南方四省沿运河运来。偏偏今岁南方暴雨成灾，运河水涨难比平常。虽经沿河各方官员昼夜督催，一路上木料还是损失大半。臣等为赶工期，只好用周边普通树木替代，这是罪臣虑事不周。还有此河与图上所标定的河形尺度不符，恐是原绘有误……”

“这图不是已呈御览了吗？”胤禛将怀疑的目光停在河督那张早已吓得灰白的宽胖脸上，问道。

“这图是前任河督董大人在任时绘制的，圣上御览过后已批驳有多处错漏，要求另绘图呈览。至于新图，尚未进呈。”

“现在新图由谁绘制？”

“因无定河水形曲折，中游多变，为慎重起见，新图还在测绘之中。总领实地勘测的是西洋传教士安多。”

“他现在在吗？”

王新命命人请安多过来。他就是那次经年希尧介绍为一个满洲夫人施洗，却被她那蛮横的丈夫打伤的倒霉的传教士。当他上前行礼的时候，看到他眼睛下那块古怪的伤疤，胤禔心里直想笑，但侧目看见身旁一直板着面孔的四弟，没了情绪。

“你能保证这次测绘一点误差都没有吗？”

安多看了一眼面前这个说话声音洪亮、相貌威严的皇子，平静地说：“按照常识，地图上是不可能没有误差的，因为要以分厘示为尺丈。不过我们会尽量多采集数据减小误差，使绘图与河形相符。”

胤禛虽没完全听懂，但对他的回答比较满意，接着他又问他们实地测量时用什么工具，是大清还是西方的测量仪，需要多少兵役车马，是不是还要沿河都走一遍……

安多一笑，知道这个皇子对地图测绘法还不太了解。他便趁此机会向中国官员们介绍了他们现在正运用的世界上最先进的经纬图法、三角测量法、梯形投影法等技术。可在座的人大多连最基本的数理常识都没有，哪能听懂他讲的这些。胤禔已是不耐烦地打开一柄竹骨扇呼呼地扇了起来，突然发现身旁的老四也皱着眉头，一脸茫然，不由在心中轻蔑地一笑，"哼，我还以为你有多大能耐，原来也不过是半斤八两，对河工上的事也是外行，那你还在这儿指手画脚、说三道四，假充什么行家！真真可笑！"

安多回答完问话后礼貌地退去。胤禛暗想，这个夷人的话还算实在，只是王新命这家伙刚才讲的是真是假，令人信疑参半。他正想支开这个河督同大哥细细分析商议一下，胤禔却打了个哈欠，揉揉鼻子，疲乏地说了声："方便。"就起身离开了。王新命也借说贱体不爽还要服药请殿下恕罪什么的，紧跟了出去。胤禛疑惑地看着他们出去，站起身来焦急地来回踱着。突然，他想跟出去看看他们到底搞什么名堂，却觉得有人在后面轻碰了他肘部一下。他回过头，是年希尧不知何时已立在身后。自从年羹尧一家入了旗籍，胤禛就把他收在自己的门下，不过他最近并没怎么见年羹尧，只是召见了他哥哥几次。胤禛觉得年希尧这个人虽是杂佐出身却挺有学问，人也还忠厚，所以今日巡河也将他带在身边。不过他觉得年希尧只是一介书生，不一定通晓世故人情，刚才就没让他跟在身边，所以大阿哥和王新命都没注意到他。现在胤禛匆匆地看了他一眼，用眼睛问：你要说什么？

年希尧对胤禛刚才和大阿哥的争执已经听到了。他先小心地看看左右，一些服侍的河工官兵知道这人要与四贝勒商议机密，为不惹脾气古怪的四贝勒生气，都知趣地悄悄退了出来。年希尧这才小声说："四爷，您刚才与大千岁当面争执，使他下不来台，似乎不妥。"

年希尧说话不会绕弯子，使胤禛喜欢，但也觉得有点生硬不适。他平静地想想，此言确实不无道理。论公，胤禔是郡王；论私，他又是大哥，怎么都在自己之前，不可"僭越"。若真与其作口舌之争，以至言辞过激，招致对方怨恨，不但自己在兄弟朝臣中成了众矢之的，父皇也会因此嫌弃他。可他不明白的是，大哥为什么老偏袒这个王新命，难道这里面还有什么见不得人的勾当？想到这儿，胤禛觉得背后一阵冰凉，眼前又浮现出"戒急用忍"四个大字。他不由得顿足重重叹道:“不是我度量小不容人，他们遇事推诿，不肯深究，我若再不进言，一旦河工事出，数万人受灾，此心何忍！”然后他又气愤地补了一句，“这个河督真该换了！”

年希尧只是想给皇子出主意，并没有胤禛那种愤懑的心情。他用心地想了想，含蓄又老练地继续进言道:“除无定河，流经直隶各州县的大清河、子牙河官堤尚有一千五百二十里待查。若其中一处河堤冲决，直隶巡抚照例按河督例议处。四爷您看……”

胤禛当然明白幕佐的意思。他是想让自己去督促新上任的直隶巡抚李光地，这样就不用自己直接出面了。现在李光地还未离京，找他还来得及。李光地自然比眼下这个王新命干练有才。不过胤禛自幼就很鄙视此人，又怎么好以一个皇子之身降尊纡贵地去求他！再说，纵然找了他，以李光地的圆滑，又怎么肯去蹚这汪浑水？胤禛再三思忖，最后还是摇摇头:“你不用说了，等回去后我自有道理。”

作为安多的一名助手，年希尧疲惫地回到教堂，上了楼上的会客厅，还没怎么和传教士交谈，教堂里那个老仆突然慌慌张张地闯进来。他脸上煞白，仿佛被什么给吓着了，大惊小怪地向白晋叫着:“神甫，快下去看看吧，外面、外面有个叫花子找你。”

大家一同出教堂来到院中。张望过后，都吃了一惊。院子中果然站着一个个子不高的小伙子，满脸污垢，身上裹着件辨不出颜色的衣服，像个难民，或者是乞丐。而且他背后还背着一个人，穿得同样破旧，骇人地耷拉着脑袋没有一点声息，不知是死是活。

“哦，我可怜的孩子，你遭遇了什么不幸，需要帮助吗？”白晋像耶稣那样悲悯地朝前伸出双臂。

“白神甫，你还认识我吗？我姓蔡，咱们在广东时打过交道。”

“蔡珽！”年希尧立刻认出这个朋友。那日他与弟弟和蔡珽分手后，因杂事缠身，就一直没再联系。现在蔡珽却以这种样子出现在自己面前。年希尧虽还不知实情，却有种不祥的预感。他不由得有些紧张地问:“你、你这是……”

蔡珽却没理他，只匆匆掠了一眼算是同他打过招呼。随后盯着白晋，用焦急的、气喘吁吁的声音说:“神甫，我营里一个弟兄受了伤，急需救治。您这教堂有外科大夫吧，我想神甫不会将我们拒之门外吧。”

“当然。”白晋画了个十字。这几年他并未忘记旧情，时常和教友们提起这个在广州海关遇到的豪爽仗义的小军官。他让几个仆人将伤者抬了进去，要露西大夫先处理一下。而后他又审慎地打量着蔡珽，正色道：“我们的大夫会尽力救治他的，但你必须如实告诉我他的真实身份和负伤的原因。”

蔡珽脱下那身破烂的衣服，抹了一把脸上的污泥，朝左右不放心地扫了几眼，有些不好意思地说：“神甫，如果不介意，能让我进去谈吗？”

“可以，来吧。”

在深邃宁静的教堂里，蔡珽先有些犹豫，但终于还是细细地讲出了事情的原委。前些日子蔡珽在街头巡逻时碰到他以前的一个把兄弟。这个兄弟所在的绿营已有大半年没领饷了。当兵的一般没有额外收入，又不能总让一家老小陪着饿肚子。营里有部分实在坚持不住的人就去偷抢老百姓。后来事情闹大了，百姓把捉到的几个违纪士兵带到营官那儿去告状，上边当官的不得不出面干涉。然而营中的将官只是敷衍地说上边没给拨饷，他们也没辙，要他们自己去找兵部。兵部主事说这事不归他这儿管，要他们去找户部。户部一个主事支吾了半天，看那伙当兵的急得要动拳头了，才含混不清地说那笔钱已让工部截留划给河工了。又找到工部，那里一个专管营缮工程的营造清吏司官员竟反而把他们教训了一顿，还说得理直气壮言辞激越：“这是圣命，谁个敢抗！哼，要不是看你们这样子也挺可怜，我早让人把你们拿了！怎么，还站着这儿干吗？还不快滚！”大伙儿只得无奈离去。后来他们中第一个莽汉提议，既然这是圣命，与其这么一个部一个部地瞎找乱碰，不如直接去见皇上！他们也没细想，真就来到了神武门，因为年轻气盛，又正在火头上，竟忘了礼法，没说两句话，就与那里的护军发生了口角冲突，直至动起手来。结果几十个人被当成反叛抓了去，而蔡珽这个把兄弟虽身负重伤，却侥幸躲过追捕，逃脱出城。正巧那日蔡珽巡视到南城时，不经意地发现了这个倒卧在路边奄奄一息已十分危险的朋友。蔡珽二话没说，把他悄悄带回自己的居所。凭着他以前跟人学过一点医术，先草草处理了一下；又仗着蔡珽平日出手大方，虽是新到京任职，但已与手下这些弟兄混得不错，而且来京时还随同跟来了几个旧部。把周围的人都关照好了，才没被发觉。可他这朋友伤得挺重，若再不找好医生做手术恐怕就保不住命了。为避有人来暗查，也怕夜长梦多，蔡珽就想到他以前曾帮助过的传教士们，这才扮作叫花子，冒险来到北堂。

白晋听后与另几个传教士互相对视了几眼，用惊骇而矛盾的目光无声地交流着。作为传教士，扶危济困是他们最重要的本职之一，蔡珽以前也曾帮助过他们，本不该拒绝。不过这伤者的来历着实可虞，安置他可能会给教堂带来一系列的不便。白晋看了看蔡珽，感到有些为难，沉默少顷，他温声说：“你不要急，我再和教友们商量一下。露西大夫大概准备得差不多了，手术快开始了，我先去看看。”

几个传教士上了楼。年希尧便在这时一把抓住蔡珽，拉他到一个角落里，低声狠狠地斥责道：“你好大胆子，怎么敢救这种叛逆？还把他带到教堂来，让神甫为难！我真不知你是怎么想的！”

大教堂里空空荡荡，寂静无声，显得圣洁又神秘。高处精雕细刻的白色穹顶，使人看了忘掉忧伤，心神安宁。蔡珽仿佛没听见年希尧在说什么，凝神地望着教堂一边那幅巨大的耶稣受难像，又将墙壁上一幅幅描述西方宗教故事的绘画慢慢掠过。好一阵后，他的声音近乎耳语，却十分倔强地说：“如果能保证待遇公正，他们又怎么会选择铤而走险！哼，我不是那个营的，要是我也在军中，只怕也……”

“住口！蔡珽，你乃官宦子弟，世受皇恩，习圣人教诲，怎么敢说出此等无父无君、大逆不道之言？这与那些流贼盗寇何异！”年希尧打断他的话，用手指点着他的脸，痛惜地说。

蔡珽只是冷冷听着，脸上却遮掩不住鄙夷的神色。他没想到分手才两年，他原先心中敬慕的可亲的年大哥就变得这么无情无义，铁石心肠！可他现在还不想与对方争吵，他瞟了年希尧一眼，说：“我那兄弟非是不明事理，若这点薄饷真能促河工成，解燃眉之急，他们忍受些时日也就罢了。可大哥你也在工部供过职，难道就看不见，河工年年要钱，银子花得跟蹚水似的，可无论京城的无定河还是黄淮两河仍年年决口！那些治河的官儿照样是风吹不着、雨淋不着，捞得肠肥肚饱，满嘴流油。这，这怎么能让人气得过？”

也许是受不了蔡珽坦烈目光的逼视，年希尧低下头，声音渐轻地说：“河工是冗员太多，靡费过滥。不过这都是上边的事，非你我这等微末之员能管的……”说着他很快地从衣内掏出几两碎银，不安又内疚地说：“贤弟，现在风声正紧，你还是先离京避一避吧……这点银子都拿去，可别嫌少。”

蔡珽躲着不肯接，年希尧执意要给。蔡珽倔劲儿又上来了，一跺脚，又急又硬地说：“大哥，你不用替我担心。我又没参与此事，量也无妨！我若无缘无故离去，反会引人怀疑。现在就先这样，五城兵马司的人断不会寻到这里。若真有变故，大哥放心，兄弟一人担当，决不牵连你！”

“贤弟误会了，愚兄不是这个意思……”年希尧把这本不想启口的话说到一半，看见白晋几个看样子已商量好了的传教士陆续下了楼。

“好吧，老朋友，”白晋的态度十分和蔼，走到蔡珽面前，“只要你保证这个人身边没有凶器，今后不再施用暴力，他可以继续留在教堂调养。”

凶器，暴力？那不是说他成了歹徒强盗了吗？蔡珽听了觉得很不顺耳，他想争辩、解释，可现在是求人办事，又是如此冒风险的事。他呆了呆，终于忍住，没再说什么。这时年希尧走过来对白晋慰藉地说：“神甫尽可放心。在神甫的循循善诱和公正仁慈的主的召唤下，一切有罪的人都将弃恶从善，得到主的救赎与宽恕。”蔡珽觉得年希尧这话说得好生奇怪，他这才惊讶地注意到，年大哥的胸前也挂着一条银白色的十字架。他不是说不入教吗？怎么又入了天主教？

“你说得对，米歇尔！”白晋热烈地称呼着年希尧的教名，又恭敬地缓步走上前，带领大家在耶稣像前低伏下身子，祷告道：“愿主浮听，饶恕一切可怜无知的人们所犯之罪。阿门！”

“阿门——”

蔡珽茫然地望着这一切，又恍惚地望了望那个被钉在十字架上的耶稣像，心中甚是不解：奇怪，这个光身子的瘦男人看上去比谁都可怜，怎么还能护佑众生呢？等传教士们庄重地完成了这个仪式转过身来，他突然上前一步，用中国最重的大礼向几位恩人双膝跪倒，声音悲颤地恳求道：“神甫，你们一定要想想办法，治好我兄弟的伤。”

“哦，不要这样，快起来。刚才大夫已经检查过了，病人没有致命的伤，只是长期缺乏营养和惊吓造成的伤病加剧，可能还需要观察一段时间。露西大夫是澳门有名的医生，曾给皇子治过病，你放心好了。”

六

对于一个心灵受过创伤的人来说，有时偶尔碰到的一件极微小的事物也能勾起他对往昔痛苦的追忆与感伤。陈梦雷即如此。他入诚郡王府后，虽颇受三阿哥的敬重，上上下下的人都尊称其为先生，皇上还赏赐银钱安置了他的家属。但那日他在寺中面呈给皇上的状子，却从那儿以后又没了消息。由于他入王府后准备给王爷进讲诗文，就一直在三阿哥府内整理古籍，收拾简编。不觉今日已到端午节。

正午时分，应诚郡王府之邀，当陈梦雷步入王府花厅，主人胤祉已恭候在那里了。三阿哥穿着蓝棉纱袍，外罩一件红青棉纱绣二色金龙的龙褂，腰间装饰着龙舟形的大小荷包和五毒小荷包。这正是宫中皇帝皇子过端午节时的穿戴。厅内的摆设也有些变动：墙壁上挂着舟呈祥的缂丝挂屏，桌上摆着大吉葫芦音乐座钟。细巧的瓷瓶内插着用菖蒲根、茎为原料制成的五福花。一盆菖蒲盆景和一盆艾子盆景在两张高几上各具形态，很显别致。堂帘上也不忘贴着葫芦花的剪纸。望着这一切，不知怎的，陈梦雷又不禁悲从中来，遥想那位信而见疑、忠而被谤、最终自沉的三闾大夫屈原，他心头就开始隐隐作痛，对将开始的宴请也要没了兴致……

今日膳食主要是粽子，桌子上摆着一盆盆小山似的粽子，所以又称“粽席”。席间，胤祉频频执杯劝酒，请陈梦雷不要拘束，尝尝他府里有名的节令吃食，翡翠鸭、水晶鱼、虾冻、鸡冻。他亲自看着陈梦雷一一品尝后，亲切地问：“先生觉得味道如何？可还中吃？”

“清凉爽口，鲜而不腻，确是仲夏适宜之食。”

胤祉笑笑，又给对方斟满了一杯酒，说：“今日先生就不要理书了，歇一天。膳后就在我府中看看戏，都是京里有名的班子新排的几台戏，唱腔扮相都很讲究。到时先生想看哪出可自己来点。”

陈梦雷放下手中刚拿起来的一个粽子，拱手当胸道：“谢三爷美意。学生自入府以来，过蒙厚爱，已深感不安。且无以回报，请三爷见谅。”说完他叹了口气，低头沉下脸来，闷声不语。

望着陈梦雷心事重重的样子，胤祉亲自剥好一个新粽子，递了过去，说：“今日端午，先生也不要想得太多。请尝尝这粽子。这可是从太祖皇上时传下来的椴木粽子。此木长于东北，春季发芽，至端午时叶大如掌，中原之地是没有的。”

陈梦雷接过这个椴木叶包裹的由高粱米与豆泥和成的小三角形粽子，刚咬下一口，眼圈“唰”地红了。他声音嘶哑地感叹道：“当日戍役盛京，端午之日，曾见过此物，也未得尝。却要二十年后，今才见食。”

见陈梦雷的样子，胤祉忙说：“是我不好，又勾起了先生的伤心事，请先生海涵。不过往事既已过去，先生应多往后想。切不可太过抑郁，伤了身子可不值！”

“三爷，您不知道，我是忍不下这口气！”陈梦雷脖子上的青筋突突直跳，目光变得火一样灼烈，“康熙十一年我与李光地同授翰林院编修，结成金兰之好。三藩之乱时因回乡省亲被耿逆拘于福州，被迫受官。我开始是称病不就，并未效命伪朝，后为势所迫，入了敌营，也是身在曹营心在汉，绝无叛心。时李光地也在闽。我曾与其相约，由我提供机要交送李光地，再由其转呈朝廷。日后朝廷若平叛，也好为我做个证，保我清白。我还劝李光地无论形势如何，万勿入叛军！哪知朝廷平逆后，学生竟被控‘附逆’，李某非但不救学生，反落井下石，欲置我于死地。实则是想独居其功，以为晋升之阶！我与其相交数年，未料他竟如此卑鄙！”

胤祉见他说得激动，也不由轻叹了一声，道："先生遭遇着实令人不忍，但请先生听我一言，先生现在报仇还不是时候，此事当缓行。"

"三爷是指他今日位高权重，门生故吏满朝？"

胤祉沉吟地点了点头："此一时也，彼一时也。先生今日蒙圣恩开赦，但李光地也早已不是当年那个与你同席共枕的李榕村了。自康熙二十八年入值南书房以来，他就一直扶摇直上，平步青云，甚得父皇赏识，其根基已稳。康熙三十三年众科道官以其母丧告他矫情忘亲，也没将他如何。不光如此，他现在新擢直隶巡抚。自上任以来，已有不俗治绩，颇受当地百姓拥戴。如今其正红日当头，吉星高照。听说先生也呈过血书状，结果如何？不是我泼先生冷水，若一定要告他，即使能将他扳倒，你与他也两败俱伤，又何必呢？倒不如先隐忍观望一时，以待时机。先生二十几年都忍过了，又何消再等此一年半载。'多行不义必自毙，子姑待之。'咱们看他自食其果好了。"

见陈梦雷脸上仍暗，胤祉又说："古人云：'朋友，以义合者也。'你与其道既不合，又早分道扬镳，不值为此人气。自古有君子儒与小人儒之分，先生是君子清贤，李氏不过小人浊民。现在他虽立身荣贵，居官显赫，可以后身败名裂的终将是他啊！"

陈梦雷这时怒气才似乎减了几分，却还是连声叹息着说："王爷所言甚是，他确是一个有些才气的小人。只是学生不明白，万岁难道没看出他道貌岸然的表象？"

"先生此言差矣。"胤祉摇头否认道，"有人可与共学，未可适道；可与适道，未可与立；可与立，未可与权。皇上也只是赏用其学而已，实则心中未必对其深信不疑。李某人又十分乖巧，于公务并无差池，所以父皇尚且观用一时。"

胤祉又安慰劝说了一些话，陈梦雷无心再聊，告辞离开。他刚走，太子胤礽从那扇玻璃屏风后慢慢地转了出来，脸上已显出了几分不耐烦，笑着道："啊，多亏你把这个宝贝打发走了，要不我得在这儿猫一天。"

胤礽怎么来了？原来他听说今日诚郡王府请来个上好的戏班，就特来捧场。现在的胤礽面色苍白，以前那双灵活有神的大眼睛也不再清澈，好像蒙了一层云翳，变得冷漠又厌倦。连与他相处时间最久的胤祉，也觉得太子慵懒委顿，已变得大不如前了。他虽有时也含蓄地提醒一二，却又不敢规劝过多，以免这个脾气暴躁的二哥闹气。现在他向太子请安后说："二哥见见他也无妨啊，何须这等回避呢？"

胤礽照例往一张太师椅上懒懒地一靠，拿起案上一根牙签，剔着牙，说："我见了他，他要向我提告状的事，跟我诉什么冤情，你说我是应也不应？”

胤祉一时没明白太子此言的意思，说：“那二哥就给他当一回玉面判官又有何妨？”

胤礽轻蔑地哼了一声，吐出一根食屑，没说话。

胤祉有些摸不着头脑，小声问：“二哥是觉得李光地被诬蔑吗？”

“李光地所行自是卑鄙，但陈梦雷也不见得就是正人君子！”

胤祉闻得此言大有深意，坐下道：“嗯，愿闻其详。”

扔了牙签，胤礽又从衣内掏出一个圆形的珐琅鼻烟壶，打开盖猛吸几口，张开嘴痛快地打了几个响亮的喷嚏，立刻面露红光，精神了起来。他摆摆手道：“刚才你们说的话我在后边都听到了。这最明白不过，李陈二人订立密约，明为互助，实乃互保。若耿逆获胜，打败朝廷，则陈可保李，若我朝灭掉耿逆，则李可救陈。于是乎，他们二人一人在前为朝廷效命，一人又在后向逆匪暗送秋波，也就是人们常说的‘脚踏两只船’。哪知李光地突然变卦，以致陈梦雷吃了大亏。可若我朝无福，耿逆胜出，则其时为阶下囚者，说不定就变成了李光地！”

“啊？怎会是这样？”胤祉惊愕得睁圆了眼。

“老三，你怎么还看不出？你的书都白读了不成！汉人本就没什么好东西，李光地更惯于见风使舵。像陈梦雷这样的书呆子，哪里是他的对手？”

胤祉也像想起什么似的，从书案上取过一本书，回身指给太子说：“这是梅文鼎参选西洋学说所撰的《历学疑问》，前面有李光地写的序。先我还不解，李光地何时关注起西洋历算之学，后来方知父皇正想新修一部历书，可见其揣度圣意之苦心。”

胤礽点头道：“李光地一向以为自己学识渊博，无所不能；偏这同籍的陈梦雷也是个狂狷之士。有道是文人相轻。这二人才力相当，难分高下。可一山不容二虎，就算当时二人相处平安，也难保他日不生龃龉。”

“当初与陈梦雷同籍同年者，绝不止李光地一人。李光地于朋友被难时见死不救，其他人也都袖手旁观，无一相助！人心若此，可谓悲矣！”胤礽说到此，脸上现出一丝悲愤的冷笑：“就说如今跟在我身边的这一大帮子人，不也瞅我是个太子，才拼命地巴结奉承，以图之异日。不信你瞧，老三，若有一天我不是太子了，这些哈巴狗、马屁精、白眼狼之类，还不照样做缩头王八，甚至落井下石，墙倒众人推！什么忠义诚信，那都是哄三岁孩子的，都是鬼话、屁话！谁个真信！”

看着一直沉迷声色的太子竟说出如此深切不祥的预言，胤祉的脸红一阵白一阵的，觉得他说的那些身边人无疑也把自己包括在内了。三阿哥不由垂下脸，表情讪讪的。

“哟，对不住对不住，伤了兄弟你了。我说的是那些奴才，你可千万别多心。至于三弟你，哥哥心里还能没数？咱们兄弟中数弟弟你是最厚道的一个。裕王他们都说老八仁厚，我看也是……”胤礽本想说“也是狼子野心”，但犹豫了一下，才说，“也是一个李光地”。

可能是胤礽这话真让三阿哥不好受了，胤祉推说还要去老四府上有事，不能陪太子看戏，请太子见谅。走之前，他突然悄声问：“要不要小弟叫个丫头来侍候二哥？”胤礽从盘中拈起一块五毒饼，咬了一口，想了想，淡淡地说：“不用，你去吧，我想一个人待会儿。”

“官仓老鼠大如斗，见人开仓亦不走。健儿无粮百姓饥，谁遣朝朝入君口？”五岁的弘晖，坐在四贝勒府东书院中的葡萄架下的一个小竹凳上，扯着细嫩的小嗓子，摇头晃脑煞有介事地吟诵着，当背到兴奋处，还站起来，学着大人的样子，背着手挺胸腆肚，来回踱着步，让人忍俊不禁。他的母亲四福晋那拉氏可受不了，从正房打开窗子探出头，向院里叫道：“晖哥儿，你给我安顿点好不好，谁让你老念这些乱七八糟的东西！”

弘晖不知母亲为何突然发起脾气，噘起小嘴不高兴地嘟囔着：“是阿玛让我背的嘛。”一个嬷嬷见状赶快将他抱回屋去了。

早晨起来，四福晋那拉氏就遇到好几档子不顺心的事。先是四阿哥在她还没起来时就带了几个下人悄悄地出了门，也没和她打声招呼。这种事自她委身四阿哥之时就已有好几次了。最不可容忍的是她在宫里西二所妊娠那天，他竟也谁都没理便径自出了宫。每想到此，那拉氏心里就一阵酸楚。她并不是那种小肚鸡肠的女人，可也觉得丈夫的做法实在欠妥。第二件是她洗漱刚毕，娘家一个家人来送信说她的父亲费扬古由步军统领改调西疆归化城，接替去世的董鄂氏费扬古驻守。此一去天高路远，自己的阿玛春秋已高，怎么能让人放心得下？中午她正无情无绪地用着膳，又来了一个客人——四阿哥小时候的乳母。她来府中是想托四贝勒给她那做小京官的未入流的儿子谋个油水多的实缺。清宫对曾哺育过皇子的嬷嬷一直都很尊敬，虽属奴仆，可阿哥们成年后仍把她们当长辈看待。四福晋也客气地接待了这位嬷嬷。待听明来意，只好实言相告说四爷不在家，自己不好做主，待四爷回来后定替她转告。后见这个老嬷嬷仿佛有点失望，忙又吩咐人取了二百两银子，含着歉意将她送走了。

现在，四福晋正翻着司房呈报的府中账目开支。那拉氏以前在娘家识过几个字，看这种简单的账目还不困难。她震惊地发现，有几笔支出都没注明用途出处，且都是五百两以上的大宗支出。她不由沉下脸来，用细长的手指敲着账簿，问面前恭立的戴锦：“这几笔是什么花销？怎么没在账上注明？”

一般王府的福晋都在内宅相夫教子，不用管这些事情。可是前几天那拉氏出门走亲戚，见人家亲友的府邸都装饰得金漆彩绘、金碧辉煌，细木家具光亮得能映出人影。再比照自己家这个贝勒府，真是太寒酸了，简直让她羞于待客！她想劝丈夫把府里好好修缮一下，自己先估计要用多少钱，就要了司房的细账。可一见立时呆住了，原来府中的余银很少。丈夫是个不嗜玩娱的人，平时用钱极审慎，不会都挥霍掉，可那些钱都哪儿去了呢？

“是四爷临时取走的，说是暂用一时，过后再补上，只记个数就行了，不必另列出来。”戴锦小心地禀报道。

那拉氏根本不信，听后冷笑一声，道：“你自幼在当铺学徒，后又跟四爷鞍前马后，也是办老了事的，现在倒在我这儿装痴卖傻，谁信啊？快说，这些银子是不是叫你们私吞了？”

“不不。”戴锦慌得跪下，好不容易稳住了，惊恐地说，“奴才有几个胆，敢私吞这些钱。当初四爷见奴才老实厚道，信任奴才，方让奴才管一府出纳。奴才若干出什么不义的事，那还是人吗？”

那拉氏尖利地瞅了戴锦一眼，见他目光似乎还有些躲闪，高声喝道：“那你快说，这么多银子到底都干什么去了？若有一句不实，小心你的狗命！”

“福晋息怒，福晋息怒。奴才说出来，福晋可千万别跟四爷说是奴才说的。”

“少啰唆，快说！”

“是，是。奴才不敢瞒福晋，确实都是四爷拿去了。至于出处，最早那一千两是捐给了德胜门外的功德林，后面的一千两，一半布施了潭柘寺，一半布施了大觉寺。刚取走的这五百两，仿佛是给了那个姓蒋的书生。”

“那还有八百两呢？干什么用啦？”那拉氏目不转睛地盯着戴锦。

“这八百两奴才着实不知，福晋就是打死奴才奴才也说不出。”

好啊，家里的事还没料理好，竟把钱大把大把地往外扬。还竟结交些稀奇古怪的人，不是那个呆头呆脑的布衣书生就是那些神神秘秘的和尚。他今天上哪儿去了？是不是又找那个姓蒋的和那些和尚扬银子去了！怒火突然像冲开了的闸门，一下迸发。那拉氏将账本摔到地上，双手捂着脸，花盆底的鞋重重跺着地，大声哭喊着：“这日子没法过了——还怎么让人活啊！干脆不过啦！”

福晋闹起气来，急躁而没有半点克制，同一般市井妇女并无区别。大概是怕成了福晋的出气筒，除了几名贴身侍女，戴锦和司房的另几个人都像蜗牛一样悄悄地跪爬了出去。

正在这时，回事的人向内禀报，三阿哥诚郡王来访。王府不同一般百姓家，如果客人来而主人不想见，即由下人回说一声“挡驾！”客人听后说明来意，便可回去，省了许多麻烦。当时的王府大多如此，并不为怪。当下四福晋心情不好，况且男主人也不在家，便挡了驾。三阿哥来也没什么事，只是端午节来看看兄弟，他知老四平日有畏暑之疾，送了些紫金锭、蟾酥锭、盐水锭等防暑药及一些时令鲜果。望着人家送来的这些东西，那拉氏越发觉得自己的丈夫连三哥都不如。心里的委屈、悲伤更重了。

天交酉时胤禛才回到府中。和每次外出回府一样，弘晖听到声音小腿飞奔地跑了出来，攀着父亲的脖子，非要父亲抱。在外奔波了一天的胤禛看见可爱的儿子，疲劳顿时消散，心中不觉流淌出一种特别的温馨暖意。

外面的声音传到东书院，福晋已经听见晖哥儿在鹦鹉学舌，向阿玛讲着这一天来了多少人，都送了什么。待进了屋，胤禛仍抱着孩子，对四福晋说：“今可真不巧，偏我不在时家里来了这么多客人。”

“谁让四爷出门前也不言语一声，让人一点准备都没有，结果让人家都扑了空，这多不合适！”满腹委屈的那拉氏发着牢骚，然后还是把会客的经过讲了一遍。

胤禛坐在一张软云榻上，一手还搂着儿子，喝了口茶，说：“其他人也就罢了，只是三哥来不该挡驾呀。”

那拉氏坐在一边的矮桌旁，头也不抬，气嘟嘟地说：“四爷你既不在家，我一个妇道人家，抛头露面的，合适吗？”

“那有什么，那是汉人的规矩，咱们满洲没这讲究！”胤禛爽朗地说，又低头问一直安静听着的弘晖：“晖哥儿，阿玛昨天教你背的那首诗背熟了吗？”

“早就背会了！”弘晖听父亲问，立刻来了精神，他挣开父亲搂着的手，站到屋中，面向父母，很得意又响亮地背诵道：“官仓老鼠大如斗，见人开仓亦不走……”

“行了行了，我的小祖宗，这一整天就听你这一句了。人家孩子都背《千字文》《百家姓》，偏咱家孩子，就知道官仓鼠，老大个儿什么的。再背啊，咱们府都快变成耗子窝了！”

胤禛看了妻子一眼，笑道：“你怎么这么说？那是咱儿子聪明，要换了别的孩子还背不出呢。”见妻子直撇嘴，胤禛又说：“放心，咱们晖哥儿将来肯定有出息！”

但四福晋还是发表了不同的看法："这么背也不是个法儿啊，四爷还不如在家设馆给他请个先生。先教他写国语、'四书''五经'。"

"急什么，他刚五岁，再过两年也不迟。等他想学了再设馆聘师，这事勉强不得。"

"你就这么惯着他吧！"那拉氏不满地嘟囔了一句，又对胤禛道，"那嬷嬷这事四爷打算怎么管呢？"

"啊，嬷嬷我怎么能忘呢？记得我在晖哥儿这么大的时候，衣食起居都由嬷嬷照顾，在我生病的时候，她把饭送到我身边，一口一口地喂我，直到把我喂大。"胤禛说着不由得动了感情，低下头。弘晖也乖乖地回到父亲身边坐定。可是胤禛感慨过后，又有些无奈地说："可我是个穷阿哥，不置产业，不会经营，身无长物。她儿子真来投我，只怕还不如他现在的日子过得好呢。"

"那四爷再想想，看看外面还有什么差，总不能让嬷嬷失望嘛。"

"人无欲则刚。若是每日衣足饭饱，又何必非要什么玉液琼浆！当下能有个差事做就很不错了，干吗还非求什么肥差？他大概是不知现在许多看着风光的，将来没准儿不遭报应……哼，反正我可不想让人戳我的脊梁骨！"

"怎么把话扯那么远，"那拉氏不快地说，"看来我阿玛的事四爷也是不想管喽。"

"你阿玛怎么了？"

"哎，刚才我都说了，四爷没听见？"

"哦，是你阿玛去边地供职，那不是挺好嘛。"

"挺好？那是什么地方，地僻人稀，禽兽罕见。一入冬就冰雪封山，千里无人烟。我阿玛几十年还没出过京呢，这要是一去……四爷再跟皇上说说，能不能给他换个差事，哪怕降一级呢，去那地方实在让人放心不下。"

"你真糊涂！圣旨已下，我再恳求也无济于事。"

"你是阿哥，亲自去求父皇，皇上还能不动心？"

胤禛苦笑了一下，一手轻轻抚着儿子脑后的小辫子说："天下的孩子遇了事情都可以跟自己的父亲撒娇、求助，唯有我们皇子不成……"见妻子表情愁苦失望，他又安慰道："事已如此，你也不必太牵肠挂肚。我想皇阿玛让你阿玛去，是借了他与费扬古同名之便，以此安抚当地边民。兴许时间不长，顶多一两年。若你阿玛真在此期间干出几件令人刮目的政事，为朝廷立功，也像费扬古将军那样留名青史，也不枉此一生。"

"那四爷却为何高卧家中，甘于沉寂呢？"

胤禛听了一愣，抬起头，才发现今天妻子的情绪有些不对，他轻轻放下弘晖，正要说话。那拉氏又说："你瞅瞅人家三哥，领着那么多人修书，这也是本事！还有大哥、太子，连老八都有差办，偏就咱们屈才了不成！……"

"行了，够了！"胤禛厉喝一声，愤然打断妻子的话头，望了望已被他装裱在墙上的"戒急用忍"横幅，稍平静了一会儿，才又不无愤懑地说："我乃碌碌之辈，怎么比得他们的大才！今封贝勒，也是父皇错爱，已然知足。我早曾言，我这'天下第一闲人'，今生注定是闭门潜修，不问世事！"

"那四爷总该把家里的事料理好吧，那么多禄银，却就剩这么点了。这后半年咱们可怎么过……"那拉氏絮絮地唠叨着。

"怎么，你翻细账了？"胤禛这才发现那个被福晋扔到炕角的皱皱巴巴的账本。

"多亏我瞅了，不然还蒙在鼓里呢。我的爷，咱府上不比别的府，进钱的门路本就不多，也就每年田庄粮庄的一点进项。您还这么没世界地海花……"

闷热的夏季使人烦躁易怒，极易上火。胤禛平时很少与妻子拌嘴，可他今天也被妻子喋喋不休的数落惹恼了，"嘭"地一擂炕桌，震得桌上茶杯盖碗乱蹦，气愤地吼道："你还有完没完？你到底要干什么？"

四福晋一愣，委屈的泪水就忍不住吧嗒吧嗒往下掉。弘晖瞅见这情景吓得小脸发白，直往嬷嬷身后躲。

其实胤禛看孩子在，已是口下留情了。他让嬷嬷把孩子带走，关上门。回头看看黯然涕泣的妻子，轻蔑地"哼"了一声，开口说话的声音已软了下来："我知道，你是怕我这钱花的路不正。你跟了我这么多年，我是什么人你还不清楚？我是那种花天酒地的人吗？"然后他把每一宗银钱的花销细细向福晋解释了一遍。

那拉氏低头不语，等胤禛说完，脸上有些微红，似乎心有歉疚。她轻声说："行善积德的事，我不敢阻四爷，可晖哥儿眼看明年就该入学了，府中还没设馆请师；还有咱们这府也该收拾一下。都是用钱的大事，我们也该细细合计合计吧。"

"这我早想过了。除了父皇赐给咱们的一些瓜园果园的进项，还有山海关外两座大粮庄，如无天灾，年底怎么也能收个几百石精粮。下半年又有八月十五和太后的千秋节，父皇还会有赏赐，加上禄米，难道还不够咱们花的吗？府里粉刷一事，可先缓一缓，咱们府也不常来贵客。"他正说着，外面奏事的高喊："诚郡王到——"

"三哥怎么又来啦？"胤禛和妻子莫名其妙地对视了一眼，匆匆理好衣服开了门。只见胤祉一手抱着弘晖笑呵呵地走了进来。大概是弘晖又跟他学了舌，胤祉见了他们就打趣道："嗬，我说你们两口子这是怎么了？大节下的逗闷子，难道是为争粽子饽饽，争恼了不成？"

两人不好意思地笑笑。那拉氏向三哥请了个万福，红脸瞅了丈夫一眼，轻轻退下。

"老四，我可不在你这儿待着，你也跟我走。你快更衣吧，咱们骑马，怕还来得及。"

"怎么，出了什么事？"

"哟，你还真忘啦！父皇不是说端午要在畅春园聚一聚，我也是从你这儿出来走到半路上才想起来的。怕你忘了，就回来看看。"

"哎呀，多亏三哥提醒。改日弟一定亲到三哥府上致谢。"

"自家兄弟，不说这个，咱们快走！"

畅春园的赏花台前，芍药盛开。今年这些从丰台草桥进贡的名品，由于保养有方，花期延长了不少。像什么宫锦红、醉仙额、白玉带、醉杨妃等红的、粉的、白的芍药竞相怒放，千娇百艳。花下，是一张张充满生机的年轻笑脸。由于年长阿哥分府出宫后，住地散于京城各处，年幼的阿哥们每日还要到上书房读书，像这样轻松愉快地相聚在一起的机会很少，所以他们每个人眼中都带着一种久别一聚的激动兴奋，也有几许陌生。互相请安，问候，打着招呼，三三两两地谈笑着。

胤禛从一片花丛中抬起头，望见那边正和八阿哥在一起有说有笑的十四弟。聪明健壮的十四阿哥胤禵年岁虽小，但人缘极好，和其他哥哥弟弟都很合得来，大伙也很喜欢他。可不知为什么，一见到他亲哥哥，这个活泼的孩子立刻来了个一百八十度的大转弯，变成了个小哑巴！而对一向生性冷傲的胤禛来说，他毕竟是自己唯一的同胞兄弟，不管自己愿不愿意，做长兄的还要摆出一种大度与涵养，对小弟表示出亲切和关爱。这么想着，他嘴边泛起一丝不很自然的笑，走过去，先冲胤禩点点头，然后望望自己的弟弟，用不失长兄的口吻说道："半年不见，蹿得可真快。上次还不到我的肩膀，这次都快到我的下巴了。再这么往上蹿，怕用不了几年，就超过我喽。在宫里还好吗？课业学得怎么样？出宫骑马时可要当心些……"面对哥哥的询问，胤禵显得有些忸怩，低头瞅着地面，一手抠着坎肩上的纽襻，蚊子似的哼哼了两声，就不再吱声。还是胤禩在背后推了他一把："瞧四哥对你多好，快跟你哥哥好好聊聊吧！"然后冲胤禛笑笑，转身与别的兄弟说话去了。

胤禛这人就是这样，再说什么关切的话也让人感到他身上那股特有的冷峻。而且他平时本就不习惯说那种嘘寒问暖一类客套寒暄的话，今天这样已经十分破例了。见弟弟板着小脸，对他的问话三缄其口，只是有时偶尔冷冷地点一下头，作为答复，那神态既漫不经心、不以为然，又很是不屑，甚至暗藏着一种拒绝、抵触。胤禛觉得气恼、尴尬、不解又有点无奈，也就不再问了，默默转身，黯然走开。刚走出几步，他又回头望了弟弟一眼，看见弟弟早欢天喜地地找老八说笑去了。他的心里立刻漾起一股难以名状的酸涩……

原来今天康熙召皇子们到畅春园来并不是让他们聚会赏花，而是要宣布一个重要的事情。再过两个月就是太后的六十大寿。自从去年张凤阳的事发生后，太后对康熙就一直态度冷淡，待在慈宁宫中老不出来，像是赌气。所以康熙很想借太后寿辰这个机会消除两辈人之间的芥蒂。不过近来国事繁多，康熙怕自己一人为太后操办寿庆精力不济，想从阿哥们中找个帮手，其实也就是选一个儿子代替自己总揽此事。这时能被父皇选中可是一个莫大的荣幸，谁不想争取啊？当康熙宣布完，皇子们立刻兴奋起来，但表情各不相同。那沉稳的，微笑着平静地望着父皇，似乎已心中有数；那活泼的，眼睛放光跃跃欲试；自信的、昂首挺胸，似乎那差事已非己莫属；腼腆的、低头不语，但也能感到其心中的无限憧憬……谁会成为这个幸运者呢？除了太子胤礽，那十几双眼睛都齐刷刷期盼地望着父皇。康熙也默默将皇子们逐一打量个遍，似在比较、权衡，其实他心中早有主张。他等皇子们的神色都平静了下来，语气慈祥又不失威严地说：“你们的心情朕知道，都想接这个差。差事不止这一次，以后这种机会还有，朕不会落下你们每个人。这次嘛，朕想就先让四阿哥胤禛，替朕筹办此事。”

惊愕、疑惑、愤恨、不屑、嫉妒、羡慕……跪在地上领旨的胤禛，默默忍受着兄弟们向他投射过来的各种不同的目光。二十四年后，还是在这个地方，当一位大臣宣布胤禛为大清帝国第五代君主时，他面对的居然还是这张相同的、由种种复杂目光交织成的巨大无形的网！

七

天高云淡，秋风送爽。恰是观赏燕京八景之一“太液秋波”的绝佳时节。水云榭是观赏此景的绝佳之地。这座水中凉亭位于中海东岸，不但建筑样式独特，如同一座大亭与四座小亭合在一起，而且四面环水，八面来风，视野开阔。乘舟观赏，大好的秋光尽收眼底：北望金鳌玉栋桥，宛如长龙横卧于北海上，后面的琼岛，素洁端庄的白塔高矗于浓绿之上，与下面龙亭等若干红墙黄瓦的建筑倒映水面，似真似幻。远处群山起伏，脚下水清如玉。微风徐来，细浪如鳞，层层叠叠。风稍大时，水波荡漾，在阳光的照耀下，仿佛有数条金龙在太液池中狂舞。一派清秋气象！

时间像飞一样，端午刚过，中秋又至。今天皇上要在西苑设宴赏月，而那些没什么事的皇子，都不约而同地来到水云榭。皇子们或独自一人赏景、看书，或两人对弈、交谈，各得其所，互不相碍。但这宁静很快被打破了。

笑闹声来自胤禟和胤䄉，别看这两个同龄皇子已是十五岁的半大小伙儿了，可还像儿时一样顽皮好动。时下没有父皇和师傅在旁，他们就像开了锁的猴子，在这块面积有限的水云榭中闹将开来。一会儿翻一下七阿哥胤祐看的书，一会儿拧一把胤禵的耳朵，一会儿又硬拉大哥比掰手腕，没一刻安静。

胤祉和胤祺正在一边安静地下着棋，见这两个“混世魔王”从大哥那边嬉皮笑脸地过来，好像又要捣乱。胤祺抬头瞪了弟弟胤禟一眼，却没说什么。胤祉见了也暗自皱了皱眉，但他很快笑笑，佯装无事地叫过看上去永远吊儿郎当的胤禟：“老九，快给你哥哥看看，他下一步若再无起色，全盘可就无力回天了。”胤禟装模作样地眯起眼睛，挠挠鼻子：“三哥这不是取笑我嘛，我哪儿懂棋。老十四，来来来，你给五哥看看。”

被叫过来的胤禵看看棋盘，面色立刻变得严肃起来，不像一个十一岁的少年。他凝神静思片刻，从玉罐中捡起一枚黑子，不动声色地敲了下去。

“嗯，好，厉害！下一步我还着实要好好想想。”胤祉有点意想不到地望了十四阿哥一眼，当真皱眉沉思起来。

可是胤禵看着三阿哥“扑哧”一笑，悄悄点指了一下棋盘的一角，胤祉方恍然大悟，高兴地拍拍胤禵的肩膀，正要落子时，胤禟却不干了，他推了胤禵一把，叫道：“哎，老十四，你到底帮着谁啊？怎么两边的棋你都给支招，真添乱！”

“是你让我过来的。不会下棋还瞎吵吵，你才添乱呢！”

胤禟一点不恼，左右看看，一转眼珠，突然故意惊讶地说：“老十四，你怎么还不走？”

“走？干吗让我走？”

胤禟冲几个兄弟挤挤眼，露出一副神秘的坏笑，他指了指东南皇宫的方向，油腔滑调地说：“快走吧，老十四，不知道你四哥现在在那边忙得四脚朝天，正缺一个‘小力笨儿’呢！哈哈哈哈。”

胤禵翻眼瞥了他一眼，不高兴地噘起嘴，说话还是孩子的率真："要去你去，四哥才不要我呢。他做事从不要人帮！"

"可你是他弟弟，他再看不上别人也不该嫌你啊。"

"不要，他谁也不要！给老祖宗祝寿的万颗御米，他都没叫御膳房的人数，是他亲自一粒一粒整整数了两天才数出来的！"

胤禔与胤祉对视了一下，苦笑着摇摇头；胤禟胤䄉撇撇嘴，一副分外不屑的神态；胤祺放下手中的棋子，侧过身子吃惊地看着他们；连一向不爱多事的胤祐，也合上书，托着下巴，好像在沉思着什么。

这片刻的沉闷无声还是被胤禟挑破的，他稍稍收了刚才的轻浮，望了望沉默不语的胤祺，很有些愤愤不平地说："我要是四哥就不接这个差。谁不知道，五哥是太后抚养的，去年圣驾回京在通州时五哥就曾跟皇阿玛提过要为老祖宗办这个整寿。他凭什么横插一杠？是不是想以此显摆自己？"

胤䄉没有胤禟那么伶牙俐齿，只会鹦鹉学舌地说："对，这差事，就应给五哥。你说是吗，老、老十四？"

胤禵像个大人似的板着脸沉默着，过了一会儿才轻轻地点了一下头，又悄悄地垂下眼睛。

"能者多劳嘛，那是人家有本事！"不知是谁突然酸溜溜地冒出这么一句。

这时，最难受的还要数被大家议论的胤祺，他尴尬地低下头，望着台上那盘纵横交错的残局，默不作声，听到那个尖酸的声音，他却开口了，只是声音极轻："我没四哥能力强，到时只怕难以控制全局……"

这话让胤禟胤䄉听了都大摇其头，连大阿哥胤禔，也冲胤祺粗声道："事还未办，你又何必自谦！离正日子还有一段时间，要不我和兄弟们联名奏请皇阿玛，再给你争取争取？"

"不用不用。"胤祺一着急，叫了起来，但见大家都看着他，方觉失态地脸一红，又像犯错误似的低下头，小声说，"下棋有悔者，圣谕下了可不能再改。我不争这个差就是了。"

这时三阿哥胤祉正倚着一根柱子悠闲地凭栏远眺。其实父皇没让腼腆的胤祺筹备寿庆还在情理之中，可让老四去办，实在出乎大家的意料。他望着蓝天碧波，不回头地对兄弟们说："啊，真如蓬莱仙境啊。老四办差，老十三给母亲上坟，都来不了。可太子和老八怎么也不过来？真真辜负了这良辰美景！"

听到胤祉的暗示，胤禔方猛然想起这里缺了最重要的两位。嗯，也许是他们心中不快，这下可又有热闹瞧了。胤禔也走到栏前，刚要同三阿哥说话，胤祉又哈哈一笑："这'天下第一闲人'如今可变成了'天下第一忙人'，我还真想看看，老四忙起来是个什么样，哈哈。"

但他们不知道，他们正谈论的这个大忙人此时正忙里偷闲，在如意馆同王石谷交谈。因给太后准备的寿礼中有一些古画，为鉴证真伪，他来到如意馆，恰遇王石谷。胤禛从顾先生、蒋廷锡和许多人的口中早已聆听了王石谷的大名，今日却是首次晤面。面对这么一个落拓不羁的画坛领袖，胤禛倒显得很敬重，他收起了往日那种冷傲矜持的皇子架子，对王翚口称先生，态度恭敬地问："先生平时一定非常钟情山水？"

"是。老朽早年曾与王鉴先生居黄山五日，耳疲于听，目倦于视，手劳于笔记，心瘁于描摹，而兴不可遏，一有兴致仍挥洒一番，自我沉迷，乐不知返。"

"难怪先生的画如神品，原来早已胸有丘壑。看先生画中山水以南国居多，先生是江南人吧？"

"常熟，不算太南。"

"可听先生所讲官话，字正腔圆，一点也听不出江南口音。"胤禛突然想到李光地那难懂的闽南口音，问，"先生与李光地熟识吗？"

"以前曾有往来，后知其有避讳之事，就再未通鱼雁，已早无交往。"

"那蒋扬孙认识李光地吗？我听人传闻曾在一家酒楼上看到李光地与令高足同桌共话，甚是亲密。"

"噢，抱歉，殿下，老朽现在已不是扬孙的师傅了，他的事恕老朽不知。"

"怎么，先生不要他啦？是不是因为扬孙已决定今年入闱角逐？如果扬孙真能早登高第，以其才学，也可为国家立一番功业。"

王石谷听了心中一惊，但随即平静，暗庆自己料想在先，他果然难耐寂寞，向往功名。对此他却有自己的观点，他摇着头，对对面坐着的年轻皇子说："人生贤与不屑，倒也不在科名。顾文起原也无功名，老朽更是一次未入场屋，仍觉心中平静，不以为憾。"然后他摇头晃脑地吟着自编的小曲："不占龙头选，不入名贤传。时时酒圣，处处诗禅。烟霞状元，江湖醉仙，笑谈便是编修院。留连，批风抹月四十年。"吟完纵声大笑。

胤禛心中冷笑，觉得王石谷有自美之嫌。他心想，再怎么说你也已入侍内廷，接受了官职，又何必这么酸文假醋，故作清高呢！他对汉族文人的这种酸气，颇为不屑。但他不动声色，跟着客套地笑笑，又道："我尝游京西百花、妙峰、翠微诸山，觉得其中深僻荒凉者多，玲珑隽秀者少，与先生笔下的江南诸山一比，如村野粗夫与文人雅士，实难卒观。每见先生画中江南，总心向往之，却不能一游其间，甚憾啊！”

“殿下想去江南还不容易，皇上即将起驾南巡，殿下跟皇上说一声陪驾同去便是了。”

胤禛只是一笑，沉默片刻，又认真地摇摇头：“父皇到江南是为察视国计民生，我们皇子若去，又要增加沿途各处开销，有累地方百姓，还是不去的好。”

王石谷惊叹地望了他一眼，未想这个在宫中长大的皇子竟能以大局为重，想到民间疾苦，真令他意想不到，以致久未被打动过的心也有些感动。其实这还要说顾八代原来在南书房，就常给胤禛讲一些他亲眼见过及听长辈们提起的明清交接之际那白骨千里、哀鸿遍野的景象。胤禛二十年来有限的几次出宫，都多多少少见到了一些民间百姓的真实生活，这是其他皇子及康熙本人都没有经历过的！

“殿下真是先天下之忧而忧，后天下之乐而乐。陛下能有殿下这样的阿哥，实乃幸甚！”王石谷出于感慨地称赞了一句。

胤禛却沉下脸。他不喜欢面对显贵，文人们动不动就抬出这种高帽，王石谷是画坛领袖，竟也做如此俗态！他冷冷瞥了对方一眼，面无表情地说：“我在兄弟们中只算中平之才，于大事上不能匡助父皇，也只得在这些小事上多用点力，不出差错。父皇曾撰联曰：‘唯以一人治天下，不以天下奉一人！’我为皇子，岂敢不尊奉而行。”

可胤禛没想到，他此时引用父皇这副对联并不太合适，因为他正调用内务府的一切钱财，给皇太后大办寿庆！

入秋以来，通州北门外的大运河码头，虽不如夏初时那么繁忙，可仍有数百只商船，满载着南货、广货、洋货从南方源源而来。此时的大运河，仍是京城与江南地区联系的一条主要水路动脉。每年仅漕船就有七千余只，最多时在码头附近的河面上连樯接帆，聚如长龙，景象十分壮观。

又有一只小山似的大船收帆落桅，停靠到岸。在走下舢板的人群中，一位衣着朴素、胡须花白的老人停住步，望望繁忙的码头上熟悉喧杂的景象，似乎很感慨。他刚一下船，就看见自己的朋友，另一位着湖色披风的老人在风中伫立迎候他，便急忙走过去拱手见礼，两人寒暄几句后，携手同行。着湖色披风的老人回头望了望码头上大大小小的船只，对朋友说：“若不是为今年太后六十圣寿运送贡品，往年这岸早封了。旅客都走陆路，商船根本进不来。”

“看来我这被黜之人今番还托了太后的洪福。”归来的人自我解嘲地说，脸上却别有一种苦涩。他们就这样边走边谈，两个仆人挑着行李跟在后面。

这是从南方归来的顾八代。他南下已有数月，本还不想回来，无奈家人放心不下，连下书信催促。他又确实还有些事未办妥，就赶在河水封冻之前回了京。这时，来迎接他的王石谷问：“文起明春还走吗？”

“确有远行之意，但非江南。”

“啊，太不巧了，明春弟将随圣驾南巡，原想与兄同程，以便一路相互照应。兄能否改程，与弟结伴共行？”

“学生今已休官高卧，以尽余年。亦如石翁当年萍踪漂游，行止不定。况人多口杂，易招是非，你又有圣命在身，侍御左右，行之不便，恕学生不便附之。”

“文起何须客套，弟年轻时纵性好游，江南已居数载，实也未多留恋。若非侍驾，今生恐不易再达！倒是兄这次去南方可打听到什么新消息没有？”

这时顾八代脸上才露出一丝极细的笑意。多年来，顾八代心中念念不忘的仍是养子蒋廷锡的身世。早年军中的老战友中，有不少是南方人，可他们现在大部分已不在世了。相隔日久，寻找蒋家人的下落显得更加渺茫。就在他快要绝望的时候，收到一封友人的信，说当年蒋副将营里的旗牌官还健在，他也许知道蒋家人的下落。顾八代就为此南下，先找到友人，又找到那位旗牌官，方知廷锡的父亲，自己的盟兄已死，家人还在，只是已迁出故地，不知现居何处。旗牌官答应再找一些旧人用心打听，一有消息，就给顾八代去信。与王石谷讲完，顾八代揉了揉发红的眼睛，叹道：“唉，也不知廷锡这次到底能不能认祖归宗，与亲人团圆。”

“文起何不去寺中求个卦，问问吉凶？”

顾八代转悲为笑，正想说自己从不与方外人交往，可又庄重地点了点头：“石翁不提，我倒忘了，西山大觉寺的性音长老，曾在危急中搭救过廷锡，我那时因公务繁忙，一直未去致谢。现在致仕，正可拜谒。”

“文起这样对廷锡，真可说不是亲父胜似亲父了。”

顾八代却尖刻地望了王石谷一眼，不笑地说道：“石翁原已应弟之请收廷锡为徒，却何故又将我家廷锡逐出门庭？莫非他做了什么不妥之事，得罪了石翁？”

“非也。”

“那石翁是怕教会徒弟，饿死师傅吗？”

“哈，文起真会开玩笑，那是工商贱役的伎俩，我辈安能如此！画坛如武林，原有诸多门派，弟见廷锡勾墨用色自有套数，与我所创一路甚难融合，若一味强纠，倒拘束了此子，不如放他出门，改换派别，以期有成。”

顾八代拱手当胸道：“如此我代廷锡谢过石翁。请石翁直言相告，依足下观察，廷锡将来能成才吗？”

王翚想到蒋廷锡已决意科考，他又跟李光地好像还有些瓜葛，问鼎大约十拿九稳，以后也许不会再指着这门路吃饭了。但他知道朋友的脾气，怕他动肝火，没有直说，只是轻叹一声说：“若不贪恋禄位，永葆心境清宁，尚有可造，怕只怕目光短浅，只求一时通达显赫……”

“唉，我担心的也正是此啊。世人能像石翁这样，视功名如敝屣，不为声名所累者，鲜矣！廷锡是个有悟性的孩子，即使不从门下，今后他的画技，还请石翁时常指点。”

“那不消说，不要光说我这徒儿，你那学生，才是真正的人中之杰！”

“石翁是说——”

王石谷颔首笑道：“不瞒我兄，前日因备办太后寿庆之礼，弟与令高足于内廷初晤。以前听你说你这学生虽表面木讷，实则胸怀锦绣，不可以俗视。那日一见，果然目光高远、谈吐不凡，让老夫着实领教了！”

“石翁是说四阿哥？”

“正是四贝勒殿下。”

“啊，殿下一向清高，鲜与人往来，石翁竟能与之长谈，可见石翁与殿下是惺惺相惜，不俗不群。”

“不过我看殿下举止落落、出言得体、待人谦和，不像离群索居之人。”

“那是殿下年龄渐长，修养已成。”

“怎么，他少年时行事不周？”

顾八代方觉失言，忙修正道：“弟是说，殿下外表冷峻，实则最重情意。有人说他孤高自许、目无下尘，实在是太不了解殿下。其对弱者之悲悯仁慈，在皇子龙孙中更是至为罕见。”

“哈，我说的不错吧，只要一提起四阿哥，你这平时从不轻易许人的嘴就赞个没完，像是太阳从西边出来了。哈哈哈哈。”

顾八代回头望望身后的仆人，向王翚摆摆手，示意他小声点，他又挨近朋友半步低声问：“朝中近日有何动向？”

王翚知道，顾八代问的朝中动向，不是指官员倾轧党争，而是那些关系国计民生的新的旨令与任命，便道：“近日朝中，确有一喜讯。皇上于众多官员中遴选多日，新任命了一位河道总督。此公果不负圣望，上任伊始，针对河工以前所遗疏弊，提出改进条款数项，皇上均予准行。官吏兵民无不心悦诚服。依此下去，治理多年未有显效的河工可望有成！”

顾八代不由得捋须问：“哦，是吗？选派的是何人？”

“张鹏翮，没想到吧。”

“精明练达，确是人才。我在任时怎么就没想到！不然早作举奏，官民也不会苦等到今日！”

“不过张某人虽精明，有时却未免精明过头、刚愎自用。像那年兄在礼部，为西洋传教士一案，他可也让兄费了不少脑筋。”

“那也是他职责所在，因公而发。虽意见与学生相左，却并无私人成见。”

正说着他们到了前边一个村子。不知为何，他们看见村口围了一堆村民，像是出了什么事。王翚见此不想理睬，急于径直赶路。但顾八代已快步超过他，挤进了人群。他看见圈子中有一个横卧于地的中年妇人。她头发散乱，面色铁灰，吐着舌头，两眼紧闭，脖子上有一道绳勒的红印，看样子不是被人勒死，就是自己上吊。一个身着长衫、郎中模样的人正在翻着她的眼皮检查着。有个最先发现这妇人的小伙子向周围人连说带比画地讲述着：“我看见她时，她已上套了，好像脚还蹬了几下，等我赶过去时，就不动弹了。她两眼鼓得像绿蛙，有这么大，吓死人了！”

“今逢盛世，何故生出这等暴殄轻生之祸？”顾八代心中不快地想。只见蹲在地上的那位郎中最后还是摇了摇头：“唉，太迟了，要是再早一点或许有救。你们同村，想必定是熟识的，快去通知她的家人料理后事吧。”

“这不是周老万的女人吗？”有认识的村民说。

“对，是她。你看她鬓边戴的那朵紫色绒花，全村只有她一个人戴。”

“哎，她不是让人给卖了吗？”

“没准儿是逃出来的。万般都是命，半点不由人。唉，到哪儿不也是混饭吃，干吗想不开……”

人们东一嘴西一嘴乱纷纷地议论着，却又都抄着手只说不动，脸上的表情既悲愤又有些无动于衷。顾八代觉得诧异，悄悄把身旁一个上岁数的农民拉出圈子询问。那老农面有难色，先是不肯说，后来见顾八代面目和善，不似歹人，才叹了口气道：“说起他们这家人，真不知是前世造了什么孽，今生这么遭报应！家中夫妇二人有一个男孩两个闺女，原本生活还过得去，后因受灾交不起租子，向本村明老爷借了高利贷。可本年的收成也不好，还不了债，明老爷就把他家的大女儿抢来抵债。他家那闺女早许了人家，死不肯从。那明老爷是本地旗人，又是王庄鹰户，何人敢惹？竟领上一帮庄丁，将他家男人乱棒打死，抢了一双女儿，又卖了这妇人和他家幼子……”

“恶霸！”顾八代还未听他讲完就忍不住愤怒地大骂了一声，“什么老爷，分明是仗势欺人、鱼肉乡里的地痞无赖。对这等恶人，他们当初怎么不去告官？”

几个农民听到顾八代的吼声，都围了过来七嘴八舌地议论起来。

“不要说他家不敢告官，就是逼到我的头上，也一样认倒霉。谁让人家是旗人，大小也算个官儿，又有人给撑腰，哪儿敢告啊！”

“强龙不压地头蛇，何况人家有钱有势，谁敢招惹？”

“就是，现在这世道，还不是官官相护，小老百姓纵有冤情，又哪儿有地方说理去！”

“唉，现在可找不着为民做主的包青天、海青天喽！”

王翚这时插了一句：“皇上不是已下旨免了今年的秋征，怎么还交不起钱粮呢？”

这一下就像在滚烫的油锅中浇了一勺热水，群情更激愤了。有性急的小伙子不由得扯开嗓子骂了起来：

“那些王八蛋，还不是黄纸放，白纸收，不把你的血榨干不算完！”

“里正与催甲、收头早串通好了，上边有人护着，谁顾老百姓的死活?!”

“皇上又不出宫，又不下地，哪知我们小百姓的苦哦！”

顾八代与王翚颇尴尬地对视了一眼，都闷然无语。他们都是本朝臣子，也知道皇上是位明君，懂得爱惜民力，善待百姓。可自立国六十余年，老百姓的日子怎么还这么苦呢？顾八代已在心中默默祷告，但愿皇上这次南巡，能真正深入闾巷，俯察民间疾苦；杜绝苛派，使百姓们的日子有盼头。他又转身瞅瞅脚下那妇人。唉，好端端的一个人家，就这么男死女卖，家破人亡了。一个中年农民好像看出他的心思，道：“你们不知，若是别家碰到这事或许还能争一争，这周家若打官司，定输无疑。”

“哦，何故？”

“他家是乐户！”

“……”顾八代终于明白了，怪不得刚才这些人围着妇人都漠然地站着不动，他们既同情周家的遭遇，又顾虑这妇人的身份，怕污了他们的名声。以前顾八代也视乐户为下九流的贱民，很是鄙视，现在他才感到有种可悲的东西在他和许多人的心中暗藏着。他从背囊里取出几两碎银，又同王石谷凑了几两，叫仆人去买口棺材先将人收殓起来。围观的人见有人管了，悄声议论着，有几个受了感染的村民自愿留下来帮忙，其余的陆续散去了。刚才向顾八代介绍情况的那个老农还没走。顾八代又问他："她家里还有什么人吗？"

"听说那长女被抢走后，不堪凌辱，已绝食而死。两岁的幼子是同母亲一起被卖的，女人既已死，小孩子恐怕也难活命。至于他家的小女儿，尚还不知死活。"

顾八代感到一种难以言表的痛，过了一会儿，咬牙自语道："不行，若坐视不管，恶人还会横行作恶，必使村镇不宁，黎庶遭殃。我就这样一走了之，非君子之行！"

王石谷却显得比较平静，想了想说："文起热肠激烈，急公好义不减当年，令人可敬可佩啊。但弟不得不泼一冷水，那位老乡刚才已经说了，她家是乐户。照例旗人打死民人尚不偿命，何况她家还是贱民，你纵有一万个道理，又能奈何？"他也说不下去了，转头盯着旁边树上一根丑陋的枯枝，沉默了一会儿，望着顾八代悲愤的样子，突然道："若文起兄执意救助，何不去找一个人，他或许可以帮兄妥善处置此事。"

"谁？"

"令高足啊！"

顾八代双眉紧锁，低头沉思着，没有说话。

八

十月初三，是太后博尔济吉特氏的六十大寿。早在三天前，宫里东西长街就扎好了五彩牌坊，晚上各宫都悬挂上华美的宫灯。宫中处处张灯结彩，热闹喜庆，仿佛新春已提前到来。正日这天，太后要穿戴齐整，升座慈宁宫正殿，接受皇帝、后妃、皇子、诸王们的朝贺。然后是寿宴，妃嫔进茶进酒，一起看戏，年年如此，已不新鲜。今年是太后六十整寿，加之国运日兴，年景又好，寿宴的规模比往年都大。太后的心情，也与往年略有不同，不是高兴，是不快！自从她得知皇上命四阿哥代其为自己挑选寿礼后，心中就老大不乐意。几年来，四阿哥胤禛在她脑海中的印象并没多少改变，还是那个目无尊长、自负任性、常爱闹小性的男孩。那年夏天，他赌气出宫，皇上竟未作丝毫责罚，不但替他遮掩了过去，还将更多办差、做事的机会给了他。相比之下，太子并未出什么过错，皇上对太子的态度却愈加冷淡与挑剔，三天一训，五日一责，表现得十分刻薄。太后不明白，四阿哥又不是储君，皇上何必这么偏纵他！而宫中的一些传闻与非议，也都是由太后这种不满的态度引带的。康熙却不知道。

十月初三这日，气温突然骤降。早上，庭院中的青砖上，已结了一层薄薄的霜。本要着秋日吉服的太后便改着冬装，这也是她最喜爱的一套礼服：头戴一顶寿字平金顶花蓝色帽结的貂皮暖帽，背后飘着两条紫平金寿字帽带。内着一件蓝貂翎眼皮袄，周身绣白团鹤，裙摆下系三条蓝丝穗子，外套一件藕荷色缎面貂皮马褂，上绣金红灵芝草。足蹬丝紫宁绸平金寿字三纹木底鞋。在一干打扮得花团锦簇的宫女们的搀扶下，缓步入到正殿，向南升座。霎时，慈宁宫内鼓乐大作，庄严徐缓、神秘凝重的中和韶乐在红墙黄瓦间萦绕飘荡……

到了中午，太阳驱散了从早晨开始的寒气，阳光变得明媚了许多。寿宴开始时，接受了大半天礼拜的太后已略感疲倦了，但礼仪程序是不能免的。当她见皇帝已离座躬身向自己跪拜，忙端正姿态，脸上保持着庄重的微笑，接受寿礼。康熙十分认真地叩头行礼，呈上礼单道：“皇太后圣寿，儿臣恭进薄礼：三尊金佛、一架欧洲制自鸣钟、汉代玉石数块、精选古玩九十九件、九十九卷宋元明画册、连鞍马六匹，并有御米万粒，象征万国来朝，并祝皇额娘万寿无疆！请太后笑纳！”太后礼节性地笑笑，知道这份寿礼正是四阿哥挑选备办的，看来还挺丰富的。一个宫女替太后收下礼单。接着，康熙又给太后敬酒，然后，是裕王、恭王等皇兄皇弟上前敬酒。太后始终保持着端庄愉悦的神态，一一接过每位王爷敬上的金杯一饮而尽，做得从容不迫，庄正得体。等老一辈的王爷们敬过酒，就该皇子们向太后敬酒了。他们依年龄长幼之序排好。因为这是家宴，不论地位尊卑，只论辈分长幼。太子胤礽也只能排在第二位，他那愤懑不平的神色立刻让太后发现了。当给太后敬酒的时候，他笑得勉强，情绪低落。太后不由为孙儿着急，想劝慰几句，又拘于礼法，当着众人，不好多说。太后始终把这些皇子，尤其是胤礽当成永远也长不大的孩子。她疼他、宠他、娇惯他，想着一切事情都满足他。若有人说她厚此薄彼，偏爱胤礽，她也不在乎。二阿哥是太子嘛，对他关照多些也是应该的，再说这点关照哪儿比得上皇上对老四的偏宠？老四算什么，也值得皇上这么上心！正这么想着，敬过酒的三阿哥刚退下，四阿哥胤禛已执着酒杯悄悄跪在她面前。太后望望小心恭敬的四阿哥，没有说话，轻叹一声，正要接过酒杯，胤禛突然自添了一句例定的答礼词上没有的话：“孙儿仓促中拟进的寿礼，老祖宗看可好？”

太后本就面无表情的脸一下拉长了，收回要接杯子的手。她觉得胤禛好不识抬举，就没瞅见太子正不痛快吗？居然还当着他的面自我标榜，生怕别人不知道你这几天出过力似的！于是太后淡淡一笑，故意拉长声调说道：“好啊，这几天叫你受累了，生受你了，下去吧。”她的话还没说完，就早已把头转向胤禛身后的胤礽，微笑地叫着他："二阿哥，你来！"

这是什么意思？胤禛还没明白是怎么回事，喜笑颜开的胤礽就响亮地答应一声，趾高气扬地走到胤禛身边，拍拍四弟的肩，温和又神气地说："老四，你下去歇着吧，剩下的事有我呢，不用你张罗了。"

殿里突然变得鸦雀无声，接着响起一片压抑不住的惊叹和窃窃私议，所有人的目光都齐刷刷地集中到四阿哥胤禛脸上。胤禛不知所以，对着杯子中映着五彩波光的酒发呆，那酒在殿中红艳艳的烛光的映照下，仿佛在缓缓旋转，而后越转越快，转出一张张冷笑着的脸。周围的景色、声音变得模糊又遥远，他不知自己身在何处，仿佛在做梦，又仿佛被人抽去了骨架，身子紧绷绷，脚下却很软。他真想一把摔碎这酒杯。当太子从他手中接过杯子并高傲地冲他扬扬下巴，示意他下去时，胤禛胸中的火气一下像被点燃的干柴，熊熊燃烧。喉中又响起那可怕又沉重的喘息，像一只被人射伤的野兽，发出低沉绝望的嘶吼。见胤禛面红脖子粗，咬牙瞋目，还站着不动，太后不由耸起黑眉，不耐烦地轻咳一声，太子也很不友好地推了他一下，居高临下地再次朝着下面一甩下巴。殿中窃窃私语声也再次响起，比刚才声音更大了些，人们都表情不同地望着胤禛了，有的着急，有的担忧，当然还有的在悄悄暗笑。在这普天同庆的大喜日子，无论如何，四阿哥也不可冒犯长辈啊！一旁陪坐的康熙也没料到会出现这种情况，他心中焦急，默默注视着事态的发展，也为儿子暗捏了把汗，正考虑自己是不是在此时出面。他心中暗暗叨念：老四啊老四，你可要理智、清醒，要记住"戒急用忍"！若此时冲动，父皇怕也不能保你……

胤禛脑袋一阵发昏、发涨，身上一会儿像火一样热，一会儿又像冰一样冷。但他只能将那如地下岩浆般灼烈的火气转向自身，他死死攥着拳头，像在攥着一个不存在的东西，几个手指抠着掌心，十个指甲几乎嵌进肉里，然而他已麻木得忘了疼痛，浑身仿佛只有大脑还属于自己。当初父皇宣布这项决议时，他就暗下决心，一定要把庆典安排好，让那些瞧不起自己的兄弟们看看，我老四绝不是孬种！哪知一腔热诚付之东流。太后不领情的神态和含讥带讽的口气加上太子那副没缘由自鸣得意的样子像一把沾了毒药的利剑，和周围人冷漠、无动于衷、暗自看笑话的样子一同冰冷无情地向他袭来。他就这样一文不名百无是处吗？他就这样招人讨厌让人轻贱吗？他的拳头攥得更紧了。

胤禛不知道自己是怎么回到座位上的。他一入席，就瘫软得像一摊泥水，连一个手指也懒得动。徐缓庄严的古曲又一遍奏响，传入他耳中却如钢针般刺耳。但他还要听着，瞅着，恭敬地微笑着……这简直是在受刑！又过了一会儿，他颓然地摊开手，掌心上，刻着四个又深又红的指甲印……

这时，一个小太监过来传皇上口谕，让四阿哥代其去奉先殿给列祖列宗敬香行礼。胤禛知道，这是父皇怕他控制不住自己的情绪，再出现什么不可收拾的局面，暂时让他回避一下。一丝辣味堵住了嗓子，他不抬头地离了席，出了慈宁宫。当他一个人默默走在望不到尽头的深长的宫街上时，脸上的表情几乎和死人没什么两样。耳畔的鼓乐声、赞礼声、笑语声已不再清晰。他抬起头，想望望清澈湛蓝的天空，或许那宁静如湖的蓝天能冲洗掉心中的愤懑。可当他抬起头，只见那本来高旷辽远的天空，被两边耸出的两道深深的宫墙，劈割成了窄窄的一条！……

夏日的大觉寺，幽静清凉，古木葱茏，是处避暑佳地。冬日这里却是另一番景象，四周群山空旷光秃，阴森荒凉。草木衰败，繁花枯萎。寺中最耐寒的松柏，也换了一身苍青古朴的外衣，如阅尽世事的老人，静寂无语，看日月轮回。环流寺外的潺潺流水声、簌簌的风声和热闹的鸟啼虫鸣，现在已被一种时断时续、似有若无、冰冷而纤琐的声响所取代。这天籁般的声音，使人觉得潜隐在深山内的古寺更显得荒僻寂寥、阴气沉沉，也更鲜有人至。这倒方便了前来寻师问道的胤禛。他不用特意改装掩饰身份，也不用叫侍卫先行开道，驱散寺中进香的百姓。千秋节后，他就病倒了，卧床不起。其实也根本不是什么病，只是心病。身病易治，心病难调。一般医生的方剂难以化解，他就自然想到了大觉寺的高僧。现在已到了大觉寺的山门外，他驻足伫立，四下顾望，又有些犹豫，甚至想掉头回去。高僧真言，只能排遣一时烦恼，而有些记忆，却是刻骨铭心，永伴此生。真想让那些烙着耻辱的印记随着山风、流水一去不返，永远，永远……

入寺后，胤禛见到了文觉和性音。性音和尚虽早耳熟，却未睹真容。胤禛见他挺拔如松的身姿，似剑般明亮的眼睛，就知道他修过精深的内功，技艺不凡。步入禅堂坐定后，胤禛方说：“二大德，余一人认得，一人不认。”

性音道：“贫僧系初见尊驾。”

胤禛道：“破尘言的是前生。”

原来他是在与和尚讲禅机，性音便又道：“殿下莫非宿命通也？”

胤禛说：“非是我宿命通，自是和尚未会前生话。”

文觉和尚趺坐如钟，静听他们一问一答，始终未插言。皇子虽出口机锋，似乎一身轻松，但深冬来访，不会无缘由。这位殿下又绝非一般人。随着年龄的增长，阅世渐深，他那好激动易发火的脾气已改了不少，不会如少时遇事长吁短叹，苦恼不堪，或显得神思不属，行坐不乐。想了解他来寺的实情还要耐心等待一会儿。

胤禛喝着寺中僧人煮的香茶，仍说着无关紧要的话："此茶嗅似芬兰，色似雪乳，真茶中上品。如此佳茗，不可胡乱就饮，不知何法焙得？"

"此茶采于清明后，谷雨前，过了节令，茶就老了。明前太嫩，茶味尚少，雨前最佳。焙茶有专用之焙炉，火甚微，置锅于其上，放少量茶叶入锅，手不断搓揉茶叶，使茶叶微热，慢慢烤干，这就叫焙。"胤禛没想到这位声若洪钟、出语豪放的性音和尚讲起茶道来竟也头头是道。胤禛轻抿了一口茶，问："这水可是玉泉山上的水？"性音的脸上露出慈悲的笑容，道："这水是去冬师兄从松枝、竹叶上扫下来的残雪，攒于瓮内，水滚三道煎成。"

这时一直闭目打坐的文觉突然放下手中数珠，他预感到皇子就要谈到正题了。果然，胤禛又呷了一口茶，望着文觉问："文觉大师，我记得有一偈语，说得极好——嗔是心中火，能烧功德林，欲行菩萨道，忍辱护真心。只是忘了这是否出于寒山大师之口？"

"正是寒山所作，殿下因何作疑？"

"寒山有一挚友拾得，过从甚密，我怕将此二僧混淆。"

虽然四阿哥又欲将话题扯远，可文觉已隐约猜得殿下此来的缘由了。他定是又遇到了不顺心的事。文觉平静地介绍说："寒山长住天台寒岩，与国清寺僧拾得友善，多有唱答。其中有一偈最为有名。寒山问拾得：世间谤我、欺我、辱我、笑我、轻我、贱我、恶我、骗我，如何处许？拾得笑曰：只要忍他、让他、避他、由他、耐他、敬他、不要理他，再过几年，你且看他！"

不要理他，不要理他……胤禛低眉沉思着，突然仰面纵声大笑，笑得脸色由白变红，脖子上青筋暴突，五官变形，浑身抖动，模样十分可怕、古怪。这笑是屈辱、愧悟，还是自嘲、轻薄？谁也不知道。笑着笑着，他的眼角漾出一滴冰冷的泪水。他蓦地停下，用那尚挂着泪的眼角望望依然沉静的二僧，问道："拾得是天台宗高僧，久隐山林，不染尘嚣，哪真体会过人前受辱的滋味？当然可以作此说。若非修行之人，又当如何？"见二僧双手合十，未作答话，又轻声自语了一句："果真忍是众妙法门？"

文觉缓缓开口道："六祖慧能所著《坛经》，殿下可曾阅否？"

"弟子阅《坛经》五载有余，未明大意，尚祈高僧点拨。"

"法师在《疑问品》中有言，若欲修行，在家亦得，不由在寺，还在《五祖颂》中以曲其意。文觉以为好高骛远、见异思迁，乃文人及虚浮道学者之通病。

立心修持，当如竹之心空而节劲，力傲寒霜，不伍俗派。佛祖圣贤，未有不以逆境为大火炉者。若稍存嘉顺逆恶之情，终与夏草同腐而已。岂有天生弥勒，自然释迦！”

“高僧之意是要弟子守空？”

文觉不抬眼皮地慢语轻声地说：“当日六祖初寻师至韶州充火头僧。五祖欲求法嗣，令诸徒各出一偈，上座神秀道：‘身是菩提树，心如明镜台，时时勤拂拭，勿使惹尘埃。’彼时六祖在厨下碓米，听后说：‘美则美矣，了则未了。’因自念一偈曰：‘菩提本无树，明镜亦非台，本来无一物，何处惹尘埃？’”

胤禛想想道：“请大师恕弟子钝拙，尚未解悟。如此说守空亦是执着，也为六祖反对。可心如止水明镜，又作何讲？”

这时性音道：“心如止水明镜，就本体而言，明镜非台，则圣凡情凡，能所两亡。禅宗功夫，到大乇大司地位，以烦惑未断，就不能即生了脱，力支迷惑，不使障蔽自心，则本有良知真心，悉得显现。生万事万物是心，不执着万事万物是佛。”

“祈师详教。”

文觉性音却都不再说话，一同闭目入定，修炼起来，将客人干在一边。等了一会儿，见二僧不理，胤禛心中不由得叫苦。唉，自己披霜戴月，顶风来访，却不能得一真谛，这不是白来一遭吗？可是突然，像茫茫夜空中劈下一道雪亮的闪电，照亮了黑隆隆的大地。他突然悟出，寻师访道，行脚参禅，何异驴头上觅鹿角，龟壶里取珍珠，岂能求得！他放下茶杯轻轻起身，没有惊动二僧，默然退出了僧斋。

胤禛出去后，性音先睁开眼睛笑道：“还是师兄神算，殿下终于悟了。”文觉轻轻抬起眼皮，一张清寂的脸上却无一丝表情。他知道四阿哥领悟了自己的意思，但他心中并没有师弟那种轻松。今日这事如此，那么以后呢？四阿哥终究还要生活在皇家，可光凭他自己的修持磨炼就能改变他那种有几分令人恐怖的畸形的自尊吗？想当初弘素曾对他讲，四阿哥是最坚强的一个人，可也是最脆弱的一个人！……文觉对性音道：“烦请师弟将殿下请回。”

胤禛回到净室后，神色比刚才平静多了，问：“法师复又召回弟子，不知何事？”

“茶未品净，殿下怎生走得？”

胤禛一笑：“啊，若非法师，弟子又险些暴殄天物，徒增罪业。”他慢慢把杯中的茶饮下，往事的悲伤恰如太阳下的积雪在心中渐渐融化了。

“法师，我怎么没看见弘素？”胤禛突然想起，这位替他出家的僧人已经好长时间没有音讯了，也不知他现在在哪里。

文觉叫胤禛回来正是为此事，他照例淡淡地道：“自丙子秋月，他始闭关。”

“闭关——什么叫闭关？”胤禛以前曾听说过这个词，但具体的意思还是不太明白。

文觉并未解释，起身道：“请殿下随贫僧来。”

好奇的胤禛跟随文觉出来，在寺内通道的一侧有一栋小屋。“殿下请看，那便是静室。”顺着文觉的手指，胤禛才注意到这排自己刚才进寺时一晃而过、并未留意的小屋。小屋上有一扇小小的木窗，窗外挂着一个窄小的白幡。但见小窗幽闭，白幡随风飘动，远望看不出什么稀奇。

文觉介绍，凡要成为本寺佛门衣钵传人的僧人，必须在静室内闭关三年。在这间考验年轻僧人的室内，只有一套供抄经用的小桌椅和一个蒲团。闭关僧人每日做的就是诵经、打坐和抄写佛经。除了每日的素斋用小竹篮吊上去，不许与外界接触。并且每日抄写的经文头三个字，必须用针刺取门牙牙床的血写成！

三年！一千多个日日夜夜，要甘心忍受这种枯寂、平淡的生活。两耳不闻窗外事，一心抄经诵佛。谁能经受得了这么残酷的修炼！胤禛心想，要是自己，怕三天也熬不住。而这些僧人就是这么夜以继日、年复一年地守着一盏青灯，过着清苦孤寂的生活。从少年沙门直到修成饱学的佛门大师。那是怎样的功夫，怎样的定力啊！胤禛不禁肃然起敬，遥望那间很有几分神秘和神圣的小屋，自语地说：“不知弘素还要坚持多久方成正果？”

“弘素六根尚净，六尘未染，已圆寂坐化。”

“啊，法师是说他已经死了？”

“是涅槃。他已洗尽旧业，修成正果，可见佛祖。”文觉平静地道。

“这不可能，他还那么年轻……”胤禛喃喃地低声说。但他又强硬地摆一摆头，觉得自己俗缘太重。和尚亡逝是寂灭，不应如常人一样悲痛。可他毕竟是自己的替身僧，而且自己至今连他真正的身世都不太清楚……过了好久，胤禛方把自己的情绪调整平稳，轻轻道：“法师，我想看看弘素抄写的经文。”

血抄成的佛经在皇子面前缓缓展开：纸色暗黄，字是浅红。胤禛望着，只觉得毛发奓立，仿佛自己身上被扎了无数针眼，刺痛起来。心想这要用多少血，才抄成这么一本薄薄的经文啊！达摩面壁十载，将身影投入石壁；弘素闭关二载，已飘然化去，只留下这纸尚未完成的血色经文！想当初，父皇和母后让他替自己出家修行，就是要收束自己躁急的心性，兼有引导磨炼之意。而自己才能平平，又不喜与人交，今后怕注定要碌碌无为了。弘素已圆寂，自己还要不要独自坚持这种苦修呢？望着血色的经文，胤禛沉思着。

这时一个小和尚来报，说山门外有客要见方丈。胤禛以为是哪个在家修行的居士来上香，不等文觉发话，就粗横地要那小和尚将来者打发走，说让他改日再来。文觉想想说："请殿下恕罪，贫僧还是出去看看。"便随那徒弟径自去了。过了一会儿，文觉同一位客人进到寺中。胤禛望见大不高兴，怪和尚多事。但当他看清了那个人的面孔，立刻愣住了："先生……"

九

东临白洋淀，西倚太行山。一方水土滋养的保定府，历史悠久。春秋战国时先后为燕赵的领地；隋开皇二十年始建城；元太祖十四年时重建城池，称保定路；明洪武时改为保定府。到了康熙时才正式立为直隶省首府。后来的直隶巡抚衙门的前身，就是保定府署。李光地上任时，它的格局还保留着：三楹黑漆大门坐北向南，进大门是二十米长、六米宽的甬道，后面是三楹仪门，进入仪门又穿过六十米长的一条甬道便是巡抚大堂。大堂面阔五间，带三间抱厦。在大堂后面还有几进院落，皆是正堂五间，各带左右耳房和东西厢房。整个衙门规模宏敞，布局严谨，很是气派。但因建筑久远，有些粉墙已剥落颓败。李光地的前任于成龙，也是位素以理学自命的文臣，为示自身清廉，一切用度十分节省，对府衙也从没修缮过，任其破败。李光地来后本想将府衙重新粉刷，又怕招人议论，也未得行。后来见房瓦上已长满了蓬蓬衰草，还有乌鸦在上面安窝。尤其是立秋后，寒风一吹，枯草萧萧，远远望去就像一个断了香火残败的破庙，实在不像个样子，才命人找工匠草草整修了一下。现在这座翻修后的直隶巡抚衙门青砖灰瓦，古柏参天，重又恢复了雄浑庄重的府衙气派。

今天又是一个"牌期"。自一早李光地一入正堂，属员就不断请见。办理完一桩桩公事下堂后，他已觉得声嘶力竭、体力不支。自擢升直隶巡抚这一年来，他殚精竭虑、煞费苦心，很想在此有一番作为，却是阻力重重，革除弊政如同登天。他又不能像前任于成龙那样，严刑峻法，督察刻酷。属员稍有不从，便向上弹劾罢免。他立脚未稳，还没有那个威望，所以不得不摆出一副随和、通达的样子，以尽快了解接洽一省官员。为争取民心，他上疏通州等六州额设红驳船六百艘转运漕米，每船给地十顷，为丁赡养家小之费，倘遇水旱，与田地一体蠲免。又上疏霸州、宛平、良乡、固安等州县，因开新河，占用民田一百三十九顷，请豁免赋额。由此直隶百姓人人传颂，说这儿的老百姓有福，走了于青天，又来了个李青天。随着李光地在直隶巡抚衙门任上声名鹊起，位置渐渐牢固，他兴利除弊的步子也开始试着迈大了。前日他就上了一道折子，请立法以厘清历年藩库亏空。但折子递上去后，他又变得焦虑不安起来。那将开罪全省多少官员啊。想想任事公正却遭免职的于成龙，他心中又生出一种兔死狐悲之感。今早起来洗脸时，对着镜子他几乎不认识自己了。眼眶发青，脸色苍白，那么瘦弱、憔悴。再细一看，胡须已有数根变白了，像盐霜似的白发也不知何时已飞上了两鬓。老了，老了，已过知天命之年。唉，你这又何苦呢！他心中一遍遍反复地问自己，默自摇头叹息。

当他下堂回到厢房休息，还没顾得上喝一口茶，跟班的长随就捧上一摞手本拜帖，这都是些怀着不同目的请求见他的门生故旧。他咳嗽了几声，无力地挥了挥手，不想与这些人再作周旋。喝过几口茶后他闭目稍息片刻，突然睁开眼睛，问长随："程万策来了吗？"

"是，程先生已候老爷多时，他还带来一位方先生，一同在门房正等候拜会老爷。"长随从那摞手本中找出一张红色的帖子，呈了过去。

"嗯，哪个方先生？"

"桐城方苞方望溪，请谒见大人。"

"是方苞！哎呀你怎么不早报，真真误事！快，快请！"李光地迭声喊着，疲惫的面孔马上变得精神起来。

程万策是三年前丙子乡试入闱的举人。其时李光地正在直隶学政任上，主持那届乡试。他亲眼见到程万策的试卷，觉得其作文清雅，颇具文采，是可造之才，就特意向上保举。因有房师举荐，结果在第二年的会试中，程万策再接再厉，又跃龙门，成了两榜进士。现在他虽还未授实缺，举手投足间却已表现得官气十足，很有几分顾盼不凡。他生得一张圆脸，厚嘴唇，一双小眼睛，相貌说不上英俊。沉静时，却也让人觉得其厚道温善。平时他总有意无意地模仿他的老师李光地，但他仿得还很生硬，还不具备李光地那种威重、凛严的地方大员气派。李光地几年前就听说过安徽桐城有个特别会作文章的方苞，只是同许多寒士一样久困场屋，虽有高才，却有花无果，秀而不实。李光地便起了爱才举贤之心，就让程万策设法将方苞邀请来直隶，以便向上举引。程万策果不辱师命，请来了方苞。方苞也早听同乡人说过李光地，只是人们在议论这位地方大员时褒贬不一、莫衷一是，令他心中疑惑重重，所以两人都想瞧瞧对方是个什么样的人，自然也渴望一见。

多年的宦海生涯，使李光地可以熟练应对各种场面和人物。所以方苞入堂后，他见到的是一位风度威严、动作从容、态度和蔼的长者，这让第一次见面的方苞立刻对这位李大人心中生出几分好感。由程万策引见后，李光地亲切地拉着方苞的手像老相识似的说：“先生辱顾，李某因公务繁忙，未曾亲迎，还请见谅！”说着，当真对方苞作了个揖，又笑赞道：“李某久聆先生大名，原以为作得如此文章者当是一位皓首老翁，未想竟是这般青春年少，前途不可限量啊！原以为程先生学有所长，是士之精华，今晤先生，方知天外有天。蒙先生亲顾，真乃李某之乐哉，幸哉！”

方苞被李光地这一连串的赞赏说得一阵目眩，直到不知所以地归座后，又待了一会儿，他才拱着手谦逊地说：“老抚台过夸。晚生不过一介布衣贱士，岂敢在大人面前放肆。平素只会吟风弄月无病呻吟罢了，哪如程兄这般有济世安邦之才，作得经济文章。”

“弟不过是侥幸先中。灵皋不也已准备今年的乡试了吗？以兄之才必能后来居上，超过弟的。”

“唉，”方苞却叹了口气，神色沮丧地望望程万策又望望李光地，道，“历代举业，都是代圣贤立言，卷面应珠圆玉润，结构方正。晚生之拙作，空灵有余，而凝重不足，加之字体不佳，自难入考官大人的法眼。虽曾小试过关，乡试两次却接连落第，便不想再作这举业文章了。”

“咳，有哪个举业之人，会做如此想；也不过捞个功名混饭吃，还要说什么代圣贤立言……最可恼有一等士子，自以为博奥，作起文章来东拉西扯，牛鬼蛇神，明明胡编乱造，却说是在阐发圣贤之道，真真奇谈可笑！”

李光地瞅了程万策一眼：“你快休提，再讲下去，灵皋对此更得避而远之了。其实皇上为举贤一事，屡下诏书，命我等采访天下贤达高士。灵皋学问渊深，品行端醇，正合上意。若灵皋不嫌，李某意欲将先生推荐于朝，但灵皋不是进士出身，骤跻卿位，我朝列祖无此法，恐开天下幸进之心，确乎不妥。所以李某想不如先将灵皋举于此次乡试的主考官，请其阅卷时加以留意，倘有可用，尽量提携。今年顺天府乡试的主考官姜宸英，乃前科探花，才华出众，年轻时即以文章知名，为人淳厚，取士公正。先生如有意，不如暂留于此，等参加北闱，李某即刻给姜宸英去信，请其留意。以先生高才，今科得中，亦不须李某多此一举；请主考关照，也是防以万一。如此灵皋也能挣一份正途出身。便是不幸铩羽而归，京师乃群贤毕集之地，也能结交一二知己，不枉来此一场！”

方苞入府之前程万策已将自己的老师向他吹嘘了许多：“这位大人，学问经济名重一时，有周公之风，常躬吐握之事，时海内豪俊，奔走而归之。现在圣眷极佳，将来为辅臣也未定……”。方苞虽是书生意气，素来清高，但对这种援引推举也不能无动于衷。再说自己攻章句之学，不也是为了早日跻身龙门吗？若真遇到这么一位伯乐，岂不事半功倍。不过从现在的言谈话语中，他也觉出此人圆滑善变、深藏不露，万一他是在利用自己、另有他图呢？还是再看看吧。于是他忙拱手小心地答道：“大人不以富贵而骄，为朝廷求才若渴，真乃天下寒士之幸！方某虽不才，也愿委身国士，效以微躯。只是今年乡试，晚生已与同乡友人有约在先，一同赴应天府南闱。乡谊之情，不敢失约，还请老大人见谅。不过请恕冒昧，晚生倒想为大人推举一人。此人大人想必也听说过，乃吴地人士，姓何名焯号义门。晚生每成一篇文章，给人览时，唯义门能纠吾文之短。然其性率直无情，常当面责人，词锋犀利，不知避讳。便是晚生，也因与其意见相左，经常争吵，故他常被人误以为恃才傲物，一直科场蹭蹬；又由于其言无忌，得罪之人很多，多年来被迫离乡，流落四方。听说他今年有北来之意，若大人能俯赐栽培，使其名有所归，则必为朝野瞩目，大人也更得士人之望！”

李光地捋着胡须仔细地听着，听方苞说完，笑道：“先生何必如此，李某也是见许多英俊之才埋于草野，心中甚急，若不速罗致，于李某是失职，于朝廷亦是损失。何义门此人我确实久有耳闻，是个高才不羁之士，才高者大多桀骜不驯，只要我辈指引得法，不愁其不为朝廷所用！多谢先生推引。待我将手头公务处理毕后，一定亲自寻访这位何义门。顺天府乡试，也请先生再三思权衡，若肯俯就，便请告诉程先生通知我。”然后他又想起一件刚才没来得及问的事情，道：“与先生相善之同乡，想必也是位才俊，不知贵同乡是何方人士？”

方苞没想到李光地这么问，沉吟片刻，方道：“是文渊阁大学士张中堂的二公子廷玉，字衡臣。”

李光地心中一惊，怪不得刚才我要推荐他他却一再辞谢，原来心中早有成算！真没想到这个穷秀才还有这么硬的后台，竟先一步找到了张英。哼，这些文人表面淡泊名利，实则功名心最重，他要不说我还真以为他看破红尘了呢！这么想着，李光地却故作镇静地说：“李某也闻听张家二公子在张中堂诸子中最贤。灵皋与之相交也是珠联璧合了。你们是如何相识的？”

“惭愧惭愧。提起此事，还要说张中堂雅量，宰相肚里能撑船。晚生早年在家读书，与张相家比邻而居，时因地界不清，起了争执。那时晚生年轻不知谦让，后来张府家人写信给张相，张相复信中作诗一首，令家人主动将界墙退让三尺，晚生知后甚感汗颜，也退去三尺，从此与张家修好。”

“那你们也是不打不相识喽？”程万策说。

见方苞冲程万策微微一笑，李光地像想起什么似的说：“此事我知道，那时张中堂还在南书房，为此事还误了值，后向皇上解释，陛下听后也大加称赞，却没想到他说的那个方家就是你家！真是天意。廷玉为何今年方举业？”

“其实他本早应入闱，只因父亲在朝为官，为避嫌疑，不肯登科，至今已错过两届乡试。现在张中堂已致仕归乡，二公子方才得以进考。”

“张中堂也过于小心了，举贤不避亲，若我儿贤，必向上保举，绝不如此压抑，无奈却总不争气……”李光地摇头叹息一声。

大概由于这声慨叹让方苞看清了李光地那由于疲劳和睡眠不足显出的苍白面色和青黑的眼睛。方苞虽是书生，可这点眼力还是有的，便对着直隶巡抚关切地说：“大人为国事宵旰忧勤，当多爱惜贵体。若累坏了身子，直省父老倚靠何人？”

方苞虽是客套之言，但不像一般善于溜须拍马之人说得那么肉麻，他目光平静，显得很真诚。李光地不由得苦笑了一下，摆了摆手：“李某来此，别无他愿，只想化从乡愚，讼简刑清。唉，你们不知，此地人情，鄙野有余，巧诈不足。乡里小民动辄为一些鸡毛蒜皮之事大动干戈，伤骨残身，不自珍爱。前任巡抚于大人，切于救弊，急于为善，却不免褊急，专爱收讼状，又常自以为是。有人曾戏言，当日于大人的衙门内常有三样声息——戥子声、算盘声、板子声……”

方苞与程万策相视一笑，程万策不无得意地对方苞介绍说：“及至老师到此后，准的词讼甚少，若非纲常大事，都批到县里，务在安静，与民休息。也绝不为取悦穷庶，刻意搜剔富民，这一点比于大人实高百倍！所以现在这里的幕老们在衙门里都谈笑自若，说老师到此后衙门里又换了三样声息：吟诗声、下棋声、唱曲声。哈哈，如此比照，岂不妙哉！”

方苞说：“弟听说于大人虽已去任，可也是一位清官。在任上对属下服饰奢华、征逐酒食者尤切戒治，还屡次停止宴请，饬戒浮靡，且以身作则，以廉勤率属……”

程万策的圆脸上露出明显讥诮的冷笑，怪声怪气地接说道：“不错，自此以后，直隶官场风气果然大变。大小官员，一靴一帽，只拣最旧最烂的穿。不几日，保定府里的所有估衣铺，破烂袍褂一概卖完，古董摊上的旧靴旧帽，亦被官员们搜买净尽。因此旧货的价钱飞涨，竟比新货还贵上一倍。于大人的官厅上，更是热闹，奉见的官员，每日进出总有好几百人，都穿得破破烂烂，赛如一群叫花子，哪有一点官场的体面！”

李光地嫌程万策讲得太多了，他没想到对前任官员这样随意褒贬会给还是布衣的方苞产生何种印象呢？他忙用眼睛责备地看了程万策一眼，待学生领会地住了口，方正容道：“于大人和我都是为朝廷办事，怕不得不如此认真。只是圣人言君子当方而不割，廉而不刿，直而不肆，光而不耀。今日朝中，不缺干员却鲜见循吏。不少官员，急功近利，只图一时之治，不懂清静无为，实大负圣人之训。”

程万策听出来了，老师已将对于成龙的指摘转向了另一个人，这就是张鹏翮。自从张鹏翮奉旨就任河道总督以来，与李光地也见过几次，但彼此并无好感。李光地不喜欢张鹏翮那种目中无人的狂妄，张鹏翮也看不惯李光地那副道貌岸然的道学面孔。于是李光地索性对河工上的事不再过问，全凭张鹏翮饬治。程万策便意有所指地说：“据学生观来目下河督张大人似乎就为人躁急，行止操切。老师既是直隶巡抚，兼有治河之责，何不劝导一二？”

李光地用他那双久经宦海的眼睛看了看学生，轻轻一笑，说：“张鹏翮素来轻狂，目中无人，办事一向独断专行，最忌别人插手。初到任上，就请旨将原协理河工的徐廷玺解任，我又何必自讨没趣，招他不快呢？况河工浩繁，涉及户部、兵部、工部。你也听得，前几任河督皆是中途不支，或被参处，或弄得心神俱损。直隶一省尚有许多未了之事，老夫哪里还有闲余精力去顾看河工。”

“可皇上已明降严旨，若明年河工依然不见成效，那……”

“嗯，还是看看再说吧。”李光地打断学生下面要说的话，依然慢条斯理地说。

程万策却好像对这件事情很关注，他继续问：“老师以为张鹏翮如何？”

虽然见方苞还在座，但李光地没有隐瞒自己的观点，他眉头微皱，不无忧虑地说：“张鹏翮嘛，倒是个干才。只是任事伊始，即如此严切，后将难继。我听万岁说过，于成龙监理河务时，也曾亲自立于淤泥中，竭力督催，倒也人人奋力争先。但等他一离开，属员们就开始图安逸，享清闲，不再卖力了。现在张鹏翮所为酷似于成龙。唉，河督所察地方甚为辽阔，其一人精力究竟有限，多数河段不得不委之以属员，以后功效实难预料啊！”

程万策点点头，又皱起眉来：“于成龙和张鹏翮倒也罢了，实心办差。可那个王新命自接手河工以来，非但一事无成，还贪蚀工费，老师何不参他？”

面对学生的质询，李光地低下眼睛：“非是老夫袖手旁观，其实参王新命的折子每日都有。老夫所以一直未动，是怕现在的那个张鹏翮起疑，以为老夫会于他的河工上掣肘。我现在按兵不动，正是以此告诉他，我与其井水不犯河水，让他放心就是了。”

程万策眨眨眼睛，沉思地听着，没想到老师心里考虑的还这么复杂，真是老谋深算啊。

在座的另一位客人听了却很是心惊：这些朝廷大员啊，他们表面客客气气，恭谦礼让，暗中却互不信任，小心提防。如此一想，方苞刚刚被打动起来的仕宦之心一下低落了许多。他兴味索然地想，与其过这种小心翼翼、互相猜防的生活，还不如像过去那样卖文为生的好，虽清苦些，倒落个安闲自在……

程万策发现方苞突然变得沉闷不乐，以为他们师生只顾谈话，冷落了这位自己请来的客人，他扭过头用一种调侃的口气笑着说："喂，灵皋，什么时候让小弟见见你那如夫人啊？"

"你说什么，方先生还有洞房花烛之喜吗？洞房花烛夜，金榜题名时，如此快事，几生修得！李某这厢恭喜了！"

"哈哈哈哈！"程万策大笑，"不是，老师，你误会了。老师难道没听说，现在江南士人中流行三快事，即'提个号，刻部稿，娶个小'，现在灵皋兄前两样都有了，就等最后一项定了，便齐全喽，兄还不抓紧！"

李光地方知程万策是在开玩笑，也笑笑，掉头问方苞："你们那边的士子还结诗社吗？"

"未有结社，只是江南曾是复社旧地，士人们多有聚在一处饮酒赋诗的习惯。"

"聚在一处，就光论诗吗？"李光地又关注地追问了一句。

"多是谈论诗词，有时也评书画，品古瓷，闲中取乐。人说北方士人是'饱食终日，无所用心'，南方士人'群居终日，言不及义'，大概说的就是我们这种人吧。"

李光地笑笑，又摆出一副语重心长的样子对方苞说道："若是茶余酒后的闲谈也就罢了，唯是这有关时局的话议，先生与你朋友可要慎言啊。"他又压低声音，说，"至于刻稿作诗，与几个朋友私下交流也就是了，最好不要大肆张扬。今上虽宽仁，但江南毕竟是前明旧地，皇上对那里的士风民情向来关注。万一因偶尔不慎所写的东西犯了圣忌，招致不测，先生之才岂不可惜！"

程万策很少见老师对人这么语重心长诚意提醒的，看来他是真的爱惜方苞的才华，也不由面容严肃，很郑重地点点头，就像李光地这话是叮嘱他的。正在这时，一个长随进来请示道："禀大人，有客拜访。"

李光地突然被打断了这个不能轻易外露的话题，很不高兴，竖起眉毛斥道："我不是说了嘛，本官今日不再见客！"

长随诚惶诚恐地说："小人也是这般说的，可来客出口威严，说若小人不与通禀，误了事，绝难担当！”

“怎么没有手本，以明来客爵职？”

“来客不肯言明，只说是京里来的，一再催促小人快与禀报。”

“京里来的……”李光地狐疑地问，“他何许面貌？”

“他……他一直背身而立，不与小人对话，架势极大。刚才的话都是由他带来的一干健仆与小人说的。”

李光地想了想，若是京中的亲朋故旧，定会报名来见。此人既不以常礼请见，可见来头不小。他不敢怠慢，暂别了方、程二人，来到西屋的花厅，可那里的仆人又告诉李光地，客人已去大堂等候。李光地更觉惶惑，快步赶到大堂。果见有一人背身而立，正悠闲观赏着左右柱子上的楹联，听到脚步声，方慢慢地转过身。李光地一见不禁大吃一惊，急忙跪倒：“四贝勒……”

俯身请安的李光地马上被微笑着走过来的胤禛拦住：“我是路过此地，捎脚来看看。只是来得唐突，未同你打招呼，李大人不见怪吧？”说来胤禛和兄弟们在私下一直将曾教过他们的上书房师傅称先生，如张英、顾八代、徐元梦等都尊称张先生、顾先生、徐先生。唯独对李光地，胤禛只称他“李大人”。在这貌似恭敬的称呼背后却隐隐有一种冷淡与隔阂。但李光地对此并不在意，而且这位反应机敏的大臣此时早已把满腹疑云化作脸上的一副庄敬之容、恭谦之态。毕恭毕敬地说：“不敢，请四爷入内堂侍茶，以恕臣未曾迎候之罪。”

“不必了，李大人公务繁忙，不宜多扰，我只是顺路看看，三言五语，不敢耽搁你的正事。”

胤禛找李光地来确实有事。不过他来得有些勉强。这还得从上次去大觉寺说起。那次在大觉寺他巧遇顾先生，本是件高兴的事，结果却是师生二人不欢而散。顾八代向胤禛讲述了他在通州见到的乐户一家的遭遇，虽是闲谈口吻，但从老师那悲愤的表情和不时凝望着自己的那双锐利的眼睛中，胤禛看出了，老师是在探询自己对这件事的态度。胤禛并非心无所动，但祖上有制，皇子不得过问地方政事。何况自己这么一个落落寡合、鲜与人来的皇子，势力本就十分有限，又能做什么呢？他想再详细地问问此事始末，不想却节外生枝，与老师起了分歧。分歧是因明成祖而起的。当他无意讲到明成祖罚罪臣女子入教坊司充宫妓，永世不得脱籍时，不知先生哪儿来的那么大火气，愤怒地说明永乐篡夺侄位，造成靖难之役，是篡逆的暴君。胤禛对此却有不同见解，他说建文懦弱，明若无永乐皇帝雄才大略，极力整饬，也就没有后来的仁宣之治了。先生当即变了脸色，但还是强忍不快，说永乐诛杀异己，残害忠良，说他暴君一点也不为过！胤禛抢辩道，不杀一何以儆百，不立威何以行德！当时先生的脸色已非常难看，立刻毫不留情地驳道，殿下此言差矣，自古明君治国莫不是先立德，再立威；立德后，自有威。再说或有一二顽固或囚或诛，何苦广为株连，滥杀无辜！胤禛听了先生的话，竟咬着牙，毫不犹豫地说，诛杀无辜，虽罪不可赦，但在当时情形下，为势所逼，也情有可原！他记得老师听了这话当时就沉默了，脸色惨白，用一种莫名其妙的复杂目光呆呆地望了他许久，那种惊恐、痛心、失望的样子就像一位老玉匠看着自己多年精心雕琢的一块美玉瞬间打碎了！后来老人一语不发，兀自站起身向寺外走去。直到现在胤禛也搞不明白老师为何那么不高兴，自己讲的也全是实话呀。后来他没有去追赶师傅，快快地离开了大觉寺，派人多方打听，方知老师讲的那家乐户竟是与自己有过一面之缘的周万宝家。虽然已过了两年，他还记得那家人。这使胤禛很矛盾，尽管在大觉寺他与师傅激烈争辩过，可他还不是那种冷心薄情的人，他也钦佩老师的为人。为当日旧情，他也应该出面过问。可是一个皇子为贱民申冤请命，于自己名声有碍。再说人家地方上的事，哪轮得着他一个没有固定差事的闲散皇子去指手画脚，妄加干涉！私自干预地方政务，是皇子大忌，也是父皇素日最为严加防范的。自己本就不为父皇宠爱，若为他们再受责怪甚至招致更严厉的处分，实在是不值。回府后，他便修书一封，告诉老师，不是自己不管，实有许多不便之处，祈先生谅解云云。信送走后，胤禛的心情终难平静，他反复思虑好久，决定让天意来决定自己管或不管。他在自己室内供奉的一尊佛像前卜了一卦，结果就算这周家人还有点福吧，卦意是他应援手相助。于是胤禛又派人暗中打听逼害周家的那个人的底细。几天后，那个高傲的旗人率一伙豪奴外出狩猎，走过一大片田地，也不下马，横冲直撞，踩坏了许多庄稼。一个赶来的农民说踩坏了他的地，要他们赔。这旗人在乡里霸道惯了，几时把一个庄稼汉放在眼里。不但不赔，还叫恶奴用棍棒把农民打了个半死。等后来知道他打的这家农人是王庄的庄户，所耕作的地是皇上赐给四贝勒的庄田，才知大祸临头。其实这都是胤禛事先安排的。原先他只是想让人随便寻那家伙一个小过，可小过不足以叫他以命抵命，便设了这么一个套子，赏了那庄丁几两银子，让他在某时某地等候，见到那个人一定想方设法让明家的人将他痛打一顿，还说到时他若不是体无完肤，唯其是问，定不轻饶！那庄丁光棍一条，无牵无挂，开始倒也答应得痛快，可哪知那伙人出手那么狠，真被他们打残后，他暗中哭了许多日，想到自己尚无子嗣，如今成了废人，到老时无人赡养，甚是凄凉，竟在一个漆黑的夜里吞砒霜自尽了！这下胤禛可放心了，那家伙又摊上一条人命，十拿九稳是跑不掉了。不过这个官司因自己身为王公，若找州县恐无人敢接，找宗人府呢，他们会用“擅受民词，有干禁例”去推脱。想来想去，还是让直隶巡抚来办更合适些。胤禛一直不喜欢李光地，然而这次他倒很想看看李光地对此事的处理态度。这就是他今天来此的目的。

胤禛先将周万宝一家被祸之事向李光地讲了一遍。李光地却还不大相信这位不速之客突然造访仅仅是为了一家贱民，恐怕还有其他未尽之意。但当下听完，他也未敢多问什么，答道：“若是命案，待臣阅了诉状，与臬司商议后再行定夺。”这种回答本无可厚非，可李光地那种公事公办的样子使胤禛觉得他是在文饰搪塞，似有推诿之意。便沉下脸来，用皇子那种颐指气使的口气，厉声质问道：“皇上将一省百姓托付给你，大人怎能公然见治下子民被害，而安闲无事，听之任之？”

望着四阿哥那严厉的表情，李光地更觉得此事蹊跷，他不像在搞恶作剧，难道真是……于是他半敷衍半解释地说：“刑诉要有程序。且依成例，自古刑不上大夫，礼不下庶人。以民诉官已属罕见，何况他们一家还是贱民，就是治罪，也要减等。”

“什么，你说那姓明的是官吗？仓官也算官，真是大笑话！他要算官，那御花园里的雀儿也能封侯了！”李光地的回答显然让胤禛很不满意，他摇着头，脸上表情却比刚才缓和了些，道：“朝廷敦崇睦谊，视子民如赤子，哪怕是乐户贱籍，亦应受宪保护。这个什么狗屁仓官，在他们那个村子作威作福，鱼肉乡里。若容留此辈继续为害作恶，任其横暴而不止之，让百姓申诉无门，只能忍气吞声，大负今上醇醇爱民之意。大人又安可忍视而自安？”

四阿哥说得头头是道，让李光地觉得这件事他确实是推避不开了。然而与敛赋、督学、防盗、治河一干事务比起来，它根本算不得什么要务急差，但为息事宁人，李光地也就顺水推舟了：“臣治理无能，有负陛下及殿下厚爱，着实惭愧。臣定抓紧时间尽快处理此案，还苦主一个公道。”胤禛看出李光地的意思，他可不想让李光地这么轻易地敷衍而过，匆匆了事，仍一脸严峻地说：“不是我强人所难，这个人身上可不止这一桩事。那日他路过我旗下的庄田，踩坏了种苗，我旗下一名庄丁出来劝止，他非但不听还将人打伤，以致后来竟伤重而亡。所以今日我唐突造访，就是想请你这青天大老爷主持公道，诛除暴逆，为民做主！”

一向慎思笃行的李光地听了胤禛这段草草描述，心里的疑问反而更多了。但他越发小心地肃然答道：“既是这样，臣定从重惩治，以昭世戒。”

胤禛听毕半冷不冷地说：“盗高庙玉杯，谓桥惊马，守法而已。我只希望李大人能依法治罪，不要因为我而矫枉过正，那样岂不成了改制易律，徇私枉法了吗？唉，现在一些刑罚，有名无实，有钱人摊上官司可以花钱赦免，结果非但不能惩恶扬善，反使恶人气焰更加嚣张。这就只能靠持宪官员秉公处理了。你说是吧，李大人？”

李光地自然不便提出什么异议，忙躬身道：“臣定秉承殿下之意行事。”

见李光地答复得如此痛快，胤禛刚想客气几句，心中突然升起一种警觉，觉得李光地似有暗中影指自己随意插手地方政务之嫌。这个老狐狸！他心里暗骂，扶了李光地一把，淡淡一笑：“不在其位，不谋其政。祖宗有制，皇子不能干预地方政事，我岂敢不遵？刚才我与大人无非是私下之谈，绝无他意，你懂吗？……”

胤禛把这件事全交给了李光地，并且将自己推了个一干二净，这让李光地暗暗叫苦，心中焦急地盼着这位尊贵的客人交代完后赶快打道回府。哪知这个平素少言寡语的皇子今日突然起了谈兴，三言五语变成了放言畅谈。见四阿哥还没有走的意思，李光地心下又急又怵，却只能耐着性子小心地等着。胤禛沉默少许，笑笑道：“有一事，大约非我该问。”

“哦，殿下有事请讲。”

“那就恕我冒昧了，大人日常的用度开销，可还有余？”

李光地听了不再吭声，心生不快。这四阿哥怎么哪壶不开提哪壶！这还用问，一看就知道，府中上下百十号人的日用开销，单靠李光地一人的俸禄肯定是不够的。在京做官时的大部分收入主要是靠门生和地方官吏的孝敬，那时还可勉强维持这一大家子的生活。现在初任直隶巡抚，为向手下人做一表率，也为不在人前落下什么把柄，以前一些朋友下属送的礼他还半推半就，现在他根本不敢再收，这样就收入大减，常常让他捉襟见肘。所以他愁容不展地答道：“实在不敢瞒殿下，府上用度，近一时是有些吃紧，当然只要仔细筹划，还不至于入不敷出。”

“怎么，李大人如此奉俭，莫非李大人从不收礼？”

李光地不知四阿哥这次来是不是专为挑自己毛病来的。他知道自己若不据实回答，会引起这个好挑剔猜忌的皇子更大的鄙视与不满，只好照实说道：“臣平日不收礼；只是年节偶尔收一点土特产。我们外省官员不比京官门路广，花销不愁。每年也就靠这一点土产勉强维持。大的礼金，臣是断不敢接的，下面那些州县怕也送不起。”

望着李光地略显尴尬愧疚的神色，胤禛的心里升起一种满足的快意，他继续苛刻地问：“你说州县不送礼，似乎很困难，可我怎么听说州县收入甚多，所谓‘三年清知府，十万雪花银’？”

“殿下不知，州县也有州县的难处。像臣这样的二品巡抚，俸禄尚难维持一家用度，就更不用说州县官员那样的薄俸了。这点俸银连养家都难，何况他们还得出资聘请幕佐，打点上司，迎来送往，即使拿出一年的全部俸银也不够这些花销。至于殿下所说的‘三年清知府，十万雪花银’臣也有所耳闻，这些都是他们收的耗羡，并非贪贿所得。”

“耗羡，怎么会有这么多？”

“耗羡这种东西要多可多，要少可少，全在地方官自取。”看着胤禛一脸困惑的表情，继而显出恼怒的样子，李光地不慌不忙，娓娓道出了外官发财的最大秘密，“正额之外，加收若干米粮或银钱，以防损耗，本是成例。比如每地丁银一两，加征五分，粮一石加征二升。做州县官员只要不是太搜刮，每年总可弄些银子。”

“这不是陋规吗？先帝在时就曾责令消除，岂能任其横行于我大清官员中！”

“是陋规，可若减了这项收入，地方官员岂不要枵腹办公！恕臣直言，当今有些清官，像张鹏翮、张伯行以及臣的前任于成龙，他们也只是耗羡收得少，却并非……并非一尘不染。唉——”李光地将下面的话化成一声深长的叹息，不再说下去了。

胤禛的眉毛立起，目光如电，像马上要拍案而起，然而他沉默少许，将那要沸腾爆发的心绪冷静下来，想了想，突然提出一个新的主张：“既然这样，何不将耗羡部分归公，以作贴补之用。这样既增加官员收入，又可减轻地方百姓负担，于国于民都有裨益。”

李光地摆了摆手：“此事说来容易，行却困难，再说皇上也不认同。前日曾有陕西巡抚请加火耗以补亏空，皇上未许。后以此谕大学士，火耗一项，特以州县官供应甚多，故于正项之外略加些微，以助常俸所不足，原属私事。若公然如其所请，听其加添，则必与正项一例催征，下面官员将肆无忌惮，加派的恶名皇上也受不了。”见胤禛阴沉不语，李光地又安慰道：“殿下不必为此过虑，据臣所知，其实地方官员大多还是清廉的，真正贪墨者为数极少。”

胤禛本不想听李光地这种毫无意义的解释，他不很赞同父皇的旨意，但自己也没有更好的、更为可行的办法。他想那些以前他还看好的“清官”居然也同流合污起来。而且有些人的治绩也不见得多好。竟是为了自身名节，不管属下艰难，只会纸上谈兵！这么看来，像李光地这样还算居官不错的了，至少他还有办事能力，操守也还可以……但胤禛却不想把这看法表露出来，双眼仍冷冷望着李光地，饶有深意地说：“光廉洁怕还不够吧。时下居官最恨碌碌无为、尸位素餐！

若说贪墨者算少数，当革而诛之，这种庸碌之员，时下却大有人在。我看也该将他们一个不留革退才好，以让位于那些有经略之才的贤能。李大人，你说，时下官场最缺什么？”

“依臣看若再多一些洁身自好、讲求操守的官员，官场风气也许会大变。”

这是李光地的真实想法，却又与胤禛的看法不尽相同，他说：“你说的这是清流。据我观察，这种人虽讲操守，却好名而无实。遇事不讲变通，一味寻章摘句，更缺少那种勇于任事的英雄胆气。虽洁身自好，独善其身，却不能兼济天下为百姓谋福。朝中风平浪静时还好，他们会恂恂守制；朝廷若改革政令，开创新律，他们只会死守陈规，极力抵制，成为新政的绊脚石。到那时，其危害绝不在贪官污吏之下！”

看平日深沉含蓄的四阿哥突然变得伶牙俐齿、咄咄逼人起来，让李光地一时不太适应。看来此人真是很难琢磨。当听懂他的意见，李光地勾下头，同时心中一寒：贪官该杀，庸臣不留，清流你竟也不喜欢！岂有这样事事求全责备之理？你若是皇上，还有我们这些臣子的活路吗！便故意问了一句：“殿下看臣像何等官？”

胤禛并不傻，李光地虽然说得口气平静，但脸色发黑，知道他心有不快，遂也把口气缓和了下来，半真半假地安抚了几句：“李大人治绩甚佳。我来直隶见这里词清讼简，盗息民全，全乃大人治理之功。可见大人于地方尚有建树，并非空食禄位之人。不过——”看着神色渐渐平静的李光地又把眼睛睁圆，他轻轻一笑，故意停下不说了。

李光地就想听听这“不过”后面的文章，忙起身拱手，恳切地说：“臣有何不当之处，请殿下当面指正！”

胤禛眸子幽幽一闪，道：“那就恕我多嘴了。以我愚见，大人虽颇欲有所作为，才干也佳，只是遇事过于谨小慎微，结果尚在瞻顾之际已贻误时机……”

李光地不置可否地低下头，沉思着。四阿哥这话中隐约含着一种强烈的不满，那言外之意仿佛是说自己太世故圆滑，总爱当“好好先生”。可他凭什么这么说我？贻误时机又是何意？

“还要我举出例证来吗，李大人？”胤禛仿佛看出了李光地的心思，声音变得有些严厉，而且他并没觉得用这种口气跟一位曾是自己师傅的老臣说话有什么不妥。“你同王新命奉圣谕共同治理永定河时，眼见他拖延误工，浮冒银两，却不行题参，现在他已被撤，可你还左顾右盼，按兵不动，是故意推避，还是怕背落井下石之嫌？”

“落井下石”四个字使李光地猛然想到了陈梦雷，一丝寒悸突然从心头掠过。其实对王新命，他早想过疏参，但此人是前任河督，官场情况复杂，风云变幻不定，他想联络到京里的同人们联名上本参奏，以便更稳妥些。四阿哥直接点出他的心思还没什么，只是这种质问加申斥的口气让他很有几分受不了，毕竟自己也是教过他的师傅呀。不过他并不慌乱，咽下不快，慢悠悠地说：“臣被命与王新命修治永定河只是临时调用，臣赴直隶任后，王新命因治河无功已被免职，皇上又任命了新的河督，臣不好再复多言。但永定河在直省境内，臣自然会加倍关注。永定河南北岸设河兵二千名，每遇水情险急多逃避，或水缓工停，则坐食糜饷。臣已上疏，请选留八百，其余裁去，余饷一万六千四百两留作抢险民夫之用。”见静听着的胤禛面无表情，李光地突然脑筋一转，反问了一句：“殿下也曾与大千岁一起巡视永定河，应洞察幽微，深晓此中积弊，何不直接面奏皇上？如此岂不比我等臣子辗转上疏更为便捷？”他说完，又笑容可掬地望着胤禛。

来时，本来心气很高的胤禛还以为通过自己刚才的一番慷慨陈词，能让李光地五体投地、叹服不已，没想到却被人家将了一军。这一问让他着实领教了李光地的老辣。其实胤禛不上奏，也是怕人家，尤其是怕大哥他们说自己“挟私报复”；再想想来此前为周家人的事犹豫不决，他那点勇气，实在也比正被他教训的李光地强不了多少。

看着李光地那依旧恭敬的外表下隐伏的颇为自得的神气，胤禛冷冷一笑，不软不硬地开口道：“大人知道，我这‘天下第一闲人’一向不理俗务，视差遣如畏途，更不熟悉地方官员，那次办差，全由大哥主事，我只是辅从而已。岂料巡视后，果然眼界大开，令人叫绝，比大人在上书房传授给我们兄弟的课业还要长见识！”说到这儿，胤禛不禁怒上眉梢，将几个手指头攥得咯咯作响，讥讽的口气已变得无比愤慨：“手指粗的树枝他敢用来打桩，泥里掺了大半沙子。最可恨的是心口不一、欺上瞒下。我和大哥说过，所以未参，是想给他一个改过的机会，无奈其已病入膏肓、不可救药！我们巡视之后，已奏明父皇，工程所用桩木工料太差，应返工重修。父皇准奏，并将此河赐名‘永定’。请问李大人，现在这条永定河能真正‘永定’吗？”

“这……”这次轮到李光地张口结舌了。

“依你看，近一时期，永定河还会改道吗？”

“这……也许不会吧。”

“什么叫‘也许’？”胤禛总算抓住了李光地这个似是而非的答复，他用犀利的目光盯着自己以前的老师、现在的直隶巡抚，沉默了片刻，又换了一问，“张鹏翮来过你这儿吗？”

“没来过。他是新任命的河道总督，事务责任比我更重。不过最近他好像放缓了河工进度。”

“这就对了。”胤禛面容阴郁地点点头，“永定河与黄河水况相似，陛下因治黄数年收效不显，便想先以永定河为示例，集中治理。若治好永定河，便可将其中经验得失推而广之，用于治黄、治淮，方得事半功倍，有所成效。永定河在直隶境内，关系一省沿岸数万生民，张鹏翮大概觉得你身为直隶巡抚干系更大些，而他的主要精力在于治理黄淮，加之有那几任河督的前车之鉴，他又没接到谕旨明诏，便不得不谨慎行事而持观望状，尚有情可原。可你李大人也有推让之意，对永定河工事务避而不管，皇上知道，岂不痛心，一省百姓，复又等盼何时？”

李光地恍然大悟。原来他以为自己与张鹏翮各行其道，互不相碍，也就相安无事了。听胤禛述来，方知他俩其实是一条藤上的两个蚂蚱，一旦河工有险，谁也脱不开干系！他的脸不自然地红了，忙问：“请殿下示臣如何亡羊补牢？”

胤禛的回答已然是经过缜密思考深思熟虑的。“刚才我问大人官场中最缺什么，现在我要告诉大人：时下官场不缺顾全大局、忍辱负重者；唯缺拍案而起、仗义执言者！你们官做到如今这个地步也多不易，有时难免瞻前顾后，为自身保全，这本是情理之中。但天道酬勤，人心向善，与其总揣度别人心思，为那些风言风语担惊受怕，刻意提防，不如在自己的任上多干些实政，有所作为。这样不但利国利民，大人的声誉也自然大长。有道是：‘根深不怕风摇动，树正何愁月影斜！’同僚中纵有心存妒意、不可告人者，碍于令名，又能奈你何！怕只怕为保乌纱贪图虚名，尊上而慢下，犹豫彷徨，终至碌碌。却不要忘了水可载舟，亦可覆舟啊，李大人！”

听四阿哥说得慷慨激昂、抑扬顿挫，非一般官场中虚辞套话可比，李光地那一般礼仪式的恭敬也变成了发自内心的由衷慨叹。他觉得四阿哥自负强横的脾气虽没多少改变，有些话说得也并不恰当，但这番颇为中肯、诚挚的表述让他看到了这位皇子的可爱之处。久经仕宦的他恭敬地施一长揖，动容地说：“当局者迷，旁观者清。若非殿下切中时弊的指正，只恐臣与直隶百姓尚酣于梦中而不知大祸将至！臣这就上本题参王新命，接管起永定河务！”

胤禛并没有表现出轻松的神色，忧心忡忡地说：“只怕来不及了。今年顺天府乡试大人不是还要去主持吗？除非你有分身之术。”

“臣会请求陛下另委能员。选贤进才虽是国家要事，也须让位于与百姓性命攸关之务！”

十

立夏至处暑前后，什刹海北岸又摆开一条茶棚长廊。这些茶棚临着水面，棚檐上一律高挂着木板小招牌，红底黑字的牌上刻着“毛尖”“雨前”“雀舌”“大方”等茶叶名目，招牌下端垂着红布穗子。每当夕阳西下，清风徐来，红布穗子迎风招展，水面的绿叶红荷迎风点首，仪态万千，令人暑气顿消。悠闲老人，文人雅士，每每“借茶浇愁”，在这里长坐一天。这里不但有茶馆，还卖别的吃食。有冰镇酸梅汤、豌豆黄、山楂糕、热火烧、爆肚儿、炒灌肠、卤煮、炸豆腐，还有鲜菱角、嫩藕、八宝西米莲子粥、老豆腐等。雪花落、冰核，听名字就让人举得爽快，喝来也是又凉又甜又好喝。每到这时，这些小贩的生意都很好。

因为事先已打听过了，蒋廷锡不用再找寻其他摊子就直奔目标——一个卖金鱼的摊子。摊主是个老头，在京里卖金鱼很有名气。他养的金鱼个大、鳍长、色艳，还专卖一些其他地方没有的名贵品种。然而令蒋廷锡失望的是今天自己特意来买鱼竟扑了空——摊主说刚才有位贵客已将他的金鱼全部买走了。廷锡急得直跺脚，又埋怨，又懊丧。摊主见他这么激动，安慰他不要急，说刚才那个人带着许多仆人拉着鱼缸往东去了，估计还没走远，要不赶快追上跟人家好好说说试试。廷锡谢过老人，急匆匆地向东追去。可当他发现那招摇过市的一行人中，骑在马上走在最前面的那位主人时，却愣住了，想了想，终究还是没再上前。买鱼的怎么偏偏是他，父亲叮嘱过让他不要再与之交往的人——四阿哥胤禛。

蒋廷锡现在想来觉得这件事怨就怨那本书！其实他连那本书的书名都不知道。可那是一本什么书啊？十几天前他为了取自己以前的一些用品回家，无意在父亲的床头发现了它。当时好奇，随意翻了几页，这一翻可把他吓了一跳！他从没见过这么悖逆、胆大妄为的话——后之为人君者不然，以为天下利害之权皆出于我，我以天下之私尽归于己，以天下之害尽归于人亦无不可。使天下之人不敢自私，不敢自利；以我之大私，为天下之公，始而惭焉，久而安焉。视天下为莫大之产业，传之子孙，受享无穷。汉高帝所谓“某业所就，孰与仲多”，其逐利之情，不觉溢之于辞矣！……今也以君为主，天下为客，凡天下之无地而得安宁者，为君也。是以其未得之也，荼毒天下之肝脑，离散天下之子女，以博我一人之产业，曾不惨然！曰：“我固为子孙创业也！”其既得之也，敲剥天下之骨髓，离散天下之子女，以奉我一人之淫乐，视为当然。曰：“此我产业之花息也！”然则为天下之大害者，君而已矣！向使天下无君，人各得自私也，人各得自利也。

呜呼！岂设君之道，固如是乎？

父亲怎么能看这种书呢？他难道不知道有两个读书人就因改了邸报中的两个错字而被弃尸西市，妻子被流放吗？他不要命啦？他自己不在乎，也该想到一家人啊！蒋廷锡当时的想法是，这书绝不能再让别人看见。他把书揣进怀里，找到一个无人的所在，点火将其付之一炬，然后才若无其事地回到家中。吃过午饭后，顾八代卧床歇息，在他要躺下时，在床边摸了半天，突然神色大变，将正要出去的蒋廷锡叫住，问："刚才你瞧见我枕下的那部书了吗？"

蒋廷锡的身子抖了一下，只得回过身，默不作声地点了点头。

"哦，是你拿去的，快还给我。"

廷锡咬咬嘴唇，终于忍不住说了实话："请爹爹恕罪，您别再找了，那本书，我已经把它烧了……"

"你，你怎么敢……"顾八代身子晃了一下，面如铂金，像要摔倒。蒋廷锡忙上前去扶，却不料"啪"的一声，就在他还没看清是怎么回事的时候，脸上已重重挨了一巴掌！从小到大，这还是他第一次挨父亲的打。他的面颊火辣辣的，委屈地给父亲跪下，不知所措。而顾八代还面红脖子粗地喘着粗气，愤怒地望着他。但只一瞬间，顾八代好像又平静下来，他望了望跪在地上的儿子，叹了口气，清晰地吩咐："来，我有话说。"

蒋廷锡愣怔了一下，也不知老人的气消了没有，起身跟着父亲进了里面幽静的书房。关上门后，廷锡刚叫了一声"爹"，顾八代却喝了一声："不，你，你不要再这么叫了！记住，你以后永远不要再喊我父亲了。我不是你父亲，你也非我儿！"

蒋廷锡一下愣住了，而后泪水涔涔落下来。他跪下，满含委屈地说："爹，孩儿纵有万个不是，凭您打骂责罚，却何出此言？难道父亲真以为儿忤逆不孝，有辱家尊？儿与父亲二十余年情义，就真义断情绝了吗？"

顾八代苍老的面颊似乎颤抖了一下，眼中也多了一种东西，但他马上又将目光镇定住，把廷锡从地上拉起来，面容平静地说："你先不要难过。此事我已想了许久，今日提出已不算早了。老夫也是为你着想啊。不信你自己想想看，以后乡试、会试时填报籍贯家世，考官若见其中有异，恐于你不利；就是今后立身成家，这些事情也多有不便言启之处，你尚年轻，有些事情还是考虑不到啊……"

"不，父亲，儿不在乎。儿知道，您与石谷先生都不愿我求取功名，那我就不入场屋了。儿即使今生今世永做个布衣，也要永远服侍您左右，以尽孝道。"

"你误会了，廷锡。我与石谷翁谈过，我二人的本意自是希望你有机会展露才华，为国效力。以你才能，少年得志当不为难，但松柏饱经风霜，而后胜栋梁之任。获誉太早必然心气太锐，心气太锐未免神气骄横。所以我和石谷先生是担心你未经风雨就骤出大名，一鸣惊人，心中飘飘然，不知所以。所以若要老夫看，少年得志未必可喜，大器晚成也许更可贺……”

蒋廷锡听罢似乎松了口气，不改称呼地说：“请父亲放心，儿不管将来如何，会常居安思危，慎保始终。请问父亲还有何事？”

顾八代疏朗的眉毛又慢慢皱了起来，专注地望着面前这个自己一手抚养大的年轻人，幽幽说道：“我今日找你并非为此事。廷锡，我曾对你说过，老夫年轻时仗义行侠，每观不平之事切齿痛恨，然却志大才疏、心高力薄，只图一时之快，徒逞书生意气！每每自行其是，不俯仰于人。有时仗言直谏论人短长，不但惹人侧目，还往往引火烧身，遂与世人格格不入。后入上书房教授皇子，绝非为虚耗俸禄，而想以圣人之言辅佐诸位殿下，使阿哥们勤勉任事、方正做人。今日看来，自己真是大言不惭，太不知耻了。我们这样的人，在皇子面前，只能为臣为奴，岂能以师友自目！”说完，他大有深意、忧郁地望着蒋廷锡，斩钉截铁地沉重告诫道：“所以现有一言，请你思之，今后若无紧要事，少与四贝勒结交！”

廷锡脸红了，他搞不清父亲和四阿哥间发生了什么，老人怎么突然这么说？他并未直接应答顾八代，而是说：“儿当年与四阿哥在市上偶然交遇，并不知其身份，也未有攀龙附凤之想。年前四阿哥曾惠顾过寒舍一次，儿已尽礼节，后来也未再去书答谢。然殿下曾有恩于我，儿实不能忘恩负义，终要回报。”

顾八代沉默了，他神色黯然，又无限感慨，开口道出的话却是冷静而又冷酷：“殿下以前资助你原出于义，不会如常人借贷般再要你还。至于你如何答谢我不会干预。我要告诉你的还是这句话：不论四阿哥抑或其他皇子王公如何优礼贫寒，怜才恤士，我辈也只可为臣为奴，永远不该、不会、不可能——为师为友！……”

“怎么在这儿挡道？有病！”一个匆匆而过的行人低声嘀咕了一句。当站在道路当中发呆的蒋廷锡肩膀被人撞了一下，才想起自己到这儿是干什么来了。他怏怏地转过身子，无精打采地往回走，走到刚才那个卖鱼的摊子前，又不由自主地停下。老人居然还没收摊，看见廷锡回来了很高兴，说自己这里还有几条没长成的小鱼，也是名品，但须喂养一段时间，先生若不嫌麻烦可以低价转让。廷锡一听很是欣喜，付钱谢过老人，小心地抱着一个小鱼缸离开了。

为了赶紧回家给鱼儿换水，廷锡抱着鱼缸，走得很快。偏这一段是下坡路，摊棚林立，人流如潮。廷锡左躲右闪，心里想着千万别撞着人。可他心中有事，又不减慢行速，正在他紧张地想着的时候，就与迎面走着的一个人撞在了一起。再躲闪，已来不及，鱼缸里的水溅了那人一身。廷锡连忙道歉，可那人睬都不睬，张开便骂：

“你没长眼睛，撞丧哪！是不是刚才那敲小锣的老头睡着了，放你跑出来了……”

京城的老百姓最喜欢看个争吵斗嘴什么的，经他这么一吵吵，都呼朋喊伴地围聚过来，不肯放过这个热闹。眼看四周很快就围了上百人，廷锡十分窘。见此人不过三十几岁，长脸微须，肤色白中透红，衣着光鲜，趾高气扬，应是识文断字之人，哪知说话这么粗鄙，得理不让人，出口伤人，看来这顿争执躲是躲不开了。自幼时起还从未跟人红过脸的蒋廷锡把心一横，放下鱼缸，冲四周围观的人一拱手，朗朗回敬道：“列位都看见了，刚才我已给他道了歉。京城天子脚下，首善之区，究竟是谁沐猴而冠？”

廷锡用语太文，有些围观者还没听懂，那人却听明白了，脸色骤变，气得语无伦次地骂道：“混账东西，你敢骂人？撞了人还撒野！污了爷的袍子就这么完了呀，没这么便宜！”

廷锡知道跟这种人讲理是讲不通的，加上他今天情绪也很坏，轻蔑地看了那人一眼，也气恼地嚷道：“不就是要钱嘛，你说个数！”

那人大概没想到廷锡闯了祸还如此镇定，敢与自己对峙，倒愣了一下，但他一看廷锡不过是个布衣书生，态度又傲慢起来，不依不饶地嚷道：“嗬，口气倒大，你赔得起吗？你可听仔细了，今儿你不给爷留下五十两银子，就甭想出这什刹海！”

一个普通的宁绸夹袍要五十两银子，这不是敲诈还是什么。四周围观的老百姓互相看看，都直撇嘴摇头。一些年轻性直的就更是禁不住议论起来：“乖乖，这衣服值这么多钱吗？”“这不是讹人吗？”“哪有这么贵的衣料，我看纯粹是敲竹杠！”

那人听了周围的议论非但不惭愧，反倒一脸鄙夷不屑之色，撇着嘴神气傲慢地说：“你们这些乡巴佬、穷鬼懂什么！我这身行头，是托专做贡缎的苏州织造府的朋友特意赶做的，金线编缀，细丝缝制，总共经工序一百零八道，工匠四十五人。今天为迎远客才刚上身，就遇上了这个没长眼睛的丧门星。哼，我跟他要五十两还是便宜他呢！”

廷锡到底是诗礼熏陶的读书人，想想这事自己确实也有责任，他稳住情绪，眼中露出一丝歉意，收了刚才的火气，冲那人一拱手，息事宁人地说：“误撞阁下，实属无心，万望海涵。只是今日出来得匆忙，身上实无这许多银两。阁下能否稍等片刻，容我回去取资以赔付。”

那人没听廷锡讲完，就把脑袋晃得像拨浪鼓似的：“去去去，哄谁呢？你当我是三岁的娃娃呀！你说得倒好，若是肉包子打狗——一去不回，我上哪儿找去？快拿银子来，不然咱们衙门说话！”

廷锡没想到自己今天碰上这么个人，强咽下怒气，指指地上的鱼缸说：“那请阁下容我把这些鱼儿安置好，再听凭发落。”

那人怪模怪样地瞥了瞥鱼缸，突然爆发出一阵恶嘲的大笑：“我说怎么这么又呆又愣的，原来是个与虾兵蟹将为伍的东西！”见对方神色茫然，他一指廷锡的素青衫，一脸恶笑地说：“出水王八穿绿袄。”说完得意地哈哈大笑。

廷锡嘴唇发青，怒火中烧，几乎忘了斯文地挽起袖子，就要动手，但他看看四周围观的人，又犹豫起来。就在众人的注目之中，突然大吼了声：“来而不往非礼也！”把围观的人吓了一跳，不知这年轻人要做什么。那人也抖了一下身子，以为他要动武，结结巴巴地问：“你、你要干什么？”廷锡冷笑一声，逼近那人，盯着他那被水淋湿了的、胸前显出一片殷红的袍子，不慌不忙，清清楚楚地大声道：“落汤螃蟹着红袍！”

“哄——”周围看热闹的人全笑了。那人的脸果然像揭了盖的螃蟹，又像煮熟的大虾，紫红紫红的。他一下变哑了，脸上的肉还突突直跳。

“哈哈哈哈——”蒋廷锡报复般地大笑起来，他觉得自己总算出了一口恶气，心中有种无法形容的痛快！

那人原来也是个吃软怕硬的家伙，看到这阵势，忙虚晃一枪，自己嘟囔着：“罢罢罢，算我今天倒霉，碰上个疯子……”说着悻悻地退出人群悄悄溜了。后面跟着腾起一浪浪笑声。

见那家伙狼狈滚蛋了，蒋廷锡也不敢在此耽搁。谁知四阿哥走没走远，万一再碰上，岂不更难堪。他收起鱼缸也挤出了还未散去、意犹未尽的人群。

走了一会儿，廷锡突然改变了主意，想将这些小鱼放生。他就向什刹海东岸走去。此时夕阳西下，余光未尽。碧阴阴的水面，波光暗淡。找到一个无人的水边，廷锡静驻了片刻，他没有像那些为行善求报放生的人那样举行个仪式，在口中祷念几句什么，就直接将缸中的水和鱼儿慢慢倾入水中。见那些小鱼三游两游，飘飘地远去了。廷锡的心中多了几分欣慰，也生出几分怅惘。这时突听身后有人用一种呻吟般的声音吟道：

早觅为龙去，江湖莫漫游。

须知香饵下，触口是铦钩。

廷锡惊异地回过头，发现背后站着一个人，四十上下的年岁，个子不高。此公的相貌实在不敢恭维：鼓眼睛，蒜头鼻，一脸的大黑麻子，脸上还戴着一副粗笨的眼镜。除了那部浓密的胡须还算有几分威风，外貌再难描述。他见这人身着茧缎袍子，外罩一个天青色马褂，也像个贫寒之士，而非势位之人，才放下顾虑，拱手问道："阁下此言何意，莫非是为鱼儿担忧？"

那人虽相貌丑陋，谈吐却不俗。他指着远处河岸上垂钓的人们道："请看这海子附近，钓网纵横，杀机遍布。若稍一起贪欲，复陷圄中，还是及早游远的好。"

廷锡听懂了，笑笑道："我这鱼儿都是小鱼，倒也无甚贪念，只恐其自相残杀，或成了同类的饵食。"说完后他又仔细地观察注视着这个人，见这人神色散淡，动作从容，好像并没什么急事，就同他随意攀谈了起来："听阁下口音不像本地人，仿佛是来自江浙一带？"

"公子幸问，不才姑苏人士，却也不是首次入京。公子是京师人士？"

听那人说他是苏州人，廷锡觉得挺亲切，客气地说道："晚生祖籍也在吴地，后因遭世事变故，流落京师，直到如今。"

那人一听也很高兴："哦，这么说你我原是同乡，敢问公子台甫？"

"蒋廷锡，字扬孙，兄台贵姓？"

那人听了脸上却露出几分狐疑，而后把目光转向远处，平静地道："鄙人平生浪迹天涯。相逢有幸，后会无期，我看就没这个必要了吧。"

见人家谢绝了，廷锡顿觉无趣，也不想再在这里继续逗留。可就在这时，茶馆那边有几个人往这边走，为首的一个离着老远就高喊"大哥"，同廷锡攀谈的那个人望见高兴地回应了一声，他们好像是一家人。但等那个叫"大哥"的人走了过来，廷锡不看则已，一看气就不打一处来——怎么这么巧，这人就是刚才同他当众争吵的那个人。麻脸文士还没介绍，他那位弟弟也已经发现了廷锡，同样一愣。"这位是蒋公子，也是吴地生人，这是舍弟。"不知情的麻脸儒生还热情地给两人引荐着。却见两个人各自侧头垂目，一脸的不自在，很诧异地问："怎么，你们认识？"廷锡忙正过头一摆手："我连阁下的尊姓都不知道，又怎么有幸识得令弟？"那文士听这言语中有抱怨之意，忙淡淡一笑："好吧，贱字告诉阁下也无妨。在下姓何名焯，至今布衣。二弟何图，在京有差。你们真不认识吗？我看怎么像已有缘的？”

廷锡早就听师傅和父亲说过，苏州有个麻脸的何矮子，长得特别像戏文上的曹操，虽貌丑却才气过人，性情落拓不羁，不附权贵，最令名士称道。哪知鼎鼎大名的何义门竟有这么一个弟弟！廷锡心里摇头脸上堆笑，向前拱手道：“原来是何先生，久仰大名，幸会幸会……”不自然地恭维了几句后他突然停住，目光被不知什么时候站进圈子里正好奇地望着他的一个女孩吸引住了。这女孩大概八九岁，眉若远山，肌肤雪白，腰身纤巧，玲珑可爱。从小巧的身材和莹白的肤色可以看出这是一个江南女孩。她穿着一身月白色的裙衫，无一装饰，却显得清丽自然。两颊微红，像含苞待放的花蕾；一对水晶般的眼睛，宁静、清纯，好像雨后纤尘不染的天空。在周围晦暗浑浊的人流中，独她一人如高岭白雪，显得分外莹洁、明净。蒋廷锡痴痴地望着这个女孩，呼吸越来越慢，越来越轻，难道这是他在教堂里见过的小天使变活了吗？小姑娘被廷锡看得有点不自在，半低下头，两颊浮出一层浅浅的红晕，样子有点害羞，更令人有种说不出的爱怜。

“雪仪，还不快见过蒋公子。”何焯的话提醒了忘神的廷锡。见女孩真的侧过脸、半蹲着身子给自己请安，忙连声说着不敢当，声调有些不自然地问：“这是——”

何焯捋着大胡子笑了，面含骄傲地说：“这是小女。说来公子莫笑，在下老来得女，只此一女，十分娇爱。平日惯得过了头，失礼之处，万望公子海涵。”

“啊，她是你女儿！”听罢此语，廷锡惊讶地看着这对天悬地隔的父女俩：一个那么蜡黄干瘦，奇丑无比；一个却是那么清丽可爱。他心里不住地感叹，造物竟是如此弄人，誉满天下的名士竟有个蛮不讲理的兄弟，其貌不扬的父亲得了个神仙般的女儿……

看到蒋廷锡那副惊愕失态的样子，何图很不高兴，他悄悄把哥哥拉到一旁，问：“大哥，你跟那姓蒋的好像挺熟？”

“熟什么，我们是才会面；倒是你，好像跟他不是第一次见面吧？”

“咳，别提了。刚才走路，他撞了我，洒了我一身腥鱼汤子，不但不赔礼道歉，还出言不逊，恶语相向。我看他不是个好东西，你瞅刚才他看雪仪时的那个样子，哪有一个男人那么死盯一个女孩看的！大哥，你可别被他表面的温言善语糊弄住，须提防这家伙别有用心啊。”说着他飞速地冲那边盯了一眼，见廷锡已同自己的小侄女攀谈上了，恶声说：“瞧，这就缠上了！”

在何焯兄弟离开的时候，蒋廷锡真跟这女孩聊开了。他第一次跟一个并不认识的女孩说话，本以为会很别扭，奇怪的是出口的话像早准备好似的，相当自然流畅："是第一次来京师吧，觉得京师怎么样？"

女孩开始也有几分害羞，但她毕竟跟父亲到过一些地方，不像那些大门不出二门不迈的深闺小姐守礼甚严。她想了想一摇头："没有我们姑苏好。这儿风太大，人太多，一路上净是黄土，真脏！还是我们姑苏好，山清水秀，住得舒服。这儿水可真少，就那么一点小湖，还叫什么'什刹海'……真奇怪，明明是湖嘛，怎么叫'海'呢？公子，你知道京师为什么都把湖叫作'海'呢？"

这么一问，真把廷锡问住了。他虽在京城住了二十年，却从没考虑过这个问题。在女孩子面前回答不出，让他觉得很丢面子。为了找回面子，他说："你来京师时间太短，许多地方还没走到。等待时间长了就知道，京师也有好景致，比如最著名的'燕京八景'，你听说过吗？这可都是皇上御题的——琼岛春阴、太液秋波、玉泉垂虹、金台夕照、西山晴雪、卢沟晓月、蓟门烟树、居庸叠翠。看，有一半都带水，还能说京师的水少吗？"

"京师就这八景吗？"

"当然不止这八景。燕南赵北，秀美的景色还有很多。就拿京城里说，也有好多好玩的地方。比如庙会、妙峰山香会……"

见女儿还跟那年轻人很高兴地聊着，何焯也有点不放心，想过去看看。这时何图却还追着他说："李大人那儿，你可要尽快给人家一个答复。别再犯傻了，这不是清高，是在跟自己过不去！"见何焯冷傲地沉下脸来，一语不发，何图有点急，揶揄道："哎，大哥难道还真要学姜子牙，非要等到八十岁再让周文王去请吗？"

"人爱名与利，我爱水与山。人乐纷而竞，我乐静而闲。二弟，我的脾气你还不知道，就别瞎费心了。"

"我看你是'一朝被蛇咬，十年怕井绳'！自古道：'学成文武艺，售与帝王家。'你看看，现在哪一个读书人不是想脱白挂绿，青云万里？偏偏你却凤隐于林，不思进取！我听说，方苞已去保定府拜见过李大人了。人家这就叫识时务，会行事。谁像你，食古不化！好，就算你清高不群，傲对世俗。可现在的布衣君子，谁还稀罕！就是李大人那里你先不去，这八爷的面子，总不能不给吧？"

"八阿哥那里我更不能去，被王公相中，也无非是凑趣帮闲，与其陪人家闲，不如自己自由自在的好。"

"行，大哥，我可真服你了！可你就是不为自己想，也得为雪仪想想啊。一个女孩子家，成年累月跟着你四处游逛，多不方便！你若是有了安身之地，一家人也不必为你提心吊胆了。"

“下月我就送她回去，今后不再带她出来了。”弟弟的提议被何焯一一否定。然后他突然很奇怪地问：“哎，你想钓鱼吗？”

何图被他问得一愣，然后羞恼地说：“再别跟我提什么鱼，今儿我倒霉就全倒在这鱼上了！”说着又朝廷锡站的那边恶狠狠地望了一眼。

“哼，一个巴掌拍不响，你的性子我也知道。我看这事八成是你起的头儿。我说你刚才一见到他怎么那么一脑门官司。唉，你也该管管你这张嘴了！”

“好好好，我不是，我不争气。以后再有这事，我把鱼都要了送你，谁让我有个严子陵的哥哥！”正在这时，雪仪拉着蒋廷锡的手高兴地跑了过来。何焯看到不高兴了，男女七岁不同席，女儿虽还是个孩子，可应有的规矩还是要遵的，怎么可以这么不知深浅地同一个男子拉拉扯扯？看来回去后要严加管教！便沉下脸对女儿道：“怎么还不让蒋公子走，可别耽误了人家的正事。”

雪仪的样子很兴奋，又有点紧张，像所有想说心事又害羞的女孩子一样，她走到父亲面前，要父亲低下身子，在父亲耳畔悄声说着，不时笑着看看蒋廷锡。

听懂女儿的意思，何焯的心“腾”地一跳，这怎么行，也太荒唐了！她竟要跟这个陌生的书生出去玩，真是胡来！不说伤风败俗，也是天方夜谭！但他并未申斥，而是不动声色地道：“你怎么不问问人家蒋公子？”他的意思是蒋廷锡肯定不会答应，那样就不用自己再费唇舌了。女孩的脸红了一下，低下头，走到廷锡面前，有些害羞地说：“公子，刚才你跟我讲的那些京师胜景我都没去过，我、我特别想去。可爹和二叔都没时间，你能带我去吗？”说罢，咬着嘴唇，用企盼的眼睛紧张地望着他。

乡试在即，以前郎世宁要与他共同撰写焦点绘画法都被他婉言谢绝了，这事可难应承。可是，望着那双冰水般纯净的眼睛，廷锡轻轻点了点头。

何焯惊愕地望着点了头的蒋公子，两条眉毛越拧越紧……

十一

蒋廷锡想这个雪仪在他们家一定是家里的小公主，要不对她的要求连严厉的何焯都百依百顺呢。那天何焯答应时他还有点不相信。现在他带小姑娘走在什刹海边，跟随的还有雪仪的保姆吴妈和何府的两个男仆。远处不便去，只带她在京城里繁华热闹的地方看看就是。这大概也是何焯终于同意他们出去的缘故之一。然而令廷锡不痛快的是，他们出了何家住的地方后，那两个男仆像押解衙役似的紧跟在他身后，还一直用防贼的眼睛盯着他，这哪里是保护他家小姐，分明是在防备自己！这可能是何家兄弟交代好的，当然人家这么做也无可厚非。廷锡心中又好气又好笑。小姑娘可高兴了，一到街上就像出了笼的小鸟，东瞧西望，眼睛忙个不停。但没走多一会儿，她就兴致低落，走路的速度也慢了下来。廷锡问她怎么了，是不是走累了。她嘟着小嘴说："你说的那些打把式变戏法的，可我什么都看不见，就你们大人玩了，早知这么受罪，还不如回家去。"可不，每个打把式卖艺的场子前都围了一层厚厚的人墙，不要说孩子看不见，就是大人想看个真切也得使把子力气。气话归气话，怎么能什么都没看着就回去呢？雪仪转转眼睛，她看见有几个大人将自家孩子高高抱起，甚至骑在肩上，那些高高在上的小男孩都很高兴。她突然叫道："公子，你抱着我看！""什么！"吴妈听见吓得劝道，"这可使不得，小姐，万万使不得，让人笑话！"

小姑娘噘起嘴来，颐指气使地道："那你抱我！"

"我？"吴妈暗暗向回缩了缩藏在长裙内的一双小脚，出门跟着走这么长的路，她已累得不行，哪儿还有力气再抱小姐。

"好，你们都不抱我，那我也不走了。"雪仪说着竟犯了小孩脾气，往地上一蹲，真不再动了。这可出乎几个人的意料。廷锡也不知如何是好，他看看吴妈，吴妈冲他暗自摇头；他又看看那两个男仆，他们都不屑地把头扭到一旁，睬也不睬。廷锡想了想，还是走到女孩面前，弯腰张开手臂："来，我抱你！"小姑娘狡黠地一笑，高兴地扑上去，廷锡就把她抱了起来。他们互相看看，像同盟胜利似的都笑了。吴妈和那两个男仆惊得目瞪口呆，说不出话。却也急不得恼不得，只好苦着脸跟在他们身后。

廷锡抱着雪仪，路上的许多行人都用好奇又古怪的眼神打量追逐着他们，还有的指指点点，悄声议论。廷锡开始还有点不自然。女孩却不在乎，紧紧地搂着他的脖子，向他耳边送过一股女孩子特有的清馨气息。被一个女孩如此信赖地搂靠着，廷锡心里一阵感动，步子也放开了。

路旁人潮涌动，喝彩叫好声不绝。雪仪这个来自江南的女孩真正看到了北方粗犷的民俗。有那铁塔般的壮汉将二丈长的幡旗舞得上下飞扬，霸王举鼎、苏秦背剑、抬头望月、张飞骗马、金鸡独立，一个又一个高难动作令人目不暇接。摔跤的小伙子个个似猛虎下山，动作胜似矫捷的猎豹，互相难分胜负，博得人们阵阵喝彩。最惊险刺激的场面却来自一个变戏法的，他玩的不是什么"棒打金钱""仙人脱衣""空中取酒"等文戏，是一套硬活功夫——吞宝剑入腹。当看见那人把一个二尺长的宝剑吞入口中，雪仪吓得扭头不敢瞧，廷锡笑着说这只是个戏法，其实都是假的，没那么危险。果然，那人又从口中将宝剑取出，他自己自然是安然无恙。人们都觉得特别神奇，纷纷喝彩叫好。变戏法的周围顷刻已落满了人们撒来的铜子。

“飞叉！飞叉！”有人兴奋地大喊。开路即耍飞叉，一般只在东岳庙会或妙峰山香会上才能见到。想不到平常日子也有人耍，这可不能错过。廷锡他们寻声望去，一个卖艺的，穿着玄色密扣短衫，足下双梁布鞋，正带着他的两个穿白坎肩的徒弟吆喝：“……这是真功夫！有钱的您捧个钱场，没钱的您捧个人场！”说完一套固定的开场白后就练开了。但见此人将飞叉舞得如银龙一般上下翻转，环绕其身。一套背剑、戏水过桥、正转身、倒转身，单打翅子、提柳抱月动作练完，气不更容，面不改色。“哗——”随着一阵雷鸣般的喝彩，雨点般的铜子飞进场子。那卖艺的向四周作着揖，叫过自己的两个徒弟：“大熊、二狗，拿出你们的真本事，再给老少爷们们开开眼！”两个徒弟答应一声，一个练单刀，一个练棍，也都武艺高强，十分精彩。然后，这卖艺的拉出一个穿着补丁花衣、和雪仪年岁相仿的小姑娘。小姑娘长得很瘦，小脸灰黄，一副挨饥受饿的样子，只显得眼睛很大，却没有什么神采。她在卖艺人的监视下，踢腿弯腰，做了几个平常动作。这有什么稀奇的？人们静静地观望着，等着还有没有更惊险的节目。卖艺的将一把单刀刀刃冲上，搁在地上固定好，说了声：“上！”那小女孩有些胆怯，有些不情愿，但还是抖着单薄的身子走过来，把眼一闭，斜卧在地，将脖子搁在立起的刀刃上。人们惊得声息皆无，这可不是戏法！然而，这还不算完，一个徒弟走过去，抬起一只脚要去登她的脸！观者中胆小的早吓得闭了眼。这哪是卖艺，简直是玩命！可谁想地上卧着的小姑娘突然像只受惊的小鸟，没等那只大脚登上，飞快地起了身，向后躲去。“哦，要砸喽……”有人喝开了倒彩。那卖艺的感觉受了羞辱，不禁恼怒，一把扯下别在腰里的皮鞭，扯过吓得发抖的小姑娘，劈头盖脸地抽了起来，口中骂着：“小贱货，敢给老子当众出丑，看我不打死你！”

“不许打人！”雪仪忍不住叫了一声。

那卖艺的听了转脸一瞅，见一个书生抱着一个小姑娘，正怒目瞅着他。因搞不清他们是什么人，要做什么，倒呆住了，鞭子停在空中。

廷锡忙放下雪仪，上前喝道：“住手，不许打人。”

那卖艺的冷眼将廷锡瞧了瞧，发现他面前站的不过是个普通的白面书生，已清醒过来，骂道：“呵，真是林子大了什么鸟都有。关你屁事？快滚开！”

“她这么小，你如此滥施鞭捶，还有没有良心！”

卖艺的敞开怀，露出胸前一簇凶恶的黑汗毛，粗野地骂道：“放你娘的屁！老子供她吃供她穿，她就得给老子挣钱；给老子偷懒，还不教训教训！他娘的，你这号人我见得多了，还怕了不成？老子要是连你这穷秀才都对付不了，还怎么在这地面上混！快滚开，不然老子连你一块儿抽！”

“你敢！”廷锡怒目圆瞪，并不退缩。

跟来的两个男仆见了，连忙上前，要去救助。但那卖艺人高举起的鞭子犹豫了一下，态度突然又软了下来。他扔了鞭子向蒋廷锡抱拳拱手道：“老弟，人在江湖，天涯作客，四方糊口，都不容易。实话告诉你，这妮子是我买来的，买来时骨瘦如柴，什么都做不了，要不是可怜她我还真不想要了呢。得，给我个面子……”

“那你也不能欺负她！这么着，既然她是你买的，与你以前并无瓜葛，加之身体瘦弱，卖艺挣钱不甚如意，不如让她随了我们去，你看成不成？”

“什么？你要买她？真瞧不出啊，看着倒像正人君子似的，原来也是一肚子花花肠子。他娘的大伙瞧瞧这都是什么读书人！”他骂骂咧咧，突然一眼看见雪仪，长脸上露出阴坏的笑，怪声怪气地说：“哎，这小妞是你什么人啊？长得不赖，我看你若拿她换还可考虑。”说完，跟着两个徒弟哈哈大笑。

“浑蛋！”廷锡愤怒得涨红了脸，不光为自己，更觉得他们侮辱了冰雪一样纯洁的女孩。他怒吼一声，不顾一切地冲向那个卖艺人。

“哟呵，怎么着？想找不自在？你活得不耐烦啦！”然后他给自己的两个徒弟做了个手势。大熊、二狗见了，互相使了个眼色，各握起拳，步步逼近蒋廷锡。雪仪早吓坏了，慌忙向身旁望，奇怪的是家中那两个仆人不知什么时候不见了。还没等她呼救，他们已经动手。可怜廷锡一介书生，哪里是他们的对手，片刻间就倒落尘埃，任其荼毒了。这两个小子一边恶狠狠地拳打脚踢一边骂着：“叫你多管闲事，叫你跟爷过不去！不给你点颜色看看，就不知老子姓什么！”

“哎呀你们弗要打了，快停下。”吴妈用吴地方言喊着。

身边没人，雪仪只能求助于四下围观的陌生人，她焦急地用不太熟悉的官话说：“各位大爷大叔行行好，快帮着救人，别都站着不睬啊！”

可周围看热闹的人谁敢去惹这些有武功的混混无赖，再说他们根本不认识雪仪，听她软绵绵的口音不像京师人，都觉得多一事不如少一事，只是茫然又无动于衷地望着面前的一幕，却没有一人出来干涉。

见这些围观者不为所动，雪仪急得哭了起来，边哭边气愤地喊：“还天子脚下呢，都这么贪生怕险、见死不救！你们算什么皇都子民，这算什么首善之地？”

“住手，不得放肆！”正在这危急之时，何图突然带着一干人来了。是那两个男仆去找的人。因为对蒋廷锡有种嫌恶，从蒋廷锡带着侄女出门后，何图一直不放心地跟在他们身后。其实刚才这一幕早被他看到了，却故意恶意地视而不见，想叫蒋廷锡多受些羞辱。哪知自己的小侄女对这书生这么一往情深，不管不顾地说出那些气话，他这才着了慌，怕不懂事的小女孩再说出什么更难听更激烈的话。这可是京师，可不是什么话都能随意说的！真要犯了忌……方挺身而出。

“反了反了，京师地面，天子脚下，光天化日，竟容这等魑魅施暴横行！来人，拿我的片子叫兵马司的巡捕来，把他们都给我拿了！”何图摆出大老爷的威风，虚张声势地嚷道。

他这么一咋呼，大熊和二狗真住了手，一起疑惑不安地望着他，又看看师傅。卖艺的见这人出语严厉，威风八面，又生得白皙丰润，而且他身后还跟着许多横眉立目的人，虽未着官服，可瞧那派头也像个微服出行的当官的，表情转变得快极了：“哎哟，这位先生怎么不早说，误会，全是误会。大人不要见怪，小的们有眼无珠，不识真佛，这厢给您赔礼了。”说着便和徒弟跪下，咚咚地叩起头来。

何图不屑地瞥了他一眼：“今日算尔等走运，本官网开一面，若再让本官碰上，定不轻饶！滚——”三个人飞快地收拾起东西跑了。

这时两个仆人将廷锡搀扶了起来。何图见蒋廷锡浑身是土，鼻青脸肿，唇边还带着血，不无挖苦地说：“哈，好一个英雄救美，真壮烈啊！”

廷锡没理他，问雪仪：“那丫头呢？”

早已泪流满面、吓呆了的雪仪方猛醒过来，同吴妈四下找寻，蓦地，雪仪发现那女孩不知何时已晕倒在路边，牙关紧闭，人事不省，惊叫道：“哎呀，她好像不行了……”

去年冬天，目睹了父亲的被害和姐姐的惨死，直到母亲自尽、弟弟生死不明，秋燕觉得自己的命也像风中的残烛，痛苦地挣扎着，不知什么时候就灭了。在明府一个好心的厨下老妈的帮助下，她好不容易逃了出来。却不想才出龙潭，又陷虎穴，她被一个人贩子在黑夜捉住。起初人贩子想把她卖给烟花巷，当然因种种原因终于没能卖成，那样秋燕也活不到今天了。跟人贩子认识的一个卖艺的看上了秋燕，要她顶替另一个已死的女徒弟，给自己挣钱。说是可怜她，要她随自己学本事，可第一次见到那卖艺人居心叵测的笑，秋燕就知他心怀不善。果然，随他去后，吃穿极差不必说，挨打挨骂更成了家常便饭。实在忍受不了的秋燕打算逃跑，无奈那卖艺的看得极紧，每日睡觉都将她用绳子捆住。今日“师傅”让她表演头枕刀。秋燕怕极了，她听说前一个女孩就因练这功夫死的。她从刀下脱身出来时已抱了拼死的决心，哪知碰上这些不认识的人，帮她摆脱了险境。但长期的折磨虐待和悲惨际遇早已超出了一个孩子的承受，使这个本来天真活泼的女孩对所有的人产生出一种戒惧、憎恨的情绪，包括现在她从昏迷中睁眼见到的面前这两个人。

“老天爷保佑，总算醒过来了！要不是我家小姐和蒋公子及时赶到，你这小命准交待了！”吴妈迫不及待地唠叨开了。雪仪乖巧地摆摆手，示意她别吵吵。看着那女孩，轻声说：“别怕，大夫说你没什么事，但还不能下地，多休息一会儿，需要什么和我们说。”

看见一个与自己年龄相仿的女孩，用一双充满关切的黑眼睛定定地注视着自己，秋燕有些吃惊，但当她看见那女孩穿得不错，一副弱不禁风的样子，就一声不吭地把头扭进里侧。哼，又是个有钱人家的小姐。富人没一个好东西！我才不吃这一套呢！

“嘿，你怎么这样，我家小姐跟你说话，你听见没有？”吴妈被这丫头的冷漠搞恼了，要上去拉她。

“算了吴妈，先让她歇会儿，我们待会儿再过来。”这次意外的经历使雪仪好像一下长大了几岁似的，分外懂事地把吴妈劝住。

在另一间屋里，蒋廷锡已将脸上的血尘洗净，请郎中上过药。他有些过意不去地对何焯说：“真抱歉，给先生添麻烦了，若有不便之处请先生万勿讳言，晚生再想办法。”

何焯已听了弟弟添油加醋的讲述和女儿充满敬意的述说，一下转变了最初对蒋廷锡的怀疑与揣度，一捋颏下那部很有特色的美髯，爽朗地说：“公子临危救困尚不顾安危，学生又有何虑。我家虽不富，倒也不在乎多一人口。只是不知这丫头的来历，待会儿叫吴妈细细问问。就让她先跟雪仪做个伴儿吧。小女这两天净出去逛街，都玩疯了，也该收收心了。”见蒋廷锡一副匆忙要走的样子，又挽留道：“公子别急着走，学生已略备薄酒，为公子压惊。”

“多谢先生盛意，乡试即临，晚生再不静心用功，只怕到时临阵磨枪都来不及了。”

“也好，那就祝兄早登龙门。折桂之日学生一并登门祝贺！”

十二

八月初九，是顺天府乡试的第一场。但因要提前一天入场，所以八月初八这天早上，贡院外就聚集了许多赶考的举子。在贡院附近，有许多茶馆。这些茶馆平日生意清淡，客人也不多，此时却买卖极好。除了供举子们考前小憩，还兼卖一些闱墨选稿、文房四宝。

此时，蒋廷锡就正坐在一家茶馆里，周围坐的也都是各地来京赶考的举子，而且神态各异：有的神态从容、谈笑自若；有的不言不语，低头默想心事；还有的抱着书本，还在临阵磨枪。当然，大部分人还是在交谈。比如在廷锡坐的这张桌旁，就有几个举子围着一个须发皆白、老态龙钟的考生。看他一直摇头叹息的样子就知道这是一个长期困于科场累试不中的老秀才。

“五十少进士。一个举子值多少钱？老兄可千万别想不开。”一个人说，像是在劝那老秀才，但又像在挖苦。

“可不，兄等没听说吗？广东佛山有诸生黄章者，年一百二十岁，康熙乙卯尚入省闱。其自言‘吾今科未中，来科百五亦未中，至百八岁始当获隽。尚有许多事业，出为国家效力。’”另一个举子向大家显示自己的博闻。

“是啊，梁灏八十岁中状元。只要你有毅力，将来总有一朝发迹的，何必着急呢？”有人附和着，也像在自我安慰。

一个白面无须的少俊神态倨傲地说：“考中也罢，考不中也罢，只是弟气不过，每年会试，发榜之时，总是江南举子占了大半。像浙江一省入围者，比我北地冀、豫、晋、鲁四省进士的总和还多。咱们在座的各位仁兄也争口气，今科多中一些，到礼部试时争取点个状元。叫那些瞧不起咱们的江南士子看看，我燕赵之地不光只出豪侠，照样有才俊之士！”

“别做梦了，只怕今朝乡试，谁该获中，考官大人早已心中有数。”一个高而尖的嗓门冷笑着说。大家一听忙把说话的人围住，纷纷叫着——

“那我们不是白考了吗？”

“是啊，你快说清楚，到底怎么回事？”

蒋廷锡看见，冷笑的是一个窄瘦脸、肿眼泡，长着一把稀疏的山羊胡子的五十开外的考生。

“是不是你心中有鬼，已贿赂了考官大人？”就在廷锡观察那人的时候，有人怀疑地大声发问。

“我心中有鬼？”山羊胡子气得胡子一撅一撅的，瞪眼道，“非我有意生事，是诸君尚在梦中矣……桐城方望溪，诸位都有所耳闻吧。文采辞章，冠于当代。其于康熙二十八年举秀才以来，两次应乡试不第，心情抑郁，羞恨交加。悔恨十余年苦学，却未闻古道。岂料今期南闱举江南乡试第一，诸位可知个中缘故？”

大家愣了愣，随即就有人想当然地说：“那一定是以前的主考官有眼无珠，不识真才呗。”“不对，像方望溪那样的，文采自是一流，却不见得精于时文，或许人家没在此上下功夫，也未可知。”“时文也不可一概非之，没准这方苞是徒有虚名，盛名之下，其实难副……”下边说什么的都有。廷锡皱眉望了望那个山羊胡子，这位还来了劲儿，登上一张木凳，神气地扫了众人一眼，见大家议论声渐小，都认真地注视着他，便挥了挥干瘦的拳头，尖厉的声音再次响起：“非也，非也，尔等具属臆断！实际上，方望溪年初就已上直隶拜会过巡抚李光地，请求援引。当时李中丞立即应允，要为其向上举荐。这岂是我等碌碌之辈能比的！据说谈话中，方望溪还向李中丞举荐了姑苏何义门。”

“那何义门今科并未赴考啊？”

“学生知道。”山羊胡子不高兴地白了抢他话的那人一眼，又刻薄地说，“人家这是放长线，钓大鱼。人在江湖，心存魏阙。谁知道他心中的真正打算！反正我想这么好的机会，他绝不会放弃这上尊人君、下荣父母、光大门楣之念！”

“还有，此科乡试，宗室大臣子弟最多。像湖北年遐龄之子，左都御史蒋宠道之侄，还有张英张中堂家的二公子，今年都在应试之列。最可笑者，前日有太学生某来拜谒王渔洋，言其为旗下弟子，竟尚一书，书肆价值为之顿贵。王渔洋因问何书。某俯首久之，对答《文选昭明》。王即暗笑。你们想，管他文理通不通，连《昭明文选》都不知道，反正人家有后台，就敢来考！要不你就是财大气粗的巨室富豪，而似我等寒士，绝无指望。如此取士，焉能让人心服！”他的话刚落，下边就像开了锅的沸水，谩骂议论声从四面八方响起：

“啊，真没想到这里头这么黑！”

“呸，还正人君子呢，一个个装得倒挺像！”

“这些考官不问文理，只阅价钱，寒了我等寒士之心。政以得贤为本，他们竟敢……”

更有人激烈地嚷道：“要是这样，还考什么功名，都是狗屁！干脆回家种地去！”

“蠢话！”一个脸上长着络腮胡子的大个子举子大手一挥，镇住了骚动的人群，“诸位且慢，弟以为我等还应入场就试，等到张榜公布之日，若真像这位兄台所言，只取富家巨室子弟，而无寒介之士，咱们就砸了他这考场！”

“对，砸了考场！”

“非得找考官问问不可，别以为我们都是软柿子好欺侮！”

“写联名帖子揭发，让全京城、全国的人都知道！”

“上登闻院击鼓，向万岁告御状！”

“开始点名了，快走吧。”不知是谁的一嗓子，提醒了情绪激动的众人，大家纷纷离开座椅向外拥去，蒋廷锡也不由自主地随着人流出来。当快走到贡院时，有个人“呼”的一声擦着他的肩膀冲了过去，差点把他撞倒，廷锡不高兴地望了一眼，发现那人好生面熟，突然大声叫道：“青溪——”

那人停下来回过头，果然是廷锡的小厮。这几日蒋廷锡因备考没回家，在城里临时租了一个住处，摒绝一切交游，专心准备。见仆人满头大汗，跑得上气不接下气，一脸焦急之态，他有些不安地想，会不会是家里出了什么事。

“少爷在这儿，可叫小的好找！”青溪几步奔了过来，从怀中掏出一封信捧给蒋廷锡，喘息着说：“有个相公来访，留下书简一封，要小的找到少爷，并请少爷一定要在入场前览过。”

“相公？”廷锡想了想，也许是自己以前交过的朋友，来聚饮或求画的。他便不在意地说，“哎，马上就点名了，来不及了。这信你收好，待我考完再看。”

贡院共分三大部分。最前面是贡院门楼、仪门和长长的甬道。其中第三道门便是所谓的“龙门”。过了这些门，就是一间连一间、数以千计的“号舍”组成的考场。举子们就在这些有顶无门的洞穴与牢笼一样的号舍内完成一道道策论文章，飞跃龙门。贡院最后面的那些院落馆舍，是试卷誊抄、批阅、录取的地方，因而戒备格外森严，禁止任何闲杂人靠近窥视。

举子们进场后还不能直接进入号舍，都要先在二门内接受搜检官的检查。因为上面有令，查出夹带者有赏。所以这些负责搜检的衙役都把眼睛瞪得大大的，虎视眈眈地盯着每一个过来受检的举子，生怕漏过一个可疑之人。当他们发现蒋廷锡进来后东张西望，表情紧张，以为他身上一定夹藏了什么，就一拥而上，将他撩衣解带，大搜特搜了一番。当发现这人身上并没有他们期望找到的东西，只是个因初上考场方才显得心神不定的生员时，都骂骂咧咧地嘟囔了几句，无可奈何地放他进去了。

蒋廷锡进了自己的号舍。他先把笔墨安置好，深吸一口气，准备开始搏杀。乡试第一场以《论语》文一、《中庸》文一、《孟子》文一及五言八韵诗一首为题。考前廷锡已准备了许久，逐一翻阅前人的八股范文，苦心钻研。可一接到试卷，他脑中突然一片空白，竟望着这张卷子发呆起来。多少殷殷学子为了这张试卷，含辛茹苦，废寝忘食，从青丝熬到白头，甚至耗尽毕生精力，就为它能得到考官大人的垂青。现在，蒋廷锡也迫不及待要把这张决定自己命运的白纸填满。可不知怎么搞的，越这么想他就越一个字也写不出。刚才在场外听那些屡试不第的举子们议论叹息，他还以为是他们才智低下，并自负地想，若凭自己去考，定能下笔千言，倚马立就；不出两年，就能进士及第，入翰林院。没想到刚一拿到试卷就栽了。想到还有那么多官宦子弟和许多早同考官打通关节的人与自己同场竞技，廷锡心中更是一阵慌乱烦躁，觉得前路渺茫。难道就这么作罢？难道让大半年的辛苦准备都付之东流吗？不，不行，说什么也要争一争！你不是早想一展才华，成为一代名臣而流芳青史吗？而且这次考官是前科状元李蟠和探花姜宸英，想他们的学识眼光应比一般考官高。尤其是那个姜宸英，七十岁才中状元，同何焯一样一直是为人称道的布衣君子，相信他为了自己几十年才挣出来的一世清名，不会利欲熏心、徇私舞弊的。也让那些对自己赴考颇有微词的人看看，无人援引，凭真才实学照样能跻身金榜，为国效忠！蒋廷锡杂乱地想了许多给自己鼓劲。突然，他心中出现了雪仪影影绰绰的身影和天使般的笑容，不再心猿意马，也不再焦躁不安，脸上带着一丝微笑，轻轻提起了笔……

听到几个粗重、急促走上楼来的脚步声，伶俐的客店伙计马上出了房间，摆出那张惯常的陪客的笑脸，迎了出去。租住在这间房里的客人今天一早去看贡院揭榜去了。本来这事打发他的书童去就行了，但这位客人一定要亲自去。看他临走时那昂首阔步、志在必得的样子，伙计猜想他一定暗中同某位老爷打通了关节，定是稳操胜券了。所以客人一走，他就进屋，将早晨本已打扫过的房间又殷勤地清扫了一遍，以便那相公回来好讨几个赏钱。

“相公高中！”店伙计满面堆笑上前相迎。

可回来的这位仿佛没听见，阴着脸一声不吭，管自进了屋，“砰”的一声关上了门。

“这、这是怎么了？没考中？”惊讶的伙计问走在后面的青溪。

“不知道，我们根本就没看见榜！”

“啊？那怎么会，今儿是发榜第一天，难道还没贴出来？”

青溪一脸沮丧：“贴是贴出来了，可让人给撕了……”

“啊？！”

不知过了多久，突然，天空中响起一声可怕的、震耳欲聋的霹雳，仿佛天空被震得碎裂了。正在睡梦中的蒋廷锡一下被惊醒。他哆嗦了一下，睁开眼，蜷起身子，屏住呼吸，就见窗外一道亮得刺眼的白光，透过东方天际那翻滚的乌云冲射而出。啊，是龙，一条巨龙！凌云驾电，呼风唤雨！它接我来了！蒋廷锡不再看第二眼，一脚蹬开被子，下炕胡乱提上鞋，连外衣也没穿，推开屋门一头扎下楼梯，把正上楼来的青溪撞了个趔趄，歪在楼梯另一侧，总算抓住栏杆才没摔下去。“少爷，外面下雨了，你还去哪儿？”

感觉像腾云驾雾一样的蒋廷锡听而不闻地来到外面。天已开始掉雨点儿。雨点越来越大，街上的人们神色慌张，东奔西躲，用最快的速度向家跑去。小贩们忙着撤摊子放棚子推车挑担收拾货物。几个铜钱大的雨点砸在廷锡背上，他打了个哆嗦，却不回去，而是向外猛跑。不一会儿，倾盆大雨从漆黑的天空倾泻下来，房檐上溅起一道道白花花的水线，地上射起无数的水箭头。街上再也看不到什么人，只有蒋廷锡一个人在雨中拼命地跑着，疯狂地跑着。他努力地辨着方向，冲过一道道水帘、雨墙。滑倒了，爬起来再跑；靴子进了水，就索性踢掉靴子，光着脚蹚着泥水狂奔。他的衣服早已湿透，眼睛被雨淋得睁不开，后背像有无数条鞭子在抽。地上的水已没过脚面，他几乎快迈不开步，也迷了方向，不知周围都是些什么。他被雨淋得快透不过气了。雨终于小了些，他又开始跌跌撞撞向前跑。总算跑到了贡院，刚才还沸反盈天的贡院门前此时一片狼藉，没有一个人。风雨中，只看见黑森森的大门上那张被狂怒的人群撕扯得只剩了一角的、被雨淋得模糊不清的浅红色的榜纸。蒋廷锡感觉像醉酒一样呆住了，只觉得冰冷的雨水将他身上最后一点热气都浇灭了。“啊——”他惨叫了一声，踉跄着倒退几步，跌倒在泥水中……

顺天府乡试榜发的当天，舆论大哗。人们冷眼看到，文理不通却有后台的人赫然在上，而许多饱学之士却名落孙山。愤怒的生员在贡院前聚集，捶胸顿足声泪俱下地声讨乡试中的舞弊行为。他们撕了榜纸，用纸将贡院匾上的“贡院”二字糊上，代之以“卖完”二字，还贴上不知是谁用两位主考姓氏编成的对联：“老姜全无辣气，小李大有甜头。”接着，鼎沸的人群又上街市游行，争作诗词、歌谣、对联，写成揭帖标语，到处张贴。揭帖写的是：

> 朝廷科目，原以网罗实学、振拔真才，非为主考纳贿营私、逢迎权要之具。况圣天子加意文教，严饬吏治，凡属在官，自宜洗涤肺肠以应明诏。不意顺天主考李、姜等灭绝天理，全昧人心。上不思特简之恩，下不念孤寒之苦。白银熏心，炎威眩目。中堂四五家，尽列前茅；部院数十人，悉居高位。不阅文而阅价，满汉之巨室欢腾！变多续而务多藏，南北之孤寒气尽。取人如此，公论所谓！……

当顾八代听到这些令人震惊的消息，立刻想到蒋廷锡，他也跟着去闹了吗？不会出什么不测吧……偏就在这天一早，青溪赶来报信，说少爷见榜后深受刺激，被雨水激病了。顾八代就立即赶来。现在，望着这个躺在炕上、面色苍白、目光痴呆、昏昏迷迷、一语不发的人，他不知该说什么。刚乡试就弄得这么人不人鬼不鬼、半死不活的，以后还有会试，还有殿试，又会闹成什么样？唉，也许自己当初应劝劝他，不要太看重功名。与其与那些不肖之辈决得失于一夫之目，还不如潜心治学，素守茅屋，将来也一样名垂青史，不枉此生！

“廷锡，你觉得怎么样了，要不要再请郎中来瞧瞧？”顾八代俯身问，同时将一只瘦削的手伸向病人的前额。

廷锡漠然地摇了一下头，连眼皮都不曾抬起。

“那你也得吃点东西啊，看都成什么样了！”发现已经不烧，顾八代松了口气，又劝慰地说。

廷锡不作声。见他不理不睬、丧魂落魄的样子，顾八代的脾气可上来了。他对着病人的脸瞪起眼睛：“你怎么这么不听话，真糊涂！科场之弊只有万岁派人查处，你这样不吃不喝只会耗损自己的身体，又于事何补？快起来，先把药吃了！”

在蒋廷锡心中，虽已与养父分居数日，顾八代却依然有着父亲的威严，所以他听了养父的吼声，慢慢坐起身，接过青溪递给他的药，仰脖喝了。然后依然颓丧地钻进被子，蜷着身，一语不发。

这时，青溪收了碗，问：“少爷，那封信你看过了吗？”

“信，什么信？”廷锡从被中抬起头，茫然地望着他。顾八代一听也很在意地注视着。

“就是乡试前小的赶来送的那封信。”

“嗯，我还没看……不是让你收着吗？”廷锡怔怔地说。青溪叹了一声，从桌案上的一册书中找出了夹在里面的信，但他没有给小主人，而是将信交给了顾八代。

顾八代倒也不客气，不管蒋廷锡愿不愿意，就把信封撕开，展信看了。看完竟愣在那里，久久不语。

“这是何人所书？有何公干？”廷锡的眼中有了一丝精神，缓缓问道。

本想马上诘问的顾八代见他这个样子，心又软了下来，咽下一口气，黑着脸，默默地将信递给了他。

廷锡看着信，脸色变得越来越惊讶、疑惑，最后竟不由坐起来嚷道：“这都是什么乱七八糟的，哪儿的事啊……”当他看到信末的署名，用古怪的声音叫道：“李光地？李光地是谁？”

“就是给你写信之人，现为直隶巡抚，当朝重臣。打算举荐你，并在信中要你一晤。你难道不认识他？”顾八代冷冷说道。

后面几句话廷锡都没听清，他只听到直隶巡抚、当朝重臣几个字，就明白了其意，不由恼火起来。想我蒋廷锡，虽不甘长期屈居人下、困于草野，可也绝没想到向为官者摇尾乞怜，请求援助的！他便又气又急、又羞又恨地大叫道：“我岂能如此，真真污我清名！什么直隶巡抚，我不见！”

“此乃大事，你可要好生想想，今日就是约日，赶快定下，见是不见？”顾八代一边说，一边将严肃洞察的目光停在蒋廷锡那张苍白消瘦的脸上。

蒋廷锡攥着信，垂下眼睛。他也有些犹豫。如果说刚才那样叫喊是感情大于理性，不假思索，气性使然，那么现在静下心来细细考虑，还真有点动心。这毕竟是一个很诱人、相当难得的机会。他虽然科场受挫，一时消沉，但还没有就此打算放弃蟾宫折桂之念。这个机会如果错过，暂时布衣几年倒也罢了。只怕一口回绝人家，将话说得太死，就是以后真凭自己实力跻身甲榜，得官授爵，冲自己这种不领情的轻狂之态，令此公记恨在心，在任上难免不会受到这位在朝中极有影响的大臣的非难与排挤，为此结怨一位封疆大吏，甚是不妥！那答应他呢？听父亲刚才那冰冷的声调定是对此做法不满。到底该怎么办呢？他困惑了。

顾八代瞅着养子默不作声的样子，猜到了他的心思。其实他自己心里也很矛盾、很难过。但他没有再催问，而是换了个方式，问：“廷锡，能否告诉老夫，你是怎么认识李光地的？”

“我、我不认识李光地啊。”廷锡诧异地说。发现老人直直地盯着自己，他突然苦笑了一下，是啊，如果不认识，人家怎么会给自己写信，还是这么重要的信。他脑子飞速地转着，乡试前若干天的场景一一从脑中掠过。哦，想起来了，会不会是何焯干的？那回见面听何图同他悄悄嘀咕什么李大人，还有自己在茶馆中听到的那些话……若真如此，就是何义门的不是了，我又不是你的私家器物，岂有不打招呼就随意向人介绍之理。不行，我得找他问个清楚！

“哎，你干什么去？”顾八代叫住下了炕，正往身上套衣服的蒋廷锡。

“爹，我不是去见李大人。”

“廷锡，不是跟你说了嘛，别再这么叫我了。”

“儿真不是见李光地，我不是那种人……”廷锡一边委屈地说着，泪水突然模糊了他的眼睛。自从经历这场乡试后，蒋廷锡的心似乎变得脆弱了，恢复起来还需一段时间。

顾八代一挥手，叹了口气，然后指指一张座椅，要他先坐下。自己却低下头，心事重重地深叹一声，过了好久，方抬起满是泪光的眼睛，感慨、深情地说：“孩子，你并不是我亲子。但这二十年，我和荆妻从未把你当外人看。我知道你的心思，想扬名显亲、光宗耀祖。自我致仕这些年，我一直想方设法寻找你的亲人，光江南就跑了六次。苍天有眼，现在终于有了确信，你家在常熟尚有亲人。你二兄蒋陈锡现在广东任上。你还有嗣母和一妹，他们答应认你。你，你终于可以认祖归宗，与家人团聚了！”

“爹——”蒋廷锡猛扑过去，抱住顾八代的腿，伏在他的膝头，孩子一样痛哭了起来。

十三

蒋廷锡换了衣服，向宣武门外行去。宣南一带会馆众多，是外地士子客商来京的聚居地。何焯这次进京没有住苏州会馆，租了宣武门外达智桥一处已解职的下级官员的府邸。这座宅院虽不很大，修得倒也齐整。路北三间卷棚似的府门，饰银朱油、贴金彩绘的大门上有一对黄铜门环。蒋廷锡来过一次，对这儿已比较熟悉。他啪啪拍打了半天门，却无人应。他试着轻轻一推，大门被推开了。犹豫了一下，他还是进来了。绕过影壁，是一个长方形的院子，有南房七间，北房三间，也是筒瓦卷棚式，每间房都有坎墙雕菱花隔扇窗，装饰得古朴精致，颇为讲究。其中一间用作正厅，现在这里没有人。他来到雪仪住的西厢房，小心地掀起门帘一角往里瞅，见女孩正在屋里，手中还拿着一把折扇。呀，糟了，怎么把四阿哥送的扇子落在这里了。都怪自己那天走时太匆忙，稀里糊涂地把扇子落在人家这儿这么多天都没想起来。要是他父亲没看见还好，反正女孩不识字看不出什么。趁着她爹不在赶快把扇子要回来。于是他没想什么就直接进了屋。

“蒋公子！”雪仪看见客人，高兴地站起身行了个礼，说，“公子来得真不巧，爹爹不在。”

“没关系，我等他一会儿。这把扇子是上次来时我落在这儿的，把它还给我吧。”

雪仪却嘻嘻一笑，飞快地把扇子藏在身后，灵巧地闪到桌子一旁，歪着头天真地说：“我不给，就不给。除非，除非你告诉我，这‘天下第一闲人’是谁！”

哟，她还真识字！蒋廷锡吃惊地呆住了。其实他应该想到，在江南文藻之乡，作为名士何义门的爱女，岂会不读书识字呢。

“蒋公子，你怎么不说话，快告诉我，谁是‘天下第一闲人’呀？”小姑娘又拿出扇子冲蒋廷锡顽皮地晃了一下。

"他，他是……"

"他是不是和你一样的读书人？"

"噢，对对，是读书人，是读书人。"

"那他这次参加乡试了吗？"

"啊，没有，他不用参加举业。"

"怎么，他不去科考？那他是不是阔少，家里特有钱，可以捐个官做；或者是个官宦子弟，得了荫封？"

蒋廷锡胡乱地连摇着头，不知雪仪小小年纪怎么会知道这么多，是不是她父亲对她讲的。他不知该怎么跟女孩解释，急得恨不得马上夺过扇子。

"啊，都不是？难道他是皇公贵胄？"没等颜色骤变的蒋廷锡说话，雪仪自己先失声笑了："那我还不信呢，要真是凤子龙孙，你还用得着参加乡试？"

这一下触到了蒋廷锡心中的隐痛。他慢慢坐下，垂下眼睛。正在这时，吴妈从外面进来，一看见蒋廷锡在座，就急了，对这个不速之客不客气地嚷道："你是读书人，怎么一点规矩都没有？这是我家小姐住的屋子，又不是街上的店铺，哪能抬脚就进，随便往里闯的？莫非你们京师的人都这样？"廷锡被数落得哭笑不得，刚想解释几句，吴妈又转移了唠叨的对象："秋燕这丫头呢？又上哪儿跑野马去了！活也不干，来这儿就睛现成的。"

"她刚才还在来的，是不是去厨下了？"雪仪好像也不太想让吴妈在这儿，说了好几句才把她支出去。临走吴妈还叮嘱了一句，老爷快回来了，小姐可当心些。

"秋燕，就是那个卖艺丫头吧？她现在怎么样了？"吴妈出去后，蒋廷锡问。

雪仪静静地坐了下来，放下扇子，脸上的笑也消失了，沉静了一会儿，说："我和吴妈都问过她，可她好像对什么人都不相信，许多话都不肯讲，也许是她受的苦太多了……还有，我就告诉你一个人，你可不要再跟别人讲，我爹总觉得她来历可疑，想把她送人。其实，其实我挺喜欢她的。有她跟我做伴，我就不闷得慌了。哎，要是你能帮我劝劝爹就好了！"

正说着，何焯回来了，蒋廷锡马上拿起扇子，冲雪仪安抚地一笑，好像是要她放心。然后他被请到正厅与回来的何焯相见。何焯样子很急，好像也正要找蒋廷锡，还没吩咐人上茶，他就先坐下问道："恕学生冒昧，不知先生已成家否？"

现在蒋廷锡早把自己来此的初衷忘得一干二净，有些不好意思地说："先生勿笑，晚生一人家中尚时常断炊，更莫说再添一人口。"

"哦，这就不好办了。"何焯喃喃自语道。他是个说话不会多绕弯子的人，抬起头对蒋廷锡说："兄勿见怪。学生即将返苏，这女孩长居于此，终非长久之计。本以为兄已有家室，可给尊夫人当个丫头，孰料兄……唉，弟只好再奉上几两纹银，烦兄将她送到养济院，令其自谋生路。"

"送养济院！"尽管廷锡已听雪仪对他透露过一点，可还是被何焯这个决定深深地震惊了。他不禁高声问，"怎么，难道兄家如此窘迫，不足以养一人口？"

"那倒不是，我家虽不富，却也不在乎多费一口粮。唯是，唉……我已着吴妈问过她的身世，一问方知，这丫头却并非良人之后，其先人乃贱籍乐户。说也可怜，其一家遭害，今唯剩此孤女，又无亲友可投，只好流落四方，可谓前世之报！"

蒋廷锡久久地呆住了。当初救那女孩，他并没多想什么，只是觉得自己行了件善事。这女孩与雪仪年岁相仿，被何家人收留自在情理之中，哪知却是一个乐户女子！收养这么一个身世的丫头，何焯的犹豫似也能理解。可她毕竟还是一个孩子，需要一个可以保护她的、安稳的居所。就这么把她推到外面，又落到坏人手中，或去养济院与那些乞丐残障在一起，不管哪种命运，结果都可想而知！让她随了自己，又实有不便……何焯不肯收，无非是碍于女孩的身世，怕自己的名誉受污。可他怎么就没想到，若真这么做了，别人又将如何看他！看来名声在他们这些正人君子心目中比一条人命重要得多！蒋廷锡轻蔑愤然地想着。然而作为客人，他只能用尽量平和的口吻试着劝道："世传先生乃高义之人，救人之患，周人之急。若因一女子被人目为苛酷而遭以非议，也甚不值。晚生看这女孩虽出身寒贱，却颇知洁身自好。只要先生育教有方，防范在先，定能使其端己正身，一心向善。小姐有个陪伴也不至孤单。"

何焯听后皱起了眉，想了想，自己走了，真把一个孤苦无助的女孩抛下，先不说生性倔强的女儿会怎么想，外人知道自己这样，也未免显得过于小气绝情。他的心便软了，无奈地笑笑，让人去把吴妈叫来。

蒋廷锡如果从何焯那里早回来一步，也许就会看到这一幕——

两个客人风尘仆仆，一先一后，来访青桐居士。其中后至的李光地却是奉了皇上口谕来寻隐逸贤能的。这一段时期李光地对寻访在野儒士颇为热情。除了为国举贤，他当然也有自己的目的。方苞、何焯虽已联络过，可他们毕竟名气太大，不一定甘心受自己笼络。而这蒋廷锡，正是他临赴直隶任前随皇上微服私访，在酒楼遇见的一个年轻人。他觉得这个人人品才学都不错，若真归了自己门下，定有作用。顺天乡试前他曾差人给他捎了信，但并未得到回复。李光地便决定亲自来访。当他见到这里幽静的景致，心想，我要是也有这样一处居所，便早归隐山林了，何必再在官场厮混呢……因主人不在，他和先到的那个人便在柴门外踱步闲候。起初他们谁也没在意，后来无意对视了一眼，两人竟像被施了法术般定住了。谁会想到，李光地和陈梦雷，竟如做梦般在这里碰到了！

愣怔只是片刻，如梦初醒的陈梦雷脸色由青变紫，凌厉的眼睛上两道疏眉簌簌抖个不停，他阴森森地干笑着，露出一排细碎的白牙，那整齐的牙齿好像要吃人似的。如果他不克制自己，也许真就冲上去，将那个人掐死——这个令他遭了二十年罪的仇人！

李光地的脸就像秋后的黄叶，灰白的嘴唇，血色全无，那神色看上去就是恐怖的化身。他想将一种强制的笑装饰在嘴角，却没成功。他那种惊悚的表情软化不了陈梦雷。一种尖利、可怕的痛苦却更强烈地扼着他的心。李光地真的绝望了，他给陈梦雷跪下了——

陈梦雷不觉一愣，就在这时，李光地开口了，那声音听去虚弱哀沉："省斋兄，弟、弟有愧于你，兄怎么处置也不为过。可望我兄把弟言听完，再凭兄罚。密蜡丸一事，我没上奏，确有私心作祟，情所不容。可当时兄已遭囚禁，设身处地为弟想，当时朝中满臣虎视眈眈，汉臣无不噤若寒蝉。弟不过一微末小员，又值此非常之事，犯颜直谏何异于以卵击石！然你我乃多年同窗，见兄性命危在旦夕，我焉能不急。兄可能不知，苍天在上，厚土在下，我李光地可以对天发誓，当初若非弟在旁搭言保奏，兄之罪，恐非仅流徒而已，怕早身首异处了！省斋兄——"李光地声泪俱下地说，"这十几年，弟一直以此为耻。千秋名节，毁于一旦。每念斯耻，常汗湿衣襟，痛断肝肠，有不复生活之念。可谓含耻忍辱，度日如年……"说到这儿，他真的双手捂面，泪水从指缝儿中涔涔地流下。

陈梦雷如何能信李光地的话。这么多年，不论在朝在野，李光地连一句公开表示忏悔、致歉的话都不曾有过。现在倒在这儿假惺惺地来忏悔，不，他根本不是忏悔，他这是在推脱罪责！陈梦雷瞪出的白眼球上全是血丝，嘴角肌肉扥扥跳个不停，瘦脸涨大了几分，口中迸出两个字："无耻！！"

李光地像被人突然扇了一记耳光，感到脸火辣辣的。他的嘴角抖动了一下，还未说话，陈梦雷已怒不可遏地吼了起来："让我交手足，受木索，面对刀笔吏，幽于高墙内，究竟是谁度日如年？你自己怎么不去试试？今我虽获释，却妻子早亡，生为乡党戮笔，污辱先人，无颜上父母之丘墓。你竟还有脸为自己开脱，呸！"

这口唾沫激怒了李光地，但他一贯喜怒不形于色，面带着冷笑站了起来，平静地道：“省斋兄，弟已给你道歉，受与不受，自然在兄，弟不计较。是非曲直终有公论，我也不想同你解释了。唉，你我都这把年纪，还作口舌之争，非但无趣，也惹外人后辈耻笑。”说着他一捋胡子，很感慨地道：“人生聚散之踪，来不可期，去不可追，况岁月奔驰，俯仰之间，全成往事。今为此事，我已身名俱败。兄若非要死揪过去不放，非君子之怀。弟想还是早将此事了结了吧。若再争执无休，则你我后代子孙，也不得安宁。”

见李光地变得这么快，陈梦雷用无比轻蔑憎恨的表情盯了他一眼，然后仰起头，将目光转向碧蓝的天空。

“陈兄一定要置我于死地而后快吗？”李光地紧张地问道。

陈梦雷依然冷傲地仰着头，不做理睬。

“若兄真要纠缠不休，还请听弟一言。”李光地的声音突然低了下去，“今兄在三阿哥府上编书，弟实为兄庆幸。诚王博学多才，为人雅量，定会敬兄。但弟与兄相识多年，深知兄秉性耿介刚直。皇王之家，恩威难测。望兄时刻以学问为怀，执于著述。若见尴尬事当避则避，讷言慎行，少议人非，方可自安。若兄再遇麻烦事，弟定竭力相助，绝不迟疑！”

在李光地讲完的一瞬，陈梦雷脸上出现了一种疑惑、惊惧、复杂的表情，不知所以地望着李光地，然而他又皱起眉头，瞪圆眼睛，将牙齿咬得咯咯作响，怒吼道：“李光地，我绝不会宽恕你，绝不！”

第六章　南巡路长

一

时光流逝。胤禛虽然已度过了人生的二十四个春秋，可他只觉得时间过得那么漫长。闲散的皇阿哥生活寂寞而烦闷，索然无味，波澜不惊。除了有时外出巡游偶有新意外，就没有任何妙趣可言了。不过这种巡游多半也是侍从圣驾，而非独立活动，也不甚合胤禛的心意。照他的想法，一个人出来后最好是独自而行，无牵无挂，无拘无束，想停就停，想走就走，悠游自在。但这种愿望看来今生只有在梦中实现了。更多的日子，还是在清寂的书斋中度过，或是并不自由地随从父皇出巡……

康熙四十一年正月，胤禛与太子胤礽、十三阿哥胤祥随同父皇出京，经涞水、易州、阜平，过龙泉关，去佛教圣地五台山朝佛。说来也怪，这次皇上到五台山后并没有带阿哥们去那些著名的大寺朝拜，对他们的课业行动也不甚过问，看管得很松。父皇这种出人意料的“无为而治”，让胤禛那颗包藏在沉静外表下不安分的心又活跃起来。终于在这一天清早，他独自一人出了驻跸之地，骑马进了五台山内。这五台山林木茂盛，清流环绕，北部山峰常存积雪，故也称“清凉山”，是个十分理想的避暑胜地。现在，因为才正月，山上还没长出繁花翠木，显得更荒秃。不过能出来，胤禛就已很满足了。他现在位于显通寺北侧的鹫峰山麓上，向北望去，东台、西台、北台、中台四台，呈新月状排列，像一扇秀丽的屏风架在山间。东台上建有望海楼，据传能远眺东海日出。西台又称挂月峰，台地周围群山拱卫，岩谷深幽。北台为五台最高处，又名叶斗峰。中台面积最阔，台顶有一巨石，形状怪异，长有苔藓，故取名翠岩峰。可是所有这些景物，在此季节都不适宜观赏。父皇怎么单选在大正月来五台山清凉境？为什么不等天气暖和些再来？胤禛有点想不通。这时，他听见后面传来“嘚、嘚”的马蹄声，回头一看，是胤祥。他同胤禛一样，穿着蓝缎棉袍，上罩一件寿桃貂马褂，脚蹬一双棕色如意行靴，但在身后背了一张硬木弓。当他看见四哥，那张年轻清秀的脸上，显露出一种兴奋喜悦的神情，催马上前道："四哥，我可不是跟踪你。到时要真挨了罚，你好歹也有个伴儿。"

胤禛被他说笑了，道："那你还带着弓箭干什么？不是不打自招嘛。人家一看就露馅了。"

"这清凉山大得很，保不准里面有什么山猫野兽，你又不擅武功，我带了弓跟来心里才踏实。"

"啊，原来你还是在跟踪我，看我回去不跟皇阿玛说！"

"别，四哥，人家冒险出来不还是为了你嘛，你还真忍心让弟弟挨骂呀。"

他们正说笑间，一只野鸡突然扑棱着翅膀，从一棵矮树上飞了出来。不知是受了什么惊吓，这个呆头呆脑的家伙本意是想逃走，却不想这冒失的一蹿，那肥胖的身子正落在胤祥弓箭的射程内。

"十三弟！"见手疾眼快的胤祥已抽出弓箭屏息瞄准，胤禛急促地惊呼着，似要阻止。胤祥身子一震，握箭的手停住，也就在同时，他那羽箭瞄指的地方突然走出一个和尚！吓得胤祥朝四哥吐吐舌头。真悬啊，多亏没放箭！不然谁知道接下来会出什么惨祸……

这是一个年轻的和尚，也许并没看到刚才的险情，他只管拄着禅杖，飘然地继续赶路。见他视而不见、旁若无人地从胤禛他们的马前经过，胤祥不高兴地嘟囔了一句："出门遇僧尼，百事不相宜。倒霉，碰见这么一个没长眼的！""你胡说什么！"胤禛轻喝了弟弟一声，再看那和尚，不由得哑然失色，呆愣了片刻，方喃喃地说，"他、他长得真像弘素！"

"弘素，就是死了的那个弘素？"胤祥问。胤禛却朝他做了个"不要问"的手势，而后拍马追上那僧人，胤祥也很好奇地赶了过去，并帮四哥叫了一声："小师父留步……"

和尚闻声停下，双眸宁静，波澜不惊，默然地数着念珠，持不语戒。那宽大的僧衣和头顶上深深的戒疤，更显示着他的有别俗人之处。

"小师父，你今年几岁？"胤祥下了马，问。其实这样问一个出家人很不合适，和尚只冷冷地瞅了他一眼，淡淡地说："今日生，来朝死。"说完，和尚抬起那不带一丝红尘的眼睛，有意无意地望了一眼胤禛，持珠不语。

"你说什么？"胤祥显然没听明白，又问，"你哪个寺的？"

"日出东，月落西。"这次和尚依然手数念珠，却连眼皮都未抬。

要不是胤禛在身后拉了胤祥一把，胤祥还要这么无知啰唆地问下去。兄弟俩再抬头看时，和尚已走远，山风吹动着他的僧衣悠然飘拂，不一会儿，就消失在苍青色的山岭中。遥望那挡住视线的重重山峦，胤禛下了马，把身后披的白狐斗篷解下来搭在马鞍上，对胤祥叮嘱道："你在这儿等着别动，我去去就来。"

还是找那和尚吗，就因为他长得像弘素？胤祥不解地想。他平时很听四哥的话，也有几分怕他，抬头看日头还高，便接过胤禛的马鞭又向前跟了几步："你可小心点，快些回来，别让我等得太久。"

其实小和尚现在已不见了踪影，可胤禛觉得，似乎有神秘的力量正吸引着他向大山深处行去。那里将会发生什么，他不清楚。刚才小和尚那神秘的一瞥，倒似乎像是某种暗示。

前面的路曲折险峻，越发难走，骑马根本过不去，胤禛完全是凭感觉确定前面要走的路。现在他已不仅想那和尚了，而是想会不会由此发现一个神奇的景象，一个无人见过的"桃花源"……

可他只发现了一座破庙。

五台山上的寺庙都殿阁巍峨，辉煌壮丽。可这座寺很是破落颓败不起眼，仿佛是建在一个荒沟野壑里，可它明明就在五台山上！胤禛一进寺门，惊得正在地上觅食的一群很少被人打扰的小鸟呼啦啦都飞到古柏上，惊慌得在树枝间跳来蹿去，好一会儿才安静。从杂草丛生的砖地和苔痕斑斑的院墙就可看出，这是一座荒弃已久的古寺，不会有僧人住持。寺院中静静地放着几块躺倒的石碑，其中还有两块断裂的，似乎在回忆着远去的沧桑。走过去一看，石碑上并无碑文，连凿刻过的痕迹都没有，全是一片空白的无字碑。胤禛不解地皱皱眉，环顾四周：浮云古木，残碑衰草，加上鸟儿偶尔一声悲切的啼鸣，倍觉凄凉。这地方实在是没什么好待的，可胤禛还是忍不住走进了那个阴森森的破落的大雄宝殿。大殿同样昏沉破败，处处蛛网横挂，窗扇残缺，还有半扇门已不知去向。长明灯的灯油已枯干，钟磬上早已积满了尘土。殿正中端坐于须弥座上的释迦牟尼像，面容清瘦，眼若纤月，眉弯半弧，嘴角上翘，似笑非笑，永远威严神秘地俯视着人间……胤禛凝望了片刻，跪下来恭敬地向佛像叩了三个头，然后轻轻站起身，恭敬地合着掌一步一步向后退去。就在他快出殿时，突然发现那香案上的水果点心都是新鲜的，难道刚才有人来过？嗯，供桌摆得有点歪，大概是有人来过。胤禛回来想把那供桌挪正。他抬臂试着用了用力，竟挪不动。他不由得掀起黄绒桌布，低头一看，不禁大吃一惊，桌子下面竟藏着一层深暗的台阶，直通地下。

胤禛感到周身一阵阴冷，不知这地方隐藏着什么，会不会是江洋大盗或某位侠客的藏身之地？别看胤禛平日深居简出，非常好静，可他内心跟所有的年轻人一样充满好奇，遇到稀奇事也想探个究竟。在好奇心的驱使下，胤禛想冒一冒险，看个究竟。于是他小心地侧着身子，一步一步走下台阶，在黑暗中摸索着前行……前面突然有了一丝幽暗的光，胤禛只觉得毛孔倒竖，他高抬脚轻落步，慢慢地靠上去，看清那果然是间密室。他屏住呼吸，瞪大眼睛，凝神向里望去，密室内有三个人：一个老僧趺坐在圆圆的蒲团上，静坐打禅，一动不动，宛若死人。他身旁侍立着一个僧人，就是胤禛在路上遇到的那个长得极像弘素的和尚！还有一个俗家打扮的人面向老僧，直直地跪着，等那人稍稍偏过脸，好像要对那年轻僧人说什么——胤禛偷看一眼，惊得差点跌倒，老天，竟是父皇！父皇居然在给老和尚叩头，而且不停地叩，仿佛在苦苦哀求着什么。那老僧竟坦然承受，毫无局促，而且始终是一副无动于衷的样子，连眼皮都不曾抬一下。倒是那小和尚几次趋身向父皇合掌，好像在劝着什么……

胤禛完全昏了头，不知这怪事是真还是梦。他在黑暗中使劲掐了自己手臂一把，真痛，这不是梦！他突然有些心慌。既然父皇是微服出来的，绝不会无人护驾，也许刚才他入寺时，就已被那些没有露面的侍卫暗中监视上了。现在大概只有他一个皇子发现了父皇的秘密。虽然他并不知道老和尚是谁，也不知道这秘密的始末缘由，可今后父皇一旦知道自己偷窥了此事会怎么对他呢？会不会就此厌憎他，不信任他了？胤禛慌乱地想着，开始害怕地向后退。当退到台阶上，他脑子一激灵，一种突如其来的念头钻进脑子。既然被发现，不如再拉上一个！就有意地喊了起来：“十三弟，别藏了，我都看见你啦！”

胤禛为自己的这种做法感到脸红，所以只喊了一声，就停下，上到殿内，不安地等着。过了一会儿，果然是康熙皇帝神色黯然地从暗道里走出来，他目光迷离，面容惨淡，仿佛还沉浸在某种悲凉的气氛中。胤禛竭力抑制住慌乱，走上前，轻轻地叫了声：“父皇。”

康熙却视而不见，听而不闻，呆呆地向外走了几步，又回过头默默地望着供桌下方，那里仿佛是块磁石，牢牢地将父皇的心揪住了。康熙一步一停，频频回头，依依不舍，久久不忍离去。胤禛屏住呼吸，发现父皇的目光异常散乱，悲怆、沉痛、怅惘都聚在他那张瘦削苍白的脸上，让人不忍再继续打量。

“父皇——”胤禛又叫了一声。康熙缓缓转过头，用一双凄迷的眼睛望着面前站着的儿子，怔了怔，随后，脸上现出一阵痛苦的抽搐，仿佛心中翻滚过千万巨浪。突然，他一下抓住胤禛的一只手，抓得很紧很紧，好像一旦松手，就会跌倒。胤禛觉得，那是一种足以将他压垮的力量。他们就这样互相攥着手，无言地走出大殿，走下台阶。过了一会儿，康熙松开手，心事沉重地在一块无字碑上坐了下来。胤禛这才喘了一口气，望着父皇，不敢出声。心里一半害怕，一半紧张，又后悔自己的冒失，不知下面将要发生什么。

青空中一行雁阵，哀鸣着远去了。康熙感慨万千地仰头目送大雁消失在遥远的天际，低头深叹了一声："唉，朕老了……"

"皇阿玛不老，您还不到五十。"胤禛现在倒不太紧张了，却越发感到迷惑。

康熙默默望了望胤禛："老了，老了，同你们比……朕看过史书，从秦始皇到中原历朝，称帝为王者几百人，大多也就活了三四十岁。朕现在已经做了四十一年皇帝，知足了。等有一天，朕老得行不动、走不动时，就来这儿当和尚……"说着说着，一串泪水，顺着他清癯的面颊流了下来。胤禛从没见父皇如此暴露地显示哀伤，他知道父皇这话断不会凭空说出，这更让他感到事态严重。但此时，只有自己一个人在父皇身边，他不能再让父皇这么伤感下去，他要用自己的力气支撑起那股力量！他要让父皇站起来！于是他轻声说："皇阿玛，儿臣听文觉法师说，帝王应是天上下到人间为百姓播种福海的佛祖。济贫济困，普度众生。父皇生前也一定是佛。既然前生已证般若，就不必再在凡间修行。儿臣以为，宁可天上少一佛祖，也不愿人间少一圣人！"说完，他掀衣跪倒，合掌当胸，仰天念道："佛如有灵，能作祸祟，凡有殃咎，请加我一身！上天可鉴，绝不怨悔！……儿臣恳请父皇，为大清江山，为天下百姓，珍重御体，万万保重！"

这次康熙出巡，李光地也从直隶赶来伴驾。自从那年遇到陈梦雷受了一番惊辱之后，李光地反倒开始交上了好运。因在直隶任上治绩突出，屡被皇帝褒奖，今年更是被破格擢升为吏部尚书，仍掌直隶巡抚事务。但李光地可不是那种一高兴就忘乎所以的人。当欣喜过后冷静下来，他觉得自己将面临更大的机会与挑战，这使他既兴奋又感到一种巨大的压力，所以考虑事务愈发细致周全，绝不给旁人留下任何一丝可以指摘的借口。不过尽管这样，还是有许多事情让他感到为难。上月在皇上到达山西之前，他先从阜平进到山西境内，没有带仪仗，微服而行。当时天色已晚，天寒地冻，风雨交加。可是在官道两旁，站满了恭候圣驾的百姓。他们衣着单薄，哆哆嗦嗦、战战兢兢地露立在风雨中，一张张被冻得青白的脸上满是愤怨与痛苦。见得此景，李光地大为不忍，上前不解地问他们为何忍受这般苦楚。百姓们可怜地回答说："我等被官兵胁迫，不敢不从。"李光地想，这准是山西巡抚噶礼叫手下人干的。皇上巡视山西，旨在了解民间疾苦，特别下旨要求沿途官员不得扰民。噶礼竟敢无视旨意，有恃无恐。李光地便决心见到皇上后第一件事就是面参噶礼，看他还有何话可说！

康熙息宿在菩萨顶，它位于显通寺北侧的鹫峰上，参照皇宫模式营造，规模宏大，殿堂豪华，为五台山诸寺之首。寺居山巅，门前筑有一百零八级台阶，仿佛一架天梯直架天空。据说是象征着人间的一百零八种烦恼，走完后就会把一切烦恼都踩在脚下。因坡度很大，十分陡峭，让李光地这样平时很少行路的官员还未走完就已浑身是汗、嘘嘘带喘了。不知皇上还要在这上面待多少天，当登完最后一级台阶，头晕目眩的李光地喘着粗气，发愁地想。再回头看看那长长的象征着已清除了烦恼的台阶，就只剩下苦笑。

清朝原国号“满洲”。在满语、藏语和蒙语中，“满洲”与文殊读音相同，都读作“曼殊”。因此清朝皇帝对五台山和文殊菩萨怀有特别浓厚的感情。现在康熙息宿的文殊殿，就是经过数次修缮的。据说菩萨顶的文殊殿还有一奇异之处，殿上的滴水檐，不但雨天阴天时有滴水，晴天也不例外，甚至旱时也会滴水。文殊殿石阶上有许多蜂窝状的石坑，就是由于屋檐滴水形成的。当李光地走到文殊殿前，先眯起眼睛，瞅那金光闪闪的琉璃瓦的屋檐，可他没看见一滴水，再低头瞅脚下那漫得光滑水平的青溪砖阶，也没发现什么水坑。不知是传说有误还是自己肉眼凡胎，李光地想见完驾后找这里的住持方丈问个究竟。

进殿后李光地先看见了他要参的人——噶礼。他比先前更胖了，宽大的脑门闪着油光，胡须稀少的厚嘴唇微微张开，神情是那样敬畏专注。只是一双滚圆的小眼睛却不时滴溜溜地转着，让人担心它们会从那张鹅蛋脸上骨碌下来。他这副样子惹得站在其身旁、着一品仙鹤补服的马齐一直侧目而视，满脸瞧不起的样子。连李光地进来后用眼睛跟这位马大人打招呼，他也仿佛没瞧见似的未予理睬。以前马齐一向待人谦恭，未语先笑，而这种趾高气扬、盛气凌人的样子李光地还是第一次见到。很不习惯的他不由得心中打起鼓来，不知待会儿发言时马齐会扮演什么角色。但现在李光地无暇多想，因为康熙正在发脾气，不是对噶礼，而是在骂张鹏翮：

“朕曾敕谕张鹏翮设法修治泗州盱眙水患，坚固高家堰堤。张鹏翮托病未往斟察水灾，上疏称泗州盱眙水灾自古已然。去岁上半年黄河上游滴水未降，河水下降二丈有余，因而清口之水出。而张鹏翮却于疏中称什么皆赖河伯显灵和他自己效力所致，简直是荒谬！朕览张鹏翮的奏章，昏聩已及！狂妄之言，绝不止此一处。奇文共欣赏！现将朕谕和张鹏翮所奏一并刻示于淮安、扬州、泗州、盱眙等处，令众观看。”

“不过张鹏翮也有优点，他不轻易荐人，这点比于成龙稳重。于成龙生前乐于荐人，所以常常失误，以至于常受属员欺诳而不知。于成龙不但爱举荐人，还爱弹劾臣僚。现在许多官员好像都有这种爱好。日前有个御史疏参户部尚书李振裕勒索属员贺寿。经查，原来是一架玻璃围屏。就为这么点事，吏部就议为革职，以细过而轻黜大臣，这不是太过分了吗！像堂官受属吏围屏这种事皆不过平常小事，即使彭鹏、张鹏翮、赵申乔这种被称为廉吏的官员，岂皆有一物不受的？如此苛求，今后谁还敢替朕办事！”

李光地听后顿觉悚然。虽然吏部对李振裕的处置是他上任之前的事，可他还是紧张得要命。李振裕收礼不纠，噶礼做的事是为了皇上，更可以“心存朕躬”而无罪，没准还会受到褒奖呢。这么一想，刚才路上要参噶礼的打算早丢到爪哇国去了。他又看看皇上身边昂然肃立的四阿哥胤禛，想到了那回他在直隶对自己的“教训”，暗自苦笑了一下，心想，如果我在年轻时候，也许会像他一样任侠使气，可如今已深知，有时血气之勇非但于事无补，还反会坏事！他便改了要参噶礼的念头，顺着皇上刚才讲的治河的题目说：“陛下，永定河虽经数次修治，仍未彻底断绝险患，康熙三十九年再次改道，虽未造成大灾，损失也不可计量。此皆臣无能所致。臣请于永定河沿岸修筑石堤，若再无成效臣将引咎辞职，甘愿受罚！”

沉思中的康熙轻轻点点头，对大臣们说：“朕早欲于此处试之，如成功再于黄河兴工。修永定河堤所费不过二十万银，而今户部已存银五千余万两。即使是于黄河两岸自徐州至清口都筑了堤，预计其费用也不过千万两而已。若成功，将永无水患。只是兴工期间漕运可能会受些影响，不过户部尚有存粮，料想问题不大……”

这种君臣间的议政旁人听来很枯燥很乏味，胤禛却很感兴趣。所以从那个破寺回来后，他没离开这儿，一直静静立在父皇身旁，用眼睛细心地观察着每一个人。刚才回来时他始终没问那个老和尚是谁，父皇为什么要给他下跪？他已看出来了，暗室里的情景让父皇的情绪有些不稳，开始说话时比较急躁，现在已经好多了。不论遇到什么事，心绪如何，父皇绝不会因个人的感情而耽误国事，这是胤禛最为敬佩的。这时皇上已问到了马齐。

现在，马齐已由户部尚书升为武英殿大学士，谈话早已不像从前那样瞻前顾后、畏首畏尾了。他微一躬身，就立即说道：“李光地所奏，臣无异议。河工甫就，保固为要。李大人说石堤坚固，当立即动工。只是即使堤已筑成，未遇大水，也不能验其功。必得圣驾亲临河段，乃可定议！”

这几句硬邦邦冷冰冰的话，让李光地颇觉意外。他是真的担心堤工，还是别有用意？李光地抬起眼睛，尴尬而疑惑地望着马齐，正要作些解释，可不等他开口，皇上又发话了——

“幸好去冬无雪，今春雨未降，还有修筑的时间。朕倒以为，现在要紧的是防蝗、防旱！去冬少雪，今春缺雨，恐蝗旱丛生。马齐，你行文山东、河南、陕西、江北诸督抚，随时向朕查报雨水情形，并查核仓谷，预为准备。噶礼、光地，你们也要做好防旱的准备，不得有误！”

“喳——”除了马齐，另两位大臣都如释重负地答应着，互相心照不宣地望望，退到一旁。

康熙的脸却未舒展。他叹了口气说：“唉，朕躬理农务年久，深知稼穑之事，甚念农民之艰，期以有成。最近这一两年，春末夏初之际微有旱情，外面无知之人就妄称什么大旱，惑乱众听！朕年轻时曾有过正月至六月无雨之年，朕就在交泰殿前用芦席围坐，整整祈祷了三天三夜，连盐酱小菜也不吃一口，然后步行到天坛祈雨。去时天尚晴，礼毕回来，已大雨倾盆。这些年的旱情还不到当时的程度，但朕年事已高，不可能再像当年那样斋戒、步祈了。”

“父皇，儿臣可代您去斋戒，祈雨。”默立在侧的胤禛突然插了一句。

康熙转过头横了他一眼，那惊异不悦的目光像是在说：“你怎么还在这儿？”但随即表情变得温和，款声吩咐：“你去同胤祥准备一下，今晚朕要同众卿共进晚膳。你们多备些素斋，可要让朕的客人吃饱哦。”

众人都出去了，康熙却还在原位呆呆地坐着未动。他感觉有点累，心里总静不下来，预感有什么事情将要发生。他闭上眼，把来此前发生的事情细细回想了一下。当时要不是胤禛那突然的一嗓子，他也许会再次回到行痴和尚身边，就是那个闭目打坐的老僧。因为这可能是他跟这位极少有人知道身份的老僧的最后一次相见了，却偏偏让四阿哥搅了……康熙倒不是怨恨胤禛，只是觉得冥冥之中仿佛有种天意，让崇佛敬僧的四阿哥见到了行痴和尚，而不是别的阿哥。至于要不要把此中的秘密告诉老四，他还有些犹豫。不过他觉得，以胤禛的精细心思和敏锐头脑一定会猜出些什么。与其让他胡乱猜想，惶惶不安，倒不如如实相告，他毕竟是自己的儿子嘛……可是连太子在内的所有皇子都还不知道这个秘密，只跟胤禛一人讲合适吗？还是看看再说吧。

可是等到晚膳时，胤禛没有来。他的近侍禀报说四阿哥进山去给皇上采灵芝，在回来的路上把脚崴了。康熙又急又怜，饭也没吃好，就匆匆来到四阿哥住的地方。走到门口，他有意地放轻脚步，即将见到那张熟悉的却又让人捉摸不透的深沉忧郁的面孔，让他心中不由得迸出一丝伤感。他又要跟这个性情古怪的儿子进行一番颇为费力的长谈了。该谈什么他还不知道，但这应该是一次心平气和的谈话……

可康熙没想到，胤禛的脚根本没有崴，面对父皇恼怒的目光，他是这样解释的：“儿臣下山时，又碰到那小和尚，他让儿臣给父皇带两件东西，是他师傅要他送的。前面斋堂人多耳杂，说话不便，儿臣就……”

“怎么，你、你又去了那个地方？”

“儿臣是半路碰到那和尚的。”胤禛轻声说，然后把头埋下，不再说话。这时，康熙已看见桌上的东西：一挂墨玉佛珠和一张字纸。他的脸马上变了，扑上去抓过那挂佛珠，泪水忍不住地流了下来，将那字纸打湿了，模糊了。

“啊，父皇——”看见父皇看过字纸后变得身形不稳，胤禛忙一个箭步跨前，将就要晕倒的父亲搀扶住。“父皇，您怎么了？您没事儿吧？”

“行痴和尚，圆寂了……”康熙颤声说。说完已是泪如泉涌，泣不成声。

“行痴和尚？哪个行痴和尚？”胤禛见父皇的样子，心中惊骇万状，不敢再问，却忍不住喃喃自语。突然，只见康熙扑通跪倒，仰天悲怆地叫了一声：“阿玛，你为什么不再等等儿……”胤禛惊呆了，也慌忙随父皇跪下，向北叩了三个头。后来终于醒悟了，落泪了……

第二天，康熙就起驾离开了五台山，走之前他下了两道旨意，一是将这里的寺庙殿瓦都改成黄琉璃瓦，全部按皇家寺庙等级修造；一是将山上所有的高大树木全部砍掉，将一片茂密的山岭辟为旷野。第一道旨意胤禛能猜出八九。可第二道旨，他却猜不透那究竟是为什么。看来在每个人的心中都隐藏着一些永远不想让人知道的秘密，永远解不开的谜……

二

这年年底康熙第四次南巡，随行的仍是那三位皇子——胤礽、胤禛和胤祥。

在济南巡防衙门的一间居室，打开窗子，就可以看见占地两亩的珍珠泉。它是一个石头砌的方塘，围着汉白玉栏杆。泉水就从方塘中蓄着的那潭碧水中喷涌而出，穿过白沙层，像鱼儿吐泡一样，形成一串串袅袅上升的气泡。方塘中的水泡忽聚忽散，时断时续，在阳光的照耀下五颜六色，光彩夺目，宛如万斛珍珠倾泻而出，吸引了不少来见驾的官员驻足观赏。可这近在咫尺的美景对那间屋里的人如同不存在一样，他只顾埋头运笔。那日中午胤禛和父皇来到这里，偏偏太子病倒了，他就跟着十三弟忙了好几天。今天一早起来给父皇和太子请安后，他没休息，而是做起每日必修的功课——临摹十篇书法。胤禛喜欢书法，尤其爱临父皇的字体，有时几乎到了痴迷的程度。每一临写时，仿佛置身于深山幽谷，面对皓月长空，心如止水，胸无一物，即使天上打雷也听不见，赛过士子科考、老僧参禅。此时有两个官员就站在他的面前，他却一点没有觉察。这二位已经进来一会儿了，看着四阿哥神情那么专注，不忍打扰，耐心地等待着。

“殿下这字越发像陛下了，形神兼备，与陛下的字放在一处足可乱真。”见皇子快要写完了，李光地说。

另一个四方大脸的官员笑着说：“还是殿下肯下功夫，持之以恒。虽然陛下对此曾有要求，可现在已分府的阿哥里，哪有像四爷这么真把书法当一回事，每天还坚持练习的。”他叫揆叙，是前大学士明珠之子，现在是康熙身边负责记录起居注的官员，时刻要伴驾，不离皇帝左右。因为他的兄长纳兰性德已早逝。作为明珠唯一的财产继承者，他拥有大量家资，是官员中首屈一指的富翁。这样巴结他的人就很多，使他十分自得。不过有时他自得得过了头，讲话也不太在意。现在他看见四阿哥没理他，继续不抬头地写着，他就不在意地笑着对李光地轻声道：“举子们练字是为了应考，我们臣下练字是为上奏折规范。真不明白，四爷这样日复一日，年复一年地练习书法，且只练一种字体，竟是为了什么？”

胤禛这时突然放下笔，抬起头，冷冷地瞥了揆叙一眼，说：“父皇讲过，学一技贵有勇猛精进之心，尤贵有贞常永固之念。书法为六艺之一，练书法即是洗心，应心止气和。你们要是没急事就先出去，等我写完再进来。”

这话让两个大臣哭笑不得，互相尴尬地望望，还是李光地比较了解胤禛的脾气，向揆叙摆摆手，刚想叫他出来。可就在这时，一个人“砰”地一脚踹开门，从外面风风火火地闯了进来，那架势像是捕人的衙役，过来一把抓住胤禛的手：“四哥，你还有心在这儿写字，快跟我走！”

“干什么，老十三？有话慢慢说。”

胤祥强忍悲声，哽咽着说：“刚才我、我去向太子请安，听见屋里一片哭声。二哥怕是……”说着眼圈一红，又拉起胤禛的手向外跑，“快点吧四哥，不知二哥留了什么话，怕、怕要来不及了……”

“不会吧，早上我请安时二哥还挺精神的，你看清楚了吗？没有搞错？”胤禛不相信胤祥的话，可他身不由己，被十三阿哥强拉了出去。两个大臣互相惊慌地望望，虽也满腹惶惑，但因事关重大，也疾步跟了出去。

当四个人来到太子住的地方，都松了口气。屋里的情景跟胤祥说的正好相反，温馨、和美、暖意融融。并没有出现意外的太子，斜靠在炕上的一个暖枕上，康熙坐在一旁，正捧着一碗紫米粥，用一个羹匙一匙一匙地喂太子喝下，连太子不慎滴落在唇边的米粒也帮他用黄布怀挡小心地擦掉。看见太子平安无事，胤祥激动喜悦的泪水止不住夺眶而出，叫了声："二哥！"

"你们都有事吗？"康熙奇怪地瞅着地上跪的四个人问。胤礽也惊异地瞪大眼睛，不解地望着热泪涔涔的十三弟。

胤禛揉着被胤祥拽得生疼的手腕，哭笑不得地把事情经过讲了一遍，大家听完"哄"地全笑了，胤祥有些不好意思地垂下头。但康熙并不深究，他说："你们哥儿俩来得正好，陪陪太子，朕还有些事。"他又温声对太子说："你不要急，精心将养，晚上朕再过来看你。揆叙、光地，咱们到那边去，朕正好跟你们有事要议。"

三位皇子恭送父皇出去后，胤礽就冲胤祥吼了起来："好你个老十三，想咒我早死啊！我哪儿得罪你了？"

胤祥知道太子这是在和他开玩笑，不但不慌，反而也理直气壮地指着下面那些服侍的太监说："谁让他们在里边哭爹喊娘地死号，比死了亲娘还伤心！二哥，刚才是怎么回事？他们为什么那么哭啊？"

他这一问，胤礽倒显得有点窘，忙低下头掩饰地喝起茶来。刚才康熙来探望他，正值他心情不好，对下人大发脾气，摔了许多杯碟，将吃食汤药洒了一地。见得此景，康熙并没有像往常一样教训太子，而是指着那些大气不敢出的服侍的人说："我们在人上的人得了病，有许多人照顾，听使唤，还不满足；像他们这些太监，或者穷人，遇上疾病，又有谁来伺候、照顾呢？他们有气有火又冲谁发呢？"当时旁边那些刚被太子骂过的太监听了，没有一个不痛哭流涕的，因为皇上道出了他们的心里话。有的太监一生也没这么哭过……

可惜太子不会这么将心比心，更不屑去体察那些低贱的下人当时被感动的心情。胤禛见太子跟十三弟闲逗了几句后，就不再同自己说话，连看都不看自己一眼，心头便又涌上一种屈辱和自惭形秽的感觉。莫非太子不欢迎自己，只是碍于情面才不得不勉强接待？那自己还在这儿待什么，非要等人轰吗？于是他起身拱手道："二哥，小弟还有几篇书法未完成，先行告退。"

"四哥别走啊，多聊会儿嘛。"胤祥生怕胤禛刚来就走让太子不高兴，挽留道。胤礽却点点头，让他去了。胤礽如此做倒不是讨厌胤禛，可他总觉得有这么个不苟言笑的人在旁，自己浑身上下很不自在，总像干了什么亏心事似的。所以胤禛一走，胤礽彻底放松下来。他慵懒地往床上一靠，慢声说："老十三，你也回去收拾收拾，大概父皇这两天就返京。"

"不会吧，这才来几天呀，再说父皇还没祭泰山呢。"

胤礽一笑:“我说你真是少不更事！你以为当皇帝的就该把礼部每年列的祭礼都亲自行一遍吗？那得累死！你看咱父皇，除他亲自去的最重要的那几个祭礼，一年中大多数祭礼不都是让臣下或咱们兄弟代祭。”

“哦，这么说这次祭泰山又让四哥去呗。可你的病还没好啊，父皇起码等你病好以后再动身。”

“我算什么，废人一个！”胤礽干脆完全躺倒，目光冷冷地望着屋顶:“父皇停留在这儿也不是为了我，他还等着见一个人。到时事情一完，他肯定把我这绊脚绳丢在这儿先回京！”

“见谁？”

胤礽又坐起来，摆摆手:“别问了，老十三，你就等着吧，这几天就有好戏瞧了。不过这次祭泰山，我想跟父皇说说让你去代祭，你看怎么样？”

“我？不行不行，我从没办过这事。”

“什么不行，只要你认真一些不出差错，没什么难的。十三弟，你也该去闯练闯练，改改这毛躁的毛病。岁数一年比一年大，怎么还像小孩似的。刚才那叫什么事啊，多亏是我，要是换了老四，他还不定怎么气呢！”

虽然胤祥觉得四哥并不像太子所说的那样，可他不敢直接去与太子辩驳。他望着胤礽说:“二哥，小弟嘴直，说话口无遮拦，讲得不对你别怪罪。二哥刚才说，父皇日理万机，理当把国事放在首位；我们做儿子的，理应为他分担一些事情。自二哥生病以来，父皇对二哥的照顾我们都看见了，就是他先回京去，二哥也不要埋怨父皇。其实在我们兄弟中，父皇最惦记的不还是二哥吗？”

“那可不一定！”胤礽想了半天，还是把这句心里想说的话咽了下去。

最近李光地比较烦。

先是三月，因河间府水灾，大批灾民流入京城。给事中黄鼎揖、汤古曾、许志进、宋骏业、王原等联名疏参李光地，称其身为直隶巡抚，去岁曾隐灾不报，今目击流亡，又不出一筹划，碌碌素餐，徒以虚文巧饰，请严加处分。当日李光地上疏自称不称职，请以解任。皇上却给他留了面子，要他继续留任，但在朱批中却有这么一段话，引起了李光地的注意:“但彼专信门生，常为所诳，凡人口讲道学，即深信之。夫道学岂易言哉。人之品行，必始终不易，朕始信之。若徒托之所言而无实事，则亦何益之有？”李光地凭借自己的经验，从这份朱批中马上嗅到一种异常的味道。果然，到了八月，又是上次最先发难的那个工部给事中王原，参劾李光地举荐的吏部文选司郎中陈汝弼“专横恣纵，有婪赃情弊”，因将陈汝弼革职议罪，刑部拟为立绞。多亏康熙觉得其中蹊跷，仔细核查取证，发觉供词不实，命九卿等再核实。事后得知这竟是一起冤案，那些供词都是刑讯官们受了贿后严刑逼供伪造出来的。陈汝弼才得以免罪，王原也被革职了。

其实这点小麻烦让久经宦海的李光地看来简直不足挂齿。他的地位威望并没因此受到丝毫威胁。朝中大小臣工素来党同伐异，门户之见甚深。今日李光地恩宠隆渥，大红大紫，自然有那心怀妒意之人暗中挑拨，想浑水摸鱼、借题发挥。比如他向皇上举荐布衣寒士，就不止一次听到议论，说什么有一种人，心存机诈，假公济私，表面为国家举荐贤能，实际是沽名钓誉，笼络人心，以邀名赏等等。就连揆叙，也曾向他透露，有人唯名是图，不甄选取才，总取文理不通之寒士，以博取清名。揆叙是八阿哥的人，他的话当不会平白无故……

不管外间如何议论，李光地抱定向皇上举荐贤明的宗旨是不变的。这次向皇上举荐何焯，也是如此。何焯这个人，有才无相，生得状貌不扬，但博学强闻、满腹经纶。当李光地把何焯的文章拿给康熙看时，康熙连连拍案，大为称赏，要立刻传来召见。今天，他就是同两位大臣商议此事。可是未等他开口，揆叙低着眉禀报了一个令人失望的消息，何焯因家中有私急，不能来山东见驾了。

刚才还表情温和的康熙立刻将脸沉了下来，问："什么私急这么要紧？"

"这，这……"揆叙说不上来。还有什么比见驾更重要的？这个布衣儒生也太狂妄了！

或许是觉得自己刚才说的话过于尖刻，康熙又换了一种口气："朕的意思是说，他家中若真有什么难事，告之朕，朕可以尽量想办法援助。光地，你知道他家的情况吗？"

本来，李光地也为何焯突然改变计划而暗中恼火，不管是因他相貌丑陋，怕令皇上见后不悦，或者是别的什么原因，他都应跟自己这个推举官员提前打声招呼，而没有理由这么悄悄离去。现在倒好，把被动的局面全丢给了自己，人家现在没准正在姑苏品着香茗欣赏那如诗如画的江南美景呢。不过皇上已然问到，还是要帮他遮掩过去。好在李光地早已摸透康熙的心理。他压下不快，从容地说道："陛下，何焯家中尚有一老父，七十开外，年事已高，身体日衰，不能离开人半步。何焯之弟何图现在九阿哥府上，难得回家探视。所以服侍老父便都由何焯一人承担，怕他确实离不开。"他把这段基本上是编造猜测的话说完，又看了看皇上。一听何焯是个孝子，康熙果然面容开朗、神色大悦，叹道："是朕没想周全。既然他离不开家，等朕到南方时路过苏州再召见吧。"但同时，他叹了口气，想到自己儿子的病还没好，今年能不能南巡还得另说，便怏怏地垂下了头。

刚才李光地的一番介绍，也让揆叙听得目瞪口呆，这时听皇上想亲自去姑苏召见何焯，他的脸上闪过一丝喜悦热切的光芒，不过说话还比较沉稳：“陛下，其实您不必这么着急去南方。太子殿下贵体未愈，还是等过些时日。况何焯一介草民，受不了如此恩宠，万一他再听到消息躲了起来，臣等不是又空忙一场。”

“嗯，此言虽不无道理，但如今南书房的情形你们也知道，老的老，病的病，退的退，朕是急需人手啊。”

“皇上，皇上要让何焯进南书房？”显然没有准备的揆叙结结巴巴地问。

“哦，看来你有不同的想法？”康熙轻轻捋着胡须询问地望着他。

揆叙脸红了一下，道：“奴才不敢。奴才只是想，何焯以一布衣骤跻卿位，直掌机密，处理天章，我朝祖宗无此法度，他可能也不敢接。此举易开天下幸进之心，恐引得朝议对皇上、对李大人多有不便。”

“那么何焯如何安排，可以抵消物议？”知道揆叙说话同李光地一样，也有爱绕圈子的毛病，因不想跟他废话，康熙单刀直入地问。

揆叙的回答倒也干脆：“此事甚易，陛下，现在何焯的弟弟何图是九阿哥的老师，您也曾打算为八阿哥寻一师傅，何焯正是最合适的人选！然后何焯可以一面教授皇子，一面考取功名，着礼部从中调度，不用两年成为两榜进士，到时陛下再委以重任。这样既不会引起外间非议，也可充分考察其人之真才实学，不是更好吗？”

看见皇上微微点头，表示同意，李光地心里又气又急，自己费了九牛二虎之力笼络了一位“门生”，让揆叙，不，是八阿哥生生地劫走了！他甚至怀疑外面那些说自己有意标榜以博世誉的声音正是揆叙他们造出来的，心里就极不痛快。他微微耸起眉毛，面有愠色地问：“刚才揆大人说朝廷选进贤才对下官多有不便，这倒是个新鲜见解。下官驽钝，尚未觉出有何不便，请大人赐教！”

揆叙不以为然地笑笑：“下官之见，李大人若不赞同，尽可批驳。但绝无他意，更非对李大人心存不敬。其实你我同殿称臣，当知‘官尊者忧深，禄重者责大’之理。举荐人才，所关甚重。尤其像何焯这样的布衣寒士，若稍有差漏，我等臣子不但难脱干系，且有援党之嫌，故不可不慎之又慎！”

“援党？原来绕了一圈，揆大人是说学生结党营私。只可惜这已是陈言旧题，早不新鲜！”李光地轻蔑地一摆手，目光坦然地望着皇上，昂声说：“陛下，臣在此要谢揆大人，使臣得以在此陈情。”这些传言康熙也有所耳闻，原怕委屈了自己的宠臣，但他又不便表明态度。现在正好，让李光地把他想说的话都说出来。于是康熙不动声色地点点头。

李光地的表情渐渐严肃了。这是他每次长篇大论的前兆。这让康熙很后悔刚才没赐他一杯水，看来只能让自己这位爱卿干着嗓子讲了。

李光地便开始声音洪亮、滔滔不绝地陈述了：

“今国家之仕进者，必举于州县，然后试于礼部吏部。此制虽相承百年，却有诸多弊端。今取士任人，不问其德，而问其出身；不论其才之称否，而论其历任之多少。即使考官秉持公道，仅目以雕琢之文，章句之短长，又能考出什么真才实学！陛下感伤山林之中有逸遗之士，屡诏臣等旁求儒雅于四海。今吴门何焯，品行端方，文章典雅，学问渊深，果系山群之才。若蒙陛下旷典殊恩，则反响必大，朝野胥服！如此以诱山林逸遗之士，縻天下行道者尽所归依，所以微臣思古之君子想其君之道，而忘自身妄举之罪。臣自问立心纯正，所言所行无一不是为了社稷。若真能使山野之士悉归我朝，同心勠力，共扶社稷，纵使光地一时遭遇非议，受些委屈，皆不悔也！望陛下垂察，臣伏候圣裁！”说完重重地叩了三个头，站起时还不忘用眼睛的余光“照顾”了揆叙一眼。

揆叙也用异样的目光回敬了李光地一下。心想，这个伪君子，话说得倒光亮，谁知道你心里装的到底是什么！因为自己的计划已基本达到，揆叙也就不再继续对同僚发难了。他现在考虑的是怎么向八阿哥交差，所以低眉顺目，神色恭敬了许多。

康熙见李光地说得揆叙没了气焰，心里正暗暗高兴。可要是以为康熙现在会向着李光地说话，那就错了，在这种时候，康熙绝不会流露出一丝一毫的偏向。此刻他竟用一种批驳的口吻说：“取孤寒之士虽好，皆应有理有度。现在各省学政，唯利是图，非但不知爱惜人才，且爱取文才不通之寒士，以博清名。像顺天府学政杨名时，秉性乖异。录取生员，纵有精于学业，工于文章者，但系富家子弟，必不录取；倘贫寒士子精知文章，即取之。考试应论文学优劣，岂能论其贫富！你呢，给朕推荐的人，王石谷、梅文鼎，才德皆优，可惜都岁数太大，纵使朕有心留用，他们也力不从心。”康熙对李光地微微一笑，道：“光地，你能不能给朕找个年轻些的？”

可不知为什么，说完刚才那一大段话后，李光地现在已经不想再多说什么了。他凝睇良久，方道：“王石谷曾对臣提过他收过一个徒弟，江南常熟人。年轻志大，颇欲有所作为。他后来拜别王石谷，又去恽寿平家，向恽家后代学习没骨画法，近来已在江南小有名气。”

“这么看这年轻人还是个有心计的，他不拘泥于一家，博采众长。他叫什么名字？”

“他叫蒋廷锡，字扬孙。自康熙三十八年乡试不第后，又于去年第二次落榜，心情可谓抑郁。据说他在给王石谷的信中，称自己恍惚彷徨，想不再应考。但一来其名心未死，而家人也不容。若继续应考，又怕终年无所成，以致技艺荒废。其心绪如麻，矛盾重重，不知所以。臣向陛下举荐他，也还有个缘故，其实陛下见过这个蒋扬孙。”

“什么，朕见过？”

“对。陛下您还记得在臣去直隶任上的前一天，随同陛下微服出宫，在一个小酒楼里遇见一个年轻人。”

“等等，朕想起来了——当时那个人也是牢怨满腹、疑虑重重，很像你说的蒋廷锡。那你后来又见过他吗？”

“臣没再见过他。康熙三十八年顺天府乡试时臣给他修书一封，约他在其居处相见，他却不在。”提起这些李光地又不由自主想到了陈梦雷，想到永远纠缠着他的那个噩梦。一股红潮慢慢没上他的脸，他垂下羞愤的眼睛，身子有点支撑不住地微微抖动。

“朕想见见这个蒋廷锡。光地，你去办吧。”康熙并没有发现李光地异样的表情，吩咐道。

“那何焯怎么办？”

康熙笑着把头转向揆叙，仿佛猜透一切似的说:“你要是有胆量，这个‘钟馗’就交给你了。”

其实关注何焯被举引这件事的人还有很多，不止这君臣二人。索额图就是一位。自从索额图从首辅大臣的位子上退下来后，表面上不再过问朝政，也推掉不少应酬，在家安心养老。而实际上，他那根警觉的神经一点也没松懈过，朝廷中的明风暗浪他都十分清楚。目前的局势对太子和他们这些拥戴太子的人越来越不利。他觉得自己就像一个落入猎人包围圈的老虎，要趁他们将网收紧之前，抓住机会做最后的一搏！现在太子病在山东，皇上派他来照看，自己却先回了京。

太子又在安装钟表。他今年还不到三十，可红润的光泽早已从脸上消退，面目憔悴。虽然他的手在不停地摆弄那些发条、齿轮，脸上却是一副烦闷无聊的样子。见到索额图，也只强颜点点头，没有说话。尤其让人心痛的是，他原来那一排洁白整齐的牙齿已经被烟熏黄，脸上还有点浮肿，眼睛微微发红。他不但没有戒掉烟，又添了酗酒的毛病。现在的胤礽，只有靠烟、酒来填补内心的空虚，来刺激他那麻木、颓废的神经。

索额图摘下皮帽，解下青素缎银鼠皮大氅，并没有给太子请安。他瞥了桌上一眼，用一种淡淡的口气说：“世祖章皇帝之时宫里只有一架自鸣钟，还老走不准。宫里面的工匠都不会修，后来还是找夷人传授才会摆弄了。现在好了，阿哥们谁手里没有几个这玩意儿，这算什么呢？可惜世祖因遭受接连打击一蹶不振，不然他也会亲自动手调试的。唉，这一入佛门，真令人心痛欲绝！”

胤礽停下来，瞪大眼睛，可是很快又恢复了那病态般的模样，用一种懒洋洋、甚至带着几分嘲笑的声调说：“原来你们都知道了。”

“不，如今尚健在的人中知道此事的除了太后、皇上和太子，就是老臣了。臣是当年万岁大婚时听孝庄太后对臣父说的。老臣发誓永远保密。现在万岁既已跟太子讲了，臣斗胆问一句，世祖皇帝是不是已经圆寂了？”

胤礽点点头，目光呆呆的，仿佛受了什么刺激。关于祖父顺治出家之谜，是皇上在临回京前一天的晚上对他讲的。那一晚皇上显得十分悲痛，不停地流着泪对儿子说，要不是为了这大清江山，他也真想随世祖去了。可在胤礽看来，这明明是父皇贪恋权位的借口，他根本舍不得丢掉他的皇位！他把脸对着一个刚装好的自鸣钟表，一动不动，大约过了几分钟，他才说话——

“记得老四曾给我讲过一个故事。很久以前有个得道的真人去见当时的皇上，皇帝问这真人知道京里都有多少人吗？真人道，只有两个人，一个为名，一个为利。皇帝拊掌大笑……这世上有多少人真能像世祖那样看破红尘呢？我看都是逃世不逃名，那些自称淡泊名利者，未必尽忘名与利。喂，你怎么不说话？你说我说的对不对？”

索额图从刚坐下的那张仿明式红木太师椅上站了起来。他不清楚太子这话是经过脑子思索过的明白话还是信口胡诌的荒唐言。名利场中难容伶俐，生死路上正要糊涂。如果太子是想用这种昏醉之态掩人耳目，倒也不失为保全自己的一条路子……索额图捋着稀疏的须髯沉思着。

“哈，你也不说，你也害怕啊。没意思，没劲！”胤礽突然拍着桌子嚷道，“拿酒来拿酒来！万事不如杯在手，人生几见月当头。什么万世垂名，不如一醉方休！快拿酒来——”

“太子！”索额图张皇地一拱手，却又突然不知该说什么，迟疑了一下，才像背书似的说，“古人云，己情不可纵，当用逆法制之，其道在一忍字……”

“忍？”胤礽忍无可忍地打断索额图的话，脸涨得血红，暴躁地咆哮道，“这几十年我忍得还不够吗！世上哪儿听说当过三十年的皇太子！你说，我还要怎么忍？”说完，他又气急地扭过脸，对着那个圆圆的暗绿色的自鸣钟盘喘着粗气。

望着太子渴望而焦急的模样，索额图既心疼又心痛，然而他青灰色的脸板得紧紧的，面无表情地说："太子要是实在等不及了也不是没有办法，不过，太子大概不会干的……"说着，他大有深意地从桌上拿起一根废弃的发条，两手用力地绞着。"啪"的一声，发条断了。额上溢出汗水的索额图把两根折断的发条"砰"地丢在桌上，声音冷酷地说："就得用非常之法！"

"啊！"太子像被烫了一下似的，用浑浊惊恐的目光瞅着咬牙切齿、模样变得凶狠异常的索额图，面色灰白，心仿佛被掏空，一种像死人般冰冷的感觉，突然穿透他的心脏。他浑身抽搐了一下，震惊地说："你，你莫不是要我，要我把他……不行，他是我父皇，是我阿玛！……"

索额图长叹一声，失望的目光中透着恼火。太子表面骄横暴戾，实际心里虚弱得很，下不了狠心。这样的人，是成不了什么大事的。忍，他没这份耐性；动用武力，破釜沉舟，他又下不了这个狠心。偏偏在他的位子上如逆水行舟，不进则退，不做还不行！这可真给索额图出了道难题，不知是实在没办法了，还是故意嘲讽，索额图表情很勉强地点头道："太子果真是个孝子。啊，皇上最喜欢孝子，太子能这么想，老臣还有什么不放心的……"

听到这话，胤礽的脸上又开始神经质地抽搐，眼睛放出苦涩恼恨的光，突然抓起他刚装好的那架自鸣钟，向对面一个大穿衣镜歇斯底里地砸去！"哈哈哈哈，哈哈哈哈……"他笑着，望着碎镜里那张残缺不全的脸，可怜地、悲哀地、绝望地笑着！

索额图气恼无奈地站起身就要向外走，想离开这个不可救药、不可理喻的人。

"回来！"胤礽的理智仿佛在瞬间清醒了过来，"你来找我到底有什么事？"

索额图小心地慢慢回过身子，道："姑苏有个何麻子何焯连秀才都没考中，却被皇上破格录为举人，明年还要进军参加会试。也不知道谁撺掇的，皇上竟想让他进南书房！这分明是有人想借着太子生病之机钻空子，太子你看着办吧。"

"兵来将挡，水来土屯。他能破格中举，我也能让他名落孙山。熊赐履现在礼部，明年的会试主考官，不会是别人吧？"

三

正像李光地说的那样，这几年蒋廷锡在江南生活得并不如意。当初认祖归宗回到家乡，本想会得到家人亲切的关怀照顾。没想到他那已当了布政使的兄长和已封了诰命的嫂子只是把他当成落难而投的穷亲戚，对他冷言冷语，不屑一顾。

一个细微的动作，一个小小的眼神，都让敏感的廷锡感到里面有一种说不出的鄙夷与蔑视。为了不受这份窝囊气，他在康熙四十年，又去江宁参加江南乡试。可也许是第一次乡试的阴影未从心中挥去，这次乡试他又落榜了。虽然他还年轻，但两次乡试不第，使他心情消沉，抑郁寡欢，对这种以科考功名为晋身之阶的做法产生了怀疑，甚至想重返北京去找义父。江南这地方气候宜人，土地富饶，文化昌明，对蒋廷锡这样的读书人有一种特别的吸引力，使他又不忍离开这里。康熙四十年乡试后，他已不怎么再死守书斋，啃那些足以让人枯死的八股文章了，而是出了家门，奔走于江宁、苏州、扬州一带，游山览胜，结交各界名流。他惊喜地发现，出来后不但精神开始振奋，而且自己的名气也渐渐变大，被人所知。一种沉睡了许久的东西开始在他年轻的胸膛中涌动、奔腾，他要用自己的画笔辟出一条路，把名声打出去！并等待着伯乐的发现。

江南最美的地方还是素有“天堂”之誉的苏州。蒋廷锡已来苏州不止一次。就像雪仪跟他讲的，在这个青山秀水环绕的小城里，粉墙黛瓦的民居临河而筑，一尘不染的青溪板路与小河并行，弯弯的小桥，绵绵的细雨，仿佛把人带进了一幅绘有美妙图画的折扇。不过来得久了，廷锡又觉得它过于精致，过于雕琢，仿佛一件易碎的收藏品，当小心呵护，让人在欣赏美景的同时，也多了几分拘谨……

这次廷锡来吴中，没有什么具体目的，牵强一点说是绘景采风。不过他这次没像以往那样雇船走水路。水巷左右对称，房子风格雷同，看得久了会使人生倦。而他要赴的陆巷就不一样，弯弯绕绕，曲折幽深，走进去就像进了一座座迷宫。

踏上一块块青溪铺就的石板路，两边暗白的院墙挨得很近，露出小巷上空一线狭长的天空。巷子里没有人，只有蒋廷锡的脚步声在空荡的巷子里孤单地回响着。天上飘着雨丝，雨丝如此轻盈，仿佛碰不到地面便化为湿雾，在空气中飘散了，真是“细雨湿衣看不见”啊。廷锡没发觉自己身上被雨淋湿，只看见地面的青溪板路亮亮的，仿佛出了一层汗。啊，此时，他多么希望从小巷深处走出一位打着蓝色花伞，倩装淡服的江南少女，芙蓉一般素洁、清纯、优雅，就像他日夜牵挂、久久思念的她一样……沉醉在遐想中的廷锡突然看见眼前掠过一个熟悉的身影，不由双目一亮，万分激动地叫道：“秋燕！”

那个打着一把紫色花伞的女孩抬起头，正是秋燕。她比先前高了些，也变得漂亮了不少。见到蒋廷锡，并不惊奇，只是淡淡地应了声：“哦，蒋公子。”

“你家小姐可好？”蒋廷锡目光变亮，迫不及待地问。

自从康熙三十八年蒋廷锡与何焯一家乘船南下在扬州分手后，就再没见过面。不过他们交换了各自的家址，何焯给他去过几封书信，也真诚地邀他来姑苏家中做客。廷锡并没有去，而是让下人给何府送去紫檀木雕笔筒、宜兴珐琅盒绿石砚、玻璃水盛、镇纸等文具作为答谢。其中有一匣毫笔是专门送给雪仪的，匣里藏着他写给女孩的一封信。雪仪看后心跳了好久，后来又红着脸把这秘密告诉了她最信任的秋燕。这件事现在只有他们三个人知道。

秋燕收了雨伞，低下头轻叹一声："唉，小姐病了。"

廷锡的心"咯噔"了一下，忙问："什么病？厉害吗？请郎中看过了吗？"

秋燕慢慢抬起头，意味深长地看着他，目光中隐隐含着愠怒，毫不客气地说："公子说话注意点，您现在就要喜结良缘了，还问我家小姐做什么？不怕恽家姐妹知道了找你算账！"

听了这话，廷锡先是不解地望着她，后来方恍然大悟，脸上露出一种冤苦又怪诞的笑。他明白秋燕讲的意思了。去年腊月他请一位友人来家看自己作的《南塘芙蓉图》，请朋友指正。朋友说美则美矣，只是有些呆板，不够灵动。芙蓉生长于水，有一种天然不俗之韵，你这画要用没骨画法，一定比现在绘的这幅好。蒋廷锡还是第一次听说没骨画法这个词，忙请教出处。朋友笑说亏你还算一个丹青名家，怎竟如此孤陋！此法首创于恽寿平，现在恽老已死，他家中还有两个未出闺阁的曾孙女，也善绘画，你若有心学，何不去访访她们。蒋廷锡就真的寻访到恽家。这两个姑娘果然像朋友所介绍的，虽然年岁不大，却画工老到，笔力圆稳，技艺已在廷锡之上。听到这个陌生的年轻人前来拜访的缘由，人家先是不肯，后见廷锡笃心学艺，态度诚恳，不像一般别有企图的浮浪子弟，便答应下来。哪知这一来却出了事。人家都知道没骨画法乃恽家一绝，一向为恽家秘传，从不示旁人。今日突然破例把它授给了一个外人，绝非平白无故吧。嗯，一个是风流倜傥的公子，一边是尚未出阁的名门千金，会不会？……也不知是哪个好事之人展开丰富联想，竟将这本是学艺的事改成了一段才子佳人的风流韵事，什么姐妹同侍一夫啦，什么名士美人啦，还编得有眉毛有眼，在吴地广为传说。秋燕听到讹传一定也信以为真，以为自己跟恽家姐妹……这怎么可能呢？自己是那样的人吗？

于是蒋廷锡笑着说："我是去恽家求教过没骨画法，也见到过你说的那两个姐妹。可你不知，我还是王石谷的弟子，当管恽寿平叫师叔。所以要论辈分，她们还该叫我一声师爷呢！我怎么可能跟她们……"他笑着一摊手，又怕秋燕听不懂，就假装弓着背，手捶着腰，学着老年人苍老嘶哑的声音说："恽冰、恽玉，快过来见过老爷爷。”

秋燕也笑了，可又歪着头，狡黠地用眼睛打量着他，促狭地一笑，问：“你讲的可都当真？听说恽家那两姐妹可是江南的两朵出水芙蓉，难道你见了她们就一点没有动心？”

像猛地被人刺了一下似的，蒋廷锡呆住了。其实若论相貌才艺，恽家这两个姑娘并不在雪仪之下，她们都有着江南女孩曼妙的身材、甜美的嗓音、清丽的容貌、不俗的气韵。其中恽玉还真对廷锡暗暗流露出几许好感，虽未明示，但廷锡是懂得这个时期女孩子眼神举止中包含的那种特别含义的。可他并没作出相应的反应，他忘不了雪仪小时候对自己深深的依恋和信赖，天下没有比雪仪再好的女孩了……可秋燕这鬼丫头也太厉害了，什么都能猜着。廷锡只能用一串仿佛不在意的笑声掩饰住自己复杂的心情。他抬头看看天色，见雨没有停的意思，问：“天不好，你出来做什么？”

“那我要考考公子。”秋燕又撑起雨伞，偏着头思索了一下说，“有一首《梦江南》的词，道是：‘寒鸦尽。小立恨因谁？急雪乍翻香阁絮，轻风吹到胆瓶梅，心字已成灰。’你知道这是谁填的词？”

这几年廷锡为考取功名主要读一些八股文选，不怎么留意诗坛词林。不过这阕小词作得哀婉缠绵，如果不出意外，在当代词家中，也只有那位英年早逝的纳兰性德最善此路。于是他试着说：“这有何难，一定是纳兰容若所填。”

“对，原来你也知道！不知怎么回事，小姐突然迷上了这个纳兰性德，已让人买了好几卷他的集子，每次看完都伤心叹息，有时还悄悄掉眼泪呢。后来老爷发现了就不准她再看，小姐就偷着看……听说纳兰性德是明中堂的大公子，可惜年纪轻轻就走了。今天趁老爷不在家，小姐又让我去以前的书肆再买一册《侧帽集》，人家说都已卖完了。”

“那你回去怎么办？”廷锡突然明白了，就是这些凄切缠绵的小词把雪仪搞病的。唉，这个天真的女孩！

“小姐不会说我的。只是小姐心里一定很伤心，她本来身子弱，又看不见她想见的……”

“你说什么？”

“没什么，蒋公子，我该走了。你有什么要带给小姐的吗？”

见廷锡不说话，秋燕走了几步，可回头一瞧，见蒋廷锡仍呆呆站在雨中，一脸失望，一脸茫然，不禁抿嘴一笑，摇摇头，又转回来，把伞伸到廷锡头顶：“今天老爷不在家，公子若没处避雨，就跟我走吧。”

“真的？”廷锡心中狂跳不已，按捺住内心的喜悦，一把接过伞来，“走吧，我来撑伞。”

何家在江南算中上等人家。从外面看很普通，高高的风火墙上爬着藤萝，黑色的木门紧紧关着，不过一走进偏门，里面的庭院还很幽深。廷锡随着秋燕从一道长长的粉墙墙角上门进去后，有一个小天井，石板铺地，十分洁净。从天井往上望，层层叠叠的屋檐和风火墙把蓝天割成锯齿的形状，这在北方的庭院中是见不到的。接下来的三间厅堂是正厅，前窗后楹，两边有十四扇落地长窗，都是金漆雕花装饰，十分精致考究。从西厅右手一个月门进去便是一条曲折的回廊，回廊的尽头，下了石阶，是一方兰圃，圃中杂种着一些梧桐芍药。廷锡无心细赏，却停了脚步。他知道再往里走，就要到女孩子住的闺房了。虽然自己与何家有交情，可一个男人在人家主人不在时私入人家的内帏，是极不礼貌的。正犹豫间，他突然听到一曲琴声，从里面流水般地流淌而出。啊，是她！蒋廷锡的心狂跳开来，激动得几乎窒息。他双腿颤抖，眼前一片模糊。不过，瞬间后，他又立直了身子，美妙的曲声涟漪般散开，比刚才更清晰了——像清泉绕山，像波涛拍岸；激烈时似钱江涨潮，宁静时似舟人夜语；急时如百鸟朝凤，缓时若平沙落雁。他再也不想什么，寻着曲声疾步走去。

当他迈着风一样的步子从外面进到这间挂着花色软帘的屋内，正是一曲终了。坐在一张琴案后面的雪仪看见了他，用手绾了绾那一头瀑布般的长发，吃惊地站起身。几年不见，她身量长高了一头，变成了一个亭亭玉立的少女了。腰身自然还是那么婀娜纤巧，面容也没什么变化，只是眼睛四周有些暗淡，大概是病未愈的缘故。眉峰微蹙，嘴唇紧闭，眼底眉尖笼着淡淡的轻愁。令廷锡吃惊的是，这个被他日夜思念的女孩见了他，并没有表现出特别的惊喜或兴奋，脸上反而出现了一种深深的落寞和茫然，仿佛还有一些不安，一言不发地望着他，这使她的美显得更加遥远迷离，更动人心魄了。廷锡有许多话想和她说，可又突然想不起该讲什么，也是怔怔地望着她，似乎忘了自己身在何处，忘了周围的一切……

后进来的秋燕见到这个场面，看看这个，又望望那个，忍不住“扑哧”一声笑了。雪仪那双梦幻般的大眼睛才闪动了一下，不自然地瞥了瞥秋燕，恢复了原来静坐的姿态。

“小姐在家一直念叨蒋公子，现在见了面，怎么像陌生人一样，反倒没话了呢？”秋燕笑嘻嘻地说。

“死丫头，再胡说，看我不扯你的嘴！还不备茶！”雪仪脸红了，低下了头。

“奴婢知道。”秋燕笑着对廷锡丢了个眼色，迈着轻快的步子出去了。她自幼跟父母看戏学戏，听过不少才子佳人的故事。小姐的心思她最清楚，她觉得小姐与蒋公子若是崔莺莺与张生，那么她就是牵线的红娘，说什么也要越过那顽固凶悍的老夫人，把他们牵到一块儿！现在家里虽没有老夫人，却有一个脾气渐大的老爷和一个虽已卧床残喘却仍百事都要管的老太爷！这两位家长可比那老夫人难对付得多。秋燕走到天井，才想起今天烧水的厨娘不在，这儿平时是奴仆们待的地方，可今天连一个人影都没有，莫非都随老爷出去了不成？或者趁机私自出门玩去了。气得秋燕站在当院喊：“人都哪儿疯去了？就知道玩，小心老爷回来扣你们月钱！”

一个瘦如麻秆的小厮一边穿外衣一边揉着惺忪的睡眼从那间仆人住的屋里很气恼地走出来，一见是秋燕，马上变了笑脸打着哈哈：“秋燕，今儿怎么这么精神？是不是小姐赏你什么了，得了好处可别忘了我。”

“阿双，你猜得真准，小姐就是点名要赏你呢。”

“是吗是吗？赏我什么？好妹妹，快告诉哥哥。”阿双一下子变得精神百倍，眉飞色舞。

“呸——谁是你妹妹！赏你一顿板子，高兴吧？叫你再偷懒，再贪睡！”

“哎哟，冤枉冤枉，今天不是我的差，他们都出去了。从昨晚到现在我两眼都没有阖，一直盯着。再说像我这么瘦，再挨一顿板子还不成了一张皮！好妹妹，你帮哥哥求求情。”

“别贫了，快烧水去，客人都来了半天了。”秋燕催促着这个光动嘴不动手的小厮。

“什么客人，我怎么没瞅见？”阿双伸着细长的脖子向里面张望，就要进去看个究竟。秋燕忙用身子拦住他：“你哪儿那么多废话！快干活去，到时少不了你的酒钱。”

“是，是，是，我的姑奶奶，奴才遵命。老爷不在，你都快成半个管家了。”正当阿双和女孩打趣时，外面又响起“梆梆”的敲门声。

“今儿是怎么了，偏偏老爷不在客人倒像商量好似的都凑一块儿了。”阿双絮絮叨叨地边说边往外走。秋燕的心一下子紧张起来，她怕是老爷提前回来，也忙机警地跟了出来。

他们把门打开，外面站着一个衣着十分华贵的中年男子。生着一张白皙的、机警善变的脸。他将一双套着四五个戒指的、如妇人一样光滑肥胖的手当胸拱着，和声问："敢问尊府可是何义门相公之宅？"

根据他的衣着打扮，常随老爷出门的阿双估计这人不是个大官就是个富商。可是老爷平时不屑与这种人往来，至少是在表面上还保持着他读书人的清高。思量了一下，阿双也很客气地说："实在不巧，我家老爷不在。要不先生留个帖子，等老爷回来后再往会所拜会先生。"

那人笑了："好灵的当差，看出学生不是本地人。我与你家二老爷同在京内供职，我因公事南下，他委我来此看看你家老太爷。"说罢他冲身后一挥手，十几个身着皂衣打扮相同的汉子，每人担着一个扁担，将一箱箱东西抬进来。他们把东西放在门里，又一声不响地退了出去。那人从靴子里抽出一份礼单，对阿双说："这是下官孝敬老太爷的一点薄礼，还望笑纳。"

"这……大人，您还是先把东西拉走吧。老爷不在，小的可不敢做主。"

"我知道。"那人不高兴地打断他的话，"那你家老太爷在家吧，我此来特为看看他老。劳驾你去通报一声。"说着，他取出一锭银子，悄悄塞进阿双的手里。

"哎呀，您这是干吗……"阿双说着，却有点舍不得推回那银子。把这一切都看在眼里的秋燕可气坏了，也急坏了。万一这个人进了内宅惊动了老太爷，再发现了蒋公子，可就糟了！她气呼呼地白了阿双一眼，冷着脸说："你不知道这会儿老太爷正睡觉吗？还有那么多内眷都在休息，扰了各位太太，你就不怕老爷回来怪罪！"

"哎，可你刚才还说……"见阿双要说漏了嘴，秋燕忙瞪了他一眼，抢着说："刚才什么，刚才我让你烧水，你为了多眯瞪一会儿就一百个不乐意。现在倒好，客人来了，连个茶也没沏，怎么招待人家？"

秋燕的意思是让这人赶快走，哪知这位一听倒乐了："呵呵，没关系，姑娘，我不渴，你们也不用张罗。既然老太爷在午休，我就在这外面等候，一会儿再拜见。"

没想到世上还有这么脸皮厚的人，秋燕"哼"了一声，甩脸走开了。阿双觉得秋燕有点过分了，天气不好，人家毕竟是从京里来的老爷，这么远来看望，怎么也得让人家歇歇脚。天知道秋燕今儿是怎么了，愣不给客人好脸子瞧。这个有些过意不去的小厮对面露惊异之色的客人说："大人别见怪，她就是这么个脾气，小的替她给大人赔不是了。天井里还宽敞，委屈您就先在那儿歇歇。"

客人坐在天井的一个小竹凳上，怅怅地望着头顶上方锯齿状的蓝色天空，没想到第一次来何家就这么不顺。那丫头是谁，怎么这么厉害？等会儿得问问。那个挺爱说的小瘦子呢？说是烧水去了，怎么这么半天还不来？他站起身漫步踱开，突然听见挨着西廊的一间屋里有说话声音。他轻步靠近，慢慢贴上去侧耳细听，好像就是刚才那一男一女，高一声低一声像正争吵什么，可他怎么使劲儿听也听不清楚。安静了一会儿后，里面再次响起刚才那个说话挺冲的女孩的声音——

“呆瓜，梦江南是词牌，不是诗题。光他填的梦江南就有五十多阕。”

“你知道我不识字还成心绕我。我哪懂什么诗啊词啊，谁像你，一天到晚地念叨，就像中了邪似的，什么‘急风乍翻香阁絮，轻雪吹到胆瓶梅’。”

“错啦错啦，是‘急雪乍翻香阁絮，轻风吹到胆瓶梅’。唉，都教你多少遍了还不会，真笨！得了，你也别糟践人家的词了，我看你也不是这块料。”

“你不也是现趸现卖，才学会就对着我显摆，好不害臊！”

“臭小子，你等着……”大概是被嘲笑惹恼的女孩抄起了什么家伙，只听一阵嬉笑，小厮推门跑了出来。他猛地看到了客人，不好意思地停住，手足无措，结结巴巴地说：“大人，您、您等急了吧，茶水马上就好，马上就好。”

秋燕当真拎着一把扫帚追了出来，发现客人正立在院中奇怪地望着她，马上羞得脸通红，扔下扫帚，低下头。

可奇怪的是，这位客人的神色也非常忐忑，他走近几步，小心又激动地试探着问：“丫头，你刚才背诵的那阕《梦江南》是谁教你的？你怎么会知道？”

“哦，你也知道。那你又是从哪里听的？”秋燕疑惑地反问。

那人本想笑笑，可不知为何，那张乐呵呵的脸一下变得悲伤起来。他的嘴角颤了一下，沉重地叹了口气，神色黯然地道：“本官当然知道，因为填这阕词的人乃我兄长。”

“什么，你、你是纳兰公子的弟弟？不，这不可能，你胡说，你骗人！”

那人脸马上紫涨起来，就要发火。但他又忍住，摆出一副不跟女孩一般计较的神态，傲气地说：“我乃御前起居注官，当朝二品，岂可胡言乱语？本官正是纳兰容若之弟！”

可秋燕不等他再解释什么，抽身飞快地往内里走去。

“大人，您请慢用——”阿双这时才把一盏千呼万唤始出来的茶水端给客人，“让大人久等，请您见谅。”

那人气恼地一摆手：“我问你，刚才那丫头是谁？是你家小姐吗？”

阿双笑了：“我家小姐您哪儿能随便见到。她是我家小姐身边的丫头，叫秋燕。”

“秋燕，这名字倒像个下人，可看她的穿着打扮，还略通文墨，可真不像个使唤丫头。”

四

金陵古称佳丽地，衣冠文物盛于江南，文采风流甲于海内。物换星移到了清代，这里虽不再是帝都，却依然繁华不减。富豪名流聚集在秦淮河畔日相争逐，选花品妓，流连酒色，温习着往日的旧梦。红牙碧串、妙舞轻歌从来都不曾停歇；湘帘绣幕内也无时无刻不上演着一个个风流浮艳的故事，将这六朝金粉地弄成个绮靡繁华的销金窟、纸醉金迷的歌舞场，招得历代帝王游玩，古今诗人歌咏。而对于现在在位的康熙皇帝来说，南巡于此，除了游玩外还有另一层更重要的意义——南方的政治稳定是康熙一向关注的重大国事，因为自清政权建立以来，该地区一直存在着一股总也消灭不了的反清情绪。扬州、杭州及靠近太湖的地区又曾是八旗兵疯狂肆虐蹂躏过的地方，给这些地方的百姓留下了极坏的影响。虽然有江宁织造曹寅和苏州织造李煦等亲信不时上密折反映当地的社会情绪、士人动向，但对这方既有诱人的文化风光，又是干戈扰攘的多事之区的政治稳定的担忧及对南方文人动向的重重疑虑，促使康熙对此地密切关注，频频来江南巡幸视察。他每次来的时间不长，可要处理的事情很多。祭扫明陵，阅视河工，了解地方风俗，体察民情。为提前准备这些事情，足让那些平日安享清福惯了的江南官员们忙活一大阵子。今年又逢皇上五十寿辰，接驾时一定要显出民丰物华、太平盛世的繁华之象。要做到这些却也不难，无非是提前关照那些秦淮河上的游船和河岸边的百姓，日晚时分，将各家灯火拨亮些，晚些入睡。白日景色自不必说，两岸河房绿窗朱户，雕栏画槛。薄暮时分则游船毕集，光耀天地，像一条长长的火龙，蜿蜒盘桓在秦淮河岸。岸上人家鳞次栉比，处处灯火相映，上下争辉，将秦淮河装扮得如银花雪浪，五彩缤纷。河面上管弦声声，低吟浅唱和着喧闹的花天酒地，其奢豪富丽，宛如九天仙境，梦里人间。

不过康熙的本意并不想这么奢侈铺张。他来此后照例拒绝了臣子们敬上的尊号和停止筵宴。不过这回却是几个儿子第一次陪他到江南，如果不让他们年轻人借这个机会玩乐玩乐，未免太不近情理。所以在江宁织造府下榻后，他就任凭曹寅张罗布置，每日给陪员们设宴演戏，大献殷勤。

刚开始来时胤禛还跟着两个兄弟一起吃酒看戏，但过了不久，他就厌倦了这种行酒纠觞、歌吹舞喧的场面，一心想找个清净的地方，比如幽林、半塘、小河、孤山。像今天早宴，他就早早地离了席回到自己住的寝室。见时辰还早，他竟不知接下来该干什么，无所事事地在原地踱了几圈后，头就开始发闷、发沉。

好在这间屋子里还有个书柜，他走到书柜前寻视了一下，取出一本余淡心的《板桥杂记》，往那张扶手椅上一靠，静静地翻阅起来。可越看他心里越不能平静。难怪明朝要灭亡！——正值流寇侵占北京，哀鸿遍地、饿殍载道之时，南明小朝廷从弘光帝到各大臣再到那些以“君子”自命的复社士子们，不但不图光复之计，依旧眠花宿柳醉生梦死！父皇既然带太子来江南，就应提醒二哥注意汲取前朝的教训，怎能任他们这般放纵胡闹呢？还有曹寅，一个并不大的三品官，就凭他每年那百十两的俸禄，怎么竟拥有这么大的豪宅？摆这么奢侈的排场？父皇难道就不想一想问一问吗？清朝面临着比明朝更加复杂的形势和更加险恶的目光，他们这样下去是很危险的！他越想越激动，很想将这番意思表达出来，就把椅子往书案前挪了挪，从笔筒中取出一支笔，饱含忧愤地在一张宣纸上疾笔挥就了一首诗——

兵力无如刘宋强，励精政事属萧梁。
何因不享百年祚，鸩毒山川是建康！

写完后看了看，自己感觉还算工整，可怎么让父皇和二哥看到呢？胤禛并没有直接呈给他们的勇气，尤其是父皇，虽然他对父皇的有些做法暗持异议，但也只是在心里默想，绝不敢当面提出。那个“喜怒不定”的评语让他在一些时候只能无语沉默……对，就放在这儿，如果他们来这里闲坐时看见了，自会心领神会。

一阵嘈杂的声音，突然从前面的走廊传来，越来越近，好像是往自己这间屋子走来的。刚才还盼着“让父皇和二哥看到”的胤禛飞快地将那纸折起来夹进书里，同时还装作若无其事的样子端起茶盏。我不能这么做，不能招他们不高兴，不能悖逆父皇……现在我该迎迎他们。胤禛思量好，整理了一下衣服，打起精神出了屋。果然看见许多官员拥着一个人从那边走来。那人步履蹒跚，摇摇晃晃，显见是醉酒了。可当他们走近，胤禛才看清，那个醉汉竟是胤祥。胤祥的脸一直红到脖子，一手牵扯着一个太监，另一个手托着他的朱纬凉帽，大着舌头说：“曹寅，你、你倒说话，我拿这顶、这顶帽子，跟你换这座宅子，行不行？啊，行不行？”

把太监当成曹寅，还说出这等醉话，看来是喝了不少。胤禛急忙走过去，一把夺过胤祥的帽子，急恼地问：“老十三，怎么喝了这么多？是不是跟人拼酒了？”

胤祥睁开醉眼，仔细看了看胤禛，打了个酒嗝，结结巴巴地说：“四哥，你、你不够意思，怎么半截儿跑了？想逃席呀？让我好、好找。告诉你，你是逃、逃不掉的，我要罚你、罚你……”他醉态可掬地说着。

“我问你怎么喝了这么多？”胤禛怒气冲冲地问。

“你，你问他们吧。”胤祥指了指身后的官员，踉踉跄跄地进了四哥的房间，一下扑倒在炕上，脸涨得通红，瞪着眼睛，一个劲儿地干呕。跟进来的胤禛一看他这个样子，顿时变了色：“不好，他要吐，快拿唾盂来！”

“四爷，这儿没有唾盂。”一个服侍太监急得满头大汗，手足无措地说。

胤禛急得踹了他一脚：“废物，那就把脸盆拿来，难道让他都吐在炕上？”

胤祥俯着身，冲着脸盆猛烈地呕吐起来，一股混着酒气的腥臭顿时弥漫了整个房间。那些站在门口的官员，都捂着鼻子纷纷向后退，一直退到院中，都锁着眉头摇头叹息。指挥着太监收拾了地下的脏东西，并给胤祥喂过水后，胤禛才来到外面，那些聚在院中嘁嘁喳喳议论交谈的官员立刻变得鸦雀无声，并慌张地低下头。

胤禛阴鸷地望着神色不安的众人，发现有一个刚才比比画画，讲得最欢的官员就站在他的正对面。这人虽然年轻却长得颇有风度，一张白净的长圆脸，身材不胖不瘦，眉目周正，给人的印象该是稳重从容。只是因为现在胤禛特意盯着他，让他感到很大的压力，那双自信的眼睛正悄悄地往下垂着。胤禛认出这个人是太子身边的人，只是名字一时想不起来。他就往前逼近了一步，盯着那人左躲右闪的眼睛，用手一指：“好啊，你、你们就这样害太子，害十三阿哥！你叫什么？说！——是不是你撺掇的？”

“不是他，是噶礼。”没等那人说话，从人群左侧的角落里响起一个低沉的声音。说话的是江苏巡抚张伯行。他年过半百，面貌黑瘦，一双永远有神的眼睛透着干练精明。他是时下江南有名的廉吏，以清廉奉公埋头苦干而闻名。噶礼现在已擢升为江南总督，直接管着张伯行。没想到这个江苏巡抚竟敢当着众人的面说出自己的顶头上司，连胤禛也没有想到。他环视了一下，发现其他官员也同样露出惊异的神色，有几个官员仿佛已知道了什么似的，害怕地悄悄往后退……胤禛心里一阵鄙憎，他侧过脸，等待张伯行说话。刚才那个让胤禛骂了一顿的官员却抢先开了口：“臣朱天保禀四贝勒，是噶礼为给太子和二位阿哥接风洗尘，特献上十坛陈酿和二十名绝色美女孝敬太子。殿下大概也看到，今日早宴去的官员极多，争相给太子敬酒，太子大悦，均一一干净。后来十三阿哥怕太子不胜酒力出现意外，以身代劳，替太子挡了。十三爷真是海量……”

“别说了！”胤禛暴躁地一挥手。这些人非但不劝谏本就沉湎酒色难以自拔的太子，反而为保住官爵，投其所好往更危险的地步引诱他，让他终日沉迷于声色犬马，陷于醉生梦死之地而不能自拔！这样一来，不但太子越陷越深，无可救药，连十三弟也会被带坏的！他终于忍无可忍地怒吼了起来：

"你们是干什么吃的！太子吃酒为什么不劝谏阻止？怪不得太子积习难改，原来他身边竟是你们这等顺颜承色、溜须拍马的小人！你们，你们简直是欺君误国！"

这尖利得像一把刀子的话，哪个臣子受得了？他们纷纷跪下，颤抖着，蜷缩着，大气不敢出。只有张伯行，面不改色地站着没动，他看胤禛不再说话，方沉稳却又斩钉截铁地道："殿下，若想救太子，除非查办噶礼！"

噶礼是太子的人。这次宴请他虽因故未到，可是看得出，太子很信任这个与他气味相投的奴才。这还在其次，最要命的是他同曹寅一样是康熙乳母的儿子。因了这层关系，许多告他的人最后只能半途而废，递上去的密折也无声无息、不了了之。有时这些上疏官员甚至还被倒打一耙，被革职查办。胤禛虽然觉得噶礼不是什么好东西，可他现在还搞不清张伯行同噶礼间的龃龉。如果是臣下间的党争，他才不想介入其中，稀里糊涂地被人利用呢……所以他没表态，随意地一挥手："知道了，散了吧。"

"你们俩还有事吗？"已向回挪动脚步的胤禛看见张伯行和朱天保都没有动，不得不站住，脸上露出不耐烦又鄙夷的神色，好像在埋怨：你们在太子身边没胆量进谏，现在瞅我来了倒没完没了，装什么忠臣！

朱天保急匆匆地上前道："非是臣等烦扰殿下，实在是有一件紧要事不得不报与殿下。原定今天午后太子要召见东印度公司的一个红夷商人，就关税海禁等事与之会晤。因今早酒宴太子精力恐难恢复，只好请四爷代劳屈尊去一下。"

"红毛夷商？干吗非叫我去？你们去谈就是了。"

"臣也知道殿下去见夷商有些不合适。可这红毛英吉利不同其他外夷，最是凶悍狡诈，既想贸易，又不肯上税，还常纠集他国商人无理取闹。他们驶来的商船上还带着火炮，招纳亡命，藏匿盗贼，什么事都干！"朱天保怕自己再讲下去胤禛不敢去了，又改口道："然圣上以宽仁为怀，不与彼辈计较。今命王驾与之交涉，意在怀柔安抚，使其感受天恩，勿生祸逆之心。"

"可我不熟悉外务，没处理过这样的事。万一有差池，岂不更叫这些红毛夷鬼笑话？"胤禛说。不过他心里却已有些冲动，其实他很想去试试这个新鲜的差事，看看那个夷商什么样，见识见识那些神秘奇怪的西洋人。

"这不难，殿下，到时您只要和他随意交谈几句，安抚一下，就成了。只是记住，您千万不要对他们轻易承诺什么。这是在我大清，谅他也不敢太过刁难。到时有臣与张大人给四爷压阵，您就放心吧。”

听他这一介绍似乎很简单，但胤禛心里十分清楚，这是一个极其需要智慧与勇气的差事。不过他已决心把这差事揽下来。他点点头，装作十分勉强的样子说：“你们这是赶鸭子上架啊。唉，好吧，就这一次！不过我可事先说好，办好了我去太子那儿领赏，办砸了挨骂挨罚可就都由你们担着了！”

经过张伯行他们一上午的准备研究，胤禛终于既紧张又兴奋地见到了这个英吉利商人代表。他身材高大，大鼻子，深眼窝，头上戴着一个在欧洲很时髦的金色假发。陪同他来的那个意大利传教士却是将头发按照中国样式直梳起来，一身中国打扮，一望而知他在中国住了多年，这次是作为英商代表的翻译陪同而来的。

在胤禛注视着两位来使的时候，夷商代表庄重地向胤禛走来，朝他深施一揖。胤禛料想他接下来要行跪拜之礼了，便在脸上堆起笑容，虚伸出一只手，准备相搀。哪知这夷人立刻直起腰，趾高气扬地瞅了瞅胤禛，也不等让，就大步奔向他的座位。胤禛显然对此没有准备，一张瘦脸气得通红。本来以一皇子之尊去见一红毛夷商就够屈尊俯就的了，现在他见了面竟不行跪拜之礼，何其狂妄！这分明是在向我大清示威！多亏随同胤禛来的那名通事反应较快，补救似的唱喝了一声：“英吉利国东印度公司商行代表喀恰浦拜见四贝勒千岁千岁千千岁！”算是把这件尴尬的事情挡了过去。

看着喀恰浦若无其事的样子，胤禛强压怒火，也坐了下来。事先官员们告诉他的话竟不知该怎么说了。而喀恰浦似乎根本没看见胤禛阴沉沉的脸色，朝传教士做了一个手势，后者用他那带着一丝异邦腔调的古怪中国话说：“鄙公司与大清素来交好，早在康熙二年，皇上便与我司荷兰海军协作，组成联军，进攻郑氏所占之厦门、金门。望贵国念在昔日之谊，在贸易方面给予照顾。”

张伯行等陪同官员都知道他说的这段历史。当时因用武力收取台湾的条件还不成熟，清廷根本就没有求助于荷兰人，也不想让外国人干涉国事。倒是荷兰和东印度公司欲借郑成功病逝郑氏内乱之机与清廷联手消灭郑氏，重新侵占台湾，并趁机取得了与中国“自由贸易”的特权。如今，这红毛夷鬼的贪婪野心一点未减，刚开始就要求“照顾”。这对未曾办过差的四阿哥可是第一个考验，他能答好吗？

胤禛还未从刚才的气恼中缓和过来，果决地摆手道：“那是过去，现在如果你们还想与中国互市通商，就必须遵守我朝法度！据说你们的商人很不像话，前朝时就曾不断侵扰东南沿海，拦劫商船，招纳亡命，杀人越货。对于前朝皇帝的做法，我朝不作评论，也不负任何责任。现在尔国商人非但旧恶未改，反而纠集众人，藏匿盗匪，无理取闹，使我粮米商资严重外流，损失巨大！你们这么做还想不想继续做买卖？继续待在中国？”

一阵连珠炮般的话简直不容对方有半点喘息，夷商和传教士都目瞪口呆地愣住了。他们没料到这个临时更换的谈判对象——皇太子的弟弟，竟是这么一个强硬的角色。眼瞅喀恰浦鼓起眼睛，仿佛要抗辩几句。可他毕竟还算老练，话到口边又改了主意。他生硬地笑笑，一眨那双碧莹莹的眼睛，高昂起头，摆出一副傲慢不逊的姿态，咄咄逼人地问：“那么请问皇子殿下，贵国对外商船只究竟有何具体规定？请宣讲出来，鄙公司一定照章遵行！”

胤禛一下被问得张口结舌！其实清廷最不放心的是内地汉人与海外的联系，担心他们趁开海互市之机联合起来推翻大清。所以对本国商船、渔船盘查十分严格。对出洋船只发放腰牌和船单，并令沿海口岸官兵照单严查，按月编册报督抚存档。出洋人员每日每人只准带粮米一升，如有越额，船主、商人一并治罪。若出洋人员滞留国外，将行文该国，令其将滞留人员押解回大清立斩！而对外国商船的稽查，没作任何明文限制，至今没有一个统一标准，督查时松时紧，全凭海关查验官一人做主。这种内紧外松的海防也让中外贸易受到了很大的限制，作为代办贸易的中间商行东印度公司对此极有意见。不过他们也有他们的办法，那就是对那些手握重权的海关官员软磨硬泡，给他们一些好处，自己的公司就能通融过去了。可康熙并不知道这种情况，第一次与外商会晤的胤禛就更不清楚。他只考虑怎么把眼下的难题解决过去。他牢记大臣们叮嘱的“不要轻易承诺什么”的话，索性丢开这个问题，闲谈开来——

“嗯，”他稳了稳，用一种轻松的、闲谈的口气说，“我知道，在中国有好几种欧洲人，有的是来为皇帝效劳的；有的是来做生意的；有的是来传教的。朝廷并不想与尔等为敌，所以允许你们来华贸易、传教。可是你们来的人越来越多，而且每次来华的船只上都装了大炮。请问，如果我父皇也派一队和尚喇嘛到你们国家传布他们的教义，派许多大兵船进驻你们的港口，你们会怎么想？现在你们来华的船只还很少，不足为惧。可当成千上万只船远道而来，就可能出乱子了……”

“你说什么？”那夷人叫道。望着夷商代表发青的脸，胤禛想了想，机灵地换了一种口吻表达他刚才的话：“如果贵国随船来华商人太多，我大清海防官员有限，怕是不能确保你们人员和财物的安全。为避免出现意外，你们最好轻装简从，每次不要带那么多人。”

当听明白胤禛的话，夷商代表喀恰浦的表情开始变阴，显然谈下去没有多大意义了。但为了挽回一些面子，他还想难为一下这个话语凌厉的皇子。他的态度变得很冷淡，说：“我们感谢皇帝陛下爱护我们商人、传教士和各种在华之洋人。尤其是我们商人，不但能与贵国商民自由接触，还随时有贵国军队的‘保护’。那么请问尊敬的皇四子殿下，我们什么时候也能像传教士建造教堂一样，在各省设立我们的分支机构？”

这又是一个极其刁钻的问题。胤禛觉得自己就像一个根本不会武艺、没打过仗的书生，现在却要单枪匹马去闯敌阵，虽然已冲过了一道道封锁，可不知里面还埋伏着多少机关与陷阱。不过经过这一阶段的交锋，他已见识到了对方的一些手段。他喝了一口茶，镇静了一下，说：“俄国人也曾有过同样的要求，被父皇拒绝了。他命白晋神甫用满语宣读这份圣旨，当时我正好在场，内容还依稀记得。圣旨说俄国不应该以有欧洲人到地方各省为借口要求同样的恩典。那些欧洲人是传教士，他们不会再回欧洲。而你们是做生意的，来来往往，人员复杂，又不信教。若万一他们违犯了我大清律，朕罚是不罚？一旦惩办，你们沙皇又要抱怨，我们之间就会生出事端，如此万万不可行！”

会谈至此，一直满腹狐疑、忧心忡忡的张伯行才松了一口气。四阿哥的回答不卑不亢，有理有节，应对机警，周旋巧妙，愣把东印度公司的老油子说得没了脾气，真令人可敬可佩！

东印度公司的洽谈虽没取得成功，可架子不能倒。当会谈结束双方辞别的时候，喀洽浦命手下拿出一个装饰华美的锦盒，并不得不再次在脸上挤出一些不太好看的笑容：“这是我代表鄙公司赠予殿下的，区区小礼，聊表心意，请勿拒绝！”

大概是因为会谈结果比自己预想的好，胤禛并未推谢，而是兴奋地问：“噢，给我的礼物，是什么？”

“殿下可以自己打开看看，按照我们欧洲人的礼节，接受礼物的人应将礼品当着送礼人的面打开。请吧，殿下——”

胤禛看看漂亮的锦盒，冲张伯行笑笑，好像在问：我该怎么办？可以打开吗？在他犹疑不定时，那个意大利神甫这时却用西语对喀洽浦说：“代表先生，您忘了，性情含蓄的东方人不习惯我们西方礼仪。我们还是入乡随俗吧。”

“OK，”喀洽浦又满面笑容地转向胤禛，毕恭毕敬地说，“这是一个小礼物，殿下不想马上打开就不必看了。不过请殿下一定笑纳！”

胤禛照例逊谢了一番，客气地收下了礼物。等两个夷人走后，他与张伯行他们作别，而后回到自己休息的房间，关上门，满腹狐疑地打开了那个盒子，不禁大吃一惊。盒里装的竟是一个夷人戴的、散发着古怪气味的假发！

而这个时候，两个夷人已坐进他们雇的一辆马车里往回返了。看来会谈结果有些影响两个人的情绪，出了府衙后很长时间他们谁也不跟谁说话，不像来的时候有说有笑，轻松愉快。但当传教士不经意地一扭头，意外地发现，微笑依然保留在英国商人傲慢的脸上，就忍不住诧异地先开口问道：“对不起，阁下，您的谈判似乎并未取得令您满意的结果，可您看上去还很高兴？”

对方礼貌地点了一下头：“谢谢您，神甫，因为我早已料到！”

“您早料到？”

“是的，这个结果已经比我预想的要好了。”喀洽浦并未说谎。他知道大清总把他们这些西洋人看成夷狄蛮族，而绝不肯放下自己天朝上国的架子。跟他们谈判要条件，简直是与虎谋皮！看着传教士不解的样子他耸耸肩，颇有几分自嘲地说：“至少那皇子收下了我们的礼物。”

“可这又能说明什么？”

喀洽浦一摆手：“这当然说明不了什么。”他的目光突然霍地一闪，“不过，神甫，我突然有了种预感，也许有一天，我们英格兰会像占领印度那样征服大清！”

“您说什么，征服大清？我的先生，您不是在开玩笑吧？”

“当然不是。既然大清永远不肯放下它的臭架子，心甘情愿地为我们敞开国门，那么若干年后，我们也就不得不采取强制手段，用大炮把它轰开！”

“上帝啊，这、这怎么可能！大清的国土比整个欧洲还大，人口是我们的百倍，物产丰富，国力强盛，难道会败给我们？不，这是连上帝都不相信的事！愿上帝宽恕您，先生。”传教士画着十字，连连摇头。

而夷商代表只是轻蔑地一笑，眼睛还在闪着兴奋的光，神往地说：“先生说的这些都不重要，关键是大清掌握在什么人手中。必须承认，现在的大清是掌握在一位巨人手中，可是一旦有一天，大清掌握在侏儒的手中，我们的机会就来了！……”见传教士只是摇头，喀洽浦奇怪地望着他，问：“难道神甫还有不同看法？”

传教士瞅了他一眼，不以为然地说：“中国不光有一个皇帝，他还有亿万百姓。皇帝不行，老百姓也不行吗？你别忘了，他们人多啊！”

喀洽浦听完哈哈大笑。他用力握起一个拳头，表情强硬、语气坚定地说：“谢谢您，神甫，您这番忠告更增加了我的信心！在中国，皇帝至高无上，不许有任何人超越他，违背他的意志！……是的，不许！他们只要奴才，奴才！一个庸弱的君主，也绝不会有强健的国民，人多又有什么用?！”

传教士惊呆了。诚然，作为一个异邦人士，他固然对清帝国的固执和狂傲极有意见。但作为宗教人士，他也反感喀洽浦的言论。啊，你们又要侵略，又要战争，仁慈的上帝是不会答应的，这与上帝的教导是背道而驰的！可笑的是那个皇子也把我们传教士同他们商人相提并论，我们怎么能跟他们一样呢？传教士心中十分不快，突然问：“先生觉得刚才那个皇子怎么样？”

“嗯，他不是太子。可我觉得，他若是太子，一定是康熙皇帝的儿子们中最优秀的继承人！”

“噢，阁下为什么会这样看？”传教士很感兴趣地侧过头。

“他脑子不错，反应挺快，遇到难答处也没慌张，沉着应对，很像他的父皇……”喀洽浦讲了一半，突然不说了，神色黯然地沉思起来。是的，正因为他太像康熙皇帝了，那么他以后对外商的政策，也许不会有太大的变更与突破。上帝保佑，好在他并不是太子！

五

“为什么秋燕说他不像纳兰性德的弟弟？”当蒋廷锡问这话的时候，雪仪略显忧伤的目光正停在前面那一大片艳丽的莲花上。江南六月，正是采莲季节。每到这个时候，姑苏城的仕女就倾城而出，毕集于苏州东北葑门外的荷花宕，观看这盛大的采莲景象。那些平日不出闺房半步的少女少妇们，这一天都描眉施粉，穿红着绿，打扮得漂漂亮亮，荡着小舟，来庆祝荷花娘娘的生日。她们不但要进行一场采莲比赛，还要唱着大胆热切的情歌，似诉似怨，惆怅又缠绵。她们的小舟划到哪儿，香风软曲就飘到哪儿。也只有在这时，男女杂立在一处才不会被人说三道四。人们似乎都被这美景所诱，结伴从城中出来。一时间，从华丽的楼船画舫到简朴的小篷船都被租借一空。而一些远来的游人，因来得迟些，租不到船，只好聚在岸上观看。像雪仪和蒋廷锡他们就是这种情况。那天廷锡在何府，还未及与女孩说什么，秋燕就冒失地闯进来，说家中来了生客，是纳兰性德的弟弟，并加上那么一句很奇怪的话。蒋廷锡只得依依不舍地与雪仪作别，让秋燕带着从旁门出来，幸未被人发现。不知是碰巧还是什么原因，他们今天都来到了荷花宕，并恰好在同一个地方碰到。两人乍见都吃了一惊，以为这一定是某种天意的暗示，但又都不说话。斟酌再三，廷锡才决定这样起头。

过了半天，雪仪才像听明白似的，微垂着头，小声说：“既是她说的，你去问她呗。”

廷锡故意笑着说：“也不用问。纳兰性德人品才貌是当世一流，如果他现在还活着，不知这个风流倜傥的相国公子又将倾倒多少红颜！”

“不，你说得不对！”雪仪眉尖微蹙，突然反驳道。当意识到自己的失仪，便低下眼睛，眉梢旁泛起两片红晕，默然半晌，方轻轻地说：“你以为人家喜欢他的词仅仅是因为他才貌不俗吗？我没见过纳兰公子，可是听父亲和叔叔们说，纳兰公子虽为一等侍卫，相国公子，却从不恃才傲物，以势欺人！每有坎坷失职之士求访于他，纳兰公子生馆死殡，于赀财无所计惜，济危扶困有侠士之风！现在的仕宦人家，还能找出几个像他这样的！……”

讲到这儿，雪仪不由想起自己的父亲。这几天，秋燕常常见到那个自称是性德之弟的人来府上见父亲。因为好奇，她曾隔着纱帘向外偷窥过。那个人长得痴肥庸蠢，一脸俗不可耐的模样，怎么也不能与她心中高贵傲岸、风流潇洒的纳兰公子联系上，她不敢相信他会是纳兰性德的弟弟。可父亲却与这个人过从甚密。作为一个女孩儿家，父亲的事雪仪一般是不问的。可这次她觉得情况超出她的想象。也许这个人的到来，会关系到自己一家人今后的命运。今天她出来不仅是为采荷泛舟，而是想把心里话对一个人讲。哪知竟碰到了他！

雪仪不再往下想了，脸微微发烫，她幽幽地低叹一声，凝望着那一池无穷无尽的碧荷，有些恍惚地问：“扬孙，你今年还应考吗？”

蒋廷锡愣了愣，这是雪仪第一次叫他的字，让他心中一动。一种闪电般的热浪从心底掠过他的周身，一种神秘的、幽静的微笑出现在他的嘴角。他小心地朝雪仪望了一眼，似乎想探看女孩是否已窥见自己的内心，可视线还未碰触，他又羞窘地移回目光。雪仪如此一问，定有原因。其实何焯被皇上特赐举人一事，早像风一样传遍了整个姑苏，他也听说了。除了感到惊诧外，他心里还泛起一种难以自制的悲凉。那何焯如此受皇上推赏，据说马上就要举家迁入京师，入阙受职，他肯把女儿嫁给一个白衣士子吗？如果何家真的举家迁京，那么说不定今后就再也见不着她了……他怅怅地想，凝望着那如出浴少女般摇曳多姿的荷花，觉得嗓子突然像堵了什么东西，非常干涩难受。

“你在看什么？”见他老不说话，雪仪问。

“你看那些荷叶，可惜啊……”廷锡声音很低，仿佛在自言自语。

“荷叶？”追随着蒋廷锡的目光，扫过一片红衣翠盖，雪仪发现，在一个不为人注意的角落里，长着一些颜色苍黄的小叶子。它们的根茎又细又弱，无精打采，与那些高大丰壮的叶子相比，简直就是侏儒，甚至还不如青钱般的浮萍讨人喜欢。原来他叹息的是这些衰荷。可是，同在一池，怎么会有这么大的差别呢？雪仪用疑问的目光望着他，好像在问：“它们怎么会这样？”

廷锡告诉雪仪，他听一个西洋传教士朋友讲，荷叶长出水面后还要再长到一定高度才能打开叶子吸收阳光。如果叶子打开得太早，就像这些叶子，吸收不进阳光，再也不会成长发育而早早衰败了。他停下来看看女孩，不知自己说的这些她听懂没有。然而，女孩听罢沉思地点了点头，猜测地道：“嗯，花木也是一样，像那些先开的桃李凋谢得最早，可那些名贵花木，没有一个不是经过数年风霜大器晚成的！你说荷花算先开还是后开呢？”

“当然是后开，你没听宋幼卿之‘浪淘沙’词：‘自是荷花开较晚，辜负东风。’”

蒋廷锡说的这阕词还有段掌故。时于宋宣和年间，有人题于陕西府驿壁上“幼卿少与表兄同砚席，雅有文字之好，未笄，兄欲缔姻。父母以兄未禄，难其请，遂适武弁公”。那荷花之喻无疑是指此事。而蒋廷锡此时将它道出，让雪仪的心弦不觉一颤。幼卿的命运固然不幸，可作为一个女孩，又要听命于父母之命，难道自己也像幼卿的命运，只能在词中隐约吐露心曲吗？她又埋下头，幽幽地道：“荷花岂忍心辜负东风，造化如此，何敢怨恨……”接下来便是无语的沉默。廷锡一时颇觉尴尬，不得不将这个令人心伤的话题转开：“我离京前父亲就曾劝告过我，心地清净方可读书学古，他跟师傅一样担心我未经磨炼，急功近利，早早炫耀，就像那些荷叶，急急地冒出来，再想收敛已然迟了。”

“你爹说得对，你应该听他的。”

廷锡垂下头，不作回答。其实他并不喜欢父亲那种一味敛肃清苦、苦节独行之态，那未免太乏潇洒趣味而显得凉薄冷酷。比如他至今觉得那一巴掌就扇得莫名其妙；还有不要他与四阿哥来往，也做得太过决绝！殿下曾有恩于自己，他就是不为攀龙附凤也应报恩以谢。如果自己与殿下能继续保持联系，也许现在不至于落到这个境地——仕途不遇，壮志难酬，空有一腔热血！……父亲也有过青春激昂之时，也曾立过建功报国之志，怎么就不理解自己呢？他愈发苦恼地想。而后双眉慢慢锁紧，不自觉地叹了口气：“我不想像父亲那般固执，也不会如石谷师那般疏放。如果说效法，不妨就像你父亲那样，功名未到不求，机遇来时不却，顺其自然，方是我愿。”

“你说我爹？”雪仪满脸的羞嗔消失了，眼中露出不满与失望。不过她这次没有用沉默的方式给对方制造难堪，而是皱起眉不屑地说：“还不是听了我二叔的撺掇。这几年他走动比以前多了，脾气也越来越大，跟下人们说话横眉立目，动不动就挑毛病，大声呵斥，好像他已经入阁拜相，成了当朝一品，真让人看不惯！”

雪仪的话更增添了蒋廷锡内心的痛苦与焦虑，可他装作轻松的样子，试探地说：“这有什么看不惯的，他这么做还不全是为了你将来好……”

雪仪的脸一下子红得像个樱桃，却突然，眼泪从眼眶中淌了出来。她拼命咬着嘴唇，讷讷地说：“为我好，为我好……”

看着雪仪楚楚可怜、不胜娇弱的样子，廷锡的心里既心疼又惊慌，他解释地说：“在京时我也常沉思默想，世上名迹一任来去，本不须照管。再说那些劳什子时文，也真让人腻烦欲死。人一习八股，心不得不细，气不得不卑，眼界不得不小，意味不得不酸。精神消耗，意气沮丧，我再不想耗神于此了。可是我也不能饱食高眠，任岁月无聊虚度呀。等你父亲进京后，也许我们已各奔前程，相会无涯了。”

“如果我跟爹爹讲不让他进京做官呢？”雪仪问，然后马上粉面通红，哆嗦着低下头。蒋廷锡半张着口，久久无言。其实他们都明白要向对方说什么，但又害羞，不便启齿。不过雪仪的话让廷锡胸中觉得宽阔了许多，就像久阴的灰空中透出一丝温暖的阳光，可凭一丝微光天就一定放晴吗？何焯能听女儿的吗？未来仍让蒋廷锡感到茫然。正当他困惑嗫嚅时，一种奇怪的声音由远而近传到他耳旁。他左右寻看，原来那声音来自几个身着长衫的读书人。瞅着他们摇头晃脑的样子，廷锡开始还当他们在吟咏他们自己新创编的采莲曲，并没太在意，可他忽然听到这么几句——

“三汊河干筑帝家，金钱滥用比泥沙。宵人未毙江南狱，多分痴心想赐麻。”

“记得年时宫市开，无遮古董尽驼来。何人却上《千秋鉴》，也博君王玩一回。”

等几个人走过去后，蒋廷锡惊讶地问雪仪：“他们怎么这么大胆，公然讥贬圣驾南巡？”

雪仪不在意地撇撇嘴，冷笑道：“这有什么稀罕的，这种刊行出来的《竹西词》早在我们姑苏传遍了。本来嘛，圣驾南巡一次，要耗费百姓多少钱赋？还不该让人说一说！”

这或许是哪个蹭蹬科场的失意文人为发泄心中郁霾随口妄占的。如此锋芒毕露的诗竟敢刊行而未罹文网，也真算他走运。只是刚才路过的那几位好像也是读书人，却这么当街大肆谤议圣驾，殊为不敬！大概正是因为这些口无顾忌的江南同人，圣驾才频频南巡。但愿我以后不要落成他们的样子，胡乱猜想的蒋廷锡不安地想着。

“听说圣驾也快到我们姑苏了，还不知要待多少天。”

“什么，你说圣驾要来这里？”不等雪仪答复，蒋廷锡已在心里盘算开了，如果通过何焯的引荐，让自己见到皇上或者哪怕是任何一位官员，都是他求之不得的。如果四阿哥也随驾来了呢？父亲不是不让自己再见他吗？这是怎么搞的，自己的恩人现在却成了自己前程最大的拦路人！殿下……父亲……我该怎么办？怎么办啊？

望着蒋廷锡激动不安，既振奋又沮丧的模样，雪仪既奇怪又好笑，有点半嘲笑地问：“你怎么了？皇上来姑苏又不是为了你，你慌个什么？”

“啊，不，我是怕圣上来了，把你一家都带走，那我就再也见不到你了。”

“你胡说什么！”雪仪嘴角哆嗦了两下，垂下眼睛，“要去就让他们去，反正我就在姑苏，哪儿也不去！”

“那我也不走！”

何焯从苏州织造府回来，先来到他父亲何栋的书房请安，却发现家人已把老人常坐的竹榻挪到了廊下。而他的老父亲，正拄着拐杖，眯着眼睛，陶醉地沉浸在外面和煦的阳光中。

“您怎么出来了？别受风。”何焯请着安问候道。

何焯的父亲已经七十又五，因年初生了一场病，现虽已治愈，但身体仍十分虚弱，平时基本不出屋。他的头发全白了，脸上堆满皱纹，两眼看东西已很费力，两手也只剩下皮和骨头。虽然属于他的岁月已经不多，但由于诗礼家门的传承，他依然同过去一样保持着整洁的衣着和威严的举止，以此向家里人和外人表明，他仍是这个家的权威！

听了儿子关切的问候，老人拍拍自己身穿的织绒袍哔叽短褂说：“我穿这件衣服早就觉得焐了。今天天气这么好，也该出来见见日头了。你的事办得可顺？”

“不敢有劳爹爹挂心。诸务纷杂，不过皆因儿平日时有历练，应对颇不觉难。织造李大人已将信通过江宁织造曹大人转呈万岁，以便万岁召时应对不出差错。”说完，他毕恭毕敬地站好，望着父亲。本来在何家的兄弟们中，父亲是对何焯寄予厚望的，可是因何焯凡事喜独抒己见，不屑随人是非，说话口无禁忌，把朋友和官员得罪了不少，所以在仕进路上屡屡受挫。如今一家老小的花费，全靠着弟弟何图每月从京师寄来的一些俸禄。这些父亲表面虽没说什么，可何焯已感觉到这几年父亲对自己有些疏远了，对客人提到弟弟的时候比介绍自己要多。何焯一向被人视为孝子，自觉有负老父厚望。弟弟常年在外，他便代弟弟承欢膝下，侍药床前，对老人尽心照顾，以补心中愧疚。现在，老人想见的终于盼来了，可仍有件让何焯一直惦记的事。老父亲的日子不会很多了，而女儿今年又长了一岁，该找人家了。等把这一老一小两件大事办完，他大概才会彻底安心地随万岁入京一展抱负。

父亲的咳嗽声唤回了何焯的思路，见老人颤巍巍地拄着拐站了起来，忙上前去搀扶，并让丫头拿起老人身下的羊皮坐垫，进到屋内。可能是屋里光线较暗的缘故，老人那暗黄色的脸上泛着一层灰色，看去十分苍老衰弱。他坐在太师椅上，闭着眼睛，知道儿子还立在身旁，便慢腾腾地开口道："你要去办大事了，我也不想拖累你。看来我这把老骨头是要埋在姑苏了。只是我走之前，还有一件事总放心不下，其实也是为你考虑。俗话说'女大不中留'，雪仪到了谈婚论嫁的年岁，去年就有人提亲，被你拒绝了，当时我也没说什么。再过两年，多好的闺女也没人要了，你可别把孩子给耽误了！"

原来父亲正在替自己考虑这件事，何焯感动地望了老人一眼，微笑着说道："儿也正在思量此事。总要找个门当户对、人品可靠的，不能委屈了孩子。"

"咳，等你思量好哪儿还来得及！我已替你相好了一家。知道吗？就是咱姑苏盐道王家。日前他家托媒上门求亲，经我询后，得知其膝下只有一子，爱如珍宝，幼蒙名师教诲，前程不可限量。两人的八字我都看了，也不相克，十分般配，便替你做主应了下来。今日找你来就是想商量一下，看早点把这事给定了。"

何焯听后却如晴天霹雳，呆住了。父亲也不跟自己商量一下，就应允了人家。一向唯父命是从的何焯虽知道父亲是好意，可还是忍不住提出自己的意见："儿闻王郎懦弱无能，不过守成之子，父亲当三思再定。"

老人睁开一只眼，说："守成之子也好，幸是诗礼之家，且又为独子，与咱家雪仪已算般配。今年王郎乡试已中榜，可见是个有前途的后生。我家三代不招白衣相公，这总比没有功名的人强吧。"说完，他的两只眼睛都睁开，威严地注视着儿子，等着他的反应。

何焯低下头，没有吱声。父亲为何要这么说？是不是已经知道雪仪跟那个蒋扬孙的事了？在何焯看来，这个蒋扬孙其实是个很不错的年轻人。以其学识、品貌、门第娶自己的女儿，绝不算委屈。难得的是他们两人甚是投缘，一见钟情。但何焯没有决定将女儿许配于他。这倒不是嫌他尚未考取功名。说来好笑，何焯闻听过蒋廷锡在丹青界的名望，也早看出他在这方面的潜质；可一想到那些早已成名的画坛大家的古怪习性、荒诞言行，心里就一阵打鼓——什么出家为僧的，入洋教的，甚至还有疯癫失常的！这个年轻人今后会不会也变成个言行悖谬的怪人呢？还是看看再说吧，这毕竟是女儿的终身大事，不能有半点马虎。

看着儿子面无表情，没有反应，老人有些生气。他说："有件事不知你听说没有，近日我姑苏城出了一件怪事，有许多自称宫中侍卫的壮汉，抬着小轿，挨家挨户地搜查，但凡有女之家，都命唤出审视，若被相中，即拽入轿中抬去，说是供皇上受用，你说能不让人心惊！"

"父亲勿惊，这纯是讹传！皇上尚在江宁，若有此事，岂有不下圣旨，私自搜采之理！儿今日也曾问过，李大人已澄清此事。这定是有奸人恶徒冒充宫人为非作歹！知府大人已在查办，父亲不必为此过虑。"

"即便如此，难保没有宫中杂役，趁机入市井骚扰。若万一寻到咱家，宫里的人咱们岂敢得罪！一旦闹将起来，如何是好？还是尽早把事情办了吧，好让全家安心。"

纵然外间有些危传，可雪仪也不是一件器物，就这么随便地许给一个一点也不了解的人。父亲这个决定，自己都难以接受，又怎么对倔强的女儿讲呢？何焯低下头，怯声请求道："此事实在太过突然，请您容儿再想一想……"

可刚才就对儿子的态度已经生气的何老爷子，现在早已不耐烦地瞪起了眼珠子："你还想什么？哼，是不是觉得那王家公子配不上你女儿？哦，你以为你现在是举人老爷了，被皇上识中要入京为官，你女儿就能许配王侯啦？呸——也不照镜子瞧瞧你那德行，癞蛤蟆想吃天鹅肉，你别做梦了！"

没想到自己的犹豫竟让老父雷霆大发，何焯忙跪倒在地："父亲息怒，父亲息怒，儿知罪了。可是雪仪这孩子脾气犟，儿是怕她一时……"

"什么？你还怕她？世上哪有你这么窝囊的父亲，难道她还敢忤逆父命？"老头带着几分威胁说。其实这话也是说给何焯听的。何焯再也不敢作声，听凭父亲用低哑苍浊的嗓音教训着："自古婚约父母之命媒妁之言，这是古之正理！女子无才便是德。当从小让她修贞静，习女红，识妇道，嫁出去也是个贤惠本分的媳妇。可你偏让她读书识字，还不知打哪儿给她找了个疯野丫头，好好的姑娘，全让你给娇惯坏了！"

何焯诺诺应着，大气不敢出。他命人沏上茶，亲自端送给父亲，身形恭敬，面带愧惧，好像真是恪遵父命不敢多言，心里却在思量，当初让女儿念书不也是您同意的吗？怎么现在反怨起我来？奇怪，父亲原来不是这样的，这么把雪仪急匆匆地嫁给王家，难道仅仅是听了那些不堪一击的市井谣传？这里会不会另有隐情？

“你们别再枉费心机了，这几天就抽空对她说了。这件事要是办不成，你休再称我为父！去吧！”老人带着一种权威的口气生硬地说。何焯默然一揖，推门出了屋，他一边走一边想，唉，这可让我怎么对雪仪讲呢？

六

果然不出何焯的意料，当雪仪听到爷爷的决定后，把自己关在屋里，整日不吃不喝，以泪洗面。她抱定誓死一拼的决心，对父亲许下了毒誓，宁死终身不嫁！她也知道，这种抵抗很消极，很软弱，可除了这样，她别无他法！现在她多想再见他一面，哪怕只见一面也好。听秋燕讲，莲花节后他是来过府上的，也许老爷已对他说了什么，自那以后他就一去不返，再未登门。现在他还在不在姑苏都不知道……他会不会失望？会不会变心？焦急和悒闷爬满了雪仪的全身，她感到全身火辣辣的，可心却是一个冰疙瘩，冷热煎熬，痛苦全极。雪仪现在想他、盼他，也恨他！恨他当初的犹豫软弱，恨他没有勇气，恨他顾虑太多。如果他能早点向父亲提了这事……雪仪无助地用手捂住面颊，当她猛然想到，自己的这些抵抗其实都是徒劳时，心一下子跌进了漆黑的深渊，两颗冰冷的泪珠，凝在了睫毛上。

其实雪仪并不十分理解父亲。当年何焯屡试不第，究其原因没有权贵可交，没有朋党互相吹捧，又不肯低眉矫笑出入高门，以致曾愤而决定隐遁山林。李大人也罢，代表八阿哥相邀的揆叙大人也罢，以何焯的狂狷，他们不可能如此轻易地说动他。真正打动他的正是女儿。每当想到女儿的今后，何焯的心就不能平静。正是为了女儿，何焯才答应出仕。可是现在他最不敢面对的就是自己心爱的女儿！他不知怎么对她讲……他现在唯一盼望的就是弟弟赶快从京师回来，由他劝父亲，或者这双方中的任何一位改弦更张，否则他真要支撑不住了。这时圣驾竟也提前到了姑苏。怀着一种侥幸的心理，何焯以面圣为名，暂时逃离开这个使他心烦意乱的家。

在二弟到来前，何焯派人把正在乡下探亲的吴妈接来，连着几个平日能在雪仪面前说得上话、与女儿关系还不错的有头脸的丫头，每日守在女儿的屋门前，轮番劝说。可任凭她们这些人磨破了嘴，喊干了嗓子，得到的只是雪仪断断续续的哭声和骂声。后来吴妈觉得这样不行，她想到了秋燕。小姐平日待秋燕像亲姐妹，与那丫头无话不谈，为此也让秋燕遭到一些下人的妒忌。又因听了她以往的经历，下人们中流传着许多关于她的闲言碎语。秋燕平时不常跟一般丫头在一处，在下人们中显得很孤立。可在这个节骨眼上，她的一句话也许比这里所有人的话都顶用。“哎，你们停停。”吴妈叫住那些已经嚷了一天，早已声嘶力竭的丫头们：“咱们别傻喊了，小姐她听不进去的。快把秋燕找来是真的。”一个叫春桃的丫头擦着汗说：“这几天我好像没瞧见秋燕。你们看见过她吗？”“我瞅见了。今早上她慌慌张张地偷跑出去，恰被我撞上，我问她做什么去，她先是支吾不答，后又说是小姐吩咐的。本来我还想再问几句，里面姨太太叫，就放她去了。这几天她总这么鬼鬼祟祟地避开大伙，鬼知道去干什么见不得人的勾当！”说话的是一个在何府有些头面的大丫头。她在何家侍候的时间不短了，对秋燕的妒意也最大，话语间充满恶意。“我也看见了。也是在今天早上，她还叫我不要对任何人讲。”一个脸上尚带着稚气的小丫头嫩声嫩气地补充。吴妈听了心里一惊，这丫头，别是和小姐合谋了蒙我们。难道小姐是让她搬救兵去了？若真是这样姑娘也太傻了。你就不想想你怎么拗还能拗得过老太爷！万般都是命，半点不由人。唉，我的小姐，你就认命吧！

“哎哎哎，你怎么进来了？快出去快出去！”一个烧水的老妈子突然粗声呵斥。大家回身张望，早上跟随老爷出去的阿双竟进了内院。何府虽不是官宦人家，却防范极严，一般男仆只能在外面侍候，决不许进内宅。这儿是小姐的闺房，更不许男仆靠近。所以几个丫头一字排开，挡住阿双的去路。

“你们瞎吵吵什么，小姐是不是还没进食？”

那个总爱拿着劲儿的大丫头用鼻子轻蔑地哼了一声：“小姐膳食自有我们侍候，怎么着？还得向你禀报吗？能陪老爷面圣是多大的造化啊，还偷跑回来，你胆子也太大了！”

“我就是奉老爷吩咐来看小姐的。老爷出来之后极不放心，又不便离转，就命我回来看看。”

“你看见皇上了吗？皇上长什么样？是不是红胡子蓝眼睛？”一个小丫头没理会府里正发生的事，反而对皇上南巡发生了兴趣。春桃忙推了她一把，笑着说：“看你问的，就他这德行还能见着皇上？皇上要瞅见他，一定得从龙椅上掉下来，心想，这是打哪个石头缝里蹦出的弼马温啊，还是个瘦猢狲。”说完随着大伙都笑了。

阿双骨碌着绿豆大的眼睛反唇相讥：“唉，我是没人要喽。怎么比得上春桃姐，圣驾要是亲临咱们府，准能挑上春桃姐入宫伴驾，以春桃姐的品貌心性，起码也得让万岁爷封个西宫娘娘。到时我们大伙还不都跟着沾光！”他说完，大家就围住早羞红了脸的春桃逗笑起来，声音一下喧闹了许多。突然，门内传来雪仪绝望的、显得十分虚弱的嗓音：“你们都离开这儿，快走——”

大家如梦初醒，一下都不笑了。阿双转过身，对着门里请安道：“小姐，我是阿双，请小姐把门打开，奴才有事禀报小姐。”

“我不听，你也跟她们给我滚！滚！”

“小姐，奴才真有急事。你就听奴才讲一句，就一句。”

“我不听，你滚——”门里传来雪仪带着哭腔的骂声。

“好，小姐，奴才这就走，请小姐不要后悔。”说完，阿双望了一眼身边莫名其妙、不知所以的丫鬟们，朝门里叩了一个头，就往外走。他还没出二门，一个丫头又追出来叫道：“阿双，阿双，小姐叫你回去呢。”

雪仪真的把整整关了三天的房门打开了。她淡淡地望了一眼跪在地上、面露惊喜之色的下人们，命吴妈先带她们退出去，只留下阿双一个人。

“小姐，秋燕已经告诉我了。”阿双眨着机警的眼睛说。雪仪的脸腾地红了，无比害羞地低下头。这个秋燕，说好了这事是她们两人的秘密，她怎么又告诉了阿双。她羞急得扭过头想回屋。阿双也为自己刚才的冒失感到不好意思，但他知道现在不是难为情的时候，大事要紧。他从衣内取出一个用布细细包好的信笺，道：“小姐等等，请你看看这信——”他把信放到屋门前的石凳上，就自动退后一步，垂手恭立。

雪仪迟疑地转过身，从石凳上取过信……她的心突然开始狂跳，双手颤抖着把信展开，才读了一行，她的泪水便如泉涌一般，再也看不清下面的字了，泪水飞溅，觉得自己的心飞速膨胀。是他，是他！他还在姑苏！她强制自己继续把信看完，得知他现在住在寒山寺内，是秋燕找到了他，并让阿双送的信。她又不放心地把信看了一遍又一遍，直到确认这上面写的不是假的，方才抬起挂着泪花的大眼睛：“谢谢你，阿双。你想要什么，我去跟老爷说。”

“不不，小的如何敢当。小的什么也不要，这是我应该做的。”

“那我怎么过意得去？没关系，你说吧。有什么要求，我要爹爹尽量满足你。”雪仪用更加亲切温和的声音说。

阿双知道小姐在家中的地位和说话的分量，但他只是低着头，一手搔着后脑勺，想说什么，却发呆地傻笑，一张瘦脸憋了个通红，终于吞吞吐吐地道：“也没什么，就是，那个，那个她……我……”

“哦，我明白了。”雪仪会意地一笑，很有几分赞许地说，“你眼光倒不错，我也看她跟你挺不错。不过今后你一定要好好待她，不然我可不依！”

阿双仍旧傻笑着，腼腆的样子就像个小姑娘，一向口齿凌厉的他现在只是结结巴巴、傻里傻气地说："是，是。"

"哟，秋燕现在怎么还没回来？你们是在哪里分开的？"雪仪不放心地问。

"在一个寺里，秋燕说她还有点事，要我先回来。"

"天都这么晚了怎么还不回来？你快去找找她吧。你上附近的寺院都看看，找到她你们就马上回来。等一下，"雪仪又叫住他，"阿双，你先借我一身你穿的衣服。"

"我的衣服？小姐，你要干什么？"阿双稍稍呆了一下，立刻警觉起来。

雪仪低下头："你别问那么多，快给我拿一身来。以后我再告诉你。"

"可奴才的衣服都又脏又旧，小姐到底要去做什么？"

雪仪低下头，避开他怀疑的问话，匆匆说道："去年老爷不是赏你一套新衣吗，把那身找出来给我。"

阿双又仔细想想，突然惊急地问："小姐你是不是要出去？这么晚了，你可别……"

雪仪故意沉下脸："你怎么这么啰唆！秋燕现在还在外面，你该惦记她才对。你快去吧，我等你们回来。"

"那小姐可千万别出去，听说这几天街上不太平……"阿双取回衣服交给雪仪，又忍不住叮嘱了一句。

雪仪心里暗笑，第一次见阿双表情这么严肃。她明白他的好心，但现在就是谁说什么，也不能阻挡她心里的决定。可她想不到的是，今晚她将为自己的这个举动后悔一辈子……

一阵清脆的敲门声，让已经啃了半天八股制艺早已头昏脑涨的蒋廷锡停了下来。他起身，迈开坐得发木的腿去开门，发现门口站着一位书生。低压的帽檐儿遮住了清秀的面容，两眼如一泓秋水般脉脉含情，似曾相识。"不敢请问这位公子夜半来访，有何见教？"那人却不回答，径直阔步而入。"哎，站住！你这个人怎么……"来客进屋后把帽子一摘，再也忍不住咯咯咯地笑了起来。

"雪仪！"蒋廷锡惊讶地看到，女孩把头发梳成长辫直直地垂在脑后，戴着一顶冠，身着一件折了边的月白长衫，外罩宝蓝马褂。眉毛描得粗了些，手持一把墨金扇，像男子一样拱手阔步，不细看还真看不出这个俊书生竟是女孩装扮的。

雪仪进来后环视了一下室内："你就住这儿吗？这儿也太小了。"

那次当蒋廷锡最后一次去何府遇到何焯，何焯婉转地暗示他来得过频后，他便毅然搬到寺中，再不去何家。这里很清净，正适合他再次准备赴考。他对雪仪所问的不想多说什么，只简单地说："坐吧。"

雪仪背着手，仍在观察这间斗室。她发现，靠东的小炕桌上摊着几部《经义模范》《作义要诀》《制义丛话》等书，便问："你不是发誓不再看这些书了吗？"

"那是一时气话。用过多年，终究不能让它白费。"

"这么说你还要考？"

"要考，要考。有了功名，我才能娶你……"

雪仪的心蓦地一颤，感到一种无法言语的刺痛，多年埋藏在心底最深处的秘密竟被这个人当面如此轻易地道出，就像一块伤疤被猛地揭开。羞窘高兴慌乱使她的心久久难以平静，一会儿飘飘若仙升入九霄，一会儿又像坠入恐怖的幽冥。但她没有像以前那样羞嗔地转过身或低下头，而是大胆勇敢地抬起眼睛，深深地望着他，用颤抖又滚烫的声音说："我不在乎，只要你永不变心！"

廷锡的心猛地撞击着胸膛，张口结舌，不知所以。蓦地，他两手轻轻抚起雪仪那滚烫的面颊，就要把自己的脸贴上去。可是突然，他脑中出现了兄嫂那冷冰冰的目光和何焯那副不冷不热的态度，把手放下，转回到炕上，愤懑不平地说："可我在乎！虚度二十六载春秋，功未成，名未就，谁瞧得上我！就是你父亲，一生淡泊功名的人，能招我这样的人做东床吗？"见雪仪低头侧身，仿佛在颤抖，忙慌张地说："我说的都是真话，真话啊！你还怕我骗你吗？"

雪仪无声地摇摇头。

"那是怕我将来求得荣华富贵变了心？"

雪仪仍是摇头。

"那你是？"廷锡寻着雪仪忧郁的目光，焦灼地问。

"扬孙，我信，你说的我都信！可你，你就不能不去考吗？"

"你说什么？"蒋廷锡不胜惊异地张大嘴，吃惊地望着她。

"我们要是能像范大夫和西子那样多好啊。泛舟水上，归隐江湖。"听到这话，蒋廷锡笑了。真是个看书看多了的痴丫头，想得这么幼稚！这怎么可能！但廷锡不忍反驳，见他笑而不答，雪仪又目光恍惚迷离地说："那你就不能学学那个'天下第一闲人'，人家不当官不应举，不也挺好的？"

廷锡只觉得头呼地一下，脸色惊变，愣了片刻，回避似的淡淡说道："你，你不知道，你不要拿他和我比……"

"怎么，你们不是好友吗？"

廷锡狠狠地抓起自己的头发，怔了怔，又颓然松开，深深地把头埋下去，呆若木鸡，默不作声。他这副心事重重的样子让雪仪很奇怪，觉得有些不安，不忍再追问。待了一会儿，廷锡方抬起头，望着并不了解实情，却是真心对他的女孩，感慨地说：“圣人有言，穷则独善其身，达则兼济天下。我入仕进之路并非为一己之荣，实是想为天下苍生办几件实事，方不负父亲、恩师之栽培教诲。”

当廷锡说这话时，雪仪不知怎么已走到窗前，推开木窗，默默望着外面的夜空。廷锡跟了过去，继续轻声说：“我上次跟你说过，我学不了石谷先生的疏狂，也不想像父亲那般固执。我的话你明白吗？唉，天太晚了，你该回去了。”说着，轻轻给女孩瘦小的肩上披了一件自己穿的长衣。雪仪转过头，用噙满泪水的大眼睛凄婉深情地望了他一眼。廷锡的心一阵狂跳不止，被那双晶莹波动像天上的星星一样的眼睛弄得神魂不宁，后悔自己怎么会说出刚才那句话。他忙又笨拙慌乱地解释：“外面风寒露冷，你又一个女孩独自在外，你爹现在一定急坏了，还是我送你回去吧。”

“不必了。平日常闻寒山寺之名，我今夜来此，就是为了听一听这寒山寺的钟声。”雪仪说着，又将目光转向窗外。远处枫桥下，渔火点点，或明或暗，闪着幽暗朦胧的光，仿佛几片落叶浮在很远很远的地方，让人看了顿生伤感。雪仪并未转身，像从很远传来的箫声似的轻轻地说：“想当初，若不是张继会试名落孙山，心情郁闷，眠于枫桥下的渔舟内，也就不会有这首流传千古的《枫桥夜泊》了。而这寒山寺，怕也不会如今这般有名……可见祸兮福所倚，福兮祸所伏。”

一听这话蒋廷锡暗暗泄气，心里很不痛快，淡淡地说：“老聃的话你也信吗？”话刚到此，窗外突然刮来一阵风，把屋里的唯一一支蜡烛吹灭了，小斋里顿时漆黑一片。天上灿烂的银河，洒下凝霜般的光辉，正映在雪仪那没有任何修饰的润洁的脸上，使女孩仿佛是一尊碧玉雕像；而她又静默着，从昏暗的屋内望去，竟是一位从天上下凡的凌波仙子，风流脱俗，美丽绝伦。即使一身男子装束，也让人心内浮想联翩，不由不感动。蒋廷锡感到体内热血奔流，腿有点打战，心也紧跟着狂跳开了。多年的诗礼教育突然使他产生出一种罪恶感，忙稳了稳神，向后退了半步，小心文雅地站好，心却依然奔腾不已。他想去点燃蜡烛，可是一想到屋里亮起来后，眼前这美丽的形象就会消失，便没有动。

雪仪一点一点转过身子，凄清地望着他，两个嘴角痛苦地翕动着，仿佛想哭。突然，她猛地把头扑进他的怀里，泪水滑落，声音是那样颤抖、弱不禁风：“扬孙，伴君如伴虎，我、我是怕你以后的日子，未必如你想的那样顺畅啊……”最后一道理性的堤坝终于被感情的波涛冲破了，蒋廷锡把她紧紧揽进自己的怀中，也落了泪："为了你，我什么都不怕！"

"扬孙——"雪仪喊了一声，又藏进他的怀里，低低地饮泣，似埋怨，似激动，她仿佛要在今夜把她一生的泪水都流尽。过了很久，她才悄悄抬起那张带雨梨花般的脸，有些不安地提议："那，咱们卜一卦吧。"

蒋廷锡本来不信这些相面占卜之类，但为了安慰这个耽于幻想的单纯的女孩，他点了点头。他们这时才重新燃起蜡烛，并惊异地发现，对方的眼中都多了一种东西。

"怎么卜？"廷锡问。

雪仪让廷锡净手焚香，拉他在案上的小佛龛前跪下，从衣袖内"请"出两枚铜钱，说："你先卜吧，心里想着要求的事，但不要说出来。"

蒋廷锡淡淡一笑，接过两枚光闪闪的小铜子，随意地往地上一摔。两枚钱币蹦了几下落下来，一正一反，正是吉卦。他们相视一笑。

当雪仪把两枚铜钱摔了出去，心"忽悠"一下升到了嗓子眼，她闭上眼，不敢看结果，只在心里默念"请佛祖赐一吉卦，赐一吉卦。""啪嗒——"两枚铜钱在地上转了又转，终于好像极不情愿似的犹豫地倒了，竟是个钱镘朝上的凶卦！……雪仪脸色呆滞，望着地上，好久不动。

"当——当——当——当！"寒山寺的钟楼上传来了深长的钟声。这飘荡在夜空的钟声，悠长、旷远，像从很远的地方传来的，回荡在耳畔，回荡在心中，长长环绕，久久不绝，仿佛诉说着人生难言的愁苦……

窗外，月亮已隐进浮云中，夜色更浓了。

七

同样是在夜晚，同样是在寺院，秋燕却经历了有生以来最恐怖、最骇人的一幕——

秋燕来这座寺庙是为了还愿。上次她第一次来祈求菩萨保佑，保佑小姐与蒋公子能有缘再见。如今这个愿望即将实现，她又来到她上次参拜过的这尊佛像前。佛像是一位中年妇女模样，身披袈裟，容光焕发、丰腴饱满，嘴角微翘，修眉长目，含蓄地俯视着下面，神态亲切安详。当秋燕在这尊佛像前虔诚地跪倒，抬头再看时，突然觉得这尊佛像长得有点像自己的母亲。小姐和蒋公子能喜结良缘，可自己将来的归宿又在哪儿呢？想起早逝的父母、破败的家庭、多舛的命运，不由为自己的身世悲伤起来，两行泪水从眼角慢慢溢出，缓缓划过脸颊……

现在，她非但没有为小姐感到高兴，心中反而升起一种莫名的烦躁和忧伤，感到好像哪儿有点不对劲似的很不舒服。阿双……阿双对自己是不错，可她一直把阿双当成一个快乐的爱逗笑的小哥哥，并没想过其他。自己的心上人好像并不是他这种样子，那么是谁呢？一个英迈挺拔的身影出现在她的脑海中。突然，秋燕的心猛地一哆嗦，自己所以对小姐的事这么热心，其实、其实并不是为了小姐，而是、而是想常常见到蒋公子……难道自己心爱的人会是他——蒋公子！这个她自己不敢相信，却又不得不承认的事实！

秋燕抬头无助地望望菩萨，发现那菩萨面容愁戚，仿佛含有无限的忧伤。唉，是啊，人是拗不过命的。一个乐籍女子，没有流落到烟花巷，已经是菩萨保佑，还敢有什么非分之想？秋燕的泪水又无声无息地落了下来。想清楚这事后，她几乎不敢再回去，不敢再见小姐。她觉得如果再在小姐与蒋公子之间周旋，不但不能帮他们，反而会妨碍他们。那么，自己还能上哪儿去？她听人说江南有女子带发出家的习俗，不知这个寺院有没有。如果有，跟方丈讲明，她愿意在这里落发出家，永伴青灯，忘掉曾经的一切……

秋燕站起来，记得刚才殿里有个打坐值夜的和尚，她想让他带自己去见方丈。可这会儿，那和尚不知去了哪儿。

“你怎么还不走？这里可不是乐善堂、养济院，快走！快走！”进来的正是刚才那个和尚，他不耐烦地轰赶着秋燕。

“师父息怒，小女子不是来行乞讨钱的。小女子想出家。”

和尚听罢，竟仔细地上上下下将秋燕打量一番，直瞧得秋燕低下了头。那和尚探看够了，脸上带着一种怪异的笑：“你怎么不早说，快进去侍候吧。”

侍候？秋燕没听明白他说的是什么，她还以为自己没讲清楚，又重复了一句：“师父，女弟子想出家为尼。”

“贫僧知道，不就是找买卖吗？不会少你银子的。”和尚继续说着莫名其妙的话，并用一双与出家人极不相称的淫亵的眼睛瞟着秋燕。

他说的这些奇怪话，秋燕一点也听不懂，她怀疑这和尚是不是有毛病，自己好像在对牛弹琴。

月亮慢慢地爬上来，给寺院罩上了一层清冷的光，冷寂的殿阁，惨白的石阶，婆娑的树影，都显得神秘又可怕。一向大胆的秋燕突然感到这寺院十分恐怖，她也有点害怕。“快走啊，你不是想侍候吗？”见秋燕发呆地站着，那和尚催促道。

秋燕既惊异又紧张，在那古怪和尚的带领下来到一所禅房前。透过木窗，她看见屋内有十几个与她年岁差不多大的女孩子并坐一排，却不像带发出家的修行女子，都涂脂抹粉，打扮妖艳。有的低头呆坐着，想心事的样子；有的旁若无人地与同伴说笑；有的搔首弄姿态，像预备演练着什么。秋燕出身乐籍，自己虽是清白之身，可也听父母讲过，一看就立刻明白了这些人是干什么的。她的心惊颤不已，面红耳赤，手脚冰凉。想不到这佛门清净之地，竟成了藏污纳垢的地方！自己也误入虎穴，这可怎么办？正当她想怎样尽快脱身的时候，十几个年岁不等、美丑各异的男子，突然从殿里的一个暗门内出来，冲那些女孩子扑去。他们像一群贪婪的恶狼，怪笑着，挑着自己认为不错的，又撕又扯，丑态毕露。这些人中居然还有几个和尚，其中就有给秋燕带路的和尚。清净的禅堂内顿时充满各种不堪入耳的声音。秋燕吓坏了，心里就像吞了个苍蝇，恶心无比。她竭力压住惊惧，踉踉跄跄地离开。多亏没人发现她。这时月亮已躲进云层，似乎也羞观这人间的龌龊。整个寺院黑乎乎的，更显得阴森可怖，如同一座地狱。秋燕的心跳得像敲鼓似的，两耳嗡嗡乱响，深一脚浅一脚，跌跌撞撞地向外挪腿。她生怕那些阴暗的殿阁下藏着什么人，想到刚才那殿里发生的事，实在忍不住，手扶着一棵树，干呕了几下，缓了缓神。可突听前面殿下黑影里“啪”的一声，吓得她腿一软，赶忙扶住旁边的一株小松慢慢蹲下，惊恐地向那边注视着。

又是“啪啪”两声，像是扇耳光的声音，一个威凌的声音伴着黑夜的寒风传来：“爷在京什么没见过，你们就拿这些被人玩了多少遍的破烂垃圾糊弄我！难道姑苏城里就找不出一个像点样子的？”

然后一个人声音哆嗦地辩解：“主子息怒，这儿不是扬州，女孩从小习《女儿经》《列女传》，三从四德，妇道女规，干这行的本来就少，未开苞的更是凤毛麟角。今儿个这些，都是奴才跑遍全城，费了老大劲找寻来的，您既都瞧不上，再容奴才几天。”

又是“啪”的一声：“废物，你就光会找那些货！你就不会给我挨家挨户搜！不管什么民宅官府还是教坊戏园，到时不过多给他们些银子便是。”

秋燕渐渐听明白了，害怕的心情被一种愤怒所取代。这个人是谁？竟敢公然搜抢良家之女！这种事还是戏上才见过的，以前除了明朝那个荒唐透顶的正德皇帝，还没听说哪个人如此荒淫！刚才那些女子，就是这个人所说的“破烂垃圾”，可能她们中的大多数也是被这些人强逼了或欺骗来的。越想越气愤的秋燕心跳得更快了，她恨不得冲上去也抽这人一顿耳光，问问他怎么这么无耻！这么做还像个人吗？但她只能忍住。

“奴才怕这事动静太大对主子不利，咱们不如先等一等。”

“怕什么？谁敢找我的麻烦？我看谁有这个胆！”

“就是，就是，”那个难听的声音随声附和着，“陈鹏年、曹寅都太没眼力见儿，不知孝敬您。揆叙也暗中使绊，装腔作势，狐假虎威，还给皇上举荐了一个何焯，肯定也不是什么好东西，到时都要剪除才好。”

陈鹏年是苏州知府，听这人的口气，知府在他眼里仿佛一个使唤丫头。可当他们说到何焯，秋燕的心停住，又“怦”地震了一下。除掉……啊，他们是老爷的仇人！她不禁“啊”地惊叫了一声，马上又掩住口。

可说话的人早听到了，其中几个闻声寻来。吓得秋燕转身便逃，可没跑几步，就觉得后面的衣服被人抓住，她惊慌地转过脸，就见一个黑乎乎的人影兴奋地喊：“主子，您可真有福气，这儿有个现成的雏儿……”

“干什么，我不是，滚开！”秋燕拼命地挣扎，羞愤地骂道。抓她那个人显然是练过武功的，看上去似乎没怎么使劲，可任凭秋燕怎么挣扎就是挣不脱。她看见另一个人淫笑着走过来。这是一个微醉的人的脸，面色苍白，面孔浮肿。他的嘴半张着，喷着酒气，淫邪的目光盯在秋燕脸上，像是要将她一口吞下。秋燕永远记住了这张脸。她气急地骂着，可那肥大的身子早已冲她压来，秋燕觉得腰被人抱住，没等她将第二声“救命”喊出来，就有一只厚手捂住了她的嘴，另一只手伸出去触她的脸，跟着那张喷着酒气的嘴也强拱了过来。“哎哟！”那人突然痛叫了一声，松了手，原来无计可施的秋燕对着那胖手狠狠咬了一口。“啊，你敢咬我，贱蹄子！连你也欺负我，你这个贱货！”那人骂着，突然爆发出一阵比哭还难听的狂笑，一把揪过秋燕，抡起胳膊疯狂地冲她扇去，霎时间，秋燕的脸就紫涨起来，嘴角淌出来血。可那人看了只冷笑了几声，仍不解气地抽打，仿佛不把这张美丽的面孔打烂就不罢休。这时又有人来的声音，趁那人稍一不注意，秋燕使劲挣脱开魔爪，兔子般地逃去。

“秋燕，秋燕——”

“阿双！——”

秋燕再也忍不住，扑进阿双的怀里放声痛哭了起来。看着秋燕蓬乱的头发和被撕扯开的衣服，淌着血的脸，阿双已经明白出了什么事。再弱的男人遇到心上人被欺负这种事也会变得强硬起来。此时阿双单薄的身子仿佛一下填充了无穷的力量，怒火中烧，咬牙问：“哪个杂种干的？我宰了他！”

“他、他们有势力，我们快跑吧。”秋燕断断续续地说了几句，就要晕倒。阿双扶住她，一起往前跑。可秋燕的脚像灌了铅似的，每挪一步，都要用尽浑身的力量。没走出多远，他们身后就传来粗重嘈杂的脚步声。眼看追的人越来越近，已能清楚地听到他们说话的声音了。阿双一边回头张望一边说：“咱们分开，你往那边跑，让我来对付这帮王八蛋！”秋燕觉得浑身火烧一般的疼痛，只是流着泪拼命摇头，说不出一句话。“哎呀，听我的，要不谁也跑不了！”阿双对秋燕做了一个他惯常做的滑稽笑脸，“放心，这帮烂崽我一会儿就能甩开。我可有日子没活动筋骨，正想陪他们玩玩呢！”他轻推开秋燕，然后站住，但只片刻，他就意识到自己危险的处境，想追上秋燕，可这个想法还未转为行动，已被十几柄刀剑围在当中。阿双的心反倒放松了下来，竟然没有瞧他们一眼，而是抬头望了望夜空。他觉得今天夜空中的星星真多，一个个像顽皮地眨着眼睛的孩子。但他还没来得及再看一眼，突然感到一个冰冷尖锐的东西刺进了他的身体。耳畔一声巨响，天上的星斗全不见了，变成了颗颗迸碎了的冰糖渣，轻轻向他飘来。他想它们的味道一定很甜，要是悄悄摘下一块给自己尝尝多好。这么想着，他的身子真的飘了起来，马上就可以够到这些冰糖了。他口中真的感觉到了一丝甜味……于是他的嘴角露出一丝满足的、略带顽皮的微笑，舒坦地合上了眼睛。

“呸，晦气！”那个喝了许多酒的人一脚踢开死尸，对着地啐了一口唾沫，在靴底蹭了蹭剑上的血，冲手下人吩咐，“快，都愣着干吗？快跟上那小蹄子！”

“算了吧，太子爷，一个民女，不值得。”有个声音嗫嚅地说。

胤礽上来一脚把那说话的人踹翻在地，骂道：“混账，是死是活，都给我寻来！否则你们也别想活！”

今天何焯回来得格外晚，子时三刻才到家。他到家后顾不得疲惫，想先看看女儿，也不知她吃东西了没有，是不是还那么任性不听劝。可当他走到小天井时，发现下人们的屋里还亮着灯，似乎还有说话的声音。他多了个心思，悄悄挨近窗子，侧耳细听。里面先是一个惊慌的女声问：“哎，你们说老爷这一入京做官，咱们怎么办？会不会，会不会都把咱们卖了啊？”另一个老成些的声音忧心忡忡地说：“那可难说，小姐自己都难保，咱们又算什么东西，到时还不像猫儿狗儿一样，想扔就扔呗。”第一个声音有些抑郁不平地说：“可咱们在这儿干了这么多年，老爷太太也不能做得太绝情吧……”一个不耐烦的声音马上打断她的话：“得了得了，主子对奴才还讲什么交情？或者真是宫里来的人来搜来抢，老爷他敢拦吗？”

何焯想不到下人们背后还有这些议论，越听越气，威严地咳嗽了一声，屋里的灯立时熄灭了，刚才说话的声音都没了。没想到我刚出去几天，家就乱成这样。这些奴才，越发没了王法，背后胡言讥议，到时非得好好管教一番才是！

要是二弟这会儿在家就好了，起码能替我分担些。正当何焯想着，快走到月洞门时，突听有个颤抖得像被冻着的声音叫了声“大哥”，黑暗中一个人“咕咚”一声跪倒在他面前。

“二弟，你怎么在这儿？几时回来的？”因视力不佳，何焯揉着眼睛看了好一阵才看清楚，何图着一件破旧的棉纱袍，瘦了许多的脸上尽是污垢，还有不少划痕，一副丧魂落魄的模样，不由惊讶地问：“你这是怎么了？遇到劫匪啦？”

“嘘——大哥，你小点声，我求求你，小点声……”何图哆哆嗦嗦地说。

“你还没吃东西吧？快随我进屋歇息。”

“不，不用，刚才我是翻墙进来的，就怕有人看见。为了等你我在这儿藏了半天，你可千万别声张。”

他怎么这么讲？难道他在外面闯了祸不成？何焯的心陡然一沉，不过他还是轻轻拍拍弟弟的肩：“到了自己家就别想那么多了。究竟发生了什么事？你可不要瞒我。”

“唉——”何图叹了口气，眼圈竟红了，垂头丧气地把他遭遇的一件极倒霉的事讲了出来。原来他的友人向盐商王家借了些钱，求何图为他作保，何图觉得此情难却便应允了下来。而那位求他时信誓旦旦的朋友竟挟了巨资一去不返，远走高飞。王家可不管那么多，唯保人是问。那王家的人又奸又刁，说是讨债，其实跟讹诈也差不多。何图也算心思多见过世面的了，可也被他们追逼得焦头烂额，走投无路。这些日子，何图没少被王家派的人跟踪盯梢，为躲这些人，他一直没敢回家。现在身上的钱已花光，就快变成乞丐了，才冒险回家来。

“那人借了王家多少钱？”何焯见弟弟这副担惊受怕的可怜样子，不忍责怪，惊恼地问。

何图就怕哥哥问这个，长叹一声，双手捂脸，然后无奈地伸出一只手掌。

“五百两？”

何图惨笑一下：“我好歹也在京混了些年，若是这点，一个月就能找弄出来，哪儿会这么急！”

“五千两？……还不是？莫非五万？”

“……怎么，难道，难道是五十万？”

何图哭丧着脸点点头：“原本没有这么多，可利滚利，就……”

“借这么大的数目你想也不想就敢给他作保，事先也不和我商量商量，你平时的算计机巧都哪儿去了？”一向沉稳的何焯也忍不住发了脾气。他原先想，如果数目不是很大，还可以先找朋友凑凑，可哪知竟这么多，大概把家财都变卖了也凑不出来！这可真是急死人！

“我当时实在是推不开，也没想到他会那样……唉，王家人来咱家索过债吗？”何图一边为自己解释一边问。

“索债倒是没有，就是……”何焯才说了一半，突然猛醒了一般，攥紧拳头冲着旁边一棵树擂去，从牙缝里迸出几个字：“欺人太甚！欺人太甚！”

“我的哥哥，你小点声行不行，他们来过咱家啦？”

何焯怒然看了闯祸的弟弟一眼，咽下一口气，没好气地说：“来过了，他们见过了父亲，但我没碰到。他们，他们要雪仪，这是要我的命，我的命！”何焯忍不住又吼了起来。除了乘人之危，大肆敲诈的王家，最让他感到气愤的还是父亲和弟弟——他们居然都对自己隐瞒了这件事！特别是父亲，大概早就知道了，却为袒护弟弟，竟把雪仪随意抵押，拱手让出！他现在才明白父亲为何非逼雪仪一定要嫁与王家。他气愤地把这些事又跟何图讲了一遍，并说他绝不会屈从答应！

何图瞪着眼听完，也故意气愤地说：“没想到他们这么卑鄙，竟打一个女孩子的主意。有本事找我来，这么欺老逼幼算什么本事！”他口上这么说，心里却觉得有了一丝可以解困的转机，但在严正的哥哥面前，他还要把表演做足。他蹲下身，捂脸痛哭起来，一边哭一边自责地唠叨：“是我害了雪仪，害了咱们家啊！我没脸回来，没脸再见父亲。我、我宁可吃官司坐大牢，也不能让他们把雪仪骗去！大哥，今夜兄弟来是跟你见最后一面，以后咱爹的身子就请大哥多替我照料吧……”

何焯默默望着弟弟痛哭流涕的样子，也觉得他怪可怜的。毕竟是亲兄弟，这件事虽怪他看错了朋友，可他也是受害者。这么一想，何焯原来在心中腾起的那些更激烈的叱责的话便不好再开口了，只是拍拍弟弟的肩安慰道：“你也不要这样，快起来，事情还没到山穷水尽的地步，我们再慢慢想法子。”

何图等的就是哥哥这句话，他抹了一把鼻涕，很坚决地说：“雪仪绝不能嫁给王家，那是羊入虎口。再说王家一个贩盐的算什么东西，四民之末，庸俗不堪！大哥是当代名士，虎女岂能嫁给犬子！”他这后半句话说得很对何焯高傲的心性，但他不知弟弟是什么意思，只是默立静听。

这会儿何图不再是刚才那副可怜兮兮的模样，倒像个有主见的谋士，进一步说道：“那王家人也是不自量力，自以为结识官府中人。他们也不想想，大哥的大名早已如日中天，吴中士绅何人不知？凭他一个小小地头蛇就想挤对咱们，那不是蚍蜉撼树吗！只要大哥在揆大人面前讲一讲或者禀明圣上，那就不用我们再……”

何焯听到这儿皱起了眉，断然否之：“这种家丑岂可外扬？若像你说的那么做，我岂不为士林所耻笑？又有何声誉可言！”

何图恍惚地眨了眨眼，这才想起，名声对于哥哥这样的读书人，看得比生命还重要。他宁可家破人亡，也不能使自己声名扫地！看来此路不通。他又试着说：“那您再找那姓蒋的说说，既然他看上雪仪，这笔钱理应他出！他还有个做布政使的哥哥，家里应该有底子。”

何焯依然皱着眉，烦躁地看了不争气的弟弟一眼，一语不发。见哥哥这副样子，何图知道这个打算也不成。他好像真的无计可施了，突然又涕泣道：“我不是怕被抓坐牢，只恨从此再不能为咱爹尽孝了。而且，我看现在王家主要不是为了要钱，大概他们真的，真的看上雪仪了……”

“什么，你还是要打雪仪的主意？”刚才还耐着性子的何焯怒火腾地燃了起来，他一把揪住弟弟的衣襟，拼命摇晃着，狂怒地说：“我告诉你，不许你打雪仪的主意！我就这一个女儿，她是我的命，你懂吗？我的命！”

也许是被哥哥的气焰震住，何图吓得脸色煞白，刚要解释什么，就听咣咣咣，外面响起猛烈急促的敲门声。

“这么晚了，一定是王家的人找来了，哥，你可要救救我，救救我。”何图说完就飞快地转身躲了起来。

可当何焯惊疑不定地把门打开，进来的却是神色昏乱、衰悴已极的秋燕，接着，身着男装的雪仪也跟了进来。

“你们这是搞的什么名堂？”何焯指着秋燕，声音阴沉地问雪仪。

“我、我不知道，刚才我们没在一起。”

“那你去哪儿了？”何焯的声音立时高了上去，严厉地逼视着自己的女儿。

“我、我……”雪仪红了脸，低头不语。

“啊，你是不是跟那个人……”突然明白怎么回事的何焯气得不知要说什么，回手就给了女儿一巴掌！

何图听到声音战战兢兢地出来，看了看雪仪，也很惊讶：“哥你这是何苦呢，孩子不是好好的？有气你冲我来，别拿侄女撒气啊。”

这时，门外又响起比刚才更加强烈的撞门声，何焯盯着泪水涟涟的雪仪，恶狠狠地说：“还不快进去！还要在这儿给我丢人吗？听着，不许出房门一步，待会儿我再跟你算账！”他回身见何图又要往里躲，一把将他揪住，硬声说：“怕什么，是汉子你就别躲！我就不信，清平世界，他们敢怎么着！”

“我没，没走啊。”何图嘴里不利落地说着，心里暗暗叫苦起来。这回怕真是躲不掉了。

门“砰”地被踢开，外面涌进十几个人，其中一个粗沉的声音叫道：“快点，别让她跑了！”

“站住，你们要干什么！”何焯断喝一声，他看清，这些人并不是王家的家丁，也非平常差役，一个个都显出气势汹汹的样子。一个头目模样的人斜着眼睛瞅了瞅何焯，嘴一撇，匪里匪气地说：“刚才有个小妞，跑进你们这里，却是我们要找的人。”

“她是什么人？”

“这……就算我们爷的奴婢吧。”另一个人推了他一把，不怀好意地纠正道，“什么奴婢，就是个婊子。”

何焯一听这话，一股无名怒火猛然蹿起，觉得自己的颜面受到极大侮辱：“胡说！我们是清白人家，怎么会藏什么妓女！你们深夜骚扰民宅，是何道理？”

可那小头目并不理会何焯，对他手下的人一歪头：“还愣着干吗，快给我进去搜！”

“慢，不许胡来！你们也不问问这是哪儿，是你们想搜就能搜的吗！”一看并非王家的人，何图也壮起了胆子，他手指何焯，“兄长乃圣上新赐的新科举人，姑苏何义门，当代名士，文坛宗主，尔等还不谢罪！”

听是何焯，来者也是一愣，但很快，那个小头目轻蔑地一笑，并不慌张，抱拳道：“原来是何老爷。在下伍哥，太子爷詹事府二等虾。适才不知是何老爷，多有冒犯，休怪！”

侍卫伍哥报明了身份，何家兄弟相互对视一眼，都不约而同地打了个寒噤，尤其是何图，因久在京师，知道的事情比哥哥多。这些来江南搜采少女的人都是与皇家关系密切的内务府官员或侍卫，他们把强买来的部分女孩子训为女伶，献给皇上、太子和诸王，相当一部分则留给自己享用。他们或是发“缉捕状”，或是用武力权势相威逼，强行带走百姓家尚未嫁人的姑娘，并声称这么干是得到皇上许可的。至于他们是不是假冒圣旨何图也不清楚，但他知道他的主子九阿哥确曾指使人来江南采买过女孩子。怪不得他们气焰这么嚣张，原来背后有这样一座大山！他正胡乱想着，那名叫伍哥的侍卫又说话了：“何老爷，我们刚才可是看见她进来了，好像还跟着个男的……那妮子也就十五六岁，长圆脸，大眼睛，身量居中，好像没缠足，跑得还挺快。与人方便，自己方便。怎么样，您行个方便？我们兄弟也好跟太子那儿交差。要不咱们可都吃罪不起！”

“你们一定看错了，我们刚才都睡下了，没见过你说的什么女子。”何焯咬咬牙，否认到。

“哦，都睡了？可我看何老爷这身穿戴还蛮整齐嘛。”伍哥冷笑着，别有用心地说。

何焯本来就不会说谎，这时脸一红，顿了顿，拱手道：“非是学生不配合诸位，家中尚有高堂，年事已高，受不得惊吓。请诸位暂退，若真有差池，学生甘愿领一切罪责！”

看他说得这么坚决，态度又如此强硬，本想一搜到底的伍哥转了转眼睛，突然改变了主意，他放平声音问：“何老爷，不知府上近日可有走失的人口？”

何焯愣了愣，不知他此问为何，只想尽快把这些瘟神打发走，便赔着小心说：“多谢大人关照，学生府内一切平安，并未有走失人口。”

“是吗？那就好。听说最近姑苏一带很不太平，经常有人冒充官宦人家行凶诈骗，骚扰市井。眼下圣驾正在姑苏，岂能容此辈猖狂，自当杀一儆百，严惩不贷！这不，今夜我们就逮着一个。”说着他冲门外打了个呼哨，“把人抬进来！”

什么？抬进来？何焯跟何图都吃了一惊，睁大眼睛。只见两个壮汉抬进一个瘦小的人，那人胸口凝着一摊紫红的血，显然是被人用利刃刺进去的。待看清那张熟悉的面孔，何焯就觉两腿发软，站立不稳。阿双！他心里喊了一声，觉得两眼发花，头眩晕，忍不住又颤抖地瞅了一眼这个自幼跟随自己的小厮。小伙子上午还蹦蹦跳跳地随着他出去，可现在竟……这究竟是怎么回事！他真想扑上去，但不知一股什么力量，竟把他制服住，他只呆呆地站着，一动也不动。何图更是吓得往哥哥身后躲，浑身哆嗦，不敢再朝那地上看一眼。

“望何老爷管好家人，勿要弄出此等惨剧。今日已晚，我们先行告退，改日再来叨扰！”他带着那帮人拖走阿双的尸体，呼噜噜地出去了。

那些人走了一会儿后，一直呆若木鸡的何焯慢慢地后退几步，靠到一棵树旁，突然张起双臂，手伸向苍穹，冲着夜空高喊：“苍天，苍天，我何焯从未做负心事，你却为何如此折磨我？为什么！”

八

这几天，何图表面跟哥哥一样急，心里却有种幸灾乐祸的意味：“哼，看你还穷耿直，假清高！这下可好，连太子都得罪了。除了找揆叙大人投奔八爷，看你还有什么法子？”他很有祈盼地想着。同时也有些急，圣驾至此已十几天，不会久留于此。如果揆叙大人真的同皇上回了京，自己就再也没有机会了。那王家的人曾来过一次，他们并没有着急逼债索人，只是傲气十足地对何焯说："知道何先生是一代名士，结交广阔，可我们盐商如果不认识几个官面上的人物，也不可能挣得今天这个家底。还请何先生仔细思量！"那口气既傲慢又阴狠，看来得督促哥哥快下决心，不要犹豫了。

可是这天一早，当何图提起这件事，何焯却口气异常平静地说："不，我不准备去京师了。"

何图惊得嘴巴张得大大的，觉得自己一定是听错了，突然又很难看地笑了起来："啊哈，大哥，你真逗，你可真逗！"然后又马上哭丧着脸，可怜巴巴地说，"我已经够惨的了，你就别拿我开涮了。"

"谁跟你开玩笑了！"何焯很不喜欢听弟弟出口的北京土话，才离开姑苏几年，就把绵长清爽、韵味十足的乡音丢得一干二净，变成一副油嘴滑舌的腔调。他手捋着黑亮的曲髯，正颜厉色道："若搜采民间女子乃宫内人所为，我入朝岂不是沦为鹰犬，助纣为虐吗？"

何图怔了怔，说："此事想来也是恶人冒充，若真有此事，大哥可直谏万岁，尽臣子之职，不失为一代忠臣直士，名垂青史。"

但何焯想到那些下人的议论，还有已经去了的阿双，摇摇头，冷淡地说："传闻是虚是实，已有事实为证，想来你比我更清楚些，无须多言！山野之人，疏懒成性，岂可忝列朝纲？请代我向揆叙大人和李大人说明，谢过他们的好意，请二位大人再另求高贤吧！"

何图沉脸不应，过了一会儿，终于有些沉不住气地气恼地嚷道："人可以不合时宜，但不要不识时务！"

"什么？你说我不识时务？"何焯的脸腾地红了，他家是个家规极严的读书人家，弟弟绝不许对长兄不敬。自小到大，弟弟还从没用过这种放肆的语气对他说话。他梗起脖子，气鼓鼓地说："仕与不仕，乃我自愿。请阁下不要逼人太甚，强人所难！"

管弟弟叫"阁下"，就知何焯已气成什么样了。这让惊惧不已的何图瞪了几次眼，使劲咽了口唾沫，不得不放缓态度，赔笑道："弟从未强人所难。哥哥的心思弟明白，即使大哥身坚如铁，心冷似冰，也该顾念骨肉亲情。你可是咱们这几十口人的一家之主啊，难道就忍心扔下不管？就算你不管别人，也该想想雪仪吧。"

何图讲出这个题目，果然一下碰到了何焯的软肋。事实上，他是个外表冷峻、内心十分看重情意的人。他恨弟弟的不思进取，结交小人，为家中招来这等祸事；怨女儿不听话。但眼下不是责怪之时。一向以坚毅傲岸闻名于世的何焯此时心乱如麻，一时也想不出一个圆满的解决办法，只是顿足恨恨叹息。何图见哥哥这个样子，觉得他心中可能有所动，于是将身子凑了过去，想再劝几句。这时一个家人手捧一张名帖来禀，说礼部揆大人来访。何焯一听，眉头耸起，急匆匆地对弟弟说："你去帮我接待一下，就说我有病不便拜见。"说完就一步跨进书房，"砰"地关上了门。

因为家中的事情何图已向揆叙表明，见了面，揆叙就直接问道："怎么样？说通了吗？"

何图苦笑道："不怕大人见笑，家兄性傲如孤梅冷月，寒冰傲雪，难与俗众接交，此事只怕……"

"孤梅冷月，也有霜打云遮之时，我就不信他会坚持到底。且让我瞧瞧！"

当听到揆叙很有气势的敲门的声音，何焯还是把门打开了。毕竟是朝廷官员，不好与之太过生硬。不过开了门，他简单见过礼后，就坐了下来，头也不抬地冷淡地说："请大人恕罪，学生现在脑子很乱，您能否给学生个方便，暂让学生安静片刻。"

揆叙见何焯这个样子，心里冷笑了两声，反倒拉过一把椅子在何焯对面坐了下来，大有深意地看了看他，又哼哼笑了两声。

"大人，"终于沉不住气的何焯不解地抬起头，"你笑什么？若学生身上有可笑之处，就请大人不吝赐教。"

揆叙不急不忙地将手中那把皇上赐的墨扇轻轻摇了几下："也罢，鄙虽不才，今日就来叨絮一二，谁让你我有缘呢。我虽是满人，但受家兄影响，也很想结交你们汉人之中的读书人。可说句实在话，除了敬佩你们的学识，我有时可也看不起你们汉家士子，过于做作！"

"你是说学生……"

"对，就是造作！你口口声声言顾念女儿、父亲，其实不过以此为借口，乃顾私意尔。你想释褐为官，又怕坏了你不仕的清名，便拿家眷百般抵挡开脱，说到底就是自私！你承认不承认？"

"可学生并未主动赴乡试，而是你们……"

"你当然不会主动应试。凤翱翔于千仞，非梧不栖；士伏处一方，非主不依。这也是你们这等高士性情使然。比如就拿义门先生你来说吧，文名早扬，素有贤声，却一直未仕，恐非因无人谒访举荐，就是想保你这份清名。可为了一己之名节，却要拿一家老小说事，下官甚为不许！你先别急，听我说完。名这东西有时所获绝不在那利之下，甚至比那禄位更诱人！商人逐利，官人逐位，士子逐名，谁又比谁更高贵些？有时清高之态初看倒也令人生敬，可看得太多了就会让人憎厌！”

当揆叙说的时候何焯没有反驳，他说的似乎也不无道理。但这么解释名与利，自己还是不能完全想得通。看来这个皇上身边的起居注官员与他那位多愁善感、孤芳自赏的词人兄长大不一样，揆大人的处事态度是入世的、实用的、功利的，而以前何焯最鄙视的就是这种人，现在反被这样的人当面教训，这怎么能让他心平？而且这顶好虚名的帽子他也实在不敢承受。他黯然地摇摇头：“大人取笑了，我现在哪里还有心思想什么名节？能保全一家人的性命就不错了。”

“那就看你自己怎么选择了。恕我直言，以先生之孤高，现在却被俗人所欺，正证明你原先的路不对。先生以为自己清高而强硬，其实却是清而不高，强而不硬！要想不受人欺，你只有找个靠山，找个稳妥的、坚固的、强大的靠山！不要以为这是卑躬屈膝，摇尾乞怜。宝马未遇伯乐时只能与劣马同槽，要是没有刘备的三顾茅庐，诸葛亮屁也不是！你连家人都保护不了，又安论其他！还是好好想想吧，一失足成千古恨啊！”

何焯绷着脸，紧闭嘴巴，一言不发。此时他的思想斗争也很激烈。矛盾重重，心乱如麻。揆叙好像并不急于知道结果，知道自己的一番话已经在这个清高的名士心中产生了反应，他心中有数地站起身，拱手道：“今天我讲的都是实话，非为逼迫先生而来。如有冒犯之处，还望先生海涵！也请先生仔细斟酌，尽早给卜官一个答复。”

几天后的一个傍晚，一只船孤独地泊在山塘河畔。火红的夕阳正渐渐西沉，河面上是一片橘红色的倒影，就像一块平滑的绸布轻轻波荡着。随着夜幕的降临，这片透明的倒影也渐渐暗了下来，变成了深褐色，很快就凄凉地悄然无踪了。站在甲板上的何焯，望着暮色苍茫的江渚，突然感到一种凄惶。在揆叙走之前的最后一天，何焯终于听从了他的安排，同他一道入京。可是在船行前，揆叙说他还要接一个人，又重新上岸，把焦急不安的等待留给了船上的何焯。

这次何焯进京，照例带着雪仪。不过，与以往不同的是，这一次叫雪仪出来有些迫不得已。王家索债的事，通过揆叙及当地官员周旋已基本解决了。父亲也已着专人照顾，不用他再牵挂。揆叙是八阿哥的人，他跟何焯讲的靠山自然是在士子们中口碑极好，有“八佛”之称的八阿哥胤禩。可就在刚才上船的时候，揆叙突然说，八阿哥尚未有子嗣，想将雪仪收作义女，养于府内。让几日来未睡过一次安稳觉的何焯再次不安起来。他猜不透八阿哥这么做究竟是何用意，是笼络，还是控制？如今自己已在人家的屋檐下，上了这条船，不管人家提出什么要求都只有接受的份儿。好在女儿还不知道这件事，何焯还不想现在告诉她，等她情绪稳定了，再慢慢对她说……

何焯努力压制住自己焦急惶惑的心，来到女儿住的前舱。他走进去，映入眼前的景色使他一怔。只见女儿神情憔悴地坐在炕桌旁，手里捧着一件男人穿的长袍，对身旁的两个丫头慢慢地说："阿双这个人就是粗心，才穿上身的新衣就划了个口子。这种料子，很难缝补，他怕别人知道了告诉老爷让老爷怪罪，也不敢说。多亏秋燕瞅见，给他补了。补完就像新的一样，瞅不出一点痕迹。你们看，就是这儿，是不是，一点也瞅不出来吧……"

她说的时候那么宁静，就像在讲一个古老的故事，一个遥远的传说。何焯的心却无论如何不能平静下去了。当初除了对付弟弟与王家的债务纠纷，秋燕在那天夜晚的节外生枝，也使他颇费了些周折。那些日子，不知怎么，下人们都知道了秋燕的这件事，都惶恐起来，特别是女仆，好像秋燕是给她们带来灾祸的瘟神，全把矛头对准她，骂的话特别难听——

"臭婊子，还当什么清白人呢，亏她装得那么像！"

"一来我就瞧她不是个好东西，专会勾引男人！"

"自己弄出的丑事还连带了别人，真不要脸！我要是她，早自己找根绳子上吊了。"

"呸！下贱坯，骚货！"

这些人表面骂的是秋燕，其实暗中也是在向主人抗议。如果因为秋燕不能确保她们的安全，她们就会集体辞差。这件事当然逃不过揆叙的耳朵，他通过何图向何焯建议，九阿哥的戏班正准备在江南采买一批女孩子训成女伶，可以让秋燕去，这丫头模样长得不赖，心又灵，学东西定快，去了九爷准喜欢。何焯知道，如果真让秋燕进王府戏班，女儿绝不会答应。再说那地方并不见得比民间的戏班子干净，让她去那里，不是害人吗？还有阿双，这个从小到大一直在家做事的小伙子，如今连具尸首都没留下。本来何焯想把自己赏他的那件衣服烧掉，可雪仪死活不让，偏要留在身边。何焯看来，如今这一切，不像是老天对自己的眷顾，倒像是一种嘲弄与欺辱。运道既对自己如此不公，自己又有什么必要替他人考虑担忧呢？我怜惜他们，谁又怜惜我！再说去王府戏班对这丫头兴许也不是件坏事，她原本就是乐户贱籍，到哪儿还不是一样为奴做婢，难以脱籍从良。想那王府的衣食用度当比自己家中好得多吧？若是这样，就不算难为这丫头。他这样强迫地劝慰自己。于是他听从了揆叙的安排，自然这些事是不能跟女儿实话实说的。如今他瞧雪仪这个样子，尖尖的下巴，愈发突出的大眼睛中少了几分光彩，多了一些呆滞。有时总是久久地呆望着一个地方不动也不说话；瘦得几乎脱了形。心想，如果把一切都如实告诉她，她可怎么吃得消？看来自己当初给她编造假话是明智的，没有什么负疚的。不过他见女儿又摆弄起那件衣服，心里不由得升起一种郁闷不快，为了分散女儿的注意力，他轻轻地上前问道："雪仪，身子好些了吗？药可都吃过了？"

仿佛从遥远的地方被呼唤回来的雪仪抬起头，呆呆地望着父亲，好一会儿，才像听明白似的放下那件衣服，站起来，在狭小的船舱内向何焯请过安，声音低缓，有气无力地说："孩儿已吃过药，觉得好些了，不敢有劳爹爹挂心。"回答完，又低下了头。

"见好就好。"何焯温和地说。女儿垂着眼睛坐了下来，眼圈四周分明还带着泪痕，何焯突然觉得女儿的样子挺可怜的。他想用什么方式抚慰一下女儿，以缓和自从那个惊恐夜晚，他和女儿树立起来的紧张对立的关系，于是温声说："船要过一会儿才走，你不想再出来瞧瞧吗？外面的天还不错。""嗯。"雪仪简单冷淡地应了一声，可脸上没有任何表情。何焯的心不由得再次沉重起来，他已走出舱门，回头看两个丫头在后面搀扶着女儿慢慢起身。可是这时，甲板上又传来急匆匆的脚步声，何焯无意掉过头去张望，见揆叙已领上一个人。此时天光已暗，何焯是个近视眼，因没戴眼镜，便伸长脖子，眯起眼睛，努力看去。他看见那个新上来的人在后舱门口停顿了一下，沉吟地环顾着四周。突然，何焯的身子哆嗦了一下，那张英俊的脸冲他投过冷冷的一瞥，然后就什么也不说地进了后舱。借着最后一道晚霞的余光，他看清那个人是蒋廷锡。本来蒋廷锡并没去何家请媒下定，何焯大可不必如此慌张。可想起他与女儿那次让人无比羞耻的私密幽会，何焯的心就漫起一种又羞又恨的怒火。这个人的胆子委实太大，如果他也被圣上特拔，今后对自己的压力将是不可想象的！而且刚才他那装作不认识自己、充满敌意与蔑视的目光，使何焯第一次感到一种屈辱的冷淡。雪仪在两个丫头的搀扶下来到舱外。他俩竟同在一船。这是一件多么危险又尴尬的事！何焯不及细想，飞快地向已安置好新人、笑眯眯地从后舱踱步出来的揆叙走过去，匆匆拱手道："大人见谅。小女身子疲弱，船上风浪颠簸，乘舟恐太耗力气。为免路上烦劳，能否请大人改行陆路？"

揆叙吃惊地抬头望望正扶着船栏向远处眺望的雪仪，觉得不像何焯说的那么严重。"这……"他犹豫不定。

见揆叙犹豫难决，何焯又用更加恳切的声音说："大人，小女久未出门，一向畏水，不惯乘舟，还请大人周全！"

揆叙更奇怪，不明白怎么江南人居然还怕乘舟？不过只愣了片刻，他又安抚地笑笑，说："先生放心，这船很稳的。先让大小姐暂忍一时，待到了镇江，我们再改走陆路。"

此时抓着船栏观赏落日的雪仪，并不知道船上发生了什么，只是专注地望着远天。落霞已沉沉散去，远处一片昏暗，愁惨的浓云，像一把巨大的黑锁，锁住了本已缥缈模糊的江面。月亮还未出来，四周的一切就显得特别压抑、凝重。一种似烟非烟、似雾非雾的东西在江面上漂浮威压着，逼得人有点透不过气。过了一会儿，雪仪突然像发现什么似的，靠近船栏侧起耳朵，对身旁的一个丫头说："你听，什么声音？""啊？"被问的叫杏儿的小丫头愣了愣，也靠近船栏竖起耳朵凝神细听，却摇摇头疑惑地说："小姐听到了什么？奴婢什么也没听见呀。"

"不，你再仔细听，仔细听！"雪仪抓着船栏固执地叫着。

另一个丫头春桃说："小姐听错了吧，奴婢也没听到……哦，好像，好像是有声音……"她听远处江上有一个隐约不明的吹箫的声音，但不能肯定。因为雾太大，前面的景物模模糊糊、渺渺茫茫，什么也看不清。这声音就更显得幽深神秘，似有若无。

"是秋燕！"雪仪确认地叫了一声，已从船头走到船尾，又从船尾走到船头，追寻着那声音。她看见河面上有几支模糊不定、若隐若现的火光，也像是一条船。幽咽的声音就是从那边传来的。可只片刻，火光灭了，游丝般的声音也仿佛被剪断了似的消失了，水面上依旧暗淡寂寥，只剩下"笃笃"的摇橹声，像是催人入梦……

雪仪怅怅地靠着船栏，叹了口气。这时，她突然听刚才一直沉默的小丫头杏儿抽泣哽咽地说："我、我对不起秋燕姐。秋燕姐是为了我们才去九王府的，可我还说了她不少坏话。"

"你说什么？秋燕去哪儿了？"雪仪惊愕地抓住她的手问。

"是，是我们听说皇上和什么太子派的人上江南采买女孩，都怕极了。听说，跟着老爷的那位大人，就是给京城王府戏班里挑人来的，我们都怕被挑上，就、就瞒着秋燕姐，让她去了……"她自责地说着，终于忍不住失声哭了出来。

雪仪像当头挨了一棒似的，呆住了。父亲怎么能这么做？王府戏班，听着好听，可那是什么地方啊，那还不是跟外面的青楼一样！难道父亲真的变了吗？这时，另一个没有说话的丫头春桃用同样带着哭腔的声音说："其实，我们也舍不得离开秋燕，离开小姐，要是知道老爷是把小姐送到八爷府，我们也就不……"

"八爷府？哪个八爷府？"

"小姐你还不知道呀？"春桃一边揉着眼睛一边说，"皇八子殿下已答应小姐做他的干女儿，小姐现在可是皇亲，再也轮不着我们服侍了……"她说到最后，伤悲的声音竟变成了一种古怪的羡慕，有一点点酸。

雪仪一下僵住了。"走了，都走了……"过了好久，她终于凄然地、喃喃地说。此时月亮不知怎么一下从云缝中钻了出来，周遭带着一层朦胧的黄晕，正照在雪仪那挂着泪珠儿的僵冷的脸上，就像母亲温馨慈祥的爱抚。雪仪眨了一下眼睛，没有继续落泪。这时，她听到从后舱传来一个非常耳熟的、均匀又断断续续的讲话声，浑身冰冷，心跳几乎停顿了。怎么，他也在船上？噢不，这怎么可能，一定是我听错了！可那声音那么像他，难道真的是他？雪仪迷顿地想着，不自信地转过身子——当看清由后面慢慢走过来的那个人时，她灰败死滞的眼中闪出一道光，一种难以言状的目光。对面的那个人也猛地站住，不动不语。这两个如两尊石像般的人就在隔着五步远的距离，在轻轻摇荡的船上，互相默默凝视着，一时忘了船上其他人，忘了他们自己，甚至忘了整个天地。在他们那木石般的外表下，两颗心却在猛烈地狂跳。船上的其他人，也像被施了定身术一般愣住了，一齐惊讶地望着他俩，不敢出声。除了一直守在头舱刚发现问题的何焯，谁也不知道是怎么回事。惶急的何焯惊骇地站在众人身后，想过去拉回女儿。可出乎意料的是，女儿竟突然冲他转过了脸，古怪地惨然一笑，幽幽地说："就算女儿碍了您的事功，爹爹又何苦如此骗我。"她说完这句令人心碎的话，又对着蒋廷锡怨苦绝望地一笑，仿佛在说："哼，你也在骗我……"而后突然一转身，双手撑着船栏，纵身向水中跳去！这个动作太突然了，谁也没有提防。大家先是一愣，然后才"啊"地叫了一声，惊呼着扑上前。一刹那，何焯感到天地仿佛倒转了，绝望地跌倒在甲板上。他最担心的事情，竟如此迅速地发生了！

当几个船夫把面容僵冷、嘴唇发青、浑身冰湿的雪仪抬上来，蒋廷锡再也不管别人怎么想怎么看了，不顾一切地分拨开众人，一把攥住雪仪的手。他觉得她那双手没有一丝温热，像玉石一样冰冷。

"看你都干了什么？"他才说了一句，就落下了泪，呜咽着什么话也说不出了。

船继续向前行着，黑森森的水面，如同黑暗中张着的巨口，要将船儿吞没。已经从甲板上挣扎着爬起来、来到女儿身边的何焯，一手紧紧抓住船栏，像是要留住这只船。可他知道，现在他已经离自己的故乡越来越远了……

九

一场秋雨后，天空就像新打开的镜匣，发出明蓝、炫目的光彩。整个姑苏水乡仿佛嵌在一块巨大的蓝水晶里，更加清朗秀丽，妩媚动人。与之相对应的，这几天四阿哥胤禛的神色十分晦暗，但这并没有引起多少人的在意，因为熟悉胤禛的人都知道他平时就是这么阴郁沉默。后来还是细心的胤祥感觉四哥有些不对劲，便找了个时候约他出来走走，散散心。

胤祥猜得不错，胤禛自然是有心事的，而且不止一件，但有的事却不便向外人道。比如那次在江宁会见夷商代表，本来是胤禛代替太子接待的，可不知太子在皇上面前怎么说的，一来二去，这事竟成了太子的功劳，而与他四阿哥完全无关。胤禛表面上不说什么，心里却对太子的做法十分不满。

现在，他们来到这家茶食店，里面已经坐了不少人，看样子是读书人。他们虽并不富裕，但也不用像工匠农夫那样劳作以饱腹。这种简易却安静的小茶食店正适合他们在这里聚坐闲谈。一看又有客人来了，动作麻利的店伙计马上过来招呼。不一会儿，他就按照客人的吩咐在八仙桌上摆了一席茶点：一只泡着毛尖的宜兴砂壶置于当中，两个仿成窑的杯子分列左右，还有烧卖、肉饺、橙糕、芙蓉酥、松子酥、绿豆糕、冰糖松子等七八碟点心。一般来茶馆的人主要是为了交流谈天、品茶叙旧的，还没有像他们这样叫一大桌子点心的。发觉邻桌向这边投来奇怪鄙夷的目光，胤禛有点不安。胤祥却不管这么多，先夹起一只肉饺三口两口吞下，又拿起一个松子酥嚼着。看着他的样子，胤禛不禁又气又笑，微一皱眉问：“十三弟，你早上没用早膳吗？”

嘴里塞满食物的胤祥啊啊呜呜地点着头，好不容易才把满嘴的食物咽下，喝了一口茶，这才说：“今早？实话告诉你吧，四哥，我昨儿的晚饭就没吃！”说完，又喝了口茶，夹起一块芙蓉酥嚼了起来。

“怎么？”

“二哥昨儿个说今天要请咱们尝一味咱们从没见过的东西。我为了腾肚子昨晚那顿干脆免了，反正我也不想吃。”只顾吃着的胤祥含混不清地说。

皇宫中的用膳和民间不一样，表面上看琳琅满目，其实限制很多。比如每一品菜要用筷子夹过三次后，就会有当值太监过来“关照”，将那道菜撤掉。要想再吃那道菜，要等上至少十天半月甚至更长时间，它才会又神秘地出现在膳桌上。同样，每种点心每次也只能尝一块，绝不可贪多。这种不痛快的吃饭让胤祥这样十七八岁正处在发育阶段的男孩子十分难受，所以已经饿了两顿的胤祥这么吃也在情理之中。只是他这样一进店就一通要了七八种小吃，而且迫不及待地大吞大咽，周围的客人一定把他们当成了没见过世面第一次进城的土老财，心里正暗笑呢。

现在胤祥已吃好，他看看默默品茶的胤禛说：“四哥，你怎么不吃，你也尝尝嘛。”

“我早上吃过了。”

“四哥，我看你这几天好像有什么放不下的事。嘻嘻，你是不是想家，想嫂子了？”

胤禛的肩抖了一下，突然低下头，用手遮住自己的脸，不说话。

“怎么啦，四哥？”

“这次我本不想出来，走之前晖哥儿身上总不舒服，御医给瞧过几次，用的药都不见效。”胤禛终于用缓慢低沉的声音道出了原委。

胤祥马上收敛笑容，安慰道：“四哥多虑了，我看晖哥儿平时挺结实的。况且四哥平日里吃斋念佛，就是侄儿身上有个小恙，也会有神佛护佑，总能过去的。”

“他是外头强，里头弱，看着结实，其实受不得一点寒热无常、风吹草动。不像我小时候，虽然不太爱动，看着瘦弱，但底子结实，很少生病。”胤禛头也不抬，继续用手罩着脸。

“这几天府中有信吗？”

胤禛摇摇头，不语。过了一会儿，才把头抬起来，面色阴郁，说：“我急的就是这个。你那两个嫂子都不是伶俐人，遇有急事她们肯定抓瞎……也不怕你笑话，十三弟，这几天我心里老不踏实，夜里总失眠，做的梦也都是凶梦。”他说不下去了。

胤祥平时见的是四哥的冷峻严肃不易接近，没想到他还这么儿女情长。他仿佛又看到幼年种痘时像母亲一样将自己抱在怀里的四哥，鼻子不知怎么有点酸。但现在不是陪着四哥担忧叹气的时候。于是胤祥马上转开话题：“四哥本是不想出来，可是有人就不这么想，还觉得咱们随皇阿玛出巡的次数多，人家瞅着不顺眼哩！离京之前，九哥就说‘大半个中国都逛遍了，还玩不够。赶明儿索性随了洋教士去趟欧罗巴，把个什么球都能转一圈儿……’叫什么球来着？”

胤禛听后果然有些发火：“这话可真可笑到了极点，难道我们随皇阿玛南巡北狩就光是游山玩水吗？难道其他兄弟没出去过？那年秋初，父皇去盛京祭祖，除我之外兄弟们都去了，这又怎么说？况且这次随圣驾南巡，我本不想来的，然圣命难违。如果谁对此有什么想法，那我现在就向父皇告假先期返京！”

“唉，都是我不好，让四哥上火了。”胤祥正想劝几句，胤禛突然如梦初醒般问道：“十三弟，刚才说的是你亲耳听的吗？”

“不，是、是太子告诉我的。”胤祥有点不好意思，小声说。

这就对了！胤禛想，太子和老八、老九他们关系一直不太好，说出这等话一点也不奇怪。老九的话也许并不针对自己，刚才自己那一顿气急的发泄实在没有必要。想想还是自己旧习难改，不能“戒急用忍”。啊，我可别跟着瞎往里掺，他暗自提醒自己。一会儿走时，还要叮嘱胤祥不要将自己刚才说的话传出去。于是他阴沉的面容变得和气，甚至打起了哈哈：“十三弟，你是不是觉得我太婆婆妈妈了？是啊，你四哥就是这么一个胸无大志的人，不像人家，什么都要争个先……有时自己想，虚占个贝勒之位却干不了什么事，还不如将它让出去算了！”

“是吗？那四哥就让给我吧。”胤祥嬉皮笑脸地说。

“你还用这个？你成天跟着二哥进进出出，奔前忙后，将来二哥继位，该封你个‘铁帽子王’吧，到时四哥还得靠兄弟你照应呢。”

“哈哈，成，借四哥的吉言！不过眼下，咱还是白丁一个。除了四哥你，还有谁瞧得起我？至于太子，他不过是把我当个马前卒。难办的事，难开口的话，都让我上，让我说，我心里清楚。其实有时我很羡慕你，真的，四哥，你有自己的俸禄、自己的侍卫，不用看别人脸色行事，许多事能自己做主……”说到这儿，胤祥的声音渐渐变小，透出一丝酸楚。

“你说对了一半。我是俸禄、家奴比你多些，但许多事也要听人差遣，和你也差不多，你又何必做‘司马牛之叹’呢。现在皇阿玛在，咱们为父皇分忧，将来二哥继位，咱们是新朝臣子，理应效忠新君。”或许是刚才闲话说多了，胤禛拿出长兄沉静的口吻说。

“皇阿玛没的说，是古来少有的明主。只是咱们这位太子爷，唉！……”胤祥叹了口气，说，“最近二哥做的一些事很不成事体。我人微言轻，难以劝说。如果四哥见到太子最好能劝劝他，我想他还会听你几句。”

“到底出了什么事？”

“怎么，你没听说吗，太子嫌苏州知府陈鹏年供奉简单，曾要杀了他以泄私愤。后来多亏曹寅为陈鹏年求情，这才保住了他的命。”

“是吗？这我真没听说。”

“还有呢！太子让噶礼跟一个姓范的盐商相勾结，不知从哪里弄了一群少年伶人，整天同太子混在一起，所行之事令人不便听闻。陈鹏年的事皇上知道后，没说什么，算是给了二哥面子。可这事要是让父皇查知，那可真够二哥喝一壶的！”

胤禛闭着眼，像品茶似的慢慢摇着头：“这我也不知道……”

见四哥仍是这种不温不火事不关己的模样，胤祥不悦地将脸扭开，突然发现那个伙计正瞪眼紧盯着他们这桌。见胤祥发现了他，忙心虚地将视线移开，可过了会儿，一双小眼睛又直往这边溜。

“咦，这厮怎么这么看咱们？”胤祥捅了捅正闭目养神的胤禛。胤禛抬眼皮瞥了一下，笑道：“许是人家怕咱们吃了东西不给钱，赖账跑掉吧。”

“哪能啊，我……”胤祥随便往身上一摸，突然想起来，因怕麻烦，他们身上的钱平时都交给太监保存，从没有自己带过，这次出来也是一样。“坏了四哥，我还真把这事忘了！你带钱了吗？”胤祥慌张地问。

“没带啊。怎么，你，你真没带钱？”胤禛也变了色，并站起身。

“唉，怪小弟疏忽，四哥且在这里稍等片刻，我去找他们……”

本来胤祥手上还带着个翡翠扳指可做抵押，可他对胤禛刚才那种不介入的态度甚是不满，便扔下四哥独自去了。看十三弟急急忙忙地出去后，胤禛怅然地坐下，环顾着四周热烈交谈的人们，感觉十分孤独。

胤祥走了一会儿后，胤禛一人闷坐无聊，便将身子转向那边新进来的一群文人。眼下，这些读书人聊得正欢。有一个身材高大的中年儒生，晃着大而圆的脑袋，正热烈地对众人讲着什么。大概由于激动，他讲话的声音很大，不用靠近，胤禛就已听得清清楚楚。

“民谚说得好：孔雀翎，马蹄袖，不为鸡，便为狗。我等也犯不着非争这功名，去给他们当鸡做犬！”他话音未落，又有一个鄙夷的声音插话道：“哎，你说他们这装束也怪，马蹄袖，帽后带一根雀尾巴，那一装扮不就变成禽兽了吗？难怪是夷狄呢！”随后一个年长的儒生捋着胡须感慨地说：“圣人早已有言在先，夷狄之有君，不如诸夏之亡也！可见我等功名未就乃时运不济，并非才智疏漏。本朝起自关外，文教自不比中原。若我等在前朝，断非遭此冷遇至今……”

胤禛可听不下去了，原来他们是在谈论华夷之辨。这华夷之辨春秋时就有，每当少数民族君主入主中原，华夷之辨就成了中原汉族士民在行动上反抗对峙新朝的理由，与新朝抗争。清朝入关后，更对这个问题有一种近乎病态的敏感戒惧，异常警觉，唯恐出差。现在这些人又在公然叫嚷华夷之别，怀念故明，诋毁本朝，这还了得！这让胤禛几乎要忘记自己的身份，想拍案而起，与之辩驳。但他马上又觉得与这些人斗嘴不值。他们瞧不起本朝不就是因为太祖太宗皇帝起自关外，是他们所说的什么“东虏”“夷狄”吗？可不管怎么着，我太祖皇帝好歹也是个世袭的总兵，而你们所推尊的那个朱元璋最初不过是个臭要饭的，谁又比谁更高贵些呢？再说前明也就是朱元璋和朱棣两个皇帝有些作为，而其他皇帝，从正德到南明小朝廷诸帝，个个昏聩荒淫，不堪为君！这样的王朝，真不知道有什么值得追怀留恋的！于是他耐着性子，冷笑着端起茶杯。这时，窗外刮来一股小风，将临窗桌子上一本不知是谁的书哗哗吹翻过几页。那个留须的老儒生看到，抚须一笑，慢慢吟道：“清风不识字，何故乱翻书！”这一下，在场的士子都哄然大笑，为这即兴之作击掌叫好，意为比喻幽默绝妙。听听，清风不识字！——这个不是公然侮辱我大清吗？胤禛再也忍不住了，一拍桌子，“腾”地站起来，大步走过去，高声质问：“诸公之言，恐怕不妥吧！”正在喝茶闲谈的士子们被这突如其来的声音吓了一跳，都慌忙转过身子，打量起胤禛。只见他们对面站着一个正恶狠狠地逼视着他们的年轻人。他衣着简朴，身上打扮没有富家子弟的奢华，脸上也没有官宦子弟那种愚蠢无知的狂傲。虽相貌一般，但仪态文雅，气度不凡，看得出，是自幼受过诗书礼教的熏陶；白皙的脸上一双细长的眼睛虽不很大，但藏锋卧锐，偶尔一闪，很有几分深不可测。他们不知此人的来头，一时都噤住了，没人应声。有几个人知道他们刚才所说涉及禁忌，加上胤禛那副冰冷如霜的表情，显得有点局促不安，悄悄向后退避着。其中一个身材细瘦的年轻儒生却是一副不服气的模样，他尖着嗓子挑衅般反问：“有何不妥？请兄台指教！”

胤禛却没有理他，而是瞪着一双尖利多疑的眼睛在人群中搜寻着什么。“你，刚才你说什么来着？”他突然发现了他要找的人，指着那个吟诗的老儒生厉声问，凶狠的样子像是要把对方一口吞进肚里。

老先生并不惧怕，先喝了一口茶，与在座的同伴交换了一个奇异的目光，然后方冷冷地瞅了瞅胤禛，傲慢地眯起眼睛反问：“学生适才讲圣人之言，先生却以此相责，学生鲁钝，不识其义，尚祈指教！”

胤禛本想问他说的“清风不识字”是什么意思，又一想这么问可能会暴露自己的身份。他已瞧出这个老儒生在这些读书人中间说话很有影响，心想自己自幼在上书房也是饱读诗书的，难道还驳不倒这些专爱卖弄学问的书呆子不成？于是他稳稳站定，摆出诸葛亮舌战群儒的架势，声音清晰地说：“阁下想必是博览群书的，当知这华夷之说，乃是在晋、宋六朝偏安之时，彼此诋丑，互不相让。是以北人诋南人为岛夷，南人诋北人为索虏。当时之人，不务修德行仁，徒事口舌之讥，已为至卑至陋之见。今尔等于天下一统、华夏一家之时，仍妄判中外，谬生忿戾，岂非逆天悖理！”

听他将话讲得如此严厉，老儒生眼中露出一种错愕、迷惑和气恼的神情。但他仍抓住“圣人之言”不放，又反问：“圣人称赞管仲之仁时，有‘华夷之分，大于君臣之伦’的说法，不知先生对此有何见教？”

老儒生的话虽不长，却抓住了问题的实质。言下之意，满洲人是“夷狄”，是“异类”，夺去了汉人的正统地位。他居然这么大胆，竟在这个不明身份的人面前说这种触忌的话。于是好一阵，大家都变得目瞪口呆，很担心地瞅着老人，为他捏了一把汗。

胤禛果然脸色骤变，眉毛立起，两腮的肌肉不停地抽动着。照这个老东西的意思，外族之主入承大统，不管怎么励精图治、勤慎治国，也是白搭、徒劳！而汉人，哪怕他是昏君暴君，傻瓜浑蛋，只要他是汉人，就都是合理合法的！这种理论是多么迂腐、荒唐，但在这些正统读书人心目中，又异常正确，不容置疑！如果在这一点上不能彻底将他们驳倒，就是以后把他们都抓了，杀了，怕也不能让他们心服口服。所以胤禛沉吟了好一会儿，方镇定地开口道：“你的意思，无非是说本朝以满洲之君，入而为中国之主，似乎‘僭越’。岂不知本朝之为满洲，犹中国之有籍贯。舜为东夷之人，文王为西夷之人，又何曾有损于圣德？”

他这一诘问果然生效，老儒生张了几次嘴巴，却没说出什么。他旁边那个年轻人却似乎反应很快，感觉胤禛是在用地域概念偷梁换柱。他似乎已经等不及，就要张口。几乎在同时，胤禛也觉察到自己驳斥对方时的这个疏漏，没有容那年轻儒生发难，摆了一下手接着说：“远的不谈，单说近代。以元为例。其统一区宇，有国百年，幅员极广。其治政颇多美德，而后世称述者寥寥。此乃后世之怀揣私心、识见卑鄙之人，不欲归美于外来之君，欲贬抑淹没耳。倘对外族之君，故为贬抑淹没，略其善而不陈，诬其恶而妄载，将使中国之君，以为既生中国，自享令名，不必修德行仁，以臻致隆之治；而外族入承大统之君，纵然夙夜励精，勤求治理，终无望褒扬于史册！自此，其为美之心因而自息。那最终受苦受害的，不还是老百姓吗？”

胤禛说这番话时，带有一种明显的委屈、悲愤的情绪，为自己那雄才大略的先祖和励精图治的父皇鸣不平。在他慷慨陈词之时，自有一种发自内心的雄辩、坚毅、悲壮的意味，不能说不动人。他满以为这番话也打动了周围的听众，使他们收起所谓的“华夷之辨”，诚心转意拥戴本朝。他甚是期盼地望着他们。哪知这些读书人非但没有表现出他所想象的那种耸然动容、低头愧悟的样子，反而都愈发神色平和，镇定而安详；平静地喝着茶，连看也不看他。这冷落的场面分明是在表示着一种态度，一种力量！胤禛被这无声的场面弄得惊呆了，这难道就是他们汉人引以为傲的千年文化积淀吗？啊，为什么，这些汉人看他们满人的目光总像是一个家道中落却依然保持风度的老士绅瞅一个暴发的新贵，永远不以为然，永远高傲！胤禛突然感到，自己祖先打下来的江山所面临的最可怕的敌人不是吴三桂，不是噶尔丹，不是那些执杖弄棒的盗寇，而恰恰是这些手无缚鸡之力、看上去异常柔弱的文人！他们可是笔下无情啊。如果不能阻止他们写、他们说，任其逆意传播，那对我大清将是多么危险啊！现在看来，让这些可怕的文人真正屈服是件不易的事，任凭父皇派人编《全唐诗》，修明史，开博学鸿词科吸引汉文人入仕，都将有人终难臣服！哼，那就只有……嗯，要在他们还没觉察出自己身份之前，叫官兵将他们一网打尽！这些可恶的、不知天高地厚的逆儒！可胤祥还没回来，自己身上没有钱，不能走呀。这个老十三，平时办事挺麻利，今天怎么这么慢，可别让这些人跑了……他不禁焦急地踱到门口张望。

这时不知为什么街上的景象有些乱，行人都急匆匆避走着什么，接着就听到后面有一个粗嗓子驱赶着行人。胤禛向街上望去，就见几个公差模样的壮汉从当街的一户人家中拖出一个双手被缚、口中塞布的女孩，塞进一乘小轿，抬起就走。后面有人追喊哭叫着，像是那女孩的父母。她是被抓用来抵债呢，还是被逼卖身？胤禛想着，看看四周。虽然这时在茶馆喝茶的人也都凑到门口观瞧，可除了几声零星的叹息，大多数人都阴着脸沉默着，一言不发。这当儿，那个四十多岁像是女孩父亲的男人追上那帮人，其中一个公差回过头，照着那个男人就是一鞭子。男人扑倒在地，身上又挨了好几鞭。他满脸痛苦之色，几乎不再能起身。当公差高举着鞭子还要抽时，那个头发蓬乱的妇人不顾一切地扑上去，央求那些人。大约是见这妇人虽徐娘半老，却风姿犹存，几个公差放开那男人，倒打起她的主意。动手动脚，肆无忌惮地调戏。其中一个公差竟将那妇人的绣花鞋拔掉一只，惹得他和他的同伴哄笑不止。胤禛本想上前干涉，可突听背后有人愤慨地叹息一声：“唉，如此盛世！”胤禛猛地回过头，想寻找说话的人，但他看到的只是一双双厌恨冰冷的眼睛。这时那个过来蓄水的伙计似乎很不经意地说了一句：“唉，皇上什么时候走啊？”顿时，这话像一根燃着的引线，将小茶馆里沉闷压抑的空气激活了。许多怨怼的议论声，争先恐后地挤进胤禛的耳朵——

“太平盛世不太平！小民何时才不被人欺哟！”

“他们这么明抢民女，还有没有王法？”

“王法？老兄，别天真了，王法管民不管官，管官也管不了王侯！”

“皇上和普通人一样，来江南还不是为了游山玩水，所谓访查民情不过是说给外人听的。”

“也许真访查了，可谁知他访查到哪儿去了？莫非是访查到了苏小小家？”

“哈哈哈哈——”

胤禛越听越气，怒不可遏。这些事父皇并非不知道，就算知道，有心查访，也不可能查到每个街巷，访到家家户户！可他们这些读书人，非但不去救人，反而对父皇肆意讥议、诋毁，还幸灾乐祸。这不是死心塌地与我朝为敌吗？此辈绝轻饶不得！

这时候，街上那伙人已经走过去了，小巷平静了些。可是胤祥还没回来。胤禛有点等不及了，不知弟弟是不是也遇到了难缠的事无法脱身？这趟外出真是倒霉透了！又过了一会儿，胤祥总算气喘吁吁地重返回来。

当他们付钱出了茶食店进到一条幽僻的小巷，胤禛问：“怎么用了这么长时间？”胤祥直摇头：“刚才路上遇到个妇人当街撞壁自尽，围着看的人里三层外三层，根本挤不过去，要不我早就到了。四哥，你说如今这人都怎么了？太平世界有什么话不好说，却非寻短见，心性也太狭了些，何苦呢！”

虽然胤祥并不清楚那妇人的身份，可胤禛听了突然感觉这个自杀的女人可能就是刚才在街上被公差欺负的妇人。他想如果在正常情况下，自己肯定会过去管的，至少可让那妇人不死。可今天的情绪，全让那些读书人破坏了！他更恨那些文人了！他突然想到自己刚才要做的事，一把抓住胤祥的胳膊：“十三弟，你知道这块街面最近的衙门怎么走？”

“你要干吗？”胤祥茫然地瞅着他。当他听胤禛愤怒而急切地讲完，却不以为然地淡淡一笑：“恕小弟直言。四哥何等样人？何必去跟那些腐儒一般计较！再说你现在再去找人抓他们，他们大概也早跑了，即便不跑，此事被外臣得知，也必以为四哥刻薄。若再添油加醋，引为笑谈非议，四哥以此遭谤，更加不值！我看还是算了吧。”

胤禛愣住了，没想到弟弟竟然会这么说。但只片刻工夫，他又倔强地皱起眉，咬牙愤愤说道：“不是我多事。他们身有功名，本应思报效君上，为民之表率。却竟于街巷之上怨望非议，大肆攻击我朝，散布流言蜚语，仿佛朝廷还欠他无数。他们怎么就不想想那些在烈日下耕作的农夫；那些在茅棚中手不停歇的工匠；还有那些在街市上挑担叫卖的小贩。同这些普通黎庶相比，他们可以不耕种、不纳粮、不服役，不为生计奔走，为衣食担忧，却可曾干过一件于国于民有利的事？就只会摇唇鼓舌，空议国事，纸上谈兵，坐而论道！……”说到这儿，胤禛突然想到，自己也是被人供养的、无忧无虑，可以坐享其成的富贵闲人，顿时怅然若失地涨红了脸，颓然地住了口……

片刻钟后，胤禛精神不爽地同十三弟回到苏州织造衙门。这个拥有厅堂屋廊四百多间的织造府，看上去更像是座宽阔的宫殿，在以小巧玲珑著称的苏州园林中，显得特别开阔显眼，而把行宫设在这里也就不足为奇了。胤禛兄弟穿过一道道戒备森严的厅房走廊，发现许多宫人正忙碌着，看来父皇是准备回京了，或者再转到别的地方巡视。他们已经在这里住了十几天，是皇上自南巡以来在此逗留时间最久的一次。至于个中原因，胤禛兄弟还不清楚，眼下他们最关心的是父皇何时下旨起程。

当快行到他们居住的院落时，背后猛不防蹦出一个高亢严厉的声音："好啊，你们竟敢不请旨意，私自外出，久而不归，该当何罪？"

两个人不约而同紧张地转过身，寻找那声音，原来是太子。当发觉对方不过是在同他们开玩笑时，胤祥不屑地笑笑："那你就去禀报父皇吧，算我老十三白跟你好了！"

"得得，是哥哥不好，你也别生气。今儿二哥本想请你品尝一味珍馐，哪知你悄没声儿溜出去又老不回来，我这心能不急吗？"

胤祥眼睛一亮："什么珍馐，让小弟开眼？"

"嘿，当然是开眼，我保准你连名字都没听过！我请你品尝的这道'美人肝'乃是……"

"什么？"胤祥还没听完，就连连摇手，"不，不要。这等伤天害理的事，弟可做不来。"

"看，误会了吧？你倒听我说完呀！此'美人肝'指的是鸭胰，几十个鸭胰，配以三十多种香料，秘制而成，有滋补调息之功效，乃上上珍品。我还是上次陪父皇南巡时尝过一次，那味道，至今难忘！后来听说发明这道菜的厨子已经死了，只留下一个徒弟。这次在苏州我派人多方打听才找到他，只是不知他能不能赶上他师傅当年的手艺。"

胤祥仍是皱着眉："谁起的名字？这么刁钻，吓了我一跳！不过用几十只鸭子配一道菜，也够奢费的。再说，二哥请客干吗不连四哥一块儿请？这么厚此薄彼，弟可不干。"

"哈哈，咱老十三还真有义气。同是自家兄弟，我哪儿能那么干！你也不是不知，你四哥素来不喜荤膳，我是怕他……"胤礽解释了几句，便追上早已请过安后径自向里面踱去的胤禛，笑着将这番意思又说了一遍。已习惯了这种冷遇的胤禛刚才连他们说的是什么都没听清，况且他对太子的做法颇有腹诽，不愿主动攀谈，听罢只拱手淡淡答道："多谢二哥盛意，小弟近来身体不适，想休息片刻，请二哥恕罪。"

"那我让他们把膳食搬过来，就在你那儿吃，完了就回去，绝不多扰，四弟就不要再客气了。"

没想到人家还粘上了，眼看推谢不掉，胤禛只好道了句谢，闷闷不乐地陪太子来到自己的居室。可是一进室内，太子和胤祥都是一愣，只见这间装饰古雅的房间内，摆着一幅尚未装裱好的条幅，上书一行草诗作，末款题的是：

恭呈皇兄太子殿下大雅览正。

胤礽一瞅，就笑了，他拉住胤禛，惊喜地说："老四，这是什么时候书的？今儿是什么日子，你怎么想起赠我？哈哈，不瞒四弟，兄弟中我最欣赏你的书法，看这字行云流水，跌宕超逸，有林下风，甚是不俗。好，既然四弟如此慷慨，为兄就愧领了。"胤礽一边啊啊呀呀地打着哈哈，半真半假地称赞着，一边去看那首诗——

兵力无如刘宋强，励精政事数萧梁。
何因不享百年祚，鸩毒山川是建康！

如果说胤禛的书法在兄弟中尚有可许之处，那么他的诗作则算不上出色，这首诗也写得话语粗浅，实在算不上什么佳作。老四为什么送自己这个？胤礽一手摸着光华的下巴，一边眼睛不停地转着，终于"哧"地笑了一声。

一直注意观察着胤礽神色的胤禛，听到这含义不清的一声轻笑，忙行礼相问："不知二哥因何发笑？或是小弟拙笔有疏漏之处，请二哥赐教！"

胤礽狡黠地眯起眼睛，指着条幅说："这头一句倒也罢了，只是这第二句，我实有些不解。那梁武帝把国家搞得一团糟，最后为侯景所逼，死后其骨肉复又相残，怎么就算励精图治呢？"

胤禛点点头，神色庄重地答道："梁武帝出身名门，博学多才，平日穿布衣，食素膳，冬日五更起来秉烛批阅奏折，比起其他南朝诸君，就算好的了。"

"其他？其他是谁啊？"胤礽故作天真不解地问。

"比如陈朝末帝陈叔宝，宫中姬妾数千，前后左右，唯女人是侍。其早寝晏起，晚朝早罢，终日沉于酒色，大小臣工不得进言，以致气数短促。"胤禛说完，便大有深意地紧盯着胤礽，却发现对方的圆脸上并没有出现应有的羞惭和愧疚，依然是喜气洋洋，春风满面。胤礽对四弟的注视很是不屑，鄙夷地笑了一声，说：“那我就更不解了，既然梁武帝这么励精图治，寡于声色，梁朝为何同样享祚不久，短命而亡呢？请四弟赐教——”说着，胤礽那尚还平和的微笑已变成了高傲挖苦的冷笑。一向好强却又自卑的胤禛平生最怕见到的就是别人的这种表情，这让本已准备充分的他一时语塞，不知再讲什么。“我……”他只叫了一声，就张口结舌了，又羞又气的脸上急憋出两小片红。他显得那么惶急和缺乏自信，和一个时辰前那个高贵傲岸、从容镇定的四皇子判若两人。

“咦，四弟怎么不说话呀，可别莫测高深，叫愚兄胡乱猜测啊。”胤礽冷笑着，轻蔑地瞥了瞥沉默不语、可怜巴巴的胤禛：“好，既然四弟是惜言如金，不肯轻启尊口，那我倒有几句絮烦的话，让四弟见笑了。梁武帝在位虽久，却非明君英主。比如他曾几次到国泰寺舍身为僧，经群臣出钱才赎回。光几次赎身就有四亿银钱白白流进寺庙。对佛事如此慷慨，可当时江东大旱，民多饿死，却不闻不问。此帝表面仁慈，实则虚诈，四弟却奉为南朝君主楷模，赞赏有加，却如盲人摸象，自以为是！望四弟今后读书不要管中窥豹，只见一斑；一叶障目，不见泰山哟！”他用教训的口吻快意地说着。

这时站在一旁尚未说话的胤祥有些看不过去了。熟悉胤禛的人都知道四阿哥生性古怪难测，有时会突然冒出一些惊人之语让人不知所措，却并不是故意与人争胜使气，可太子的口气倒像在故意刁难嘲讽四哥。这不是在成心气四哥吗？胤祥急忙朝胤礽做了个手势，想劝阻一下得意忘形的太子。

“太子说得对，梁武帝是亡国君，不是中兴主。不过四阿哥能以史为鉴，安不忘危，也是不错的。”在他们三个停止交谈的时候，一个再熟悉亲切不过的声音从外面传来。他们掉过头，惊喜地喊了声：“父皇！”

受过儿子们的礼拜，康熙先转向胤禛，语气温和地说：“刚才太子说梁朝灭亡乃因武帝佞佛伪善，不恤百姓，你是如何看的？”

说也奇怪，父皇这亲切安详的声音让胤禛那停滞僵顿的大脑开始转动，重又恢复到心平气和、思路清晰的状态。他先向胤礽行了个礼，平静地道：“小弟刚才思路甚偏，乃是死啃书本、不求甚解之故。若非二哥提醒，更将误入迷途，小弟这厢谢过二哥指点。”然后他又郑重地转向父皇：“以儿臣陋见，梁武帝继位后没能任用贤能、整肃吏治、富国强民，却漫设官职，提拔了一批怯懦无能之辈，造就无数贪污腐化之徒，使国事日衰，民生艰难。尤其宽纵贪官污吏，却严酷对待百姓，赋役繁重，勒索无度，以致引狼入室，终为侯景所逼，饿死台城。此时梁若不亡，天理难容！”

康熙听罢连连点头，无限感慨地说：“嗯，生于忧患，死于安乐。可见为政者应居安思危，随时保持警惕，不能有丝毫松懈啊。”他说的同时眼睛郑重地望着他的继承人。现在这位皇太子已没了刚才那副咄咄逼人、傲慢放纵的模样，眼中露出一丝不自然的光，垂下了头。太子的模样不但让心中偏向四哥的胤祥感到欣慰，也让胤禛感到出了一口气。对呀，刚才明明是自己占理，可怎么反倒让太子教训了呢？

“那么胤禛，你还有什么需要补充的吗？”听着父皇含着暖意的问话，胤禛忙收回思路，没想到父皇对自己的话这么重视，这让他既紧张又兴奋。何不趁现在这个机会就把他刚才在街面上听到的议论告诉父皇呢。可是父皇会听吗？太子又该不高兴了吧？他抬起微红的脸忐忑不安地望去，发现父皇正目光朗朗地凝视着他，心头顿觉一热，感到一种巨大的自信油然而生。他便不管太子爱听不爱听，和十三弟那意欲劝阻的眼神，给父皇叩了个头，就三下五除二竹筒倒豆子般讲了街上所听所见的一切。

康熙开始听时还略显惊讶，但很快就恢复了那种沉着冷静、仪态从容的风度。声音平和地说：“这些朕也有所风闻。事实上我朝入主中原之初，此种议论就从没停息过。骂咱们是夷狄、北虏，不识礼教，坐不久天下。古人云：‘圣人之为天下，不惮人之有怨心，而问其怨之当否。’天下有道，庶民不议。民心既得，则异议自消。当初逆臣贼子的叫骂尚未撼动我大清一丝一毫。你所说的，不过是二三失意举子借酒浇愁的忌怨之言，又岂能撼动我大清！”

“可是父皇——”胤禛突然不顾礼节地抢起话来。其实皇上说的这些他也曾想过，什么笼络士子啦，争取民心啦，都是为使这些汉家士民不起异心，忠心拥戴本朝。可这次他在姑苏街上一走，却感觉到，事情并非如此简单。也许是当初江南遭清军屠戮太重，这里的民族积怨较其他地区尤深。这里的百姓与读书人对皇上的一般施恩很难感激涕零，也并不领情。“可是父皇，他们多造谤议，摇惑众听，若再不查处，将贻害无穷！”胤禛只顾按着自己的想法说。

康熙来此只是看一下儿子们，以示关爱，并不想占用更多的时间，而且他觉得这个问题眼下还不宜与年轻的儿子们深入讨论。眼看老四的急脾气又要犯，他就显出没有继续听下去的耐心，想再说几句就走，所以轻轻一笑。哪知胤禛却不依不饶自顾痛快地继续道：“他们甚至说皇上南巡不过是游山玩水，出来散心，然后好使史官书之，以邀美名于后世！”他故意添油加醋将更刺激的话讲出，而后望望父皇，看他有没有被触动的表情。可令他失望的是父皇非但未恼，反而再一次笑了，那笑里面明显带出几许对四阿哥多嘴的不悦。“这话说得却也不错。试想朕虽身居九五，而乐山赏水之情与众何异？”然后他表情才渐渐严肃下来，“只是此番南巡时日稍长，幸而未曾扰民。唯是江南大略尚虚华，安逸乐，力田者寡，逐末者众，奢侈之风日盛。朕离开前，一定要告诫地方官员，日后当去奢返朴，事事务本！”

“可是——”胤禛迟疑地张了张口，但这次康熙只是冷淡地瞥了他一眼，就没再理他，也没再同另两个皇子说什么，径直走了出去。在跪安恭送父皇的时候，胤禛心里感到一种久久压抑的失落，他在心里不停地说：父皇，父皇，你要是能亲自到民间走走就好了！

第七章　明令暗流

一

从南边回京后，当胤禛乘轿回到自己的贝勒府，落轿下来后，他见大门紧闭，门前冷冷清清，没有一个人影。这是怎么了？莫非……一种极为不祥的预感让他飞快地推开大门进去。进来后他一眼望见二门外的左侧竖起一根三丈长的高幡，幡下垂着一条一丈多长的招魂飘带，正凄凉地飘荡着。还没容他再想，就见几个身着素衣的家人出来，哭着跪禀道："主子，哥儿，哥儿已经走了……"

胤禛觉得心像刀戳了般，头脑轰鸣，眼前一片模糊，突然"哇"的一声，喷出一口鲜血。吓得家人慌忙上前搀扶问询，还有人要请大夫。

"不用急，不相干。"胤禛无力地挥着手，"这是急火攻心，血不归经，不妨事。"话虽这么说，他的脚却像踩在棉花上，软得迈不开步。他想挣扎着站稳，却突然眼前一黑，什么也不知道了。

这些日子，胤禛处在害病一样的昏迷状态中。虽然他还照常吃饭、睡觉、洗漱，但这一切都仿佛在无知无觉的睡态中，痴痴呆呆，迷迷糊糊。从回家得知弘晖死讯那天起，他就觉得自己仿佛是一根被掏空的枯木，鲜活跳动的心脏被丢在沙漠中枯死了，风干了。弘晖，这个可爱的儿子，一直是他生命中的一部分，甚至大半个。有儿子在时，就是自己的心里有委屈，有愤懑，只要听到儿子的欢笑，他都咬牙挺住。可如今，这半个生命没了，没人再在他身边玩耍哭闹，要他背，要他抱，要他举高高，要他手把手地教着写字了……他活着，还有什么意思！活着，不就是具行尸走肉！

现在，躺在床上的胤禛像死人一样，不吃不喝不动。后来，麻木得干脆什么都不想干了，只是偶尔睁开空茫的眼睛，又马上闭上，躺着，睡着，昏迷着……

“四爷，该起床了。”不知到了什么时候，耳旁响起一个女子温柔的声音。

胤禛闷闷地嘘了一声，睁开眼，惘然地望着那一轮刚从浮云中露出脸来的太阳。太阳也像刚刚睡醒似的，四周还带着黄晕，在苍灰色的天空下低垂着，不甚鲜明。他恹恹地收了目光，这才发现面前站着一个十四五岁的侍女，正胆怯焦急地望着他。他隐约记得，这几天一直是这个丫头服侍他梳洗的。但他只用失去理智的眼睛看着周围的世界，连亲人都不想认，又怎么会理会一个粗使丫头呢。他又看看这丫头：长圆脸、细长目，嘴巴小巧，模样陌生，本不想讲话的他，却不由自主把这番意思讲了出来，用低低的声音问：“你是新来的？”

这极其低沉的一声话语却像在那丫头头顶爆响了个炸雷。她身子发颤，翕动着嘴唇，高兴得差点落泪。不是因为四阿哥注意到她，而是因为这是衰弱无神、形同木石的殿下几天以来第一次开口讲话，不由得激动地说：“四爷，您可醒了！……”

看着这丫头如此激动惊喜得难以自制的样子，胤禛有些吃惊：“你这是……”

“奴婢是高兴！”丫头蹲了个万福，平身后轻轻地说，“回主子，奴婢本是新入府侍候福晋的，却不巧四爷这几日贵体有恙，就被福晋拨到这边来侍候。”

接着，这丫头打来洗脸水，手捧一条雪白的面巾，细细给胤禛擦洗起来。她的动作那么轻柔，所过之处，脸、颈、两手，都像被温泉浴过一般，无一不熨帖温暖，肌肤就像吃了颗人参果，舒服极了。胤禛惬意地闭上眼，很奇怪地希望那双手能在他身上多停一会儿，因为那感觉很像小时候被佟皇后亲切地抚摸。皇额娘……胤禛不由得心头一热，忙睁开眼睛瞅着侍女小心忙碌的身影，直到她做完后转身去倒脏水，他还痴痴地望着她出去的门口，久久发呆，一动不动。

丫头回来了，见主人这样，倒吓了一跳！前几天她干完这些后，主人都是一言不发，倒头便睡，任凭你怎么请求呼叫也不理睬，一连几天都是这样，真是“睡生梦死”啊！可已过去这么多天了，他还是这么麻木、痴呆，样子一点没变。照此下去，阖府上下将永不得安宁……所以她慌忙跪下，神态焦急地说：“不是奴婢放肆，四爷可再不该这样下去了！现在福晋因哥儿的事和四爷的身子已急得病倒；侧奶奶马上又要临产，您，您实该为她们想想！”

“你说什么？”

小丫头的脸顿时涨红，有些惊慌，但她还是倔强地昂起头，说：“奴婢知道主子仁德明智，无须奴婢多嘴。可您总这样不吃不喝，眉头不展，不但让福晋担心，就是文觉大师来了，见到殿下这样，也会为主子痛惜的。”

“嗯——你怎么知道文觉法师？”胤禛暗淡无神的眼中突然射出一道威严的

亮光，怀疑地盯着她问。

“回主子，是福晋对奴婢讲的。因奴婢每日侍候完四爷后，还要到福晋处回话，告之这里的情况。昨日福晋吩咐，若今日四爷昏弱伤痛之态还未改观，就让管家去大觉寺请文觉法师。奴婢看四爷一时还难恢复如常，不如照了福晋的吩咐，奴婢这就去叫管家！”

现在府中的管家是戴铎。这几年戴铎在府中办事既干练又很忠诚，就被胤禛提拔了上来。本来胤禛已通过吏部的人给他找了个外省知县的差，要他去历练一番，以备不时之需。但府中出了这等大事，戴铎也走不成了，只得推迟赴任之期。为了晖哥儿的死，尤其是四贝勒这种让人揪心的昏乱状态，全府上上下下的人多少都受了一些影响。

“哼，不知这些奴才现在心里怎么抱怨我呢！”胤禛想。不过这丫头的激将法委实厉害。“不，你先别叫戴铎。”他叫住女孩，又把这丫头细细地看了一遍，慢慢移开眼睛，轻声道，“我，我想跟你说会儿话……”

“您、您要跟奴婢说话？”

“嗯。你别怕。来，坐下，坐到这儿来。”胤禛指了指他坐的床沿，“你叫什么？哪个旗的？阿玛是做什么的？”

“回主子，奴婢叫海色，阿玛是四品典仪官，正黄旗的钮钴禄·凌柱。”海色并没有坐下，恭敬地答完这些话，就拘谨地垂下头。

“哦，原来你还是个格格！到这儿来做侍女，委屈你了。”

“主子这么说可折杀奴婢了，奴婢一家都是主子的奴才，主子的人。能侍候主子是奴婢求之不得的福分，现在就是有人赶奴婢回家奴婢还不走呢！不过主子要老是心情不畅，奴婢心里也不好受。奴婢拙嘴笨舌不会劝人，但求主子凡事想开些，为两位娘娘和未出世的哥儿，别再耗损心神，跟自己过不去了！”

胤禛叹了口气，他觉得这丫头说得很大胆，但并未责备她，而且出口的话语已透出一丝温和：“海色啊，常言说‘养子方知父母恩’，你还小，不懂得一个……一个阿玛、一个长辈的心情。你的意思我知道，你不要再说了……”

海色没有听，继续大胆地说：“正是这话，请四爷恕奴婢多嘴，您就是不为其他人想，也该为宫里的万岁爷和德妃娘娘想想。您总这样，不也同样让万岁和娘娘心焦吗？再说，您是一国的皇子殿下，许多大事、要差还等着您办呢！”

“哼，我是天下第一闲人，我能有什么要差？”胤禛并没觉得自己对一个丫头说这种赌气的话有什么不妥，连他自己都不知道，他讲这话时是出于愤懑、哀怨或别的什么心情。

海色却没在意主人的这句话，又仿佛不经意地说：“前日听管家讲，宫中来人传旨，要四爷同大千岁一起查抄索府，因四爷贵体不便，管家已代主子回明了传旨官……”

“什么，抄索府？索额图完了？”胤禛一下从炕上下到地上。

“具体奴婢也不太清楚，四爷叫管家来一问便知。”

正在这时，窗外突然传来一阵阵哭泣声，听声音有十几个人，气得胤禛烦躁地吼了一声：“谁在那儿吵！”

哭声还在继续。戴铎急急忙忙从外面进来跪倒，神色惊慌，还未讲话，就已大口大口地喘着气。

胤禛已回到炕上坐定，目光阴沉地望着戴铎：“谁在号丧？还不嫌乱！他们这是咒谁呢？”

听得这话，戴铎吓得一惊，低下头，无可奈何地说：“回主子，他们是以前侍候过晖哥儿的人。”

“他们哭什么？”

“他们，他们，”戴铎抹了一把额上淌下的汗水，结结巴巴地说，“他们说没服侍好哥儿，自知有罪，凭主子责罚。只是，只是求主子，不、不、不要拿他们殉葬！”

“殉葬？”“殉葬！”听着的两个人一同喊出了声。所不同的是，海色是出于惊恐。当初福晋要派一名侍女到这边侍候，没有一人应承。新来的她深感奇怪地问那些老侍女，她们告诉她，这个主子性子古怪，脾气不好，她们不敢来。海色却不信，觉得她们在危言耸听，主动找福晋接下这差事。当时有许多人暗笑她傻，她也不太在意。殉葬是满洲旧俗，太祖努尔哈赤死时连许多福晋也未能幸免。入关后，奴婢殉主虽有所减少，但并未废除。现在真要让这些人给小阿哥殉葬，那些侍女说的该不是假话了……

但海色新来，并不知道。其实在晖哥儿走之前，四贝勒已有两个阿哥和两个格格先后夭折，当时都是将那些侍候过阿哥格格的下人或撵走或下放到王庄当差，却还没有过殉葬之事。这些日子胤禛衰弱昏乱至极，根本无暇顾到这些下人的安置。也不知是哪个可恶的奴才造的谣，这些奴才还都听风就是雨。哼，这可是你们自找的，怨不得我！他愤恨地想，同时心中生出一个残酷的念头：对，就让这些奴才给晖哥儿殉葬，一个不留！他默一攥拳，还未发话，却见海色慢慢地跪了下来：“四爷……”

“你要说什么？”胤禛暗暗咬牙，如果这丫头胆敢为外面那些人求情，或者露出一点悲痛不忍之色，那就连她一块儿捎上，给儿子殉葬！

海色的神态很平静："回四爷，奴婢该死，忘了禀报四爷，昨儿太医给侧福晋请过脉，说侧福晋胎气正常，身子保养很好，又喜欢酸食，此胎所育一定又是个阿哥！"

又是个阿哥！胤禛心中一动，琢磨着她此时说这话的意思，就在他沉思时，海色飞快地向戴铎使了个眼色，戴铎忙跪下，用他那响亮的高嗓门道："奴才给四爷贺喜！祝四爷福寿延绵，子孙满堂！"

胤禛不动声色地盯着海色，紧抿着嘴唇，沉思了一会儿，说："这话可是你说的，又是个哥儿。不过万一侧福晋要是生了个格格……"

"不，不会的，侧福晋一定会为四爷生个阿哥！"海色面不改色地道，"若奴婢之言不实，情愿替他们……"她瞅了瞅窗外，将头一仰，坚定地说："去替他们服侍晖哥儿！"

"哦，好丫头，我就听你一言。你且起来。"胤禛又转向戴铎："谁说让他们殉葬的？我佛慈悲，普度众生，我岂能干那种损德之事？你去告诉他们，都回去候着，不许再胡思乱想。等哥儿出世，还要他们侍候。你也给我盯着点，若再有人散布谣言惑众，绝不轻饶！"说完，他悠悠地舒展了一下身子，把目光转向海色，看她是不是后悔了、害怕了？却发现海色依然是那种平静的不卑不亢的神色，她默默地向有些惊愕的四贝勒福了一福，低头出去了。

与此同时，两个衣着华贵的皇子，正坐在八贝勒府的花厅内交谈。

"哦，果有此事？"

问话的这位是十四阿哥胤禵。别看他今年还不到十七岁，但那高挺的鼻梁和黑硬的眉峰，却已显出一种夺人的英气，一双如墨般的眸子带出某种倔强、执拗的光芒，使这张年轻的脸上显出一种高傲的、永不服输的架势。

"当然属实，皇上密谕王鸿绪，'前岁南巡，有许多不肖之人骗卖苏州女子，朕到家方知，今年恐又如此行着；尔细细打听，凡有这事，亲手密密写来奏闻，不可令人知道！'于是王鸿绪连上密折奏言官员在吴买女子之事。据说苏州官差章京已买三女，侍卫五哥买三女，革职官陈某买女谋复官，侍卫迈子在各处买人。此外纷纷买人者甚多，或自买，或买来结交要紧人员，皆是捏造姓名、虚骗成局。密折最后还说'皇上行事至慎至密，人莫能测，真千古帝王所不及。但恐近来时候不同，有从中窥探至尊动静者，伏祈皇上秘密提防，万勿轻露，随事体验，自然洞察'。"

这一位讲话的皇子生得白白胖胖，圆圆的脸上一双细眯眯的小眼睛，总是一副乐呵呵的模样，这是九阿哥胤禟。在一般人眼里，他生性豪爽，胸无城府，其实他心里的鬼点子不少！而且他还是个敛财好手，在兄弟们中以财产殷实著称，这一方面是因为他做了明珠的女婿，继承了明珠家的一部分财产；另一方面也是他精打细算善于理财的缘故。同胤禵相比，胤禟和八阿哥胤禩的关系更密切一些，时常到八府走动。

"那不知父皇查实后会作何处置？"

"哼，还能怎么处置！"胤禟呷了口茶，冷笑了一声。

"九哥是说——"

"投、鼠、忌、器！嗯……"胤禟说完这四个字，冲胤禵意味深长地眨眨眼睛，就不再讲了。

胤禵心领神会地点点头，可他突然脑筋一转，既是密诏，九哥是如何得知的？但他没再想下去，因为门外已响起了脚步声，当他抬起头时，一个相貌英俊的皇子正走进屋。

进来的正是这个府的主人——八阿哥胤禩。本来，胤禩排行居中，既不可能像年长阿哥那样受到重视，也很难像年幼兄弟那样受到宠爱；而且他的生母出身卑微，只是"辛者库"中的一个奴隶，这似乎注定他将在皇子们中默默无闻地度过一生。但世上的事有时不能以常理揣测。自幼聪明机灵、工于心计的八阿哥为讨得父皇的欢心，尽量结交各种可资利用的人物。他谦恭儒雅的风度给人一种赏心悦目的印象，并渐渐形成一种特殊的风韵，任何一位初次接触过他的人都会有一种很亲近的、想畅谈深交的感觉。但是，胤禩与自己兄弟的交往是有选择的，有些人虽关系良好却保持一定距离，现在，他只和胤禟、胤䄉、胤禵关系密切，来往较多。

见胤禩从外面进来，胤禵忙起身请安，胤禟却连屁股都不欠一欠，只是随意地打了声招呼："八哥回来了。"

这是因为胤禟经常来八府走动特别熟悉的缘故，所以胤禩也不介意。他脱下外衣交给下人，并示意他们退下，便与胤禟并排坐下，见几案上放着本《水浒传》，说："老不看《三国》，少不看《水浒》，九弟不带着十四弟走正道。"胤禟两手一摊，朝胤禵做了个滑稽的鬼脸，像是说："看看，为了你，我又挨说了。"胤禵忙说："八哥，别怪九哥，是小弟要看的。文绉绉的书我看不下去，不过图个热闹。"胤禩轻轻摇着折扇说："其实你们真应看看《三国演义》，当年太宗皇帝在位时就十分喜爱此书，行军征战也带在身边，并命人将其译成满文，我看读它比读

《水浒传》对人更有益处。”

胤禩问：“那么这次请何焯入府一事，可也是从《三国》中得的，是‘三顾茅庐’吧？”

“三顾茅庐？我们都没去啊。不过此次请其入京也着实费了一番周折。哦，九弟当是首功！”

“不敢当，不敢当，主要是揆叙办的，我不过坐享其成罢了。”胤禟谦逊地说，又突然气愤地嚷道，“哼，要不是熊赐履那个老不死的成心捣乱，何焯无论如何也得点个状元！”

当康熙在苏州见到何焯并恩准其参加京师的会试时，他也同时授予另外两个人——汪灏和蒋廷锡以举人资格，并命其“候旨”，这显然是准备授他们官衔。但依照旧制，被录取者必须经过殿试，即接受皇帝亲试后才能得到官衔。然而此时何焯等三人都还不是进士，必须经过礼部的会试方可。然而使康熙大为尴尬的是，以熊赐履为首的考官竟胆大包天，让这三名皇帝的宠儿落了榜。这无疑是熊赐履的同党索额图授意他这么干的。为使自己所属意的人有资格参加殿试，康熙也采取了个前所未有的做法，授这三人为进士。这样，何焯、汪灏和蒋廷锡三人顺利进了翰林院，而熊赐履丢尽了老脸，已完全失宠。殿试结果揭晓后他便请旨“以原官解任”。皇上准了他的请求，只不过又让其“留京以备顾问”，算是给他留了点面子。就在十天后，太子党的索额图被锁拿。

索额图被囚，太子党遭受重创，无疑是八阿哥他们这一派的最大胜利。可胤禩是个缜密的人，索额图的阴谋虽败露，但朝廷内外还有许多或明或暗的太子党人。比如作为皇上亲信之一，至今还为皇上提供密报的王鸿绪，就是向着太子的。这些人如不彻底铲除，自己要达到目的仍将困难重重。见两个弟弟兴致这么高，这些话他暂时没有讲，他对胤禟说：“这次熊赐履促使何焯落第有失公允，其他倒也未有多少可指摘之处。如有人说他袒护官员子弟，这便不确。这次被录取的庶吉士中，只有张英的儿子张廷玉是唯一一位官宦子弟。此人文章精妙，举止大方凝重，是个人才。”

“张廷玉？我见过。白面微须，不胖不瘦，长得还真像张英。只一样，跟他老子似的，不问不张口，一棍子打不出个屁！你瞅这爷俩多好，一个天聋，一个地哑！”胤禟咋咋呼呼地说。胤禩先忍不住笑了：“人家这叫大音希声，聪明不外露。难道都像你似的心里装不下个屁才好！”胤禟眼睛一翻：“还说我呢，那你呢？你比我强哪儿去？”胤禩在一旁笑道：“我看你俩是半斤对八两，谁也别说谁了。”“正是正是，若论修行谋略，咱们谁也比不上八哥。”胤禟说。胤禩正想推掉十四弟赠的这顶高帽，就听老九大声大气地说：“若论心里打算盘嘛，我看啊……”他看了胤禵一眼，笑笑说，“我看咱们兄弟中谁也比不上四哥——前日皇阿玛派四哥去抄索府，四哥推说有病没有奉诏。怎么早不病晚不病，单单这个节骨眼儿上病了？他可真会挑时候！别看四哥平时少言寡语不哼不哈的，还挺有蔫主意！”正喝茶的胤禩听了放下杯子，神情凝重地说：“这事我知道，四哥是真病了。他儿子弘晖夭折，他因此哀痛欲绝，病倒在床。”他解释完又转向胤禵：“十四弟，你去看过四哥了吗？”胤禵有些愧疚地摇摇头，胤禩说：“应当看看，兄弟一场。旁人见了还当是咱们做弟弟的不悌。”胤禟听罢撇撇嘴：“八哥，难道就你、我和老十四是四哥的弟弟，那别人呢？像老十三，当初四哥那么关照他，现在他还不照样围着太子转，甘当太子的走狗，又何曾去看过四哥！哼，老三、老十三，咱大清又有两个监国了！”胤禩忙嗔怪地看了他一眼：“瞧你把话扯哪儿去了，别人是别人，咱们不能。”说完，他又征询地望着低头沉思的胤禵，并朝胤禟使眼色。胤禟忙起身走过去，拍拍胤禵的肩膀，半玩笑半赔不是地说：“十四弟，九哥就是个有口无心的人，没有别的意思，你可别见怪。我的意思是一会儿由我和八哥陪你一起去瞧瞧四哥。”胤禩点点头：“这么说还像句话，十四弟，咱们一起去。”胤禟是早被兄弟们说皮了的人，一点不介意地嬉笑着说：“这也算我们刚才那本《水浒》没白看，讲义气嘛。”他又用自己的扇子一指胤禵：“八哥，你说也怪，咱老十四跟四哥倒是一母同胞，可看上去却真是天悬地隔的两个人！”胤禵被他纠缠得气不得恼不得，反唇相讥道：“那你和五哥也是同胞兄弟，就情投意合啦？”胤禟没料到他会说出这等反驳的话，张张嘴巴，一句尖刻的话已到了嘴边，但见胤禩向他摆摆手，只好干笑了几声，不以为然地一屁股坐回原位，那张椅子就“咯吱”响了一声。已坐下的胤禟却还不安分地东瞅西瞧，环顾着四周。过了一会儿，很感慨地说：“八哥，你这屋子也太素净了，怎么不布置一下？听说这次从索府抄出好多古玩珍藏，可惜都便宜了那些奴才！”他啧啧叹着，一副不胜惋惜的样子。

“咦，”胤禵从椅子上坐正，“九哥，既然你看八哥室内陈设寒素，怎么不把你的宝贝送来几个，敢情是舍不得吧？是不是你看上了索额图那些东西，却扯上八哥当掩护？”

“嘿，十四弟，今儿你是跟我杠上了。告诉你，不是我舍不得我那些玩意儿，不要说一件古董，就是十件百件，又算什么！只是我看与其放在八哥这儿，倒不如拿了送人。”

“送人？”

“送给新科进士啊。何焯要多送些，既文雅又漂亮，想那何焯必不会辞谢。八哥，弟这个计意如何？”胤禟有些得意地说。

可胤禩无动于衷地垂下头，过了会儿，才慢吞吞地说：“不用了，还是你留着吧。我也是刚听说，何焯因老父病逝已向皇上请旨回乡守孝去了。”

“啊！”胤禟和胤禵不约而同喊了一声，胤禟垂头丧气地一拍大腿：“那咱们拥戴他不是都白费了！守孝要三年，三年啊，到时谁知道他会变成什么样！”

胤禵却没有他这样泄气，他目光闪闪地望着两个哥哥说：“别泄气，九哥，跟何焯一起进京的不是还有个姓蒋的，叫蒋什么……”

“蒋廷锡，这倒是个值得重视的人！”八阿哥胤禩抬起头，重燃起希望的眼中露出一种已有打算的果决的光。

二

这一段时间，不知怎么，王公中得病乃至亡逝的人异常多了起来。六月，恭亲王常宁刚刚去世，紧跟着就传来裕亲王福全病危的消息，等康熙亲临王府探望，这位唯一健在的皇兄已经不能起身相迎。康熙也没想到皇兄的病会如此危重。自从乌兰布通一役后，他再也没对福全委以重任，但兄弟二人的感情一直很融洽。康熙还曾专命画师作《桐荫并坐图》，绘他与福全并坐于梧桐树下，以示君臣兄弟之间的手足情谊。

现在康熙已进到福全的起居室。这个宽大的房间被分割成几个小次间。闻着从里面飘出来的浓浓药味，康熙又一次在心里责怪自己，这一年多，自己光顾着南巡，却对皇兄的情况太疏懒太冷淡了，连病成这样都不知道！是不是皇兄怕自己得知后心焦，有碍政务，故意让人瞒报的……他一边走，一边痛心地想。就要走进东次间时，康熙愣住了，因为门口竟挡了一张厚厚的黑漆屏，让只顾沉思的他差点撞上。

“这是干什么？”康熙沉脸问。

“禀万岁，阿玛说他身患贱病，不想，不想让万岁靠近，恐有碍圣躬。”说话的是裕王世子保泰。他长着同福全一样敦实的身材和一个圆鼓鼓的脑袋，连粗重的嗓音也几乎一模一样。

“搬开，让朕进去！”

保泰不敢违旨，慌忙叫来一干人将这架沉重的东西费力地挪开来。康熙疾步进到里面。而那位躺在透雕天地长春花罩架子床上的病人正努力用手撑着床，想从垫得高高的枕头上抬起头，康熙抢步奔到床前，对病人做了个“不要动”的手势。他看了看裕亲王的脸色，面容惨白，嘴唇发紫，眼睛下面有两块青紫色的瘢，开阔的前额上全是汗珠，知道他已大限不远，不由心中酸痛，动情地叫了声“二哥——”

裕亲王的神志还清醒，他的脸上露出惊喜又沉重的表情，同时眼中涌出激动的泪水：“皇上……”

为了避免福全过于激动，康熙在一张镂空圆鼓凳上坐下，用轻松的口气说：“二哥，不服老不成啊。朕这次南巡回来，就歇了好一段才缓过精神。所以朕也劝你，该享几天清福了。有什么事，让孩子们去做，反正他们也长大了。刚才朕看见了保泰，长得可真越来越像二哥，多好的年轻人啊，你怎么还舍不得放手？”

一听提到儿子，福全那张布满皱纹的脸上挤出一丝怅然的苦笑。他用缓慢的声音，有气无力地说：“唉，这孩子，整天东游西逛，不学无术。说他，他还顶嘴，说臣当初也没读几本书，不也照样做了大将军。”

康熙笑道：“读书首要在心到，他既志不在此，怕也强迫不得。其实他所说也不无道理，有时文采略逊之人也照样能成就一番功业。”

福全在枕上摇摇头：“庸儿才疏智浅，臣是不指望他喽。臣也知道，其实按他的智力，读的那些书也够了。可唯一让臣不放心的是，他这么大了还不会计数。唉，等臣死了连个家都掌不好，甚至让那些奴才诓骗了还不知道。您说，这样臣能放心得下吗？故臣想求皇上找一位阿哥教保泰算学，但不知……”

“哦，这很容易，如今四阿哥正在家赋闲无事，可让他做保泰的算学师傅。”

福全本以为皇上会派学识渊博的三阿哥来教自己的儿子，哪知找来的却是四阿哥。听说这四阿哥性情古怪，不苟言笑，他带儿子行吗？

见福全笑而不语，康熙马上猜出了福全的内心活动。他笑着解释：“四阿哥平时话不多，不过在上书房读书时还是蛮用功的，心也细，学得也算扎实。本来算学非其所长，但因你家保泰是初学，等他跟着四阿哥将基础算法掌握精熟，朕再另派人教他更精深的，二哥看如何？”

福全睁开昏花的眼睛，有些不好意思地谢了恩，然后用暗哑无力的嗓子道：“这些阿哥都是臣看着长大的，既生于皇宫，资质原非常人可及，况蒙皇上亲授，读书颖悟，娴于弓马，万世所无。唯是处世为人上，依臣看来，八阿哥似乎更近于圣上。”见皇上摆出一副关注的仔细倾听的神态，福全稍长了些精神，惨白的脸上漾起一丝潮红，兴冲冲地说：“八阿哥心性好，不务矜夸，为人稳重、仁德。不瞒皇上，来臣这里探望的臣公都称其贤德，有万岁之风，圣上能养育此子，真乃皇家之福。”

康熙不动声色地听完，脸上温和的表情未变，心中却已十分不悦。要不是看福全有病，他也许早就抬脚离开了。哼，这哪里是在夸八阿哥，听这口气分明是想推举八阿哥为太子！裕亲王为什么迫不及待地说出这些话？不用问，准是老八在他跟前说了什么！一想到此，康熙不由得对八阿哥暗暗咬牙切齿，他对正热切地注视着自己的福全淡淡一笑，若无其事地岔开话题，道：“这些日子，朕总想起咱们幼时的事。那时朕年少无知，又爱任性使气，而你总让着朕。朕还记得，有一次父皇问咱们两人今后的志向，你回答愿为贤王。后来朕当了皇帝，皇兄果然兢兢业业，谦逊平和，足堪称王大臣之表率！”说到这儿，康熙心头猛地一沉。他想，如果将来太子继位，他那些兄弟会像裕亲王尊敬自己一样拥戴敬奉他吗？蓦地，他又想起太子和四阿哥在苏州时那段关于梁武帝的议论：同室操戈，骨肉相残……他脑中闪出这样一幅可怕的图画。于是，他颓然地摆摆手，用骤然变得冰冷的语气说：“八阿哥常来王兄府上吧？不知朕提的那段往事王兄对他讲过没有。朕倒想讲却总没时间。如果他再来，就请王兄代劳给他讲讲吧。青出于蓝，朕还不敢奢望。朕倒希望他能学一学王兄！”

福全惊慌地张了张嘴，脸上现出茫然失望的神色。他想，难道聪明仁厚的八阿哥一辈子就只配做个“贤王”吗？

当然不是！九阿哥胤禟就不这么想！

这个胤禟，在兄弟们中论文才武略是数不上的，吃喝玩乐却有一套。因为这，他至今连个贝子都不是，也没有受过皇上什么重要的差遣。不过胤禟也有他的想法。他想如果他也像三哥、八哥他们那样温和谦恭、正襟危坐，以他的性子实在学不来，就算学了也会让人觉得虚伪做作。“是真名士自风流”，倒不如放浪形骸，追欢逐乐，过得潇洒痛快。不过与太子胤礽不同，他一般对下人比较和善，很少责罚，他会算计人，但同时也舍得下本钱，对不少人都曾倾囊相助。这样一来，竟也真有不少人觉得他豪爽大方，情愿投效于他的门下。不过胤禟对自己的才能和他在父皇心目中的地位很清楚，虽然他并不甘心只做一个无权无势的逍遥王子，然而太子之位对他来说毕竟过于渺茫，那么就不如实际些，在兄弟们中投靠一位有望争夺太子位、又与自己关系融洽的人，到时就冲着自己这份拥戴之功，也不愁富贵！最终他看准了胤禩。但八阿哥对此事的态度一直不冷不热，莫测高深，令人吃不透。眼下，裕亲王福全刚刚去世，尚未除去素服的胤禟又来到八贝勒府，想再次进行打探劝说。

“八哥，你到底干不干？”这大约已是胤禟第十七次在问胤禩同一个问题了。

胤禩低着头，用茶盖慢慢地拨着盖碗里的茶叶，表情很淡漠。半晌，方抬起头，平静地说：“老九，你干吗这么逼我？”

“这怎么是逼你？”胤禟瞪起眼睛，显得很激动的样子，“大伙儿都觉得，咱们兄弟中，唯有你的才干、人品高人一等。再瞧瞧咱们那位太子爷，除了吃喝玩乐、玩女人、闹贼脾气，一无所能！我认识的一个通事官说，有个朝鲜官员都发下话了，说若老二继位，必亡咱大清！——你听听，这还了得吗？所以为了咱大清，为了我朝百姓，你就应该当仁不让，带我们干出一番事业！要不，不但让兄弟们失望，就是九泉之下的裕王伯伯，也不会瞑目啊……”

胤禟这番话说得有情有理，又义正词严，很让一般听者动容，但八阿哥胤禩毕竟不同寻常。他放下茶碗，叹了口气，说：“历代皇朝内，兄弟萧墙一向为后人所诟，我朝又是以外族入主中原，一旦中枢有变，天下人岂不猜疑？到时若有图谋不轨之人乘机作乱，像皇阿玛常提的司马氏‘八王之乱’那样，祸起萧墙，使国家四分五裂，民不聊生，我们岂不成了千古罪人！”说完，他满目忧郁地望着九弟，想把这个话题就此结束。

可今天胤禟也是有备而来的，他接过胤禩的话，说：“八哥之言出于肺腑，实乃仁者胸怀。但我朝不同于西晋。《晋书》我也看过，我以为司马氏一族有才德者少，多为奸险卑劣之徒，所以才使‘八王之乱’一发不可收拾。而八哥你现在是德才俱优，人心所向，众望所归！……只要您一出马，保证一呼百应，群起支持。你看中原历朝的秦皇汉武、唐宗宋祖，到朱洪武、永乐他们，哪一个不是犯上作乱，造反起家？又哪一个不是排除异己，杀人如麻？就连咱们的太宗皇帝，为了这个位子，不也费尽心机，冷酷无情！还是那句话说得好，无毒不丈夫！要不是这些前世英雄下定决心，铁石心肠，干出一些非常之事，怎么能打下这后来的江山，创出一番功业呢？”胤禟毫不停歇地一口气说完，已是连累带激动地呼哧直喘，连忙抓起一杯茶来咕嘟咕嘟直灌下去，幸而没呛着。

望着九弟期许、急躁的表情，某种焦虑惶惑已在谨慎沉默着的胤禩心中渐渐显现了出来，虽然他在努力压制着。他匆促地笑笑想掩饰住内心的不安，仍用淡淡的口气说：“有你的，老九，什么时候练出这喷珠吐玉的功夫？要是把你刚才说的录抄下来，还真是一篇皇皇大作呢……”

“八哥别打岔，”胤禟喝水润过喉咙，精力更旺，打断胤禩的话，又像生气又像撒娇似的说，“人家讲了这么半天，你总得有个答复吧？可别又跟我下

‘闷棋’！”

“好，老九，那我问你，你就那么忌恨二哥吗？”胤禩收敛笑容，直视着胤禟，第一次说出一句至关重要的话。其实这里面含着一句未曾道明的隐语，那意思是，你现在一个劲儿拉太子下台，将来一旦我取而代之，你会不会也如此对我呢？

胤禟那一对严肃、精明的小眼睛稍稍一转，马上听出胤禩的话中之话。他慢慢沉下脸，冷冷地说：“看来八哥是疑我……也罢！我老九今天就跟八哥说几句掏心窝子的话！其实我的情况你也知道，我额娘是个心直口快的人，在后宫言语简断，做事爽利，这也难免无意伤人，遭人忌恨。五哥是我亲哥，又是个没嘴的葫芦，锥子扎不出一声儿来，太老实了！以前我还很小，住在宫里的时候，额娘就常流着泪对我说，今后咱们娘儿仨的出路可全指望你了！可我自幼跟太子不合，人无害虎心，虎有伤人意，唉……以我看来，老二断非容人之辈，今后真坐了天下，别人如何我不敢说，反正你我不成了他的刀下鬼才怪呢！只可怜额娘和五哥也因此受连累，所以我也只有以攻为守，先下手为强了！……这些年我也看出来了，在咱们兄弟中，你待人宽厚，为人谦和，兄弟之中，谁也不及！只有跟着八哥你，或许还有我老九和额娘、五哥的一条生路……”他的声音越来越小，眼圈慢慢红了。

看老九是动了真情，胤禩也一阵心潮起伏，但他仍不当真地笑着说：“瞧你说的，也太吓人了！老九，以你的才能不该如此胆小呀。你别急，其实以你的才干，若投愚兄麾下，就不怕屈才吗？你也并非庸人，自己为何不亲去争一争呢？”

见自己都说了这么多情真意切的话，老八却仍是半真半假，顾左右而言他，胤禟的心里既佩服又不舒服。唉，老八此人城府太深，心机难测，很难用一般言语打动。他揉揉酸湿的眼睛，自嘲地一笑，恢复了以前那个爱嬉笑的九阿哥的模样，说：“八哥看我像另立山头的人吗？”

“怎么不像？”

“哼！”胤禟咬牙笑道，“弟不过一纨绔子弟，平生只会安逸享乐，酒色财气缠身，败家子、废物一个！谁要是辅佐这样的人去争天下，谁才有病呢？”

胤禟在胤禩面前一向直言无忌，想说就说，想骂就骂，但像这么毫不留情地作践自己却还是头一遭。显然是八阿哥那种不冷不热、不咸不淡的态度将他惹恼了，故而急火攻心，说出这么一段让人吃惊的自损自贬、自暴自弃的话。胤禩连忙站起来，又坐下，觉得刚才和老九说的话是有点轻慢，聪明的他此时竟不知该怎么安慰这个正在气头上的九弟，挨延了一会儿，方说："九弟，不是我故意戏辱你，哥哥知你是一片真心，确实没有别的意思。只是，只是怕愚兄不能如贤弟所期望的，一旦事败，害了弟弟啊……"

胤禟霍地站了起来，脸色红涨，凛然而坚决地言道："八哥这你不用担心！苍天可鉴，我胤禟既已心向八哥，就绝无反悔之言！谋事在人，成事在天。功成与否尽在天意。若今后一旦事出，就让我先死在八哥前头！"

这发自肺腑的铮铮誓言，说得如此赤诚豪迈，以至胤禩在错愕之余，心头也热乎乎的，颇受感动。沉默了片刻，他方低声叮嘱："别胡说！看你想哪儿去了！这话可不能乱说啊。"

"不但我，连老十、老十四他们也这么说。八哥，我们都这么求你了，你还有什么可犹豫的！"胤禟的眸子闪闪发亮，急切得马上就要迸出泪水的样子。

胤禩沉吟着，并不作答。正这时，从外面大步流星进来一个丰壮的妇人，宽大的满月脸上一团怒色，本就不小的眼睛因瞪圆而更加骇人，她正是胤禩的福晋，一个极其凶悍蛮横的妇人。她在家作威作福，把胤禩管得像老鼠见了猫一般。她又生性奇妒，不许胤禩娶妾和接近任何一个女人。现在胤禩见她进来，神色大变，慌忙闪躲开，出了屋。本想找他算账的八福晋见丈夫溜了，就毫不客气地把矛头转向客人："好啊老九，和你哥哥干的好事！"

"哟，八嫂，多日不见，嫂子越发显年轻了，小弟给您请安了。"

"少跟我这儿花马吊嘴的！我问你，那何家丫头是怎么回事？既是嫌我就给我一纸休书，还用转这么个弯儿！"

"嫂子，您误会了，那丫头来这儿是给您和八哥做干女儿的，是义女。"

"哼，义女，又不是小黄毛丫头，这么大的姑娘家，你当我是傻子啊！"

"嫂子息怒。您听我说，不孝有三，无后为大。八哥至今尚无子嗣，我替八哥急呀。我已向一个老神仙为您算过一卦，那道长说八哥和您命里就是先开花后结果，最好先有一个姑娘，好庇护以后出生的哥儿。今收一养女，既可给八哥八嫂引来哥儿，那丁忧回乡守孝的何焯回来后见咱们对他女儿恩礼相待，必思报答，以助八哥大事。这是一举多得的事，嫂子您懂我的意思吗？"胤禟连哄带蒙地说。

"你是我丈夫的兄弟，你怕他无子，我难道不比你更怕？可这么大的事，你们好歹事先跟我商量商量呀。这会儿人都送来了，我还蒙在鼓里呢！本是好事，却搞得这么偷偷摸摸、鬼鬼祟祟的，我能不疑吗！"

"八嫂责的是，都怪那些奴才连个话也说不清，改日我一定再登门赔罪。我的人近日要去南边，看那边有什么新鲜纹样的缎子，让他们给嫂子扯上几匹。不过，”他又郑重叮嘱，“您有气冲我跟八哥来，可千万别难为何焯那闺女啊。”见八福晋脸色慢慢由阴转晴，胤禟如释重负地松了口气，知道自己的劝慰起了作用。哼，到底是妇人家，头发长，见识短，这不，哄哄就过去了！他满不在乎地想。却没想到，几天后，他竟被一个洋教士难住了……

三

这件事还得从罗马教廷说起。当罗马教皇格勒门十一得知他派出去的那些传教士非但未能使中国人接受天主教“归化”，他们自己倒自订了一种“适应政策”——遵华俗，行华礼，着儒冠，操华语，容忍中国人尊孔祭祖，用汉语做弥撒和称呼上帝，反而使自己“中国化”了。尤其是祭祖、祭孔，在他看来完全是亵渎天主教，亵渎上帝！为了制止距自己遥远的地方这么多迷信的“偶像崇拜”大行其道，他派出一位叫铎罗的安提阿大主教作为使臣，带着自己制定的、专对中国教民的“禁约”，来中国禁止教民遵守中国政令风俗。清国对此似乎也很重视，因为铎罗到华后皇上很快表示接见。在雄丽的紫禁城中，宏大巍峨的宫殿和一大套古怪、繁杂、冗长的礼仪，给教皇特使留下了深刻的印象。引导他的在华法国耶稣会传教区会长张诚，一边给他在前领路，一边不时回过身对他讲解指引几句。张诚现在正生着病，但因此事关系重大，还是抱病坚持陪铎罗来见皇帝。

叩完一连串的头，已累得晕头转向的罗马教皇特使终于可以直起身，看到御座上端然正坐的康熙皇帝。这位皇帝果然像白晋书中描绘的一样，举止凝重，神态威严，使人望去肃然起敬。可是再端详下去，铎罗的心里竟生起一种惋惜：啊，如此杰出的君主，如此伟大的皇帝，居然至今还未归化基督，这是多么让人扼腕痛惜的啊！自己来华的这些同事，在中国待了十几年，难道他们全忘了自己的神圣使命吗？他们在给皇帝传授算学、历法、天文、画技的同时，究竟有没有播讲上帝的福音？他们这是有负教皇的使命，辜负国王的派遣。他们是不称职的，他们有罪……

此时，康熙已经看完了这份由罗马教皇签发的，针对中国人的“禁约”。其中有：天主教堂内禁止悬挂敬天匾额；不许祭孔，不许祭祀亲人；入教的官员士子不许入孔庙行礼；入教之人不许在家供奉祖先牌位等。这些既粗暴无礼又小题大做的禁约让康熙既震惊又气恼。这些年，朕算对得起你们天主教、西洋人了。多少人上疏要禁你们天主教，朕都未许。可你们也太狂了，公然不把朕放在眼里。

当年我朝入关时，对中原几千年留下的风俗习惯都不敢碰一碰，你们倒好，凭着这一张纸就想把这些风俗传统都废除掉，做梦去吧！要是朕从了这禁约，朕成了什么人？岂不成了你们教皇的臣仆！但气归气，在这种场合，康熙还要表现出大国之君的风范。他对已赐坐的使臣蔼然一笑，耐心地解释道："贵使初来中国，不熟我朝风俗，朕可以谅解。中国供牌位之习俗原非起自孔子，此皆后人尊敬之意，并无异端之说；至于呼天为上帝，即如称朕为万岁、皇上，称呼虽异，敬君之心则一。你们欲议论中国道理，必须先深通中国文理，读尽中国诗书，方可辩论。比如朕不识西洋字，所以西洋的事朕就从不随意谈论。尔之教主远在泰西，对东土风俗之了解怕也差强人意，岂能如此鲁莽行事！"

当通过张诚的帮助终于听懂了康熙讲话的大意，铎罗分明吃了一惊。他显然对这种情况准备不足，还以为自己呈上"禁约"后，中国皇帝就会恭敬地接受了。他沉默了一会儿，用不很通顺的中国话固执地说："不许中国人祭祖，不许生员入孔庙行礼，因为这有违天主教'十诫'，'十诫'的第一条就是，不可信仰耶和华以外的神。"

照自己的身份，康熙不想同这个外邦小臣多啰唆什么，他本可找个臣子与之接洽，回答他的问题。但眼下口齿伶俐的几个大臣都不在身旁，他只好屈尊降威，亲自向这个使臣解释。他有些生气地看了铎罗一眼，冷冷地说："朕早在康熙三十九年即已宣布，祭祖之礼乃中国的一种崇敬礼节，与宗教无关。你们却偏把你们西方的《圣经》教义生搬过来。你们西洋人不识中国字，又不通汉书，如何言得中国大理？这就如一个人立于大门之外，却非要论人屋内之事，岂不可笑？众人何以服之！"

康熙的话不无道理，所以一时间，铎罗也哑口无言了。不过他那温和宁静的脸上已显露出激烈、固执的表情，但可能是因语言障碍和表达上的困难才没有马上争辩。而康熙也在用冰冷的眼睛观察着他。看得出，双方都在努力克制着，因为如果不这样，接下来就真要撕破脸皮了。终于，康熙用发音不高却足以令人生畏的声音问："那么，贵使还打算将这份'禁约'公之于众吗？"

"是的，教皇的'禁约'就是上帝的声音，不可收回！"

"那是朕管理这个国家还是你们教皇管理？"已将心中火气压制了很久的康熙这回真的动了怒，大声叱问。

"教皇当然不会插手外邦政务，但作为我天主教教民，必须服从造物主！"铎罗也毫不相让。

"又是造物主！"康熙轻蔑地哼了一声，随时都可能燃起怒火的眼中却露出一种轻蔑、讥讽的光，道，“你们西洋人于汉书一字不识，一句不通。朕今见这个告示，竟是与和尚道士、异端小教相同，如何倒指孔夫子为异端？殊属悖理！且中国称上帝，人人皆知，无不敬畏，即朕躬膺大宝，凡事法天，罔敢有慢。几十年来，朝乾夕惕，祇承帝命。中国敬天之道如此，岂尔西洋人只知为造物主区区祈福求安者可比！况祈福求安又与佛道之理何异？”讲到这儿，他又轻蔑地哼了一声：“尔教主条约与中国道理大相悖逆，朕不许我朝教民听从。”

“这恐怕没用。皇帝陛下，教民入教后，必须遵守‘十诫’，心中只能有一个上帝，不许再有其他偶像。”

听着这坚执异常的口气，康熙知道再说也无用，他的神色突然变得有些沮丧又无奈，用一种带着伤感的沉思口吻说：“如果这些教民真想抛弃家国，忘了祖宗，朕却不忍弃下这些子民！若尔教主非执意其所谓‘禁约’，对我中国政令礼俗妄加干涉，朕也只好下旨，在我大清禁行天主教，免得多事。”

由于康熙的声音并不很大，起初铎罗没听清皇上说的什么，然而，当他终于明白皇上最后这句话的意思，分明吃了一惊。一种不胜震惊、气急、羞恼的表情，从他那张圆阔饱满、红通通的脸上呈现出来。他咽下一口气，用同样坚定的声音说：“若皇上禁教，我们就撤回所有在华服务的传教士！”

“怎么，你想威胁朕？”

“不，是回避。既然天主教与中国礼仪水火不容，传教士再留此恐身遭不测，受人迫害。此实是为我耶稣会同人安全考虑。”不知怎么，铎罗的话不急不火，少了刚才的激烈，也许他已彻底失望。

尽管康熙已气得脸色发青，露出一角的黄色龙袍在御案下不停地抖着，但他还是尽量克制着，用一种永恒不变的威严口气说：“朕可以保证他们的在华安全，但前提是不许他们再发展一位中国教民！从今以后我朝臣民一概不许再信奉天主教！”

“皇上……”铎罗不胜气恼地说，“若皇上真下此旨意，各国君主将会笑话中国皇帝，也将看不起大清，觉得大清还不如前明！”

他这话一出口，在场的所有人都大吃一惊，特别是同来的几位在华传教士。他们想，也许就因为铎罗这一句话，让他们来华几十年的心血都付之东流！果然，他们还未担心完，皇上就已咆哮地发作了——

“大胆！这是朕的国家，朕的朝廷，还轮不到你来指手画脚！”

就在这时，陪同铎罗来的一直没说话的张诚，突然离开座椅，踉跄几步，“扑通”一声跪倒在地，叩着头说：“陛下息怒，陛下息怒，请陛下听臣一言。”

“哦，爱卿病体未愈，请起来说话。有话只管讲来，朕必不怪罪。”

身体虚弱的张诚却不肯起来，喘息着说：“铎罗初次来华，不懂礼仪，冲撞之处，望陛下勿怪。其实他私下对臣说过，求皇上隆恩御览教皇发来的‘禁约’。其中有合中国道理者，求皇上下旨准令入教之人依行；有不合中国道理者，亦求皇上明示。”他一边说，一边飞快地向铎罗使眼色。铎罗忙起身，学着他的样子跪倒，用不流利的汉语说：“臣系使来之臣，不能违我教皇命，能遵旨改正者，臣即遵旨奉行，不能自己改正的，即寄信与教皇，传皇上旨意请示，皇上看可行否？”

“望陛下三思！望陛下三思！”白晋等其他传教士也一同跪倒请求。

康熙神色本来已有点缓和，一见这阵势又严峻起来：“没什么好三思的，天主教在中国行不得！你们跪安吧！”

“你没看见当时他们那阵势，哪里是请求，分明是吵架，是逼宫！可恨张诚，朕待他不薄，他竟也跟着他们逼朕……”这是康熙回到东暖阁后，对新进来的吏部尚书李光地说的一句话。

“是。若要我臣民都遵其西洋教规，那我国人也不成其为中国人了。”李光地保持着他一贯的恭谨道。也许是在吏部磨炼了一段，他谈话间已少了许多华丽的辞藻，变得简明了许多。

“朕之担心也正为此。可别小看这些夷人，他们鬼得很，又爱无事生非，即使非是存心与朕理论争执，也足以败兴。真不知道那些西方国王怎么就受得了他的臣子！”他看了李光地一眼，满面忧郁地说，“朕所担心者，即这些海外西洋诸国，今虽尚知收敛，然千百年后，中国恐受其乱……故，务必居安思危！”

“还是陛下深谋远虑，高瞻远瞩。”李光地不失时机地恭维着，同时脸上涌起肃敬的表情，继续洗耳聆听。

“现在海防是要务，朕去岁南巡过苏州时，知其每年造船出海贸易者多至千余，而回来者不过十之五六，其余悉在海外。海外吕宋等处自明代以来就常留有汉人，日久天长即为海贼窝聚之处。朕想凡出海贸易之船，所带用物适用而至，不应令其多带。贸易可往东洋，至于南洋，要严格限制！沿海炮台，足资防守，以备万一。台湾人与吕宋人互相往来，皆需预为措置……”

李光地一听就明白了，皇上此举除防西洋外夷窥伺，更重要的还是针对那些长期滞留海外不归的汉人。对于海禁，李光地本意是支持皇上的，但皇上对汉人仍十分猜防，又让他心中很紧张不安。他不敢接答，默聆皇上对海防还有何举措。

可是皇上突然换了题目:“裕王那里，你去过了吗？”

李光地不知皇上怎么又想起裕王，但见皇上面色阴沉，似乎比刚才还要难看。他深吸了口气，小心地说:“在裕王病重期间，臣与本部侍郎曾探视过一次，未想此后不到三天，王爷就……”他声音哽咽，用袖子遮住脸。

“那么裕王可曾跟你说过什么？”不等李光地表演完，康熙急切地问。

李光地故意吸着鼻子，好像因悲痛没听清皇上的问话。见李光地挨延着，康熙提示地说:“有人说，裕王曾说八阿哥贤德可当太子，不知他有没有对爱卿说过同样的话？”

李光地陡然一惊，按说这并不是个难回答的问题，但眼下八阿哥势头正劲，如果让他们知道将对自己十分不利，而且皇上同样不好蒙骗，他不能像张英那样装聋作哑一言不发，且还必须双目正视皇上，以示自己心中坦荡无私。终于，他平静地开口了:“王爷是对臣提起过八爷贤德，但没讲过当太子的话。如果有，臣想要么是有人听错了，误传误导；要么就是裕王病重时神思不清的昏乱之言，不足为信。”

“哼，昏乱之言，那为什么那么多人都听到过，可见是有意为之！”康熙怒恨地说，从这时起，他便开始留意八阿哥了。

其实胤禩的活动能量已远远超过了康熙的想象，他在大臣中原本就有稳重、平和、踏实、贤德的好名声，此时为了维持这来之不易的声誉并将它的影响扩大，他显得更加礼贤下士、虚怀若谷，同各种大小官员保持良好的关系。他的名声是那么响亮，以至在公开场合，同他在一起的皇子们都会感到一种自惭形秽的压力，觉得胤禩才是真正的皇子，而他们都不是……

这天，照例轮到胤禛和胤禩到宫中值夜。清宫对皇子要求颇严，凡已授爵者必须在相应的时期轮流到宫中值夜。这值夜是个苦差事，且不说深宫冷寂，长夜难挨，便是一到夏日，那个作为皇子值夜所在的南熏殿，因殿小瓦薄，就显得特别闷热难耐，活像个蒸笼。每当这时，一些应该值夜的皇子就千方百计地逃避，等过了酷夏再说。胤禛因爱子夭折已空过一期值夜，此时精神仍不是很好，苍白羸弱，体力尚未完全恢复，本可以再空一期。但他是个要强的人，怕再不去就会有人说闲话。来的路上他想，他好久没露面了，官员们看见了理应问候一下，寒暄几句。他甚至已想好了答谢的话。可是等到了西华门，他从轿中出来，除了少数官员敷衍地过来请安，大部分人居然没看见似的从他面前走了过去，睬都不睬。难道自己病了这几天，他们就把我忘了？不认得了？他痛苦地想着。而后，他看见那边有两个官员并排走着，就故意挺直身子，咳嗽几声，想让他们注意到自己，而这两个人大概正聊在兴头上，竟又没有理睬他就走了过去。胤禛气得追跟了几步，想听听他们究竟聊些什么。就听其中一个人愤愤不平地说：“哼，一个乳臭未干的小子，何德何能？居然进了南书房！”

另一个说：“哎，你也别说他没本事，那一管花卉翎毛，就够你老兄学半辈子的了。”

第一个仍不服气地说：“得了，他那个算什么，雕虫小技，涂鸦之作，也敢拿大！王石谷的技艺不比他老到精纯？不也辞去仕职，退隐山林。哎，你说，他会不会是凭了谁的关系，才……”

“嗯，言之有理。你想皇上绝非庸主，不会无端招一个既非名门贵胄，亦非军功卓著的毛头小子来。他那么年轻，如果没有过硬的后台，怎么可能进南书房？”

“啊，若真是这样，咱们还不能得罪这小子，他如今可是皇上的红人儿……”

胤禛不再跟了，他已听明白了八九。这么说扬孙是入了南书房。可如此大事他怎么也不跟我打个招呼，难道他也把我忘了？不，扬孙不是那种人。听刚才那两个人说的，扬孙一定有他的难处，大概也是为我着想，怕有人疑到我头上。可这么多年，他又为何一封书信未寄，中断音讯数载呢？他到底是什么意思？疑我？惧我？远我？瞧不起我？胤禛满腹狐疑，不自在地想着。这时，他看见西华门内又抬进一乘八人大轿，官员们竟像商量好似的，一窝蜂地冲着那轿子奔去。这是怎么回事？他不解地抬起头，轿帘掀起，露出了胤禩从容不迫、恬然自得的笑脸。原来是老八，他就有这么大的吸引力？唉，人情冷暖，世态炎凉！看着那么多官员围追着老八，他想离开这个使他感到屈辱又心酸的场所。可就在这时，胤禩突然发现了他，忙分拨开众人，疾走几步，来到胤禛面前，歉然地说：“不知四哥在此已候多时，请恕小弟迟慢之罪！”说完，竟双膝跪倒，当众行起大礼来。这倒让措手不及的胤禛很过意不去，呆愣了片刻，忙伸手相搀道：“自家兄弟何必行如此大礼，快请起来。”然后一同转过身，互相让着向南熏殿走去。胤禛听到身后一片啧啧称赞之声，心想，这可好，又给了老八一个当众表现贤德的机会。老八怎么就那么有人缘呢？

两人在南熏殿用了几块点心，天很快黑了下来。一轮明亮的朗月冉冉浮在灰蓝的天空中，将水一样的光华泻在大地上，巨大的宫殿蒙上一层神秘的色彩。婆娑的树影朦胧地映在灰白色的窗纸上。铜壶滴漏中的滴水，不快不慢，均匀平稳地滴落着，在宁静的夜晚显得特别清脆悦耳。两个人好像商量好似的，都默坐不语，谁也不说话，不忍打破这静夜的清宁。如果不是差事在身，他们可以恬然入眠了。不知过了多久，从高高的神武门上传来“咚咚”的更鼓声，已困倦得开始打鼾的胤禩听到鼓声悚然惊醒，发现已到了子正时分。他看见胤禛趺坐在那张长榻上，两眼低垂，好像也睡着了，就轻手轻脚地走过去，将一袭长衣披在胤禛的身上，这时胤禛睁开眼，吃惊地瞅瞅胤禩，当明白他的用意后，有些致歉地解释道：“我没睡，我每夜都要打坐，习惯了。八弟，你要是困了就进去睡一会儿吧，我来看着。”

“没事，四哥，我不困。我知道四哥因为晖哥儿的事身子尚未恢复，其实只要四哥说一声就不用来了，我可以叫老九老十他们替你，反正他们也没事。”

听他提到晖哥儿，胤禛的眼中又转出一圈亮晶晶的东西，但他强忍着没让那东西流出来，摇摇头，闭了眼，继续静静地打坐。

望着重新合上眼睛的胤禛，胤禩不便再插口，心里却想：人生不如意事常八九。我要是像他那样妻贤子健，家庭和美，不知该怎么念佛呢！可我这四哥就因走了一个儿子，便如此伤痛欲绝，也太脆弱了。你还有弘时，你还能再接着要儿子，比我福气多了……他悻悻地想。这时，胤禛突然睁开细长的眼睛，认真地道：“八弟，我想跟你说件事。”

“啊，什么事？”

“我想把弘时过继给你。”

胤禛说话的声音很低，但仍令胤禩惊愕无比：“你说什么？”他惊讶地问，那一贯优雅清亮的嗓音都有点颤抖。

“我想把时儿过继给你，不知八弟可否同意？”

弘时是侧福晋李氏刚给四阿哥生的儿子，他怎么会想到把刚有的儿子过继出去？胤禩大惑不解：“啊，这、这怎么行，你就这……”他本想说你就这一个儿子，可话到口边，却觉得那话像是咒骂人家今后不会再有儿子，忙红着脸改了口：“就是四哥舍得，四嫂也舍不得呀。”他又恢复常态地用一种松弛的口吻说：“四哥可要想好，可别后悔哟。”

“我当然不后悔，你嫂子也没的说。你不知道，我看你同弘时有缘。上回你来我府，他第一次见了你就笑，还直往你身上靠，要你抱。先前我跟你嫂子还从没见他对人笑过，你说这不是有缘吗？”

“是吗？哈哈，有意思。可那也不行，那样不好，不好。”胤禩故作淡然地说着，眼睛却激动得一闪一闪的，恨不得马上就抱过那个婴儿。其实如果胤禩知道四哥的真实想法可能就高兴不起来了。事实上，胤禛很不喜欢这个新出生的孩子，觉得是神明不灵，拿他换走了晖哥儿的命。那次老八去看他时，和弘时显得挺亲，那亲热劲儿赛过他们父子。想到老八还没有儿子，而自己对这孩子又实在没有什么感情，才闪出这么个念头。他本以为他提出后胤禩会痛快地答应，可一向出语谨慎的老八似乎态度含糊，使他搞不清这位不一般的弟弟的真实想法，只好说："你回去同弟妹商量一下，想好了，什么时候来都行。"

这时，胤禩也逐渐从刚才那种惊喜的状态中平静下来。四哥的话使他心里涌起一种新的怅惘。经过冷静考虑，他觉得，如果现在接受了老四的儿子也许没什么，可是将来，却可能有诸多不便之处……然而他不便言明，只是不动声色地道："好吧，那就烦四哥将弘时的生辰八字拿来给小弟一观。我这人既信缘分，也尊天意。啊，今夜月明风清，四哥既无睡意，不如随弟到外面看看夜景。"说完，也不等胤禛答应，就管自起身，往外面走去。

胤禛怅然地跟了出来。刚一到幽静的宫院中，清寒的夜风扑面而来，使他心中一凛，感到一种说不出的凄凉。突然，他看见胤禩正在神秘地瞅着自己，不由一怔，于是他们默默对视一眼，又一起将目光投向那遥远神秘的夜空。突然，一颗星星拖着毛茸茸的尾巴划破漆黑的夜空，快速地向北方射去，在蓝黑色的天幕中划出一道长长的银线，久久不散。他们想起小时候听老人讲，天上少颗星，地上死个人。那么今夜，又是谁死了呢？……

四

"九哥，何焯那个什么天上有、地下无的女儿，到底是个啥模样？"这是半个月后的一个清晨，在胤禟府中的花园内，来访的十四阿哥胤禵问正闭着眼，舒服地卧在一张罗汉榻上，由一个丫头揉肩、一个丫头捶腿的九阿哥胤禟。一大早，这个兄弟就神秘兮兮地过来，胤禟还以为出了什么事，没想到他为的是这个。胤禟一听差点笑出声，心想，我这弟弟也太毛躁了，你就是有意，哪天有机会暗中瞅一眼也就是了，哪有这么向人直不棱登问的。他强忍住笑，睁开一只眼："急什么，明儿不就知道了。"明天是八阿哥的生日，几个与胤禩要好的皇子都会到八府祝寿。届时，已被胤禩收作养女的雪仪也许会出现在席间。当然，这只是推测，如果人家姑娘不露面，他们也没办法。

"不，我可等不了，你现在就告诉我。"胤禵的样子就像个撒娇的孩子。

这次胤禟眼睛全睁开了："我怎么告诉你？连我都没见过。""是吗？可揆叙说你见过。”“揆叙？你还听他的！你瞧揆叙这事办的，事先也不跟我商量一下，就把小妞带来了，结果弄得我还得替他擦屁股！八哥八嫂还跟着一块儿埋怨我，我这才叫‘猪八戒照镜子——里外不是人’呢！”胤禟不禁冲胤禵发起了牢骚。见小弟不作声，他又坏笑道：“十四弟是不是想媳妇了？放心吧，父皇那么疼你，将来给你找的福晋肯定比这何焯的闺女强，只怕人家姑娘消受不了！再说，天涯何处无芳草，你别听揆叙瞎吹，何焯的丫头也不一定就怎么着。”说着他又凑到胤禵耳边，指着侍候他的那两个丫头，悄声耳语道：“你要真急了，九哥就先把她们俩送给你这小馋猫解解急，哥哥保证没碰过……”他的话还没说完，胤禵的脸早红了。倒惹得胤禟毫不在意地哈哈大笑，一个劲儿地拍着十四阿哥的肩膀：“我的傻兄弟，你、你让我说你什么好！你就不能学学四哥？”

一听老九突然提到老四，胤禵的神色变了，冷冰冰地说：“你别老对我提他好不好，他是他，我是我！”

“怎么了？他难道不是你亲哥哥吗？十四弟啊，四哥这人平时待人是冷了点，可他对你还是不错的，你可别太过分了。像上次我和八哥叫着你一块儿去看四哥，你看你那个样子，噘着嘴，绷着脸，好像谁欠你多少钱似的！倒是难为四哥那天同你说了不少话。以后你再这样，谁还敢请你去做客？”

“哦，怪不得刚才九哥对我说的总是推托，看来也是不欢迎喽？”

“老十四，我不跟你斗嘴，今天我确实邀了位客人，还真不是你。嘿，来了！”胤禟一拍巴掌，从榻上坐起来，趿上鞋子，挥退了两个丫头。

当几个小太监又搬过几把椅子，重新在一张桌子上摆好茶点，客人才不慌不忙地走过来。为首的是一个葡萄牙修士，中文名叫穆经远，跟他一起进来的是何图和九府的一位账房先生秦道然。胤禟同他们见了礼，并把他们和胤禵作了相互引见，请他们坐下。然后他亲切地对穆经远说：“真抱歉，神甫，本来我为您留好的咖啡，却让我那馋嘴的老二当汤喝了，只好以茶相待，请神甫见谅。”

“阿哥你太客气了，经远到此本该入乡随俗。其实我和许多同事都觉得中国的茶饮不论口感还是营养方面更胜过我们西方人惯常喝的咖啡。”穆经远显然已同胤禟十分熟识，用一口流利的汉语愉快地说。

那么穆经远是怎么认识胤禟的？这事说来其实也很简单。当年那个葡萄牙医生治好了胤禟的病就回到了澳门，见到他的忏悔神甫，就是这个穆经远。胤禟虽然玩世不恭，好嬉笑耍闹，对人却颇有情意，他记住了治好他病的西医，同时也通过他认识了来京传教的穆经远。穆经远向九阿哥讲述了许多西洋风俗，海外奇谈，皇子听得高兴，很大方地向教堂捐了一些钱物，这令穆经远十分激动和兴奋。他想，在这个民族文化积淀根深蒂固的国家，若用一般方式去传教，效果肯定不理想。而如果能与他们的上层，像皇族内部的人打通关系，许多事情就往往事半功倍。这样他看中了胤禟。穆经远甚至神往地想，如果他能归化一位皇子，其意义将远远超过他们归化数万百姓。那样他就为葡萄牙、为他的国王争了光，在耶稣修会的地位将大大改变，再也不怕别国修士，尤其是法国修士的排挤欺侮了。现在，法国人在华的势力太大了，而且他们在修会中往往出口激烈，目中无人，让别国传教士敢怒不敢言。如今，铎罗特使正在北京，他对张诚为首的法国人的工作情况已十分不满，认为他们在中国居官为臣，从事非宗教的世俗琐事是大逆不道，有辱使命。这对自己不正是个好机会吗？如果他能说动九阿哥，请他出力相助，那特使必将对自己另眼相待，到时回去向教皇一说，自己的地位就不是现在这样了……他正雄心勃勃地憧憬着，那个秦道然却抢先开了腔。

这个秦道然原来也是位贫贱之士，因偶然受了胤禟资助，被留在阿哥府。本来他是作为胤禟私聘的老师留下来的，但胤禟一直不把他当先生看，而是让他管账。自觉满腹经纶的秦道然虽沦为账房先生，却仍改不了迂直的品性，时不时对胤禟的不当之处进行规劝，有几次把胤禟弄得很下不来台，差点将他开了，但终于还是忍住了。现在，见他一副气咻咻的样子，胤禟知道他又来了，暗暗咧了咧嘴。

果然，秦道然开口便道："九爷，有件事学生斗胆要问。"

"怎么了，秦先生？"

"几日前学生去会几位朋友，却听他们说起一件怪事，道是皇上南巡时，有不少人假冒圣旨去姑苏采买女孩子，有的竟是王公大臣派手下干的，把江南搅扰得鸡犬不宁，家家关门闭户，怨声载道。他们、他们说九爷就买了几个人，这可是真？"

听了这话，大家不由都愣了，一齐惊讶地望着胤禟，但胤禟的脸上仍是副懒洋洋、不以为意的微笑，他只朝何图投去责备的目光，似乎在埋怨他这时不该跟秦道然进来打扰。何图会意，忙对秦道然说："秦兄，以九爷之望，岂能出此等丑闻秽行？这定是某些居心不良之人，挑唆煽动，搬弄是非，散布流言蜚语，秦兄怎么也不加分辨？当深析才是！"

"可人家都指名道姓了，说一个叫什么秋燕的丫头便是被强买来的，现在就在咱们这府上戏班里，还是何兄你亲自看护押送的。"

何图一听，脸一下子红了，他愧悚不安地望着主人，不知是该承认还是否认。何图的迟钝反应引起了胤禟的不满，他哼了一声，不得不亲自解释："不错，那个丫头原来是何先生家的奴婢，她原是乐户，因家遭变故，落身何府。如今，二位先生把她送给我，这有什么值得大惊小怪的？”他又沉下脸来道，“我这人一向过自己的日子，从不打听别人之事，与人无冤无仇，坐在家中竟不料谣言从天而降，真是奇怪！”

见主人生气了，秦道然红了脸，低声说：“学生并无他意，只是以此提醒九爷居安思危，引以为戒。”然后他又固执地说，“学生还有一言，望九爷三思。”

“好，先生请讲。”胤禟貌似恭敬地说，眼皮却早已耷拉下去，一副似睡非睡、不胜烦倦的样子。等了会儿，秦道然却未开口，胤禟抬眼一看，老夫子动了动嘴，又看看左右，似乎有些犹豫，便说：“这里并无外人，先生有话就请直说。便有偏差，也是先生为我着想——请讲，请讲。”

“那好，九爷。当年楚汉相争，范增劝说项羽道：‘沛公居山东时，贪于财货，好美姬。今入关，财物无所取，妇女无所幸，此其志不在小。’刘邦不过一无赖，尚能如此，九爷本无财色之好，若稍加修治，其志更在沛公之上！”说完，他热切地看着主人，等他作出反应。可胤禟仍是一副无动于衷、懒散的样子。他说：“先生所讲虽出自一片忠心，怎奈选错了对象。我不过一庸人，向无大志，何敢当此？多谢先生苦心相劝，先生无事就请便吧！”

当秦道然和何图一高一矮的身影从月洞门内消失，年轻气盛的胤禵就忍不住说：“九哥，你手下的人怎么不是书呆子就是这些没用的东西？你可也真受得了！”

胤禟哈哈一笑，抬手想说什么，却把脸转向留下来的穆经远，笑着瞅了瞅传教士，问胤禵：“那他呢？你说他算什么？”

“他？他是外国人啊！”

“嗯，可惜他是外国人。如果他在中国，没准能入堂拜相，做个首辅。”胤禟又笑眯眯地说，也不知他是在故意吹捧还是说的真心话。

穆经远自然听得心花怒放，也对胤禵友好地笑笑，然后，就急不可耐地同胤禟交谈起来。他们开口讲的竟是一串胤禵从没听说过的外国话，虽然老九讲得还不甚流畅，但并不妨碍他们的交流，有个别词胤禟想不起来，就用手比画一下，双方便都会意了。可胤禵一点也听不懂！他脸色越来越阴郁，神色越来越气恼，眼看就要发作。这时胤禟向这个心高气傲的弟弟做了一个安抚的手势，像是叫他不要急，等会儿就跟他解释。然后穆经远就起身用中国话对胤禟说：“此事事关重大，还望殿下周全。我一定每日向上帝为仁慈的殿下做最美好的祈祷！”

“不敢不敢。我会尽力的，但这需要时间，请您不要着急。”

等送走传教士回来，胤禵问九哥：“你刚才跟那夷人说的是什么话啊？装神弄鬼的，还怕我听去不成？”

“是俄国话。你要想学，我可以让穆经远教你。”

“我才不学呢，叽里嘟噜的，听着比咱们满洲国语还啰唆。九哥，你没事学它干什么？”

当初胤禟跟穆经远学俄国话，本是想同俄国商人做皮货生意时交流方便些，并没想到其他。如今从小兄弟听他们谈话时那种费解又无奈的表情看，敢情学这外国话还有更多意想不到的妙用！今后要多多利用……不过这话可不能对胤禵讲。他摆了摆手：“十四弟，你也别东问西问的，你不就想知道他为什么来找我吗，我告诉你——”

“哼，还用你说，我早猜着了。他不就是想让咱们出面为他那个什么教王特使说话嘛。”

“嗯，算你猜得不差。不过你只猜对了一半，还有一点，你大概想也想不到。唉，连我都没想到。”不知为何，胤禟的神色变得有些颓然，但随即，那种讥讽的、玩世不恭的冷笑又浮现在他的脸上：“那个法国人张诚病得挺厉害，眼看快不行了，如果他一死，在中国的耶稣传教区会长就得另委人选。穆经远盯上了这个位子，他甚至想一举吞并在华的法国耶稣会，他说这些年法兰西人将他们压得太久了。你瞧，原来他们耶稣会内部也互相倾轧，矛盾重重，门户成见一点不比咱们这儿的汉人旗人差！”

“天啊，竟是这样，真想不到！”

“你以为他们都是圣人吗？其实想想，咱们这儿开荤的和尚、火居道士还少吗？那西洋天主教的律条又比我东土释道的清规戒律松得多，又怎么会跳出红尘？”

“也是，千里不同风，百里不同俗，欧罗巴诸国与咱大清相距何止千百里。便是言行悖谬也就是了，但他们不该宣布什么‘禁约’，干涉我大清礼俗！还张口闭口的天主上帝……真是和尚打伞——无法无天！洋和尚打伞嘛，一样的无法无天。”

胤禟哈哈大笑，又突然收了笑，沉思地问：“十四弟，你想刚才老秦听到的那些流言，是谁散布的？”

“除了这个，还会有谁！”胤禵伸出两个手指比画了一下又赶快放下，低声而急促地说：“九哥，看见没有，醉翁之意不在酒，咱们还没动，人家倒先出手了，可要抓紧啊。”

“还用你说。不过他想先发制人，我却要后发制人！放心，老十四，不用我们动手，有比咱们还急的，我们且静观以待。再说，就算我找了几个女孩子又算什么，这事谁没干过？他们还能把我怎么着！十四弟，你怎么了？”见胤禵听着听着又有点神思不定，胤禟轻笑着问，“怎么，还想那小妞啊？”

“去去去，人家正考虑正经事。哼，我再怎么想也是白日做梦，九哥你可是实实在在的金屋藏娇啊。交这么好的桃花运还瞒着小弟！哎，你就不怕嫂子知道吗？”

“嘘——你给我小声点儿。”

别看胤禟在弟弟面前表现得看似紧张，其实他并不怕妻子知道。他的福晋同胤禩的福晋不同，是个心宽体胖、百事不问的主儿，平时除了打牌看戏走亲访友，对丈夫的事并不过问。当然如果胤禟做得太过分了，她也许会与他吵几句、哭闹一场，不过很快就会过去。

送走十四弟，胤禟来到戏班所在的梨花院，想看看伶人们明天给八哥祝寿的戏排得怎么样了。他突然看见一股灰烟从一块山石那边腾出来，大吃一惊，快步走过去，转过山石，就瞧见一个女子蹲在地上，满面泪痕，一边拨弄着地上的烧纸，一边大作悲声，喃喃自语着：“……阿双哥，今儿是你的周年，我连你真名叫什么都不知道，可我知道你是个好人。为了我，你才……烦你在那边替我转告我爹、我娘和姐姐他们一声，我在这边挺好的，请他们不要惦记。等我在这儿安顿好了，再好好给你们祭一祭。”说完又哭了一阵。

这是秋燕，她来九府戏班后被改名琴言，现在是胤禟府内戏班的台柱子。胤禟觉得这姑娘生得不错，戏也学得快，就是性子太冷，无缘无故的，眼中总流露出一种寒光，时间久了，也就没什么人愿意和她说话了。现在瞅见她烧纸，胤禟心下纳闷，转出来喝道：“你这是给谁烧纸？快别在这儿烧了，仔细让你们班主看见，饶不了你！”

秋燕一见胤禟，一声不吭地站起来，不慌不忙地将地上的残火踩灭，抬起头冷冷地望着胤禟，神色冷傲。胤禟本来十分生气，可一瞅见她那双泪珠还未收尽的水汪汪的眼睛中，闪着某种倔强的光，气竟全没了，口气也变得和蔼异常：“你要是给父母兄弟烧纸，告诉我姓名，我让小厮打了包写上姓名到外头去烧。不过记住，你以后不要再在这儿烧了，懂吗？”

秋燕方默默请了一安，说了声：“不敢。”神情仍是冷冰冰的。又听胤禟关切地说道：“你要是心里有什么话不便说，可以回头写了来，我与你做主。但不要乱来，这儿是尺寸之地，真出了事，我也护不了你。你们刚才在排练吧？看，颜彩都叫泪水冲化了，快去补一补，回头让你们班主看见，可是不好。”

他为什么对我说这些？我在这儿烧纸他竟一点不恼？秋燕不由一怔，抬眼飞快地看了胤禟一眼，她看见那张宽胖随和的脸仍关切地对着自己。可突然，她想到另一张脸，一张同样宽胖但因酒色过度而血气不足的脸，一张疯狂狞笑着的目光空虚的脸。她的身子哆嗦了一下，痛苦地闭上眼，泪水又流了下来。等她睁开眼，发现胤禟那双骨碌碌的眼睛还在自己脸上不停地转着，也像饿狼的眼、老鹰的眼、贪婪的眼。一时间，秋燕仿佛看出他刚才说的那些温和体贴的话是别有用意，告辞道：“九爷，奴婢该去对戏了，您没事了吧？”

“哦，没、没有，你去吧。”胤禟似乎叹息了一声，不自然地挥了挥手。

但走出几步，秋燕忽然又折返回来，走到胤禟跟前，双膝一曲，很郑重地向胤禟跪下。

“啊，你这是干什么？快起来说话。”

“九爷，奴婢想求你一件事。”女孩刚一开口，脸竟红了。

“求我？那你说，只要我能办到。”胤禟又转起眼珠子，微笑着，轻快地说。

“只怕九爷不会答应……”秋燕心事重重地小声说。

“什么？哪儿的话，只要我能办到，决不含糊！你快说！”胤禟拍着胸，故作大仁大义地说。

“谢九爷。奴婢……奴婢想请九爷给奴婢脱籍！”

“脱籍！”胤禟刚才还得意、轻快的微笑一下子僵在脸上，变得错愕、没趣又反感，后悔自己刚才将话说得太满，他那双不大的眼睛也由于失望羞恼而瞪圆了。

“九爷，你能答应奴婢吗？”秋燕认真地问。

“那你倒说说为什么，嫌我待你不好？嫌我这儿给你的赏钱少？”胤禟脸微红，讪讪地沉下脸，冷冷地问。

“不，九爷待奴婢很好，奴婢感恩不尽，难以为报。”秋燕说完脸又红了，低下头去。

“那是不是你又看上哪家新的家班？想过去搭戏？”胤禟气呼呼地问。地上的人仍摇摇头，不说话。

“可是，你出去后，有什么打算？是搭班唱戏，还是单独卖艺？或者嫁人？我以前听说过梨园行有男伶脱籍为民的，但那大多为读书求官，光耀门楣；女伶脱籍，还是头一次遇到。你总该为自己有所打算吧？”

其实按胤禟的身份，完全可以拒绝，甚至用自己的权势将这女孩占有，这事他以前可干过不少。但出乎意料，他对这个女孩竟异常宽容。这连大胆提出脱籍请求的秋燕也感到意外。她以前一直听人说，胤禟酒、色、财、气俱全，是个荒淫不堪的主子，可现在她见到的九阿哥竟像换了一个人，一时弄不明白的她，又悲上心头，哽咽着说："九爷，你要不答应就算了，不要、不要再逼问奴婢了。时候不早，班主要急了，奴婢去了。"

"等等！"胤禟叫住秋燕，背着手来回踱了几步，慢慢走到她跟前。这次他没有笑，神情变得高傲而严厉："琴言，你给我听着，只要你乖乖听我的话，我自然不会亏待你！明白吗？"

秋燕匆匆行礼后走远了。胤禟转过身，一手抚着自己胖嘟嘟的脸蛋，想起了秦道然对他的进劝。妈的！人家刘邦不近女色，是为了争天下；我又不争天下，又装哪门子清高呢？他用袖子蹭了蹭油光光的鼻子，悻悻地想。

五

"九哥，照你说那刚才演的这出戏是确有其事喽？"这是第二天在胤禩府，胤禟为八哥祝寿带来的家班给几个兄弟演戏。在看完秋燕唱的《北孝烈》后，胤䄉问九阿哥。

"确有其事，是李光地为民除的害。"胤祥说。原来在胤禩盘算可能会来祝寿的兄弟中并没有胤祥，因为他平时跟太子很好，和自己关系不甚亲密，不料竟也带着贺礼来了。所以他特意叮嘱下人对十三阿哥要好生侍候，不得有差。但这会儿，胤禩并没在这里同兄弟们看戏。

"李光地？你搞错了吧，明明是陈鹏年为那小女子申的冤！"十阿哥胤䄉对胤祥的说法提出了质疑。

"是李光地，我记得没错。"

"不，就是陈鹏年。这个案子从南到北都传遍了，亏你还去了趟江南，连这都不知道！"

"李光地！"

"陈鹏年！"

胤禟一瞧急了："行啦，你们争够了没有？还看不看戏？"

"老十，你上次来我府不是想看那个西洋千里镜吗？昨儿我刚和穆经远装好，今天给你带来了，就在我车里，你去看看吧。"当一折戏终了，鼓板儿停下来的时候，胤禟对胤䄉说。

“太好了，我现在就去。”十阿哥说着刚要走，胤禩像想起什么似的说：“哎，慢着，九哥，你就让他一人去你的车内呀，那还不是引狼入室吗，到时要是少了东西……”

“什么？你们还放心不过我老十？那好，十三弟，你跟我一同去，省得他们不放心！”他拽着胤祥，对胤禩气呼呼地瞪了一眼。胤祥看戏正看得入迷，突然被老十叫喊去看什么西洋千里镜，心里老大不乐意，只得嘟着嘴，很不情愿地站起来，随他走开。

见把胤祥支开了，胤禩才低声问：“九哥，那事办得怎么样了？”

“我已同大哥说了，果然是英雄所见略同。他也同意和咱们一起干。他负责找人，钱我供。”

“这事不会出岔吧？”

“放心，江湖人最讲义气。即使没有找到下手机会，也会等待时机，再接再厉，绝不会出卖主人。不过这事儿你先不要跟老十讲，他嘴不好……”

“我知道我知道。可我总觉得有点悬，我说的不是那些人，我是说，大哥……”

胤禟一下子严肃起来，沉吟地看看胤禩：“好兄弟，狡兔三窟。这只是我的第一张牌，真张儿还没亮呢……”他越说声音越轻，最后附在胤禩耳边悄悄耳语了几句。

胤禩听完愣了愣，又马上颖悟道：“啊，借剑杀人，高！高！可这能行吗？老二要是不收呢？”

“老十三不是来了嘛，让他去说。”胤禟冲胤禩狡黠地眨眨眼。

等胤䄉和胤祥回来，胤禟笑眯眯地问：“老十三，你也常去二哥府里看戏。你说说，我这家班和太子的家班比谁的更好些？”

“这，我……”胤祥惶惑地张了张口，终于没有说话。

胤禩笑笑说：“九哥，你就别难为十三哥了，人家怎么好意思当面指摘别人不是。”

“那倒不是。”胤祥平和地笑笑，诚实地说，“我这是第一次观看九哥家班的戏，尚未深悟。但我可以说说太子和三哥家班的不同之处。太子家班的戏一般都戏文活泼，词句绮丽华美，道具新颖，演技不凡；而三哥府上家班所演曲目题材较窄，词韵文雅清丽，如寒梅秋菊，幽韵冷淡，很适合文人品味。”

“那可不，三哥就会啃书，连演戏也是酸溜溜的那一套，之乎者也，谁听得懂！”胤䄉冒冒失失地插话道。

胤禟乜了老十一眼，对胤祥说：“十三弟还真是个听戏的行家，我这家班是刚建的，不甘居后。如何创新以胜二位兄长，还请十三弟不吝赐教。”

“这小弟可不敢妄言。不过二哥三哥的家班都是以整体取胜，不像你这儿靠琴言一人就能挑起大梁。”

这时锣鼓点响起，停下来的戏又继续开演了。这是元人马致远的《汉宫秋》。几个阿哥入神地看着，到最后昭君出塞，最爱发表议论的胤䄉突然一拍大腿：“毛延寿该杀！”

“玉颜自古为身累，肉食何人与国谋！除毛延寿，其他大臣也都尸位素餐，怯懦如鼠，勇气胆量还不如一个女子，愧为须眉大丈夫。”胤祥说。

“那也是汉朝皇帝太软弱，就会苟且偷安，忍辱求和。要是我，就钦点十万铁骑，踏破贺兰山雪，一举荡平匈奴！”胤禵很有气势地说。

“十四弟勇气可嘉，不过在当时，和亲尚不失为一条可行之策。当时汉朝国力已衰，为巩固边防也只能如此。不然又要劳民伤财，穷兵黩武了。”胤禟也加了进来，接着说，“你们不知，其实世上很多征战，当时只是由于一些无端小事引起，因双方均不肯退让，以致酿成战祸，殃及黎庶。比如穆经远讲过，他们西方有个瞎子诗人写的一首史诗，就是讲两个国家为争夺一个叫海伦的女人，进行了长达十年的战争。”

“乖乖，十年！仗打完那小妞也早变成老太婆了，他们不是白打了吗？”胤䄉说。

“啊？哈哈哈哈！”几个皇子齐声大笑，将戏台上那个愁眉苦脸的汉元帝吓了一跳，差点走错步，从台上跌下去。

“所以说退一步海阔天空，世上并无不可解之事，我想……”胤禟正想直入主题，这时胤祥突然发现了什么，指着台上说：“咦，这个昭君不是琴言扮的。”

“待会儿女眷们还要看她的《北孝烈》，这会儿先让她歇歇，要不嗓子可受不了。”胤禟轻声说。

“嘻嘻，九哥什么时候也会怜香惜玉了，八成真是看上这妮子了吧？”胤䄉笑着说。

“去去去，没有的事。”胤禟又转头瞅了瞅一语不发、态度僵硬的胤祥，说，“十三弟，我知道，在南方是二哥先看上这丫头的，这事我也是后来才知道的。现在我想将这妮子赠给二哥，以此消除我们兄弟间的一些误会，请你帮我向二哥说说。”

“那，那你自己去说吧，我怎么好说。”

“不，十三弟，有些事现在我也不便与你细讲，望弟弟见谅。二哥同我之间成见已深，难以直接作谈，但我知道他有时听你几分劝。请十三弟体谅九哥的难处，我真是希望咱们兄弟和睦，同心勠力，共保社稷。望十三弟勉为其难，勿再推却！”

“老十三，这是九哥一片诚心，真心实意求你，快答应了吧。”

“是啊，十三哥，难道你真忍心看我们兄弟为了一个丫头撕破脸，让朝臣猜疑、父皇担心吗？”那两个阿哥也一起开口相劝，帮着请求。

胤祥迟疑迷惑地环顾着，终于点点头。这时，胤禩悄悄冲胤禟露出钦佩、踏实的微笑，好像在说，九哥，真有你的！

正当几个皇子交谈的时候，坐在内宅后花园等着开戏的女眷们嘴巴也一直没闲着。因多时未见，她们谈兴正浓。八福晋那拉氏依然是那副泼辣火爆的脾气，看见九福晋也不管人家爱不爱听，就先不客气地说：“你家老九还是那么眼馋肚饱，瞅着碗里的看着锅里的，你也不想个法子管管，就由他这样？”

“唉，他就那德行。我哪有姐姐好福气。八哥多好的人，有才干，脾气好，又这么体贴疼惜姐姐。”九福晋缓声慢语地恭维着。

八福晋一边嗑着瓜子一边一副横不论的样子说：“哼，男人都一样！你不看紧他，他少不得在外面拈花惹草。你瞧我们那口子表面老实，其实那心也花着呢。我若不使出些非常手段，现在也降不住他！所以我也劝妹妹你，别太放纵你家老九，多少给他点颜色看看，收收他的心，要不日久天长，他心里哪儿还有妹妹你哟！”

九福晋只是淡然一笑：“江山易改，本性难移。我这辈子是不指望他什么了。要说我们家这位爷啊，别的没学成什么，可玩乐还真有一套。”她用手中香扇对台上轻轻一指，“看，那个旦角就是他从南方物色的，您瞧那扮相、身段、姿态、音色，真是千里挑一，在这上头他还真有点眼光呢。”

原来在她们聊天时，戏已开锣了。伴着锣鼓点，一位扮相清秀的旦角款款上台，扭摆腰身，轻轻唱着。八福晋一看，半开玩笑地说：“好个俊妮子，连我见了都喜欢，当心她把你家老九的魂儿勾去。”

“这个姐姐不用担心，九爷说了，这出堂会唱完就将她送人，绝不多留一天。”九福晋慢慢摇着扇子，不无得意地说。

“啊呀，怪不得妹妹这么沉得住气，原来老九也学乖了。得得得，算姐姐刚才的话没有说。”她还要絮絮不休地说下去，却被九福晋很有几分不耐烦地打断了："快看戏吧，我的好姐姐。这可是我们家班顶拿手的戏，错过了这出可就再也补不上了。"八福晋白了她一眼，再没说话，老老实实地看起戏来。

这出刚才已经给皇子们演过的《北孝烈》，虽然故事很老套，讲一名节妇为夫申冤不惜于衙门的公堂上撞壁殉身，最终感动天地，冤案被昭雪的故事，但因是根据真事改编，又编得情节曲折，歌词也很优美，加之扮演烈妇的那个旦角，就是刚才她们议论的琴言——秋燕，因演技不凡，感情投入，确是演得活灵活现，很快就将观众的注意力吸引了过去。连八福晋这个平时不爱看大戏的人也看得聚精会神，目不转睛，看到动情处，她也不由跟着瞪目、叹息，那拈着帕子的手也颤抖起来，甚至有几次还悄悄抹眼睛。

现在，戏正好演到最要紧的《魂诉》一折，扮成鬼魂的秋燕轻摇水袖，神魂颠倒地唱着：

[端正好] 惨云昏，罡风煽，只被那惨云昏，罡风煽，一霎时吹堕重泉。可怜我头颅血喷桃花片，一灵儿早飞来森罗殿。

[滚绣球] 我不为限无常顿弃捐，也不是染沉疴成锻炼，只为着负深仇反遭弄谳，因此狠狠捐躯节烈完全。要把那莽乾坤正气存，重纲常大义坚。说什么同心白首，真是个薄命红颜。道不得夫妻患难宁同死，痛煞我母子抛离怎再圆，好教人心似油煎。

台上的秋燕越唱越心酸，戏中的人还有冤案昭雪，亲人团聚之日，可自己前程一片凄凉，永远没有出路，恨不得同戏里的小妇人一起死掉，永远离开这个不公的世界！她在台上早已是泪如雨下，声嘶力竭，几乎昏死过去。

这催人肺肠的一折总算唱完了。八福晋不断地咂着嘴，叹道："啧、啧、啧，可怜见的，这丫头唱得倒像自己亲身经历过似的。"

九福晋说："听我们爷说这丫头家里多年前是曾有过一场灾祸，让一个同乡算计了，那情景可比戏里惨多了……"

八福晋虽蛮横却不失满洲妇女的豪爽："什么？还真有这事？那可不成，回头我得叫我们家那主儿找人为这丫头做主！"

九福晋不由笑了："行了姐姐，其实人家仇早报了，也不用姐姐再行侠仗义。不知是李光地还是陈鹏年办的这案子。真是对不住，姐姐，您瞧今儿大喜的日子，本该演些喜兴戏，可我们爷偏挑了这么一出哭哭啼啼的戏给姐姐看……"

"哎，这就好，这就好嘛。总演那些洞房花烛夜、大团圆的戏有什么意思！

人世间又有多少那样美满的结局？还不如这出戏看得真切实在。你还别说，这小妮子演得还真不赖，那眼神唱腔，连我这不爱看戏的人也被她魔住了。”说着她往身边瞅了瞅，见雪仪一直低头垂目，不往台上瞅一眼，不无讥嘲地说：“妞儿，你快看看，多好的戏，这可比你平时在书上看的那些传奇剧本热闹多了！”

仿佛正在睡梦中的雪仪蓦地一惊，心不在焉地抬起头，向台上瞥了一眼，又不在意地低下头。哎呀，不对，刚才那个小旦身形怎么那么眼熟？啊，是她，是秋燕！她又飞快地向台上望了一眼，顿时眼里涌满了泪水……是她，就是她啊，这也是自己进京大半年来头一次碰见一个熟人！她再也坐不住，好不容易挨到戏结束，福晋们赏完伶人，就对她的“额娘”说胸有点闷，想到外面透透气。

“去吧，别走远了。”八福晋正巴不得她走开，好和九福晋畅聊。“姐姐，你同揆叙带来的这蛮子丫头还相处得来？”雪仪刚一离开，九福晋就禁不住好奇地问。

“也就罢了。”八福晋淡淡地说。听口气，心里并不愉快。

九福晋知道八福晋为此心里一直埋怨自己的丈夫，便知趣地打住，又同主人聊起了别的。

此时雪仪已找到后台，将伶人们寻了一个遍，也没看见秋燕。伶人们正在卸妆，见小郡主来了，不知出了什么事，参差不齐地过来请安。班主赔笑着说：“格格您有什么吩咐？”

“刚才在台上演戏的那个小旦呢？”

“您说琴言啊，九爷特别吩咐给她单找一间房子供她化妆歇息，请您随小的来。”

“秋燕——”

“小姐——”

等班主出去后，她们拥抱在一起放声痛哭。

平静后，雪仪问：“他们对你好吗？打你吗？”

秋燕只是含义不明地点点头，没说话，将盈盈欲泪的眼睛转向别处，但她并没让泪珠落下来，却反问道：“小姐在八爷家还习惯吗？”

这一问果然勾起了雪仪的无限伤感，她不像秋燕那么能控制自己，泪水成串地往下掉。从进京这些天来她心里早憋了无数的话，无数的泪！

而面对泣不成声、垂泪不语的小姐，秋燕也讲不出什么安慰的话。现在她自己也只是一个低贱的戏子，不能帮她，而且她心里同样也有一肚子苦水。过了一会儿，她只是有些发呆地问：“小姐，你恨老爷吗？”

雪仪抹去眼角的泪珠，抬起头，拉住秋燕的手，哽咽着说：“燕子，自认识你以来我一直把你当成我的亲妹妹看待，自己的事儿从没瞒过你。当听说我要被送到八爷府时，本想这都是我的命，爹爹也是被迫的，怨不得他。我原以为你远走高飞了，直到离开苏州那天，我在船上听到你吹箫的声音，才知爹爹竟把你……他怎么能这样做！那时我觉得活着也没什么意思，就在船上投了水，后被他们救起。事到如今我不怨天，不怨地，也不恨爹爹和二叔，可、可就是委屈了你……”

秋燕也落了泪，但她还强笑着说：“快别说了，小姐，咱们这不是又见着了！这就是咱们的缘分啊！”

“是啊，老天开眼，又让咱们见了一面……”

“怎么，小姐，你还要……”

“我、我现在是生不如死！”雪仪再一次泣不成声，痛苦地颤抖着双肩。

秋燕却突然明白了，从小姐在苏州投河到现在，仍未打消寻死的念头，除了向老爷他们抗议，更重要的是为了一个人，那个人就是蒋公子。——殉情！当秋燕心中闪出这两个字时，自己也被吓呆了。可怜的、痴情的、又多么糊涂的小姐啊！她犀利地盯着雪仪，说：“原来小姐还是在想那个人。”

正在低泣的雪仪一怔，脸上血色全无，目光一片惘然若失。过了一会儿，一片红晕染上她的双颊。这些都一丝不差地落在了秋燕的眼中，她只觉得心里又酸，又辣，又苦涩……叹了口气，说：“小姐，你若真打算这样，我不拦着。以死相许，难道我们做不出？但那要看是什么事！你为蒋公子捐躯，死了，也不算什么忠臣烈士，节妇义夫！到时明白的人说你可怜，是痴情，刻薄的人便说你是个呆子，甚至胡猜他故。而蒋公子呢，他上有兄嫂，要报答；自己有功名，要奋力；且未娶妻生子，后嗣要接续，如何肯同你同殒！那时悲伤过后，他倒想开了，照样生活求官，只可惜了你，到了阴司，仍是孤栖一人，盼他不到，无人可诉，一样的悲苦，白搭了一命……”

一番话让雪仪敛眼垂头，很是羞愧。秋燕说得对啊，她不该这么做。

而此时秋燕的心却像刀割般难受，小姐至少还能对人吐露心声，讲出心中的积绪，可自己心中那份深藏的情感，看来今生今世只能埋藏在永恒的沉默中了！命，什么是命？没有亲人，没有盼头，心事不能吐露，痛苦无处诉说，世上没有比自己更命苦的人了！

“琴言，还没说完吗？福晋叫你去呢，快点吧。”正当秋燕独自哽咽不止，就要泪水奔流时，一个管家婆急匆匆地来叫她。

秋燕再一次将苦涩的泪水咽进腹内，觉得胸口、咽喉又闷又堵，像放着一堆只冒黑烟而不能熊熊燃烧的干柴！她对天长叹一声，突然转过身，深情地对雪仪说了最后一句话："小姐，保重！"

六

八府庆寿，蒋廷锡也是被特邀的少数官员之一，但他来晚了。他本应很早就到了，却在路上遇到了一个意外情况，被耽搁了。当他骑马走到阜成门时，正碰上一个送葬的队伍。他看见这一队人穿着白色的丧服，手里捧着蜡烛、鲜花、十字架，悲痛而徐缓地行进着，最后还有几个人共同抬着一幅圣母怀抱圣婴耶稣的巨大画像，显得十分奇怪。整个队伍虽被悲痛所笼罩，却井然有序。街边的老百姓也仿佛受了感染，鸦雀无声地静静目送这支队伍走过去，没有以往的喧哗和哄闹。

蒋廷锡虽然还不知道是谁的葬礼，但从队伍手持的器具能猜出，亡者是位传教士。这时后面又来了几位骑马的官员，其中一个他认识，正是年希尧，而他正有件事要找年希尧。想到八府不便去得太早，而这送葬队伍一时半会儿还过不完，就索性下了马随着这支队伍出了阜成门，也借此参观一下他从未见过的中西合璧的葬礼。

这座墓园是明朝万历皇帝赐给首批来华传教士的。当队伍到达时，那里已设好了一个祭坛，正面放着十字架和蜡烛。主持葬礼的白晋神甫穿着白色法衣，按照礼仪，庄重地焚香、背诵祭文。墓园内的第一座坟墓是利玛窦的，因为他是来华传教事业的创始人，所以位置很突出，其他坟墓都在他之下排成两列，接下来就是汤若望之墓，同样砌有白色大理石墓碑，颇具皇家气派。

这时人们开始落葬。他们哭着将棺木放进墓穴，并在墓穴四周砌了一道墙，然后将墓口封上，再在拱形的墓顶上安放了一个十字架；最后，在墓前竖起一块石碑，碑上用中文和拉丁文刻了亡者的姓名、年龄、国籍。跟着观瞧的蒋廷锡这才知道，在此安息的是法国传教士张诚。

蒋廷锡不会了解，主持葬礼的白晋却深深感到，比起汤若望、南怀仁他们，自己这位同胞的葬礼规格已明显降低了。那年南怀仁安葬时皇上还派国舅与御前领侍卫内大臣代表皇上前来参加葬礼；可这次对张诚的去世，皇上竟没有任何表示！赏赐封赠一概没有，重要的王公大臣一个也没来。这显然是因为不久前张诚曾为罗马教廷特使辩解、请求，而使皇上至今怀恨在心。白晋已伤心地预感到，耶稣会传教士今后在中国的路会更难走……

“请问本堂神甫在吗？”白晋刚从阜成门回到教堂，就有一个年轻人出现在教堂大门前。

“你要找哪个神甫？我们教堂的神甫有二十多个呢。”门公的声音像有几分不耐烦。

来客低头想了想：“就是曾被皇上封了品级的神甫，我有问题请教。”

“那，你且等着。”满面皱纹的老仆斜着浑浊的老眼怀疑地打量了客人一下，丢下一串古怪的、像唠叨又像埋怨的咳嗽，进去通禀。

白晋已经很疲倦，但他还是接见了客人。“你好，请坐。如果不介意的话，你能不能说说你是怎么开始关注我主的？”白晋一边问，一边用灰蓝色的眼睛打量着年轻的客人：二十出头，高高的个子，稍有些消瘦，两眼乌黑有神，微微上翘的嘴角显得坚毅、有主张。从他那已显出焦急的眼神却尽量保持矜持的举止可以看出，他绝非一般平民百姓，可能是个官宦子弟。

年轻人沉思了一会儿，说：“我是个旗人，家父平日督责甚严，先前也曾随师习读儒家经典及释、道两教经文。看过之后，却觉得这些书中有许多自相矛盾之处，令人疑问满腹，不知其所以然。有一日，我在街市上见到一个书坊出售旧书，其中有一本名为《论人之灵魂》。当时那本书引起了我的好奇，便当即买下，回到家后，一口气读完，发觉其所议所论与我以前见过的书很是不同。此书晦涩难懂，深奥异常，但我非常想探其究竟，故复又找到那家书肆，想再找几本与之类似的书，以解疑惑。店主告诉我，他那里没有，只有天主堂里才有这种书。起初我还以为天主堂是一家书铺的字号，就命我的仆人去买书，结果他带回了许多书，告诉我书是赠送的，并不要钱。那里面的神甫与他谈了许久，向他宣扬了天主教义，告诉他其中的重要篇章都在这些赠书内，我才知道世上还有个‘天主教’。我急忙读了这些书，读后深受感触，说人的智慧都是由一个叫上帝的造物主赐予的，真奇妙，不可思议……”

听对方这么兴致勃勃地详细述说，白晋却没表现出太多的热情与兴奋。虽然他来中国这些年，已归化了一批中国官吏和士大夫，但与亿万尚未被归化的中国人相比，这些成果仍是微不足道的。而且要使中国人、特别是满洲旗人皈依入教，还要克服一些其他地区没有遇到过的特殊障碍。他们要放弃他们的财产、爵位、美妾，还会背着辱没祖宗的罪名被人视为不肖子孙。所以现在，白晋对每一个想要入教的中国人，显得特别小心谨慎，要反复观察、考验才下决定。即使是在现在传教局面被动的情况下，他也不想降低标准迁就他们。

“那么，你今天来这里的目的是？”他探寻地瞅着来客，迟疑地问。

“我就是为解除疑惑弄清问题而来的。神甫，我可要先声明，如果我和你发生了争执，那可不是我故意找碴儿。你先告诉我你们是如何证明有制造万物之神的存在的？”年轻人爽直地说，并未注意白晋的神色。

看来他并不急于入教，这就好办了。白晋放心地往牛皮椅背上一靠，疲惫的脸上露出和蔼的笑意：“欧洲人在信仰皈依基督之前也有同样的疑问，有的疑问还更大，最后上帝保佑，他们还是听从了主的召唤。实际这个问题很简单，你们的古人，不早已相信上帝之存在，且对上帝全知全能之本质，亦与《圣经》所载耶和华上帝相类似。《诗经·皇矣》云：‘皇矣上帝，临下有赫。’此谓上帝居于巍巍之高天，超越时空之上。《书经·君》云：‘天命不易，天难谌。’则谓上天之命，永不更易，以示作为最高主宰之上帝，乃具有永恒性质也；‘皇天无亲，唯德是辅’则言上帝之良善……”

听白晋用不急不躁的嗓音旁征博引，娓娓道来，讲得是那么明白晓畅，周密详达，年轻人不相信地瞪大眼睛，想不到这个西洋人如此熟知儒家经典，引经据典，运用自如，大概人们常说的“西儒”就是他们吧。可既然天主教与儒家学说有这么多共通之处，为什么还水火不相容呢？他疑惑地问：“照神甫刚才所说，耶稣基督是上帝差降到人间救赎人的罪恶，人必须依赖他的拯救始至永恒。但我们圣人讲人要靠自我修为自身努力，即不难达到此一理想。不知这孔孟之说……”

白晋点点头：“问得很好。你要知道，人有限而天无限，人有涯而天无涯，要达到天人合一之理想，则一方面必须有愿意赦罪之天，另一方面又必须有愿意悔罪之人。要相信，上帝是信义的、公正的。我们若诚心认识到自己的罪恶，上帝必能赦免，洗净我们的一切不义，使之得以复活。而从广义上说，孔子孟子也是上帝差遣到世上的先知，是上帝的使者。所以其言论，有不少与《圣经》先知训言相吻合，故有理由相信他们是受上帝差遣的。”

“孔孟是上帝差遣的？”

“对。”白晋肯定地点头，其实这个大胆修正的新观点是他自己独创出来的。因为通过这十多年在中国传教，他觉得如果天主教能用儒家学说加以传播当更能为中国人所接受，最早来华的利玛窦就是这么做的。现在他们为何不效法，而非要同至高无上、说一不二的皇帝硬碰硬呢？见这个年轻人惊讶的表情已渐渐被一种敬佩之色所取代，像是渐渐向着皈依上帝的方向靠拢，白晋满意地继续开导：

“我们的生命乃上帝所赐，耶稣基督食无求饱，居无求安，不避死亡，为完成救世之使命，宁愿肩负十字架，流血受死，确实做到了儒家所讲的舍生取义。上帝以天地万物养育我们，以智慧真理教导我们，以慈爱心怀爱护我们；既然上帝创造我、养育我、教导我、爱护我，如同父亲，所以我们称上帝为父。”

“我们中国自古把天当作最大，称国君为天子，也就是上帝的儿子，那在天子之外，怎么还有一个儿子？”

“对，在这许多天子之上，尚有一位上帝的独生子——耶稣基督，且其更是万族之主，万民之主！而凡是愿意在上帝面前悔罪改过又接纳耶稣拯救的人，便可称上帝为：‘我们在天上的父！’我们都是天父上帝的儿女，人人都是天子！”

人人都是天子？那就等于跟皇帝一样平起平坐了！即使年轻人接受新鲜事物快，可这么大胆、怪异的言论也着实吓了年轻的来者一跳！好久，他失神地呆呆瞅着一个角落，好长时间不言不动。见他这个样子，白晋心里也紧张起来。

突然，这位公子爆发地喊了起来：“那公正的上帝在哪儿？好人为什么总遭殃！上帝为什么要夺走我的海兰察，我的海兰察啊……”他声音哽咽，泪流满面。

白晋惊讶至极，怜悯地、无措地望着他，摇摇头，不知该怎么讲下去。

七

女眷们看完戏先回府了，除了胤祥，阿哥们都被留下用晚膳。刚才看戏时，八阿哥在府门前亲迎前来贺寿的官员，没有同几个兄弟在一起。饭罢他们又在胤禩的书房内小坐了一会儿，当他们聊得差不多正要告辞离去时，一个十一二岁的小男孩突然跌跌撞撞地从外面跑进来，直扑向胤禩，揪住他的衣服，“扑通”跪下，用带哭的声音嚷：

“八叔，快救救我哥吧，阿玛要把他带进宫去见皇上！”

大家一怔，都惊慌地抬起头，当看清这孩子是苏努最小的一个儿子时，更有些慌，心想他家一定是出了什么事，要不怎么让这么小的孩子一人找上门来。

胤禩扶起孩子，安慰道：“别着急，慢慢说，有八叔和这么多叔叔在，我们都可以帮你。”

“嗯。”孩子吸了吸鼻子，才断断续续地讲了起来。原来他三哥不知从什么时候起迷上了天主教，经常捧着那些夷人编的书看，被苏努发现斥责后仍然不改，后来父亲将他的书全部烧毁，他又不知从哪儿找来许多新书偷偷看。今天一早他就出去了，回来时神情有些异样，在苏努的严厉逼问下他说他已入了天主教，从此不再和家人住在一起。苏努一听差点气炸了肺！皇上刚禁了天主教，他就敢公然违抗圣旨！作为宗人府宗正的苏努为显示自己不徇私情，就命人绑了儿子，要带他去见皇上。

胤禩听罢也很震惊。苏努的三儿子乌尔陈不但相貌英俊，而且文武全才，最难得的是他身上没有贵胄子弟的骄横之气，为此深得皇上赏识，年纪轻轻就被封为将军，在苏努儿子们中是最有希望继承爵位的一个，他怎么会干这种傻事？在皇子中胤禵与乌尔陈的关系不错，两人经常在一起骑马射猎切磋兵法，胤禵也想起这个宗室中的朋友已经很久没找自己了。他头一个着急地站起来说："八哥，那咱们赶快去大哥家吧！"

"不用了，天晚了，你们都回去吧，我一人去就成。"

"那可不行，人多势大，说话管用，大哥他不好不听。"胤禟说。

"好吧，好吧。"胤禩做了一个急切的手势，吩咐人去备马。

苏努家在宣武门西象来街，不一会儿，几个阿哥就骑马到了。他们生怕来迟了，苏努把乌尔陈交给皇上。还好，爷儿俩都在。他们刚走到头门，就听苏努气喘吁吁地大声骂道："小畜生，糊涂油迷了心！敢信邪教！你知不知道，那是邪教！邪教！"

众人闻声疾步而入，就见二门内，乌尔陈被绑跪在地，目光坚毅，一语不发。苏努脸色铁青，从他呼哧带喘满头虚汗的样子，可以看出他已经大骂了一段时间，而且气得不轻。

"八爷，您来得正好，您得替我好好管教管教这小畜生！"发现胤禩的苏努擦擦汗，回手指着地上跪的人怒不可遏地说。

胤禩还未答话，胤禟瞪着眼睛站到苏努面前，对这个属于自己一党的宗室很不客气地道："古人云，'国必自伐，而后人伐之。'家亦如此。你们这是干什么？让人瞅着好看吗？还想不想办大事！"

他这一咋呼苏努当真不敢再说了，胤禩忙把胤禟拦住，对苏努说："大哥，先把哥儿放了吧。这地凉，跪久了会落病的，咱们还是进去谈吧。"

虽然苏努并未点头，但几个家人见皇子都发话了，忙三下五去二解了乌尔陈身上的绑绳。

胤禵走过来，扶起乌尔陈，声音愉快地说："老三，怎么老也不登我门了，我哪儿得罪你了不成？最近我新得了一套兵法秘籍，咱们一块儿练练。"他冲八阿哥使了个眼色，说说笑笑地把乌尔陈拉走了。

“大哥，这到底是怎么回事啊？”在苏努的花厅，性急的胤禟开门见山地问。

“唉！”苏努长叹一声，“作孽啊！本来老三这孩子是我最喜欢的一个儿子，可不知中了什么邪，竟信起了天主教。整天一副神魂颠倒的模样，怎么说也不听！脖子上还带了这么个妖物！”他从袖内掏出一个东西重重往桌上一拍——是条带链的银色十字架。“他今儿从外面回来后，我就问他，干什么去了，他还跟我顶嘴，说他已入了教，是主的人，谁也管不了他了！真真把人气死！我不能因为这个畜生坏了我家名声。我，我就要带他上朝面见皇上，凭皇上处置，皇上饶得便罢，如若不饶，大不了我为他偿命！”

胤禩听后皱了皱眉：“你且消消气。大哥，我问你，据你看老三他是什么时候开始迷上天主教的？”

“哟，这我说不好，总有一段时间了吧。以前他可不是这样，可听话啦！谁也不知怎么着他就信了这个。这个畜生，我非——”

“慢。”胤禩不想让苏努打断自己的思路，继续问道，“那么这一段时间，老三可曾遇到过什么事？或者家里发生过什么让他难受的事？”

“家里？家里人一直对他很好啊……哦，对了，老三曾有个小妾，以前是他的一个丫头，生得十分貌美，被收了房。这个丫头不但貌美，还调得一手好菜肴，让老三喜爱得不行，天天厮守。哪料这丫头是个薄命鬼，今年三月得病死了。我记得那些日子，老三好久都不说话，一头扎进那丫头的房里，关了门，不吃不喝，像个死人。”

“嗯，这就是了，看来症结就在此。大哥，你这哥儿是个痴情汉。世上不少出家之人，就因痴情以至看破红尘，遁世出家。”

“有道理，当年世祖皇帝为了董鄂妃不也闹着要出家嘛，可这要当洋和尚的还真是头一遭。”胤禟没心没肺地说，如果不是胤禩瞪了他一眼，他还要说下去。

胤禩说：“大哥别急，你家老三是个有主见的人，许是那丫头去后，他心里的难受劲儿还没过去，等过了这段就好了。”

苏努连连点头：“几位爷说的是，老三现在这样就与那丫头有关，可老这么着也不是个事儿啊……”

“咦，大哥的意思是不是想让我们再给三小子张罗一个？”胤禟笑嘻嘻地问。

“这，这管用吗？”苏努抬起昏乱的眼睛问。

“我看不失为一法，解铃还须系铃人，他既为情痴，现在也只好用‘情’字来打动。”胤禩说。

苏努怔了怔，眼睛突然放出惊喜、希望的光：“那就请几位爷费心帮我打听打听，可有适合之人。此事若成，老臣感激不尽！”

“大哥客气什么，此事何难，眼下就有个现成的。”胤禟脑子一动，抢先兴冲冲地说。

“啊，在哪儿？人怎么样？”

“人嘛当然没得挑，不过是个汉人，就怕大哥……”胤禟说了一半，又有些犹豫。

“那没关系。只要能把老三带出迷魂阵，哪怕她是个奴役下贱也无妨！”

躺在绣雕天地长春花罩架子床上刚刚醒来的雪仪直起身，拢了拢身后散乱的头发，听外面更夫敲梆声，知道现在已是后半夜了。今天与秋燕的意外邂逅使她在痛苦绝望中生出一丝希冀，但她怕这如萤光般微弱的希望又马上破灭。回到后院自己住的这座二层小楼上，企盼和破灭就不停地咀嚼着她的心，让她一阵欣喜又一阵失望。后来，越想越矛盾的她望着青碧花纹的圆顶罗帐，在痛苦的煎熬中睡着了。

“贝勒爷呢？”她对着被她叫醒还打着哈欠极不情愿给她梳洗的丫头，略显痴呆地问。尽管她现在是胤禩的“女儿”，可她还不习惯称他“阿玛”。

“格格是问八爷吗？晚上主子和九爷、十四爷他们喝了酒，又有事被人叫走了。”丫头一边颇不耐烦地为雪仪梳理着那一头松散的黑瀑布般的长发，一边奇怪地望着她。

“哦，出去了……”雪仪讷讷地轻叹着。她在想她刚才做的那个梦。在那个离奇的梦里，不知为什么，八阿哥跪在他面前，目光悲切地向她哀求，求的是什么，她却记不清了。她只记得这位皇子脸色异常凄苦哀痛，与平时优雅沉稳的风度大相径庭。这到底是什么征兆？会不会出了什么事？

正想着，外面响起一群人上楼的声音。“八爷！”“八爷慢着。”她听仆人们小心恭敬地招呼请安，心头突地一惊：这么晚了，他来做什么？一种不祥的预感在她心中漫起。她想躲，可是已经来不及了，只好低着头不安地端坐着。

门帘一挑，果然是胤禩跨进来。大约是头一次来“女儿”住的闺房，胤禩左右张望了一下，显得有些紧张窘促。他一摆手，几个原来在屋里侍候的丫头、老妈便出去了。

“请阿玛安……”雪仪从椅上站起来，脸红着半蹲下身，声音小得几乎听不见。

“哎，不用，你、你坐……”女孩的行礼也让胤禩显得慌里慌张，手足无措。他们对这种“父女”关系都不太习惯，又是第一次单独见面，感到既尴尬拘束又有点好笑。

终于，胤禩在八仙桌旁的一张坐墩上坐下，雪仪像做贼似的悄悄溜了他一眼，又飞快地垂下眼睛。这个皇子果然像她梦中梦到的那样，英俊的面孔神经质地抖动着，显得既紧张又可怜。他怎么会这样？雪仪不由得想起他平日在家被福晋管得极严，自己做不得一点主，完全不像一位贝勒、一位一家之主！这不禁使她对他生出一丝怜悯……可是，不正是因为他，自己才离开亲人，来到这遭罪的地方，整日像囚犯一般！爹爹居然还看上他，还要拥戴他……这种人能成事吗？雪仪微微撇撇嘴，又咬紧了牙。

虽然雪仪刚到府上时见过胤禩夫妇一面，可因为凶悍的妻子看防极严，八阿哥就未再见过雪仪一面。现在，他就坐在她的对面，没想到这女孩子长得这么美。娴静端秀，玉颜胜雪，让人过目难忘，见之欲醉。胤禩突然想起来此的目的，是为人家苏努的儿子做媒的，遂暗自苦笑了一下，收回了心猿意马。

"你……"他像怕吓着她似的，轻吐了一个字，又顿住，不知该怎么说下去。

雪仪依然冷冰冰地坐着，她不知道八阿哥这么晚上这儿来是为什么，不过瞧他那副胆小的样子不像是有什么图谋不轨之心，可他为什么又不说话呢？好奇心胜过羞怯，雪仪不禁抬起了眼睛。

"你父亲从姑苏捎过信，说他不日就返京，不知你想要他带什么东西？"急乱中的胤禩突然编了这么一个谎话，也许是想安慰她。

"啊，爹爹来信了！在哪儿在哪儿？"雪仪说着，眼中噙起泪水。

胤禩没想到她反应如此剧烈，慌忙低下头，小声说："是口信，口信。你、你也不要着急，反正他就快来京了，到时我让他来就是了。"

雪仪失望地闭上眼："不用了，他不用来了。"

"你说什么，你不是最想你父亲吗？"

"不。我，我不想见他，我是他的负累……"雪仪浑身开始颤抖，凄声说。

胤禩一愣，终于听明白了，心有所触地说："你不用讲了，我知道，是我的事连累了你。也许你恨我让你受罪了……这样吧，你有什么要求现在就说出来，只要我能做到的一定尽力而为。"

胤禩的目光像位和善的兄长，虽带有几许怅然，但很坦诚。雪仪猜想，他说的也许不是假话。她并非不相信八阿哥的心，而是不相信他的能力。一会儿见到福晋，他还敢这么讲吗？她觉得他同自己一样是一个没有能力扭转现状的人。说到底他还是有私心有目的的，而且他这么说也许另有原因……这时她想起那个人，他能来安慰自己就好了，但现在他在哪儿呢？绝望又开始深深压住了可怜的姑娘，她的眼圈又红了。

胤禩见雪仪哭了，慌得站起来，可又不知怎么开口劝。刚才的许诺他是真心的，他不想因为自己的事连累了一个弱女子，现在见她一哭，他本就没有主意的心慌窘异常，更加乱了。正不知如何是好时，一个尖厉的嗓音突然在门外响起："哟，这三更半夜的，男女一室，父女对坐，谁也不说话，你们这唱的是哪一出哟！"屋里的人悚然一惊，雪仪赶忙收了泪站起来。就见门帘高挑，一队挑灯的仆人鱼贯而入，然后，八福晋趾高气扬地走了进来。她先将屋里的一切扫视了个遍，并没发现什么她要找寻的可疑之处，就将霍霍的目光停在雪仪的红眼睛上，故作惊讶地叫道："哎呀，这是怎么了，好端端的哭什么？是不是贝勒爷瞅这丫头老实欺负了人家？"她扭过犀利的目光瞪着胤禩。胤禩忙低下头，也不敢解释什么。这时一个丫头说："刚才八爷陪同九爷他们出去了。"

"多嘴的奴才，谁问你了！"这么呵斥一声，八福晋又转向自己的丈夫，继续用怀疑的目光审视着他："老九又拉你上哪儿灌猫尿去了？回来就这德行！怎么你也想跟他一样，家里不够挑的，还想上外头找戏子姘头！"

胤禩见她越说越不像话，忙阻止道："你少说几句成不成？我是去苏努大哥家，大哥家老三的侧福晋没了，想续一个，九弟就说……"

隐约听懂八阿哥对福晋讲的意思，雪仪脸色惨白，目瞪口呆，感到一阵天旋地转。刚才还怒容满面的八福晋此时却笑盈盈地轻步走来，拍了拍呆若木鸡的雪仪，半真半假地说："那是好事啊，可哭个啥？闺女放心，你虽来我家时间不长，咱们终究还是母女一场，我绝不会让自己闺女的嫁妆让人看了寒酸委屈……"

等胤禩夫妇回到他们自己的寝室，八福晋立刻变了脸，数落起丈夫来："自个儿家的事还一大摊，倒为别人家的事忙得团团转，天底下真找不出你这样的人！"

在精力旺盛、咄咄逼人的妻子面前，一向镇定从容很有大将风度的胤禩总显得心虚气促，他赔着小心，讷讷地说："那不是亲戚吗……"

"亲戚？亲戚能给你生儿子？亲戚能给你续香火？"福晋心里最大的隐恨就是他们夫妇成家至今还没有一个孩子，她已听了不少外面的闲话，她觉得这都怪自己的丈夫窝囊，无能！

而这也是胤禩心中最大的隐痛，但他不同意妻子将不能生儿子的责任一股脑儿地全推给自己，不禁厌烦地反驳道："那是你的事……"

"什么？你怨我？生不出儿子是你自己没本事，怨得着我妇人家吗？还有脸说！"八福晋数落起丈夫来就像女主人训一个小厮，一点不留情面。

胤禩被她吵得头昏脑涨，惊恐地躲着妻子红涨的凶脸。半晌，才费力地说：“别吵了。那天我和老四值夜，四哥说想把他家的弘时抱来过继给我，我还没来得及同你商量。你看实在不成的话咱们就答应了？”

福晋却愈发气爆地立起眉毛：“老四现在就这一个儿子，他怎么舍得给你！你到底安的什么心？是不是烦我，想撵我走啊？你说！你说啊！”

胤禩被蛮不讲理的妻子逼得说不出一句话，头上、脸上落满了福晋喷出的唾沫星，也不敢躲闪。

过了一会儿，八福晋大概发泄得差不多了，缓了缓，说：“还有老九，也是没事找事，寻来这么个蛮子丫头，还跟我编鬼话说能引来儿子。哼，阿弥陀佛，亏他又想起把这丫头和苏努的老三撮合到一块儿。你看咱们该给那丫头准备些什么嫁妆？”

“你看着办吧。”胤禩并不热心地应道。

丈夫冷淡的态度引起了本就多疑的妻子的不满与怀疑，她眯起眼睛，仿佛一个书生终于猜到灯谜似的，酸劲儿十足地说：“哟，这叫什么话？你是不是舍不得她走啊？”

“你胡说什么！我……”胤禩突然噎住，无端地红了脸。

“说啊，你怎么不说了？哼，你的心思我早就瞅出来了。告诉你，你给我放老实点。不然，我今儿就让她滚！”

“你！”胤禩手指妻子，哑着嗓子怒叫了一声，却又颓然放下手臂，耷拉下头，像真做了什么亏心事似的。终于，他吐出一口气，对横眉立目、杀气腾腾的妻子哀求似的说：“你能不能先出去，让我，让我安静一会儿……”

正在这时，一个丫头慌慌张张跑来，手捧一把秀发，顾不得请安，气喘吁吁地说：“主、主子，不好了，格格正在用剪刀铰头发。她说她要出家，终身不嫁，奴才们拦也拦不住，她已经剪下好多头发了。”

胤禩夫妇相视一惊，胤禩就慌忙站起来要往外走。八福晋的圆眼睛里闪出一道凶光，紧跟几步，提高嗓门示威似的喊道：“什么终身不嫁。分明是心里早有了野汉子，拿出家、寻短见吓唬人！告诉她，这儿不是苏州，老娘见多了，她哄不了老娘！还是让她给我放明白点，别自以为是，自作聪明！”

已走出几步的胤禩听到妻子这夹枪带棒的嘲骂不禁回过身，来回踱了几步，终于烦躁地对那报信的丫头一挥手：“算了，算了，我也不管，由她去吧！”说完就抬脚返回自己的书房。

八福晋见状，胜利地冷笑了一声，叫过那丫头，低声吩咐了几句。

八

智者千虑，必有一失。不知什么原因，也许是双方芥蒂太深，太子胤礽并没有接受胤禟表示赔罪的“赠礼”——琴言，而是将包括秋燕在内的几个丫头，又添上一些珍宝古玩，借花献佛地转赠给了最年轻的南书房侍臣蒋廷锡！这倒多少出乎胤禟的预料，懊丧又不解的他只得放弃了原计划，另作筹谋。

更吃惊的还要算蒋廷锡，他向上门来的詹事府官员辞谢了半天，人家还是坚持要他收下，说他要再推辞太子会生气的，让他们回去不好交差。无奈之下，他只好接受了这份稀奇的馈赠，从此心里便不踏实。

来京后，蒋廷锡确实认识了不少王公大臣，也对朝廷有了一个初步的了解。凭着一种直觉，新着官服的他就已感到现在朝中并不平静，皇子大臣们拉帮分派，结党营私，与他布衣时幻想的清平之治相去甚远！作为朝中一员，自己今后无疑也躲不开这些权力之争的旋涡。刚入京时他去八贝勒府较多，一来是八阿哥向来礼敬文臣，特别是像他这样破格录用的寒贱之士；二是他还惦记着雪仪。不过最近去得少了，他怕见到何氏兄弟，也怕被人误解。不过入朝后参加了许多大典的他始终还是没见过四阿哥。在群臣眼中，四阿哥好像是个无足轻重的局外人，如果不是他性格比较古怪的话，日子久了，大家也许早忘了皇上还有这么一位阿哥！同四阿哥一样，蒋廷锡觉得八阿哥也是一个很奇怪的人，你说他精明强干吧，可他有时办事顾虑重重、犹豫不决，尤其听人说他在贝勒府任凭福晋摆布，没有一点皇子的威严；你说他懦弱无能吧，他又怎么会赢得那么多学者名士的推崇拥戴？这些人可非等闲之辈，不会轻易看走眼啊！

在屋内的蒋廷锡越想心越乱，又把思绪拉了回来。现在太子送来的这几个人已然收下，只好先留在府中，以后再作处置。可留下来让她们干什么呢？唉，还是先看看再说。

六个丫头被带进来，站成一排，低眉顺目，很是老实安静，蒋廷锡漫不经意地对她们扫了扫，突然觉得有个熟悉的面孔从眼前划过。他一愣，又挨个儿仔细看了看，便让最右边的那个留下，对其他几个人说：“你们可以走了。”

丫头们谢安出去后，蒋廷锡踱到那个仍低着头的人面前，感慨地说：“好，你可以把头抬起来了。”

秋燕轻轻抬起头，平静地望着他。

“果然是你！你不是在九爷府中，怎么又到太子那儿去了？”

秋燕垂下眼睛："像我这样的人，到哪儿还不是一样！"

听这话她心里的怨气不小，蒋廷锡只得将声音放得温和些，问："那总得有个缘故吧？是不想让我知道吗？好，那你就不必讲了。"他说着假装不屑地踱开去。

秋燕以为他真生气了，抬头望了他一下，见他脸上并未出现什么反感困惑的神态，方放了心，把事情说了。当然其中隐去了许多细节，但却特别提到让九阿哥为她脱籍为民的事，讲着讲着，声音不禁哽咽了。

哪料蒋廷锡听完，叹了口气，竟这样对垂泪的秋燕说："九爷说得对。你现在孤身一人，在外行动有诸多不便，不如等有了终身依托之人，再作考虑为好。"

秋燕没作声，脸上现出一片明显的失落之色。

"那你见过她吗？"廷锡没想到自己会这么问，可不知怎么就开了口。

秋燕的脸也马上红了，点点头，声音嘶哑地说："我是个薄命之人，当初幸赖大人与小姐相救才得活命。如果不是因为我，你和小姐也许……"

"这是我与她缘分浅薄，与你何干？"廷锡安慰着她，叹息一声道，"秋燕，我知道，为这事你没少费心，我和雪仪会永远记住你、感激你的。不过我和她今生不能成为夫妻，乃命数所致，来世相聚又何妨？所以你也不必太过伤感自责。"

"你说什么，来世？"听到此话，秋燕不胜震惊气愤地抬起头。

蒋廷锡脸一红。虽然他已做好受责备的准备，可被一个丫头这样极不客气地质问还是让他很不自在。少顷，他听到一个像叹息又像冷笑的声音说："大人总算说了句实话——侯门一入深似海，从此萧郎是路人！"

"不！"蒋廷锡从羞窘痛苦中抬起头，上去一把扯住秋燕的袖子，粗暴地将她拽前几步，指着东墙上那幅画激烈地说："我从没忘记过她，我可以发誓，我不是你想象的那种自私的人！你看，你看啊！"他吵架似的大声吼着。

"小姐……"秋燕望着画上凄清飘逸的美人，呆呆地叫了一声，转过头，用像胆小受惊的孩子一样颤抖的声音问："那你为什么说来世？你们还有希望啊。"

廷锡也凝望着这幅由自己心血灌注的画像，极力强忍着说："对不起，刚才让你受惊了。说来你大概又会不爱听，在我心中，她就如此画，可望而不可即，只能远处观赏，心底思念。如果真出现在面前，或许我还不适应……在我心中，谁也取代不了她。啊，算了，你是不会理解的，你不懂的……"

他沉重的情绪感染了秋燕，可姑娘却不能像他那样将自己的爱恋、情感和盘托出，尽管面前站的就是那个人，然而……这是一件何等痛苦的事！

"你以后不必同她们住在一起，我让人单给你腾出一间房子，至于脱籍的事，我再帮你想办法。"现在，蒋廷锡已重新平静了情绪，对秋燕安抚道。

“不必了，我到哪儿都是侍候人。今既已到此，也是天意。奴婢情愿永远在此，侍候相公一辈子。”秋燕真想这么说，可就在她胸膛剧烈起伏，还没来得及将这句表明胸臆的话倾吐出来时，外面一个家人来报，有客来访，已进了大门。会是谁呢？这么不见外？蒋廷锡向外走出几步，又停住，回过头，望了望还在原地呆愣不动的秋燕，又补充了一句：“你也别急，那事我会替你想着的，现在我有事，有什么话待会儿再说。”

“扬孙，久违了！”蒋廷锡刚到垂花门就有人大声招呼。一看这个身材高瘦，身着便服的人竟是许久未见的四阿哥，他就惊得呆住了，随即急行几步，跪倒在地：“不知四贝勒大驾光临，请恕臣失迎之罪。”

“快起来快起来，这不就见外了！”胤禛一边感慨地将他扶起一边笑着解释：“我不打招呼进来就是怕你添虚礼，咱们还是同从前一样吧。可先说好，我这阿哥来找你这南书房大臣只是叙旧，不算结交外臣吧？”

“不敢。臣本已到京多日，只因公务缠身，以致未曾拜望殿下，倒让殿下枉顾，令臣着实不安！”廷锡一边解释客套着，一边也在打量这个不同寻常的客人。他们分别已近四年，同四年前相比，四阿哥居然瘦了些，而笼罩在他身上的那种忧郁不但没减少反而更重了些。相形之下，倒是蒋廷锡音容依旧，且比以前更显得沉稳干练了，俨然是一名精干的官员。

到了蒋廷锡待客的书房，也就是刚才他和秋燕说话的那个房间，重新行礼分宾主坐下。说是叙旧，可彼此都清楚，自从康熙三十八年他们分手后，关系就渐渐冷淡疏远了。这种生分多半是蒋廷锡造成的，他倒接过几封四贝勒主动写来的信，可自打听过义父严厉的警告，却连一封都未回，他已感到有些内疚。现在同这位又主动找上门来的皇子坐在一起，他感到的不是欢喜，更多的是拘束不自在。等下人献上茶来他才收了凝思，做了个请的动作。

“扬孙，如今还作画吗？”还是胤禛先打破了沉默。

“啊，作是作，也不过是些应酬之作。现在哪还有工夫静下心来真正作画。”

“听说你近一段的绘制笔效常熟恽寿平，很有些不俗。”

“也不过是东施效颦，邯郸学步，至多形似而已。恽老乃超脱红尘之人，神韵臣是万万学不来的。”

其实胤禛心里不太喜欢自己提起的这位已作古的画坛名家，因为恽寿平早年曾参加过南方的抗清活动，后来随着复明大势已去，虽然停止了抗清，可从他一直拒官不受，对朝廷冷淡的态度看，他对这个由满人建立起来的新王朝不抱什么好感。胤禛觉得他是个老顽固。当即随意笑笑，又用精细的眼睛慢扫了遍房间，换了个题目："刚才怎么家人报了那么半天才出来，是不是家中还有贵客啊？"

"啊，没有，没有，今晚除了殿下大驾枉顾寒舍，再无客人。"蒋廷锡低下头，仿佛对什么感到羞愧似的，躲闪地说。

胤禛看了看他，别有意味地笑道："是啊，独守空斋，书画为伴，我瞧你也快出蹈红尘喽。"

廷锡的心被触动了一下，垂下眼睛，低声说："殿下取笑了，臣如今暂不考虑此事。"

"都年岁不小了，怎么还不想？要不就是你条件太高，把人家都吓跑了吧！"胤禛半含劝讽地开了句玩笑。见对方低下头满脸的不自在，还当是他真羞了，便一笑道："罢，不提他了。最近可有什么新作？"

蒋廷锡此时心思全无，茫然地摇摇头，一语不发。

胤禛瞧出来了，从自己进来后对方没表现出应有的热情与惊喜，态度一直冷漠甚至是抵触，有时只是出于礼貌迫不得已才应一两声，勉强搪塞，这使极其看重别人对自己态度的胤禛十分恼火，他怎么会这样？难道他真不欢迎自己？突然，他瞥见桌上摊着一幅飞扬飘逸的草书作品，末端题款是"恭呈皇八子殿下大雅览正"。

哼，我说呢，原来是攀高枝儿了，就成了白眼狼！胤禛恨恨地想，为了证实自己的猜疑，他故意叫了一声冷冷不语的主人："哎，扬孙，你果然是忙！恕我直言，看这幅行草，略觉拘谨，似不如你以前笔作生动有神。"

"啊？"心神不定的蒋廷锡这才收了心思，一眼看到四阿哥那讥怨的目光。哎呀，坏了，刚才一忙竟忘了将这张条幅收起来，由于自己刚才的态度不甚热情，现在它又落到皇子的眼中，大概殿下起了疑心。他脸微微一红，说话的声音尚还平静："石谷先生原来就说臣之书法缺乏悟性难以造就，今在殿下面前露丑自属难免。"

"唉——"胤禛严肃挑剔的神情一瞬间又变成了一种沉思的忧伤，怅叹一声，两眼久久地望着窗外净蓝的天空。不知什么原因，他觉得现在和这少年时的好友间似乎隔着一种东西，使他们彼此拘谨、压抑，再也没有以前那种自然亲切、坦诚交流的感觉……一时间胤禛心神黯然，转过头怨叹地瞅了一下蒋廷锡，发现对方的目光正直直地盯在东墙上，好像被那里的什么东西吸引了，而根本没在意这位高贵客人的存在。胤禛不觉微带怒容，诧异地随着他的目光跟过去，发现墙上原来挂着一幅画——清幽的月光下，一位素装女子站在一泓池边，举目望月，身形轻灵，裙裾飘曳。她身上有一种惆怅、怨慕、幽独的气味，如西子夜游，嫦娥下凡。本想讥讽朋友几句的胤禛一见这幅画也立时看呆了，过了半晌，口中不觉喃喃赞道："神品！神品！"

两个人恍惚地对望了一眼，方回到现实之境。蒋廷锡还是没有改变低落的情绪和暗淡的态度，两眼无神地盯着桌案。这时茶已凉了，他冲门外吩咐一声，就从外面走进一个提壶的侍女。啊，怎么是秋燕？我不是没让她干这个嘛！他正吃惊时，突然看见四阿哥也正用眼睛不住地往秋燕身上扫，直到她重新换好热茶后将剩水收拾出去，四阿哥的眼睛还一直跟着她。蒋廷锡心里不由得蹿起一种蔑视。早就听人说皇上的这些阿哥们不思上进，渐为酒色所迷，看来自视清高的四阿哥也未能免俗。唉，父亲说得不错，是不能与他们这种人接触得太近……

"这丫头是你买的？"胤禛突然问。

"哦，不是。"廷锡看了胤禛一眼，又慌忙把眼睛转开。他突然心中一动，秋燕不是想脱籍吗，既然四阿哥主动问到她，这倒是个好机会，也许四阿哥真能帮上她。只是不知皇子心里有什么打算……于是他一边小心地观察着胤禛的神色，一边谨慎地把秋燕的经历略述了一遍。

胤禛听罢皱着眉默然不语，那样子像在沉思，又像在追忆着什么。好久，他才面色冷峻地说道："天下最贱者，是倡优隶卒四种，做女旦的，为娼不足，且又为优，是以一身而兼二贱了！想来总是她前世积下的罪孽太重，故今生遭得此报，甚至将罪孽累及旁人，也未可知。"

蒋廷锡一听这番堂皇的话以为他一定不肯相助了，忙解释道："这丫头虽不幸落入乐籍，难得她尚知贞洁自守，与一般女旦不同。如果四爷肯稍加指点，使其脱籍，从此断绝娼门，也是一件无量功德。"

胤禛没有答复，而是尖刻地说："你也是个清高脱俗之人，怎么会赏识起这等人物！"他还要说下去时，发现对方脸色很难看，方止言，又将目光移到东墙那幅画上，淡淡一笑："也是，世间明珠暗投、宝剑沉埋者皆不算少，即如此画——造化之笔，鬼斧神工，可惜囚于冷室，寂寂无人识。"

这意思再清楚不过了，自从刚才胤禛瞅见这幅画起他就对此画有一种特殊的兴趣，很是留恋。如果在平日，不用他这般挖空心思、寻词觅句地夸赞，蒋廷锡早就顺水推舟，将画赠给他了。可现在，除了对这画像的特殊感情让他绝不松口，还有一种羞辱感从他身上油然而生，他怎么能拿自己心中的雪仪同那个卑贱的丫头对比交换！他面色铁青，真想将这个外表高贵实则龌龊的人赶出去！可他强忍未动，只从嗓中迸出一声剧烈的咳嗽发泄着他心中的羞恼。

见几次暗示对方均漠不理睬，胤禛心里很泄气，也有些羞恼。哼，有什么了不起，不就是幅画吗？老八没找你要，你倒巴巴地给他泼墨；我来了你就摆出这副脸色，什么意思？但他对对方的冷淡并未马上发作，也未告辞而去，而是又默坐了一会儿，把声音调整到最自然的状态，不慌不忙地开了口："扬孙，最近我将府中的东院修整了一遍，其中有几间房屋的墙上尚留空白，我想在留白处设花屏，只是未找到画工。如意馆的画师不好请，让市井俗人画，又恐其低俗卑劣，气韵全无。想来想去，也只有你能帮我这个忙了。"他说完，心想，我这可算是仁至义尽了，如果你再故作清高，给我冷脸子，可休怪我翻脸无情！

"蒙殿下错爱，臣义不容辞。不知殿下何时需用？"

嗯，这还差不多！胤禛马上换了一副温和的笑脸："不急，不急，等你有了时间，什么时候都成，你如今在南书房也算股肱之臣，深得父皇恩宠，可别因为我这点私事把你的正事耽误了！"

九

由于罗马教廷与中国朝廷的"礼仪之争"，使得在华传教士进入了一个非常困难的时期。白晋就发现，这一段时间来教堂做礼拜的人在逐渐减少。平民百姓不必说，他最遗憾的是在表面愿意皈依上帝的贵族官员和士大夫中有几个人也悄悄地隐退了。白晋焦急的心儿乎要陷入绝望了。

今天白晋做完早祈，听到走廊上传来一阵哼着小曲的快乐声音，这显然不是中国人在哼唱，因为中国没有这种曲调。他打开房门，看见葡萄牙传教士露西。今天露西的打扮很特别，头发像中国人那样梳着，戴一顶红绒线暖帽，身着一件有纹章图案表示品级的补褂，如果不近看还真像一位中国官员。他这是做什么？白晋还没问，露西已兴冲冲地走过来对他招呼道："布维，看我这身装扮还可以吧？今天皇九子最小的儿子过满月，他邀请我去。你还记得皇九子吗？就是我治好了他中耳炎的那个皇子。你也一同去吧，布维。"

"对不起，我今天已约了客人，请代我向皇子殿下问好吧。祝你好运！"

露西刚走，两位客人就一同到了。有一位是白晋请的，这便是年希尧。而另一位不请自来的正是上次催着他讲天主教教义、后来他才得知身份的宗室子弟，苏努的三子乌尔陈。

"怎么这么巧，你们是一起来的？"无论是不是自己邀请之客，白晋都热情相待，请他们进屋坐下。

乌尔陈是来教堂观看弥撒时碰到年希尧并和他相识的，虽然刚认识不久，他很喜欢这个学识渊博、总会讲些新知识的汉人。他对白晋说：“今天九叔的儿子过满月，阿玛非要我去，我不想去凑热闹，为这耽搁了一会儿，要不也碰不到年先生了。”

一个小孩出生竟要这么多人祝贺，虽然白晋来中国时间很长了，但对这种中国礼俗还是不太习惯。“你不去，九皇子会不高兴吧？”他好像很担心地问。

“那倒不会。九叔对我挺好的，那次阿玛要绑我进宫交皇上处置，就是八叔九叔他们给劝住了。九叔还向阿玛讲了天主教的许多好话，说天主教并不是邪教。现在穆经远神甫还常去九叔那儿，带去许多宣讲天主教教义的书籍。我有时还跟九叔借呢。”

从乌尔陈的介绍和刚才与露西的交谈中，白晋至少获得两条信息：一、比起其他皇子来，皇九子确实对天主教和西洋人更有好感，有争取的可能；二、在教廷特使来华期间一直想成为中国教区区长的穆经远现在已开始频频活动，跃跃欲试。其实外人并不知道，在天主教会各修会之间，也有门户之见和利益冲突。穆经远现在这么不惜代价、尽力拉拢结交皇九子，无疑也是为了扩大他们葡萄牙人在华的传教势力，与来中国传教较早、现在势力最大的法国人相抗衡。如果他真能成功地皈依一名皇子，不但将使葡萄牙在耶稣修会中占有独一无二的位置，甚至还会给整个东方造成巨大影响。

不过白晋现在最关心的，是这位来找他的皇子之侄——一直想入教的年轻人。虽然他曾多次表明自己将皈依天主永不叛主，但白晋为了进一步考验他，一直没有让他受洗。白晋清楚，对这些贵族来说，要让他们放弃他们的财产、爵位、女人，无疑是很难的。但这还不是最困难的。因为他是皇族，皈依入教还需克服一些障碍。比如满洲入主中原后每月都要祭祖，而在传教士眼中，这祭祖活动已混杂了许多佛教道教的礼仪，真正皈依上帝的人不应参加这种活动。但如果他们不参加祭祖，就会被视为不肖子孙，受到宗人府的处罚。这无疑又涉及东西方的“礼仪之争”。如果我处在他的位置该怎么办呢？白晋自己也不敢想象，忧心地思考片刻后，才迟缓地问：“你父亲现在还管你吗？”

“怎么不管！”乌尔陈沮丧又无奈地说，“其实自那次九叔劝过阿玛后，我又跟阿玛谈过几次，阿玛现在对天主教的态度有些转变，但就是不准我和弟弟入教！我知道，他是怕惹恼皇上，怕其他王公耻笑……我、我能理解阿玛，不过我还是决心皈依基督！”

“神甫，请相信，我已决心投入主的怀抱，任何困难都阻挡不住我，我都会靠自己解决！前几天八叔九叔他们想让阿玛再为我续一侧室，被我拒绝了！有个亲王向皇上告发我信了天主教，幸赖皇上不置可否，未予深究。为了主，我可以献出我的一切，包括生命！”

白晋仍默默审视着他，肃然不语。

“神甫，因为不参加祭祖之礼，现在我又和阿玛吵翻了，他不许我再回去，在朝中我辞了皇家的一切差事，皇上也开始对我不满了。如今我一人在外租房住，已是一无所有。神甫，请你告诉我，我要怎么做才会让主相信，我是真心皈依他？”他说着说着，刚毅的大眼睛中充满泪水，表情痛苦忧伤。

“孩子，不要这样。请相信，上帝是仁慈的！”白晋这时才说出一句带有安慰性质的话，然后他顿了顿，提出了问题的实质，“对不起，孩子，请你回答我一个问题，当然，如果你愿意答复的话。如果万一有一天，皇上的旨意与天主教教义发生冲突，你将怎么办？”

“啊？”乌尔陈惊愕地望着传教士，眼中现出为难的样子，好像在问，“神甫，这个问题我一定要回答吗？”白晋面如危崖，一言不发，用严厉的眼睛犀利地盯着他。他已心中有数，并已做好了这个年轻人避而不答的准备。又过了一会儿，乌尔陈开口了，却是一句：“神甫，如果在你们欧洲发生这种情况，你们会怎么办？”

“这……一般不会，在欧洲这根本不是什么问题，因为我们欧洲的国王都是上帝的仆人，都皈依了上帝。但东方不同，这里的习俗与我们那里不同，而中国皇帝的权力更比我们欧洲君主的权力大得多。皇上说的一切臣民都必须遵守，哪怕他是错误的、荒谬的……”

听传教士这么一说，乌尔陈立刻明白了他之所以这么考验自己的用意。是啊，自己自觉同家族、朝廷断绝了关系，可自己毕竟生活在这片土地，生长在这个家庭！看来上帝在中国人通往天堂的路上设置了更多的障碍……乌尔陈一下觉得心情黯然，但年轻人不服输的劲头没有让他失望却步，想了想，反而用一种质问的口气对白晋说：“神甫说中国皇帝权力大，难道欧洲国王就都是傀儡，就不会犯错误？”

白晋笑了，他很喜欢这个年轻人，事实上从他来中国后遇见的这样的人真是太少太少了！其实对那些一听自己布道就顺从，没有任何疑问便入教的教徒，他反而有些不太放心，有些瞧不起。对这个问题，他也没有仔细思考过，但皈依一位中国人的热情使他的脑子也仿佛快了起来，并未多想，马上答道：“请相信，刚才我说的一切丝毫没有对皇帝陛下的不敬之意，而且我、我们所有来华的耶稣会传教士，都很敬佩伟大的康熙皇帝。作为一个君主，他的个人素质确实胜过我们欧洲君主许多，不然我也就不会专门向我国王陛下进呈拙著《康熙皇帝》了。我们欧洲国王有时是羡慕东方君主的权力，却不能做到像康熙皇帝一样自警自励，那么通过另一种相应的方式来制约，也就不足为奇了。比如在我们法国，红衣主教同我们的国王几乎平起平坐。像我们的先王路易十三，就经常与他的老师首相黎世留红衣主教彼此有隙，发生过不止一次的摩擦，连他们双方的卫队也经常因为决斗而流血伤亡，这真是不幸。”

“什么，你是说你们的臣子居然敢凌驾于君王之上，那不是成了反叛了吗？”一直没说话的年希尧惊呼道。

“那倒不至于，”白晋微笑着望了他一眼，神态平静地说，“只要他还拥戴国王陛下。事实上在我们欧洲这种争执就一直未断过，这也许是我们与东方某些国家习俗不同的原因之一吧。作为一个西方人，我想东方君主实在比我们的君主幸运。难怪，”他突然耸耸肩，怪异地一笑，“难怪中国有那么多人都想当皇帝……上帝啊！”他在额前画了个十字，叹息地摇了摇头。

“哼，你也争，他也争，还不都是为了争权夺利！”想皈依上帝的乌尔陈一时间像忘了自己来此的目的，突然阴沉沉地从牙缝里迸出这么一句。

另两个人望着他同时呆住了。年希尧早已按捺不住，他到教堂本是白晋相邀的，现在还没搞清传教士找他究竟什么事，倒听了这么一大堆“悖逆之言”，自幼饱读儒家经典的年希尧心中的不快可想而知。他平时是个斯文温雅的人，不怎么同人争论，可今天实在忍不住了，刚才就想插话的他现在不失礼仪地向乌尔陈施了一揖，冷静地道：“请恕年某不恭，阿哥讲的也不能一概而论。不说三代之主，就是后世贤君，也有立志救民于涂炭而大济苍生者，如唐宗宋祖，汉之文、武，岂可一概否之！”

“哼，”乌尔陈冷笑着，说，“这不过如贩瓜老农，总不说自己瓜苦。打天下时常将百姓挂在口边，其实心中哪有真正以百姓之心为心的人？先生别急，这话可不是我随意造出来的，我有根据。以前汉刘邦过咸阳曰‘居宜如是’；项羽见始皇车驾过时心生取而代之之念，其意未必无正廉之节，然一旦视到靡曼骄崇皆心向趋之，然后始生谋国之意罢了。英雄犹如此，何况那些庸常人！更有甚者，明明是曾给万民造成灾祸的奸雄，时过境迁，摇身一变，竟成了救国救民的英雄！还是庄生之言透辟——窃钩者诛，窃国者侯！”

年希尧没想到他竟敢这么说，若是旁人也就罢了，可以他的身份地位这么想，就有点忘本。其实他并没弄清乌尔陈刚才那话的真实所指，犯了书生迂气，用争辩的口气大声地、极不客气地说：“阿哥所言不错，可谋取天下后若还衣敝身劳，食不果腹，形同一般百姓，阿哥又岂有今日之荣！”

乌尔陈激动的脸呆住了，过了一会儿，他才有些伤感地慢慢开口：“先生责备的是，我今日得处常人之上，却非我之功。想我曾祖，乃太祖皇帝长子，因与太宗皇帝等贝勒争位失宠于太祖而被赐死，今日想来却又岂是曾祖一人之过！……神甫，”他转头望着白晋，平静地说，“我有罪，不知主肯不肯接纳我。如果主不肯接纳我，我也不会有一丝怨言！谢谢你的关照！”说完朝白晋深施一礼，便转身大步跨出教堂。

“哎——”年希尧叫了一声要追他，被白晋拦住了：“让他去吧，这里的门对每一个人都是敞开的，可以进，也可以出。对不起，年，让你等了这么久，我找你来是……”

“您等等，神甫，有一件事，我一直想对你说。”年希尧突然把头埋进胸前，过了好一会儿，才抬起痛苦、自责的红红的眼睛，“神甫，请原谅，我……也许以后，我，我不会再来这里了。”他断断续续地说完，同时扭过身子，颤抖着从衣内掏出一个银色的小十字架，羞愧地交给白晋。

“为什么？”白晋追问。

年希尧并不回头，默立了好久，肩头耸动，声音颤抖地说：“神甫，我有罪，我不能再侍奉上帝了。我，背叛了上帝。你，你嘲笑我吧。”

白晋一下明白了，年希尧是迫于外界压力要退出天主教。他心里也很不是滋味，但又忙安慰道：“不，我的兄弟，我的朋友，你没罪。当初并不是上帝要你入教的，放心吧，你没罪。”

“可我……”年希尧无地自容地转过头，用一双像委屈的孩子一样的眼睛望着传教士。

令他惊讶的是，白晋的神色由一贯威严的、教诲的严肃变成了理解同情的温柔，声音庄重而自然地说：“我们不会强迫任何人入教。我来中国后认识了许多中国朋友，他们中有一些人也不是教民，比如你的朋友也是我的朋友——蔡珽，他就没有入教，但这并不妨碍我们的友谊。上帝在这里给你关上一道门，就必定会在别处为你打开一扇窗。不要难过，我的朋友，不要难过了！”

随着这一字字一句句从白晋口中娓娓道出，一直听他说话的年希尧，改变了刚才慌乱、扭曲的样子，由最初的自责、不安转为深深的感动，淡化了忧郁的情绪。他的眼睛也红了，感激地望了望传教士，就要离开。

“等等！”白晋叫住年希尧，回身从自己的卧室里取出一个蓝布小包，出来后对他说：“这是蔡珽来要我转交给你的，是治你妹妹慢性病的一种特效药，他说与你一提便知。他这个朋友真是个热心肠，谁跟他交往都会感到愉快的！”

年希尧接过药，神色有些异样，仿佛有心事的样子。

白晋观察着他，笑着说：“对不起，我冒昧地问一句，蔡珽是不是同令妹……”

啊，年希尧的心抽了一下。很早以前他就有这个意思，将妹妹许给蔡珽，也曾向那好友透露过。可后来二弟不知为什么，突然一念而起，让妹妹进了四贝勒府。他说不过二弟，加上父母也都同意这种安排，他只好不再坚持。现在蔡珽大概还不知道这件事，如果知道，自己可将怎么面对这个已结交多年、古道热肠、心地良善的朋友！或者，或者他已经知道了，所以这些日子一直躲着自己不理睬，连药也是交由白晋转送的……他动了一下嘴角，勉强说：“神甫，你误会了，小妹因二弟相荐，不日将入四贝勒府侍奉四阿哥。蔡珽送药缘自古道热肠，救人急难，并无他故。”

“对不起，对不起，我不该多嘴打探别人隐私，愿上帝恕罪。”

年希尧向外走了几步，又转过身子，望着白晋，似乎还有什么话想说，但终于怅然地笑一笑，冲传教士略一点头，离去了。

十

自从裕王福全薨后，自号“天下第一闲人”的胤禛才终于有了一份比较固定的闲差——教已袭父亲爵位的裕王世子保泰算学。开始胤禛还颇认真，不厌其烦地给这位堂弟讲解、举例。可渐渐地他发现，保泰虽然看着老实，却是最不爱学习的！你讲十句他兴许只记住一句。时间一长就借口要喝水、上茅厕，中断讲授，把胤禛的兴致打断。因亲戚的缘故又不好深说，把个脾气急躁的胤禛弄得气也不是，怒也不成，只盼着保泰赶快“结业”。

可是当人家真走了，胤禛又觉得府中冷清寂寞。前些时八阿哥过生日，他虽没去，但也听到被差去送礼的下人描述的八府门前车马盈门、热闹非凡的场景。前两天自己也刚过完生日，来客寥寥可数，连十三阿哥这样亲密的兄弟都没来。他不由得生出一种妒意，人啊人！……人都是这么势利，负心！

他顾影自怜地坐在自己的书房里。看不进书，也无心习字。最后无所事事的他只是无聊地望着铜镜，好像要与镜子中的人对话。可镜中那个形象更让他泄气：浅眉毛，细眼睛，没有一点祖先英勇豪迈的气概！长期的深居简出使他看上去委顿消沉了许多，眉宇间还有种莫名其妙的憔悴。这么下去，用不了几年，他就未老先衰，成了一具永远被人遗忘的行尸走肉！而自己的后代子孙，随着爵位的降低，或者像保泰这样空守家财，不学无术；或者像一些闲散宗室那样整天提笼架鸟，喝酒赌博，最终耗尽家财，成了被人耻笑的落魄王孙。大概这心中的景象实在太可怕太悲惨了，一种如囚犯要冲出牢笼般的强烈渴望在他胸中翻涌。他不能再这样下去，不能再这样生活！甚至自己还不如那个布衣朋友蒋廷锡，虽际遇坎坷，才被授予官爵，在南书房的职位也并不显赫，可也比自己现在这种无所事事、闲寂无聊的生活强！以前听他说要参加科考自己还曾嘲笑过人家，现在看来该嘲笑的是自己！自己！

我真的一无所能吗？真的终生就碌碌无为吗？他这样悲愤地自问。突然心中一震，想到在江南时他自认为最风光的那一次——和夷商代表谈判。夷商代表的蓝眼睛中露出佩服的目光，那天他是何等神采奕奕、顾盼自豪啊！可那仅仅是因太子酗酒由自己替代的偶然机遇。从那以后，再也没有这种机会了，父皇也不会给他提供这种机会。他仍然顾影自怜，默默无闻……

仿佛是为了重温那段短暂的光彩时刻，也为给自己找回一丝信心，他从一个隐蔽的柜子中取出夷商代表赠送给他的假发。这还是他第一次亲手接触这个软绵绵滑溜溜的东西，感觉很古怪。自己戴上会变成什么样子？这么想想他自失地一笑，就把假发套在头上，对着镜子观览起来……

“哎呀！”门口突然有人惊叫一声，胤禛也惊了一下。忙摘下假发，怒然回过头——原来是海色。她捧着一碗暗红色的浓稠的补剂，这是福晋吩咐她每日午后送给四贝勒喝的。正苦于无人排愁解闷的胤禛看到她就像见到一个从天上掉下来的宝贝，目光立刻温和了下来：“噢，没吓着你吧？”

“没、没有，奴婢还当是来了外夷客人。”大概觉得这话不够恭谨，会被主人挑责，她又结结巴巴忐忑不安地自我纠正道，“奴婢不是那个意思，不是主子像夷人，而是夷人像……不，是主子像佛祖，佛祖就是西人。”她红着脸费力地解释，鬓边早冒了汗，惶恐不安地低下头。

见小侍女越说越乱，胤禛早笑了：“噢，你也知道如来世尊？”

“嗯，听老人们说过。据说佛祖是西方天竺国人。”见皇子面色和悦平静，并无怒意，海色不像刚才那么紧张了，稍稍放心地说。

“是天竺国迦毗罗卫国王子。在他二十九岁的时候，毅然放弃王位出家修行，经过多年苦修，终于在菩提树下悟道成佛。”胤禛讲着，眼中露出一片崇敬向往之色。

海色将那汤剂放好。作为下人的她这时本该退出，但皇子分明在用一种异样的亲切的目光挽留着她。这时她若退下也许会惹皇子生气。好在她知道四阿哥十分迷恋佛学，爱与人谈禅论道。每当这时他的脾气就会变得格外的好，甚至对下人也会随意开个玩笑。比如有一次他到花园饮酒，晚归寝室，命人点灯。下人擎灯入室。四阿哥却将灯吹灭，而后说："点灯来。"下人重新燃了灯，他又吹灭灯还喊："点灯来！"不知所措的小太监诧异地问："主子醉了吧？"四阿哥却仍喝："速点灯来！"待这次灯燃起，他对茫然的下人说："灯下仔细看，是我醉了吗？乃是你醉也！"像这样同下人道禅趣的事还有很多。海色可不懂什么禅玄之理，然而她对佛祖的故事却很有兴趣。现在见主人情绪好，趁机大胆地问："原来是位皇子，他怎么会想到出家呢？"

"他在宫里过着奢华的生活，可是这种一成不变、优裕过头的生活如同吃了太甜的蜜，让他烦闷、起腻。他就由王宫出来，在外面他见到了他从来没见过的老、病、死给人带来的巨大痛苦。在无法消除的矛盾中他觉得他终不免一死，这样所有的幸福都是暂时的、痛苦的……他便毅然舍弃王子之尊出家修行，以求真正解脱之路。"

海色目光茫然，低下头，小声说："奴婢还是不懂，他生活在皇宫里，无忧无虑，享不尽的荣华富贵，怎么会突然想到出家苦修？"

"如果你也有这种时候就会明白的。"胤禛差点把这句心里话说出来，但最终还是忍住了。沉吟片刻，道："所以他才大彻大悟，成为智者圣人，这就叫了断！"

望着皇子那不苟言笑、岑寂冰冷的脸，海色突然唐突地说："奴婢看四爷也像佛祖。"

这突然冒出的一句话令猝不及防的胤禛的脸呼地烧了起来："你说什么？我，我不过是个俗骨凡胎，哪会超凡入圣！如果我真看破红尘，出家离世，我就不会在这儿了，你现在也看不见我了……"他喃喃自语着，又看了看那惊疑不定、不知所以的丫头一眼，垂下眼睑，也不管那侍女听得懂听不懂，管自讲着他所理解的佛义："一切众生皆有佛性，但由于众生迷背，如宝镜蒙尘，不见本体，世人不知便为色所迷。须知世间万法，悉皆虚幻假象而已。如梦如幻，如泡如影，如露如电，如水中月、镜中花，了无真实，到头皆不过一场空！"见海色大瞪双目，还是一副茫然未解的表情，他无奈地摇头一笑："此理甚深，不易宣说。只可意会，不可言传。所谓妄想执着，不能证词，若离妄想，则一切皆可现于前。"

"奴，奴婢不懂。奴婢只是听老人讲因果报应、生死轮回什么的，想着要多做善事，不做恶事，不然要遭报应的。许多人今世贫贱就因前世作恶太多的缘故。”女孩圆亮的眼睛闪着天真无邪的光，认真又恭敬地说。

胤禛阴郁的脸色稍霁，悠然一笑：“你有此念尚善。区区凡尘皆从无量劫来，所作恶业深逾大海，岂可永葆有福无殃？须知恶果乃人自招，欲断恶果，先植善因，此乃天理人情。众生作恶因，至受恶果。不知自忏往业，而以更造恶法为对治，则冤冤相报，经劫不息！故此无任何神灵可救之，唯有依靠己身之努力才能悟道圆满……”讲着讲着，胤禛声音小下去，思绪又飞远了，两眼望着窗外飘荡的白云，谁也不知道他在想什么。

胤禛这种冥思苦想、神情古怪的样子让海色着了慌，也把刚进来看他的福晋吓了一跳：“四爷——殿下——爷！”福晋叫了好几声，这位四阿哥却还脸色枯寂，木然无知，不见回答，仿佛他已不属于这个世界。本来以前胤禛也经常入定打坐，唤而不应，却没有今天这么骇人的，简直就像个木桩。“四爷，你、你怎么了？你倒抬眼看看我啊！”四福晋疑惧交加，又惊又怕地唤着丈夫，真怕他走火入魔，再出什么事……

这时胤禛才从冷冰冰的冥想中醒来，望着妻子，见她睫毛湿了，两颗泪珠挂在腮上，正惊恐地望着自己，不禁大惑不解地问：“你，你怎么了？”

福晋这才破涕为笑：“还问我呢，刚才四爷在想什么？叫了好几声都不应，人家还以为在跟臣妾怄气呢！”

胤禛不答，若有所思地望望妻子：“怎么，你有事吗？”

四福晋坐下，并没有立刻说话。她看了海色一眼，示意她出去。这次她来多半与这丫头有关。他们夫妻成家到现在十余年了，四阿哥仍只是一妻一妾，是年长的已成家皇子中妻妾最少的。虽然福晋知道这可能与丈夫信佛有关，但在那年月，一个知县都有七八房姨太太，而一个皇子的妾妃如此凋零，未免让人生疑。现在外面就有不少闲话传到四福晋耳中。比如说她嫉妒，容不得其他女子接近皇子，甚至还有比这更难听的。每当想到这些话，四福晋就又羞又气，却不便对丈夫讲。自从前时爱子夭折她遣海色来照料贝勒，她发现丈夫对这个新入府没多久的侍女倒有些好感。如果让丈夫把她收了房，也许会平息外面的一些猜议，所以她今天来找胤禛就为这事。然而当胤禛问起她，她心里又有些酸，不好直说。想了想，还是先试探一下吧。于是四福晋微笑着说：“上次年羹尧来请安时说他有个妹妹尚在闺中，有心入府侍候主子。我琢磨年亮工这几天又要来了，若再提起，你看这事可该怎么回他？”

“年羹尧？亏他还记着我！”哪知胤禛一脸怒气，根本没有顺着福晋的思路说，“他倒不忘本，不像有的人，翅膀一硬，就远走高飞，不知道自己姓什么了！

连主子的生日都不过来请安，这眼里哪儿还有我！”

被这怒气冲冲的话打乱了原计划的福晋有点茫然，呆了呆，心想丈夫这是说谁呢？后来她想可能是已在外做了官的戴氏兄弟在生日那天没来让他生气了。福晋觉得这不是什么大不了的事，怎么丈夫的脾气还像个小孩子……便轻轻一笑，息事宁人地说：“四爷是说戴铎戴锦吧。也许他们新官上任，百事纷杂，说不好这两天就来信。我看他们到底是跟了咱们多年的老人，不会忘本。”

“哼，大恩不报，自古已然，又何止他们！”胤禛不知为什么仍愤愤地嘟囔着。正在这时，门房来报，戴铎从外任上赶来给主子请安。

福晋一听就笑了：“你看，我说什么来着，说曹操曹操到，我看戴铎也不是那样的人。四爷待会儿说话可得和气些，别给人家甩脸子，毕竟大老远赶过来，咱们也得让他过得去嘛。”福晋絮絮地说着，起身回避而去。

虽然福晋劝过胤禛让他注意对人说话的态度，胤禛急躁易怒的脾气却是一时半会儿难有转变的。情绪坏时，气急之下，他说出的话往往不甚思量，激烈过度，甚至迁怒于人，将人开罪。现在，坐在一乘二人抬小轿刚从四贝勒府出来的蒋廷锡，心里就很不痛快。他刚才是给皇子送画来的。虽然同四阿哥交往已有不少年了，可这还是他第一次来四贝勒府。本想四阿哥会欣喜无比，对他敬如上宾。哪知一进去，见到的却完全是另外一番景象。戴铎戴锦兄弟战战兢兢地跪在地上，四阿哥则盛气凌人地坐在上面正怒气冲冲地训斥他们。话语冷嘲热讽、尖酸刻薄，好像还有点含沙射影、话外有音。对新进来的客人也几乎是视而不见，不作招呼。弄得蒋廷锡进也不是退也不是，十分尴尬。他到底怎么了？为什么这样？如果是因为自己久不奉书有怠慢之故，上次他来访时自己已向他解释了，而且看他当时也并未对此事耿耿于怀过于计较呀，现在为何突又冷面相向？是找后账吗？好吧，你既然这样，那我也只好敬而远之，今后不再来你府上便是！坐在忽悠忽悠的轿子中，蒋廷锡不快地想着，不觉已到了家。

蒋廷锡下轿进到府门内。门里照例冷冷清清，没有别的官员回府后妻妾相迎、儿女欢笑的场面。唉，也许我是该成个家了。望着冷空空的宅院，蒋廷锡黯然地想。随即进了二道院落。咦，奇怪，平常自己回来，总有家人向他请安，或进进出出各忙着自己的事情，现在怎么一个人影都没看见？莫非，莫非出了什么事？他骇异地径直走去，到了最里面的一个院落。映入眼中的景象让他顿时一愣。家人都齐聚在这儿站着，他们仿佛受了什么意外刺激，一个个都显得痴呆木讷，魂不守舍，脸上是一片茫然、凄婉与惊恐交织的神色。他好不容易从他们当中找到自己的贴身家童青溪，他正失神地蹲在地上。蒋廷锡这才发现，地上躺着一个人。再仔细看，正是太子赠送给他的那六个丫头中的一个。这名婢女二目紧闭，面色发青，胸部中了一个飞镖似的暗器。血已凝住，像在胸前结了个紫色的结子。

“这是怎么了？谁干的？”他用不平静的语气问，声调也有些变。

仆人们这才回过神，动了动身子，参差不齐地向主人请过安，就又都哑然无声了。他又问了好几遍，青溪才终于用他那结结巴巴发抖的声调说，大人刚出去后就听房上有瓦片响的声音，待家人出来后只望见几个黑衣人从房顶逃窜的背影，然后这个下人屋中就传来喊救人的声音。他们再赶来时，这个丫头已中暗器死了。

蒋廷锡惊愕无比：我素与人无冤无仇，且她一个下人奴婢，又会招谁惹谁与谁结怨呢？从暗器一丝不差直中要害的情况看，那伙人肯定是身怀绝技的武林高手，亡命之徒。他们又是受何人所雇，竟对一个卑贱的弱女子下如此毒手？他们会不会再来？

“和她住在一起的是谁？”

“就是太子过赠给大人的那几个婢女。小的已命人将她们全关了起来，只等大人回来讯问。”

青溪把蒋廷锡带到一间放置杂物的库棚，那几个丫头就关在这儿。她们都被用绳子反绑着双臂，可怜地垂着头，都神色凄然、冤苦、沮丧，有的害怕地流着泪，小声抽泣着。

“这是做什么？都松开，快，松开！”

青溪和几个男仆听了吩咐，过去把她们的绳子解了。丫头们活动了一下酸痛的手臂，看到蒋廷锡，就都跪下，边磕头边乱哄哄地为自己申诉着，辩白着。大意是说她们不是坏人，请大人不要将她们送到官府。

“好，好。你们且起来，我有话说。”蒋廷锡用威沉的声音说了一声。

丫头们慢慢止了哭诉，呆着脸慢慢从地上站起来，垂着头，不安地沉默着。

蒋廷锡做了个手势，青溪和几个男仆给屋中的人留下一盏油灯便退了出去。蒋廷锡关上简陋的门，把油灯放置好。转过身，温和地对那几个丫头说：“你们不用害怕。你们来我府上已有半载，当知我的为人。把你们知道的都告诉我，讲清楚了，我定不会为难你们。”

他这话说得很耐心，很诚恳。可丫头们听后依然噤若寒蝉，嘴巴像被木塞堵住了似的，个个现出疑惧的神色。还不安地看看四周，仿佛担心话会透过墙壁，传到什么人的耳朵里。

蒋廷锡有点急，轮流向她们脸上投去观察与恳求的目光："你们把事情讲清楚，不但对我有助，于你们也可洗刷猜疑。你们又何必代人受过呢？"

丫头们惊慌地互相对望了一下，仍呆呆不语，没有应声。蒋廷锡不禁气恼起来，终于沉下脸用威吓的声音道："若你们如此不与本官方便，本官也只好把你们送到衙门，交官府处置！"

"啊！"一个丫头大概是真害怕了，突然结结巴巴地说，"大人若想知道事情原委，就问，就问琴言吧。"说完又马上低下头。

琴言？——秋燕！蒋廷锡听到这个名字，不禁心颤气促，脑子更乱了。他见讲话的这丫头支支吾吾，半吞半吐，似有隐情。嗯，看来她们这几个人显然是知道这里发生了什么事，却因心中的顾虑始终不肯实言相告。蒋廷锡真想让人将这些死不吐口的丫头都用皮鞭抽一顿，看她们说不说！算了，别跟她们废话了，还是找秋燕去。她一定会把她知道的一切都告诉我。可秋燕现在在哪儿呢？刚才一直没看见她呀……

秋燕来到这儿后，他没让她跟下人们住在一起，让人单给她收拾了一间屋子。这超乎寻常的举动已引起了其他下人的猜测与议论。现在，秋燕就正在这间小屋里。她把自己随身穿用的一些衣物从柜中取出，收拾好一个小小的包裹——她要走了。刚才，因为她有事出去了一趟，所以才没被青溪当作嫌疑人同那几个丫头一起拘押。现在她早已知道府中出的事。当初，九阿哥对她软骗硬吓，让她进太子府侍候好太子，然后伺机除掉这个未来的皇位继承人，为死去的阿双报仇。说事成之后不但让她脱籍为民，还有重赏。秋燕岂真相信过这些话，她心里清楚，到时不管她能不能杀了太子，她都活不成！不过她本来也不打算活了。从姑苏到京，她强忍深哀剧痛，感到无比压抑、孤独。那次在八贝勒府见到小姐，她用自己的耐心和言语劝动了绝望的小姐不要干傻事，可那天过后她自己彻底绝望了。哪知造物弄人，被送到太子那里，太子偏偏并未留下她们，又把她和同病相怜的几个姐妹转送给了蒋廷锡。至于这几个丫头是否有与自己相同的使命，她没问过。九阿哥无疑也并不完全相信自己，怕自己身份暴露，竟提前派人杀人灭口来了。要不是几天前她把自己戴的珠花和觉得用不着的一件衣服送给那个同自己身量差不多的小姐妹，行刺的人也不会错杀了人，让自己捡了一条命。现在她只有走。她不知道蒋廷锡已经回来，不知该不该和他话别。至于离开这儿还能去哪儿，她也不知道。

突然，门开了，蒋廷锡冷峻地出现在门口。两人对望了一眼，都显得有些震惊。当进来的人发现秋燕身边已经收拾好的包袱，心中一惊，马上猜出她要做什么。但为了稳住对方，他勉强笑道：“这是怎么了？秋燕，好好的为何如此？”

“别说了，”秋燕竟显得非常不耐烦又非常果决地说，“我知道大人想问什么，今后大人自会明白。但我只能告诉大人，如今你也只有两条路可走。”

“你说什么？哪两条路？”

“第一，你挂印辞官回老家去。不然，你就赶紧娶一位太太，并且把和我同来的这几个姐妹都收了房。还要，还要跟外面说，我已经暴病死了！”

“啊，这是为什么？秋燕，有事你可千万别瞒着我，你要跟我说清楚！”

“大人不要问了。我刚才说了，反正二者你只能择其一。若不然，明日他们暗算的就不是一个下人，而是大人您啦！”

“啊，有这等险恶？”蒋廷锡再想怎么装沉稳也装不出来了，就觉得脊背发凉，失声惊问。

“大人既已入官场，自应知晓此中的险恶。”秋燕面无表情，冰冷地说。

啊，莫非这事与太子或哪个皇子有关？蒋廷锡恐慌地想着，更加震惊。不要说势焰熏天的太子皇子们，就是一般王公大臣，他哪个敢惹！只是这死丫头非要走，一意孤行，态度甚是坚决。不行，不能让她这么不明不白地走掉。她这一走，许多事自己一个人根本说不清！于是蒋廷锡竭力摆出一副平和的样子说：“秋燕，我知道你想什么，不还是为脱籍的事吗？干吗那么急？这几天我跑的就是这事。我已经为你找好了一位主人。还记得吗？前几日你曾见过的来这里做客的那位客人，他是位皇子，贝勒。刚才我去他府上送画，提及此事，他已答应帮你把事办妥。你可先去他府里侍候。这可是个千载难逢的好机会。你想啊，这位阿哥只有一妻一妾，若真相中你把你收了房，到时谁还会把你当下人看？你兴许能成为府里的格格，甚至侧福晋。到时我见到你也要向你请安呀……”

蒋廷锡只顾自得地讲着，可他不知道他这番话又重新刺痛了秋燕那颗伤痕累累的心，使她心如刀割。她心里曾经无比爱恋、敬慕的人竟也是这么看她，这么不理解她！这使她感到无比委屈和绝望！哦，自己真傻，自以为是，自作多情！……在他们这些人心中，自己永远只配为婢做小，一钱不值！连他……连他也这么看！克制了很长时间的感情一下子冲决而出，秋燕仰起涨得通红的面孔，大声反驳道：“不，大人，承你厚意，不把我当下人看。但你的好意秋燕承受不起！你以为我随了达官显宦就会高兴吗？你以为我真就那么下贱吗？告诉你吧，你错了，你们都想错了！我家早先也是清白人家，先祖乃明朝建文帝旧臣。后来永乐篡位，被捕入狱。因永乐爱惜先祖之才，亲往狱中劝说，想让他臣服。先祖见到永乐时面容平静，神色不改，对永乐仍称殿下；说殿下千年之后，仍逃不出一个‘篡’字！永乐知是劝说无望，一怒之下，杀了先祖及十五岁以上子，将妻女全罚入宫中教坊司充宫妓，永不得脱籍！所以我家才……自懂事时起我无时不在默默祈求，只想让世人给我个公道，还我家一个清白！怎奈世事沧桑，改朝换代，我家却依旧不能出脱贱籍，永被世人耻笑，轻贱！……”

蒋廷锡听了一阵心慌心悸：这可怜又可怕的女孩啊！话说得那么尖利，可也真够吓人的。这要是让外人听到，还不得把她当成疯子关起来！一时间他竟不知该拿这丫头怎么办。突然，他想起四阿哥说过这个丫头命不好，会连累他人。联想到她在何焯家和自己府中后发生的一连串事情，不禁变了脸色。难道殿下的话真应验了——她真是个要不得的妨主的灾星？如果这样，还是让她走的好，随她自寻生路算了。正这时，外面突然有个声音高叫道：“小人奉顺天府府尹大人之命来大人府上侦凶，请大人暂耽搁一时将详情告之……”

啊，他们怎么报官了？我没让他们报官啊？蒋廷锡惊慌地瞅了秋燕一眼，无暇再向她解释什么，忙出去应付。

第八章　乱起萧墙

一

纸窗上透出稀微的晨光，蒋廷锡醒了。他坐起来，望了一眼躺在同一个枕头上，样子很像孩子的酣睡的妻子，呆呆地回忆着那一幕幕往事与幻梦，回想着耳鬓厮磨的沉醉与骚动不安的冲突，浑身一阵酥软、颤抖、狂躁……不知怎么突然悲从中来，不禁有些伤感。他现在已把爱给了女人，但他觉得自己仍不懂女人。雪仪也许是他心中的一个梦，他会永远把她珍藏在心中的最深处。他承认，自己曾被这个女孩神秘高贵的气韵所吸引，无比追慕，甚至为她去死也心甘！可她若真随了自己，会像现在的妻子这么温柔、体贴、娴静吗？还是那么冷若冰霜，目中无人？随着年龄的增长，他希望与自己相伴的是一位妻子，而不是天上仙女、月中嫦娥。唉！……突然，另一双眼睛又闯入他的心中，那是秋燕走之前对他的最后一瞥——欲言又止，似嗔似怨。难道她也……唉，自己当初反应太迟钝了！从她对自己与雪仪这件事上过于热心的举动，他就该觉察出什么。然而，他现在仍不敢相信，以她那种身份的人，怎么可能会对自己……他不敢想下去了，只是觉得她那最后一瞥中含着无数悲伤、痛苦和未道出的话语……这个妻子，就是在秋燕走后，由媒人给说合的。已经三年多了，他现在已有了妻妾，有了孩子，一切都平淡了，一切也应结束了吧？这时年轻的妻子突然睁开困倦的眼睛，茫然地望着他，见丈夫还在呆呆地瞅着自己，打了个哈欠，含混不清地问："为什么这么看着我？我长得不好看？"说完娇憨地冲他一笑，又转过背去睡着了。

带着一种怅然的恍惚，收拾停当的蒋廷锡乘轿出门。他今天要去朝阳门外与同僚们迎接去承德避暑的皇帝与太子回銮。赶到迎驾地点后他看到，已来了不少大臣。因为大家对这种迎接圣驾的仪式早已轻车熟路，许多人到后便一边随意地与相识的人闲谈着，一边等着圣驾入城。蒋廷锡在南书房行走任上几年虽不说是老于官场，也知道该怎么同这些朝廷中枢人物周旋。刚开始那会儿听他们讲一些虚伪空洞的官腔，他也感觉很别扭，不习惯，后来渐渐适应了。现在他已在这种场合应对自如，谈笑自若，举止文雅而亲切。这种场合虽有让他厌倦的一面，不过只要留意，也能听到一些自己还不知道的信息、同僚的动向。所以他又将这种场合当成一种获取信息的重要渠道，从最初的厌烦到现在也慢慢重视起来。

“扬孙，近日又有何佳作让弟一饱眼福呀？”他刚一下轿，一个眼泡微有点肿的官员就颠颠地过来问道。

蒋廷锡知道，这只是一般官场上的圆熟客套，并不能跟这种人真正交流什么画技墨风。那个官员大概从蒋廷锡恭谨如常的脸上瞧出了这番意思，为了不让人家把自己当成外行，他有些炫耀地对周围同僚说：“弟首次品赏扬孙墨宝乃是一幅兰竹图。其笔法写中带工，工率相间，风神生动，深得恽寿平韵味。还有一幅水边梅，也超尘出世，尽显逸笔神韵。扬孙为此画还自题七绝一首，弟至今印象极深——照来依样还行斜，一段闲情向水涯。水底青天天外树，便如天上看梅花。”

“啊，高格！”

“嗯，的确不凡！”

“这等不落流俗的高法韵趣，如今也只有扬孙能作得！”四周的官员纷纷交口称赞着。那个肿眼泡官员见大家这么配合，露出一副开心的样子，对众人说：“弟平生最喜扬孙所绘。所以弟只要得睹扬孙大作，情愿每月为扬孙研磨铺纸，扫炕叠被……”

虽然人们或多或少都喜欢一点奉承，但他这么肉麻的阿谀可让蒋廷锡有点吃不消。他脸发烫，正要扭过头去，幸亏又有一个官员说：“你既这么喜欢扬孙的画，何不拜扬孙为师，跟人家学几招？”

“啊，那还用兄说，弟早有此意。可扬孙何等人也，弟这小庙可供不起这尊大菩萨哟。”那个官员似乎话中有话地说。

蒋廷锡听了心里一动，作为南书房中一位年轻的侍从文臣，他现在的差职只是陪皇上读书品画，至于参议国事还远轮不上他。对此他当然不甘心。不过他也并不着急。从南书房出来的历位侍读文臣后来大多成为名臣及国家柱石。他还年轻，机会有的是。前一日三阿哥的人曾找他，想让他协助陈梦雷修书，他当时犹豫未应。后来陈梦雷又亲自找他谈，等他的答复。修书处显然比自己现在待的这个地方清闲些，行动也自由许多；著书立说一展所学也是他多年的愿望。但一想到自己的名字将列于陈梦雷之后，心中便有几分不畅。再者他同何焯毕竟是李光地发现并向皇帝举荐的，多少也算出其门下。除了他俩，李光地还向皇帝举荐过不少在野贤士。他发现他们虽都感谢这位李大人，但似乎又都无一例外地疏远着他。这是怎么回事？后来他才知道关于李光地人品操守的一些议论，以及陈、李二人的旧怨。平心而论，他很羡慕李光地，也很佩服他，一直把他当成自己的一个榜样，想有朝一日成为像他一样的大学士，那可是汉官仕途的顶峰。李光地是个聪明人，像那年皇上万寿节，群臣多进古玩、珠宝。他独献旧版名编备览，并借为皇上讲经之际，一再宣讲儒者之学与帝王之学的一致性，博得龙颜大悦，还赐了诗。可见要想在众臣工中脱颖而出，被皇上注意并赏识，不但要心思敏捷，还必须有特殊才技才成。所以他现在苦心练画，以求得到皇上垂青。这种做法也许同义父顾八代对自己的期望不太一样。不过从陈李二人因争功反目成仇，到王石谷与恽寿平两位老先生为争画坛第一人而形同陌路，看来人究竟摆脱不了名利二字，即便是这些前辈名臣也未能免俗。唉，有时人还是得俗一点，父亲吃亏就吃亏在太过认真了……

这时官员们已等了近一个时辰，可仍不见圣驾的影子。会不会出了什么事？许多人都不再交谈，一同伸着脖子焦急地向官道上注视。这时候，从另外一条路的方向来了几个骑马的官员。他们下马后进了人群，对一些人讲了些什么，引起了一阵惶恐的骚动。蒋廷锡预感不妙，正要过去打听，这时一个矮胖的中年官员冲他急奔了过来，“哎呀，扬孙，你怎么现在还在这儿？”

蒋廷锡看清这个擦着汗的焦躁的官员是程万策，奇怪地问：“不是迎接圣驾回銮吗？怎么……”

“咳，别提了！出事了，出大事了！”程万策做了一个急躁的手势，急得好像自己都不知道在说什么，“太子废了！”

什么？太子废了？这么大的事总该回京与众臣商议后再定，再说还要经过祭告天地宗庙等一系列正规仪式，哪有在半路上说废就废的？！迎驾的官员们都知道这消息意味着什么，一时间许多人失去了思考的能力，呆呆地立着，偌大的空地寂静得宛如一潭死水。

面对这突如其来的巨变，蒋廷锡刚才对前程的一系列美好设想顿时烟消，只觉如同坠入黑深的冰水中，心中一片寒冷又茫然。

胤禛获悉太子被废的消息并不比外臣们早。今年的承德避暑他没有去，就在京里度过了一个烦闷无聊的夏天。康熙回京后把胤礽拘禁在上驷院，令胤禔和胤禛看守，九阿哥胤禟作为机动替换他们休息。胤禛不知道怎么走时父子间还好好的，回京后竟成了这个样子。这个差事他不愿意接却又不得不去。对于老大老九两个兄弟他也没什么话好说。他想找十三弟打听一下这事发生的始末经过，可胤祥这些日子好像藏起来似的一直没露面，也不知他干什么去了。胤禛只好作罢。

上驷院是康熙皇帝专门在宫中为自己辟出的一块养马的地方。在场子中一间简陋的小平房里，胤禛见到了这位被拘禁的二哥。他原先的胖脸已经没了肉，只剩下两张没有血色的皮。十多天未曾梳洗的头发粘在一起，上面还有些土块和小草棍；身上的衣服已分不清颜色，板结着一些污泥与菜汁的硬块，发出一种令人作呕的气味儿，浑身上下脏得就像一只刚出泥潭的猪。谁会想到，十几天前还是那么高贵、尊敬、受人敬仰的皇太子现在竟像一个卑贱肮脏的乞丐，连服侍的下人们都不愿意靠近他，对他多瞅一眼。

当蜷缩在破炕上的被废太子发现了胤禛，用一双浑浊呆滞的眼睛不认识似的长久地、好奇地打量着胤禛，突然又哭又笑，口中还唱着一些谁也听不懂的曲子。胤禛被那炕上的人看得窘急不安，不知道该怎么办，不解地望着大阿哥。胤禔只是淡漠地说："不用理他，他已经疯了。"胤禛觉得这里不是讲话之所，随大阿哥来到外面，还没问什么，突然"啊——"的一声惨叫从那间屋里传出，那么尖锐，痛苦，绝望。胤禛与老大同时惊惧地对视了一眼，都头发竖起，身子发凉。"二哥怎么会这样？"他惶恐地问大阿哥。"哼，作孽，报应！"胤禔愤恨地说，并不多言。胤禛本还想问什么，见了老大的样子只好自叹一声："还是先治好二哥的病再说吧。"

待到康熙皇帝遣官将废黜太子的文告告祭天地、宗庙、社稷，并诏告全国后，胤禛才知道二哥犯了多大的罪过。不但该废，大概定个死罪都不为过。那诏中的措辞十分严厉，竟是康熙在废太子当日流着泪对随行诸臣讲的——

"胤礽不法祖德，不遵朕训，惟肆虐众，暴戾淫乱，难出诸口。朕包容二十年矣！乃其罪恶愈张，凌辱大臣，专擅威权，鸠聚党羽，窥伺朕躬。朕出巡各地，未曾有一事扰民，而胤礽同其属下人于外恣行乖戾，无所不至，令朕赧于启齿。更可异者，伊每夜逼近朕之布城，由缝中向内窥视，图谋不轨。从前索额图助伊潜谋大事，朕悉知其情，将索额图处死。今胤礽欲为索额图复仇，结成党羽，令朕未卜今日被鸩，明日遇害，昼夜戒慎不宁。似此之人，岂可付以祖宗弘业！胤礽口不道忠信之言，身不履德义之行，咎戾多端，难以承祀，是以昭告昊天上帝，特行废斥！""……臣虽有众子，远不及臣。如大清历数绵长，延臣寿命，臣当益加勤勉，谨保始终。如我国家无福，即殃及臣躬，以全臣令名。"

过了两天，胤礽的病好像好些了，可以活动吃东西了，却是一连吃七碗八碗饭不知饱，饮酒二十多斛不见醉。听到这些骇异的禀报，康熙更是坚定这个儿子是真疯了，他把胤礽改幽禁在咸安宫，身上还像囚犯似的锁着铁链。

在祭天之前的一天，胤禛奉命同大阿哥胤禔来到咸安宫，将皇帝亲作的祭天告文拿给废太子阅看。胤禛心里觉得父皇这么做有点多余，既然二哥已经疯了，给他看又有什么意义？他怎么能看得懂？哪知胤礽看后，突然一下子变得清醒起来，很清楚地对胤禛兄弟说："我的皇太子是父皇给的，父皇要废就废吧，免了告天吧。"在胤禛看来这话没什么毛病，他甚至觉得这表明二哥的病并没有传闻中的那么厉害，如果经过悉心调养完全可能恢复。可后来也不知老大是怎么在皇上面前添油加醋胡说八道的，康熙听后竟十分恼怒，对几个皇子说，他现在说的话都不成话了，今后他的话你们就不要再奏了，朕不想听！

又过了几天，大约康熙觉得自己讲的话太严厉，不像个父亲，就让胤禛和胤禔带上一些食物去看看胤礽。进到幽禁二哥的屋中，胤禛看到，胤礽的衣服已被人换了，头也梳过了，可脸上的油污好像洗不净似的仍油晃晃灰乎乎的；脖子上仍套着锁链，双目无光，精神不振。他们刚把食物放到案上，正要对这个囚犯交代几句，胤礽突然不穿鞋地滚下炕，冲胤禛他们跪倒，咧开大嘴，痛哭流涕地哀求道："大哥，四弟，我浑蛋，我不是人！父皇说我的其实不是事事都属实，弑逆一事我实无此心。我真的没有啊！……请你们代我向父皇奏明。四弟，我知道你是好人，大好人！我求求你，帮我跟父皇说说，我求你了……"他着急地说着，竟真趴在地上"咚咚咚"地叩起头来。

胤礽所说的弑逆，就是康熙在向天下宣布废黜太子的那道亲拟诏书中提到的，在承德时，胤礽经常在深夜时向康熙御帐里偷看，似有图谋不轨之意。这是康熙颁布的御诏中，对废太子判得最重的一条罪行。这次避暑胤禛因没有去，并不知道当时究竟发生了什么。但他只觉得有这条罪，任谁再保奏再请旨宽恕，二哥也是永不能翻身了。望着胤礽的样子，胤禛心里既鄙视又可怜。本来，以胤礽以往对自己的态度，胤禛这时没有落井下石、雪上加霜就已经对他够不错的了！现在他竟还觍着脸要求自己帮他说话，那么该不该拉他一把呢？

就在胤禛无语沉默的时候，胤禔已严词厉色地拒绝道："老二，你别做梦了。父皇有谕，你现在有病，话不成话，还敢上奏玷污圣听！"

如果胤禔不说这句话，胤禛也许真就不管了。但或许他也曾是别人嘲笑过、贬损过的弱者，或许是他受了刚肠疾烈的顾先生的影响，他最看不惯这种恃强凌弱的人。见老大这种乘人之危、盛气凌人的样子，胤禛便暂时忘了曾与二哥间有过的不愉快，用眼角横了老大一眼，对胤礽和声安慰道："二哥别急，安心养病，我一定把你的话带给父皇，你就等我的消息吧。”

这分明是给胤禔一个下不来台。胤禔脸一红，就想争吵。但见胤禛说完一跺脚出去了，也一阵风似的随了他出来。因为那间屋子不是说话的地方，那里面的气味也让人受不了。大阿哥胤禔是个有野心，却没头脑，心思不会转弯的人。他拦住面容冷淡的胤禛，用带气的嗓子说：“不是我不念兄弟情分。那天你在场也听到了，父皇的旨意在那儿，谁敢违抗啊！”但胤禛回得更干脆：“你不奏，我奏！”而且说的时候连瞅都没瞅老大一眼，把胤禔一下噎住了。他没想到胤禛又这么倔强，使劲咽了口唾沫，气得都没想起该说什么，愣在那儿半天直翻白眼。别看他外表挺狂，其实他心里一直有点怕这个待人冷淡说话不多的四弟。那年在永定河，就是他当众冲顶的自己，使自己那一次好不难堪。他又咽了口唾沫，声气不高地说：“这事不能光由咱俩做主，也得跟老九商量商量吧？”

“跟我商量什么？是不是你们想请我撮一顿啊？”听到这愉快轻松的声音就知道是九阿哥来了。他正是替换四阿哥来的。不过当他走近看到两个兄长面色都不太好看，知道这不是开玩笑的时候，便收了嬉笑，给两个哥哥请了安，平身后等待地注视着他们。

胤禔一看胤禟来了，以为支持自己的援军来了。“老九，”他用一种焦急、气愤混合的颤抖声音叫了一声，匆忙混乱的话就争先恐后没了次序地从嘴里拥挤了出来，“老二病没好，还胡言乱语，竟让我们代他上奏什么昏话。我当然拒绝了，可四弟偏要……你说我们能把他这些昏话上奏吗？”

如果说胤禟对大阿哥胤禔是完全鄙视的话，那么对四阿哥他虽也无好感，并不亲近，却因胤禛身上的那种特有的冷使他竟悄悄对四哥有了一点点敬畏。早年他也曾嘲笑过老四，以为他故作深沉，假装清高。现在随着年龄的增长，倒觉得他的少言寡语待人冷淡不是故意装出来的。而且，他这种沉默与同样讲话不多的五阿哥、七阿哥、张英等人似乎有本质上的不同。他们不多言是一种谦退、胆小、避祸的表现，而四阿哥这种沉默中却有一种深不可测、凛然不可犯的力量！所以以后，嘴巴最是闲不住、也最会讲话的胤禟，有时能跟自己那位守拙少言的亲兄长五阿哥说几句玩笑，却不敢跟这位四阿哥开一句玩笑。有时，他甚至提醒十四弟注意态度，不要对四哥太没礼貌……

“他说什么疯话了？”胤禟好像是顺着胤禔说的，眼睛却恭敬地望着胤禛。

胤禛便把刚才胤礽的请求复述了一遍，介绍完说：“我觉得此事关系重大，似应代奏。如果你们不便代奏，那就由我一人奏！”他也料想老九肯定会向着老大，所以才作出这种坚决的表态。

哪知，出乎意料，胤禟听完后竟马上点点头：“四哥说得对，我看咱们也应代奏。四哥，刚才我虽然没听见二哥的话，但我也想跟你一块儿把二哥这话代奏给父皇。”

“好，那就有劳九弟费心了！明日再见！”胤禛冲胤禟拱拱手，又看了胤禔一眼，“哼”了一声，转身去了。

胤禔的红脸变成了紫茄子，现在，他真想一口唾沫唾到九阿哥那张冒着油光、得意扬扬的脸上。他怎么也帮助这个古怪的老四说话？真是疯了！他也不管胤禛走没走远，就冲胤禟吼了起来：“老九，你有病啊？你怎么听他的！”

胤禟却摆出一副受了天大委屈的样子，说：“我不听他的，还跟他吵啊？老四这人谁不知道，那怪脾气上来软硬不吃，谁的话都不听，横竖不论啊！以前他跟父皇都敢顶撞，你要跟他争白费唾沫不说，到头来还生一肚子气，何苦呢？再说二哥已经被废，现在又成了这个样子。要是真再顶上这样一个罪名，他还活得了吗？”

“哟嗬，老九，你什么时候变成了菩萨心肠？”胤禔负气地眯起眼睛，嘲讽地说。

胤禟却还是那种嬉皮笑脸、无可无不可的样子：“嘻嘻，你刚瞧出来呀。没听人说吗？小弟原本就是金刚面目，菩萨心肠。”

“行啦，别跟我打马虎眼。咱照直说吧，你留着他，是冲谁来的？嗯？”胤禔咬牙质问。

听到这一问九阿哥觉得浑身猝然“激灵”了一下。不错，当初他找胤禔联手算计胤礽，有借刀杀人的意思。那时为了笼络老大，好言好语说了不少，也许下了不少好话。可现在老二已经成了一具“政治僵尸”，老大的作用已经完成，他和八哥就没有再继续“供”着这把“刀”的义务。他们早想把他踢开了。因为老大这个人虽没什么心眼，却心思狭窄，一旦得势比老二更狠十倍。如果真让他依序替代了老二的位置，他们还真不好办；而胤礽活着一天，老大就不能不有所顾忌。现在老大竟把这层意思看出来了，怎么办？胤禟团起圆脸，想用一个玩笑掩过去。可胤禔用又冷又硬的声音堵住了他未曾出口的话：“别忘了，老九，当初可是你要我去的……哼，别以为你们那档子事我不知道！”他这是在暗示胤禟，自己手里也有他们的把柄，别把他逼急了。

胤禟自然听出了这种暗示，心里反而冷静了下来。淡淡地说了一声：“大哥，你这是威胁我？行，大哥，你去把我的事告诉皇阿玛。你去告好了！光脚的不怕穿鞋的，反正我又不想当太子！大不了我老九也就换个地方住，还落个清闲安静呢！”

“你、你……”胤禔被噎得说不上话，只有憋涨着脸，干喘气。不过胤禟说的，却多半也是他心里的实话。当初他把自己作为老八的附庸出现在政治场上的时候，也曾想过这个做法是不是低估了自己的实力，是不是不够积极？太子的位子毕竟是诱人的。不过憧憬过后，他又觉得这才是一条切实可行的路。储位只有一个，那条路太难、太险，就连他现在最看好的八阿哥，也不能保证他今后能否最终走到那个位置，会不会半路翻船……从老大刚才那番话中，他已经看到这个大哥身上的死光。为了让这个即将成为第二具“政治僵尸”的人在死前死个明白，他凑到胤禔耳边，用慢而轻的声音说：“大哥，别看你比我多吃了十几年干饭，可你最好还是听兄弟一句劝。该放手时需放手，得饶人处且饶人。把人都往死里整，到时谁还愿意为你卖命？你可就真成‘孤家寡人’了……”

胤禔悻悻离开后，胤禟又在院中静静地待了一会儿。像他这样一个嘴巴身子都闲不住的人，能这么沉静地待着是很稀罕的，那肯定是他在考虑重要事情的时候。夕阳西下的静穆也正是思考问题的好时候。他紧抿着嘴巴，目光在一个地方停留很长时间，有时眉毛偶尔颤动一下，然后，又在院中寻找另一个目标顽强地停留着。后来他大概考虑得差不多了，把目光从那地方挪开，动了一下身子，正要移步回去，就见胤禛又回来了。

“怎么，四哥，还有事吗？”

“也没什么事。老九，我就是想问问你。这些日子，你见过十三弟吗？我派人去请过他好几次，他府上都没人，再寻他也不知道上哪儿去了。你知道他干什么去了吗？”

“哦，你问老十三呀，我也有日子没见他了。”胤禟把眼睛垂下，好像在回避着什么，“谁知道呢？不会也病了吧？”他这个“也”字的声音格外清晰。胤禛听了心头一惊，胤禟暧昧的回答无疑是一种暗示——近一时期，同老十三交往将不大方便。可为什么？十三弟平时可是个连苍蝇都不敢打的人，他又会招惹谁呢？难道他也卷进了这场错综复杂的储位之争……

二

康熙准了胤禛的请求，取下了胤礽身上的锁链，并赐了一些衣物吃食，让胤禛松了一口气。不过这几天，他的心还是很不顺畅，好像总有件什么事一直没想通。今天他要去咸安宫当值。天很闷，像憋着场雨。他最讨厌这种天气，让人心烦。在来的路上他方想起，太子事出，他在悲痛、惋惜的同时，心里竟还有一丝说不清、道不明的快意。现在他明白了，原来他也早在嫉妒二哥。从幼年至今，当他看到这个比他年长四岁的皇兄在朝会上身着与父皇的龙袍纹饰几乎相同的杏黄龙袍时，当他看到太子被朝臣们前呼后拥如众星捧月时，看他看到元旦、冬至、千秋节太子傲慢地坐在毓庆宫的宝座上接受众兄弟的朝拜、趾高气扬地教训人时，他的心头就不知不觉地钻出一丝妒意，任凭自己怎么转移掩饰，让自己心情平息，但那见不得人的思绪还是像春天的嫩芽一样顽强地破土而出，越长越壮。这才是他的本心啊！……突然，他又想起来，原来今天还是自己的生日，他已经三十岁了，三十而立啊！……

这是哪儿？咸安宫是不是走过了？看我胡思乱想的，路都走错了。胤禛发现自己不知怎么到了一个陌生的院子。这里没有人，院中只有一棵树，很是幽静。他没认出这是哪座宫殿。紫禁城太大了，像胤禛这样在宫里生活了近二十年的皇子有时也仍不能把所有的殿宇院落都准确地分辨清楚。他正想离开，那两扇红门突然自己关上了。这是怎么了？见鬼！正当他骇异时，门又突然开了，两个从来没有见过的侍卫出现在门口。这两个侍卫身挎腰刀，面容冰冷，按宫规向胤禛请了安。起身后其中一个侍卫用一种冰冷得不能再冰冷的声音说："奉万岁口谕，着四阿哥今日不必再去咸安宫，暂留于此，勿出此门。"说完并不解释什么，就要把门关上。

这里？感觉糊涂的胤禛急忙拦住说话的那个人，问："你说什么？什么意思？我为什么不能出这个门？"

那两个人对望了一眼，那个传谕的侍卫紧抿了一下嘴唇，而后就一言不发冷冷地盯着胤禛，那样子好像在说："还用我们解释吗？"

胤禛颓然松了手，后退一步，那两扇门就慢慢关上了。他靠住大树，脑中突然一片空白，连头顶上轰隆隆的雷声都没听见，只剩下这八个字"暂留于此，勿出此门"。

暂留于此……那不就是说将自己软禁了，拘管了。哈，哈哈，没想到三十岁的生日，收到的竟是这么个"贺礼"——堂堂皇阿哥转眼成了一个失去自由的囚犯！

胤禛手扶大树，慢慢转过身，抬头仰望天空——天空乌蒙蒙的，铅灰一片，像一个即将爆发怒火的人的脸，阴沉而又冰冷，酝酿着恶劣情绪。突然，一道利闪，紧接着一声霹雳，震得四下嗡嗡乱响，吓得胤禛赶快离开大树，却并不进屋，仍仰着脸，酸涩的眼睛追随着那时隐时现、刺目而壮观的闪电。大颗大颗的雨点兜头盖脑狠狠地砸了下来。下吧，你尽情地下吧，只当是老天替冤屈的自己流泪。一心要做“天下第一闲人”，洁身自好，与世无争，还是卷进了这漆黑的旋涡；时刻小心翼翼，处处左右逢源，还是受到猜疑、诬陷，躲不过的明枪暗箭！难怪人们常说不幸生于帝王家啊，做人怎么就这么难?!

被雨淋得透湿的胤禛此时感觉浑身寒冷无比，又由悲生怒。其实从胤祥神秘失踪到太子突然被废，他已嗅到一种不同寻常的紧张气味。但他怎么也没想到，现在这厄运竟也轮到自己头上了！……不，这一定是搞错了！我要向父皇解释，我是无辜的……可太子不也是说废就废吗？又何曾有一丝容他分辨的机会！现在自己正受着监视，没有任何行动自由，完全是个阶下囚。胤禛木然垂下头，痛苦得几乎不会思考。其实被人诬告还没事，最让他受不了的是他曾那么深信、崇敬、爱戴的父皇原来对自己也不完全信任，一有事变同样被怀疑、被拘禁……他又竭力回想着，自己是不是在某个场合说了什么不该说的话？可他什么也没想起来。

胤禛被拘禁的时候，还不知道三阿哥、五阿哥、八阿哥也遭遇了同他一样尴尬而惊骇的一幕，他们也是在毫不知情的情况下被皇上亲自选派的侍卫秘密拘管起来的。除了他们其他皇子还不知道这个消息，连一向在宫中耳目众多的九阿哥胤禟也是今天才知道这个消息的。而现在这个令人惊疑的消息已不胫而走，在宫内外传遍了。大家不知道皇上为什么要这么做，还是这几个皇子同时犯了什么过错惹恼了皇上？众说纷纭，莫衷一是。后来一个较被认可的推测是，一定有人在皇上跟前进了谗言，才让这几个平日与皇上关系亲密、本来无辜的皇子受了冤枉身陷囹圄。而在太子被废的这种特殊时期，对几位阿哥造谣中伤的很可能也是一位皇子！经过一番私下猜测分析，大家渐渐将怀疑的目光集中到一个皇子身上……

今天胤禟从咸安宫刚值完差，就被翊坤宫的首领太监张起用传话说他母亲宜妃找他有事，要他过去一趟。别看胤禟在外人眼里是个吃喝玩乐、不务正业的皇子，可他对母亲宜妃很孝顺。他的性格很像母亲，直心快肠，说干就干！有时他也很奇怪，自己那个生性懦弱的五哥身上怎么就没有一点额娘的影子？要不怎么从小到大额娘只喜欢自己，不喜欢老五。这让他有了一个自己得出的论断：一个人总喜欢与自己性情相近的人。只要脾气秉性相近便好，其他倒在其次。而和父皇性情最像的人，不就是八哥吗？现在太子废了，如果不趁这时把八哥推出去，错过时机，简直天理难容！可天知道怎么搞的，老八一夜之间居然被软禁了，还有老三、老四和老五。尤其是自己那个五哥，是个平常连蚂蚁都不敢招惹的人，他又会得罪谁呢？他心里不由得为五哥喊冤、愤慨，他却不知道，宜妃找他也正为此事。

胤禟到了翊坤宫，感觉气氛有点不对，四周仆役已悄悄退下，坐在宫中的母亲宜妃面带愠色，神情冷峻。宜妃已年过四十，面容却像三十未到。鹅蛋脸上略施薄粉，肌肤保养得细腻光润，仍有一种少女般的弹性；轻盈的衣衫里隐隐透出她那依然苗条未见发胖的腰身。从这一切可以想象出，她年轻时候有多么俊美。她刚入宫时孝庄太后还在世，选秀女的条件比较严格。孝庄太后为了政治的需要也为了皇家繁衍后嗣，亲自替少年康熙选定了几位她感觉比较中意的王公大臣家的姑娘。宜妃就幸运地在其中。满洲女子大多身材壮硕，端庄严肃，很少有宜妃这样长得玲珑苗条、风流妩媚的。所以她的得宠，自在情理之中。当年皇上还让洋教士隔着帘子给她画像呢！那时虽不敢说是“三千宠爱在一身”，可也是“一任群芳妒”，是皇上跟前最得宠的妃子之一。可是岁月无情，如今不管她怎样想方设法延缓衰老，驻颜化妆，她也知道自己早过了争宠的年岁。自从上次皇上南巡带回两个很年轻的汉家少女后，夜寝时翻她牌子的次数就明显减少了。她心里感到失落很多，想到只能依靠儿子争气才能抚慰今后那寂寥的岁月。听到太子被废，她首先想到要让老九顶替。她倒没有垂帘听政的野心，只是疼爱儿子，也为自己身后有个可靠的归宿。刚开始听几个皇子被拘她还私自欢喜，以为那些谣言定是胤禟在皇上面前挑拨的，没觉得不妥，还觉得儿子挺有魄力，一下子为自己争储剪除了这么多阻碍。及至听说大儿子五阿哥也被关了起来，不由得变喜为怒。老五可是你亲哥哥，你怎么能这么干？这也太过分了！宜妃到底是妇人，她哪里知道，一个真想当皇帝的人，如果一旦觉得有人碍了他的事，不要说亲兄弟，就是亲爹、亲娘、亲儿女，照样剪除，又何尝顾惜！这些宜妃现在还不懂，不过以后的岁月会让她明白的……

“额娘唤儿来有何事吩咐？”胤禟请安起身后，瞅见母亲不同寻常的神色，有些疑惑地问。

宜妃阴着脸很冷地说：“你自己办的好事，还有脸来问我！”

胤禟听了愈发糊涂：“我，我做了什么？”

宜妃生气地拍着椅子扶手：“别跟我揣着明白装糊涂，你自己心里清楚！”

胤禟一听更蒙了：“我清楚什么？哎哟，额娘，您就别跟儿子打哑谜了，快告诉我吧。”他半撒娇半认真地焦急地说。

宜妃不相信地冷笑一声：“嗬，你是真不知道还是装不知道？老三老四老八还有你五哥都被万岁爷给圈了。他们哪儿来这么大的罪过？说，是不是你暗中使的绊子？”

胤禟一听是此事大呼冤枉，顿足叫道：“哎哟额娘，您怎么听风就是雨！要是有人说我杀了人您也信？我哪能干那种缺德的事！真不知道是哪个混账王八蛋这么煽风点火，无中生有，颠倒黑白，混淆视听！真该让他烂舌头！让他不得好死！让他断子绝孙……”

“行啦行啦，老九，你可得跟额娘说实话，这事真不是你干的？”

“我的额娘，儿是什么人您还不清楚？儿什么时候蒙过您？儿就是再浑，再没出息，也不能算计我五哥啊。再说老三老四他们平时跟儿臣并没什么解不开的过节，八哥就更别提了，我一直把他当亲哥哥。儿子为什么要去暗算他们？这样做对我又有什么好处？”胤禟急赤白脸，边说边两手舞动，显得十分激动。

宜妃一听果然有理，知是自己冤枉了儿子，嘴可仍不饶人。她埋怨地叹道：“谁叫你们老不让我省心！唉，老五是个窝囊废，关键时候没一个响屁，由着人欺负！你们都这么大了，还让我老婆子在宫里替你们提心吊胆，担惊受怕。这样下去，我还不如先一步走了算了……”说着眼圈一红，就要落泪。

胤禟一见额娘这么伤心，着了慌，忙跪下说：“额娘您别难过，珍重身子，五哥的事我会想办法的。待会儿我就去找人联络，哪怕把儿臣舍了也要先救出五哥！您就把心安安稳稳地放到肚子里，等着儿的好消息吧。”

宜妃点点头，可想到儿子平常有爱说大话的毛病，又不放心地问：“你怎么救？这宫里荣妃、良妃都曾想见万岁爷为自己的儿子求情，外面有众臣联名跪请上奏放人，可万岁爷就是不理。我看你平常也不怎么招万岁喜欢，难道你的面子比她们还大？”

受了母亲这么一激，胤禟霍地站起身，双目如电，一手“啪啪”拍着胸膛说：“额娘，儿一定会把五哥救出来，也让那些造谣的人看看我老九到底是什么人！而且我还要把那个让我李代桃僵的王八蛋找出来。哼，我可不能这么不明不白地当了窦娥！”胤禟杀气腾腾地说完，快速地请了个安，起来后转身向外走去。

“回来，你给我回来！”宜妃在后面气急地唤着。

胤禟到了外面，低头紧走了一段路，在一个寂静无人的地方慢慢停下，转过头，等翊坤宫首领太监张起用又像追又像送似的从后面神秘兮兮地跟了过来。为了及时掌握宫内的情况，胤禟用银子收买结交了不少内廷太监。常人对太监一般总怀有一种鄙视厌恶的心理，不爱与他们打交道。胤禟身为皇子这么做未免有失身份，可他是个讲求实际的人，只要觉得于己有利，为达到目的可以作一些委屈退让，而不管别人怎么看、怎么说。现在他的脸上带着一种惯常的和气的微笑，转过身，用一种亲切随意还有点嘲弄的口气对张起用说：“老张，你耳朵可够长的，消息知道得比我都快。”

这个张起用自幼入宫，从最初的杂使小太监升到现在的翊坤宫首领，见惯了王公贵戚凤子龙孙，同他们打交道已熟于应付。他听胤禟的话非同小可，于是故作不解地问：“九爷这话从何说起？拿奴才打趣了。”

胤禟仍眯着眼睛仿佛在笑，不紧不慢的话语却透着冷：“皇额娘怎么知道那些事，还不是你们几个散布的？世祖命人制定的铁牌还记得吗？你们不把自己的脑袋当回事，可也别连累了主子！”

张起用一听吓得跪下，显得很委屈地说：“奴才虽笨，侍候不周，可一心一意全在主子身上，哪有心思寻思别的？许是这里人多口杂，难免有那不知好歹的小子胡言乱语，回头奴才定严加管教。九爷说奴才散布谣言，可是冤枉奴才了。”

“得了得了，我知道你不是那样的人，刚才不过跟你开个玩笑，也是提醒你一下。你知道，我这个人脾气随皇额娘，也是直心快肠的人。肚里有话存不住，有一说一，有二说二。这些年你当差的敬慎勤苦我都看在眼里呢。我要是父皇，早把你升为内廷总管了。”

“奴才不配，再说万岁爷跟前有的是人。现在的主管可是万岁爷眼前的红人，奴才怎么比得了。”说到这儿，张起用口中不免透出一股酸涩。

“不就是梁九功嘛，听说你和他还认识。”

“敢情！何止认识，奴才当年和他一起进的宫，拜了服侍太后的李公公为师，论起来他还该叫我一声师兄呢。”这个中年太监用半男不女的声音得意又有些自夸地说。

其实胤禟对这些情况早已摸清，现在他要的就是张起用的这句话。他假装有些惊喜地说：“哟，这么巧，那敢情好。皇上这些日子为二阿哥的事心身俱疲，御体也不大好。我们当皇子的不能久在父皇身边，你跟梁九功说一声，替我多照看着点父皇的御体。”说着，他轻悄悄地从怀里摸出一个叠得方方正正的小纸包：“这是我的人从南面带回的一点茶叶，能解乏提神，你尝尝。喝完了下回我再给你带。”

刚才胤禟的一番话，张起用已心知肚明，料到九爷会有什么表示，哪知就是一包茶叶。人都说九爷一向大方，如何也变得这般小气起来？太监的脸上便有些异样，低下头，没有立刻去接那包东西。就听耳边有个声音别有意味地悄声说：“茶是好茶，不过你得烧到火候，可不能急哟……”张起用一惊，抬起头，惶惑地瞟了一眼那包“茶叶”——现在它已被胤禟打开。当他看清那张纸时，几乎晕倒。展在他眼前的是一张两万两的银票！两万啊，他有生以来也没见过这么大数目的银子。就是他积蓄一辈子，恐怕也达不到它的一半。他怕看错了，又不放心地瞅了一眼，没错，真是两万！他的心猛跳，激动得有点语无伦次：“罪过罪过，折杀奴才，奴才愧不敢当……”眼睛却仍紧紧盯着那张纸，生怕它飞了似的。

胤禟见他这副样子，心里鄙夷地一笑，将那纸张重新叠好，没事儿似的递给了张起用，并重复了一句：“替我跟梁九功说一声，看着点皇上的御体。”

“奴才知道。九爷是大孝子，万岁爷就是身有贵恙，听到九爷这话也会马上康复的。”说完这句后，为了报答这份厚礼，张起用向左右望望，最后又暗示地补充了一句，“万岁爷的御体不但九爷惦记，各位爷都记挂着呢！”

三

当局者迷，旁观者清。当许多王公大臣对废太子一事观望不定的时候，在家养病的文华殿大学士李光地却是洞若观火。李光地得的病本不算病，只是偶感风寒。他知道以他在朝中的声望地位，在如此非常之时必为万众瞩目。为稳妥以避是非，他干脆在这一时期不再上朝，闭门称病，对登门来访的人一概不见。他身体本来也不好，手和脚都肿着，还常出现心慌心悸，偶尔发作一下把家人吓得不轻。皇上此前刚赐了药。尽管这样，请见之人每日还是络绎不绝。有人反复来过数次，固请一见，让李光地厌烦至极。李光地知道这些人表现得如此急迫，无非是想认准谁是新君后，凭着这份拥戴之功，将来在新朝得一个好位置。不过他们的打算能否如愿就只有天知道了……不过李光地倒想开了，自己如今已年过花甲，虽然从外表上看还不算太老，其实已是风烛残年。将来不管哪位皇子荣登大宝，自己这把老骨头怕都撑不到那时候了。这也是李光地较其他官员对待储君废立这件事显得比较平静的一个原因。

但对今天家人刚刚报过的这位客人他却不能拒见。来的正是他的学生程万策。程万策这人头脑一般，却非常忠于李光地，对这位老师的话言听计从、百依百顺。李光地有一些不便出头露面的事就差程万策去代办，所以对这个学生也颇为倚重。这几天他闭门谢客，许多情况还是程万策在外面打探到又差人转告给他的。比如三阿哥胤祉向皇上告密，说大阿哥胤禔魇镇太子，致使二阿哥行为失常而被废。皇上接报后命人查抄直郡王府，果然在里面搜到一个写着胤礽生平八字的小纸人。见到罪证后皇帝大怒，立刻废了大阿哥的爵位并将其圈禁，至此大阿哥胤禔的政治生命结束。随后皇上又听说有个叫张明德的道人为八阿哥算命，称其将来会当皇帝，这张明德还联络几个“飞贼”要行刺二阿哥。皇上命人逮捕张明德，将其凌迟处死，还在行刑时令八阿哥等一干与之相关的人都去刑场观看。这些事情加重了皇上与众皇子之间的紧张对峙。后来皇上将几个成年阿哥都软禁起来，既是为保护他自己，也是为了保全他们。但后来皇上也觉得自己疑神疑鬼得太厉害了，这么做只会让父子之情进一步恶化，才放了这几个“无辜”的儿子，并严厉告诫众皇子，今后若发现有人钻营皇太子之位定不轻饶！……

不一会儿，程万策就被让进李光地这间结构小巧却布置精致的书房中。见礼后，程万策照例先关切地问：“老师这清恙是几时起的，学生竟然不知，否则就不来府上叨扰了。”

李光地把手一摆：“风寒小疾，服药即可小痊。”这么简短说完后，就把询问等待的目光转向学生。

程万策此时登门的原因显而易见，与那些求见的官员一样，也是想探探李光地的口风，不过程万策深知老师是个很谨小慎微的人，不到关键时候，他绝不会亮出自己的底牌。为了打动李光地，程万策决定先敲山震虎，刺激他一下。他介绍说，皇上已决定明日在畅春园召集百官商议立新太子。随即他的宽脸上显出几分焦急的神色，忧心忡忡地说：“学生是恐一旦三阿哥得立，对老师不相为宜啊。”

李光地果然惊诧地抬头看了程万策一眼，随即移开目光。程万策的意思是皇长子获罪，皇二子被废，三阿哥是最年长的皇子。一旦三阿哥被立，陈梦雷势必由此被授予重权要务，对自己形成威胁。这些年李光地受的攻击一直没有停过。可说也奇怪，陈梦雷反而安静了许多，不再像前些年那么叫嚣攻击了。其实他现在并不惧怕那位早已与他绝交多年的同窗故友，陈梦雷说到底还是一介儒生，三阿哥手下也多是一些文人，没有什么政治背景，不足为虑。他太了解这些性子高傲的读书人了，凭着自己多年的官场经验对付这些只会发牢骚的书呆子不过是小菜一碟！但既然陈梦雷放他一马，不再提那事，也难保不会有人在意想不到的时候旧事重提，拿这件事做文章，谁让自己现在地位显赫、树大招风呢。李光地当然不想带着满身谤议入黄泉，这是他平生最懊恼最痛悔的一件事！他恹恹地垂下眼睛，摇了摇头。程万策见老师闭了嘴巴默想心事，有点急。过了一会儿，李光地终于慢吞吞地开口了：“以伦序论，自然是三阿哥当继立太子。不过陛下既有意询求众议，可见圣意恐非立储以长，实乃立储以贤。”

“啊，老师剖析甚是。”为了不引起李光地的怀疑，程万策轻拍了一下桌案，对这个本已料到的结论表示放心地说，“老师如此一析，学生心中一块悬石落地。”

然后才道，“学生此来，意欲有所请教：老师看众殿下中，谁更有夺嫡之望？”

“难啊！”李光地长叹了一声，两手一摊，“圣意不明，你叫老夫如何判断？”

为了使李光地继续把话说下去，程万策自己先抛砖引玉地说：“不少人风传，此次立储非八阿哥莫属。”

“噢，何以见得？”李光地果然将散淡的目光聚到学生脸上，问。

见李光地动了心，程万策暗自得意，神态却又平静庄重地说：“八阿哥一向精敏贤达，又有佟相、马相一干重臣支持，外有众多学者名士拥戴，其入承大统自当在情理之中。”说着，连程万策自己也仿佛被这个推论说服了，表情轻松，越讲越自信。

李光地不动声色，斜着眼睛看了似乎已胸有成竹、很是得意的学生一眼，眼中隐约透出一种轻蔑的笑，然后他还是默不作声。大约过了一会儿，方压低声音道：“八阿哥学识人品在众阿哥中尚属出众，唯是没有受过实政历练，骤委大任，不无仓促啊。”

“这个陛下早已想到，着八阿哥查原内务府总管凌普家产，八阿哥领旨后认真查办，甚得人心。”

“噢，甚得人心？何以见得？”李光地重复着学生的话，问。

“是啊，八阿哥宅心仁厚，意欲放凌普一马，以安人心。”

“哈哈哈哈！”哪知李光地听罢仰头大笑，不住地摇着头奚落道，“若八阿哥无此宽恕之举，储位也许真就归他。可惜竟又画蛇添足，真是聪明反被聪明误，自取其败。唉——”他最后沉重地叹息一声。

这叹息给已松了心弦、自认为柳暗花明的学生泼了一盆冷水。程万策登时目瞪口呆，半天没说话。随后才红着脸，讷讷地说：“请、请老师详示。”

面对这种追问不休，李光地有点不悦。他垂下眼睛，搪塞地说：“立太子关系事大，非臣子所虑，一切皆由陛下裁夺。你我也不要妄自猜度，到时无非听旨行事。”

程万策可不想轻易放过自己这位老谋深算的老师，他的身子又向前倾了倾，很少庄正严肃地说：“学生若为自己苟安，也不扰老师了。谁不知道如今朝中的内阁辅臣，大多颟顸庸懦不足任事；唯有老师雄才峻望，朝野上下早有口碑，即使群小攻讦也始终清名不坠！事态紧迫，还望老师明示睿断以慰中外臣民之望！”

李光地本不想讲什么，不过却被这几顶高帽捧得心中也有点活动。但他依然没有马上开口，捋着胡须踌躇地沉吟着。除他一贯的谨慎使他保持沉默外，李光地不便作答还有另一个原因。他觉得皇上其实也在瞻前顾后，犹豫不定。从他亲自撰写的废太子祭天文告中那句“臣虽有众子，远不及臣”就可看出他现在对所有皇子都不甚满意！立太子吧，实在没有一个可以让他放心中意的皇子；不立吧，又会引起臣民猜疑，朝野不安。所以皇上才想了这么个群臣举荐的法子。刚听到皇上这个决定时，李光地也感觉有点不妥，因为它可能会让目前的事态非但没有朝着人们所期望的明朗清晰的方向转化，反而更令人困惑、迷乱了。可站在皇上的角度想想，此事也着实难以处置。李光地也有些同情理解皇上了。

见李光地依然不开口，程万策心里有点恼，也有点怨恨。他硬着头皮恳求道：“望老师勉为其难赐教学生！”

正这时，一个丫鬟捧着一个粉杯，很不是时候地进了书房。这丫头也不看看里面微妙的气氛，开口就说：“老爷，您该服药了。”

这分明是在婉拒。程万策又羞愧又无奈地站起身：“既然老师清恙未愈，就请多多保重，学生改日再来请教。”说完也不等李光地起身挽留，很不高兴地转身而去。

程万策刚走，梁九功就来传旨，皇上在畅春园召见李光地。

不知是年岁老了还是身体的原因，李光地来到畅春园已感觉很累。他又跟着梁九功穿林跨桥，七拐八绕，才看到暗藏在林木中的那个草庐。一见这个地方，李光地就知道这次召见不同寻常，心一下子绷紧了。

行罢大礼，康熙看了看李光地不再浮肿的双手，关切地叮嘱了几句。但是显然，他今天找李光地来不是为这事。他说：“朕今天找你来就是随便聊聊，卿病已愈，朕心甚喜。可朕儿子的病，却怎么总也好不了呢？”

这哪里是什么随便聊聊！李光地感到事态严重，拱手行礼道：“事关重大，臣不敢妄言。但既辱皇上下问，臣冒死请问：帐殿之警，皇上果知其必无怨刺吗？”

他问的是在承德发生的胤礽偷窥帐篷的事，这也是胤礽被废的一个重要原因。康熙默然不答，过了好一会儿，才用低沉的声音怅然发话：“此乃为鬼物所镇，若不然何人能丧心至此！”

李光地是理学大臣，对这种鬼神所惑的说法当然不以为然。他很不客气地反驳道：“臣幸荷爵禄，鬼物犹不敢犯，况天潢贵胄乎？”见康熙沉思地听着，他更直截了当地说：“二阿哥一事乃性情失控所致。人情尊荣则易骄，安舒则易肆。骄肆之行，神态日昏。始则苟且偷安，不思进取，继而恶习缠身，闻善言，则如刺在背；惶惑颠倒。若久而久之，则昏至极也！”

听李光地的见解与众不同，康熙的眼睛睁大了，很快就认同了李光地这个说法。不时点着头，待李光地咬文嚼字地讲完，他很急迫地问："观二阿哥生平所行，诚如卿言。然则，其病尚可见愈乎？"

李光地平静地道："养心莫善于寡欲。若屏其声色，使之心志宁静，平和之气生，则本心之明晰渐著矣。"

听着李光地文绉绉的解答，康熙的眼睛不由得湿润了，用沉痛的语气徐徐说道："二阿哥现在弄成这个样子，朕也有责任。想当初他年幼时，朕亲自教他读书，继而令张英和熊赐履教以性理诸书，还令老成翰林随从，朝夕纳诲，不可谓不知义理。且其骑射、言词、文学无不及人之处。可是，朕错就错在未曾提防索额图，索额图！"康熙一提起这个名字马上咬牙切齿，眼睛血红，样子凶极了。"他蛊惑胤礽，想利用二阿哥中怀叵测，图谋不轨。胤礽向督抚大肆索贿，恣意诛求，穷奢纵欲，暴虐淫恶，凌辱诸王大臣，都是受了索额图的暗示与指使。索额图，真是本朝最大的一个十恶不赦的罪人！"

康熙猛烈地发泄了一阵，感到身上一阵虚脱，低下头，闭了眼，好半天不语不动。听到李光地关切的询问声，才摆摆手，睁开眼，神色却很黯然。他慢慢地惨淡地说："听卿之言，二阿哥虽有治愈之机，无奈其恶积习已久，品性已失，痛改前非谈何容易！看他现在这样子也是受罪。朕不能放了他，可也不想让他这么活受罪……爱卿之意如何？"

康熙还没把话说完，李光地就知道皇上是什么意思了。他对二阿哥已然绝望了，不想再留胤礽，要杀死他的亲生儿子！熟读史书的李光地知道兄弟相争、骨肉相残在中原历朝屡见不鲜，本不是什么新鲜的事。可是，一贯以宽仁著称的康熙皇帝居然也有这种诛除自己亲生骨肉的念头，这太可怕了！太残酷了！李光地冷汗淋漓，身子仿佛不属于自己，瘫跪在地，只有不住地叩头，一句话也说不出。

康熙喝了一口水，自己镇定片刻，望着地上那个吓得失魂落魄的老臣，声音平静地道："光地，你不要急，也不用怕，慢慢想想，想好了再答复朕。朕知道，这个问题对你来说很难作答。如果你确实感到为难，朕也不勉强。来，先喝口水。"说着他起身端给李光地一盏粉彩茶盅，却未发觉自己端茶的手其实也在微微抖着。李光地觉得那根本不是茶，而是毒药！他倒真希望此时给他一碗毒药，他宁可死掉！他面临着一个巨大的旋涡。这时无论说什么都会留有后患，即使他什么也不讲，今后的日子也不好过。他后悔自己为什么要做这么大的官？怎么不学学张英急流勇退，闲居田园！他还想起王石谷对他说的那句话："寿长辱多！"

"想好了吗，爱卿？有没有嘉言奉告朕？"康熙用温和得不能再温和的声音轻声问，但他发现，李光地非但没有安定下来，反而像害了寒热病似的打着哆嗦。看来他真是吓着了，这个胆小怕事的家伙！

“晋庵，你冷吗？”康熙不高兴地冷声问。

李光地身子一凛，微微抬起头，看见皇上眼中霍霍闪亮的目光冰冷地逼刺过来，吓得又低下头，心里痛苦得几乎要哭！他勉强摇摇头，几乎晕死过去。

“这地上凉，爱卿还是起来吧。咱们上岁数的人，就怕着凉闹病。”康熙又恢复了温和，把李光地扶起来，让他坐到刚才那张椅子上，自己也回坐到龙椅上。又喝了口水，似乎不经意地问了句：“晋庵，你是哪年生辰？朕记得你比朕大。”

“臣是顺治元年生人。”

“呵。那你就比朕长十二岁，原来你比朕大这么多，真看不出来嘛……”说笑着的康熙眼中慢慢露出一种怅然：“光地，再过二十年，咱们君臣又在哪儿？还不都是寂寂荒丘，一抔黄土……唉，光地，可惜你是个汉人，不然朕真想效仿汉武帝与卫青、霍去病的故事，在遵化给你留块地儿，咱们君臣永世相伴。”他说到这儿停下，眼含期望地望着李光地，又热切地说：“不过爱卿放心，若干年后，贤良祠里会有卿的牌位。朕要让后世子孙牢牢记住一位大清忠臣，他虽是汉人，却在危急时对我大清有匡扶再造之功！”

几句话让紧张得头脑有些发木的李光地一下感动得涕泪齐下。他断断续续、泣不成声地说：“臣不配，臣声名有污，行止有亏……”他不知道自己怎么居然这么说，又想到那件仍让他愧疚的旧事。想到若干年后自己要带着一身洗不清的谤议入土，李光地真的伤痛地哭了。

康熙听了也一愣，但马上一挥手，示意他不要再讲下去。他不是不想说这件事，只是觉得现在还不是提它的时候。他深叹一声，说：“晋庵，朕今天跟你说的都是真心话。不是朕心狠，自从废太子后朕寝食俱废，羞愤欲死，朕真快有些撑不住了！光地，晋庵，朕就希望你能对朕说说心里话，就算为了大清江山，朕求你了！”

一个皇帝居然用这种口气恳求臣子，可见他心中痛苦不安到了何等严重的境地！也许是被皇上哀求的语气和一种痛苦矛盾的眼神打动，一直心中不宁的李光地终于想出了一句话，跪地郑重陈道：“若二阿哥之病，徐徐调治，天下之福。”

呆坐在椅子上的康熙没有说话，也没有点头或摇头，过了一会儿，缓缓地发问道：“那么要等多久？太子之位不宜空悬太久，朕还有十几个成年阿哥，没有太子，他们都会起来争啊！”

李光地觉得自己今天话已太多，又顾虑了起来，含糊地道：“太子已废，臣以为此时不宜再立太子。”

李光地这话完全是马后炮，因为康熙已将众议太子的旨意传了下去，现在大臣们差不多都知道了，哪能又突然变卦？康熙苦笑了一下：“爱卿之言虽有道理，可朕已传谕下去，说出去的话泼出去的水，不宜再改呀。”然后他又沉思地问，“晋庵，据你看，哪位阿哥有望被众臣推举出来成为太子？”

这下李光地不能避而不答了。他垂下眼睛，不敢瞅皇上，悄声说：“依臣所观，如今八阿哥的人望似乎比其他阿哥更高些。”

康熙心有灵犀地默然一笑，像赞赏又像嘲讽似的说：“裕王临终前也跟朕保举过他。能得到这么多人拥戴，在朕的儿子们中还真找不出第二个！”

这再一次证明了李光地的猜疑，现在在皇上心目中，并没有一个让他中意的儿子可做他的继承人，包括人们一向看好的八阿哥。可是到时群臣举荐的果真是八阿哥，皇上又将如何呢？按照李光地以往的经验，皇上谈过一会儿话后遇到难解的问题会起身踱一会儿步，在行进间思索。果然，康熙站了起来，可他没有踱步，而是移步行到墙角的一个方橱前，从腰间抽出一串铜钥匙，用其中的一把钥匙打开那个年头久远的铜锁，柜子里还有一个上锁的小柜，他又用一把钥匙将那锁打开，从里面小心翼翼地捧出一个长方形的木匣，它也是上锁的。李光地不知什么东西这么神秘，会不会是皇上要给自己一道密诏？他眼睛一眨不眨地盯着木匣，不安地猜测着。

“啪”，一按绷簧，木匣打开了。康熙从里面倒出一堆大大小小、形状质地各异的纸，有整齐的奏折，也有潦草的墨迹，叠在一起，就是厚厚的一摞。李光地估计，若把纸上的字加在一起，怎么也得有二三十万吧，这都是些什么内容呢？

康熙默默瞅了李光地一眼，“哗”地将纸往桌上一摊：“奇文共欣赏。来，你也见识一下吧。”这可让反应机敏的李光地越发丈二和尚——摸不着头脑。他诧异地走过来，拾起一张，刚看了一眼，就双目发直，脸色雪白，瘫跪在地。他又见到了他最怕见的东西——陈梦雷的诉冤折。所不同的是这次是在皇上跟前见到了姓陈的冤状。他觉得他就像一个总躲在暗屋中没穿衣服的人，突然赤条条地暴露在阳光下……陈梦雷这几年没什么动静，李光地还以为他不再纠缠过去的事了，没想到这个书呆子这么犟，一直未断上奏！更让他没想到的是皇上把陈梦雷所上冤状都压了下来，整整一柜子啊！他从头到脚地哆嗦着，羞愧欲死。

康熙面色沉静地观察着李光地的表情，他的心情也不比李光地平静。外面关于李光地和陈梦雷两人之事的议论，他听了无数，都快在耳边磨出膙子了。他并非不了解李光地的为人。不错，在这件事上李光地确实理亏，可康熙依然觉得，在一种巨大的压力面前，即使一个诚实正直的人也会表现出一时的软弱，做出违心的事。李光地的品行当然不能与那些先贤同日而语，可也没有坏到不可救药的地步。这正是他现在所需要的。而像顾八代那样耿直无私的人，他反倒觉得不知该如何对待，不好任用。他喜欢有弱点的人，因为他们好驾驭，可以利用。就像他在少年时利用鳌拜的弱点除掉苏克萨哈，又用苏克萨哈的死除掉鳌拜一样。而圣贤只能挂在壁上供起来，如果孔夫子活在今日，大概也捞不上一官半职……

康熙想了许久，才收回神驰，低头看着面如死灰、一声不出的李光地。过了好久，李光地绝望地叩头道："陈梦雷所奏俱属实。臣欺骗圣上多年，罪当万死，请陛下治臣欺君之罪……"

康熙没想到李光地竟没有辩解，这么痛快地承认了。他愣了愣，说："李光地，朕要治你的罪何必等到现在！"他指着桌上堆积的奏折说："这些东西朕只看过一张，其他都没看。唉，怎么说呢，那事确有你的不是。你那同窗是个好人，虽说他有些书生意气，脾气犟了点，可那正是他强于你的地方！人非孔颜，名声鲜有不愧的。朕看得出，你自己对这件事也非常后悔，所以这些年你为朕举荐贤明，救助忠良，治河安民，想将功补过。其实当时，你就是缺一句话嘛！所以这次朕希望你能在关键时候多说些话，哪怕只讲一句，不要再沉默寡言了，你明白吗……"说着，康熙抬起深邃的眼睛注视着李光地，将那堆纸一股脑儿地扔进地上的铜火盆里，"嚓"地划着火石，点燃了……

四

九月二十九日康熙召众皇子到乾清宫，这是他在废太子后首次召集儿子们训话。本来，以他最近一时的身体、情绪，不宜进行这种召聚。不过康熙觉得自己现在情绪已逐渐平静，或者说为了江山社稷他必须调控好自己的情绪。所以今天皇子们见到的父皇，依然威严、严厉，令人望而生畏。

康熙开始发话，声音不高却威严："朕前已有旨，诸阿哥中如有营谋皇太子者，即为国家之贼，与朕父子之义将绝矣！可是在二阿哥被废后，胤禔曾向朕奏称八阿哥好，前在畅春园朕命满汉大臣于尔等中举荐一人为太子，哪知马齐、王鸿绪、阿灵阿之辈与诸大臣暗通消息，俱书'八阿哥'于纸上交内侍转呈。这还有什么不明白的，胤禩窥伺大宝已非一朝一夕！早在四年前，何焯因父亲去世居丧在家，胤禩在给何焯发去的吊唁信结尾写道：'先生要着实节哀，保重身子，思将来上报皇恩。''将来上报皇恩'是何意？朕看此语定非指朕，乃语未来之皇帝！”

康熙越说越严厉，终于总结似的谕命道：“胤禩向来奸诡，妄蓄大志，朕素所深知。其党羽早相要结，谋害胤礽。今事已败露，证据凿凿，着将胤禩锁拿，交议政处审理！”

康熙宣布完这条口谕后，殿中一个个显得呆滞木讷、神不守舍的皇子都悚然震动，各自显出不同的神态。也许是事先已料到会有如今这一步，被康熙宣布交部议处的八阿哥胤禩此时并没有太多的张皇，仅表现出一种无可奈何的平静；在其他面面相觑、惊惧错愕的皇子们中显出一种很不和谐的镇静。他呆了呆，然后好像谢恩似的向上冷淡地叩了一个头，被侍卫带了出去。

胤禟和胤禵这两个跟胤禩结党、心中有鬼的兄弟，一见八哥被拿，瞠目结舌，互相对视着，交换着询问、惊恐的目光。胤禟本想挺身相救，可想到自己在父皇心目中的位置不如老十四高，还是十四弟出面说话更管用一些，所以拼命向胤禵使眼色。可不知为什么，胤禵却仿佛失神似的垂下头，躲开了九阿哥焦急催促的目光。胤禟无奈，心一横，只好自己迫不得已，胆怯地上前跪奏道：“八阿哥绝无此心，儿臣愿保！”

胤禵刚才对胤禟的眼色视而不见，是怕先发话后胤禟不出奏，将自己耍了。因了这份猜疑才未敢贸然行动。现在见九哥真打了头炮，不禁对自己刚才的犹豫大为羞愧，也跟着挺身向前跪拜道：“儿臣也愿保！”

康熙轻蔑地看了看这两个皇子，他早知道他俩同八阿哥胤禩的勾结。今日没发落他们，除了因这两个人不是“主犯”，给他们一个与老八断绝改正的机会外，也不想牵连太多的人。哪知这两个小子根本不理解自己的一片苦心。他怒火上涨，恶声斥道：“你们两个是不是指望他做了皇太子，日后登基，封你们两个亲王？你们的意思是你们有义气，朕看都是梁山泊的义气！”

如果换了别的阿哥，见父皇这样怒斥，也许早就谢罪退下了。可胤禟和胤禵却不吃这一套。胤禵仗着年岁小又曾被父皇宠爱过，这会儿倚小卖小地说：“众议太子本是父皇的旨意，待众议出来后，父皇却缘何出尔反尔，不承认八哥呢？儿臣不明白，一般衙门问案还需要证据，父皇又有什么证据证明八阿哥结党营私？请父皇给儿臣个明白！”

见有了帮手，胤禟胆更壮，也跟着抗傲地说：“父皇若实在讨厌八哥，疏远便是，何必这样以权压人呢？”

同胤禵相比康熙更讨厌胤禟。在胤禟小时候他还觉得这孩子长得虎头虎脑挺可爱的，可越大就越看不上他，不喜欢他了。其实胤禟身上并没什么不能容忍的恶习，只是他这个人在任何时候、任何场合跟什么人都随随便便、不拘形迹，甚至跟太监也呼朋唤友，不知尊贵。见他居然敢公然顶撞自己，康熙觉得火气在胸中翻滚，头开始发沉，胸发闷，那股隐忍已久的怒气显然已不能再忍了。他一擂御案，怒喝道："你算什么东西，也来教训朕！朕是皇帝，朕要治谁的罪，谁就有罪！朕要谁死，谁就得死！"

本来，这时康熙已把怒火转到胤禟身上，只要胤禵识趣退下，就没他什么事。可他竟不知深浅地上前火上浇油地喊道："父皇一定要治八哥的罪就先杀了我吧！"

康熙脸色突然变灰，手不停地抖着，老半天说不出话。蓦地，他抽出腰间的匕首，冲下御座直扑胤禵，凶恶地咆哮道："好，好！你要死现在就去死吧！"这时，谁也没想到那个平时温厚善良、不爱讲话的五阿哥胤祺第一个反应过来，上前抱住康熙的腿，哭着跪倒哀求道："父皇息怒，父皇息怒。十四弟年幼无知，讲话没分寸，您别跟他一般计较，千万保重御体！您要是实在太难受就打儿子几下吧！"这时，其他看得吓呆了的皇子才"轰"的一声跪在康熙四周磕头恳求。

本来一直心神不宁的康熙受了刺激，只觉得天旋地转，手一松，把匕首扔了。五阿哥赶快把这个危险的东西拾了起来，不再让父皇接触到。他一回头，见老九还在直愣愣地跪着，不由得转过身气愤地给了弟弟一个大耳光，大骂道："你还不快滚，还要气父皇啊！"胤禟一惊，醒悟地跑出了殿。

当胤禟出了殿，突然发现十四弟并没跟自己一同出来。他想再回去救十四阿哥，可一想到老实的五哥刚才明责却暗中为自己解危的一片苦心，不由得眼酸心热，含泪离去了。

康熙已回到御案后，也许是刚才胤祺打九阿哥的那个耳光替他出了一口气，他略觉好些了。他命诸皇子轮流将闯了大祸的胤禵责打二十大板，最后毫不宽容地将他赶了出去。

康熙还是被气病了。

废太子之初他就感觉不好，很想辍朝休息几日，不去管什么朝政折子。然而一种自律的责任心使他顽强地克制着。但一件接一件的事情和一个接一个的刺激终于把他击倒了。最初他竟不让御医看病，后来还是在胤祉、胤禛兄弟的一再跪请下才勉强服了些药，精神却难以恢复如初。现在除了已获罪被关的皇子，诸皇子轮流守候在父皇的病榻前，照顾着他们操心憔悴至极的老父亲。

这天轮到四阿哥胤禛值守。乾清宫那两个兄弟跟父皇的冲突他都经历了，后来父皇让兄弟们责打十四弟他没劝阻。目前圣意不明，许多人因贸然行事或者只多说了一句话就被罢官或圈禁。为了保护自己他不得不小心审慎。之前的那次突然被拘控还让他心有余悸，至今想起来后背都直发凉。如今兄弟中四个已获罪被关，这之中最让他感到意外的是十三弟胤祥。胤祥是所有兄弟中唯一一位能跟自己说上几句知心话的人。可他也莫名其妙地被抓了起来，并且听不到父皇对此的一句解释、定罪的话。胤禛觉得这中间肯定有冤情。他对胤祥很了解，表面上胤祥活泼开朗，有时跟太子也爱开个玩笑。可胤禛知道，他还是与自己那个倔强傲岸的弟弟不同。老十三其实是个十分胆小懦弱的人，对太子的话他向来言听计从，他准是被人利用代人受过的！唉，自己那时怎么就没想到提醒他一下呢！胤禛痛惜自责地想。

"咚、咚、咚、咚、咚"，外面传来五声更鼓。胤禛自从入宫后就一直服侍父皇，给他端水喂药，一夜未眠，现在困极了，坐在地垫上的他已开始头昏眼花、东倒西歪了。就在胤禛蒙眬欲睡之际，突然看见一座庙宇。香烟袅袅，梵乐声声。一位老僧趺坐其中，面容清寂恬淡。胤禛定神细看，发现他正是五台山上父皇跪拜过的老和尚——世祖顺治皇帝。惊得他连忙跪倒叩拜道："不知皇祖在此，孙儿叩拜来迟，望皇祖见谅。孙儿虽生性朴拙，不善与人交，但自信做人耿直刚正，不愧不怍，从未有害人之心，却命途多舛，屡被人误解。而一些奸宄小人却每每飞黄腾达，受人称敬。百思不得其解，望皇祖为孙儿指点迷津！"

老僧双目半垂，缓声道："胤禛，你还年轻，尚未见到真正的人世间的凶险，对你来说考验才刚刚开始。"

胤禛不解，但他没有马上捉摸此言的深意，又道："孙儿尝读皇祖实录，深为皇祖惋惜。皇祖壮志未酬，正当年轻奋发之时却已阅尽沧桑，从此心灰意冷，不问世事。今孙儿年逾三十，只徒领禄米，一事无成。照此下去，甚觉无趣！怎奈孙子凡心太重，不能看破红尘，否则也随了皇祖出家。"

老僧面无表情地摇头道："胤禛，你不要和贫僧比，也不要和你父皇比。你前面的路还很长、很长……"然后，他闭目合十，朗朗诵道："梗梓在山，千岁而巨村成室；干将铸冶，九载而神光烛天。若夫槿花早发，而委不终朝，蜉蝣易生，而寿不逾夕。速其成者，小器而已。故长庆七破蒲团而卷帘大悟，赵州八旬行脚而杰出丛林。大器晚成，非此之谓乎？"又做一颂曰：

"不器之器，名曰上器。厚积深养，一世出世。欲速不达，古人所刺。学道之人，静以俟势。"

胤禛听了，默然无语，低下头去，似有所悟。而抬起头时，皇祖已不见了，却换了个明朝打扮的人。此人颌下三缕墨髯，生得仪表堂堂，端然而坐，好不威武。胤禛凝注地望着他，想了想，吃惊地道：“你、你是袁大将军？”见对方不语，仿佛默认，胤禛赶忙抱拳道：“我一向敬重将军之为人，未料今日得见。不知袁大将军有何事见教于我？”可是袁崇焕却不说话，只是神情悲愤，捋髯叹息。

这时，一声微弱的呻吟声传入胤禛耳中，他一哆嗦，被惊醒了。他看到，殿里很暗，蜡烛快燃光了，父皇还躺在炕上。

“没有皇祖母就没有我玄烨！”炕上的康熙突然向空中挥动了一下胳膊，大叫了一声。胤禛陡然一惊，见父皇仍闭着眼，才知是在做梦。那么刚才自己也做梦了。可这梦预示着什么呢？正当他猜测的时候，康熙已缓缓睁开了眼。

“啊，胤禛，你还在这儿？”

“您醒了，皇阿玛！”

“嗯。”康熙动了一下脚部，没有起身。其实刚才嚷那句话时他已经醒了，但身子好像被捆住似的，挣扎了好久才把眼睛睁开。想到儿子可能听到自己的梦话，康熙显得不太自然，呆了呆，慢慢坐了起来。由于刚才梦中的悲痛、刺激，他脸上呈现出一种痛楚的样子，似乎想落泪，却没有哭。可是，巨大的内心伤痛如一把插向心窝的匕首，让他再也受不了地开了口：

“胤禛，朕记得你曾跟朕说过，有个和尚说出家要忍受孤独寂寞，耐得住清苦。其实想想，做皇帝何尝不是如此！一般人看来，皇帝雄踞九五，无比尊贵，享尽人间荣华富贵，其实个中的甘苦艰辛，又有几人知道？历朝历代争权夺位的人那么多，他们也只看到皇帝的尊贵与权势，却看不到那里面的阴险杀机，苦辣辛酸。胤礽，胤礽便是如此。他只知享乐，不知心中要时刻装着江山，装着百姓，还要、还要舍弃情欲，舍弃天伦之乐。意志坚强处乱不惊，乾纲独断明辨忠奸！你说，这当皇帝可有多难？可为什么偏偏还有那么多人费尽心机、不遗余力地去争，去抢，去谋取……咳咳咳。”说到痛处，康熙心力交瘁，又不停地咳嗽起来。胤禛忙上前给父皇轻捶着后背，劝道：“父皇，您不要再想那些事了，安心歇息，什么也不要想了。”康熙喘息一声，不再说话，又闭上了眼。

胤禛当然知道父皇指的是什么。虽然胤禛平日说话不多，给人的感觉很普通，可在他那不为人知的孤傲的心里，他对包括自己弟弟在内的一干兄弟都很蔑视，觉得他们是一群浅薄的人，与他不足共语。只有八弟，有时使他感到困惑茫然，不好妄下结论。老八的心机、城府在兄弟们中无人能及。他也曾将二哥与其反复比较过，然而每当想到老八可能要被立为新太子，不知怎的，他心中就会现出一种疑惧与恐慌。虽然他现在无望争太子位，也并不喜欢老二，却不希望储君更换。这种奇妙的想法他自己也不能完全解释得清。这时缓过一口气的康熙睁开眼，吐了一口气，依旧用痛心、凄凉的声音说：

“朕对你们兄弟都尽了心，虽然幼年大多令人视养，但也常常牵挂。大阿哥胤禔养于内务府总管噶禄处，三阿哥养于内大臣绰尔济处。只有你，是朕亲自抚养的！在朕身边的时间最长，感情也深厚。只是幼年时有点……唉。”

胤禛听出了父皇要说而未说的那几个字，脸红了。但他现在无暇顾及这个，顺势跪地请求道：“裕王伯伯生前说八弟心性好，不务矜夸，儿臣与之相比，尚有许多不及之处。儿臣早年行事多所悖谬，父皇尚能宽谅，不予计较。八弟平日素有贤声，儿臣想近日之事恐是一时明镜着尘，却未必有拂逆之想。即二阿哥事，虽有相符者，然更多乃全无风影、虚妄之言。父皇为此多日流涕伤怀，恨惋不已。时儿臣未能及时规谏二哥，也有责任。今父皇又为八弟之事郁结于心，损心伤神，儿臣心中无比焦急，特冒触圣威求父皇宽恕八弟，也给其一个洗心易行、悔过迁善的机会！”

康熙默默听着，刚才他在梦中，就梦见庄太后神色不悦，隔远默坐，似乎在生自己的气。康熙觉得这个梦可能与皇太子被废有关。所以他现在已渐渐缓释了胤礽的过错，想过些日子就把老二放了。然而对八阿哥胤禩，他心中的冻冰始终未曾化开。不过胤禛这番话说得恳切真诚，康熙也没说什么。见父皇不表态，好像对自己刚才的话亦没什么反感，便鼓足胆量又说：“如果父皇准许，儿臣想看看八弟。”

康熙点点头，然后挥挥手，叫他下去休息。但胤禛跪着没动。

“嗯，你还有何事？”

胤禛脸又红了，情绪似乎比刚才还激动。但他拼命控制着，相当庄重地叩了个头，说：“刚才父皇欲说儿臣幼年喜怒不定之语，儿臣屡蒙父皇不弃，教诲，实切感愧。今儿臣年逾三十，居心行事大概已定。‘喜怒不定’四字关系儿臣之生平，恳请父皇将谕档内此四字恩免记载！”

康熙听罢却没答，只是面无表情地说了一声：“朕想一人待会儿，你跪安吧。”

五

胤禛带着一些食品、药物去看望八阿哥，同去的还有胤祉和胤祺。胤禛不知这两个兄弟对探视老八会怎么想，是否乐意同行。其实这种担心是多余的。胤祉因为揭发大阿哥胤禔让蒙古喇嘛巴汉格隆用木人魇镇废太子，已间接地把胤禩得罪了。由于老八在朝野上下的影响相当大，胤祉害怕有一天被东山再起的胤禩忌恨报复，对去八府探病正求之不得，想借这个机会把自己跟老八之间的隔阂弥补一下，重修于好。胤祺是个性情平和的人，愿意父子亲近兄弟和睦，对此差遣也欣然受命。

他们很顺利地到了八府。在幽暗的内室中他们见到了这个被父皇切齿痛恨几欲气疯的八弟。不知怎么，躺在暖炕上的胤禩眼睛红红的，既像痛哭过又像刚刚发过怒，与他那个羸弱的身子、灰败的脸很不相称。炕边非常奇怪地坐着一个女子，不知是什么原因没有回避。她不是胤禩的福晋，一身素装像是个带发修行的女冠，让进来的三个人瞅见不由得一愣，不知该进该退。胤祉突然想起何焯有个女儿寄养在胤禩府中，莫非就是她？不过当时人们说何焯的女儿是个小姑娘，这个女子可是个大人了，至少也有二十了。也许是她一身装束过于冷寂而显得比较大吧。从侧影看模样应是不差。那女子听到脚步声抬起头，与他们打了个对脸，目光有些慌窘，想躲避，张皇的眼睛却又与最后一个进来的胤禛的目光不期而遇。胤禛猛然一惊。呀，好生面熟的女子，自己好像在哪儿见过？可怎么会呢？自己一向很少外出，更很少同女眷见面。他绞尽脑汁地想啊，想啊……一道闪电划过脑海——是在蒋廷锡家，与他在粉壁上看到的那幅画中的女子一般无二！胤禛不由得又紧张地看了对面一眼，觉得这女子颜色枯槁、呆板，一副意绪索然心灰意冷的模样，根本没有画中女子美丽、生动，但可以肯定的是画上的“仙娥”就是这位女子！

胤祉见胤禛还在呆呆地盯着女子，心想，老四这人一向称自己清心寡欲，不近女色，原来看见标致女人也是这德行！他暗自撇撇嘴，想揶揄几句。此时胤禩坐了起来，在床上拱手为礼。他望着几个兄弟带来的慰问品似乎苦笑了一下，并没说什么。此时在这种情形下相见，不论是待罪在家的胤禩还是来探望的三个人都感觉有几分尴尬，何况还有一个女子在侧。于是三个客人并没有多待，稍坐了片刻就起身告辞。胤禩也没留。等出来后胤祉才有点懊悔自己怎么没跟老八多说几句，也是因为有那个女子在旁，分散了自己的精神。咳，这算什么，老四刚才比自己还痴呢！出了跨院他朝斜后方老四那边望了一眼，故意对五阿哥胤祺高声说:“老八哪里是害病了。我看他害的是多情病、相思病！”胤禛却似乎没听见似的低着头，慢慢地走着。两个兄弟已超出他好远，他还独自一人磨磨蹭蹭地落在后面。他脑中反复地出现那女子的模样。现在他更加肯定，这女子就是蒋廷锡画上的美丽绝伦的仙子。从自己索画被拒绝看，此女子绝非是练笔而绘或是来求画像的客人，一定与蒋廷锡有着特殊的关系……唉，我当时怎么没反应过来呢！后来人家带着几幅绘好的仕女图来到府上，正赶上戴氏兄弟从任上回来探望。而自己那天心绪不佳，对着二戴大发雷霆，也没给蒋廷锡好脸子，迁怒于好友。如果自己当时能冷静一下，同他坐在一起好好谈谈，也许会了解到此中秘密，甚或他当时的困境，帮他一把。看来那天父皇没有同意把“喜怒不定”四字评语从档中删去是有考虑的，自己什么时候才能改掉这性急气躁的毛病啊！

胤禛加快了脚步，赶上了前面的两个兄弟。他们的交谈声也传进了他的耳中：“五弟，你注意了吗，刚才桌上还有两个未及收拾的茶杯，大概在咱们之前还有人来过，或者根本没走，听见咱们来了不便相见暂避一时。”这是三阿哥胤祉的声音。

“啊，那，那会是谁？”五阿哥惊慌地问。

“哼，这时谁还会来？反正臣子们是没这胆子的，一定是老九和老十四。”然后胤祉又哼了一声，对着胤祺和跟上来并排走的胤禛说：“我倒没有个好弟弟让父皇如此动气。你们二位作为他俩的兄长也该时常规劝提醒。怎能不闻不问，置若罔闻？若再闹出事来气坏了父皇，谁个担当？”他越说越严厉，最后完全是一种训斥的口吻。自从老大被关，老二被废，三阿哥胤祉对兄弟们讲话时就时常带出这种盛气凌人、教训人的口气。胤禛觉得最近三哥身上越来越显出一种太子的派头。面对兄长的诘问，胤祺怯声说：“我劝过九弟，可、可他根本不听呀。”然后伤心自责地低下头。胤禛虽不喜欢老三说话的口气，但也觉得他说得不无道理。也诚恳地表态：“三哥责的是。我未能及时劝阻十四弟他们，致有乾清宫之事起，实不能免责。我择日即到十四弟府上好生劝诫，促其悔过自省，痛改前非。”

胤祉因为今日找陈梦雷有事，与二位弟弟告辞跨马先行一步。胤禛也同胤祺作别入轿。他正要上轿，却见五阿哥突然面色呆滞，仿佛受了什么刺激或者委屈，不由得轻声问：“怎么了，五弟，害怕了吗？”

胤祺神色黯然地摇摇头：“不，我是担心。”

“什么，担心？”

“嗯。唉——”胤祺长叹一声，抬起一双忧郁的眼睛对胤禛反问道：“四哥，难道你不为十四弟担心吗？……或许十四弟会听你的。可老九，唉，他从来不听我的！”

原来他担心的是这个。胤禛有几分淡漠地说：“咱们做兄长的能规劝自然规劝，若规劝不成，也是天意，不必过于自责。”大概他也觉出自己这话中透出的悲酸无奈，又仿佛赌气似的说：“这个时候谁还顾得了谁？也只能人人自保，只求别再引火烧身罢了！”

刚才还满面惧色的胤祺这时面容却平静下来，甚至还古怪轻松地笑笑：“小弟乃樗栎庸才，无用之人，料无大碍。倒是……倒是八弟、九弟、十四弟他们，一向争强好胜，只怕今后……唉。”

五阿哥胤祺平时一说话就脸红，像个大姑娘，人们都很不在意他。没想到这个看起来少言寡语、没什么主见的五弟竟还有这么一番出奇精辟的见解。只是胤禛觉得他这段看似自愧自怜的话分明也把自己算到了“无用”的行列中，所以才敢没什么顾虑地向自己直说，这让他既羞又恨，心里不但没有感激五弟对自己的信任，反而有一种受了轻侮的感觉。哼，父皇不对自己垂青也就罢了，连老实的五弟也这么看我！何人知我心！望着万里无云的天空，胤禛恨不得化作一只鸟，飞上碧霄……

虽然胤禛答应了三哥亲自去十四弟府劝说弟弟，可他心里对此一点把握也没有。他与弟弟平素关系就很疏远，性子又都很倔强，彼此相轻，形同陌路。他觉得这次去了可能也是徒费唇舌，无功而返。但在一个太阳不甚明朗的午后，他还是带了些补药，来到位于西直门的十四贝子府。

胤禵午后照常与府中的侍卫练了一趟布库。他体质很好，那天父皇让兄弟们对他的那顿责打并没把他这么一个经常练武的人怎么样。但他心里一直愤恨不平。在危急时刻，老实的五哥都可以舍命挡下父皇的匕首，还知道为九哥就请，可胤禛身为亲哥哥连个屁也不敢放，就顾了他自己！天下哪有这样的兄长？这时门上报四贝勒到，气得胤禵把那本拳法书一摔。他还有脸来？这会儿假惺惺地跑来也不怕人恶心！在乾清宫时他上哪儿去了？胤禵使劲咽了口唾沫，依然坐着，并没出去相迎。胤禛已从外面进来了。

彼此见礼后，胤禵愤懑地低下头，一言不发。虽然胤禛看不见弟弟的眼睛，但他可以想象，十四弟的目光一定是冷酷而充满敌意的。唉，总是骨肉兄弟。胤禛如今不怪弟弟，只希望跟他好好谈一谈。哪怕他不配合，不作声，只要不打断自己的话就好。等下人献上茶飞快地退出去后，他噤了片刻，心情沉重地开口了：“十四弟，大概你已知道今日我来是做什么。我们是骨肉兄弟，不必绕弯子。自二哥被废以来，你做的一些事我都看在眼中，却一直未说。十四弟，你以前怎么做怎么说我不管，但今天你必须听我一句话——不要再和老八、老九他们混在一起了，尤其是老八！”

胤禵听罢先是警觉地眯起眼睛，随即立起眉毛，瞪圆的眼睛中透出无限的轻蔑与敌视，好像在说：你算什么，也来管我！

胤禛也并不畏惧地注视着弟弟，讲出的话更加直白：“别以为你们干的那些事我不知道。也不怕你不爱听，我早就瞧出来了。十四弟，你这样走下去可是很危险的！我当哥哥的不能眼见你陷于不义而坐视不管……”

胤禵却冷然打断道：“四哥大驾前来要跟我说的就是这些吗？那我也奉告四哥一句，多谢四哥的好意，我的事情我自有主张，四哥就不要为小弟操心了！”说着，端起茶来，分明是要逐客。

胤禛一愣，脸色青灰，十分失望。其实他早该料到，胤禵是不会轻易听他的。虽然见弟弟已端起茶杯，他还要坚持把话说完。“十四弟，我知道你跟老八交情深厚，想助他一臂之力。可你现在做的不是帮他，而是在害他！知道吗？是在害他！”

一听这话，胤禵更加气恼地瞪视着自己的兄长，站起身强硬地顶道：“我怎么做我愿意，你管不着！谁也管不着！在兄弟们中，我只有一个哥哥——就是八哥！”

这句话像箭一般刺进胤禛的心中，这就是弟弟对自己苦口婆心劝说的最终答复。他，他怎么忍心这么说！胤禛面白如纸，直僵僵地望着弟弟，感到一种心肠欲碎的惨痛！好半天，他才吐出一口气，对着重又坐下、面无表情的弟弟沉重而缓慢地说：“好，十四弟，你可以不认我这个哥哥。可是你、你不能违抗父皇！父皇年事已高，以前又那么疼你，你若还有点孝心，还忍心气他老人家吗？你没觉得那天在乾清宫你做得太过分了吗？你不是总跟老九、老十他们看《水浒传》吗？《水浒传》里面李逵尚且知道尊重宋江，可你身为皇子怎么就不知道孝敬父皇！”

胤禵听罢果然有些负愧地低下头，但很快他又傲然地仰起脸，冷笑几声，冷酷而尖锐地说：“我当然爱戴父皇。可我，我也孝敬额娘。不像有的人，表面恭敬，心里却总躲着不愿见亲额娘，倒心甘情愿做别人的儿子，给别人当‘孝子’……哼，好一个‘孝子’！”

胤禛又一次像被雷击中般怔住了。这话正点到他的痛处，把他身上那块最丑陋、最肮脏、最不愿让外人知道的疤揭开了。这就是十四弟这么多年一直冷淡自己的原因啊！原来他早就看出自己对母亲的回避态度而不满了。可这能怨我吗？胤禛承认，由于很早被佟皇后领养，少时的他对佟皇后的依恋远胜过自己的生母。佟皇后死后，为了保持这份眷恋，他表面不失礼仪，但在内心深处一直疏远着自己的母亲，不愿同她接近。他也因此对母亲德妃怀有一种难言的愧疚。他不是没有努力改变过，却终究跟生母亲近不起来。愧疚和怅恨使他更加不愿面对自己的亲生母亲！这种欲亲还疏、近之又怯的心情从佟皇后死后他十二岁那年开始就一直咬噬折磨着他的心，也是一般人无法理解的，现在又不能跟这个正在气头上的弟弟解释清！即便讲了，也不见得能得到他的谅解，反而可能加重他对自己的鄙视愤恨……母亲是不能选择的；兄弟，更是不能选择的！……

胤禛站起身，再一次默默望了弟弟一眼，那目光很奇怪，以致暴躁的胤禵也被这目光瞅得一愣，没有像刚才那么大吵大叫。天还不到暮时，倦怠的太阳就已早早休息了，屋里出现片刻极不和谐的宁静。他们突然发现，今天他们互相讲了这么多话，比他们在一年时间里说话的总和还多！但一种非常可怕、疏远的感情已经把他们兄弟永远地隔开了！胤禵动了动口，仿佛想说什么又不便开口，而胤禛没有再跟弟弟说什么，头也不回地起身去了。

六

“请——”李光地对禀报的家人平静地吩咐一声，家人马上退出书斋，去领客人。在这之前，李光地正凝神地注视着面前几案上这个花瓶。此瓶胎质细腻，造型独特，是明代官窑中的精品。这是皇上赏赐他的，今日闲暇无事才小心地取出来品赏一番。一个汉臣能受如此宠眷可谓恩遇旷厚。想起那天在畅春园选议太子时，马齐、佟国维因是八阿哥一党，事先将八阿哥三字写于掌心默谕于众，被皇上发现后遭到严办；到乾清宫事发，雷霆大怒的皇上发落了三个皇子，李光地自己事先曾预测的一切果真不幸地发生了！在畅春园众议太子时，李光地见八阿哥势力太大，就没有独树一帜，提出什么不同见解，很让康熙失望，当日就遣宫中太监传口谕责问李光地：“前日召尔入内曾有陈奏，今日何无一言？”李光地想自己再怎么被皇上宠信也是汉臣，同满洲亲贵大臣比还隔着一层。那次皇上在畅春园找他谈话后，他已觉得自己讲得太多了。如今他也学起张英，摆出一副“莫问政事”的样子，对人只含笑点头，却不哑装哑，缄默不语。不知自己这学生又带来什么消息。李光地把赏物小心地收起来，准备迎候客人。

程万策风一样地从外面长驱而入，却因走得太急，肥大的身躯把狭小书斋中靠墙的一只高几蹭了一下，高几上的一盆秀雅的吊兰立时落地摔碎了。

“慌什么！”看见自己心爱之物顷刻间被毁了，李光地心疼不已，不悦地斥了一声。他想程万策中科名为官也有十多年了，怎么遇事还这么慌里慌张，不知稳重？不像他见过的方苞、何焯他们，举止稳重从容、处乱不惊，甚至还不如那个比他年轻许多的蒋廷锡。大概这就是一般士子和大儒的区别吧。李光地鄙夷地想，像学生这样恐怕将来也成不了什么大器……

“老师，出大事了！”程万策一点没理会自己碰碎的东西，几步跨进来，惊慌地说。

“何事慌张——”为了给学生做表率，沉下脸的李光地坐着没动，反而拖长声调，沉静地问。

“方苞被刑部拿了！”

“什么，方苞！”李光地心中一惊，不相信地瞪大眼睛，惶惑地望着学生，声调也变了。

原来此案乃左都御史赵申乔劾翰林院编修戴名世所著《南山集》中有悖逆之语。方苞因为其书作序，受牵连而被逮江宁狱，现已解送京师刑部。皇上责令刑部严查此案，不许放过一个与此案相关的人。

听完学生惶恐的介绍，一向喜怒不形于色的李光地也变得面如土色。赵申乔本是个和张伯行一样被皇上视为“清而刻”的官员，李光地与其交往不多，因其操守清廉，倒也对其颇为敬重。却不料他竟以文字向同僚发难，比于成龙、张伯行这些好参劾人的官员更甚一步！方苞是自己向皇上亲自举荐过的人，如今入狱，自己未尝不受牵连。再说这文字之罪是皇上最忌讳、最猜防的，自己也不是没提醒过方苞，可他还是……李光地又想起曾举荐过的另一位名士何焯，现在也被皇上罢了官。一般人以为何焯被黜是因八阿哥获罪而牵连其业师，其实李光地心里最清楚，此也皆因被人告之所著之书有蜚语而被收查。后来他们查何焯的书并无明显的狂悖之语，才让这个狂傲的江南才子侥幸逃过刑狱之灾，但也被革去一切官衔，永不起用。何焯只是纠正了一些当代士大夫文字上的错漏才结怨于当世而被查责，方苞却为禁书作序，案子虽未开审，但获罪是没说的，甚至还可能有杀身之祸！想到这儿，李光地两眼发直，背过身子，就听后面传来学生尽量压低了的急切声音：“方苞曾受知于老师，此恐于老师不利。老师需将以往同方苞往来之书信一并收缴销毁干净才好！老师若不便行，学生可代老师行之。”

见学生此时对自己仍很忠心，李光地在心内无声地叹息一声，苦涩地望了窗外一眼，觉得老天又给风烛残年的他出了道难题。若真像程万策所说与之断交当然安全，可也会被世人所笑。他摇摇头，黯然道：“那么多附于赠物的尺牍谁还记得。若像你所说，听此消息都惶惶如惊弓之鸟，反让人耻笑、猜疑！现在应静等消息，切不可妄行！”

“学生、学生只怕于老师不便，近日外面风声甚恶，于老师极是不利，老师需得防范之！”

“唉，人言可畏！昔日鲁人以仲尼为佞，淮阴以韩信为怯。圣哲犹如此，寻常人又安能免之！”

“老师……”

李光地这才回过身，一双久经仕宦沧桑早已不为动容的眼睛竟然湿润了。程万策还是第一次见老师如此动情，而且方才那话也不像机警世故的老师说的，心中很是惊疑，愕然地望着他，讷讷地住了口。

李光地似乎还想说什么，但终于摇摇头，低下眼睛，冲学生使劲挥挥手。程万策张了张口，后也摇摇头，向主人默然一揖，退了出去。小书斋内只剩下李光地一人，两眼发直，呆呆地坐着，如同一个毫无声息、冰冷的石像……

清早，位于南城宣武门教堂的钟楼上响起了悦耳浑厚的钟声，颤悠悠的声浪在京师南城荡漾着，然后渐渐归于沉寂……这时教堂里已经挤满了人。许多依然信仰耶稣基督的虔诚教民从京城各处赶来，绕过教堂门口台阶上衣衫褴褛、等人施舍的一大群残疾乞丐，进到宽大的教堂里，跪在长长的跪凳上认真地做着祷告，等着仁慈的上帝来安慰他们，拯救他们……

白晋主持完这次弥撒，回到房间。他因昨晚工作了一宿，很疲倦，可还未得歇息片刻，已有客人在他的房间等候多时了。来访的正是现任南城教堂主教的穆经远。白晋以前虽与他有所接触，但相知不深，心里并不太喜欢这个长着一个大鹰钩鼻子的葡萄牙人，总认为他有点装腔作势，爱自吹自夸，不太符合一位神职人员的作风。不过为了同一个神圣的传教事业，白晋还是尽量容让了。

“看在上帝的分儿上，您要注意身体了，怎么还熬夜呢？”望着白晋布满血丝的眼睛，穆经远关切地说。

“谢谢，我已经习惯了。作为上帝的仆人，不能对自己的行为要求过于松懈。”白晋不知穆经远找自己来做什么，淡淡地应答着。

“看来您这里的工作进展挺快？”穆经远探询地问。

白晋无奈地摇摇手，只好如实告诉客人，昨晚他一夜没睡，所做的事与传教并没什么关系。皇上要他招一些西洋人绘制一幅囊括中国全貌的《康熙皇舆全览图》，他现在正组织人员采集数据，做测绘上的准备工作。

“怎么，您每天忙的就是这个？”穆经远收了刚才尊敬的神情，吊起嘴来讥讽地说，“布维神甫，您要知道，教皇派我们来这里是为传播上帝福音的，不是给中国皇帝当仆役的！”

“谢谢您的提醒。请相信，阁下，我无时无刻不在思考着我们伟大的传教事业。作为传教士，我来中国不但是受教皇委派，也同样受了国王陛下的任命，现在为康熙皇帝效力也是遵我国王陛下之旨，传播一些科技知识，并非您所说的不务正业。”面对盛气凌人的穆经远，白晋平静地为自己解释。

“哼，传播科学，在这个愚昧的国度？”穆经远更轻蔑讥刻地撇起嘴说，“前几天我的一个助手给几个翰林院学士看世界全图，这些愚蠢的中国官员竟将欧洲、美洲、非洲都当成了他们大清。只有让他们皈依上帝，才会让这个妄自尊大的国家丢掉那些莫名其妙的臭架子，换上一双理智、清明的眼睛……”

白晋沉默不语。穆经远又说：“上一次铎罗特使来华后，已将这里的情况报告了教皇。教皇对这里的工作很不满意，命主教大人写信叱责了咱们一通，说这种状况如果再不改变，他将撤回所有的在华传教士！”

白晋说：“我知道，我已写信给主教大人解释，这里的情况与其他地区确实不同，希望主教大人理解。”

“可主教大人要的是结果！结果！”穆经远尖利不满地盯了白晋一眼，不无懊丧地摇着头说，“我们耶稣会来中国，最近这几年的工作一点进展都没有，受到的限制反而越来越多……我不明白，为什么别的地方的传教事业都搞得红红火火、有声有色，而我们来中国的传教人员就这么无能！”

白晋被客人抢白得脸色灰白，垂下头，低声道：“对不起，对阁下所说的我也深感遗憾。但我必须提醒您，这里的风俗习惯十分奇特。他们的文化博大精深，源远流长，不可撼动。在这里皇权更是至高无上，没有任何势力可以越过它，绕开它……”

“听您的意思难道我们只有放弃？”

“不，我的意思绝不是放弃，而是要做好在这里艰苦、长期的传教准备。因为来此传教受到的阻力肯定比其他任何地区都大。但相信上帝吧，只要我们坚持，还是会有改进的，但这需要时间！”说到这儿，白晋抬起头，两眼放光，坚毅地握紧拳头，执着地凝视着墙角的圣像。

“据我所知阁下来中国已近三十年，您所说的时间又是多长？不会是在上帝把我们都召去之后吧？”穆经远毫不客气地讥讽道。

白晋再次垂下头，坦然而平静地道：“我承认，我是上帝不称职的仆人。所以阁下成为中国教区会长比我更合适。我在给主教大人的信中已向他推荐了阁下。”

大概是被人说出了心底的秘密，穆经远的脸上腾起了两片红云，急嚷道：“布维神甫，您把我当成什么人了，难道我只是为了这个位子吗？您污辱了一位正直之士的人格，愿上帝宽恕您！……看看，您，您让我把要说的事情都忘了。请您相信，我愿把所有的一切都献给上帝，包括自己的生命！在以往来华的传教人员中，我最敬佩的是汤若望，汤约翰。您也是知道的，他不但对我们的传教事业兢兢业业，不惜以身殉教；也是大清的功臣，为大清选择了一位杰出的君主——康熙皇帝。现在，伟大的皇上已盛年不在，身体日衰，我们为什么不抓住这一机会呢？”

“您说什么？什么机会？”白晋困惑地瞪大眼，不解地问。

“刚才您说的不错，在中国，皇权高于一切，所以我以为只要牢牢控制住皇位继承人，我们遇到的所有难题就会迎刃而解，不攻自破！”

“对不起……我实在不明白……您到底要讲什么？”白晋莫名其妙，吞吞吐吐地问。

见对方听了半天仍困惑，穆经远好不扫兴，悻悻地说：“阁下真像是从上帝的伊甸园里来的！请您睁开眼睛仔细瞧瞧吧，眼下大清国储位争夺异常激烈，还会持续下去。我们一定要借此机会，找一位对我们耶稣会友好的皇子，使他成为皇位继承人，以使我们在中华帝国顺畅无阻地传播福音，归化百姓。目前我觉得皇九子是可以考虑的人选。他为人热情，对我们欧洲传教士一向非常友好；他本人也聪明好学，跟我学会了俄国话，可以不用翻译就能交谈自如，当然如果再用功些就更出色了……”穆经远一副成竹在胸的样子，得意地侃侃而谈。

知道其意的白晋却大吃一惊，焦急地打断正兴奋遐想的穆经远：“您是说我们耶稣会也参与这个国家的皇位之争？您怎么这么想？您莫不是昏了头！……抱歉，对不起，我不是针对您，请上帝宽恕。恕我直言，您太不了解中国！您这么做是危险的。我可以肯定地告诉您，一旦我们耶稣会卷进这场争斗，不但不会出现您所期待的情景，还会使我们近百年间在这里辛辛苦苦努力开创的传教事业毁于一旦，甚至会引发教难，可怕的教难！——我这绝不是危言耸听！我在这里郑重向阁下声明，我坚决反对您的想法，请您三思而行，三思而行！”

可穆经远主意早已打定，哪里听得进白晋的劝告。他不以为然地轻蔑笑笑：“布维神甫，谢谢您的指点。我来中国时间虽没您长，但以我对中国、对中国皇帝的了解，我想情况不会像您想的那么糟。好，既然阁下事多，我不打扰了，愿上帝保佑您。”他礼貌地冲法国人鞠了个躬，转身而去。出了门后心里大骂：“这个犹大，伪君子！”

白晋想叫住穆经远，可迟了一步。他已愤愤地走了。白晋茫然地站了一会儿，把房门关上，木然走到耶稣圣像前跪下，低声祈求：“请主赐谕，我该怎么办？怎么办？”但救世主只是透过长明灯暗淡的光芒忧郁地望着他，并不作声……

七

今天蔡珽为探望一位生病的朋友来到南城。他对这里的道路不太熟悉，回来时为了省路，七转八转，进了一条陌生的巷子。过了一会儿，感觉这里的情形有点不大对劲，每个院门前都站着几个花枝招展、搔首弄姿的女人，还有许多油头粉面的男人进进出出。蔡珽猛然想起这就是南城一带那条有名的花柳巷，自己怎么走到这儿啦？这要是被哪个监察御史撞见，告自己一个职内狎妓的罪名，可就冤死啦！便要马上离去，突然发现前面一座三层楼的周围围了一大群人，好像出了什么事。

蔡珽不由自主走了过去。楼上一个白面长须的中年人正大声怒骂着，骂的话粗鄙下流不堪入耳。一个脸上搽着厚粉的上年岁的女人，大概是这儿的老鸨，正拉着那客人劝着，而后又转身对一个怀抱琵琶，面沉似水、一言不发的姑娘半威胁半劝说地唠叨个不停。久居市井、见多识广的蔡珽一看就明白了，一定是那姑娘身贱心洁，卖艺不卖身，不愿接客，惹恼了那个狂横的中年人，才起了纠纷。四周围观的人都饶有兴味地看着，他们的议论证实了蔡珽的猜测——

“呵，瞧她那架子还挺大。”

“可不，既已沦为下贱，何苦再自命清高！”

“兄台此言差矣。远有杜十娘怒沉百宝箱，近有李香君血溅桃花扇。青楼之中，有此等人物不足为奇。焉知这女子不是李香君一流的人物？”说话的这位是个儒生模样的人，显见与前几位围观议论者不同。

“咦，”一个看客斜眼望着那儒生，“兄台既如此知心，想来是与此中人物心有灵犀喽？”

“不是心，是身……身无彩凤双飞翼，身心俱泰嘛。”另一个人怪声怪气地说。

“哈哈哈哈！”周围的人哄笑起来。刚才那讲话的儒生脸一红，慌忙退出人群。他刚走，身后就升起一串鄙夷的嘲骂：“呸，伪君子！”“假道学，假正经，装得倒跟正人君子似的，没事来这儿干什么！”“就是，这帮酸文人最他妈的会装孙子！”

这些骂也让误入此巷的蔡珽脸一红，也想走。突听有人惊喊一声：“快看，她要干什么？”

蔡珽猛一抬头，发现那被逼迫走投无路的姑娘抓住楼栏，向外伸出一条腿。天啊，她要跳楼！

四周一下子安静下来，人们连大气都不敢出，连那个中年人都停了叫骂，惊呆地望着她。蔡珽想喊又没敢喊，他向前挤去，想拦下那姑娘。然而那个姑娘将腿跨出楼栏后，好像自己也有些犹豫，并没有跳。

看热闹的人先还以为要出险情，后来见又没了动静，又开始起哄地喊了起来：“哼，她才不敢跳呢，这样的事我见得多了，不过是嫌开价低想多捞些罢了。”

“哎，看样子还真是个未开苞的，小模样还不赖嘛。嘻嘻，小妞快下来，不就是几个钱嘛。要多少哥哥给你，陪哥哥玩玩。”一个长得很难看的无赖少年轻薄地冲楼上喊。

“哈哈哈哈！”更多的人哄笑起来。

甚至还有人起哄地大喊：“跳啊，你倒是跳啊！怎么不敢跳啦？”

“老兄，她肯定不敢跳，我赌二两银子。”“我赌五两！”

“你们别吵了！”愤怒至极的蔡珽转身对后面的人群刚喊了一声，他身边那个看热闹的人脸突然变了色：“乖乖，她还真……”蔡珽还未及转回身，就感觉楼上一个黑影子像被砍断的木头“咚”的一声栽了下来。

“啊！”人们吓得大声惊叫，“哗”地散去一半。四周顿时乱了套。“我的妈呀，出人命啦！”“哎，瞧，瞧她的脸，都是血……”“怕是没救了……”

在一片乱糟糟的声音中，蔡珽直冲过去，用手试了试那女子的鼻息。谢天谢地，她还有口气！自己当时如果不犹豫，再快一步，也许就不会……他现在什么都不想，只有一个念头：救人！他跟年希尧学过一点医术，当下察看了一下女子的伤势，点穴给她止了血；又从自己的衣服上扯下一块布给她出血最多的额头草草包扎了一下。想她可能是骨折，得赶快找人帮着将她抬到宣武门教堂让那里的外科医生抢救。但当蔡珽抬起头向四周望时，心立刻凉了。他看到的尽是一张张冷漠的脸和陌生的、不信任的眼睛。他俯下身子，毅然独自背起地上的人，向街口走去。两边的人自动让开一条道路，在他们过去后不时用手指指点点，交头接耳，并无一人上前相助。

蔡珽咬咬牙，出了这条胡同。走到珠市口大街，背着伤者向西行去。却惊奇地发现，街头蓦然间布了许多穿号衣的军士和衙役，还有许多百姓争着蜂拥上前，形成一股巨大的人流，压在蔡珽前面。蔡珽向一个匆匆要走过去的行人问：“你们这么急是去干什么？”

“你没看见街上那么多公差老爷吗？要出红差了。这可是京师几年都没有的，现在菜市口就围上人了，要看就快走，再迟可就进不去了。”那人快速兴奋地大声说着，脚步不停。

坏了！蔡珽心想，要是斩决人犯，这四方街巷都得戒严管制，不准任何行人随意出入。自己可怎么去宣武门！就是无人把守，瞅街上这么多人也挤不过去。现在又不是秋天，怎么会有决犯？这时一些行人的议论声又传了过来："那狂生好大胆，自撰逆书，这不是找死吗？"

"那些读书人也真是，乱写个什么？要我看啊还是不读书，不识字的好！"

"听说当初判这家伙凌迟，后来皇上从宽改斩。"

"啊？唉——""是吗？可惜！""哼，太便宜他啦！"许多人不约而同地搓手叹息着，都为不能目睹那残忍的一幕而深感惋惜。

蔡珽无心再听这些议论，只想赶快走出这条街。他大声朝前喊道："劳驾诸位让让，这儿有个急需救治的伤者，让我先过去！"可眼下，这些路人看杀人的兴趣远比救人的兴趣强烈，根本没人理会蔡珽说的，倒有几个嫌他挡了道，骂骂咧咧争先恐后向前拥，将道路堵得更死了。不要说后面有个危重的病人，就是来了只猛虎，怕也轰不走这狂热的人群。急得蔡珽一跺脚，看来只有愣往前挤了。但愿菩萨保佑这姑娘，让她坚持住。因为人流是向前行的，蔡珽顺着人流，好不容易到了菜市口的十字路口附近。当他刚在一个地方停下来喘口气，突然身上被一只长着黑汗毛的大手"啪"地打了一下。蔡珽扭过头，只见一个扫帚眉、凸嘴唇、模样粗野的汉子向蔡珽伸出一只大手，瓮声瓮气地说："这块地儿已经有人占了，要想在这儿看杀头再拿五十钱来！"

原来这儿离行刑位置较近，这个人是专门在这里占地再转给别人的。蔡珽惊叹居然还有人做这种买卖，但无心细想，只急吼道："快闪开，这儿有病人！"那人如何听得，铁板似的身子挡住蔡珽，非要他拿钱。"混账，滚开！"蔡珽急了，抡起手臂对着那人当胸就是一拳，打得那人哇哇暴叫，他显然不知道蔡珽是个武官。但干这种事的一般也不是单枪匹马。顿时，就有五六个身强力壮的闲汉气势汹汹地从四周包拢过来围住蔡珽。这些人平日没什么固定营生，打架生事却是一把好手。见蔡珽要搅他们的"买卖"岂肯罢休。看形势不妙，蔡珽今天倒也豁出去了。他怕伤了身后的伤者，把她从背后轻放到地上。正要同这些人酣斗一场，但这时净街锣已响过，行人也都基本到位，安静下来。这里的骚乱马上引起警戒官兵的注意。很快就有一个官员带着一队兵丁过来查看。看到这情景官员马上明白了几分，大声吼道："好大的胆子，在这儿闹事，还想不想活？来呀，都给我拿下！"

"大人，大人，你听我说！"蔡珽同那几个人一样被兵丁反扭住双臂按跪在地，他挣扎着，抗辩着。他激烈的声响引起了那位官员的注意，他上下打量了一下蔡珽，突然有些失色地道：“啊，你，莫非你就是那个叫蔡……年希尧兄的朋友。”

“小的正是蔡珽，大人您是？”

“学生常熟蒋南沙。”

“原来是蒋大人，我听年大哥说过，你也是他的朋友。”

“不错，年兄也向我提过你。那次我在北堂好像看见过你，但因当时有急事在身，无缘深谈。没想到我们会在此处相遇，这可真是不打不相识啊！你怎么在这儿？也是来看行刑的吗？”

“不是不是。”早被兵丁松开了的蔡珽急切地说，“这儿有个女子因坠楼受伤，眼看就不行了，求大人通融，先让我等过去。”

“这……”蒋廷锡一愣。他听年希尧说过，蔡珽这人是不错，可就有一样，总爱招揽一些乱七八糟的事，也不管自己有没有能力相助。今天的事情一定又是如此。他与蔡珽先前并无交往，因年希尧的关系，不好立即驳他的面子。他犹豫了片刻，说：“好，你且等着，不要乱走，我去给你向监斩官大人说说。”

过了一会儿，满头是汗的蒋廷锡气急败坏地折了回来：“贤弟，莫怪本官坐视不救，学生已对监斩官大人说了。若是一般决犯，或可通融，唯是此犯乃皇上钦点的朝廷要犯，倘有差池，监斩官大人也担待不起。”其实当时监斩官对蒋廷锡说的话可没这么客气。听过他代蔡珽转述的请求，监斩官扬起那张冷得像块石头的脸，三角眼一翻，尖厉而决绝地说：“蒋大人不要命，下官可还有一家老小！”说完半句不再多讲。这还算是对蒋廷锡客气的，如果不是这个监斩官平日与蒋廷锡的私交还不错的话，甚至可以办他一个“干扰公务，居心叵测”的罪名将他当场拿下。望着蔡珽焦急欲哭的样子，蒋廷锡本想把这个因文字获罪的决犯与一般决犯的区别及利害与他讲明，又一想蔡珽是个武人，不一定能理解这些。只得有些抱歉地说：“你且等等吧，马上就要开炮了，行刑后你们再过去。”

“大人，她现在危在旦夕，实在等不得啊！求求您啦！”说完这话，蔡珽“扑通”一声冲着蒋廷锡跪了下去。

蒋廷锡先是一愣，对蔡珽的行为感到有点难以理解，又急忙不忍地将他扶起来：“男儿膝下有黄金，你也是为官之人，怎么如此不成体统！那女子真的很危险吗？”这时他才得空儿朝已移卧在地上的伤者瞥了一眼。然而，只一眼，他就面白如纸，两个眼睛也变得直勾勾的，低声惊呼道：“怎么，是她！……”

“怎么，这女子大人认得？”蔡珽敏感地问。

“不，不认识。”蒋廷锡回避地否认道。过了一会儿，他才发呆地问：“她这是怎么搞的？”

“有个恶少逼她卖身，此女宁死不从，从三层高楼处坠下，恰被我路过看到，想只有宣武门外的夷人大夫施与手术兴许还有救。以前那儿的洋大夫曾救过我的一个朋友……”

这时蒋廷锡的心比刚才冷静了许多。这件事秋燕是干得出来的，那年从自己府中出去后，她也只有去那种地方。她会坚持卖艺不卖身的，他并不觉得惊奇。可这个不知实情的憨心热肠的蔡珽还要我救她！我怎么救？如果刚才蒋廷锡还有几分救人的想法，那么现在却觉得心情索然。怕监斩官怪罪当然是一个原因，更主要的是他想，自己拼命救一个已沦为优娼的女子到底值不值？何况是她自己跳的楼，也许她觉得这样对她来说不失为一种解脱，因为她的心思、性情与她生活的这块地方、这个地方的人是如此格格不入！蒋廷锡甚至想，如果让她继续活下去，还有什么路可走……

见蒋廷锡呆愣不语，蔡珽以为他胆小怕事了，负气地道：“多谢蒋大人费心，既然大人为难，不劳大人了……”说着就要去背地上的人。

“等等！”蒋廷锡心情复杂，无奈地叹了一声，说，“这街边有个药店，里面应该有坐堂医生，我们进去看看他们可有办法。”

蒋廷锡说的这家药店名叫“鹤年堂”，在京师很有名气，平日生意极好，但每到行刑之日，店主人就会愁眉不展。因为他的店不但要招待一些他永远不敢得罪的监斩官、刽子手，还要防范那些无赖闲杂借机敲诈骚扰。还有一些身患绝症的人不知是出于心灰意冷还是病急乱投医的想法，不再继续到药店买药服治，而是拿大把的银子贿赂刽子手，讨什么“人血馒头”……从此生意冷淡，十多天甚至个把月都不能恢复正常赢利。今天行刑之日竟来了主顾，还是个当官的。老掌柜十分惊喜，亲自过来给伤者号脉诊视。这个老掌柜在南城郎中里也算有一号，可在探明情况后却皱起了眉，对蒋廷锡拱手道：“不瞒大人，此女伤势甚重。小店所售汤剂丸药多为治慢性疾病，似此急痛需赶快请外科大夫施与手术才好。”他又仔细地号号脉，摇了摇头：“若再迟误，此女性命难保！”

“啊，这可怎么办？你们就没有一点办法了吗？”蔡珽急得直跺脚。

蒋廷锡对掌柜的一拱手，恳切地说：“现在临街道路都已戒严，不能出行，找外科大夫怕是来不及了。久闻店家有妙手回春之术，家传独到秘方，能活人命。还望贵店以仁为念献出，需多少银子，尽管道来。”

“是啊，您老要能救活她，我给您磕头！”蔡珽又摆出要下跪的姿势。

掌柜的慌忙拦住，作揖还礼，急急地解释道：“大人误会了，小老儿不是这个意思。要是光伤筋动骨倒无大碍，只恐内脏有伤。刚才我已略施薄功将其元气拖住，止了血，尚可缓一时，然不可久持。唉，望大人早想办法，恕小老儿实是回天无术！”

蔡珽心凉已极，又不甘心地大叫道：“从这儿到宣武门不过咫尺之遥，奈何就行不得！”

突然那掌柜的眼睛一亮，说：“你们要去宣武门何不绕道走铁门胡同，然后出西草厂，照样可奔宣武门！”

蒋廷锡断然摇头：“不行，临近诸街巷都已被刑部差官封锁，任何人不得出入，必得等到处决之后方可放行。”

“求大人通融！”蔡珽将两只充满血丝的眼睛转向蒋廷锡。他以前帮助过许多人，还没有帮不成的，更何况这次要救的是一条人命！

“好，你看着点她，我再想办法。”说罢蒋廷锡四下巡视了一下，见店中还有不少伙计，人多眼杂，就让掌柜的和蔡珽将伤者移到里面一间无人的小屋。然后他叮嘱了蔡珽几句，就出来，并随手带上了那扇黑色小门。

蒋廷锡来到外面的堂上，好像松了一口气似的。“店家！”他很有几分威严地叫道。

“大人有何吩咐？”掌柜的恭敬而疑惑地跟过来问。

蒋廷锡没有马上说话，左右看看，把店掌柜拉到药店的一个角落里，低声说：“你赶快去找把锁，将那间屋门锁上，没有我的吩咐谁也不许打开，否则唯你是问！”

“什么？这，这是干吗？”掌柜的一时摸不着头脑，不解地问。

“什么这是那是，你既已无计，我那朋友性急气暴，眼见女子无救，焉能不急？难保其不会做出什么非常之事。一旦真让他们愣闯出去，你们谁都别想活！难道你想同他一起掉脑袋？”

“啊，大人，能不能再想想别的法子？”

“这就是最好的办法了。如果本官不如此安排，那么店家你和贵店的伙计、客人都要一同遭殃。因一风尘女子令贵店被查封，四周民人诊病不便、求医无门，可是值得？孰轻孰重，请店家自行斟酌！”

听到这女子非同一般的身份，掌柜的暗自吐吐舌头，没敢再说什么。然而毕竟于心不忍。“唉，罪过，罪过。鄙店虽小，却一向扶危济困，救死扶伤，如此坐视不救……罪过，罪过啊。”他喃喃哀叹着，从柜台里面哆哆嗦嗦取出一把锁头。大概他实在不忍这么做，将锁交给蒋廷锡，然后回身双手捂住脸，竟独自哽咽起来。

“这就是她的命！”蒋廷锡瞅了深受刺激的掌柜的一眼，飞快转身奔向那间小屋，“咔”地将锁插在门上。

八

听罢白晋忧心忡忡的述说，年希尧惊呆了。一方面他觉得自己虽然脱离了教会，但传教士仍信任他，比如把他请来参加这次《康熙皇舆全览图》的编绘，还把这件不宜对外人讲的事情也毫无保留地透露给他，令他十分感动；可另一方面也让他同时在心中多了几分忧虑。若真如白晋所说，诸皇子争位，四阿哥自然也不会幸免。可根据自己的观察分析，以这位主子的才德人望断乎没有成为皇位继承人的可能。那么四阿哥今后的命运如何？自己和二弟这样随其下人的命运又将如何？他感到前途叵测。这是不是意味着自己今后的生活将从平静的浅滩进入惊涛汹涌的恶浪中？

“不，也不至于。四阿哥一向是超脱之人，自己又素淡泊名利，到时只要静观其变，应该没什么事，只恐弟弟……”年希尧这么宽慰着自己，就听白晋有些疲倦地说：“年，有些时候我真不明白，人们为什么要做那些令人费解的事？如果人人都像你这样就好了。”白晋说的是心里话，穆经远对他所说的那番话是那么堂皇郑重，从传教大义出发，让他明知这行不通，却根本没法反驳。

苦恼的白晋踱到窗前，将目光投向窗外。今天的阳光像每日一样明朗、耀目，普照大地。可是突然，白晋失声叫了一声：“上帝啊！”年希尧快步跟过来，顺着传教士的目光，他看见了下面的蔡珽和一辆随同而来的马车。就见蔡珽和那赶车的从车内慢慢抬下一个女子。啊，这个朋友又干这种事了……

以前那位露西大夫已经回国了，现在教堂里只有一个刚从澳门过来的年轻医生。其实他和白晋一样也是个传教士，从医只是为人解困而后学的。他被白晋叫出来，当看到伤者，不由得吓了一跳。他的技术还远不能处理这种伤，况且还伤得这么重！“她怎么会这样？”他用怪异的腔调问蔡珽。蔡珽黑着脸，脸上的每一根线条都像结着一层寒冷的厚皮，轮番恶狠狠地看着白晋、医生，还有年希尧，将头一扭，什么话也没说。

“哎，怎么回事，蔡珽？”年希尧问，他觉得今天朋友的举止很奇怪，他以前救人时可不是这个样子。蔡珽扁瘦的小脸煞白，眯缝着的窄窄的眼睛里闪着锋利的凶光，甚至全身不知因为什么都在颤抖，突然从口中迸出几个字：“被人逼的！她这是被人逼的！”

“她伤得怎么样？”白晋没再理蔡珽，问已经开始察看伤情的年轻大夫。“我尽力而为吧。”大夫说。可他说这话的时候，仿佛自己对自己的能力也没多大把握似的，哆嗦着手在半空画了个十字，眼中的目光很不自信。

他们将伤者抬进一间洁净的屋内，除了大夫和他的一位中国助手，其他人都出来在外面等候。这时候蔡珽依然一句话也不肯说，脸色比刚才更难看了。白晋拦住还要继续盘问的年希尧，冲他摆摆手，而后白晋默默望了木讷呆滞、像失了魂儿似的蔡珽一眼，好像猜着什么似的，淡淡地冲他说了一句：“这儿没外人，你想哭就哭吧。”

“他奶奶的！”蔡珽转身向后走了几步，突然骂了一句，接着“哇”的一声像个孩子似的大哭了起来……

半晌，那名大夫白着脸出来了。还未等外面的人问情况，他就神情黯然地冲白晋摇摇头：“布维，我治不好她这伤，你去看看吧。”白晋同大夫进去了。这时年希尧走到哭了半天、终于止声、面无表情的蔡珽面前，并未说话，而是担心地默默望着朋友。蔡珽慢慢抬起头，对刚才自己的失态有些羞愧，扭过脸，好一会儿，突然无神地说：“大哥，我想辞官。”年希尧一听就急了，他正有事找蔡珽呢，他怎么能辞官呢？在年希尧的一再催问下，他听蔡珽把事情草草地、极不情愿地讲了；呆了呆，叹息一声，说：“兄弟啊，此事你也莫怪扬孙，他这也是为你好啊……”他还要说什么，可瞅见蔡珽那锐利得吓人的眼睛，就没敢再说下去。唉，蔡珽的想法为什么跟自己和二弟总是不一样？有时乐于接受新鲜事物的年希尧都觉得这个朋友思想古怪，让人难以捉摸了。比如今天这事，不就是一个娼女吗，至于吗？站在宽大教堂里的年希尧极其费解地想。又过了一会儿，他犹豫地说：“贤弟，你是知道的，我妹子的那个病，多亏你献奇方，今得痊愈，已不再犯。连四阿哥都感到惊奇，她刚进四贝勒府那会儿，总犯病，连侍寝都不能，为这四阿哥差点把她休了……”他一边说一边小心地观察着蔡珽的表情，可是蔡珽表情冷漠，像在听一件与自己无关的事。见蔡珽这样，年希尧心里越发不好受。是啊，人家本该和自己那青梅竹马的妹妹白头偕老，就因二弟让小妹入了四贝勒府，才……但现在他也认同二弟的做法了，瞅蔡珽这样他还真有点不放心，妹妹若真随了他，别的不说，就说这三天五日他就从街上往家里或教堂里拽来一个半死不活的人，谁受得了！年希尧又接着嗫嚅地说：“贤弟，有件事你可千万莫怪，因小妹病愈四爷问起，她就把你说了，后来四爷又找我问，我只能如实告之。四爷虽平素深居简出，少与人交，但一向斋佛敬僧，喜交奇人异士。听到你有如此妙术后大感兴趣，想招你入府，贤弟若应，我这就去呈报四贝勒。”

蔡珽听完，嘴唇不由自主地歪了歪，似乎要露出一种哀求的笑容，却突然像被剑刺了一下似的，爆发地吼道：“不，谁的府我也不去！大哥放心，我不会为难你，我这就去四爷府上亲自对他说！”说完不等年希尧表态，就大步向外走去。

这段时间，秋燕一直在一个渺茫、神奇的世界中漫游。一些陌生的和非常熟识的声音好像就在身外的什么地方喧闹着。她很疲倦，意识正渐渐远去，仿佛有一道无形的薄暮把她和这个世界隔开了。她觉得她像一只断了线的风筝，正在摆脱这片大地，飘啊，飘啊，越来越远，越来越小……下面是一片幽蓝的湖水，她仿佛闻到一股青草的芳香，一种前所未有的轻松愉悦让她欣喜不已。她听到有个遥远的声音在什么地方回荡着：“解脱了……回归了……永恒了……”

突然，一种不可抗拒的力量又把她拉回到现实这个残酷的世界。她隐约看见前边站着一个人。又一阵钻心的刺痛袭来，许多白眼睛、红舌头，大张着的黑洞洞的口围在她四周旋转着，要把她卷走似的，慢慢旋出几个黑字：“下贱坯，臭婊子！”

这是怎么回事？难道死了也是贱民吗？也一样猪狗不如吗？也不如一块抹布值钱、干净吗？！你们为什么都不承认？我也是人，是人！这难道还非要谁来恩赐吗？

在不知不觉的半迷幻中，秋燕竟将这激愤的话从干涩的口中小声却清晰地道了出来，这让正要给女孩做最后祈祷的白晋愣住了。他刚才已听那个赶车的车夫向他大体说了这个姑娘的经历和刚才发生的事，他很不赞同姑娘的做法，想在最后的时间劝女孩回心转意。

“刚才她就这样说过一遍。”年轻医生说，同时不忍地摇摇头，“对她来说最惨的并不是贫病！”

“你，你说什么？”不知白晋是没听清还是没听懂医生说的，他诧异地问。

“像我这样的医生是治不了她这种病的！”年轻大夫一字一句，很悲愧地说。

白晋不知这位医生怎么会这么说，越发不解地望着他，方才意识到自己要做的。他又默默看了女孩一眼，觉得她的脸比刚才更白了。白晋曾给许多临终的人做过最后的洗礼，他见过那些去世之前的人有因病痛折磨而痛苦不堪的；有意识到死亡将临而感到无比恐惧以致精神失常的；当然也有心情平静泰然处之的，可还从没见过这种情况！如果让这个女孩子带着一腔怨愤离开这个世界，将是多么遗憾啊！啊，要趁她头脑还清醒前，尽量说服她……

“你能听见我的话吗，孩子？”他好像怕吓着她似的，向病人俯下身，悄悄地、轻轻地问。见对方半合的眼睛微微动了一下，好像还有知觉，他就稍稍提高了一点声音，用一种尽量平和的语气说：“对不起，我的孩子，虽然这世界上还有许多我们解释不清，让我们困惑、迷茫的事，但请你一定相信，世上还是好人多。相信上帝，上帝是会保佑好人的，并宽恕一切人的罪恶，包括你，受伤的孩子……”

白晋说了这么多，秋燕并没都听清，她只听清了两个字——“好人”。——好人？一触到这两个字，秋燕昏沉沉的脑袋一下变得清晰了，脑中出现了蒋廷锡、何焯，甚至更遥远的记忆——那个往她的小竹篮里装吃食的公子……他们都是好人，知书明礼，济困扶贫，正直傲岸。可是，曾几何时，这些一向被秋燕深深敬重的人都悄悄变了，变得那么陌生，那么让人感觉恐怖——一同屈服于一种东西，一种让秋燕憎恨的、一直压在她心头、时时想将它彻底打破掀翻的东西！难道他们就不恨这东西吗？啊，原来人家跟自己不一样，人家是读书人、上等人！自己只是一个贱民……

“孩子，你在听我说吗？”白晋见秋燕闭了眼，脸色惨白，神色愈发冰冷、绝望，心里突然感到一种说不出的、残酷的刀搅似的刺痛，自己就快要无能为力了。但只要她还有一口气，他就绝不放弃！他在心里乞求着仁慈的上帝：请等等，先别收留这可怜的孩子……不知怎的，他自己觉得气息不平，很是沉重压抑。他调整了一下自己的情绪，用更加轻柔的声音说：“孩子，我知道你受了不少苦，为此我深感遗憾，也十分同情。但我还是要祝福你，孩子，你比那些曾经欺凌你、折磨你、践踏你的人离上帝更近！你比他们更高洁、更高贵！更有资格被主接纳！你通过了主的考验，主是会收留你的。但你必须向主忏悔，求主宽恕你以前的一切罪过！相信你不会错过这最后的机会。”说到最后，白晋眼中充满泪水，几乎再也讲不下去了。

传教士的话秋燕一句不差全听到了，也听明白了他的意思。然而她却没有动。如果真有一个像他说的神圣、公正的上帝，那么自己为什么还会见到、经历到那么多古怪的，让人心痛至极的事？多少行止卑劣的人还在享有美名、敬戴？那个上帝就眼睁睁地瞅着不管吗？这样的上帝凭什么要人尊重、敬奉？还要我向他祈求，要他宽恕！秋燕没动，她又听那个苍老的声音不安而急促地，微喘着锲而不舍地道：“我的孩子，难道这个世界就这么不值得你爱吗？你要想开些，不要用别人的过错惩罚自己！”

秋燕的心动了一下，想说什么，可她已无法作答了。她觉得自己正在渐渐变小，变小，变得像蚂蚁一样小，没有一丝力气，任何一股力量都能将她碾碎！

白晋悲哀地望着一动不动的秋燕，感到无比沮丧。真的就要失败了吗？不！他突然想起了什么，俯下头，对着双目紧闭、身体冰冷的女孩急声说："孩子，请你一定相信，上帝是公正的。这世上虽有不尽如人意之处，但这只是上帝对我们的考验，这世上终究还是好人多！比如刚才搭救你的那个人，你还记得吗？你们并不认识，我想你一定很想见见他，他就在下面，我去叫他来！"

床上的人真的又眨了一下眼睛。

"上帝啊，再给我最后一点时间吧！"白晋一边画着十字，一边以一个老人极为罕见的气力飞快地往楼下冲。还没到楼下，他就冲下边的仆人大喊："快让蔡珽上来！"仆人们不认识地瞅着浑身颤抖、满脸惊急的老神甫，有些吃惊地说："您是说年先生的那个朋友？他们已经走了……"

"啊，他们走多久了？"白晋感到一阵心凛，有点站立不稳。

"那位老爷刚才同年先生谈话，后来不知为什么他们吵了起来，而后就一同离去了……哎呀，神甫！神甫！"——仆人们看到，白晋突然从楼梯上一头栽倒，晕了过去。

九

从胤禵府里出来，胤禛心里又气愤，又不平，满心是说不出的冤枉和苦闷。他的努力和苦劝既不能从根本上改变二阿哥颓弱的样子，也阻止不了十四弟他们的一意孤行。他甚至有一种受夹板气的感觉。太子那边对他的主持公道、仗义执言并不感激，老八他们就更不用说，没准现在还把他当成一个见风使舵、反复无常的小人呢！也许这都怪自己太实在，太顾全大局了。眼下，太子党已开始伺机反扑，八阿哥野心勃勃，十四弟不甘人后，连外表轻淡的三哥，也在暗中希图储位。想着想着，各种不同的声浪争着向他的耳朵扑来——"你不是'天下第一闲人'嘛，操那份闲心干什么？看着他们闹去吧，你还可以坐山观虎斗嘛。"一个声音冷冷地说。"朕老了，朕虽有诸子，却远不及朕，今后这大清江山……"这是父皇疲倦无奈的呻吟。"我怎么做我愿意！……我只有一个哥哥——就是八哥！"这是十四弟暴躁的狂呼。各种声音汇在一起，将脑袋搅成了一锅粥。胤禛捧着头，手足冰凉，心在剧烈跳动。他现在不知该怎么办，该做什么。他突然想到文觉，自己每有烦心事不便跟父皇兄弟们讲，总爱去找文觉法师倾吐。每当看到文觉那双宁静如潭的眼睛，他就觉得心中安定了，好像有了主心骨。他觉得文觉不是只会念经参禅的一般僧人，一些更重要的事或许也可向他求教。只是不知人家现在在不在寺中，肯不肯接待。那也要碰碰看！他便使劲一跺脚，轿子落下。

“先不回府，去大觉寺。”

轿子刚转过去，正要起轿，他又跺了一下脚，从轿中出来，让轿夫将空轿抬回，自己上了一个侍卫的马，带了几个人向西驰去。

胤禛他们进了山，远远望见大觉寺香火缭绕。想那进香的人定是很多，再差人去净寺驱走香客就太麻烦了。不如直接去后山，让人进寺叫文觉、性音他们后山来见。

一会儿，两位僧人真来到后山。彼此见礼后，胤禛突然想起今天自己还要回宫值夜，留给他的时间已经不多了，就将自己来此的目的直接向和尚道了出来，最后又很是恳切地加了一句：“望法师不吝赐教！”

听胤禛有些微急地讲完，文觉平静地道：“殿下谬矣。贫僧方外之人，安敢论天下事？殿下奈何问道于盲！”

胤禛可没时间同和尚客套，剀切道：“法师所言虽是，然弟子生于皇家，家事即是国事。家国有变，弟子微躯亦难保全。还望法师念于故情赐教弟子！”

“文觉不敢。但问殿下如何看当今之世？”

胤禛将他在来的路上所想的，以及他对时局的担忧向和尚简要地讲了一下。文觉听完，依然面容平静道：“殿下以定乱为主，虽是仁心，但自古以来治乱无常。旋转天地，补缀乾坤，恐不易为，徒费心力。数之所在，理不得而夺之；命之所在，人不得而强之。数命如此，人又奈何？”

“法师所言，诚为高见。但弟子身为皇子，值此家国动荡之时当为国谋划，为父分忧，何敢委之于数命？即使天意不佑我大清，弟子不才，甘愿将灾祸一人当之，不忍贻累我大清百姓！”他讲这话时目光刚毅，很是动情。

文觉抬起眼睛瞅了胤禛一眼，又垂下眼，双手合十：“阿弥陀佛，但不知殿下意欲何为？”

在来此之前，胤禛的心里千头万绪，乱糟糟的。可同时，他又感到他很害怕把这千头万绪理出一个头绪来。父皇和兄弟为了储位都红了眼，六亲不认，今后会闹成什么样子谁也说不准。如今他已目睹了兄弟成仇、父子反目这一幕幕惨剧。一场不可避免的灾祸正在逼近这个由祖先创建尚不足七十年的王朝！对此他忧心如焚……然而胤禛最担心的还不是这个。以他对时局的观察，储位之争一旦全面铺开，不但会祸起萧墙，内耗惨重，很可能还会有心怀叵测之人乘机起事。现在朝中大臣结党营私，下边百姓生计艰难，贪官成群，国库空虚，边境也不安宁。可这些，病榻上的父皇清楚吗？那些忙着争储位的兄弟们清楚吗？就算清楚，父皇已老，天下迟早会由新主治理。那么太子、三哥、老八、老十四他们中，又有谁有足够的力量能镇服住众人，将这些积患一一铲平？凭着他对兄弟们的了解，他不无失望地觉得，他们中很难找出这样一个人。他又想起父皇那双神色恍惚绝望的眼睛和为废太子祭天时说的那段沉痛的话：“臣虽有诸子，远不及臣。如我国家有福，延臣寿命；如我国家无福……”

啊，连一向坚毅的父皇都快对前景丧失信心了，这太可怕啦！越想越绝望的胤禛一下捂住了脸，仿佛看到兄弟相残、贪暴横行、民不聊生的景象——就像父皇在弘德殿对他们讲过的“八王之乱”一样。不，我大清不是西晋，不能任凭他们把祖宗拼命流血打下的江山就这么断送！于是他抬起头，严肃刚毅地对文觉说：“诸兄弟只顾争储谋位，一点不顾民生。如果他们还这样闹下去，到时我自会站出来说话的！”

虽然胤禛的话很短，但从他刚才长久的沉思和冷峻的表情文觉就明白这话包含着什么。他与另一旁的性音交换了一个意味深长的目光，又不动声色地道：“那么殿下可知圣意如何？”

“是啊，目前唯是圣意不明。”想到父皇疲弱的病体、无奈的眼神，胤禛微皱眉头，望着远方飘着淡淡轻云的灰蓝色的天空，忧愁地说。

“还有，殿下欲挽狂澜于既倒，那些王子肯听殿下的吗？”

“……”胤禛觉得心像被什么东西揪了一下，痛楚无比，两手暗暗攥紧。这些年来，他一向以“天下第一闲人”自诩，表面冷淡超脱，不与世争，几乎没人知道他的内心。他绝不是那种自甘平庸、任人宰割之辈。“独善其身”只是一种无奈，“兼济天下”才是理想！他有自己的理想，自己的追求！但这外表的冷淡恰如一层厚厚的坚冰，将那深厚的岩石下流动着的炽热的岩浆深深掩盖了。现在，文觉的话使他这种外表的冷漠与内心深处的炽火突然相撞，形成尖锐的矛盾，马上就要像火山一样喷发出来了！他咬紧嘴唇，强迫自己心中平静一会儿。他不知兄弟们会不会听他的，反正在他高傲的内心看来，他的这些兄弟要么才智不够，要么品行欠佳，要么器量狭小、缺乏魄力……总之一句话，都不是父皇最理想的继承人！然而这些他又不好对文觉说，毕竟文觉只是一个出家人。所以好长时间他没有说话。文觉好像看出了胤禛的为难之意，换了一问：“那么如果以后新君继位，殿下以为他应做好哪几件事？”

这个问题尚可作答。胤禛想了想，相当郑重地说：“我朝自入关已太平数载，父皇尚宽，天下人心颓旷日久，弟子以为若不以猛严纠之，恐盛世难继！而吏治、税赋、刑律、文教，皆有待完备之处。若新君继位，应对此悉加整治。然而这一切，都必须在天下归心、政令畅通的前提下！”然后他转过脸来，第一次略含微笑地问文觉：“法师今日如何对此发生兴趣？”

文觉知道，四阿哥的话虽未尽，但已很显露了。此言意味着这个尚在隐伏状态的皇位争夺者今后将排除异己，铁腕治国，走一条中国历史几千年来留下的最残酷、然而也是最实用的路。文觉心中叹息，合掌道：“阿弥陀佛。出家之人，但求佛祖佑护，不想见生民涂炭，人间喋血。”

聪明的胤禛自然明白文觉话中的含义，但他只同意文觉讲的半句话。如果他当了皇帝，他自然也想像父皇那样把太平盛世延续下去。可他觉得，无数事实已经表明，在一个皇权更迭的过程中，如果没有局部的牺牲，就不可能有天下的安定！现在，四阿哥胤禛正经历着一种脱胎换骨的变化。但今天的谈话也只能到此。见文觉性音都沉默不语，也无留意，胤禛对二僧道：“今日聆听法师明教，令弟子获益匪浅。因差职在身，不扰法师，改日再向法师请教。”然后他又特意望了文觉一眼，转身下山去了，两个和尚并没有送。

胤禛走后，刚才一直未语的性音对文觉道：“师兄欲效道衍禅师吗？难道师兄不记得数年前顾文起先生在此与殿下之辩？师兄已非俗世之人，缘何复入尘网？性音甚是不解！”

性音所说的道衍禅师就是辅佐明成祖的僧人姚广孝。那次四阿哥为残暴的明成祖辩解，强词夺理，一派胡言，让同在一旁的性音听后十分不快。今日一番谈话，师兄文觉无疑已答应了这位皇子之请，为他将来的争储行动密谋定策，所以他不解也有些动气地问。

“师弟好记性，八年前之事尚历历如新。广孝保成祖有经天纬地之才、定国安邦之策，文觉一介贫僧，安敢比之！文觉今从殿下之请，非为广孝贪荣华禄位，却是可怜天下苍生。”说着，他转过身，望着寺那边上空冉冉升起的轻灰色的烟雾，那是进香的百姓敬奉的香火……又转回头，见性音脸上仍有惋惜之态，抬起沉重的目光注视着他，欲言又止，唯有默叹。文觉默然一笑，道：“师弟所虑者贫僧已心知。蜀中宝光寺内撰有一联，不知师弟可记否？——世外人法无定法，然后知非法法也；天下事了犹未了，何妨以不了了之。哈哈……”他安然平和地说完，轻轻一笑，便合掌垂目，不再言语。

下山后，不知是一种什么力量驱使，胤禛没有马上回去。他想去看看自己的老师——顾文起先生。自从那年在大觉寺同老师不期而遇，胤禛已有多年没见过老师了，他也没上老师家来过一次。他觉得自己这些年太疏懒，对先生太不尊重了，竟连逢年过节都没来看看先生。再怎么说他也是自己的老师啊，这样做也太说不过去了！这么想着，他的心情似比刚才来大觉寺见文觉时还显得急迫。

凭着一种深刻的记忆，策马疾驰了没多久，老师那个农家小院似的宅子就出现在眼前。他下了马，没有让人禀报就直接激动地走了进去，一步跨进老师住的那间上房。屋子里站着一个身形颇似老师的人，听到声音，朝他转过一张异常苍白、失魂落魄的脸。这不是先生，是先生的儿子顾俨。那老师呢？啊，炕上躺的那个人就是老师吗？他这才看清，许久未见的老师头发已全白了，面色灰暗无光，身子比以前更单瘦了，像块被风蚀多年再也不能支撑的朽木；唯一不变的，是那双正义凛然的黑眼睛中射出的两道深邃而坚执的光，依然令人敬畏，感叹。

顾俨过来，带着一种强忍泣哭的声调向胤禛请了安，伤痛而含混不清地说了句什么，返身抹着眼睛出了屋子并带上门。胤禛在屋中呆站了半晌，脑子方“嗡”的一声，反应过来。啊，自己来的竟是如此时候，老师的大限就要到了，他要同自己说话！胤禛的心揪紧了，但近来的经历使他还是忍住悲痛，并未立刻大放悲声。老师大概也没想到自己能在这时候来，看来这真是天意，自己跟先生还是有缘啊！这么想着，胤禛默默环视着这个老师已经住了多年的房间，发现与他十多年前第一次来相比，屋里不但没添置什么新家具，连那个唯一像点样子的书柜和两个高几都没了，比先前显得更加寒简、清贫。想想那些致仕官员衣锦还乡时，哪个不是良田千顷，金银财宝无数；可再看看老师……胤禛感到鼻子很酸，眼睛发烫，轻步走到床前。

顾八代隐约觉得阎王已着小鬼提着索链向自己索命来了。“你们来吧，我顾八代平生没做过什么负心事，跟你们走也没什么！”但他还未让小鬼锁去，突然像一把剑劈下一道刺目的金光，那些也不知是真是假的小鬼都不见了。他睁开眼，正看见四阿哥期待地立在床头，心中一激动，本能地出了一口气：“嗯——”

看来老师的时间确实是不多了。一个人即使再冷酷、再高傲，也有感情深厚、让他依恋敬重的人。顾八代就是这样一个使一向孤傲轻易不会动感情的胤禛动容的人。这不仅是因为他是四阿哥的启蒙老师，教了他十几年的功课，更主要的是胤禛敬佩老师的为人！他觉得在教过他的先生中，顾先生是最正直的一位师长，他的坚忍自律、廉洁奉公、勇气、风骨，无疑都已深深地印刻在胤禛的心中。但正直傲岸的先生最终却落了个“不甚其任”，被免职的下场！别看老师从没对他提起过这件事，可胤禛知道，一个外表越是刚毅傲岸的人，心中也一定有冤苦，而且他会将冤苦埋得更深、更深，不会轻易向人吐露。可是一个人已到了这种时候还将心里话憋着不讲出来，将是一件多么令人心痛的事！现在其他人都出去了，老师应该把他一定藏了许久的话告诉自己。于是他扶住床头，低下身子，强作轻松地轻声道：“先生还有什么要讲的，我可以禀报父皇，一定不让先生受委屈。”

老人好像苦笑了一下，在枕上轻动了一下头，示意他真有话要说。胤禛忙侧耳屏息静听——

“……殿下，还记得你入学后万岁第一次来南书房查功课吗？当时万岁问殿下，老臣此堂课给殿下讲了什么，可殿下站在那儿一语不发。当时老臣头上就冒汗了，心里别提有多急了。眼看皇上的脸色越来越难看，眉毛竖起，分明要发作，老臣的心也跟着提到了嗓子眼儿。可是突然，万岁发现殿下桌案上临写的一幅古帖，慢慢将它拿起来瞅了瞅，脸上颜色马上转怒为喜，还轻轻点了点头，然后放下来拍拍殿下的肩，就出去了。殿下当时还站在那儿，不说也不动，老臣已跪下恭送圣驾了；就听万岁在要出上书房门时对陪侍而来的几位大臣说：‘刚入书房字就练得这般老到，可见四阿哥还是有内秀的……’”

听先生絮絮叨叨讲过去的事，胤禛心里既焦急又难过。他觉得老师现在应拣最主要的、他最想说的话说，婆婆妈妈地提那些做什么！内秀又怎么着？现在在父皇和其他臣子的眼中，自己的才能不还仅限于写写画画、吟吟哦哦吗？至于治理国家大事，却永远没他什么份儿，这又有什么值得夸耀的！胤禛本想冲老师假做一个腼腆的笑，可没笑成，低下头，脸反而更红了。

突然，平躺着的顾八代一口痰涌上来，脸顿时涨红了，喉中不清楚地呜咽着、抽搐着，就快要喘不上气来。吓得胤禛扑过去紧张地抓住老师的手，急声唤着。老师不能就这么走啊，他的话还没说完呢！

奇迹出现了，顾八代喉中“咕噜”了一声，暂时摆脱了那口痰的危机。可再次张口，声音已弱多了，就见他灰色的嘴唇一张一翕，像两片枯叶。胤禛竖起耳朵，勉强听到他的发音——

“老臣早年入翰林院，又曾编修明史，历览史书，以为从前没有一位帝王可以同当今万岁相比。只是万岁八岁继位，晏居深宫，对民间的了解，只怕没有殿下多……”很困难地听清这番意思的胤禛脸一红，“我怎么敢同父皇比呢？”他低声嘟囔着。突然，他觉得老师那只已不再温热的手不知什么时候摆脱了自己的手，悄悄地垂了下去。他再抬头看时，老师暗淡无光的眼里透出一种陌生、严肃的神情，一动不动；从床上自由耷拉下的手臂给人一种可怕的安详感。啊，这是怎么了？老师的话分明还没说完，怎么突然就……他扑上去，望着老师安静得好像熟睡的样子，不相信地唤了几声，又颤抖着将双手伸到老人的鼻下，确认已没了气息，才知道他是已经去了……奇怪的是胤禛现在竟没有什么悲伤难过的感觉，只是有点失落。他没有马上流泪，就在老师身边静静地坐了下来。他用手慢慢抚过老师尚未瞑目的眼睛，使他那操劳了一生的双目安然合上。望着无声无息的老师，他又想起佟皇后、晖哥儿、弘素他们，现在再加上自己这位先生。总有一天，自己也会同他们一样，成了一个对世界没有任何作用的人，这是谁也回避不了的。他隐约觉得老师还没有死，还在微笑着同自己谈话："万岁是明主，但八岁继位，晏居宫中，对民间的了解，只怕没有殿下多……"

不错，我是怜悯这些百姓，但他们必须老实听话，不许胡言乱语，更不许有任何非分之想！作为顾先生的学生，自己确实敬重老师的为人，但也有与老师所思所想相矛盾之处，这是胤禛一直苦恼的一个问题。自己当然不会轻易地随波逐流，可那容易犯众怒。经历了太子被废、储位相争的胤禛愈发觉得明成祖当时严惩那些建文帝的旧臣是多么必要！正直的先生却永远不会懂……既想名垂青史，又要刀不血刃，这可能吗？他在心中默默问着已经永远不能向他解答的老师。望着闭了眼睛再不能起来的老师，他在心里对老师说：请恕学生直言，若今日临朝者不是父皇而是自己，只怕先生的命运也不会比现在强到哪儿去。先生能遇到父皇，已然是幸运了！唉，现在人已走了，这些话他是听不到了，也不会再听了。不过看来扬孙总算比执拗的先生脑子灵……

该说的都已经说了，现在看来得离开这里了。胤禛想着，却突然觉得，这样对老师是否太过残忍？先生，你还没走远吧，那就请再听学生最后一言吧。他心里对老师说，他相信老师是能听到的，一定能听到！——先生勿怪，学生今日去了大觉寺，拜访了文觉、性音二禅师。其实世人不知，兄弟不谅，后世对我今日之行，也必有不少非议。学生自幼从教于先生，先生知其不可为而为之的勇气，不在意利害得失的风骨，令学生无比钦佩。然学生虽贵为皇子，其实也不过一俗骨凡胎，心中也有那不为人知的隐痛，且这隐痛无法向外人道，亦无法平抚。平日只用敬佛参禅来掩饰之。这世间最理解我胤禛的人当数先生了。如今先生驾鹤西去，学生此后唯有向清风明月倾诉……

胤禛又坐了一会儿，然而他知道自己真的该走了，再晚值夜就该误了。他从身上掏出一张银票，轻轻放到先生的身边。那是他刚才去胤禩府，本想给弟弟以作安慰的，后因两人谈崩了，就没把它拿出来，现在正可给先生一家做安葬费。做完了这件事，胤禛就起身走出屋子，再没回头看老师一眼。

胤禛来到外面，沉默地看了看外面等候着的、满面泪水的顾俨和先生的家人，一句话也没讲，来到先生亲手植的那棵树下，解下自己马的缰绳，也不等自己的侍卫，飞身上马疾驰而去。

腾云驾雾似的疾奔了一会儿，胤禛突然勒住马，拨转马头，望着天边那轮见过无数次的落日。壮丽的夕阳已脱下金色的衮服，沉静地注视着人间。群山无语，恭送这个主宰天地的伟大的君主肃穆地退朝。在这无边的沉寂中，胤禛觉得，在那边，好像有一个不可知的生命在跳跃，在奔腾！他很想与那个不可知的生命对话，但那个不可知的生命正在悄然远去，虽很慢，却义无反顾，那是任何一种力量都无法阻止的行动！胤禛顿感孤寂，甚至还有点恐怖。他掉转马头，扬鞭策马而去。疾驰的白马像一颗流星，划过渐黑渐暗的天地……

夕阳默默离去。

大地合上眼睛。

后记

收到编辑有关出版事宜的短信时，我正坐在返回城内的公墓大巴上。那天是母亲节，我去给母亲扫墓。五月的阳光带着春日里的芬芳，如慈母的眼眸与怀抱，温抚着车上的每一个扫墓者。我不知道母亲待的那个地方是否也有这么明媚灿烂的光影？然而那边的人不会从那个世界传回任何讯息，永远不会有答案。

不知是否是受了长期患病的母亲的遗传，我一直是个不太开心的人。即使在欢乐的时刻，内心深处会突然蹿出一个阴郁的凶兽，将我推进冰寒的深渊。这让我很纠结，我便总去书中，想从文学身上找寻答案。

文学即人学。人是最复杂的，自己都不一定了解自己。人又是最孤独的，在某种困境中，即便是最好的朋友、最亲的亲人，可能也无能为力，爱莫能助。人生而不平等，诸如政治家、文学家等名人被铭记史册的只是极少数。大部分芸芸众生、碌碌凡俗、“乌合之众”，如泥沙尘埃，随着历史的长河裹挟而下，被时间的激流冲刷得无影无踪，消失得比轻烟更快、更干净。

突然又觉得，每一个人出生后其实都是“悬空”状态的。万一生在一个不和谐的家庭，没有亲人的关爱，更加无依无靠，一直想抓住个什么以补偿缺失，以证明自己。那个要拼命抓住的东西也许叫名利，也许叫事业，也许叫理解，也许叫尊严……但是最终，不论生前创造了多么伟大的功绩，结局也是被时间永远地冲洗埋葬，归于虚无。不论多么伟大的人物，最后也留不住西行的落日，东逝的大海！这么看来，时间很残酷，时间也很公正。

历史上的雍正皇帝也是如此。

雍正青少年时期的史料很少，一般的传记读物中对三十岁前的四阿哥的介绍只有寥寥的两三页。仅凭这两三页的史料而扩展成一部五十多万字的历史小说，除了案头工作外，还要调动一切可利用的机会，去积累资料，构思作品。回忆这个激越的过程，许多情景至今难忘。忘不了去皇史宬（中国第一历史档案馆），传达室的老人莫名其妙地望着我说，我们这里不对外开放；忘不了周日的清早去宣武门教堂，混迹在众多天主教信徒中，好奇、紧张又有几分羞涩地望着人家教众虔诚的仪式；忘不了独自一人去潭柘寺的山路上寻找“龙潭”，路过的当地村民很惊讶我一个女孩居然敢独自一人走这荒僻的山路，且那时我还没有手机；忘不了在国家图书馆古籍馆听朱家溍老先生《清代的礼俗》的讲座——这是朱家溍老人生前的最后一次讲座，此后不久老先生即作古。这位“老故宫”娓娓道来的讲述使我受益匪浅，增加了我完成这部书稿的勇气与决心。

初稿是在二〇〇四年春完成的，那时我还是个二十多岁的女孩。后因家事不断，稿子一直搁置，无暇顾及。感谢“榕树下”文学网站，由“榕树下”主办的原创文学大展使我有了一个作品在网上展示的平台，更要特别感谢庞俭克老师，使这部等盼周折了数年的长篇小说终于付梓出版！还要感谢我所尊敬的湖北女作家方方老师和在她的倡议下成立的“我们爱读书会”女文学爱好者交流平台，通过这个平台我认识了许多志同道合的朋友，感受到一种集体的温暖。最后还要对一直默默地关注我、鼓励我的朋友们，以及无数为这本书付出了辛勤劳动的不知名的朋友们致以由衷的感谢！

胡晶华

2016年11月